異變：中國古代異變思想與異變文學

黃景進 著

臺灣 學生書局 印行

漏網之魚的追逐[1]（代序）

黃景進

退休那年，開始專心寫一本有關「唐代意境論研究」的書（臺灣學生書局，2004），三年後，終於完稿。雖然只是一本小書（才 254 頁），仍覺精神非常疲憊，無法擬定下一階段的研究主題與計劃。於是我就放鬆自己，很隨興地閱讀，有如放假一般，非常愜意。沒想到竟陷溺其中，無法自拔，應了一句流行語：回不去了！那種針對一個主題專心研究的精神一去不返——無法再進行論文寫作。

這段「迷航」長達十餘年，有如荷馬史詩中的奧德賽，在歷經殘酷的特洛城戰役後，於歸家途中，在海上迷失、漂泊。

但在漫無目的的閱讀中，有時會遇到一些資料，恍如故人一般[2]，一些過去的寫作熱情如電光石火般劃過天際[3]，腦海中會閃過一些似乎可以研究

---

1 此文原作於 2015 年歲末（11 月 30 日），當日半夜醒來，突有所感，懼老人健忘，乃起床振筆疾書，後經數次修改，竟成一篇「怪文」。

2 李清照《金石錄後序》，云其與趙明誠婚後喜購書，積累甚多，但在靖康之亂後，遺失殆盡，後購得殘書數種，「忽閱此書，如見故人，因記始末焉。」（胡應麟《少室山房筆叢》，上海：上海書店，2009，頁 51-2）

3 本序寫完之後，有段時日，竟然在但丁《神曲》中看到類似寫法。《煉獄》第二十三章《但丁與故友相遇》，記但丁重見故友福累斯，有這樣句子：「這一粒火星重新使我的心中，明亮起來，記起那變了的模樣，我就認出了福累斯的面孔。」（朱維基譯，但丁《神曲・煉獄篇》，上海：上海譯文，1998 年第 9 次印刷，頁 173）又《天堂篇》第十八歌《溫和的木星天裏正義的象徵》云：「我將提到名字的人會射出光芒，像閃電在一片烏雲中一樣。」（頁 135）

的題目。

「異變」這個題目是我在閱讀兩漢史書所引起的：兩漢是「災異」思想最盛行的時期，並影響到後來各個朝代。而談災異皆離不開對「異變」現象的關注，故本書就由災異之「變」與《毛詩序》的關係開始。後續的論文，皆是我在「漫興式閱讀」[4]中所激發出來的，故時間跨度非常大，且彼此之間或有連繫或無連繫，形成一種若即若離的關係[5]。

所謂「漫興式閱讀」，是指我時常脫離過去的研究方向，單純為了興趣，去閱讀別的領域的書，因此出現一種「跨界」閱讀的現象——很像「逐水草而居」的遊牧民族。由於一些題目是「跨界閱讀」所激發出來的，於是當我要去研究時，又彷彿走進一個陌生的城市——霎時成為異鄉人，必須耗費更多的時間去探索，這也正是我「迷航」十幾年的主要原因。稍堪自慰的是，仍然有一些收穫，使這一段漫長的迷航成為「尋寶」的過程：如將「災異」之變與《毛詩序》之變結合起來，甚至「越界」去討論敦煌「變文」之「變」（這真出乎我意料之外）；另外，我也從「異變」角度觀察不同類型的作品，如對古代神話、緯書、志怪小說，以至韓愈、孟郊代表的險怪詩派、李商隱《錦瑟》詩、《紅樓夢》等的解讀。

最後，必須一提的是，在這「漫興式閱讀」中也看到一些專家學者們所忽略的資料；應該說，本書各篇論文的形成，有不少是藉助於這些「漏網之

---

4 杜甫詩有《絕句漫興九首》，《杜臆》注云：「興之所到，率然而成，故云『漫興』，亦竹枝樂府之變態也。」（臺北文史哲版，仇兆鰲《杜詩詳注》卷九，頁504）此指作詩言，本文則指隨興趣所到閱讀。陳繼儒《園史序》云：「吾友費無學，天下才子也。……自闢《日涉園》……其中畜建康朱琴，黃魯直風字硯，湘纍銜尊，蒼玉斗各一，而三教之書聚焉。居恒著述甚富，前無古人，間以其暇，為韻人韻事，歌詠品題，漫興而讀書之，遂成一家園史。」（衛泳等著《明人小品》，臺南：文國書局，1984，頁178）文中所謂「漫興而讀書之」，與鄙意最為接近。

5 本書篇次雖大致依照時代先後排列，但並非絕對，其實仍以各篇的主題為重，而各篇有相對獨立性，讀者不必受此拘束，可依自己所好選擇閱讀。

魚」[6]。

補石頭記[7]：在閱讀韓、孟詩派相關資料時，深有所感，尤喜盧仝《石贈客》詩兩句：「自慚埋沒久，滿面蒼苔痕。」[8]反覆沈吟[9]，幾不免潸然淚下[10]。盧仝另有《與馬異結交詩》提及女媧煉五色石補天之事[11]，使筆者想及《紅樓夢》第一回，敘女媧氏煉石補天，剩一塊未用，「因見眾石俱得補天，獨自己無材不堪入選，遂自怨嘆，日夜悲號慚愧。」案：石頭之自怨自嘆，實作者「夫子自道」，故後面又藉「偈云」自傷身世：「無材可去補蒼天，枉入紅塵若許年。此係身前身後事，倩誰記去作奇傳。」上舉盧詩與曹文似互相呼應，亦似寫出筆者「迷航」之心境，因補數語，自知不免「蛇

---

6 案：「漏網之魚」實指「互文性」而言。閱讀古典詩，常遇到一些問題，必須找到相關的「互文」才能解決。

7 初稿原只云「補記」，後想所補與「石頭」有關，故改云「補石頭記」，如董說之《西遊補》乃補《西遊記》。另外，本書有些論文（尤其是《錦瑟》詩研究）皆一再修補，對「補」字特別有感，故自比為「補石頭記」——如女媧之煉石補天。這種先有「序」後寫論文的寫法，亦很特別，似可歸為「險怪」一類。

8 見《全唐詩》（臺北：文史哲版）六冊，卷三百八十七，頁 4373，盧仝《蕭宅二三子贈答詩二十首並序》其四：《石贈客》。案：此組詩有二十首之多，寫蕭宅庭院中有竹、石等物，各與客人——盧仝對話，其四為《石贈客》（共四句），所引為末二句，寫主人離家已有一段時日，石頭為蒼苔落葉甚至沙石等所覆蓋，幾已完全被埋沒，看不到外在世界；因知主人有意售宅，怕被遺棄，故乞盧仝（客）帶其一起返洛陽。

9 劉勰《文心雕龍・物色篇》云：「是以詩人感物，聯類不窮；流連萬象之際，沈吟視聽之區。」注云：「沈吟」，低聲吟詠（詹鍈《文心雕龍義證》下冊，頁 1734）。又韓愈《同冠峽》詩，程學珣評曰：「公南遷詩，似無甚意義者，中極悲悄，須是反覆沈吟，乃見所感深也。」（錢仲聯《韓昌黎詩繫年校釋》，上海：上海古籍，1998，頁 189）末兩句即筆者所本。

10 羅隱《重過隨州故兵部李侍郎恩知因抒長句》：「莊周高論伯牙琴，閑夜思量淚滿襟。四海共誰言近事？九原從此負初心。」案：「莊周高論」指《莊子・雜篇・徐無鬼》中，論匠石與郢人互為知音的故事。

11 見《全唐詩》（臺北：文史哲版）六冊，卷三百八十八，頁 4383，盧仝《與馬異結交詩》。

足」[12]之譏，是為序[13]。

（案：「代序」中有些語焉不詳之處，請見「後記」中說明）

12 原序僅至前段末句「漏網之魚」為止，剛好與題目相呼應。「補記」為後來追加，自知破壞其「完整性」，有「蛇足」之嫌。

13 2017 年 2 月 1 日，農曆新年元月初五日（時筆者剛動完第四次眼睛手術不久），于臺北家中，半夜醒來，難以入眠，因草此「蛇足」以寄研究與寫作之艱難云。

異變：中國古代異變思想與異變文學

目　次

緒論：異變與永恆主題

本書標題為：《異變：中國古代異變思想與異變文學》。重點在「異變」兩字，「異變」即異常的變化，凡是異常的變化，較容易引起人的注意，相對的，平常的現象則往往被忽視。當然，異變的現象甚多，本書有三大主題，彼此並無實質上的聯絡——亦即各具獨立性，取名「異變」，乃因其涵蓋性甚廣，可以容納三個主題。「緒論」共有四節，分論不同的內容，但皆具有「異變」性質，可當三大主題的背景看。

第一節　災異學與諷諫詩學

談到諷諫詩學，應由《詩大序》開始。茲先引述近人顧易生、蔣凡著《先秦兩漢文學批評史》的說法。

一、強調詩歌的美刺作用。《詩大序》說國風中的詩歌是「下以風刺上，主文而譎諫」，「吟詠情性，以風其上」，而頌詩是「美盛德之形容」。事實上，其作者還是認為風、雅中都是有「美」和「刺」的。……所謂「美」也就是作家對於生活採取了歌頌的態度；而「刺」則是作家對現實採取了暴露與批判的態度。[1]

但《詩經》中「刺」詩較多，據《毛傳》標明「美」詩僅二十八篇，標明「刺」詩的有一百二十九篇，……（頁 410）

刺詩與變風變雅。《詩大序》說：「至於王道衰，禮義廢，政教失，國異政，家殊俗，而變風變雅作矣。」鄭玄《詩譜序》更有具體的論序。（頁

[1] 顧易生、蔣凡著《先秦兩漢文學批評史》（上海：上海古籍，1990），頁 408-09。

414）

今文詩學重視災異。

《毛詩》屬古文學派，它較多地保持了部分先秦儒家的資料，具有較為明顯的復古傾向。而今文學派則為了適應漢代統治者的政治需要，摻雜了較多的讖緯之類的神學內容。……齊詩的中堅人物翼奉曾說：「《易》有陰陽，《詩》有五際，《春秋》有災異，皆列終始，推得失，考天心，以言王道之安危。」……《齊詩》通過「四始」「五際」「六情」的闡述，簡直把一部《詩經》，附會成為推算陰陽災異的占卜之書了。（頁 418-19）

與《毛詩》一樣，三家詩也重美刺。……漢儒廣泛運用的詩歌「美刺」理論，並非《毛詩》家所專有，而是今、古文家甚至是一般漢人所共有的認識。（頁 420-21）

案：由此看來，刺詩與災異有關，董仲舒《春秋繁露》第三十《必仁且智》云：「凡災異之本，盡生於國家之失。」則《毛詩序》所謂「王道衰，禮義廢，政教失」，正是諷諫詩學與災異說結合的根源。

二、另外，朱自清《詩言志辨》更注意到董仲舒對災異的看法。

朱自清《詩言志辨》第三輯詩教，論六藝之教云：

> 一方面西漢陰陽五行說極盛。漢儒本重通經致用；這正是當世的大用，大家便都偏著那個方向走。於是乎《周易》和《尚書・洪範》成了顯學。而那時整個的六學也都和陰陽五行說牽連著；一面更都在竭力發揮一般的政教作用。這些情形，看《漢書・儒林傳》就可知道。

下舉《易》京房、《書》許商、《詩》王式、《禮》魯徐生、《春秋》眭孟等六家。並說明云：「這裏《易》《書》《春秋》三家都說『陰陽災異』。」

《詩言志辨》第三輯注 5 引《漢書・翼奉傳》，載冀奉封事，有云：「《易》有陰陽，《詩》有五際六情，《春秋》有災異。」[2]則今文家

---

[2] 朱喬森編著，朱自清文集 5《詩言志辨》（臺北：開今文化，1994），頁 174。

《詩》說亦講陰陽災異。由此引出董仲舒之說。

董仲舒《春秋繁露》喜言災異，其《必仁且智》（第三十篇）云：

> 天地之物有不常之變者謂之異，小者謂之災。災者，天之譴也；異者，天之威也。譴之而不知，乃畏之以威。《詩》云：「畏天之威」（《周頌・我將》），殆此謂也。

朱氏解云，這一節可以作「災異」的界說看，而引文中引詩云「畏天之威」，可見《詩》亦有災異。故後面朱氏又引《小雅・十月之交》，以為是「記日蝕之異的詩」。（頁 185-86）

《詩言志辨》第四輯正變。論「風雅正變」，與災異最有關係。朱氏引《白虎通》以變為非常之說，並云：《白虎通》代表漢儒的看法。漢儒以為天變由於失政，是對人君的一種警告。可說簡明扼要。（頁 222）案《白虎通議》卷六「災變」收「災變譴告之義」、「災異妖孽異名」兩條，均與災異學說有關。（見陳立《白虎通疏證》，頁 267-68）而兩者皆根據董仲舒《春秋繁露》之災異說。

朱氏進一步提出五行家所說的「詩妖」。這是根據《漢書・五行志》所引劉向《五行傳》：

> 言之不從，是謂不艾。厥咎僭，厥罰恆陽，厥極憂，時則有詩妖。

朱氏以為「妖」和「夭胎」同義，是兆頭的意思。（頁 230）以為劉向所謂「詩妖」乃指民間歌謠中的「怨謗之氣」，並云：這種詩就是所謂「刺詩」；「刺」也就是「怨謗」。（頁 231）

由上引兩書的論述，大致可知，漢代詩學與陰陽災異頗有關係。而漢代論陰陽災異最重要的人物是《春秋》學大師董仲舒。據《漢書・董仲舒傳》，武帝即位，舉賢良文學之士前後百數，而仲舒以賢良對策焉。[3]所謂「對策」（或作對冊），即皇帝先出策題——通常用「制曰」表示，再由賢

---

[3] 中華點校本《漢書》冊八，頁 2495。

良回答，稱為「賢良對策」。

不過應該知道的是，賢良對策並非始於武帝。據近人陳蔚松著《漢代考選制度》[4]考察，在漢文帝二年（前 178 年）、十五年（前 165 年）都曾詔舉賢良方正能直言極諫者。據陳文云：「漢代詔舉賢良方正，常在災異之後。因為當時認為災異是上天對人間帝王的譴告。」又云：「詔舉賢良方正，大多連言『直言極諫之士。』因為舉賢良方正的主要目的就是廣開直言之路，以匡正過失。」（《漢代考選制度》頁 35）

查《漢書》本傳，董仲舒對策實有三次，亦即有三次「制曰」提出問題，然後由董仲舒「對策」，後人稱此為「天人三策」。如前所說，漢文帝時即曾舉賢良對策，且與災異有關。故武帝剛就帝位，就下詔舉「賢良」對策。據傳文云，仲舒為賢良「舉首」——即賢良的領袖，可見其聲望之高。而在第一次策問之「制曰」，即提出三個問題：「三代受命，其符安在？災異之變，何緣而起？性命之情，或夭或壽，或仁或鄙，習聞其號，未燭厥理。」（《漢書》本傳頁 2496）針對第二個問題：「災異之變，何緣而起？」董仲舒對曰：

> 臣謹案《春秋》之中，視前世已行之事，以觀天人相與之際，甚可畏也。國家將有失道之敗，而天乃先出災害以譴告之，不知自省，又出怪異以警懼之，尚不知變，而傷乃至。以此見天心之仁愛人君而欲止其亂也。自非大亡道之世者，天盡欲扶持而全安之，事在彊勉而已矣。……《詩》曰「夙夜匪解」，《書》云「茂哉茂哉！」皆彊勉之謂也。（《漢書》本傳頁 2498）

上引《傳》文，似可分成幾個層次（重點）加以說明。

(1)「觀《春秋》之中，視前世已行之事，以觀天人相與之際，甚可畏也。」這表示其災異說有《春秋》為依據：由《春秋》所記載許多古代之事，可知上天與人間之事有一種緊密關係，甚令人敬畏。

---

[4] 陳蔚松著《漢代考選制度》（武漢：崇文書局，2003），頁 34-38。

(2)「國家將有失道之敗，而天乃先出災害以譴告之，不知自省，又出怪異以警懼之，尚不知變，而傷乃至。」這裏又分兩層，首先，所謂「天人之際」主要指上天對（人間）國君施政的關注。其次，上天對國君施政缺失特別重視，但先用「災害」加以「譴告」，再用「怪異」加以「警懼之」，故合稱之曰「災異」。在第三次「對策」中，董仲舒又云：「故《春秋》之所譏，災害之所加也；《春秋》之所惡，怪異之所施也。」兩次對策異同可以簡化如下：

第一次對策：

災害：譴告；怪異：警懼

第三次對策：

災害：所譏；怪異：所惡

合兩次對策，可說：

災害：譴告、所譏

怪異：警懼、所惡

近人解釋云：

> 董仲舒認為，水災、旱災、蟲災、地震等自然災害，不是一種單純的自然現象，實質上它和天降祥瑞一樣，是上天意志的直觀表現——「譴告」。如果人間的君王殘賊百姓，暴虐無道，生民塗炭，萬戶蕭疏，上天就會通過水旱之災、日食月食等自然怪異現象予以警告；倘若統治者仍然執迷不悟，不思悔改，上天就會更換王命，江山易主。[5]

案：開頭兩行解釋「譴告」，以為指「水災、旱災、蟲災、地震等自然災害」，應可成立。唯接著云：「如果人間的君王殘賊百姓，暴虐無道，生民塗炭，萬戶蕭疏，上天就會通過水旱之災、日食月食等自然怪異現象予以警告。」這一小段，除前面論「君王殘賊百姓」幾句不知其根據何在外，後面

5　曾振宇、范學輝著《天人衡中——〈春秋繁露〉與中國文化》（開封：河南大學，1998），頁5。

「上天」云云又提到「水旱之災」，顯與「譴告」說重複，應只保留「日食月食等自然怪異現象予以警告」，較合董仲舒對策文意。簡言之，即以水、旱等自然之災加以「譴告」，而用「日食月食」等自然怪異現象予以「警懼」。值得參考的是，另一西漢災異學大師劉向《五行傳》云：「凡有所害謂之災，無所害而異於常謂之異。害為已至，異為方來。」[6]

接著云「尚不知變，而傷乃至」，近人解釋云：「倘若統治者仍然執迷不悟，不思悔改，上天就會更換王命，江山易主。」顯然，這是上天所用最嚴厲懲罰。

本傳後面又補充云：「以此見天心之仁愛人君而欲止其亂也。自非大亡道之世者，天盡欲扶持而全安之，事在彊勉而已矣。」可見「災異」只是上天對人君的警告，仍給予改過向善的機會。案：《春秋繁露・深察名號第三十五》云：「受命之君，天意之所予也。故號為天子者，宜視天如父，事天以孝道也。」[7]所謂「天意之所予」，即上天所賜予；因人間之國君是上天所賜予，故云「受命之君」。此種關係，猶如父與子的關係，故號為「天子」，且云：「故號為天子者，宜視天如父，事天以孝道也」。而既然人君為上天所命，上天視君如子，則當人君施政犯下錯誤時，上天會給予改過的機會，先用「災異」警告。此即所謂「以此見天心之仁愛人君而欲止其亂也」，換言之，即天視人君如父視子之親愛。「自非大亡道之世者，天盡欲扶持而全安之，事在彊勉而已矣」，表示人君有天之親愛扶持，若非「大無道」，不致更換他人。所謂「大無道」即不知反省者，如《春秋繁露・王道第六》舉桀紂之暴行為例，又舉《春秋》中「臣弒其君，子弒其父，孽殺其宗」之例。[8]皆違反人倫之大道，故稱之為「大無道」。

當人君到了「大無道」，上天亦無法再親愛扶持而全安之，正如近人所

6　〔清〕陳立撰《白虎通疏證》（北京：中華，1997），上冊，頁271引《御覽》云。劉向喜言災異，參張峰屹著《兩漢經學與文學思想》（北京：三聯書店，2014），第五章第三節：（劉向）《條災異封事》所體現的《詩》學思想。

7　蘇輿《春秋繁露義證》（北京：中華，1996），頁286。

8　蘇輿《春秋繁露義證》（北京：中華，1996），頁107。

謂：「倘若統治者仍然執迷不悟，不思悔改，上天就會更換王命，江山易主。」如此，也就同時回答了第一次策問的兩個問題：「三代受命，其符安在？災異之變，何緣而起？」

正如陳蔚松所云：「陰陽五行，天人感應之說來源很久，但經董仲舒理論化之後，更加系統、精密，對漢代的思想、政治產生了很深的影響。」[9]

茲舉《後漢書》《蔡邕傳》之例以為印證。

傳文云，（桓帝建寧三年）侍中祭酒樂松、賈護，多引無行趣埶之徒，並待制鴻都門下，憙陳方俗閭里小事，帝甚悅之，待以不次之位。又市賈小民，為宣陵孝子者，復數十人，悉除為郎中、太子舍人。時頻有雷霆疾風，傷樹拔木，地震、隕雹、蝗蟲之害。又鮮卑犯境，役賦及民。六年七月，制書引咎，誥群臣各陳政要所當施行。邕上封事曰：

> 臣聞天降灾異，緣象而至。辟歷（霹靂？）數發，殆刑誅繁多之所生也。……故皇天不悅，顯此諸異。《鴻範傳》曰：「政悖德隱，厥風發屋折木。」（注：《翼氏風角》曰：「風者天之號令，所以譴告人君者。」）……夫權不在上，則雹傷物；政有苛暴，則虎狼食人；貪利傷民，則蝗蟲損稼。去六月二十八日，太白與月相迫，兵事惡之。鮮卑犯塞，所從來遠，今之出師，未見其利。上違天文，下逆人事。誠當博覽眾議，從其安者。臣不勝憤滿，謹條宜所施行七事表左：（《後漢書》冊七，《蔡邕傳》，頁 1992）

案：所謂「臣聞天降灾異，緣象而至」，指上天所降灾異，是有形象的，如：「雷霆疾風，傷樹拔木，地震、隕雹、蝗蟲之害」等，這些當即董仲舒所謂：國家將有失道之敗，而天乃先出災害以譴告之。而因「鮮卑犯境，役賦及民」，亦有異象：「太白與月相迫，兵事惡之。」此應即董仲舒所謂：「不知自省，又出怪異以警懼之。」傳文云：「鮮卑犯境塞，所從來遠，今之出師，未見其利。上違天文，下逆人事。」可見蔡邕並不贊成。兩者合起

---

[9] 陳蔚松著《漢代考選制度》（武漢：崇文書局，2003），頁 50-51。

來，即所謂「天降灾異，緣象而至」。

後面云：「臣不勝憤滿，謹條宜所施行七事表左。」其「二事」云：

> 臣聞國之將興，至言數聞，內知己政，外見民情。是故先帝雖有聖明之姿，而猶廣求得失。又因灾異，援引幽隱，重賢良、方正、敦朴、有道之選，危言極諫，不絕於朝。陛下親政以來，頻年灾異，而未聞特舉博選之旨。誠當思省述修舊事，使抱忠之臣展其狂直，以解《易傳》「政悖德隱」之言。（《後漢書》冊七，《蔡邕傳》，頁 1994）

此即前面所云，自漢文帝以來，各朝常因灾異而舉「賢良對策」，以求解決施政上的缺失。

總之，凡言「災異」皆表示國君施政有重大缺失，有待修補。寫到這裏必須回到前面所論災異與《詩經》的關係。而本書關於韓孟詩派的討論中，也有多篇論及灾異，可供參考。

第二節　滄桑之感與盛衰之感

引言

古人常用「滄桑之感」或「陵谷之變」喻指人生變化之巨大。

滄桑之感出《神仙傳》

《神仙傳・王遠》：「王遠，字方平，……博學五經，尤明天文圖讖，河洛之要，逆知天下盛衰之期，九州吉凶，觀諸掌握。」[10]

《神仙傳・王遠》：「麻姑自說云：『接待以來，已見東海三為桑田，向到蓬萊，又水淺於往者，會時略半耳，豈將復為陵陸乎？』遠歎曰：『聖人皆言，海中行復揚塵也。』」（仝上，頁 94）

陵谷之變出《詩經》

《詩・小雅・十月之交》：「高岸為谷，深谷為陵。」後世遂以陵谷喻

10 〔晉〕葛洪撰，胡守為著《神仙傳校釋》（北京：中華，2010），頁 92。

世事變遷之巨。

「滄桑之感」是一種神話傳說，「陵谷之變」則為寫實，兩者意義相近，故每合論。

由《神仙傳》所云「逆知天下盛衰之期，九州吉凶，觀諸掌握」，可知「滄桑之感」每用來指人世盛衰變化之巨大。下面即引用古籍中與盛衰之感相關的一些資料。

一、先秦至六朝（以下引文，凡文意明白者，不加解釋，以省篇幅）

《老子》第九章：「金玉滿堂，莫之能守；富貴而驕，自遺其咎。」

《抱朴子・自敘》：「隆隆者絕，赫赫者滅，榮位勢利，有若春華，須臾凋落，得之不喜，失之安悲？」

《漢書・食貨志》：「物盛而衰，固其變也。」（冊四，頁 1136）《漢書・楚元王傳》：「是以富貴無常。」（冊七，頁 1950）《漢書・張良傳》：「高帝崩，呂后德良，乃彊食之，曰：『人生一世〔間〕，如白駒之過隙，何自苦如此！』良不得已，彊聽食。後六歲薨。」（冊七，頁 2037）

《漢書》：「（蓋寬饒）曰：美哉！然富貴無常，忽則易人，此如傳舍，所閱多矣。」（《漢書》（冊十，頁 3245）

曹丕《感物賦序》：「喪亂以來，天下城郭丘墟。惟從太僕君尚在。南征荊州，還過鄉里，舍焉。乃種諸蔗於中庭。涉夏歷秋，先盛後衰，悟興廢之無常，慨然永嘆，乃作斯賦。」[11]

于浴賢論六朝賦

鮑照《蕪城賦》……通過廣陵今昔盛衰的強烈對比，表現了世事滄桑的強烈感慨。[12]

陸雲《登台賦》：「感崇替之靡常兮，悟廢興而永懷。」（仝上，頁 239 引）

---

[11] 韓格平、沈微薇、韓璐、袁敏校注《全魏晉賦校》（長春：吉林文史，2008），頁 10。

[12] 于浴賢《六朝賦述論》（保定：河北大學，1999），頁 62。

二、唐人

郭子儀的故事

中書令郭子儀勳伐蓋代，所居宅內，諸院往來乘車馬，僮客于大門出入各不相識。詞人梁鍠嘗賦詩曰：「堂高憑上望，宅廣乘車行。」蓋此之謂也。郭令曾將出，見修宅者，謂曰：「好築此牆，勿令不牢。」築者釋鍾而對曰：「數十年來，京城達官家牆皆是某築，祗見人自改換，牆皆見在。」郭令聞之，愴然動容，遂入奏其事，因固請老。[13]

張籍《法雄寺東樓》：「汾陽舊宅今為寺，猶有當時歌舞樓。四十年來車馬散，古槐深巷暮蟬愁。」俞氏解云：「汾陽以一代元勛，乃四十年中，棨戟高門，盛衰何速。趙嘏經汾陽故宅，有『古槐疏冷夕陽多』句，與此詩意相似。」[14]

郭子儀生平事蹟詳見《舊唐書》卷一百二十，列傳第七十，《郭子儀》。在安史之亂中立下汗馬功勞，唐史臣裴垍有扼要評述，除概要敘其所立大功外，末段寫其宅第之盛云：「其宅在親仁里，居其里四分之一，中通永巷，家人三千，相出入者不知其居。前後賜良田美器，名園甲館，聲色珍玩，堆積羨溢，不可勝紀。代宗不名，呼為大臣。天下以其身為安危者殆二十年。校書令考二十有四。權傾天下而朝不忌，功蓋一代而主不疑，侈窮人欲而君子不之罪。富貴壽考，繁衍安泰，哀榮終始，人道之盛，此無缺焉。」傳末又附史臣曰：「自秦、漢已還，勳力之盛，無與倫比。」俞陛雲《詩境淺說》引張籍與趙嘏詩，說明四十年中，其門戶由盛轉衰，令人不勝唏噓。

杜甫《秋興八首之四》：「聞道長安似弈棋，百年世事不勝悲。王侯第宅皆新主，文武衣冠異昔時。」[15]

13　《封氏聞見記》，周勛初《唐人軼事彙編》上冊，卷十五，頁 777。

14　《詩境淺說續編二》，俞陛雲《詩境淺說》（北京：中華，2010），頁 222。

15　參葉嘉瑩《好詩共欣賞：陶淵明、杜甫、李商隱三家詩講錄》（北京：三聯書店，2016），頁 101。

韓愈《題楚昭王廟》

王小舒論大曆詩人懷古詩云：「我們看到，大曆懷古詩抒發的都是盛衰滄桑之感。」[16]韓愈《題楚昭王廟》只有短短四句，卻被著名的評點家何焯評為：「意味深長，昌黎絕句中第一。」亦因這是抒發盛衰滄桑之感的一首懷古詩。（詳下）

不過，在欣賞此詩之前，尚應注意韓愈《圬者承福傳》中間一段：「嘻，吾操鏝以入富貴之家有年矣。有一至者焉，又往過之，則為墟矣。有再至三至者焉，而往過之，則為墟矣。問之其鄰，或曰：噫，刑戮也；或曰：身既死而其子孫不能有也；或曰：死而歸之官也。……」[17]這裏提到圬者在長安所見富貴人家終於衰敗的三種情形：遭受刑戮，死後其子孫不能守家業，死而歸之官等。正是全文的重點，後面云「富貴難守」，可謂點睛之筆。文後附多家評語，筆者獨取孫琮之評：「借圬者之口為醒世之文。中間說得凛凛可畏，令富貴人一時猛醒。」（頁 435）

接著看韓愈《題楚昭王廟》：「丘墳滿目衣冠盡，城闕連雲草樹稀。猶有國人懷舊德，一間茅屋祭昭王。」[18]

方世舉注：……有楚昭王廟……舊廟屋極宏盛，今惟草屋一區。（頁 1107）

（顏）師古曰：衣冠謂士大夫也。（頁 1108）

方世舉注：陸機《歎逝賦》：「愍城闕之丘荒。」何焯曰：二語顛倒得妙，亦迴鸞舞鳳格。《易訟卦》：「六三，食舊德。象曰：食舊德，從上吉也。」（頁 1108）

〔集說〕

劉辰翁曰：人評公《曲江寄樂天》絕句勝白全集，此獨謂唱酬可爾。若公絕句，正在《昭王廟》一首，盡壓晚唐。

---

16 王小舒《神韻詩學》（濟南：山東人民，2006），頁 164。

17 高海夫主編《唐宋八大家文鈔》《昌黎文鈔》（西安：三秦，2004）。

18 錢仲聯《韓昌黎詩繫年集釋》（上海：上海古籍，1998），下冊，頁 1107。

朱彝尊曰：若草草然，卻有風致，全在「一間茅草」四字上。

何焯曰：意味深長，昌黎絕句中第一。

陳衍曰：韓退之「日照潼關四扇開」（案：見《次潼關先寄張十二閣老使君》，《集釋》，頁 1074），不如其「一間茅屋祭昭王」。

蔣抱玄曰：未是快調，卻能以氣勢為風致，愈讀則意愈綿，愈嚼則字愈香，此是絕句中傑作。（以上，頁 1108，末則頁-09）

案：看頭一句已有挽歌意味，陸機《歎逝賦》正脫胎於「挽歌」。此詩只四句，採對比性寫法，讓人可以往復循環閱讀，故愈讀愈有味。從對比性角度看，本詩有幾層：

1.丘墳與城闕對比。國君與朝廷士大夫原本高居城闕中，死後皆遷居丘墳。

2.現況之對比。當年高大之城闕今已埋沒於荒煙蔓草中，但壘壘之丘墳仍滿目可見。

3.今昔對比。當年獻祭之宏盛舊廟已不見，所見僅一間「茅屋」而已。

4.生與死對比。上面三種對比皆牽涉到「生」與「死」的對比。

5.昏君與賢君對比。據《史記・楚世家》：「楚平王卒，乃立太子珍，是為昭王。立二十七年卒。」可見昭王在位較久，故楚人懷其德，至今仍有人會至茅屋致祭，則昭王雖死猶生，此即蔣抱玄所謂「未是快調，卻能以氣勢為風致，愈讀則意愈綿，愈嚼則字愈香。」

6.這是一首懷古詩，雖只四句，卻散發濃濃的盛衰滄桑之感。

〔美〕史蒂芬・歐文亦有很好的說明：

> 戰國時期的楚王並沒有因為道德品質而聞名；然而，楚昭王是比較好的國君之一，所有楚國的遺民都紀念昭王的美德。「國人」指楚國當地的居民，儘管楚國已經滅亡很長時間了。這個詞語的運用暗示著一個國家的人民凝聚力及通過對昭王的紀念而來的連續性的感覺。儘管祭祀的廟宇僅僅是「一間茅草屋」，和這個國家的衰落相稱，但是美德

和對存留下來的美德的尊敬和以前一樣強烈；楚昭王仍然被祭祀。[19]

唐人論六朝興亡

劉禹錫《金陵五題》：

之二：《烏衣巷》：朱雀橋邊野草花，烏衣巷口夕陽斜。舊日王謝堂前燕，飛入尋常百姓家。

之三：《台城》：台城六代競豪華，結綺臨春事最奢。萬戶千門成野草，只緣一曲後庭花。[20]

〔日〕齋藤茂云：《石頭城》、《烏衣巷》二詩把過去的歷史置于詩的背後，印象化地捕捉現今殘存之狀，意在言外地抒發了世事滄桑之感；《台城》一詩則直接詠寫過去的歷史，對消失殆盡的營造物充滿了傷悼和批判之意。……因而「懷古」就具有一種傾向，即把創作的重點放在古今對比、抒發人世滄桑之感慨上，而不是關注如何捕捉故實。（頁 174-75）

李群玉《秣陵懷古》：「野花黃葉舊吳宮，六代豪華燭散風。龍虎勢衰佳氣歇，鳳凰名在故台空。市朝遷變秋蕪綠，墳冢高低落照紅。霸業鼎圖人去盡，獨來惆悵水雲中。」《貫華堂選批唐才子詩》：因思自吳至陳，六代以來，何等豪華，曾幾何時，今皆安在？真如風中蠟燭，一餉銷亡，可不悲哉！[21]

杜牧《登樂遊園》：「長空澹澹孤鳥沒，萬古消魂向此中；看取漢家何似業，五陵無樹起秋風。」謝（疊山）云：「漢家基業之廣大為何如，今日登原一望，五陵變為荒田、野草，無樹木可以起秋風矣。盛衰無常，廢興有時，有天下者觀此，亦可以慄慄危懼。」（《品彙》，頁 484）《泊秦淮》：「煙籠寒水月籠沙，夜泊秦淮近酒家；商女不知亡國恨，隔江猶唱後庭花。」（仝上，頁 484）

---

19 〔美〕史蒂芬・歐文著，田欣欣譯《韓愈和孟郊的詩歌》（天津：天津教育，2004），頁 260。

20 齋藤茂《文字覷天巧——中晚唐詩新論》（北京：中華，2014），頁 171。

21 陳伯海主編《唐詩彙評》（杭州：浙江教育，1996），下冊，頁 2574。

薛能《銅雀臺》：「魏帝當時銅雀臺，黃花深映棘叢開；人生富貴須迴首，此地豈無歌舞來。」（仝上，頁 490）

包佶《再過金陵》：「玉樹歌終王氣收，鴈行高送石城秋。江山不管興亡事，一任斜陽伴客愁。」（仝上，頁 814）

案：所以喜論六朝興亡，是因六朝盛衰變化較為短暫快速。

胡遂論晚唐詩的盛衰之感

晚唐懷古詩中大量充溢人事盛衰無常、人生空幻不實的慨嘆。[22]許渾《金陵懷古》：「玉樹歌殘王氣終，景陽兵合戍樓空。松楸遠近千官冢，禾黍高低六代宮。石燕拂雲晴亦雨，江豚吹浪夜還風。英雄一去豪華盡，唯有青山似洛中。」（仝上，頁 105）它們都是從憮今追昔出發，以眼前所見的癈殿、荒台、頹垣、斷牆、枯草、冷雲、寒月等闃寂無人的凄涼景色映襯昔日繁華熱鬧的美人如玉、歌舞風流，通過今昔盛衰對比，從而得出一切皆虛幻無常、不能把握的結論。

晚唐人論六朝：「六朝文物草連空，天淡雲閑今古同。鳥去鳥來山色里，人歌人哭水聲中。」（杜牧《題宣州開元寺水閣，閣下宛溪，夾溪居人》）或「江雨霏霏江草齊，六朝如夢鳥空啼。無情最是台城柳，依舊煙籠十里堤。」（韋莊《台城》）（仝上，頁 115）

在晚唐人的詩集中，以佛教性空之理來觀照體察世相人生的作品還有很多，如李群玉《自遣》：「翻覆升沉百歲中，前途一半已成空。浮生暫寄夢中夢，世事如聞風里風。修竹萬竿資闃寂，古書千卷要窮通。一壺濁酒喧和景，誰會陶然失馬翁。」《請告出春明門》：「本不將心掛名利，亦無情意在樊籠。鹿裘藜杖且歸去，富貴榮華春夢中。」（仝上，頁 232）

薛逢《題白馬驛》：「……滿壁存亡俱是夢，百年榮辱盡堪愁。胸中憤氣文難遣，強指豐碑哭武侯。」[23]薛逢《悼古》：「細推今古事堪愁，貴賤同歸土一丘。漢武玉堂人豈在？石家金谷水空流。……」許渾《咸陽西門城

---

[22] 胡遂《佛教與晚唐詩》（北京：東方，2005），頁 91。

[23] 胡遂《佛教禪宗與唐代詩風之發展演變》（北京：中華，2007），頁 229。

樓晚眺》：「一上高城萬里愁，蒹葭楊柳似汀洲。溪雲初起日沉閣，山雨欲來風滿樓。鳥下綠蕪秦苑夕，蟬鳴黃葉漢宮秋。行人莫問前朝事，渭水寒聲晝夜流。」（仝上，頁 231）許渾《金谷懷古》：「凄涼遺迹洛川東，浮世榮枯萬古同。……往年人事傷心外，今日風光屬夢中。」（仝上，頁 232）

杜荀鶴《贈題兜率寺閑上人院》：「畢竟浮生漫勞役，算來何事不成空。」（仝上，頁 223）

總之，上面所分析的這些懷古詩，有的寫得蒼涼，有的貌似超然，有的飽含沉鬱，有的一派傷感，有的以一種反諷的形式出現，有的則在戲弄的筆墨中透出深深的無奈。（仝上，頁 236）

劉學鍇論中國感傷主義的傳統——從宋玉至曹雪芹

劉學鍇：宋玉作品的上述幾個特徵對後世都有深遠影響，但其中最主要的、影響最大的是感傷主義。[24]……到了晚唐，由于國運的進一步衰頹和士人境遇的更加艱困，感傷主義傳統得到了新的發展。「傷春」、「傷別」成為以杜牧、溫、李為代表的詩歌主流派的共同傾向。……洪昇的《長生殿》與孔尚任的《桃花扇》，在總結封建王朝興亡的歷史教訓的同時，對整個封建社會的歷史與封建地主階級的統治流露了濃厚的感傷情緒，充滿了歷史與人生的空幻悲涼感。曹雪芹的悲金悼玉的《紅樓夢》，更是一曲充滿感傷情緒的封建社會的挽歌。如果要找一個感傷主義傳統的總結者，曹雪芹就是這樣的歷史人物。（仝上，頁 92）

……同時，這類作品中的大部分，在表達方式上也不是淋漓恣肆，而是比較含蓄蘊藉的。這也較為符合審美習慣與心理。從宋玉到李商隱再到曹雪芹，這個感傷主義的文學傳統應當得到清理與總結。（仝上，頁 93）

案：本書末章即論《紅樓夢》，劉氏感傷主義之說可做「《紅樓夢》引言」看。

---

24 劉學鍇《李商隱詩歌研究》（合肥：安徽大學，1998），頁 90。

附：

《枕中記的結構分析》 黃景進

有人說，文學作品是人類經驗的反映，而人類經驗有許多層面，因此讀者可以由許多不同的途徑去了解文學作品[25]。這個說法相當客觀，頗能解釋文學批評的多樣性。可是我們也知道，各個作品所反映的人類經驗，有其著重點，而且作者所採取的反映方式，各有不同，這就形成文學作品的特殊性。做為文學批評家，最基本的條件，就是要具有高度的感性，去把握這種特殊性質，進而運用適當的方法去分析它，以決定作品的價值。如果未能把握這種特殊性而任意套用方法，固然還是能分析一些東西，有時卻非該作品的價值所在，結果等於浪費了許多力氣。本文主要是以結構主義的方法來分析「枕中記」，並非肯這是最好的方法，而只是認為，枕中記有一個特殊的結構，透過這個結構，作者企圖反映某種人生經驗的主題，枕中記之吸引人，這個結構無疑有很大貢獻，因此，這個結構的特殊意義，應是批評家所面對的主要目標。也許是基於這個原因，多年前，張漢良先生就曾運用這種方法來分析過枕中記[26]。但是各種批評方法，皆只是提示某些原則而已，並未達到機械化的程度——使大家運用同樣的方法，得出同樣的結果。「運用之妙存乎一心」，不同的學者運用同樣的方法，來分析同一篇作品，結果往往並不一致，這是很正常的現象，本文所提供的，只是同樣方法運用的另一種結果而已。

枕中記是唐代小說中，相當著名的一篇，故事內容是寫得神仙術的道士呂翁，讓少年盧生開悟的過程。開悟的方法是讓盧生睡在一個魔枕上作一個夢[27]，在夢中，盧生的理想一一實現，他在現實世界中所遭遇的挫折，也一

---

25 參見 Wilfred L. Guerin' "A Handbook of Critical Approaches to Literature," second edition（臺灣文鶴版），頁 239。

26 張漢良「楊林故事系列的原型結構」（收於中外文學叢書「中國古典文學論叢」冊三：神話與小說之部）。

27 「魔枕」名稱見王拓「枕中記與杜子春」（收於幼獅文化公司出版之「中國古典小說論集」第一輯）。

一獲得補償，但夢醒之後，盧生突然悟到人生的虛幻，覺得過去所追求的目標及所遭遇的挫折，都變得毫無意義，於是心靈獲得解脫而去。雖然故事頗有神怪意味，情節也是設計出來的，但作者的筆法相當細膩，使得情節的發展相當合理自然。例如寫呂翁之開悟盧生，是因為兩人在邯鄲道之邸舍相遇，「共席而坐，言笑殊暢」，在這種氣氛之中，產生出關懷，以至要助對方一臂之力，應是很自然的。並且因為兩人聊得很久，盧生不免有睡意——「言訖，而目昏思寐」，呂翁乃趁此拿出魔枕，讓他入睡，這也是很自然的發展。其餘如寫夢中盧生的經歷，固然極力寫他的飛黃騰達，但也寫他遭受到挫折陷害，凡此皆使夢中人生更具備真實感，正因為夢中人生是如此的反映現實，才能使盧生了解到「人生如夢」的道理，否則，如夢中只是一些神奇鬼怪之事，盧生醒來之後，只會驚奇於魔枕之好玩，而不可能產生新的人生觀照，則整篇小說也失去深刻、感人的主題了。

分析這個故事，基本上是由三個因素組成的，即盧生、夢與呂翁。三者可說缺一不可。盧生代表追求理想而屢遭挫折的年輕人，「夢」代表理想的人生，呂翁則代表看透人生意義的人。在故事中，這三者結合起來，可用一句話包括之，即「呂翁讓盧生作了一夢而了悟人生」。這種安排是有道理的，作夢的一定是像盧生這樣的年輕人，如果由行將就木的老人來作這種夢，就失去枕中記的意義。因為盧生正處於人生開始階段，對人生的全貌尚無認識，呂翁才讓他作了一個夢，利用夢的濃縮作用，使他在「蒸黍未熟」的短暫時間中，很快地看清人生的全貌與真相。如果換成老年人，則人生的路都快走完了，故事不需安排個夢境，而只讓他回憶也就夠了。故事結尾，是高潮所在，當盧生夢醒時，看到自己仍躺在旅舍中，「呂翁坐其傍，主人蒸黍未熟」，各種景物仍與睡前一樣，於是才曉得方才所經歷的種種，無非夢境，因此蹶然而興曰：「豈其夢寐也？」最令人尋味的是呂翁的回答，他竟說：「人生之適，亦如是矣！」這話透露一個秘密，表示呂翁對盧生所經歷的種種夢境，瞭如指掌。可想像的，他就像觀眾在臺下看盧生演戲一樣，盧生的夢正是他從前的夢，盧生可說是他從前的化身，盧生所遭受的挫折，也正是他從前所遭受的挫折，他現在看盧生的心情，不正等於在回憶過去一樣？正是基於這種同情共感，呂翁有意指點盧生的迷津，可是要傳達這種人生經驗，並不容易，雖然呂翁是快走完人生的人，對人生已經看透了，但他這種經驗，畢竟無法用口說，傳達給正在人生初階段的盧生，於是只好讓盧生在夢中，親自去體會一番。故事結攬寫盧生夢醒之後，終於了解了人生的悲劇性，因此「憮然良久」，並說出一段悟道的話：「夫寵辱之道，窮達之運，死生之情，盡知之矣。此先生所以窒吾欲也，敢不受教？」於是，「稽首再拜而去」。這個結尾，可說是餘音嫋嫋，令人回味無窮，頗近於詩趣。好奇的讀者不免要問，悟道後的盧生要往何處去？他將要如何安排以後的人生？依照盧生所說的話看來，他的欲已經被窒，他應去過一個「無欲」的人生。比較故事開始的盧生，這樣的結尾，可說消極得令人吃驚。在故事的開始，盧生是那麼充滿理想，他認為「士之生世，當建功樹名，列鼎而食，選聲而聽，使放益昌而家益肥」，他深以目前的「猶勤畎畝」為恥，但一夢之後，竟然如此消極，這種驚人的轉實在耐人尋味。

故事中的「夢境」，約占全文三分之二，描寫盧生先跨出重要的一步，娶了「五姓女」中的清河崔氏女，然後舉進士登第。於是步步高陞，甚至於大破戎虜，歸朝冊勳，恩禮極盛。後生五子，皆有才器，其姻媾皆天下望族。在這五十餘年中，盧生可說是集榮華富貴、各種享受於一身，他「性頗奢蕩，甚好佚樂，後庭聲色，皆第一綺麗，前後賜良田、甲第、佳人、名馬，不可勝數」。一直到「年逾八十」才死。就所占篇幅來說，這一段似乎是故事的主體，作者有意藉這夢境反映唐代的社會風氣及當時士人的理想。不過從「小說藝術」的觀點來看，夢中經歷的細節，並不十分重要，因為「夢」只代表理想的人生，而各時代有各時代的理想，各社會有各社會的理想，如果是由現代人來寫「枕中記」，可能有相近的結構，而夢的內容必然大有不同。要不是抱著研究的態度來看枕中記，筆者懷疑現代的讀者是否有耐性仔細看完夢境那一段，筆者相信，讀者最感興趣的還是夢前與夢後的故事，也就是說，吸引中的還是小說的「結構」。夢中的經歷雖然寫得很複雜，其實只是代表一般的理想人生，在小說中的作用，只是使夢境更具真實感而已。

枕中記的特色在其結構，是很明顯的。沒有這個結構，就不成為枕中記，而作者所要表達的主題，也失去其憑藉。簡單地說，枕中記的主要特色，乃是它的複式結構，及由此結構所產生的「弔詭」（paradox），其複式結構可用圖形表示如下：

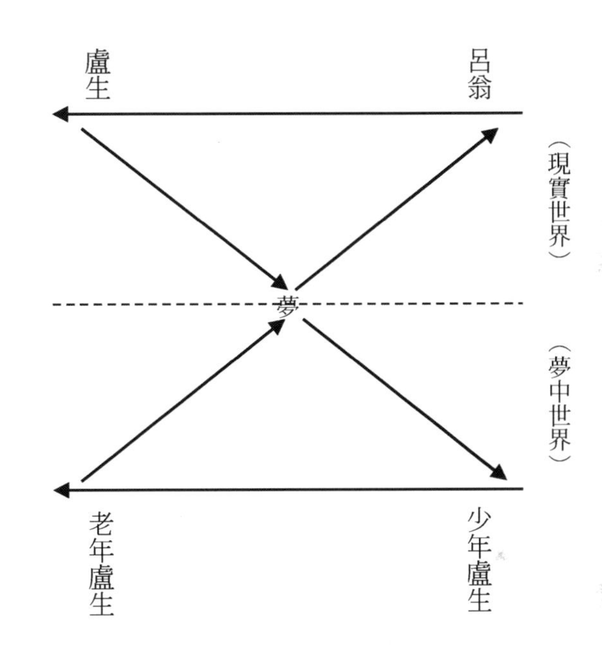

這故事是由兩部分組合而作，一個部分可說是現實世界，另一部分是夢中世界。在「現實世界」中，故事發生的時間是開元七年[28]，地點是鄲鄲道中的邸舍，人物是道士呂翁、盧生及邸舍主人，故事的主要部分，是道士呂翁讓盧生作了一個夢，夢醒之後，了悟了人生。而「夢中世界」是寫盧生由少年至老死所經歷的種種。就整個故事的組成而言，夢是屬於現實世界的一部分，是被現實世界所包括的，可是就內容而言，夢中世界卻遠比現實世界遼濶豐富。故事中的現實世界，只限於某個黃昏的某個地點，發生的事只是人生中的片段（雖然可能是最重要的片段），涉及的人物很有限，並且夢境

28 據「文苑英華」本，太平廣記採自異聞集，作「開元十九年」。

實際所占的時間，也只有「蒸黍未熟」那麼短暫。但在「夢中世界」中，盧生卻經歷了數十年之久的人生，空間伸展得更遠，涉及的人物亦甚眾多。這種情形正如房間裏面的鏡子，雖然是屬於房間的一部分，但鏡中所反映的，並不限於房間的事物，只要門窗不關閉，鏡子可以攝入戶外的許多景物，因此，鏡子的作用，等於擴大了房間的空間。同樣，由於夢境的無限包含的能力，無形中延伸了現實人生的長度，也豐富了現實人生的內容，有了夢，人似乎多活了好幾次，人生也顯得多采多姿。更有趣的是，「夢」與「現實」的分別，有時是相對的，有時候夢在比現實更為真實，而現實比夢更為虛幻。枕中記中，夢與現實的真假屬性，有時候可以顛倒過來看。在常人的觀念中，夢境是虛幻不實的，現實才是真的，表面上，枕中記的故事似也建立在這種常識之上，但稍一留意就會發現，故事中的「現實世界」所寫呂翁開悟盧生的過程，實是充滿神怪意味，那是屬於「超現實」的世界。相反的，故事中的「夢中世界」卻反映了唐代社會的現實，這夢中世界反而是真正的現實世界[29]。整個故事可以說是利用「超現實」的世界來批判現實世界（即故事中的「夢中世界」），進而否定現實世界。如果人能從超越的角度來看現實人生，本來是會有如夢的感覺，可是，一般人用來否定現實世界的超現實世界，實際上是建立在人的想像之上，其虛幻更甚於夢境。「枕中記」中呂翁點化盧生這件事，豈不更像是一場夢？這種「假作真時真亦假」的弔詭，正反映人類追求人生意義的困境。

故事中的另一弔詭，是在故事末尾。當夢中的盧生老死時，現實的盧生剛好醒來，死生之連續如水流般，沒有間斷。這種由死而生的過程，本來是違背大自然生命的規律的，但是在夢與真實的銜接中，卻顯得如此自然，就這個現象來說，夢似乎曾經幫助過人們，克服了死亡的恐懼，產生「莊周夢蝶」的「齊生死」的觀念[30]。因而有人認為，這故事的深層結構，是意味著

---

[29] 王夢鷗先生認為枕中記之夢境乃反映元載楊炎之事蹟，見其「唐人小說研究」二集（頁四五），及「枕中記及其作者」（載「幼獅學誌」五卷二期）。

[30] 王拓前引文云：「這句話頗與莊周夢蝶一樣，使我們在人生的真假之間產生撲朔迷離的幻覺。」張漢良先生亦云：「這暗示出生兮死所伏，死兮生所伏」（前引文）。兩

從死亡到再生的過程[31]。但是仔細研究，我們發現這是一個錯覺，因為在枕中記中，夢是被利用來否定客觀的現實人生，故事的結尾並未提供什麼可以奮鬪追求的目標，而是帶著濃厚的消極悲愴意味，絲毫沒有「再生」所具有的樂觀積極性。所以有人提出質問，以為如夢中所經歷的諸種人生的繁華，應更能堅定人追求現實理想的意志，夢中「出將入相」的經歷，可能使人更加嚮往那種富貴的生活，但故事結尾的盧生，卻產生「消極的逃避現實的態度」，實在不合情理。因此王拓認為「這篇小說在情節的發展上，使一個人做了一場繁華夢後，就能徹悟『人生如夢』，就能使他拋棄現實的理想和價值，未免過份簡化和神奇了……對大多數的現代讀者來說，是很缺乏說服力的。」[32]這是個重要問題，確實觸及到這篇小說的核心：為什麼盧生作夢之後，變得消極？發問的人看出小說結尾充滿消極悲觀，是很正確的，不過他以為夢境內容應有積極鼓勵作用，則是忽略了那是「夢境」。不管夢境如何繁華，夢醒之後都會成空，這種「如夢」的幻滅感，才是消極悲觀的來源。而且夢境越是繁華，夢醒之後的悲哀越重。因此，最重要的是追究人生是否如夢？如果人生可以比成夢境，則人生必然是可悲的。關於「人生如夢」的意義，在另一篇模仿枕中記的唐人小說中，已經點明了。南柯太守傳云：「生感南柯之浮虛，悟人生之倏忽，遂棲心道門，絕棄酒色。」所謂「悟人生之倏忽」，當是因為了解到「人生必死」的事實而來。由於「死」這不可逃避的鐵律，人的一生就顯得虛浮不實，有如夢境一般。不管一個人在現實生活中，過得如何顯赫輝煌，面對「死亡」這鐵面孔，一切都會作夢一般的不可靠。在死亡面前，眾生平等，不管過的是怎樣的人生，到頭來都是一樣虛無，那麼人何必如此辛苦努力地去追求理想？汪辟疆先生說：「本文於短夢中忽歷一生，其間榮悴悲；懽，剎那而盡，轉念塵世實境，等類齊觀。出世之想，不覺自生。」[33]胡倫清先生也說：「沈氏此作，用意在使熱中者

人都注意到結構上的弔詭。

31 見王拓及張漢良前引文。

32 見王拓前引文。

33 見汪輯「唐人傳奇小說集」（世界書局本）頁三九。

流，悟及塵世間之功名富貴，轉瞬盡成夢幻，況其中苦樂悲歡，迭相乘除，短促之人生，未必盡能饜足一已之願望也。」[34]他們都看出，由於人生短暫如夢，因而否定現實理想的主題。

所以追根究柢，枕中記的結構，可說是建立在生與死的對立之上。前面說過，故事中的「夢中世界」實是反映了現實的人生，儘管其中發生的事件很多，其基本意義只是在描寫人由生至死的過程而已。呂翁讓盧生由夢中所悟的道即是：一個人即使實現了各種理想，還是不免一死，而在面對死亡這件事實時，各種寵辱窮達，各種欲望的滿足，都將如夢幻一般的不真實。有人說呂翁象徵所謂的「智慧老人」[35]，可惜沒有說出什麼智慧，其實這智慧正是故事的主題所在，說穿了就是「死亡的智慧」，也可以說是「時間的智慧」。我們知道，呂翁是學過「神仙術」的人，而神仙術即是建立在這種「死亡及時間」的了解之上。從深層意義去看，呂翁只是代表一個與死亡較為接近的存在——老翁而已，他就是死亡的象徵，也可以說就是「時光老人」。正因他是時光老人——死亡的主宰，才能讓盧生領悟到人失如夢的道理。至於盧生，原來是充滿生命的活力，他說為「士之生世，當建功樹名，出將入相，列鼎而食，選聲而聽，使族益昌而家益肥」。換句話說，他希望獲得各種生理及心理欲望的滿足，雖然屢遭挫折，但他不甘久困畎畝，這正是生命衝動的象徵。他當然也曉得「人必有死」的這件事實，可是有許多欲望還沒有滿足，死亡的距離畢竟尚遠，對於死亡及時間的毀滅性意義，他並未有真實的了解，仍是盲目的往前追求，於是呂翁才讓他入夢，以悟到這種「死亡的智慧」。當他夢醒之時，面對的正是呂翁這接近死亡的具體事實（遲早有一天，盧生也會變成像呂翁一般的老人），在夢與呂翁的對照之下，他領悟到「人生如夢」的智慧，於是他放棄了各種追求與欲望。這時候的盧生已經認同於呂翁，他失去了欲望，同時也失去了理想，這種無欲的人生，實際上也就是心靈的死亡。所以當盧生夢醒之時，實無所謂「再生」的

---

34 葉楚傖編「傳奇小說集」（正中書局）頁九。

35 見張漢良前引文。

寓意，他的確是「心死」了，枕中記之帶有濃厚消極意味，正是基於這種「心死」的深層意義。了解其深層的象徵意義，則前面的結構可以轉換為：

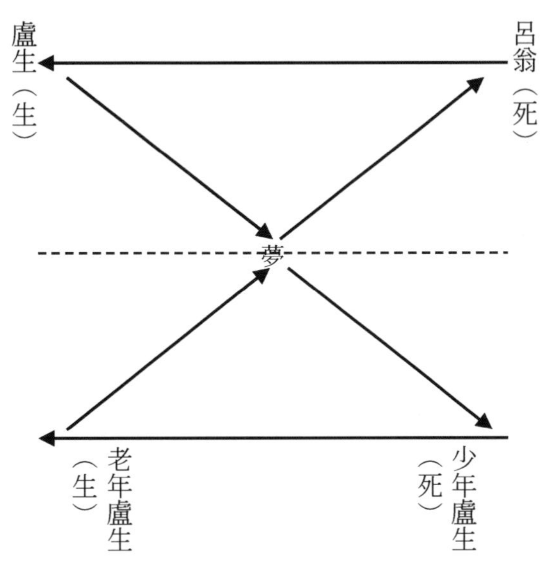

（括弧中的字眼代表象徵意義）

當象徵意義被標示出來時，枕中記的結構特色及其主題就更明顯了。在這個複式的象徵結構中我們看到，具有死亡智慧的呂翁，使盧生作了一個夢，夢醒之後，原來充滿生命衝的盧生，也失去追求現實理想的欲望，認同於呂翁。從現實世界的觀點看來，他的心靈可說已經死亡。而這種心理的變化，則是接受夢境的啟示而來。夢是一個境子，在這一面境子中，盧生看清人生最基本的事實，即是由生至死的過程。夢境所反映的真理是，由於死亡的毀

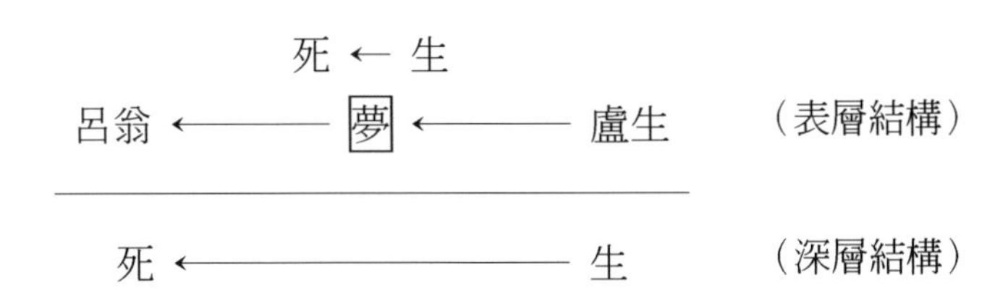

滅性，人生就顯得如夢幻一般的虛無。當盧生了解「人生如夢」的事實之後，很自然地放棄原來的理想。這個故事的結構，可以進一步簡化為：
故事發生的場所為邸舍，正意味著人生如逆旅，如過客，可以說整個故事就是一個大象徵。

枕中記有兩個引人的小插曲，一個是盧生沈著青甆入睡，並由枕旁小竅進入夢中世界，一個是盧生夢醒時，邸舍主人蒸黍未熟。兩者都反映六朝以來道家文學的特色。青甆是通往夢中世界的橋樑，同時也是溝通現實世界與超現實世界的橋樑。小川環樹在「中國小說史之研究」中，曾舉出中國仙鄉故事的特點之一是洞穴，主角在到達仙鄉的途中，往往先要通過一個山洞。枕中記寫青甆兩端有竅，「生俯首就之，見其竅漸大，明朗，乃舉身而入，遂至其家」。使我們想起桃花源記之寫山洞，「山有小口，髣髴若有光，便捨船從口入。初極狹，纔通人，復行數十步，豁然開朗」。這種洞穴原型，當是六朝時人根據山林探險的實際經驗。在那深山窮谷間，可能點綴有一些美麗新世界，偶然為探險的人所發現。至於「蒸黍未熟」則明顯反映道家文學的文學觀念。在不同的世界中有不同的時間意義，這是道家文學的常見主題。枕中記的夢境雖有數十年之久，而實際上卻只有蒸黍未熟那麼短暫。很明顯，黍是時間的具體象徵，蒸黍未熟是說明時間的短促，而同時也象徵人生的短促。蒸黍是一種由生而熟的過程，正可用來象徵生命由生至死的短促。看過結構主義大師李維、史特勞斯（L'evi-Strauss, Claude）的著作的人，都會知道這種象徵的運用原理。

枕中記的故事反映一個苦悶靈魂的心路歷程，它是寫給那些屢遭挫折的人看的。「人生如夢」的觀念不僅可以用來否定各種人生的理想，同時也可用來否定過去受挫的事實，因而減輕心理所承受的重大壓力。就這點看來，枕中記的故事與那些「往事如夢」型的故事並不一樣。「往事如夢」型的故事是寫給那些曾經亮華而後沒落的人看的。枕中記所根據的「人生如夢」的觀念，是基於「人必有死」的事實而來，這是一個普遍有效的命題，可以適用在各種人生類型，而「往事如夢」主要是針對某種特殊類型的人生，兩者所涵蓋的人生領域，實有廣狹之不同。有人認為文學是人生的批評，枕中記實可當之無愧。它所批評的是整個人生，比起別的小說之以人生某一範圍為主，可說更為超越。雖然「人生如夢」的觀念失之消極，但因這種超越性，卻具有很強的感染力，「人生如夢」成為被普遍接受的成語，並非偶然。固然枕中記的故事架構是前有所承[36]，並且以「人生如夢」為主題的文學作品也很多，但枕中記卻是比較完美的一篇，其主題與結構配合得恰到好處，「運筆精當而辭無枝葉」[37]，故事結束時，餘音嫋嫋，令人回味無窮，實不愧為唐人小說中的名篇。

黃景進《枕中記的結構分析》

原載靜宜文理學院中國古典小說研究中心主編《中國古典小說研究專集》第四集，聯經，民 71（1982）年 4 月。

後收入國立編譯館主編，中國唐代學會編，《唐代研究論集》第四輯，臺北：新文豐，民 81（1992）年，頁 585-598。

附記：（舊作讀後感）

這是最近（2019 年）發現的一篇「舊作」，距今已過了三十多年，原本懷著「悔其少作」的心理勉強讀它，不料讀完之後，卻有「驚豔」的感覺——想不到當年仍不成熟的「盧生」，竟能寫出如此可讀性甚高的作品。再一想如今已是白髮蒼蒼的「呂翁」，不勝愴然之至，因以保留「舊照片」的心情，做為「新著」附錄。

第三節　不遇之感

「不遇之感」正是所謂「永恆的主題」。

近人徐國榮云：

賈誼《弔屈原賦》和《服鳥賦》中，有著濃郁的感傷情思，但這種感

---

[36] 枕中記本於劉宋劉義慶幽明錄之楊林故事，見汪辟疆編「唐人傳奇小說」（世界書局）頁三九。

[37] 王夢鷗先生評語，見其「唐人小說研究」二集頁四五。

> 傷只是個人懷才不遇的感傷，並沒有對社會的任何失望。[38]

> 董仲舒作《士不遇賦》，司馬遷作《悲士不遇賦》，都感慨生不逢時。……于是，在「士被遇」後，「不遇」的感傷自是蕩然無存。（仝上，頁 24）

所謂「懷才不遇」、「生不逢時」，在文學史中可說罄竹難書。但徐文只提到董仲舒作《士不遇賦》，司馬遷作《悲士不遇賦》，是因為只限於漢人之作。其實，論「士不遇」，更值得注意的是陶淵明之《感士不遇賦》，其序云：

> 昔董仲舒作《士不遇賦》，司馬子長又為之。余嘗以三餘之日，講習之暇，讀其文，慨然惆悵。夫履信思順，生人之善行；抱朴守靜，君子之篤素。自真風告逝，大偽斯興，閭閻懈廉退之節，市朝驅易進之心。懷正志道之士，或潛玉於當年，潔己清操之人，或沒世以徒勤。故夷皓有安歸之歎，三閭發已矣之哀。悲夫，寓形百年，而瞬息已盡；立行之難，而一城莫賞。此古人所以染翰慷慨，屢伸而不能已者也。夫導達意氣，其惟文乎？撫卷躊躇，遂感而賦之。[39]

袁行霈題解云：「文學作品中之『士不遇』主題蓋濫觴於屈原《離騷》、宋玉《九辯》。此賦乃讀董仲舒之《士不遇賦》、司馬遷之《悲士不遇賦》，有感而作。」（前引書，頁 435）

所謂「士不遇」之遇，應是指在仕途上的遭遇，「士不遇」指士在仕途上的遭遇並不合自己的期待而有所不滿。董賦云：「生不丁三代之盛隆兮，而丁三季之末俗。」這表示自己生在一個非常不理想的時代，故無法實現自己的理想、抱負，簡言之，即「生不逢時」。其中提出一個重大問題，在此末世社會中，士應採取何種態度？董賦云：「屈意從人，非吾徒矣。正身俟

---

[38] 徐國榮著《中古感傷文學原論——漢魏六朝文士生命觀及其文學表述》（北京：中國社會科學，2001），頁 23。

[39] 袁行霈撰《陶淵明集箋注》（北京：中華，2003），頁 431。

時，將就木矣。」這表示對自己的品格有所堅持，不隨波逐流。可悲的是，在當時的世代中，講究品格的「吾徒」只是少數。文中云：「以辨詐而期通兮，貞士耿介而自束。雖日三省於吾身兮，繇（一作「猶」）懷進退之惟谷。彼寔繁之有徒，指其白而為黑。」「鬼神不能正人事之變戾兮，聖賢亦不能開愚夫之違惑。」指大多數人皆用詐欺不實的手段而獲得進用，而有品格操守的貞士，只能每日三省吾身、自我約束，自陷於進退維谷之境，簡言之，即「懷才不遇」。

馬遷《悲士不遇賦》篇幅甚短，大意同於董賦，茲不贅。現即談陶淵明《感士不遇賦》，本文所據為袁行霈撰：《陶淵明集箋注》（北京：中華，2003，頁 435），下簡稱為《箋注》。

《箋注》對本文已作了詳細注解，但尚有一些問題，仍可作進一步討論。

(1)序：「閭閻懈廉退之節，市朝驅易進之心。」

《箋注》云：「閭閻懈廉退之節」，意謂鄉里已不再砥礪廉潔退讓之節操。閭閻，里巷之門。懈，懈怠。此解應無問題。唯注下句「市朝驅易進之心」，云：「意謂市朝間盛行巧取升遷之心。市朝，指人眾會集之處，亦指集市。」（《箋注》，頁 437）

案：上下句應是對句，如箋注云，閭閻指鄉里，則「市朝」應指朝廷。[40]查賦文云：「發忠孝於君親，生信義於鄉閭。」（《箋注》，頁 432）「君親」對「鄉閭」，可證「市朝」應作「朝廷」解。[41]《箋注》解市朝驅

---

[40] 詳見拙文《變文之謎新解》，第四節：樂府民歌之「變」及常見「變」字用法，四、常見「變」字用法：以三字《XX 變》例為主，儲光義《登戲馬臺作》「居人滿目市朝變，霸業猶存齊楚甸」之解讀。

[41] 要了解「朝廷」所以稱為「市朝」，可參考王利器《顏氏家訓集解》（增補本）（北京：中華，1996）《顏氏家訓》卷三《勉學第八》：《梁朝全盛之時，貴游子弟，多無學術，……及亂離之後，朝市遷革。》（王）注：朝市猶言朝廷。《觀我生賦》：「訖變朝而易市。」與此言「朝市遷革」意同。《周禮考工記》：「匠人營國，前朝後市。」蓋市之前即為朝，朝之後即為市，故言者多以朝市指朝廷。又查〔唐〕沈千運《古歌》：「北邙不種田，但種松與柏。松柏未生處，留待市朝客。」（張伯偉

易進之心云：「意謂市朝間盛行巧取升遷之心。」亦較適用於朝廷，而不適合用在「人眾會集之處」之市集。

(2)序：「悲夫，寓形百年，而瞬息已盡；立行之難，而一城莫賞。」

《箋注》：寓形：寄托形體。百年：一生。案：下句云「瞬息已盡」，則上下句應指人生不過百年，很快就過去。由此看「立行之難，而一城莫賞」。《箋注》：立行：行為舉動，《後漢書・袁敞傳》云……。一城莫賞：意謂無一城之封賞。案：解讀空洞，有解等於無解。正如問題(1)，必須與賦文對看，始能確定其義。鄙意以為，「一城莫賞」是對應賦文：「何曠世之無才，罕無路之不澀。伊古人之慷慨，病奇名之不立。廣結髮以從政，不愧賞於萬邑。屈雄志於戚豎，竟尺土之莫及。留誠信於身後，慟眾人之悲泣。」據箋注云：「廣結髮」云云，意謂李廣自結髮以來即已從政，所立之功雖賞萬邑亦無愧也。但朝廷卻因其「失道」，由大將軍（衛青）使長史按問，廣「遂引刀自剄」。（頁 445）淵明極為李廣不平，賦文續云：「屈雄志於戚豎，竟尺土之莫及。留誠信於身後，慟眾人之悲泣。」此亦根據《史記》傳文：「廣自刎，『廣軍士大夫一軍皆哭。百姓聞之，知與不知，無老壯皆為垂涕。』」在《史記》列傳中，李廣生平極為後世盛傳，後世常以李廣之「數奇」，做為「無功（不遇）」的典型。由此看序文之「立行之難，而一城莫賞」，應即賦文之：「廣結髮以從政，不愧賞於萬邑。屈雄志於戚豎，竟尺土之莫及。」亦即以李廣事迹做為「士不遇」的重要例證。

(3)賦文：「寧固窮以濟意，不委曲而累己。既軒冕之非榮，豈縕袍之為恥？誠謬會以取拙，且欣然而歸止。擁孤襟以畢歲，謝良價於朝市。」

《箋注》：自此以下乃淵明言其自身之態度。寧可固窮以成全自己之意願，而不委曲事人以損害自己。此解「固窮」之意非常正確。但後面幾句的解釋，並未十分到位，茲略加補充。首先，如《箋注》云：「軒冕」乃指朝

《全唐詩格校考》頁 315）沈詩「留待市朝客」，市朝指朝廷，市朝客指朝廷仕宦之人。

廷官位爵祿及顯貴者。縕袍：以新舊混合之亂絮製成之袍。」（頁 447）

案：此兩句實出《論語・子罕篇》：「衣敝縕袍，與衣狐貉者立，而不恥者，其由也與？『不忮不求，何用不臧？』」楊伯峻《論語譯注》：「穿著破爛的絮著舊絲綿的袍子和穿著狐貉皮的人一道站著，卻不覺得慚愧的，恐怕只有仲由（子路）一個人罷！」注釋：縕，舊絮。[42]但在淵明此文中，應與上兩句言「固窮」合看。「既軒冕之非榮，豈縕袍之為恥？」縕袍正指「固窮」的自己，言下之意，指自己雖然貧寒，但並不羨慕在朝廷為官的人。

由此看末四句：「誠謬會以取拙，且欣然而歸止。擁孤襟以畢歲，謝良價於朝市。」前兩句即《歸園田居》五首之一：「開荒南野際，守拙歸園田。」（《箋注》，頁 76）意指自己寧願歸園田「守拙」，守拙即「固窮」。結尾兩句云：「擁孤襟以畢歲，謝良價於朝市。」箋注：孤襟，孤介之情懷。畢歲，終此一生。甚確，但何以稱自己為「孤襟」？這可能要回到序所云：「自真風告逝，大偽斯興，閭閻懈廉退之節，市朝驅易進之心。」在一片詐偽的衰世，耿介之人（如吾徒）已難在朝廷立足。前已指出，「市朝」應指朝廷，而《箋注》解賦文「既軒冕之非榮」，云：「軒冕」乃指朝廷官位爵祿及顯貴者，前後互證：「軒冕」即指「市朝」，故末句云：「謝良價於朝市。」正指辭謝朝廷官位，亦即所謂「歸園田」。案：淵明曾因「凍餒」而出去為官，但三進三出，最後決定「守拙歸園田」。

(4)固窮的思想

談到固窮的思想，可溯源至《論語・衛靈公篇》：「在陳絕糧，從者病，莫能興。子路慍見曰：『君子亦有窮乎？』子曰：『君子固窮，小人窮斯濫矣。』」楊伯峻《論語譯注》：「君子雖然窮，還是堅持著；若是小人，一到這時候便無所不為了。」（頁 168）

在孔子的弟子中，顏回即是固窮的典範。《論語・雍也篇》：子曰：「賢哉，回也！一簞食，一瓢飲，在陋巷，人不堪其憂，回也不改其樂。賢

---

[42] 楊伯峻《論語譯注》（臺北：源流，1982），頁 102。

哉，回也！」（楊伯峻《論語譯注》，頁 63）

在陶淵明《飲酒詩》中，有不少詩提到「窮」、「飢」或「固窮」。如：

第 2 首 「九十行帶索，飢寒況當年。不賴固窮節，百世當誰傳？」（《箋注》，頁 240）

箋注：固窮，甘居困窮，不失氣節。下引《論語・衛靈公篇》（《箋注》，頁 242）

10 首 「在昔曾遠遊，直至東海隅。道路迥且長，風波阻中塗。此行誰使然，似為飢所驅。」（《箋注》，頁 258）

11 首 「顏生稱為仁，榮公言有道。屢空不獲年，長飢至于老。雖留身後名，一生亦枯槁。」（頁 261）

析義

「雖留身後名，一生亦枯槁。」此二句恰是淵明自身寫照。淵明生前枯槁，死後反留名千載，此非有意求之而得也。（《箋注》，頁 263）

15 「貧居乏人工，灌木荒余宅。」（《箋注》，頁 269）

16 「少年罕人事，遊好在六經。行行向不惑，淹留自無成。竟抱固窮節，飢寒飽所更」（《箋注》，頁 271）

箋注：「竟抱固窮節，飢寒飽所更」，敘述老年境況。淵明《有會而作》：「張年逢家乏，老至更長飢。」（《箋注》，頁 272）

19 「子雲性嗜酒，家貧無由得。時賴好事人，載醪祛所惑。」（《箋注》，頁 276）

析義：湯漢曰：「此篇蓋托子雲以自況，故以柳下惠事終之。」（《箋注》，頁 277）

20 「疇昔苦長飢，投耒去學仕。將養不得節，凍餒固纏己。是時向立年，志意多所恥。」（《箋注》，頁 278）

談到「士不遇」，不能不提到韓愈《雜說四》：「世有伯樂，然後有千里馬；千里馬常有，而伯樂不常有。故雖有名馬，祇辱於奴隸人之手，駢死於槽櫪之間，不以千里稱也。」[43]文中充滿「不平之感」，且與「不遇之感」合為一體，「千里馬常有，而伯樂不常有」，說出千古文人心中的痛；所謂「懷才不遇」、「生不逢時」，在文學史中，可說觸目皆是。

寫到這裏，可以補一條資料。

五代王定保《唐摭言》（臺北：世界，頁 106）卷十：「海敘不遇」，收集許多唐代文人，可見「不遇」者甚多。

第四節　語怪之書：《山海經》

談「異變」不能不看《山海經》，因為這是一本「語怪」之書。本文所據為袁珂《山海經校注》[44]下簡稱《校注》。

《山海經》包括《山經》與《海經》兩大部分，中國人習慣於儒家「六經」之說，可能會以為《山海經》之經為「經典」。唯據袁珂云，《山海經》之「經」，乃「經歷」之「經」，意謂山海之所經，初非有「經典」之義。（見《海經》之首，《校注》頁 181）

袁氏又云，《史記・大宛傳》稱「《禹本紀》、《山海經》所有怪物，余不敢言之」，則其視《山海經》為一本荒怪之書可知。（《校注》，頁 181）。

書中記荒怪之物甚多，如《南山經》有「猨翼之山」，其中有怪獸、怪魚、怪蛇、怪木。郭璞注云：「凡言怪者，皆謂狀貌倔奇不常也。」（《校注》，頁 3）

後面即補敘一些怪物，如：

> 其中多玄龜，其狀如龜而鳥首虺尾，其名曰「旋龜」。（《校注》，頁 3）

[43] 屈守元、常思春《韓愈全集校注》（成都：四川大學，1996），冊五，頁 2709。
[44] 袁珂《山海經校注》（臺北：洪氏，1981）。

> 有魚焉，其狀如牛，陵居，蛇尾有翼，其名曰鯥。（《校注》，頁4）

接著言「基山」，其陰多怪木。有獸焉，其狀如羊，九尾四耳，其目在背，其名曰猼訑，佩之不畏。有鳥焉，其狀如雞而三首六目，六足三翼，其名曰□□（《校注》，頁5）

書中敘述「異類合體」、形狀怪異的獸類——所謂「狀貌倔奇不常」，可說觸目皆是、不勝枚舉。

尤其引人注目的是祠祭之「神」的狀貌。茲舉《南山經》所舉之神，以見一斑：

> 凡䧿山之首，自招搖之山，以至箕尾之山，凡十山，二千九百五十里。其神狀皆鳥身而龍首，其祠之禮：毛用一璋玉瘞，糈用稌米，一璧，稻米，白菅為席。（《校注》，頁8）

> 凡南次二經之首，自柜山至于漆吳之山，凡十七山，七千二百里。其神狀皆龍身而鳥首。其祠，毛用一璧瘞，糈用稌。（《校注》，頁15）

> 凡南次三經之首，自天虞之山以至南禺之山，凡一十四山，六千五百三十里。其神皆龍身而人面，其祠皆一白狗祈，糈用稌。（《校注》，頁19）

三次之「神」，皆是「異類合體」，前兩次或云「鳥身而龍首」，或云「龍身而鳥首」，重點在鳥與龍的結合，至於何者為「身」，何者為「首」，似乎並不重要。而第三次言「龍身而人面」，亦即「人首而龍身」，似乎有特殊意義，蓋不能言「龍首而人身」或「鳥首而人身」。西山經亦有二例可以印證：

西山經有鍾山，其子曰鼓，其狀如「人面而龍身」。郭璞注云：「此亦神名，名之為鍾山之子耳，其類皆見《歸藏啟筮》。《啟筮》曰：『麗山之

子，青羽人面馬身。』亦似此狀也。」（《校注》，頁 43）

西山經「槐江之山」有神英招，其狀馬身而人面，虎文而鳥翼，……有天神焉，其狀如牛，而八足二首馬尾。（《校注》，頁 45）

又《海外南經》云：「南方祝融，獸身人面，乘兩龍。」（《校注》，頁 206）

看來，「人面」與其它的獸類之身結合，較適合。

以上提到兩種「異類合體」：一是獸類與獸類合體，一是人與獸類合體。這兩種「合體」，有相同也有不同。為探討其深層的動機，我想引述何星亮論文——《圖騰的起源》[45]中的片段：

> 原始人為什麼把圖騰當作自己的血緣親屬？（頁 38）
>
> 原始人沒有大量的生產工具，沒有豐富的生活用品，沒有專門修築的住宅，常與禽獸共居。許多動物，尤其是哺乳動物，……原始人便以為自己與動物同源或同類。（頁 40）
>
> 在洪荒遠古，原始人的生存條件極為險惡，他們不僅時常受到饑餓的困擾，野獸、疾病、產婦分娩、災害等都會輕易地吞噬他們的生命。……而考察上述引起死亡的諸種原因，猛獸的侵襲當在首列。考古資料表明，遠古時代惡蟲猛獸甚多，……可以想像，在這樣的環境下生活，人隨時都有被惡獸吞食或傷害的可能。（頁 42-3）
>
> 他們以幻想的、一廂情願的方式與某種動物締結親屬關係，相信這種關係一經確定，這種動物就負有血緣親屬的義務，自己便可受到它們的保護或獲得它們超人的力量。（頁 44）
>
> 與無害的動物締結親屬關係，主要是希望獲得它們的超人的本領（如它們或能在水中游，或能在空中飛或能登絕壁，或能鑽地洞），以躲

---

[45] 何星亮《圖騰的起源》，原刊《中國社會科學》1989 年第 5 期，收入王鍾陵主編《神話卷》（石家莊：河北教育，2000），頁 35-53。

> 避自然災害或各種惡獸的威脅。（頁45）

> 鳥、魚是極普遍的圖騰，……筆者認為，原始人選這些動物為圖騰，是驚嘆它們特殊的本領以利于生存和安全。（頁53）

以上的說法頗具啟發性，尤其最後一段，很適合用來說明上引《山海經》之「異類合體」。蓋異類合體之後，能增加自身所沒有的能力，更有利于自身的生存和安全。而當人與獸類合體，只能說是人首獸身，蓋人所以不如獸類，是在其身體，而不在其頭腦；而當人與獸身結合時，其生存能力顯然更為加強，也更為安全。

由《史記．大宛傳》與郭璞注，可見在古人心目中，《山海經》是一本「語怪之書」。至魯迅《中國小說史略》，提出著名之「巫書說」。第二篇：神話與傳說云：

> 中國之神話與傳說，今尚無集錄為專書者，僅散見于古籍，而《山海經》中特多。……所載祠神之物多用糈（精米）與巫術合，蓋古之巫書也。（臺灣版，頁24）

這是因《山海經》記載許多「狀貌倔奇不常」之「神」，乃簡稱為「神話」。又因經中記載各種祠神之物，表示是有人祭拜這些怪神，且祭拜之人當是巫覡，故進一步稱此經為「古之巫書」。

魯迅進一步指出，至秦、漢時，對此「巫書」做了「增益」，使得《山海經》中諸神的容貌發生了變化，最著名的例子是「西王母」。（頁24-5）

《山海經》有多處記西王母，就形貌言，有兩處最值得注意：

> 玉山，是西王母所居也。西王母其狀如人，豹尾虎齒而善嘯，蓬髮戴勝，是司天之厲及五殘。（《西山經》）

> 西海之南，流沙之濱，赤水之後，黑水之前，有大山，名曰崑崙之丘。有神人面虎身有尾，皆穴處之。其下有弱水之淵環之。其外有炎

火之山，投物輒然。有人戴勝虎齒豹尾，穴處，名曰西王母。此山萬物盡有。（《大荒西經》）

李劍國《唐前志怪小說史》云：「西王母可能是以豹為圖騰神的部族。……《山海經》描繪西王母形象是『虎齒豹尾』，都透露著個中消息。」（頁205）其神格為瘟神和殺神，即「司天之厲及五殘」；……西王母部族本居于昆侖一帶，過著「虎豹為群，於鵲與處」的野蠻生活，所以其神則仍穴居野處，並有三青鳥為之取食；它崇拜猛獸，尊豹為圖騰神，想來部族居民都以虎豹的毛皮爪牙為飾或作為護身符，所以其神「豹尾虎齒善嘯」。[46]簡言之，西王母是「圖騰神」。

李劍國又云：「然則《山海經》究竟出于何時何人呢？簡單地說，它是戰國書，今天所見之本更是在長時間中積累而成。……戰國中期至後期間先後有巫祝方士之流采擷流傳的神話傳說、地理博物傳說，撰集成幾種《山海經》的原本。因其性質相近，秦漢人合為一書，定名為《山海經》，最晚在漢武帝時已完成了這一工作。此為《山海經》成書之大概。」（仝上，頁96）認為《山海經》兼有神話傳說與地理博物傳說，並由巫祝方士之流收集流傳，值得參考。但總而言之，《山海經》實是一本「語怪之書」，此與韓孟詩派的險怪風格剛好可以吻合；筆者認為，韓孟詩派不僅喜歡運用古代神話，且其寫法亦極貼近古代神話特色。

不僅如此，韓孟皆認為，獸比人更為高貴。

案：韓愈《雜說三》云：「昔之聖人，其首有若牛者，其形有若蛇者，其喙有若鳥者，其貌有若蒙倛者。彼皆貌似而心不同焉。可謂之非人耶？有平脇曼膚、顏如渥丹、美而很者。其面則人，其心則禽獸。又烏可謂人耶？」吳曾謂其根據《列子・黃帝篇》[47]。

---

[46] 李劍國《唐前志怪小說史》，修訂本（天津：天津教育，2006 年二刷），頁 204-206。

[47] 屈守元、常思春主編《韓愈全集校注》（成都：四川大學，1996）冊五，頁 2709。吳曾謂其根據《列子・黃帝篇》（吳曾《能改齋漫錄》卷八，《韓愈資料彙編》，臺

無獨有偶，同樣觀點，亦見孟郊詩。《傷時》云：「古人結交而重義，今人結交而重利。……有財有勢即相識，無財無勢同路人。」（卷二）這是認為今人不如古人。其《擇友》詩更云：「獸中有人性，形異遭人隔。人中有獸心，幾人能真識？古人形似獸，皆有大聖德。今人表似人，獸心安可測！雖笑未必和，雖哭未必戚。面結口頭交，肚裏生荊棘。好人常直道，不順世間逆。惡人巧諂多，非義苟且得。若是效真人，堅心如鐵石。不諂亦不欺，不奢復不溺。面無吝色容，心無詐憂惕。君子大道人，朝朝恆的的。」箋注者郝世峰評云：「題為《擇友》，實是深刻揭露世道人情的作品。前八句借用《列子》書中的議論，以人與獸、今與古雙重對比斥責今之壞人禽獸不如。」[48]亦指出孟詩根據《列子》。

要了解上引韓文與孟詩的觀點，必須查閱《列子・黃帝篇》：

> 狀不必童（注：童當作同。）而智童。智不必童而狀童。聖人取童智而遺童狀，眾人近童狀而疏童智。狀與我童者，近而愛之；狀與我異者，疏而畏之。有七尺之骸，手足之異，戴髮含齒，倚而趣者，謂之人；而人未必無獸心。雖有獸心，以狀而見親矣。傅翼戴角，分牙布爪，仰飛伏走，謂之禽獸；而禽獸未必無人心。庖犧氏、女媧氏、神農氏、夏后氏，蛇身人面，牛首虎鼻。此有非人之狀，而有大聖之德。夏桀、殷紂，魯桓、楚穆，狀貌七竅，皆同於人，而有禽獸之心。而眾人守一以求至智，未可幾也。黃帝與炎帝戰於阪泉之野，……此以力使禽獸者也。堯使夔典樂，擊石拊石，百獸率舞，簫韶九成，鳳凰來儀：此以聲致禽獸者也。然則禽獸之心，奚為異人？形音與人異，而不知接之之道焉。聖人無所不知，無所不通，故得引而使之焉。禽獸之智有自然與人童者，其齊欲攝生，亦不假於人也。牝牡相偶……居則有群，行則有列；小者居內，壯者居外，飲則相攜，食則鳴群。太古之時，則與人同處，與人並行。帝王之時，始驚

北：學海，1984，頁 303-04）。

48 郝世峰《孟郊詩集箋注》（石家莊：河北教育，2002），卷三，頁 106-07。

> 駭散亂矣。逮於末世，隱伏逃竄，以避患害。（注：人有害物之心，物亦知避之也。）[49]

文中云：「庖犧氏、女媧氏、神農氏、夏后氏，蛇身人面，牛首虎鼻。此有非人之狀，而有大聖之德。夏桀、殷紂，魯桓、楚穆，狀貌七竅，皆同於人，而有禽獸之心。」極易讓人想起《山海經》中人首獸身之神。

案：《後漢書》卷五十三，《周燮傳》：「燮生而欽頤折頞，醜狀駭人。其母欲弃之，其父不聽，曰：『吾聞賢聖多有異貌。興我宗者，乃此兒也。』」注：伏羲牛首，女媧蛇軀，皋陶鳥喙，孔子牛唇，是聖賢異貌也。[50]這種「聖賢異貌」的觀念，後來衍變為俗語：「人不可貌相」。

根據上述觀點，孟郊《偶作》云：「利劍不可近，美人不可親。利劍近傷手，美人近傷身。道險不在廣，十步能摧輪。情憂不在多，一夕能傷神。」（郝世峰校注，卷二，頁69-70）

看了孟郊之「美人不可親」，再看盧仝《與馬異結交書》最後云，在讀馬異詩後，就對美人雙婢不屑一顧，也就不以為怪了。

---

[49] 楊伯峻《列子集釋》（臺北：華正，1987），頁 83-85。另參嚴北溟、嚴捷著《列子譯注》（臺北：書林，1995），頁 64-66。

[50] 中華版點校本，《後漢書》冊六，頁 1742。

第一章　變文之謎新解

引言

本書所收論文包括三大單元：變文、韓孟詩派、李商隱《錦瑟》詩。韓孟詩派屬中唐，李商隱屬晚唐，勿須解釋，但變文放在最前，須略加說明。近人陸永峰著《敦煌變文研究》，云：「俗講之興，當始于玄宗朝前後。」唐郭湜《高力士外傳》云：

> 每日上皇與高公親看掃除庭院，芟薙草木，或講經、論議、轉變、說話，雖不近文律，終冀悅聖情。

所言為肅宗上元元年（760）七月，太上皇玄宗移仗西內以後的事情。[1]因玄宗心情鬱悶，故高力士會找一些俗講讓皇上稍做排遣。陸氏又云：「我們認為，俗講與轉變是兩種密不可分的說唱形式，對于變文的搬演，在僧（以佛教變文為主）稱俗講（或講經），在俗，既由民間藝人表演，便不得如上稱，而稱之為轉變。兩者的底本都可稱為變文，前者是後者之源（下略）。」（頁69）據此，唐玄宗所娛樂之「講經」與「轉變」皆屬變文。

但變文的流行並不限於玄宗時期，由張祐稱白居易《長恨歌》為《目連變》，可知中唐亦流行變文，而韓孟詩派與白居易是同時代人。又《敦煌變文校注》卷一主要收史傳變文，亦有《張議潮變文》與《張淮深變文》。這兩篇皆是所謂「歸義軍」統治敦煌時期的作品。據劉進寶云：「《張議潮變文》直接記述了大中十年至十一年間的三次戰役……」[2]。大中為唐宣宗年

1　陸永峰著《敦煌變文研究》（成都：巴蜀書社，2000），頁64。

2　劉進寶《敦煌學述論》（蘭州：甘肅教育，1991），頁48。

號，李商隱即卒於大中十二年[3]。可見變文流行時期實跨越本書三個主要單元，故置於最前面。

敦煌寫卷有一類稱為「變文」，但為何稱「變文」，尤其是「變」字究竟是指何而言，一直困擾學者，幾乎可以稱之為「變文之謎」。要解決這個謎團，當然不是一件容易的事，本章將分四節，從各個角度探討「變文」之「變」的意涵。

3 劉學鍇、余恕誠著《李商隱詩歌集解》（臺北：洪葉，1992），下冊，附錄「李商隱年表」，頁 2084-85。

第一節　變文文體變易說質疑（一）——《正誣論》、《中觀論疏》、《通明論》之變文考論

引言

敦煌遺書中的「變文」，其詞義指何而言，困擾學者已有八十幾年之久[1]，一直無法得到共識。不過，根據學者們的梳理，過去有許多說法已被淘汰，目前存留的只有兩種說法尚有較多的支持者，一是文體變易說，一是神變故事說[2]。前者強調變文乃是對佛經（或史傳）文字的變易，後者認為變文是講述一些神變奇異的故事。兩者的出發點其實是相同的，都認為變文最初是源自佛經。不同點在於，前者關注的是變文與佛經的差異性，而後者關注的是變文與佛經的相似性。前者認為變文之變指文字（或文體）的改變，牽涉到兩種文本的關係；後者則認為變文之變指故事的神變奇異，是針對內容講的，不牽涉到其它文本。而據最近所出的、李小榮著《敦煌變文》[3]看來，仍是肯定「文體變易說」，以為變文是為了通俗化，故變易佛經經文。

近來文體變易說的聲勢較大，與唐代以前釋道變文資料的發現有關。其中以佛教之《正誣論》、《中觀論疏》及道教之《通明論》三種最受重視。據李小榮的說法，這三種資料皆提及變文，且一致指向某種原始文本（經文）的變易；據此可證，敦煌變文亦指某種文本（尤其是佛經文本）的變體。

第一例《正誣論》，見於梁釋僧祐編《弘明集》中，提到「經傳變文，讖貶累見」，李小榮云：

1　胡適在1928年即提到變文的名稱問題，將變文與俗文並舉。鄭振鐸于1929年發表的文章也提及這一術語，其後變文一詞逐步為學術界普遍使用。見于向東《敦煌變相與變文研究》（蘭州：甘肅教育，2009），頁25。

2　二種名稱均取自李小榮《變文講唱與華梵宗教藝術》（上海：上海三聯書店，2002），頁1-2。

3　李小榮著《敦煌變文》（蘭州：甘肅教育，2013）。

> 我們認為，所謂變文，質言之，就是對經傳的通俗化。這點從「經」與「變」之間的關係便可覺知。「經」在儒、釋兩家中都有「常」、「不變」之意。……「變」正是「經」的反義詞，為變化、改變之義，對經進行變易，即通俗化，是為變文。（李小榮《變文講唱與華梵宗教藝術》，頁 13）[4]

簡言之，變文是變易經文，使之通俗化。依照這種說法，變文已經脫離經傳，是另一種文本。

第二例是姜伯勤於 90 年代的重大發現。他在吉藏的《中觀論疏》中發現一段文字：「自攝嶺興皇隨經傍論，破病顯道，釋此八不，變文易體，方言甚多。」後面兩句幾乎被視為文體轉變說的鐵證，李小榮亦從文體轉變、通俗化的角度加以說明：

> 吉藏《中觀論疏》說：「自攝嶺興皇隨經傍論，破病顯道，釋此八不，變文易體，方言甚多。」攝嶺興皇，即梁陳之際三論宗的法朗大師（507-581），他在闡釋《中觀論》的八不核心思想——「不生亦不滅、不常亦不斷、不一亦不異、不來亦不去」時，可以在不同的場合，采用不同的語言，即隨機應變把經典通俗化，便于聽眾理解和接受。（上引書，頁 13）

第三例是道教《通明論》提到「六種變文」，指文字字體有六個轉變階段。李小榮云：

> 宋文明所謂道教之變文，姜伯勤先生認為它是一個「經文字體」概念，與一種原始文本演變變異了的文本有關……這些經典是隨歷史的發展而變化的，是適應了不同歷史階段人們的需要。……由此推得道教變文是變異了的經文。它與前述釋家變文亦有相通之處，甚至受到它的影響。（前引書，頁 19）

---

[4] 李小榮《變文講唱與華梵宗教藝術》（上海：上海三聯書店，2002）。

這是根據姜伯勤的解釋，認為變文是「變異了的經文」，與釋家變文相通。顯然，李小榮是將三種資料貫通起來，以為變文就是對經典加以變易，使之通俗化。如此一來，就可以證明，敦煌變文所指，亦是對某種文本（佛教經文或史傳傳文）的變易，使之通俗化。

無疑的，上述三種唐前釋道「變文」資料的發現，使持文體變易說者「如獲至寶」，受到極大鼓舞。敦煌變文指某種文本（尤其是佛經文本）的變體、通俗化，似已為多數人所接受——即已成為主流意見。但是筆者在閱讀這三種資料之後，卻發現問題甚多，故提出「質疑」，下面將依《正誣論》、《中觀論疏》、《通明論》的次序逐一考察其「變文」的意涵。

甲、《正誣論》變文說

該文收入梁釋僧祐編《弘明集》中，作者不詳。主張神變說的陸永峰，其引文云：

> 且夫聖之宰世，必以道蒞之。遠人不服，則綏之以文德，不得已而用兵耳。將以除暴止戈，拯濟群生，行小殺以息大殺者也。故春秋之世，諸侯征伐，動杖正順。敵國有疊（釁？），必鳴鼓以彰其過，總義兵以臨罪人，不以暗昧行誅也。故服則柔而扶之，不苟淫刑極武。勝則以喪禮居之，殺則以悲哀泣之。是以深貶誘執，大杜絕滅之源。若懷惡而討不義，假道以成其暴，皆經傳變文，譏貶累見也。[5]

主張文體變易說的李小榮，其引文則云：

> 若懷惡而討不義，假道以成其暴，皆經傳、變文譏貶累見。故會宋之盟，抑楚而先晉者，疾辛鉀之詐（案當作「衷甲之詐」[6]），以崇咀信之美也。夫敵之怨惠，不及後嗣，惡止其身，四重罪不濫，此百王之明制，經國之令典也。（前引書，頁10）

5　陸永峰《敦煌變文研究》（成都：巴蜀書社，2000），頁83-84。
6　參李小榮《弘明集校箋》（上海：上海古籍，2013），頁67。

比較兩家引文明顯看出，陸文少了後面約兩行字，李文則少了前面約四行字。應注意的是，兩者引文相同者僅四句，但斷句卻有不同，陸文為：「若懷惡而討不義，假道以成其暴，皆經傳變文，譏貶累見也。」李文為：「若懷惡而討不義，假道以成其暴，皆經傳、變文譏貶累見。」不同處在後兩句。如此一來，意義大不相同，依陸文斷句，「經傳變文」連讀，變文指經傳中的變文，變文是在經傳中，是同一文本；而依李文斷句，則經傳與變文並列，變文在經傳之外，是另一文本，這差別很大。李小榮在前引文之後云：「《正誣論》作者把變文與經傳相提並論，無非是強調變文這種新興文體與儒釋兩家的正式經典——經傳一樣，都是在宣揚聖人之道。」即變文是另一文本，與經傳分開，「變文與經傳相提並論」，故引文斷作「經傳、變文」，甚至認為變文是一種「新興文體」。另外，並認為文中所謂「會宋之盟」是指華元所發起的第一次弭兵之會（第二次為向戎所發起）。

以上兩家引文皆不完整，但若合並起來，則可見其全貌。前半是讚揚古聖人以王道治世，不隨意用兵。若不得已用兵，也是出於「除暴止戈」，以小殺止息大殺。目的是要對方服過，不是要滅其國。在手段上都是光明正大，不行詐騙。這是一種王道觀。後半段是批評用誘執的手段去滅人之國，「懷惡而討不義，假道以成其暴」，這是心懷滅人之國的惡意，而表面上說是討不義，假藉行正道以實行暴力征討。顯然，這不是指一般的小國，而是針對力量強大的霸國而言。後面兩句：「皆經傳變文，譏貶累見」（依陸文斷句），指出在《經》與《傳》中皆用「變文」的書法，對此詐騙不講誠信行為表示「譏貶」。接著云：「故會宋之盟，抑楚而先晉者，疾衷甲之詐，以崇咀信之美也。」指出譏貶的對象正是當時的霸國：楚國（由「抑楚」可知）。案「會宋之盟，抑楚而先晉」事見魯襄公二十七年《春秋》經傳，經云：「夏，叔孫豹會晉趙武、楚屈建、蔡公孫歸生、衛石惡、陳孔奐、鄭良霄、許人、曹人于宋。」杜預注：「經唯序九國大夫。楚先晉歃，而書先晉，貴信也。」（《春秋左傳正義》卷三十八）這次會盟是由宋國執政大臣向戎所發起的第二次弭兵之會（第一次由華元所發起，地點同在宋國西門外），在盟會中實際是由楚國先歃血主盟（詳見《左傳》傳文），依照史家書法慣例，在列舉與會諸國的名次時，應將主盟的楚國列在最先——即「楚屈建、晉趙武、（其餘諸國）」，但《經》文卻將晉國列在楚國之前——成為「晉趙武、楚屈建、（其餘諸國）」，彷彿晉國才是主盟者。因為變更了史官慣例文法，故稱之為「變文」。這種變文是有嚴重意義的，即以此表示對楚國「不（誠）信」行為的譏貶。會盟的前提是與會諸國應該互相信任，而楚國卻有嚴重的「不（誠）信」行為：為了爭取此次大會的主盟，當時楚人「衷甲」（即將甲衣穿在外衣內），準備突襲另一有可能主盟的大國：晉國。而晉國雖偵知楚國之偽，並未揭露，且讓楚國先歃血主盟。詳細經過見襄公二十七年《左傳》，《傳》最後說：「書先晉，晉有信也。」表示《經》文記此次會盟將晉列在最前，就是因為「晉有信」，而楚「不信」，故杜預注云：「經唯序九國大夫。楚先晉歃，而書先晉，貴信也。」此即《正誣論》文中所謂：「故會宋之盟，抑楚而先晉者，疾（楚）衷甲之詐，以崇（晉）咀信之美也。」又據杜預注文「蓋孔子追正之」，則《魯史》本來是依照實際情形，將主盟的楚國列在最前，但後來孔子作《春秋》時，修改《魯史》，將「有信」的晉國改列在「不信」的楚國之前，以糾正《魯史》的偏差——因《魯史》的記載會讓後人以為楚國是依照盟規主盟。由此可見，《正誣論》所說的「經傳變文，譏貶累見」，是指經傳改變史官書法慣例，用文字上的變更表示對「不（誠）信」行為的譏貶；因為經傳兩者都有這種「譏貶」，故說「譏貶累見」。亦由此可見，「變文」與史官習慣記事之「常文」相對，而兩種文皆在經傳之中，變文亦是經文，並非經傳之外另有一「變文」文本。

對《正誣論》所說的「若懷惡而討不義，假道以成其暴。經傳變文，譏貶累見」，元末明初經學家趙汸的變文說值得參考。趙汸在論說《春秋屬辭》八篇關係時說：「第三篇至第六篇皆變文」。又云：「考之筆削之例有三，曰不書，曰變文，曰特筆，而存策書之大體，與日月之法不與焉。」[7]可見變文是《春秋》經傳一項重要的書法，近人黃開國《清代今文

[7] 黃開國《清代今文經學的興起》（成都：巴蜀書社，2008），頁25-26。

經學的興起》解釋趙汸的變文說云：「變文是指對史文的改變，來寄托孔子之義。……變文往往用一兩個字的改變，就可以使『是非得失之故，可無辯而自明』，較之筆削能夠更好地表現聖人之義。」[8]並舉幾個實例，茲抄錄於下（編號為筆者所加）：

1.如，莊公元年冬，「王使榮叔來賜桓公命」，桓公有「篡殺之罪」，天王不能討，反而于其薨後賜命寵之，故不稱天只稱王，變天王為王，以明其失。

2.莊公四年，「冬，公及齊人狩于禚」，齊人實為齊侯，這是孔子變侯為人，趙汸以其為變文條例之五，……趙汸認為，用改變一兩個字來表明其義的變文，同樣是孔子筆削的重要手法，因此，《春秋屬辭》的第 10、11、12 卷用了三卷之多來論說變文。（以上兩例見黃開國《清代今文經學的興起》，頁 33）

3.莊公二十八年「春，王三月甲寅，齊人伐衛，衛人及齊戰，衛人敗績」，得出「諸侯敵王命，敗績稱人」的條例，趙汸的解釋是：「敗者稱師，衛何以不稱師？……敗稱人，罪衛之不服王命，故異其文。……齊桓以王命討之，而衛人敢于拒戰，嫌于敵國同文，故變師言人，明不當較也。」（同上文）

4.變文之三是謹華夷辨。趙汸說：「五曰，謹華夷辨，亦變文也。……然則晉伯中衰，楚益侵陵中國，俄而入陳，圍鄭，平宋，盟于蜀，盟于宋，會于申，甚至伐吳，滅陳，滅蔡，假討賊之義，號于天下，天下知有楚而已。故《春秋》書楚事，無一不致其嚴者，而書吳越與徐，亦必與中國異辭，所以信大義予天下也。」（前引書，頁 37）。

「變文往往用一兩個字的改變，就可以使『是非得失之故，可無辯而自明』」，說明變文是改變少數文字以達到褒貶的目的，以上 1 至 3 例有助於了解變文的此種用法：通常是用「變 x 為 Y」（或「變 x 言 Y」）的形式。顯然，變文是「經傳」內部書法文字的變化，是在「經傳」之中；變文即是

8 黃開國《清代今文經學的興起》，頁 33。

經文或傳文，故《正誣論》云「經傳變文」（經傳與變文應連讀），並非經傳之外另有一變文文本。

上舉第 4 例針對楚國與晉爭霸云：「（楚）于是伐吳滅陳滅蔡，皆假討賊之義，號于天下」，亦有助於理解《正誣論》所說的「若懷惡而討不義，假道以成其暴」，正指楚國的不斷侵略其它小國。又所謂「《春秋》書楚事，無一不致其嚴者，而書吳越與徐，亦必與中國異辭，所以信大義予天下也」，亦指書楚事常用變文——「與中國異辭」，以示譏貶。

綜合上述，《正誣論》之「經傳變文」、「譏貶累見」、「會宋之盟」等，是針對宋華戎所發起的第二次弭兵之會。因為會中楚國有不誠信行為（在外衣內穿上甲衣，準備突襲晉國），雖先歃血主盟，《春秋》經傳在紀錄與會諸國名次時，並未將楚國置於最先位置表示主盟，反而將晉國置於楚國之前，看似主盟；用此「抑楚先晉」——改變書法習慣的「變文」方式，表示對楚國的「不（誠）信」的譏貶。再參考其它例子，可見變文是指《春秋》經傳紀錄文法的變更，即用更改少數幾個字表示褒貶，其常見形式為「變 X 為 y」（或變 x 言 Y）。

但是李小榮對《正誣論》這段話卻提出很特別的解釋，不能不再作進一步的說明。

李小榮於《變文講唱與華梵宗教藝術》（以下簡稱「李文」）一書中提出兩個特別的說法，一是認為《正誣論》的經傳並非單指《春秋》經傳，而是兼指佛家經傳。他說：

> 其實，所引《正誣論》之文講了兩層意思：一是說變文與經傳一樣都有揚善去惡、懷義止暴的濟世化俗之功用。……《史記・太史公自序》……此處經傳是指儒家典籍中的經傳，如「五經」及其傳注……漢譯佛典亦稱經傳……特別要說明的是「惡止其身」、「四重罪不濫」說乃釋家特有的，《大般涅槃經》云（下略）……由此看來，《正誣論》中的經傳兼指儒釋兩家的經典是不容置疑的。……《正誣論》作者把變文與經傳相提並論，無非是強調變文這種新興文體與儒

釋兩家的正式經典——經傳一樣，都是在宣揚聖人之道。（見李文頁10-11）

李文另一特殊見解是認為釋家為了宣揚佛理，常援引儒家經傳故事作為例證。其結果是產生了一種特殊的文體——變文，這個變文與佛經本文，已有極大的變易。其言云：

> 二是抉示了變文的內容。法傳華夏之初，佛教通俗化，大眾化的形式常是「止宣唱佛名，依文致禮」，儀式簡單乏味，後來為了更有效地吸引信徒，在宣揚傳布佛陀三世緣起，因果報應諸教義時，釋家便常援引在中國本土流傳已久的故事，尤其是儒家經傳故事作為例證。其結果是產生了一種迥異于儒、釋兩教正式經典的文體——變文。《正誣論》提供了一個變文實例：釋教在宣揚「惡止其身」、「四重罪不濫」便舉「會宋之盟」的故事為證，該故事見于古代流傳極廣的儒家典籍《春秋左傳》。它是講公元前579年宋國華元奔走楚、晉，使這兩個當時的大國盟于宋西門之外，彌兵成功。但未過幾年（前576年）楚即背盟，在大臣子反的策劃下攻打鄭國，並由此引發了鄢陵之戰（前575年），楚師敗績，子反也被迫自裁，晉霸復興，威震一時。可晉好景也不長，晉厲公驕奢淫逸，在濫殺大臣郤氏後不久就被欒書派人謀殺（前573）。子反背信棄義而自殺，晉厲公驕奢縱欲而亡身，均自作自受。兩人的作為都是「惡止其身」、「四重罪不濫」之佛理的極好注腳。特別要說明的是，「惡止其身」、「四重罪」說乃為釋家特有的，《大般涅槃經》云「犯四重罪，謗方等經，作五逆非及一闡提，悉有佛性」，所謂「四重罪」，是指淫、盜、殺人、妄語等足使人喪失比丘資格的罪行。……由此看來，在作者所揭櫫的這個變文裏，主題是宣揚佛理，勸人為善，材料卻從外典中擷取。因此相對于佛經本文而言，已發生了極大的變易，佛教變文產生之初，就與儒家經傳有關聯，深深地打上了本土文化的烙印。（見李文頁11-13）

案李文的說法有許多問題，茲分幾點說明如下：

(1)以為《正誣論》之經傳兼指儒釋，這是一明顯錯誤。案：《正誣論》在「經傳變文」之前，已提到「春秋之世，諸侯征伐」，而在「經傳變文」之後云：「譏貶累見，故會宋之盟，抑楚而先晉者，疾衷甲之詐，以崇咀信之美也。」可見這裏的經傳是指「會宋之盟」有關的事，當然是指儒家《春秋》經傳，不可能是指佛家的經傳[9]。李文認為兼指儒釋經傳的理由有二：一是佛家亦有經傳，二是「惡止其身」、「四重罪不濫」說乃釋家特有的。但是這兩個理由合起來只證明佛家經傳提到「惡止其身」、「四重罪不濫」等佛理，並未證明佛家經傳也提到「會宋之盟，抑楚而先晉」之事，所謂「兼指儒釋」說是不能成立的。李文云「由此看來，《正誣論》中的經傳兼指儒釋兩家的經典是不容置疑的」，未免過于大膽；如果是兼指儒釋兩家的經典，為何不說「儒釋經傳」，而只說「經傳」？

(2)李文所指「變文」之例不當。李文云「《正誣論》提供了一個變文實例」，但他所謂的「一個變文實例」，實際上卻包括三件大事：華元所發起的弭兵之會（西元前 579），楚國大臣子反因鄢陵之戰敗績而自殺（西元前 575），及晉厲公被欒書派人謀殺等事（西元前 573）。案：《正誣論》所說的經傳變文是針對「會宋之盟」事件，即指．包括晉、楚兩大強國在內，各國在宋國召開，為弭兵而舉行的國際性大會，而李文所舉三件事中，只有華元所發起的弭兵之會符合此條件，其餘兩件事皆不符此條件，且前後相隔或四年或六年，三件大事之間並無關聯性，硬要說成是「會宋之盟」的一個變文實例，令人不敢苟同。又依照李文的說法，「一個變文實例」，是

9　案：《正誣論》的體例是先敘「誣佛者」之言，再敘「正曰」以糾正之。此與前面之《牟子理惑論》相同。《理惑論》是先敘「問曰」，提出對佛教的一些問題，再敘「牟子曰」，以批評糾正之。而《牟子理惑論》卷一「問曰」：「佛道至尊至大，堯、舜、周、孔曷不修之乎？《七經》之中，不見其辭，子既耽《詩》、《書》，悅《禮》、《樂》，奚為復好佛道，喜異術，豈能逾經傳美聖業哉？竊為吾子不取也！」（見李小榮《弘明集校箋》，上海：上海古籍，2013，卷一，頁 19）最後所說的「經傳」正指儒家經典。

因其可作為佛教「惡止其身」、「四重罪不濫」的例子，是佛教經傳的變文，故說「經傳變文」。但依照李文說法，符合「會宋之盟」條件的第一個例子，反而不能做佛教「惡止其身」、「四重罪不濫」的例子，故要加上不符「會宋之盟」的兩個例子，益顯其牽強。又依照李文所舉儒家經傳故事，只是做為佛理的例子，實際並未改變佛教經文（李文亦未具體指出如何改變經文，如上述「變 X 為 Y」的形式），如何可稱之為「變文」？更何況，《正誣論》所舉「會宋之盟」，並不是做為佛教「惡止其身」、「四重罪不濫」的例子，這其實是李文的誤讀（詳見下文）。

(3)接著一個問題是，《正誣論》所說的「會宋之盟」是指華元所發起的第一次弭兵之會？這裏必須補充李文頁 12 的腳注 1。李文云：

> 據《春秋左傳》，晉楚舉行弭兵之會而盟于宋有兩次，一次在魯成公十二年（前 579 年），由華元奔走而成；第二次在魯襄公二十七年（前 546 年）由向戌倡導而成。在後一次盟會上還是楚國不講信用，結盟時竟讓兵士在衣服裏暗穿兵甲，而晉國仍寬宏大量，歃血為盟時讓楚國為先作盟主。《春秋》記此先晉後楚，是因為晉講信義。《正誣論》作者說「抑楚先晉」當指第二次會宋之盟，但用它來作「惡止其身」的例證不妥，大概是作者把兩次會宋之盟混為一談，這也從一個側面反映了作為口頭講唱的變文在引用史實時的隨意性。而真正能說明「惡止其身」之佛理應是第一次會盟時子反及晉厲公的所作所為。（李文頁 12）

由注中可知「會宋之盟」（即弭兵之會）有兩次：一次是由華元所發起，一次是由向戌所發起。

李文原本認為，《正誣論》作者所說的「抑楚先晉」當指第二次會宋之盟，因為當時「楚國不講信用，結盟時竟讓兵士在衣服裏暗穿兵甲，而晉國仍寬宏大量，歃血為盟時讓楚國為先作盟主。《春秋》記此先晉後楚，是因為晉講信義」。這與筆者前面對《正誣論》的解釋是相符的，但令人感到遺憾的是：(1)李文雖提到「《春秋》記此先晉後楚，是因為晉講信義」，卻並不知道「先晉後楚」正是《春秋》經傳的「變文」；(2)李文在正文中卻改採第一次由華元所發起弭兵之會，原因是第二次弭兵之會不適合作「惡止其身」的例證。於是李文又加上其它兩個例子：楚國大臣子反因鄢陵之戰敗績而自殺，及晉厲公被欒書派人謀殺等事。李文認為：「而真正能說明『惡止其身』之佛理應是第一次會盟時子反及晉厲公的所作所為。」這其實已承認，改採第一次弭兵之會亦不能作為「惡止其身」的例證，故要增加其它兩個例子。而所增加的這兩個例子，或在「會宋之盟」後四年，或在後六年，而且各有其原因，明顯與會宋之盟無關，可是李文卻硬是定為「第一次會盟時」，是非常牽強的。這種解釋已完全脫離了《正誣論》的本文，增加了一些《正誣論》沒有論及的內容，但李文卻怪罪於《正誣論》不夠嚴謹：「大概是作者把兩次會宋之盟混為一談，這也從一個側面反映了作為口頭講唱的變文在引用史實時的隨意性。」這等於自己承認，李文中對變文的種種解釋，其實是不合《正誣論》原意的（難怪會出現許多問題）。至於說《正誣論》是「口頭講唱的變文」，亦不知有何根據？《正誣論》收在《大藏經》史傳部類，屬於「護教辯論」的《弘明集》中，是一種嚴肅的論辯性文字，並不是在說唱故事，如何可視為「口頭講唱的變文」？

如上所說，李文的自白，一方面證實筆者對「經傳變文」的解釋合乎《正誣論》的本意，一方面則證實，李文的一些解釋是非常可疑的：如謂《正誣論》中的經傳「兼指儒釋兩家的經典」，又說，因釋家援引儒家經傳故事作為例證，於是產生了一種「迥異于儒釋兩教正式經典的文體——變文」，及「相對于佛經本文而言，已發生了極大的變易」等等，這些說法，其實是自己想像出來的，並非《正誣論》的本意。

最後一個——也是最重要的問題是，《正誣論》所謂「夫敵之怨惠，不及後嗣，惡止其身，（四）重罪不濫，此百王之明制，經國之令典也」，是指何而言？前面所討論的李文的一些問題，其實皆來自李文對這幾句話的看法。依照李文的說法，自「若懷惡而討不義，假道以成其暴」，以至「皆經傳變文，譏貶累見。故會宋之盟，抑楚而先晉者，疾辛鉀之詐（案當作「衷甲之詐」），以崇咀信之美也」，即是做為佛教「惡止其身，四重罪不濫」

的例證。亦是基於這個認定，以為「經傳」是兼指儒釋，並且更進一步，將「會宋之盟」由原本指第二次弭兵之會，改為第一次弭兵之會，並加上「子反因背信棄義而自殺」，與「晉厲公因驕奢縱欲而亡身」兩個例子，以為是「四重罪不濫說」的極好注腳[10]。為了了解李文的問題所在，不能不對《正誣論》所謂「夫敵之怨惠，不及後嗣（下略）」這段話加以辯明。

首先，要了解這段話的用意，必須先從《正誣論》的寫作動機與體例講起。《正誣論》第二則云：「而誣者或附著生長，枉造偽說；或顛倒淆亂，不得其實。」[11]可見所謂「誣」者是指那些偽造不實之說以攻擊佛教者，「正誣」就是糾正這些誣佛者之言，故採取「一誣一正」的辯論形式：先舉「誣佛曰」，再用「正曰」（或「答曰」、「聊復應之」、「聊復釋之」等）加以反駁，共有多次來回。由此可知，「正曰」是針對「誣佛曰」的反駁，故若不知「誣佛曰」的內容，就不知「正曰」的真正用意。而《正誣論》中提到「經傳變文」、「惡止其身」、「四重罪不濫」等事，皆出於第一則中的「正曰」。故要了解「正曰」這一段，必須先了解這一則開頭所說「誣佛曰」的內容。《正誣論》第一則第一段云：

> 有異人者誣佛曰：尹文子有神通者，愍彼胡狄父子聚麀（案此據《藏經》本，李小榮《弘明集校箋》作「愍彼胡狄，胡狄父子聚麀」，不知何據），貪婪忍害，昧利無恥，侵害不厭，屠裂群生，不可遜讓，厲不可談議喻故具諸事云云（李小榮《弘明集校箋》作「不可遜讓厲，不可談議喻，故具諸事云云」）。又令得道弟子變化云云。又禁其殺生、斷其婚姻，使無子孫，伐胡之術，孰良於此云云。（案以下引文兼取《藏經》本與李小榮《弘明集校箋》，因有時李文未必較佳）

案：《弘明集》卷一最先收《牟子理惑論》，然後是《正誣論》。《正誣

10 見李小榮《變文講唱與華梵宗教藝術》，頁 12。

11 李小榮《弘明集校箋》（上海：上海古籍，2013），頁 70。

論》採取一誣一正的形式，即是效《理惑論》「或曰……牟子曰」的一問一答形式。《理惑論》開頭是「序言」，其最後一段提到漢末大亂，很多人避亂交州的情形，有云：

> 牟子既修經傳諸子，書無大小，靡不好之。雖不樂兵法，然猶讀焉。雖讀神仙不死之書，抑而不信，以為虛誕。是時靈帝崩後，天下擾亂，獨交州差安。北方異人咸來在焉，多為神仙辟穀長生之術，時人多有學者，牟子常以五經難之，道家術士莫敢對焉，比之於孟軻距揚朱、墨翟。

可知當時避難交州有不少「北方異人」，這些異人其實是「道家術士」[12]。據此，《正誣論》第一則開頭所說「誣佛」的異人，應指道教徒無疑；看來《正誣論》似乎有意要接續《理惑論》，故《弘明集》置《正誣論》次於《理惑論》之後。《正誣論》第一則文中指出胡狄一些惡俗，是提供「化胡」的動機，故湯用彤認為這是「申《化胡經》說」，並置於佛教進入中國之後，引起夷夏之爭的脈絡理解。茲略引湯用彤《漢魏兩晉南北朝佛教史》（下簡稱《佛教史》）[13]有關「化胡」之說，以助了解。

甲、求同期

> 漢代佛教依附道術，中國人士，如襄楷輩，因而視之與黃老為一家。但外族之神，何以能為中華所信奉，而以之與固有道術並重。則吾疑此因有化胡之說，為之解釋，以為中外之學術，本出一源，殊途同歸，實無根本之差異，而可兼奉並祠也。……佛教徒所奉雖非老子，而不免有人以之與黃老道術相附合。二方既漸接近，因而有人偽造化胡故事。（湯用彤，頁 56-57）

12　案：葛洪《抱朴子內篇》卷四《金丹》云：「往者上國喪亂，莫不奔播四出。余周旋徐豫荊襄江廣數州之間，閱見流移道士數百人矣。」（中華書局 1988 年版，王明著《抱朴子內篇校釋》增訂本，頁 70），可與此處《理惑論序》文互參。

13　湯用彤《漢魏兩晉南北朝佛教史》增訂本（北京：昆侖，2006），上冊。

裏楷疏中曰：或言老子入夷狄為浮屠。

《三洞珠囊》卷九《老子化西胡品》云：《化胡經》云，老子（中略）幽王時，……為柱下史。……復與尹喜至西國，作佛，《化胡經》六十四萬言，與胡王，後還中國，作《太平經》。

《化胡經》相傳為西晉道士王浮所造，當系摭拾舊聞而成。（湯用彤，頁 57）

魚豢《魏略・西戎傳》曰：《浮屠》所載，與中國《老子經》相出入。蓋以為老子西出關，過西域，之天竺，教胡浮屠屬弟子別號二十有九。（湯）按後世《化胡經》歷敘老子西行，經各國教化情形，則魏時化胡故事已甚成熟。（中略）教胡下原有「為」字。按邊韶《老子銘》，謂老子自犧農以來，為聖者作師，則疑教胡為浮屠者，謂老子乃佛陀聖者之師。故胡人所行實老子之教化。（頁 56-58）

乙、求異期

因（佛道）二教之鬥爭，而雙方偽造經典，以自張其教。道士所根據者為《化胡經》、《西升經》等。僧人亦唱月光童子及三聖化導之說。……及（劉）宋末，道士顧歡乃作《夷夏論》以黜佛。為宋齊間二教上之一大事。（湯用彤，頁 406-07）

自漢時牟子述或人之問，即譏信佛者之用夷變夏。晉世王浮作《化胡經》，亦持華戎之辨。……而震動一時之著作，則為顧歡之《夷夏論》。（湯用彤，頁 407）

顧歡曰：「今以中夏之性，效西戎之法。既不全同，又不全異。下育妻子，上絕宗祀。……」其答袁粲之文曰：「今佛起于戎，豈非戎俗素惡邪。道出于華，豈非華風本善邪。」……至謂印土俗惡，華風本善，則疑本出于《化胡經》。按漢代所傳，稱印人不殺伐，未言風俗不良。至晉以後，乃有其說。……晉時《化胡經》謂「胡人剛而無

> 禮」。「胡人凶獷，故化之為佛，令髡赭絕嗣」。……《正誣論》誣佛者申《化胡經》說，謂「其俗父子聚麀，貪婪忍害，昧利無恥，侵害不厭，屠裂群生。」（中略）齊世有道士假張融作《三破論》，詆毀佛法，極為無理。但其言曰：「此三破之法（入國破國，入家破家，入身破身），不施中國，本止西域。」因「胡人無仁，剛強無禮，不異禽獸，不信虛無，老子入關，故作形像以化之。」又云：「胡人粗獷，欲斷其惡種，故令男不娶妻，女不嫁夫。」其大意仍指佛教為「滅惡之術」，與顧歡之旨無異也。（湯用彤，頁 408-10）

據《佛教史》可見「化胡」之說有前後兩期之不同。在漢魏時期，佛教初傳入中國，譯經很少，一般人視之與黃老為一家。基於學術殊途同歸的觀念，佛教徒所奉雖非老子，而不免有人以之與黃老道術相附合。因而有人偽造化胡故事，藉由老子西行化胡，說明道佛相同之原因。但在兩晉之後，佛道相爭轉趨激烈，道教徒乃以夷夏異同為武器，強調胡人風俗之惡，如云「胡人剛而無禮」、「胡人凶獷」、「胡人無仁，剛強無禮，不異禽獸」等，極盡醜化之能事。並進一步將胡人風俗之惡，與道教「化胡」動機、佛教出家教義等結合起來，認為佛教之學乃出於老子，而佛教教導胡人出家，正為絕其後嗣，以此永斷胡人惡種。如晉時《化胡經》云：「胡人凶獷，故化之為佛，令髡赭絕嗣。」齊世有道士假張融作《三破論》云：「胡人無仁，剛強無禮，不異禽獸，不信虛無，老子入關，故作形像以化之。」又云：「胡人粗獷，欲斷其惡種，故令男不娶妻，女不嫁夫。」案前後兩期化胡觀之不同，實與佛教之發展有關。在前期漢魏階段，佛教剛進入中國，譯經甚少，一般人對佛教認識不多，信仰者亦少，佛教對中國社會及學術無多大影響。此時提出之化胡說，是基於用夏變夷的傳統觀點，即中國是文明先進國家，願意去感化文明落後的胡人——這很合乎中國人一向自大的心理。但兩晉之後，佛教譯經大為增加，中國上層社會人士認識到佛教義理深刻的一面，知道不僅不遜於中國傳統思想，甚且有超過之處。於是信仰及研究者漸多，使得原本「用夏變夷」的局面翻轉成「用夷變夏」，也引起很多持傳統觀念者的不滿；這種不滿更刺激道佛相爭的尖銳性，道教徒常利用夷夏之爭企圖壓制佛教。湯氏《佛教史》即由此佛道相爭之脈絡，指出《正誣論》之「誣佛曰」，乃「申《化胡經》說」。由此來看《正誣論》第一則之「誣佛曰」，就比較清楚。

「誣佛曰」一開始提到尹文子，應是指老子西出關時所遇之令尹喜；因為老子於出關時曾以《道德經》五千言示尹喜，故視為老子弟子（見《史記・老子韓非列傳》，日學者瀧川龜太郎《史記會注考證》曾廣引其它資料，可參）。李小榮《弘明集校箋》亦云：「尹文子，即尹喜。」。據《佛教史》引《三洞珠囊》卷九《老子化西胡品》云：「（老子）復與尹喜至西國，作佛，《化胡經》六十四萬言，與胡王，後還中國，作《太平經》。」則老子曾帶尹喜至西域化胡，並將老子之學傳給胡人——即佛教徒。敦煌唐寫本《老子化胡經》收《老子化胡歌七首》其五亦云：「我昔離周時，西化向罽賓。路由函關去，會見尹喜身。尹喜通窈冥，候天見紫雲。知吾當西過，沐浴齋戒身……吾知喜心至，遺喜五千文。欲得求長生，讀之易精神。將喜入西域，遷喜為真人。」[14]亦言老子曾帶尹喜至西域化胡。《正誣論》大概是根據此傳說，言尹文子化胡之事。中間云「愍彼胡狄父子聚麀，貪婪忍害，昧利無恥，侵害不厭，屠裂群生，不可遜讓，厲不可談議喻故具諸事云云」，指胡人之惡俗並引起化胡動機。後段云「又令得道弟子變化云云。又禁其殺生斷其婚姻使無子孫，伐胡之術，孰良於此云云」，指佛為尹喜弟子，並傳授胡人戒殺生、斷婚姻，使無子孫以絕其後嗣；並認為此是「伐胡之術」最良者。這一段「誣佛曰」的內容引起佛教徒不滿的有兩點：一是暗指佛為尹文子弟子，一是指佛之教胡人是為使其絕嗣的「伐胡之術」。後面這點尤其重要，因為據「誣佛」者的說法，佛是尹文子的弟子，則所謂「伐胡（滅種）」之術其實是老子、尹文子等的「化胡」之術，而這種化胡之術其實是一種詐騙行為：表面上教導胡人要慈悲不殺生，並為了專心求道而出家，似乎用心高尚；實際上卻是要斷其子孫、使無後嗣，用心非常惡毒。而

---

14 逯欽立輯校《先秦漢魏晉南北朝詩》下（臺北：木鐸，1983），頁 2249。

「誣佛」者竟然沾沾自喜，以為「伐胡之術，孰良於此云云」，等於是為殘暴詐術做廣告。

後面「正曰」即代表作者觀點，針對上述兩點提出反駁。「正曰」開頭一段是駁斥佛為文子弟子之說，云：「夫文子即老子弟子也，老子即佛弟子也」，「即以此推之，佛故文子之祖宗，眾聖之始也。安有弟子神化而師不能乎。」這是反過來說老子為佛弟子，尹文子屬於佛之徒孫輩。案化胡之說本出於偽造，佛為老子弟子之說更為偽中之偽；反過來說「老子即佛弟子」，亦同是偽中之偽。這種爭辯不值一談。必須仔細分疏的是接下來一段：

> 且夫聖之宰世，必以道莅之。遠人不服，則綏之以文德，不得已而用兵耳。將以除暴止戈、拯濟群生，行小殺以息大殺者也。故春秋之世，諸侯征伐動仗正順。敵國有釁必鳴鼓以彰其過，總義兵以臨罪人，不以闇昧行誅也。故服則柔而撫之，不苟淫刑極武。勝則以喪禮居之，殺則以悲哀泣之。是以深貶誘執，大杜絕滅之原。若懷惡而討不義，假道以成其暴，皆經傳變文，譏貶累見也。故會宋之盟，抑楚而先晉者，疾衷甲之詐，以崇咀信之美也。

前面已曾引這一段並作了詳細說明，但重點在解釋「經傳變文」之意涵，並未與「誣佛曰」所謂「伐胡之術」結合起來，故漏掉一些重要的含意。其實這一段是針對「誣佛曰」所謂「伐胡之術，孰良於此云云」，提出反駁。反駁的重點有兩個層面，一是針對「伐胡之術」絕人後嗣的殘暴一面，另一是針對伐胡之術的詐騙一面。一開始提出化遠人不用兵的古訓。所謂「聖人之宰（治）世，遠人不服，則綏之以文德」，典出《論語・季氏第十六》：「孔子曰：丘也聞有國家者，不患寡而患不均，不患貧而患不安。蓋均無貧，和無寡，安無傾。夫如是，故遠人不服，則修文德以來之。（下略）」楊伯峻於「餘論」中說：「在孔子反對季氏伐顓臾的一段話中，發抒了他的政治思想，他認為一國之患在於財富不均，社會不安。對付遠人，則在於修文德，而不應動干戈。」[15]《正誣論》引用這個典故顯以「遠人」指胡人，「綏之以文德」即指以文德化胡。所以要引用以文德化遠人這一段，可能與孔子曾說過「欲居九夷」有關，參見楊伯峻《論語譯注》（臺北：源流，1982，頁 98）。阮籍《詠懷・四〇・混元生兩儀》云：「嗟哉尼父志，何為居九夷！」靳極蒼《詳解》云：

> 《論語・子罕》：「子欲居九夷，或曰：『陋如之何？』子曰：『君子居之，何陋之有？』」正義曰：「孔子疾中國無明君也。子欲居九夷者，東方之夷有九種，孔子以時無明君，故欲居九夷。」……因為中國無明君，禮儀（義？）亂不可為，九夷雖無禮義，君子居之，可教以禮義，所以孔子寧願去居九夷。[16]

可見孔子是因中國無明君、無禮義，故欲居九夷教以禮義。《正誣論》即將孔子居九夷與「以文德綏遠人」結合起來，表示中國聖人願以禮義之道教化遠方的胡人。韋節注《西昇經》亦云：「道無不在，雖蠻貊之邦，殊方異域，何莫由斯道也。以先覺覺後賢，惟聖人為，可以開明。故雖竺乾遠夷，亦善教之，而不棄也。昔，仲尼欲居九夷，亦是意爾。」[17]不過，《正誣論》雖引孔子之說，其實是用來指老子化胡之事。相傳孔子曾問禮於老子，故這裏的聖人其實兼指老子；「文德」除指儒家的禮義之道外，亦兼指道家的柔弱道德哲學。又阮籍《詠懷・四二・王業須良輔》云：「園綺遁南岳，伯陽隱西戎。」後句即指老子西出關化胡之事。孔子居九夷與老子隱西戎，意義一樣，皆指中國聖人用文德化胡。前面提到，後期化胡說常批評胡人惡俗為「剛強無禮」、「凶獷」，而「誣佛曰」批評胡狄「父子聚麀，貪婪忍害，昧利無恥，侵害不厭，屠裂群生，不可遜讓，厲不可談議喻故具諸事云云」，亦不出「剛強無禮」、「凶獷」範圍。此種批評其實是與儒家禮義，

---

15 楊伯峻編著《論語譯著注》（臺北：源流，1982），頁 179-81。

16 靳極蒼《阮籍詠懷詩詳解》（太原：山西古籍，1999），頁 146。

17 《道藏》第 11 冊，第 490 頁。見卿希泰、詹石窗編《中國道教思想史》（北京：人民，2009），第四卷，頁 297 引。

尤其是與道家柔弱勝剛強之說相對照[18]，所謂「遠人不服，則綏之以文德」，其實是說對付胡人應用儒家之禮義與道家之柔弱去感化，儘量不要動用干戈——武力去征服。而更底層意思，其實是要說明，所謂「老子化胡」原是要以《老子》之柔弱「文德」化胡人之剛強，使胡人更進於文明，並非「誣佛」者所說的「伐胡（滅種）之術」。《正誣論》的說法很值得注意，它指出所謂「化胡」原是出於「修文德以來遠人」的古訓，是值得稱道的，而這是談老子化胡說者所忽略的。

接著指出用兵是出於不得已，是「將以除暴止戈、拯濟群生，行小殺以息大殺者也」，亦即用兵是為了防止更大的殺戮。後面云：「敵國有釁必鳴鼓以彰其過，總義兵以臨罪人，不以闇昧行誅也。」強調即使出兵也是採取光明正大——「鳴鼓以彰其過」的方式，而非用偷襲誅殺的方式。接著又云：「故服則柔而撫之，不苟淫刑極武。勝則以喪禮居之，殺則以悲哀泣之。是以深貶誘執，大杜絕滅之原」，表明即使戰勝對方亦以喪禮處之，亦即不好殺。案這幾句是根據《老子》第三十一章：「君子居則貴左，用兵則貴右。兵者不祥之器，非君子之器，不得已而用之，恬淡為上。勝而不美，而美之者，是樂殺人。夫樂殺人者，則不可得志於天下。吉事尚左，凶事尚右。偏將軍居左，上將軍居右。言以喪禮處之。殺人之眾，以悲哀泣之，戰勝以喪禮處之。」除了不好殺之外，這節特別強調，即使不得已用兵亦是採取光明正大手段，反對「以闇昧行誅」。「是以深貶誘執，大杜絕滅之原」，這兩句可以說是「正曰」反駁「誣佛曰」的點睛之語，即對用誘騙手段行絕人後嗣——「伐胡之術」的嚴重抗議。

以上所謂用文德化遠人，或不得已用兵，皆是用肯定語氣，因其合乎聖王治世之道，是做為「伐胡之術」的對立面。後面接著指出與「伐胡之術」類似的霸道行為，並加以譴責。「若懷惡而討不義，假道以成其暴」，指心懷吞並惡意而表面擺出討不義的姿態，及假藉替天行誅討之道而採行殘暴屠

18　案《老子》三十六章云：「柔勝剛，弱勝強。」七十八章云：「弱之勝強，柔之勝剛，天下莫不知，莫能行。」

殺的行為。這是針對大國用兵滅一些小國，但表面卻提出冠冕堂皇的理由。「皆經傳變文，譏貶累見也」，指《春秋》經傳對這類行為的筆誅、撻伐。這是承接上文所謂「不以闇昧行誅」，「深貶誘執，大杜絕滅之原」，即反對用詐騙掩飾暴力手段滅人之國。這是將「誣佛曰」之「伐胡（滅種）之術」，比為春秋霸國之「懷惡而討不義，假道以成其暴」，以為「伐胡（滅種）之術」如同以干戈暴力滅人之國，並且同樣是採取不光明的詐術。並藉由《春秋》經傳對楚國不誠信行為之撻伐，證明聖人不會贊成「誣胡」者所謂「伐胡（滅種）之術」。用「伐胡」取代「化胡」，表示其違背中國聖人以文德化遠人的理想，雖只一字之差，其意義卻有天壤之別。

「夫敵之怨惠不及後嗣，惡止其身，（四）重罪不濫，此百王之明制，經國之令典也」，是反駁「誣佛曰」誣指佛之教胡人是為使其絕嗣的「伐胡之術」，認為根據佛教「惡止其身，（四）重罪不濫」的觀點，不可能行這種絕人後嗣的惡毒詐術，同理，主張「以文德化遠人」的中國聖人亦不可能贊成這種手段。故這幾句並非如李文所云，是針對「會宋之盟」講的，而是針對「伐胡之術」中絕人後嗣的殘暴性及欺騙性。筆者認為，這幾句若置於下一段的開頭，以承上啟下，可能較為妥當。因此下段是：

> （夫敵之怨惠不及後嗣，惡止其身，〔四〕重罪不濫，此百王之明制，經國之令典也。）至于季末之將，佳兵之徒，患道薄德衰，始任詐力，競以譎詭之計，濟殘賊之心[19]。野戰則肆鋒極殺，屠城則盡坑無遺，故白起刎首於杜郵，董卓屠身於宮門。君子知其必亡，舉世哀其就戮[20]，兵之弊也遂至于此！此為可痛心而長歎者矣。何有聖人而欲大縱陰毒剪絕黎元者哉？且十世容賢，而況萬里之廣。重華生於東夷，文命出于西羌，聖哲所興豈有常地？或發音於此，默化於彼，形教萬方而理運不差。原夫佛之所以夷跡於中天，而曜奇於西域者，蓋

19　案李小榮《弘明集校箋》作「始任詐力競，以譎詭之計濟殘賊之心」，欠妥。

20　案李小榮《弘明集校箋》作「灰戮」，以為是古代對燒灰違時有妨農事者所處之刑戮，此泛指殺身。

> 有至趣，不可得而縷陳矣。豈有聖人疾敵之強，而其欲覆滅使無孑遺哉？此何異氣癘既流，不蠲良淑，縱火中原，蘭蕕俱焚。桀紂之虐，猶將不然乎。縱令胡國信多惡逆，以暴易暴，又非權通之旨也。引此為辭，適足肆謗言，眩愚豎，豈允情合義，有心之難乎。

這是批評季世「競以譎詭之計，濟殘賊之心」，造成大量屠殺的可怕情形。與上一段相比，已看不到以文德綏遠人，將用兵殺人視為喪禮的王道精神，繼承的是講求詐術詭計、以暴力殺人為尚的霸道精神。所謂「季末之將，佳兵之徒」，出於古本《老子》第三十一章：「夫佳兵者，不祥之器。」「佳兵」指以用兵為佳，即好戰之意。「患道薄德衰，始任詐力，競以譎詭之計，濟殘賊之心」，應是根據《老子》第三十八章：「故失道而後德，失德而後仁，失仁而後義，失義而後禮。夫禮者，忠信之薄，而亂之首。」這是延續上一段所謂「若懷惡而討不義，假道以成其暴」——即不講道德，而以詐術成其暴力。而「野戰則肆鋒極殺，屠城則盡坑無遺」應是發揮《老子》第三十章：「以道佐人主者，不以兵強天下。其事好還，師之所處，荊棘生焉。大軍之後，必有凶年。」及四十六章：「天下有道，卻走馬以糞；天下無道，戎馬生於郊。」說明季世戰爭的殘酷、可怕後果——包括使很多人絕其後嗣。多次引用《老子》之言反戰、反詐術，皆是針對「誣佛者」（案指道教徒）之「伐胡（滅種）之術」，譴責其違背老子重視道德、講究仁慈的精神。「故白起刎首於杜郵，董卓屠身於宮門。君子知其必亡，舉世哀其就戮，兵之弊也遂至于此！此為可痛心而長歎者矣！何有聖人而欲大縱陰毒剪絕黎元者哉」，這是用佛教報應的觀點，指出好戰者無好下場，並認為凡是聖人不可能用「陰毒」詐術去絕人後嗣，意指老子只會用文德化胡，不可能使用陰毒的「伐胡之術」。由此證明此段開頭所謂：「夫敵之怨惠不及後嗣，惡止其身，（四）重罪不濫，此百王之明制，經國之令典也。」後面接著以中國亦有東夷西戎聖人，比佛為西域聖人，「豈有聖人疾敵之強，而其欲覆滅使無孑遺哉」，表示無論是中國聖人或西方聖人，皆不可能因為胡人剛強無禮就用詐術使其絕嗣，如果這樣做就比桀紂還不如。很明顯，以上三層次的論述皆是為了駁斥「誣佛」者伐胡之術。

由以上說明，可見《正誣論》引佛經之「惡止其身，（四）重罪不濫」，是針對「誣佛曰」誣指佛之教胡人是為使其絕嗣的「伐胡之術」，並非針對「經傳變文」所指「會宋之盟」。李文不用第二次弭兵之會，而改取第一次弭兵之會，又加入子反自殺與晉厲公被殺兩例，以為此二例亦可歸於「會宋之盟」，以此證明「會宋之盟」是為了說明佛經「惡止其身，（四）重罪不濫」；更進一步以此會宋之盟為變文，以為改變了佛教經文。如此複雜曲折論證，都是為了證明變文是變易佛經經文。但是這些論證，其實都是出於對《正誣論》的誤解。至於以為變文乃是變易經文使之通俗化，更與《正誣論》之變文無關。

乙、《中觀論疏》[21]變文說

第二例是姜伯勤於 90 年代的重大發現，他於隋代吉藏的《中觀論疏》中檢出「變文易體」一語，甚受學者重視。被讚譽為：「為文體變易說提供了重要文獻論據」，「在學術界產生了深遠的影響」[22]。

案姜氏的發現見於其論文《變文的南方源頭與敦煌的唱導法匠》，該文收入其專書《敦煌藝術宗教與禮樂文明》[23]。筆者在閱讀該文之後卻發現頗多問題，茲依該文章節次序，說明筆者的疑問如下：

一、引言

在論文開頭的「引言」中，姜氏引用幾位學者的看法，將他們對「變文」的看法歸納為「文體」問題。認為：

> 所有上面這些懸疑，都可以歸結為以下兩個問題：一是如何從佛經文

---

21 本文所據為《大正新修大藏經》第四二冊，原版：日本東京大藏經刊行會；發行：臺北：世樺印刷有限公司，1998。

22 參李小榮《變文講唱與華梵宗教藝術》（上海：上海三聯書店，2002，頁 4），及于向東《敦煌變相與變文研究》（蘭州：甘肅教育，2009，頁 52）。

23 姜伯勤《敦煌藝術宗教與禮樂文明》（北京：中國社會科學，1996）。

> 體學的視角辨析變文文體；二是從唱導源流的探尋把變文說唱還原到佛寺原來的唱導、俗講、表白等體制中去，還原到道場、法會、布薩會的儀式程序中去，從而認識其真諦。[24]

後面他又舉出一些著名學者的看法，而這些學者的看法其實有兩種情形，一種是解釋變文的意涵，以為變文之得名是因其變易了佛經文體（如鄭振鐸、周紹良）。一種則是追踪變文文體的來源，以為變文中常見的韻散相間結構是來自佛經文體和唱導制度（如饒宗頤），特別是與佛經長行（散文）與偈頌（韻文）相間的文體結構有關（如陳寅恪）。相較而言，後者的觀點不僅沒有證明變文是對佛經文體的變易，反而證明變文的文體是繼承佛經文體，等於是推翻前者文體變易說的觀點，而姜氏卻將兩種觀點視為一體，是頗有問題的（案姜氏是支持前者——文體變易說的觀點）。

二、變文釋義：「變文易體」與「變態」「宣唱」

這部分是對變文意涵的解釋，其中舉了幾種例子加以說明，首先是引《中觀論疏》的例子，茲引姜氏原文如下：

> 「變文」二字在《大藏經》及僧傳中所見的意義，大抵可以從以下兩方面說明：
>
> 1.「變文易體」：變文是因通俗地講說佛法的需要在文體上對正式的經文文體的變易。
>
> 隋吉藏《中觀論疏》卷一：
>
>> 師（興皇朗）云：夫適化無方，陶誘非一。考聖心以息病為主，緣教意以開道為宗。若因開以受悟，即聖教為之開。由合而受道，則聖教為之合。如其兩曉，並為甘露。必也雙迷，俱成毒藥。豈可偏守一途，以壅多門者哉！
>>
>> 自攝嶺興皇，隨經傍論，破病顯道，釋此八不，變文易體，方言甚多。

---

[24] 姜伯勤《敦煌藝術宗教與禮樂文明》（北京：中國社會科學，1996），頁 397。

> 所謂「八不」即中觀論文「不生亦不滅，不常亦不斷，不一亦不異，不來亦不出」。為了闡釋三論宗關于此「不立二邊」的「八不」的核心思想，可以在各種通俗講說的場合采取變換了的文體。印順大師對此有一段解釋：
>
> > 三論宗以為，佛說一切法門，是適應不同的根機，根機不同，所以不能固執一變。因此，自己說法或解說經論，也就沒有固定的形式。「變文易體，方言甚多」就是這個意思。（姜伯勤《敦煌藝術宗教與禮樂文明》，頁398）

案：姜氏在尚未舉出引文之前就下結論云：「變文是因通俗地講說佛法的需要在文體上對正式的經文文體的變易。」可見姜氏對變文已經有預設的觀點，其中包含兩個重點：對經文的變易，及通俗化。他對變文的研究基本上就是由這兩點出發，而他發現吉藏《中觀論疏》中有「變文易體，方言甚多」之語，以為可以證成這兩點，學者們也推崇為：「為文體變易說提供了重要文獻論據」，「在學術界產生了深遠的影響」。不過，依照正常的論說程序，應在列出引文並加說明之後才能下結論，這種先下結論的做法有預設觀點的嫌疑，是不合論文邏輯的。而在引了《中觀論疏》兩段話之後，只指出文中的「八不」是《中論》所說「不生亦不滅，不常亦不斷，不一亦不異，不來亦不出」，接著立刻說：「為了闡釋三論宗關于此『不立二邊』的『八不』的核心思想，可以在各種通俗講說的場合采取變換了的文體。」幾乎未對引文的內容作任何分析，就下結論。後面跟著引印順大師的解釋，以為可以證明變文是如他的說法。但印順大師只是說，在「自己說法或解說經論」時，為適應不同的根機可以變易解說形式。案：《賢愚經》卷二有「降六師品第十四」，寫佛陀與六師外道鬥法事。其中有云：「佛因觀察，隨眾人心，方便說法，各令開解發無上心。」[25]即指佛能觀察眾人悟性的不同，而用不同解說方式，隨機開發悟道。故印順大師所謂「不同的根機」是指聽

---

[25] 見《大正藏》本緣部下（編號 202）《賢愚經》卷二「降六師品第十四」〔360c15〕（據中華電子佛典協會製作 CBETA 電子版）。

講對象的程度、條件各不相同，因此解說形式必須隨機變化，這並沒有「通俗講說」的意思，尤其沒有改變佛經文體的意思。而姜氏一口咬定是在「通俗講說的場合」，這已經違背「變」的原則。照說根機不同，則說法形式亦當隨機轉換，有些根機較淺者固然可以用通俗講說方式，可是對於根機較深者——如文化根機很深，則在解說時也必須用較雅馴的文辭，甚至引經據典，而非一例用通俗的講說方式（參見下文姜氏所引《高僧傳・唱導傳論》可知）。大師云「說法或解說經論，也就沒有固定的形式」，表示說法的形式隨著對象根基的不同而變化——如對甲乙丙丁四者的說法各有不同，並非固定不變。後面接著說：「『變文易體，方言甚多』就是這個意思。」顯然，「變文易體」是就說法形式的多種變易講的——亦即指甲乙丙丁四種說法形式之間的不同而言，並非指對經文文體的變易[26]。姜氏在引《論疏》之前指出變文是「在文體上對正式的經文文體的變易」，而在引印順大師之語之後云：「可以在各種通俗講說的場合采取變換了的文體。」乃指變換了正式經文的文體，這是違背印順大師原意的。依照印順大師的理解，「變文易體」是指對不同根機的人（如甲乙丙丁四種人）有不同的說法方式，而姜氏則理解為在通俗講說時，時常改變經文文體。兩者明顯不同，而姜氏卻引大師的說法來印證自己的觀點，頗有魚目混珠、愚弄讀者之嫌。

姜氏又引《高僧傳》所載《釋曇崇傳》為例云：

> 在南朝寺院中，針對根機不同的聽眾，對長行與偈頌相間的佛典，在文體上作了通俗性變易。為說明佛理，雜引譬喻，宣唱事緣。如《高僧傳》卷第十三《唱導》所載《宋靈味寺釋曇崇傳》云：「少而好學，博通眾典。唱說之功，獨步當世。辯口適時，應變無盡。」因為博通眾典，在唱說時遂對正式的經文文體加以變通，從而「應變無盡」。（姜伯勤，頁 398）

---

[26] 若依照姜氏說法，對每一種人說法，都要改變經文一次，若對四種人說法，則要改變經文四次，這顯然不是印順大師的意思。

案：所引《釋曇崇傳》所說「辯口適時，應變無盡」，明顯是指唱說時的變化言，即在不同的時機有不同的講法，而非固定一種講法；變指講法的不同，並非指變易經文；這與前引印順大師對「變文易體」的解釋是一致的。而姜氏又從變易經文、通俗化的角度加以解釋，認為是「因為博通眾典，在唱說時遂對正式的經文文體加以變通」，「對長行與偈頌相間的佛典，在文體上作了通俗性變易。」案：長行與偈頌相間既是佛典常用文體，何來變易？另姜氏所謂「說明佛理，雜引譬喻，宣唱事緣」，當是根據《高僧傳》之《唱導・論》：「昔佛法初傳，于時齋集，止宣唱佛名，依文致禮至。中宵疲極，事資啟悟，乃別請宿德，昇座說法，或雜序因緣，或傍引譬喻。」所謂序因緣、引譬喻，如近人陸永峰所說，是取其故事性，使參與齋會的會眾，在「中宵疲極」時得以振起精神；而雜序、傍引者，言其內容之來源乃雜採眾經，掇拾內外，並不必拘泥于特定的一經一文[27]。事實上，「序因緣」、「引譬喻」，同樣是佛經中常見的文體（詳見下文《由「因緣」與「方便」看變文——兼論「變相圖」之變》），因釋曇崇「博通眾典」，故有可能隨機採用。「應變無盡」並非指改變經文，而是指其講說時能旁徵博引，富於變化。很明顯，姜氏將說法時的應機變化，皆誤解為改變佛經文體，若依姜氏說法，則「應變無盡」應是指不斷地改變佛經文體，這又如何成為一種文體？[28]難道為了通俗化，有必要經常改變文體？事實上，越是通俗文體，越有一種穩定的文體結構，今人研究敦煌變文，不也指出其有共同的體式特徵：散韻相間！[29]況且，不斷地改變經文，簡直是將說經當成遊戲，視經文為玩物，難道不嫌是對佛經的褻瀆不敬？

姜氏又舉《高僧傳》《唱導傳論》為例云：

---

27 見陸永峰《敦煌變文研究》（成都：巴蜀書社，2000），頁39。

28 案：劉勰《文心雕龍・通變篇》云：「夫設文之體有常，變文之數無方。……凡詩賦書記，名理相因，此有常之體也；文辭氣力，通變則久，此無方之數也。」可見文有常體，是不能隨便改變的；但文辭則可以不斷變化，否則文體就不能推陳出新。

29 見陸永峰《敦煌變文研究》，頁115。

3.變文即「變態」「宣唱」的文體：唱導中因聽眾根機不同而因事起興，即稱為變態。轉讀及詠唱梵唄時也有「變態」的表現。

《高僧傳》卷十三《唱導》傳論云：

> 論曰：唱導者蓋以宣唱法理，開導眾心也……
>
> 如為出家五眾，則須切語無常，苦陳懺悔。若為君王長者，則須引俗典，綺綜成辭。若為悠悠凡庶，則須指事造形，直談聞見。若為山民野處，則須近局言辭，指斥罪目。凡此變態，與事而興。可謂知時知眾，又能善說。雖然，故此懇切感人，傾城動物，此其上也。

「變態」應指因時制宜，因人制宜的說唱技巧和說唱形式，……而導師則根據聽眾的接受程度而變態無盡：如對出家受戒者，講無常，對士人用典故雅訓，對庶民用形象故事，對山民用當地方言。這種宣唱佛教或世俗事緣的無盡「變態」，其記錄下來的文本或所據宣唱的「舊文」即稱「變文」。（姜伯勤，頁399）

案：所引《高僧傳・唱導傳論》，明確指出，對四種人各有不同的引導方式，故稱「變態」。文中並指出四種變態的內容云：「『若為』出家五眾，則須切語無常，苦陳懺悔；『若為』君王長者，則須兼引俗典，綺綜成辭；『若為』悠悠凡庶，則須指事造形，直談聞見，『若為』山民野處，則須近局言辭，陳斥罪目：凡此『變態』，與事而興。」共提到四次「若為」云云，最後提到「變態」，可見每一次「若為」即為一變，四次「若為」即為「四變」，而變態顯指每一次講法不同，並非指每一次皆在改變經文。姜氏云：「『變態』應指因時制宜，因人制宜的說唱技巧和說唱形式，……而導師則根據聽眾的接受程度而變態無盡。」依照這個說法，則所謂「變態無盡」亦指說唱技巧和說唱形式的改變，與印順大師的說法一致，而非指不斷地改變經文。再者，四變中之第一變是對出家眾語無常，顯然不屬於對俗人的通俗講說。而第二變是「若為君王長者，則須引俗典，綺綜成辭」，姜氏亦解云「對士人用典故雅訓」，更非所謂「通俗講說」。第三變為「若為悠悠凡庶，則須指事造形，直談聞見」，第四變為「若為山民野處，則須近局言辭，指斥罪目」，這兩種雖指對俗人的講說，但是並未引用經文，而只是「直談聞見」、「指斥罪目」，也就是用日常生活中所聞見的事，說明人生無常與因果報應的道理，使其心生畏懼，根本用不到文字，更談不上改變經文。可見唱導講說的「變態」，亦不能稱之為對佛典文體「作了通俗性變易」。嚴耕望對「唱導」與唐俗講的關係有一簡明的概括：「觀此一段敘論，唱導的進行不藉重歌詠，而採取講說方式，重在隨機應變，不拘一格，目的在打動聽眾心曲，加強其對於佛教的信仰。此種講說方式，實已開唐以後民間俗講、宣講之徑途。」[30]所謂「隨機應變」，顯然不是指改變經文文體。

以上姜氏所舉三個例子，提到「變文」、「應變」、「變態」，實際皆指講說方式的變化，但姜氏對前兩例皆解讀為對經文的變易，並強調是「通俗講說」。對第三例，姜氏雖云「『變態』應指因時制宜，因人制宜的說唱技巧和說唱形式」，卻與前兩例合在一起，就表示可做同樣解讀。故最後，姜氏對變文作了結論云：

> 總之，「變文」二字是一個文體學的概念，也是一個關于變異了的演唱宣講方式的文本的概念。變文是對經文的變易了的文體，是以變態方式宣唱經文及事緣的文本。（下略）（姜伯勤，頁399-400）

顯然，姜氏是知道前面各例中的「變」指「演唱宣講方式」的變異，但他卻用移花接木的方式將這種變異解讀為「對經文文體的變易」，並強調是一個文體學的概念。姜氏這樣做無非是要支持、證明敦煌變文的文體變易說，其主觀企圖是非常明顯的。一個基本問題是，從頭至尾，姜氏並未對其所謂「文體變易」做明白清楚的解釋，其問題有二：首先，他一再提出的長行與偈頌相間結構本是來自佛經，則他所說的「文體變易」，其實更像是「文體

---

[30] 嚴耕望《佛藏中之世俗史料三劄》（收入《嚴耕望史學論文選集》下冊，北京：中華，頁480）。

繼承」。其次，今人研究敦煌變文，皆指出其有共同的體式特徵：散韻相間！可見，無論就敦煌變文與佛經之間的關係，或就敦煌變文與敦煌變文之間的關係來看，皆無所謂「文體變易」。尤其與姜氏舉例中的「變文易體，方言甚多」、「辯口適時，應變無盡」、「凡此變態，與事而興」等，皆難以對應。

以上雖然從姜氏所舉例子中指出其解讀的問題，但並沒有解決姜氏所引《中觀論疏》中兩段話的內容。姜氏除了指出「八不」是《中論》所說「不生亦不滅，不常亦不斷，不一亦不異，不來亦不去」外，又引印順大師對「變文易體，方言甚多」的解釋，但對其餘文字完全沒有說明。因此，仍有必要對姜氏引文作進一步說明，才能確定所謂「變文易體，方言甚多」到底是指什麼。為方便討論，茲重引隋吉藏《中觀論疏》〈因緣品第一〉兩段話如下：

> 師（興皇朗）云：夫適化無方，陶誘非一。考聖心以息病為主，緣教意以開道為宗。若因開以受悟，即聖教為之開。由合而受道，則聖教為之合。如其兩曉，並為甘露。必也雙迷，俱成毒藥。豈可偏守一途，以壅多門者哉！
>
> 自攝嶺興皇，隨經傍論，破病顯道，釋此八不，變文易體，方言甚多。

首先必須提出來的是，上引兩段中間尚有許多文字（被省略），實際上，兩段相距甚遠。姜氏所以將它們合在一起，應是以為意思相近。但是姜氏對前段文字全無說明，並不是一種負責任的態度（筆者以為，這是一種避重就輕的作法，並不可取）。現在就《論疏》上下文中有關文字稍加整理，分句說明前段文字如下。

(1)所謂「夫適化無方，陶誘非一」，指講說佛法並非固定一種方法、途徑，而是有變化的。《論疏》於前文有一段話可作參考：

> 又經有三說，一者但作因名，如六因十因之例。六因如雜心說，十因

> 地持論明。二者但作緣名，如四緣十緣之流，四緣經論皆備，十緣如舍利弗毘曇敘。三者因緣兩說皆如十二因緣。此皆適化不同，故立名非一也。[31]

指經中在說因緣的時候，並非每一次都將因緣兩字合講，而是有時只提因、有時候只提緣，又有時候因緣兩字合講，這是因為「適化不同，故立名非一」，即因應教化對象的程度不同，講說方式亦隨之有所不同。又〔梁〕僧祐《出三藏記集》《小乘迷學，竺法度造異儀記》亦云：

> 夫至人應世，觀眾生根，根力不同，設教亦異。是以三乘立軌，隨機而發，五時說法，應契而化。沿麁以至妙，因小以及大，階漸殊時，教之體也。自正法稍遠，受學乖互，外域諸國，或偏執小乘，最後涅槃，顯明佛性，而猶執初教，可謂膠柱鼓瑟者也。[32]

表示佛之教化乃視眾生根力不同，而設教亦異。

(2)「考聖心以息病為主，緣教意以開道為宗」，指佛說法的用心——出發點是為了治眾生之病，但是在用語言講說時會分開大小乘兩種修道方式，這只是因對象受病不同而分成不同的開導方式。（參見下文(3)的說明）。

(3)「若因開以受悟即聖教為之開；由合而受道則聖教為之合」，指若大小乘分開講解能使人受悟，則分開講；若大小乘合起來講能使人受悟，則合起來講。最重要的是使大小二乘學者皆能領悟受益，否則反成毒藥，故云「如其兩曉並為甘露必也，雙迷俱成毒藥」，兩曉、雙迷皆指大小乘之學者言。案類似的話亦見《論疏》前文：

> 問上云破因緣名因緣品，破何等人耶？答異執乃多，略標四種，一摧外道，二折毘曇，三排成論，四呵大執。……如斯等類並是學於因緣

---

31 《大正新修大藏經》四二冊，吉藏《中觀論疏》〈因緣品第一〉，頁 7。

32 〔梁〕釋僧祐著，蘇晉仁、蕭鍊子點校《出三藏記集》（北京：中華，2003 年二刷），頁 232。

> 而失因緣，故正因緣成邪因緣，如服甘露反成毒藥，亦如入水求珠，謬持瓦礫。此論破洗如此因緣，故云破因緣品。此論破如此邪執因緣，申明大乘無得因緣，故以目品。問龍樹菩薩對緣云何？答有四種人學因緣而失因緣：一者犢子云，因緣謂性，……二者毘曇因緣，無有人法，而有眼法。三者成實因緣，明世諦因緣具有假人法，真諦即無。四者方廣云，都無世諦人法因緣。如此四人並學因緣失因緣，故破此四人申正因緣。故以目品。[33]

這是說有四種人想學正的因緣觀以治自己之病，但沒學好反失去因緣的正義，造成邪病，有如「服甘露反成毒藥，亦如入水求珠，謬持瓦礫」。同樣，學大乘或小乘亦可能原想學正道，結果反成為邪說，亦如「服甘露反成毒藥，亦如入水求珠，謬持瓦礫」。

(4)「豈可偏守一途，以壅多門者哉」，意指教導學者若偏守大乘或小乘，如此不僅不能治病，反而引出另外的病情，導致大小兩種教法皆壅塞不通。但要了解這兩句必須參考吉藏另一篇《中論序疏》（案《中論序》為僧叡所作）一段話：

> 學內教人壅滯佛教，今祛其壅滯使佛教宣流，故云流滯。師（按指法朗大師）又云決二壅合兩教，流二壅者，一、小乘人學小乘迷小乘，故小教壅；二、大乘人學大乘迷大乘，故大乘壅。今中論決斯二教之壅，使二教流也。[34]

這是說教人學佛，反而使佛教壅滯不通。並引其師（法朗大師）的話，以為若小乘人只學小乘，會為小乘所迷，反而造成小乘之道壅滯；反過來若大乘人只學大乘，亦會為大乘所迷，反而造成大乘之道壅滯。故若偏於一乘會造成兩者皆壅。而《中論》因講中道不偏一方，可以破除二乘的壅滯使佛教流通。可見此段所說「兩曉」、「雙迷」、「偏守一途」、「以壅多門」等皆

33　《大正新修大藏經》四二冊，吉藏《中觀論疏》〈因緣品第一〉，頁7。

34　《大正新修大藏經》四二冊，吉藏《中觀論序疏》，頁5。

是針對偏守大乘或小乘說的。故後面論攝嶺法朗大師對《中論》二十七品的分解云：

> 自攝嶺相承分二十七品為三段，初二十五品破大乘迷失明大乘觀行。次有兩品，破小乘迷執辨小乘觀行。第三重明大乘觀行推功歸佛。所以有此三段者正道未曾小大，赴大小根緣故說小大兩教。而佛在世時眾生福德利根稟斯兩教並皆迷失，論主破彼二迷俱申兩教，是故有三段之文。[35]

這是說明攝嶺興皇將《中論》二十七品分三段解釋，前二十五品是為「破大乘迷失」，後兩品是「破小乘迷執」，最後重新講明大乘觀行。「論主破彼二迷俱申兩教，是故有三段之文」，說明《中論》是為破兩乘迷執而申兩乘的正道，這表示學大乘小乘者各有偏病迷執，而《中論》因為不偏於一方，故能破除二病以顯佛法正道。由此可見，所謂「適化無方，陶誘非一」，即指學者的迷執受病各有不同，講授者在誘導時要針對學者之病採取適當方法：對於執著大乘者要使其了解小乘，對於執著小乘者要使其了解大乘——即由大申小，或由小申大。如此兩乘相濟才能真正了解兩乘正道，不致造成偏執壅滯之病。「適化無方，陶誘非一」是指講說者不應固執一途，這與前引印順大師之說相近，既非指改變經文，亦與通俗化無關。

後面一段姜氏只引「攝嶺興皇，隨經傍論，破病顯道，釋此八不，變文易體，方言甚多」共六句，其實前後尚有重要文字，皆被省略，導致文意不明。茲補充其前後重要文字，以便討論（因原文甚長，不得不做部分省略，僅錄重點並分段落，以便閱讀討論）：

> 然八不文約義豐，意深理遠，自攝嶺興皇，隨經傍論，破病顯道，釋此八不，變文易體，方言甚多。今略撰始終以二條解釋：一者就初牒八不述師三種方言，後重牒八不廣料簡也。
>
> (1)就初牒八不述師三種方言。第一云，所以牒八不在初者，為欲洗

35 《大正新修大藏經》四二冊，吉藏《中觀論疏》〈因緣品第一〉，頁 7-8。

淨一切有所得心。所以然者，有所得之徒所行所學無不墮此八計之中。（下略）

(2)師又一時方言云，所以就八不明三種中道者，凡有三義：一者為顯如來從得道夜至涅槃夜常說中道。中道雖復無窮，略言三種，則該羅一切。故就此偈略辨於三中，總申佛一切教。二者此論既稱中論，故就八不明於中道。中道雖多，不出三種，故就此偈辨於三中。三者為學佛教人三中不成故墮在偏病，今對彼中義不成欲成中義，故辨三種中也。（下略）

(3)師又一時方言云，世諦即假生假滅，假生不生，假滅不滅，不生不滅為世諦中道；非不生非不滅為真諦中道；二諦合明：中道者非生滅非不生滅，則是合明中道也。……方言甚多，略言三種。[36]（案：段落前加(1)(2)(3)表示三種方言，為筆者所加）

案：攝嶺興皇即是梁陳之際的法朗大師（507-581），因其為嘉祥大師吉藏之師，故吉藏於文中以「師」稱之。法朗為三論宗於南方復興的重鎮。三論宗的主要思想為中觀論（簡稱中論），中論講「中道」思想，而「八不」則是中道思想的濃縮，即「不生亦不滅，不常亦不斷，不一亦不異，不來亦不出」（見《中論・觀因緣品第一》開頭偈語）。法朗大師在解釋此八不義理時，既云「變文易體，方言甚多」，又云「述師三種方言」，這無疑給主張文體轉變、通俗化者極大鼓舞，姜伯勤據此云：「變文是因通俗地講說佛法的需要在文體上對正式的經文文體的變易。」所謂「通俗地講說」應是指用「方言」講說佛法，這是依照一般常識，將「方言」視為地方性語言，與標準語相對。李小榮即據此云：

攝嶺興皇，即梁陳之際三論宗的法朗大師（507-581），他在闡釋《中觀論》的八不核心思想——「不生亦不滅、不常亦不斷、不一亦不異、不來亦不出」時，可以在不同的場合，采用不同的語言，即隨

36　《大正新修大藏經》四二冊，吉藏《中觀論疏》〈因緣品第一〉，頁 10-11。

機應變把經典通俗化，使聽眾理解和接受。（李小榮《變文講唱與華梵宗教藝術》，頁 13）

由李文所云「可以在不同的場合，采用不同的語言」，可見是將「方言」解讀為地方語（標準語只有一種，而方言則可以有許多種）。依此解讀，則「（述師）三種方言」，是指師用三種不同的地方語講解八不；「方言甚多」指師懂得的地方語甚多，可以在不同場合，依對象不同，而用不同的地方語解釋八不義理，如此則「（容易）使聽眾理解和接受」，有利於佛教經典的「通俗化」。案：慧遠《阿毗曇心序》云：「（罽賓沙門僧伽）提婆乃手執胡本，口宣晉言。臨文誠懼，一章三復。遠亦寶而重之，敬慎無違。然方言殊韻，難以曲盡（下略）。」[37]後面兩句表示，方言因有特殊口音，若非熟悉者不容易了解，故不用方言翻譯。另釋僧叡《大智釋論序》云：「（羅什）法師以秦人好簡，故裁而略之。若備譯其文，將近千有餘卷。法師於秦語大格，唯譯一往，方言殊好，猶隔而未通。苟言不相喻，則情無由比。」[38]表示羅什法師對秦語（中國語）雖已熟悉了解，但對各地方言殊好則尚不通曉——「猶隔而未通」，故不用方言翻譯，以免造成溝通的困難（這也正是標準語——雅言、正音，產生的重要條件）。可見將「方言」與「通俗化」劃上等號是有問題的[39]。況且，若《論疏》所謂「方言甚多」之方言指地方語，那就表示興皇法朗大師熟悉很多地方語，並且時常到各地去，用當地的方言講說佛法。可是在文中卻完全沒有提供相關的訊息，其可能性是很值得懷疑的。筆者反覆閱讀《論疏》中「述師三種方言⋯⋯」這段

37 〔梁〕釋僧祐著，蘇晉仁、蕭鍊子點校《出三藏記集》，頁 379。

38 〔梁〕釋僧祐著，蘇晉仁、蕭鍊子點校《出三藏記集》，頁 387。

39 王雲路云：「說到通語與方言，應補充幾句。有些通語是由方言變來的，有些口語詞本身就是方言詞，這都是不容置疑的。但口語詞與方言詞並不能完全等同劃一。而《大詞典》在解釋一些俗語、口語時往往稱為方言，而實際上這些詞語使用範圍已相當廣泛了。比如『不』表示疑問，用于句末，是現代漢語的常見口語詞。⋯⋯竊以為『不』字此義應用十分廣泛，似未可輕易劃入方言圈內；⋯⋯」（王雲路《漢魏六朝詩歌語言論稿》，西安：陝西人民教育，1997，頁 228-29）

話，完全看不出有什麼不同的地方語，因為文中並未凸顯任何「方言」的語言特徵：既未提到地方名稱（如「吳語」、「粵語」等），亦未提到地方語的特殊音韻與語彙。不僅三種方言彼此之間看不出有何語言上的差別，即使與《論疏》其它文字比較，風格也完全一致，看來是用同一種語言寫成，而不是不同語言。簡言之，無法從「語言」層面看出其不同。另外，整個《論疏》（包括三種方言部分），都是在論說佛教深奧的義理，反覆論辯分析，非常繁瑣難讀，絕不是通俗易懂的。

學者在提及上引《論疏》開頭一小段話時，通常是「斷章取義」，只取「變文易體，方言甚多」這兩句，而對前面幾句——「然八不文約義豐，意深理遠，自攝嶺興皇，隨經傍論，破病顯道，釋此八不」，幾乎完全忽略（姜氏引文即省略「然八不文約義豐，意深理遠」這兩句）；姜氏對攝嶺興皇此人與八不雖有簡單介紹，而對「隨經傍論，破病顯道」，亦略過不談。其實「變文易體，方言甚多」這兩句本是承前幾句而來，與前面每一句皆有密切關係，若忽略前幾句，則後兩句亦很難了解。

案：《世說新語・文學第四》53 條云：

> 張憑舉孝廉，出都，負其才氣，謂必參時彥，欲詣劉尹（惔），鄉里及同舉者共笑之。張遂詣劉。劉洗濯料事，處之下坐，惟通寒暑，神意不接，張欲自發無端。頃之，長史諸賢來清言，客主有不通處，張乃遙于末坐判之，言約旨遠，足暢彼我之懷，一坐皆驚。[40]

當長史諸賢清言時，客主有不相通處，張憑在下座加以評判，「言約旨遠」，使大家開懷，「一坐皆驚」，可見「言約旨遠」是清言之最高境界。劉勰《文心雕龍・宗經篇》推崇五經之文，云：「至於根柢槃深，枝葉峻茂，辭約而旨豐，事近而喻遠。」[41]又北魏太和三年（479 年）藏經洞《雜阿毗曇心經六卷》題記亦云「文約義豐」[42]。另釋僧衛《十住經含注序》，

[40] 朱鑄禹彙校集注《世說新語彙校集注》（上海：上海古籍，2002），頁 209-10。

[41] 詹鍈《文心雕龍義證》（上海：上海古籍，1989），上冊，頁 77。

[42] 鄒清泉著《虎頭金粟影——維摩詰變相研究》（北京：北京大學，2013），頁 23 引。

推崇《十住經》則云：「文約而義豐，辭婉而旨弘。」[43]「文約義豐」是佛典常用的觀念，故《中觀論疏》此段話一開頭亦云「然八不文約義豐，意深理遠」。但什麼是「八不文約義豐，意深理遠」？《論疏》之前有所說明：

> 問：何故標八不有（在？）論初也？答：略明十義。一者……七者，欲明「八不言約意包，總攝眾教」，故標在初。……今欲明八不攝四悉檀及十二部經八萬法藏，故標在初。（卷一，頁10）

文中云「八不言約意包，總攝眾教」，與「然八不文約義豐，意深理遠」意思相同，可知八不的文字雖然簡約（共四句僅二十個字），但意理深遠（幾乎總攝整個佛教《經藏》義理），故當法朗大師「（解）釋此八不」時，「變文易體，方言甚多」，即無法僅用一種解釋總括整個八不義理，而必須透過更多方面的解釋，以增進對八不義理的了解。

又《論疏》在「釋此八不，變文易體，方言甚多」後云：「今略撰始終以二條解釋：一者就初牒八不述師三種方言」云云，那麼，應先考察何謂：「初牒八不述師三種方言」？案：日本僧圓仁《入唐求法巡禮行記》卷三紀赤山院新羅僧講經儀式，提到「講師牒文釋義了，覆講亦讀，讀盡昨所講文了，講師即讀次文。」[44]據此，「牒文釋義」乃指先讀經文後釋義理，這正是講經文的一般儀式：先由都講讀唱幾句經文，再由法師講解經義，如此反覆進行（參閱敦煌講經文即知）。由此看「初牒八不述師三種方言」，亦應指先讀「八不」文字再加解釋，如此反覆進行三次，故「三種方言」是指對八不的三種解釋。基本上，《論疏》中所舉「師三種方言」，主要是從不同的方面、角度說明「八不」的義理，「師又一時方言云：……師又一時方言云：……」，只表示在不同時候大師對八不有不同釋義，李小榮云：「吉藏于此記錄了法朗大師在三種不同的場合對『中道』與『八不』的不同釋義。」也看到這點，可見「三種方言」主要是指三種不同的「釋義」。而不

---

[43] 〔梁〕釋僧祐著，蘇晉仁、蕭鍊子點校《出三藏記集》，頁306-29。

[44] 向達《唐代俗講考》引，周紹良、白化文編《敦煌變文論文錄》（臺北：明文，1985），頁49。

同釋義與用地方語講說，顯然看不出有何關聯性：難道要提出不同的釋義，有需要用不同的方言，甚至用許多不同的方言？答案顯然是否定的。尤其引文最後提到「方言甚多，略明三種」，亦表示除以上三種釋義之外，還有許多對「中道、八不」的不同解釋，更讓人懷疑是指用許多方言講說。「略明三種」顯然是針對「釋義不同」講的，意指有三種八不的解釋，並非指三種不同的地方語。

如上所說，「方言甚多」是指對八不有甚多解釋，這與「然八不文約義豐，意深理遠」，是相呼應的。（可惜姜、李二位都沒有看出前後文的關聯性，姜氏在引文時甚至省略「然八不文約義豐，意深理遠」這麼關鍵性的兩句）那麼，為什麼「方言甚多」，卻只「略明三種」？其實，在上引第二種方言中已經提出答案：

> (2)師又一時方言云，所以就八不明三種中道者，凡有三義：一者為顯如來從得道夜至涅槃夜常說中道。中道雖復無窮，略言三種，則該羅一切。故就此偈略辨於三中，總申佛一切教。二者此論既稱中論，故就八不明於中道。中道雖多，不出三種，故就此偈辨於三中。三者為學佛教人三中不成故墮在偏病，今對彼中義不成欲成中義，故辨三種中也。

「如來從得道夜至涅槃夜常說中道」，指如來年三十五成道，年八十示寂，行化四十餘年中[45]，常說中道，可見講了無數次。這表示中道是「意深理遠」，可以從各種不同的角度、方面加以解說。但是其核心思想是一貫的，因此，只要「略言三種，則該羅一切」，「中道雖多，不出三種」。由此可知為何「方言甚多」，卻只「略明三種」，因為明瞭三種之後，就可舉一反三、觸類旁通，明瞭其餘甚多釋義。另由「三者為學佛教人三中不成故墮在偏病，今對彼中義不成欲成中義，故辨三種中也」可知，為了治「墮在偏病」，故要「略言三種（中道）」，此亦呼應《論疏》所云「自攝嶺興皇，

---

[45] 參見楊勇《洛陽伽藍記校箋》（臺北：正文，1982），頁45注5。

隨經傍論，破病顯道，釋此八不」，蓋為了「破病顯道」，故先用「三種方言」釋此八不（案八不即中道）。故「方言」是針對釋義講的，「方言甚多」只是表示（對八不）有很多種解釋，並非指用很多種地方語講說，以達到通俗化目的。

茲先藉湯用彤《隋唐佛教史稿》（下簡稱《史稿》）對三論宗之評述（第四章第一節），以便了解「攝嶺興皇，隨經傍論，破病顯道」究竟所指為何？

一、三論宗簡史

> 中華三論之學，傳之者鳩摩羅什，闡之者肇、影、叡、導，人材輩出，實極一時之盛。其後關中疊經變亂，加以魏太武毀法，學士零落，宗風不振。在南朝齊梁之際，斯學復起於攝山。棲霞僧朗謂得關河舊說，其師資已不可考，……攝山而外，當時固亦有弘宣三論者，惟仍以僧朗為重鎮，繼以止觀僧詮，興皇法朗，一變江南之學風。三論宗興，成實式微，實由於攝山之學者，其重要自不在齊梁造像、隋代立塔之下也。（《史稿》頁 136）

這段話扼要說明三論之學有兩次興盛時期，一是北方關中時期，翻譯大師鳩摩羅什及其弟子，人材輩出，極一時之盛。一是南方攝山時期，這是三論宗的復興，亦是人材頗盛，而以興皇法朗為重鎮。

二、攝山傳法時期

> 然三論之興，實由攝山諸師。……僧朗之師法度已稱「備綜眾經」，而僧朗則稱「為性廣學，思力該普，凡厥經律，皆能講說」。其於博學外，必於教義有所開發，故梁敕僧受業。……故攝山僧朗隱居攝山，雖數十年，然因重興幾絕之學，已為人所注目也。（頁 143）

> 僧朗雖一身關於三論、華嚴二學之興隆，然仍僅馳名山原，未履京邑。其時在都城為時所重者，仍屬他宗。如開善智藏，善「涅槃」，而亦成實之大家也。……僧朗之後，弟子僧詮仍隱攝山，居止觀寺，

因稱曰山中師，又曰止觀詮。……其弟子興皇法朗，再傳弟子嘉祥吉藏，均常舉山門義。……法朗曾作《中論疏》，又名《山門玄義》。（《史稿》頁 144-45）

攝山三論之學，其傳法系統為：法度→（遼東）僧朗→僧詮→興皇法朗→嘉祥吉藏。此宗有一個特色：博學佛教經論。這段時期所講，稱為「山門義」。

三、京邑傳法時期

止觀僧詮，頓迹幽林，唯明「中觀」。弟子法朗，先住山中，後住揚都興皇寺；慧勇住大禪寺；慧辯住長乾寺。自此而三論之學，出山林而入京邑。……而攝山學風丕變矣。（《史稿》頁 146）

僧詮之後，其弟子紛紛進入當時京城揚都[46]，攝山學風丕變。

四、與其它義學競爭時期

法朗大師住揚都時，對於當世學說，想直言指摘，故《中論疏》有曰：「大師何故斥外道，批毗曇，排成實，訶大乘耶？」《陳書》載傅縡篤信佛教，從興皇受三論，時有大心暠法師，因弘三論者雷同詆訶，恣言罪狀，歷毀諸師，非斥眾學，爰著《無諍論》箴之。縡乃作《明道論》用釋其難。……此當敘興皇及其黨徒駁斥當時流行之學也。傅縡答曰：

「攝山大師，實無諍矣。……彼靜守幽谷，寂爾無為。凡有訓勉，莫匪同志。從容語嘿，物無間然。故其意雖深，其言甚約。（上敘僧詮）今之敷暢，地勢不然。處王城之隅，居聚落之內。（此謂法朗在京內興皇寺）呼吸顧望之客，脣吻縱橫之士，奮鋒穎，勵羽翼，明目張膽，拔堅執銳，騁異象，銜別解，窺伺間隙，邀冀長短。與相酬對，捔其輕重，豈得默默無言，唯唯聽命。必須倚摭同異，發摘疵

46 南朝的揚州實指南朝的都城建業（參見王運熙《樂府詩述論》，頁 456）。

> 瑕，忘身而弘道，忤俗而通教。」（《史稿》頁 146）

僧詮在攝山講學，環境單純，聽者皆為同志，故從容無為，未與其他義學發生爭辯。但其弟子法朗等進入揚都之後，環境丕變，京邑有各種佛教義學，彼此競爭，互相指摘，風起雲湧。法朗大師亦不能緘默無言，乃起而「對於當世學說，直言指摘」，如傳綽所說：「豈得默默無言，唯唯聽命。必須倚摭同異，發摘疵瑕，忘身而弘道，忤俗而通教。」

五、與成實師之爭鬥

> 興皇大師蓋英挺之士，如《百論疏》曰：「大師每登高座，常云不畏煩惱，唯畏於我。」可見其氣之雄傑。其所爭辯，首斥者為成實。……蓋成實小乘，而托談空之名，極易亂大乘中觀之正義，一也。二則齊梁以來，成實最為風行，實三論之巨敵。周顒嫉之於前，法朗直斥於後。而三論之學，傳至法朗，勢力弘大。興皇講說，聽者雲會。……至是三論、成實，勢均力敵，爭鬥之烈，迥異尋常。成實論，南朝義學此號最盛，……成實之勢力，彌滿天下，而尤以江左為尤甚。（《史稿》頁 146-47）

當時京邑佛教以成實論之學為最盛，而成實亦講空，容易與三論相混，故興皇法朗之爭鬥對象，亦以成實為主。

六、以關河舊義自我標榜

> ……夫成實師，先既睥睨一時，對於復興之三論，自力加排斥，指為立異。故法朗不得不於斥破之外申明羅什之系統。故吉藏略出師意十條之六曰：「六者，前讀關河舊序，如影、叡所作。所以然者，為即世人云：『數論前興，三論後出。』欲示關河相傳，師宗有在，今始構也。」《涅槃經遊意》云：「大師云：今解釋，此國所無，汝何處得此義耶。云，稟關河，傳於攝嶺。攝嶺得大乘之正意者。」吉藏章疏破斥成實論之處，指不勝屈。而一方又常引肇、影古說，以證其宗之出關河。……欲示三論之學，南國所無，故言周顒作論，梁武造

> 疏，均得之僧朗，以明斯學為攝山系統所獨得。欲示關河相傳，師宗有在，故復言高麗大師（僧朗）傳法關中，以徵實其正統。（《史稿》頁147-48）

攝山一系提倡三論之學，每標榜來自關河，關河即關中，指長安羅什及其弟子之三論舊說。主要是為了表示師承有自，為攝山一系所獨有，南方所無。意指自己才是三論正宗。

七、以八不之說糾正南方各家之學

> 法朗教人宗旨，散見吉藏著述中，……《中觀論疏》卷五，申明朗師對八不（不生亦不滅，不常亦不斷，不一亦不異，不來亦不出）之解釋，文曰：「師云：標此八不，攝一切大小內外有所得人。心之所行，口之所說，皆墮在八事中。今破此八事，即破一切大小內外有所得人，故明八不。所以然者，一切有所得人，生心動念，即是生；欲滅煩惱，即是滅。謂己身無常為斷，有常住可求為常。……裁起一心念，即具此八種顛倒。今一一歷心，觀此無從，令一切有所得心畢竟清淨，故云：不生、不滅，乃至不來、不出也。師常多作此意。所以然者：為三論未出之前，若毗曇、成實、有所得大乘、及禪師律師、行道苦節，如此之人，皆是有所得，生滅斷常，障中道正觀。既障中道正視，亦障假名因緣，無方大用。故一向破洗，令畢竟無遺，即悟實相，既悟實相之體，即解假名因緣，無方大用也。」（《史稿》頁149）

興皇法朗是吉藏之師，故吉藏於著作中常提朗師之說。上引《中觀論疏》卷五，申明朗師對八不之解釋，並以中論八不之說糾正當時大小各乘講師之說。在法朗看來，各家之說都是「有所得人」，都墮入有「生滅常斷一異來出」八事之中，而此八事正是中論「八不」所要破除的對象：「令一切有所得心畢竟清淨」、「故一向破洗，令畢竟無遺」。有所得是「障中道正觀」，故要破洗，破洗無遺之後，「即悟實相，既悟實相之體，即解假名因緣，無方大用也」，亦即進入中道正視，了悟「假名因緣」、一切皆空的「實相」[47]。

可以說，上引《中觀論疏》卷五，所引法朗對八不之解釋及其所要破洗之對象，正是對卷一《因緣品》所言「自攝嶺興皇，隨經傍論，破病顯道，釋此八不」的解釋。卷一《因緣品》在「變文易體，方言甚多」之後有云：「就初牒八不述師三種方言。第一云，所以牒八不在初者，為欲洗淨一切『有所得心』。所以然者，『有所得之徒』所行所學無不墮此八計之中。」此與上引《論疏》卷五所批評的「有所得人」「皆墮在八事中」，正相呼應。可見卷五法朗大師對八不之解釋及其批評的對象，即是卷一「述師三種方言」中第一種方言的內容，亦可證「破病顯道」與方言之關係。而在「述師三種方言」時，其述第二種與第三種方言時，皆只云「師又一時方言」，表示在不同的時間講說，並未指出不同的地點、場所，且文中又云「方言甚多，略言三種」，無論如何，難以推論出是在不同地方用不同的地方語講說。據湯先生的評述，「述師三種方言」應該都是法朗在興皇寺所講，其所用語言應是一樣的，只是講的時間不同而已，並非如李小榮所云：「可以在不同的場合，采用不同的語言」。

總之，《論疏》所云，「變文易體，方言甚多」，是出自兩方面的原因：一則是「八不文約義豐，意深理遠」，可以做多方面的解釋；一則是出於「破病顯道，釋此八不」的動機——由於學者的病症不一，須用不同的解釋才能對症下藥。故「變文易體，方言甚多」是針對解釋的多變化講的。講到這裏，不能不面對關鍵性問題，如果「方言」非指地方語，那麼，是指什

47 《中論觀四諦品第二十四》：「若諸法從因緣生則無有性……如偈說：『眾因緣生法，我說即是無。亦為是假名，亦是中道義。未曾有一法，不從因緣生。是故一切法，無不是空者。』眾因緣生法，我說即是空。何以故？眾緣具足和合而物生，是物屬眾因緣，故無自性，無自性故空。空亦復空，但為引導眾生故，以假名說，離有無二邊，故名為中道。是法無性，不得言有；亦無空故，不得言無。」（《新修大正藏》三十冊，《中論》頁 33）可見諸法皆是「因緣」所生，皆是假名，故「諸法實相」即是：「一切皆空」。

麼語言？這裏有必要再考察一條資料，吉藏除在《中觀論疏》提到「述師三種方言」外，又在其《中論序疏》中提到「方言」，文云：

> 問獨空與絕待空何異？答：今人多不體獨空之旨，但依《智度》論文。十八空是對有明空，稱相待空，非空非有無所因待，稱為獨空。今謂蓋是一種方言。尋獨空意不然。以不來畢竟無所有，唯有實相法性，故稱為獨，正宗爾也。真如獨存，亦同此意。問：何以故此獨作空名說耶？答：以畢竟無一切患累、有法，故稱為空。《大集》云，不可說，故無相貌，故名為空。《法華經》云，終歸於空。義亦如是。

這是對羅什弟子僧睿《中論序》寫的《疏》。據吉藏《序疏》云，鳩摩羅什至長安，睿因從請業，「（什）門徒三千，入室唯八，睿為首領」，這是對僧睿極大的推崇，表示僧睿在羅什八大弟子中居首，可見其最得羅什真傳。吉藏《序疏》又云，作《中論》序非止一人（案：《中論》為僧睿之師羅什所譯），「而睿公文義備舉，理事精玄，興皇和上開講常讀」，表示僧睿得羅什真傳，其序超出他人，吉藏之師興皇亦甚佩服，經常在開講《中論》時提到，故吉藏會為僧睿之《序》作《疏》。在《大藏經》中，此《序疏》就置於《中觀論疏》之前，不知何故，姜、李二位皆沒有提到。上引一段是評論今人對「獨空」的解釋，而稱之為「蓋是一種方言」，方言應指某種特殊的解釋，顯與地方語無關。案羅什另一高徒僧肇，於其名著《物不遷論》中提到「方言以辯惑」：

> 是以如來因羣情之所滯，則方言以辯惑；乘莫二之真心，吐不一之殊教。乖而不可異者，其唯聖言乎！故談真有不遷之稱，導俗有流動之說。雖復千途異唱，會歸同致矣。

近人張春波《肇論校釋》，解「是以如來因羣情之所滯，則方言以辯惑」云：

> 「方言」，方便之言。這句話的意思是：佛陀依眾生迷惑的情況而有不同的說教。眾生迷於「常」，便說無常；眾生迷於「無常」，便說常。[48]

可見「方言」是指「方便之言」，而佛常用方便之言以解眾生之迷惑。案張春波《肇論校釋》，解釋《宗本論》之「漚和般若」，云：「漚和，是梵語 upaya 的音譯，意為方便。」又解「適化眾生，謂之漚和」云：「『適』，往，去。『適化眾生』，去教化眾生。……句意為：去教化眾生，需以善巧方便涉種種事，（下略）。」[49]可證肇論對方便之言的重視。又案：《維摩詰所說經・菩薩品第四》亦云：「方便是道場，教化眾生故。」可見「方便」是針對眾生根性不同而採行的不同教法，是一種靈活的傳教方法[50]。

但「方便」的教法畢竟有其局限性，故僧叡《法華經後序》云：「至如《般若》諸經，深無不極，故道者以之而歸；大無不該，故乘者以之而濟。然其大略，皆以適化耳。應施之門，不得不以善權為用，權之為化，悟物雖弘，於實體不足。皆屬《法華》，固其宜矣。」[51]指出《法華經》為了「適化」，常用「善權方便」教法，對理解佛法實體（真理），未免有些不足。

據此可知，《中論序疏》評今人對「獨空」的解釋，稱之為「蓋是一種方言」，可能意指這種獨空的解釋只是一種善權方便之言（講說），並非究竟的真理，不可執著[52]。由上下文「今人多不體獨空之旨……尋獨空意不

---

48 〔東晉〕僧肇著，張春波校釋《肇論校釋》（北京：中華，2010），頁 24-25。

49 《宗本論》收入張春波《肇論校釋》（北京：中華，2010），唯張氏同意近世佛教學者說法，認為此論非僧肇作品。釋文見頁 6。

50 佛教用「方便」一詞，謂以靈活方式因人施教，使悟佛法真義。如《維摩詰經・法供養品》云：「以方便力，為諸眾生分別解說，顯示分明。」《壇經・般若品》云：「欲擬化他人，自須有方便。」（見《漢語大詞典》「方便」詞條）

51 〔梁〕釋僧祐著，蘇晉仁、蕭鍊子點校《出三藏記集》（北京：中華，2003 年二刷），頁 307。

52 方便之言不可執著，如《楞伽經》卷三「偈言」云：「……愚夫邪妄想，施設於三有，無有事自性，施設事自性，思惟起妄想，相事設言教，意亂極震悼，佛子能超出，遠離諸妄想。……」宋釋正受《集註》新說云：「言三界有無生死諸法，但有假

然……」看來，吉藏對這種「方言」是不認可的，「非空非有，無所因待，稱為獨空」，這種方言是從相待的角度解獨空，容易與「絕待空」相混，故認為並不是「正宗」的解釋。「正宗」的解釋為：「畢竟無所有，唯有實相法性，故稱為獨」，「真如獨存」，「終歸於空」，這是從事物的本質真相——實相、真如解釋獨空，認為「空」是事物最終的真實[53]，故稱為獨空。

案：今人弘學注鳩摩羅什譯《妙法蓮華經．方便品第二》，經文云：「佛所成就第一希有難解之法，唯佛與佛，乃能究盡諸法實相。」弘學注「諸法實相」云：

> 蓋《中論》與《大智度論》皆說：「畢竟空」為諸法實相。……諸大乘思想中，最能獨立表現諸法實相說者，首推龍樹系的教義，其下又分《中論》與《大智度論》兩派，三論宗依《般若經》說，特重《中論》「不生亦不滅，不常亦不斷；不一亦不異，不來亦不去」的「八不」頌文。認為不可得空為諸法實相，此乃超越肯定、否定的絕對否定之不思議之理，亦即以為破盡一切迷妄時，即見不可得之真理。[54]

據此，經文所謂「諸法實相」可稱「畢竟空」，亦即僧叡所謂「獨空」。值得注意的是，弘學認為《中論》「不生亦不滅，不常亦不斷；不一亦不異，不來亦不去」的「八不」頌文，即指「諸法實相」而言，亦即所謂「中道」。

名，而無實義。愚夫不達聖人方便言教是假施設，由此分別妄想計度名言事相，以為實有，惑亂心藏。佛子菩薩能知如來方便言說，無可計度，超過情量所行境界，無有分別。」（〔宋〕釋正受《楞伽經集註》，上海：上海古籍，2011，頁 72、84）

53 張春波《肇論校釋》（北京：中華，2010）解《宗本義》首句「本無、實相、法性、性空、緣會，一義耳」，云：「『本無』，梵語 tathata 的最初譯語，意思是本來沒有。『實相』，事物的真實相狀。『法性』，事物的根本性質。『性空』，在佛教空宗看來，事物的本性就是空，所以叫性空。『緣會』，因緣會合。這五個詞所表示的含義都是『空』，所以說它們是一個意思。」（頁 2）

54 弘學注《妙法蓮華經》（成都：巴蜀書社，2012 年第二版），《方便品第二》注 8，頁 44。

以上所舉幾個例子，皆為羅什師徒一系之著作，而皆用「方言」指方便之言，則屬羅什一系再傳之攝嶺一派（法朗大師與吉藏大師），亦用「方言」指方便之言，應非巧合。據僧肇《物不遷論》云，如來（佛）是因為俗人對佛理有所滯礙，故用「方言」（方便之言）以解惑。可見方言有似因病而開的藥方，因為病有多種，故有多種不同的藥方，但其目的皆在治病[55]。此與《中觀論疏》所說：「攝嶺興皇，依經傍論，破病顯道，釋此八不，變文易體，方言甚多」，意思非常接近。法朗大師為了破病（對佛理的誤解）顯道，亦用很多「方言」釋此八不之中道（佛教真理），方言當作「方便之言」解較為適當，若作地方語看，顯然無法與「破病顯道」、「方言甚多」連繫起來。由此可知，羅什一系喜歡用「方言」指稱解惑之方便之言。值得注意的是，法朗對八不提出許多方言，是為了破病顯道，這應與法朗在京邑的環境有關。湯先生《史稿》提到，在進入京邑之後，攝山的學風丕變，主要是因為當時京邑有很多不同的佛教學說，且互相批評。傳縡評當時京邑之學風云：「明目張瞻，拔堅執銳，騁異象，衒別解，窺伺間隙，邀冀長短。」相當形象化地表現當時批評風氣之盛，而為了爭勝，常會提出一些新異的解釋。《史稿》云：「法朗大師住揚都時，對於當世學說，想直言指摘。」則《論疏》所謂「方言甚多」，其實指法朗大師進入京邑之後，為對抗其它義學，對八不中道的解釋時常提出一些「方言」，以達到「破病顯道」的目的。但這些「方言」皆是針對其它的學說，是以學說對學說，分析

55 曇無讖譯《大般涅槃經・現病品第六》，載如來為除無量眾生一切諸惡重病，施種種藥，「作妙藥王」。佛典以良醫隨病處方比如來為諸鈍根人說種種法，如《楞伽經》云：「彼彼諸病人，良醫隨處方。如來為眾生，隨心應量說。」《集註》云：「實叉（難陀）以處方為授藥。此偈又以良醫隨病處方不同，況如來應機量說，法有異。」（〔宋〕釋正受《楞伽經集註》，上海：上海古籍，2011，頁 19、88）。又敦煌卷子《維摩詰經講經文（一）》經云：「為大藥王，若療眾病，應病與藥令得服行」者……菩薩每觀我輩，恰同病患之無殊，聖人常見於凡流，一似纏痾之不異。所以擣羅法藥，應病根機，……方稱菩薩，始號醫王。……所以經云：「以現其身為大醫王，善療眾病，應病與藥，令得服行。」（張涌泉、黃征校注《敦煌變文校注》，北京：中華，1997，頁 761）

的層次更多更深，其實是很難閱讀的[56]，並非如姜氏所說的「通俗化」著作。

案：《中論》卷三「觀法品第十八」，提到佛為說明「諸法實相」，使用四種方便之言，文云：

> 問曰：若佛不說我非我，諸心行滅，言語道斷者，云何令入諸法實相？答曰：諸佛無量方便力，諸法無決定相。為度眾生，或說一切實；或說一切不實；或說一切實不實；或說一切非實非不實。一切實者，推求諸法實性，皆入第一義平等一相，所謂無相，如諸流異色異味，入於大海，則一色一味。一切不實者，諸法未入實相時，各各分別觀皆無有實，但眾緣合故有。一切實不實者，眾生有三品，有上中下，上者觀諸法相非實非不實；中者觀諸法相一切實一切不實；下者智力淺故，觀諸法相少實少不實。觀涅槃無為法不壞故實；觀生死有為法虛偽，故不實。非實非不實者，為破實不實故，說非實非不實。（頁 25）

文中先提問：「云何令入諸法實相？」然後答曰：「諸佛無量方便力，諸法無決定相。為度眾生，或說一切實；或說一切不實；或說一切實不實；或說一切非實非不實。」就「答曰」的內容看來，是因為「諸法無決定相」，故難以提出單一的有效講法令人悟入「諸法實相」，但是佛有「無量方便力」，於是「為度眾生」，佛提出四種講法（「或說」）。案：《妙法蓮華經・方便品第二》有「偈」言：

> 諸法寂滅相，不可以言宣，
> 以方便力故，為五比丘說。

56　《中論》是很深奧難讀的一部著作，如近人所云：「哲理論辨性極強，……正如金克木所說，沒有注釋是讀不懂的……討論是很精微的，因而也是晦澀的。」（陳允吉主編《佛經文學研究論集》，上海：復旦大學，2004，頁 199）

是名轉法輪，便有涅槃音，[57]

前兩句「諸法寂滅相，不可以言宣」，即此處所謂「諸法無決定相」之意；次兩句「以方便力故，為五比丘說」，亦對應此處所謂「諸佛無量方便力」云云，可見此處所提四種講法即指「方便之言」——亦即「方言」。難得的是，這個例子正可說明何謂「變文易體，方言甚多」？首先，四種方言都是為解答「諸法實相」的問題，但每一「方言」都不是「諸法實相」的究竟解答，它們只是一時的方便之言而已。其次，每一方言都只是從某一特殊角度解釋「諸法實相」，亦即各表現出「諸法實相」某一面之「體」，故四種方言的變換，亦即四種體的變換，此即「易體」。再其次，四種方言的不同，基本上只是「實」與「不實」兩種相對文字的組合變化而已，此即「變文」。由《中論》此例，可以很明顯看出，並非先有一個「諸法實相」的經文文本，然後用各種方便之言去解釋此經文，並在解釋時改變了經文文本；所謂「變文易體」，是指四種方言（方便之言）的不同而言。另外，這四種方便之言，本身就是《中論》經文，並非在經文之外的文本。事實上，《中論》即是由各種角度解釋八不中道之理（共二十七品），且不乏使用譬喻（如以種子、瓶水、煙火等為喻），故《論疏》所謂「變文易體，方言甚多」，亦適用於《中論》本身。

參照《中論》四種方便之言，再來看《論疏》中的「變文易體，方言甚多」，可能比較清楚。首先，八不的核心思想實為「中道」，八不指「不生亦不滅，不常亦不斷，不一亦不異，不來亦不出」共四句，這四句是由「生滅、常斷、一異、來去」四種觀察事物的相對角度，皆用雙重否定句式「不……亦不……」說明中道之義，四句是表示中道的四種面相，亦即四體，故云「易體」；而其表示四體的文字各有不同，或稱「生滅」，或稱「常斷」，或稱「一異」，或稱「來出」，此即所謂「變文」。故中道只是佛教高深的義理，並非有一「中道」的標準文本，而八不正是藉由「變文易

---

[57] 弘學注《妙法蓮華經》（成都：巴蜀書社，2012 年第二版），《方便品第二》，頁 43。

體」的方式提出對中道的解釋。變文與易體其實是一體的兩面，變文異體並非指對「中道」標準文本的變易，而是指對中道的釋義有不同的角度與文字變化，簡言之，「八不」即「方便之言」。其次，《論疏》中的「變文易體，方言甚多」是針對八不的解釋講的，「八不」雖只有四句二十字，但同樣是「文約義豐，意深理遠」，亦可以從不同角度提出不同解釋。就《論疏》中「述師三種方言」的具體情形看來，每一種方言代表對八不的一種解釋，亦即表現出八不某一面之體，如師第一種方言是要「洗淨一切有所得心」，有所得與無所得的對立是其角度與重點；第二種方言是「就八不明三種中道」，重點在說明八不與中道的關係；第三種方言是從生滅談二諦（世諦與真諦）中道，重點在由生滅說明二諦中道的異同。三者都是在解說八不與中道的關係，但角度有些差別，所見八不之體各不相同，故說「易體」。而「變文」則指解釋八不的文字變化而言，茲舉「述師第一種方言」說明：

> (1)就初牒八不述師三種方言。第一云，……今二十七品橫破八迷，竪窮五際。以求彼生滅不得故云不生不滅。生滅既去，不生不滅，亦生滅，亦不生滅；非生滅，非不生滅，五句自崩。……然非生非不生，既是中道；而生而不生，即是假名。此假生假不生即是二諦。故以無生滅生滅以為世諦；以生滅無生滅為第一義諦。然假生不可言生，不可言不生，即是世諦中道；假不生不可言不生，不可言非不生，名為真諦中道。此是二諦各論中道。然世諦生滅是無生滅生滅，第一義無生滅是生滅無生滅。然無生滅生滅，豈是生滅；生滅無生滅，豈是無生滅。故非生滅非無生滅，名二諦合明中道也。

上舉例子表面看來非常複雜，其實只是將「生、滅」兩個相對字眼，與「不、非、無、假」等幾個否定字組合起來，形成各種變化，說明二諦中道。簡言之，三種方言就是將「生滅、斷常、一異、來去」四組八個字，與因緣、俗諦、真諦等幾個重要概念組合起來，產生各種變化，說明中道義理（其中以「生滅」這組用得最多）。因此，「變文易體」，是針對「方言」不同講的，並非指改變經文；方言三種並非指改變經文三次，方言甚多亦非指改變經文很多次。其實佛經中用相對概念加以雙重否定以說明中道的情形不少，如《大般涅槃經・迦葉菩薩品》（北本四十卷本）論佛性中道，即用非「內外」、「有無」的雙重否定句式：「佛性非內非外亦內亦外，是名中道」，「是故佛性非有非無亦有亦無，有無合故即是中道」，並各舉出好幾種情形[58]，這些例子皆可說是「變文易體」之「方言」。《北齊書・文襄帝紀》記文襄（高澄）遺侯景書勸其北歸，景報書曰：「然權變非一，理有萬塗，為君計者，莫若割地兩和，三分鼎峙。」[59]所謂「權變非一，理有萬塗」正可說明佛家之「方便之言」，即一個道理可以從許多不同的角度去解釋、說明，不可執著於一定的說法。

案前引康法邃《譬喻經序》云：「《譬喻經》者，皆是如來隨時方便四說之辭，敷演弘教訓誘之要。牽物引類，轉相證據，互明善惡罪福報應，皆可寤心，免彼三塗。」[60]指出佛經中的譬喻皆是方便之言，故譬喻就是經文；而就譬喻的不同言，亦可說是「變文易體，方言甚多」。且《序》文明白指出這些譬喻是：「如來隨時方便四說之辭，敷演弘教訓誘之要。牽物引類，轉相證據，互明善惡罪福報應……。」顯然不是來自別的經文，與改變經文無關。

如上所說，方言並非指常識所理解的地方語，而是指因材施教的方便性講說，正如《維摩詰經・法供養品》云：「以方便力，為諸眾生分別解說，顯示分明。」《壇經・般若品》云：「欲擬化他人，自須有方便。」（見《漢語大詞典》「方便」詞條）法朗大師時常用此種講說方式，對八不中道提出不同的解釋，「變文易體」正是指其講說方式的變化而言，並非指對經文的變易。並且，佛經中即常用到方便之言——如「譬喻」，不能說方言是在經文之外的文本，是在改變經文。姜氏文中又舉印順大師對「變文易體，方言甚多」的解釋，及《高僧傳》所載《釋曇崇傳》之「應變無盡」，與《唱導》傳論之「凡此變態」等，皆明顯指講說方式的變化而言，此正如僧

58 《大正藏》冊十二《大般涅槃經》卷35，頁571、572。

59 中華書局二十五史點校本，1997年七刷，《北齊書》卷三，頁35。

60 〔梁〕釋僧祐著，蘇晉仁、蕭鍊子點校《出三藏記集》，頁354。

肇《般若無知論》所云「羣情不同，故教迹有異耳」[61]——簡言之，指方便之言（方言）的各種變化。而姜氏卻一例解讀為對經文文體的通俗性變易。令人感到遺憾的是，學者們並未就這方面的問題提出質疑，而只注意姜氏所引《中觀論疏》中之「變文易體，方言甚多」，並且輕易地相信姜氏的解釋，推崇為「為文體變易說提供了重要文獻論據」，以致「在學術界產生了深遠的影響」。

丙、道教變文說

敦煌本 P.2256 號道經卷子，經日本著名道教學者大淵忍爾考訂，是為南朝宋文明所撰之《通明論》。對此卷子，姜伯勤曾寫過《敦煌本宋文明〈通明論〉所見『變文』詞義考釋》[62]，茲抄錄其主要內容如下：

> 敦煌本 P.2256 號宋文明《通明論》亦即《靈寶經義疏》，其中有云：
> 宋法師於陸先生（修靜）所述後，名為靈寶，部屬條例，區品十二：第一本文，第二神符，第三玉訣，第四靈圖，第五譜錄，第六解律，第七威儀，第八方法，第九眾術，第十記傳，第十一讚誦，第十二表奏也。
> 本文一條有二義：一者敘變文，二者論應用，變文有六：
> 一者陰陽之分，有三元八會之炁，以成飛天之書。……
> 二者演八會為龍鳳之文，謂之地書，……
> 三者軒轅之世，蒼頡傍龍鳳之勢，採鳥跡之文為古文，即為古體也。
> 四者周時史籀變古文為大篆。
> 五者秦時程邈變大篆為小篆。

61　張春波《肇論校釋》云：眾生根機不同，領會佛教義理的程度不同，佛陀對他們的教導也不同，如凡夫執「有」，佛陀就講「色不異空」；二乘執「空」，佛陀就講「空不異色」（頁 166）。

62　《周紹良先生欣開九秩慶壽文集》（北京：中華，1997），頁 384-386。

六者秦後肝陽變小篆為隸書，此為六也。

姜伯勤認為宋文明之《通明論》即《靈寶經義疏》，屬於道教靈寶派。此《義疏》仿佛教經籍區分十二部，亦將靈寶經之典籍區分為十二品，第一品為本文，有二義，其一是敘變文，而「變文有六」，即天書、地書、古文、大篆、小篆、隸書等有六種變文。案：此六種變文實即六種字體，這表示「本文」品所收之道教經籍有六種字體，六變即六次字體演變階段；後面字體是由前面字體演變過來，故越是前面的變文越是古代。此六種變文除前面二種——天書與地書外，其餘四種皆許慎《說文解字敘》所提及（唯作者略有不同）[63]，認為是真正的文字，而之前雖有一些紀事方法，但只能算是符號，不能算是正式的文字。所以，天書與地書可說是道教特有的文字觀。

姜伯勤對上引六變文有特殊的解釋，他說：

> 第一部為「本文」。宋文明提出「本文」與「變文」這一對範疇，有字體學的意義：這是把靈寶經的秘篆文字「天文」，與「天文」以外地書（龍鳳文）、古文、大篆、小篆、隸書連結起來。「天文」即天書，即道教秘字，它既是「本文」，也是六種「變文」中的第一種。而其它五種「變文」，是為「天書」、「天文」的「本文」的別種形式的體現的變體。簡括地說，在南朝梁陳之世，靈寶派宋文明的道教靈寶派經系統中，「變文」即指「本文」的變體。（《周紹良先生欣開九秩慶壽文集》，頁 384-386）

姜氏認為，在第一部（品）「本文」中，將本文與變文對立起來，而六種變文中的第一種變文「天文」（天書）既是第一種變文，也是本文。天書與其它五種變文是相對的，因為其它五種變文都是從天文派生出來，是本文的變

---

63 案：據〔梁〕釋僧祐著《出三藏記集》〈胡漢譯經文字音義同異記第四〉云：「案倉頡古文，沿世代變，古移為籀，籀遷至篆，篆改成隸，其轉易多矣。」（〔梁〕釋僧祐著，蘇晉仁、蕭鍊子點校《出三藏記集》，北京：中華，1995，頁 13）認為中土文字字體有四種：古文、籀文、篆文、隸書。其籀文應即《說文敘》之大篆。

體。姜氏的說法顯然與原文有很大出入，並非客觀的歸納分析，而是帶有強烈的主觀色彩。試看姜氏下面兩段文字的自我說明：

> 1995 年，筆者在《變文的南方源頭與敦煌的唱導法匠》一文中，對周紹良先生此說提出了新的佐證。筆者據隋代吉藏《中觀論疏》記南朝高僧興皇法朗「釋此八不，變文易體」指出：據「變文易體」，變文是因通俗地說法的需要對正式的經文文體的變易。……（道教）「變文」即指「本文」的變體。
>
> 于是，我們看到一個非常有趣的現象：在南朝梁陳之世，由興皇寺法朗之「釋此八不，變文易體」，而得知「變文」一詞于當時南朝佛教界中，是指作為經文變體的文體學的概念；……由此得知變文在南朝梁道教靈寶派中，是一個「本文」的變體稱之為「變文」的字體學概念。而這兩種意義都與一種原始文本演變為變異了的文本有關，因而對瞭解敦煌俗文學中變文的詞義頗有啟發。（《周紹良先生欣開九秩慶壽文集》，頁 384-386）

明顯看出，姜氏對佛道「變文」的解釋是懷有目的的，就是要證明：敦煌變文是指某種經文的變體，是一通俗化的文體。姜氏是最先發現《中觀論疏》中「釋此八不，變文易體，方言甚多」一段文字的人，在其 1996 年的論文中即認為：「變文是因通俗地說法的需要對正式的經文文體的變易。」[64]並推論「（道教）『變文』即指『本文』的變體」。現在他又認為，道教變文亦是本文的變體，與佛教變文是經文變體一樣。由此更進一步推論：「這兩種意義都與一種原始文本演變為變異了的文本有關，因而對瞭解敦煌俗文學中變文的詞義頗有啟發。」其用心是很明顯的。

姜氏認為佛教變文是一種文體學概念，並強調其通俗化的目的，顯然是將《中觀論疏》的「變文易體，方言甚多」，看成是將經文改變為方言文體，以達通俗的目的。但前面已詳細考論過，「變文易體，方言甚多」，是

---

[64] 姜伯勤《敦煌藝術宗教與禮樂文明》，頁 387。

指對八不義理的不同解說，並非指改變經文；且方言是指方便之言，亦即是一種方便解說，並非指地方語。總之，這是一個解釋學的問題，不是文體學的問題，且與通俗化無關。

姜氏對道教《通明論》（《靈寶經義疏》）的解釋，顯然有幾個問題：

一、本文與變文對立。事實上，本文是品類（第一品）的名稱，而六種變文是不同字體的名稱，本文這一品包含六種變文，兩者是包含的關係，並非相對關係，怎能說是「一對範疇」？

二、將本文視為一種字體，認為變文是本文的變體。事實上，本文只是品類的名稱，並非字體名稱；本文包含六種變文，並非指變文是由本文轉變而來。

三、將第一種變文——天文（天書）視為本文。姜氏認為天書既是「本文」，也是第一種變文，這純是主觀的認定。事實上，「本文」品中只說天書是六種變文之一，並無天書是「本文」的說法。當然，「本文」這一品包含六種變文，天書可以算是本文品中的變文，可是其它五種變文同樣也都屬於「本文」，所以不能說只有天書是本文，而其它五種變文不是本文。如果說其它五種變文是「本文」之變體，則天書既是變文，也應當是「本文」之變體，而不是「本文」。認為天書既是本文又是變文，等於是說，天書既是本文，又是本文的變體，讓人覺得混亂之至。

四、誤解六種變文的相承關係。姜氏將第一種變文——天書認定為本文，以為如此一來，就可認定後面五種變文皆是本文的變體，因為後面五種變文皆是第一種變文——天書的變體。這種想法其實是誤解六種變文的相承關係。事實上，六種變文的轉變是前後相承、有如父子的關係，即後面的變文是由前面的變文轉變過來，如此逐一承變共五次，其相承關係簡式如下：A→B→C→D→E→F。由此簡式明顯看出，每一種變文只能變出另一種變文（如 A 只變出 B，並不是變出 BCDEF 五種變文）。在《通明論》（或《靈寶經義疏》）中，六種變文的前後承變關係講得很清楚，天書只變出地書，地書之後各種變文皆承前面之變文而來，沒有一種變文是變出二種變文，更不要說是變出五種變文。而依照姜氏的說法，彷佛天書直接變出「地書、古文、大篆、小篆、隸書」等五種文體，完全不合《通明論》的講法。姜氏依其主觀認定，以為天書變出五種變文，所以可稱為本文。卻沒有想到，依照他的觀點，則地書亦變出四種變文，古文變出三種變文，大篆變出兩種變文，小篆變出一種變文，那麼，這四種變文亦應算做本文，而非如他所說，只有天書為本文。

五、以上所言變文相承關係，是就字體的歷史演進言，若就字體的運用言，則可以倒過來用，如書法家可以將楷書寫成篆書，甚至寫成甲骨文字，並無一定規則。

姜氏之說所以引發許多問題，原因無它，由於主觀的企圖過於強烈，以致隨意更改資料的客觀性內容（在上面一節，《中觀論疏》變文考論中，已見過多次，姜氏這種研究特點）。

就《通明論》所舉變文的例子看來，道教主要經文（本文）不出於六種變文，亦即道教的主要經文皆屬於變文字體。而六種變文中最先兩種變文——天文、地文，其實是「陰陽之分，有三元八會之炁」——即天地陰陽之氣所變，這是所謂「天地之文」，本非人造文字，不屬於「人文」。而所以稱之為變文，是因為宇宙最先只是一團渾沌之氣，並無天地，亦無形象，是屬於「無文」的狀態。後來由渾沌之氣漸漸形成陰陽之分，再進一步更形成天地，於是有了形象，有了天地之文。因為是由「無文」至「有文」，所以天地之文亦皆為變文。而有了天地之文之後，再逐步產生出人文之四種變文，簡言之，只要是文皆是變文。但這些都只是指字體的改變，並非指文本的改變，例如漢代儒家經典有今古文之分，「今」指當時通行的隸書，「古」指大篆或小篆，當時有所謂古文經與今文經，而古文經與今文經的不同，實際上不在其字體，而是文本內容有所不同。以《春秋》為例，今文有《公羊傳》，古文有《左傳》，兩者之不同，不在其「字體」，而是對《春秋》經文的解釋有所不同。例如《春秋》經記魯隱公元年，「夏五月，鄭伯克段於鄢」，僅九字，《左傳》著重在敘述「事」的經過，非常詳細（共355 字，此為人所熟知，不具引）。而《公羊傳》則著重在「文字」的微言大義，傳文云：「夏五月，鄭伯克段于鄢，克之者何？殺之也，殺之則曷為謂之克，大鄭伯之惡也。（下略）」很明顯，兩《傳》的不同，不在其字體，而在其解釋的文本。

很明顯，字體的改變與文本的改變是兩回事，不可混為一談。不妨做一簡單實驗：隨便選一首唐詩（絕句），用不同的字體書寫，仍然是同一首詩，其文本絲毫沒有改變。

由此看來，想要由道教字體的變文證明敦煌變文的文體變易，是難以成立的。但是更重要的是，敦煌變文之「變」，根本與改變佛經文本無關，詳見後面三節中的「質疑」。

第二節　由「因緣」與「方便」看變文
——兼論「變相圖」之變

引言

張鴻勛曾撰專文論：敦煌遺書中的「說唱因緣」[1]。

作者先從「說唱藝術」的歷史說起，一方面指出說唱藝術有很多種類，「說因緣」屬宗教性說唱，有其獨立性。可另一方面又指出，學者往往將其混同於其它說唱——如變文或講經文。[2]

這種混同現象，與「說因緣」屬宗教性講唱有關，其淵源可推自六朝以來佛教特有的通俗化宣傳教義手段：「唱導」。如梁慧皎《高僧傳・唱導》篇論說：

> 唱導者，蓋以宣唱法理，開導眾心也。昔佛法初傳，于時齋集，止宣唱佛名、依文教禮；至中宵疲極，事資啟悟，乃別請宿德升座說法，或雜序因緣，或傍引譬喻。其後廬山慧遠，道業貞華，風才秀發，每至齋集，輒自升高座，躬為導首，廣明三世因果，卻辯一齋大意。後代傳授，遂成永則。

所謂「雜序因緣」、「傍引譬喻」和「廣明三世因果」，即是說唱因緣之濫觴。正因如此，說唱因緣與俗講講經文有許多共同點。如淵源上，它們都是從佛教唱導、轉讀等講經說法演化形成的宗教講唱；在功用上，又都是重在闡教化俗，具有鮮明的宗教宣傳目的。[3]

據張氏的說法，因緣的底本，其名稱有三種情形：直稱「因緣」或「緣

1 張鴻勛《敦煌俗文學研究》（蘭州：甘肅，2002），頁98-113。
2 張鴻勛《敦煌俗文學研究》（蘭州：甘肅，2002），頁98。
3 張鴻勛《敦煌俗文學研究》（蘭州：甘肅，2002），頁101-02。

起」，又簡稱為「緣」。[4]「說因緣」就是取材因緣業報故事、宣揚因緣業報思想的一種宗教講唱。它與俗講、變文等的關係，是張氏論述的一個重點。

以上這些論述，對理解「說唱因緣」無疑的有所幫助。不過，也留下一個問題：何以「緣起」也可以稱之為「變」？同樣問題亦見於黃征、張涌泉共同校注之《敦煌變文校注》（下簡稱《校注》）。《校注》卷六共收三篇有關「目連救母」故事，並於篇後「校記」說明擬題理由，其第一篇《目連變文》篇後「校記」云：

> （本篇）有四個系統：(1)原本卷端題「目連緣起」，卷背題「大目連緣起」。(2)本無標題，《變文集》擬題作「目連變文」。(3)原題有《大目乾連冥間救母變文》、《大目乾連變文》、《目連變文》、《目連變》等等的不同。(4)原本無題，潘重規擬作今題。前三種為一類，屬變文、緣起類，其情節大體相同，而互有詳略，文句出入較大，……本篇題稱「緣起」，「緣起」其實就是「變文」的別稱。據孟棨《本事詩》等載，唐代詩人張祜曾把《長恨歌》比作《目連變》，……「目連變」顯然就是「目連變文」的簡稱（《大目乾連冥間救母變文》卷末有「寫盡此目連變一卷」之語，可以為證），而本篇有「哀哀慈母黃泉下，……地獄難行不可求」之句，和白詩「上窮碧落下黃泉，兩處茫茫皆不見」的意境近似，張祜所謂《目連變》或許即指《目連緣起》而言。由此看來，「變」「變文」「緣起」名雖殊異，其實一也。[5]

案：根據「校記」說明，可知此篇有多種名稱，大致不出三種：《目連緣起》、《目連變文》、《目連變》等三種，而「校記」以張祜將《長恨歌》比作《目連變》，作出三個判斷：一是《目連變》為《目連變文》的簡稱，

---

[4] 張鴻勛《敦煌俗文學研究》（蘭州：甘肅，2002），頁 99。

[5] 黃征、張涌泉校注《敦煌變文校注》（北京：中華，1997），頁 1016-17。

二是《目連變》指《目連緣起》，三是：「變」「變文」「緣起」名雖殊異，其實一也。這些判斷與上引張鴻勛文大致相同，相信也是變文研究學者的共同看法。

不過，「校記」所提三個判斷，筆者認為仍有兩個瑕疵，一是同樣忽略一個重要問題：何以「因緣」又稱「變」？研究者大多只舉出事實，以為「緣起」即「變文」，卻未能進一步提出解釋或說明。二是自相矛盾。必須指出的是，有許多學者將「變文」解讀為改變佛經文字為通俗文——即俗講[6]，以為「變」是「變文」的簡稱。若如此說，則變文應與「因緣」無關，如上引張文所說：「說因緣」就是取材因緣業報故事、宣揚因緣業報思想的一種宗教講唱；可見因緣與佛教業報思想有關，是針對佛經內容（故事情節）講的，與文字的改變毫無關係；而依《校注》的說明：「變」「變文」「緣起」名雖殊異，其實一也，正好證明所謂變文並非指改變文字，變亦非變文的簡稱。對於「文體變易說」的主張：認為變文是指改變佛經文字為通俗文，變為變文簡稱，這裏僅先提一個基本問題：若「變文」指改變文字，何以抄手常寫為「變」？這是否意味著「文」字是可有可無，即使無「文」字，亦不影響理解？那麼，是否應改變一個角度看「變」字，即「變」與改變文字無關，而是與故事情節有關，且是先有情節之變，後有變文。很幸運的，在探討「因緣與變」的問題時，筆者的懷疑得到印證；換言之，對「因緣」故事的探討有助於對「變」字意義的了解。

關於「說唱因緣」，其實尚有一個問題，亦似未引起注意。《妙法蓮華經．方便品第二》云：

> 爾時，世尊從三昧安詳而起，告舍利佛：「諸佛智慧，甚深無量，其智慧門，難解難入，一切聲聞、辟支佛所不能知。……吾從成佛已來，種種因緣，種種譬喻，廣演言教，無數方便，引導眾生，令離諸著。所以者何？如來方便，知見波羅蜜，皆已具足。」

6　案：此種觀點通稱為「文體變易說」，與「神變說」相對，《校注》贊成前者。

由於佛的智慧甚深微妙難解，故必須用種種「方便」引導眾生。《經》中更指出，因「眾生有種種物欲、深心所著」，故隨其本性，以「無數方便」——種種因緣、譬喻、言辭，即各種容易理解的語言形式，「而為眾生演說諸法」。[7]這裏所說「因緣、譬喻」亦見於前面所引梁慧皎《高僧傳・唱導》，由此可見，所謂「因緣」、「譬喻」等，皆屬於「方便」說法，而為了了解「變」的意義，除應注意「因緣」故事外，尚應注意佛經故事中的「方便」用法。

下面即從「因緣與變」、「方便與變」兩方面，探討「變」的意義。

甲、因緣與變

在黃征、張涌泉合撰《敦煌變文校注》中，有關緣起故事皆收入第六卷，其中，既稱為「緣起」，又稱為「變」的，最著名的例子應是「目連入冥（地獄）救母」故事。另外，《歡喜國王緣》又題「有相夫人昇天變文」[8]；《金剛醜女因緣》亦稱「醜變」[9]。為節省篇幅，只討論「目連入冥（地獄）救母」故事與《金剛醜女因緣》兩種。

一、「目連入冥救母故事」

下面即對三篇「目連救母」變文逐一分析，主要是由「受罪因緣」與「地獄變相」兩個角度，說明「因緣」（緣起）與「變」的關係，進而了解「變」的意涵。

(一)目連緣起

在三篇「目連救母」故事中，此篇置於最前，是有道理的。蓋此篇敘述故事的前因後果最為清楚完整，幾已包括「目連救母」故事的主要情節，故再讀後兩篇，覺有很多重複之處。

此篇一大特點是，對目連家庭背景介紹較為詳細。一開頭先敘其母號曰

7　弘學注《妙法蓮華經》（成都：巴蜀書社，2012），頁 29-35。

8　黃征、張涌泉校注《敦煌變文校注》（北京：中華，1997），頁 1093。

9　黃征、張涌泉校注《敦煌變文校注》（北京：中華，1997），頁 1108。

青提夫人，接著敘其「家中甚富」：錢物無數，牛馬成群。如此家庭，依照常理，青提夫人應是一位善良且樂於布施、救濟貧苦的人才對，但事實卻大謬不然，青提夫人「在世慳貪，多饒殺害」，這是概括兩個重點，為其死後下地獄做鋪墊；其具體內容則於後面「補敘」。緊接著敘目連小時名「羅卜」，卻與母親之「不善」相反，「兒子非常道心，拯恤孤貧，敬重三寶，行檀布施，日設僧齋，轉讀大乘，不離晝夜」，其中「敬重三寶，行檀布施」是重點。接著敘羅卜欲出外「經營」，這應是羅卜已經長大可以獨立辦事時候，所謂「經營」應指「經商」一事，故下寫羅卜告別慈母云：「兒擬外州，經營求財，侍奉尊親。」不僅如此，羅卜對家內所有錢財，亦有妥善安排：「今擬分為三分，一分兒將去，一分侍奉尊親，一分留在家中，將施貧乏者。」可見羅卜不僅心智成熟，且能關心貧者，非常可貴。至此，皆是屬於「布局」階段，文字敘述非常簡潔明快，毫無贅語，極見「俗講」說話人工夫。因本文的目的在探討「因緣」與「變」的關係，故下面即從「受罪因緣」與「地獄變相」兩方面，加以說明。

1.受罪因緣：

第二段即說明青提夫人如何「在世慳貪，多饒殺害」，亦即「受罪因緣」。文云：

> 一自兒子去後，家內恣情，朝朝宰殺，日日烹胞，無念子心，豈知善惡。「逢師僧時，遣家僮打棒；見孤老者，放狗咬之。」

此即其「慳貪」與「殺害」的具體事實。不久，羅卜回家，母親誑云：「我在家中，常修善事。」但此謊言很快被戳破。一日羅卜行到鄰家，（鄰家）見說慈母，日不曾修善，「朝朝宰殺，祭祀鬼神，三寶到門，盡皆凌辱」。而當羅卜回家詢問時，母竟設咒誓：「願我七日之內命終，死墮阿鼻地獄。」後果在七日之內，母親身亡，「墮阿鼻地獄，受無間之餘殃」。羅卜因而出家，且得神通第一的成就，佛並賜法號曰大目連。於是運用「天眼觀占二親，託生何處。慈父已生於天上，終朝快樂消遙；母身墮在阿鼻，日日唯知受苦」。目連遂請佛解釋何以如此。於是佛乃告目連：

> 我佛慈悲告目連：「不要忽忽且近前。
> 汝母在生多殺害，慳貪廣造惡因緣。」
> 目連聞金口所說，不覺悶絕號咷：「既知受罪因緣，欲往三塗救拔，……」[10]

此處所云「惡因緣」，指母親所作種種惡行，這些惡行導致其下地獄受苦，為下地獄之「受罪因緣」。由此可知，「惡因緣」指下地獄「受罪」原因，亦即佛家所強調之因果報應之理。文中所指「受罪因緣」包括：

(1)多殺生祭祀鬼神

(2)慳貪：三寶（師僧）到門時，未能布施，甚且遣家僮打棒凌辱；或見孤老，放狗咬之。

案：此處之慳貪，重點在慳吝，即吝於布施。在佛教思想中，殺生與貪吝均為重罪，故世尊告目連曰：「汝母在生多殺害，慳貪廣造惡因緣。」死後至地獄受苦，即其所犯「惡因緣」造成的結果，則惡因緣既指在世時的惡行，亦兼指其至地獄受苦的後果。

2.地獄變相：

文中寫其母於地獄中所受各種酷刑，先概括列舉兩三種：

> 目連慈母號青提，本是西方長者妻。
> 在世慳貪多殺害，命終之後墮泥犁。
> 身臥鐵牀無暫歇，有時驅逼上刀梯。
> 碓搗磑磨身爛壞，遍身恰似淤青泥。

接著更詳細列舉：「其中受罪之人，一日萬生萬死。或刀山劍樹，或鐵犂耕舌；或洋銅灌口，或吞熱鐵火丸；或抱銅柱，身體燋然爛壞。枷鏁杻械，不曾離身。牛頭每日凌遲，獄卒終朝來拷。鑊湯煎煮，痛苦難當。受罪既苦不休，所以名為無間。」又云目連慈母，墮在其中：「受罪早經數歲，煎煮不

---

10 黃征、張涌泉校注《敦煌變文校注》（北京：中華，1997），頁 1011-12。

曾休歇。差惡身體乾枯，豈有平生之貌。」[11]案：最後四句指在地獄受刑多年，容貌早已變得「差惡」——即「醜陋、難看」；「豈有平生之貌」指難與在世容貌相比，意指在世時應屬美人。這四句雖似輕描淡寫，實極重要，蓋將地獄受刑後之容貌，與在世時相比，以見其改變之鉅大，此應即所謂「地獄變」之「變」：因受地獄種種酷刑，造成容貌形體鉅大變化。

通常，佛經描寫地獄皆極盡恐怖痛苦之能事，這有兩方面用意，一方面意指受刑人在世為惡之重，受刑是自己所招來，此即所謂「自作自受」；另一方面則是為警惕世人不可為惡，這點似乎更為重要。

當然，文中亦提到設盂蘭供養諸佛慈悲，以救濟慈母之法，使得離阿鼻地獄，免遭煎苦之憂[12]。為節省篇幅，茲不贅。

總之，此篇雖亦寫到地獄受苦場面，但重點實在敘述造成地獄受苦之原因——亦即所謂「惡因緣」；所謂「緣起」，指目連母親青提夫人下地獄受苦之緣起（緣由、原因）。從「業報」的角度看來，這些地獄酷刑，即是世人在世為惡之因緣所轉變過來，故云「地獄變」或「地獄變相」。

這裏應補充幾句，即《高僧傳．唱導》之「論曰」又云：

> 談無常，則令心形戰慄；話地獄，則使怖淚交零。徵昔因，則如見往業；覆當果，則已示來報。[13]

這幾句明顯與「因緣」有關。前四句寫地獄酷刑之可怕，讓人心生恐懼。後四句中，前二句指過去在世時所造的惡業，是死後下地獄之因，後二句指下地獄受酷刑是未來——死後之果。很明顯，是由因果報應的角度說明下地獄之因緣。

(二)大目乾連冥間救母變文

1.篇後校注：

11　黃征、張涌泉校注《敦煌變文校注》（北京：中華，1997），頁1012-13。

12　黃征、張涌泉校注《敦煌變文校注》（北京：中華，1997），頁1015。

13　〔梁〕釋慧皎撰，湯用彤校注《高僧傳》（北京：中華，1997年三刷），頁521。

《大目乾連冥間救母變文並圖一卷並序》，標題原有。按此故事乃根據西晉月氏三藏竺法護譯：《佛說盂蘭經》加以演繹。其內容詞句和結構完全相同的，共有九卷。原文首尾完整，……

泉按：此卷卷端題「目連變文」，後半部分殘缺。

泉按：此卷卷端題「大目乾連冥間救母變文一卷並序」，只存卷首部分，但最後抄有「大目乾連變一卷寶護」等字樣。

泉按：卷末有「寫盡此目連變一卷」云云抄寫人題記

原卷末題記：《大目犍連變文一卷》（注 515）

> 貞明七年辛已歲四月十六日淨土寺學郎薛安俊寫（注 517）。　　張保達文書。

注 515：

> 甲卷至此。又原校云：「戊卷文末有『太平興國二年，歲在丁丑潤六月五日，顯德寺學仕郎楊願受一人思微，發願作福，寫盡此《目連變》一卷。後同釋迦牟尼佛壹會彌勒生作佛為定。後有眾生同發信心，寫《目連變》者，同持願力，莫墮三塗』數行字，今抄之以作參考。」

案：據「校記」與注 515，此篇題目有《目連變文》與《目連變》兩種，但由內容看來，本篇亦包括「受罪因緣」與「地獄變相」，故依前篇之例，亦歸於「緣起」類。

2.受罪因緣：

本篇開始先敘盂蘭節之意義，文僅兩行，極為簡要。接著即敘目連於未出家前，名為羅卜，卻能「深信三寶，敬重大乘。」後欲出外經商，遂即支分財寶，令母在後設齋供養諸法僧及諸乞來者。可在羅卜去後，母生慳吝之心，所囑付資財，並私隱匿。兒子不經旬月，事了還家。母語子言，依汝付囑營齋作福。因茲欺誑凡聖，命終遂墮阿鼻地獄中，受諸劇苦。[14]案：這一段內容皆見前篇《目連緣起》，故敘述較為簡單；寫母因慳吝與誑語，故死後入阿鼻地獄受苦，即上一篇所謂「惡因緣」。

3.地獄變相與西方變相：

接著寫目連至天庭見父，問：「慈母今在何方受於快樂？」父（長者）言：「汝母生存在日，與我行業不同。我修十善五戒，死後神識得生天上。汝母平生在日，廣造諸罪。命終之後，遂墮地獄。……」[15]案：此段內容已見前篇，但較簡略，此處藉其父之口指出其母在世時「廣造諸罪」，故「命終之後，遂墮地獄」；相對地，其父則因在世時「修十善五戒」，故死後「神識」（靈魂）得生天上，以此證明因「行業不同」：一在天上享福，一在地獄受苦。簡言之，即因緣之異造成不同後果。這一小段極為重要，它對了解「變」的意義，幫助甚大，惜未受到重視。根據其父所說，或在天上享福，或在地獄受苦，皆是其「行業」（因緣）所造成之「變相」，而除了「地獄變相」（簡稱「地獄變」）外，亦應有「西方極樂世界變相」（簡稱「西方變」））」，前者為「惡因緣」所造，後者為「善因緣」所造。

後面又接敘閻羅王與五道將軍之言：

（閻羅大王曰）：「汝母生存在日，廣造諸罪，無量無邊，當墮地獄。……」（頁 1027）

（五道）將軍報言和尚（目連）：「世間兩種人不得見王面：第一之人，平生在日，修於十善五戒，死後神識得生天上（不見王面）。弟（第）二之人，生存在日，不修善果，廣造之（諸）罪，命終之後，便入地獄，亦不得見王面。唯有半惡半善之人，將見王面斷決，然始託生，隨緣受報。」（頁 1029）

案：以上藉閻羅大王、五道將軍之口，說明其母下地獄因緣，與其父之說全同。不過，五道將軍之說更為詳細，尤其最後一句「隨緣受報」，極為

---

[14] 黃征、張涌泉校注《敦煌變文校注》（北京：中華，1997），頁 1024。

[15] 黃征、張涌泉校注《敦煌變文校注》（北京：中華，1997），頁 1026。

概括，指出或在天上，或下地獄，皆是「因緣」之報應——亦即「因緣之變（相）」之意。

本篇主要是寫地獄之恐怖，藉以警惕世人，如「奈何橋邊」、「刀山劍樹地獄」、「銅柱鐵床地獄」、「阿鼻地獄」等，皆很恐怖，以此表現為惡後果之悲慘；如上所說，這些皆是因緣所造成之「地獄變相」。

文中寫阿鼻地獄有云：「恆沙之眾同時入，共變其身作一刑」（頁1032），可證「地獄」是在世「惡因緣」之「變相」。

又寫目連於阿鼻地獄第七隔見母青提夫人受刑之殘酷，尤可證「地獄變相」之意：

> 身上下四十九道長釘，鼎在鐵牀之上
>
> 四十九道長釘，鐵鎖鎖腰，生杖圍遶，驅出門外，母子相見處：
>
> ……杖魚鱗似雲集。
>
> 千年之罪未可知，七孔之中流血汁。
>
> 猛火從孃口中出，蒺蔾步步從空入。
>
> ……
>
> 阿孃昔日勝潘安，如今憔顇頓摧殘。
>
> ……
>
> 阿孃生時不修福，十惡之愆皆具足。當時不用我兒言，受此阿鼻大地獄。
>
> 阿孃昔日極芬榮，出入羅幃錦障行。那堪受此泥梨苦，變作千年餓鬼行。
>
> 口裏千迴拔出舌，胸前百過鐵犁耕。骨節筋皮隨處斷，不勞刀劍自凋零。
>
> ……
>
> 孃孃昔日行慳妒，不具來生業報因。言作天堂沒地獄，廣殺牛羊祭鬼神。
>
> 但悅其身眼下樂，寧知冥路拷亡魂。如今既受泥犁苦，方知反悔自家

身。[16]

以上兩段，用「昔日」與「如今」對照：「阿孃昔日勝潘安，如今燋顇頓摧殘」、「那堪受此泥梨苦，變作千年餓鬼行」等四句寫今昔美醜之「變」，以見其變化之大。應注意的是，前一篇重點在說「緣起」，即青提夫人下地獄受苦之原因，而此篇重點在說地獄所受之苦，其中仔細描寫「刀山劍樹地獄」、「銅柱鐵床地獄」，「阿鼻地獄」等地獄變相，增加許多篇幅，實即表示其在世為惡犯罪之多，如前引閻羅大王曰：「汝母生存在日，廣造諸罪，無量無邊，當墮地獄。」可見「地獄」即是「犯罪因緣」所造之「變」（或稱為「報應」）。「變」字既指今昔之變化，尤指此變乃過去為惡「因緣」所造成（「隨緣受報」）；換言之，「因緣」指「變」之原因，「變」指「因緣」所造之果。

文中另一重點，為如來拯救之「變」。文中敘目連親見母親於阿鼻地獄受苦，欲替代不可，內心悲苦，回來求救如來。文云：「如來領八部龍天，前後圍遶，放光動地，救地獄之苦處」：

> 如來今日起慈悲，地獄摧殘悉破壞。鐵丸化作磨尼寶，刀山化作琉璃地。
> ……銅汁變作功德水，……地獄一切並變化，總是釋迦聖佛威。（《校法》，頁 1035）

文中用「地獄一切並變化」，顯現如來佛法之威力，能使地獄轉變為極樂世界，即將「地獄變相」轉變為「西方變相」。接著又寫地獄之「苦」：「無聞漿水之名，累月經年，受飢羸之苦，遙見清涼冷水，近著變作膿河。縱得美食白餐，便即化為猛火。」「青提夫人，雖遭地獄之苦，慳貪究竟未除……食未入口，變為猛火。」「青提慳貪業力重，入口喉中猛火生（案：「火生」指變化）。」「將作是香美飲食，飯未入口變成火。只為慳貪心不改，所以連年受其罪。……香飯未及入咽喉，猛火從孃口中出。俗間之罪滿

16　黃征、張涌泉校注《敦煌變文校注》（北京：中華，1997），頁 1033-34。

娑婆，唯有慳貪罪最多。火既無端從口出，明知業報不由他。」屢次出現「變」字，指其為業報（因緣）所導致之後果。甚至恆河水亦變成火：「直為慳貪心不止，水未入口變成火」一再說明慳貪造成美食變化為猛火的因緣[17]。文中用「變化」兩字說明地獄所受之「苦」：慳貪指其受苦之因緣；美食變化為火，指結果所產生之變化。

更值得注意的是結尾一段：

> 目連又向世尊求救，世尊報言：「汝轉經功德，造盂蘭盆善根，汝母轉卻餓鬼之身，向王舍城中作黑狗身去。……朝聞長者念三寶，暮聞娘子誦尊經。」「目連引得阿孃往於王舍城中佛塔之前，七日七夜，轉誦大乘經典，懺悔念戒，阿孃乘此功德，轉卻狗身，退卻狗皮，掛於樹上，還得女人身，全具人狀圓滿。」[18]

這是寫「轉誦」《盂蘭盆經》的功德：終使其母能「轉卻狗身，退卻狗皮」，最後「還得人身，全具人狀圓滿」。案：「轉經」指誦讀佛經——依經文誦讀，並非改變經文，而誦讀佛經可使母親由餓鬼轉變為狗身以至人身，皆可見標題用「變」字用意。由此益可證明筆者之判斷，變文之「變」乃指故事情節內容之變化，並非指改變佛經文字為通俗文。正因與文字無關，此所以單稱為「變」，表示是「因緣」之變；所謂「變文」，僅指此因緣之「變」的故事是用文字寫出而已，並非是「變文」的省稱。由此亦可斷定，「變」是較早稱呼，「變文」是後起的（此所以抄手常寫為《目連變》）。張祜稱《長恨歌》為《目連變》，應是就詩中寫到一些「變化」而言：如貴妃原已死在馬嵬坡下，後又升天至海外仙山，與文字的改變毫無關係。

案：前引「校記」云：

> 而本篇有「哀哀慈母黃泉下，……地獄難行不可求」之句，和白詩

[17] 黃征、張涌泉校注《敦煌變文校注》（北京：中華，1997），頁 1035-37。

[18] 黃征、張涌泉校注《敦煌變文校注》（北京：中華，1997），頁 1037-38。

> 「上窮碧落下黃泉，兩處茫茫皆不見」的意境近似，張祜所謂《目連變》或許即指《目連緣起》而言。

明顯可見，即使依「校記」的說法，《目連變》與《目連緣起》皆與「改變文字」無關。據云，明・容與堂刊本《水滸全傳》第五回「小霸王醉入銷金帳，花和尚大鬧桃花村」中，寫已做了和尚的魯智深自詡：「洒家在五台山真長老處學得說因緣，便是鐵石人也勸得他轉」云云……[19]案：「勸得他轉」正指能使人聽後「轉變」，亦可證「因緣」又稱「變」的關係。

又：原卷末題記：《大目犍連變文一卷》（注 515）

> 貞明七年辛巳歲四月十六日淨土寺學郎薛安俊寫。　　張保達文書。

注 515：

> 甲卷至此。又原校云：「戊卷文末有『太平興國二年，歲在丁丑潤六月五日，顯德寺學仕郎楊願受一人思微（維？），發願作福，寫盡此《目連變》一卷。後同釋迦牟尼佛壹會彌勒生作佛為定。後有眾生同發信心，寫《目連變》者，同持願力，莫墮三塗』數行字，今抄之以作參考。」[20]

據此，寫《目連變》是為了「發願作福」，也就是立願為人祈福，其態度應很慎重，則其一再稱寫此《目連變》，應非有意少寫一個「文」字——也就是說應非出於省略動機。於是，必須思考一個問題，為何「變文」又稱為「變」？顯然有兩個原因，一是：少一個「文」字，並不影響對「變文」的理解；一是，「變」字非常重要，不可省略。由此，再看另一種常見的說法：變文是指改變佛經為通俗文字，就非常可疑。因為，依此解釋，「變」字必是當動詞用，則其下必有接文（即文法書所謂「受詞」）——如變服、變聲、變色、變臉……等，若變字下無接文，將不知改變何種事物；況且，

---

[19] 張鴻勛《敦煌俗文學研究》（蘭州：甘肅人民，2002），頁 106-07。

[20] 黃征、張涌泉校注《敦煌變文校注》（北京：中華，1997），頁 1069。

若為了省略，不應省略筆畫極少的「文」字，而應「變文」兩字皆省，更為省事，且更不影響題意。顯然，變字若作動詞使用，其下可接許多可能的字，並非必接「文」字不可。由此可見，變文若指改變文字，是不應省略「文」字，此與「變相圖」對照，更可看出問題所在。眾所皆知，講唱變文時常伴以圖畫，故稱為「變相圖」（常簡稱為「變相」），而變相圖亦常單稱為「變」——如「某某經變」。由此明顯看出，所謂變文或變相圖皆是配合佛經故事中的變化情節：即當佛經中的「變化」情節用文字表現時，稱為「變文」，而若用繪畫表現時，則稱為變相圖。正因故事的重點在表現變化情節，故只稱之為「變」，如《目連緣起》或《目連變文》，所以又稱《目連變》，即因其所敘為惡因緣所造成的地獄變相情節[21]。

總之，變文之「變」乃指故事中的變化情節，與文字無關，不可說是「變文」的簡稱。正確的說法應是：最先只稱「變」指情節之變，後來加上「文」表示此故事是用文字寫出，但抄手仍依習慣，稱之為「某某變」。

(三)目連變文[22]

案：本文情節基本上不出第一篇《目連緣起》，唯開卷云：「上來所說序分竟，自下弟二正宗者。」極似講經文之語，故王重民云：「文中說……頗似講經文，但裏面不唱經文，所以大家都把它分入變文類。」「校注」按語亦云：「一般研究者認為『講經文在變文裏面是最先發展起來的』，本篇或許就是由講經文向非講經文的變文過渡時期的作品。」[23]此意亦已見本文開頭所引張鴻勛論文，故對《目連變文》此篇即不再作討論。

二、金剛醜女因緣[24]

---

[21] 案：有些學者將繪畫中的「變相圖」，解釋為將「佛經」轉變為「繪畫」，這是錯誤的。「變相」僅指改變形相，並非指文字轉變為繪畫；其實，佛經中即有許多「變相」，並非指繪畫中的變相。

[22] 黃征、張涌泉校注《敦煌變文校注》（北京：中華，1997），頁 1071。

[23] 黃征、張涌泉校注《敦煌變文校注》（北京：中華，1997），頁 1073。

[24] 黃征、張涌泉校注《敦煌變文校注》（北京：中華，1997），頁 1103-08。

除三篇「目連救母」故事之外，本卷後面尚有三篇題為「因緣」或「緣」之變文，為節省篇幅，僅選擇較易說明「變」字意義之《金剛醜女因緣》，略加分析。

應先注意的是，此篇前題或作「醜女緣起」，篇後結束時云「上來所說醜變」[25]，可見「緣起」亦稱「變」。據「校注」云，本篇係據《賢愚經》卷二《波斯匿王女金剛品第八》演繹而來[26]。

> 本文開頭有一段話，乃勸人修行學佛，並將衣食之餘供養佛僧。以此引出「金剛醜女」故事，且構想頗為巧妙。故事開頭云，佛在之日，有一善女，也曾供養羅漢，雖有布施之緣，心裹便生輕賤。不得三五日間，身死有何靈驗？此女當時身死，向何處託生？波斯匿王宮內託生，此是布施因緣，得生於國王之家。輕慢賢聖之業，感得果報，元在我大王夫人。
>
> 纔生三日，進與大王，纔見之時，非常驚訝。世間醜陋，生於貧下。前生修甚因緣，今世形容轉差。[27]

前一段先寫有一善女，曾供養羅漢，這是「布施之緣」——亦即「善因緣」；但「心裹便生輕賤」，則是「惡因緣」。什麼是「輕賤」？在最後一段有交待，指「唯道面醜」，即因有些羅漢長得「面醜」，故心生輕賤。以上指善女雖做了「善因緣」，也做了「惡因緣」，既有此兩種不同「因緣」，就會有兩種「果報」。故下面又云：「不得三五日間，此女當時身死，且於波斯匿王宮內託生。此是布施因緣，得生於國王之家。」重點在最後兩句，指善女因有布施羅漢之「善因緣」，才能生在國王之家。可另一方面，善女又有「輕慢賢聖之業，感得果報」——簡言之，即「惡因緣」，使其託胎生於大王夫人。

25　據「校注」，甲卷前題作「金剛醜女因緣」，無後題。丙卷前題作「醜女金剛緣」。乙卷前題作「醜女緣起」，卷末有「上來所說醜變」字樣。

26　黃征、張涌泉校注《敦煌變文校注》（北京：中華，1997），頁1109。

27　黃征、張涌泉校注《敦煌變文校注》（北京：中華，1997），頁1102。

接著敘夫人生下此女，三天之後，進於大王，卻使大王纔見，非常驚訝，蓋因其醜陋至極，堪稱「世間希有」。總之，前面三段，一再出現「緣」或「因緣」字眼，均指「前生」所種之因，至其生於國王之家，卻形相醜陋嚇人，正是兩種不同因緣所結之異果。

接著即寫「醜女」之不幸遭遇，蓋國王深以醜女為恥，「遂遣在深宮，更不令頻出」。至醜女年漸長成，夫人宿夜憂愁，乃因游戲之次，向國王進言：「金剛醜女年成長，爭忍令教不事人。」請求比照兩位姊妹，使其「事人」（指結婚）。並勸國王找宰相幫忙找一落魄兒郎，給予官職財物，「充為夫婦」。於是國王依夫人之計，詔一臣作良媒。終於在一街巷中找到一「貧生子」（姓王），答應結婚。

後面續寫結婚之夜，王郎一見新婦，嚇得魂飛魄散，懊悔不已。終因兩個阿姊相勸，勉強接受。但亦不令公主外出見人，「恐怕朋友怪笑」。但身為駙馬爺，不能不與高品朝官等交際應酬，而別人皆輪流在家宴請，並須「妻出勸酒」，使舉座同歡。日日如此，次第漸到王郎，一方面「排備酒饌」，一方面卻深感焦慮：「唯憂妻貌不強，思慮恥於往還，遂乃精神不安，宿夜憂愁」。公主聞知丈夫心事後，深怨自己：「前世種何因果？今生之中，感得醜陋？」「怨恨前生何罪業，今生醜陋異尋常」，亦將貌醜歸咎「前生所種因果（因緣）」。在萬般無奈之下，「心中憶佛，乞垂加護」，遂遙向靈山，便告世尊求救。

接著寫佛以神通使醜女變美：

> 佛以他心通，遙知醜女焚香發願，遂於醜女居處階前，從地踴出，親垂加被，醜女忽見大聖世尊，……起來禮拜，……佛以慈悲之力，垂金色臂，指醜女身，醜女形容，當時變改。
>
> ……容貌頓改舊時儀，百醜變作千般媚。
>
> 「換舊時之醜質，作今日之周旋；醜陋形軀，變端嚴之相好」[28]

---

[28] 黃征、張涌泉校注《敦煌變文校注》（北京：中華，1997），頁 1106-07。

這段極為重要，文中一再出現醜女形容「變改」字眼，最值得注意。

最後，佛告國王醜女之「宿世因緣」：

> 波斯匿王，諦聽諦聽，當有事悟汝，與說宿世因緣。佛道此如前生，曾供養辟支佛，雖然供養，唯道面醜。供養因緣生王家，輕慢賢聖之業，感得面貌醜陋。

這些話皆呼應開頭兩段，強調「因緣」——因果報應之重要性。後面結語云「上來所說醜變」[29]，明顯指醜女變為美女的「因緣」。由此可知所謂「變」既指善女如何由美變醜，亦指如何由醜變美，而這兩種「變」皆有其「因緣」。簡言之，「緣起」為原因，「變」為結果，兩者其實是一體的，故「緣起」又稱「變」。

前引張鴻勛論文曾引《醜女緣起》說明「緣起」與「變文」的關係：

> 與講經文的這些差異，卻使得因緣與宗題材變文頗為相近，有時簡直可以視為同一類型之作。如《醜女緣起》，在講述金剛醜女因虔心歸佛而立變美女後，殘存結尾卻說「上來所說醜變」，以下雖因原卷殘佚不知還要講些什麼，但確切無疑的是「緣起」也可以稱之為「變」。
>
> ……說因緣就是取材因緣業報故事、宣揚因緣業報思想的一種宗教講唱。……而《醜女緣起》講的是：
>
> 佛告波斯匿王：諦聽諦聽，汝當有事悟汝，與說宿世因緣。佛道：此女前生，曾供辟支佛，……供養因緣生于王家；輕慢聖賢之業，感得面貌醜陋。信心布施，直須喜歡，若人些些酸屑，則知果極不遂。
>
> （中略）
>
> 這些都是宣揚一切皆有因果，只有皈依佛法，持戒修行，才能超拔濁世，得到善果。
>
> 像《醜女緣起》，儘管它的主旨在于告誡人們不可謗佛毀法，否則將

29　黃征、張涌泉校注《敦煌變文校注》（北京：中華，1997），頁1108。

> 得到意想不到的業，就如金剛醜女那樣，但只要虔心事佛，禮敬三寶，勤念彌陀，就可解脫苦惱，甚至容貌也可奇跡般地由醜陋變為光豔動人。[30]

上面所論雖多，重點皆在說明佛教的因緣業報思想，對醜女之「變」較少注意，尤其並未引出佛以神通使醜女變美一段，而僅以「甚至容貌也可奇跡般地由醜陋變為光豔動人」一句含糊帶過；雖然提到「由醜陋變為光豔動人」與「醜變」，卻未進一步探討「變」的意義及其與「緣起」的關係，不能不說是一大遺憾。但張文對《醜女緣起》故事中的趣味性卻有深刻的觀察，如云：「可是這思想由說因緣者衍化成故事後，卻變得非常通俗有趣味，細節極富人情味。」「如果拋開加在故事情節上人為的宗教光環，這裏活躍著的國王、王后、公主、王郎等，其言行、心態無不是充滿著人之常情的世俗生活風趣，濃郁的人情味，深深吸引著人們。」[31]

近人李劍國《唐前志怪小說史》云：

> 南朝「釋氏輔教書」最重要的是《宣驗記》和《冥祥記》。《宣驗記》，劉義慶撰，是南朝第一部專為宣明因果應驗的佛家觀念的志怪。……《宣驗記》內容不外乎這幾個方面：一是敬奉佛法得福。如……二是不奉佛受懲。如……[32]

案：此即敦煌變文《醜女緣起》的宗旨。總之，由《金剛醜女因緣》（或作《醜女緣起》）最易看清楚「變」的意涵。就此故事而言，「變」指因緣所產生的結果、變化；換言之，是就故事情節與人物形象的變化言，與文字改變毫無關係。

最後，再補一資料，閑齋老人評《儒林外史》云：

> 其書以功名富貴為一篇之骨。有心艷功名富貴而媚人下人者，有倚仗

---

30 張鴻勛《敦煌俗文學研究》（蘭州：甘肅人民，2002），頁 103-07。

31 張鴻勛《敦煌俗文學研究》（蘭州：甘肅人民，2002），頁 107、110。

32 李劍國《唐前志怪小說史》，修訂本（天津：天津教育，2006 年二刷），頁 471-72。

> 功名富貴而驕人傲人者，有假托無意功名富貴自以為高，被人看破恥笑者，終乃以辭卻功名富貴，品地最上一層，為中流砥柱。（張羽、王汝梅著《中國小說理論通史》，北京師範大學，2016，頁 146）

這裏舉出五種人，前四種皆是追求、或羨慕功名富貴者，人品皆很低下，唯最後一種人真正看開功名富貴，棄之而不顧，人格最高。

另有無名氏評《儒林外史》，則以「地獄變相」評書中人物，其第一回評云：

> 功名富貴四字是全書第一著眼處，故開口既叫破，卻只輕輕點逗，以後千變萬化，無非從此四字活現出地獄變相，可謂一莖草化丈六金身。（張羽、王汝梅著《中國小說理論通史》，北京師範大學，2016，頁 147）

這是一種反向批評，以為「功名富貴」即是」「地獄」，而追求「功名富貴」之人有種種表現、面孔，他們是「千變萬化」，故云「地獄變相」。正如前面所論，「地獄變相」實是人們「惡因緣」所招來之重大變化，同樣，追求「功名富貴」亦扭曲人性，產生很多醜陋的「變相」，故云「地獄變相」。

乙、方便與變

研究變文者甚多，但似乎無人注意到「方便」與變文的關係，而筆者所以會注意到這個問題，是有其「緣起」的。即筆者曾在另文討論隋吉藏《中觀論疏》（卷一）所云：「自攝嶺興皇，隨經傍論，破病顯道，釋此八不，變文易體，方言甚多。」筆者發現，「方言」亦可指「方便之言」，且較能解釋《論疏》之說。有此「緣起」，使筆者注意到《法華經・方便品第二》提到無數「方便」中，有種種因緣、譬喻等，且梁慧皎《高僧傳・唱導》亦云「雜序因緣，傍引譬喻」。因上一節已詳細說明「因緣與變」的關係，此一節即進一步探討「方便與變」的關係。

一、方便與變文

李小榮云：

> 所謂方便善巧，……是大乘佛教十波羅蜜中的第七項，指的是佛與菩薩能根據有情眾生的不同根機，隨機應變地攝化眾生，示以各種化現。東吳支謙所譯《太子瑞應本起經》：「菩薩承事定光，……及其變化，隨時而現：或為聖帝，或作儒林之宗，國師道士，在所現化，不可稱記。」[33]

弘學注《妙法蓮華經》，前有「概述」云：

> 依天台宗的判別，將全經二十八品分為二大部分，即迹門與本門。前十四品講的是迹門。所謂迹是示迹的意思，即釋尊于久遠前作佛後，常在各世界中示現教化眾生，凡佛所示現的，都名為迹。在教理上開權顯實，叫做迹門。迹是從本而來的，從本垂迹，當然不是根本。……《法華經》說：「……諸善男子，于是中間，我說燃燈佛等，又復言其入于涅槃，如是皆以方便分別。」亦復是迹非是本。
> 本，是根本的意思，……故後十四品，在佛身開迹顯本，稱為本門。佛自王宮誕生，至雙林樹入滅，八相成道之身，並非真實；不過從久遠所成的法身，為度眾生，一時垂迹而已。所以經云：「我實成佛以來，久遠若斯，但以方便教化眾生，令入佛道。」這也好像蓮為結實而開華一樣。[34]

據此，《法華經》前十四品（共二十八品）皆是「迹門」，亦即「以方便教化眾生，令入佛道」，可見「方便」是教化眾生，使其入佛道的重要方法。

(1) 神變相與因緣、方便

茲先由《法華經・序品第一》談起。

---

33 李小榮《《弘明集》《廣弘明集》述論稿》（成都：巴蜀書社，2005），頁 211。

34 弘學注《妙法蓮華經》（成都：巴蜀書社，2012 年第二版），「概述」，頁 4-5。

《序品》是為本經作序，主要是說明本經講說的「因緣」（緣起）。依佛經「序分」慣例，先以「如是我聞：一時佛在王舍城耆闍崛山」開頭，點出講經的時間地點（有時會有改變）。接著寫參與大眾人數極多，單單介紹各種身分的人數，就占了不少篇幅。然後云：「爾時，世尊四眾圍繞，供養恭敬，尊重贊嘆！」表示道場的莊嚴隆重氣氛。

本經特殊的地方是，在講經之前，佛先放出「神變相」以引起大眾注意：即眉間白毫發出一種震懾人的光芒：

> 爾時，佛放眉間白毫相光，照東方萬八千世界，靡不周遍，下至阿鼻地獄，上至阿迦尼吒天。……

亦即此毫光可以照亮整個廣大無邊之宇宙。於是引起在座者議論紛紛，如彌勒菩薩云：「今者世尊現神變相，以何因緣而有此瑞？今佛世尊入于三昧，是不可思議現希有事，……必應見此希有之相，今當問誰？」可見此毫光之神變相是難得一見、希有之事。彌勒之疑引起四眾的共鳴，於是請教文殊師利菩薩——蓋「文殊師利法王之子」（亦即佛之繼承人）。大眾所欲知道的是：「以何因緣而有此瑞神通之相，放大光明照東方萬八千土，悉見彼佛國界莊嚴？」[35]即欲知道佛現此「神通之相」，是何「因緣」。由「此瑞」之語，可知此神變之毫光是一種祥瑞，只是不知佛現此瑞相之「因緣」，因緣在此當指佛之用意。於是文殊提出自己的看法：

> 爾時，文殊師利語彌勒菩薩摩訶薩及諸大士、善男子等：……諸善男子！我于過去諸佛，曾見此瑞，放斯光已，即說大法，是故當知，今佛現光亦復如是。欲令眾生，咸得聞知一切世間難信之法，故現斯瑞。[36]

據此，佛所以現此神變之瑞相是為了講說「大法」，「大法」即指《妙法蓮

---

[35] 弘學注《妙法蓮華經》（成都：巴蜀書社，2012年第二版），《序品第一》，頁3。
[36] 弘學注《妙法蓮華經》（成都：巴蜀書社，2012年第二版），「概述」，頁8。

華經》。後面的「偈」云：「世尊演說法，度無量眾生，無數億菩薩，令入佛智慧。」（頁 10）可見欲度無量眾生與菩薩，使入佛之智慧，是佛說此經的因緣（用意）。但偈頌又云：「以是知今佛，欲說《法華經》。今相如本瑞，是諸佛方便，今佛放光明，助發實相義。」這是針對佛放毫光之神變瑞相而言，指這是「諸佛方便」，是為了幫助無量眾生與菩薩，使入佛之智慧：即認清人生與事物之本質「實相」。

由此可見「因緣」、「方便」、「變」三者的關係：「因緣」指目的，即使眾生了解佛之智慧；「方便」是達到目的的手段；「變」指方便所使用的靈活手段，運用這種手段較容易達到目的，故云「方便」。簡言之，即俗語「隨機應變」。

什麼是「方便」？案：《法華經》有《方便品第二》，注者弘學之「簡介」云：

> 「方」就是方法，「便」就是便利；方便也就是一種善巧。這是一種權法而非實法，故爾又稱之為「善權」、「變謀」，指巧妙地接近、施設、安排等。諸經中常用此一名詞，歸納之其意義有四種：(1)對真實法而言，為引誘眾生入于真實法而權設之法門。故稱之為權假方便、善巧方便。即諸佛菩薩應眾生之根機，而用種種方法施予化益。（下略）
>
> 本品是采用第一種意義。因為初學佛者，在開始時不易明了實法，為了觀機逗教，故在《序品》之後就緊接著有次第地宣說聲聞、緣覺、菩薩三乘，而究竟的旨歸即佛乘。理實一乘，幽深玄遠，必須善巧方便，假說為三，才能顯了。[37]

可見「方便」是一種權設法門，雖其最終目的在使學佛者能進入真實法，但在開始只能先用權設法門——即善巧方便，使其願意接近佛法，且越來越深入。就《法華經》言，是先說「聲聞、緣覺、菩薩」等三乘——即三種境

37　弘學注《妙法蓮華經》（成都：巴蜀書社，2012 年第二版），頁 27-8。

界，最後才使其進入真實法——即「佛乘」。可見前面所說「三乘」皆屬「善權方便」或「善巧方便」。

(2)方便、因緣、譬喻

所謂「善巧方便」，最常提及的，就是「因緣」與「譬喻」。《法華經．方便品第二》云：

> 爾時，世尊從三昧安詳而起，告舍利弗：「諸佛智慧，甚深無量，其智慧門，難解難入。一切聲聞、辟支佛所不能知。所以者何？佛曾親近百千萬億無數諸佛，盡行諸佛無量道法，勇猛精近（進？），名稱普聞。成就甚深未曾有法。隨宜所說，意趣難解。舍利弗！吾從成佛已來，種種因緣、種種譬喻，廣演言教，無數方便，引導眾生，令離諸著。所以者何？如來方便，知見波羅蜜，皆已具足。舍利弗，如來知見，廣大深遠，無量無碍，力、無所畏、禪定、解脫三昧，深入無際，成就一切未曾有法。舍利弗！如來能種種分別，巧說諸法，言辭柔軟，悅可眾心。（下略）」[38]

據此可知，因佛智慧甚深無量、難解難入——即使「聲聞、辟支佛（緣覺）」等亦所不能知，故運用「無數方便」以「引導眾生」。由此看來，「方便」是為了突破聽者理解的「困難」，所採取的容易被接受的講說方式。後面又用「偈」說此意：

> 爾時，世尊欲重宣此義，而說偈言：
> 世雄不量，諸天及世人，
> ……
> 甚深微妙法，難見難可了，
> ……

[38] 弘學注《妙法蓮華經》（成都：巴蜀書社，2012 年第二版），《方便品第二》，頁29。

> 諸餘眾生類，無有能得解，
>
> ……
>
> 佛以方便力，示以三乘教，
>
> 眾生處處著，引之令得出。[39]

接下來一段亦再敘說因佛法「甚深難解」，故「佛以方便力，示以三乘教」，意指「聲聞、緣覺（辟支佛）、菩薩」等三乘為「方便善巧」，它們能使眾生容易接受佛法，得由各種黏著纏縛（欲望）中解脫出來。而「無數方便」中又以「因緣、譬喻」最為重要：

> 佛告舍利弗：如是妙法，諸佛如來時乃說之，……舍利弗！諸佛隨宜說法，意趣難解。所以者何？我以無數方便，種種因緣、譬喻、言辭、演說諸法，是法非思量分別之所能解，唯有諸佛乃能知之。所以者何？所以者何？諸佛世尊，唯以一大事因緣故，出現于世。……諸佛世尊，欲令眾生開佛知見，使得清淨故，出現于世；欲令眾生入佛知見道故，出現于世。舍利弗！是為諸佛以一大事因緣故，出現于世。[40]

中間幾句一再重複：「我以無數方便，種種因緣、譬喻、言辭、演說諸法，是法非思量分別之所能解，唯有諸佛乃能知之。」這幾句已見前引，而在下面一段（佛告舍利弗云云）竟然重複四次之多（有時會更動幾個字）。由是知「因緣、譬喻」確為「無數方便」中最為重要的方法。後面「偈言」又云：「佛悉知是已，以諸緣譬喻，言辭方便力，令一切歡喜」，「我設是方便，令得人佛慧」，「化一切眾生，皆令入佛道」。可見「方便」是為了使眾生進一步了解佛法、智慧的方法。偈言又云：

---

[39] 弘學注《妙法蓮華經》（成都：巴蜀書社，2012 年第二版），《方便品第二》，頁 29-30。

[40] 弘學注《妙法蓮華經》（成都：巴蜀書社，2012 年第二版），《方便品第二》，頁 34。

> 我有方便力，開示三乘法，一切諸世尊，皆說一乘道。
> 如是諸世尊，種種緣譬喻，無數方便力，演說諸法相，
> ……
> 是諸世尊等，皆說一乘法，化無量眾生，令入于佛道。

這幾句可說是「方便品」的重點（或說「核心思想」），故一再重複，茲不再贅引。[41]

除「因緣」外，「譬喻」亦是重要的「方便」之法，故有《法華經‧譬喻品第三》。簡介云：

> 譬者，比類也；喻者，曉訓也。因道理深奧，人難以明白，故舉出一比喻，寄淺訓深，使人容易明白。《方便品》中直說開權顯實，會三歸一，上根之人聞而便悟；中、下根之人聞而未達，故須舉喻以明。……一部《妙法蓮華經》，說了七種譬喻，稱之為「法華七喻」。[42]

所謂「因道理深奧，人難以明白，故舉出一比喻，寄淺訓深，使人容易明白」，解釋扼要明白，不煩贅言。下面即舉《法華經》中三種較著名的譬喻方便，略加說明。

(2-1)火宅喻

在《譬喻品》中，第一喻為「火宅喻」，最為著名。此「喻」最大特點是將人生喻為「火宅」，可以說是危機四伏；其次是以「羊車、鹿車、牛車」等喻「聲聞、緣覺、菩薩」三乘，以「七寶大車」喻「佛乘」。前三乘

---

41 弘學注《妙法蓮華經》（成都：巴蜀書社，2012 年第二版），《方便品第二》，頁38。

42 弘學注《妙法蓮華經》（成都：巴蜀書社，2012 年第二版），《譬喻品第三》，注8，頁57。

是方便說教，佛乘才是最圓滿的佛法。[43]

在敘「火宅喻」之前，先說世尊常用「方便說法」，經云：

> 爾時，佛告舍利弗：我先不言諸佛世尊，以種種因緣譬喻言辭方便說法，皆為阿耨多羅三藐三菩提耶？[44]

重點在「以種種因緣譬喻言辭方便說法」這句，指出「譬喻」是一種「方便說法」。於是開始敘述「火宅」所遭遇的故事：

> 爾時，長者即作是今念：此舍已為大火所燒，我及諸子若不時出，必為所焚。我今當設方便，令諸子等得免斯害。……如來……有大神力及智慧力，具足方便智慧波羅蜜。……但以智慧方便，于三界火宅，拔濟眾生，為說三乘：聲聞、辟支佛、佛乘。……舍利弗，如彼長者，初以三車誘引諸子，然後但與大車，寶物莊嚴，安穩第一，……舍利弗！以是因緣，當知諸佛方便力故，于一佛乘分別說三。[45]

「火宅喻」故事大意，是指一富有之長者，大宅突然發生大火，長者勸其眾多諸子儘速離開，卻毫不在乎，只是嬉戲不已。經云：「爾時，長者即作是念：此舍已為大火所燒，我及諸子若不時出，心為所焚。我今當設方便，令諸子等得免斯害。」在危急之中，長者想到用「方便」拯救諸子。於是向諸子言：「有種種羊車、鹿車、牛車，今在門外，可以游戲。汝等于此火宅，宜速出來，隨汝所欲，皆當與汝。」而當諸子逃出火宅後，紛紛向長者要求賜與三種車時，長者卻賜與有「珍寶嚴飾」之「七寶大車」，較之三車更為珍貴。

---

[43] 弘學注《妙法蓮華經》（成都：巴蜀書社，2012 年第二版），《譬喻品第三》，頁58。

[44] 弘學注《妙法蓮華經》（成都：巴蜀書社，2012 年第二版），《譬喻品第三》，頁64。

[45] 弘學注《妙法蓮華經》（成都：巴蜀書社，2012 年第二版），《譬喻品第三》，頁64-7。

故事中之火宅、三車、七寶大車等，皆有喻意。所謂火宅喻人生種種苦，三車喻「聲聞、緣覺（辟支佛）、菩薩」等三乘，七寶大車喻「佛乘」（經文稱「大乘」）。經文稱讚「方便力」云：「初說三乘，引導眾生，然後但以大乘而度脫之。何以故？如來無量智慧力無所畏諸法之藏，能與眾生大乘之法。舍利弗！以是因緣，當知諸佛方便力故，于一佛乘分別三。」這裏應補充一點，即佛為何用三乘方便救眾生於火宅之人生？在前述火宅之苦時，經文有云：「我為眾生之父，應拔其苦難」，此是佛救眾生的原因之一；另一是佛有無量智慧力。基於此兩方面的「因緣」，故能用三乘「方便」救眾生於火宅，可見「方便」正是佛智慧力的表現，故亦稱為「方便力」。

如上所述，「方便」能救眾生於火宅之苦，此即佛教重視「方便」的主要原因。又如上一再引述，所謂「方便說法」常藉「種種因緣譬喻言辭」表現，就「火宅喻」的例子看來，「因緣譬喻言辭」等皆是用生動的故事與具體形象表現，較易被接受。簡言之，這些「方便」是充滿各種「變相」的，如火宅、三車、七寶大車等，即是「火宅喻」的重要「變相」。但除此之外，還有許多「變相」未被注意，其中，特別值得注意的是，「偈言」敘大宅為火吞噬時情景，極為詳細，有如地獄變相圖：

譬如長者，有一大宅，
其宅久故，而復頓弊。
……
諸惡蟲輩，交橫馳走，
屎尿臭處，不淨流溢，
蜣蜋諸蟲，而集其上。
狐狼野干，咀嚼踐踏，
嚌齧死屍，骨肉狼藉。
由是群狗，競來搏撮，
饑羸慞惶，處處求食。

鬥爭樝掣，啀喍嘷吠，
其舍恐怖，變狀如是。
處處皆有，魑魅魍魎，
夜叉惡鬼，食噉人肉。
毒蟲之屬，諸惡禽獸，
孚乳產生，各自藏護。
夜叉競來，爭取食之；
食之既飽，惡心轉識，
鬥諍之聲，甚可怖畏。
鳩槃荼鬼，蹲踞土埵，
或時離地，一尺二尺，
往返游行，縱逸嬉戲；
捉狗兩足，撲令失聲，
以腳加頸，怖狗自樂。
復有諸鬼，其身長大，
裸形黑瘦，常住其中，
發大惡聲，叫呼求食。
復有諸鬼，其咽如針，
復有諸鬼，首如牛頭。
或食人肉，或復噉狗，
頭髮蓬亂，殘害凶險，
饑渴所逼，叫喚馳走。
夜叉餓鬼，諸惡鳥獸，
饑急四向，窺看窗牖，
如是諸難，恐畏無量。
是朽故宅，屬于一人，
其人近出，未久之間，
于後宅舍，忽然火起，

四面一時，其焰俱識，
……
諸鬼神等，揚聲大叫，
雕鷲諸鳥，鳩槃荼等，
周慞惶怖，不能自出。
惡獸毒蟲，藏竄孔穴，
毗舍闍鬼，亦住其中，
薄福德故，為火所逼，
共相歹害，飲血噉肉。
野干之屬，並已前死，
諸大惡獸，竟來食噉，
臭煙熢孛，四面充塞。
蜈蚣蚰蜒，毒蛇之類，
為火所燒，爭走出穴，
鳩槃茶鬼，隨取而食。
又諸餓鬼，頭上火然，
饑渴熱惱，周慞悶走。
其宅如是，甚可怖畏，
毒害火宅，眾難非一。[46]

案：先寫大宅久無人住，傾頹腐朽，召來各種不淨事物；繼寫「于後宅舍，忽然火起」，於是產生許多恐怖的形相。所謂「其舍恐怖，變狀如是。處處皆有，魑魅魍魎，夜叉惡鬼，食噉人肉」以下云云，極似地獄變相；這些恐怖「變相」正是與未發生火災前，大宅繁榮景象相對，故云「變狀如是」。「偈言」又敘「毀謗此經」之罪云：「其人命終，入阿鼻地獄」；若犯「抄劫竊盜」之罪者，其後果是：「生輒聾瘂，諸根不具，常處地獄，如游園

46　弘學注《妙法蓮華經》（成都：巴蜀書社，2012 年第二版），《譬喻品第三》，頁 68-70。

觀。」其描寫火宅之苦，確有地獄變相之影子在。

相對，繼寫長者以羊車、鹿車、牛車共三車誘諸子逃出火宅，然後給予大車，所言眾寶，則如西方變相，偈言：

> 長者大富，庫藏眾多，
> 金銀琉璃，硨磲碼碯，
> 以眾寶物，造諸大車，
> 莊校嚴飾，周匝欄楯，
> 四面懸鈴，金繩交絡，
> 真珠羅網，張施其上，
> 金華諸纓，處處垂下，
> 羅彩雜飾，周匝圍繞，
> ……
> 以是妙車，等賜諸子。
> 諸子是時，歡喜踊躍，
> 乘是寶車，游于四方。
> 嬉戲快樂，自在無礙。[47]

由此可見，藉由各種「變相」以教化眾生，是「方便」常見手段。

(2-2) 窮子喻

《信解品第四》簡介云：

> 《序品》乃研究本經之因緣，《方便品》示以權巧方便、教化眾生。……「法華七喻」之第二喻，即「窮子喻」。故事說長者有子，出游他國，辛苦五十餘年，今日已歸，猶不認識。漸次引入看諸寶藏，然後付與。謂二乘之人無大乘功德法財（即六度萬行）得以莊

47 弘學注《妙法蓮華經》（成都：巴蜀書社，2012 年第二版），《譬喻品第三》，頁 72。

嚴；猶如貧窮之子，缺乏衣食之資以活身。佛陀說此喻，旨在于增強眾生之信念，……故此品為《信解品》。[48]

案：「簡介」對「窮子喻」之旨意，不免簡略，茲補充幾點、希望有助了解。先說何謂「信解」？據《化城喻品第七》云：

爾時，彼佛（大智聖通佛）受沙彌請過二萬劫已，乃于四眾之中，說是大乘經，名《妙法蓮華》，教菩薩法，……說是經時，十六菩薩沙彌，皆悉信受；聲聞眾中，亦有信解，其餘眾生，千萬億種，皆生疑惑。[49]

如來智慧，難信難解。……信解堅定，了達空法，深入禪定。[50]

前面一段最後幾句，將信受、信解與「疑惑」相對，可見「信解」指信仰與了解。

其次，《信解品第四》實有兩部分，前半是「窮子喻」，如「簡介」云，這是「法華七喻」之第二喻；喻即譬喻，故前半是屬於「權巧方便」，是用窮子故事隱喻學佛過程。後半乃解釋「窮子喻」之意旨，是「實說」學佛的各個階段。故要了解「窮子喻」之喻意，不能忽略後半部分，否則有可能發生誤會。

另外，要了解「窮子喻」的「喻意」，亦有必要參考《譬喻品》之「火宅喻」。最明顯的一點是，皆用「父子關係」隱喻學佛過程。在「火宅喻」中，經文有云：「我為眾生之父，應拔其苦難」，即是用「父子」關係隱喻佛與眾生的關係，並以此說明佛所以用「善巧方便」誘導眾生的原因。「窮

---

48 弘學注《妙法蓮華經》（成都：巴蜀書社，2012 年第二版），《信解品第四》，頁 88-9。

49 弘學注《妙法蓮華經》（成都：巴蜀書社，2012 年第二版），《信解品第四》，頁 133。

50 弘學注《妙法蓮華經》（成都：巴蜀書社，2012 年第二版），《信解品第四》，頁 134。

子喻」與「火宅喻」稍有不同的是，並非說「父救子」，而是說「父尋子」的故事，但以父隱喻佛，以子隱喻眾生，並無改變，整個故事仍是隱喻如何學佛的問題。

據經文所說，「窮子喻」乃慧命須菩提、摩訶迦旃延、摩訶迦葉、摩訶犍連等大弟子所提出——以「我等」代言，其頭一段云：

> 世尊！我等今者，樂說譬喻，以明斯義。譬若有人，年既幼稚，舍父逃逝，久住他國。或十、二十至五十歲，年既長大，加復窮困，馳騁四方以求衣食，漸漸游行，遇向本國。其父先來，求子不得，中止一城。其家大富，財寶無量，金銀、琉璃……珠等，其諸倉庫，悉皆盈溢。……時貧窮子，游諸聚落，經歷國邑，遂到其父所止之城。

前面幾句，明白宣稱是用「譬喻」以明「斯義」，斯義應指學佛的過程。而如前面所說，譬喻是一種「方便善巧」，經文以「譬若有人」開始，已表示這是一種「譬喻」——亦即「方便」。故事先寫一人，因年幼無知，逃離家鄉，久住他國多年，甚至到五十歲，不僅年已長大，且又貧窮。於是只能「馳騁四方以求衣食」。後來，漸漸游行，快到本國。很湊巧地，其父先來，中止一城，此時才介紹其父身分，原來是富可敵國的大富翁。這一段寫子窮父富，為後續情節的展開奠定很好基礎：先寫「窮子」，主要是表現其年幼無知，竟不知家境富有；後寫其父之大富，益增其念子之心。

案：此段寫兒子年幼無知，很早即離家出走，終陷於窮苦，正如《火宅喻》先寫諸子陷於「火宅」，兩者皆是隱喻因不信佛教，以致無法解脫「苦境」。

接下來一段寫窮子終於看到長者與其生活之豪華，但已不認識父親，反而心生恐懼。文云：

> 父每念子，與子離別五十餘年，……心懷悔恨，自念老朽，多有財物……一旦終沒，財物散失，無所付委，是以殷勤，每憶其子。……爾時窮子，佣賃展轉，遇到父舍。住立門側，遙見其父；踞師子床，

寶几承足，諸婆羅門、剎利、居士，皆恭敬圍繞；以真珠瓔珞，價值千萬，莊嚴其身；……羅列寶物，……種種嚴飾，威德特尊。

窮子見父，有大力勢，即懷恐怖，悔來至此，竊作是念：此或是王，或是王等，不如往至貧里，肆力有地，衣食易得；若久住此，或見逼迫，強使我作。作是念已，疾走而去。

這故事有兩條主線，一是窮子，一是長者（父）；這兩條線有時分開，有時合一。就窮子言，他主要是依靠勞力，為人做幫傭的工作，若能夠滿足基本的「衣食」，即感到滿足，文云：「不如往至貧里，肆力有地，衣食易得」，可見他已習於貧窮，從不敢想過更高尚的生活。而就長者言，他一心一意想找回兒子，使其繼承富有的家業。這段情節埋下一個伏線，「爾時窮子，傭賃展轉，遇到父舍。住立門側，遙見其父」云云，寫窮子終於看到長者（父）之富非常驚人，其「大勢力」幾乎與「王」相等。就文中所寫場面：「諸婆羅門、剎利、居士，皆恭敬圍繞」云云看來，似指窮子偶然在一個盛大的齋會中發現佛教受到各界高層人士的信仰，這無形中種下其後來皈依佛門的因緣。案：在佛經中，「長者」多指財勢顯貴者[51]，故有上面的描寫。

下面的情節主要是寫大富長者（父）找人誘窮子來至其宅傭作。故事寫其所作是低賤的「除糞」工作，但因所出價為「倍值」（一般工作的兩倍價），故窮子亦接受，顯見其為「窮」所逼。文中寫其工作環境云：

又以他日，（長者）遙見子身，羸瘦憔悴，糞土塵坌，污穢不淨。

（長者）即脫嚴飾之具，更著粗弊垢膩之衣，塵土坌身，右手執持除糞之器，狀有所畏。

（長者）語諸作人：汝等勤作，勿得懈息。以方便故，得近其子。後復告語：當加汝價，好自安意，我如汝父。爾時長者，便與作字，名之為兒。爾時窮子，雖欣此遇，自謂客作賤人。由是之故，于二十年

51　張鴻勛《敦煌俗文學研究》（蘭州：甘肅教育，2002），頁127。

中，常令除糞。（節引）

案：這一段在「窮子喻」中非常突出，是一重要情節。故事中先敘其被誘至長者宅傭作，乃隱喻其已入佛門。文中有兩次提到「方便」，一是「長者將欲誘引其子而設方便，密遣二人，形色憔悴，無威德者」，以便接近窮子。一是「（長者）即脫嚴飾之具，更著粗弊垢膩之衣，……。以方便故，得近其子」。

這兩次「方便」皆是隱喻為使其子安於佛門，所採取的「方便善巧」手段。也就是因佛的智慧太過深奧，一般眾生不易了解，故先用容易接受的方法引導之，使其先獲得一些成就，以安定其心。誘至長者宅傭作，乃隱喻先習小乘佛法；先作「除糞」工作，乃隱喻聲聞、緣覺等為「小乘」，實只是小成就，與大乘相比，境界低下。由於小乘較容易有成就，於是成為引誘眾生入佛門的「方便善巧」，正如《火宅喻》以「羊車、鹿車」等誘引諸子逃離火宅。

接下來一段是寫窮子擔任「除糞」傭作二十年之後，已得長者信任，「心相體任，入出無難」，這應是隱喻窮子通過考驗，對佛的信仰堅定，故長者亦放任其在宅中往來。雖然如此，窮子卻仍住在貧窮的地方，無更大的志向。此時因長者有疾，自知將死不久，乃語窮子曰：「我今多有金銀珍寶，倉庫盈溢中，其中多少，所應取與，汝悉知之。」即將家中財產寶物交給窮子保管，可見其對窮子的信任：實際上已將窮子視為己子，只是未明言自己為真正的父親而已。而窮子則仍居住其「本處」，保有其窮人節儉心態。但經過一段時日之後，窮子漸漸改變其心態，經文云：「復經少時，父知子意，漸以通泰，成就大志，自鄙先心。」即開始有更大志向，而鄙視過去的小志。鄙意以為，這一段乃隱喻窮子在學佛方向上的重要轉變，即了解到過去所學只是小乘之法，而有志追求更高的佛法——即所謂「菩薩道」。對照《火宅喻》，此即三車中的「牛車」，亦即三乘中的菩薩乘。

故事的最後，寫長者臨終時的交代，文云：

臨欲終時，而命其子，並會親族、國王、大臣、剎利、居士，皆悉已

> 集，即自宣言：「諸君當知，此是我子，其本字某，我名某甲，昔在本城，懷憂推覓，忽于此間，遇會得之，此實我子，我實其父，今我所有一切財物，皆是子有，先所出內，是子所知。」世尊，是時窮子聞父此言，即大歡喜，得未曾有，而作是念：「我本無心有所希求，今此寶藏自然而至。」[52]

簡言之，即放心將家產交給窮子，並且公開父子關係。對照《火宅喻》，即將七寶大車交給兒子繼承，此乃隱喻學佛之最後階段：大乘佛法（佛乘）。

以上是參照《火宅喻》解釋《窮子喻》之意旨。不過，要了解其喻旨仍須參看故事後面的經文：

> 世尊！大富長者，則是如來，我等（弟子們）皆似佛子。如來常說，我等為子。
>
> 世尊！我等以三苦[53]故，于生死中受諸熱惱，迷惑無知，樂著小法。今日世尊，令我等思惟蠲除諸法戲論之糞，我等于中勤加精進，得至涅槃一日之價。既得此已，心大歡喜。自以為足，便自謂言：「于佛法中，勤精進故，所得弘多。」然世尊先知我等心著弊欲，樂于小法，便見縱舍不為分別，汝等當有如來知見寶藏之分。
>
> 世尊以方便力，說如來智慧，我等從佛得涅槃一日之價，以為大得，于此大乘，無有志求。……佛知我等心樂小法，以方便力，隨我等說，而我等不知真是佛子。
>
> （後面一段，重複說「我等樂於小法」，不知還有「大乘教化」，為樂更甚）[54]

52　弘學注《妙法蓮華經》（成都：巴蜀書社，2012 年第二版），《信解品第三》，頁91。

53　「三苦」之詳細內容，見弘學注《妙法蓮華經》（成都：巴蜀書社，2012 年第二版），《信解品第三》，頁 100-01。簡言之，即世間種種痛苦。

54　弘學注《妙法蓮華經》（成都：巴蜀書社，2012 年第二版），《譬喻品第三》，頁92。

開頭幾句，先指出「窮子喻」中的長者喻如來，窮子喻學佛弟子，故事即以父子關係的變化為主軸。其次云：「我等以三苦故，于生死中受諸熱惱，迷惑無知，樂著小法。」這是針對「窮子喻」開頭所寫窮子年幼無知，離家出走，以致受盡各種痛苦。所謂「以三苦故，于生死中受諸熱惱」，實指眾生於世間所受種種痛苦，亦即「火宅喻」中之「火宅」。

「樂著小法」，經文中一再重複，可見是「窮子喻」最為重視之處。這是指故事中，窮子為長者宅「除糞」傭作一事。經文云：「今日世尊，令我等思惟蠲除諸法戲論之糞，我等于中勤加精進，得至涅槃一日之價。」這幾句尤為重要，「思惟蠲除諸法戲論之糞」，正指「窮子喻」之「除糞」傭作，意指小法之工夫是先要去除「諸法戲論」，何為戲論？據《最勝王經》云：「實際之性，無有戲論。惟獨如來證實際法，戲論永斷，名為涅槃。」[55]則戲論乃指討論虛而不實之事，既然不實，則對人生無益，故鄙視為「糞」。相對的，如來所證皆「實際法」，「戲論永斷，名為涅槃」，可與經云「我等于中勤加精進，得至涅槃一日之價」相印證，意指若能除去「諸法戲論之糞」，才能達到「涅槃」境界。故經文又云：「我等于中勤加精進，得至涅槃一日之價。既得此已，心大歡喜。自以為足，便自謂言：『于佛法中，勤精進故，所得弘多。』」這是指剛進佛門者努力學習，頗獲得一些成就，即志得意滿，不知這只是「小法」（小乘），其實還有更高深的大乘。文中將大小乘比較，以為小法所得僅是「涅槃一日之價」，指僅獲得涅槃境界的極小部分成就而已，並非圓滿的涅槃境界。

經文所謂「小法」實指達到「聲聞、緣覺」等小乘，雖已超出一般眾生，但僅屬於入門的小成就，故云「小法」。這種小法其實是佛誘導眾生的「方便善巧」，並非最終極的佛法；最終極的佛法，乃大乘，又稱「佛乘」，故經文最末云：

> 今我等方知，世尊于佛智慧無所吝惜。所以者何？我等昔來真是佛子，而且且但樂小法：若我等有樂大之心，佛則為我說大乘法。于此

55 丁福保編，上海書店版《佛學大辭典》下冊，頁 2791。

> 經中，唯說一乘。而昔于菩薩前毀訾聲聞樂小法者，然佛實以大乘教化。是故我等說本無心有所需求，今法王大寶自然而至，如佛子所應得者，皆已得之。

這段是針對「窮子喻」最後，大富長者交待後事一段，最後幾句即是重複窮子所言：「我本無心有所希求，今此寶藏自然而至。」所謂「法王大寶」，在「火宅喻」中，比為七寶大車，而在「窮子喻」中，則指長者所遺眾多金銀財寶；就其喻意，則指「大乘教化」。此段重點仍是將「小法」（小乘）與大法（大乘）相對，結論是：「于此經中，唯說一乘。而昔于菩薩前毀訾聲聞樂小法者，然佛實以大乘教化。」

最後之「偈言」則強調「方便」之重要：

> 如富長者，知子志劣，
> 以方便力，柔伏其心，
> 然後乃付，一切財物。
> 佛亦如是，現希有事，
> 知樂小者，以方便力，
> 調伏其心，乃教大智。

所謂「以方便力，柔伏其心」、「以方便力，調和其心」，皆指用「方便力」更易使眾生接受佛法，如偈言最後云：「取相凡夫，隨宜為說。」指方便是一種隨眾生悟性不同，所行權宜講說。

總之，「火宅喻」與「窮子喻」皆用譬喻方便說明學佛問題。其中最應注意的是，整個故事皆以父親救諸子為主軸，並皆用到「方便善巧」：「火宅喻」以「羊車、鹿車、牛車」等三車喻（聲聞、緣覺、菩薩三乘），以七寶大車喻「大乘」（佛乘）；「窮子喻」則以「除糞」傭作喻指學習「小法」（小乘），以繼承大富財產喻指繼承「大乘佛法」。在「窮子喻」中，多次運用子窮父富的對比寫法，似較有現實性，尤其「除糞」傭作一段，更具生活氣息。

當然，兩種譬喻，其情節與人物形象皆富於變化，作為「方便善巧」，皆有利於吸引眾生並對佛教產生信仰。

(2-3)化城喻

「化城喻」乃「法華七喻」之第四喻，亦極著名，文見《法華經‧化城喻品第七》。注者「簡介」云：

> 環築土石，以防寇御敵，名曰為城。化，是從幻化而來，不是實有的；此城本無，神變而有，故名「化城」。《化城喻品》乃「法華七喻」之第四喻，以喻涅槃能防止見思之非，御生死之敵。謂如有人欲至寶處，而中途懈退，有聰慧之導師，權化作城，使之暫為止息，然後令其得至寶所。以喻二乘人初聞大教，中即忘失，而流轉生死，故佛陀權設方便，令其先斷見思煩惱，而暫證真空涅槃，以及蘇息，而後至于究竟之寶處（比喻實相之理，即究竟大涅槃）。[56]

以上對「化城」的解釋，以為是幻化而來，不是實有，非常正確。但又以為「城有防寇御敵」之作用，以為「喻涅槃能防止見思之非，御生死之敵」云云，似尚有可以討論之處。簡言之，「化城喻」與「火宅喻」、「窮子喻」等一樣，皆是教人學道、誘導眾生的「方便法門」，至其喻意，仍須由上下文中去判斷。

正如《序品》開頭，當佛要開講《法華經》前，先放出照耀宇宙的極大光明，彌勒菩薩稱之為「神變相」，以此引起四眾對佛放光的「因緣」的疑問；《化城品》開頭，則是由大通智勝如來放出照耀東西南北四方世界的極大光明，以此做為如來「輪法轉」——「演說大法」的「因緣」。

經文云：

> 爾時，諸梵天王偈贊佛已，各作是言，惟願世尊轉于法輪，度脫眾

56 弘學注《妙法蓮華經》（成都：巴蜀書社，2012 年第二版），《化城品第七》，頁122。

生，開涅槃道。」時諸梵天王，一心同聲而說偈言：

世雄兩足尊，惟願演說法，

以大慈悲力，度苦惱眾生。

由這一小段可知：轉法輪指「演說法」，而演說法所說之道為「涅槃道」；其主要的目的，是為了「度脫眾生」，此即如來放極光的「因緣」。

後面有兩次「偈言」，皆表示此意，如東南方世界見此極光之偈言云：

我等諸宮殿，光明昔未有，

此是何因緣？宜各共求之，

為大德天生，為佛出世間，

而此大光明，遍照于十方。

西北方世界「偈言」云：

是事何因緣，而現如此相？

我等諸宮殿，光明昔未有，

……

多是佛出世，度脫苦眾生。

爾時，五百萬億諸梵天與宮殿俱，各以衣祴盛諸天華，共詣西北方推尋是相。[57]

案：引文中的「因緣」是針對希有現象——大通智勝佛所發極強烈光明，提出疑問，經文多次針對此問題云「是何因緣」，可見「因緣」指發生希有現象的原因。另外，經文中一再稱此極光為「相」：「是事何因緣，而現如此相」、「大聖轉法輪，顯示諸法相」、「此非無因緣，是相宜求之，過于百千劫，未曾見是相」、「威德光明耀，嚴飾未曾有，如是之妙相，昔所未聞見」。「相」皆指「神變相」，與繪畫無關，並非如有些人所說，「變相」指轉變佛經為畫相。

---

[57] 弘學注《妙法蓮華經》（成都：巴蜀書社，2012 年第二版），《化城品第七》，頁 125-26。

經文在講述「化城喻」之前，曾有一段論述，言「如來智慧，難信難解」，為恐修道人畏難，故先設方便，使其誤以為可至涅槃道之佛國。茲節抄幾句如下：

> 此諸眾生，于今有住聲聞地者，我常教化阿耨多羅三藐三菩提，是諸人等，應以是法漸入佛道。所以者何？如來智慧，難信難解。……我滅度後，復有弟子不聞是經，不知不覺菩薩所行，自于所得功德，生滅度想，當入涅槃。

這一段論說，意思不太清楚，只能由所謂「住聲聞地者」、「如來智慧，難信難解」、「自于所得功德，生滅度想，當入涅槃」這些片段推想，大致有兩個重點：一是如來智慧過於深奧，一般人不易理解，無法堅持信仰。一是以為住聲聞地者，可得滅度，以入涅槃境界，亦即到達佛的境界——即所謂「佛乘」（大乘）境界。其實這是誤解，故接著云：

> 世間無有二乘而得滅度，唯一佛乘得滅度耳。比丘當知，如來方便深入眾生之性，知其志樂小法，深著五欲，為是等故，說于涅槃，是人若聞，則便信受。

這一段即是破除聲聞可入涅槃（滅度）的誤解。開頭兩句很肯定地說，「無有二乘而得滅度」，亦即二乘皆不能入「涅槃」，而不能入涅槃即不能入最高的「佛乘」；下句云「唯一佛乘得滅度耳」，一佛乘即大乘，二乘為小乘，故這句是說，唯有一佛乘（大乘）才能入涅槃。顯然，這是推翻了二乘可以入涅槃的說法，故後面進一步解釋，因「眾生之性，志樂小法，深著五欲」，如來乃提出方便說法，以為「二乘小法」亦能入涅槃，如此才能使「眾生信受」。下面即以「化城喻」說明「二乘小法」亦能入涅槃：

> 譬如五百由旬險難惡道，曠絕無人，怖畏之處，若有多眾，欲過此道，至珍寶處，有一導師，聰慧明達，善知險道通塞之相，將導眾人，欲過此難。所將人眾，中路懈退，導師多諸方便，而作是念：

「此等可愍，云何舍大珍寶而欲退還。」作是念已，以方便力，于險道中，過三百由旬，化作一城，告眾人言：「汝等勿怖，莫得退還，今此大城，可于中止，隨意所作，若入是城，快得安穩，若能前至寶所，亦可得去。」是時疲極之眾，心大歡喜，嘆未曾有，于是眾人前入化城，生已度想，生安穩想。爾時導師，知此人眾既得止息，無復疲倦，即滅化城語眾人言：「汝等去來，寶處在近，向者大城，我所化作為止息耳。」[58]

故事開頭先介紹有一條很長（五百由旬）又很難行的「惡道」，因其為惡道，故「曠絕無人，怖畏之處」。在這種情形之下，卻有一群人眾（人數不少），欲過此道，原來是想要去尋寶物。此時有一聰慧導師，對此險道之「通塞」相當了解，願引導眾人過此難。但人眾卻因路太崎嶇難行，想要放棄，不再前行。導師以為前面有大珍寶，中途退還，太過可惜，於是在險道中，「以方便力，化作一城」，鼓勵大眾進入化城暫做休息。不料，因化城太過舒適，以致眾人以為已至目的地，就不再前行。於是導師乃滅去化城，告訴眾人應繼續前行，珍寶即在近處。

在「火宅喻」與「窮子喻」中，皆以大寶喻最後的佛乘；「化城喻」中之珍寶，同樣指佛乘。但往佛乘之路，顯然並不容易，文中喻為險難之惡道。尋寶之大眾喻指學佛眾生，聰慧明達導師應即佛之化身（變相），「化城」則指「二乘」，這是佛為引導眾生，用「方便力」所化之城；化城即「幻化之城」，並非實有，乃「神變」而有，故云「化城」（見前引「簡介」）。化城乃暫時休息之處，但眾生卻誤認為已至佛處，不再努力前行，故又將化城滅去。此喻的重點，實在於說明二乘並非最究竟的佛乘；二乘僅是一種「方便善巧」，猶如「化城」，是方便力所幻化，是虛非實。

在「化城喻」後，有一段經文，解釋「化城」之意義：

---

58 弘學注《妙法蓮華經》（成都：巴蜀書社，2012 年第二版），《化城品第七》，頁 135。

> 諸比丘！如來亦復如是，今為汝等作大導師，知諸生死煩惱惡道，險難長遠，應去應度。若眾生但聞一佛乘者，則不欲見佛，不欲親近，便作是念：「佛道長遠，久受勤苦，乃可得成。」佛知是心，怯弱下劣，以方便力，而于中道為止息故，說二涅槃。若眾生住于二地，如來爾時即便為說：「汝等所作未辦，汝所住地，近于佛慧，當觀察籌量，所得涅槃非真實也。但是如來方便之力，于一佛乘，分別說三。如彼導師，為止息故，化作大城，既知息已，而告之言：寶處在近，此城非實，我化作耳。」

這是說，往一佛乘的路是「路險長遠」，使得眾生「不欲親近」。文中云：（佛）「以方便力，而于中道為止息故，說二涅槃。若眾生住于二地」云云，此即「化城喻」所云：「以方便力，于險道中，化作一城」。所謂「說二涅槃」「住于二地」，即指二乘：聲聞、緣覺；故「化城」應指二乘言，蓋二乘即佛所施「方便力」。值得注意的是，一方面說「二涅槃」、「二地」，另一方面又說「涅槃非真實」、「寶處在近，此城非實」，可見「化城」之「涅槃」乃是虛而非實，猶如二乘之二涅槃，亦虛而非實。此乃重複前文：

> 世間無有二乘而得滅度，唯一佛乘得滅度耳。比丘當知，如來方便深入眾生之性，知其志樂小法，深著五欲，為是等故，說于涅槃，是人若聞，則便信受。

文中的「滅度」指「涅槃」，「無有二乘而得滅度，唯一佛乘得滅度」，意指唯有一佛乘得入涅槃，二乘是無法入涅槃的，蓋二乘只是「小法」（小乘），未至大法（大乘、佛乘）。但是佛以方便力化一城，此「化城」（即二乘）卻讓尋寶眾生以為已至「涅槃」境界，蓋唯有如此，才能使眾生親近佛乘（涅槃）；其實化城是虛非實，故二乘之涅槃亦虛而不實，猶如「化城」。

前引「簡介」，後面尚有補充云：

> 假如佛陀起初就對眾生說這個法（實相之理——究竟大涅槃），眾生中必定畏難怕苦而不願信受者，心生恐懼不前，故佛陀示現權巧方便法門來教化誘導眾生。根據因緣：眾生在修行的道路上停留，不願往前進步，……故佛陀開權顯實，破其執著，令其彼等深入佛的大智慧藏，了悟真實法是沒有體性。因為二乘人在修道上不再前進半途而癈，故佛陀用方便法門，以「化城」為二乘中的「暫歇城」，免其墮落惡道，故暫示現「化城」的存在。

案：前半所說很有助於了解「化城喻」之喻旨，但最後所云「以『化城』為二乘中的『暫歇城』」，似有誤解，應改為：「以二乘為『化城』，實則只是通往一佛乘之『暫歇城』，是虛而不實的。」

上面的考查，可以由「火宅喻」、「窮子喻」得到印證：二喻亦以為「一佛乘」才是最圓滿境界，至於聲聞、緣覺等只是誘引學道的「方便善巧」，亦即是虛非實，有如「化城」。只是「化城喻」比較曲折，其中可能牽涉到大小乘之相爭與調和背景，以與本論文無關，茲不具論。

總之，「火宅喻」、「窮子喻」、「化城喻」等三喻，皆是用「譬喻方便」論學佛問題，其目標一致，皆強調「一佛乘」才是最徹底的佛法，換言之，學佛「因緣」是不變的。但另一方面，卻用各種譬喻方便，且每一種譬喻皆有許多「變相」，由此看來，「方便」之所以受重視，實在於其能依眾生根性「隨機應變」，有助於吸引信眾。

(3)《維摩詰經．方便品》

前引《法華經．方便品》云：「舍利弗！吾從成佛已來，種種因緣、種種譬喻，廣演言教，無數方便，引導眾生，令離諸著。」這幾句時常重複，可證「因緣」「譬喻」為較重要的「善巧方便」手段，但亦可知，尚有其它的「方便」——如所謂「廣演言教」。據《妙法蓮華經．觀世音菩薩普門品．第二十五》云：

> 佛告無盡意菩薩：善男子！若有國土眾生，應以佛身得度者，觀世音

菩薩即現佛身而為說法。應以辟支法身得度者，即現辟支佛身而為說法。應以聲聞身得度者，即現聲聞身而為說法。應以梵王身……帝釋身……無盡意，是觀世音菩薩成就如是功德，以種種形，游諸國土，度脫眾生。[59]

所謂「以種種形，游諸國土，度脫眾生」，意指善薩有無數化身，可以依度脫對象的需要變現。

類似說法亦見《金剛般若波羅蜜經講經文》：

經：須菩提，於意云何？……須菩提，如來說諸心皆為非心。（頁153）

牟尼佛有多方便，變現令居百億花。（頁154）

色身不離法身：偈：法身無相本無刑（形），現相權宜化有情。身色端嚴長丈六，八十種好自然明。（頁157）

此明相好與法身異故，故不可以相好見（法）身也。言「如來說諸相具足」者，此日月相法本從法身上起也。
（偈）：如來若不現金身，爭化得閻浮世上人？（頁158）

色相之身，從法身而現化，萬法流行，從化身演出也。互相依止，源本法身也。（頁159）

不應以三十二相觀如來（法身）（頁 164）若以色見我，不能見如來（法身）

（偈）：千般變化時時現，作用神通處處呈。（頁167）

世界本因塵土造，眾生能變作佛身。（頁171）眾生身上有如來。

---

59 弘學注《妙法蓮華經》（成都：巴蜀書社，2012年第二版），頁279。

案：這段重點在法身與相好的關係，依經文所說，法身本無形狀，但為度化眾生，不得不現各種具體形相（相好、現相、金身、色相），經文中稱此為化身，「（偈）：如來若不現金身，爭化得閻浮世上人？」（頁 158）由經文云「牟尼佛有多方便，變現令居百億花」，可知這許多化身皆是「方便神通」，故云「千般變化時時現，作用神通處處呈」。而這些由法身所變現的相好，通稱為「變相」。

案：蘇軾兄弟皆有《大悲閣記》，反映觀音信仰的盛行，蘇軾云：「大悲者，觀世音之變也。……而況千手異執而千目各視乎？……成都……有法師敏行者，……乃以大旃檀作菩薩像，端嚴妙麗，具慈愍性，手臂錯出，開合捧執……千態具備。手各有目，……菩薩千手目，與一手目同。……」注3：觀世音句：觀世音的化身。唐宋名手所繪觀世音像，都不作婦人，後世變為婦人像，又變為妙莊玉女。變，變相，亦即化身。（《東坡文鈔》，頁5668）

蘇轍《成都大悲閣記》云：「大悲者，觀世音之變也。……故散而為千萬億身，聚而為八萬千母陀羅尼臂，八萬四千清淨寶目，其道一爾。」[60]。二文皆以「大悲者，觀世音之變也」開頭，然後寫其「千手千眼」之變相。

案：此例可證畫像被認為是菩薩的化身，故若向其祈禱，會有所感應，得到保祐。

敦煌寫卷，《妙法蓮華經講經文》（四）解此云：

> 經有三種方便：……第一，意方便。……第二，語方便。……第三，身方便。佛本真身，本無生滅，為眾生故，示有去來云。……隨機感以無窮，應心緣而不定。大化小化，還從悲願而興名；億身萬身，皆是慈光而分影。……十九種身隨類化，最初作佛唱將來。[61]

據此，菩薩以各種化身度人乃屬於「身方便」，無數化身，實即無數「變

---

[60] 夏廣興《密教傳持與唐代社會》（上海：上海人民，2008），頁 230。
[61] 張涌泉、黃征校注《敦煌變文校注》（北京：中華，1997），頁 744。

相」。

敦煌研究院編《敦煌遺書總目索引新編》[62]，最後之「索引」，收錄所有寫卷之出處，筆者依所占頁數多少，大略估計其受重視程度，茲列舉幾部佛經寫卷如下：

1.妙法蓮華經（頁 71-84＝14）

2.大般若波羅蜜多經（頁 8-21＝13）

3.金剛般若波羅蜜經（頁 92-98＝7）

4.維摩詰所說經（頁 135-38a＝4）

《妙法蓮華經》占 14 頁之多，居所有寫卷之冠，可見最受重視。《大般若波羅蜜多經》占 13 頁之多，與《法華經》相近，亦甚受重視。下接《金剛般若波羅蜜經》有 7 頁，合起來可見「般若經」系佛經相當流行。至於《維摩詰所說經》，列有 4 頁，亦相當受重視。項楚云：

> 《維摩詰經講經文》規模如此宏偉，而且不止一種文本，這反映了當時各地俗講僧開講《維摩詰經》的繁盛情況。……在敦煌所出的眾多佛經寫本中，據姜亮夫先生統計，《維摩詰經》在數量上居第五位，說明它是相當流行的。唐代著名藝術家，都有取材于《維摩詰經》的作品，如吳道子壁畫有薦福寺《維摩本行變》、安國寺《維摩變》、菩薩寺《維摩變》，楊惠之彩塑有天柱寺《維摩像》，大詩人王維字摩詰，亦曾屢畫維摩詰像，……東晉顧愷之的瓦棺寺《維摩詰經變》就獲得盛名了。在敦煌石窟中，《維摩變》的壁畫不下六七十鋪，……[63]

值得注意的是，《妙法蓮華經》與《維摩詰所說經》，其第二品皆為「方便品」，因此下面即補《維摩詰所說經》有關「方便」之用法。

鳩摩羅什譯《維摩詰所說經。方便品第二》，開頭第一段先云：「（維

---

[62] 敦煌研究院編《敦煌遺書總目索引新編》（北京：中華，2002 年二刷）。

[63] 參項楚《項楚論敦煌學》（上海：上海科學技術文獻，2008），頁 39。

摩詰）善于智度，通達方便，大願成就。明了眾生心之所趣。又能分別諸根利鈍，久于佛道……」[64]意指維摩詰居士智慧很高，善於運用「方便」開導眾生，因其了解眾生理解程度不同，故皆能開導成功。接著又云：「欲度人故，以善方便居毗耶離。」指居士為了度人，居住在毗耶離城，並大施方便。

毗耶離城大概是一商業城市，人口眾多，較為熱鬧，文中云：

> 若至博交戲處，輒以度人；……游諸四衢，饒益眾生；入治正法，救護一切；入講論處，導以大乘；入諸學堂，誘開童蒙；入諸淫舍，示欲之過；入諸酒肆，能立其志。

城市有各種行業，居士到處度人，無所顧忌，即使低下階層之人，亦蒙教導，可謂「有教無類」。

據《維摩詰講經文》（一）云，維摩詰本是東方無垢世界之「金粟如來」，「意欲助佛化人，暫住娑婆穢境。緣國無二王，世無二佛，所以權為長者之身，示現有妻子男女，在毗耶城內。頭頭接物，處處利生，處城中無不歸依，在皇闕尋常教化。」[65]簡言之，金粟如來為了度化世人，故暫時居住毗耶城內，以維摩詰居士身分，接物度人。而為了教化世人，他運用「種種方便」、「無量方便」教化世人。接著一段則說明其如何因人不同，施以不同教導：

> 若在長者，長者中尊，為說勝法；若在居士，居士中尊，斷其貪著；若在剎利，剎利中尊，教以忍辱；若婆羅門，婆羅門中尊，除其我慢；若在大臣，大臣中尊，教以正法；若在王子，王子中尊，示以忠孝；若在內宮，內宮中尊，化正宮女；若在庶民，庶民中尊，令興福

---

64 鳩譯《維摩詰所說經》收入李英武注《禪宗三經》（成都：巴蜀書社，2005），引文見頁353。下簡稱「鳩譯」。

65 《維摩詰經講經文》（一），張涌泉、黃征校注《敦煌變文校注》（北京：中華，1997），頁767。

> 力；若在梵天，梵天中尊，誨以勝慧；若在帝釋，帝釋中尊，示現無常；若在護世，護世中尊護諸眾生。長者維摩詰，以如是等無量方便，饒益眾生。（鳩譯，頁354）

從身分較低之「庶人」階級，至較高之「長者、居士、剎帝利、婆羅門」等階級，這是古代印度社會的四種性。比四種性更高的是統治階層：大臣、王子、內宮等。以上皆屬「人類」之眾生。尚有更高的「天類」眾生：如梵天、護世（天龍八部及四大天王）等，皆屬維摩詰教化之對象。因對象極為眾多，必須施以不同的教誨方法，故云「以如是等無量方便，饒益眾生」。而最後，更「以方便現身有疾」，對許多來「問疾」者，「廣為說法」。（鳩譯，頁354）

案：此段所說「無量方便」，似即《法華經・方便品》所云「廣演言教」。敦煌寫卷，《維摩詰經講經文（三）》解此云：

> 「長者維摩詰以如是等無量方便。」云何名「以如是等無量方便」？……居士以種種方便，於中誘誨，善說諸法，教化多般，悉令信受，隨其類趣，依稟修學，皆於本事通達解了，又令速發無上正等之心。居士為愍眾生及小果之輩，意欲廣談妙法，示現有疾於方丈室中，獨寢一牀，以疾而臥，是要度脫迷暗，總出昏衢，令知身命不堅，幻化為體，四大假合，五蘊成形，欻爾無常，颯然空寂。[66]

參考《講經文》這段文字可見，所謂「方便」是指接引眾生理解佛法的智慧，此智慧能依眾生的根基不同，運用不同的方法施教，故說「種種方便」。但《維摩詰經》所說的「方便」有其特點，即「世俗化」，如前面所云：「欲度人故，以善方便居毗耶離內。」蓋為接引眾生，即用世俗世界的生活來說明高深的佛理，使世人理解佛法。維摩詰「示病」即是一種世俗化的「方便」，藉由「示病」，說明人身無常之理：「令知身命不堅，幻化為

66　《維摩詰經講經文（三）》，張涌泉、黃征校注《敦煌變文校注》（北京：中華，1997），頁832。

體，四大假合，五蘊成形，欻爾無常，颯然空寂。」

由此看來，佛教之「世俗化」與佛教之「方便」說法有密切關係。任繼愈《中國佛教史》論《維摩詰經》云：「從般若理論和宗教實踐這兩個方面把佛教的出世移到世俗世界，它不但讓僧侶的生活世俗化，而且讓世俗人的生活僧侶化，從而把世俗社會引進了宗教世界。」[67]最後要補充兩位唐代詩人的詠佛畫詩。一是劉長卿的《獄中見壁畫佛》，乃詠觀世音菩薩畫像詩，另一是王維，有《西方變畫讚並序》、《繡如意輪像讚並序》。兩位詩人皆重視觀音像，並論及畫像與方便的關係，值得注意。

先看劉長卿的《獄中見壁畫佛》：

> 不謂銜冤獄，而能窺大悲。獨棲叢棘下，還見雨花時。地狹青蓮小，城高白日遲。幸親方便力，猶畏毒龍欺。[68]

據云，劉長卿一生有兩次遷謫：一次是發生在肅宗至德中，長卿「攝海鹽令，因事陷獄，貶南巴尉」；一次是發生在代宗大曆中，「知淮西、鄂岳轉運留後，為觀察使吳仲孺誣奏，貶睦州司馬」[69]。今人儲仲君撰《劉長卿詩編年箋注》[70]，將《獄中見壁畫佛》置於任長洲攝海鹽令時。

開頭兩句直寫自己銜冤被繫獄中，卻能見到大悲（菩薩）畫像。接著四句提到「雨花、青蓮」，似有寓意，敦煌寫卷《妙法蓮華經講經文》（三）即云：「佛有二義：一者，如睡眠覺，二者如蓮花開。……言蓮花忽開者，似秋池碧沼，小浦長溪，萬朵蓮花。」[71]則蓮花乃暗喻佛菩薩，唯「青蓮」亦可能喻指菩薩坐於青蓮花之上（參《編年箋注》，頁 166）。

詩中最值得注意的是末兩句：「幸親方便力，猶畏毒龍欺」，這兩句與

67　鄭清泉著《虎頭金粟影——維摩詰變相研究》（北京：北京大學，2013），頁 18 引。

68　《全唐詩》卷 148，第五冊，總頁 1513。

69　陳伯海《唐詩彙評》（杭州：浙江教育，1996），上冊，頁 467。參作者簡介與〔匯評〕引《中興間氣集》評語。

70　儲仲君撰《劉長卿詩編年箋注》（北京：中華，1999 年二刷），頁 164。

71　黃征、張涌泉校注《敦煌變文校注》（北京：中華，1997），頁 731-32。

唐代觀音信仰極有關係，近人夏廣興曾詳論唐代的大悲觀音菩薩信仰，不妨抄錄幾段：

進入唐代，隨著密宗的形成，一種新穎的帶有強烈護國色彩的變形觀世音信仰——大悲觀音信仰在社會上普遍流行開來，……密宗觀音形象豐富的一個很重要原因是吸收了印度教神明（包括毗濕奴及其化身）的形象，如千手千眼觀音、馬頭觀音、准提觀音，等等。這樣，這些變形觀音被賦予了印度教神話色彩。[72]

鳩摩羅什譯出《妙法蓮華經‧觀世音菩薩普門品》後連綿持續的觀音信仰。當時的觀世音主要是以救難形象出現。……以《普門品》為主所列舉的是觀音救苦及應現的種種相。（夏廣興，頁 216）

據佛教密宗經典所載，千手千眼觀音菩薩是佛在降魔時顯現出來的獨特形象。千手表示遍護一切眾生，千眼表示觀照世間，遍現人間一切事，都是大悲的表現，寓有大慈大悲、法力無邊的意思。……「大悲」本是觀音的名號之一，中土習慣上也用來指稱佛陀，而用在觀音身上一般是指變形觀音之一的千手千眼觀音。（夏廣興，頁 221）

常見的觀世音菩薩有十一面觀音、千手千眼觀音、馬頭觀音、不空羂索觀音、如意輪觀音、千轉觀音等，基本上都是變形觀音，且與咒術相結合，其中十一面觀音信仰出現得較早。（夏廣興，頁 234）

由引文第二段可知，觀音在救苦時會現「種種相」，無疑的，即指種種「變相」，並非如某些學者所謂：「變相」指改變佛經成畫像。

夏文亦據劉長卿《獄中見壁畫佛》詩，指出大悲信仰深入唐代社會，其言云：

劉長卿是開元二十一年的進士，其《獄中見壁畫佛》：（略）「猶畏

---

72 夏廣興《密教傳持與唐代社會》（上海：上海人民，2008），頁 215。

> 毒龍欺」句，語出《普門品》中，「或遇惡羅剎，毒龍諸鬼等。念彼觀音力，時悉不敢害。」劉長卿得到大悲的庇護雪冤復官，從獄中壁畫的描寫可見大悲的信仰已深入人心。劉長卿的不幸遭遇，與觀壁畫而產生的大悲信仰的敬信，自然流露，表明大悲信仰已深深地滲透在社會各個階層。（夏廣興，頁230）

案：如夏文所云，獄中之壁畫佛像應為觀世音菩薩畫像。夏文針對詩中所謂「猶畏毒龍欺」句云：語出《普門品》中：「或遇惡羅剎，毒龍諸鬼等。念彼觀音力，時悉不敢害。」亦確。惜未注意《普門品》中所敘觀音菩薩救人功德，實包括無罪被繫監獄者，其中有兩段很適用於劉長卿身上，茲引錄《妙法蓮華經・觀世音菩薩普門品第二十五》兩段如下：

> 佛告無盡意菩薩：「善男子，若有無量百千萬億眾生，受諸苦惱，聞是觀世音菩薩，一心稱名，觀世音菩薩，即時觀其音聲，皆得解脫。……設復有人，若有罪，若無罪，杻械枷鎖，檢繫其身，稱觀世音菩薩名者，皆悉斷壞，即得解脫。」[73]

言有人獲罪，若能念觀世音菩薩名號，即能解脫。此一功德似為觀音信仰之重要原因，據云，在敦煌壁畫中就有罪犯稱念觀音名號，而枷鎖自落，臨刑時刀杖折斷的畫面。[74]《普門品》又云：

> 無盡意菩薩！是觀世音菩薩成就如是功德，以種種形，游諸國土，度脫眾生。是故，汝等應當一心供養觀世音菩薩。是觀世音菩薩摩訶薩，于怖畏急難之中，能施無畏，是故此娑婆世界，皆號之施無畏。（同上，頁279）

73　弘學注，鳩摩羅什譯《妙法蓮華經》（成都：巴蜀書社，2012年第二版），頁277。

74　夏廣興《密教傳持與唐代社會》（上海：上海人民，2008），頁353。又張鴻勛亦引《系觀世音應驗記》有「脫枷卸杻」之靈驗：「即因苦存念觀世音，念念相續，不覺枷械一時自脫。」（張鴻勛《敦煌俗文學研究》，蘭州：甘肅教育，2002，頁354）。

言若能於平日一心供養菩薩，則當處於「怖畏急難」之環境中，亦能增加信心，無所畏懼。兩處引文皆適用於劉長卿詩。後面又藉無盡意菩薩，以偈問曰，重申此意：

> ……
> 或遭王難苦，臨刑欲壽終，
> 念彼觀音力，刀尋段段壞。
> 或囚禁枷鎖，手足被杻械，
> 念彼觀音力，釋然得解脫。
> ……
> 呪詛諸毒藥，所欲害身者，
> 念彼觀音力，還著于本人。
> 或遇惡羅刹，毒龍諸鬼等，
> 念彼觀音力，時悉不敢害。
> ……
> 觀音妙智力，能救世間苦。
> 具足神通力，廣修智方便，
> 十方諸國土，無刹不現身，
> ……（同上，頁 279-80）

由詩題可見劉時因被陷害、囚禁獄中，偈言前八句正對應劉詩之「獄中」。上引夏廣興文，先云：「猶畏毒龍欺」句，語出《普門品》中：「或遇惡羅刹，毒龍諸鬼等。念彼觀音力，時悉不敢害。」又云：「劉長卿得到大悲的庇護雪冤復官，從獄中壁畫的描寫可見大悲的信仰已深入人心。」頗有助於了解詩意，「羅刹、毒龍；諸鬼」等皆指陷害者；蓋長卿於獄中常對獄中佛畫念菩薩名號，終獲昭雪出獄。唯筆者更注意上句「幸親方便力」，由「偈問」多次提到「觀音力」，而後面又曰：「觀音妙智力，能救世間苦。具足神通力，廣修智方便，十方諸國土，無刹不現身。」可見「觀音力」即「神通力」，亦即詩中之「方便力」，蓋指菩薩救世間苦時，能依受苦者處境，運用神通，即時現出化身救助，令其解脫。如《維摩詰經・方便品》云：「以無量方便，饒益眾生」，意指維摩詰可以化身各種形相助眾生解脫，同樣，菩薩亦能化身各種形相救人苦難，雖形相不同，皆是菩薩所變，故曰「變相」。末句「猶畏毒龍欺」，夏文乃據《普門品》之「偈問」，其實經文亦提到去除「怖畏」云：「是觀世音菩薩摩訶薩，于怖畏急難之中，能施無畏，是故此娑婆世界，皆號之施無畏。」故此句指自己雖已獲釋，然對小人之陷害仍不免有「怖畏」之感，這是強調小人陷害手段有如「毒龍諸鬼」，非常狼毒，令人怖畏。

根據所引「偈問」，「觀音力」也包括「妙智力」，即一種非常高深的智慧，故能救人於危難之中。

唐代大詩人王維集收兩文與佛畫有關，且皆提到「方便」，茲先看前一首《西方變畫贊（並序）》[75]，開頭一小段是《畫讚》，云：

> 法身無對，非東西也；淨土無所，離空有也。若依佛慧，既洗滌于六塵，未捨法求，猷如幻于三有，故大雄以不思議力，開方便門。我子猶疑，未認寶藏；商人既倦，且息化城。究竟達于無生，因地從于有相。[76]

所謂《西方變》，陳鐵民《校注》云：

> 西方：指阿彌陀佛之西方淨土（佛所居之世界曰淨土），又稱西方極樂世界。（中略）變：即「變相」，簡稱「變」。……其中據佛經繪製的圖畫稱為「經變相」或「經變」。依所繪的內容，有不同名稱。據《佛說阿彌陀經》等描繪西方阿彌陀佛淨土的圖畫，稱「阿彌陀經變」、「阿彌陀變」、「西方淨土變」或「西方變」。[77]

《西方淨土變》即《阿彌陀經變》，是講西方阿彌陀佛接引眾生的「極樂世

---

[75] 陳鐵民《王維集校注》（北京：中華，1997）。
[76] 陳鐵民《王維集校注》（北京：中華，1997），第三冊，頁 735。
[77] 陳鐵民《王維集校注》（北京：中華，1997），第三冊，頁 735。

界」，其各種景像與人間污濁社會形成強烈對比。文中提到「方便」：「故大雄以不思議力，開方便門。我子猶疑，未認寶藏；商人既倦，且息化城。」此處卻引《法華經》之「窮子喻」（《信解品》）與「化城喻」（《化城品》），說明佛之方便之力。

所謂「我子猶疑，未認寶藏」，《校注》云：「謂雖求佛道，心猶疑惑，不識佛之智慧。」（陳鐵民《王維集校注》頁 738）蓋以窮子喻眾生，因不識佛之智慧，雖求佛道，心猶疑惑，有如窮子。經文寫佛化身為「富長者」，使人召來窮子在家「傭作」，又使其「除糞」，此即所謂「方便」，蓋隱喻剛入門者先學小乘佛法，使其獲得一點小成就，以堅定其心。最後長者以家中眾寶付託窮子，隱喻時機成熟，再教以大乘佛法——即「一佛乘」。

「商人既倦，且息化城」兩句，《校注》云：「喻指在追求佛道的過程中，尚未達到最終目的，獲得至極佛果（案：指一佛乘）。」（陳鐵民《王維集校注》頁 738）案：此即「化城喻」，因佛智慧甚深難解，學者易半途而退，故先教以小乘佛法——指聲聞、緣覺等，使其先有小成就。所謂「化城」，乃佛「方便力」（神通）所化，隱喻聲聞、緣覺等小乘佛法，它們雖非大乘佛法，卻能堅定其心，鼓勵其繼續走下去，最後抵達大乘——「一佛乘」。

總之，上舉「窮子喻」、「化城喻」皆屬於「善巧方便」，雖非最終極佛法，卻是進入終極佛法的門戶，故云「開方便門」，注云：「方便門：謂示現真如，引入成佛的法門。」（頁 737）《畫贊》最後兩句云：「究竟達于無生，因地從于有相。」意指「西方淨土」才是達于究竟的「一佛乘」。

《畫贊》之後有《序》說明繪畫《西方變》的緣起，文較長，茲略作刪節：

> 西方淨土變者，左常侍攝御史中丞崔公夫人李氏奉為亡考故某官中祥之所作也。……不寶纓絡，資于繪素，圖極樂國，象無上樂。法王安祥，聖眾圍繞。……林分寶樹，七重遶于香城，衣捧天花，六時散于

金地。迦陵欲語，曼陀未落，眾善普會，諸相俱美。……偈曰：稽首十方大導師，能于十法見多法，以種種相導眾生，其心本來無所動……。[78]

文中之「不寶纓絡，資于繪素，圖極樂國」，指根據經文繪出「極樂世界」。自「法王安祥，聖眾圍繞」以下至「眾善普會，諸相俱美」，皆是介紹圖中所畫內容。值得注意的是「偈曰」開頭幾句：「稽首十方大導師，能于十法見多法，以種種相導眾生，其心本來無所動。」蓋稱讚佛能以極樂世界中種種「變相」引導眾生進入佛境，而這些變相實即佛「神通力」所變現，亦即《畫讚》之「方便門」。

接著再看王維《繡如意輪像讚並序》，因原文「讚」與「序」不分，茲以意斷如下：

讚曰：

寂等于空，非心量得；如則不動，離意識界。實無所住，常遍羣生，不捨有為，懸超萬行，法性如是，豈可說邪？

如意輪者，觀世音菩薩陀羅尼三昧門，現方便于幻眼，六臂色身；以究竟為佛心，一體真相；隨念即藏，乃無緣之慈；應度而來，斯不共之力。眾生如意，菩薩何心！[79]

首段講法性——即心性的本體，重點在「空」、「不動」、「無所住」等幾個字，意指不為外在紛雜現象（外境）所誘惑污染。雖然如此，卻「常遍羣生，不捨有為，懸超萬行」，意指仍然關心眾生，並非只求個人解脫，此正是「大乘菩薩」的精神。

次段進入本題，重點在稱讚如意輪觀音之「方便」神通。陳鐵民注云：「如意輪：即如意輪觀音。六觀音（觀音菩薩的六種形象）之一。手持如意寶珠和輪寶，分別表示滿足眾生祈願和轉法輪。有六臂。……第二手持意

78 陳鐵民《王維集校注》（北京：中華，1997），第四冊，頁745。

79 陳鐵民《王維集校注》（北京：中華，1997），第四冊，頁1149。

寶，能滿眾生願。第三手持念珠，為度眾生苦。……」（同前，陳鐵民《王維集校注》第四冊，頁 1149）。案：前引夏廣興論密宗之觀音信仰有云：

> 常見的觀世音菩薩有十一面觀音、千手千眼觀音、馬頭觀音、不空羂索觀音、如意輪觀音、千轉觀音等，基本上都是變形觀音，且與咒術相結合，其中十一面觀音信仰出現得較早。（夏廣興，頁 234）

可見如意輪觀音屬密宗之觀音信仰，值得注意的是：「基本上都是變形觀音，且與咒術相結合。」

此正可以印證王維「像贊」所云：「如意輪者，觀世音菩薩陀羅尼三昧門，現方便于幻眼，六臂色身。」所謂「陀羅尼」，乃譯音，《漢語大詞典》解云：「陀羅尼，梵語的譯音，意譯為總持，謂持善法而不散，伏惡法而不起的力用。今多指咒，即秘密語。」雖已抓到重點，卻不夠清楚，何謂「總持」（意譯）？近人呂建福《中國密教史》（修訂版），於「導論」中有詳細說明。茲簡單舉出幾個重點：

(1)陀羅尼，為梵文 dharani 的音譯，意譯作總持、能持、聞持、能遮等。其原意為憶持不忘，具有記住不再遺忘的能力，……從詞源學上表明了陀羅尼最早是一個關於記憶方法的名稱。……在紀元前的古代印度十分重視記憶能力，各種記憶術很興盛……[80]

案：簡言之，陀羅尼即一種「記憶術」，主要是對經典的記憶。

(2)在古代印度用陀羅尼進行記憶的時候，往往需要聚精會神，而伴之以禪觀、瑜伽。這樣陀羅尼有時又有禪觀（三昧、三摩地）的含義，在後來大乘經典中不少地方所說的陀羅尼，其實指禪觀而言。（同前書，頁 25）

案：重點在陀羅尼與禪觀（三昧）結合，因為如此更能有效記憶。

(3)自從有了文字並普遍用來記錄佛教文獻幾後，陀羅尼逐漸被神秘化了，……它原有的記憶術的功能逐漸被淘汰了的时候，陀羅尼就成了類似咒

---

[80] 呂建福《中國密教史》修訂版（北京：中國社會科學，2011 年二刷），「導論」，頁 24。

術一樣的東西。（同前書，頁28）

案：後來演變成咒術。

(4)總之，陀羅尼在初期大乘佛教已廣泛流行，……陀羅尼從聞持一種擴大到多種，尤其與呪術、鬼神思想相結合，具有種種類似神通的功用，發展成為大乘佛教中一門重要的學科，所謂方便法門者。（同前書，頁31）

案：當陀羅尼與咒術結合後，就具有神通的功能，且成為大乘佛教重要的「方便法門」，這點最值得注意。《妙法蓮華經》有「陀羅尼品第二十六」，近人簡介亦云：陀羅尼原本是一種記憶術，及至後世，與咒混同。又云，《瑜珈師地論》卷四十五舉出四種陀羅尼，其第三種「咒陀羅尼，依禪定力起咒術」[81]，指出禪定與咒術神通的關係。案：敦煌寫卷《妙法蓮華經講經文》（二）云：「此唱經文，喜見菩薩下取世間種種諸物，以充供養，及入三昧，現大神通，而雨香花（曼陀羅花）。」[82]可見神通確與「三昧」禪定有關。又唐釋菩提流支譯《五佛頂三昧陀羅尼經》卷一《五佛頂王陀羅尼入三摩地力持顯德品第二》云：如來告言：「大善男子，此是頂輪王相，執持諸佛形相神變，三摩地門。譬如汝等，集現大壇，種種威德，諸神變像，不可思議，如來亦爾。」[83]亦強調神變相與三昧之關係。

(5)《大日經》不僅是真言乘的根本經典，也是整個密教的代表經典。……《大日經》把它的全部教義概括為因、根、究竟三句，即菩提心為因，大悲為根本，方便為究竟。因句是它的本體論，講清淨平等的菩提心為成佛的內在根據，……根句是它的實踐論，講大悲胎藏密法，以入此曼荼羅為成佛之基本條件。究竟句是它的方法論，講三密為成佛之捷徑、趣入究竟之方便，以手結印契為身密，口誦真言為語密，心作觀想為意密，三密相應，即身成佛。（同前書，頁53）

案：這段話指出「方便」對密教的重要性。

由此看王維《像讚》，就比較清楚。內容是稱讚如意輪觀音能將具有咒

81　弘學注《妙法蓮華經》（成都：巴蜀書社，2012），頁286。

82　黃征、張涌泉校注《敦煌變文校注》（北京：中華，1997），頁722。

83　陸永峰《敦煌變文研究》（成都：巴蜀書社，2000），頁20。

術性的陀羅尼與三昧禪觀結合，於是能運起「方便神通」，即所謂「現方便于幻眼，六臂色身」，正如陳鐵民注「方便」云：

> 方便：梵文「漚和」之意譯，亦稱「方便善巧」、「方便勝智」。指大乘菩薩運用各種方便權宜的手段，「利益他人」，度脫眾生。《法華玄贊》卷三云：「權巧方便，實無此事，應物權現，故云方便。」幻眼：幻化之眼。此處實指幻化之身。……二句意謂，觀世音化現六臂色身，顯示欲以方便法度脫眾生。（陳鐵民《王維集校注》（北京：中華，1997）第四冊，頁 1153）

案：可見六臂色身之「觀音像」，是菩薩為度脫眾生，運用「方便神通」所變現出來之「變相」，參考前面所論《西方變》，亦可稱之為「如意輪觀音變」。前引夏文云：「（各種觀音）基本上都是變形觀音，且與咒術相結合。」所謂「變形觀音」實即「觀音變相」，「與咒術相結合」指「陀羅尼」與「三昧」結合所產生之「方便神通」。注云：「幻眼：幻化之眼。此處實指幻化之身。」指六臂色身是由「方便法」所幻化出來，是虛而非實，猶如《法華經》之「化城」。整個《像讚》是講「法性」空寂，卻能化現色身以滿足眾生願望或救其苦難。前面論《西方變》之偈曰：「稽首十方大導師，能于十法見多法，以種種相導眾生，其心本來無所動。」筆者云：

> 蓋稱讚佛能以極樂世界中種種「變相」引導眾生進入佛境，而這些變相實即佛「神通力」所變現，亦即《畫讚》之「方便門」。

可見「畫像、變相、變」三者皆指佛像，因其為佛運用「方便法」所變現出來，故云「變相」或「變」。

《繡如意輪像讚並序》有讚有序，「序」是交代繡觀音像的「緣起」，文長不錄，僅錄最後之偈曰：

> 菩薩神力不思議，能以一身遍一切。常轉法輪無所轉，眾生隨念得解脫。色即是空非空有，是故以色像觀音。願以淨斯六趣福，迴向過去

不可得。[84]

首句「菩薩神力不思議」，注云：「指佛菩薩具有自在變化、不可測知的神通。」（頁 1157）案：如上面所論，此不可測知的神通，應指「方便神通力」，因菩薩具有此神力，故能使「眾生隨念得解脫」。但偈又強調，菩薩雖運用此神通力，其實「常轉法輪無所轉」，「色即是空非空有，是故以色像觀音」，這是針對其空寂的「法性」言，言雖運用此方便力，隨時變幻「色身」，不可測度，但其法性仍保持空寂。

總之，由前面所舉佛畫詩與像讚，可證佛菩薩之「變相」，乃其方便神通所變現，並非如一些論者所云，是轉變佛經為畫卷所致（詳下）。

丙、變相圖之變

(1) 佛畫變相

將經中的故事繪成圖畫，叫「變相」，幾乎成為常識，唐宋許多佛教壁畫稱為「變相」，或簡稱為「變」，這有許多例子：

(1-1) 稱爲「變」例

段成式《酉陽雜俎》續集「寺塔記上」，提到（節引）：常樂坊趙景公寺壁有吳道玄畫《地獄變》；三階院西廊下有范長壽畫《西方變》；安邑坊立法寺壁畫《維摩變》。[85]

(1-2) 稱爲「變相」例

裴孝源《貞觀公私畫史》：維摩詰變相圖、寶積變相圖、雜物變相圖。[86]

朱景玄《唐朝名畫錄》：《西京耆舊傳》云：「寺觀之中，圖畫牆壁，凡三百餘間。變相人物，奇踪異狀，無有同者。」又嘗聞景雲寺老僧傳云：

---

84 陳鐵民《王維集校注》（北京：中華，1997），第四冊，頁 1157。

85 段成式《酉陽雜俎》（臺北：源流，1982），頁 248、251。

86 何志明、潘運告編著《唐五代畫論》（長沙：湖南美術，1999 年三刷），頁 16、18。

「吳生畫此寺地獄變相時，京都屠沽漁之輩，見之而懼改業者，往往有之，率皆修善。」（同前書，頁 75）

黃休復《益州名畫記》：大悲變相、天王變相、西方變相、維摩變相、菩薩變相、三乘漸次修行變相、降魔變相、千手眼大悲變相、《金光明經》變相、《地獄變相》，賓頭顱變相、孔雀王變相、隱形羅漢變相、佛像羅漢經驗變相、《藥師經變相》。[87]

由上引例子看來，唐宋人稱佛教壁畫為「變相」或「變」，是無可懷疑的。學者據此認定，所以稱為「變相」或「變」，是因其將佛經「轉變」為繪畫的關係。茲舉《宣和畫譜》兩處注文為例：

展子虔：維摩像一，法華變相圖一，授搭天王圖一。注：俞劍華注：《法華經》共有二十八品，將經意畫成圖畫名曰變，一曰變相。[88]

張孝師……嘗死而復生，故畫地獄相為尤工，是皆冥游所見，非與想像得之者比也。吳道玄見其畫，因效為《地獄變相》。注：變相：指敷演佛教所說的地獄的事而繪制成具體圖相。[89]

案：此兩處注文解「變相」，皆以為是將抽象的經意畫成具體圖畫，可見這種解釋已成為定論。

(2) 變文與變相

另一點是變文與講唱文學的關係。眾所皆知，變文是一種講唱文學，而唐人講唱變文時，常配有圖畫（如《昭君變》），這種圖畫常稱為「變相」，或單稱為「變」。張國剛談唐代講唱文學云：

> 這些俗講所依據的說唱體話本，就是「變文」：自己編寫的說唱文字用以演繹經中義理的，叫做「講經文」；將經中的故事繪成圖畫，叫做「變相」。講唱變文或講經文，也叫做「轉」。「轉變」時也可以展開「變相」，使聽者易于理解，而受感動。唐時差不多每個寺院的

---

87 雲告譯注《宋人畫評》（長沙：湖南美術，1999），頁 124-84。

88 岳仁譯注《宣和畫譜》（長沙：湖南美術，1999），頁 25。

89 岳仁譯注《宣和畫譜》（長沙：湖南美術，1999），頁 36。

壁上都繪有「變相」，與之相應，寺院中講唱「變文」也很普遍。[90]

由於敦煌變文有許多與佛經有關，於是學者們認為，當轉變佛經為通俗文字時，稱為「變文」，相對的，若轉變佛經為圖畫，則稱之為「變相」，而兩者皆可簡稱為「變」。

不過，此種「轉變佛經文體說」卻遭遇另一主張「神變故事說」的強力挑戰，蓋佛教變文中有許神變故事，這是不爭的事實。於是出現一種調和論，企圖包融兩種說法，近人弘學編著《中國漢語系佛教文學》解釋「變文」云：

> 而依據經典變更了佛經本文的俗講，殆為敦煌發現中之「變文」。……亦有的叫做緣起、俗講、轉、唱等；還有的叫作「變」。……變，梵語 Parinama，是從甲物產生乙物。一般稱之為變作、變化、變現。……孫楷第《滄州集‧讀變文》：「變者，奇異非常之講」。……變文是從佛經本文變化演繹出來，由平淡深奧的經典，變化敷衍出動俗的故事，所以稱為變文。鄭振鐸先生肯定地說：「變文的變，是變更的意思，是為俗講而將佛典原文變更改作的作品，所以叫做變。」周紹良《敦煌變文匯錄敘》：「所謂變文，是把佛典中的神變故事敷衍成文，綴俗導眾，為使其更加通俗化而作的作品。《維摩詰經‧佛國品第一》中有這樣一句話：『既見大聖以神變普觀十方無量土。』其經中把神變故事用圖來揭示的為變相，用文字來表現的則為變文。……」任二北《敦煌曲初探序》：「講經文的俗名就叫變文或者變。講經文是由佛經的定形轉換而來的，所以稱之為變。」這些解釋中，鄭振鐸先生和任二北教授都把「變」解釋為變更或者轉換舊形之意，孫楷第和周紹良則認為「變」含有「神變」之意。……如觀世音菩薩就有三十二變相。那麼，畫其所顯現的神奇之相，即將其種種真實之動態描繪出來，就是變相，如畫彌陀淨土之相，稱為彌陀淨土變；畫兜率天

90 張國剛《佛學與隋唐社會》（石家莊：河北人民，2002），頁 338。

彌勒淨土之相，稱為彌勒淨土變；依《華嚴經》所畫之七處八會或七處九會，稱為華嚴變相；畫地獄之種相，稱為地獄變相等。行諸于文字的，也就叫做變文了，也有淨土變、地獄變、降魔變，亦有的稱為降魔變神押座文。這所謂的「變神」，恐怕是從表現「神變」這個意義上說的。如果從這個意義上來理解，「變」即「神變」之義，亦是正確的。變文還有一個名稱叫「緣起」，例如《醜女緣起》、《大目連緣起》……等等。……就是敷衍經文改作為通俗易懂的作品文的例子。……《釋迦八相俗文》……《維摩詰經變文》、《妙法蓮華經變文》、《佛說阿彌陀經變》等，……即敷衍經文而改寫的通俗讀物，因而可以理解為變更的意思。……根據上述，變文大致具有兩個要素，一是教教理的平易通俗化；二是以神變怪奇神通等超人的奇迹來贊嘆諸佛菩薩之德行，……因此，變文即是指那些為了引起聽眾興趣而把諸佛菩薩奇妙無比之神通廣大的故事以改寫，成為通俗易懂而且具有文學性的作品。變文之名稱，最早見于文獻記載的，是《目連變》及《看蜀女轉昭君變》。……白居易、張祜時的詩人已知道《目連變》的存在了。……吉師老《看蜀女轉昭君變》詩，……「畫卷開時塞外雲」……有變相必有變文，……這種繪在寺院牆壁上的圖畫，在當時稱之為「變相」，有時也簡稱為「變」。繪畫的內容，完全取材于佛經，所以被稱為「變相」，實際上是變佛經為圖相的意思。「變文」一詞的來源，就是與「變相」圖相同。……所謂「變文」之「變」，當指「變更」了佛經本文而成為俗講之意。……所以變文的題材與變相亦多一樣。「變」還應該解釋為中國式的轉化、轉變。即使其內容表現神變不可思議的故事。如果不理解為轉變，印度與中國的區別就難以成立。變相與變文應該認為是使佛經發生中國化轉變的目的相同，使佛經轉換為平易化、通俗化。[91]

以上引文相當冗長，實際上只圍繞兩個觀點打轉：(1)神變故事；(2)將佛經

---

91 弘學編著《中國漢語系佛教文學》（成都：巴蜀書社，2006），頁 306-312。

轉變為圖相或通俗文。這兩點是對變文之「變」的兩個重要觀點，前者認為「變」指神變故事，後者認為「變」指轉變佛經文字。由於兩者皆有不少支持者（後者似乎支持者更多），使研究者頗為焦慮，於是產生出調和說法，企圖結合兩者。上引長文除說明兩者的根據外，並企圖加以調和，茲重引其中兩段如下：

> 根據上述，變文大致具有兩個要素，一是佛教教理的平易通俗化；二是以神變怪奇神通等超人的奇迹來贊嘆諸佛菩薩之德行，……因此，變文即是指那些為了引起聽眾興趣而把諸佛菩薩奇妙無比之神通廣大的故事加以改寫，成為通俗易懂而且具有文學性的作品。
>
> 這種繪在寺院牆壁上的圖畫，在當時稱之為「變相」，有時也簡稱為「變」。繪畫的內容，完全取材于佛經，所以被稱為「變相」，實際上是變佛經為圖相的意思。「變文」一詞的來源，就是與「變相」圖相同。……所謂「變文」之「變」，當指「變更」了佛經本文而成為俗講之意。

這兩段的重點，文中濃縮為：「因此，變文即是指那些為了引起聽眾興趣而把諸佛菩薩奇妙無比之神通廣大的故事加以改寫，成為通俗易懂而且具有文學性的作品。」依照這個結論，神變故事是指變文的內容，而將佛經轉變為通俗文是指語言表現形式，兩者皆能說明「變」字；如此一來，內容與表現形式統一起來，表面看起來，似很圓滿。

但這種調和論其實仍有不少問題，茲先談圖文相配的問題。

古代圖書連稱，即因古代的書籍常配有圖畫——如《山海經》配有《山海圖》，《楚辭・九歌》配有人物圖。《漢書・楚元王傳》附《劉向傳》，言向著《列女傳》，並附有圖。《後漢書・皇后紀下》，載順烈梁皇后常以列女圖畫置於左右，以自監戒。又：建于東漢桓帝元嘉元年（151）武梁祠西壁，留下了一幅「曹子劫桓」（曹沫劫齊桓公）的石刻畫像，就是依據戰國和兩漢社會上流傳的「柯之盟」的歷史故事而作的石刻。[92]這些一鱗半爪，皆反映古代圖文配合情形。

自魏晉漸有佛畫，三國曹不興與西晉衛協皆善佛畫。至東晉顧愷之，尤為著名，謝安稱讚其畫，以為「蒼生以來，未之有」（王伯敏，頁 137），所畫《維摩詰像》乃據《維摩詰經・方便品》所敘「維摩詰示疾」一段，在佛畫中極為著名。另有兩卷畫作亦享盛名，且有傳本，一是《洛神賦圖卷》，是以曹植《洛神賦》為腳本；一是《女史箴圖》，乃據西晉張華所撰《女史箴》[93]。

至梁張僧繇，與顧愷之（東晉）、陸探微（劉宋）共稱六朝三大家。其畫於道釋人物龍馬等無不工妙，據云有《悉達太子納妃圖》[94]，應是根據《佛本行集經》所畫。凡此皆反映以畫配文之風，對敦煌佛畫與變文講唱皆有影響。

近人傅修延論中國敘事傳統與變文講唱云：

> 原來，《大明》篇中的描繪，是對祖廟中先祖先妣事蹟的圖畫的講述與贊美，詩人對國家開國歷史的追述，原來是借著對祖廟圖像的觀閱完成的！如此，「俔天之妹」及「造舟為梁」的「太過具體」，乃是詩篇在頌贊畫中的圖景；……這種現象說明先秦時代文字與圖畫之間存在著密切的「共生」關係。……這種圖文配合（有時還有音樂舞蹈的參加）的傳統在後世的變文講唱那裏得到繼承，唐代吉師老《看蜀女轉〈昭君變〉》一詩有「畫卷開時塞外雲」之句，明確記述了蜀女

---

92 呂靜《春秋時期盟誓研究》（上海：上海世紀，2007），頁 119。

93 北市：華正書局版，李浴《中國美術史綱》，頁 91-2。案：據南宋寶慶間汪注的題跋，顧愷之尚有《列女傳圖》，並分為十五變。近人注云：此處所謂的「變」，可能是指把人物傳記故事用圖畫形式表現出來，如佛教的經變。（袁有根、蘇涵、李曉庵著《顧愷之研究》，頁 155）

94 俞劍華《中國繪畫史》（上海：上海書店，1992），頁 65。

> 吟轉變文的同時展開手中的畫卷；……[95]

文中強調古代文字與圖畫之間有密切的「共生關係」，並認為這種共生關係與後世變文講唱有關。

伏俊連《論講經文與變文的關係》亦云：

> 學者論及講經文與變文之不同，謂變文必須與「變相（畫）」相配而行，講經文則沒有配圖之說，今存「變文」中常見「XX 處」，正是按圖講唱的標記。……六朝的文人賦，也往往配圖。[96]

此亦強調變文必須與「圖」配合，且云「六朝的文人賦，也往往配圖」，亦即賦與變文有關。事實上，今存敦煌寫卷即有幾篇賦[97]，這點很值得注意。案：班固《漢書・藝文志》列小說家十五家，並云「小說家者流，蓋出于稗官」，何謂「稗官」？有多位名家提出考察，而以潘建國之《「稗官」說》最具突破性。據其考察，漢代稗官的最主要成員是方士待詔、方士侍郎之類，在《漢書・藝文志》小說家中，即有二家是漢武帝之「待詔臣」，另一家《虞初周說》則為方士侍郎，這些人皆活躍於帝王周圍。而眾所皆知，當時帝王周圍尚有文學之士的「賦家」，故賦家對小說家產生積極影響，反過來，漢賦也受到小說家的影響。[98]由此看六朝賦，或有受到小說家的影響，此所以有些賦類似變文，且亦配圖。

以上舉一些古代圖文相配的例子，值得注意的是，並未稱之為「變相」或「變」。如顧愷之《洛神賦圖卷》、《女史箴圖》，皆稱為「圖」，即使佛畫——《維摩詰像》[99]，當時亦似未稱為「變相」。

---

95 傅修延《先秦敘事研究——關于中國敘事傳統的形成》（北京：東方，1999），頁 147-48。

96 伏俊連《論講經文與變文的關係》，《中國典籍與文化論叢》第五輯，頁 110-123。

97 見黃征、張涌泉著《敦煌變文校注》（北京：中華，1997），卷二與卷三。

98 潘建國《「稗官」說》載《文學評論》，1992 年 2 期。本文則參考張羽、王汝梅著《中國小說理論通史》（北京：北京師範大學，2016），頁 12-3。

99 《南史・夷貊上》「師子國……晉義熙初，始遣使獻玉像，經十載乃至。……此像歷其次，前人論佛畫，並不一定稱為「變相」，如《宣和畫譜》道釋類云：

陸探微：無量壽佛像一，佛因地圖一，降靈文殊像一，淨名居士像一，托搭天王圖一，北門天王圖一，天王圖一，摩利支天菩薩像一。（《宣和畫譜》，頁 19）

展子虔：維摩像一，法華變相圖一，授搭天王圖一。（《宣和畫譜》，頁 25）

董展：展作《道經變相》尤為世所稱賞。……今御府所藏一：《道經變相圖》。（《宣和畫譜》，頁 26）

李公麟：大梵天像二，揭帝神像一，不動尊變相一，護法神像五，觀音像三，瑞像佛一，華嚴經相六，金剛經相一，維摩居士像一，無量壽佛像一，禪會圖一，釋迦佛像一，菩薩像一。（《宣和畫譜》，頁 157-58）

總之，或稱「像」，或稱「圖」，皆指畫像，但稱為「變相」者並不多見。更值得注意的是，有時稱「變相」，有時稱「變相圖」，如董展之《道經變相圖》又稱《道經變相》。又如《貞觀公私畫史》記（節錄）：

> 張墨畫一卷：《維摩詰變相圖》。……袁倩畫七卷：《維摩詰變相圖》。……《寶禧變相圖》一卷。展子虔有《法華變相》一卷……宣和御府所藏，《道經變相圖》，最為著名。……董（展）有《周明帝田獵圖》一卷，《彌勒變相圖》一卷。……楊契丹有畫六卷，《雜物變相》二卷。[100]

表面看起來，「變相」與「變相圖」應是同一個意思：皆指繪畫。但實際上，給人的感覺並不相同：首先，有一圖字，就明確表明是繪畫，而若只

晉、宋在瓦官寺，先有徵士戴安道手製佛像五軀，及顧長康維摩畫圖，世人號之三絕。」（點校本二十五史，《南史》冊六，頁 1964）。據此，顧畫並未稱為《維摩詰變相》或《維摩詰經變》，「變相」或「經變」的稱呼應是唐代始有。

100 鄭午昌（昶）撰，陳佩秋導讀《中國畫學全史》（上海：上海古籍，2001），頁 47-90。

說「變相」，則很難說，因為文字敘述亦常見「變相」的字眼。其次，加一圖字，會讓人覺得，「變相」可能是指「圖」中所畫之內容，換言之，並非指將佛經文字轉變為圖畫。如李浴《中國美術史綱》論佛教洞窟壁畫云：

> 再從這一窟中的佛教壁畫內容來看，看出是「經變」更多，大約各種佛經的變相圖到晚唐時代都出現了。
>
> 從以上四個唐代洞窟的壁畫看來，……不但各種經典的變相圖以及種種菩薩之單身像都為之出現，更重要的是通過這些形象和佛經的內容把當時中國人的品質、儀態以及現實的一切活動體現出來了。[101]

很清楚，經變與菩薩之單身像，是「壁畫內容」，具有這些內容的佛畫則稱為「變相圖」，此亦表示：圖之內容——「經變與菩薩之單身像」皆可稱為「變相」（或「變」），而就其為繪畫言，則稱為「變相圖」。茲亦引一些古籍以為證明：

李白《金銀泥畫西方淨土變相讚　並序》，注：西方淨土，謂西方極樂世界。變相，指佛道所繪仙佛之像及經文中變異之事。[102]案：據注云，「變相」乃指所畫之內容。

尤值得注意的是唐釋道宣《續高僧傳》（高僧傳二集）的兩個記載：一是護法篇《釋靜藹傳》：「甫為書生，博志經史，……與同伍遊寺，觀《地獄圖變》（或以為是《地獄變圖》），顧諸生曰……。」[103]一是感通篇《益州多寶寺猷禪師傳》：「房後院壁『圖九想變』」（同前書，卷三十五，頁 952）。案：兩傳對照看，對了解「變相圖」之意義極有幫助。《地獄圖變》當指《地獄變》言，變即變相，唯傳文言「觀《地獄圖變》」，則似表示所觀為《地獄圖》之「變相」，換言之，「地獄變相」或「地獄變」為「圖」中所畫內容。同樣，「圖九想變」指《九想變相圖》，「九想變

---

[101] 李浴《中國美術史綱》（臺北：華正，1983），頁 157-58。

[102] 安旗主編《李白全集編年注釋》（成都：巴蜀書社，1990）下，頁 1920。

[103] 唐釋道宣《續高僧傳》（高僧傳二集）（臺北：臺灣印經處，1970），卷三十，頁 822。

相」應為圖中所畫內容。

又《宋高僧傳・法明傳》（護法篇第五）載（唐）中宗敕云：「如聞天下諸道觀皆盡（畫）《化胡成佛變相》，僧寺亦畫玄元之形，兩教尊容，二俱不可。」[104]案：此敕目的在禁斷道教所偽造之《老子化胡經》，但由《化胡成佛變相》名稱看來，已受到佛教《變相圖》影響。不過，既云「化胡成佛變相」，則所謂「變相」，可能是指教化胡人剃髮、勿殺生，使轉變成佛教徒而言；換言之，即改變胡人好殺之本性，使成為戒殺之佛教徒，因形相改變，故云「變相」。唐初法琳《辨正論》卷六陳子良注云：「隋僕射楊素從駕至竹林宮，經過樓觀，見老廟壁上，畫作老子化罽賓圖，度人剃髮出家之狀。」[105]末句可證筆者之推論。

又，《壇經》中也保留了弘忍想在廊壁上「畫楞伽變相」的記載。[106]案：由「畫楞伽變相」可知「楞伽變相」是「畫」（圖）的內容——指《楞伽經》中之變相，就畫言可稱為《楞伽變相圖》。

又《南史・夷貊傳上》載梁武帝大同中，出舊塔（阿育王塔）舍利，敕市寺側數百家宅地廣寺域，造諸堂殿並瑞像周回閣等，窮於輪奐焉。其圖諸經變，並吳人張繇運手，繇丹青之工，一時冠絕。[107]所謂「圖諸經變」，乃著名佛畫家，吳人張（僧）繇所作壁畫，「圖諸經變」似應解為：畫各佛經之變相，「佛經變相」乃「圖」中所畫內容。

就以上各例中之「變相圖」看來，「變相」或「變」，皆應視為圖中所畫內容，並非如學者所言，指轉變佛經為圖畫。由此看來，經中即有「變相」，並非畫圖後才有「變相」。換言之，因所畫為經中之變相，故稱「經

---

104 〔宋〕贊寧撰，范祥雍點校《宋高僧傳》（北京：中華，1997），上冊，頁415。

105 參劉屹《唐代道教的「化胡」經說與「道本論」》，榮新江主編《唐代宗教信仰與社會》（上海：上海辭書，2003），頁93。

106 《壇經》云：「（五祖弘忍）大師堂前有三間房廊，於此廊下供養，欲畫《楞伽變相》，並畫五祖大師傳授衣法，流行後代為記。畫人盧珍看壁了，明日下手。」（楊曾文校寫《敦煌新本〈六祖壇經〉》，北京：宗教文化，2011，頁8）

107 中華點校本，《南史》卷七十八，冊六，頁1957。

變」；或因所畫為神佛（如觀音、文殊、普賢等菩薩）所變化之相，故云「變相」。此即李浴《中國美術史綱》所云：「各種經典的變相圖以及種種菩薩之單身像」。

更應注意的是，有些「變相」很難指實是由佛經轉變而來，如《宣和畫譜》舉一死而復生後繪「變相」的例子：

寫卷編號 S.3092，標題《歸願文附道明還魂記》，文云：

> 謹案還魂記：襄州開元寺僧道明，去大曆十三年二月八日依本院，已時後午前，見二黃衣使者，云：奉閻羅王勅令，取和尚暫往冥司要對會。道明自念，出家以來，不虧齋戒，冥司追來，亦何所懼，遂與使者徐步同行。……有一主者，將狀奏閻羅王：臣當司所追是龍興寺僧道明，其寺額不同，伏請放還生路。……道明……欲歸人世，舉頭四顧，見一禪僧，目比青蓮，面如滿月，寶蓮承足，瓔珞莊嚴，錫振金環，衲裁雲水。菩薩問道明：汝識吾否？道明曰：耳目凡賤，不識尊容。曰：汝熟視之，吾是地藏也。彼處形容與此不同。如何閻浮提形□□□手持至寶，露頂不覆，垂珠花纓，此傳之者謬，……閻浮提眾生多不相識，汝仔細觀我，□□□色，短長一一分明，傳之于世。汝勸一切眾生，念吾真言，□□□啼耶，聞吾名者罪消滅，見吾形者福生，於此殿□□□者，我誓必當相救。道明既蒙誨誘，……臨欲辭去，再視尊容，乃觀□□□師子。道明問菩薩：此是何畜也？敢近聖賢？傳寫之時，要知來處。（菩薩答）：想汝不識此是大聖文殊菩薩化現在身，共吾同在幽冥救諸苦難。道明便去，剎那之間，至本州院內，再蘇息，彼繪列丹青，流傳於世。[108]

案：末云「彼繪列丹青，流傳於世」，指道明和尚由地獄回人間之後，將地獄所見地藏菩薩之「尊容」描繪出來，此所繪之相，為地藏菩薩示現世人之相，亦即「地藏菩薩變相」，似難稱之為變佛經為畫卷之謂，比較可能是指

---

[108] 荒見泰史《敦煌講唱文學寫本研究》（北京：中華，2010），頁 188 注 2。

地藏菩薩所變之相。此由「觀音變相」之有關畫迹最足以證明，《畫譜》又云：

尉遲乙僧，……乙僧嘗在慈惠寺塔前畫《千手眼降魔像》，時號奇踪。近人注云：「千手眼：即千手千眼。指觀音。佛教謂觀世音菩薩神通廣大，為化度眾生而變現種種形相。『千手千眼』乃主要形相之一，以示無苦不見，無難不救。」（《宣和畫譜》，頁 38）案：如注所云，千手（千）眼乃觀音菩薩為化度眾生，運用方便神通所變現之種種形相之一，可見千手千眼觀音相即是觀音變相，乃觀音神通所變現，並不是將佛經畫成圖才是變相。

又〔宋〕李廌《德隅齋畫品》論「被髮觀音變相」云：「在水中石上，襲衣寶絡，被髮按劍而坐。……觀世音聞聲以示現，今此形相，世所罕作。吾弗知其為何等身得度故現此身而為說法也。」[109]潘運告譯文云：「觀世音聞聲音應機緣而現種種化身，今此相貌，世代所罕作。」案：此與千手千眼觀音一樣，亦是為化度眾生，所變現之相，故云「觀音變相」。

近人夏廣興談佛教繪畫云：

> 佛教繪畫作品，大致可分為兩類：一是佛像畫。主要側重表現每個形象的儀容形貌。從內容上講，主要有佛、菩薩、明王、羅漢、天龍八部和高僧六種。二是佛教故事畫。為了吸引群眾，大力宣揚佛經佛法，必須把抽象、深奧的佛教經典史迹用通俗的、簡潔的、形象的形式灌輸給群眾，感召他們，使之篤信朝拜。……大致有佛傳圖、本生圖、因緣圖、經變圖、曼陀羅畫、水陸畫。[110]

> 還有專門描繪某一經中一段或全部內容的經變畫。如根據《阿彌陀經》所繪製的極樂世界，稱為極樂淨土變；根據《法華經普門品》繪製的觀音普門示現三十二（一說三十三）應現，稱觀音應變，……稱

[109] 潘運告譯注《宋人畫評》（長沙：湖南美術，1999），頁 265。
[110] 夏廣興《密教傳持與唐代社會》（上海：上海人民，2008），頁 350。

> 彌勒上生經變；根據《維摩詰所說經》繪製的稱為維摩詰經變等大量的經變畫。……地獄變……像《華嚴經》、《藥師經》……等主要經典均有經變畫。作為寺院文化的重要內容的變相畫，在唐代極為發達。（同前書，頁 356）

案：以上所舉佛畫，皆加一「圖」字或「畫」字，或概括稱「變相畫」。可見繪畫中的「變相」，實應稱為「變相圖」或「變相畫」，始為完整。

夏文又於介紹經變畫中云：「根據《法華經普門品》繪製的觀音普門示現三十二（一說三十三）應相，稱觀音應變。」（同前書，頁 356）案：《普門品》有一段經文云：

> 無盡意菩薩白佛言：世尊，觀世音菩薩，云何游此娑婆世界？云何而為眾生說法？方便之力，其事云何？

這是由無盡意菩薩提問，重點在佛如何以「方便力」為眾生說法。接著為佛的回答：

> 佛告無盡意菩薩：善男子！若有國土眾生，應以佛身得度者，觀世音菩薩即現佛身而為說法。應以辟支佛身得度者，即現辟支佛身而為說法。（下面皆用「應以……身得度者，即現……身而為說法」的句法表現，故省略）無盡意！是觀世音菩薩成就如是功德、以種種形，游諸國土，度脫眾生。[111]

佛的回答一再重複「應以……身得度者，即現……身而為說法」，此即前引李廌《德隅齋畫品》論「被髮觀音變相」云：「觀世音聞聲以示現，今此形相，世所罕作。吾弗知其為何等身得度故現此身而為說法也。」所謂「現……身」，即「化身」、「變身」之意，故夏文稱之為「觀音示現三十二應相，稱觀音應變」。經文最後又總結云：「是觀世音菩薩成就如是功德、以種種形，游諸國土，度脫眾生。」可見佛是根據求法的對象，「以種

111 弘學注《妙法蓮華經》（成都：巴蜀書社，2012 年第二版），頁 278-79。

種形」（即不同的色身）回答，這許多色身皆為菩薩之化身，亦即變相，故通稱為：觀音三十二變相。然而更值得注意的是，這些「變相」皆是菩薩「方便力」所變現，故亦稱「觀音變」，並非如學者所云，乃轉變佛經為繪畫所致。

又《大般涅槃經》卷上：「有八部眾：……此八部眾，我觀其根應得度者，隨所現形，而為說法。」[112]可見隨機現形之變相，在佛經中常見。故白居易《八漸偈》濟偈：「通力不常，應念而變。變相非有，隨求而見。是大慈悲，以一濟萬。」案：通力指神通變化之力，它可隨凡眾之求而變，故稱「變相」；變相非實有，但可隨（凡眾）之求而見，即作為啟信之津梁。故變相是一種變通的辦法，是針對凡眾說法啟信的一種方便神通。主張「神變說」的陸永峰云：

> 變相作「神奇變異之相（形象、情景、場面等）」解，不僅為釋子所知，也為世俗知曉。白居易作于貞元二十年（804）的「八漸偈」之七〈濟〉云：「通力不常，應念而變。變相非有，隨求而見。是大慈悲。」偈言佛的神通之力及神變之相（變相）都非常有，須莊嚴恭敬，纔得求見。變相之義在此殊為明了。[113]

引文以為「變相」指「神奇變異之相」，乃「佛的神通之力及神變之相」，並非轉變佛經為圖畫之意。

前引《法華經．序品》已提到「神變相」，茲再舉《維摩詰經．佛國品第一》之例，經云：

> 彼時，佛與無量百千之眾，恭敬圍繞，而為說法；譬如須彌山王，顯于大海。安處眾寶師子之座、蔽于一切諸來大眾。
>
> 爾時，毗耶離城，有長者子，名曰寶積。與五百長者子，俱持七寶蓋。來詣佛所，頭面禮足，各以其蓋，共供養佛。佛之威神，今

---

112 段成式《酉陽雜俎．續集》卷五《寺塔紀上》，頁 1774。

113 陸永峰《敦煌變文研究》（成都：巴蜀書社，2000），頁 22。

（令？）諸寶蓋合成一蓋。

遍覆三千大世界；而此世界廣長之相，悉于中現；……及日月星辰、天宮龍宮、諸尊神宮，悉現于寶蓋中。又十方諸佛，諸佛說法，亦現于寶蓋中。爾時，一切大眾，觀佛神力，嘆未曾有。……長者子寶積，即于佛前，以偈頌曰：

日淨修廣如青蓮，心淨已度諸禪定。

久積淨業稱無量，導眾幾寂故稽首。

既見大聖以神變，普現十方無量土，

其中諸佛演說法，于是一切悉見聞。[114]

文中寫「佛之威神」令五百長者子之寶蓋合為一蓋，且「遍覆三千大世界」云云，真可謂不可思議，而偈頌云「既見大聖以神變」，可見前面所寫即為「神變相」。

又敦煌寫卷《妙法蓮華經講經文》（二）亦云：「其日月淨明國中，諸天人眾所奏音樂，即不如是（指世間鄭衛之音）。只向七寶臺畔，更有無量諸天，瓔珞莊嚴，祥雲擁坐。各呈神變，曳羅服以飄飄，咸現威光，前綵霞而落落。」此亦寫「諸天人眾」之「神變相」。由此看來，經文即常見「神變相」，可見「變相」並非「圖畫」專稱；故「變相圖」之「變相」，應指圖中神佛菩薩等之神變相，並非指轉變佛經為繪畫。

但較生動的「變相」例子，應是《廬山遠公話》寫慧遠初至廬山時，遇到樹神「巡檢」（節錄大意）：

遠公貪翫此山，日將西邁，遂入深山，覓一居此之處，便於香爐峰頂北邊，權時結一草菴。其念經（《涅盤經》）聲驚動山神，派堅牢樹神去「巡檢」，樹神形相為：「狀如豹（暴）雷相似。一頭三面，眼如懸鏡，手中執一等身鐵棒。」當樹神發現遠公時，「當時隱卻神鬼之形，化一個老人之體」，在與遠公對話，了解遠公需要「一寺伽藍

---

114 李英武注《禪宗三經》（成都：巴蜀書社，2005），頁45-46。

住持」後，樹神又「變卻老人之身，卻復鬼神之體」。[115]

寫遠公念經之聲驚動山神，乃派樹神去「巡檢」，先寫樹神本相如「雷神」，極為凶惡可怖；繼寫一見遠公時，「隱卻神鬼之身，化一個老人之體」；在了解遠公需要「一寺住持」後，又「變卻老人之身，卻復鬼神之體」。整個過程剛好是三次，其變相過程為：鬼神→老人→鬼神。

這裏要繼續補充的是，根據近人對佛經繪畫研究，說明佛畫之「變」與「方便」之關係。殷光明主編《報恩經畫卷》有云：

> 比較變文與《佛說盂蘭盆經》可知，變文是依據經文演繹的，不僅字數增加，故事情節也有差異。變文有許多內容，為經文所不載。從《大目乾連冥間救母變母》看，不僅揉合了其他目連經文中的內容，還增加了《十王經》中的地獄描述。經文敘述目連地獄尋母僅有幾句，變文則作渲染和鋪陳；歷述目連經過地獄諸景，有奈河、鐵輪、刀山、劍樹地獄、銅樹鐵床地獄、阿鼻地獄等。
>
> 佛教徒不僅刪改、編撰已有佛經，而且杜撰經文，並以這些經文創作出《父母恩重經講經文》、《目連變文》等文學作品以及經變畫，來宣揚孝道思想。這些經文，經變不僅加進了儒家的孝道思想，還加進了純屬傳統文化的孝子事迹，連佛經中講釋迦弟子目連入地獄救母親的《盂蘭盆經》，也被中國僧人視為孝經。[116]

文中提到：「佛教徒不僅刪改、編撰已有佛經，而且杜撰經文……。」由此看來，變文與佛經的主要不同，並非在於文字的不同，而是在於情節的增加；因此，說變文是改變佛經文字，是不能成立的。

另外，變文與繪畫皆有「勞度叉鬥聖變」的故事，最可看出「變」的意涵。《報恩經畫卷》作者云：

---

[115] 張涌泉、黃征《敦煌變文校注》（北京：中華，1997），頁 252-53。

[116] 敦煌研究院主編（段文傑主編）：敦煌石窟全集 9，殷光明主編《報恩經畫卷》（香港：商務，2000），頁 100-101。

> 一類是佛弟子與外道鬥法的。敦煌石窟早期的「勞度叉鬥聖變」依據《賢愚經》繪製，由印度早期的《祇園圖記》演變而來。這一題材的出現，以及由須達佈金建精舍的主題向佛弟子與外道鬥法的主題轉變，與當時思想領域域儒、釋、道三家爭奪主導權有關。歸義軍時期勞度叉鬥聖變再次大量出現，與這一時期從吐蕃手中收回河西的歷史事件有關，這表明佛教與政治的密切關係，依據《降魔變文》繪製，則揭示了佛經、變文、變相三者的關係。經變，亦稱變或變相，在敦煌莫高窟中就既有「報恩經變」的榜題，也有「報恩經變相」的榜題。敦煌壁畫中的經變，大多是依據佛經繪製，但也有少數依據由經文改編的變文繪製，如本卷的勞度叉鬥聖變、目連變。[117]

由引文可知，此一經變乃據《祇園圖記》演變而來，並由須達佈金建精舍的主題向佛弟子與外道鬥法的主題轉變，這與儒釋道三家之鬥爭有關。在敦煌變文中，此一故事或稱《降魔變文》、《降魔變》，故引文作者云：「依據《降魔變文》繪製，則揭示了佛經、變文、變相三者的關係。經變，亦稱變或變相。」

《勞度叉鬥聖變》、《目連變》等名稱亦揭示一個事實，無論是變文或變相（繪畫），常單稱為「變」。而由「勞度叉鬥聖變」的名稱看來，「變」字應指佛道鬥法之各種神通變化——亦即「神變相」而言。無庸置疑，此故事之被重視，即在兩方各顯神通變化之情節非常吸引人，如此解釋，「變」字才能與故事內容緊密結合。若如一些學者所說，變文指改變佛經文字為通俗文字，變相指改變佛經文字為繪畫形相，均與故事內容脫節。

又如敦煌莫高窟壁畫之《降魔變》，王伯敏《中國繪畫通史》有所介紹：

> 在北魏，西魏時期，現存敦煌莫高窟的壁畫，還沒有篇幅宏偉的經

---

[117] 敦煌研究院主編（段文傑主編）：敦煌石窟全集 9，殷光明主編《報恩經畫卷》（香港：商務，2000），頁 7。

> 變，有的只是降魔變、本變、涅槃變數種。254 窟《降魔變》，繪釋迦佛坐于正中，與佛作對的魔王波旬站立在他的膝旁，波旬帶著三個叫「可愛樂」、「能悅人」、「欲染人」的魔女及其他手執兵器的魔眾，想用武力或美女來媚惑釋迦佛，但是釋边穩如泰山，心色不動，于是魔王技窮。此時大地震動，波旬昏倒在地，三魔女亦變成老醜之軀，其餘魔眾各就潰散。畫以單幅的式，表現了故事發展中各個過程……[118]

畫中寫魔軍無法撼動佛以致潰散，魔王波旬亦昏倒在地，及三魔女由美變醜，後因請佛慈悲，又由醜變美，基本情節與「勞度叉鬥聖變」的構思相同，指鬪法失敗之變。

但除此之外，筆者更關注繪畫「變相」與「方便」的關係，如當時非常流行的《目連變》，又稱《目連緣起》，即是一種「緣起方便」，藉此宣揚佛教業報思想與儒家的「孝道」思想。同樣，《勞度叉鬥聖變》，亦是藉由佛弟子舍利弗與外道勞度叉之鬥法，顯示外道不敵佛法，可以歸類為「譬喻方便」。

前面曾引弘學編著《中國漢語系佛教文學》對「變文」的解釋，以為是一種調和論，企圖融和「文體變易說」與「神變說」。其實說到調和論，真正的大將（主將）應是俞曉紅。故這裏不能不引述俞曉紅對變相所提出的看法，為保留原意，茲抄錄幾段，有些地方並用「案」語表示筆者意見：

> 從變文是經文文體變異的角度看，則原題無論是何命名、有何差異，這類文本都可稱之為變文。[119]案：這是「文體變易說」立場。

> 對變文由來和含義的理解中，最有代表性的兩種觀點是文體變易說和神變說。仔細思考這兩種觀點，不難看出：持文體變易說者主要從變文形式的角度探求變文之由來，相對忽視了變文的題材意義；而持神

118 王伯敏《中國繪畫通史》（北京：三聯書店，2000），上冊，頁 108。

119 俞曉紅《佛教與唐五代白話小說研究》（北京：人民，2006），頁 111。

變故事說者主要從內容的角度追溯變文的念義，相對忽視了變文的文體特徵。……從某個意義上說，神變說是有其內在的合理性的。筆者以為「神變」、「變現」是變文之「變」的詮釋中相當重要的概念。（前引書，頁 111）案：此即「調和論」立場，俞氏欲兼取「文體變易說」與「神變說」。

……唐元稹〈大雲寺二十韻〉：「聽經神變見，說偈鳥紛紜。」（頁 114）

……最初的變文題材多為神變故事，從功用而言，變文也是一種方便法門……僧徒有意選擇佛典中原有的那些具有神異色彩和譬喻意義的情節，加以發揮、敷演，終而衍變為一種新的文體。當這些故事被記錄下來之後，寫者從題材和文體的雙重角度出發，題名曰「變文」，便是自然之事了。（頁 114-15）案：「聽經神變見」中之「神變」即指「神變」之相，亦即變相，而這些變相顯然是指「經中」所描寫或敘述的「變相」，不能解釋為轉變佛經為其它文字或圖畫的「變相」。俞氏顯然仍拘泥於「文體變易說」的觀點。但文中稱「從功用而言，變文也是一種方便法門」，指出變文與方便的關係，由此類推，變相亦是「一種方便法門」，這是了不起的洞見。

陸永峰曾列出變相作品藝術形式的多樣性，認為變相本指佛經中的種種神奇變異之相，以說明「變相」之「變」和「變文」之「變」一樣，都是神變的意思。（前引書，頁 115）案：這是「神變說」的立場。陸永峰《敦煌變文研究》（成都：巴蜀書社，2000），仍是關於敦煌變文最值得閱讀的書籍之一。

供養的目的，即在于能隨時觀像、參像，從中感悟佛法的精微奧妙：……佛問波斯匿王：「汝以何相而觀如來？」王言「觀身實相，觀佛亦然。……我以此相觀如來身。」《法苑珠林》引《迦葉經》云有一菩薩，名大精進……持像入山，取草為座，在畫像前，結跏趺坐，一心諦觀此畫像不異如來。……贊寧《大宋僧史略》：「行像者，自佛泥洹，王臣恨不親睹佛，由是立佛降生相，或作太子巡城像。」（前引書，頁 120-22）案：變相圖意指：所繪為佛菩薩的「變相」。這是受到佛典中描寫佛菩薩各種「神變相」的啟發，認為佛菩薩可以變化出各種形相做為教化或啟信的方便（參下引俞文）；而圖像因為有佛菩薩的具體形相，就被視為也是佛菩薩的一種「變相」，即佛菩薩所變現的形相（化身）。既然是佛菩薩的變相（化身），則當信眾向圖相膜拜時，佛菩薩會受到感應，如此，膜拜「變相」即可達到祈福的目的。上引文即將畫像視為佛菩薩之身像，亦即將畫中之佛相視為佛之變相。

查閱漢譯佛經，確有「變像」之詞，意謂佛陀變化形相以示現，這也是一種宣說教義的方便法門：復詰金剛密迹主菩薩言：「……諸佛菩薩各有無量變易色身，導誘現化，示此變像，為欲成就，是當呪者。」「變」即是「變易」，變易色身以開導示現，則此「變像」——變化形象——即是「變相」一詞的最初含義，故「變相」就是「變像」。從這條資料看，「變像」應該就是「變相」一詞的源頭。……在佛家借變易色身以導眾化俗的意義上，「變相」完全具備「變像」一詞的內涵和功用。因此在更多時候，「相」就成了「像」的代名詞。……「相」也就是「像」，兩者並無區別。（前引書，頁 124）案：這段指出在佛經中已有「變像」之詞，意謂佛陀變化形相以示現，故變像即是「變相」，論述非常精彩。又云「這也是一種宣說教義的方便法門」，正是前面筆者極力要證明的，變相與方便的關係，甚具參考價值。遺憾的是，俞氏念念不忘「文體變易說」，一定要結合兩者，故又云：

「變像」之說演變為「變相」，又由「變相」簡化為「變」，用以稱此類表達諸佛菩薩變化示現的繪畫作品，以方便僧俗觀想：「又依經畫變，觀想寶樹寶池樓莊嚴者，現生除滅無量阿僧祇劫生死之罪。」

依經畫變，表明是按照經文所說，畫出佛陀菩薩所變化出的樹池樓等景物，以此方式化導眾生。故此變相之「變」，也是變現以化導開示的意思，而並不僅限于神通變化之意。……而變相簡稱為「變」，也和《降魔變文》之類的簡稱為《降魔變》的性質相同。故「變」既可是變相之變，也可是變文之變。和變文相類，變相是采用造像、畫像的形式表現經文的要義，……又《梁書・扶南傳》有云：「其圖諸經變，並吳人張繇之手。」又唐人清晝《畫救苦觀世音菩薩贊》序亦云：「乃于玉勝殿內，按經圖變。只于壁上，覩示現之門；……」「依經圖變」、「具如經文」、「其圖經變」、「按經圖變」云云，謂按照經文的內容、精神來畫，均可表明變相是經文內容的藝術變易。《全唐文》收任華《西方變畫贊序》云：「故尚書左丞贈太常卿汝南侯大祥敬畫《妙法蓮花變》一鋪。」這一鋪變相圖當是扣緊《妙法蓮花經》的經文內容而畫出。（前引書，頁 124-25）案：文中云：「依經畫變，表明是按照經文所說，畫出佛陀菩薩所變化出的樹池樓等景物，以此方式化導眾生。」這幾句已指出所畫種種景物為菩薩所變化而出，亦即「變相」，而這些變相皆是「依照經文所說」，這亦表明，經文已有這些變相，畫家才能畫出，此即所謂「依經畫變」；反過來說，若經文無此變相，畫家亦不可能畫出來。俞文又云：「依經圖變」、「具如經文」、「其圖經變」、「按經圖變」云云，謂按照經文的內容、精神來畫，均可表明變相是經文內容的藝術變易，皆一再強調「依經文」畫出變相。但又強調畫的「藝術變易」，仍固執於「畫」與「變相」的關係；其實，古代即有許多文圖配合例子，並無「變相」之說。俞文又云：

變相也並不局限于神變變現的經文內容，還有講經、地獄、西方諸場景。……一類是以人物畫像、造像為主的變相圖，如結伽趺坐的佛陀、講經的維摩詰等，成為中土變相最常見的題材。……另一類具有故事意味的經變圖，如地獄變、降魔變等。……張彥遠《歷代名畫記》記載：……《金剛變》……《彌勒下生變》……《華嚴變》……《維摩詰本行變》……《西方變》……《淨土經變》……《淨土變》……《藥師變》。……「吳生畫此地獄相，都人咸觀，懼罪修善。兩市屠沽經月不售。……段成式：吳道玄白畫地獄變，筆力勁怒，變狀陰怪，睹之不覺毛戴！」（前引書，頁 125-27）案：前云吳生畫「地獄相」，後云畫「地獄變」，可見地獄變即地獄相，此亦表示：地獄中各種相，即是變相，並非將經文轉變為圖畫才叫變相；從觀者角度看，當他在觀此圖時，就是在觀地獄中的變相，變相是指圖畫中的內容而言。事實上，佛經中文字所記載的地獄相也就是地獄變相，並非畫成圖才叫地獄變相。同樣《法華經變》指的也是《法華經》中的各種「變相」，而不是將《法華經》轉變為圖相。

綜上所論，俞文有許多優點：一是能指出「文體變易說」的不足，包融「神變說」的觀點；二是能發現「變相」與佛教「方便法門」的關係；三是能發現佛經中已有「變像」（變相）的記載。唯一的缺點是，仍未完全拋棄「文體變易說」的框架，以為「變相」仍與繪畫的「藝術變易」有關。為了說明問題，茲再引《報恩經畫卷》的話：

經變，亦稱變或變相，在敦煌莫高窟中就既有「報恩經變」的榜題，也有「報恩經變相」的榜題。敦煌壁畫中的經變，大多是依據佛經繪製，但也有少數依據由經文改編的變文繪製，如本卷的勞度叉門聖變、目連變。[120]

據此，「報恩經變」與「報恩經變相」是同義的，換言之，「經變」與「經變相」亦是同義。值得注意的是，敦煌壁畫中的經變，大多是依據佛經繪製，只有少數是依據所謂「變文」繪製，並舉「勞度叉鬥聖變」與「目連變」為例。那麼，應該得出一個結論：佛經中就有「變相」。可是依「文體

120 敦煌研究院主編（段文傑主編）：敦煌石窟全集 9，殷光明主編《報恩經畫卷》（香港：商務，2000），頁 7。

變易說」與俞文說法，佛經中是沒有「變相」的，只有當佛經被轉變為「變文」，或被轉變為圖畫，才有「變相」。這是很奇怪的說法，一方面承認經變是根據佛經而來，有所謂「依經圖變」、「具如經文」、「其圖經變」、「按經圖變」云云，但一方面又認為需經過文字的轉變，或繪畫的轉變，才能稱為變或變相。若依這種「前題」，是否只要將佛經文字改變，或將佛經內容用繪畫表現就可稱為經變？事實上，俞文已經看出「文體變易說」的「形式主義」的缺點，可是自己仍然用「形式主義」框住「神變說」，依俞文說法，即使佛經有神變內容，仍不能稱為「變相」，唯有經由繪畫的轉換才能稱為「變相」；簡言之，佛經的「變相」要經過繪畫的轉變才能稱為「變相」，這種推論是否可稱為「畫蛇漆足」？

所謂「依經圖變」、「具如經文」、「其圖經變」、「按經圖變」，已表示畫家對經文的重視，其所畫皆依據經文，不敢任意更改，則所謂「圖變」，只能解釋為「依照」經文所敘變相繪畫，不應解釋為「改變」經文為變相；換言之，經中即有變相，並非圖畫之後才有變相。事實上，俞文也指出，佛經即有變相，但卻又認為需經圖畫之後才是變相，這種希望「兩全其美」的用意，反而導致「自相矛盾」。不妨再舉《地獄變相》之例，在佛經中即有對地獄形相的許多描寫，這些形相即是「地獄變相」，則當畫家「依經圖變」後，即成為「地獄變圖」或「地獄變相圖」。試想，若經中無變相，是因圖畫之後才有變相，那就表示畫家已經改變經文，與經文有所不同，如何可說「依經圖變」、「具如經文」、「其圖經變」、「按經圖變」？

總之，認為有繪畫才有「變相」，是一種「倒果為因」的說法，事實是，因畫中有變相才稱之為「變相圖」。前面已經舉古代圖文相配的一些例子，當時並無「變相」之稱，即使在唐代，亦無人稱這些圖文相配為「變相圖」。尤有進者，古人有「詩中有畫，畫中有詩」之說，後來甚至有許多唐詩還配上圖畫——如明人有《唐詩畫譜》[121]，亦未稱之為「唐詩變相」，

---

[121] 〔明〕黃鳳池編；〔明〕蔡沖寰等繪《唐詩畫譜》（濟南：山東畫報，2004）。

可見配圖與變相並無因果關係。

因此，筆者願再談一兩個小問題：

1.變文《八相變》之八相。

首先要討論《太子成道經》。在《敦煌變文校注》卷四，收集多篇「太子成道」的變文：除《太子成道經》外，尚有《太子成道變文》共五篇；另有《悉達太子修道因緣》一篇及《八相變》兩篇，其故事相同，亦應算在內，則總共有九篇之多。首先要注意的是，據《八相變》標題，太子成道故事應有八個變相，但此「八相」究竟指何而言，很難猜測，幸《太子成道經》寫卷有幾個小標題：

第二下降閻浮柘胎相

第三王宮誕質相

第四納妃相

第五逾城出家相

也就是說，已知「四相」，尚有四相未知。俞曉紅云：「這表明《太子成道經》在講說過程中配有數幅與內容相適應的圖畫，這些圖畫叫做『相』，應即是『變相』。……另如斯 2614 號卷子的標題是《大目乾連冥間救母變文並圖一卷並序》，現在此圖已佚失，然標題本身說明原來有圖配合，這圖自然是變相圖。變相藝術與變文藝術一樣，都是從佛經正文變化而來，其宣教輔教、化導眾生的作用也正與變文同。」[122]

案：俞文所持觀點即前面一再提起的，將變文與變相皆視同「從佛經正文變化而來」，若依此說，則相對的是「變文」與「變相」，兩者之不同應在「文」與「相」。可是由《大目乾連冥間救母變文並圖一卷並序》標題看來，相對的是「文」與「圖」，正如俞文所說，「圖」指「變相圖」，故相對的是「變文」與「變相圖」；換言之，「變文」可以與「變相圖」相對，表示文字與繪畫相對，但「變文」不可與「變相」相對，因為「變相」不一定指繪畫，如前所說，「變相」亦可以在文字敘述中看到。

---

[122] 俞曉紅著《佛教與唐五代白話小說研究》（北京：人民，2006），頁 127-28。

由此看所謂《八相變》，若依俞文說法，乃指八幅圖畫，每幅皆由佛經轉變過來；因有八幅，故云八相。但依筆者角度看來，《八相變》乃指太子一生有八次重要的形相改變，這樣似較合乎前引小標題所云「第二下降閻浮柘胎相」等等。即使承認「八相」指八幅圖畫，亦是因為每一幅所畫「形相」不同；換言之，「變相」僅指「形相」改變，並非指由佛經轉變為圖畫。當然，筆者並不否認，變文《八相變》在講唱時會配合圖畫，且這些圖畫常稱為「變相」，但如前舉許多例子，最好稱之為「變相圖」較為明確（俞文即是如此）。

2.阿育王塔四面變相。俞文曾舉阿育王塔的例子：

> 日本僧人元開寫于大曆年間的《唐大和上東征傳》敘天寶時明州阿育王塔：「……一面薩埵王子變，一面舍眼變，一面出腦變，一面救鴿變。」顯然，塔上所示，乃是表現四個佛本生故事的四面壁雕。[123]（前引書，頁130）

俞文重點在「四面壁雕」，認為是由四個佛本生故事轉變為四面壁雕。而筆者認為，文中之四變確指變相，但不是因其由佛經轉變而來才稱之為「變」，而是指佛陀四次轉世的幾種變相；因四次轉世，每一世的形相不同，故曰「變」。

以上的討論頗為糾纏，不妨將視線暫由變相圖移開，將可看到更多彩多姿的「變」與「變相」，藉此或許更能看清「變」與「變相」的真正意涵。

1.「變」字常指大自然事物之變相，如韓愈《送高閑上人序》云：

> 往時張旭善草書，不治他伎，喜怒窘窮，憂悲愉佚，怨恨思慕，酣醉無聊，不平有動於心，必於草書焉發之。觀於物，見山水崖谷，鳥獸蟲魚，草木之花實，日月列星，風雨水火，雷霆霹靂，歌舞戰鬥，天地事物之變，可喜可愕，一寓於書。故旭之書，變動猶鬼神。不可端

[123] 俞曉紅著《佛教與唐五代白話小說研究》（北京：人民，2006），頁130。

> 倪。以此終其身，而名後世。[124]

案：這段引文可分參個層次看：第一層是談「人」（書家），所謂「喜怒窘窮，憂悲愉佚，怨恨思慕，酣醉無聊，不平有動於心，必於草書焉發之」，表示人的感情本有許多「變相」，於是藉著書法將心中感情的變化表現出來。第二層是談「物」，指大自然的景物亦有許多變相，於是藉著書法將這些「天地事物之變」表現出來。第三層是談「書法」，張旭書法極富變化，如鬼神般不可預測，蓋因上面個層面的關係。總之，這表示書法的變相是來自人與自然事物，並非有了書法才有變相。

同樣，畫家所畫山水，其變相亦是來自大自然，張彥遠《歷代名畫記・論畫山水樹石》云：「吳道玄者，天付勁毫，幼抱神奧，往往于佛寺畫壁，縱以怪石崩灘，若可捫酌；又于蜀道寫貌山水，由是山水之變，始于吳，成于二李（李將軍、李中書）……」。[125]案：「山水之變」顯指自然山水之變相，而因畫家畫法高明，故讓人觀畫時似乎進入自然山水之變相中。

同樣，《宣和畫譜》卷十五花鳥一：

> 周滉，不知何許人也。善畫水石、花竹、禽鳥，頗工其妙。作遠江近渚、竹溪蓼岸、四時風物之變，攬圖便如與水雲鷗鷺相追逐。[126]

案：「四時風物之變」，譯者（岳仁）云：「四時風光景物的變化。」亦指四時景物之變相：蓋四時景物不同，各有變相。

參考上舉三例，亦可見「變相圖」之「變相」，乃指圖之內容，非指轉變佛經為圖畫。

2.生活飲食之變：「茶之變」

吳玉貴介紹晚唐五代喝茶風俗云：

> 到晚唐五代時，又興起了新的「點茶」風俗。……在茶湯表面形成不

[124] 屈守元、常思春主編《韓愈全集校注》（成都：四川大學，1996），冊五，頁 2770。
[125] 何志明、潘運告編著《唐五代畫論》（長沙：湖南美術，1999 年三刷），頁 162。
[126] 岳仁譯注《宣和畫譜》（長沙：湖南美術，1999），頁 322。

同的物象，構成各種圖案。使湯紋水脈成物象者，禽獸、虫魚、花草之屬，纖巧如畫，但須臾就散滅，此茶之變也，時人謂之「茶百戲」。這種技藝被稱作「通神之藝」。[127]

案：「茶之變」既指茶之新變，尤指茶水中變現各種物象。

3.杜甫《麗人行》之變相

蔣弱六評曰：美人相、富貴相、妖淫相，後乃現出羅剎相，真可笑可畏。[128]

案：此即各種美人變相，則《麗人行》可稱為《麗人變》矣。

---

127 吳玉貴《中國風俗通史——隋唐五代卷》，頁117。

128 楊倫箋注《杜詩鏡銓》（上海：上海古籍，1998），頁59。

第三節　文體變易說質疑（二）——從唐人所說變文及佛經「變文」看變文之「變」

前言：變文如何得名？

「變文」如何得名？這是每一個研究變文者所想知道的一個問題。據白化文《什麼是變文》云，「變文」本來是敦煌卷子上的題目，但經過鄭振鐸的著作提出，才「得到世界上學者的公認，沿用至今」[1]。

周紹良、張涌泉、黃征輯校《敦煌變文講經文因緣輯校》亦云：

> 輯印這類說唱故事材料，最早是羅振玉編輯的《敦煌零拾》，但只泛稱為「佛曲」……稍後鄭振鐸根據敦煌卷子原有的題目，才明確地提出「變文」這個名詞。經過鄭振鐸的提倡，得到世界學術界的公認，沿用迄今，已有七八十年了。可是對「變文」的涵義，文體特點，並沒有搞十分清楚，一直在含混地使用。就如……（潘重規《敦煌變文集新書》）裏面都收錄了許多非變文的東西，……包括了講經文、詞文、俗賦，但這並不是合適的……[2]

最重要的問題是：變文之變究竟是什麼意思？上引《輯校》又云：

> 變文研究除一些基本認識外，更有不少問題，甚至是帶有根本性質的問題，諸如變文的「變」是什麼意思？它是如何得名的？它的淵源是什麼？……由于當時人沒有給我們留下解釋，遂使今之論者見仁見智，有各種各樣的理解推斷，眾說紛紜，莫衷一是。（上引書，頁3）

1　白化文《什麼是變文》，收入白化文、周紹良編《敦煌變文論文錄》（臺北：明文，1985），上冊，頁430。

2　周紹良、張涌泉、黃征輯校《敦煌變文講經文因緣輯校》（南京：江蘇古籍，1998），頁2。

張涌泉、黃征校注：《敦煌變文校注》「前言」亦云：

> 但是，「變文」是如何得名的？變文這種形式的淵源是怎樣的，卻是長期以來困擾著學術界的難題。至今仍未找到令人滿意的答案。[3]

張鴻勛亦云：

> 「變文」一詞中「變」字的來源及其含義問題，也是變文研究中歧見紛呈的重要問題之一。它同樣牽涉到對變文的淵源、類別等的認識問題。[4]

〔美〕梅維恆著《唐代變文》[5]前有《譯者序》云：

> 敦煌變文的研究雖已有半個多世紀的歷史，但是迄今為止，學術界在變文的定義以及變文作品數量究竟有多少的問題上，還遠沒有達成一致的意見。
>
> 變文一詞，尤其是「變」字的含義，也是學界長期以來爭論不休的一個問題。

總之，「變」字的含義，是學界長期以來爭論不休的一個問題。這似乎也提供一張「許可證」：今日討論這個問題，並不過時。但是，「爭論不休」也表示有許多學者提出不同看法，由於已有學者做出整理[6]，這裏也無需重複。為了以簡馭繁，僅提出兩個仍然為學者所關注的觀點：一是「故事變異說」（或作「神變說」），一是「文體變易說」。前者代表作為孫楷第《讀變文》二則之一：「變文變字之解」。文中先引據許多佛教相關典籍，說明「變」指怪事，而於最後一段（亦即「結論」）云：

---

3 張涌泉、黃征校注《敦煌變文校注》（北京：中華，1997），前言頁1。

4 張鴻勛《敦煌俗文學研究》（蘭州：甘肅，2002），頁66。

5 楊繼東、陳引馳譯，上海：中西書局，2011。

6 即前面所提三種著作。

> 「變！變！」猶言怪事也。更以圖像考之，釋道二家凡繪仙佛像及經中變異之事者，謂之變相。……蓋人物事蹟以文字描寫之，則謂之變文，省稱則曰變。以圖相描寫之，則謂之變相，省稱亦曰變。其義一也。然則變文得名，當由其文述佛諸菩薩神變及經中所載變異之事。[7]

因最後一句提到「神變」，故亦稱「神變說」。簡言之，「變」指「變異之事」，就故事言，指其中變異之情節。其後繼者有陸永峰著《敦煌變文研究》[8]，收集資料甚為豐富，態度客觀謹慎，是必看的參考書。

另一是鄭振鐸《中國俗文學史》第六章「變文」節下云：

> 像「變相」一樣，所謂「變文」之「變」，當是指「變更」了佛經的文本而成為「俗講」之意。（「變相」是變「佛經」為圖相之意）。[9]

這裏實際上提出兩種解說，一是針對「變文」之「變」，以為是指：變更了佛經的文本而成為「俗講」。一是針對「變相（圖）」，以為是「變佛經為圖相」之意。雖有些微差別，共同點皆指「改變佛經」：一指改變佛經文字為通俗文字，一指改變佛經為圖畫——「變相圖」。

以上兩種觀點，其主要差別在，前者（孫楷第）所說的「變」是就故事內容的變異情節言，且此變異情節即存在佛經中，若用文字表現此變異情節，即稱之為「變文」；而若用圖畫表現之，則可稱之為「變相」，但此變相仍指經中之變異故事，故只能說是「依經圖變」或「圖諸經變」，即只依照佛經所說，將其中的變異故事用圖畫表現出來而已，並非對佛經有所改變。而依照後者（鄭振鐸）的說法，則是對佛經文字作了兩種改變，——是改變為通俗文字，稱之為「變文」，一是改變為圖畫，稱之為「變相（圖）」，總之，是對佛經文字的改變。

以上兩種觀點，筆者稱前者為「神變說」，後者為「文體變易說」。就

---

7 收入白化文、周紹良編《敦煌變文論文錄》（臺北：明文，1985），上冊，頁 241。

8 陸永峰著《敦煌變文研究》（成都：巴蜀書社，2000）。

9 張涌泉、黃征校注《敦煌變文校注》（北京：中華，1997），頁 2。

筆者的觀察，似乎後者的說法較占上風——得到的擁護者較多，而筆者較贊成前者（孫楷第）的說法，本文的質疑即針對後者——「文體變易說」而來。

「文體變易說」的問題很多，本文主要談兩部分，一是唐人所說變文，一是佛經與變文文字之比較，藉由這兩方面的考查，對「文體變易說」提出質疑。

甲、唐人所說變文

如上所說，談變文所以有很多困難，在於「當時人沒有給我們留下解釋」，這固然是事實，但是不可否認的，唐人畢竟留下一些涉及變文的資料，儘管當時並未加以解釋，仍可從中挖掘出一些彌足珍貴的訊息。下面將針對幾則常被引用的資料，試說明變文之變。

一、《漢將王陵變》：「從此一鋪，便是變初」

《漢將王陵變》於第一段結束時提到：「從此一鋪，便是變初」。

這條資料常被引用，都將重點放在「鋪」這個字，以為可以證明變文是搭配圖畫。如張鴻勛云：「變文演出，往往輔以畫圖，……『鋪』之一稱，屢見唐人文籍，佛、菩薩繪畫或彩塑一幅、一尊、一組者，都稱一鋪。」（張鴻勛，頁 125）《敦煌變文校注》亦云：「鋪，通常指一或（數）幅（繪畫）。……變相中特指具有一定故事情節的一組畫面。」（頁 74）據此，「鋪」指繪畫單位，是沒有問題的，亦可證變文常搭配繪畫講唱。不過，《校注》亦云：「變相中特指具有一定故事情節的一組畫面。」可見「鋪」與故事情節有關，換言之，鋪是根據故事情節所設計出來的繪畫單位；則此處之「變初」，當是指情節要展開變化的開端。由此再看故事「標題」，據《校注》云，故事前題或作「漢將王陵變」，尾題或作「漢八年楚滅漢興王陵變」。總之，標題為「變」，這是認定是否為「變文」的重要根據，而「變初」之「變」，顯然亦是「變文」標題之「變」，但在此絕對不是指改變文字。

其次應注意的是，「變初」並不是孤立的情節，其後至少應有「變終」，甚且在兩者之間，尚有其它情節，或可稱為「續變」。亦即在「變初」一鋪之後，可能尚有「二鋪」，合起來共有「三鋪」。下面即依「初、續、終」三鋪略加分析，說明其整個情節發展。

第一段寫：

> 夜至一更已盡，左先鋒兵馬使兼御史大夫王陵，右先鋒兵馬使兼御史大夫灌嬰，二將商量，擬往楚家斫營。……二將辭王，便往斫營處。〔從此一鋪，便是變初〕[10]

案：首段敘早期楚、漢相爭，「陣陣皆輸他西楚霸王」，顯然，楚占上風。後敘漢二將斫營成功，予楚重創，正是「變初」。故「變初」是指二將去斫營事，不是指「文字變」的開始。「斫營」：偷襲敵營，縱橫砍斫，使之破亂（注 7）。據此，殺傷敵人甚多。

後面接敘情節為：

(1)敘楚將鍾離末往綏州茶村，捉取王陵母，逼其修書召陵，但陵母不從，決心一死。

(2)敘漢派口才甚佳之盧綰往楚送書，見陵母被囚，又得楚王戰書回營。

(3)敘王陵與盧綰入楚救母。盧先入見陵母，陵母佯裝答應修書，然竟托詞借楚王之劍自刎而死。

(4)敘王陵與盧綰返漢，漢王下令封陵母為「國太夫人」。

案：接敘情節(1)(2)為情節轉折之處，亦即「續變」一鋪。情節(3)敘陵母自刎悲劇，達到「變」之高潮，(3)(4)合為「變終」一鋪。故此變文，乃以二將斫營引出陵母被囚，終至自刎而死。所謂《王陵變》，實指王陵二將斫營所引發之變化，由初至終，皆扣住王陵斫營之情節，可證所謂「變文」非指文字之改變。尤應注意的是，王陵母自刎而死，事見《漢書》卷四十

---

[10] 張涌泉、黃征校注《敦煌變文校注》（北京：中華，1997），頁 66。

《張陳王周傳》，原文僅數行：

> 王陵，沛人也。……陵亦聚黨數千人，居南陽，不肯從沛公。及漢王之還擊項籍，陵乃以兵屬漢。項羽取陵母置軍中，陵使至，則東鄉坐陵母，欲以招陵。陵母既私送使者，泣曰：「願為老妾語陵，善事漢王。漢王長者，毋以老妾故持二心，妾以死送使者。」遂伏劍而死，項王怒，亨陵母。陵卒從漢王定天下。[11]

《漢將王陵變》所取，為：「項羽取陵母置軍中，陵使至，則東鄉坐陵母，欲以招陵。陵母既私送使者，泣曰：『願為老妾語陵，善事漢王。漢王長者，毋以老妾故持二心，妾以死送使者。』遂伏劍而死，項王怒，亨陵母。」包括標點，共只 84 字。而《校注》本則有六頁之多，粗略估計，超過 5 仟字。顯然，其中增加許多人物與情節，這不能簡單以改變文字說明。近人謝海平論「講史性變文」之漢將王陵變事證，有幾點看法值得注意：

(1)王陵變作成之時，當在唐代。（頁 386）。

(2)漢高帝諸臣中，王陵非一舉足輕重之人物，王陵之名得以傳誦於後世者，蓋因其母也。

陸士衡漢高祖功臣頌（文選卷四十七）云：

> 安國達親，悠悠我思；依依哲母，既明且慈；引身伏劍，永言固之。（頁 388）

> 武梁祠壁畫，有「王陵母」者，其榜題云……文出《史記》。（頁 388）。

(3)漢將王陵變，為今存少數完整變文之一，全文唯陵母伏劍一段見於正史，餘皆變文作者杜撰。（頁 393）

(4)王陵變於札營布陣，及軍中慣例，均敘之甚詳。如云……此恐非普通百姓所熟知者，故疑此文或為當日從軍者所作。（頁 387）

11　中華書局點校本《漢書》，冊七，頁 2046-47。

其中第三點可證：所謂變文非指改變文字。

二、白居易《長恨歌》與《目連變》

〔唐〕孟棨《本事詩‧嘲戲》載，詩人張祜戲稱白居易《長恨歌》為《目連變》，舉詩中「上窮碧落下黃泉，兩處茫茫皆不見」兩句為證。黃征、張涌泉校注：《敦煌變文校注》引此，云：

> 「目連變」顯然就是「目連變文」的簡稱（《大目乾連冥間救母變文》卷末有「寫盡此目連變一卷」之語，可以為證），而本篇有「哀哀慈母黃泉下，……地獄難行不可求」之句，和白詩「上窮碧落下黃泉，兩處茫茫皆不見」的意境近似，張祜所謂《目連變》或許即指《目連緣起》而言。由此看來，「變」「變文」「緣起」名雖殊異，其實一也。（頁 1016-17）

《校注》引此一公案，目的是要證明：「變」「變文」「緣起」名雖殊異，其實一也。於是進一步認為：「變」是「變文」的簡稱。若依此說，則「變」應指改變文字（《校注》傾向「文體變易說」）。但任何人皆可看出，張祜所說之變絕非指文字之變。即使《校注》亦云，《目連變文》有「哀哀慈母黃泉下，……地獄難行不可求」之句，和白詩「上窮碧落下黃泉，兩處茫茫皆不見」的意境近似。則兩者之相似是由於故事情節中意境相似，與改變文字無關。陸永峰亦以為：「蓋因與《目連變》中敘目連上天入地，拔救其母的故事相似。」[12]不過，這只是極簡單的看法，不足以說明「變」的意義。茲補充兩點說明：

(1)「變」指非常之事。《漢書‧韓彭英盧吳傳》：「信初之國，行縣邑，陳兵出入。有變告信欲反。」顏師古注曰：「凡言變告者，謂告非常之事。」[13]詩中所寫「上窮碧落下黃泉，兩處茫茫皆不見」云云，顯指非常之事。不僅如此，《長恨歌》前半極力寫貴妃之受寵，至馬嵬被縊，詩云：

---

12 參陸永峰《敦煌變文研究》（成都：巴蜀書社，2000），頁 87-88。

13 中華點校版，《漢書》冊七，頁 1876。

「漁陽鞞鼓動地來，驚破霓裳羽衣曲。……六軍不發無奈何，宛轉娥眉馬前死。」正合顏師古所謂「非常之事」，這是由極端的喜劇逆轉為極端的悲劇，是一種劇力萬鈞的「變」，就其突如其來的重大變化言，可稱之為「馬嵬之變」或「馬嵬變」。故洪昇《長生殿》第一齣即云：「唐明皇歡好霓裳讌，楊貴妃魂斷漁陽變。」第二十四齣題為「驚變」。「變」皆指非常之事，與文字變化無關；「漁陽變」的稱呼尤可證所謂「目連變」之「變」並非指文字改變，而是指故事情節之非常變化。

(2)就白居易《長恨歌》言，「變」若指道士「上窮碧落下黃泉」之法術，這是一種神通，符合孫楷第所謂「神變」，這是一般的看法，也是比較淺層的。實際上，詩中寫道士法術是為了表現貴妃死後上升天界，可稱為「貴妃變」：指貴妃雖被縊死於馬嵬坡下，並未入地獄受苦，反而上昇天界——海外仙山，毋乃極大之「變」！案：《唐摭言》卷十二引這段故事，則稱「目連訪母」（頁 148），顯然是針對故事情節而言。

總之，此例之「變」應指故事情節的變化，與改變文字無關，因而可證：「變文」非指改變佛經文字為通俗文字，亦與改變文字為圖畫無關。《校注》引此以證「變」為「變文」省稱，頗為牽強。

三、唐末詩人吉師老詩《看蜀女轉昭君變》

由詩題可知是一位女性在講唱昭君故事，「轉」「變」兩字表示講唱的是「變文」。一般常引詩中四句：「檀口解知千載事，清詞堪嘆九秋文。翠眉顰處楚邊月，畫卷開時塞外雲。」末句被認為是變文講唱時配有圖畫之證據。不過此詩實是一首八句律詩，引用時截取中間四句，容易誤以為是「絕句」；可能是為搭配王建《觀蠻妓》：「欲說昭君斂翠蛾，清聲委曲怨于歌。誰家年少春風里，拋與金錢唱好多。」

此詩見後蜀韋縠《才調集》卷八，載唐末吉師老《看蜀女轉昭君變》，詩云：「妖姬未著石榴裙，自道家連錦水濆。檀口解知千載事，清詞堪歎九秋文。翠眉顰處楚邊月，畫卷開時塞外雲。說盡綺羅當日恨，昭君傳意向文君。」[14]案：「畫卷開時塞外雲」正指《昭君變》之「變」，「畫卷」指繪有明君出漢宮、入塞外之變相圖也（詳下）。

昭君故事，後代盛傳，鍾嶸《詩品序》云：「至於楚臣去境，漢妾辭宮，或骨橫朔野，或魂逐飛蓬。」江淹《恨賦》亦云：「若夫明君去時，仰天太息。紫台稍遠，關山無極。搖風忽起，隴雁少飛，代雲寡色。望君王兮何期，終蕪絕兮異域。」即寫昭君辭漢宮、入胡塞之事。

有關昭君的故事，最早見《漢書・元帝紀》：

> 竟寧元年春正月，匈奴虖韓邪單于來朝。詔曰：「匈奴郅支單于背叛禮義，既伏其辜。虖韓邪單于不忘恩德，鄉慕禮義，復修朝賀之禮，願保塞傳之無窮，邊垂長無兵革之事，其改元為竟寧，賜單于待詔掖庭王檣為閼氏。」[15]

可見昭君名王檣，在漢宮職稱為「待詔掖庭」。什麼是「待詔掖庭」？應劭曰：「郡國獻女未御見，須命於掖庭，故曰待詔。王檣，王氏女，名檣，字昭君。」而文穎曰：「本南郡秭歸人也。」則昭君為王檣字，為南郡所獻良家子（見《古今樂錄》，詳下），南郡屬荊州[16]。談昭君，離不開「畫工收賂」問題，此事見《西京雜記》卷二「畫工棄市」。

有關《西京雜記》的作者，以〔晉〕葛洪著最為流行，唯近人曾昭燏考證甚詳，以為〔梁〕吳均所撰[17]。

《西京雜記》卷二「畫工棄市」云：

> （西漢）元帝後宮既多，不得常見，乃使畫工圖形，案圖召幸之。諸宮人皆賂畫工，多者十萬，少者亦不減五萬。獨王嬙不肯（抱經堂本

---

[14] 傅璇琮主編《唐人選唐詩新編》（西安：陝西人民教育，1996），頁 906；又見《全唐詩》冊 22，卷 774，頁 8771。

[15] 中華書局標點本《漢書》，頁 297。

[16] 見《漢書・地理志上》，頁 1566。

[17] 參王伯敏著《中國繪畫通史》（北京：三聯書店，2000），上冊，頁 126-27。

作：「王嬙自恃容貌，不肯與，工人乃醜圖之。」），遂不得見。匈奴入朝，求美人為閼氏，於是上案圖，以昭君行。及去，召見，貌為後宮第一，善應對，舉止閑雅。帝悔之，而名籍已定。帝重信於外國，故不復更人。乃窮案其事，畫工皆棄市，籍其家，資皆巨萬。畫工有杜陵毛延壽，為人形，醜好老少，必得其真。……同日棄市。京師畫工，於是差稀。[18]

文中所敘昭君自恃容貌，不肯賄賂畫工，故畫工將她畫醜一事，盛傳後世，成為後來《王昭君》詩常見內容（見《樂府詩集》）。

〔宋〕郭茂倩《樂府詩集》卷二十九「相和歌辭四」，收石崇《王明君》，前有長序，中間引《古今樂錄》曰：「《明君》歌舞者，晉太康中季倫所作也。王明君本名昭君，以觸文帝諱，故晉人謂之明君。匈奴盛，請婚於漢，元帝以後宮良家子明君配焉。」這是說明將「昭君」改為「明君」的原因。除此之外，亦收入上所引《西京雜記》昭君故事。唯一開始先引《唐書·樂志》曰：「《明君》，漢曲也。元帝時，匈奴單于入朝，詔以王嬙配之，即昭君也。及將去，入辭，光彩照人，悚動左右，天子悔焉。漢人憐其遠嫁，為作此歌。」[19]前幾句乃據《漢書·元帝紀》，後面幾句：「及將去，入辭，光彩照人，悚動左右，天子悔焉。」似據《西京雜記》所謂：「及去，召見，貌為後宮第一，善應對，舉止閑雅。帝悔之。」但這是用史家敘述，顯得平淡無奇，遠遜《唐書·樂志》之動人心魄。中國古典文學中寫美人者甚多，筆者願將《唐書·樂志》這幾句放在「美人榜」第一名，也就是還超過曹植之《洛神賦》。這幾句寫昭君之美，其特點在不寫昭君之面容、肌膚、體態以及妝扮服飾等細節，而只寫殿中見到的大臣在直接、甚至「瞬間」的感受。「光彩照人」當是寫昭君盛妝打扮；「悚動左右」寫其美所引起的強大震撼力，令人想像殿中人大騷動情形；「天子悔焉」，是針對畫工所畫醜樣的憤怒。應注意的是，殿中大臣皆看過許多美人，尤其是皇

[18] 周天游校注《西京雜記》（西安：三秦，2006），頁 68-9。

[19] 郭茂倩《樂府詩集》卷二十九（臺北：里仁，1984），上冊，頁 424-25。

帝，更是閱人無數，而一見昭君出來，竟然引起「光彩照人，悚動左右」的震撼效果，則其美已經到了超越眾多美人、難以文字形容的境界（《西京雜記》云「貌為後宮第一」，是一種冷靜的「理性概括」，欠缺「感性」的溫度）。同樣難得的是，竟然只用八個字，堪稱是「一字千金」：這種美不正是古人盛稱的「神韻」之美！

從變文的角度看，最值得注意的是，昭君本是美人，因畫工之故變醜，又於辭君時變美，兩次大反差，極似另一變文：《醜女緣起》之由醜變美之「醜變」過程。

郭茂倩《樂府詩集》卷二十九，「相和歌辭四」，除收石崇《王明君》外，又收不少詩人作品，其中頗多與「畫師」有關（略），但最值得注意的是〔隋〕薛道衡《王昭君》：

> 我本良家子，充選入椒庭。不蒙女史進，更無畫師情。蛾眉非本質，蟬鬢改真形。猶由妾命薄，誤使君恩輕。啼落渭橋路，歎別長安城。今夜寒草宿，明朝轉蓬征。卻望關山迥，前瞻沙漠平。胡風帶秋月，嘶馬雜笳聲，毛裘易羅綺，氈帳代帳屏。……何用單于重，詎假閼氏名。駃騠聊強食，挏酒未能傾。心隨故鄉斷，愁逐塞雲生。漢宮如有憶，為視旄頭星。

此詩較多「敘事」成分，基本上可分「辭漢」與「入胡」兩個重點。後者文字較多，但最後仍歸到對漢宮的追憶。較值得注意的是：第四句「更無畫師情」點出「辭漢」原因，而中間兩句：「毛裘易羅綺，氈帳代帳屏。」指出用「胡」易「漢」，更點出「變易」的主題。案：之前，庾信《王昭君》已云：「胡風入骨冷，夜月照心明。方調琴上曲，變入胡笳聲。」（同上）亦點出由漢入胡之「變」。

由此看《王昭君變文》，可說是薛道衡《王昭君》詩的放大本，基本上仍分「辭漢」與「入胡」兩個重點。但《變文》已缺前面「辭漢」部分，只剩下後面「入胡」部分。而由中間所敘「良由畫匠，捉妾陵持，遂使望斷黃沙，悲連紫塞，長辭赤縣，永別神州。虞舜妻賢，啼能變竹；杞梁婦聖，哭裂長城。」（《校注》，頁 157-58）可見《變文》前面應有敘到「畫師收賂」之事，且「畫匠」對昭君的「畫作」是造成昭君「辭漢」原因，亦可說是「由漢入胡」之「變易」的開始，正如《漢將王陵變》所云：「從此一鋪，便是變初」。

目前所見《王昭君變文》雖是敘述「入胡」經過，但常會雜入「思漢」的感傷：如寫入胡數月，「更無城郭，空有山川」。又寫單于拜昭君為烟脂皇后，表示尊崇，但昭君仍悶悶不樂，云：「異方歌樂，不解奴愁；別域之歡，不令人愛。」而每登高嶺，愁思便生，蓋想到「帝鄉」。直至最後死在胡地，漢使宣哀帝之祭詞仍云：「嗟呼！身歿於蕃裏，魂兮豈忘京都。」（《校注》，頁 160）

據《校注》云，此篇「原缺題目，據故事擬補（案：指《王昭君變文》）」（《校注》，頁 160）。然據吉師老《看蜀女轉昭君變》，則原題可能是《昭君變》。其中最重要的一句是：畫卷開時塞外雲。此句表示「畫卷」繪有昭君出漢宮、入塞外之變相；所謂「變」當指由漢入胡之變易，不可能指文字之變，亦不可能指將文字改變成圖畫。參考《王陵變》之例，畫工將昭君畫成醜樣，可謂「變初」，昭君出宮辭帝可謂「續變」，出塞入胡，則為「變終」。

乙、佛經與變文文字之比較

依照「文體變易說」的說法，變文雖來自佛經，但用的是較通俗的文字，與佛經的文字不同，故稱之為「變文」，所謂變文即改變（佛經）文字。

本節的主要工作就是比較佛經文字與變文文字，原來的目的是想檢查變文是否比較「通俗」？但在進行時，卻發現佛經中即有變文，這真出乎筆者意料之外，故又分兩項重點，一是：佛經中的變文；一是：變文並非皆是通俗文，經文亦並非皆很雅飭。

一、佛經中的變文

由於筆者並非變文專家，故在閱讀一些佛教「變文」時，會根據《敦煌變文校注》所提供的線索，將佛經「原文」拿出來對照，卻因而發現一項事實：原來佛經中即有「變文」！如此一來，「文體變易說」所持「改變佛經文字」的觀點就出現漏洞。茲舉卷四所收有關「太子成道」的幾篇變文，說明變文與佛典對照的情形。

1.《須大拏太子好施因緣》[20]

校注：

蘇聯古列維奇認為本文有的部分與經文完全相同，有的地方稍有差別而不傷原意，有的則完全沒有（如詩二首，有韻，而偈則無韻），因而不是《須大拏經》的一種異譯本。但古列維奇言本文描繪山中困苦一段內容為經文所無則未確，這一內容見於《經律異相》所引經文，只是變文較經文更細膩一些而已。（《校注》，頁 503）

（校注）案：此文故事出《太子須大拏經》，被抄入《經律異相》卷三一，題為《須大拏好施為與人白象詰擯山中》。俄國學者古列維奇認為「本文有的部分與經文完全相同，有的地方稍有差別而不傷原意」。

顯然，《校注》所謂「經文」乃指《經律異相》，茲先舉《經律異相》所抄經文，再與《變文》對照，以見其異同。[21]《經律異相》卷三十一《須大拏好施與人白象詰擯山中七》云：

> 昔者葉波國王號「濕隨」，太子名「須大拏」，四等普護，言不傷人，常願布施，拯濟群生，令吾後世受福無窮，愚者不睹非常之變謂之可保。智者照有五家，欲得衣食、金銀、眾珍、車馬、田宅，無求不與。光聲遠被，四海咨嗟。父王有一白象，威猛武勢，敵六十惡國

---

20 張涌泉、黃征校注《敦煌變文校注》（北京：中華，1997），頁 501，下簡稱《校注》。

21 筆者案：《太子須大拏經》見大正藏：本緣部上第三冊，西秦聖堅譯，編號 171。

來戰，象輒能勝。諸王共議，遣梵志八人從乞白象。太子欣然問：「欲何求？」對曰：「欲乞行蓮花上白象，象名『羅闍和檀』。」太子曰：「善，金銀雜寶恣心所求。」即敕侍者，疾被白象金銀鞍勒。左持象勒，右持金瓶澡梵志手，慈歡授象。梵志大喜，即咒願，竟，騎象而去。相國百揆靡不悵然，僉曰：「斯象力猛，交戰輒勝。今以惠仇國，何所恃？」具以白王。王聞慘然，久而曰：「太子好喜佛道，以周濟貧乏，慈育為行，無所禁止。假使拘罰，斯無道矣。」百揆僉曰：「切磋之教，議無失矣。拘罰為虐，臣敢聞之。逐令出國，置於田野。十年之間，令自慚悔。臣等之願也。」王即遣使者語之曰：「像（象）是國寶，以惠怨乎，不忍加罰，疾出國去。」使者奉命宣述如斯。太子對曰：「不敢違天命，願以私財更七日布施，不敢侵國。」使者以聞，王即聽許。太子欣然，大施窮乏。宣語疾來，恣意所欲。七日既竟，貧者皆富。妻名「曼坻」，本諸王女，顏華綽約，一國無雙，自首至足七寶瓔珞。謂其妻曰：「起聽吾言，大王徙吾著檀特山，十二年為限，汝知之乎？」妻驚視太子，泣淚而云：「何罪見逐，捐國尊榮，方處深山乎？」答曰：「吾用國名象以施怨家，王逮群臣恚逐我耳。」妻即發願，「願國豐熟，王臣兆民，富壽無極。唯當建志山澤，誓成道矣。」太子曰：「惟彼山澤恐怖之處，虎狼害獸難為止矣。又有毒蟲魍魅甓鬼，雷電霹靂風雨雲霧，甚可怖畏。寒暑過度，樹木難依。蒺藜礫石，非蹠所堪。爾王者之子，生於榮樂，長於宮中，衣即細軟，飲食甘美，臥則帷帳。眾樂聒耳，願即恣心。今處山澤，臥即草蓐，食即果菜，非人所忍，何以堪之乎？」妻曰：「細靡眾寶，帷帳甘美，何益于己，而與太子生離乎？夫王者以幡為識，火以煙為識，婦人以夫為識，吾恃太子猶恃二親。太子在國，布施四遠，吾輒同願。今當歷嶮而留守榮，豈仁道哉？儻有來乞，不現（一作覩）我夫，心之感結，必死無疑。」太子曰：「遠國之人來乞妻子，吾無逆心。爾為情戀，儻違惠道者，擿絕洪潤，壞吾重任也。」妻曰：「太子布施，睹世稀有，當卒弘誓，慎無倦矣。百千萬世無人如卿，建佛重任，吾不敢違也。」太子曰：「善。」即將妻子詣母辭別。[22]

在《經律異相》中，以上情節僅占全文約四分之一，包括幾件事：

(1)葉波國王「濕隨」，其太子名「須大拏」，酷喜布施，救濟群生。凡「衣食、金銀、眾珍、車馬、田宅，無求不與」，以致「光聲遠被，四海咨嗟」。

(2)葉波國王有一「白象」，極為威猛，周圍各國皆無法抵抗。因知太子喜歡布施，各國諸王共議，派遣梵志八人來乞求布施白象，太子竟欣然答應。

(3)於是引起相國百官等的不滿，齊向國王抗議，於是下令逐太子出國，置於曼檀特山，以十二年為限。而太子在被逐之前，仍求國王同意，將自己財產在七日間布施窮乏之人。

(4)太子向妻子「曼坻」說明被逐事，並說明山中生活之危險與辛苦。妻子答應願同甘共苦。於是與母辭別。這段對話較長，幾占此節一半篇幅。尤其妻曰幾句：「細靡眾寶，帷帳甘美，何益于己，而與太子生離乎？夫王者以幡為識，火以煙為識，婦人以夫為識，吾恃太子猶恃二親。」反映傳統夫妻同甘共苦、生死不離之情，甚為感人，是此節最吸引人的亮點。

據《經律異相》經文，在太子夫妻入山之後，仍有很長一大段，寫入山後之生活，及太子受到梵志欺騙，甚至將二兒施與梵志。此種布施之舉感動帝釋諸天：「天地卒然大動，天人鬼神靡不歎善。」終使國王與太子夫婦、二兒全家團聚。

今之變文，擬題《須大拏太子好施因緣》，並非經文全部，實際只留上引一大段，且其中缺文頗多。就所留文字看來，第一小段已失，只留二、三、四小段。若與《經律異相》經文相比，可見大意雖同，但已有許多改變，文字之不同猶在其次，主要是增加不少細節。如：

---

[22] 董志翹主撰《〈經律異相〉整理與研究》（成都：巴蜀書社，2011），卷三十一：《須大拏好施與人白象詣擯山中七》，頁 493-94。

第二小段寫太子授白象與梵志，《經律異相》經文是：當梵志乞求白象時，太子即刻答允，曰：「善。」並親手持白象與梵志，使騎象而去。變文則在梵志乞求白象時，太子先提疑問，大意指此象是父王極為重視之國寶，不可贈人，若贈人將被逐出國。於是梵志又解釋，大意為若不得此象，將遭遇大禍。於是太子「即自思維」其立志布施之本意，終於答應。而當梵志騎象而去時，又增加幾句，云太子勸其快走，免得國王派人追逐。

第三小段寫大臣勸請國王處罰太子。此段變文有兩處與《經律異相》經文不同：一是國中諸臣聞太子布施白象與怨家後，共詣王所，向國王報告。在經文中只是以「具以白王」四字帶過，變文則先云「王聞愕然」，於是增加「臣復白王言」以下約四行文字，其中不僅提到白象威力如何威猛，為本國所依賴，又提到太子積年布施，導致「庫藏敗散，並總空虛」，加上以白象施與怨家，乃是國之大禍。後面更提到，一旦「大王崩後」，太子繼位，恐將舉國人民及其妻子「皆以施與人」，「我等終無生路」。後面更增加幾句，寫大王聽後驚懼之狀：「王聞是語，益大不樂。從床而墮，悶不識人。以水灑，良久乃蘇。二萬夫人，無不驚慌。」接著寫諸臣共議如何對太子施加苦刑，甚至提到「斷頭、折身」，使國王大為驚恐。自言好不容易得此一子，不忍見其死在眼前，「乃可先斷我命，然後方始殺我兒。」這是經文所無。

第四小段寫太子向妻子「曼坻」說明被逐之事。正如《敦煌變文校注》所云，「（變文）這一內容見於《經律異相》所引經文，只是變文較經文更細膩一些而已。」（《校注》，頁 503）

由上面比較結果看來，似《變文》比《經律異相》增加一些情節，顯得更為細膩。但當筆者再找《太子須大拏經》（《大正藏》冊二《本緣部》）與《變文》比對，卻發現上述《變文》所加情節皆見於《須大拏經》，反證《經律異相》所抄有許多省略，而《變文》卻與經文相近，可見《變文》乃直接根據《經》文，並非轉引自《經律異相》。

但是問題並未到此結束，當筆者查尋「須大拏太子」故事時，卻發現《六度集經》亦有《須大拏經》，與《本緣部》另一《太子須大拏經》相似，但較省略。至此，筆者所看到，關於「須大拏太子」的故事已有四個本子：《大正藏．本緣部》有兩本，《經律異相》一本，敦煌變文一本。於是出現一個嚴重問題：若「變文」指改變經文，則同一故事，在《大正藏》中即有兩個本子，且其文字有詳簡之不同，簡言之，佛經中即有「變文」。而《經律異相》在抄錄經文時，更常省略（詳下），可說是「變文」甚多。至於敦煌變文，更有一事多本情形，如卷四收《八相變》二文，卷五收「目連入冥救母」故事，有三本，其文字亦多有不同[23]。由此看來，「文體變易說」所主張：「變文」乃改變佛經文字，變得沒有意義。

又《校注》在校對「講經文」時，亦注意到文字異同不必太在意，如卷五《金剛般若波羅密經講經文》注 10 云：

> 如來悉知悉見，鳩譯《金剛經》文無「悉見」二字。楊雄因謂「悉見」二字非原經文，不當包括在引文之內，下引「如來悉知見」等，「見」字亦非經文。按：經本流傳既久，文句多有異同，講經文所據經本未必與今本字句全同，殆難以今例古，較其錙銖。（《校注》，頁 647）

又《維摩詰經講經文（一）》注 354 云：

> 按：講經文作為民間文學，引用經文未必死扣原文，其所據的底本也未必與今本一致，故於個別字句的差別，不可拘泥。（《校注》，頁 796）

可見俗講文學本不甚重視文字之異同。筆者認為，此亦與當時書寫條件有關。蓋當時只有人工書寫——亦即只有寫本抄錄，並無後來之印刷本，很難要求有完全一致之抄本，故以文字不同做有「變文」的條件，是不切實際的。

---

23 《大目乾連冥間救母變文》，在敦煌遺書中，僅內容和結構完全相同者，就有九個寫卷。（富世平，頁 108）

2.**《降魔變文》**（《校注》，頁 552）

校注：

篇題原錄作《降魔變文一卷》。（《校注》，頁 567）「按此故事出《賢愚經》卷第十的《須達起精舍品第四十一》。」（《校注》，頁 568）

案：《賢愚經》收入《大正藏》第四冊《本緣部》下，編號 202，〔元魏〕慧覺等譯。故事見《賢愚經》目錄 41《須達起精舍品四十一》。《經律異相》卷三收此故事，分兩段：《須達所造給孤獨園二》、《須達多買園以立靖舍二》。與《賢愚經》本相較，頗多省略，但不影響題意。茲舉例如下，凡有節略處，皆用〔 〕表示：

(1)〔出家之法，與俗有別，止住處所，應當有異。〕彼無精舍，云何得去。

(2)〔眾人咸言，是勞度叉之所作也〕

(3)〔眾人皆言，舍利佛勝，今勞度差，便為不如〕

案：2、3 兩例文字，因一再出現，即被省略。

(4)毗婆尸佛〔尸棄佛・毗舍浮佛・拘留秦佛・拘那含牟尼佛〕乃至迦葉佛時亦復如是。

案：第 4 例，因一再出現某佛，即被省略，與第 2、3 例相同。

除「省略」外，《經律異相》尚有許多「異文」——即文字與經文不同，難以一一舉出。

由以上二例看來，《經律異相》本與真正的經文比較，常有省略。寫到這裏，必須一談《經律異相》這本書的性質。[24]

《經律異相》是一本什麼樣的書？

董志翹主撰：《〈經律異相〉整理與研究》（下簡稱《整理與研究》）「緒言」云：「成書於南朝梁天監十五年（516）……是我國現存成部的最早類書和佛教類書，是現存成部的南北朝時期的唯一類書。」（《整理與研

---

[24] 茲據董志翹主撰《〈經律異相〉整理與研究》（成都：巴蜀書社，2011）（下簡稱《整理與研究》），略作說明。

究》「緒言」，頁 3）簡言之，這是一部佛教「類書」。既然是「類書」，當是抄錄許多佛經，並且有分類，故後面又云：「《經律異相》五十五卷」（頁 12），「引用二百七十多種佛經」（頁 73）。

那麼，撰者是誰？《整理與研究》第一章標題云：「寶唱其人及其著述。」由文中說明，知撰者寶唱為出家人，「大致生活在宋、齊、梁三朝」（頁 8），此書即奉梁武帝命撰成：「寶唱還利用在華林園寶雲經藏工作的便利條件，奉（梁武帝）敕撰成《經律異相》五十五卷。」（頁 12）。唯此書或屬名為「梁沙門僧旻寶唱等集」，或云「梁沙門寶唱等奉敕撰」（頁 85 注 2），據《整理與研究》云，應以後者為是。

但何以稱之為《經律異相》？《整理與研究》第一章又云：

> 「經律」是佛教經典的化名詞，統稱全部佛教典籍。「異相」是相對於「同相」而言的。……「同相」即為佛教所謂的「真如本性」。是宇宙一切萬物的「本質」；「異相」則是存在於萬事萬物的具體形態、器物之間的差別相，由此可以體現「真如本性」。佛教常常通過一些具體的「異相」的因緣故事來宣揚佛家所認定的「真如本性」，以此達到宣揚佛教思想、勸諭世人棄惡揚善的目的。（頁 12）

這段說明以為「異相」指「存在於萬事萬物的具體形態、器物之間的差別相，由此可以體現『真如本性（同相）』」。這是從「同相」與「異相」的對立性所引發的解釋，其根據是：

> 梁武帝在僧旻編撰完成以收錄「同相」資料為主的《眾經要抄》之後，感覺到有必要再編撰一部以收錄「異相」資料為主的大型佛教文獻圖書，於是又敕令寶唱負責編撰了另外一部重要的佛教類書——《經律異相》。（《整理與研究》，頁 27）

案：經查該書《序》云：「以天監七年，敕釋僧旻等，備鈔眾典，顯證深文，控會神宗，辭略意曉，於鑽求者已有太半之益，『但稀有異相，猶散眾篇，難聞祕說，未加標題』。又以十五年末勅寶鈔經律要事，皆使以類相從，令覽者易了。」（《整理與研究》，頁 85，雙括號為筆者所加）則文中並未指稱僧旻等所編為「同相」，而是「辭略意曉，於鑽求者已有太半之益」，亦即文辭比較簡單，容易了解之「眾典」（《眾經要抄》），正如《整理與研究》云：「關於佛教的一般事義，已經提供了便利。」《整理與研究》又云：「不過稀有的異相還散見各處，鮮聞的秘說也未經標明。」故又於十五年末勅寶唱「鈔經律要事，皆使以類相從，令覽者易了。」可見寶唱等在抄錄時很重視分散在「經律」中的「希有異相」、「難聞秘說」，此即所以稱為《經律異相》的原因。

那麼，什麼是「希有異相」、「難聞秘說」？《整理與研究》以為「異相」與「同相」（真如）相對，似與序文不合。案：既云「希有異相」，則「異相」應指較少見、難見之相，亦即「殊異、非凡之相」，如《悉達太子修道因緣》敘太子誕生時之「異相」云：

> 是時夫人誕生太子已了，無人扶接，其此太子，東西南北，各行七步，蓮花捧足。其太子乃一手指天，一手指地，口云道：「天上天下，唯我獨尊。」大王聞之，非常驚訝……即詔相師，號名阿斯陀仙人，……大王告其仙人曰：「朕生一子，與世間不同，有殊異相。不委是凡，不委是聖？請願仙者，與朕相之。」……仙人遂相太子，便奏大王。仙人吟詞道：
>
> 「阿斯陀仙啟大王，太子瑞應極禎祥。不是尋常等閑事，必作菩提大法王。」（《校注》，卷四，頁 470）

文中提到「有殊異相」，又云「不是尋常等閑事」，可見「異相」指特殊、不平常之相。又《八相變》亦寫太子生時之「異相」，其時諸大臣道：「大王，太子本是妖精鬼魅，請王須與棄亡。若也存立人間，必定破家滅國。」而當時文殊菩薩，密見諸臣不識是出世之仙，恐諂損太子，遂化作一臣，超班對奏言：「大王審察，莫取諸臣言教，細意再思，此是異聖奇人，不同凡類。」（《校注》，頁 508）由此可知，抄錄「不同凡類」之「殊異之相」，正是《經律異相》抄錄佛經的目的，蓋藉以吸引信徒。

最值得注意的是第四章，標題為：「《經律異相》的內容結構與編撰方法。」這裏要談的是第二節：「編撰方法」。文中舉出兩點：

一、刪節概述大意

> 以高度概括的語言引用佛經，表現出《經律異相》作者對佛經內容的熟悉和文筆運用的功底。這些概括引用的佛經，不僅縮減了文字，保留了基本內容，而且這種概括還相當精到，文句亦甚為通暢，如……（引文略）（《整理與研究》，頁 58-9）

上面筆者在討論變文《須大拏太子好施因緣》時，已比對出《經律異相》較經文與變文省略，現由《整理與研究》，更可證明此乃《經律異相》整體特點，並非單篇特例。故若以為「變文」指改變佛經文字，則整部《經律異相》皆可稱為「變文」。

二、駢文形式撰寫

> 以四六字為主的駢文是南北朝時期流行的文體，雖然說這種文體有用文體遷就句式、堆砌詞藻典故、容易流於形式之嫌，但是，寶唱在抄撰《經律異相》一書時，卻成功地運用了這一文體，他將這種抄寫形式與表達內容很好地結合在一起，成為這部類書的一個特色。如……（引文略）（《整理與研究》，頁 59）

案：根據上述，《經律異相》抄錄佛經有的兩個特點：一是省略，一是駢文化。而筆者在閱讀敦煌變文時，亦已注意到，變文常用到駢文（詳下），這與「文體變易說」所謂，變文為「通俗文體」，恐有扞格（詳下）。

二、變文並非皆是通俗文，經文亦並非皆很雅飭

據「文體變易說」的看法，變文是改變佛經為通俗文，則不僅改變佛經文字，且是改變為通俗文字；可以說，改為通俗文字才是重點：為了通俗化，不得不改變佛經文字。下面即舉三個例子證明這個說法是有問題的。

1.《破魔變》[25]校注：

甲卷：首尾完全無缺，前題作《降魔變文》，後題作《破魔變一卷》。因與另一《降魔變文》區別，故用後題。前題「押座文」，則專指開端之押座文。（頁 537）

後題：《破魔變一卷》：天福九年甲辰祀，黃鍾之月，蓂生十葉，冷凝呵筆而寫記。居淨土寺釋門法律沙門願榮寫。（《校注》，頁 536-37）

案：《八相變》結束一段云：「鷲嶺峰前，化誘十方情識。降天魔而戰攝（懾），伏外道以魂驚。顯正摧邪，歸從釋教。〔詩云〕自登草座睹難陀，迴將乳粥獻釋迦。四王掌鉢除三毒，功圓淨行六波羅。金剛座中嚴露相，鷲嶺峰前定天魔。八十隨形皆願備，三十二相現娑婆。」（頁 514）

這一段文字顯然不是很通俗，但重點在「定天魔」三字，《破魔變》即寫釋迦雪嶺成道後「定天魔」之演義。又卷五，《金剛般若波羅密經講經文》云：「俗諦門中事相多，真空道理沒偏坡（頗）。曉悟大乘無相理，自然心裏伏天魔。」（《校注》，頁 644）可見「天魔」指心裏的妄念、邪念。

此文主要是寫太子（釋迦牟尼）將成道時，魔王恐其門徒皆歸向佛陀，故發動魔軍企圖破壞佛陀「成道」，簡言之，寫魔軍與佛陀鬥法過程。文章先形容魔軍形相：

> 於是魔王擊一口金鐘，集百萬之徒黨。……馬頭羅剎……捷疾夜叉……阿修羅軍……夜叉虞候、羅剎都巡，並劍齒戟牙，利毛銅爪；手持鐵棒，腰帶赤蛇，驅精魅以前行，魍魎鬼神在後。閻羅王為都統，總管諸軍，……遍地盈川，神鬼交橫，搖精動目。更有飛天之鬼，未貌其形。或五眼六牙，三身八臂；四眉七耳，九口十頭，黃髮赤髭，頭尖額闊。或腕麤臂細，頭小腳長；簸旗弄於山川，呼吸吐其雲霧。搖動日月，震撼乾坤，……。魔王自領軍眾，來至林中。先鋪

[25] 張涌泉、黃征校注《敦煌變文校注》（北京：中華，1997），頁 531。

> 䨴䨴之雲，後降潑墨之雨。方梁欐木，榀塞虛空；捧石擎山，昏蔽日月。強風忽起，拔樹吹沙，天地既不辯東西，昏闇豈知南北。一時號令，便下天來。逡速之間，直至菩提樹下。（頁 532-33）

這一段描寫正所謂「神變相」，而文字則將敘述散文與四六駢文結合得非常自然，看似典雅，又不失流暢，很容易閱讀。接著寫魔王敗陣：

> 魔王神變總騁了……擎山攝海騁神通……鬼神類，萬千般，變化神通氣力灘。任你前頭多變化，如來不動一毛端。（頁 533-34）

這是用魔王之各種神變，反向顯見佛陀定力之高，魔王雖有「神變」亦難以撼動。而在魔王敗陣之後，又由三魔女上陣向佛陀展開誘惑，但佛陀仍不為所動，且施展法力使變女變醜：

> 魔女不信世尊之言，謾發強詞，輕惱於佛。於是世尊垂金色臂，指魔女身，三個一時化作老母。且眼如朱盞，面似火曹（槽）；額闊頭尖，胸高鼻曲；髮黃齒黑，眉白口青。面皺如皮裹髑髏，項長一似筋頭槌子。渾身錦繡，變成兩幅布裙；頭上梳釵，變作一團亂蛇。身膖項縮，恰似害凍老鴟；腰曲腳長，一似過秋穀（鶻）鷓。渾身笑具，是甚屍骸？三個相看，面無顏色。心中不分，把鏡照看，空留百醜之形，不見千嬌之貌。……
>
> 魔女三人，變卻姮娥之貌。自慚醜陋之軀，羞見天宮，求歸不得。遂卽佛前胡跪，啟請再三，……佛以慈悲廣大，大願尅從。捨放前愆，許容懺謝。與舊時之美質，轉勝於前；復婉麗之容儀，過於往日。……魔女三人騁姿容，變卻當初端正面。……醜女卻獲端正身，口過懺除得解免。（頁 535-36）

佛陀先使魔女由美變醜，而在魔女表示懺悔後，又使其變美，且更勝從前，這表示佛陀亦有神通，且大於魔王、魔女等。總之，鬥法結果，是佛陀這方大勝。可以說，本文吸引人之處，正在其「神變」的描寫與情節。

在這裏要特別指出的是，《破魔變》從頭至尾皆用六朝駢文體寫法，非常優美，可能是敦煌變文中最美文字。如開頭一段先寫佛法在漢代開始流行，繼寫釋迦出家成道緣由：

> 金仙誕質，本在周朝；像法流行，元因漢代。昭君之世，挾（協）祥夢於千秋；壬午之年，棄皇宮於雪嶺。六載苦行，四智周圓。破九百萬之魔軍，成八十莊嚴之好相。遂得天上天下，惟佛獨尊；三界之中，竟無有比。（頁 532）

這是標準的駢文寫法，其中提到釋迦棄皇宮至雪嶺苦行成道後，先破「九百萬之魔軍」，即是本文內容。後面寫魔王率眾魔軍欲擾亂釋迦修行，終被釋迦神通擊敗。回宮之後，魔王三女要為父親報仇，乃欲以「色誘」壞釋迦修行。但釋迦不為所動，且運神通，使三女由美變醜。三女只好向釋迦謝罪懺悔，於是又由醜變美，且更勝從前。文中寫三女盛粧後之美云：

> 魔王聞說斯計，歡喜非常：「庫內綾羅，任奴粧束。」側抽蟬鬢，斜插鳳釵；身掛綺羅，臂纏瓔珞。東鄰美女，實是不如；南國娉人（注：待娉之人），酌然不及。玉貌似雪，徒誇洛浦之容；朱臉如花，謾（漫）說巫山之貌。行雲行雨，傾國傾城。人漂（飄）五色之衣，日照三珠（銖）之服。仙娥從後，持寶蓋以後隨；織女引前，扇香風而塞路。召六宮彩女，發在左邊；命一國夫人，分居右面。直從上界，來到佛前。歌舞齊施，管弦競奏。

此段更是表現其運用駢文之功力非常純熟。前面在介紹《經律異相》抄錄經文之特點時，已指出，除較多省略外，駢文化亦是其中之一。但在敦煌變文中，其實亦常見到駢文的使用，好的駢文除講求字面、聲調、情感之美外，又必須熟用典故，亦即結合文彩與學問。這不能不讓人對當時佛教人才之盛刮目相看；由此亦可看出，以為「變文」是將佛經轉變為「通俗」文字，是有問題的。

經查《大正藏》本緣部《佛本行集經》之《魔怖菩薩品》（編號 31）

與《菩薩降魔品》（編號 32），《變文》與《經》文，其主要情節雖同，但敘述文字有很多不同，且敘述次序亦有不同。最明顯的是，經文是先序三女用色相擾亂菩薩修行，不成之後，再派魔軍上陣，仍為菩薩收服。而《變文》則先序魔軍為菩薩所敗，再派三女上陣，且增加一節，即菩薩運用神通使三女由美變醜，在三女懺悔之後，再使其變美。

其實，早有學者發現這個問題，故項楚曾論《破魔變》故事與經文的關係云：

> 總之，降魔故事屢見于釋典，然而詳略、細節頗有差異。（中略）按講經文由都講先唱經文，法師再加講唱，故必有一定之經本。若變文則演繹佛經故事大意，有時雖也根據某一確定的經本，但也常常在博采眾經的基礎上，進行擇抉、融滙、想像，以達到理想的藝術效果，《破魔變文》即是一例。必欲求其所據之特定經本，自然是難以如願了。[26]

據此，「降魔故事」于釋典中已有多本——亦即已有「變文」，且變文本不拘經文，要指定變文所根據為某一經本，本有困難，則云變文指改變佛經為通俗文，恐難以成立。

2.**《降魔變文》**（**《校注》**，**頁** 552）

校注：

篇題原錄作《降魔變文一卷》。[27]按此故事出《賢愚經》卷第十的「須達起精舍品第四十一。」（頁 568）

案：《賢愚經》收入《大正藏》第四冊《本緣部》下，編號 202，《賢愚經》目錄 41《須達起精舍品四十一》。《經律異相》卷三收此故事，分兩段：《須達所造給孤獨園二》、《須達多買園以立靖舍二》。與《賢愚

---

[26] 見項楚《項楚敦煌語言文學論集》（上海：上海古籍，2011），《敦煌文學雜考》，頁 21。

[27] 張涌泉、黃征校注《敦煌變文校注》（北京：中華，1997），頁 567。

經》本相較，頗多省略，但不影響題意。

首段用駢體寫成，篇幅很長，且運用很多佛教典故與術語，似非一般人所能通曉。茲略引三行，以見一斑：

> 蓋聞如來說法，萬萬恆沙，菩薩傳經，千千世界。爰初鹿苑，度五俱輪，終至雙林，降十梵志。演微言愛河息浪，談般若煩惱山摧；會三點於真原，淨六塵於八境。所以舍衛大城之內，起慈念而度眾生；給孤獨長者園中，秉智燈而傳法印。（《校注》，頁 552）

最後云：「今題首《金剛般若波羅蜜經》」，又云「世尊於舍衛國、祇樹給孤獨之園，宣說此經」，知《金剛經》講於孤獨園。文中分兩大段，前段寫（給孤獨長者）須達多買太子祇園的經過，後段寫佛陀弟子舍利弗與六師外道勞度叉鬥法經過。

但前段一開始的敘述頗為混亂。如開頭先言南天竺國有一大國，號舍衛城。其王……輔國賢相，厥號須達多，……後面又云「輔國之相厥號護彌」，乃指鄰國之相。如此在敘述時容易引起混淆（詳下）。

接下來云「（須達）家有子息數人，小者未婚妻室」，於是須達派人外出為子尋找媳婦。中間敘述尋找好媳婦經過，寫得有如偵探小說。後敘使者至護彌家談婚事，先是說「親姻之議，未蒙許諾」。接著即云「長者忽於一夜，大小忽忙，掃灑當房」等事，又云「長者見其早起，寢寐不安，復見鋪設精華，驚怪問其所以：……長者曰……欲擬請佛延僧，精心供養。」「長者」實指兩人，一指須達，一指護彌，致造成敘述的混亂。經反覆閱讀，始知：前面所說「長者忽於一夜」云云，及「長者曰：我亦不緣聚會」乃指護彌；而長者「見其早起」云云，則指須達。

經查《大正藏》冊二，《本緣部》下《賢愚經》卷十，編號 41《須達起精舍品》，其敘述非常清楚，即當使者知美女為相國須彌女兒之後，即使人通知須達本人前來，而後面的敘述亦很清楚，並無兩個「長者」混淆的情形。總之，閱讀「變文」此一節，必須反覆看幾遍，才知其故事脈絡，而閱讀經本，一次即很清楚。不僅如此，經文文字非常通俗易懂，故謂變文乃將佛經轉變為通俗文，極為可疑。若將兩者比較，無論是文字或情節，《經文》與《變文》兩者，有許多不同，而這些不同，看不出有何道理。尤其《變文》開頭一段大談佛法，且用駢文體，并不通俗。

除提親一事外，故事的另一重點是寫須達受相國護彌影響，亦歸皈依佛陀，且尋一清靜園林——即著名之「祇園」精舍，以便佛陀專心講道。但比較《賢愚經》文字與《降魔變文》文字，發現後者增飾很多文字，尤其後面敘須達買園後，與太子返家時，半路遇到六師外道，知其為如來建精舍買下太子園所，大為瞋怒云：

> 太子為一國儲君，往來須擁半仗；長者榮居輔依，匡國佐理之臣。何得辱國自輕，僕從不過十騎？既堯椽不斫，為揚儉素之名；舜甑無羶，要除奢侈之患。……此乃《詩》《書》所載，非擅胸襟。因何行李忽忽，輕身單騎！……（《校注》，頁 558）

這裏指責太子與須達皆是身分極高之人，而外出時卻只有簡單幾位隨從，與身分不合。但語中用到堯舜及《詩》《書》，乃中國經典，用以指責太子與須達過於簡樸。後來，當六師聞須達已請佛來住，更心生忿怒，遂直到國王殿庭控訴：

> 唯有逆子賊臣，欲謀王之國政，懷邪抱佞，不謹風謠。……豈有未聞天庭，外國鈎引胡神，幻惑平人，自稱是佛！不孝父母，恆乖色養之恩，不敬君王，違背人臣之禮。不勤產業，逢人即與剃頭，妄說地獄天堂，根尋無人的見。（《校注》，頁 559）

這裏斥責佛教，稱其崇拜「外國胡神」云云，顯以「漢人」自居，頗令人有不倫不類之感。近人研究敦煌佛教壁畫《勞度叉鬥聖變》，以為反映唐武則天當政時期，道、佛鬥爭、佛教躍居三教之首有關[28]：蓋以鬥法失敗之六師外道喻中國道教，以鬥法勝利之如來弟子舍利弗喻佛教。

---

28 殷光明主編《報恩經變畫卷》（香港：商務，2000），頁 20-1。

由於須達多向太子買園，並建立精舍，方便佛陀講道，卻引起外道不滿，由此有佛陀弟子舍利弗與外道勞度叉鬥法情節，過程中各顯神通變化，最後舍利弗勝利，證明「邪不勝正」，成為「鬥法」的典型模式。此一鬥法情節不僅在「變文」中非常著名，亦是敦煌「變相圖」之重要畫面，其「榜題」為「勞度叉鬥聖變」。不過，《賢愚經》卷二已有「降六師品第十四」，寫佛陀與六師外道鬥法事，學者似少注意，茲略引佛陀與六師鬥法部分內容：

> 王舍城竹園，國有六師，惡黨遍滿。時王有弟，敬奉六師，……兄王並沙奉佛，數數敕令供養，弟白兄王，設大會，設供具，遣人往喚六師之徒，尋皆來集，坐於上位，……
>
> 時佛與大眾來至會所，……六師見辱……
>
> 天魔波旬化作六師之形，飛行空中，身出水火，分身散體，百種現變。
>
> 六師悉集，各共議言，我曹技能，不減瞿曇，緣前一辱，眾心離散，比來眾師，神術顯變，……當詣國王，求決勝負。自說智能神化靈術、奇變……大王未見我等殊變，……決試之後，巨細自定。（王云）唯願世尊，使我曹得覩其變。
>
> 觀佛六師共稱神力。……佛因觀察，隨眾人心，方便說法，各令開解發無上心。佛即應時，變其所散花，諸高車中，皆有佛身，放大光明，眾會覩變，喜敬交懷，佛便說法。[29]

案：文中言及六師，皆以善變為其異能，稱之為「神力」，蓋即「神通力」之意。而佛亦即時應變，以更高的神力挫敗六師；可以說一來一往，皆以神通變化為主，應是《降魔變》的前身。

《降魔變》寫舍利弗與六師外道勞度叉的鬥法云：

29　《賢愚經》卷二（一四）「降六師品第十四」（見電子佛典《大正藏》，〔360c15〕）。

> 須達啟言舍利弗：敕令來月之八日，城南建立大道場，神通各自般般出。……舍利含笑報須達：「一切妄相皆須割。外道共我鬪神通，狀似將魚而與獺。」[30]

可見鬥法就是各顯神通，文中敘其鬥法過程云：

> 舍利弗：……勞度叉有何變現，即任施張！（頁563）
> 六師聞語，忽然化出寶山……（頁564）
> 舍利弗……忽然化出金剛……（頁564）
> 于時帝王驚愕，四眾忻忻。此度既不如他，未知更何神變？（頁564）
> 六師見寶山摧倒，憤氣衝天，更發瞋心，重奏王曰：「然我神通變現，無有盡期，……」忽然化出一頭水牛。……舍利佛……化出師子……化出水池……化出白象之王……（頁 564）化出毒龍……化出金翅鳥王……（頁565）
> 王曰：「和尚……更有何神，速須變現！」
> 忽於眾中，化出二鬼，形容醜惡，……口中出火，鼻裏生煙……
> 舍利弗……毗沙門踴現王前，威神赫奕……二鬼一見，乞命連綿處，若為……
> 六師……化出大樹……
> 舍利弗……化出風神……
> （同前書，頁566）

文中一再出現「變」「化」「現」字眼，可證《降魔變》之「變」，非指改變佛經文字為通俗文，而應指「神變」之「變」。近人張鴻勛作簡單概括云：

> 尤其是《降魔變文》，其勞度叉與舍利弗鬥法一節，六師先後化出寶

---

[30] 張涌泉、黃征校注《敦煌變文校注》（北京：中華，1997），頁562。

> 山、水牛、水池、毒龍、大樹等，來勢凶猛，橫掃一切，但卻被舍利弗化出的金剛、獅子、白象、金翅鳥王、毗沙門、風神等一一制服，故事跌宕變化，場面十分熱鬧。（張鴻勛，頁20）

顯然，「神通變化」是《降魔變》取名緣故。最後，寫外道勞度叉鬥法失敗屈伏後，舍利弗炫耀其神變作結。《經律異相》卷三《須達多買園以立精舍二》云：

> 時舍利弗身昇虛空，現四威儀，作十八變，作是變已，還攝神足，坐其本座。

文字相當精簡。而《大正藏》《本緣部》下，《賢愚經》卷十，《須達起精舍品》云：

> 時舍利弗身昇虛空，現四威儀，行住坐臥，身上出水，身下出火，東沒西踊，西沒東踊，北沒南踊，南沒北踊，或現大身，滿虛空中，而復現小，或分一身，作百千萬億身，還合為一身，於虛空中，忽然在地，履地如水，作是變已，還攝神足，坐其本座。

明顯看出，《經律異相》將中間十幾句表現神變之處，僅用「作十八變」四字一句統攝，卻不影響文意，蓋《賢愚經》所敘舍利弗種種神變，於佛經中常見，乃六神通之「神足通」，而統之為「十八變」。敦煌寫卷《降魔變文》則云：

> 舍利弗遂騰身直上，踴在虛空，高七多羅樹，頭上出火，足下出水，或（變）現大身，惻塞虛空，或（變）現小身，猶如芥子。神通變化，現十八般，合國人民，咸皆瞻仰處，若為：舍利佛倏忽現神通，踴身直上在虛空。或（變）現大身遍法界，小身藏形芥子中。……（《校注》，頁567）

比較起來，《經律異相》明顯精簡許多，《降魔變文》較為詳細，但與《賢愚經》比，文字並未增多，只是用「高七多羅樹」喻《賢愚經》之「現大身」，「猶如芥子」喻「現小身」。由此看來，當《賢愚經》使用白話時，《降魔變文》不僅改用比喻，且用佛教典故，反而比較雅飭，很難說是「通俗化」。且如上述，《降魔變文》有許多增飾，並混用許多中國觀念，皆非出於「通俗化」的需要。

針對變文的通俗化，陸永峰曾舉《八相變》、《太子成道經一卷》、《悉達太子修道因緣》為例，說明敘述語言的通俗化：

> 《八相變》的敘述語言較為雅飭，《太子成道經》趨通俗，《悉達太子修道因緣》則更為通俗。……可看出《悉達太子成道因緣》的表述更為通俗，更接近口語。這種通俗化，口語化適應著聽眾的需要，其結果是接長了敘事長度，使散文化的份量加重。[31]

依照此說，較早的變文比較雅飭，後來的變文比較通俗，正好證明變文並非皆是通俗文；且早期變文較雅飭，更使人對變文名稱產生疑問。另外，陸氏也注意到變文的「駢儷成分」。陸氏先指出，鄭振鐸在《中國俗文學史》中已注意到變文中有駢偶文：

> 關於散文部分，「變文」的作者大體使用著比較生硬而幼稚的白話文……但也有作者是使用著當時流行的駢偶文的。

由此可見，「變文」作者在使用通俗的白話文時，是比較生硬而幼稚的，反而用當時流行的駢偶文比較流暢，此即變文中有許多駢文的原因。故陸氏接著云：在《破魔變文》、《降魔變文》、《大目乾連冥間救母變文》等作品中，駢偶文的使用所在皆是（陸永峰，頁 132-33）。可惜陸氏似未注意《經律異相》中已常見駢體文的例子。

根據前面的比對，可歸納幾點：(1)相同的故事，在佛教經藏中即有兩個以上的本子，除文字有許多不同外，情節內容亦有詳略不同，故若以為

---

31 陸永峰《敦煌變文研究》（成都：巴蜀書社，2000），頁 130。

「變文」指改變文字，則佛經中即有「變文」。(2)同樣，就「通俗化」言，佛經中亦有許多不同程度的「通俗」故事，換言之，「通俗化」並非「變文」所專有。(3)變文中有許多典雅的「駢體文」，更可證明「文體變易說」的錯誤。

中國人受儒家經學影響很深，一聽到「經」，總認為非常艱澀難讀。這種印象轉嫁到佛教變文上面，很容易得出「轉變佛經為通俗文」的觀念。其實，很多流行的佛經並不難讀，如《阿彌陀經》、《法華經》、《維摩詰經》等，不僅故事引人，其文字亦不艱深，相較儒家經典，可說是很「通俗」的（這與佛教重視「方便神通」說法有關，詳見另文）。

在比對佛教經文與敦煌變文之後，似可得出結論：「文體變易說」所謂變文指改變佛經為通俗文，是難以成立的。

另一現象也值得注意，就是有些變文所根據的經文原本很短，但經變文發揮，可以擴充好幾倍。如目連救母故事出《佛說盂蘭盆經》，張鴻勛云：此經漢譯為 793 字，但經中真正講述目連救母故事的部分，即：

> 大目犍連始得六通，欲度父母，報目乳哺之恩，即以道眼觀視世間，見其亡母生餓鬼中，不見飲食，皮骨連立。目連悲哀，即鉢盛飯往餉其母。母得鉢飯，便以左手障飯，右手摶飯，食未入口，化成火炭，遂不得食。目連大叫，悲號涕泣，馳還白佛，具陳如此。

（包括標點）僅百餘字而已。張氏又云：重編後的《救母經》約為原經文的五倍，更多的卻是圍繞目連游諸地獄尋母救母，一波三折地生出種種曲折變化，集中渲染目連「上窮碧落下黃泉」，百折不撓、堅毅不拔的精神，展開動人心弦的戲劇性衝突。很值得注意的是，上引《盂蘭盆經》文字即很通俗易懂，如張氏所云，敦煌變文只是增加很多情節變化而已，並非其文字更為通俗，可見改變佛經為通俗文是不能成立的。

對於史傳變文，董乃斌亦云：

> 一則古已有之的傳說或歷史記載，由本來的簡單梗概，到敦煌文學往

> 往已成為一個長篇故事，像《舜子變》、《漢將王陵變》、《季布罵陣詞文》、《韓擒虎話本》，都是如此。在《搜神記》中只是一句：「宋康王舍人韓憑，娶妻何氏，美，康王奪之。」但在《韓朋賦》中就敷演成長長的一段……[32]

近人研究小說，也注意小說如何學習史傳筆法，將本來簡單幾個字敷衍為一大段文字，如《三國志》敘劉備見諸葛亮，原只五個字：「凡三往，乃見。」在《三國志演義》中，就成了《劉玄備德三顧草廬》洋洋洒洒一大篇好文章。[33]筆者願再補一更早例子，如《春秋》經中極有名的例子，「夏五月，鄭伯克段于鄢」，僅九個字，《傳》中卻敘出一大段文字（共 355 字），卻從無人稱之為「變文」。

由此看來，變文與佛經的主要不同，並非在於文字的不同，而是在於情節的增加；以為變文是改變佛經文字，是不能成立的。

另如《校注》卷一收《捉季布傳文》（前題），末題：大漢三年楚將季布罵陣，漢王羞恥，群臣拔馬收軍詞文（《校注》，頁 91）。此故事乃出《史記》卷一百《季布欒布列傳》，及《漢書》卷三十七《季布傳》中有關季布部分。在比較《史記》與《詞文》之後，張鴻勛云：

> 再次，詞文與史傳的不同，是前者把僅僅四百餘字的歷史記述敷演為近五千字的長篇敘述詩。它既保存了歷史事實的大框架，又通過增添細節大大豐富了事件內容和季布形象的塑造。（張鴻勛，頁 141）

簡言之，《詞文》較《史記傳文》增加了四、五倍，但問題不在字數的增加，而在擴充許多情節。

這裏筆者要稍作補充的是有關「變相」部分。文中先寫季布逃亡至周氏家避難，而官府追求甚急，到處張貼其畫像懸賞：白土拂牆交（教）畫影，

32 董乃斌《唐代詩歌散文的小說化傾向——小說文體孕育過程論之一》，《唐代文學研究》（桂林：廣西師範大學，1993），頁 266。

33 呂玉華著《中國古代小說理論發展研究》（濟南：山東教育，2016），頁 110。

丹青畫影更邈真（《校注》，頁 93）。當周氏告知漢王專派朱解來捉拿時，季布反而看出生機，於是「便索剪刀並染褐，改形移貌痛傷神」。此是第一次「變相」。接著寫周氏依季布計策，將他賣給朱解為僕，後因他表現許多才藝，令朱解刮目相看，並收他為「骨肉」，改姓朱，於是「脫鉗除褐換衣新」，這是第二次「變相」。接著寫他騎馬射箭，表現不凡「武藝」，引起朱解懷疑，他只好坦白自己身分：楚王辯士英雄將，漢帝怨家季布身。此是第三次「變相」，亦即恢復「本相」。

又《敦煌變文校注》卷一主要收史傳變文，亦有《張議潮變文》與《張淮深變文》。這兩篇皆是所謂「歸義軍」統治敦煌時期的作品。劉進寶云：「《張議潮變文》直接記述了大中十年至十一年間的三次戰役……（中略）『朝朝秣馬，日日練兵，以備凶奴，不曾暫暇』，就是當時實際情況的真實反映。」[34]案：這兩篇《變文》皆是寫歸義軍的勇敢善戰，經多次爭競，以至勝利，充滿歡樂氣息。這種兩軍相鬥，最後由義軍得勝，或可比擬《降魔變》中佛弟子舍利弗與六師外道勞度差各展神通變化之鬥爭。而《張淮深變文》中特別提到唐朝廷所派天使遠赴流沙，「詔賜尚書，兼加重錫」之榮銜後，又赴開元寺，親拜玄宗皇帝聖容。天使不免嘆念：「敦煌雖百年阻漢，沒落西戎，尚敬本朝，餘留帝像。其於（餘）四郡，悉莫能存。又見甘、涼、瓜、肅，雉堞凋殘，居人與蕃醜齊眉，衣著豈忘於左衽；獨有沙州一郡，人物風華，一同內地。」這使得「天使兩兩相看，一時垂淚，左右驂從，無不慘愴。」（《校注》，頁 192）後面「若為陳說」又云：「河西淪落百年餘，路阻蕭關雁信稀。賴得將軍開舊路，一振雄名天下知。」（頁 193）寫河西淪落百年後，竟又重歸唐朝，正是所謂「非常之變」。（案：史傳變文之變，指史事之異變，佛典變文之變，則指神變。）這兩篇變文皆是歌詠時事，並非先有一史傳文本，更不能從改變為通俗文解釋。

其餘如《舜子變》，寫舜幾次被害，皆有神助，得以逃過死劫，此即所謂「變」。《韓朋賦》寫韓憑夫婦死後化為石又化為連理枝之事，正是一種

---

[34] 劉進寶《敦煌學述論》（蘭州：甘肅教育，1991），頁 48。

異變現象。《秋胡變文》文寫秋胡出門遠學、求仕，九年之後得高官榮歸，於桑間見其妻採桑，容貌甚美，但彼此不識，故贈詩一首，且欲贈黃金二兩、亂採（綵）一束，皆為妻婉拒。後秋胡回家，先見母親……使人往詣桑林，喚貞妻返家。貞妻甚喜，身著嫁時衣裳，行至堂前設禮，欲見其夫，不料卻見「桑間贈金權貴」，情中不喜，怒責秋胡「於國不忠，於家不孝」。（《校注》，頁 234-35）。案：所謂「變」即指桑間不識至返家相識之變化。

眾所皆知，變文標題有兩種情形，或稱「變」，或稱「變文」。主張「文體變易說」者認為前者是後者的省稱，亦即省略一個「文」字；依「文體變易說」，變文即改變經文為通俗文。就筆者的觀察，接受「省稱說」的人似占多數；對此，筆者已經提出許多「質疑」，為以簡馭繁，茲歸納三個重點：

(1)「文」字筆畫甚少，不構成省略的理由。

(2)省略一「文」字，就不知所「變」為何，故不能成立。

(3)許多「變文」，只能由故事中之變化情節解釋。

第三點最為重要，此所以有一種「調和論」出現，希望能夠兼顧兩者。筆者認為，這種疊牀架屋的方法只是增加新的困擾，並未能解決問題，不如孫楷第的「神變說」簡明，合理。

第四節　樂府民歌之「變」及常見「變」字用法——兼論「變家」與「變文」

前一節主要針對敦煌變文，討論變文之「變」，兼對「文體變易說」提出質疑。這一節將放開視野，先討論與敦煌變文無直接關係的作品，以其為參照，盼能增進對變文的了解。最後則將從「變家」與「講唱」的角度，提出筆者對「變文」意涵的看法——也就是最後的結論。

本章將分下列七個小節：

一、六朝樂府民歌之「變」

二、黃龍變

三、《老子化胡經玄歌．老君十六變詞》

四、常見「變」字用法，以三字——《XX 變》為主

五、《大唐大慈恩寺三藏法師傳》所記《報恩經變》的真相

六、變家與變文

七、結論：從講唱看變文標題

附論：變場

前四項雖與變文無直接關係，但一、二、四，共三項用到「XX 變」的句式，這也是變文常見句式——如《目連變》；第三項題目中的「變詞」，與「變文」類似，皆有參照作用。後三項——四、五、六，直接討論變文有關問題，也是本章的重點。

一、變文與六朝民歌

向達《唐代俗講考》曾提出變文源于南朝清商樂之說：

> 私意以為俗講文學之來源，當不外乎兩途：轉讀唱導，一也；清商舊樂，二也……唐代俗講話本，似以講經文為正宗，而變文之屬，則其支裔。換言之，俗講始興，只有講經文一類之話本，浸假而采取民間

> 流行之說唱體如變文之類，以增強其化俗之作用。故變文一類作品，蓋自有其淵源，與講經文不同，其體制亦各異也。欲溯變文之淵源，私意以為當于南朝清商舊樂中求之……是漢世以來，南朝舊樂，自有所謂變歌，及以變名之《子夜》、《歡聞》、《長史》諸曲，合之《明君》，舉屬于清樂也。……唐代變文宜亦可以被諸弦管，是以唐末吉師老有《看蜀女轉昭君變》一詩，變文之音樂成分，由此似可推知。而其祖禰，或者即出于清商舊樂中變歌之一類也。[1]

這是從「唐代變文宜亦可以被諸弦管」——亦即從音樂的角度，認定變文繼承南朝清商樂中「變歌」一類，據此，「變」當指音樂之變。唯此說似少有人支持，周一良《讀〈唐代俗講考〉》云：

> 向文第五節《俗講文學起源試探》求變文之淵源于南朝清商舊樂，其說至為新穎。但除去樂府裏有變歌以及若干以變為名的曲子以外，似乎中間找不出什麼連鎖來。……中唐以後清商樂已瀕于滅亡。我覺得變文之變，與變歌之變沒有關系。[2]

這也是從音樂角度——中唐以後清商樂已瀕于滅亡，反對向說，雖亦承認「樂府裏有變歌以及若干以變為名的曲子」，但認為「變文之變，與變歌之變沒有關系」。又陳引馳云，「這一意見後來很少依從者，重要的似乎只有羅宗濤的《變歌、變相與變文》持類似的觀點。」並引〔美〕梅維恆的批評，認為羅文「未能指出，在『變歌』和『變文』之間，除了它們都有『變』字外，還有什麼可以令人信服的聯繫」[3]。筆者雖同意樂府的「變歌」與變文無直接關係，但認為「變歌」可作為參照，進一步了解：變文何以又稱為「變」，及「變文」之變的意涵。

---

[1] 周紹良、白化文編《敦煌變文論文錄》（臺北：明文，1985），上冊，頁 54-6。

[2] 周紹良、白化文編《敦煌變文論文錄》（臺北：明文，1985），上冊，頁 161-62。

[3] 陳引馳翻譯過梅維恆的《唐代變文》，上引梅氏批評，見其所著《隋唐佛學與中國文學》（南昌：百花洲文藝，2002），頁 329-30。

請先看郭茂倩《樂府詩集》四十四卷・清商曲辭一的「題解」：

> 清商樂，一曰清樂。……至武后時，猶有六十三曲。其後歌辭在者有……《白紵》《子夜吳聲四時歌》……《阿子及歡聞》……《懊儂》……《長史變》……等三十二曲，……[4]

這裏提到幾首有名的「變歌」名稱：《子夜吳聲四時歌》、《阿子及歡聞》、《懊儂》、《長史變》。《晉書・樂志下》則對這幾首歌略作說明：

> 相和，漢舊歌也，絲竹更相和，執節者歌。……凡樂章古辭，今之存者，並漢世街陌謠謳，《江南可採蓮》……吳歌雜曲並出江南，東晉以來，稍有增廣。……《子夜歌》者，女子名子夜，造此聲。孝武太元中，琅邪王軻之家有鬼歌子夜，則子夜是此時以前人也。……《阿子》及《懽聞歌》者，穆帝升平初，歌畢輒呼「阿子，汝聞不？」語在《五行志》。後人衍其聲，以為此二曲。……《懊儂歌》者，隆安初俗間訛謠之曲，語在《五行志》。《長史變》，司徒長史王廞臨敗所制。凡此諸曲，始皆徒歌，既而被之管絃。[5]

案：後來的《宋書・樂志》、《舊唐書・樂二》，與上引《晉書・樂志》相同。值得注意的是，上引一些變歌多數見於專門記錄異常現象的《五行志》。下面將分別討論幾首著名的「變歌」，重點在了解「變」的意涵。

1.子夜變歌

要談《子夜變歌》，必須先談《子夜歌》。

郭茂倩《樂府詩集》（四十四卷・清商曲辭一）最先舉《子夜歌》四十二首（晉宋齊辭），題解：

> 《唐書・樂志》曰：「《子夜歌》者，晉曲也。晉有女子名子夜，造

4　《樂府詩集》上冊（臺北：里仁，1984），上冊，頁638-39。

5　臺北：鼎文版，《晉書》冊一，頁716-17。

此聲，聲過哀苦。」《宋書・樂志》曰：「晉孝武太元中，琅琊王軻之家有鬼歌子夜，殷允為豫章，豫章僑人庾僧虔家亦有鬼歌子夜。」……《古今樂錄》曰：「凡歌曲終，皆有送聲。……」《樂府解題》曰：「後人更為四時行樂之詞，謂之《子夜四時歌》。又有《大子夜歌》《子夜警歌》《子夜變歌》，皆曲之變也。」[6]

這裏針對《子夜歌》提供幾個重點：

(1)作者是位女性，其名為「子夜」，故名其所作曰《子夜歌》。

(2)歌聲哀苦。

(3)有鬼歌《子夜歌》的傳說。

(4)《子夜變歌》是曲之變——亦即《子夜歌》的「變曲」。

《樂府詩集》所收晉宋齊《子夜歌》有四十二首，《子夜四時歌》七十五首，可見這種吳歌在當時是多麼流行！就其所寫內容看來，主要寫男女之情，正如郭預衡主編《中國古代文學史》所說：「南朝樂府民歌的內容，絕大部分屬男女戀情，……愛情因此幾乎成為今存樂府民歌的唯一主題。」[7]如上引《唐書・樂志》云，《子夜歌》的作者應是女姓，亦即是從女性的角度寫男女愛情，詩中常以女性立場寫相思之苦，以「儂」稱女性自我，以「郎」「歡」指男性的感情對象。

男女談戀愛，通常在夜晚，《子夜歌》云：

夜覺百思纏，憂歎涕流襟。徒懷傾筐情，郎誰明儂心。

夜長不得眠，轉側聽更鼓。無故歡相逢，使儂肝腸苦。

氣清明月朗，夜與君共嬉。郎歌妙意曲，儂亦吐芳詞。

夜長不得眠，明月何灼灼。想聞散喚聲，虛應空中諾。（以上皆見

---

6 《樂府詩集》（臺北：里仁，1984），上冊，頁641。

7 郭預衡主編《中國古代文學史》二冊（共四冊）（上海：上海古籍，1998），頁115-16。

《樂府詩集》上冊，頁 643）

以上或寫夜與君共嬉，或寫夜長相思不得眠，可證男女戀愛相約常在夜晚。當然，男女戀愛，總希望有好的結果，詩主要是以女性的立場寫對愛情的期盼，而最重要的期盼，就是情人的「同心」，如云：「崎嶇相怨慕，始獲風雲通。玉林語石闕，悲思兩心同。」「始欲識郎時，兩心望如一。理絲入殘機，何悟不成匹。」（兩首皆見《樂府詩集》上冊，頁 641）而為了肯定情人的「同心」，就要到西陵柏樹下發誓，《子夜冬歌》云：

何處結同心，西陵柏樹下。晃蕩無四壁，嚴霜凍殺我。

果欲結金蘭，但看松柏林。經霜不墮地，歲寒無異心。（兩首皆見《樂府詩集》，頁 649）

兩首詩旨意相同，皆指在松柏下「結同心」，「結」即結盟約、發誓之意。《懊惱歌》云：「我與歡相憐，約誓底言者。常歡（歎？）負情人，郎今果成詐。」（頁 668）正指兩人因相愛（憐），曾有約誓，底言即何言[8]。很難得的是，《冬歌》兩首告訴我們，當時約誓「結同心」之地即在「西陵松柏下」或「松柏林」。案：「同心誓」可追溯至《詩經》，著名之棄婦詩《邶風・谷風》云：「習習谷風，以陰以雨。黽勉同心，不宜有怒。采葑采菲，無以下體。『及爾同死』。」據近人注析云：及爾同死正是當初丈夫對她說的好話：願與你白頭偕老。[9]又托名卓文君的漢詩《白頭吟》云：「願得一心人，白頭不相離。」「一心」即同心，「白頭不相離」即「白首偕老」、「及爾同死」。[10]不僅如此，《鄘風・柏舟》云：「之死矢靡它，母也天只，不諒人只。」即發誓不嫁別人[11]。更坦率絕決的如《王風・大車》

8　參王雲路《漢魏六朝詩歌語言論稿》（西安：陝西人民教育，1997），頁 140。

9　參程俊英，蔣見元著《詩經注析》（北京：中華，2005 年四刷），上冊，頁 91-2。

10　逯欽立輯校《先秦漢魏晉南北朝詩》（臺北：木鐸，1983）上冊，頁 274。

11　參程俊英，蔣見元著《詩經注析》（北京：中華，2005 年四刷），上冊，頁 122-23。

云：「穀（生）則異室，死則同穴，謂予不信，有如皦日。」近人注析云：「此章四句是作者對情人的誓言。聞一多說：『指日為誓，言有此皎日以為證。』」[12]在解題中更大大稱讚：「此詩末章結以誓詞，別開生面。……此詩末章，可說是這類（山盟海誓）誓詞的濫觴，但它絕無後來作品中輕浮、夸誕之弊，而堅定、熾熱之情，盡在誓中，令人讀之不覺動容。」

「果欲結金蘭」出《周易・繫辭上》解《同人卦》云：「二人同心，其利斷金；同心之言，其臭如蘭。」意指「兩人心意相同，猶如利刃可以切斷金屬，其言如蘭草一樣芬芳。」[13]此處用來指「同心」之約誓，希望兩心如一，永不改變，故云：「經霜不墮地，歲寒無異心。」沈約《少年新婚為之詠詩》云：「錦履並花紋，繡帶同心苣。」[14]這是用打結的繡帶象徵兩心如一。

所謂「松柏林」、「松柏下」皆指「墓地」，故詩中於「西陵松柏下」云：「晃蕩無四壁，嚴霜凍殺我。」上句指墓地空曠無人，下句指當時為寒冬（故收入「冬歌」）。案：《古詩十九首》其三：「青青陵上柏，磊磊磵中石。」李善注云：「言長存也。莊子仲尼曰：受命於地，唯松柏獨也，在冬夏常青青。」[15]又十三：「白楊何蕭蕭，松柏夾廣路。」李善注引仲長子《昌言》曰：「古之葬者，松柏梧桐以識其墳也。」[16]可見松柏指墓地，且松柏冬夏長青，則《子夜冬歌》以墓地為「結同心」、「約誓」之處，蓋因墓地多松柏，而松柏於歲寒時亦不凋謝，故情人特於寒冬嚴霜之時，到墓地松柏之下立誓，表示「同心」、「無異心」，也就是此心不變的意思[17]。很

---

[12] 參程俊英，蔣見元著《詩經注析》（北京：中華，2005年四刷），上冊，頁215。

[13] 黃壽祺、張善文撰《周易譯注》（上海：上海古籍，1994年五刷），頁543。

[14] 逯欽立輯校《先秦漢魏晉南北朝詩》（臺北：木鐸，1983），中冊，梁詩卷六，頁1639。

[15] 臺北藝文書局版，1974，《文選》，頁417。

[16] 臺北藝文書局版，1974，《文選》，頁419。

[17] 《古詩十九首》第十八首云：「著以長相思，緣以結不解。」近人注云：「結不解：象徵愛情堅貞不移。」（張啟成、徐達等譯注《文選譯注》，貴陽：貴州人民，1994，卷二十八，冊三，頁2009）不移即不變。

值得注意的是，錢塘的「西陵」可能是墓地，因為種有松柏，而成為情人立誓「同心」之處。

案：《玉臺新詠》卷十收《錢唐蘇小歌》一首：「妾乘油壁車，郎騎青驄馬。何處結同心？西陵松柏下。」[18]此歌後面兩句被引用入上引《子夜冬歌》中[19]。則《蘇小歌》亦可當《子夜歌》看。李賀亦寫《蘇小小墓》，流傳極廣，詩云：「幽蘭露，如啼眼，無物結同心，煙花不堪剪。草如茵，松如蓋，風為裳，水為佩。油壁車，夕相待；冷翠燭，勞光彩。西陵下，風吹雨。」[20]亦提到「結同心，西陵下」。《子夜歌》與《蘇小歌》都被視為鬼歌，應與情人喜至墓地對松柏發「同心誓」的習慣有關。

尚應注意的是，吳歌中常提到墓地之「闕」與「碑」，不妨先看一首《子夜歌》（四十二首之五）：「崎嶇相怨慕，始獲風雲通。玉林語石闕，悲思兩心同。」（《樂府詩集》，頁 641）前兩句指兩人互相愛慕，好不容易才開始交往（如「風雲通」）。後二句卻說自己到玉林中語石闕，據《水經注．潁水篇》云，「冢有石闕，闕前有二碑」（《述論》，頁 82 引），可見「石闕」可包括墓碑，故下句云「悲思兩心同」，此乃由「碑」而引起「悲思」（在吳歌中常見），「悲思」亦即「相思」；「兩心同」亦即前引《子夜冬歌》之「結同心」，在此似指對著石闕盟誓。由此詩看來，是一首愛情詩，既寫相思之苦，亦希望兩心相同，永在一起，這是吳歌共同的主題。

再看三首《讀曲歌》：

> 打壞木棲牀，誰能坐相思。三更書石闕，憶子夜啼碑。（《樂府詩集》，上冊，頁 671）
>
> 奈何許，石闕生口中，銜碑不得語。（《樂府詩集》，頁 673）

---

18 〔陳〕徐陵編，〔清〕吳兆宜注，程琰刪補，穆克宏點校《玉臺新詠》（臺北：明文，1988），頁 486。

19 參王運熙《樂府詩述論》（上海：上海古籍，1996），頁 63。

20 〔清〕王琦等《三家評注李長吉歌詩》（上海：上海古籍，1998），頁 46。

> 聞乖事難違，況復臨別離，伏龜語石板，方作千歲碑。（《樂府詩集》，頁 676）

第一首前兩句，言因為經常坐著相思，以致打壞木牀。後兩句突然寫在三更半夜時，到墓地去，在石闕寫上情郎名字（由「憶子」可知），並撫著碑「悲啼」。詩中以在闕上題字暗示「啼哭」，用撫碑暗示「悲思」，兩者合言「悲啼」。第二首只三句，重點落在末句：「銜碑不得語。」用碑在石闕之口中，暗示「悲思」難以對人說。第三首前兩句，似言情人有事，必須暫時別離。後兩句言對著伏龜上的石碑，準備忍受「千年」之久的悲思。案：另一首《讀曲歌》云：「願如卜者策，長與千歲龜。」（《樂府詩集》，頁 673）故此處是由傳說龜壽千年引起的聯想，在此喻「常相思」。

《華山畿》亦收一首：「別後常相思，頓書千丈闕，題碑無罷時。」（《樂府詩集》，頁 670）用闕與碑暗示別後常因相思而「悲啼」。

《述論》云：「《讀曲歌》現存八十九首，數量在吳聲各曲中首屈一指。」（王運熙《樂府詩述論》，頁 81）案：《讀曲歌》數量很多，主要寫男女戀情，與《子夜歌》的性質很相像，其中也寫到對「同心」的期盼，如「思歡久，不愛獨枝蓮，只惜同心藕。」（《樂府詩集》，頁 671）又云：「憐歡敢呼名，念憐不呼字。連喚歡復歡，兩誓不相棄。」（全上，頁 673）這表示當雙方感情深入的時候，會有「同心」的誓言——所謂「兩誓不相棄」。

可是同心之誓並非絕對有效，往往是男的別有所歡，把女的拋棄不管，如：

> 郎為旁人取，負儂非一事。擗門不安橫，無復相關意。（《子夜歌》）[21]

---

21 「擗門不安橫，無復相關意。」《述論》以為「關」諧「關念」之「關」（頁 121），是對的；但解「擗門」為「離門」，解「安橫」為「安分」，皆錯。案：「擗門」即「籬門」，指竹籬之門，「安橫」即安上橫木，亦即「關門」；「不安橫」是不關門，故云「無復相關意」。

> 我與歡相憐，約誓底言者？常歡負情人，郎今果成詐。（《懊惱歌》）。[22]（參王運熙《樂府詩述論》，頁 279）

《子夜歌》有一首云：「儂作北辰星，千年無轉移。歡行日月心，朝東暮還西。」（《樂府詩集》，頁 643）將自己比為北辰星，即永久不變心之意；而「歡」（情人）被比為「日月心」，表示「朝東暮西」，容易變心。

如上所說，當時男女情人常約在夜晚相見，故若發生情變亦在夜晚，另有四首《讀曲歌》云：

> 五鼓起開門，正見歡子度。何處宿行還，衣被有霜露。（《樂府詩集》，頁 674）

> 詐我不出門，冥就他儂宿。鹿轉方相頭，丁倒欺人目。（《樂府詩集》，頁 674）

> 語我不遊行，詐我言端的。敗橋語方相，欺儂那得度。（《樂府詩集》，頁 674）

> 闊面行負情，詐我言端的。畫背作天圖，子將負星曆。（《樂府詩集》，頁 674）

第一首寫清晨「五鼓」起床，卻見歡子剛回來，不知昨夜在何處住宿，只見衣上仍有霜露——意指由外邊回來，因是清晨，仍有霜露，顯然，歡子已有外遇。第二首與第三首皆提到「詐」「欺」，且語及「方相」。第二首「詐我不出門，冥就他儂宿」，意思明顯，可說是第一首的補充說明。但何以提及「方相」？王運熙《樂府詩述論》云：

> 按《周禮·夏官》云：「方相氏，……」其功能在於毆鬼，故漢魏南北朝人送葬多用之；人將死之前，也常會碰到方相作怪。正史和小說

---

[22] 案：「常歡負情人」，王運熙《樂府詩述論》引作「常歎負情人」（頁 279）。唯《子夜變歌》云「人傳歡負情」，故疑此句應作「常言歡負情」，「人」字愆。

中有許多記載。（王運熙《樂府詩述論》，頁 83）

「方相氏」本為防止癘疫之官，後以為有「毆鬼」的能力，「故漢魏南北朝人送葬多用之」。但《述論》卻舉出「正史和小說中有許多記載」，「人將死之前，也常會碰到方相作怪。」由這些例子看來，方相不僅未能毆鬼，反而變成嚇人之惡鬼，故《述論》並未針對前引《讀曲歌》提出說明。而由上引兩例看來，「方相」與愛情欺詐有關，故暫作推論：意指表面對著方相發誓，背後卻做欺騙的勾當；連方相亦敢欺詐，可惡至極。

第四首先言「闊面行負情，詐我言端的」，似指準備做「負情」的事，卻當著面詐言。後兩句即指如何詐言：「畫背作天圖」，指在背上畫「星圖」，似乎是為了晚上出門時不至走錯方向，這理由似很正當；下句卻云「子將負星曆」，意指將星圖畫在背上，已準備要「負心」，蓋以「負星」諧「負心」（亦即「負情」）（參王運熙《樂府詩述論》，頁 127）。案：將星圖畫在背上，根本看不到，可見是存心欺騙。

上面將男女戀情之變化，整理出一些頭緒，仍嫌複雜，茲引《述論》之說，略作「小結」。《述論》論《子夜歌》之怨情云：

> 《子夜歌》的創始者，大約是晉代的一位無名女子。這女子是多情的，她在夜間等候他的歡子降臨，不幸她的歡子竟是一位負情郎。她失望了，她唱著苦而充滿渴望的歌——子夜來！《子夜歌》道：「夜長不得眠，明月何灼灼，想聞散喚聲，虛應空中諾！」正彷彿表達著這種焦灼苦痛的情緒。……《唐書》稱《子夜》「聲過哀苦」，我們相信它的音調一定非常纏綿悱惻，以致激動了無數人的心靈，被無數人傳誦摹倣，用來宣洩自己的情感、苦悶。這情歌作者的名字既已無法查考，而其主要聲調是「子夜來」，那麼就把她喚作子夜吧。（王運熙《樂府詩述論》，頁 52）

作了上述的說明之後，再來看《子夜變歌》，就很容易。

《子夜變歌》見《樂府詩集》卷四十五，《清商曲辭二》，共三首。題解：

> 《宋書・樂志》曰：「六變諸曲，皆因事製歌。」《古今樂錄》曰：「《子夜變歌》前作持子送，後作歡娛我送。《子夜警歌》無送聲，仍作變，故呼為變頭，謂六變之首也。」（《樂府詩集》，頁655）

上引兩種書籍，合起來是說明《子夜變歌》屬於《六變》諸曲之一，其特點是前後有送聲，這是從「變曲」的角度看《子夜變歌》。現在就看《子夜變歌》（共三首）第一首：

> 人傳歡負情，我自未常見。三更開門去，始知子夜變。（《樂府詩集》，頁655）

一般人看到題目《子夜變歌》，會以為是《子夜歌》的新曲，即改變舊歌（《子夜歌》）成為新歌（《子夜變歌》）。但是看了最後一句「始知子夜變」，才知是誤會。原來此詩是寫歡[23]（情郎）負情的事。前兩句言常聽傳言，情郎會負情（負心、背棄感情），因為自己並未遇到過，當時並不相信。後兩句言有一天發現所歡在三更出門去（又去赴別人的約會），始知什麼是「子夜變」；顯然，「變」指變心、負心、負情，絕不是指改變舊曲。

要了解此詩之「變」，必須先回顧前面所說的「結同心」——同心之誓。同心與異心相對，異心亦即「變心」，《子夜變歌》之「變」，正是針對情人不能守「同心誓」而變心的控訴。前兩句言曾聽聞情郎會負心，但因已與情郎「結同心」——有「同心之誓」，故一直不相信傳言。直到有一次發現情郎「三更開門去」——在三更半夜（子夜）偷偷離開的事實，始知「子夜變」——發生在子夜的情變。這與女性的「儂」因相思而「夜長不得眠」正好相對：夜長不得眠是「同心」的表現，故「子夜」被用以代表誓守「同心」的真情女性（有一傳說，認為《子夜歌》的「子夜」，是一位女性

23　王雲路云：「『歡子』，所愛者，多指情郎，與『儂』相對。」（王雲路《漢魏六朝詩歌語言論稿》，西安：陝西人民教育，1997，頁148）

的名字）。《變歌》寫所歡「三更開門去」，證明其對子夜的背叛，也是對「同心誓」的背叛。案：男女情變，尤其情郎負心之事，《子夜歌》等吳歌多有表現，如前引《懊惱歌》云：「我與歡相憐，約誓底言者。常歡負情人，郎今果成詐。」（《樂府詩集》，頁 668）前兩句言與歡（情人）已有「約誓」，表示感情已深。但後兩句云：「常歡負情人，郎今果成詐」，寫為歡所騙。「常歡負情人」似應作「常言歡負情」（「人」字愆），正如《子夜變歌》之「人傳歡負情」；「郎今果成詐」亦如《子夜變歌》之「三更開門去，始知子夜變」。

案：《樂府詩集》第四十九卷清商曲辭四《烏夜啼》云：「可憐烏臼鳥，強言知天曙。無故三更啼，歡子冒闇去。」（上冊，頁 691）這是責怪烏臼樹上的烏臼鳥，在三更時啼叫，使人誤以為「雞鳴」天亮，於是歡子利用機會「冒闇」出去偷情。《子夜變歌》亦言歡子「三更出門去，始知子夜變」，意指三更為深夜、天未亮，並非該出門的時候，不料歡子卻利用此時出門負情；「始知子夜變」或許亦表示，這種情形早已發生，只是自己沒有發覺。《詩經‧鄭風》有一首《狡童》，這是一首女子失戀的詩歌，《朱子語類》指其為「男女相怨之詩」。詩二章：

> 彼狡童兮，不與我言兮。維子之故，使我不能餐兮。
> 彼狡童兮，不與我食兮。維子之故，使我不能息兮。

所謂「不能餐」、「不能息（喘息）」，皆是「因狡童的變心而難過」所造成的結果。[24]由此看《子夜變歌》之歡子，其實就是現實中的「狡童」。

「子夜變」顯指發生在子夜的情變，「變」指情郎在子夜（三更）時候的負心、變心行為。由此看來，所謂《子夜變歌》，乃指用《子夜歌》的曲子敘述發生在子夜的情變，可稱為「子夜變之歌」。雖然《子夜變歌》屬於《子夜歌》的變曲（見上引《古今樂錄》），但此處之「變歌」應視為敘述

---

24 參程俊英、蔣見元著《詩經注析》（北京：中華，2005 年四刷），上冊，頁 243-45。

「情變」之歌，不應視為由《子夜歌》轉變而來的「變曲」，當然，「子夜變」更不應視為《子夜變歌》之簡稱。

寫到這裏，有必要談一下何謂「變曲」？對此，《述論》有「子夜變曲考」，茲摘取兩段內容以作參考：

> 《樂府詩集》（四四）《子夜歌》題解引吳兢《樂府解題》曰：「後人更為四時行樂之詞，謂之《子夜四時歌》，又有《大子夜歌》、《子夜警歌》、《子夜變歌》，皆曲之變也。」變曲是指從舊有曲調中變化出來的新聲，故古人往往以新聲變曲連稱：（下略）……《子夜四時歌》是從《子夜歌》變化出來的新聲，所以是《子夜》的變曲。
>
> 《宋志》敘述吳聲歌曲，至《讀曲歌》而止。其曰「《六變》諸曲，皆因事製歌」，曰「諸」曰「皆」，可知《六變》當指六種曲調。……理由是：一，《長史變》題名有「變」字；二，《長史》、《讀曲》二者，都合於因事製歌」的說法。但……「因事製歌」的界說，並不能完全表達出《六變》的特色，……《樂府詩集》引《樂錄》云……《樂錄》的話更使人糊塗，……（王運熙《樂府詩述論》，頁 58-9）

前一段說明「變曲」是指：從舊有曲調中變化出來的新聲。這意思很清楚，變曲與曲調變化有關，而與曲中故事無關。後一段先說《六變》當指六種曲調，亦即六種「變曲」，於是根據兩點理由判斷是否為變曲：一是題目中有「變」字，如《長史變》；一是根據《宋書・樂志》所說「六變諸曲，皆因事製歌」（見《子夜變歌》解題），以為《長史變》、《讀曲歌》二者，「都合於因事製歌」的說法。

案：兩點判斷「變曲」的理由皆不成立。首先，以為題目有「變」字，即是變曲，是有問題的。如所引《樂府解題》曰：「後人更為四時行樂之詞，謂之《子夜四時歌》，又有《大子夜歌》、《子夜警歌》、《子夜變歌》，皆曲之變也。」（見《樂府詩集》，《子夜歌》解題）可見《子夜歌》的變曲至少已知有四題，而其中有三題並無「變」字，這已清楚表示，所謂變曲並不一定要在標題加上「變」字；尤其如上所討論之《子夜變歌》，「變」乃指「情變」，非指改變舊曲為新曲，故不可以為「變曲」之證。其次，以為「因事製歌」是變曲的另一理由，更有問題。蓋「因事製歌」乃指曲調的故事內容，應與曲調變化無關。故《述論》亦云：「但……『因事製歌』的界說，並不能完全表達出《六變》的特色，……《樂府詩集》引《樂錄》云……《樂錄》的話更使人糊塗，……」顯然，自己亦感到懷疑，可見理由並不充分。

不過，「因事製歌」雖不能作為「變曲」的理由，卻可以說明何為「變歌」。正如《漢書・藝文志・詩賦略》「傳曰」論西漢樂府時所說：「皆感于哀樂，緣事而發。」即指「因事製歌」，而與新曲無關。仍以《子夜變歌》為例，如上所說，《子夜變歌》之「子夜變」乃指子夜所發生的情變，非指曲變，而「情變」正是「因事製歌」。近人孫尚勇有類似看法，他說：

> 這組歌辭的本事，郭茂倩未予介紹，根據內容可以判斷是一組描寫情感糾葛的作品。……《子夜變歌》的「因事製歌」于此可以解釋為：變情傷情之「事」為基本內容，此所謂「因事」；進而對原本的徒歌歌辭進行改編創作，並借用《子夜歌》的樂曲，製作作一隻完整的歌曲，此所謂「製歌」。這裏的「事」似乎與《子夜歌》沒有必然的聯繫。[25]

文中判斷《子夜變歌》「是一組描寫情感糾葛的作品」，是「變情傷情」之事，雖不夠具體，但有抓到要點。而由「因事製歌」角度論《子夜變歌》的一些問題，亦值得參考。

故《子夜變歌》實是極難得的例子，不僅可以打破長期以來以為「變歌」即「變曲」的迷思，且可以證明：所謂「變文」非指改變佛經為通俗文

---

[25] 孫尚勇《論吳歌〈六變〉的「因事制歌」》，《文學遺產》，2006 年第五期，頁 34。

字。不僅如此，「子夜變」與變文常用句式相同——如《目連變》，由「子夜變」亦可知，所謂「變」指發生異常之事。

《述論》又舉出數種吳聲、西曲中的變曲，吳聲部分有幾題：

（一）《歡聞變歌》：《歡聞歌》的變曲。

（二）《華山畿》：《懊儂歌》的變曲。

（三）《長史變》

茲先論《華山畿》。

2.《華山畿》二十五首（《樂府詩集》卷四十六，清商曲辭三，頁669）

在討論《華山畿》之前，先要談一下《懊惱歌》，因為《華山畿》被編在《懊惱歌》之後，且皆為宋少帝所製「變曲」。

《懊惱歌》十四首：

《古今樂錄》曰：「《懊惱歌》者，晉石崇綠珠所作，唯『絲布澀難縫』一曲而已。後皆隆安初民間訛謠之曲。宋少帝更製新歌三十六曲。……」《宋書‧五行志》曰：「晉安帝隆安作，民忽作《懊惱歌》，其曲中有『草生可攬結，女兒可攬抱』之言。桓玄既篡居天位，義旗（宋高祖劉裕起義軍討玄）以三月二日掃定京師，玄之宮女及逆黨之家子女妓妾悉為軍賞。東及甌越，北流淮泗，人皆有所獲焉。時則草可結事，則女可抱信矣。」（頁667）

《述論》云：

> 吳聲、西曲的一部分曲調，最初往往起源於傳與政治有關的民間訛謠，《阿子》、《歡聞》、《歡聞變》、《讀曲》、《楊叛兒》、《襄陽蹋銅蹄》等都是，《懊惱歌》也是其例。但這種傳說往往多五行家一類的附會之談，不可徵信。例如《懊惱歌》，它是早在（晉少帝）隆安以前流行吳地的情歌。晉初，石崇偶然彷作了一曲贈給他的愛妾綠珠。這其後，《懊惱歌》應當一直流行於江南的民間。等到桓玄失敗以後，好事者就找到了「草生可擥結，女兒可摩擸」兩句尋常

的情歌來同當前的政治事實比附起來。（頁72）

案：正如《述論》所云，有些民間曲調往往起源於與政治有關的訛謠，這種民謠往往結合當前政治事實，預示未來可能發生的變異，故被專門搜集怪異事物兼有政治預言性質的《五行志》所看中。如《懊惱歌》（或作《懊儂歌》），其曲中有「草生可攬結，女兒可攬抱」之言，即被附會與桓玄之敗有關。

接著談《華山畿》。

《古今樂錄》曰：「《華山畿》者，宋少帝時懊惱一曲，亦變曲也。少帝時，南徐一士子，從華山畿往雲陽。見客舍有女子年十八九，悅之無因，遂感心疾。母問其故，具以啟母。母為至華山尋訪，見女具說聞感之因。脫蔽膝令母密置其席下臥之，當已，少日果差。忽舉席見蔽膝而抱持，遂吞食而死。氣欲絕，謂母曰：『葬時車載，從華山度。』母從其意。比至女門，牛不肯前，打拍不動。女曰：『且待須臾。』妝點沐浴，既而出。歌曰：『華山畿，君既為儂死，獨活為誰施？歡若見憐時，棺木為儂開。』棺應聲開，女透入棺，家人叩打，無如之何，乃合葬，呼曰神女冢。」（《樂府詩集》一，頁669）

據上文，《華山畿》歌辭為：

華山畿，君既為儂死，獨生為誰施。歡若見憐時，棺木為儂開。

案：《懊惱歌》題辭引《古今樂錄》，云：「宋少帝更製新歌三十六曲。」《華山畿》題辭亦引《古今樂錄》，云：「《華山畿》者，宋少帝時懊惱一曲，亦變曲也。」則《懊惱歌》與《華山畿》皆為宋少帝更製三十六新曲之一，故屬「變曲」。又案：《懊儂歌》或作《懊惱歌》，而「懊惱」意為悲痛[26]，故與《華山畿》同調。《華山畿》僅四句（案：起句「華山畿」似為題目），與其它的吳歌相同，但故事內容可謂驚心動魄，故成為六

26 「懊惱」意為悲痛，見張鴻勛《敦煌俗文學研究》（蘭州：甘肅教育，2002），頁128。

朝民歌中極受重視的篇章。郭預衡主編《中國古代文學史》云：「南朝樂府民歌中最感人的詩篇，是敘寫生死不渝的《華山畿》二十五首。」[27]不過，在看《華山畿》這首變曲時，應與前面所論「結同心誓」的主題合看，始知其內在深刻的意義。前面已說過，情人盟約的精神是：「結同心」、「悲思兩心同」，「經霜不墮地，歲寒無異心」，那是一種死生無悔、永不變心的情感，故常到墓地盟誓。《華山畿》前兩句云：「君既為儂死，獨生為誰施。」很像「結同心」的誓詞，後兩句——「歡若見憐時，棺木為儂開」，表示實現誓詞的決心。這讓人想到古人所謂「士為知己者死，女為悅己者容」。最能表現這種精神者，莫如《史記・刺客列傳》記荊軻將入秦行刺云：

> 太子及賓客知其事者，皆白衣冠以送之。至易水上，既祖取道，高漸離擊筑，荊軻和而歌，為變徵之聲。士皆垂淚涕泣，又前而為歌曰：「風蕭蕭兮易水寒，壯士一去兮不復還。」復為羽聲忼慨，士皆瞋目、髮盡上指冠。於是荊軻就車而去，終已不顧。[28]

《古今樂錄》言《華山畿》為「變曲」，讓我想到「易水送別」之「變徵之聲」與「羽聲忼慨」。不過，《華山畿》雖屬變曲，但從因事製歌——即故事內容之驚心動魄來看，應稱為《華山畿變》或《華山畿變歌》。

3.歡聞變歌

此節將合論《歡聞變》與《阿子歌》。

(1)歡聞歌二首（《樂府詩集》，頁 656）

題解：《古今樂錄》曰：「《歡聞歌》者，晉穆帝升平初歌，畢輒呼『歡聞不』？以為送聲，後因此為曲名。今世用莎持乙子代之，語稍訛異也。」（《樂府詩集》，頁 656）

---

[27] 郭預衡主編《中國古代文學史》二冊（共四冊）（上海：上海古籍，1998），頁 115-16。

[28] 〔日〕瀧川龜太郎著《史記會注考證》（臺北：洪氏，1983），頁 1031。

(2)歡聞變歌六首（仝上，頁 657）

題解：《古今樂錄》曰：「《歡聞變歌》者，晉穆帝升平中，童子輩忽歌於道，曰『阿子聞』，曲終輒云：『阿子汝聞不？』無幾而穆帝崩。褚太后哭『阿子汝聞不』？聲既悽苦，因以名之。」

(3)《阿子歌》三首（仝上，頁 658）

題解云：《宋書・樂志》曰：「《阿子歌》者，亦因升平初歌云『阿子汝聞不』？後人演其聲為《阿子》《歡聞》二曲。」

案：結合參首題解，可知皆作於晉穆帝升平時代。根據《樂府詩集》所引這些資料看來，《阿子歌》、《歡聞歌》其實是同一首歌的不同名稱，《阿子歌》的和聲是「阿子，汝聞不」，而《歡聞歌》的和聲是「歡聞不」，「阿子」與「歡」都是指所喜歡的人（在情歌中指情郎），故「阿子汝聞不」與「歡聞不」，都意指「情郎你聽到沒」？而《歡聞變歌》，其和聲或曰「阿子聞」，或曰「阿子汝聞不」，明顯以「阿子」等同於「歡」（或「歡子」），「阿子聞」等同於「歡聞」，故題目中用「歡聞」兩字。可見就其和聲而言，《歡聞變歌》其實就是《歡聞歌》，也是《阿子歌》，而因其聲悽苦，或將此歌與皇帝（晉穆帝）之死的大災變連繫起來，特別名之為《歡聞變歌》。

專研漢魏六朝詩歌語言的王雲路，對「阿子」與「歡」，卻提出兩種解釋：

> 長輩稱晚輩，父母稱子女等謂阿子、阿女等。如《宋書・五行志二》：「晉穆帝升平中，童子輩忽歌于道曰：『阿子聞』，曲終輒云：『阿子汝聞不？』無幾而穆帝崩，太后哭曰：『阿子汝聞不？』」[29]

> 歡子，所愛者，多指情郎，與「儂」相對。《宋詩》卷五宋孝武帝劉駿《丁督護歌》：「坎坷戎旅間，何由見歡子。」（同上，頁 148）

[29] 王雲路《漢魏六朝詩歌語言論稿》（西安：陝西人民教育，1997），頁 144。

這裏所提兩種解釋，對理解《歡聞歌》、《阿子歌》與《歡聞變歌》，頗有幫助。依照一般用法，「阿子」與「歡」都是指所喜歡的人（在情歌中指情郎），但在《歡聞變歌》中，阿子與歡卻用指所喜愛的子女。

總之，以上三曲同源。《歡聞歌》的送聲為「歡聞不」，《阿子歌》的送聲為「阿子汝聞不」。《歡聞變》的送聲據《古今樂錄》，也是「阿子汝聞不」。由此可見，取名「變歌」，並不是因其為《歡聞歌》的變曲。據《古今樂錄》可知，「聲之悽苦」與穆帝之死有關：由於童謠出現不久，穆帝就死了，在當時人的看法，此童謠實預示穆帝之死，故被記錄在《五行志》中。請注意，所謂「聲既悽苦」是指其和送聲「阿子汝聞不」，而這個和送聲是童謠《阿子歌》原來就有的，現在因此和送聲的悽苦被附會為預言穆帝之死（《述論》以為是「夭折」，頁 361），而皇帝之死（尤其是夭折）被認為一大災變，故將歌聲之悽苦與此災變連結起來，而稱之為「變歌」，這正是所謂「因事製歌」。

茲引兩例說明童謠或民謠與政治預言之關係：

> 《晉書・五行志》（中）說：「庾亮初鎮武昌，出至石頭。百姓於岸上歌曰：庾公上武昌，翩翩如飛鳥；庾公還揚州，白馬牽流蘇。……後連徵不入，及薨於鎮，以喪還都葬，皆如謠言。」（王運熙《樂府詩述論》，頁 26）

> 又《南史》（卷五）《鬱林王本紀》說：……原來《楊叛兒》被認為是讖兆式的童謠，……由於聲音的類同，五行家遂把兩件事情比附起來。（王運熙《樂府詩述論》，頁 90-91）

案：所謂「讖兆式的童謠」即指「預言式童謠」。

《歡聞變歌》六首，茲引二首：

> （其一）金瓦九重牆，玉壁珊瑚柱。中夜來相尋，喚歡聞不顧。（《樂府詩集》一，頁 657）

（其二）歡來不徐徐，陽窗都銳戶。耶婆尚未眠，肝心如推櫓。（仝上）

這兩首寫胡太后於中夜尚未眠，並感到「歡子」（穆帝）回來，但呼喚時，並無回應。此皆表現胡太后想子心切。

4.長史變歌三首

題解：《宋書·樂志》曰：「《長史變歌》者，晉司徒左長史王廞臨敗所製也。」（《樂府詩集》，頁 662）正如王運熙《長史變歌考》云：「作者為王廞，諸書都無異辭。」（王運熙《樂府詩述論》，頁 72）

有關長史官職，參閱下面兩種：

《舊唐書》卷四十四《職官志》：「王府官屬，……長史一人，從四品上。司馬一人，從四品下。……長史、司馬統領府僚，紀綱職務。」[30]

陶淵明《贈羊長史》，注：「羊長史：長史，官名。諸史之長，職無不監，為上司主要輔佐官。」[31]

看來，長史為慕僚之長，職權甚大，故可起兵作亂。王廞為東晉名相王導之孫，其事蹟附見《晉書》卷六十五《王導傳》：

薈（王導子）子廞，歷太子庶子，司徒左長史。以母喪居於吳，王恭舉兵，假廞建武將軍，吳國內史，令起軍助為聲援，廞即墨経合眾，誅殺異己，仍遣前吳國內史虞嘯父等入吳興、義興聚兵，輕俠走者萬計。廞自謂義兵一動，勢必未寧，可乘間取富貴。而曾不旬日，（王）國寶賜死，恭罷兵符，廞去職。廞大怒，迴眾討恭。恭遣司馬

---

30 臺北鼎文版《舊唐書》，冊三，頁 1914。

31 郭維森、包景誠譯注《陶淵明集全譯》（貴陽：貴州人民，1992），頁 99。

劉牢之距戰於曲阿，廞眾潰，奔走，遂不知所在。[32]

根據傳文，王廞是東晉名臣王導的孫子，左長史為其最後的官名，當時他居母喪，卻受到王恭的誘惑，參與反叛朝廷的亂事，結果一敗塗地。據《宋書・樂志》，知此詩當為其臨終所作，不過，用官名稱自己的詩歌，似頗奇怪。個人認為，此詩原作王廞《臨終歌》，後人因其官左長史，為表示尊敬，改為《長史變歌》。又，《述論》將《長史變歌》解釋為「變曲」，是有問題的，因若為變曲，則應先有《長史歌》，而事實上，並無《長史歌》。《宋書・樂志》的解釋，完全是針對《長史變歌》，並未提到《長史歌》。《舊唐書・樂志》舉武后時代所保留的《清商曲》數十種，其中有《長史》一名，但這只是簡稱，故後面針對各曲解釋時，用全名《長史變》。由此可見，以為《長史變歌》為變曲，是有問題的。請注意，《長史變歌》又稱《長史變》，並未加歌字。「長史變」正指王廞左長史臨終前參參與王恭作亂的事（古人常稱作亂為「變」）。故非先有《長史歌》，然後有《長史變歌》；所以稱為《長史變歌》，是因其為王長史參與作亂，故稱之為《變歌》。敦煌史傳變文（如《王陵變》），似即承襲《長史變》之用法。

《南齊書・文惠太子傳》：「（梁州刺史）范柏年遲回魏興不肯下，太子慮其為變，乃遣說柏年，許啟為府長史，柏年乃進襄陽，因執誅之。」[33]此范柏年之「變」，亦可稱為「長史變」，只是無人將其事蹟寫成歌曲而已。

又《丁都護歌》五首：

題解：一曰《阿督護》。《宋書・樂志》曰：「《督護歌》者，彭城內史徐逵之為魯軌所殺，宋高祖使府內直督護丁旿收斂殯埋之。逵之妻，高祖長女也。呼旿至閤下，自問殮送之事。每問輒歎息曰：『丁督護』！其聲哀切，後人因其聲廣其曲焉。」《唐書・樂志》曰：「《丁都護》，晉宋間曲

---

[32] 中華版二十五史點校本，《晉書・王導傳附》，冊三，頁1760。

[33] 中華書局，二十五史點校本，《南齊書》冊二，頁398。

也。今歌是宋武帝所製」云（《樂府詩集》，頁 659）。案：依《長史變歌》之例，《督護歌》實應作《內史變歌》。

《樂府詩集》收錄三首《長史歌》：

> 出儂吳昌門，清水綠碧色。徘徊戎馬間，求罷不能得。
>
> 口和狂風扇，心故清白節。朱門前世榮，千載表忠烈。
>
> 朱桂結貞根，〔芬〕芳溢帝庭。陵霜不改色，枝葉永流榮。（頁 662）

《述論》有「長史變歌考」，將詩與《傳》對照，找出詩的「本事」：

> 同本事對看，真是再也明白不過的。「出儂吳昌門」，這時他居喪在吳；「朱門前世榮」，指祖父導的功業；「徘徊戎馬間，求罷不能得」、「口和狂風扇，心故清白節」，充分地透露出追悔莫及的心理。（王運熙《樂府詩述論》，頁 72）

從以上六朝樂府詩的「變歌」看來，「變」皆指異常之事。《子夜變歌》尤具有參考價值：「子夜變」乃指子夜所發生的情變，是很顯然的；所謂《子夜變歌》僅指用《子夜歌》的曲調唱出發生在子夜之情變故事，與「變曲」無關。由此可以證明：「變」指異常之事，若用文字表現異常之事，謂之變文；並非如有些人所說，變文指改變佛經為通俗文。

二、黃龍變

「變」非指改變文字，尚有一有力證據：古代角抵戲表演中之《黃龍變》。茲分兩方面加以說明。

1.配合角抵戲（或「百戲」）的演出

最早的資料是張衡《西京賦》：

臨迴望之廣場，程角抵之妙戲。……巨獸百尋，是為曼延。……海鱗變而成龍，狀蜿蜿以蝹蝹。含利颬颬，化為仙車。驪駕四鹿，芝蓋九葩。蟾蜍與龜，水人弄蛇。奇幻倏忽，易貌分形；吞刀吐火，雲霧杳冥；畫地成川，流渭通涇。東海黃公，赤刀雩祝，冀厭白虎，卒不能救，挾邪作蠱，於是不售。

費振剛等人撰《全漢賦校注》[34]，提供相當詳細的注解：

(1)與角抵戲的演出

注 299：《漢書・西域傳》贊曰：「孝武之世……作巴俞、都盧、海中、碭極、漫衍、魚龍、角抵之戲以觀視之。」王先謙《補注》引徐松曰：「武紀元封三年作角抵戲，三百里內皆來觀。」

(2)漫衍與魚龍：師古曰：「漫衍者即張衡《西京賦》所云：『巨獸百尋，是為漫延』者也。魚龍者為舍利之獸，先戲于庭極，畢，乃入殿前，激水成比目魚，跳躍漱水，作霧障日。畢，化成黃龍八丈，出水，敖戲於庭，炫耀日光。《西京賦》云：『海鱗變而成龍』，即為此色也。」（《全漢賦校注》，頁 668）

關於《魚龍變》的表演，較詳細的介紹，見蔡質《漢儀》中的記載：

正月旦，天子幸德陽殿，臨軒，……作九賓，徹樂，舍（含）利從西方來，戲於庭極，畢，入殿前激水，化為比目魚，跳躍嗽水，作霧障日，畢，化成黃龍長八丈，出水遨戲于庭，炫耀日光。[35]

由於表演的高潮是魚化為巨大的黃龍，故《魚龍變》又稱《黃龍變》。傅起鳳、傅騰龍著，《中國雜技史》，則是從幻術表演的角度加以分析：

《漢書》舉出「魚龍」和「曼衍」，實為兩個相連接而演之幻術。……可見「曼廷」即為彩扎巨獸背上突現神山景物，想來即為後

[34] 費振剛、仇仲謙、劉南平校注《全漢賦校注》（廣州：廣東教育，2005），下冊，頁 635。

[35] 傅起鳳、傅騰龍著《中國雜技史》（上海：上海人民，2014），頁 78 引。

> 代鰲山燈彩之類。「魚龍」變幻則複雜得多。
>
> 《西京賦》描寫的「海鱗變而成龍，狀蜿蜿以蝹蝹」，即是。瑞獸舍利口吐黃金，變化為魚，魚激水，化為黃龍，有幾個連續重複的變化。[36]

據《漢儀》的記載，知《黃龍變》是正月元日賀新年的重要表演，皇帝要親臨現場觀賞，並接受朝賀，此成為後來各朝正月元旦的例行禮儀。歷朝《樂志》常有記載，內容亦大同小異，如《宋書・樂志一》：

> 後漢正月旦，天子臨德陽殿受朝賀，舍利從西方來，戲於殿前，激水化成比目魚，跳躍嗽水，作霧翳日，畢，又他成黃龍，長八九丈，出水遊戲，炫耀日光。以兩大絲繩繫兩柱頭，相去數丈，兩倡女對舞，行於繩上，相逢切肩而不傾。（《宋書》卷十九，冊二，頁 546）

但後來卻發展成一種迎接外賓的表演，《隋書・音樂志下》：

> 始齊武平中，有魚龍爛漫、俳優、朱儒、山車、巨象、拔井、種瓜、殺馬、剝驢等，奇怪異端，百有餘物，名為百戲。……及大業二年，突厥染干來朝，煬帝欲誇之，總追四方散樂，大集東都。初於芳華苑積翠池側，帝帷宮女觀之。有舍利先來，戲於場內，須臾跳躍，激水滿衢，……又有大鯨魚，噴霧翳日，倏忽化成黃龍，長七八丈，聳踊而出，名曰黃龍變。又以……又有神鼇負山，幻人吐火，千變萬化，曠古莫儔。染干大駭之。……於端門外，建國門內，綿亙八里，列為戲場。……乃於天津街盛陳百戲，自海內凡有奇伎，無不總萃。……大列炬火，光燭天地，百戲之盛，振古無比。自是每年以為常焉。（《隋書》冊二，頁 381）

這是用「百戲」之盛大表演誇耀外來民族，其中夾著《黃龍變》，亦視為「幻術」。但是將「比目魚」改為「大鯨魚」，據傅起鳳、傅騰龍著《中國

---

[36] 傅起鳳、傅騰龍著《中國雜技史》（上海：上海人民，2014），頁 78。

雜技史》云，這是由於「技術突破」（頁 118）。

2.《黃龍變》的象徵意義：天命的符瑞

《黃龍變》既然可以招待外賓，必定相當精彩。而能在朝廷元旦慶典上演出，尤值得注意，蓋因其具有特殊的象徵意義。

(1) 祥瑞

董仲舒《春秋繁露・王道》：

> 《春秋》何貴乎元而言之？元者，始也，言本正也，道王道也；王者，人之始也。王正，則元氣和順，風雨時，景星見，黃龍下；王不正，則上變天，賊氣並見。

蘇輿《春秋繁露義證》引《白虎通・封禪篇》：「天下太平，符瑞所以來至者，以為王者承天統理，調和陰陽，陰陽和，萬物序，休氣充塞，故符瑞並臻，皆應德而至。德至文表則景星見，德至淵泉則黃龍見。」[37]可見「黃龍見」為符瑞的象徵。

揚雄《羽獵賦》：

> 故甘露零其庭，醴泉流其唐，鳳皇巢其樹，黃龍游其沼，麒麟臻其囿，神爵棲其林。

注亦云：黃龍：祥瑞之物。《漢書・宣帝紀》：「……詔曰：『乃者鳳凰甘靈降集，黃龍登興，醴泉滂流。』」[38]

案：《詩經・大雅・文王》序：「《文王》，文王受命作周也。」

注：「受命，受天命而王天下，制立周邦。」

正義曰：「彼謂文王為諸侯，受天子命也。此述文王為天子，故為受天

---

[37] 蘇輿撰，鍾哲點校《春秋繁露義證》（北京：中華，1996 年二刷），頁卷四，頁 100-01。

[38] 費振剛、仇仲謙、劉南平校注《全漢賦校注》（廣州：廣東教育，2005），上冊，頁 257。

命也。按：《春秋說題辭》云：『河以通乾出天苞，雒以流坤土地符。』又《易坤靈圖》云：『法地之瑞，黃龍中流見於雒。』注云：『法地之瑞者，洛書也。』然則河圖由天，洛書自地，讖緯注說，皆言文王受洛書，而言天命者，以河洛所出當天地之位，故託之天地，以示法耳。其實皆是天命，故《六藝論》云：『河圖洛書，皆天神言語，所以教告王者也。』是圖書皆天所命，故文王雖受洛書，亦天命也。帝王革易，天使之然，故後世創基之王，雖無河洛符瑞，皆亦謂之受命。」[39]

據此，黃龍於洛水中流出現，此乃帝王受天命之符瑞，說見緯書《易坤靈圖》。

(2)帝王（新王）受命之符瑞

《三國志・魏書・文帝紀》：初，漢熹平五年，黃龍見譙，光祿大夫橋玄問太史令單颺：「此何祥也？」颺曰：「其國後當有王者興，不及五十年，亦當復見。天事恆象，此其應也。」內黃殷登默而記之。至四十五年，登尚在。三月，黃龍見譙，登聞之曰：「單颺之言，其驗茲乎！」（《三國志》冊一，頁 58）文中的核心是「黃龍見譙」，黃龍乃天命象徵，譙是曹氏祖籍，「黃龍見譙」一再出現，意指天命將落在曹氏，即曹氏將出新王。此由下文可知。

後面記漢獻帝禪位曹丕，《文帝紀》載禪位詔云：

> 漢帝以眾望在魏，乃召羣公卿士，告祠高廟。使兼御史大夫張音持節奉璽綬禪位，冊曰：「咨爾魏王：昔者帝堯禪位於虞舜，舜亦以命禹，天命不常，惟歸有德。漢道陵遲，世失其序，降及朕躬，大亂茲昏，羣兇肆逆，宇內顛覆。賴武王神武，拯戡難於四方，……今王欽承前緒，光于乃德，……皇靈降瑞，人神告徵，誕惟亮采，師錫朕命，僉曰爾度克協于虞舜，用率我唐典，敬遜爾位。於戲！天之曆數在爾躬，允執其中，天祿永終；君其祇順大禮，饗茲萬國，以肅承天

39　臺北新文豐「十三經注疏」本，頁 531。

命」。

中間云「皇靈降瑞，人神告徵」，指黃龍出現是一種祥瑞；而最後云「以肅承天命」，指黃龍降瑞代表天命將轉移新王，而我這舊王應當敬尊天命，將王位禪讓給屢拯國難之「魏武王」（曹操）之子（曹丕，即魏王）。

對這段禪讓過程，裴松之注，引許多勸進之文（《三國志》冊一，頁63-65），共同點是，皆以讖緯、圖緯的觀點勸進，其中對天命的解釋很值得注意：「是天之所命以著聖哲，非有言語之聲，芬芳之臭，可得而知也。徒懸象以示人，微物以效意耳。」這是說上天無法用人間的語言使受命的聖哲得知，只能藉一些「靈象、瑞應」表現天命；換言之，「靈象、瑞應」即是上天的語言——亦即天命。而最關鍵的是史官勸進，在太史丞許芝上魏國受命之符後，群臣附和者甚多，亦一齊勸進，可見「史官」是勸進者最後一張王牌（《三國志》冊一，頁65）。

由此亦可了解，何以《黃龍變》成為歷朝元旦賀歲之表演節目，蓋其中有特殊的象徵意義。

茲舉《宋書・樂志》三首鼓吹曲，說明此種象徵意義。

(2-1)應帝期

> 應帝期，於昭我文皇，曆數承天序，龍飛自許昌。……星辰為垂燿，日月為重光。河洛吐符瑞，草木挺嘉祥。麒麟步郊野，黃龍游津梁。白虎依山林，鳳凰鳴高岡。……大魏興盛，與之為鄰。（《宋書》冊二，頁647）

歌中提到「麒麟、黃龍、白虎、鳳凰」四種瑞獸，代表新天命符瑞。

(2-2)從曆數

> 從曆數，於穆我皇帝。聖哲受之天，神明表奇異。……神龜游沼池，圖讖摹文字。黃龍覿鱗，符祥日月記。……大吳興隆，綽有餘裕。（《宋書》冊二，頁659）

(2-3) 承天命

> 承天命，於昭聖德。三精垂象，符靈表德。巨石立，九穗植，龍金其鱗，烏赤其色。（《宋書》冊二，頁 659）

很明顯，《黃龍變》的演出，表面是：「瑞獸含利口吐黃金，變化為魚，魚激水，化為黃龍。」實際是表現開國國君取得天下的「龍飛」過程。另一方面，亦因其用「禪讓」的和平方式轉移政權，免去血腥的殺戮，此所以用金色的「黃龍」象徵天命的符瑞。據云：

> 古代中國從第一個皇帝秦始皇到末代帝王宣統宣布退位，除了秦、兩漢及元、明、清等少數幾個王朝外，其餘的大王朝都是以禪讓的方式獲得政權的。
>
> 在中國歷史上，許多權力交接都是通過禪讓完成的。禪讓能以少流血、不流血的方式完成政權的交替，可以最大限度地保持國家政治經濟的穩定，最大限度地維持政治經濟的連續性和平穩性。[40]

簡言之，中國古代政權的轉移，大都是在「禪讓」的儀式中完成的，禪讓可說是中國政治的一個特色；這可能與儒家一再鼓吹堯、舜、禹三代之禪讓美德，又一再聲討「以臣弒君」的罪惡有關。

根據上面的說明，《黃龍變》之「變」當指「異常的變化」，與改變文字無關。

三、《老子化胡經玄歌・老君十六變詞》

接著要談道教的一組「玄歌」：《老君十六變詞》。這組「玄歌」收在逯欽立輯校《先秦漢魏南北朝詩》北魏詩四，仙道：《老子化胡經玄歌》中[41]。這組詩並未收入《敦煌變文校注》中，亦即不被視為「敦煌變文」，但

---

[40] 張程著《禪讓：中國歷史上的一種權力游戲》（北京：線裝書局，2007），前言。

[41] 逯欽立輯校《先秦漢魏南北朝詩》（臺北：木鐸，1983）北魏詩四，仙道：《老子化胡經玄歌》，下冊，頁 2247-55。

對了解「變文」實有極大幫助。

逯氏於卷首有說明云：

> 敦煌寫本老子化胡經共十卷。一至九卷為文，十卷為玄歌：計化胡歌七首，尹喜哀歎五首，太上皇老君哀歌七首，老君十六變詞十八首，都為三十七首。

可見這些「玄歌」皆被視為「老子化胡經」。而據逯氏考證，此卷玄歌之出在北魏太武帝毀法之後，去文成帝時代並不久（案：文成帝嗣位後，詔復佛法，天下承風）。

陸永峰介紹《老君十六變詞》云：

> 敦煌遺書 P.2004《老子化胡經玄歌卷第十》載道教偈歌三十八首[42]，……中有《老君十六變詞》十八首，十六變者即分言老君生十六處的神通變化。如「二變之時，忽然變化作大人，髮眉皓白頭拄天」。在唐時，「變」字的這些意義（案：指「神變」）已廣為俗眾接受。[43]

認為「十六變者即分言老君生十六處的神通變化」，這話似講得太快。案：《老君十六變詞》之十六變，實指其十六次投胎轉世（亦即十六次輪迴），故每一變既言「生在 X 方」，又言「出胎墮地能 xx」。總計十六次投胎之方向，包括常見的九方，依次為：南方、西方、北方、東方、中都、西北角、東北、東南、西南。另有北方海隅（第七首）、南方閻浮地（第十一首，即佛經四大部洲之南閻浮提洲，泛指人間世）尚好理解，但九首云：「九變之時，下入黃泉正地柱，開闢天門施地戶。四炁非陽立冥所，雖有人民不能語。吾入身中施六府，脇為傍通心為主。」（參項楚校文）較難索解。所謂「入黃泉」應即死後下地獄。另《太上皇老君哀歌七首》，中間有

---

[42] 案：《玄歌》中之《化胡歌》實為八首，逯本作七首，故總計三十七首，實際應為三十八首（參項楚《項楚論敦煌學》，上海：上海科學技術文獻，2008，頁 258）。

[43] 陸永峰《敦煌變文研究》（成都：巴蜀書社，2000），頁 11。

幾首是寫人不信神明，死後入地獄受苦事。其第三首云：「奮忽入黃泉，天門地戶閉，一去不復還。」寫死後入黃泉地府；第二首云：「惡神來剋侵，口吟不能言。」寫被惡神抓入地獄，口不能言；第四首云：「吾哀世愚人，不信冥中神。生時不恭敬，死便償罪緣。」所謂「冥中神」指地獄之鬼神。兩首合起來，似即《十六變詞》第九首之「四炁非陽立冥所，雖有人民不能語」。而《太上皇老君哀歌七首》最後云：「何不學仙道，人身常得存。」則《十六變詞》第九首，似指一般人不信神道，故死後入地獄受苦；此所以老君要下凡教人學仙道之用心。但「吾入身中施六府，脇為傍通心為主」兩句極難索解，鄙意以為這是模仿釋迦牟尼由母脇下出生。敦煌變文《太子成道經》寫本師釋迦牟尼出生奇蹟，「吟詞」言其母摩耶夫人已經懷孕，在後園散步時，「舉手或攀諸餘葉，釋迦聖主袖中生。釋迦慈父降生來，還從右脇出身胎。」[44]即由右脇出生，據《成道經》云，這是釋迦牟尼由兜率天下凡出生之「瑞相」。這兩句是將老子之出生與釋迦牟尼佛由天宮下凡相比，顯示其神異非凡，故下云：「從此以來能言語，尊卑大小有次緒，萬天稱傳道為父。」皆是比照釋迦牟尼出生之神迹[45]。

較值得注意的是西行化胡幾首。首先是第五首「生在中都」，指古都洛陽。文中寫到老子在中央「修福十萬年，教授仙人數萬千，齊得昇天入青雲」，似指上古較為淳樸、毫無爭鬥的太平時代。一直到周室八百年，「運終數盡」，老子終於「向罽賓」，即向西行化胡。「化胡成佛還東秦，敷揚道教整天文」，這裏已經預告老子西行化胡作佛，然後返東土重整道教。

其次是第十二首。此首在「西南方」，大概指佛陀出生之地，即「現在的印度與尼泊爾接壤的邊境地區」[46]，此地有釋迦族的迦羅毗衛城。由內容

44　黃征、張涌泉校注《敦煌變文校注》（北京：中華，1997），頁435。

45　或云：「母懷之七十二年乃生，生時剖母左腋而出，生而白首，故謂之老子。」（見1982年長安出版社《古神話選釋》，頁191，謂出《神仙傳》卷一）又〔日〕瀧川龜太郎著《史記會注考證》《老子韓非列傳》引《正義》亦有類似說法。或因此附會釋迦牟尼佛之出生。

46　參郭良鋆《佛陀和原始佛教思想》（北京：中國社會科學，2011），頁29。

看來，與佛陀本生故事有關（詳下）。

第十三首，一開始言「變形易體在罽賓」，指入西域化胡。但繼言「胡人不識舉邪神，興兵動眾圍聖人，積薪國北燒老君，太上慈愍憐眾生」，寫被胡人誤解，甚至燒殺。後云：「不翫道法貪治生，搦心不堅還俗纏。八萬四千應罪緣，破塔壞廟（廟）誅道人，打敷銅像削取金」，逯欽立以為即指北魏太武帝太平真君七年滅佛一事。[47]

案：唐初法琳《辨正論》卷六陳子良注云：「隋僕射楊素從駕至竹林宮，經過樓觀，見老廟壁上，畫作老子化罽賓圖，度人剃髮出家之狀。」[48]可作此首注腳。

十四首言「變形易像在舍衛」，寫化胡變佛之事。「舍衛城」，佛經常見，釋迦牟尼常住此處（參項楚校文）。文中寫胡人接受佛法後，心生恐懼，爭來悔過求受戒，甚至「燒指練臂自盟誓，男不妻娶坐思禪」。死後則布施屍體給鷹鸇吞食（所謂「天葬」），或求涅槃寂滅後有舍利，可以分散諸國以保家衛國。此可參《化胡歌》第五首（「我昔化胡時」）：「化胡作佛道，丈六金剛身。」及第七首（我西化胡時）：「胡人不識法，放火燒我身，身亦不缺損。……胡王心方悟，知我是聖人。叩頭求悔過，……」（逯，頁 2249）

十四首寫信佛之後不娶妻，十五首則寫剃髮出家。十六首似寫釋迦出生國王家，後來卻「出家求道」事。

以上拉雜寫了一些想法，不免有些猜測成分。實則「十六變」之文字相當難讀，且其中牽涉到的，並不單純是「化胡」，而是先「化胡成佛」，即先教化少數胡人為佛教徒，再由佛教徒教化胡人；自己則東行回中土，此所以會牽涉到魏武滅佛事，問題極為複雜[49]。項楚雖逐首作了一些「補校」，因重點在「校」，對文義「注釋」，仍有許多欠缺，如第九首云：「吾入身

[47] 逯欽立輯校《先秦漢魏南北朝詩》（臺北：木鐸，1983），頁 2247。

[48] 參劉屹《唐代道教的「化胡」經說與「道本論」》，榮新江主編《唐代宗教信仰與社會》（上海：上海辭書，2003），頁 93。

[49] 案：有關老子化胡事，參見本書《文體變易說質疑》（一），論《正誣論》部分。

中施六府，脇為傍通心為主。」並未解釋。茲不惴淺陋，仍提出一二淺見，先看第一首：

> 一變之時，生在南方赤如火，出胎墮地能獨坐，合口誦經聲璅璅。眼中淚出珠子碟，父母世間驚怪我。復畏寒凍來結果，身著天衣誰知我。

所謂「一變」，其實可稱「一世」，詩先寫其出胎的異像：能獨坐、誦經。但眼中出淚珠，使得父母驚怪，以為是畏懼寒凍，想用衣物包裹[50]，其實不知我身著天衣，那會畏寒？意指世人不知其為上界神仙，大驚小怪。案：文中云「合口誦經聲璅璅。眼中淚出珠子碟」，似有出處：《玉臺新詠》卷一，《古詩為焦仲卿妻作》云：「卻與小姑別，淚落連珠子。」清人箋注云：《論衡》引道經云：「合口頌經聲璅璅，眼中淚出珠子碟。」吳質《思慕詩》：「淚下如連珠。」[51]《論衡》所引道經，與「第一首」兩句全同，可見《十六變詞》確是有所本。而第一首、第三首、第四首皆提到出胎墮地，即能「合口誦經聲」，大概以此為即將入世化人的異象，誦經聲雖代表道教，似亦表示非佛教所專有。

除此之外，鄙意以為，要了解《老君十六變詞》寫法，似可以參考敦煌寫卷之《太子成道經》序言部分。序言一開始敘本師釋迦牟尼於「過去無量世時，百千萬劫」——即非常久遠的時期，「廣發四弘誓願，為求無上菩提，不惜身命，常以已身及一切萬物給施眾生」。這種「以身布施」常是非常恐怖的，如「以身布施，餵五夜叉」，「割截身體，節節支解」，「割股救鳩鴿」，「施頭千萬，求其智慧」，甚至在寶燈佛前「剜身千龕，供養十方諸佛，身上燃燈千盞」，「薩埵王子時，捨身千遍，悉濟其餓虎」等。因其在無數劫中，精修苦行，功充果滿，終於「上升兜率陀天宮之中」。但後

---

50 文中之「結果」，其實是「結裹」之意，參見項楚《項楚敦煌語言文學論集》（上海：上海古籍，2011），《變文字義零拾》釋「結果」條，頁 98。

51 〔陳〕徐陵編，〔清〕吳兆宜注，程琰刪補，穆克宏點校，臺北：明文，1988，頁 46。

來又由兜率天宮下凡，《太子成道經》就是寫釋迦牟尼從兜率天宮降下凡間，故「吟詞」云：「上從兜率降人間，託陰王宮為生相」，寫降生於王宮為太子之相。

案：據《敦煌變文校注》，「生相」指一次輪迴之相（頁 445）。筆者則認為亦指「降生之相」，所謂「十六變」，指老君由天宮下凡，有十六次投胎在不同地方，每一次的生相不同，故云「十六變」。其中第十三首尤值得注意，文中云「十三變之時，變形易體在罽賓。從天而下無根元，號作彌勒金剛身」。此將老君入胡教化比作彌勒下降兜率天宮。而接著云：「胡人不識舉邪神，興兵動眾圍聖人，積薪國北燒老君，太上慈愍憐眾生。」寫被胡人誤解，甚至燒殺。又云：「不翫道法貪治生，搦心不堅還俗纏。八萬四千應罪緣，破塔壞鬲（廟）誅道人，打敷銅像削取金」，逯欽立以為即指北魏太武帝太平真君七年滅佛一事（已見上引），查《化胡歌》第二首，對此亦有詳細說明。鄙意以為此與《太子成道經》序言所敘太子前世「以身布施」之「苦行」，極為類似。

又案：道教認為老君會「分身教化」眾生，《太上玄靈北斗本命延生真經》云：

> 爾時太上老君以永壽元年正月七日，在泰清境上太極宮中觀見眾生億劫漂沉，周回生死，……乃以哀憫之心，分身教化。化身下降，至于蜀都，地神湧出，扶一玉局而作高座，于是老君升玉局坐，授與天師北斗本命經訣，廣宣要法，普濟眾生。[52]

今人鄭志明亦指出：（道教）建構了複雜的老子變化神話，比如在《老子變化經》中，宣稱老子會隨著世代的變化以不同的形象降生人間。[53]

但筆者之所以注意《老君十六變詞》，重點是要澄清「變文」之

52　《道藏》第 11 冊，第 346 頁。卿希泰、詹石窗編《中國道教思想史》（北京：人民，2009），第四卷，頁 299 引。

53　鄭志明《杜光庭〈道德真經廣聖義〉的神人觀》，成大中文主編《第四屆唐代文化學術研討會論文集》，1999，頁 97-8。

「變」。依照「文體變易說」的標準解釋，所謂「變文」指改變佛經為通俗文，而由《老君十六變詞》看來，十六變實指十六次投胎轉世的變相；「變」絕對不能作改變文字解。

又《太子成道經》《校注》167 注云：丁卷在「吟」字下多「詠詞」二字。甲卷亦作「吟詠詞」，戊卷作「吟詠」。[54]據此，「十六變詞」之「詞」即指「吟詠詞」，亦可稱為「吟詞」或「詠詞」。近人張鴻勛亦云：「可見這種純韻文唱本就叫『詞文』，演唱詞文的藝人自稱『詞人』。」[55]道教學者詹石窗即認為，敦煌《老君十六變詞》，即為六朝時道教變文之講唱詞。[56]

總之，「詞」指可以吟詠之詞文，亦屬廣義的「文」，若稱之為《老君十六變文》，未嘗不可。而就整體來看，題目的「變」字只能是指老君十六次的生命變化，不可能指詞的變化，更不可能指由別的詞轉變過來的「變詞」：「老君十六變」是這首詞的主題，「詞」字只表示這是一首可以吟詠的詞（即「文體」）。

四、常見「變」字用法：以三字《XX 變》例為主

古籍中「變」字常見，或單言「變」，表示發生變亂之事，如史籍中常言「上變」，表示向上報告發生變亂之事。或變上加一字，成為兩字例，如：天變、星變，指天上日月星辰等之異常變化。或變上加兩字，成為「XX 變」，亦指發生某種異常變化，此例與敦煌變文標題最為接近——如《目連變》。筆者頗懷疑「變文」所以又稱為「XX 變」，與此用法不無關係，故在閱讀時隨時抄錄，日積月累，資料不少，因恐蕪雜，故略加分類如下。

---

54 《敦煌變文校注》卷四，《太子成道變文》注，頁 452。

55 張鴻勛《敦煌俗文學研究》（蘭州：甘肅教育，2002），頁 15、39、134。

56 詹石窗《道教文學史》（上海：上海人民，1992），頁 119。見孫尚勇《論吳歌〈六變〉的「因事制歌」》引，《文學遺產》，2006 年第五期，頁 29。

1.天文變、雲氣變

(1)　《淮南子・泰族訓》：「天之與人有以相通也。故國危亡而『天文變』，世惑亂而虹蜺見。」[57]

案：此乃古代天人合一思想，以為星辰之異常變化（天文變）預示國家危亡之變。

(2)　宋玉《高唐賦序》：「昔者楚襄王與宋玉游于雲夢之台，望高唐之觀，其上獨有雲氣，崒兮直上，忽兮改容。須臾之間，變化無窮。王問玉曰：『此何氣也？』玉對曰：『所謂朝雲者也。』」[58]

案：所謂「雲氣」須臾之間「變化無窮」，可謂：「雲氣變」。

(3)　陸機《白雲賦》：覽太極之初化，判玄黃於乾坤。考天壤之靈變，莫媲美乎慶雲。[59]

案：後兩句稱讚「慶雲」為天地神靈之變化，可稱「慶雲變」。

2.舞曲變

(1)　陸機《日出東南隅行》：馥馥芳袖揮，泠泠纖指彈。悲歌吐清響，雅舞播幽蘭。……赴曲迅驚鴻，蹈節如集鸞。綺態「隨顏變」，沈姿無定源。……[60]

(2)　《晉詩》卷十九《清商曲辭・翳樂》：陽春二三月，相將舞翳樂。曲曲「隨時變」，持許艷郎目。[61]

(3)　雍陶《聽話叢台》：有客新從趙地回，自言曾上古叢台。雲遮襄國天邊去，樹繞漳河地裏來。弦管變成山鳥哢，綺羅留作野花開。金輿玉輦無行迹，風雨惟知長綠苔。

---

[57] 張雙棣《淮南子校釋》（北京：北京大學，1997），下冊，頁 2036。

[58] 〔梁〕昭明太子撰，〔唐〕李善注《文選》（臺北：藝文，1974），頁卷十九，頁270。

[59] 劉運好《陸士衡文集校注》（南京：鳳凰，2007），上冊，頁 220。

[60] 劉運好《陸士衡文集校注》（南京：鳳凰，2007），上冊，頁 555。

[61] 王雲路《漢魏六朝詩歌語言論稿》（西安：陝西人民教育，1997），頁 53。

《貫華堂選批唐才子詩》：昔者武靈夢得吳娃，特築此台，數年不出，一時弦管綺羅，試思何等妖麗！而今細聽客話，直是更無消息。然則惟餘山鳥，盡變野花，風風雨雨，苔痕無數，真不必親至其地，而如見悲涼滿目也。[62]

案：據貫華堂金聖歎評，可知五句「弦管變成」與六句「綺羅留作」意同，可視為「弦管變」、「綺羅變」。

3.節氣變

所謂「節氣變」往往伴隨四季景物之變化，甚至牽扯「人事變」。

(1)《詩經．召南．采蘋》：

誰其尸之，有齊季女。

孔疏：「教之三月，一時『天氣變』，女德大成也。」[63]

《詩經．檜風．匪風》共三章，一章云：

匪風發兮，匪車偈兮，顧瞻周道，中心怛兮。

正義曰：「……時世無道，人無節，可得隨時改易。風乃天地之氣，亦為『無道變』者，《尚書》洪範咎徵，言政教之失，能感動上天，《十月之交》稱爗爗震電為不善之徵，是世無道，則風雷變易。」（注疏本，頁265）

案：「無道變」，指政教之失，感動上天，引起天象的變化，此種變化是「無道之世」的象徵，故云「無道變」。

(2)陶淵明《雜詩十二首》之二：「白日淪西河，素月出東嶺。……（節）『氣變』悟時易，不眠知夕永。……日月擲人去，有志不獲騁。念此懷悲悽，終曉不能靜。」

62 陳伯海《唐詩彙評》（杭州：浙江教育，1996年二刷），中冊，頁2329。

63 臺北新文豐版，《十三經注疏》，《詩經》，頁35。

(3)韓愈《獨釣四首》四：「秋半『百物變』，溪魚去不來。」[64]又《和席八（席夔）十二韻》：「庭變寒前草，天銷霽後塵。」[65]上句言庭中「寒草變」，下句言天上「霽塵銷」。

(4)孟郊《過分水嶺》：「『溪水變』為雨，懸崖陰濛濛。」[66]

(5)劉商《春日臥病》：「晚晴『江柳變』，春暮塞鴻歸。」（同上書，頁1542）

(6)朱灣《平陵寓居再逢寒食》：「火燧知從『新節變』，灰心還與故人同。」（同上書，頁1547）

(7)雍陶《經杜甫舊宅》：「浣花溪裏花多處，為憶先生在蜀時。萬古只應留舊宅，千金無復換新詩。沙崩水檻鷗飛盡，樹壓村橋馬過遲。山月不知『人事變』，夜來江上與誰期。」《貫華堂選批唐才子詩》：「……此沙崩樹壓，即七之所謂『人事變也』。」（同上書，頁2324）

4.陵谷變、滄海變

古人常藉「陵谷變」、「滄海變」表示世事無常、盛衰無定之感。這是中國文學中永恆主題之一。《詩・小雅・十月之交》：「百川沸騰，山冢崒崩。高岸為谷，深谷為陵。」注析：「高岸」二句，謂高岸崩陷而成深谷，深谷隆起而成丘陵，形容地震的強烈[67]。一般引此表示世事之巨大變化，常與「滄海桑田」之變合用。

「滄海變」故事見葛洪撰《神仙傳》卷三「王遠」條，文中記麻姑見王遠，云：「接待以來，已見東海三為桑田，向到蓬萊，水又淺於往昔，會時略半也，豈將復還為陵陸乎？」方平笑曰：「聖人皆言，海中行復揚塵也。」[68]

---

[64] 錢仲聯《韓昌黎詩編年集釋》（上海：上海古籍，1998），卷十，下冊，頁1088。

[65] 仝上，頁962。

[66] 陳伯海《唐詩彙評》（杭州：浙江教育，1996年二刷），中冊，頁1882。

[67] 程俊英、蔣見元著《詩經注析》（北京：中華，2005年四刷），下冊，頁575。

[68] 胡為守校釋《神仙傳校釋》（北京：中華，2010），頁94。

古人用此典故甚多，下面僅舉數例。

(1)顏真卿為平原太守，曾立三碑，皆自撰親書。蓋顏公喜刻石留名，前人記載云：

> 顏太師魯公刻名於石，或置之高山之上，或沉之大洲之底，而云：「安知不有『陵谷之變』耶？」[69]

案：陵谷之變即陵谷變。

(2)宋之問《緱山廟》：

> 王子賓仙去，飄颻笙鶴飛。徒聞「滄海變」，不見白雲歸。天路何其遠，人間此會稀。空歌日云暮，霜月漸微微。[70]

案：據《元和郡縣圖志》，聖曆二年二月，武后幸嵩山，過緱氏，為王子晉重立廟，故之問有此作[71]。「徒聞」兩句言王子升天至此已超過千年之久，故云「滄海變」，指經過很久時間，世事變化很大，而迄今仍不見王子歸來，大概是天路太過遙遠，人間很難再見到王子「飄颻笙鶴飛」——由白雲間歸來的神仙風采。

(3)劉希夷《代悲白頭翁》：

> 今年花落顏色改，明年花開復誰在？已見松柏摧為薪，更聞「桑田變」成海。（上引書，頁171）

案：頭兩句言「花顏變」，末句言「桑田變成海」，亦即「滄海變」。詩用花開花落喻「白頭翁」由紅顏美少年至半死白頭翁，言其變化巨大如「桑田變成海」。

(4)盧僎《十月梅花書贈》：

---

[69] 周勛初《唐人軼事彙編》（上海：上海古籍，2006），上冊，卷十八，頁945。

[70] 陳伯海主編《唐詩彙評》（杭州：浙江教育，1996二刷），上冊，頁82。

[71] 陶敏、易淑瓊《沈佺期宋之問集校注》（北京：中華，2002），下冊，頁600。

紅顏白髮雲泥改，何異桑田移碧海。（上引書，頁 226）

案：改，變也。上句指紅顏變白髮，即紅顏變，下句指桑田變滄海，亦即「滄海變」，喻變化之大。白居易《送毛仙翁》詩云：「幾見『桑海變』，莫知龜鶴年。」似亦將毛仙翁容貌之衰老喻為「桑海變」。

(5)儲光羲《登戲馬臺作》：

居人滿目市朝變，霸業猶存齊楚甸。（上引書，頁 415）

案：陸機《門有車馬客》：「借問邦族間，惻愴論存亡。親友多零落，舊齒皆彫喪。『市朝互遷易』，城闕或丘荒，墳壠日月多，松柏鬱芒芒。」[72]將市朝遷易與親友彫喪並論，亦可納入「滄海變」類中。陶淵明《歸園田詩》五之四云：「『一世異朝市』，此語真不虛，人生似幻化，終當歸空無。」意指經過一世（三十年），市朝已有很大變化；同樣，人生亦幻化不實，終當歸於空無。[73]。案：陸機《贈潘尼》云：「遺情『市朝』，永志丘園。」則「市朝」乃指朝廷（仝上，頁 413）。沈約《八詠詩》之七云「解佩去『朝市』」，第七首云「被褐守山東」[74]，可見「朝市」指朝廷。則市朝變蓋指朝廷人事經常變化，難得永久。

《唐會要》卷 82，唐太宗貞觀十六年詔書云：「氏族之盛實繫于冠冕；婚姻之道，莫先于仁義。自有魏失御，齊氏云亡，『市朝既遷』，風俗陵替。燕趙右姓，多失衣冠之緒；齊韓舊俗，或乖德義之風。……」所謂「市朝既遷」，當指朝廷人事變異，故白居易《贈杓直（李建）》詩云：「進不厭『朝市』，退不戀人寰。」《宿簡寂觀》云：「名利心既忘，『市朝』夢亦盡。」皆以「朝市」（或「市朝」）指朝廷。《唐語林》卷六，有「路舍人友盧給事」條，言路舍人群與盧給事弘正相友善，而「群清瘦古

72 劉運好校注《陸士衡文集校注》（南京：鳳凰，2007），頁 534。

73 參見袁行霈撰《陶淵明集箋注》（北京：中華，2003），頁 86 注。

74 逯欽立輯校《先秦漢魏晉南北朝詩》（臺北：木鐸，1983），中冊，梁詩卷七，頁 1668。

淡，未嘗言朝市；弘正魁梧富貴，未嘗言山水」，「朝市」與「山水」相對，亦當指朝廷[75]。由此看來，儲詩之「市朝變」與霸業結合，亦應指朝廷人事之變化，意指經過相當長的時間，朝廷人事如市朝般已遷改，而當年霸業猶存。

(6)劉長卿《登餘干古縣城》：

沙鳥不知「陵谷變」，朝飛暮去戈陽溪。（上引書，頁489）

(7)白居易《澗中之魚》：

海水桑田欲變時，風濤翻覆沸天地。鯨吞蛟鬬波成血，深澗游魚樂不知。

案：首句用滄海桑田之變影射「甘露之變」的歷史慘劇，末句慶幸自己置身事外。

(8)劉禹錫《漢壽城春望》：

不知何日「東瀛變」（東海揚塵之日），此地還成要路津。（上引書，中冊，頁1822）

《酬樂天醉後狂吟十韻》：

任世「變桑田」，吏隱情兼遂。[76]

(9)許渾《故洛城》：

禾黍離離半野蒿，昔人城此豈知勞？水聲東去「市朝變」，山勢北來宮殿高。（陳伯海《唐詩彙評》下，頁2393）

案：首句言「禾黍變」，二句言「今昔變」，三句「市朝變」，四句

[75] 周勛初《唐語林校證》（北京：中華，1997年二刷），下冊，頁546。

[76] 蔣維崧、趙蔚芝、陳慧星、劉聿鑫等《劉禹錫詩集編年箋注》（濟南：山東大學，1997），頁639。

「山勢變」，可說是一首「陵谷變詩」。由題目「洛城」看來，「市朝變」似亦指京師人事之變巨大。

(10)李商隱《一片》：

人間滄海朝朝變，莫遣佳期更後期。

案：首句言光陰迅速，世事如滄海屢變。[77]

(11)韓偓《感事三十四韻》：

中原成劫灰，東海遂桑田。

案：陳繼龍注：即「滄海桑田」的意思，喻世事變化之巨。[78]

(12)羅隱《小松》：

已有清陰逼坐隅，愛聲仙客肯過無？陵遷谷變須高節，莫向人間作大夫。

李之亮《箋注》：《藝文類聚》卷八十八引《漢官儀》：「秦始皇上封太山，逢疾風暴雨，賴得松樹，因復其道，封為大夫松也。」[79]

案：《左傳．昭公三十二年》記載「史墨引《周易》論魯政」：社稷無常奉，君臣無常位，自古以然，故《詩》曰：「高岸為谷，深谷為陵。」羅隱此詩蓋譏刺當時大夫未能如始皇當年所封松樹，在風雨中護衛皇上、堅守君臣節義，竟群向唐叛臣朱溫稱臣。（參見李之亮《箋注》所引「詩話」）

(13)賈島《再投李益常侍》：

淹留「花木變」，然諾肺腸傾。[80]

77　參劉學鍇、余恕誠著《李商隱詩歌集解》（臺北：洪葉，1992），下冊，頁 1985-87「箋評」。

78　陳繼龍註《韓偓詩註》（上海：學林，2001），頁 108。

79　李之亮《羅隱詩集箋注》（長沙：岳麓，2001），頁 319。

80　李建崑《賈島詩集校注》（臺北：里仁，2002），頁 250。

案：此以「花木變」喻淹留之久。

(14)白居易論「變」：

白居易開鑿龍門八節石灘詩（二首之二）：「十里叱灘變河漢，八寒陰獄化陽春。」[81]

案：上句之「變」顯指景物之變（叱灘，地名），下句「八寒陰獄化陽春」，指原本如「陰獄」（地獄）般可怕之景已化（變）為如「陽春」般美景。據此可證，所謂「地獄變」，當指罪人在地獄受酷刑所產生之巨大「變化」，非指改變文字，或改變為圖畫。

5.朱顏變、白髮變

(1)《北齊詩》卷二顏之推《和陽納言聽鳴蟬篇》：「紅顏宿昔同春花，素鬢俄頃變秋草。」[82]。案：兩句合指「紅顏變」。

(2)王維《嘆白髮》：「宿昔朱髮成暮齒，須臾『白髮變』垂髫。一生幾許傷心事，不向空門何處銷？」[83]又《秋夜獨坐》：「獨坐悲雙鬢，空堂欲二更。雨中山果落，灯下草蟲鳴。白髮終難變，黃金不可成。欲知除老病，惟有學無生。」（同上書，頁 482）案：「白髮終難變」指無仙術使「白髮變黑」（見《列仙傳》王遠條），即終難變為紅顏之意，姑且稱為「白髮變」。

(3)司空曙《酬李端校書見贈》：「青鏡流年看髮變，白雲芳草與心違。」（陳伯海《唐詩彙評》，頁 1509）

(4)韋應物《擬古詩十二首》其一：「憂歡『容髮變』，寒暑人事易。」（陳伯海《唐詩彙評》，上冊，頁 741）

6.交情變（世情變）、人事變

(1)駱賓王《帝京篇》：「黃金銷鑠『素絲變』，一貴一賤交情見。」

---

81 謝思煒《白居易詩集校注》（北京：中華，2006），冊六，頁 2794。

82 王雲路《漢魏六朝詩歌語言論稿》（西安：陝西人民教育，1997），頁 20。

83 陳鐵民《王維集校注》（北京：中華，1997），二冊，頁 522。

《而庵說唐詩》：「……後半言禍福倚伏，交情變遷，總見帝京之大，無所不有。……」（陳伯海主編《唐詩彙評》，上冊，頁150）

(2)韓偓《漫作》：「黍谷純陽入，鸞霄瑞彩生。岳靈分正氣，仙衛借神兵。『汚俗迎風變』，虛懷遇物傾。千鈞將一羽，輕重在平衡。」[84]又《隰州新驛》：「肘腋『人情變』，朝廷物論生。」（同上書，頁219）

(3)戎昱《雲夢故城秋望》：「一朝『人事變』，千載水空流。」（陳伯海《唐詩彙評》，中冊，頁1427）

(4)李白《奔亡道中五首》：「函谷如玉關，幾時可生還？洛陽為易水，嵩高是燕山。『俗變羌胡語』，人多沙塞顏。申包惟慟哭，七日鬢毛斑。」

王琦注：太白意謂函谷之地，已為祿山所據，未知何日平定，得能生入此關？洛川、嵩岳之間，不但有同邊界，而風俗人民，亦且漸異華風。（同上書，上冊，頁703）案：「俗變羌胡語」可稱為「華風變（羌俗）」。

(5)白居易《隋堤柳》：「煬天子，自言福祚長無窮，豈知皇子封酅公。龍舟未過彭城閣，義旗已入長安宮。蕭牆禍生『人事變』，晏駕不得歸秦中。土墳數尺何處葬？吳公臺下多悲風。（下略）」[85]案：「人事變」指煬帝被近臣（宇文化及等）弒死事。

以上六類當然不可能包括無遺，不過，由以上六類例子看來，「XX變」的用法相當普遍，是可確定的。若用來指文字之變，可說「文字變」，雖然亦可說「變文」，但不可省略「文」字。或以為《目連變》即《目連變文》的省稱，且變文指改變文字（「文體變易說」的觀點），這種說法是不能成立的，因一省略「文」字，「變」的對象就有許多可能（詳見前文），無法確定是指「變文」；認為「變」是「變文」省稱，是因「變文」的標題所引起的誤判。

---

[84] 陳繼龍註《韓偓詩註》（上海：學林，2001），頁138。

[85] 謝思煒《白居易詩集校注》（北京：中華，2006），冊一，頁427。

五、《大唐大慈恩寺三藏法師傳》所記《報恩經變》的真相

(1)一般引用，作：

《大唐大慈恩寺三藏法師傳》卷九有云：「（顯慶元年十二月五日）法師又重慶佛光王滿月，並進法服等，奏曰：輒敢進金字《般若心經》一卷並函，《報恩經》一部。」

(2)《大正藏》史傳部，題：

唐釋慧立本譯，彥悰箋《大唐大慈恩寺三藏法師傳》（共十卷）。其卷九記（括號內文字，為筆者所補）：

高宗顯慶元年（656）十二月五日（皇后誕子）滿月，敕為佛光王，度七人，仍請法師（玄奘）為王剃髮。法師進表謝曰：……。其日法師，又重慶佛光滿月，並進法服等，奏曰：「……輒敢進金字《般若心經》一卷並函，《報恩經變》一部。袈裟法服一具，香爐……」（《大正藏》史傳部，總 53 冊，第 272 頁）

比較起來，前者有刪節，但大意不差，尤其「奏曰」後之兩句：「輒敢進金字《般若心經》一卷並函，《報恩經變》一部。」完全相同。引起問題的，就在「《報恩經變》一部」這句。

潘重規先生認為：

玄奘獻給唐高宗的《般若經》一卷，是《心經》原本，而《報恩經》獨稱為「報恩經變」一部，當然不是《報恩經》原本，而應該是《報恩經》的講經變文。這一推斷，由於敦煌變文《雙恩記》的發現，而得到證實。……《雙恩記》似乎是希有的一次發現。故就其所本則為《佛報恩經》，就其講唱的變文則又名為《雙恩記》。……《雙恩記》是《報恩經變》的一種，則無問題。《變文雙恩記》的發現，有兩樁重大的貢獻：第一，證明了變文的名稱，最早是指稱俗講經文；第二，在唐初，玄奘時代變文名稱已經流行。足見變文雙恩記在所有

現存的變文中，價值是最突出的。[86]

潘先生的推論，相當複雜：

(1)《報恩經變》有一個「變」字，當然不是《報恩經》原本。

(2)應該是《報恩經》的俗講經文。

(3)敦煌《雙恩記》為《報恩經》的講經文。

(4)講經文可以稱為變文，在唐，變文常簡稱為「變」。

(5)《報恩經變》就是《報恩經變文》。

潘先生的論證相當迂迴曲折，甚至有「循環論證」之嫌。其目的有二：一是否定《報恩經變》是《報恩經》原本，一是證明「講經文」可以稱為「變文」。而這兩個目的，其基礎是：所謂「變文」或「變」是與經文不同的。對於這個基礎，潘先生是深信不疑的，而這也正是許多持「文體變易說」的基本觀點：所謂「變文」是指改變經文為通俗文。

承此，《敦煌變文校注》亦云：

> 一方面，有人力主「變文」和「講經文」並非相同的文體，且「最近幾年，這一種說法似乎越來越占了上風」。
>
> 但在我們看來，既然大家承認「變文」本是「變相」之文，那末王重民認為「講經文是變文中最初的形式，它的產生時期在變文中為最早」的論斷便不是沒有根據的。《大唐大慈恩寺三藏法師傳》卷九有云：「（顯慶元年十二月五日）法師又重慶佛光王滿月，並進法服等，奏曰：輒敢進金字《般若心經》一卷並函，《報恩經變》一部。」有的學者認為其中的「報恩經變」應是指《佛報恩經》講經文而言（敦煌寫本有「雙恩記」一種，即是演繹《佛報恩經》的講經文」），如果這一推斷可信，那就更可證成王說。[87]

---

[86] 潘重規編著《敦煌變文集新書》（臺北：中國文化大學中文研究所，1983），上冊，頁58。

[87] 張涌泉、黃征校注《敦煌變文校注》（北京：中華，1997），頁5。

雖然先提出有反對意見，且云：「最近幾年，這一種說法似乎越來越占了上風。」但仍然同意潘先生的說法。後來李小榮亦云：

> 其實，把講經文稱作變文至唐依然。《大唐大慈恩寺三藏法師傳》卷九有云……（引文略）。潘重規先生認為……（引文略）可見講經文是可以稱為變文的。在唐，變文常簡稱為「變」，因此，《報恩經變》就是《報恩經變文》。[88]

看來，《報恩經變》不是《報恩經》原本，而是《報恩經》的俗講經文——亦即為《報恩經講經文》，似已成為定論。但是，出人意料之外的事竟然發生了，有兩件抄卷，皆稱為「經變」，而其內容竟然與經文完全相同。李文接著云：

> 有趣的是北 5408 號的兩件抄卷：一卷原題《思益梵天經變》，其內容是摘抄鳩摩羅什譯《思益梵天所問經》；另一件原題《天請問經變》，其內容與玄奘譯《天請問經》完全一致（除少數錯別字外）。

這裏提出兩部「經變」，其內容與經文「完全一致」，且有一部是玄奘所譯。這兩件抄卷的出現，對持「文體變易說」者簡直是晴天霹靂。回顧潘先生信心滿滿的說法：「而《報恩經》獨稱為『報恩經變』一部，當然不是《報恩經》原本，而應該是《報恩經》的俗講經文。」不免顯得尷尬。

變文文字與佛經文字不同，似是一個不可否認的事實，甚至可說是理所當然、不容置疑的「常識」。「文體變易說」所以振振有辭，並有許多追隨者，不就是根據這個「事實」與「常識」而來？試想，如果變文文字與佛經文字一樣，那不就模糊了「佛經」與「變文」的界限？於是，當學者們發現「xx 經變」的文字居然與「xx 經」相同時，不免一陣譁然，要對「經文」的「可靠性」提出質疑。

李小榮原本就是「文體變易說」的健將（參前文《「文體變易說」質疑

---

88 李小榮著《變文講唱與華梵宗教藝術》（上海：上海三聯書店，2002），頁 16-7。

一》），對這個問題自然要提出合乎「文體變易說」的解釋，他說：

> 為什麼兩件稱「變」的卷子抄錄的卻是整段的經文？合理的解釋是：這些經文是法師講經的一份備用提要，怕的是臨場會有所遺漏（至于講經的具體過程及人員分工詳見本章第二節）。所以，即便是經文抄件，因其用于講經文，法師也稱之為變文了。王重民先生指出：「最早的變文是講經文。」……（同上文）

明顯是為維護潘先生的「講經文」即「變文」的說法，認為「這些經文是法師講經的一份備用提要，怕的是臨場會有所遺漏」。案：講經文常常要引「經云」，其有「經文」備用，是必然的，問題是，《敦煌變文校注》卷五收好幾篇「講經文」，皆未見此種標為「經變」的「備用經文」。此是問題之一，另一更大的問題是，「講經文」可稱為「變文」？《敦煌變文校注》卷五所收「講經文」，篇後皆有「校注」，說明講經文所出經文。因這些講經文皆有殘缺，幾乎所有題目皆為「擬題」——亦即校注者所擬，非原卷所題；亦未有稱講經文為「變文」或「經變」的資料。唯一的例外是《妙法蓮華經講經文》（二），篇後校注云：

> 原卷編號為俄羅斯藏符盧格編三六五號，《敦煌變文集》未收。一九八四年孟西科夫著《蓮華經變文》率先刊布此文，並附有原卷照片，茲據以校錄。（《敦煌變文校注》，頁 724）

案：「校注」既云「據（原卷照片）以校錄」，卻並未用《蓮華經變文》的名稱，而仍擬題為《妙法蓮華經講經文》，可見《蓮華經變文》這名稱只是〔俄〕學者孟西科夫個人的看法。

回頭看潘先生的根據，只是因為《雙恩記》確實是一種「講經文」，而敦煌變文集中即收入許多「講經文」，故潘先生認為講經文亦可稱為「變文」或「變」。但在《敦煌變文校注》中，一般的佛教變文是收在卷四，而講經文收在卷五，亦即不同卷；且所有「講經文」並未稱為「XX 經變」或「XX 變」。故認為講經文可稱為「經變」或「變文」是相當可疑的。

況且，前已提出，有兩部「經變」，其內容與經文「完全一致」，且有一部是玄奘所譯。若如李小榮所說，則這兩部「經變」，亦應當改為「講經文」才對，但李文卻避而不談這兩部「經變」，而只針對玄奘獻給唐高宗的《報恩經變》立論。變文學者〔美〕梅維恆曾從版本和語言習慣兩方面，提出質疑。首先，他指出現存最早版本（1021，存南都興福寺），並無變字，以為此即《報恩經一部》。其次，梅氏認為變文或講經文作為禮物奉獻于君主也是冒瀆的。[89]

案：根據李小榮前引兩個《經變》抄卷，可證有些《經變》確實是抄自經文（與經文一樣），而即使如梅氏所云，為《報恩經一部》，更證實為《報恩經》的經文。另外，陸永峰曾論講經文與變文之社會地位云：

> ……俗講已為時人所貶，至于歷經五朝、顯赫有名如文漵者，這樣的俗講僧都不得入僧傳，更不用說在俗講之正宗——講經文基礎上發展起來的變文，能為正統文士、僧人稱道，其演出形式自然也不能被視為俗講之正宗，而被記錄、保存下來。（陸永峰《敦煌變文研究》，頁 68）

可見講經文和變文的社會地位不高，故梅氏認為「變文或講經文作為禮物奉獻于君主也是冒瀆的」，是可以成立的。李小榮前引兩個《經變》抄卷，其中有一卷即為玄奘譯本，則《經變》指經文原本是有可能性的。且玄奘「謝表」是獻給皇帝看的，先提《般若心經》，再提《報恩經變》，應該都是令人敬重的佛經，不可能會雜入講給俗人聽的「變文」或「講經文」。[90]

又據近人殷光明對《報恩經畫卷》的研究，敦煌遺書中有《報恩經》寫

---

89 參陸永峰《敦煌變文研究》（成都：巴蜀書社，2000），頁 86；又參中譯本：楊熊東、陳引馳譯《唐代變文》（上海：中西書局，2011），頁 179-81。

90 陸永峰云：「在無進一步證據前，據此來對變文有所推斷是不可靠的。玄奘謝表中的這一材料有如此多的不確定因素，在本文中，我們只能是提出來，但不作更多引申，以避免錯誤結論。」（《敦煌變文研究》，頁 86）看來陸氏並未知悉李小榮所提兩件《經變》的抄卷，故不敢加以推斷。

本 48 卷，敦煌壁畫中的報恩經變，是據七卷本《大方便佛報恩經》繪製的。而《報恩經》能夠在中國流行，與其報恩思想迎合儒家思想有關。蓋在佛法中「報恩福田」為三福田之一：佛為大福田，父母為最勝福田。[91]則玄奘於皇子滿月時獻「報恩經變一部」，應與報佛恩與父母恩有關。

案：《大正藏》第三冊，本緣部上（編號 156），有《大方便佛報恩經》，共九品，其「序品」中有四大段，每段敘佛陀從其面門放五色光（或直光），依序照亮千萬億之東方佛土、南方佛土、西方佛土、北方佛土。而一再重複的，是下面幾句：

> 欲為大菩薩諸大眾說大方便報恩經，為諸大菩薩速成菩提報佛恩故，欲令一切眾生念重恩故，欲令眾生越苦海故，欲令眾生孝養父母故，以是因緣故，放斯光明。

可見《報恩經》的重點為「報佛恩」與「孝養父母」，正合佛法中所說「報恩福田」。則玄奘所獻「報恩經變一部」，有可能只是《報恩經》之「序品」部分，因已反覆陳述敬佛與孝親的重要性，不必將整部經——共七卷或九卷全抄錄；且「序品」又顯現佛菩薩之神通，故云《報恩經變》（「變」指神通變化）。正因只取「序品」，篇幅較小，故能與另一部小品——《心經》搭配，成為獻禮。《敦煌變文校注》卷五專收「講經文」，有一題為《雙恩記》，或因所報為佛恩與父母恩，故云「雙恩」（「序」稱「重恩」）。但內文亦作《報恩經》，故或擬題為《佛報恩經講經文》，而其中頗有一些不孝又恐怖的內容，確如梅維恆云，變文或講經文作為禮物奉獻于君主也是冒瀆的。總之，並不適合當作禮物獻給國君。

抄錄佛教經文以祈福，本是當時人的習慣，張鴻勛《敦煌俗文學研究》舉出幾件例子：

(1)武周時一題記云：

> 天冊萬歲元年（695）正月一日，清信士張萬福並妻呂，先從沙州行

---

[91] 殷光明主編《報恩經畫卷》（香港：商務，2000），頁 96-7。

李至此。今于甘州並發心為所生父母及七代父母及身並妻息等，減割資粮，抄寫《觀音經》一卷，願成就以後，受持轉讀。灾障達離，恆值福因；見存者永壽清安，亡者托生淨土。乘此願因，俱登正覺。[92]

(2)伯 2588 號《慶經文》：

《觀音經》含慈救生，懷悲拔苦；隨聲念而即至，應物感而現形。開卷則眾福臻集，發聲則萬禍俱消。（張鴻勛，頁 349）

(3)日本藏敦煌寫卷《觀音經》題記：

清信士佛弟子尹波，實由宿福不勤，觸多屯難，扈從主人東陽王殿下，屆臨瓜土，屬遭離亂，灾妖橫發，長蛇競熾，萬里含毒。……輒興微願，寫《觀世音經》四十卷，施諸寺讀誦。願使二聖慈明，永延福祚；九域早清，兵車息鉀。戎馬散于茂苑，干戈輟為農用。……願東陽王殿下，體質康休，洞略雲表；年壽無窮，永齊竹柏。……又願一切眾生，皆離苦得樂；弟子私眷，沾蒙此福。願願從心，所求如意。（張鴻勛，頁 349-50）

案：此寫卷出「東陽殿下（太子）」之扈從，祈福對象已及於國家人民，極為廣大。

(4)抄寫經文的目的，是要轉讀求福，但亦有抄寫變文以求福的。《救母經》結尾云：

若有善男善女，為父母印造此經，散施受持誦讀，令得三世父母，七世先亡，即得往生淨土，俱時解脫，衣食自然，長命富貴。（張鴻勛，頁 129）

認為若「受持誦讀」此經，有助父母先祖「即得往生淨土」，獲得解脫，而

---

92 亦見黃征、吳偉編校《敦煌願文集》（長沙：岳麓書社，1995，頁 895），張鴻勛《敦煌俗文學研究》（蘭州：甘肅教育，2002），頁 350 引。

所謂「此經」，實指《大目乾連冥間救母變文》，故張鴻勛云：「所以《救母經》在流傳中才被『誤為佛經而刊印』。」

(5)《大目乾連冥間救母變文》北京盈字 76 號卷尾抄卷人題記：

> （宋太宗）太平興國二年（西元 977），歲在丁丑潤六月五日，顯德寺學仕郎楊願受一人思微，發願作福，寫盡此《目連變》一卷。後同釋迦牟尼佛壹會彌勒生（案：疑當作「升」）作佛為定。後有眾生同發信心，寫《目連變》者，同持願力，莫墮三塗。（張鴻勛，頁 129；又見《敦煌變文校注》注 515，頁 1069）。

案：「太平興國」為宋太宗年號，則此題記應寫於宋代，唯其中所云「發願作福，寫盡此《目連變》一卷」，可能承自唐人。此顯德寺學仕郎楊願受之題記，同樣以為寫此變文有助解脫，與《救母經》相同，蓋因變文本出自佛經，故稱之為「此經」。

從這些資料看來，是先有抄錄佛教經文以祈福的習慣，後來才抄錄「變文」以祈福，蓋以為變文本是來自佛經。可是正如梅維恆所云，變文或講經文並不適合當作禮物獻給國君；當時獻給高宗的應是佛經本文，才能與《心經》一起獻上。

前面所引潘先生、《敦煌變文校注》，及李小榮等的說法，皆強調講經文亦可稱變文，但陳引馳則指出講經文與變文有三大不同點：

1.講經文與變文皆是俗講，但講經文須引述經文後加解釋，而變文不再引述經文，只是選擇經典中生動有趣的情節故事加以渲染以吸引聽眾；因其已脫離經文，今天的學者還需要去考證其故事來源。

2.講經說法無論是正式的還是所謂的俗講，大抵都是由法師和都講兩人合作完成的。而在標明「變文」的卷子中，由于不再誦出經文，因而完全看不出都講的存在，變文的演述是由一個人完成的。

3.變文的演述往往有圖畫的配合，而俗講儀式中以及講經文文本中，似乎找不到這樣的痕跡。[93]

陳文的說法是值得參考的，事實上，在《敦煌變文校注》的編排中，講經文與變文亦是分開的。另外，陳文所說，變文是「選擇經典中生動有趣的情節故事加以渲染以吸引聽眾」，極有參考價值，筆者認為，「有趣的情節故事」正指佛經中「異變的故事」，道理很簡單，從古以來，異變的故事最能吸引聽眾，此正是變文在唐代流行的重要原因。可以說：變文正是藉著生動有趣的「異變故事」吸引聽眾，此即變文又單稱「變」的原因。如〔明〕胡應麟論小說的魅力云：

> 子之為類，略有十家，昔人所取凡九，而其一小說弗與焉。然古今著述，小說家特盛；而古今書籍，小說家獨傳，何以故哉？怪、力、亂、神，俗流喜道，而亦博物所珍也。（下略）。……至於大雅君子心知其妄而口競傳之，旦斥其非而暮引用之，猶之淫聲麗色，惡之而弗能弗好也。夫好者彌多，傳者彌眾，傳者日眾則作者日繁，夫何怪焉？[94]

在小說家中先取「怪、力、亂、神」一類，證明小說的魅力，可見其受歡迎的程度，而「怪、力、亂、神」，簡言之，不就是「異變故事」？尤其是佛教變文，難道不是以其「神變」故事而吸引人？若如「文體變易說」，變文是變佛經為通俗文，難道如此就能吸引人？答案顯然是否定的。

此亦可以《大唐三藏取經詩話》為證。據李時人、蔡鏡浩《校注》云：此《詩話》「實是晚唐五代寺院『俗講』的底本，和敦煌藏經洞所發現的許多講唱文學寫卷是屬于同一時代、同一類型的作品。」[95]又云：「早在玄奘的弟子慧立等撰寫《大唐大慈恩寺三藏法師傳》時，為了弘揚佛法，美化玄

---

93 陳引馳《隋唐佛學與中國文學》（南昌：百花洲文藝，2002），頁 348-49。

94 〔明〕胡應麟撰《少室山房筆叢》（上海：上海書店，2009），卷二九「九流緒論下」，頁 282。

95 李時人、蔡鏡浩校注《大唐三藏取經詩話校注》（北京：中華，1997），前言，頁 2。

奘，在描寫他不避難險西行求法的經過時，就已經開始穿插一些宗教神異故事和歷史傳說，這些故事和傳說雖然還游離於取經求法活動之外，卻以其撲朔迷離、怪誕不經的色彩渲染了取經活動。」（同前書，頁 5）很明顯，《取經詩話》的主要內容是講神變故事，藉此吸引讀者，至於玄奘在佛教史上的重大貢獻，並非關心的焦點。如薛克翹云：「《取經詩話》的革命性飛躍還表現為，它牢牢抓住『取經』的主題，對歷史上玄奘的其他輝煌業績，如留學那爛陀寺、游學走訪五印度，參加戒日王辨論法會和無遮大會、回國翻譯佛經等，一概不提。」[96]

由此看來，此一「謝表」堪稱是壓垮「文體變易說」的最後一根稻草。因為它證實了經中即有「變相」，並非轉變為圖畫，或轉變為通俗文，才有「變相」或「變文」。

六、變家與變文

由敦煌寫卷有許多「變文」看來，當時應有不少講唱者在講「變文」，甚至以「變文」為專業。這些專業講唱者，似可稱為「變家」。「變家」之稱原本是指佛畫家，陸永峰提供兩則資料：

(1)唐釋菩提流支所譯《一字佛頂輪王經》卷一《畫像法品第二》云：

> ……汝畫應知，諸佛菩薩各有無量變易身，導誘現化，示此變像，為欲成就，是當呪者。（陸永峰《敦煌變文研究》，頁 20-21）

案：此似是教導佛畫家應注意事項，文中指出：諸佛菩薩有方便神通，為導誘眾生，可以有無量化身，意指有無數「神變相」。顯然，神變相是就佛菩薩之方便神通言，本與轉變為圖畫無關；但就佛畫家言，在畫畫時必須注意到佛菩薩有各種神變相，才不致千篇一律，欠缺變化。

(2)類似說法亦見宗密《圓覺經大疏鈔》，其卷十三之上云：

> 畫師之巧，實不可比尋常。見壁畫三百，五百人。施主或社家，大都

96 薛克翹著《神魔小說與印度密教》（北京：中國大百科全書，2016），頁 62。

欲令肥瘦、大小、黑白之殊，然不免多皆相似。故志公呵張僧繇云：「毗婆尸佛早學畫，亙到如今，猶未妙。」雖是變家隨俗撰作，然乃暗與理合。

陸永峰解釋云：

「變家」一詞此處實與變文無關。它指稱的乃是畫師，因為他創作變相，故稱之為變家。此段文字的開頭乃言，「云巧作六道者，六道形相各各不同，塵河種類，皆是業力」。所謂「雖是變家隨俗撰作，然乃暗與理合」，即是言畫師之巧，能隨人繪形，各顯其狀，正與業力之巧，能令六道形相各各不同之理相契合。（前引書，頁 85）。

可見「變家」原指佛畫家，因其常作佛畫，要畫佛之「變相」，故稱「變家」。佛之變相是隨度化對象而變化，正如世人死後，因其在世所作「業力」不同，而入不同的「六道輪迴」，故云「六道形相各各不同」。同樣，畫師在創作佛菩薩之「變相」時，亦是「形相各各不同」，始稱「變家」。

如陸氏所言，「變家」之稱本與變文無關，但因與佛畫「變相」有關，筆者認為亦可轉稱從事演唱變文的專家，兩者共通點是：皆重視表現佛菩薩之神變，或故事中之異變內容。

但筆者之考慮不僅如此，以變家稱變文之講唱者，靈感實來自宋代說話人之「家數」。眾所皆知，宋代說話人有四家，其中有些家數，被認為是「變文」遺風。陸永峰論「變文的式微」中，曾指出：

俗講、轉變在宋代的衰亡，也是由于比之更為成熟的說唱技藝在當時出現、興盛的緣故。唐代固已有俗轉、轉變、說話諸種伎藝，但無論是在類別，還是在形制上都遠趕不上宋代。宋代的說唱技藝在繼承前代的基礎上，有了更大的發展。……南宋灌園耐得翁《都城紀勝》「瓦舍眾伎」條云：「說話有四家：……（引文略）。」其中與俗講關係最為密切者，當屬說經、說參請。（前引書，頁 109-110）

案：說話中與唐代變文有關的尚不止「說經、說參請」，其它兩家：「說鐵騎兒，謂士馬金鼓之事。」「講史書，講說前代書史文傳，興廢爭戰之事。」皆可說是「史傳變文」的遺風。

〔梁〕釋慧皎撰《高僧傳》[97]最後一篇為「唱導」（卷十三），介紹「正傳十人，附傳七人」，傳末有「論曰」一長段文字，常為變文研究者引用，以為與變文的興起有極大關係。陸永峰即云：「唱導則已成為僧徒的一項專業」（《敦煌變文研究》，頁 40）。據此，變文講唱者既專講變文，亦可稱為「變家」；而如前面所說，變家以講「變」為事，是因為看上「異變故事」能吸引人。由此看「文體轉變說」的問題之一是，無法說明變文何以吸引人，難到用通俗語言就可以吸引人？答案顯然是否定的，變文之所以吸引人，正在於其「變」——故事中具有異常的變化。

七、結論：從講唱看變文標題

凡研究變文者皆知，同一變文往往有兩個標題：「XX 變」與「XX 變文」。這現象引起很大困擾，似乎至今仍未解決。在前面的「質疑」中，筆者已經從各種角度說明：「變文」之「變」只能是指故事中之變化情節。但因標題有「變文」兩字，很容易引起「改變文字」的想法，以致有「文體變易說」出現，並獲得不少支持者。若只在「變」字上打轉，恐仍無法袪除疑慮，故必須另外提出一些說明，以為補充。

首先，變文既是講唱文學，則講者未必有完整、詳細的文稿；況且，即使有文稿，聽眾亦只能聽故事，而看不到文字。在這種情境下，應無可能用「變文」兩字強調「改變為通俗文字」。其次，唐代是佛教盛行時代，佛經在一般人眼中是很神聖的，如何可說要「改變佛經文字」？顯然，在當時的歷史情境下，講唱者只會強調變文是來自佛經，此由當時人將變文視為佛經，並用來祈福可見。且前面已一再指出，當時之佛畫家皆鄭重宣稱，他們

97　〔梁〕釋慧皎撰，湯用彤校注《高僧傳》（北京：中華，1997 年三刷），「唱導傳」見頁 521-22。

所畫之佛畫，皆是根據佛經而來，絲毫不敢隨意改變佛經，如云：「依經圖變」、「具如經文」、「其圖經變」、「按經圖變」等，這不僅表示對佛經的尊重，亦表示：畫中之變就在經中。現代學者只在書齋中作研究，完全脫離當時的歷史情境，才會有「改變佛經文字」的想法。

其三，變文這名稱之出現，證明一件事：原來只能聽的變文，現在已有文字抄錄本可看。而所以有文字抄本，目前已知有兩種情形：一是講唱內容（故事）已有定本。這應與同一故事一再講唱，甚至換人講唱有關。張鴻勛云，當時有一些俗講僧巡遊各地，因而留下一些演唱底本，如《維摩詰經講經文》（斯 2292）題記：「西川靜真禪院寫此第廿卷文書。」即是講經僧底本（張鴻勛《敦煌俗文學研究》，頁 44）。張氏又云：

> 這些作品，與一般案頭閱讀文章不同，是專供演出使用的底本。……現存敦煌說唱作品，就其同一作品不同抄卷的比勘看，各本文字雖略有參差出入，但在各本文字與情節上卻又無根本性大差異，可以認為，它們就是當時普遍流傳的通行底本。……種種迹象表明，這些作品都是對眾講說之作，非供案頭細細品味之文章。（同上書，頁 43-4）

項楚亦舉《維摩詰經講經文》（斯 2292）題記：「西川靜真禪院寫此第廿卷文書。」並進一步說明：

> 以上兩卷文書，一卷寫于靈州，一卷寫于西川，而同時發現于敦煌，這意味著什麼呢？這意味著俗講僧具有很大的流動性，他們攜帶著自己的俗講底本，來往于各地寺院之間，不僅散播著佛教的影響，而且交流著俗講的技藝。[98]

由此看來，這些游動之俗講僧，應有一個底本，而當他在來往各地寺院講唱

---

[98] 見項楚《項楚敦煌語言文學論集》（上海：上海古籍，2011），《維摩碎金探索》，見頁 24-5。

時，會將俗講內容抄寫下來，並留下題記。看來似乎有意留給後來的講唱者，以為參考之用，此即項楚所謂：不僅散播著佛教的影響，而且交流著俗講的技藝。

又一是，為了祈福，有人抄錄講唱佛經的故事。就已知的資料看來，唐人有抄錄佛經為親人祈福的習慣，而其中亦包括佛經《變文》（見張鴻勛所引例）。由於有抄錄的文字定本，終於出現所謂的「變文」。

其四，有些講唱內容，原先只是口傳故事，並無文字，很難說是改變什麼文字。張鴻勛云：

> 我們認為，周紹良的「變之一字，也只不過是『變易』、『改變』的意思，其中並沒有若何深文奧義」之說，最為通達，較合實際。如根據《史記．陳丞相世家》有關部分和《漢書．王陵傳》的記載，吸收民間傳說，變史傳為講唱的故事，稱《漢將王陵變》、或……後來，原先並無文字記載，只口頭流傳的故事傳說，改編成說唱作品，也稱之為變文，如《劉家太子變》之類，就是這樣。（張鴻勛，頁 19）

據張氏說法，所謂變文就是改編史傳或佛經的意思，就前面舉的例子看來，似頗合理。但最後所舉改編自口頭流傳的故事傳說，卻出現漏洞，因為口頭傳說本來沒有文字，為何亦稱「變文」？

根據以上幾點，可以合理推論，當時的講唱者在取名時，最初只會說《XX 變》，表示所說是「變的故事」。如張祜稱白居易《長恨歌》之「上窮碧落下黃泉，兩處茫茫皆不見」為《目連變》，並未稱《目連變文》，可證最早只稱「XX 變」。直到後來，或因講唱，或因祈福的需要，必須用文字抄錄出來，才會出現《XX 變文》。而由前引顯德寺學仕郎楊願受寫《目連變》的題記看來，為了祈福而抄錄的書手，在抄錄完畢時，會說明其抄錄動機及佛經故事名稱：如「一人思微，發願作福，寫盡此《目連變》一卷」，「後有眾生同發信心，寫《目連變》者，同持願力，莫墮三塗」，這是強調抄錄《目連變》會有祈福功效。於是出現兩個標題：《XX 變》與《XX 變文》。由此抄錄後的題記看來，雖然《XX 變文》可能是前題，

《XX 變》是後題，但實際上，《XX 變》才是原來的題目，《XX 變文》只是用「文字」抄寫後的題目。

寫到這裏，必須重引孫楷第說法：

> 「變！變！」猶言怪事也。更以圖像考之，釋道二家凡繪仙佛像及經中變異之事者，謂之變相。……蓋人物事蹟以文字描寫之，則謂之變文，省稱則曰變。以圖相描寫之，則謂之變相，省稱亦曰變。其義一也。然則變文得名，當由其文述佛諸菩薩神變及經中所載變異之事。[99]

據此，「變」指變異之事，所謂「變文」，只是用「文字」寫出此變異之事；亦即先有「變異之事」，後有「變文」。相對的，「文體變易說」則認為先有「變文」，為了省略一個「文」字，簡稱為「變」。前面筆者已經舉出三點理由，認為「省稱說」是不能成立的；現在加上「講唱」這一因素，更能證明「省稱說」的錯誤。很明顯，從「講唱」的角度看來，不可能一開始就有「變文」，只能說先有「變」，後有「變文」。由此看來，孫楷第的「神變說」是較正確的。但孫楷第之說並未考慮到「講唱」的因素，無法說明何以要用文字（或圖畫）記此神變故事，此所以其說仍未能成為最後的「定論」。現在加上「講唱」這一因素，使得「神變說」顯得更有根據，更有力量，但需略做調整。即最先是有「變家」講唱佛經的神變故事，其題目即為《XX 變》；後因祈福或其它的需要，用文字抄錄此故事，於是有《XX 變文》的稱呼。

這裏必須補充一點，依孫楷第的說法，「變異之事」原出於佛經中。而前面討論玄奘所獻《報恩經變》，亦認為是《報恩經》原文。由此看敦煌變文，更有另一種體會：佛經中即有「變異故事」——可稱為「經變」。不過應注意的是，雖取自經中，但只取經中的「變異故事」，亦即只取其小部分，並非取整部佛經。如玄奘所獻《報恩經變》，雖是《報恩經》原文，但只取篇幅較小、又能包括全經大意，並表現佛菩薩神通的「序品」。

---

[99] 收入白化文、周紹良編《敦煌變文論文錄》（臺北：明文，1985），上冊，頁 241。

陳引馳已指出，講經文與變文有三大不同點，其一是：講經文須引述經文後加解釋，而變文不再引述經文，只是選擇經典中生動有趣的情節故事加以渲染以吸引聽眾。張鴻勛亦指出，目連救母故事出《佛說盂蘭盆經》，此經漢譯為 793 字，但經中真正講述目連救母故事的部分，（包括標點）僅百餘字而已；重編後的《救母經》約為原經文的五倍，更多的卻是圍繞目連游諸地獄尋母救母，一波三折地生出種種曲折變化……。（張鴻勛，頁 116-120）

由此看來，變家的貢獻有二：一是挑選經中具有「變異」性質的故事，一是進一步加工渲染，使成為「生動有趣的情節故事」以吸收聽眾。由此回顧俞曉紅論「變文」與佛教「方便」法門的關系，頗有殊途同歸之感。俞文云：

> ……唐元稹〈大雲寺二十韻〉：「聽經神變見，說偈鳥紛紜。」（頁 114）……最初的變文題材多為神變故事，從功用而言，變文也是一種方便法門……僧徒有意選擇佛典中原有的那些具有神異色彩和譬喻意義的情節，加以發揮、敷演，終而衍變為一種新的文體。當這些故事被記錄下來之後，寫者從題材和文體的雙重角度出發，題名曰「變文」，便是自然之事了。[100]

中間幾句：僧徒有意選擇佛典中原有的那些具有神異色彩和譬喻意義的情節，加以發揮、敷演，終而衍變為一種新的文體。若將「僧徒」兩字改為「變家」，即與筆者意見完全一致。

最後一個問題是，應如何看「變文」？一般認為，《XX 變文》是變文的題目，但從「講唱」的角度看，《XX 變》才是題目，加上「文」字，只表示這故事是用文字抄寫下來而已；也就是說，「文」字並不包括在「題目」中。這問題似很奇怪，茲舉一例說明。韓愈有一篇很感人的文章：祭十二郎文。很明顯，這是一篇「祭文」，但所要祭的是十二郎，並不是「文」

---

[100] 俞曉紅《佛教與唐五代白話小說研究》（北京：人民，2006），頁 114-15。

——「文」只表示用文字寫出來的「文章」，不光是舉行祭禮而已；很明顯，「祭十二郎」才是此文的主題。韓愈另有一篇名文：《原道》，並未加上「文」字，因為「原道」就是此文的題目。推而廣之，中國古代詩文，其題目大多未加上「文」或「詩」字，這表示「文」或「詩」字並不包括在題目中。直到現在，國文考試中之「作文」題，亦未加上一個「文」字。

由此看來，《祭十二郎文》實應讀為「《祭十二郎》之文」，同樣，《XX 變文》，亦應讀為「《XX 變》之文」，如《目連變文》，即應讀為「《目連變》之文」，如此就可清楚看出，《XX 變》才是變文的真正題目。正如前引孫楷第「神變說」，「變」指變異之事，所謂「變文」，只是用「文字」寫出此變異之事；亦即先有「變異之事」，後有「變文」。眾所皆知，在漢語的構詞中，虛詞常是省略的，如「春花」即「春之花」，「秋月」即「秋之月」，……等等，例子不勝枚舉[101]。在變文研究中，因將「變文」兩字連讀，並成為一種文類的簡稱，以致引起「改變佛經文字」的聯想（其實是一種「誤讀」），使變文之「變」成為敦煌俗文學中一個「難解之謎」。

附論：變場

「變場」之稱見段成式《酉陽雜俎・前集》卷 5，「怪術」篇第 3 例，文云：

> 虞部郎中陸紹，元和中，嘗看表兄於永定寺，因為院僧具蜜餌、時菓，鄰院僧亦陸所熟也，遂令左右邀之。良久，僧與一秀才偕至，乃環坐，笑語頗劇。院僧顧弟子煮新茗，巡將匝而不及李秀才。陸不平曰：「茶初未及李秀才，何也？」僧笑曰：「如此秀才，亦要知茶味？且以餘茶飲之。」鄰院僧曰：「李秀才乃術士，座主不可輕

---

[101] 陸機《遂志賦》序云：「豈亦窮達異事，而聲為情變乎！」注云：聲為情變，謂聲音隨情之變化而變化（劉運好《陸士衡文集校注》，南京：鳳凰，2007，頁 123）。可見「情變」即「情之變」，乃省去「之」字，此例甚多，不贅引。

言。」其僧又言：「不逞之子弟，何所憚！」秀才忽怒曰：「我與上人素未相識，焉知于不逞之徒也？」僧復大言：「望酒旗、玩變場者，豈有佳者乎！」因奉手袖中，據兩□，叱其僧曰：「粗行阿師，爭敢無禮！柱杖何在，可擊之。」其房門後有筇杖子，忽跳出，連擊其僧。時眾亦為蔽護，杖伺人隙捷中，若有物執持也。李復叱曰：「捉此僧向牆。」僧乃負牆拱手，色青氣短，唯言乞命。李又曰：「阿師可下階。」僧又趨下，自投無數，衄鼻敗顙不已。眾為請之，李徐曰：「緣對衣冠，不能煞此為累。」因揖客而去。僧半日方能言，如中惡狀，竟不之測也。[102]

因院僧言：「望酒旗、玩變場者，豈有佳者乎！」學者常言「變場」即演唱變文的場所。

周紹良、張涌泉、黃征輯校《敦煌變文講經文因緣輯校》，先引吉師老《看蜀女轉昭君變》與李賀《許公子鄭姬歌》，後加解釋云：

她（他）們的轉變場所稱為「變場」，《酉陽雜俎》卷五：「……」可見蜀女轉《昭君變》的場所就是這種所謂「變場」。[103]

張鴻勛亦云：

同是演述佛經，為什麼有的引原經文後逐層演繹，有的卻又不出經文而直接演經文故事？同是表演，據記載，俗講只在寺院演出，有一定的演出軌範程式；而變文卻有專門的「變場」……「轉變」演出，在唐代十分流行……還出現了專門的「變場」（見《酉陽雜俎》前集卷五「怪術」篇載李秀才事）（張鴻勛，頁 19）

變文演出的專門場所，當時稱為「變場」，見唐段成式《酉陽雜俎》

---

102 〔唐〕段成式撰，許逸民校箋，北京：中華，2015，冊一，頁 503-04。

103 周紹良、張涌泉、黃征輯校《敦煌變文講經文因緣輯校》（南京：江蘇古籍，1998），頁 11-12。

前集卷五「怪術」篇：……（引文略）可見唐憲宗元和時（806-820）已有「變場」出現，且被視為「不逞之徒」（猶言為非作歹者）出入之處，當是一種大眾娛樂場所。（張鴻勛，頁35）

陳引馳亦云：

唐代還有種稱為「變場」的場所，這或許是供變文演述的專門場所；果然，則尤其能說明「轉變」與僧人俗講的分流。《酉陽雜俎》前集卷五《怪術》（又見于薛昭韞《幻影傳》）：……（引文略）。雖然由于僧人對李秀才的傲慢而受了戲弄，但當時僧人對出入變場者的輕蔑是顯而易見的。[104]

以上引文皆認為，「變場」是變文演出的專門場所。但也有持保留態度者，如陸永峰云：

此文也見于題名為唐薛昭蘊撰《幻影傳》中。或以為變場即演唱變文的場所，並見證著中唐時變文說唱民間的普及。但變場之名僅見于此。其確切意義仍待確定。（《敦煌變文研究》，頁87）

案：「變場」之稱見段成式《酉陽雜俎・前集》卷5「怪術」篇，其第一例寫「大曆中，荊州有術士，……飲水再三噀壁上，成維摩問疾變相……。」可見「怪術」接近道教的「法術」，文中稱施法者為「術士」。在第三例「李秀才」故事中，鄰院僧亦稱李秀才為「術士」[105]，且警告院僧「不可輕言。」但院僧不聽警告，反而大言：「望酒旗，玩變場者，豈有佳者乎！」此即輕視之言，故遭受李秀才施法予以懲罰。

案：葛洪《神仙傳》卷三《王遠》條云：

麻姑手爪不如人爪形，皆似鳥爪。蔡經中心私言：「若背大癢時，得

104 陳引馳《隋唐佛學與中國文學》（南昌：百花洲文藝，2002），頁351-52。

105 案：李秀才事，亦見《太平廣記》卷七十八，方士三，可見李秀才確為術士。

> 此爪以爬背，當佳也。」方平已知經心中所言，即使人牽經鞭之，曰：「麻姑神人也，汝何忽謂其爪可以爬背耶？」便見鞭著經背，亦不見人持鞭者。[106]

此與《酉陽雜俎》所敘秀才用笻杖教訓無禮僧徒極為相似。由此看來，李秀才確為「術士」，不可能是演唱變文者，則所謂「變場」，恐非表演變文之場所。

今人夏廣興則從密教的幻術解釋李秀才的法術，其言云：

> 可以說唐以後僧傳及小說中所記錄的僧人或異人的種種法術神通描寫，和密教的影響是分不開的。密教的幻術性與咒術性在小說中有集中的表現。……[107]

《酉陽雜俎・前集》卷 5 收錄兩條：（略）

> 幻術，乃咒術的表現方式之一，實即今天所謂的魔術，漢魏以來即已流行。（同前書，頁 277）

不僅認為李秀才之法術為密教的幻術，甚且進一步以為：實即今天所謂的魔術，漢魏以來即已流行。此實深獲吾心，傅起鳳、傅騰龍著《中國雜技史》，根據一些史料，認為西域，尤其是印度所傳來之幻術，多殘酷性的表演：「天竺獻技，能自斷手足，剺腹胃，均為血淋淋的玩藝，後世亦屢有出現。」[108]在《酉陽雜俎》卷五「怪術」篇中，第二例記梵僧難陀，「得如幻三昧，入水火，貫金石，變化無窮」，有一次在飲會表演：「令人斷其頭，釘耳於柱，無血。身坐席上，酒至，瀉入脰瘡中，面赤而歌，手復抵節。會罷，自起提首安之，初無痕也。」（冊一，頁 501）此與西方魔術所常表演的「鋸人魔術」，極為接近，皆屬殘酷魔術一類。

---

[106] 胡為守校釋《神仙傳校釋》（北京：中華，2010），頁 95。

[107] 夏廣興《密教傳持與唐代社會》（上海：上海人民，2008），頁 275。

[108] 傅起鳳、傅騰龍著《中國雜技史》（上海：上海人民，2014），頁 61-62。

第二章　最具現代性的詩派
——韓孟詩派研究系列

前言

蔣寅先生曾評論韓愈詩云：

> 這是否可以稱為詩歌的現代性追求呢？我認為可以，……不受傳統束縛的自由，就是一切現代藝術的核心。……我們有理由將韓愈詩歌的變革視為中國文學的現代性萌動。……因背離傳統和古典美而顯得怪異、難以接受的韓愈詩風，竟然成了詩史變革的最大動力，作為詩歌史上最大的創新被肯定！[1]

據此，韓、孟詩派可稱為中國文學史上「最具現代性的詩派」。

韓孟詩派常被稱為「險怪詩派」，已經表示其異於尋常的風格。金聖歎評《水滸傳》第三十六回云：「此篇節節生奇，層層追險。節節生奇，奇不盡不止；層層追險，險不絕必追。真令讀者到此，心路都休，目光盡滅，有死之心，無生之望也。」第四十一回云：「夫天下險能生妙，非天下妙能生險也。險故妙，險絕故妙絕，不險不能妙，不險絕不能妙絕也。」[2]頗可用來說明韓孟詩派的「險怪」特色。韓愈曾提出「姦窮怪變」、「百怪入我腸」的說法，詩派或被稱為「牛鬼蛇神」、「光怪陸離」、「變態百出」，從「異變」的角度看，韓孟詩派是中國文學史上最值得注意的一個詩派，就

1　蔣寅《百代之中——中唐的詩歌史意義》（北京：北京大學，2013），頁190。

2　《金聖嘆全集》（臺北：長安，1986），冊二，頁30、108。

本書而言，更可說是「重中之重」。

有關韓孟詩派的研究論文甚多，筆者尚可提出六篇論文，形成一個「系列」，亦表示其值得探討的問題較多。有一點應先提出來的是，如書前《代序》所言，本書主題「異變」原是得自漢代災異學的啟發，故本系列有多篇牽涉到災異學，這也是其他研究者所忽略，而為本系列的特點。另外，六篇之中有不少交叉重疊之處，大概是因其觸及詩派的核心觀點，難以避免，雖已經過刪減，仍有重複之處，只能以「尚不礙眼」自解。

第一節　不平之鳴與不遇之感

甲、不平之鳴

一、近人論「不平之鳴」

「不平之鳴」是研究韓孟詩派必談的題目，屈守元云：

> 韓愈雖然建立了「道統」之說，但不能說他的文章，篇篇都是「明道」之作。鄧國光先生的《韓愈文統探微》曾謂韓愈所作如《毛穎傳》、《進學解》、《送窮文》之類，是「以文為戲」。……鄙意認為韓愈的創作，包括詩文，一部分是「明道」，另一部分卻是「鳴不平」。「物不得其平則鳴」，是文學創作的動力，韓愈《送孟東野序》中表達得很明白。「明道」，在韓文中比例比較大，而「鳴不平」則在韓詩中比例較大。無論「明道」和「鳴不平」，它們的手段都要求「修辭」。……是韓文勝處，即在「鳴不平」也。「以文為戲」，不過是「鳴不平」的一種形式而已。……韓愈是堅決排斥釋老的。但他對於和尚、道士具體的人，也是一樣地為他們「鳴不平」……[1]

文中區分韓文與韓詩，先指出：「明道」在韓文比例較大，「鳴不平」在韓詩中比例較大；又從「修辭」的觀點，言韓文勝處在「鳴不平」。總之，「不平之鳴」是韓詩的一大重點。文中又云，「物不得其平則鳴」，是文學創作的動力，在《送孟東野序》中表達得很明白。可見《送孟東野序》是論「不平之鳴」與創作觀念的重要文章，遺憾的是，屈文對「不平」的意涵欠缺說明；筆者判斷，屈氏應與一般人的觀念相同，以為偏向愁苦不滿（詳

1　屈守元、常思春主編《韓愈全集校注》（成都：四川大學，1996），冊一，「前言」，頁16-17。

下）。

談到《送孟東野序》，錢鍾書在《詩可以怨》一文中，曾提出與一般人觀念不同的說法，錢先生云：

> 中國文藝傳統裏一個流行的意見：苦痛比快樂更能產生詩歌，好詩主要是不愉快、煩惱或「窮愁」的表現和發泄。這個意見在中國古代不但是詩文理論裏的常談，而且成為寫作實踐裏的套板。
> （中略）
> 司馬遷舉了一系列「發憤」的著作，有的說理，有的記事，最後把《詩三百篇》籠統都歸于「怨」，也作為一個例子。
> 韓愈《送孟東野序》是收入舊日古文選本裏給學童們讀熟讀爛的文章。韓愈一開頭就宣稱：「大凡物不得其平則鳴。……」……一般人認為「不平則鳴」和「發憤所為作」涵義相同；事實上，韓愈和司馬遷講的是兩碼事。司馬遷的「憤」就是「坎壈不平」或通常所謂「牢騷」；韓愈的「不平」和「牢騷不平」並不相等，它不但指憤鬱，也包括歡樂在內。先秦以來的心理學一貫主張：人「性」的原始狀態是平靜，「情」是平靜遭到了騷擾。性不得其平而為情。《樂記》裏兩句話「人生而靜，感于物而動」，具有代表性。……不但憤鬱是性的騷動，歡樂也一樣，好比水的「波濤洶湧」、「來潮」。我們也許該把韓愈的話安置在這種「語言天地」裏，才能理解它的意義。他另一篇文章《送高閑人序》就說：「喜怒窘窮，憂悲愉快，怨恨思慕，酣醉無聊，不平有動于心，必于草書焉發之。」……只要看《送孟東野序》的結尾是：「抑不知天將和其聲而使鳴國家之盛耶？抑將窮餓其身，思愁其心腸，而使自鳴其不幸耶！」很清楚，得志而「鳴國家之盛」和失意而「自鳴不幸」，兩者都是「不得其平則鳴」。韓愈在這裏是兩面兼顧的，正像《漢書・藝文志》講「歌詠」時，並舉「哀樂」，而不像司馬遷那樣的偏主「發憤」。有些評論家對韓愈的話加以指摘，看來他們對「不得其平」理解得太狹窄了，把它和「發憤」

混淆。[2]

以上的論點，可以更簡單概括為：

一般人認為「不平則鳴」和「發憤所為作」涵義相同；事實上，韓愈和司馬遷講的是兩碼事。司馬遷的「憤」就是「坎壈不平」或通常所謂「牢騷」；韓愈的「不平」和「牢騷不平」並不相等，它不但指憤鬱，也包括歡樂在內。

這裏舉出兩種人的觀點：一般人與韓愈。一般人認為「不平則鳴」就是司馬遷所說的「發憤所為作」，亦即「牢騷不平」的發洩；而韓愈的「不平則鳴」，除了「憤鬱」外，亦包括歡樂在內。

錢先生並不是為了標新立異，故意提出違背常人的看法，而是有仔細閱讀《送孟東野序》所提鍊出的要點。如吳振華云：「以上摘錄錢先生對韓愈《送孟東野序》中『不平則鳴』的辨解，相信有仔細閱讀該《序》全文的人都能接受。」[3]

日本學者（川合康三）也看出《序》中的「不平」不能作狹義的「不滿」解釋，其言云：

> ……貞元十九年作的《送孟東野序》。這篇著名的作品，歷來是從與所謂「發憤著書」說相聯繫，又作為「詩窮而後工」說的繼承者的意義上來解讀的。……韓愈斷言，只有對境遇抱「不平」的人，對不遇感到無奈的人，才能產生傑出的文學。但這是在將「不平」解作狹義的不平、不滿的情況下，若就文脈來看，開宗明義所揭示的「大凡物不得其平則鳴」，是陳述事物一受外界刺激，破壞平衡狀態，就會發出聲音這一普通定理。而將「不平」限定為不平、不滿，那便像錢大昕說的：「鳥何不平于春耶，蟲何不平于秋耶？」錢鍾書將這一說法納入原本平靜的「性」為外物所動而生情這一中國傳統思維的譜系中

2　錢鍾書《詩可以怨》，《七綴集》（上海：上海古籍，1985），頁 120-27。

3　吳振華《韓愈詩歌藝術研究》（蕪湖：安徽師範，2012），頁 293。

> 去解釋，清楚地説明，韓愈所謂「不平」不但指憤鬱，也包括歡樂在內。因此，被選為「善鳴者」的詩人，就會根據自己的境遇，一會兒作歡樂之歌，一會兒詠悲傷之曲。到底成為唱哪種歌的人，始終是天的困惑：「抑不知天將和其聲，使鳴國家之盛耶？抑將窮餓其身，思愁其心腸，而使自鳴其不幸耶？」孟郊是時時被天命發揮後者的作用的，……[4]

這是認同錢先生看法。但有人則想在錢先生說法基礎上，補充一點看法，如吳承學云：

> 韓愈《送孟東野序》：「大凡物不得其平則鳴」。在文學批評研究中，人們也往往以「不平則鳴」來闡釋詩人作家的不幸遭遇和痛苦生活對于創作的積極作用，並且把它與「發憤著書」、「窮而後工」作為同一理論源流。假如把「不平則鳴」單純解釋為對于不公平事情的憤慨，則《送孟東野序》中出現了大量難以解釋甚至矛盾之處。……不過韓愈所說的「不平」並不限于人的感情問題，「平」是指平常、平靜、平衡、平凡等；「不平」則是指異乎尋常的狀態，……總之「不平」所指甚廣，並不指逆境。「不平則鳴」應是指自然、社會與人生若處于不尋常的狀況之中，一定會有所表現。[5]

此即將韓愈《序》與「人們」的認知相對照，以為人們往往「把「不平則鳴」單純解釋為對于不公平事情的憤慨」。吳氏認為若採取「人們」的觀點，則《送孟東野序》中會出現「大量難以解釋甚至矛盾之處」，並云「總之『不平』所指甚廣，並不指逆境」。以上論點，基本上同於錢先生觀點，唯後面提出補充，頗有問題：一是說：「不過韓愈所說的『不平』並不限于人的感情問題。」其實，《序》一開始就已指出「人之於言也亦然，有不得已者而後言」，即心有所感，不吐不快。另一是認為「不平」指「異乎尋常

---

4 蔣寅編譯《日本學者中國詩學論集》（南京：鳳凰，2009），頁141。

5 吳承學著《中國古代文體學研究》（北京：人民，2011），頁104。

的狀態」，又違背自己所說「『不平』所指甚廣」，而與「人們」的說法同樣過於狹窄。試以一簡單例子說明，眾所皆知，孟郊喜言窮，若依吳氏說法，窮應是一種「異乎尋常的狀態」，但這恐與一般的認知相違背。恰恰相反，窮是再平常不過的經驗，大多數中國人，對貧窮皆很熟悉，孟郊之喜言窮，絕對不是因其「異乎尋常」，而是因為一生皆過著窮苦生活，對窮的經驗太過熟悉，體會太過深入，若說孟郊寫窮讓人有「異乎尋常」的感覺，應是在其寫法的特殊，讓人深刻感受到窮的「痛苦」。此正是韓愈強調「善鳴者」的原因：所謂「善鳴者」，並非因其寫一些「異乎尋常的狀態」，而是指能將心中的感受用一種特殊的方法表現出來，從而引起讀者的共鳴。吳氏這個說法可能是由韓孟詩派的「險怪」詩風引起的，但「險怪」並不等於「不平」，不應劃等號。

另蕭占鵬云：

> 許多論者指出，它的「不平之鳴」並非專指悲愁鬱塞。而是指喜怒哀樂多種情感，這是對的。但韓愈對……有所區分的。他在《荊潭唱和詩序》中說……韓愈肯定「窮苦之言易好」和強調「不平之鳴」，從文學思想淵源上說，是發揚光大了屈原和司馬遷「發憤」說，……[6]

後面又云：

> 他在《送孟東野序》中說：「大凡物不得其不平則鳴。（中略）凡出乎口而為聲者，其皆有弗平者乎！」在這裏，韓愈提出了著名的「不平則鳴」的創作主張。從《送孟東野序》全文看，他的「不平則鳴」雖包含喜怒哀樂諸種情感，但無疑是側重於「窮餓其身，思愁其心腸，而使自鳴其不幸」的。在《荊潭唱和詩序》中，他更將這一觀點發揮得淋漓盡致：（略）……從審美效果上肯定了對人生苦難的抒情。（同前注，頁 199-200）

6　蕭占鵬《韓孟詩派研究》（臺北：文津，1994），頁 179。

結合兩段引文，可以看出，蕭文希望調和「一般人」與錢先生兩種觀點：一方面他接受錢先生說法，承認：「『不平之鳴』並非專指悲愁鬱。而是指喜怒哀樂多種情感，這是對的。」亦即這才是韓《序》的意思。可是另一方面又舉《荊潭唱和詩序》為證，以為韓愈肯定「窮苦之言易好」和強調「不平之鳴」，從文學思想淵源上說，是發揚光大了屈原和司馬遷「發憤」說。後面又重引《荊潭唱和詩序》，並云：

> 韓愈將「歡愉之辭」、「和平之音」與「愁思之聲」、「窮苦之言」相對舉，從審美效果上肯定了對人生苦難的抒寫。

這次強調，韓愈「肯定了對人生苦難的抒寫」，與前面肯定「窮苦之言易好」，是同一意思，主要目的是將「不平之鳴」與韓孟詩風結合起來，故後面舉韓孟詩作為例，指其中充溢「抑鬱不平之氣」：

> 韓孟諸人皆出身寒微而又胸懷念時報國之志。……又加上這一詩派中人都有著屈居下僚、貧困潦倒的生活經歷，對世事滄桑和人生悲苦的體嘗遠勝於前代和同代其他詩人，這就使得他們的胸中常常充溢著一股抑鬱不平之氣……這樣一種由苦難人生經歷所引發的心緒與情懷，自然將他們的創作導向抒寫人生苦難的經驗：……使得韓孟詩派的詩作中出現了大量的嗟悲嘆苦之作，其數量之多和哀痛愁苦之深，都是前所未有的。（前引書，頁 201-02）

文中認為韓孟詩中「充溢著一股抑鬱不平之氣」，與前面所說「肯定了對人生苦難的抒寫」意思相同。應該指出的是，這種觀點正是「人們」（一般人）對「不平之鳴」的認知，研究韓孟詩派的學者常用「人們」對「不平之鳴」的認知說明韓孟詩派的詩風，如孟二冬云：「韓孟派詩人尤以抒寫個人的不幸遭遇和內心的苦悶而著稱，孟郊、賈島等人表現個人生活的貧病苦寒，久已成為文學史中的話題。」[7]基於這種認知，蕭文將「苦吟」與「不

7　孟二冬著《中唐詩歌之開拓與新變》（北京：北京大學，1998），頁 103-04。

平之鳴」結合起來，提出一種新的解釋：

> 「苦吟」首先是「吟苦」，即抒寫自身的不幸和怨懣，同韓愈所說的「不平則鳴」是一致的。

認為「苦吟」即是吟「苦」。後來畢寶魁接受蕭文看法，亦云：

> 後期著重「吟苦」，抒寫自身的不幸和怨懣。……從內容上看，是「吟苦」，述說世道的不公及自身的不幸遭遇；……[8]

畢氏又云：

> 還有一點需強調，這就是韓愈在《送孟東野序》中提出的「不平則鳴」這一著名論點，在精神上與孟郊和賈島的「苦吟」是一致的。他在該文開頭說：……從自然界現象推演到人的思想感情，都因為有不平才會有鳴的聲音。這種「不平」，引申到人類社會生活，實質上就是不公平。即社會沒有給人提供平等競爭的機會，任人唯親，門閥制度餘風依舊很重。這就致使一些學問淵博品行高尚的賢士不得其位，沉淪下僚甚至布衣終身，不但物質生活淒苦寒酸，而且精神亦處在極度的苦悶之中。……「不平則鳴」這一理論對後世產生的影響是極為深遠而巨大的。在《荊潭唱和詩序》中，韓愈將「不平則鳴」這一觀點闡釋得更加明確具體：……（前引注，頁283-84）

文中將「不平」解釋為「不公平」，正是「一般人」對「不平之鳴」的看法，完全拋開錢先生的解釋。這正是錢先生所謂：「看來他們對『不得其平』理解得太狹窄了，把它和『發憤』混淆。」

以上介紹了三種對「不平之鳴」的看法：

1.一般人看法：認為「不平則鳴」就是司馬遷所說的「發憤所為作」，亦即「牢騷不平」的發洩。（狹義解釋）

8　畢寶魁《韓孟詩派研究》（瀋陽：遼寧大學，1999），頁173。

2.錢鍾書的看法：認為韓愈的「不平則鳴」，除了「憤鬱」外，亦包括歡樂在內。（廣義解釋）

3.調和上述兩種看法，此為蕭占鵬所提出：一方面接受錢先生說法，承認：「『不平之鳴』並非專指悲愁鬱塞。而是指喜怒哀樂多種情感。」可是另一方面又舉《荊潭唱和詩序》為證，以為韓愈是發揚光大了屈原和司馬遷「發憤」說」。於是最後斷言：

> 從《送孟東野序》全文看，他的「不平則鳴」雖包含喜怒哀樂諸種情感，但無疑是側重於「窮餓其身，思愁其心腸，而使自鳴其不幸」的。在《荊潭唱和詩序》中，他更將這一觀點發揮得淋漓盡致。

毫不含糊地，認為「不平之鳴」是側重於「窮餓其身，思愁其心腸」的「悲愁鬱塞」，亦即一般人的狹義看法。

上述三種看法，各有道理根據，其主要不同在於，錢先生只是針對《送孟東野序》，而其他兩種看法，則更重視韓孟詩派的作品特色，尤其是蕭文，極力想由作品的特色來否定錢先生的解釋。其實，韓孟詩派的作品，錢先生不可能不知道。錢先生講的很清楚，並不否定一般人的說法，只是認為一般人的說法過於狹隘。正如說美國人是白人，並沒有錯，但不能反過來說白人只有美國人。同樣，一般人以表現「悲愁鬱塞」為「不平之鳴」，這並沒有錯，但不能說不平之鳴只限於表現「悲愁鬱塞」。為了澄清問題，仍有必要重新閱讀《送孟東野序》，故下面先對《序》文作疏解。

二、韓愈《送孟東野序》疏解

全文可分三段，茲抄錄如下（有時稍作省略，以便閱讀）：

> 大凡物不得其平則鳴。草木之無聲，風撓之鳴。水之無聲，風蕩之鳴。其躍也或激之，其趨也或梗之，其沸也或炙之。金石之無聲，或擊之鳴。人之於言也亦然，有不得已者而後言，其歌也有思，其哭也有懷，凡出乎口而為聲者，其皆有弗平者乎！樂也者，鬱於中而泄於

外者也，擇其善鳴者而假之鳴，金、石、絲、竹、匏、土、革、木八者，物之善鳴者也。維天之於時也亦然，擇其善鳴者而假之鳴，是故以鳥鳴春，以雷鳴夏，以蟲鳴秋，以風鳴冬，四時之相推敚（古「奪」字），其必有不得其平者乎！

其於人也亦然。人聲之精者為言，文辭之於言，又其精者也，尤擇其善鳴者而假之鳴。其在唐、虞，……夏之時，……凡載於《詩》、《書》六藝，皆鳴之善者也。周之衰，孔子之徒鳴之，……其末也，莊周……屈原……孟軻、荀卿……皆以其術鳴。秦之興，李斯鳴之。漢之時，司馬遷、相如、揚雄，最善鳴者也。其下魏、晉氏，鳴者不及於古，然亦未嘗絕也；……其為言也，亂雜而無章，將天醜其德莫之顧邪？何為不鳴其善鳴者也。

唐之有天下，陳子昂、蘇源明、元結、李白、杜甫、李觀，皆以其所能鳴。其存而在下者，孟郊東野，始以其詩鳴，其高出漢、魏，不懈而及於古，其化浸淫乎漢氏矣。從吾遊者李翱、張籍其尤也。三子者之鳴，信善矣，抑不知天將和其聲，而使鳴國家之盛邪？抑將窮餓其身，思愁其心腸，而使自鳴其不幸邪？……東野之役於江南也，有若不釋然者，故吾道其命於天者以解之。[9]

這篇文章甚長，茲逐段說明如下：

第一段，開頭先來一小節，作為「引子」（引起下文），首先藉大自然中的一些物類為喻，如草木、水、金石等，原本是無聲的，因為受到風的激蕩或受到某些打擊，而發出聲音，以此說明人之所以用聲音——「言」表現出來，是因為「有不得已者而後言」，即心有所感動，產生一些感觸，不吐不快，故藉「歌」或「哭」表現。前引吳承學說法，以為「平」是指平常、平靜、平衡、平凡等，大抵合乎《序》意；但又說「不平」是指「異乎尋常的狀態」，顯然是錯誤的。「草木之無聲，風撓之鳴」等比喻，並非指「異

9　屈守元、常思春主編《韓愈全集校注》（成都：四川大學，1996），冊三，頁 1464-65。

乎尋常」的狀態，相反的，正因其常見，故舉以為喻。錢先生云：

> 先秦以來的心理學一貫主張：人「性」的原始狀態是平靜，「情」是平靜遭到了騷擾。性不得其平而為情。《樂記》裏兩句話「人生而靜，感于物而動」，具有代表性。……不但憤鬱是性的騷動，歡樂也一樣，好比水的「波濤洶湧」、「來潮」。

據此，平指平靜，不平指受到感動。錢先生用《禮記．樂記》「人生而靜，感于物而動」，解釋《序》文之「大凡物不得其平則鳴」，極有幫助。為確定錢先生的觀點，有必要引《樂記．樂本篇》一段話：

> 凡音之起，由人心生也。人心之動，物使之然也。感於物而動，故形於聲。……樂者，音之所由生也；其本在人心之感於物也。是故其哀心感者，其聲噍殺；其樂心感者，其聲嘽緩；其喜心感者，其聲發以散；其怒心感者，其聲粗以厲；其敬心感者，其聲直廉；其愛心感者，其聲和以柔；六者非性也，感於物而後動。[10]

這一段很能說明韓《序》第一段，文中明顯指出，當人心感於物時，有可能引發「哀、樂、喜、怒、敬、愛」等六種感情（即所謂「六情」），這應即韓《序》所本，亦可印證錢先生觀點。只不過，韓《序》是用物象比喻，再加上一般人對「不平之鳴」已有成見，故產生誤解。應該補充的是，《毛詩序》也採用《樂記》的觀點，如《樂記．樂本》又云：

> 凡音者，生心心者也。情動於中，故形於聲；聲成文，謂之音。是故治世之音安以樂，其政和；亂世之音怨以怒，其政乖；亡國之音哀以思，其民困；聲音之道與政通矣。

據此，《毛詩序》云：

> 詩者志之所之也，在心為志，發言為詩。情動於中而形於言。情發於

---

10 張少康、盧永璘編選《先秦兩漢文論選》（北京：人民文學，1996），頁260。

聲，聲成文謂之音。治世之音安以樂，其政和；亂世之音怨以怒，其政乖；亡國之音哀以思，其民困。[11]

《詩序》只是將《樂記》之「形於聲」改為「形於言」，亦即只改一個字；這是因為《樂記》是談音樂，而《詩序》是談詩。而《樂記》所云「聲音之道與政通」的思想，《詩序》可說全盤接受[12]。以上所引《樂記》與《詩序》，應是韓《序》所本。寫到這裏必須引用白居易在《策林》中的兩段話：

臣聞：樂者本于聲，聲者發于情，情者繫于政。蓋政和則情和，情和則聲和，而安樂之音由是作焉；政失則情失，情失則聲失，而哀淫之音由是作焉。斯所謂音樂之道與政通矣。（《策林》六十四、復樂古器古曲）

大凡人之感于事，則必動于情，然後興于嗟嘆，發于吟詠，而興于歌詩矣。故聞《蓼蕭》之篇，則知澤及四海也。……聞「廣袖高髻」之謠，則知風俗之奢蕩也；……故國風之盛衰，由斯而見也；王政之得失，由斯而聞也；人情之哀樂，由斯而知也。然後君臣親覽而斟酌焉。（《策林》六十九、採詩）[13]

這兩段話正是根據《樂記》與《詩序》，《策林》六十九云「大凡人之感于事，則必動于情，然後興于嗟嘆，發于吟詠，而興于歌詩矣」，這幾句正同於韓《序》之「大凡物不得其平則鳴。草木之無聲，風撓之鳴」云云。而兩段《策林》皆指出，人情有哀與樂，當其感動而發于聲，亦有不同的表現。由此可證，錢先生的解釋是正確的。不過錢先生以為韓《序》之「不平之鳴」，與司馬遷之「發憤說」無關，似尚有討論餘地，因為韓《序》明云：

---

[11] 前引書，頁 343。

[12] 上引書《毛詩序》解題云：「《毛詩大序》對詩歌的本質及其和社會政治的關係，都在《樂記》的基礎上作了進一步的發揮。」（頁 342-43）

[13] 朱金城《白居易集箋校》（上海：上海古籍，1988），冊六，頁 3541、3550。

> 人之於言也亦然，有不得已者而後言，其歌也有思，其哭也有懷，凡出乎口而為聲者，其皆有弗平者乎！樂也者，鬱於中而泄於外者也。

所謂「樂也者，鬱於中而泄於外也」，似與「發憤說」相通。故筆者以為韓文所謂「大凡物不得其平則鳴」，應是結合《樂記》之「感物而動」與《史記》之「發憤」兩種觀念，只是不限於抑鬱不平的情感。

文中以音樂為喻，認為「樂也者，鬱於中而泄於外者也」，指音樂的產生是由於內心積蓄很多情感，不吐不快；而為了表現心中的各種感情，於是選擇八種最為「善鳴」的樂器。結束時，又舉天（自然）有四時，各選擇其善鳴者而假之鳴：如以鳥鳴春，以雷鳴夏，以蟲鳴秋，以風鳴冬。由此過渡到第二段，重點集中在人之善鳴者。應注意的是，首段舉音樂與四季之善鳴者為例，已明白表示，並未局限於某種感情，故錢先生云：韓愈的「不平」和「牢騷不平」並不相等，它不但指憤鬱，也包括歡樂在內。

第二段開頭云：「人聲之精者為言，文辭之於言，又其精者也，尤擇其善鳴者而假之鳴」，指人會選擇最精之聲音——「文辭」來表達其內心之各種感情、思想，可見並未限定某種感情。接著就舉出自上古「唐、虞」以下各朝代善鳴之代表人物。較特殊的是「魏、晉」以後，雖不及古之善鳴者，但仍有許多「鳴」者，只是不及古人，「其為言也，亂雜而無章，將天醜其德莫之顧邪？何為不鳴其善鳴者也」，仍從天的角度解釋作結，以為這一長段歷史因為沒有多少感動人的事情，故天亦不生善鳴者。

第三段——即最後一段，時間來到唐代，即作者所處時代。先舉出一些善鳴者：「唐之有天下，陳子昂、蘇源明、元結、李白、杜甫、李觀，皆以其所能鳴。」然後談及在下者孟郊，此為序的真正中心點，先舉其詩淵源於漢、魏古詩，意指其格調甚高，是善鳴者。接著補上從韓遊者李翺、張籍，合共三人，皆善鳴者。然後抬出天命論：「抑不知天將和其聲，而使鳴國家之盛邪？抑將窮餓其身，思愁其心腸，而使自鳴其不幸邪？……東野之役於江南也，有若不釋然者，故吾道其命於天者以解之。」這是用「天命」的觀點解釋孟郊等的未來有兩種可能性：一是用和平之聲鳴國家之盛，意指能升上較好官位，改善其生活困境；另一是「窮餓其身，思愁其心腸，而使自鳴其不幸」，意指仍沉淪下僚，過著窮愁日子，只能繼續鳴其不幸。很明顯，文中之「天」實指皇帝，也就是由皇帝決定其是否能轉換方向、改鳴國家之盛，或繼續鳴其不幸。文中用一種懷疑口氣，表示有兩種可能由皇帝決定，其實是提出委婉建議：以為孟郊既為朝廷官員[14]，則若一直屈居下僚、過窮愁日子，只能鳴其不幸，將不只是孟郊個人的不幸，也是朝廷的不幸，因其證實朝廷德政有虧；反之，若使孟郊轉換官位，過較好生活，則不僅有助於孟郊本人，抑且對朝廷亦有很大幫助，蓋孟郊因此可以鳴國家之盛，有助於宣揚朝廷德政——即所謂「歌功頌德」。這裏很值得注意的是，無論鳴國家之盛或鳴其不幸，皆可謂善鳴者，而文中既稱孟郊為善鳴者，所以就有兩種可能。錢先生即據此斷言，文中所謂不平之鳴並不限於鳴「不幸」，這與一般人的認知有很大的差距。

這裏應補充一點，韓愈所以提到「鳴國家之盛」，是有背景的，畢寶魁云：

> 德宗和憲宗兩朝對藩鎮都采取比較強硬的政策，大力提拔一批有才幹的知識分子到朝廷中來，為士人積極入世匡補時闕以求進取提供了機會。到元和後期，在平定淮南吳元濟之亂後，……出現所謂中興局面。這給企盼中興的知識分子們彷彿是注射了一針興奮劑；使他們要輔佐君主再現盛唐氣象的雄心和志向更加堅定。韓愈發起的古文運動和韓孟詩派的出現都與這種特定的背景有關。[15]

從整體來看，本篇所要表達的觀念並不複雜。如上所說，首段提出不平之鳴包含兩個重點，一是心有所感，一是善鳴。文中並未對某一類感情加以強調或限制，就所舉八種樂器及四季各有善鳴者來看，「有不得已者而後言」所指的內心感觸是相當寬廣的，並非專指某一類感情言；文中的重點，

---

[14] 此為唐德宗貞元十七年，送孟郊赴溧陽縣尉作。參屈守元、常思春主編《韓愈全集校注》（成都：四川大學，1996），冊三，頁1464-65，注一。

[15] 畢寶魁《韓孟詩派研究》（瀋陽：遼寧大學，1999），頁13。

其實更在於「善鳴」，即能將內心所感表達得更好。

第二段的內容幾乎全在舉出各朝代的善鳴者，而這些善鳴者亦包括各種類型：有政治家、思想家與文章家，並未特別強調是善鳴某一類情感者。只有到最後一段（第三段）談到孟郊，才特別指出，因其屈居下僚，過著「窮餓其身，思愁其心腸」的生活，只能「自鳴其不幸」。這是從生活遭遇說明「鳴其不幸」的原因，並非指其只能鳴不幸，故又指出，若使朝廷（天）有所善待，亦能「和其聲，而鳴國家之盛」，這實際上已將不平之鳴與遇不遇的問題結合在一起（詳下）。

最後，我想以首段的說明當做「結論」：

> 如上所說，首段提出不平之鳴包含兩個重點，一是心有所感，一是善鳴。文中並未對某一類感情加以強調或限制，就所舉八種樂器及四季各有善鳴者來看，「有不得已者而後言」所指的內心感觸是相當寬廣的，並非專指某一類感情言；文中的重點，其實更在於「善鳴」，即能將內心所感表達得更好。

準此，錢先生的「廣義解釋」，應可當成「定論」，亦即：「不平之鳴」並非專指悲愁不滿之情（狹義解釋）。韓愈另有一文，《送高閑上人序》稱讚張旭草書云：「喜怒窘窮，憂悲愉快，怨恨思慕，酣醉無聊，不平有動于心，必于草書焉發之。」錢先生引此，證明韓愈所謂「不平」，乃包括各種感情，並不限於「憂悲、怨恨」。案：韓愈稱讚張旭草書有兩個特點，一是內心有強烈感情，不得不發，一是能專心致志，才能將內心的感情極為充分的表現出來。前者合乎《送孟東野序》所云：「人之於言也亦然，有不得已者而後言」，後者則合乎「善鳴者」的條件。但錢先生也了解「一般人」的看法並非如此，他說：

> 一般人認為「不平則鳴」和「發憤所為作」涵義相同；事實上，韓愈和司馬遷講的是兩碼事。司馬遷的「憤」就是「坎壈不平」或通常所謂「牢騷」；韓愈的「不平」和「牢騷不平」並不相等，它不但指憤

> 鬱，也包括歡樂在內。
>
> 韓愈在這裏是兩面兼顧的，正像《漢書．藝文志》講「歌詠」時，並舉「哀樂」，而不像司馬遷那樣的偏主「發憤」。有些評論家對韓愈的話加以指摘，看來他們對「不得其平」理解得太狹窄了，把它和「發憤」混淆。

依錢先生的說法，「一般人」對「不平之鳴」的認定是司馬遷的「發憤」，亦即發洩「牢騷不平」；他認為這是「太狹窄了」。

由此我們看到問題所在。基本上，無論廣義或狹義，都認為好的詩應是表達內心真實的感情，不同之處在於表達什麼感情：狹義的看法，將「不平之鳴」視為鳴其「不幸」，於是將「不平」解釋為「不公平」，亦即因遭遇到不公平而不幸；廣義的看法，則將重點放在「善鳴」，無論是鳴「幸」或「不幸」，只要能將感情表達得好，即可謂「不平之鳴」。

三、兩種「不平之鳴」

在澄清問題之後，筆者認為，錢先生的貢獻有兩點：

首先是用《禮記．樂記》之「感物而動」解釋「大凡物不得其平則鳴」，據此，不平即是不平靜，用在文藝上，「不平之鳴」指心有所感，想要發洩、表現出來。這是很大的啟發，很容易讓人想到《毛詩序》之「情動於中而形於言」，以至六朝之「感興說」，如《文心雕龍．物色篇》所云「春秋代序，陰陽慘舒，物色之動，心亦搖焉」、「是以詩人感物，聯類不窮」。

其次是發現兩種「不平之鳴」的說法，即廣義與狹義兩種解釋。此兩種解釋原本是由錢先生所提出，但錢先生認定韓愈《送孟東野序》所言，乃廣義性的「不平之鳴」，而非「一般人」所說的狹義解釋。後來，蕭占鵬根據錢先生所說，卻認為《送孟東野序》雖包含兩種解釋，卻「側重」狹義的解釋：自鳴其不幸。蕭文云：

> 從《送孟東野序》全文看，他的「不平則鳴」雖包含喜怒哀樂諸種情

> 感，但無疑是側重於「窮餓其身，思愁其心腸，而使自鳴其不幸」的。在《荊潭唱和詩序》中，他更將這一觀點發揮得淋漓盡致。

這種解讀，是想兼顧廣義與狹義兩者，頗有調和論的味道。筆者以為，這只是使問題複雜化，而非解決問題。理由有二，一是，廣義的解釋已包含狹義在內，沒有必要去側重狹義解釋；二是，「側重說」不合《序》意。原因很簡單，孟郊之「自鳴其不幸」，乃因其生活窮餓所致，且已歷經多年，《序》意正是寄望於「天」（皇帝），使孟郊脫離窮餓，不必再「自鳴其不幸」。蕭文一再引《荊潭唱和詩序》之「夫和平音淡薄，而愁思之聲要妙，歡娛之辭難工，而窮苦之言易好也」，以證其「側重說」，難道是指韓愈希望孟郊繼續過窮餓日子，繼續「自鳴其不幸」？

由此看來，韓愈《送孟東野序》似有意打破狹義的「不平之鳴」觀。這種情形很像韓愈對佛教的態度：一方面，對佛教採取極端反對態度（如《原道》所云），可一方面又寫了很多「送僧詩」，似乎對佛徒採取非常寬容的態度，以致成為聚訟的「公案」。韓孟詩派喜歡「自鳴其不幸」，這是論者所共知的，反而是韓愈有「鳴國家之盛」的詩，較受忽略，這也導致其《送孟東野序》受到誤解。因此蕭文的「側重說」，其真正的貢獻是提出一個新問題：何以《序》文將兩種「不平之鳴」結合在一起？下面即是朝著這個方向努力，但首先要舉出《詩經》的「不平之鳴」，以為討論基礎。

茲舉兩首《毛詩》為例，並採錄近人《詩經注析》的「解題」與章節注析，以備參考。

(一)《小雅．節南山》：

解題：這是周大夫家父斥責執政者尹氏的詩。……陳喬樅云：「《箋》釋『不弔昊天，不宜空我師』云：『不善乎昊天，愬之也。』此詩屢言昊天，……皆呼天而愬之詞。」[16]

二章：「節彼南山，有實其猗。赫赫師尹，不平謂何？天方薦瘥，喪亂

---

16 程俊英、蔣見元《詩經注析》（北京：中華，2005年四刷），下冊，頁552-53。

弘多。民言無嘉，憯莫懲嗟。」

注析：「有實其猗」，形容山坡廣大。……詩人以山上有廣大不平的山坡，以興師尹的不平。馬瑞辰《通釋》：「阿為偏高不平之地，故詩以興師尹之不平耳。」……這章言尹氏為政不平，不顧天怒民怨。（頁 555）

三章：「尹氏大師，維周之氐。秉國之均，四方是維，天子是毗，俾民不迷。不弔昊天，不宜空我師。」

注析：「均」，鈞之假借，本義為量名（三十斤），後遂以為「平均」之稱。故鄭《箋》云：「持國政之平。」……這章言太師是周王朝的根本，為政當均平，責任重大。（頁 556）

九章：「昊天不平，我王不寧。不懲其心，覆怨其正。」

注析：正，正諫他的人。末二句言尹氏不懲改其邪心，反而怨恨諫正他的人。朱熹《詩集傳》：「尹氏之不平，若天使之，故曰『昊天不平』。若是，則我王亦不得寧矣。然尹氏猶不自懲創其心，乃反怨人之正己者，則其為惡，何時而已矣！」這章言尹氏拒諫。（頁 560）

案：據《注析》可知，「不平」指為政不平均、不合理。詩雖似埋怨「天」，其實皆指「我王」（國君）。

(二)《小雅．北山》：

解題：這是一位士子怨恨大夫分配工作勞逸不均的詩。毛序：「《北山》，大夫刺幽王也。役使不均，己勞於從事，而不得養其父母焉。」……這詩末三章連用六個對比，把大夫與士之間苦樂不等、勞逸不均的情況，充分顯示出來了，富於說服力。對比是把兩種相反的事物，並列在一起，使彼此的特點更加突出。這種辭格，《詩經》中是常見的。[17]

二章：「溥（通普）天之下，莫非王土。率土之濱，莫非王臣。大夫不均，我從事獨賢（賢，多也）。」

四章：「或燕燕居息，或盡瘁事國。或息偃在牀，或不已于行。」

五章：「或不知叫號，或慘慘劬勞。或棲遲偃仰，或王事鞅掌。」

---

[17] 程俊英、蔣見元《詩經注析》（北京：中華，2005 年四刷），下冊，頁 641-42。

六章：「或湛樂飲酒，或慘慘畏咎。或出入風議，或靡事不為。」（前引書，頁 643-45）

案：勞逸不均的真正問題在於苦樂不均：有人在家飲酒作樂，有人卻在外勞苦奔波。

以上兩詩，或言大臣執政不平均，或言大夫所分配的工作勞逸不均。不均即是「不平」，若進一步惡化，就是所謂「不公平」，此時容易引起在下者的「怨言」，這就是「詩可以怨」，亦即「不平之鳴」。

談「不平之鳴」，難免會聯想起「劍俠」、「劍客」這類人物。茲先舉幾則《劍俠傳》[18]的例子：

> 《宣慈寺門子》：「某是宣慈寺門子，亦與諸郎君無識，第不平此人，無禮耳。」[19]

> 《韋洵美》：「洵美……長吁而寢曰：『何處人能報不平事？』寺有行者，排闥而揖曰：『先輩畜何不平事？』（前引書，頁 142）

> 《郭倫觀燈》：「吾本無心，偶見不平事，義不容已。」（前引書，頁 197）

文中或曰「不平此人」，或曰「不平事」；所謂「不平此人」指此人做了「不平事」。案：不平原指不平均，延伸指不公平、不合理、不正義之事。《劍俠傳》中之「不平事」，更偏向不合正義——不義之事；又作動詞用，云「不平此人」，即認為此人做了不義之事。總之，不平皆是指負面的、不合儒家倫理道德的行為，因而讓人感到不滿、甚至憤怒；而劍俠就是用劍斬除不平、不義之事的勇者，劍是正義的象徵。

《全唐詩》中收集著名道士呂巖的詩[20]，談劍的詩不少，有些是隱喻煉

---

18 《劍俠傳》的作者，余嘉錫《四庫提要辨證》以為明人王世貞，但也有人提出反對。本文所據為楊倫著《劍俠傳校證》（鄭州：中州古籍，2012）。

19 楊倫《劍俠傳校證》（鄭州：中州古籍，2012），頁 111。

20 共四卷：臺北文史哲版《全唐詩》第十二冊，卷 856-59，頁 9675-91。

內丹的過程，如《得火龍真人劍法》：

> 昔年曾遇火龍君，一劍相傳伴此身。……昨夜鍾離傳一語，六天宮殿欲作塵。（前引書，頁 9675）

《七言律詩》：

> 虎將龍軍氣宇雄，佩符持甲去忽忽。鋪排劍戟奔如電，羅列旌旗疾似風。活捉三尸焚鬼窟，生禽六賊破魔宮。河清海晏乾坤淨，世世安居道德中。（前引書，頁 9677）

但有些則如《劍客傳》所說，用劍斬不平事。如七言律詩《贈劍客》：

> 髮頭滴血眼如鐶，吐氣雲生怒世間。爭耐不平千古事，須朝一決蕩凶頑。蛟龍斬處翻滄海，暴虎除時拔遠山。為滅世情兼負義，劍光星染點痕斑。（前引書，頁 9689）

> 雨雪霏霏天已暮，金鐘滿勸撫焦桐。詩吟席上未移刻，劍舞筵前疾似風。何事行杯當午夜，忽然怒目便騰空。不知誰是虧忠孝，携個人頭入匣中。（前引書，頁 9689）

詩中提到「虧忠孝」，亦屬於不平事，值得注意。

接著可以談韓孟詩派如何說「劍」。韓孟詩派的賈島，其著名的《劍客》詩云：「十年磨一劍，霜刃未曾試。今日把示君，誰為不平事？」可見劍客的精神，就是斬除不平。劉叉《偶書》亦云：「日出扶桑一丈高，人間萬事細如毛。野夫怒見不平事，磨損胸中萬古刀。」今人解云：將斬不平的正義感比做萬古傳世之胸中寶刀[21]。案：詩中的「野夫」應即劉叉自喻，亦即以劍客自許，劍為正義感的象徵。

蕭占鵬則從當時的政治背景，對韓孟詩派之說「劍」，提出較深入的解

21　吳小平選析，陶文鵬審訂《韓孟詩派作品賞析》（桂林：廣西教育，1990），頁 147。

釋，且提供一些詩例。他說：

> 韓孟詩派中多數人通過科舉進入了仕途，他們受儒家積極用世的思想的深固影響，被挽救唐室於摧頹的中興幻夢所鼓動……促使韓孟諸人具有了強烈的出仕要求。……都曾以鋒利的寶劍自比：
>
> 長策苟未立，丈夫誠可羞。露饗復何事，劍鳴思戮仇。（孟郊《殺氣不在邊》，卷一）
>
> 三尺握中鐵，氣衝星斗牛。報國不拘貴，憤將平虜仇。（賈島《代邊將》，《長江集》卷一）
>
> 男兒何不帶吳鈎，收取關山五十籌。請君暫上凌煙閣，若個書生萬戶侯。（李賀《南園十三首》其五，卷一）
>
> 我有辭鄉劍，玉鋒堪截雲。襄陽走馬客，意氣自生春。（李賀《走馬引》，卷一）[22]

文中以「中興幻夢」來說明韓孟詩派的人「都曾以鋒利的寶劍自比」，則劍所要斬除的對象，往往指向朝廷的叛賊，亦即不服中央管制的地方藩鎮，而劍則指報國的熱忱與勇氣。此種「不平之鳴」，已經進入廣義的「不平之鳴」，即所謂「鳴國家之盛」。

盧仝亦有詩提到「劍」，其《送王儲詹事西游獻兵書》云：「玉匣百煉劍，龜文又龍吼。抽贈王將軍，勿使虛白首。」[23]這裏將「兵書」比為百煉劍，即因劍是一種斬殺敵人的利器，亦可說是建功立業的憑藉，故云「抽贈王將軍，勿使虛白首」。亦可印證蕭文「中興幻夢」說。盧仝又藉《新蟬》詠「不平之鳴」，近人鄭慧霞云：

> 另如《新蟬》：「泉溜潛幽咽，琴鳴乍往還。長風剪不斷，還在樹枝間。」……弱小的「新蟬」和強勁的「長風」之間，形成了對抗的一組力量。……如果文本允許我們做深一層的聯想，我們會聯想到韓愈

22　蕭占鵬《韓孟詩派研究》（臺北：文津，1994），頁98-9。

23　臺北文史哲版《全唐詩》冊六，卷三八七，頁4370。

的「不平則鳴」之說。作為弱小者的「新蟬」，如此頑強地「鳴」于「樹枝間」，不就是詩人以詩文「鳴」自己「不平」的寫照嗎？[24]

據此，《新蟬》喻「自鳴不幸」之音。畢寶魁亦論盧仝之「不平之鳴」云：

盧仝自己恥于干謁，但卻勸朋友去干謁請托，《揚州送伯齡過江》：「……夷齊餓死日，武王稱聖明。節義士枉死，何異輕鴻毛。努力事干謁，我心終不平。」……「我心終不平」，在此處當有兩層含義：一是對這種任人唯親唯錢的黑暗現實不平，一是對進行此種行為感到心理不平衡。[25]

據畢氏的解讀，「不平」包含不平之社會現實與內心的不滿兩層含義，與前引《劍俠傳》之「不平事」與「不平此人」相似，亦可說是一種狹義的「不平之鳴」。

這裏要補充的是韓愈詩之說劍。其《利劍》詩云：

利劍光耿耿，佩之使我無邪心。故人念我寡徒侶，持用贈我比知音。我心如冰劍如雪，不能刺讒夫，使我心腐劍鋒折。決雲中斷開青天，噫！劍與我俱變化歸黃泉。[26]

今人吳小平解云：

詩人把一顆晶瑩透徹、剛正不阿之心，比作一把鋒利無比，耿耿照人的寶劍（有同讒夫小人決鬥到底的決心），感嘆世無知音，所以友人知我，贈我利劍以為知音。[27]

---

24 鄭慧霞《盧仝綜論》（北京：光明日報，2010），頁112-13。

25 畢寶魁《韓孟詩派研究》（瀋陽：遼寧大學，1999），頁233。

26 錢仲聯《韓昌黎詩繫年集釋》（上海：上海古籍，1998年二刷）上冊，頁182。

27 吳小平選析，陶文鵬審訂《韓孟詩派作品賞析》（桂林：廣西教育，1990），頁37-8。

案：詩中一再以劍與「我心」對應，一方面表示我心非常純潔、無邪心，一方面表示我心充滿正義感，常想刺殺讒夫一類邪惡小人。又由此引伸出，贈劍者是我的知音，「寡徒侶」蓋嘆「知音者誠稀」（韓愈詩篇名）。看來，此詩亦可印證蕭文之「中興幻夢」說，不過，「劍」的內涵似更為豐富，除以劍代表「正義感」外，亦兼有知音之意。

據閻琦考察，貞元十九年冬，「自正月不雨至于七月」，而「秋又旱霜，田種所收，十不存一」，京師長安及關內各縣面臨著巨大的饑饉災難。朝廷詔令，本擬「貸京畿麥種」，又援例蠲免今年租賦。但是，身為京兆尹兼司農卿的李實卻置京畿饑饉不顧，務征求以給進奉，並向德宗謊稱「今歲雖旱而禾苗甚美」，由是「租稅皆不免」。造成農民棄子逐妻，以求口食。整個長安及關輔之內怨聲載道。時韓愈剛遷任監察御史，乃有《御史台上論天旱人饑書》，這是為災民說話，卻因此被貶至南方炎熱的陽山（嶺南一帶），《利劍》一詩即其於途中所寫。「我心如冰劍如雪」是說個人用志的高潔，「讒夫」指李實。[28]

《贈劍客李園聯句》為孟郊與韓愈合作，很值得注意，詩云：

天地有靈術，得之者唯君。（郊）
築爐地區外，積火燒氛氳。（愈）
照海鑠幽怪，滿空歊異氛。（郊）
山磨電奕奕，水淬龍〔慍慍〕。（愈）
太一裝以寶，列仙篆其文。（郊）
可用懾百神，豈唯壯三軍。（愈）
有時幽匣吟，忽似深潭聞。（郊）
風胡久已死，此劍將誰分？（愈）
行當獻天子，然後致殊勳。（郊）

28 見閻琦、周敏著《韓昌黎文學傳論》（西安：三秦，2003），頁 87。

豈如豐城下，空有斗間雲。（愈）[29]

前四句寫寶劍淬鍊製造過程，接四句寫劍氣異常猛烈，劍光非常銳利。再接四句寫劍成後為天帝當作寶貝，列仙用篆字題名於上，因其鋒利異常，故可以「懾百神」、「壯三軍」。以上極力鋪陳寶劍之可貴，但接下突然逆轉，寫寶劍只被裝在匣中，不被使用，如注云：「言劍鳴幽匣，如龍吟深潭。」（陳延傑注）。所以如此，蓋因識劍之專家「風胡」已死，無人能分別劍之良否。至此，詩的主題已經呈現，蓋以「劍」比喻良才，詩的主題是說：「世有良才，惜無知音」。不過，後面又加上四句：「行當獻天子，然後致殊勳。豈如豐城下，空有斗間雲。」指欲獻寶劍給明天子，使發揮所長，不致如晉朝雷煥，因觀斗牛間雲氣，於豐城發現寶劍，但後來卻無所用，致寶劍又墮水，化為兩龍而去。[30]

案：此詩正可作為《送孟東野序》末段之注。詩先寫寶劍之鍛鍊過程，乃比喻良才之成長過程，當其成功，亦即《序》之善鳴者。而中段以後，寫寶劍或被置放匣中低吟，或被天子重用，更寫出寶劍之宿命：雖是神兵利器，若無「風胡」之識者推薦，又未被天子重用，則寶劍與鈍器並無差別。此與《序》之末段：「抑不知天將和其聲，而使鳴國家之盛邪？抑將窮餓其身，思愁其心腸，而使自鳴其不幸邪」，極為類似。

但是要了解《送孟東野序》，更須參考韓愈《薦士》詩，理由有三：

1.送孟郊的原因

《送孟東野序》共三大段，前二段完全不提「送別」的事，只在末段將結束時云：「東野之役於江南也，有若不釋然者，故吾道其命於天者以解之。」表示孟郊打算去江南，但並未說是何事；如果只看本文不看題目，很難聯想到這是一篇送人的文章。而《薦士》詩則提到「胡為久無成，使以歸

29　錢仲聯《韓昌黎詩繫年集釋》（上海：上海古籍，1998年二刷），上冊，頁618-。

30　《利劍》末句：「劍與我俱變化歸黃泉」，注10：《晉書》：「雷煥得豐城寶劍，一與張華，一自佩。華誅，劍失所在。煥死，其子持過延平津，忽於腰間躍出墮水，化為兩龍而去。」（《集釋》卷二，頁183）

期告」，很明顯，是因孟郊告歸，所以韓愈寫這篇文章。至於何事告歸，詩中也有說明。據《薦士》云：（有窮者孟郊任職）「酸寒溧陽尉，五十幾何耄？孜孜營甘旨，辛苦久所冒。」亦即年已過五十歲，仍只任低薪的溧陽尉，生活過得極為辛苦。據《集釋》注云：「謂東野自去溧陽尉來京師，久而無成，將東歸也。」（頁 537，注 39）亦即孟郊辭去溧陽尉，來到京師，大概是希望獲得推薦，得到晉升的機會，以改善生活。《詩》中對此有所補充，即正逢「聖皇索遺逸，髦士日登造。廟堂有賢相，愛遇均覆燾」，指朝廷之聖君賢相一起重視起用人才，這是難逢的機會，不妨一試。遺憾的是：「胡為久無成，使以歸期告。霜風破佳菊，嘉節迫吹帽。」可見孟郊因晉升無望，想要學陶淵明與孟嘉，於重陽佳節前辭官歸鄉。故韓愈作此詩，向曾為相之「鄭餘慶」推薦，請求幫忙。事實上，韓愈中進士即因鄭餘慶薦舉[31]。《集釋》注云東歸，應是東歸江南。此雖是寫《薦士》的動機，亦應是《送孟東野序》的背景。[32]

2.歷敘詩學源流，推崇孟郊「善鳴」。

《送孟東野序》最後一段，開始云：

> 唐之有天下，陳子昂、蘇源明、元結、李白、杜甫、李觀，皆以其所能鳴。其存而在下者，孟郊東野，始以其詩鳴，其高出漢、魏，不懈而及於古，其化浸淫乎漢氏矣。

這是敘述唐詩人在中國詩史的地位。首先提幾位唐代詩人，依序是初唐、盛唐、中唐，然後提到孟郊。由後面云「其高出漢、魏，不懈而及於古」，可見這些唐詩人皆屬「復古」派，亦表示孟郊所繼承的是「古體詩」傳統，與當時居主流的、繼承齊梁以來詩風的「近體詩」相對；這是強調孟郊詩的「高古」，與流俗不同。正如〔宋〕費袞《梁溪漫志》所云：「自六朝詩人

---

31 《舊唐書・韓愈傳》：「洎舉進士，投文於公卿間，故相鄭餘慶頗為之延譽，由是知名於時。尋登進士第。」（鼎文版，冊五，頁 4195）

32 據《集釋》云，此詩作於憲宗元和元年，時韓孟在京相聚，因孟求職「久而無成」，又將去京東歸所作。（見《集釋》上冊，頁 530）

以來，古淡之風衰，流為奇靡，至唐為尤甚。退之一世豪傑，而亦不能自脫於習俗。東野獨一洗眾陋，其詩高妙簡古，力追漢魏作者，正如倡優雜沓前陳，眾所趨奔，而有大人君子，垂紳正笏，屹然中立，退之所以深嘉屢嘆而謂其不可及也。」[33]

但《薦士》亦有相近一段，並且更為詳盡：

> 周詩三百篇，雅麗理訓誥。曾經聖人手，議論安敢到。五言出漢時，蘇李首更號。東都漸瀰漫，派別百川導。建安能者七，卓犖變風操。逶迤抵晉宋，氣象日凋耗。中間數鮑謝，比近最清奧。齊梁及陳隋，眾作等蟬噪，搜春摘花卉，沿襲傷剽盜。國朝盛文章，子昂始高蹈。勃興得李杜，萬類困陵暴。後來相繼生，亦各臻閫隩。有窮者孟郊，受材實雄驁，冥觀洞古今，象外逐幽好。橫空盤硬語，妥帖力排奡。敷柔肆紆餘，奮猛卷海潦。榮華肖天秀，捷疾逾響報。

這一段「歷敘詩學源流」（《集釋》，顧嗣立曰，頁 540）。先談「周詩三百篇」曾經孔聖整理，將詩與禮樂配合[34]，達到盡善盡美之境。接著言西漢五言古詩，以蘇李送別詩為代表（因其「自然、天成」）。再接著言東漢五言古詩漸廣，大概指《古詩十九首》。至建安七子，因世積亂離，形成慷慨多氣之風骨，更為「卓犖超絕」。以上寫五言古詩的發展，是向上的趨勢，但到了晉宋，氣象開始凋耗，幸好尚有大詩人鮑照與謝靈運，具有清奧詩風，尚可支撐詩學於不墜。最不幸的是齊梁陳隋的時代，已經乏善可陳，古來優良的、具有創造性的詩風幾乎斷絕。

一直到了「國朝」，重振古體詩風，產生陳子昂之興寄高蹈，李杜等之兼容並畜、涵蓋眾美，詩達到極盛。後繼詩人不少，各有特色，至最近更有孟郊，雖處窮困，卻能寫出不同凡響之詩。應注意的是，自「有窮者孟郊，受材實雄驁」，以下八句形容孟郊詩風，兩句一對，共四對，表示孟郊詩的

33　尤信雄《孟郊研究》（臺北：文津，1984），頁 115 引。

34　《史記・孔子世家》：「孔子皆絃歌之，以求合韶武雅頌之音，禮樂自此可得而述。」

特色是結合相對風格之美：如古與今，本象與象外，剛硬與委婉，敷柔與奮猛，從容與迅疾等。以此說明郊詩能結合相對風格之美於一爐，這必須有極高的才能才行。若與《送孟東野序》對照，明顯看出，這大半首詩所敘，在《序》中只用幾句，重點放在唐代古體派詩人，而省略《詩三百》至唐這一大段詩史，蓋其重點只是在證明孟郊詩才之高，是唐之「善鳴者」。

若將《送孟東野序》與《薦士》對照，明顯看出一點，即前者比後者多出一、二兩段，後者只是前者末段（第三段）的擴充。蓋僅就題目看來，似前者題意在「送」，而後者題意在「薦」，實則兩詩目的皆在推薦孟郊，故後者將前者未表現推薦之意的一、二兩段放棄，而將具有「推薦」之意的第三段擴充推衍，寫得更為詳盡，實是藉此說明孟郊詩才之高，以此加深皇帝印象，再補充孟郊之「窮」，希望更能感動皇帝；否則，僅言孟郊之「窮」，明顯理由不夠充分，難以達到推薦目的。

3.自鳴不幸與鳴國家之盛

《送孟東野序》最後云：

> 從吾遊者李翱、張籍其尤也。三子者之鳴，信善矣，抑不知天將和其聲，而使鳴國家之盛邪？抑將窮餓其身，思愁其心腸，而使自鳴其不幸邪？……東野之役於江南也，有若不釋然者，故吾道其命於天者以解之。

前面已說過，《序》文前兩大段皆看不出「送意」，彷彿將重點放在「善鳴者」，一直到末段最後才指出「東野之役於江南也，有若不釋然者」，指出是送東野回江南，至於東野回江南的原因，只以「有若不釋然者」輕描淡寫帶過。其實，「不釋然」正是全文之重點所在——亦即所謂「歸穴」，表示極為失望之意。而前面幾句——「抑不知天將和其聲，而使鳴國家之盛邪？抑將窮餓其身，思愁其心腸，而使自鳴其不幸邪」，即是說明「不釋然」的心理。但要了解孟郊之「不釋然」，仍必須對照《薦士》才能一目了然，亦可說，《薦士》正是為說明孟郊之「不釋然」與其歸返江南的原因。

對於孟郊之「告歸江南」，其原因，《薦士》詩有所說明，已見第一點說明。簡言之，孟郊因困於窮苦，但未能獲得晉升機會，且年已五十，失望已極，故決意回江南。「抑不知天將和其聲，而使鳴國家之盛邪？抑將窮餓其身，思愁其心腸，而使自鳴其不幸邪」，意指孟郊若有機會晉升，擺脫窮困，將會用和平之聲鳴國家之盛，相反，若無機會，則只能如從前一樣，「將窮餓其身，思愁其心腸，而使自鳴其不幸」，此即說明孟郊之「不釋然」，以及其「告歸江南」的原因。

如前所說，《薦士》在推崇孟郊文才時，較《送孟東野序》更為詳盡，同樣，《薦士》在表明推薦意圖時，亦更為充分。詩云：

> 念將決焉去，感物增戀嫪（惜也，謂戀不能去）。彼微水中荇，尚煩左右芼[35]。魯侯國至小，廟鼎猶納郜[36]，幸當擇珉玉，寧有棄珪瑁？善善不汲汲，後時徒悔懊。救死具八珍，不如一簞犒。[37]（《集釋》，頁 528）

此一節引用《詩經・關雎》與《左傳》為例，說明不可遺棄具有美才的孟郊。最後四句，更語帶威脅：若不儘早搶救，及時推薦，等到後來想要推薦時，恐為時已晚：蓋指孟已年過五十，家計又窮，恐等不及推薦，孟已先死。

根據前述三點，可見《薦士》對理解《送孟東野序》甚有幫助，《薦士》實是《送孟東野序》末段的推衍擴充，由此可知《序》的重點亦在推薦孟郊。這是一條重要線索，由此回顧蕭占鵬的判斷：以為此《序》所側重者

---

[35] 引《詩經・關雎》，言即使水中荇菜之微物，尚煩人擇之，何況如孟郊之高才？何焯曰：以下皆望鄭汲引之辭（《集釋》頁 537）。

[36] 《春秋・桓二年》：夏四月，取郜大鼎于宋。（注：鼎為郜國所鑄，故曰郜鼎。據隱十年《經》，郜國早滅於宋，故鼎亦歸于宋。）《傳》云：「夏四月，取郜大鼎于宋，納于大廟，非禮也。臧哀伯諫……」（見楊伯峻《春秋左傳注》，頁 86）案：韓詩蓋以「大鼎」比喻人才，可為國家增光。

[37] 《集釋》頁 538，注 53，何焯曰：若必待已得者而後進郊，則恐後時矣。案：蓋指孟已年過五十，若不及時推薦，則恐欲推薦時，孟已先死。

在「自鳴不幸」，恐不合《序》意。若如蕭氏所云，則孟郊之處窮困、鳴不幸，正是一件好事，何必寫篇幅很長的一文一詩，嘮嘮叨叨地向當權者推薦？合一《薦》與一《序》來看，目標皆是寄望於皇帝，使孟郊能擺脫「窮者」的處境，故其所側重者應是「鳴國家之盛」。在前面的「疏解」中，筆者曾從「天命」的觀點解釋末段云：

> 這是用「天命」的觀點解釋孟郊等的未來有兩種可能性：一是用和平之聲鳴國家之盛，意指能升上較好官位，改善其生活困境；另一是「窮餓其身，思愁其心腸，而使自鳴其不幸」，意指仍沉淪下僚，過著窮愁日子，只能繼續鳴其不幸。很明顯，文中之「天」實指皇帝，也就是由皇帝決定其是否能轉換方向、改鳴國家之盛，或繼續鳴其不幸。

其實，天命即宿命，只不過天命乃以天為宿命之決定者，而《序》中之「天」顯指皇帝，即以皇帝為決定天下英才之宿命者，並且用疑問語氣，表示無法預測「天意」，帶有相當的悲觀性。如上所述，兩詩的目標是一致的：皆想藉由推崇孟郊之不凡「詩才」感動皇帝，使其升上較好官位，擺脫「窮者」的生活困境。故「鳴國家之盛」才是《序》的側重點，如此才能解釋，何以《序》一再強調「善鳴者」，蓋「善鳴者」乃指高超不凡的文才，若使局限於「自鳴不幸」，猶如割雞用牛刀，乃浪費人才；反過來說，若使「鳴國家之盛」，方能盡展其才。正如《贈劍客李園聯句》之神劍，若使置於匣中不斷低吟，則如龍困深潭，難以發揮；反過來，若使天子重用，將可內平叛亂，外摧邊患，建立不朽殊勛。

錢先生曾舉「鳴國家之盛」反對一般人對「不平之鳴」的解釋，以為過於狹窄，並云：「韓愈的『不平』和『牢騷不平』並不相等，它不但指憤鬱，也包括歡樂在內。」是很合乎《序》意的，由此重看首段，當更有清楚了解。開頭舉草木風水之喻，應是根據《樂記》所謂「凡音之起，由人心生也。人心之動，物使之然也。感於物而動，故形於聲」、「凡音者，生人心者也。情動於中，故形於聲」（《毛詩序》云「情動於中而形於言」）。不平之鳴則指「有不得已者而後言」、「鬱於中而洩於外」，即內心積鬱的情感，因受外在環境的刺激，而不容自已地表現出來。至於所表現的情感，《樂記》已經說得很清楚，有「哀、樂、喜、怒、敬、愛」等六種感情。當然，六情不是一時俱發，而是因遭遇的不同，導致其所表現的情感不同，如孟郊之鳴「不幸」，即是因其生活窮困所生發出來的，這固然是「不平之鳴」，但若使「天」（皇帝）能改善其生活環境，亦可「鳴國家之盛」，同樣是「不平之鳴」。簡言之，只要是由內心所發出的感情皆可說是「不平之鳴」，並不限於愁苦之言。問題是，韓孟詩派本屬寒士階級，大多仕途不順，生活窮苦，導致其詩多抑鬱愁苦之聲，以致形成一固定印象，以為「不平之鳴」一定是指「鳴不幸」的「抑鬱愁苦之聲」。韓愈之《送孟東野序》，即藉著推薦孟郊，點破這一僵化印象，以為孟郊是有極高詩才的善鳴者，亦可以「鳴國家之盛」，且同樣是「不平之鳴」。

應該補充的是，「鳴國家之盛」以表現文才，自古就有這個傳統，尤其是西漢。當時國力鼎盛，一些著名才子如枚乘、司馬相如、揚雄等，皆擅長寫歌功頌德、潤飾宏業的大賦。至曹丕《典論・論文》猶云「蓋文章經國之大業，不朽之盛事」，似仍以「鳴國家之盛」為表現文才、以求「不朽」之主要目標。除此之外，尚有一點小意見：《薦士》一開始曰「周詩三百篇」，這讓人想起漢代經學家王式以《詩經》當諫書的例子，試看用詩為窮士向皇帝請命，不就是以詩當諫書？

談到這裏，不能迴避一個問題：「國家之盛」是指什麼事？要回答這個問題，可能還需由「劍」說起。前引蕭文以「中興幻夢」，說明韓孟詩派的人「都曾以鋒利的寶劍自比」，即將「劍」比正義感，可以斬邪惡小人。其實「劍」亦可指報國之勇氣、信心，可致太平。如孟郊《猛將吟》：

> 擬膾樓蘭肉，蓄怒時未揚。秋鼙無退聲，夜劍不隱光。虎隊手驅出，豹篇心卷藏。古今皆有言，猛將出北方。[38]

[38] 郝世峰《孟郊詩集箋注》（石家莊：河北教育，2002），卷一，頁15。

劍指報國之心與勇氣。又孟郊《殺氣不在邊》云：

> 殺氣不在邊，凜然中國秋。……長策苟未立，丈夫誠可羞。靈響復何事，劍鳴思戮仇。（前引書，頁 24）

此詩寫德宗建中二、三年河南河北藩鎮之亂。末二句之「靈響」指「劍鳴」，傳說顓頊有神劍，「未用之時，常于匣裹，為龍虎之吟」（見王嘉《拾遺記・顓頊》，前引書，頁 24）。據此，劍鳴指報國殺敵之志，故蕭文云：表達了詩人志欲剿平亂寇，平定海內的強烈責任感[39]。又《上河陽李大夫》云：

> 上將秉神略，至兵無猛威。三軍當嚴冬，一撫勝重衣。霜劍奪眾景，夜星失長輝。蒼鷹獨立時，惡鳥不敢飛。

前四句寫李將軍帶兵不用「猛威」——嚴厲的軍紀，而是用愛與關懷，使得兵士們即使在寒冷的「嚴冬」，亦如穿著厚衣般溫暖[40]。「霜劍」喻報國之心，蕭文云：李大夫即懷州節度使李芃（案：應作「李元淳」[41]），是一位擁護唐室，反對藩鎮割據的將領。孟郊稱李芃為「蒼鷹」，斥亂賊為「惡鳥」，對正義戰勝邪惡充滿了信心[42]。又《感懷》云：

> 孟冬陰氣交，兩河正屯兵。烟塵相馳突，烽火日夜驚。……猶聞漢北兒，怙亂謀縱橫。……豈無感激士，以致天下平。……

此詩亦寫建中三年之亂，與前引《殺氣不在邊》的背景相同；「感激士」指

---

39 蕭占鵬《韓孟詩派研究》（臺北：文津，1994），頁 132。

40 參斯蒂芬・歐文著，田欣欣譯《韓愈和孟郊的詩歌》（天津：天津教育，2004），頁 19。

41 見錢仲聯《韓昌黎詩繫年集釋》（上海：上海古籍，1998），卷一《贈河陽李大夫》題注，頁 76-7。

42 蕭占鵬《韓孟詩派研究》（臺北：文津，1994），頁 133。

孟郊自己[43]。蕭文云：稱叛將李希烈輩「漢北兒」，表示了對強大叛敵的蔑視，「豈無感激士，以致天下平。」在對「感激士」的呼喚中，有渴望自身橫刀躍馬、致天下平的執著與自信。[44]

案：「豈無感激士，以致天下平」，正是蕭文所云「中興幻夢」，上引幾首孟郊詩，印證蕭文所謂「中興幻夢」與韓孟詩派「說劍」的關聯性。所謂「以致天下平」，指平定藩鎮之亂，而要平定藩鎮之亂，只能用武力解決，故詩中常提到「劍」。孟郊《百憂》云：「萱草女兒花，不解壯士憂，壯士心是劍，為君射斗牛，朝思除國讐，暮思除國讐（下略）。」此將壯士報國之心比為利劍，欲為國君除去國讐。「國讐」當指叛亂之藩鎮，如《會合聯句》云：「國讐未銷鑠，我志蕩邛隴。」近人解云：「蓋時劉闢亂蜀，王師出征，郊不在其位，恨不得與其事，而憤志欲掃蕩邛隴，以雪國讐。」[45]由此可知，所謂「國家之盛」應指平定藩鎮之亂，以致太平。這些詩加上《贈劍客李園聯句》（孟郊與韓愈合作）亦可證明，韓孟並不以「自鳴不幸」為滿足，他們的目標應是「鳴國家之盛」。

如何「鳴國家之盛」？韓愈詩中即有很好例子。最著名者為《元和聖德詩》[46]。詩序云：

> 臣愈頓首再拜言：臣見皇帝陛下即位以來，誅流姦臣，朝廷清明，無有欺蔽。外斬楊惠琳、劉闢以收夏、蜀，東定青、徐積年之叛，海內怖駭，不敢違越。郊天告廟，神靈歡喜，風雨晦明，無不從順。太平之期，適當今日。臣……誠宜率先作歌詩以稱道盛德，不可以辭語淺薄，不足以自效為解。……（《集釋》上冊，頁 627）

此序最可說明何謂「鳴國家之盛」。序文一開始先敘憲宗剛即位兩年，即平

43　參見郝世峰《孟郊詩集箋注》（石家莊：河北教育，2002），卷三，頁 104。

44　蕭占鵬《韓孟詩派研究》（臺北：文津，1994），頁 132。

45　孟郊頗有憂患意識，詳見尤信雄《孟郊研究》（臺北：文津，1984），頁 64-5。

46　錢仲聯《韓昌黎詩繫年集釋》（上海：上海古籍，1998），上冊，卷六，頁 627-30。案：此詩為元和二年正月公為國子博士時作。

定幾個地方上的藩鎮。次言「郊天告廟，神靈歡喜」，指元和二年正月，上親獻太清宮、太廟，及祀昊天上帝于郊丘事。蓋於平定亂事後，向上天與祖先神靈報告成功；所謂「風雨晦明，無不從順」，即天下太平之祥瑞。最後表明自己願「率先作歌詩以稱道盛德」，正是所謂「鳴國家之盛」，而鳴國家之盛亦即歌頌「天下太平」。詩的正文即依「序」兩個重點詳細敘述，值得注意的是，序文末云「輒依古作四言《元和聖德詩》一篇」，表示此詩乃依《詩經》四言體式精心結撰；所謂「指事實錄，具載明天子文武神聖，以警動百姓耳目，傳示無極」，進一步說明此為歌功頌德的「雅頌」體。這亦印證前面所引一《序》一《薦》之末段，皆強調孟郊繼承「古體詩」傳統，為「善鳴者」。

不過，更應注意的是，《元和聖德詩》作於元和二年正月，在此之前，元和元年十月，韓愈、孟郊二人有《征蜀聯句》，兩詩相距僅二個月。事實上，《征蜀聯句》即是寫征西蜀劉闢叛逆之事。永貞元年（805）八月劍南西川節度使韋皐死後，因行軍司馬劉闢自封留後，翌年元和正月，朝廷派高崇文前往討伐，于九月收復成都並擒拿了劉闢。齋藤茂云：「此事件與同年五月平息在夏州作亂的楊惠琳一同，成為憲宗實施嚴治藩鎮策略後最初的捷報。」[47]故《征蜀聯句》與《元和聖德詩》皆是歌頌憲宗武功之作，亦即所謂「鳴國家之盛」之作。若再參考孟郊寫於貞元十二年，進士及第後之《登科後》，及其多首「論劍」詩，則韓愈於《送孟東野序》稱東野不僅能「自鳴不幸」，亦能「鳴國家之盛」，是有事實根據的，並非為了推薦而隨便吹噓。

《元和聖德詩》為憲宗元和二年所作，至元和十二年，韓愈隨宰相裴度平淮西，《舊唐書．韓愈傳》云：

> 元和十二年八月，宰臣裴度為淮西宣慰處置使，兼彰義軍節度使，請愈為行軍司馬，仍賜金紫。淮、蔡平，十二月隨度還朝，以功授刑部

[47] 齋藤茂《文字覷天巧——中晚唐詩新論》（北京：中華，2014），頁40。

尚書，仍詔愈撰《平淮西碑》，其辭多敘裴度事。[48]

韓愈隨宰相裴度平蔡，擒吳元濟，可說是一生最為光輝的時期。沿路寫了約十六首詩，大都是較短的絕句，想見是軍中倥偬之故；但也有一首大型的《晚秋郾城夜會聯句》，皆收入錢仲聯《韓昌黎詩繫年集釋》下冊卷十。其中表現了昂揚的鬭志與平蔡的信心，如《送張侍郎》云：

司徒東鎮馳書謁，丞相西來走馬迎。兩府元臣今轉密，一方逋寇不難平。（《集釋》，頁 1035）

詩寫河南尹張正甫西迎丞相裴度。朱彝尊曰：此下諸絕，皆在裴公幕府時感事而作。雖未盡工，然能道得出。想見彼時光景，宛然賊破在旦夕之意。讀之使人意快，亦自磊落有概（《集釋》，頁 1036）。《奉和裴相公東征途經女几山下作》：

旗穿曉日雲霞雜，山倚秋空劍戟明。敢請相公平賊後，暫携諸吏上崢嶸。（《集釋》，頁 1036）

詩寫軍容壯盛，似成功在即，想見平賊後，丞相携諸吏上山觀賞情形。以上兩首皆寫於剛上路時，而皆充滿「平賊」的信心。程學恂曰：同心破賊，故爾十分高興。後接《晚秋郾城夜會聯句》，蔣之翹曰：激昂慷慨，有中夜起舞之意。（《集釋》，頁 1063）至十二月所寫《同李二十八員外從裴相公野宿西界》：

四面星辰著地明，散燒烟火宿天兵。不關破賊須歸奏，自趁新年賀太平。（《集釋》，頁 1068）

時已平蔡，擬歸朝奏凱，並賀新年；寫在野外宿營，夜景開闊如畫，正寫心情之愉快。故程學恂曰：數詩皆可作凱歌。下一首《過襄城》云：

---

[48] 臺北鼎文版《舊唐書》，冊五，頁 4198。

> 郾城辭罷過襄城，潁水嵩山刮眼明。已去蔡州三百里，家山不用遠來迎。（《集釋》，頁 1069）

去蔡已三百里，表示離家越近，蔣抱玄云：「快事快調，此公一生最得意時。」更值得一看的是《次潼關先寄張十二閣老使君》：

> 荊山已去華山來，日出潼關四扇開。刺史莫辭迎候遠，相公親破蔡州迴。（《集釋》，頁 1074）

前二句氣象開闊，是難得的佳句，更難得的是寫眼前景，似順手拈來，毫不費力。後二句寫華州刺史遠來一百二十里處潼關迎接，故云「迎候遠」，藉此也寫出裴度平蔡事之振奮朝廷。汪琬曰：氣度自別。查慎行曰：氣象開闊，所謂卷波瀾入小詩者。程學恂曰：寫歌舞入關，不著一字，盡於言外傳之，所以為妙。案：此詩可當「凱歌」之高潮，亦可當「鳴國家之盛」的典範。而就十六首整體言，似受到王粲《從軍行五首》影響。

上面以韓孟詩派說「劍」為「不平之鳴」的切入口，與蕭氏所謂「中興幻夢」、致太平結合，為「鳴國家之盛」作鋪墊。接著將《送孟東野序》與《薦士》對照，說明兩詩皆向皇帝請命：一方面推崇孟郊的高才，一方面指出孟郊的「窮苦」，希望能感動皇帝，改變孟郊命運，使其不必一直「自鳴不幸」，而能「鳴國家之盛」。如此一來，很自然地將狹義與廣義的「不平之鳴」結合起來；並非如蕭文所云，乃「側重」於自鳴不幸。

乙、不遇之感

上引《贈劍客李園聯句》與《送孟東野序》，與其說重點在「不平之鳴」，倒不如說是「不遇之感」。實際上，有很多「不平之鳴」本是由「不遇」所產生的，兩者有時難以區分。如孟郊《自嘆》詩云：「太行聳巍峨，是天產不平。黃河奔濁浪，是天生不清。」[49]所謂「天產不平」、「天生不清」，指政治不清明，造成「不平」。又《吊元魯山十首》其三云：「君子

---

[49] 郝世峰《孟郊詩集箋注》（石家莊：河北教育，2002），卷三，頁 98。

不自蹇，魯山蹇有因。苟含天地秀，皆是天地身。天地蹇既甚，魯山道莫伸。天地氣不足，魯山食更貧。始知補元化，竟須得賢人。」所謂「天地氣不足」，正指「天產不平」、「天生不清」，指用人不公平，不能任用元魯山這種賢人（參下文《李賀〈高軒過〉與「筆補造化天無功」》），此即將不平與不遇結合起來。

「不遇」牽涉到兩方面：一是與社會現實的關係，一是與文學潮流的關係。就前者言，主要是指仕途上的不順利，這方面學者論述甚多，但較為分散；這裏將以《長安道》為主題，且與《行路難》結合，更為集中。另外，增加「文字飲」一題，作為《長安道》的補充，主要是從當時文學潮流的逆向關係，說明詩派的特點。

一、長安道與行路難

《長安道》原是樂府舊題，見《樂府詩集》卷二十三，横吹曲辭三，共二十一首，孟郊《長安道》亦在其中，但與唐以前各首不同。唐以前之《長安道》，其作者或是帝王（如梁簡文帝、元帝，陳後主等），或是朝廷重臣兼著名文士（如沈約、庾肩吾、徐陵、江總、王褒等），其詩從長安居人的角度，歌頌、稱讚長安的景物。而唐以後作者開始打破以前格局，如崔顥之作，先極力推崇顯貴之聲勢，繼云：「莫言炙手手可熱，須臾火盡灰亦滅。莫言貧賤即可欺，人生富貴自有時。一朝天子賜顏色，世上悠悠應始知。」即從「世變」角度，言權勢不可必恃，有居安思危之意。而孟郊之作，則從來長安應試的士子角度，將長安富貴之家與外來寒士對立，表現孤獨無援的淒涼，可見是藉《長安道》舊題，寫懷才不遇之感。[50]

本文所取孟郊與韓愈有關《長安道》之作共十一首（嚴格講，應算十首）[51]，可見對此一主題之重視。很明顯的，無論是不平或不遇，皆與朝廷用人有關，於是，「長安道」就成為「遇」與「不遇」的明顯分水嶺。長安是當時政治中心，更是仕人科舉入仕之途的終站。孟郊與韓愈喜用「長安

---

50 〔宋〕郭茂倩《樂府詩集》（臺北：里仁，1984），冊一，頁 343-46。

51 韓愈《送區弘南歸》，僅三句與長安有關，或可略去不算。

道」表現仕途之艱難，茲舉幾首，以供參考。

(一)孟郊《長安道》詩

1.孟郊《灞上輕薄行》：

> 長安無緩步，況值天景暮。相逢灞滻間，親戚不相顧。自嘆方拙身，忽隨輕薄倫。常恐失所避，化為車徹塵。此中生白髮，疾走亦未歇。[52]

郝世峰評：孟郊《輕薄篇》多寫馳逐榮華、沈溺享樂……乃衰世之風。孟郊正是在這樣的意義上采用這個題目，但所寫內容卻不是對浮華享樂之風的揭露，而是寄慨于科場的競爭。所謂「無緩步」、「不相顧」，就是譏諷士人為科舉而奔競不暇。……揭露科舉諸種弊端時，把科場競爭也視為有損士人品行的事。但是，科舉又是當時士人生存發展的基本途徑。……自己不得不參與到「輕薄行」的行列中……。（頁 5）

案：此詩寫長安科場競爭的勝利者，往往是一些品行不端的「輕薄者」，而君子人的自己，反而要避開這些輕薄者的車馬，免得化為車塵，顯有「不平」之意。

2.孟郊《長安羈旅行》：

> 十日一理髮，每梳飛旅塵。三旬九過飲，每食惟舊貧。萬物皆及時，獨余不覺春。失名誰肯訪？得意爭相親。直木有恬翼，靜流無躁鱗。始知喧競場，莫處君子身。野策藤竹輕，山蔬薇蕨新。潛歌歸去來，事外風景真。

郝評：此詩寫落第後的困窘和失意。（前引書，頁 5-6）

案：可能是受到樂府古詩的影響，孟郊的詩，文字很直白。此詩似接續前詩的主題，如「萬物皆及時，獨余不覺春。失名誰肯訪？得意爭相親」，寫人情冷暖，將得意與失意相對照，更加深失意之可悲。尤其云「始知喧競場，莫處君子身」，指出長安是競爭激烈之地，這還不算什麼，「莫處君子

---

52 郝世峰《孟郊詩集箋注》（石家莊：河北教育，2002），卷一，頁 4-5。

身」，則明白點出，那些「得意者」很多是不擇手段的小人（輕薄者）；反過來說，「失意者」往往是君子。以上兩詩，正是所謂「不平則鳴」，而長安路最可感受此種科場競爭的不公平性。兩詩皆用對比性寫法：得意／失意；輕薄者／君子。

3.孟郊《長安道》：

> 胡風激秦樹，賤子風中泣。家家朱門開，得見不可入。長安十二衢，投樹鳥亦急。高閣何人家？笙簧正喧吸。（前引書，頁7）

郝評：《長安道》，樂府橫吹曲辭舊題。孟郊此詩的意念、象徵，多為曹操《短歌行》所引發。魏武詩云：「月明星稀，烏鵲南飛，繞樹三匝，何枝可依？」郊詩則謂：「投樹鳥亦急」，抒寫士子擇木而棲，意欲依投識才之當權者的心情。……又，此詩所謂朱門高閣，笙篁喧吸，郊則「得見不可入」，亦為操詩之「我有嘉賓，鼓瑟吹笙」所引發。操詩寫招賢宴客，孟郊則感嘆賢者落魄，致怨于權要失賢。

案：此即將「不平之鳴」與「不遇之感」結合起來。一開始寫強烈的北風撼動秦樹，尚未能入仕的貧賤者竟然在風中哭泣，這是先塑造淒涼氣氛，作為下文的陪襯。下面兩句寫長安道上許多富貴人家——朱門，可「賤者」卻不得入，亦即無人照顧。接著云「長安十二衢」，指長安有很多讓車馬行走的大街，人潮熙來攘往；且大道兩旁有許多高大樓房，上面正在吹彈笙簧，宴飲賓客；顯然這是顯貴之家，其所宴飲的對象，亦當是一些達官貴人，卻無人想到去照顧那些寒士而有才者。全詩亦是採取強烈對比的寫法。

4.孟郊《長安旅情》：

> 盡說青山路，有足皆可至。我馬亦四蹄，出門似無地。玉京十二樓，峨峨倚青翠。下有千朱門，何門薦孤士？（前引書，頁135）

案：此詩似發展前詩之「家家朱門開，得見不可入」，將入仕無門的「長安旅情」說得入木三分，更值得參考。長安為當時皇都，是皇帝與朝廷所在。「青山路」喻指往朝廷為官之路——即上「青雲」之路[53]。「玉京十二樓」據道教之說，本指天帝與神仙所居處，在此喻指皇帝與朝廷所在各宮殿[54]。「下有千朱門，何門薦孤士」，指長安城中有許多顯貴，但不知有誰會推薦孤寒有才之士，使上青雲路進入朝廷（參另篇《李賀〈高軒過〉與「筆補造化天無功」》）。此詩非常具有「典型」意義，詩中所寫亦可適用在今日至北京求學、求仕、或求其它發展的許多外來人口——北漂者。總之，亦以對比角度抒寫。

5.孟郊《贈別崔純亮》：

> 食薺腸亦苦，強歌聲無歡。出門即有礙，誰謂天地寬。有礙非遐方，長安大道傍。……項籍豈不壯，賈生豈不良。當其失意時，涕泗各沾裳。……（前引書，頁 277）

郝注云：這首詩反覆陳訴落第的痛苦。把落第比喻為項羽兵敗和賈誼的失意，突現下第的悲劇意義。……通篇怨氣，怨氣衝天。對于仕人個體來說，科舉落第往往就意味著失去了生存的意義。所以孟郊說：「出門如有礙，誰謂天地寬。」

案：此詩似是對前面幾首的總結，前云「家家朱門開，得見不可入」（《長安道》）、「我馬亦四蹄，出門似無地」（《長安旅情》），與此詩「出門即有礙，誰謂天地寬」極為類似。詩將長安寬闊的大道比為極小的「窄門」，似誇張又寫實，這種極端的寫法，頗有六朝民歌的味道。「出門即有礙，誰謂天地寬」，是孟郊的名句，今日之年輕人，無論是求學或求職，若讀到這兩句，亦將引起共鳴，甚者為之掉淚。

---

53 郝世峰《孟郊詩集箋注》（石家莊：河北教育，2002，頁 135），作「青山路」，注云：「喻高官顯爵或謀取高位的途徑。」畢寶魁《韓孟詩派研究》（瀋陽：遼寧大學，1999），頁 152 引，作「青雲路」。案：由下句「有足皆可至」看，應以「青山路」較佳。但據郝注，詩實以「青山路」喻指往朝廷為官之路——即上「青雲」之路，故若用「青雲路」似較合詩題《長安旅情》。

54 參郝世峰前引書注，頁 135。

6.孟郊《登科後》：

> 昔日齷齪不足誇，今朝放蕩思無涯。春風得意馬蹄疾，一日看盡長安花。（前引書，頁 136）

此詩寫於貞元十二年，進士及第後。郝注：在孟郊詩中，這應是惟一的精神比較輕鬆快意，讀去較為舒暢的作品，這時他已不再為爭得安身立命之地而焦慮了。

案：此詩正是前引各篇的極端對比，前引各篇所說的「不得意」者至此竟也成為得意者：「放蕩」表示累積多年的「不得意」一掃而空，開始嚐到「得意」的甜美滋味；詩用「馬蹄疾」反映心情的輕鬆得意，其實是與從前「不得意」的沈重心情相對。可惜這種「得意」的滋味並不長久。郝評云：

> 及至登科後，他的心情即刻大變，……孟郊的得意，在其一生中，只在登科後短短的一段時光。及至吏部銓選，僅得溧陽尉，自此以後直至老死，他的心境總為個人求發展而不可得的痛苦與怨憤所充積。（前引書，前言：《說孟郊》，頁 9）

7.孟郊《感懷八首》其四：

> 長安佳麗地，宮月生蛾眉。陰氣凝萬里，坐看芳草衰。玉堂有玄鳥，亦以從此辭。傷哉志士嘆，故國多遲遲。深宮豈無樂，擾擾復何為？朝見名與利，暮還生是非。姜牙佐周武，世業永巍巍。[55]

頭一句「長安佳麗地」，郝注云：「佳麗地：繁華綺麗之地。」並引曹植《贈丁儀王粲》：「壯哉帝王居，佳麗殊百城。」固然不錯，唯與下句「宮月生蛾眉」，似未免有些距離。顯然，孟詩是將長安之繁華比為「麗人」，故下句將宮月比為蛾眉，這是相當了不起的比喻，但亦有所據。郭茂倩《樂府詩集》二十三卷《橫吹曲辭三》有《洛陽道》與《長安道》之題

---

[55] 郝世峰《孟郊詩集箋注》（石家莊：河北教育，2002），卷二，頁 77。

目。《洛陽道》第一首為梁簡文帝《洛陽道》，詩開頭即云：「洛陽佳麗所，大道滿春光。」佳麗指「麗人」「美人」，意指洛陽多麗人。後面沈約《洛陽道》亦云：「洛陽大道中，佳麗實無比。燕裙傍日開，趙帶隨風靡。」明顯以佳麗指麗人。又有車斅《洛陽道》末四句云：「王孫重行樂，公子好遊從。別有傾人處，佳麗夜相逢。」亦指麗人[56]。又杜甫《麗人行》開頭即云：「三月三日天氣新，長安水邊多麗人。」這些例子，或許影響到孟郊。唯此詩寫法與前引孟郊《長安道》詩並不相同，前面是將長安道之繁華與寒士作對比，襯托寒士之孤獨淒涼。而《感懷》詩則從今昔對比的角度，寫今日之長安已經衰敗，導致一些「志士」都要離開長安。「深宮豈無樂，擾擾復何為？朝見名與利，暮還生是非」，承接前面的「陰氣凝萬里，坐看芳草衰」，如齋藤茂云：「從《其四》的內容看來，更像在感嘆朝廷內亂、王綱不振。」[57]由詩最後云「姜牙佐周武，世業永巍巍」看來，是希望有賢相出來輔佐皇帝以平定藩鎮之亂，這讓人想起元和十二年裴度為相，韓愈隨軍平淮西之事，可惜孟郊已死於元和九年。郝注云：

> 這八首詩抒寫由憂國傷時、懷才不遇和游子鄉愁交織而成的悲愴情懷，意境蒼涼，語言質樸，其筆力之老到，足可遠追漢、魏。組詩以亂世為背景（下略）……。[58]

嚴格講起來，此篇與前引《長安道》詩不屬同一類型。

(二)韓愈《長安道》詩

韓愈亦有《長安道》相關的詩，但常與「古道」相對，或即仿孟郊之作。茲引數首如下。

1.韓愈《出門》：

> 長安百萬家，出門無所之。豈敢尚幽獨，與世實參差。古人雖已死，

---

56 〔宋〕郭茂倩《樂府詩集》（臺北：里仁，1984），上冊，頁339-40。

57 齋藤茂《文字覷天巧——中晚唐詩新論》（北京：中華，2014），頁110。

58 郝世峰《孟郊詩集箋注》（石家莊：河北教育，2002），卷二，頁80。

書上有遺辭。開卷讀且想，千載若相期。出門各有道，我道方未夷。且於此中息，天命不吾欺。[59]

據《集釋》所引各家解釋，這是韓愈很早期作品，乃德宗貞元二年之作。時年十九，舉進士，始來京師。由詩中語氣看來，係未第時作。王元啟曰：此詩公貞元二年初入京師，未遇馬燧時作，故有「出門無所之」之語（《集釋》，頁5）。

案：韓愈《上考功崔虞部書》云：「今所病者，在於窮約。無僦屋賃僕之資，無縕袍糲食之給。驅馬出門，不知所之。」[60]據校注云，知崔虞部指崔元翰，是書作於貞元九年。蓋愈於貞元八年，禮部登進士第後，隔年又至吏部參與博學宏詞科之試，惜不售（仝上）。這次考試對韓愈是一大打擊，蓋若中舉，則立即有一官半職之授，可以解決基本生活問題；惜未中，故云「窮約」。下云「驅馬出門，不知所之」，與《出門》所云「長安百萬家，出門無所之」，文字頗多相同，因疑《出門》或作於此時——貞元九年。「出門無所之」乃無所依止之意，即在京時的生活並未逢顯貴有力之士照顧。

首兩句與孟郊《長安道》之「家家朱門開，得見不可入」相近，或廣其意而作。後面區分長安道與古道，即因孟郊好古，故廣其意。「古人雖已死，書上有遺辭」，明白表示自己所信奉者，為「古道」；「與世實參差」、「出門各有道」，言自己所信奉之道與世人不同，蓋己所信奉者，乃將近千年之古道，此所以與世人相參差也：近人所行者即追求功名利祿之「長安道」，而己所行者乃聖賢所傳之「君子道」。「且於此中息，天命不吾欺」，天命即古道，堅信古道仍未斷絕，故云「天命不吾欺」[61]。

韓孟詩派的「古道」信仰是很值得注意的，正因追求「古道」，與世人

---

59 錢仲聯《韓昌黎詩繫年集釋》（上海：上海古籍，1998年二刷），上冊，頁4。

60 屈守元、常田春主編《韓愈全集校注》（成都：四川大學，1996），冊3，頁1180。

61 李光地《榕村詩選》曰：文集所謂「驅馬出門，不知所之。斯道未喪，天命不欺」者，即此詩也（前引書，頁5）。

追求之道參差不齊，故常有「不遇之感」，亦常有「不平之鳴」。

2.韓愈《長安交游者一首贈孟郊》：

> 長安交游者，貧富各有徒。親朋相過時，亦各有以娛。陋室有文史，高門有笙竽。何能辨榮悴，且欲分賢愚。（前引書，頁 10）

據《集釋》引前人評語，此詩乃廣孟郊《長安道》與《長安羈旅行》等詩之意（《集釋》，頁 11）。

3.韓愈《孟生詩》：

> 孟生江海士，古貌又古心。嘗讀古人書，謂言古猶今。作詩三百首，窅默咸池音。騎驢到京國，欲和薰風琴。豈識天子居，九重鬱沈沈。一門百夫守，無籍不可尋。……舉頭看白日，泣涕下霑襟。朅來游公卿，莫肯低頭簪。諒非軒冕族，應對多差參。……（《集釋》，頁 12）

據《集釋》注 1，王元啟曰，此詩為李觀與韓愈以詩薦孟郊於張建封，當在貞元九年春夏之交，故曰「期子在秋砧」（《集釋》，頁 14）。又據《舊唐書・張建封傳》：貞元四年，以建封為徐州刺史，兼御史大夫、徐泗濠節度、支度營田觀察使（鼎文版，冊五，頁 3830）。程學恂補曰：此薦孟生於張建封也。然及建封處只末段數語，仍是歸重孟生。（前引書，頁 18）

以上引詩，僅留前半與長安道有關者，後半寫向張建封推薦，姑省略。

首二句云「孟生江海士，古貌又古心」，言孟郊尚未入仕，仍有古人之風。朱彝尊曰：「古字是詩骨。」甚是。後面四句皆由「古」字發揮，表示其詩頗有古風，並且帶至京城，想尋找知音。「作詩三百首，窅默咸池音。騎驢到京國，欲和薰風琴」，先言孟生作詩三百首，皆如「咸池」古樂，繼寫孟生天真，誤以為「古猶今」，故「騎驢到京國，欲和薰風琴」，蓋以為京國可以接受溫暖招待。

次四句，「豈識天子居，九重鬱沈沈」以下至「遷延乍卻走，驚怪靡自任」，寫皇居深沈，難以接近，且令人畏懼不堪。「舉頭看白日，泣涕下霑襟。朅來游公卿，莫肯低華簪」，寫在京城到處碰壁，無人肯予援手，如朱彝尊云：「寫不遇悲切。」（頁 15）

整首詩寫仕途行路難。後面附孟郊《答韓愈李觀別因獻張徐州》云：「古樹春無花，子規啼有血。離絃不堪聽，一聽四五絕。世途非一險，俗慮有千結。有客步大方，驅車獨迷轍。……」（《集釋》，頁 19）總言世途危險難行。

4.《將歸贈孟東野房蜀客》：

> 君門不可入，勢利互相推。借問讀書客，胡為在京師。舉頭未能對，閉眼聊自思。倏忽十六年，終朝苦寒飢。宦途竟寥落，鬢髮坐差池。潁水清且寂，箕山坦而夷，如今便當去，咄咄無自疑。（前引書，頁 139）

《集釋》注 4，引王元啟曰：貞元十七年春，公在京謁選無成，三月東歸。自貞元二年初入京，至此十六年矣。（頁 140）

案：首四句參照上引《出門》（長安百萬家，出門無所之）與《長安交游者》（長安交游者，貧富各有徒），寫君門被勢利者壟斷，他們互相推引，皆很順利進入君門，占據較好的高位，並過著富足的生活。相對的，無勢利者推引，雖經多次參加謁選，皆無所成，在此十六年中，皆過著飢寒窮苦生活；不免有歸耕箕、穎之想。凡此，皆寫長安路難行與「不遇之感」。

從上面所舉韓孟詩例看來，孟郊之仕途不順，與其崇信「古道」有關。如前面所討論之《送孟東野序》與《薦士》詩，皆推崇孟郊繼承《詩經》與漢魏古詩傳統。又如韓愈《答孟郊》首四句：「規模背時利，文字覷天巧。人皆餘酒肉，子獨不得飽。」《集釋》云：「此謂作家觀察自然，師法自然，擇取其尤美者而寫之。」[62]此解似不確，齋藤茂解云：「與世格格不

---

[62] 錢仲聯《韓昌黎詩繫年集釋》（上海：上海古籍，1998 年二刷），上冊，頁 56-7。

入，而文字直逼造化之秘。」[63]較佳。案：「規模」，規矩楷模，言孟郊以古為規矩楷模——由下云「古心雖自鞭，世路終難拗」可知；因以古為楷模，背世俗有利之文，導致「人皆餘酒肉，子獨不得飽。」

近人郝世峰論孟郊之好古，云：

> 在詩歌寫作中，他厭薄近體而獨擅古風。……在孟郊現存的五百多首詩中（聯句不算），絕大多數是五言古詩和樂府，偶見近體，也不嚴守格律。厭薄聲律、屏棄近體，獨取古風的傾向，卻與時風相抵觸，不僅為流俗所譏誚，而且在孟郊的人生道路上投下了濃重的陰影。科舉以詩取士，是以近體為標準，孟郊之厭薄近體的創作傾向顯然是與科試要求相抵觸的。他屢試不第、及第後仕途蹇澀，應與這一矛盾有很大關係。[64]

此謂孟郊因「厭薄近體而獨擅古風」，導致在科舉之路上屢遭挫折。換言之，即因崇信「古道」，與當時人所競行之「長安道」背道而馳，結果正如韓愈所說「人皆餘酒肉，子獨不得飽」（《答孟郊》），又云「有窮者孟郊」（《薦士》）。

韓愈《雜說》四云：「世有伯樂，然後有千里馬；千里馬常有，而伯樂不常有。故雖有名馬，秖辱於奴隸人之手，駢死於槽櫪間，不以千里稱也。」[65]對人才之被埋沒，韓愈自己有切膚之痛，其《上宰相書》云：「四舉于禮部乃一得，三選於吏部卒無成。」因為有這種認識，故「當有了推薦人才的威望時，韓愈準備當個辨識人才的伯樂，竭力培養推薦，以免人才埋沒」，他為李賀寫《諱辯》，勸李賀舉進士，皆是出於愛才、怕人才被埋沒之心[66]。

將「不遇之感」與「不平則鳴」結合起來，韓愈《與崔群書》可為代

63　齋藤茂《文字覷天巧——中晚唐詩新論》（北京：中華，2014），頁104。

64　郝世峰《孟郊詩集箋注》（石家莊：河北教育，2002），《說孟郊》（前言），頁11。

65　屈守元、常思春主編《韓愈全集校注》（成都：四川大學，1996），冊五，頁2709。

66　楊其群《李賀研究論集》（太原：北岳文藝，1989），頁113-14。

表，文云：

> 自古賢者少，不肖者多。自省事已來，又見賢者恆不遇，不賢者比肩青紫；賢者恆無以自存，不賢者志滿氣得，賢者雖得卑位則旋而死，不賢者或至眉壽；不知造物者意竟如何？無乃所好惡與人異心哉！[67]

仍是用韓孟所擅長的「對比」寫法，表現不平之意。近人薛天緯亦以為「懷才不遇」與「行路難」的主題是一致的。其言云：

> 干謁失敗後的感憤之作，或怨恨世道不公，或感嘆出路難覓，或憤慨權貴無情，一言以蔽之，其基本主題是「行路難」，行路難略等於「懷才不遇」，在封建社會裏是一個「永恆主題」，它代表了大多數知識分子難以擺脫的命運和抒寫不盡的心聲。
>
> 需要指出，士子們的「懷才不遇」，實際上包含了兩種情況：一是科考失利，一是干謁無成。唐代詩人們對兩者都不乏詠歎，但卻有所不同（下畧）。[68]

前面筆者已指出，孟郊正是藉「長安道」表示「行路難」——亦即「不遇」的主題。

薛氏又舉岑參在長安求仕的例子說明「行路難」，薛氏云：

> 岑參二十九歲在長安求仕期間，作有《感舊賦》，序曰：相門子，五歲讀書，九歲屬文，十五隱于嵩陽，二十獻書闕下。嘗自謂曰「雲霄坐致，青紫俯拾，金盡裘敝，蹇而無成，豈命之過歟？」他欲「獻書闕下」，必得有人引薦，所選擇的也是以干謁求試的道路，但卻慘敗如此。賦中自述求仕困頓之狀，曰：「我從東山，獻書西周，出入二

67　屈守元、常思春主編《韓愈全集校注》（成都：四川大學，1996），冊三，頁 1533-34。

68　薛天緯《干謁與唐代詩人態》，《唐代文學研究》（桂林：廣西師範大學，1994），五輯，頁 13。

> 郡，蹉跎十秋。」
>
> 次年即以第二名考中進士。……二十年後，在一首贈人的詩中，他仍以刻骨銘心的記憶寫到：「因送故人行，試歌《行路難》，何處路最難？最難在長安。長安多權貴，珂佩聲珊珊。儒生直如絃，權貴不須干。」（《送張秘書劉相公通汴河判官赴江外覲省》）（前引文，頁14）

文中引岑參詩：「因送故人行，試歌《行路難》，何處路最難？最難在長安。」云云，與孟郊《長安道》等詩，何其相似！《行路難》原為樂府古題，據《樂府古題要解》曰：「《行路難》備言世路艱難及離別悲傷之意。」後鮑照有《擬行路難》十八首。至唐李白亦有《行路難》共三首，非一時之作，其二前四句云：「大道如青天，我獨不得出。羞逐長安社中兒，赤雞白狗賭梨栗。」[69]詩中引一些古人，如韓信、賈誼、郭隗、劇辛、樂毅等例子，說明或遇或不遇，皆歸於「行路難」。而將「長安社中兒」與《行路難》結合，值得注意。不過，更應注意的是杜甫《奉贈韋左丞丈二十二韻》，詩云：

> 紈袴不餓死，儒冠多誤身。丈人試靜聽，賤子請具陳。甫昔少年日，早充觀國賓；讀書破萬卷，下筆如有神。賦料揚雄敵，詩看子建親；李邕求識面，王翰願卜鄰。自謂頗挺出，立登要路津；致君堯舜上，再使風俗淳。此意竟蕭條，行歌非隱淪。騎驢三十載，旅食京華春。朝扣富兒門，暮隨肥馬塵；殘杯與冷炙，到處潛悲辛。主上頃見徵，欻然欲求伸。青冥卻垂翅，蹭蹬無縱鱗。[70]

《詳注》云：「此慨歷年不遇，申明誤身之故。『蕭條』至『悲辛』，言貢舉不第；『見徵』至『縱鱗』，言應詔退下。」（頁 133）案：詩中「騎驢三十載，旅食京華春。朝扣富兒門，暮隨肥馬塵；殘杯與冷炙，到處潛悲

[69] 安旗主編《李白全集編年注釋》（成都：巴蜀書社，1990），上冊，頁 171。

[70] 臺北文史哲版：仇兆鰲《杜詩詳注》，頁 133。

辛」幾句，寫旅食京華之悲辛，可說是《長安行路難》；而開頭自敘少年日即「讀書破萬卷」云云，明顯是寫「懷才不遇」之主題。極有可能，韓孟《長安道》之作，乃受到杜甫啟發：孟郊《長安旅情》之題意，或即取自此詩。此亦證明薛氏所云：行路難略等於「懷才不遇」，在封建社會裏是一個「永恆主題」，它代表了大多數知識分子難以擺脫的命運和抒寫不盡的心聲。

以上論《長安道》，上溯至《行路難》，並提及鮑照《擬行路難》。因再補充兩首與《長安道》有關之《詠史》詩。左思《詠史》共八首，其二云：「世胄躡高位，英俊沈下僚。」其不平之感與上引孟、韓《長安道》之詩，頗為接近。而其五云：

> 濟濟京城內，赫赫王侯居。冠蓋蔭四術，朱輪竟長衢。朝集金張館，暮宿許史廬。南鄰擊鐘磬，北里吹笙竽。寂寂楊子宅，門無卿相輿。寥寥空宇中，所講在玄虛。言論準宣尼，辭賦擬相如。悠悠百世後，英名擅八區。[71]

鮑照《詠史》亦云：

> 五都矜財雄，三川養聲利。百金不市死，明經有高位。京城十二衢，飛甍各鱗次。仕子飄華纓，游客竦輕轡。明星晨未稀，軒蓋已云至。賓御紛颯沓，鞍馬光照地。寒暑在一時，繁華及春媚。君平獨寂寞，身世兩相棄。（同前書，中冊，頁 1293-94）

兩首皆先寫京城之冠蓋相望、車馬競馳、聲樂喧嘩等熱鬧場景，繼寫門庭冷落之高人，如揚雄、嚴君平等，形成對比，張力極強。川合康三指出：揚雄、嚴君平代表與世俗對抗人物，而左思、鮑照都是六朝貴族制時代的寒門詩人，「他們通過將自身的『懷才不遇』之感比擬為揚雄、嚴君平這樣的典型來撫慰自己的平幸。這樣，揚雄、嚴君平形象就成了沉淪不遇的士大夫階

---

[71] 逯欽立輯校《先秦漢魏晉南北朝詩》（臺北：木鐸，1983）上冊，頁 733。

層的精神依據。」[72]由此看來，《長安道》已可作為詩的一種類型，其意義有二：一是反映寒門仕子「懷才不遇」的心聲，一是凸顯「古道」與「世道」的對立。

《長安道》是從現實社會的角度，表現「不遇之感」，但除韓愈《孟生詩》外，大都未涉及文學問題。下面所說的「文字飲」，則是將寒士文學與長安社會風氣對比，其中隱含對「古風」之推崇與對「近體」詩風的批評。

二、文字飲與古風之樂

文字飲出韓愈《醉贈張秘書》：

> 人皆勸我酒，我若耳不聞。今日到君家，呼酒持勸君。為此座上客，及余各能文。君詩多態度，藹藹春空雲。東野動驚俗，天葩吐奇芬。張籍學古淡，軒鶴避雞群。阿買不識字，頗知書八分。詩成使之寫，亦足張吾軍。所以欲得酒，為文俟其醺，酒味既冷冽，酒氣又氛氳，性情漸浩浩，諧笑方云云。此誠得酒意，餘外徒繽紛。長安眾富兒，盤饌羅膻葷。不解文字飲，惟能醉紅裙。雖得一餉樂，有如聚飛蚊。今我及數子，固無蕕與薰。險語破鬼膽，高詞媲皇墳。至寶不雕琢，神功謝鋤耘。方今向泰平，元凱承華勳。吾徒幸無事，庶以窮朝曛。[73]

詩題之張秘書，指張署。詩寫三個詩友至張署家聚會飲酒。這三個詩友除了韓愈之外，尚有孟郊與張籍。由前四句看來，詩友見面一定要飲酒。接著兩句：「為此座上客，及余各能文」，點出是「文友聚會」。然後各用兩句介紹其他三人的詩風，這亦提供一個重要訊息：文友聚會的重點之一，就是互相切磋作品。就我的理解，三人作品既有個人特色，亦有共通之處，否則不致相聚在一起。「張籍學古淡」，提供一條線索，四人的共通處應是「古風」，因為「學古」顯然不是張籍個人獨有的特色，眾所皆知，孟郊與韓愈皆以學古自命。「君詩多態度，藹藹春空雲」，先介紹主人張署之詩，應是

---

[72] 川合康三《終南山的變容》（上海：上海古籍，2007），頁 203-04。

[73] 錢仲聯《韓昌黎詩繫年集釋》（上海：上海古籍，1998 年二刷），上冊，頁 391。

指其詩具有古風，在表達感情時比較溫和，容易親近。「東野動驚俗，天葩吐奇芬」，介紹孟郊詩的特點，案：韓愈《貞曜先生墓誌銘》稱讚孟郊詩云：

> 及其為詩，劌目鉥心，刃迎縷解，鉤章棘句，掏擢胃腎，神施鬼設，間見層出。

這幾句非常難解，今人注云：

> 劌目鉥心：這句是指他的詩篇能刺人心目，就是下語驚人的意思。刃迎縷解，鉤章棘句：意謂造句奇特，佶屈聱牙，不易讀。掏擢胃腎：猶世俗所謂「挖出心肝」。神施鬼設，間見層出：極言造詣的高深，沒有斧鑿痕跡，奇思妙緒，層出不窮。[74]

據此，似指孟郊作詩非常刻苦，務必有驚俗之句，有如「天葩」所發出的香氣，非人間所有。此與其鄙薄近體，崇尚古體有關。孟郊《古怨》詩是一個佳例，詩云：「試妾與君淚，兩處滴池水。看取芙蓉花，今年為誰死？」[75]筆者在二十幾年前曾撰文分析過此詩的特點，茲抄錄如下，以供參考：

> 這是寫被冷落婦人的哀怨，就題材而言，是相當傳統、平常的，但此詩卻給人很奇特的感覺，最主要是詩中提供了一個很特殊的情節。首先，我們看到婦人為了證明自己的忠貞並揭穿丈夫的負心與欺騙，想出一個奇怪的辦法，她要求兩人各將眼淚滴在兩處的水池中，看看那個池中的芙蓉（荷花）最先死。這方法是很妙的，因為芙蓉先死必是缺水的池子，要使芙蓉不死必須在池中滴入大量的淚水，這如何做得到？對婦人而言，卻是很容易的，因為她終日以淚洗面等待丈夫，流淚是太容易了；而相對的，那負心的丈夫又怎會流淚？又怎能流出大

---

[74] 高海夫主編《唐宋八大家文鈔校注集評》、《昌黎文鈔》（西安：三秦，2004），頁854-56。

[75] 郝世峰《孟郊詩集箋注》（石家莊：河北教育，2002），頁16。

> 量的眼淚？所以婦人想出這個好辦法可以很輕易地證明誰的感情不忠。詩中提到「兩處池水」，應是暗示丈夫出外不在家中，至於丈夫的「那一處」是什麼地方，是不須要明說的。芙蓉之死是暗示婦人等待丈夫，日子在以淚洗面中渡過，其寶貴的青春與生命亦在不知不覺中消耗掉。這個「死」字，既寫出女性至死靡它的忠貞情操，也表現內心極深的「怨」意，使得情節的張力達到極點。唐人所寫的怨詩通常比較含蓄，往往停留於外表的描寫，或寫女人如何漫長等待，或寫其生活環境，如此簡單缺少張力的情節往往表現不出女性強烈的怨情。而孟郊此詩雖僅二十字，卻藉著一個具有戲劇性張力的情節，將婦人那種深刻的怨意充分表現出來，如果不是採取這樣特殊的表現形式恐怕很難取得如此強烈的效果。此詩甚至寫婦人不惜與丈夫攤牌或正面衝突，是形成情節張力的重要因素，這種坦露情感的寫法，除了繼承漢、魏古詩中「怨詩」的傳統外，也融合了民間詩歌大膽潑辣的風格。[76]

接著稱張籍詩「學古淡」，應有根據，如白居易《讀張籍古樂府》云：「張君何為者，業文三十春。尤工樂府辭，舉代少其倫。」姚合《贈張太祝》亦云：「古風無敵手，新語是人知。」[77]正因張籍「學古淡」，與當時綺靡的詩風不同，故其詩有如鶴立雞群，顯得突出（參《集釋》頁 392，注 6）。此亦可由其名作《節婦吟寄東平李司空師古》看出，詩云：「君知妾有夫，贈妾雙明珠。……還君明珠雙淚垂，何不相逢未嫁時。」其中以明珠喻愛戀之情，可能是敷衍〔魏〕繁欽《定情詩》之意：「何以致區區，耳中雙明珠。」但張詩卻由已婚的角度，借明珠傳昔日之情；經此曲折，表達一種身

---

76 黃景進《從韓愈、孟郊的文學思想看中唐險怪詩派的兩種風格》，收入陳平原、陳國球主編《文學史》第二輯（北京：北京大學，1995），頁 160-61。

77 引自李冬生《張籍集注》（合肥：黃山書社，1988），前言，頁 1。又徐禮節、余恕誠《張籍集繫年校注》（北京：中華，2011）前言亦云：「張籍的詩學思想也具有鮮明的儒學特徵。其核心主張復『古』，提倡『大雅』、『正聲』，……」（頁 6）

有所屬、無可奈何之遺恨，顯得搖曳多姿，更加引人。

接著四句寫「阿買」：「阿買不識字，頗知書八分。詩成使之寫，亦足張吾軍。」阿買應是晚輩，較多人認同黃山谷的判斷：「退之侄」（《集釋》，頁 392，注 7）前二句寫阿買書法頗佳，後二句指出重點：可以幫眾人抄寫詩。這又透露一個重要訊息：詩友相聚飲酒會當場作詩，因此韓愈帶了一個書法不錯的侄子來，幫大家抄詩；亦可能是在飲酒作詩時，必須有人在旁抄詩，才不會打斷詩的靈感。由此可看出，韓愈作詩文是很有層次章法的，前幾句先介紹三人詩風，後寫阿買書法佳，可幫抄詩，一段接一段，文脈既有變化，又很連貫，此或與韓愈「以文為詩」之習有關。

後面再接上開頭所敘喝酒的事。由「所以欲得酒，為文俟其醺」至「此誠得酒意，餘外徒繽紛」，說明飲酒只是用來助興：「性情漸浩浩，諧笑方云云」，指飲酒之後，才能不受拘束，「性情」開放，增加歡樂。於是大家開始作詩，引出後面的「文字飲」。就字面言，可解釋為用文字助酒興，但亦可解釋為：為了作詩而飲酒。就詩的用意言，後者的解釋可能更為適當，蓋飲酒之後作詩，更易引起奇妙的靈感，亦更能能表現真性情，達到暢所欲言的境界。

至此，似仍屬於「鋪墊」階段，真正重點是接下來一段——亦是最常被討論的，不妨重引：

> 長安眾富兒，盤饌羅膻葷。不解文字飲，惟能醉紅裙。雖得一餉樂，有如聚飛蚊。今我及數子，固無蕕與薰。險語破鬼膽，高詞媲皇墳。至寶不雕琢，神功謝鋤耘。

前幾句是敘說「長安眾富兒」飲酒之樂。富者之飲，除美酒之外，必有各種肉類美食滿足口腹之欲，又有眾多紅裙美女之歌舞助興，總之，為了滿足感官之欲。其中插入一句「不解文字飲」，指富兒不能體會「文字飲」之樂。這是針對前述詩友之飲酒言，蓋詩友之飲，既無各種肉類美食，更無紅裙美女之歌舞，只有詩人所作文字助興。所謂「文字飲」意味著這是窮人之飲，在富兒看來，根本無樂趣可言。但詩人批評富兒之飲曰：雖得一餉樂，有如聚飛蚊。據《集釋》云，這是出於《楞嚴經》所說：「一切眾生，如一器中聚百蚊蚋，啾啾亂鳴，於方寸中鼓發狂鬧。」（《集釋》，頁 394，注 17）亦即眾生皆汩沒於各種欲望之中，流轉於生死苦海，難以自拔，是很可悲的。韓愈引此，表示富兒飲酒是一種低俗之樂，僅屬於感官的滿足，並非真樂。與此相對，「文字飲」才是真樂。「今我及數子，固無蕕與薰」，指我們這種單純的「文字飲」。下面四句，即寫其樂：「險語破鬼膽，高詞媲皇墳。至寶不雕琢，神功謝鋤耘」。《集釋》引方東樹曰：

> 「險語破鬼膽，高詞媲皇墳」與「至寶不雕琢，神功謝鋤耘」，是兩境。上言艱窮怪變，下言平淡。此公自述兼此二能，不拘一律也。（《集釋》，頁 395，注 21）

以為這是指韓愈詩有兩境，並以為即韓愈《送無本師歸范陽》所云「姦窮怪變得，往往造平淡」的怪變、平淡兩境。案：筆者並不同意「怪變」與「平淡」是指兩種詩境（詳見另文《「姦窮怪變得」與韓孟詩派創作論》），故不能附會。〔日〕川合康三云：「在以韓愈為中心的『聯句』中，冒出嚇破鬼膽的壯語和堪與三皇之典墳匹敵的高古語，而且如同未經人工雕琢的天然寶石，未經鋤耘的自然神工之作。」[78]此即以《醉贈張秘書》所論「文字飲」之作為「聯句」。又〔日〕齋藤茂論韓愈、孟郊等人聯句詩，除強調其受到以皎然為中心的「湖州詩會」影響外，亦云：「孟郊與韓愈等人同為具有濃厚復古主義文學傾向的詩人」、「不能忽視以皎然為中心的詩人們整體上所具有的尚古的文學傾向[79]。」據此，筆者以為，這是在談「文字飲」之樂，而且，這四句是寫由古體詩所領略的樂趣。試看「東野動驚俗，天葩吐奇芬」，與「險語破鬼膽，高詞媲皇墳。至寶不雕琢，神功謝鋤耘」，是否有些類似？事實上，「高詞媲皇墳」此句，已明白指出其「古體詩」來源，而「不雕琢」不也是古體詩的特點！此由前引孟郊《古怨》，可見一斑：如

78　川合康三《終南山的變容——中唐文學論集》（上海：上海古籍，2007），頁 112。

79　〔日〕齋藤茂《文字覷天巧——中晚唐詩新論》（北京：中華，2014），頁 11。

「看取芙蓉花，今年為誰死」兩句，正可說是「險語破鬼膽，高詞媲皇墳」，而其文字敘述又是非常樸素、自然，亦可說「至寶不雕琢，神功謝鋤耘」。同樣，此四語亦適用於「張籍學古淡，軒鶴避雞群」（由上引《節婦吟》可知）。因此，筆者以為，此四句是寫由「古體詩」所體會的樂趣，亦即「文字飲」的真正樂趣。

寫到這裏，讓筆者想到前面所引「長安道」的詩。如孟郊《灞上輕薄行》之「輕薄倫」，不就是「惟能醉紅裙」的「長安眾富兒」？其實，白居易《秦中吟・歌舞》亦可參考，詩云：

> 秦中歲云暮，大雪滿皇州。雪中退朝者，朱紫盡公侯。貴有風雲興，富無飢寒憂。所營唯第宅，所務在追遊。朱輪車馬客，紅燭歌舞樓。歡酣促密坐，醉暖脫重裘。秋官為主人，廷尉居上頭。日中為一樂，夜半不能休。豈知閿鄉獄，中有凍死囚。[80]

詩中寫「皇州」的貴人無飢寒之憂，所關心者，是如何廣置田產，除此之外，就是想盡各種遊樂，而主要者為「歌舞樓」之歡酣。

尤其是韓愈《長安交游者一首贈孟郊》所云：「長安交游者，貧富各有徒。親朋相過時，亦各有以娛。陋室有文史，高門有笙竽。何能辨榮悴，且欲分賢愚。」此詩將長安交游者區分貧富，各有其相過之親朋：所謂「陋室有文史」者，不正是「文字飲」之人？而「高門有笙竽」者，不正是「惟能醉紅裙」的「長安眾富兒」[81]？「何能辨榮悴，且欲分賢愚」，正如葛立方所云：「公此詩蓋言貧者文史之樂，賢於富者笙竽之樂也。」（《集釋》，頁 11）案：梁武帝蕭衍在《贈謚裴子野詔》中稱贊裴子野「文史足用」，自己又計畫編撰《通史》480 卷，曾對蕭子顯說：「我造《通史》，此書若

[80] 謝思煒《白居易詩集校注》（北京：中華，2006），冊一，卷二，頁 179。

[81] 案：白居易亦有《長安道》一首：「花枝缺處青樓開，豔歌一曲酒一杯。美人勸我急行樂，自古朱顏不再來。君不見，外州客，長安道，一迴來，一迴老。」（謝思煒《白居易詩集校注》，北京：中華，2006，卷十二，感傷詩四，冊二，頁 958）詩中提到美人唱豔歌，正是長安富兒所喜者。

成，眾史可廢。」[82]足見對「文史」的推崇。蓋韓孟所行為「古道」，與「長安眾富兒」所行之「長安道」，本背道而馳，故云眾富兒「不解文字飲」。川合康三曾指出：「被長安疏遠排斥的韓愈，通過否定長安所代表的今世，追求古代世界，強化了他復古的精神內核。」[83]可見「文字飲」是繼「長安道」的主題，而詩中對「文字飲」的肯定，似乎反映「古體詩」已形成一種風氣。

翁方綱《石洲詩話》卷一云：「觀（元結）《篋中集》所錄，其意以枯淡為高，如以孟東野詩投之，想必愜意也。」[84]指孟郊詩風近於元結所選《篋中集》，近人亦多有論及。值得注意的是元結《篋中集序》云：

> 風雅不興，幾及千載，溺于時者，世無人哉。……近世作者，更相沿襲，拘限聲病，喜尚形似，且以流易為辭，不知喪于雅正哉！彼則指詠時物，會諧絲竹，與歌兒舞女，生汙惑之聲于私室可矣；若令方直之士，大雅君子，聽而誦之，則未見其可。

近人論元結思想云：「元結論詩，主張繼承風雅比興傳統，不喜形似之言，尤惡聲病之拘，所編《篋中集》，全為古詩，無一近體。」[85]元結是古詩崇拜者，《序》中對唐近體詩表示深惡痛絕，所謂「拘限聲病，喜尚形似」，皆繼承齊、梁以來的風氣。「拘限聲病」指講究聲律的平仄，「喜尚形似」指重視物象刻畫的逼真，《文心雕龍・物色》曾批評當代重視「形似」之風云：「自近代以來，文貴形似，……體物為妙，功在密附。故巧言切狀，如印之印泥，不加雕削，而曲寫毫芥。故能瞻言而見貌，即字而知時也。」這兩點亦即後文所謂「指詠時物，會諧絲竹」。不僅如此，「與歌兒舞女，生汙惑之聲于私室」，指近體詩又配合音樂用於筵席，更引起主張古體風雅的

82 引自張羽、王汝梅《中國小說理論通史》（北京：北京師範大學，2016），頁 20。
83 川合康三著《終南山的變容》（上海：上海古籍，2007），頁 240。
84 郭紹虞編《清詩話續編》（臺北：木鐸，1983），中冊，頁 1370。
85 周祖譔編選《隋唐五代文論選》（北京：人民文學，1999），頁 125-26。

元結不滿，「認為是『喪于雅正』的污惑之聲」[86]。

同樣的思想又見於《劉侍御月夜讌會序》：

> 文章之道喪蓋久矣，時之作者，煩雜過多，歌兒舞女，且相喜愛，系之風雅，誰道是邪？諸公嘗欲變時俗之淫靡，為後生之規範。今夕豈不能道達情性，成一時之美乎？（前引書，頁128）

同樣批評當時作者喜愛「歌兒舞女」，是一種淫靡之俗，違背「風雅」之古道。由此看韓愈批評「長安眾富兒」之「不解文字飲，惟能醉紅裙」，似不能僅就字面看，有可能是以其趣味低俗，比擬近體詩之拘限聲病；其稱讚「文字飲」之詩為「險語破鬼膽，高詞媲皇墳。至寶不雕琢，神功謝鋤耘」，亦即稱讚詩友們既能繼承「風雅比興」之古詩傳統，但又有膽大驚人的「險語」。

由此看賈晉華《論韓孟集團》云：

> 貞元中在汴徐、元和初在京洛，韓孟等人有過兩次重要的聚會。……（汴徐聚會）主要是退之向東野學習。
>
> 孟郊貞元十二年赴汴時已四十六歲，其現存四百多首詩，有很大一部分可以確定作于赴汴前。……另一類則呈現出嶄新、鮮明、成熟的個性風格。在貞元詩壇上如異軍突起，驚人耳目，這一類以詠懷贈答為主，其基本傾向是復古。在內容上，承元結和《篋中集》詩人，復興儒家道德，扮演儒家貧士的角色，苦吟窮愁，憤世疾俗，但又突破溫柔敦厚的詩教，走向矯激化和極端化。
>
> 這一段時間，雖然主要是韓愈學孟郊，但韓愈反過來對孟郊也有一定的促進。從汴徐時期至貞元末，孟郊和韓愈都日益走向險怪的極端，其間應該有逞才鬥奇、相互影響的因素。[87]

---

[86] 王運熙著《漢魏六朝唐代文學論叢》（上海：復旦大學，2002），頁185。

[87] 賈晉華《論韓孟集團》，《唐代文學研究》五輯，頁402-07。

中間一段，言孟郊受元結《篋中集》影響，其基本傾向是復古，「但又突破溫柔敦厚的詩教，走向矯激化和極端化」，與前面對孟郊詩的解釋，頗能吻合。而最後一段，則更點出韓孟詩派的特色：既復古又險怪的詩風。

結束四句：「方今向泰平，元凱承華勳。吾徒幸無事，庶以窮朝曛。」可知是作於憲宗元和初年、較為安定時代；又由「長安眾富兒」，更可知作於長安（《集釋》，頁 391，注一）。顯然，在太平時代，詩人已不再發「窮苦之言」，而是「君詩多態度，藹藹春空雲。」由此亦可了解韓愈《送孟野序》何以提到「鳴國家之盛」。

最後，想提出一個問題：看《集釋》目錄卷四，憲宗元和元年所收詩，在《醉贈張秘書》之後，有一篇《答張徹》，接著是三篇《聯句》詩，最後是《南山詩》。同年卷五，共收八首《聯句》詩，兩卷合共十一首《聯句》，皆應是長安所作。[88]筆者頗懷疑，這些《聯句》詩，即是所謂「文字飲」之作，亦即是相邀飲酒所激發出來的[89]。因憲宗元和初年，較為安定，且在長安相聚，較易相邀飲酒賦詩。

《醉贈張秘書》甚為可貴，因其保留唐代聯句進行的現場資料：首先，這是詩友聚會；其次，有酒助興；又其次，將各人之詩句抄錄下來並注明作者，這是韓愈帶來書法甚佳的侄子阿買的原因。筆者甚且懷疑，「聯句」與具有遊戲性質的「酒令」，似有某種關聯性[90]。若要進一步追究，則「文字飲」之樂似與六朝飲酒之風有關，且讓人想到陶淵明之《飲酒詩》，甚至讓

88　尤信雄云：「元和元年，東野再遊長安，與韓愈、張籍、張轍相會，頗多聯句之作。」（《孟郊研究》，臺北：文津，1984，頁 120）

89　參前引川合康三文《終南山的變容——中唐文學論集》，頁 112。

90　王夫之《薑齋詩話》云：「若韓退之以險韻、奇字、古句、方言矜其餖輳之巧。巧誠巧矣，而于心情興會，一無所涉，適可為酒令而已。」此譏韓詩為「酒令」，似無意中點出韓孟等聯句詩的特點。案：以顏真卿、皎然為核心的「浙西聯唱詩人」，在湖州詩會中寫過一些有趣的遊戲詩，洪邁《容齋三筆》曾批評其「以文滑稽」（見賈晉華《唐代集會總集與詩人群研究》，北京：北京大學，2001，頁 97）。韓愈與孟郊有許多聯句詩，曾受湖州詩派影響（參齋藤茂《文字覷天巧——中晚唐詩新論》，北京：中華，2014，第一章：論孟郊），而其喜「以文為戲」，似亦與湖州詩會有關。

人想到阮籍之《詠懷詩》。此種想法亦得到證實，如齋藤茂云：

> 聯句作為一種文學樣式，其確立當在陶淵明前後，繼而，以南朝為中心展開了各種各樣的嘗試。
>
> 聯句在唐代，首先在大曆年間，以江南為中心流行開來。創作羣體以鮑防、嚴維等人為中心的浙東詩人羣體在先，以皎然、顏真卿等人為中心的浙西詩人羣在後。他們的聯句創作參加者眾多，其中不乏富有諧謔謔味道的作品，整體上可以讓人感受到創作者們共享席間樂趣這一主要創作目的。
>
> 詩形雖以五言詩為主，……此外，三言、七言詩的一部分，以及雜詩中有「酒令」相同的特質存在……[91]

91　參齋藤茂《文字觀天巧——中晚唐詩新論》（北京：中華，2014），第一章：論孟郊。頁 27-28。案：頁 147，注 26 云：「顏真卿等人的《七言大言聯句》等富有諧謔味道的作品，不如說更接近酒令。」

第二節　「姦窮怪變得，往往造平淡」與韓孟詩派創作論

前言

「姦窮怪變得，往往造平淡」這兩句出自韓愈《送無本師歸范陽》（見錢仲聯《韓昌黎詩繫年集釋》[1]，下簡稱《集釋》），往往被認為是韓愈論詩的重要觀點，過去通常是採取東坡所謂「絢爛之極，歸於平淡」[2]的說法加以解釋；或云此為韓愈自身之經驗，兩句指平淡得於能變之後，所謂漸近自然也[3]。總之，以為是兩種詩風，且「平淡」更為成熟，要高於「怪變」。但筆者重讀之後，卻發現原意並非如此，故擬撰文重新加以討論。

不僅如此，在「重探」之後，更發現與韓、孟下列幾句有相通之處：

> 韓愈《薦士》：「冥觀洞古今，象外逐幽好。」（《集釋》，頁528）

> 孟郊《贈鄭夫子魴》：「天地入胸臆，吁嗟生風雷。文章得其微，物象由我裁。」

於是各取最後一句拼成對句：「象外逐幽好，物象由我裁。」並於「姦窮怪變得，往往造平淡」之後討論。順此，亦討論韓孟詩派創作論的一些特殊說法：如「復古與新變」。

---

1 錢仲聯《韓昌黎詩繫年集釋》（上海：上海古籍，1998年二刷），下冊，頁820，下簡稱《集釋》。

2 原文見周紫芝《竹坡詩話》：「東坡嘗有書與其侄云：『大凡為文，當使氣象崢嶸，五色絢爛，漸老漸熟，乃造平淡。』」（中華書局1982年版，〔清〕何文煥輯《歷代詩話》上，頁348）

3 見《集釋》「集說」引俞瑒評語（《集釋》下冊，頁827）。

甲、「姦窮怪變得，往往造平淡」重探

韓愈《送無本師歸范陽》（《集釋》下，頁 820）

為方便討論，茲分五小節，逐條說明。

(1)「無本於為文，身大不及膽。吾嘗示之難，勇往無不敢。」

這四句意思明白，指出賈島詩膽極大，意指常有一些出人意料之外的寫法，而且是非常「險怪」的。

(2)「蛟龍弄角牙，造次欲手攬。眾鬼囚大幽，下覷襲玄窞。天陽熙四海，注視首不頷。鯨鵬相摩窣，兩舉快一啗。」

這幾句極難理解，《集釋》提供一些注解，茲抄錄注文並用「案曰」略加說明：

注 4：攬，歛也，歛置手中也。案：此解一、二句，言蛟龍角牙尖銳可怕，然有人粗心大意，欲用手歛於掌中，不知其危險。

注 5：襲，入。玄，黑也。窞，坎中小坎也。案：此解三、四句，言眾鬼被囚禁在很深的黑暗洞穴中，視之令人感到害怕。

注 8：頷：《說文》：「頷，低頭也。」《左傳》：「頷之而已。」《釋文》：「搖頭也。」案：此解、五、六句，謂直視猛烈陽光，頭不動搖。

注 9：摩指鵬，窣指鯨。案：此解七、八句，啗字《集釋》無解，疑是「吞」字，參孟郊《戲贈無本二首》：「拾月鯨口邊，何人免為吞？」[4]。此謂海上之大魚（鯨）與天空之大鳥（鵬）互相撲擊，欲吞食對方。

總之，自「蛟龍弄角牙」以下，用四種令人難以置信的事物說明詩膽之大。顯然，這四種事物皆具有「險怪」的成分：若非超乎現實，即是現實極為少見的，在一般、常見的詩中很少見到這種寫法，故以此證明賈島詩膽之大。事實上，這種寫法正是韓、孟詩派所酷愛的，亦是最為人注意的特點，

[4] 郝世峰《孟郊詩集箋注》（石家莊：河北教育，2002），頁 310-11。

故稱之為「險怪詩派」。孟郊《戲贈無本二首》其二開頭兩句云：「燕僧聳聽詞，袈裟喜翻新。」（見前引書）指無本雖是僧人，其詩卻能聳動人的聽聞，蓋因其寫詩喜變化出新。這與韓愈所謂「無本於為文，身大不及膽。吾嘗示之難，勇往無不敢」，意思相似。而孟詩後面又云：「拾月鯨口邊，何人免為吞？燕僧擺造化，萬有隨手奔。」此與韓詩所謂「蛟龍弄角牙，造次欲手攬」云云，尤為貼近。

(3)「夫豈能必然，固已謝黯黮。狂詞肆滂葩，低昂見舒慘，姦窮怪變得，往往造平淡。」

此節是對大膽詩風作進一步說明。前兩句據《莊子・齊物論》，言人皆有暗昧不明（黯黮）之處，故不敢自以為是，只能提出個人所見（下即對賈島詩的評語）。「狂詞」句表示無所顧忌，是「膽大」的同義語，「低昂」句表示在一低一昂、頃刻之間會出現對立的變態，兩句合起來，表示毫無顧忌，運用各種不尋常的變態。故下句云「姦窮怪變得」，指窮盡各種異常、奇怪的變態。至此，似皆不難理解，主要是說賈島詩非常大膽，常有許多異乎尋常的變態。困難點在「往往造平淡」這句，本來，就文字而言，這句應是很容易理解的，問題是上接「姦窮怪變得」，使得這句變得複雜難解，甚至可說：「姦窮怪變得」這句像是一個陷阱，會使人在看「往往造平淡」這句時走入歧途。茲抄錄《集釋》所引幾家解釋如下：

朱彝尊曰：由奇怪入平淡，是詩家次第。第不知公上詩奇怪耶？平淡耶？（案：朱氏已發覺此詩並不「平淡」）。（頁 824，注 14）

何焯曰：精語，坡公所謂絢爛之極，歸於平淡。（頁 824，注 14）[5]

俞瑒曰：凡昌黎先生論文諸作，極有關係。其中次第，俱從親身歷過。故能言其甘苦親切乃爾。如此詩云：「無本於為文，身大不及膽。吾嘗示之

---

[5] 韓愈《孟東野夫子》，何焯評曰：「先生早年詩好為鐫刻以出怪巧，元和後多歸于古樸，所謂『姦窮怪變得，往往造平淡』，又所云『不用意而功益奇老』。如此等詩，愈樸淡，愈奇古。」（《集釋》，頁 679）亦從韓愈前後詩風的改變，解釋「姦窮怪變得，往往造平淡」。

難，勇往無不敢。」作詩入手須要膽力，全在勇往上見其造詣之高。又云：「姦窮怪變得，往往造平淡。」平淡得於能變之後，所謂漸近自然也。此境豈易到。公之指點來學者，諷諭深遠，正不獨為浪仙說法也。（頁 827，〔集說〕引）

由於「姦窮怪變得」與「往往造平淡」，明顯是具有意義相反的對句，前人的解釋，很容易受東坡「平淡說」的影響，如何焯云：「坡公所謂絢爛之極，歸於平淡。」以為指兩種極端對立風格，並以為「平淡」才是最高的詩，兩句指前者往後者詩風發展。《集釋》並未舉出反對說法，看來上舉說法已成定論。但蕭占鵬卻提出修正：

> 韓愈早期詩作中便有平淡之作，壯年時追求詼俳詭怪、雄奇光怪的詩美成為其創作的主要傾向，仍不廢平淡之美。晚年官高祿厚，困守科場和仕途蹭蹬的「不平之鳴」以及由此帶來的對險怪詩美的追求失去了現實基礎，詩風趨向平暢委順。[6]

雖提出修正——韓愈早期詩作便有平淡之作，卻仍認為險怪與平淡是兩種詩風，且亦認為晚年趨向平淡。但當筆者反覆閱讀本文，並參考注文，始知這些說法可能是錯誤的，其原因是，並未仔細閱讀「平淡」下面四句所致——以為下四句即為「平淡」詩例；實際上，下四句仍是在解釋「怪變」詩風，說明其詩膽之大（詳下）。

(4)「風蟬碎錦纈，綠池披菡萏。芝英擢荒榛，孤翮起連菼。」

這四句緊接「平淡」之後，可分成兩聯加以說明：

(a)「風蟬碎錦纈，綠池披菡萏」

上句「風蟬碎錦纈」，《集釋》注 15：〔王元啟曰〕蟬翼紋如錦纈，遭風則碎，彌覺采色之離披，故云。此詩自鯨鵬以上，皆狀其姦怪。此下四

6 蕭占鵬《韓孟詩派研究》（臺北：文津，1994），頁 189。

語，則言其平淡。〔顧嗣立曰〕《說文》：「纈，結也，繫綵繒為文也。」（頁 825）

案：據注文可知，「錦纈」指「采色離披」，即文采奪目。「風蟬碎錦纈」指蟬之形狀本平凡無奇，甚至有些醜陋，但遇風則蟬翼張開，始現出絢麗文采，令人驚豔。簡言之，是寫平凡之物卻具有不尋常的文采。可惜的是，王元啟注文原本很正確，且對讀者很有幫助的，卻又說：「此詩自鯨鵬以上，皆狀其姦怪。此下四語，則言其平淡。」明顯受到東坡「平淡說」的影響。其實據其注解，此句並非做為「平淡」之詩例，亦無「由絢爛歸於平淡」之意。

下句「綠池披菡萏」易解，綠池指綠色水池，本來很平凡，其所以引人，乃在其池中卻冒出粉紅鮮豔的荷花，綠池與荷花相映襯，分外美麗引人。

此聯兩句皆寫平凡景物生長出令人驚豔文采，其句式為：先寫平凡之物，後寫文采，可簡括為：平凡＋文采。

(b)「芝英擢荒榛，孤翮起連菼。」

此聯與前聯相反，每句是先寫獨特希有之物，後寫荒蕪之景，將兩者結合起來，造成極大反差。上句「芝英擢荒榛」，芝英應指靈芝類植物所開之華——即靈芝，是較珍貴難得一見的，但卻生長在荒蕪的榛莽樹叢中，難免令人訝異。下句「孤翮起連菼」，「孤翮」指孤獨的大鳥，有別於一般的、喜成群結隊的凡鳥、小鳥；「連菼」，據注文，指「叢葦」，此句指孤獨不凡的大鳥卻由平蕪草叢中突然飛舉，同樣出人意料之外。

案：韓愈《送諸葛覺往隨州讀書》：「入海觀龍魚，矯翮逐黃鵠。」注：龍魚黃鵠，以喻繫于學問志其大者。〔方世舉注〕《吳越春秋》：「《烏鳶歌》：矯翮兮雲間，任厥性兮往還。」屈原《卜居》：「寧與黃鵠比翼乎？將與雞鶩爭食乎？」（《集釋》下，頁 1274）則「孤翮」應指矯然不羣，孤獨高飛雲間之大鳥，不與凡鳥——雞鶩爭食。

方世舉注云：「二句亦狀其詩，言於荒榛連菼一望平蕪中，亦時有矯矯者也。」（頁 825）所謂「矯矯者」，應即比較突出、難得一見的形象。這注解非常正確，由此可見，以上四句並非什麼「平淡」詩，而是指在平凡、常見的題材事物中，引發出人意表的、獨特的形象內容。尤其(b)聯兩句，寫在荒蕪之地長出珍貴的靈芝、甚至飛出不凡的大鳥，絕非平淡詩，更無絢爛歸平淡之意。鄙意以為，「平淡」在此應指平常、平凡的題材事物，而詩膽特大的詩人，卻能在此題材事物中生發出非常怪異的想像，此即所謂「姦窮怪變得，往往造平淡」。案：「造」有「成」意（見黃暉《論衡校釋》北京：中華，2009，冊二，頁 573），「造平淡」即成於平淡。：上句指其詩膽甚大造成各種奇特的「變相」，下句指出這些「變相」多出諸「平淡」的題材事物，兩句合起來，是對詩膽之大作補充。

(5)「家住幽都遠，未識氣先感。」（下略）

在上舉(a)(b)兩聯共四句之後，有兩句：「家住幽都遠，未識氣先感。」（頁 820）由詩題《送無本師歸范陽》可知賈島是「范陽人」，詩中又稱「幽都」[7]，文即抓住「幽都」立論。唯在解釋這兩句之前，必須先回顧詩開始所謂「無本於為文，身大不及膽」。一般讀法，以為這是在說明賈島作詩很大膽，其實，這兩句有更深的含意：賈島的身材並不高大，與其詩之大膽似不相稱，亦即，就其身材看來其實是平常一般，也就是很「平淡」，可是卻能寫出形象怪異驚人的大膽詩篇來，頗出人意料之外，此應即為下文「姦窮怪變得，往往造平淡」所鋪墊的伏筆。在「平淡」之後補四句說明（已見前面第 4 節解釋），接著說「家住幽都遠，未識氣先感」，上句「幽都」指賈島家鄉「范陽」，這是中國北方尚武之地，當年安祿山就是由范陽叛變起兵，橫掃中國，可見是「精兵之鄉」，在此可能暗示賈島詩膽之

---

7 案：《資治通鑑》卷二一八《唐記》三四肅宗至德元載胡三省注：「漁陽，謂范陽也。范陽郡幽州，其後又分置薊州、漁陽郡，二郡始各有分界。然范陽節度盡統幽、……等州，賊之根本實在范陽也。唐人于此時多以范陽、漁陽通言之，白居易詩所謂『漁陽鞞鼓動地來』，是以范陽通為漁陽也。」（周紹良《唐傳奇箋證》，北京：人民，2000，頁 316-17 引）可見范陽、漁陽、幽州三者可通用。

大與其來自范陽有關。范陽距京城尚有一段距離[8]，故未見其人，先見其詩，「未識氣先感」，指雖未見其人，但由其詩已可感受到盛大之「文氣」，於是有兩種想像：一是因其來自北方尚武的幽州，故詩膽特大，常有一些出人意料之外的驚人之句；一是因其來自尚武之地，以為是彪形大漢。可是後來見到賈島本人，才發現其身材非常一般，並不高大，此即呼應詩開頭兩句「無本於為文，身大不及膽」，是為「姦窮怪變得，往往造平淡」所鋪墊的伏筆。

前面已經指出，經由文字內容分析，「平淡」後面四句並非在表現「平淡詩風」，現在還可加入一個理由，若四句為平淡詩，何以後面接著云「家住幽都遠，未識氣先感」？顯然，平淡詩與北方尚武的「幽都」是難以協調的，尤其「未識氣先感」之氣，不可能指平淡詩之氣，而只能是指前面所敘「蛟龍弄角牙，造次欲手攬」等四種，極為大膽、怪變之詩氣。我們認為，從開頭至「氣先感」，其主線是分明一貫的，重點皆放在「膽大」所表現的「姦窮怪變」詩風上，並非如王元啟所云：「此詩自鯨鵬以上，皆狀其姦怪。此下四語，則言其平淡。」

近人張震英論賈島詩歌藝術，非常精細，尤其論賈島律詩特點，指出有一些特點皆受到韓愈影響：

> 賈島在五律方面不論是在「化僻為常」、「化順為倒」、「化情為景」、「化駢為散」還是「化工為寬」、「化常為奇」等多方面的嘗試，其實都可以看作是在五言律詩方面對韓愈詩歌散文化傾向的發展和延伸，……。

而論賈島五律有「化常為奇」特色云：「賈島常以眼前景致入詩，但卻能做到新意迭出，不落俗套、耐人尋味。……達到『都是眼前平常之事，一經巨

---

8 詹福瑞云：「唐代的范陽距京城長安甚遠，地近蠻荒，而且多數時間不行王化，為藩鎮割據之地。」張震英著《寒士的低吟——賈島詩歌藝術新探》（北京：中國社會科學，2006），序二，頁3。

手出之，便可驚人』的藝術效果。」[9]可證所謂「姦窮怪變得，往往造平淡」，應是指由平常之事物寫出驚人效果之詩。

由此看所謂「絢爛之極，歸於平淡」的解釋，以為指韓愈的詩風變化，與上下文難以貫通，顯得牽強。

乙、象外逐幽好，物象由我裁

讀近人研究，常引韓、孟下面幾句：

孟郊《贈鄭夫子魴》：「天地入胸臆，吁嗟生風雷。文章得其微，物象由我裁。（宋玉逞大句，李白飛狂才。苟非聖賢心，孰與造化該？勉矣鄭夫子，驪珠今始胎。）」[10]

韓愈《薦士》：「冥觀洞古今，象外逐幽好。」（《集釋》，頁528）

其中，孟詩之「物象由我裁」與韓詩之「象外逐幽好」兩句最受重視，因此我將它們合成對句：「象外逐幽好，物象由我裁。」茲先談孟詩。為方便討論，先抄錄郝世峰之注於下：

> 「得其微」，謂得宇宙之精微玄妙。
> 「裁」：指寫作。
> 「逞大句」：肆意表現誇張的文句。
> 「孰與造化該」：「造化」：萬物的創造者。「該」：廣博。
> 「驪珠」：比喻超絕的文才。（《孟郊詩集箋注》，卷六，頁303）

後面評云：

> 這首詩談了孟郊對詩歌創作的一個看法，常被學者用來說明孟郊的詩

9　「都是眼前平常之事，一經巨手出之，便可驚人」，出岳端《寒瘦集》，見張震英《寒士的低吟——賈島詩歌藝術新探》（北京：中國社會科學，2006），頁92-3。

10　郝世峰《孟郊詩集箋注》（石家莊：河北教育，2002）卷六「紀贈」，頁 303。案：學者引此詩常只引前四句，唯據郝注，詩的中心思想實在第 7、8 兩句：「苟非聖賢心，孰與造化該。」故筆者於正文將全文引出，以便討論。

> 歌思想。但是理解頗多歧異。此詩的中心思想在「苟非聖賢心，孰與造化該」，論者卻往往不予理睬。（頁303）

案：所謂「聖賢心」，即指「該造化」之廣大心胸，亦即開頭兩句所謂：「天地入胸臆，吁嗟生風雷。」這是將詩人比為造化者，一方面其心如天地、宇宙之廣大，可以容納萬物；一方面具有敏銳之觀察力，可見宇宙萬物之精微。另外，又要有如「驪珠」之超絕文才，能隨心所欲驅使物象、表現心中的情感思想，於是，所寫文章就如天地間的風雷般強烈感動人。「物象由我裁」之物象，應上文，指天地萬物；「由我裁」謂任由我寫作（文章）所使用。其中，最被重視的是「物象由我裁」這句，被認為是韓孟詩派重視主觀性、抒情性的證據。其實這句必須與「天地入胸臆」、「孰與造化該」結合起來解釋，指應有容納天地的廣大視野，然後根據主觀的情感由廣大的萬象中搜取一些特殊的物象。又孟郊《戲贈無本》其二云：「燕僧擺造化，萬有隨手奔。」（《箋注》卷六，309）郝注：擺造化，擺布自然。造化，指自然界。萬有：猶萬物。據此，與《贈鄭夫子魴》詩意相同，皆強調應有廣大視野，才能裁取所要物象。何以如此？蓋若局限於少數、常見的物象，則無法將心中的感受表現得非常充分、非常淋漓盡致。

接著看韓愈《薦士》：「冥觀洞古今，象外逐幽好。」（《集釋》，頁528）近人畢寶魁解云：

> 明確提出作詩要進行「冥觀」，即強調心性，強調主觀想像的重要作用，要「洞古今」，用心性和學識去貫通古今；要「象外逐幽好」，在感官所能體驗到的現實生活以外去追逐捕捉那些幽冥玄妙而又美好的形象。[11]

開頭亦云：「即強調心性，強調主觀想像的重要。」實則，值得參考的是解「象外逐幽好」，云「在感官所能體驗到的現實生活以外去追逐捕捉那些幽冥玄妙而又美好的形象」。案：《薦士》詩的主題是推薦孟郊，故詩中所論

---

[11] 畢寶魁《韓孟詩派研究》（瀋陽：遼寧大學，1999），頁108。

是稱讚孟詩不凡之處。這幾句應與韓孟詩派講求「苦吟」有關。「冥觀」兩句應指進行構思時不必受限於當前的情境，而應大膽追逐更特別的內容與意象，茲以韓愈名作《調張籍》為例說明。此詩用大禹治水航比喻李、杜為唐詩開疆闢境的藝術功績：「想當施手時，巨刃摩天揚。垠崖劃崩豁，乾坤擺雷硠。」此以遠古帝王——大禹為喻，大概就是所謂的「冥觀洞古今」。

對於韓愈所謂「象外逐幽好」尚可略作補充。葉寘《愛日齋叢鈔》卷三：「昌黎《詠筍》：『成行齊婢僕，環立比兒孫。』欒城：『凌霜自得良朋友，過雨時添好子孫。』亦謂筍也。」[12]案：此即所謂「象外逐幽好」，據佛經云，佛陀有三十二大人相，八十隨形好，大人相指由上至下、從頭臉至腳下之明顯形象特徵，是常有之「本相」；隨形好指隨時可變之形象，即「變相」。變相在平時看不出來，但並非沒有，而是幽隱不見，只有在特殊情況下才會顯現，而一顯現，則令人驚豔，故云「幽好」；變相是隨時變化，故比常相更多。所謂「象外逐幽好」，指除了把握事物明顯常有之「本相」外，尚須追求其它隨時可變之「好」——即「變相」，亦即後來司空圖所謂「象外之象」。昌黎《詠筍》，將成行之筍比為「婢僕」，將環立之筍比為「子孫」，即用人之不同形象比筍之不同形象，使筍除了本相之外，尚有許多不同的「變相」，如此，就豐富了筍的形象意義，這正是韓、孟詩派的一大特徵。

綜而言之，「冥觀洞古今，像外逐幽好。」指其想像廣博敏銳，除了解古今盛衰興亡外，更能觀察到事物顯著與隱微之處。「洞古今」意指洞觀古今盛衰興亡、事物變化，並從中找出與當前情境類似但意義更為深刻的事例以做比較；「象外逐幽好」指除注意物象明顯特徵之外，尚須注意其隨時變化的細節特徵，務必搜求最適合表現主觀印象與感受的物象。這表示在構思時不能因循時風，隨便應付，而是要窮盡力量多方探索，寫出具有特殊風格的作品；這是一種很艱苦的過程，故云「苦吟」。經此一來，就能看到更多、且更奇怪的物象，亦即「補造化」。

12　吳文治編《韓愈資料彙編》（臺北：學海，1984），頁 577。

寫到這裏似乎仍未觸及「姦窮怪變得，往往造平淡」，其實，韓愈許多險怪詩皆可印證這個說法，茲先舉一簡單的例子，韓愈《秋懷詩十一首》之九云：

霜風侵梧桐，眾葉著樹乾。空階一片下，琤若摧琅玕。謂是夜氣滅，望舒霣其團。青冥無依倚，飛轍危難安。驚起出戶視，倚楹久汍瀾。憂愁費晷景，日月如跳丸。迷復不計遠，為君駐塵鞍。[13]

所謂「秋懷」，乃寫由溫暖之夏季轉進偏冷秋季之感懷。開頭四句，先言入秋以來，梧桐樹受霜風侵襲，眾葉皆已枯乾；繼寫外面空蕩無人之階上突然飄落一片梧桐樹葉，因在秋夜，非常靜謐，且樹葉已乾枯，故其落地之聲如琤，非常清脆。至此皆是寫實的，且是很平常的夜景，但接著卻出現極為怪異的想像，「謂是夜氣滅，望舒霣其團。青冥無依倚，飛轍危難安」，望舒是古代神話中駕御月神之車（月輪）的御者，「霣」即殞字，墜落也，這四句寫詩人聞葉落聲，以為望舒所駕月車在夜空中因無依倚，以致飛轍隕落（參《集釋》上冊，頁 556-57，注 4）。這種想像是基於兩個條件：一是由熱入冷之「霜風」所造成的「夜氣」變化；一是古代日月神話。由於夜氣變冷，使得駕御月輪之御者難以忍受，因無依倚，以致隕落。這是利用日月神話來解釋現實中很平常的現象，造成驚奇的效果。古人評點已注意到，如：

劉辰翁曰：甚無緊要，造此奇崛。（頁 556，注 2）

朱彝尊曰：桐葉落，常事耳，寫得如此奇峭，不知費多少營構工夫？（頁 556-57，注 4）

唐宋詩醇：一葉之落，寫得如此奇崛。（頁 558，〔集說〕引）

以上評語非常一致，皆指在現實尋常事物中，卻寫出非常奇特的想像，正可說是「姦窮怪變得，往往造平淡」也。不過，據近人閻琦考察，此詩與韓愈當時在長安遭受讒言有關，所謂「青冥無依倚，飛轍危難安」，「正是

---

[13] 錢仲聯《韓昌黎詩繫年集釋》（上海：上海古籍，1998 年二刷），上冊，頁 556。

他四面受敵，無所依靠心理的反映」。[14]

後面接著寫出戶探視，並引發對光陰易逝，應及時努力、自我勉勵之思（參《集釋》頁 557，注 9-11）。其中將日月東起西落比如「跳丸」，藉以說明光陰流逝之迅速，亦屬怪異想像。據《集釋》注 9（頁 557），可知古書（如《慎子》、《禮記‧月令》正義等）已有此說。不過，筆者以為「日月如跳丸」的想像，有可能受到古代雜技表演的啟發。古代雜技中有一門「手技拋球」的技巧，後來分化為「弄丸」和「跳劍」兩種表演：或拋擲數枚圓球，或拋擲數把短劍，不使墜地。傅起鳳、傅騰龍著，《中國雜技史》云：

> 「跳劍」和「弄丸」為古代最普及的雜技節目，漢畫中為數最多的就是這兩項。能拋九個球，弄七把劍，在現在亦屬尖端水平，那時水平究竟如何？看來，漢畫上一般刻畫六七個球、三四把劍，比較符合實際。[15]

所謂「弄丸」，乃將多個彈丸連續交替拋接，不使落地[16]。既然，「跳劍」和「弄丸」為古代最普及的雜技節目，而日月運行，每日由東至西、一上一下，正如雜技之「弄丸」「跳劍」，能使丸劍輪流懸空而不下墜，由此而引發「日月如跳丸」的想像，當是很自然的。

如上所說，韓愈《秋懷詩十一首》之九寫秋夜階前一片落葉，竟然可以引發月輪隕落的想像，並引發日月如跳丸，應把握光陰，及時努力的想法，正可證明「姦窮怪變得，往往造平淡」。不僅如此，它又是「像外逐幽好，物象任我裁」之佳例，因為這些想像皆是由一片落葉所引起。

又如著名的《和虞部盧四（汀）酬翰林錢七（徽）赤藤杖歌》（頁 711，簡稱《赤藤杖歌》），寫「臺郎」（錢徽）自滇池攜回數支赤藤杖，

---

14 閻琦、周敏著《韓昌黎文學傳論》（西安：三秦，2003），頁 122。

15 傅起鳳、傅騰龍著《中國雜技史》（上海：上海人民，2014），頁 41。

16 姚漢榮、孫小力、林建福等撰《莊子直解》，《徐無鬼篇》，「市南宜僚弄丸而兩家之難解」句注釋（上海：復旦大學，2000），頁 662。

分送「同舍」，韓愈亦獲贈一支。詩中寫到：「共傳滇神出水獻，赤龍拔鬚血淋漓；又云羲和操火鞭，暝到西極睡所遺」，即由藤杖之形狀想到赤龍被拔之鬚，又想到羲和駕日輪之火鞭。其寫法與上舉《秋懷詩》基本上相同，皆是在一些尋常的事物題材上大作文章，賦予許多光怪陸離的想像，可謂「姦窮怪變得，往往造平淡」，又可謂「像外逐幽好，物象由我裁」。

更值得注意的是孟郊《峽哀十首》。郝世峰云：

> 題為『峽哀』，旨在表現悲憫之情。……作者借三峽以寄托、激發、象徵冤情和悲情。三峽是魑魅世界，蛇虺的空間，也是沉冤莫洗的冤魂和「竄官」、「逐客」飽受煎熬的所在。詩人借此反復表述遭讒毀、被貶謫，以至死于冤獄的悲痛，似有實際生活中某一事況以為背景，並非泛泛地表現失意不平。詩人把山川之可怖、人世之凶險和詩人的悲憫熔鑄為一，無從分解，從立意、構思到構造意象、搭配語詞，都極富創造性，表現了陰鬱怪奇的特色，應是孟郊陰鬱冷峭詩風的代表作。[17]

的確，這組詩是孟郊表現「怪奇」特色的代表作，很值得仔細閱讀。〔日〕齋藤茂亦云：「這組詩對于考察孟郊在有尚奇之稱的中唐詩壇上的地位具有重要意義。這是因為詩中的峽谷被化為一匹蛟龍，具有怪誕奇特的形象，而孟郊的幻視和特有的感覺也得到最大限度地發揮，它在孟郊組詩中也是一部值得關注的作品。」[18]齋藤對此組詩，既有譯文，又有評述，對理解這組詩皆有參考價值。一開始說：「這組詩的主題雖是傷悼在三峽斃命的死者，但不清楚是否有具體的背景事實。從『其一』的『字孤徒彷彿』句來看，似乎是依據具體的人物、事實而寫；但另一方面，令人覺得是從六朝志怪中獲得構思的，……不管怎樣，此組詩的主旨是塑造了含冤遭貶、最終倒斃于三峽的人物形象，並傷悼其死。」基本上，與郝注相同。後面提到組詩中兩個主

---

[17] 郝世峰《孟郊詩集箋注》（石家莊：河北教育，2002），頁 498-99。

[18] 齋藤茂《文字覷天巧——中晚唐詩新論》（北京：中華，2014），頁 116-17。

要的特點：一是將峽谷比為蛟龍：「在這組詩所描寫的形象中，最引人注目的是把峽谷與盤踞于峽中的蛟龍合而為一體這一形象。」又一是將蛟龍與讒人形象結合：「把蛟龍這一自然界的惡者與讒人這一社會惡者重疊起來看待的。……同時把三峽與世道相重合，就達到一種效果，即三峽的險惡被賦予了象徵意味。」（前引書，頁 123-24）但要感受此詩的特別，無法用概括的介紹，而必須逐句細讀，因為詩人對峽中任何聲音、形象皆會有很特殊的幻覺，姑舉「其一」中幾句，以見一斑：

(1)峽哀哭幽魂，噭噭風吹來。墮魄抱空月，出沒難自裁。

案：前兩句是將峽中寒風比為幽魂哭聲，後兩句是將隨波濤翻湧之月想像為墮水而死之魂魄（即無法解脫）。這是表示對冤魂與逐客的同情。

(2)沙棱湔湔急，波齒斷斷開。

案：上句寫流經沙上的急流如刀劍的鋒刃，可以割人；下句指險惡的波浪如獸類牙齒，隨時要吞噬落水之人。這是寫峽中的凶險。

簡言之，由這組詩更易了解「姦窮怪變得，往往造平淡」，以及「像外逐幽好，物象由我裁」。

總之，韓孟詩派許多險怪詩皆可用「姦窮怪變得，往往造平淡」，「像外逐幽好，物象由我裁」等加以說明[19]，近人蕭占鵬曾提到中唐詩僧皎然詩論對韓孟詩派的影響，筆者以為頗值得注意。首須注意的是以皎然為首的湖州詩派與孟郊、韓愈的關係，蕭文云：

> 皎然乃韓孟詩派開派詩人孟郊的前輩和師表。孟郊早年居湖州，參加皎然創辦的詩社組織——「湖州詩會」。孟郊《送陸暢歸湖州因憑題故人皎然塔陸羽墳》云：「昔游詩會滿，今游詩會空。……杼山磚塔禪，竟陵廣宵翁。」《孟東野詩集》裏有不少寫給皎然或與皎然有關

[19] 詳見洪靜雲《韓孟詩派險怪奇崛詩風研究》（北京：中央編譯，2015），頁 106、124。

> 的詩。蕭存乃蕭穎士之子，參與《韻海鏡源》編輯（多為湖州詩派成員），與韓愈亦有師生之誼，傳載「韓愈少為存所知」。皎然詩歌思想當通過蕭存和孟郊對韓愈發生過或多或少的影響。（以上乃節錄，見蕭占鵬[20]，頁 73-4）

這裏提供一些具體客觀資料，確認韓孟與皎然湖州詩派有交往，因而可以認定韓孟詩派有可能受到皎然詩論影響[21]。

孟郊《讀張碧集》云：

> 天寶太白歿，六義已消歇。大哉國風本，喪而王澤竭。先生今復生，斯文信難缺。下筆證興亡，陳詞備風骨。[22]

詩的前半指出李白殞歿之後，六義消歇、風雅淪喪、詩道崩壞的詩壇現狀；後半則明確提出了「下筆證興亡，陳詞備風骨」的主張。韓愈等人推尊風雅、倡言「詩教」的詩歌思想無疑是受了孟郊的影響。韓愈《孟生詩》云：「孟生江海士，古貌又古心。嘗讀古人書，謂言古猶今。作詩三百首，窅默咸池音。」《薦士》詩說：「周詩三百篇，雅麗理訓誥。曾經聖人手，議論安敢到。」對三百篇及「詩教」傳統表示了極大的崇敬和嚮往。韓孟詩派反對當時詩風，最初就是在向傳統「雅正」復歸的旗幟下結盟的，而其前導人物，卻是一位禪僧。（蕭占鵬，頁 75-6）

皎然論詩重視「精思」、「苦思」。

皎然《詩式序》云：

> 夫詩者，眾妙之華實，六經之菁英。雖非聖功，妙均於聖。彼天地日月玄化之淵奧，鬼神之微冥，精思一搜，萬象不能藏其巧。其作用也，放意須險，定句須難，雖取由我衷，而得若神表（一作

---

20 蕭占鵬《韓孟詩派研究》（臺北：文津，1994）。

21 蕭占鵬《韓孟詩派研究》（臺北：文津，1994），頁 39-40。又參賈晉華《皎然年譜》（廈門：廈門大學，192），頁 124-26。

22 郝世峰《孟郊詩集箋注》（石家莊：河北教育，2002），卷九，頁 437。

>「授」）。至如天真挺拔之句，與造化爭衡，可以意冥，難以言狀，非作者不能知也。[23]

蕭文以為，所謂「精思一搜，萬象不能藏其巧」，是「要求創作主體對表現對象的積極干預和選項，最大限度地發揮主體心靈在藝術運思過程中的能動作用」（蕭占鵬，頁 81-2）。案：蕭文太重視韓孟詩派的「主觀性」，念念不忘，容易將問題簡單化。試想，發揮主體性與「精思」有何關係？如果只是要發揮主體性，又何必「精思」？引文是推崇詩的超凡入聖，以為天地萬象之巧妙並非容易看見，故須「精思一搜」，如此才能使「萬象不能藏其巧」，亦即必須有「精思」之功，才能發現萬象之巧妙，這是論「取象」之難。文中又云「至於天真挺拔之句，與造化爭衡，可以意冥，難以言狀」，這是論「造句」之難。整段合起來，其實是說構思之難，故皎然又有重視「苦思」之說。

《詩式・取境》云：

> 又云不要苦思，苦思則喪自然之質。此亦不然。夫不入虎穴，焉得虎子。取境之時，須至難至險，始見奇句。成篇之後，觀其氣貌，若不思而得也。……蓋由先積精思，因神王而得乎？[24]

《詩議》又云：

> 或曰：詩不要苦思，苦思則喪於天真。此甚不然。固當（一作「須」）繹慮于險中，採奇于象外，狀飛動之句，寫真奧之思。夫希世之珍，必出驪龍之頷，況通幽含變之文哉？但貴成章以後，有易其貌，若不思而得也。[25]

兩段皆論「苦思」之重要性，文字亦多重複。由《詩式・取境》可知「苦

[23] 張伯偉《全唐五代詩格校考》（西安：陝西人民教育，1996），頁 199。
[24] 張伯偉《全唐五代詩格校考》（西安：陝西人民教育，1996），頁 210。
[25] 張伯偉《全唐五代詩格校考》（西安：陝西人民教育，1996），頁 185。

思」即「精思」，故知《詩式序》所云「精思」亦即「苦思」，因此可以互補。蕭文云：「皎然在詩歌創作的內部新變整合上影響於韓孟詩派的另一重要方面，則是其提倡『至難至險』的苦思詩格。」（蕭占鵬，頁 85）的確，韓孟追求「險怪」的風格，於皎然重視「精思」「苦思」之說，已見端倪。尤其皎然所用比喻，如「夫不入虎穴，焉得虎子」，「夫希世之珍，必出驪龍之頷，況通幽含變之文哉」，與韓愈《送無本師歸范陽》所舉詩膽之大：「蛟龍弄角牙，造次欲手攬。眾鬼囚大幽，下覷襲玄萏。天陽熙四海，注視首不頷。鯨鵬相摩窣，兩舉快一噉。」顯有相似之處。而皎然云「成篇之後，觀其氣貌，若不思而得也」，「但貴成章以後，有易其貌，若不思而得也」，意指作詩雖然經過苦思、精思，過程非常辛苦，但寫成之後，要令人讀起來覺得很自然，一點不牽強。此亦可作為韓詩「姦窮怪變得，往往造平淡」的補充。

前引《詩式序》曾提到「與造化爭衡」，似隱含一種「補造化」的精神，亦值得注意。這是經過「精思」、「苦思」之後，所達到的藝術至高的極境。案：韓愈《南山詩》很長，被認為是韓愈詩歌賦體的代表作[26]，方世舉曰：「退之《南山》賦體。賦本六義之一，而此則《子虛》、《上林》賦派。」很多人知道韓愈詩愛用賦體，但常常忘了「賦體」出自「六義」，方世舉的評語對理解韓詩是很有幫助的。程學恂曰：「讀《南山詩》，當如觀《清明上河圖》，須以靜心閑眼，逐一審諦之，方識其盡物類之妙。又如食五侯鯖，須逐一咀嚼之，方知其極百味之變。昔人云賦家之心，包羅天地者，《南山詩》亦然。」（《集釋》上冊，頁 461-62）此從「賦家之心，包羅天地」論《南山詩》，尤有幫助。由此看皎然所謂「與造化爭衡」，似即取「賦家之心，包羅天地」論詩，以為作詩應如賦家作賦：一方面要包覽古今之盛衰，一方面要窮盡萬物之變化。以《南山詩》為例，詩中用了五十一個「亦」字甚為人所詬病[27]，其實這五十一個「亦」，正是寫由「南山」

---

26 畢寶魁《韓孟詩派研究》（瀋陽：遼寧大學，1999），頁 120-21。

27 如前輩學者饒宗頤以為此種寫法乃受到佛經《佛所行讚》影響。但重複比喻已見《老子》十五章：「古之善為道者，微妙玄通，深不可識。夫唯不可識，故強為之容：豫高處俯視所見的各種物象，是賦家「精思一搜，萬象不能藏其巧」的印證，亦是「體物」的最高境界。應該說，到了這個境界，才可說是與造化爭衡，亦才能補造化之不及。

皎然重視創變。《詩式》卷五「復古通變體」云：

> 評曰：作者須知復變之道。反古曰復，不滯曰變。若惟復而不變，則陷於相似之格，其狀如駑驥同廄，非造父不能辨。能知復變之手，亦詩人之造父也。……又復變二門，復忌太過，詩人呼為膏肓之疾，安可治也。如釋氏頓教，學者有沈性之失，殊不知性起之法，萬象皆真。夫變若造微，不忌太過。苟不失正，亦何咎哉！如陳子昂復多而變少，沈、宋復少而變多。今代作者，不能盡舉。吾始知復變之道，豈惟文章乎？在儒為權，在文為變，在道為方便。後輩若乏天機，強效復古，反令思擾神沮。何則？夫不工劍術，而欲彈撫干將大阿之鋏，必有傷手之患，宜其誡之哉！[28]

復是反古，也就是學古；變是不滯，也就是創新，這是文學發展的兩種主要力量。文中提到「復忌太過」，蓋復古太過則失去自我，成為古人耳目。相對，「變若造微，不忌太過。苟不失正，亦何咎哉！」由此看來，復變皆不是絕對的，反對「復」的理由是怕失去自我，故若能保有自我，並非不可復；同樣，若能不失其正，即使變得太過，亦不必害怕。文中舉「陳子昂復多而變少，沈、宋復少而變多」，就說明這個道理。蕭文云：「皎然光大了前人『若無新變，不能代雄』的詩歌發展觀，提出『復變』主張。」

兮若冬涉川；猶兮若畏四隣；儼兮其若客；渙兮其若凌釋；敦兮其若樸；曠兮其若谷；混兮其若濁；澹兮其若海；飂兮若無止。」（陳鼓應《老子註釋及評介》，北京：中華，1996 年六刷，頁 117）連用九個「若」字。《毛詩・小雅・北山》云：「或燕燕居息，或盡瘁事國。或息偃在牀，或不已于行。或不知叫號，或慘慘劬勞。或棲遲偃仰，或王事鞅掌。或湛樂飲酒，或慘慘畏咎。或出入風議、或靡事不為。」連用十二個「或」字。可見重複比喻早有前例，只不過韓詩運用賦法，更為鋪張揚厲而已。

28 張伯偉《全唐五代詩格校考》（西安：陝西人民教育，1996），頁 307。

（蕭占鵬，頁 81）頗有道理。不過，皎然文中云「在儒為權，在文為變，在道為方便」，表示「文變」的觀念是來自儒家之「權變」，與佛家之「方便」，亦即是一種改變逆境的變通方法。蕭文又云：「『變若造微，不忌太過』，可以說在理論上為韓孟詩派的詩歌新變開啟了道路。」（蕭占鵬，頁 84）也等於說出韓孟詩派的特點：變得太過。於是，蕭文進一步考察，指出皎然雖提倡創變，卻無法開創出韓孟詩派，問題出在其「中道」觀。這種「中道」觀與儒家「溫柔敦厚」的詩教，不免有一致處，也等於束縛了詩派的進一步發展（蕭占鵬，頁 90）；這與韓孟詩派追求「百怪入我腸」（韓愈《調張籍》），仍有一段距離。

以上只擷取蕭文所論幾個重點，並非全豹。這裏還想補充一個蕭文所遺漏的重點，就是盛唐詩人王昌齡《詩格》對皎然詩論的影響。王夢鷗有兩篇論文：《王昌齡生平及其詩論》、《試論皎然〈詩式〉》[29]。茲先抄錄前篇論文片段：

> 他（王昌齡）的這點緒論，倘據《秘府論》所抄襲的皎公詩論或《吟窗雜錄》所輯的皎然詩義，很容易看出二者相因襲的語氣。不特王昌齡好以「高手」二字論詩，而皎然也常用「高手」二字作為品題。……一面可信皎然熟習王昌齡的論文，一面還可疑這些論文的出現與王昌齡之為江寧丞有著某種關係。[30]
>
> 皎然著書的時代上距王昌齡之死不過十餘年，而且在那十餘年前，皎然即在江寧住過很長的時間。
>
> 再就王昌齡詩集看來，其作品中頗多方外之交，如……等，不特其詩友王維崇佛，而昌齡亦時與僧侶往來。「論文意」中好用「了見」「自性」「一向」「本宗」等禪語，恰與其詩語相應，使得這篇詩論更似禪家語錄。即使這樣的語錄不是出自禪僧替他筆錄的，但其流傳

[29] 王夢鷗《古典文學論探索》（臺北：正中，1984）。

[30] 王夢鷗《古典文學論探索》（臺北：正中，1984），頁 286。

與保存，可能受到江南禪僧很多助力。如法振、清江、護國、靈徹、皎然、靈一等人，不僅能詩，而且多是江南的僧侶。[31]

以上幾段皆說明王昌齡詩論與皎然詩論有關，重點在王昌齡《詩格》可能作於其任官江寧丞時期。王昌齡為盛唐著名詩人，有「詩夫子」（或云「詩天子」）之稱，故他任職江寧時，有人向他請教如何作詩的問題，「他的詩論，可能是對客談論自己作詩的經驗。而聽者各記所聞然後彙編而成冊」（頁 270）。因為是隨問隨答，故《詩格》帶有「語錄體」。且因王昌齡喜與方外交接，故這些請教詩法者，或有江南僧人，至少，其傳播與江南僧人有關。由於皎然生存年代與王昌齡相近，甚至有重疊部分，且皎然是著名的江南詩僧，又曾住江寧頗長一段時間，則其接觸到王昌齡《詩格》是很可能的。

王先生於《試論皎然〈詩式〉》，又云：

唯於安史亂前，皎然於江寧長住，茲事頗堪注意。王昌齡於天寶元年至七年（742-748），並在江寧丞內。且其年輩長於皎然，可信其遺言緒論足以翕動此一僧人。今觀（皎然）《詩式》內容，多推衍王昌齡論詩之旨，尤重其所謂「意格」。[32]

以上是從生活傳記背景的角度說明王昌齡詩論與皎然詩論的關係。接著再就詩論本身說明兩者之關係。首先值得注意的是，王昌齡《詩格》多次提到「左穿右穴」：

按《論文意》篇原文，用「左穿右穴」者不止一處：

詩有傑起險作，左穿右穴，如「古墓犂為田，松柏摧為薪」，「馬毛縮如蝟，角弓不可張」，「鑿井北陵隈，百丈不及泉」，又「去時三

[31] 王夢鷗《古典文學論探索》（臺北：正中，1984），頁 286-87。

[32] 王夢鷗《古典文學論探索》（臺北：正中，1984），頁 301。

十萬，獨自還長安。不信沙場苦，君看刀箭瘢」，此為例也。[33]

凡詩立意，皆傑起險作，旁若無人，不須怖懼。古詩云：古墓犂為田，松柏摧為薪；及不信沙場苦，君看刀箭瘢。是也。[34]

夫作文章，但多立意，令左穿右穴，苦心竭智，必須忘身，不可拘束。此數語亦見於《秘府論・天卷》言「調聲」處，其文云：
凡四十字……且須識一切題目上義。最要立文多用其意，須令左穿右穴，不可拘檢。作語不得辛苦，須整理其道格。

就王先生所引述這些話看來，有兩個重點：苦思與創新。由此看皎然所一再強調的「精思」「苦思」，亦即據此而來。皎然《詩式・取境》云：「又云不要苦思，苦思則喪自然之質。此亦不然。夫不入虎穴，焉得虎子。取境之時，須至難至險，始見奇句。」即上承王昌齡所謂：「凡為文章，但多立意，令左穿右穴，苦心竭智。」[35]不過，所謂「左穿右穴」，其意為何？似未見近人解釋。案：「左穿右穴」可能與兵法有關。《李陵變文》敘漢武帝時，差公孫遨（敖）領兵五萬出塞，與單于兵戰，其時有往年敗將李敘（緒）教單于兵法，「打公孫遨兵馬失利，『左穿右穴』」[36]。又《張議潮變文》寫張議潮軍與吐渾王軍對戰云：「分兵兩道，裹合四邊。人持白刃，突騎爭先。……我軍遂列烏雲之陣，四面急攻。」[37]則「左穿右穴」似指兵戰時，分兵兩道，由四邊包圍敵人，不斷攻擊，導致敵人戰陣被分割破碎，失去戰鬥力。另外，敦煌寫卷《大目乾連冥間救母變文並圖一卷並序》敘「刀山劍樹獄」云：

此獄是刀山劍樹獄：

---

33 王夢鷗《古典文學論探索》（臺北：正中，1984），頁 276。

34 王夢鷗《古典文學論探索》（臺北：正中，1984），頁 280-81。

35 王夢鷗《古典文學論探索》（臺北：正中，1984），頁 305。

36 張涌泉、黃征校注《敦煌變文校注》（北京：中華，1997），頁 132。

37 張涌泉、黃征校注《敦煌變文校注》（北京：中華，1997），頁 180。

此獄東西數百里，罪人亂走肩相綴。

業風吹火向前燒，獄卒杷杈從後插。

身手應是如瓦碎，手足當時如粉沫。

沸鐵騰光向口傾，著者左穿而右穴。

銅箭傍飛射眼睛，劍輪直下空中割。[38]

此云刀山劍樹獄用刀劍粉碎罪人身體，非常可怖。同樣，《目連變文》亦云：「父承善力而生天，母招慳報墮地獄。或值刀山劍樹，穿穴五臟；或遭爐炭灰河，燒炙碎塵於四體。」[39]皆是描寫目連母親青提夫人在地獄受酷刑情形，亦提到「左穿右穴」，指前後左右被刀劍穿刺、以致體無完膚情形。又柳宗元《讀韓愈所著毛穎傳後題》云：「且凡古今是非六藝百家，大細穿穴用而不遺者，毛穎之功也。」[40]所謂「穿穴」指從中摘取使用，這是稱讚毛穎（毛筆）在寫文章時，能摘取使用六藝百家書中大大小小各種內容。

又王昌齡很重視創新，如《詩格・論文意》云：

意須出萬人之境，望古人於格下，攢天海於方寸，詩人用心，當於此也。

凡屬文之人，常須作意。凝心天海之外，用思元氣之前，巧運言詞，精練意魄。所作詞句，莫用古語及今爛字舊意。改他舊語，移頭換尾，如此之人，終不長進。為無自性，不能專心苦思，致見不成。[41]

此與皎然《詩議》所謂：「立意於眾人之先，放詞於群才之表，獨創雖取（一作「在」），使耳目不接，終患倚傍之手。或引全章，或插一句，以古人相黏二字、三字為力，廁麗玉於瓦石，殖芳芷於敗蘭，亦他人之耳目，非己之功也，況不善乎？」顯然類似。而值得注意的是，王昌齡論獨創是與

38　黃征、張涌泉校注《敦煌變文校注》（北京：中華，1997），頁1029-30。

39　黃征、張涌泉校注《敦煌變文校注》（北京：中華，1997），頁1071。

40　〔唐〕柳宗元著《柳宗元全集》（曹明綱標點）（上海：上海古籍，1997），頁178。

41　張伯偉《全唐五代詩格校考》（西安：陝西人民教育，1996），頁140-41。

「專心苦思」結合起來，上引兩段話與皎然所云「精思」亦極類似。

前面已提到，蕭占鵬曾云：「皎然在詩歌創作的內部新變整合上影響於韓孟詩派的另一重要方面，則是其提倡『至難至險』的苦思詩格。」（蕭占鵬，頁 85）筆者亦同意這個看法，並云：「韓孟追求『險怪』的風格，於皎然重視『精思』『苦思』之說，已見端倪。」現在應補充一點：皎然之重視「苦思」「獨創」，實承自王昌齡《詩格》。筆者也說過，皎然論苦思所舉詩例與韓孟詩派之險怪詩頗為類似，現在亦須補充，王昌齡所舉詩例，如「古墓犂為田，松柏摧為薪」，「馬毛縮如蝟，角弓不可張」，「鑿井北陵隈，百丈不及泉」，又「去時三十萬，獨自還長安。不信沙場苦，君看刀箭瘢」等[42]，若韓孟等人看到，恐亦不免擊掌稱快。在此順便談一下王維詩，筆者認為，其《輞川詩》，有些是頗有險怪味道的，如：

> 《鳥鳴澗》：人閒桂花落，夜靜春山空。月出驚山鳥，時鳴春澗中。
>
> 《竹里館》：獨坐幽篁裏，彈琴復長嘯。深林人不知，明月來相照。
>
> 《鹿柴》：空山不見人，但聞人語響。返景入深林，復照青苔上。

一般認為這些詩是刻畫幽靜之美[43]，但我認為，這種美是帶有恐怖成分的。如賈島《暮過山村》云：「怪禽啼曠野，落日恐行人。」與上引王維詩頗有幾分相似。

筆者曾寫過關於唐代意境論的研究，書中論王昌齡意境論的一章，其第一節即為「立意與創新」，文中有云：

> 《文鏡秘府論》所收王昌齡《詩格》包括四個主題：《調聲》、《十七勢》、《六義》、《論文意》。……雖然分為四個主題，其核心的觀念——亦即王昌齡所最重視的，仍是文意。[44]

---

[42] 張伯偉《全唐五代詩格校考》（西安：陝西人民教育，1996），頁 144。

[43] 陳鐵民《王維集校注》（北京：中華，1997），前言，頁 6。

[44] 黃景進《唐代意境論研究》（臺北：臺灣學生，2004），頁 138-39。

文意並非憑空產生，《論文意》云：

> 凡詩人，夜間牀頭，明置一盞燈。若睡來任睡，睡覺即起，興發意生，精神清爽，了了明白，皆須身在意中。若詩中無身，即詩從何起？若不書身心，何以為詩？是故詩者，書身心之行李，序當時之憤氣。氣來不適，心事或不達，或以刺上，或以化下，或以申心，或以序事，皆為中心不快，眾不我知。由是言之，方識古人之本也。[45]

文中最重要的是「興發意生」這句，這表示是先有「興」然後「意生」。接著提到「皆須身在意中」，案：《爾雅・釋詁》：「身，我也。」郭璞注：「今人亦自呼為身。」[46]可見「身」指「我」言，而由後文兩次提到「身心」，可知「身」亦指「身心」，且指「我心」。因為興是發自人的「身心」，故用「身心」代指感興，亦即是身心處在感動的狀態中。「皆須身在意中」，指當感興生出「意」的狀態，亦即在「興發意生」時才能作詩；故接著又云：「若詩中無身，即詩從何起？若不書身心，何以為詩？」即指須有感興才能作詩。值得注意的是，後面又云：「是故詩者，書身心之行李，序當時之憤氣。」這是將詩比為「書身心之行李」，亦即寄托感興的行李。所謂「憤氣」，應是出自屈原「發憤以抒情」（《惜誦》）與司馬遷「發憤著書說」（《太史公自序》），既承接「興發意生」，則「序當時之憤氣」應指身心處於強烈感動時的狀態。不過，後面云：「氣來不適，心事或不達，或以刺上，或以人下，或以申心，或以序事，皆為中心不快，眾不我知。由是言之，方識古人之本也。」這一連串文字是用來解釋「序當時之憤氣」，可見「憤氣」是一種「不適」「不快」之強烈感情，亦即累積在身心的一股不平之氣。近人王運熙與楊明著《隋唐五代文學批評史》，即認為王氏所謂憤氣為以後韓愈「不平則鳴說」作了先導（見該書第 207 頁）。而由「或以刺上，或以化下」云云，則可見這種憤氣是來自於對國事的關心，尤

[45] 張伯偉《全唐五代詩格校考》（西安：陝西人民教育，1996），頁 141。

[46] 張涌泉、黃征校注《敦煌變文校注》（北京：中華，1997），卷一，《漢將王陵變》注 138 引，頁 83。

其包括士不遇（所謂「眾不我知」）的心情（參上文《不平之鳴與不遇之感》）。

末句所謂「方識古人之本也」，究何所指，很值得注意，有必要作進一步考察。《論文意》云：「詩本志也，在心為志，發言為詩，情動於中而形於言，然後書之於紙也。」[47]案：前三句論詩，出《詩大序》，表示「發言」即成「詩」，這是基於遠古尚無文字，僅有「樂語」的事實。末句補云「然後書之於紙也」，意指「書於紙」才算是「詩」，這是基於後世有了紙筆之後的發展。承此，後面又一則云：「文章興作，先動氣，氣生乎心，心發乎言，聞於耳，見於目，錄於紙。意須出萬人之境，望古人於格下，攢天海於方寸。詩人用心，當於此也。」[48]（頁 140）這是將《詩大序》之「情動於中而形於言」改為「先動氣，氣生乎心，心發乎言」，簡言之，即用「氣」取代「情」。

由此看前面所論「憤氣」，其實是指隱藏在心中的情志，「憤氣」後的一連串文字乃發揮《詩大序》所謂「詩言志」，故云「方識古人之本也」。由此終於了解到，王昌齡論詩，何以重視「六義」，蓋此正是「古人之本也」[49]。六義說對中晚唐及五代詩格類著作，影響極大，筆者於書中加重云：

> 《六義》是對文意的進一步說明，但這部分似較少受到學者注意。其實若談王昌齡《詩格》對唐代詩論的影響，這部分可能是最重要的：只要一翻自皎然《詩議》《詩式》以下的中晚唐及五代詩格，就會看到，大部分詩格皆脫離不了與六義有關的內容，有的書名更已直接透露此方面的信息：如《二南密旨》、《風騷旨格》、《雅道機要》、《風騷要式》等。《論文意》謂「意高則格高」，六義應是對「意

---

[47] 張伯偉《全唐五代詩格校考》（西安：陜西人民教育，1996），頁 139。

[48] 張伯偉《全唐五代詩格校考》（西安：陜西人民教育，1996），頁 140。

[49] 以上的討論參見拙著《唐代意境論研究》（臺北：臺灣學生，2004），頁 142-44。

高」的集中說明。[50]

由《詩大序》的「詩言志」、「情動於中而形於言」，至六朝、盛唐的「感興說」，是有迹可尋的。今人論韓孟詩派每云重視「主觀性」，很容易引起誤會，以為韓孟詩派不重視客觀現實。其實，如前所舉韓、孟詩例可知，其光怪陸離的想像每由客觀現實所引起，故與其強調主觀性，不如說是重視對現實的感受：感興。這裏想藉由幾首李賀詩說明「興象」的作用。李詩的特色之一，是常用「移花接木」手法，亦即將現實事物形象移置非現實事物上，如著名的《金銅仙人辭漢歌》，以為銅仙人亦如人有情感、會掉淚，這是由「人」字引發的「錯置」。又如《天上謠》云：「天河夜轉漂回星，銀浦流雲學水聲。」乃由「天河」之「河」字，引發「錯置」，以為天河中之繁星會隨天河之運轉漂流，天河中之流雲亦會發出水聲。這種錯置導致不可能性變成可能性，亦即使非現實變成現實。有的「錯置」非常複雜，如李賀《天上謠》云：「王子吹笙鵝管長，呼龍耕煙種瑤草。」寫仙人王子喬（周靈王太子王子晉）吹起鵝管玉笙，呼喚神龍耕犂煙雲，仙人們隨之種植瑤草。如近人徐傳武解釋，這「不是簡單地搬用舊說（王子喬神話），而是重新加工和再創造」。但是無論如何創造，仍不離現實生活的「錯置」，徐云：「這是現實生活中樂人吹笙、農人叱犢耕田、種植莊稼等情節的神化。特別是『呼龍耕煙種瑤草』之句，構思奇特，想像豐富，前人或稱之為『佳句』，或許之為『自有石破天驚之奇』的妙語。」[51]由於擅用現實的錯置，有時竟能用來解釋神話，如《浩歌》云：「南風吹山作平地，帝遣天吳移海水。」徐傳武云：

> 古有「滄海桑田」之語，但具體是如何變化的，似乎無人作過說明，李賀卻說山是被強勁的南風吹平的，海水是天帝派水神天吳移走的。

---

[50] 參見拙著《唐代意境論研究》（臺北：臺灣學生，2004），頁 140-41。

[51] 徐傳武《李賀論稿》（臺北：廣陽譯學，1997），頁 185。

這是多麼奇妙的聯想！「移山倒海」，這場面又是多麼的壯觀！[52]

綜合前面所述，韓孟詩派的特殊性有三：一是以感興為起點，二是感興所引起的形象常有神話的、非現實性的因素，顯得怪異，故云「百怪入我腸」、「姦窮怪變得」、「詩膽大於天」；三是，較不寫實，帶有主觀性，故云「象外逐幽好，物象由我裁」。

丙、復古與新變

韓孟詩派皆有「復古」傾向，但在復古中又有大膽創新的一面[53]，此其可貴之處。洪靜雲曾論中唐以來來積極求變求新的精神，並引用皎然《詩式》「復古通變」之說，肯定「復少變多」、重視創變革新。又立專節論「韓孟詩派的求新創變」，云：「韓孟詩派詩風之所以帶有險怪奇崛，創作上帶有奇變色彩，正是因為有了這種積極求新創變的可貴精神。」[54]

眾所皆知，孟郊崇古復古，此由其詩集幾全為古體詩可證。但亦有論者指出，孟郊雖復古，卻不失創新精神。近人尤信雄引錢大成論云：「然郊復古而非擬古，力求變化，能創新聲。」並引孟郊樂府五古為例，以為雖皆以古意古調出之，而能創新聲，故云：「則其崇古復古之意義，不在消極之模擬，而在積極之創新，至為明矣。」[55]

韓愈曾提出「異常說」，《答劉正夫書》云：（節取五段，後加數字表示，以便說明）

有來問者，不敢不以誠答。或問：「為文宜何師？」必謹對曰：「宜師古聖賢人。」……必謹對曰：「師其意不師其辭。」(1)

夫百物朝夕所見者，人皆不注視也，及睹其異者，則共觀而言之。

---

52 徐傳武《李賀論稿》（臺北：廣陽譯學，1997），頁 186。

53 近人曾遂有論文《試論韓愈詩派的復古與尚奇》（《浙江學刊》1987 年第 6 期），惜筆者尚未過目，但由題目可略知一二。

54 洪靜雲《韓孟詩派險怪奇崛詩風研究》（北京：中央編譯，2015），頁 88-89。

55 尤信雄《孟郊研究》（臺北：文津，1984），頁 128-29。

(2)

夫文豈異於是乎？漢朝人莫不能為文，獨司馬相如、太史公、劉向、揚雄為之最。然則用功深者，其收名也遠。若皆與世沈浮，不自樹立，雖不為當時所怪，亦必無後世之傳也。(3)

足下家中百物，皆賴而用也，然其所珍愛者，必非常物。夫君子之於文，豈異於是乎？(4)

今後進之為文，能深探而力取之，以古聖賢人為法者，雖未必皆是，要若有司馬相如、太史公、劉向、揚雄之徒出，必自於此，不自於循常之徒也。若聖人之道，不用文則已，用則尚其能者，能者非他，能自樹立，不因循者是也。(5)[56]

此文常被徵引，以為重「新奇」的證據，但通常僅取其第二與第四兩段，並以為即西方現代文論所說「陌生化」。案：第一段曰「宜師古聖賢人」，第三段舉漢人為例，云：「漢朝人莫不能文，獨司馬相如、太史公、劉向、揚雄為之最。」而重點在「能自樹立」。最後第五段，綜合前面，強調「以古聖賢人為法」、「能自樹立，不因循」。可見韓愈之重「新奇」是出於「師古聖賢人」的「復古」思想，但他所師法的古人，卻是能自樹立、「不自於循常之徒」；其反面就是，現在的文章只是「循常」而已，不如古人之「不循常」。這就將「復古」與「創新」結合起來，而他所以反對俗下文字的「近體」，正因其「循常」。由此看來，最為關鍵的是「不循常」，其第二段與第四段所舉例子即「常物」與「不常物」的對比。

案：由「若皆與世沉浮，不自樹立，雖不為當時所怪，亦必無後世之傳也」，可見韓孟詩派所追求者，正是古人所謂「三不朽」中的「立言」。而他們以為，要求不朽必須與眾不同——「異於常」，如此才能為人注意、珍重；簡言之，韓孟詩派所追求者即「異常性」。正如〔美〕斯蒂芬·歐文論韓、孟之復古云：「當復古作為一種文學理想被普遍接受並正統化以後，詩歌就可以不必迎合世俗的審美趣味而成為獨創性的作品。這樣，一種純粹的

56 周祖譔編選《隋唐五代文論選》（北京：人民文學，1999），頁208-09。

中國現象產生了：『以復古為革新』，新的嘗試是為了復古。」[57]

蔣寅對韓孟詩派既復古又求新的詩風，有深刻的看法，全文甚長，僅抄錄兩段：

> 貞元九年之後，終于發現一個合乎自己藝術理想的「古貌又古心」的當代詩人。對韓愈來說，這「古」與其說是合乎往古的傳統，還不如說是異于流俗的時尚。因為孟郊的詩風在前代實在找不到淵源，頂多上溯到顧況，再往上就沒有可擬似的作者和作品了。所以，韓愈在孟郊身上或詩中看到的「古」，實際上就是一種異于流俗的新。[58]

最後兩句：「所以，韓愈在孟郊身上或詩中看到的『古』，實際上就是一種異于流俗的新。」相當扼要，「古」是與「流俗」相對，流俗是指當時流行的文體，也就是「今體」。那麼，這種今體是指什麼文體？韓愈《與馮宿論文書》云：「時時應事作俗下文字，下筆令人慚。」並引揚雄《太玄》作為「棄俗」的例子[59]。揚雄是前引《答劉正夫書》中所舉「能自樹立」、「不循常」的漢四家之一，而在《與馮宿論文書》中，韓愈特別讚賞揚雄，稱之為「直百世以俟聖人而不惑，質諸鬼神而不疑」，且鼓勵「從僕學文」的李翺與張籍，應學習揚雄這種「棄俗尚而從於寂寞之道」。那麼，這種流行的「俗文」提指什麼文體？近人閻琦云：

> 韓愈倡古反駢還有一個個人原因。駢文是當時的主流文字，也就是韓愈說的「俗下文字」。韓愈念念不忘「自樹立」，刻刻謀求自異于人，……科舉是唐代大部分士人最熱切的追求，為此他們不管情願與否，都要對駢文這個考試形式下大功夫。（下略）[60]

---

57 〔美〕斯蒂芬·歐文著，田欣欣譯《韓愈和孟郊的詩歌》（天津：天津教育，2004），頁2。

58 蔣寅《百代之中——中唐的詩歌史意義》（北京：北京大學，2013），頁170-71。

59 周祖譔編選《隋唐五代文論選》（北京：人民文學，1999），頁207-08。

60 閻琦、周敏著《韓昌黎文學傳論》（西安：三秦，2003），頁369。

據此，韓愈所反對的「俗下文字」，主要針對當時的科舉文體——「駢文」。而韓愈所以反對「駢文」，是基於「能自樹立，不因循」的立場。由此可見，「棄俗」與「好古」是一體兩面，說到底是為了創新。由此可以了解，韓愈所以好古，所以推崇漢四家，正是基於「異於常」的新變觀點。依照韓愈的觀點，越是古代的作家越少拘束，因而越有創新的能力，此正是其提倡復古的主要原因，今人稱之為「以復古為創新」。

這種說法，表面看來有些矛盾，其實是有道理的，因為古人著作所以能留傳下來，多少與其「能自樹立，不因循」的創新精神有關，尤其是經典著作，更是如此。相對的，以為作「俗下文字，下筆令人慙」（《與馮宿論文書》），恐也是出自親身體驗。事實上，韓孟詩派有很多帶有險怪因素的詩，幾乎皆是用「古體詩」寫成，正可證明其既復古又追求新變的說法。

很值得注意的是，韓孟詩派追求「古風」，卻又重視創新，這使他們的作品出現許多「險怪」寫法，這正是現代人重視韓孟詩派的主要原因。蔣寅所謂「不受傳統束縛的自由」，主要是針對其險怪詩風而言，「因背離傳統和古典美而顯得怪異、難以接受的韓愈詩風，竟然成了詩史變革的最大動力，作為詩歌史上最大的創新被肯定」。現代人看韓孟詩派的作品，常覺得很像看「現代詩」，甚至比現代詩還現代，此由李賀詩之受重視，可見一斑。而韓愈這種「能自樹立，不因循」的創新精神，與西方「陌生化」的現代文論，頗有幾分相似。所謂「陌生化」是俄國形式主義所提出的，林驤華《西方文學批評術語辭典》，於俄國形式主義批評（Russian Formalism）條下云（節錄）：

> 以文學作品文本結構、語言、藝術形式等因素作為研究中心，主要代表人物：鮑里斯・埃亨鮑姆；維克多・什克洛夫斯基；羅曼・雅各布森。
>
> 據此，文學作品在突出它的藝術手段時的第一個目的，正如什克洛夫斯基說的，就是「奇化」，或叫做「非習見化」，意思是說，要打破普通的語言敘說的模式，文學作品使日常認知的世界變得陌生，使讀

者恢復業已失去的那種獲得新鮮感受的能力，但在一般情況下，那些被突出的特性（或叫做藝術手法）使詩的語言奇化，卻常常被說成是偏離語言的敘述過程。[61]

據此，陌生化是指文學作品的藝術手段，它的第一個目的，正如什克洛夫斯基說的，就是「奇化」，或叫做「非習見化」，意思是說，要打破普通的語言敘說的模式，使日常認知的世界變得陌生，使讀者恢復業已失去的那種獲得新鮮感受的能力。

更詳細的，是方珊《形式主義文論》的說明。與「陌生化」有關的是屬於《俄國形式派》的第二章：什克洛夫斯基。其中有兩個重點：

一是程式與材料的關係（節錄）：

程式是指使作品產生藝術性的一切藝術安排和構成方式，……總之一句話，凡是使材料變形為藝術品的一切方面都可稱之為程序。

在材料與程序關係上，形式派認為程序占據主導地位。……沒有程序的加入，材料就只是一團零碎、漫無頭緒的亂麻，仍是原始素材，不會也難以喚起人的審美感受。

一是反常化與自動化的對立：

什克洛夫斯基在批判藝術即形象思維時，曾有一段關于藝術的名言。他說：

……那種被稱為藝術的東西之存在，正是為了喚回人對生活的感受，使人感受到事物，使石頭更成其為石頭。……藝術是一種體驗事物之創造的方式，而被創造物在藝術中已無足輕重。

什氏認為，在日常生活中，人的動作一旦變成習慣，便會帶有機械性、自動化了。就像步行，由于我們每天走來走去，我們就不再意識到它，也不再去感受它，步行也就變成了一種機械性的自動化的動

---

61 林驤華《西方文學批評術語辭典》（上海：上海社會科學，1989），頁 85-6。

> 作。……如果我們去跳舞，舞蹈就是一種感覺到了的步行，……
> 反常化是相對于自動化而言的。它經英文轉譯後，通常譯為「陌生化」。其實，此詞是什氏一時疏忽，誤寫而成。什氏的原意是新奇、意外、異乎尋常、不平常，結果因少寫一個字母「H」，而另創一個新詞。[62]

以上兩個重點告訴我們，一，「程式」是指藝術表現手段和表達方式，藉由程式，可以使材料變形為藝術品，結論是：程式比材料重要。二，「陌生化」是程式的重要作用。這裏又有兩點應注意，首先，「陌生化」一詞出於什克洛夫斯基（Shklovsky）的文章，但這是英文的誤譯，方珊文中稱為「反常化」——與「自動化」相對。不過，方氏多次稱「異乎尋常、不平常」，正合韓愈《答劉正夫書》所說「不循常」，故亦可譯為「異常化」。其次，什氏認為，在日常生活中，人的動作一旦變成習慣，便會帶有機械性、自動化了，於是就失去實際動作的感覺；就像步行，人們雖有認知，卻無實際步行的「感覺」。而陌生化的作用，即在讓人拾回對事物的感覺：新鮮感。

根據上面的說明，可知「陌生化」是著重在語言的表現手段，對於作品所用素材（或題材），是比較忽略的，他們甚至認為，陌生化是使平常的題材變成新鮮感的手段。錢鍾書論李賀《高軒過》「筆補造化天無功」云：「長吉『筆補造化天無功』一句，可以提要鉤玄。此派論者不特以為藝術中造境之美，非天然境界所及；至謂自然界無現成之美，祗有資料，經藝術遣驅陶鎔，方得佳觀。此所以『天無功』而有待於『補』也。」[63]如今觀之，正來自俄國形式主義的觀點。

韓孟詩派中最合乎語言陌生化的例子，可能是孟郊。孟郊喜言「窮」，窮本是極為平常的題材，可是孟郊詩卻能別開生面，這與其構思之巧、與所

---

[62] 方珊《形式主義文論》（濟南：山東教育，1999），頁 49-60。又參方珊等譯《俄國形式主義文論選》（北京：三聯書店，1989）。

[63] 錢鍾書《談藝錄》（增訂版）（臺北：書林，1999 年二刷），頁 60-61。

用語言、比喻有關；由此看來，甚合西方的「陌生化」之說。又如韓愈與其追隨者樊宗師、皇甫湜等，皆以語言怪澀著稱（論者甚多，不具引），以至引起反感[64]，這是韓體較難普及的一個重要原因[65]，但卻是更合乎「陌生化」的原理。這裏要補充的是，這種晦澀作風可能有受到揚雄影響。在《答劉正夫書》中，引了漢代能文四家：司馬相如、太史公、劉向、揚雄，以為「宜師」的「古聖賢人」的例子。但在《與馮宿論文書》中則只舉揚雄《太玄》，以為「俗下文字」的反面。這是很值得注意的，《漢書・揚雄傳》贊曰：「實好古而樂道，其意欲求文章成名於後世，以為經莫大於《易》，故作《太玄》；傳莫大於《論語》，作《法言》；（下略）。」若未讀過揚雄著作，光看這一段，可能會以為揚雄基於「好古」原因，喜歡模仿古人著作，這似乎反映其缺乏創新精神，只能亦步亦驅。其實不然，以《太玄》為例，即與《周易》大大不同，甚至可說是「顛覆」《周易》。近人鄭萬耕比較兩者云：

> 《周易》的卦畫有奇（一橫畫）、偶（兩個小橫畫），《太玄》模仿之，其卦畫則有奇、偶和---（即三個小橫畫，合共三爻）。《周易》有六位，《太玄》則有四重。……《周易》以八卦相重，共為六十四卦，《太玄》則以〔三爻〕錯布於方、州、部、家四重之中，共為八十一首，首以擬卦。《周易》每卦六爻，六十四卦共為三百八十四爻，爻有爻辭，《太玄》每首九贊，八十一首共為七百二十九贊，贊有贊辭。贊以擬爻。但是，《周易》每卦皆有卦辭，而《太玄》每首則無辭，《易》卦六爻，爻皆有辭，《玄》首四重，而別為九贊，繫

64 韓愈的創作因力求創新而出現了許多礙眼的成分，時人以其破壞常規頗多指責。（周勛初《元和文壇新風貌》，《唐代文學研究》三輯，桂林：廣西師範大學，1992，頁315）

65 蔣寅云：「很顯然，韓愈詩歌的變革，絕不只是一般意義上的求新而已，他實際上已突破了傳統詩歌觀念所能容忍的限度，背離了人們對詩歌特性的一般理解。這是他的創作長期得不到好評的根本原因所在。」（蔣寅《百代之中——中唐的詩歌史意義》北京：北京大學，2013，頁177-78）

於每首之下，這又與《周易》不同。[66]

雖然作者的前提是《太玄》模仿《周易》，並且將《太玄》與《周易》一一比較，可是由其比較中，卻可發現，《太玄》已經將《周易》改得幾乎面目全非，甚至「體無完膚」，與其謂之「模仿」，倒不如稱為「新創」[67]。這也造成其「難讀」的原因，故《傳》云：「皆以解剝《玄》體，離散其文」，「觀之者難知，學者難成」，故有「用覆醬瓿」（劉歆語）之譏。而因其難讀——「客有難《玄》大深，眾人不好也」，故雄特撰《解難》為自己辯護：

> 揚子曰：俞。若夫閎言崇議，幽微之塗，蓋難與覽者同也。昔人有觀象於天，視度於地，察法於人者，天麗且彌，地普而深，昔人之辭，乃玉乃金。彼豈好艱難哉？勢不得已也。獨不見夫翠虬絳螭之將登虖天，必聳身於倉梧之淵，不階浮雲，翼疾風，虛舉而上升，則不能撠膠葛，騰九閎。日月之經不千里，則不能燭六合，燿八紘；泰山之高不嶕嶢，則不能浡滃雲而散歊烝。是以宓犧氏之作《易》也，緜絡天地，經以八卦，文王附六爻，孔子錯其象而彖其辭，然後發天地臧，定萬物之基。《典謨》之篇，《雅頌》聲，不溫純深潤，則不足以揚鴻烈而章緝熙。……是以聲之眇者不可同於眾人之耳，形之美者不可混於世俗之目，辭之衍者不可齊於庸人之聽。……是故鍾期死，伯牙絕弦破琴而不肯與眾鼓；……獶知音者之在後也；……（中華版點校本《漢書・揚雄傳》，冊十一，頁 3578）

上面幾乎抄錄全文，是因其對理解韓體甚有幫助，甚且可當韓體險怪詩風的宣言看。「彼豈好艱難哉？勢不得已也」，自己承認很難讀，但解釋說為了表達超常的認識，不得不如此。文中舉很多例子，皆表示其超常的性質，由最後提到「知音」，可以一句概括其意：「曲高和寡」。此文應甚獲韓愈之

---

66 鄭萬耕校釋《太玄校釋》（北京：北京師範大學，1989），前言，頁 2。

67 該書張岱年先生序亦云：「揚雄作太玄以擬《易》，雖屬模擬之書，實質上不失為一個新的創作。」

心，故特舉《太玄》為例，又引《傳》文，並稱讚云：「以此而言之，作者不祈人之知也明矣。直百世以竢聖人而不惑，質諸鬼神而不疑耳。」（《與馮宿論文書》）試看皇甫湜《答李生第一書》云：「夫意新則異於常，異於常則怪矣；詞高則出眾，出眾則奇矣。虎豹之文，不得不炳於犬羊，鸞鳳之音，不得不鏘於烏鵲；金玉之光，不得不炫於瓦石；非有意先之也，迺自然也。必崔嵬然後為岳，必滔天然後為海。明堂之棟必撓雲霓，驪龍之珠必錮深泉。」這是為怪奇文風辯護，亦以「異於常」、「出眾」自詡，幾乎是揚雄《解難》之濃縮版。後來東坡斥揚雄「以艱深文淺易」（《答謝民師書》），即針對文中所云「彼豈好艱難哉？勢不得已也」，以為所以用艱深之文，是為了怕人看穿其思想淺易。其實此問題，韓愈的長官亦是好友的裴度亦規諫過（見《寄李翱書》）。但這種批評似皆忽略韓愈之「棄俗」思想。

倒是近人對韓派之好新奇頗有同情的了解，如畢寶魁云：「韓愈是個好奇好新的人，在文學創作上也喜歡標新立異，他認為只有特異的超乎尋常的事物才能引起人們的注意，才能夠流傳下去。他在《答劉正夫書》中說：（略）從這段文字中，可以看出韓愈一個重要的觀點，即好奇求異，不與世沉浮……。」[68]鄭慧霞論盧仝詩亦云：「盧仝詩中大量運用不合常規之句式，也起到了驚人視聽的功效；正如韓愈在《答劉正夫書》所謂：（略）正因為迥異于常能構成一種因陌生而帶來的強烈的好奇感、新鮮感，所以盧仝詩歌才獲得了『怪辭驚眾』的效果。」[69]

依照什克洛夫斯基的說法，偏離自然形式或通常慣用的標準，是藝術形式的構成要素，是「反常化」（陌生化）的一種表現。什氏甚至提出一個名言：「詩就是受阻的、扭曲的言語。它經過人為加工，是詩人施行暴力的結果。」[70]依此說法，文字艱澀雖然妨礙閱讀，但它卻是達到「陌生化」的有效方法；相對，太容易閱讀（通稱為「流暢」），倒是一種缺點，因為它使閱讀成為一種「自動化」的過程，無法引起人對事物的新鮮感。由此看來，

---

68 畢寶魁《韓孟詩派研究》（瀋陽：遼寧大學，1999），頁 115。

69 鄭慧霞《盧仝綜論》（北京：光明日報，2010），頁 100。

70 方珊著《形式主義文論》（濟南：山東教育，1999），頁 64-68。

對韓體的晦澀似不必過分苛責[71]。

不過韓體的過份艱澀，以致妨礙閱讀，不能不說是一個缺點。理想的作品可能是在題材與藝術手段有良好結合，且又能擺脫習慣性寫法，使讀者能獲得一種新鮮感，李賀名作《金銅仙人辭漢歌》即是一佳例。

序：魏明帝青龍元年八月，詔宮官牽車西取漢孝武捧露盤仙人，欲立置前殿。宮官既拆盤，仙人臨載乃潸然淚下。唐諸王孫李長吉遂作金銅仙人辭漢歌。

> 茂陵劉郎秋風客，夜聞馬嘶曉無迹。畫欄桂樹懸秋香，三十六宮土花碧。魏官牽車指千里，東關酸風射眸子。空將漢月出宮門，憶君清淚如鉛水。衰蘭送客咸陽道，天若有情天亦老。攜盤獨出月荒涼，渭城已遠波聲小。[72]

銅人本為「無情物」，然序云：「仙人臨載乃潸然淚下。」則銅人竟然有情有淚，詩從開始就設定「無情物」而「有情」下手。如首兩句「茂陵劉郎秋風客，夜聞馬嘶曉無迹」，指早已去世之漢武帝，「其魂魄之靈，或于晦夜巡遊，仗馬嘶鳴，宛然如在，至曉則隱匿不見矣」（王琦《彙解》）。這是寫武帝留戀往日宮庭，死後晦夜仍回來巡視，以致驚起「馬嘶」；看來，對宮中之花木與金銅仙人亦當有情。故後面先云「畫欄桂樹懸秋香，三十六宮土花碧」，繼言「魏官牽車指千里，東關酸風射眸子。空將漢月出宮門，憶君清淚如鉛水」，王琦《彙解》云：「漢之土宇已屬魏氏，而月猶謂之漢月，蓋地上之物，魏可攘奪而有之，天之日月，則不能攘奪而有也。銅人在漢時，朝夕見此月體，今則天位潛移，因革之間，萬象為之一變，而月體始終不變，仍似漢時，故曰漢月……舉頭輒見明月，若與人相隨者。然銅

---

71 張戒《歲寒堂詩話》卷上：「韓退之詩愛憎相半。……乍出乍沒，姿態橫生，變怪百出，可喜可愕，可畏可服也。……」又云：「柳柳州詩，字字如珠玉，精則精矣，然不若退之之變態百出也。」對韓愈詩之變態百出，抱欣賞態度，評價甚高（見吳文治《韓愈資料彙編》，臺北：學海，1984，頁258）。

72 王琦等評注《三家評注〈李長吉歌詩〉》（上海：上海古籍，1998），頁66。

人既將移徙許都，向時漢宮所見之物，一別之後，不復再見，出宮門而得再見者，惟此月矣。」此解深符詩意，可謂「相得益彰」。最後幾句：「衰蘭送客咸陽道，天若有情天亦老。攜盤獨出月荒涼，渭城已遠波聲小。」此種寫法正是古典詩學推為極詣的「神韻」——所謂「餘音繞梁，三日不絕」（或稱「不著一字，盡得風流」），而王琦《彙解》甚能傳其「神韻」：

> 本是銅人離卻漢宮花木而去，卻以衰蘭送客為詞，蓋反言之。又銅人本無知覺，因遷徙而潸然淚下，是無情者變為有情，況本有情者乎？長吉以天若有情天亦老，反襯出之，則有情之物見銅仙下淚，其情更何如耶？至于既出宮門，所攜而俱往者，惟盤而已，所隨行而見者，惟月而已，因情緒之荒涼，而月色亦覺為之荒涼，及乎離渭城漸遠，則渭水波聲亦漸不聞，一路情景，更不堪言矣。

據《彙解》，不僅銅人有情，即明月亦有情矣，甚至所見景物無不有情矣。則詩所謂「天若有情天亦老」，是一種更進一層、加倍的寫法，以為銅人所經之處，皆受其有情所感動，如此一來，看似無情之天地，恐亦如銅人一樣有情，以致有「老去之虞」，言外之意，指銅人如此有情，恐有「老去」一天！同樣，《彙解》所謂「是無情者變為有情，況本有情者乎」兩句，亦是加倍寫法，意指有情之人若在銅人情況之下，其情更不堪、恐將至於「腸斷」也。將「情」無限地擴大，且與「異常性」結合起來，可說是此詩的最大亮點，亦可說是韓孟詩派險怪詩的特點。試比較白居易名篇《琵琶行》與李賀《李憑箜篌引》，兩者描寫音樂聲之美妙，皆可謂神妙之至。音樂是聲音的藝術，描寫音樂聲之美妙是極困難的，故兩者皆不約而同地運用各種比喻，但兩者有基本的不同，即白詩皆不出現實經驗範圍，而李詩使用各種「神話」。如其結尾處，白詩云：「銀瓶乍破水漿迸，鐵騎突出刀槍鳴。曲終收撥當心畫，四弦一聲如裂帛。」李詩則云：「女媧煉石補天處，石破天驚逗秋雨。」[73]白詩所用比喻是現實生活中很容易接觸的，李詩則運用極為

73 王琦《彙解》注「女媧煉石補天處，石破天驚逗秋雨」云：猶白樂天《琵琶行》「銀

遙遠的古代神話，是現實生活中難以接觸的，可說是「姦窮怪變造平淡」的例子。

《金銅仙人辭漢歌》的成功，明顯是新穎題材與超強表現手法相結合的結果。今人論此詩主題云：「本篇通過魏明帝曹叡拆遷銅人的歷史題材抒發了盛衰興亡的感慨，表達了詩人憂世的思想。作為『唐諸王孫』的李賀，欲以此故事提醒唐王朝勿重蹈魏代漢的覆轍。」[74]對此詩的了解，頗有幫助。最後要提出一個疑問：詩中寫漢武帝亡魂會回宮巡視，及銅人會掉淚，非常怪異，是否受到六朝志怪影響？

於是可以談韓愈如何評論李、杜。韓愈對李、杜之最高度評價，無過《調張籍》。開頭兩句「李杜文章在，光焰萬丈長」，表示對李、杜極度推崇，後四句「不知群兒愚，那用故謗傷？蚍蜉撼大樹，可笑不自量」，對批評李、杜者表示反對，而「羣兒愚」、「蚍蜉」更表示輕蔑之極。論者大都認為是因元稹作李、杜優劣論，先杜而後李，韓愈為此表示不滿（《集釋》下冊，頁 990）。不過，既云「羣兒」，可見並非指元稹，推其意，應指一些程度低下的人，他們根本無法理解李、杜詩的偉大，故會「謗傷」李、杜。後面即極力抒寫李、杜詩之偉大。先寫自己非常景仰李、杜，時常在夜夢中清楚見之，但面對其書反而只見模糊不清的影子。下面幾句用大禹治水比喻李、杜創作精神，寫得雄渾無比：

> 徒觀斧鑿痕，不矚治水航。想當施手時，巨刃磨天揚。垠崖劃崩豁，乾坤擺雷硠。

這是寫曾在山崖峭壁看到岩石裸露的痕跡，於是想像當年大禹治水時刀削斧闢的雄威，並想像當時山崖崩落，天地發出如巨雷爆發的轟然巨響。這讓人想到司空圖《題柳柳州集後》評韓詩云：「愚常覽韓吏部歌詩數百首，其驅駕氣勢，若掀雷抉電，撐抉于天地之間，物狀奇怪，不得不鼓舞而徇其呼吸

瓶乍破水漿迸」之意。見《三家評注李長吉歌詩》（上海：上海古籍，1998），頁35。

[74] 參見張步雲著《唐代詩歌》（合肥：安徽教育，1997 年二刷），頁 465。

也。」[75]而在筆者看來，這幾句寫法，正是「姦窮怪變造平淡」的佳例，即由很平常的山崖峭壁的一些痕跡，想像古帝如巨人般鑿山治水的艱辛過程。

不過，更值得注意的是「徒觀斧鑿痕，不矚治水航」兩句。沈欽韓注云：「以禹治水為況，謙未能窮源竟委也。」（《集釋》下，頁 991）案：談到大禹，一般人最先想到的是「治水」（故有「大禹治水」之稱），可是學者在論此詩，大都集中在其創造力之強大，而忽略其「治水」一面。其實，要了解這幾句，不妨參照韓愈《進學解》所云：「觝排異端，攘斥佛老；補苴罅漏，張皇幽渺；尋墜緒之茫茫，獨旁搜而遠紹；障百川而東之，迴狂瀾於既倒。先生之於儒，可謂有勞矣。」所謂「障百川而東之，迴狂瀾於既倒」正是用「治水航」比喻自己「觝排異端」之功。由此看韓愈此兩句的重點，應在「治水航」三字，即以大禹治水為例，其功在導泛濫之水使入於「古道」，不致害人；此可比韓愈觝排佛老異端為：「障百川而東之，迴狂瀾於既倒」。這種雄渾的描寫，亦讓人回想到韓愈《醉贈張秘書》云：

> 長安眾富兒，盤饌羅羶葷。不解文字飲，惟能醉紅裙。雖得一餉樂，有如聚飛蚊。今我及數子，固無蕕與薰。險語破鬼膽，高詞媲皇墳。至寶不雕琢，神功謝鋤耘。

後四句評「文字飲」詩友之作亦甚雄渾，與《調張籍》大禹治水之喻，似可相類比。案：孟郊《讀張碧集》云：「天寶太白歿，六義已消歇。大哉國風本，喪而王澤竭。」指出李白殞歿之後，六義消歇、風雅淪喪、詩道崩壞的詩壇現狀。由此看「治水航」，應是將李、杜詩比大禹治水導入「古道」之功，即希望革除「長安眾富兒，惟能醉紅裙」的「近體」詩風，而導入大雅的「古風」正道。這與其《薦士詩》與《送孟東野序》，論唐初以來詩風，將李、杜詩歸於「復古」詩派，且以孟郊繼此詩風，是一致的。不僅如此，將李、杜詩比為大禹治水，似可媲美女媧煉五色石「補天」：兩者皆指恢復「古風」，使近於「自然」之天（參見另文：《月蝕與補天：盧仝兩首險怪

[75] 祖保泉、陶樂天箋校《司空表聖詩文集箋校》（合肥：安徽大學，2002），頁 196。

詩疏解》）。

《調張籍》又有一亮點，就是寫上帝對李、杜詩的喜愛：

> 惟此兩夫子，家居率荒涼，帝欲長吟哦，故遣起且僵。翦翎送籠中，使看百鳥翔。平生千萬篇，金薤垂琳琅。仙官勅六丁，雷電下取將。流落人間者，太山一毫芒。

前一行寫上帝喜歡李、杜詩，故令其屢遭困窮[76]，如此就可以時常吟詩。後一行寫上帝派六丁、雷電之神下凡取李、杜之詩，以便上帝可以觀賞。據方世舉注，後兩句言「李、杜之文，今雖盛傳於世，然不過存什一于千百耳。世人方且不見其全文，又安敢輕議乎？」（《集釋》下冊，頁 992 注 15）一般認為，這一段重點，在說明人間所見李、杜詩遺漏甚多，不應就所見者「謗傷」之。筆者則認為，上帝之喜愛李、杜詩，是因先看到人間所流傳者，而其中就有許多與「天」有關，如杜甫《傷春五首》之三云：「日月還相鬪，星辰屢合圍。不成誅執法，焉得變危機。大角纏兵氣，鈎陳出帝畿。」這是以天變儆君心。如杜臆云：「上用日月星辰，下用大角鈎陳，俱借天文以寫災變。」又如杜甫《九日寄岑參》：「吁嗟乎蒼生，稼穡不可救。安得誅雲師，疇能補天漏。」如《詳注》云：「次寫淫雨之害。呼蒼天，憂天漏，極悲天憫人之詞。」而葉嘉瑩評云：「表面上在說雨，實際上，『雲師』是指那欺上壓下的宰相楊國忠，『天漏』是指朝廷施政的弊端，『補天漏』則是希望能挽回這危險的局面。表面是寫霖雨，而事實上是有所托諷。』（參另文：《諷諭與補天：試論杜甫與韓愈災異詩》）

另外，李商隱《李賀小傳》亦值得參考。傳文記李賀將死，上帝遣使者來召，為作《白玉樓記》，而所記天帝召書，文云：「（忽晝見一緋衣人，駕赤虬）持一板書若太古篆或霹靂石文者云，當召長吉，長吉了不能讀。」[77]則上帝所讀詩文應屬人們較陌生之「古文體」，而非熟見之「近體」。而

---

[76] 高步瀛曰：「此寫運窮，語極沈痛。」（《集釋》下冊，頁 991）

[77] 王琦等評注：《三家評注〈李長吉歌詩〉》（上海：上海古籍，1998），頁 14。

李商隱於《傳》後，不勝驚嘆云：

> 長吉竟死，王氏姊非能造作謂長吉者，實所見如此。嗚呼！天蒼蒼而高也，上果有帝耶？帝果有苑圃宮室觀閣之玩耶？苟信然，則天之高邈，帝之尊嚴，亦宜有人物文采愈此世者，何獨眷眷于長吉而使其不壽耶？噫，又豈世所謂才而奇者，不獨地上少，即天上亦不多耶！

後半先提問云，以天之高貴，宜有超越人世之「人物文采」，何以非取年紀尚輕之李賀不可？接著回答云：「噫，又豈世所謂才而奇者，不獨地上少，即天上亦不多耶！」此實為「畫龍點睛」、非常高妙之筆法，用以突出世間所謂「奇才」，乃因其可以「補天」之所不足，表示才子李賀之詩筆竟然可補天之缺陷。不過，近人楊其群已指出，上帝系虛構，是為了反對人間不重視人才，楊氏云：

> 李商隱著力寫夢幻虛境白玉樓事，為的是借天帝重「才而奇者」而召長吉以諷刺「人反不重」的現象；天上勝人間，人間遭到排擯毀斥而使長吉一生不得意。李商隱亦是「才而奇者」，命運與李賀相似，亦遭排擯毀斥而一生不得意。「又豈才而奇者，帝獨重之，而人反不重耶？」[78]

簡言之，是因天上勝人間，人們崇拜天帝，故借天帝看重長吉以諷刺「人反不重」的現象。由此看韓愈《調張籍》所云，上帝令六丁、雷電之神下凡追取李、杜詩，其實是用李、杜詩為天帝所重，批評那些「謗傷李、杜」的愚

---

[78] 楊其群《李賀研究論集》（太原：北岳文藝，1989），頁 10。案：這種虛構寫法，可歸為「過情語」一類，是韓、孟詩派的一種重要表現方式。李商隱詩亦有這種寫法，如《任弘農尉獻州刺史乞假歸京》詩云：「黃昏封印點刑徒，愧負荊山入座隅；卻羨卞和雙刖足，一生無復沒階趨。」義山寫這首詩，是因其當弘農尉時，遭到州刺史的侮辱，乃以告長假方式辭職，並寫此詩表示不滿；後兩句表面寫羨慕春秋時，兩次被楚王砍足的卞和，因其可以永遠避免在階前跪拜官長、逢迎上司（參郁賢浩、朱易安著《李商隱》，上海：上海古籍，1985，頁 43），其實是用一種非事實的「過情語」表示心中的不滿。

蠢羣兒。不過，也藉此表示，李、杜之詩有「補天」的作用。

最後一段亦值得注意：

> 我願生兩翅，捕逐出八荒。精神忽交通，百怪入我腸。刺手拔鯨牙，舉瓢酌天漿。騰身跨汗漫，不著織女襄。

其中「精神忽交通，百怪入我腸」為「詩眼」。吳振華云：「因與李、杜精神交通，而『百怪入腸』，可見求奇求怪是在李、杜啟發下詩人自覺的藝術追求。」[79]洪靜雲則云：「韓愈《調張籍》寫道：我願生兩翅，捕逐出八荒。（下略）……說的就是他作詩時任憑精神自由飛翔，不受任何物象限制，所有物象只是隨著精神的活動而出現。」[80]或從好奇尚怪，或從主觀性角度解釋，其實是一體兩面，皆稱譽其創新精神。筆者想補充的是，要了解「百怪入我腸」，最好將前引《答劉正夫書》與《與馮宿論文書》，再拿出來參看。所謂「怪」即異於常，異於常當然指創新，不過，這種創新精神，並非由「近體」詩風得來，而是由「古體」詩風得來。這幾句指因常看李、杜詩，且想追隨兩大詩人，有一天忽然與李、杜精神交通，「百怪入我腸」，指忽得到李、杜精神啟發，於是神思大開：有如騰身天地之間，毫無拘束，詩思有如泉湧，紛至沓來，許多奇怪的靈感自動來報到，似逼自己寫出令人驚訝的文章，不必再依賴天女所織美麗衣服。案：「精神忽交通，百怪入我腸」，亦即韓愈《送無本師歸范陽》所云「詩膽大於天」所寫出的「姦窮怪變」之詩，所謂「刺手拔鯨牙，舉瓢酌天漿」即《送無本師歸范陽》之「蛟龍弄角牙，造次欲手攬」。又與開頭所謂「李、杜文章在，光焰萬丈長」遙相呼應，指李、杜文章之光芒萬丈長，乃由古體詩之創新精神所發出；「不著織女襄」似指不學近體詩那種唯美如歌兒舞女的詩風，故云「百怪」——百怪指與時下流行文風不合。

趙翼《甌北詩話》卷 3 云：「韓昌黎生平所心摹力追者，惟李、杜二

---

[79] 吳振華《韓愈詩歌藝術研究》（蕪湖：安徽師範大學，2012），頁 136-37。

[80] 洪靜雲《韓孟詩派險怪奇崛詩風研究》（北京：中央編譯，2015），頁 106。

公，顧李、杜之前，未有李、杜；故二公才氣橫恣，各開生面，遂獨有千古。（下略）。」[81]此評應是針對《調長籍》，據此，甌北可算是韓詩知音。而甌北有一首《瀾滄江》云：「絕壁積鐵黑，路作之字折。下有百丈洪，怒噴雪花熱。」今人評為「奇險動人」[82]，但比起《調張籍》寫大禹治水時刀削斧鬬的雄威，仍有相當距離，這與甌北追求通俗平易恐不無關係。不過，與韓愈幾乎同時，以追求通俗平易著稱的白居易，卻有一首詩與《調張籍》相當接近，其《自蜀江至洞庭湖口有感而作》云：

> 安得禹復生，為唐水官伯，手提倚天劍，重來親指畫。疏流似剪紙，決壅同裂帛，滲作膏腴田，踏平魚鱉宅。龍宮變閭里，水府生禾麥。坐添百萬戶，書我司徒籍。

這是白居易赴杭州刺史任時，路過洞庭湖，因當時洞庭湖泛濫成災，詩人想到大禹治水的故事所寫的一首詩。不久，白居易至杭州，教人民築堤引水灌田，實現其經洞庭湖詩中之想像[83]。其中喻大禹「手提倚天劍」指畫湖水，與韓詩喻大禹用巨斧鑿山治水，極為接近，筆者頗懷疑，白詩有受到韓詩影響——即所謂「倣韓體」[84]。

〔日〕川合康三曾云：「韓愈是最早評價杜甫的一個人，這點已廣為人知，不過韓愈接受的杜甫，也許並不是像後世所尊奉的詩的『集大成』者，而是背離盛唐詩壇的另類。」[85]案：川合先生所謂「背離盛唐詩壇」，應指背離當時盛行的近體詩規範，此由下面一段話可知：

> 現在我關注的是序文（杜牧《李賀集序》）中「遠去筆墨畦徑間」的

---

[81] 郭紹虞編《清詩話續編》冊二（臺北：木鐸，1983），頁 1164。

[82] 見朱則杰《清詩史》（南京：江蘇古籍，1992），頁 278。

[83] 參見褚斌杰著《白居易評傳》（北京：北京大學，1994），頁 37-8。

[84] 《唐宋詩醇》卷二一：「議論奇闢，筆力亦渾勁與題稱。集中此種絕少，頗近昌黎，其源亦從杜甫《劍門》一篇脫胎，」（朱金城《白居易集箋校》，上海：上海古籍，1988，冊一，頁 429）案：可證筆者看法。

[85] 川合康三《終南山的變容——中唐文學論集》（上海：上海古籍，2007），頁 123。

> 評語。「筆墨畦徑」指的是寫文章的常規途徑，即作詩的規範。李賀的詩脫離了作詩的常規途徑，即作詩的規範。李商隱《李賀小傳》……「未嘗得題然後為詩，如他人思量牽合，以及程限為意。」……隨著近體詩的形成，對詩的限制相應增加，但同時作詩人數也隨之增加。因為詩的定型化、規範化反而使詩歌創作變得容易起來。于是大多數詩人所作的詩，都為了被承認而恪守這些規範。李賀卻偏偏無視它們，……李商隱指出李賀不以詩的規範為意，這和杜牧的「遠去筆墨畦徑間」是相應的。（仝前書，頁 90-91）

川合先生又舉韓愈《石鼎聯句詩》與《毛穎傳》為例，認為是「對通行語言及其樣式化的當前文學的全盤否定」，及「對既成的文學樣式的嘲弄」（仝前書，頁 131）。總之，是對當前文學（近體）的否定。

川合先生也提到皎然《詩式》所說「復變之道」，故又說：「文學史的這種內在法則，用中國人的思考方式來表達，則近于《易・繫辭傳下》的『窮則變，變則通』。」（仝前書，頁 124-26）案：從宏觀的角度來看——例如「元和之風尚怪」，韓孟等的反對近體，確可說是一種「通變」之道；但就微觀的角度——也就是從韓、孟詩派的成員立場來看，他們主觀上卻以為是在追求「古風」，並從古風的角度反對近體詩[86]。閻琦亦認為進士科試題具有嚴格的規定程式，無法顧及創新求變。且更進一步指出，韓愈「高古」詩風與當時盛行的大曆詩風相對：「韓愈早期詩作的難能可貴之處正在于擺脫了流行風尚的影響，掙開了大曆格調的束縛，展現出一種求新求變的姿態。」[87]

由此看來，韓孟詩派似有「雙核心」：一是復古，一是新變。而後者是由前者所生發出來，蓋「古體」較為自由，容易發揮想像——所謂「百怪入我腸」，不似「近體」有許多規則、限制，不利於「興象」。唐曉敏亦云：「韓愈、柳完元等人推重先秦文學，實際上還有深層的思想原因，這就是先

---

[86] 川合先生對韓愈學古的心路歷程有詳細解剖，見前引書，頁 141-156。

[87] 閻琦、周敏著《韓昌黎文學傳論》（西安：三秦，2003），頁 234-37。

秦文學具有一種自由精神。」[88]事實上，韓孟詩派之許多險怪詩皆是用「古體」寫出，並且喜歡運用古代神話與典故，這由錢仲聯《韓昌黎詩繫年集釋》，明顯看出來。很值得注意的是，韓孟詩派不僅喜歡運用古代神話，且其寫法亦極貼近古代神話，所謂「姦窮怪變」、「百怪入我腸」，指的就是古代神話的創作精神；所謂「牛鬼蛇神」、「光怪陸離」的評語，皆說明韓孟詩派的險怪詩極為接近古代神話，而這種創作風格，與其「好古」傾向有密切關係[89]。在閱讀韓孟詩派的一些險怪詩時，彷彿時光倒流，回到幾千年前——創造古神話的洪荒世界；那種感覺，有如回到古戰場：金鼓齊鳴、殺聲震天，直至日月無光，屍橫遍野。

案：近人論〔東漢〕王符《潛夫論》云：

> 可是，他又從「德化」的角度把歷史看做是倒退的，社會風俗是一代不如一代。他美化古聖先賢時的治世，以此作為批判現實社會的武器。[90]

末兩句似可移用指韓孟詩派文論：他們所以推崇古體詩，是「以此作為批判當時近體詩風的武器」。

〔美〕斯蒂芬・歐文論韓孟詩派，即云：「孟郊和韓愈的作品中，復古主題最為突出」（《韓愈和孟郊的詩歌》「導言」，頁 2），「唐詩的三種主要類型是樂府、古詩、近體詩或稱律詩。……古詩比較自由。」（頁 5），「不過，大多數唐代詩人僅僅滿足于通過模彷漢魏古詩來恢復古風。在韓愈、孟郊和其他中唐詩人那裏，古詩為他們提供了試驗的自由，他們通過古詩進行充滿個性的古風詩歌的探索。」（頁 6）[91]以上幾點已經很扼要地包括韓孟詩派的特點。

---

88 唐曉敏著《中唐文學思想研究》（北京：北京師範大學，2006 年二刷），頁 67。

89 韓孟詩派可能受到古神話集《山海經》的影響，詳見《緒論》。

90 見〔漢〕王符著，〔清〕汪繼培箋《潛夫論箋》（臺北：大立，1984），「潛夫論箋」簡介，頁 2。書後附錄收「韓愈後漢三賢贊之一」。

91 參見〔美〕斯蒂芬・歐文著，田欣欣譯《韓愈和孟郊的詩歌》（天津：天津教育，2004），「導言」部分。

第三節 李賀《高軒過》與「筆補造化天無功」

前言

「筆補造化天無功」出自李賀《高軒過》，此句很受重視，被視為韓孟詩派重要的創作觀點，常與孟郊與韓愈下列說法並列，成為鼎足之勢：

孟郊《贈鄭夫子魴》：「天地入胸臆，吁嗟生風雷。文章得其微，物象由我裁。」《戲贈無本》其二云：「燕僧擺造化，萬有隨手奔。」（《詩集》卷六，309）

韓愈《薦士》詩：「冥觀洞古今，象外逐幽好。」

李賀《高軒過》：「筆補造化天無功。」

對「筆補造化天無功」這句，前輩學者錢鍾書於《談藝錄》中曾有精闢見解，錢先生云：

> 李賀《高軒過》篇有「筆補造化天無功」一語，此不特長吉精神心眼之所在，而於道術之大原，藝術之極本，亦一言道著矣。長吉「筆補造化天無功」一句，可以提要鈎玄。此派論者不特以為藝術中造境之美，非天然境界所及；至謂自然界無現成之美，祇有資料，經藝術遣驅陶鎔，方得佳觀。此所以「天無功」而有待於「補」也。[1]

這段話的重點在「此派論者不特以為藝術中造境之美，非天然境界所及」這兩句，亦即文學藝術之美並非只是描寫客觀世界，而是有所改造，因而有所超越[2]。錢先生之說影響甚大，後來論韓孟詩派者，每有類似說法，如蕭占鵬云：

---

1 錢鍾書《談藝錄》（增訂版）（臺北：書林，1999年二刷），頁60-61。

2 據此，孟二冬云：「『筆補造化天無功』，以人工超越自然，這是他們（韓孟詩派）最高的藝術目標。」（《中唐詩歌之開拓與新變》，北京：北京大學，1998，頁91）

> 與重抒情的主張密不可分的，就是孟郊詩歌思想中重主觀的傾向。詩歌不僅是社會生活、自然風物的反映，更重要的是它是通過詩人頭腦的反映。詩人不能只是匍匐於生活面前描摹它，而是應該按照自己的意志感情來表現傳達它。其《戲贈無本》云：「燕僧擺造化，萬有隨手奔。」強調擺落造化，並非反對師法自然，而是在更高的意義上為了抒情的需要而對客觀世界的再創造。只有這樣，才能達到藝術真實的境界。「萬有隨手奔」的最終目的，仍是「與造化該」，更真實地反映生活。[3]

這裏提出韓孟詩派的一個特點：重抒情、重主觀的傾向；基於此種傾向，韓孟詩派的創作就不只限於客觀描寫自然。文中雖未提到「筆補造化天無功」，其實亦可適用。故洪靜雲亦云：

> 首先體現于詩人作詩時往往帶著「物象由我裁」與「筆補造化天無功」的強烈主觀情緒。孟郊稱自己作詩是「天地入胸臆，吁嗟生風雷。文章得其微，物象由我裁。」（《贈鄭夫子魴》）。以意役象，將天地納入「胸臆」，「由我」來裁奪物象；一切物象皆因詩人主觀的情緒而變化。……無不是以強烈的主觀色彩改變外物之形貌，詩人為了出奇，對物象任意裁奪，李賀就盛贊韓愈詩「筆補造化天無功」（《高軒過》）。他們胸中自有自然，自己可以創造造化，韓愈《答孟郊》中稱孟郊「規模背時利，文字覷天巧」，孟郊在《戲贈無本》中稱贊賈島「燕僧擺造化，萬有隨手奔」，……他們說的就是這種人工美，像李賀的「羲和敲日玻璃聲」（《秦王飲酒》）就完全是主觀情思的創造結果。韓愈的《調張籍》寫道：「我願生兩翅，捕逐出八荒。精神忽交通，百怪入我腸。刺手拔鯨牙，舉瓢酌天漿。騰身跨汗漫，不著織女襄。」說的就是他作詩時任憑精神自由飛翔，不受任何

3 蕭占鵬《韓孟詩派研究》（臺北：文津，1994），頁140-41。

> 物象限制，所有物象只是隨著精神的活動而出現。[4]

這一大段從「主觀性」說明韓孟詩派的創作特點，其實是很多研究者的「共識」，文中就提到本文一開頭所引孟郊、韓愈、李賀等幾篇。根據這幾則資料，學者認為韓孟詩派極重視創作主體的自由、不受拘束；共同點是強調詩人驅使物象、改變物象的主觀能力。依照這種解釋，「筆補」句是在說明文學的創作問題，這是「純文學」的觀點。不過，學者在引述「筆補造化天無功」這一句時，是將它從整首詩的脈絡中抽離出來（即所謂「摘句」），孤立地解釋，如此一來，固然很能說明韓孟詩派的特色，但如果將這種解釋放進整首詩中去看，就會發現難免有些扞格不通。

這裏不妨先舉李賀《高軒過》兩句說明：

> 殿前作賦聲摩空，筆補造化天無功。

殿指宮殿，是皇帝與大臣議政之所，「殿前作賦」應指在皇帝面前作賦，那麼，就有可能與政治問題有關。況且，「造化」、「天」這些概念有時並非單純指大自然，而是指皇帝及其施政。尤其是「補」字，就常用來指補朝政之闕，甚至以為官名：補闕。若更進一步將後面一段——即詩的「末段」合起來看，則上面「純文學」的解釋，更難以說得通。

一、《高軒過》各段意旨疏解

本文是將「筆補造化天無功」此句放回原詩中，希望由整首詩的脈絡去發現其問題所在，並找出其真正的用意。茲先抄錄原詩如下，以便討論。

李賀《高軒過》：韓員外愈、皇甫侍御湜見過，因而命作。

> 華裾織翠青如蔥，金環壓轡搖玲瓏。馬蹄隱耳聲隆隆，入門下馬氣如虹。云是東京才子，文章鉅公。二十八宿羅心胸，元精耿耿貫當中。殿前作賦聲摩空，筆補造化天無功。龐眉書客感秋蓬，誰知死草生華

---

[4] 洪靜雲《韓孟詩派險怪奇崛詩風研究》（北京：中央編譯，2015），頁 106。

風。我今垂翅附冥鴻，他日不羞蛇作龍。

此詩似在當時就引起注意，主要是因題下一行字（十五個字），據此可知，是因韓愈與皇甫湜兩位到訪而作。又據詩開頭六句對二公的描寫，二位不僅是朝廷命官，且為「東京才子，文章鉅公」，表示二公身分不凡。這就使這次到訪引起重視，甚至出現一種誇張的傳說，造成長期的轟動效應，如王定保《唐摭言》卷十記李賀七歲時，韓愈與皇甫湜聞名往訪，賀承命作《高軒過》之事。

對於《唐摭言》之記載，有不少人表示懷疑，近人畢寶魁云：

> 王定保《唐摭言》記載韓愈和皇甫湜同時去走訪年僅七歲之小李賀，李賀當即賦《高軒過》，並不可靠，前人多有指出者。……從李賀一方面來思考，他是為了參加科舉考試並進入仕途才到洛陽的，在當時的社會氛圍下，必定要向權要或文壇名人行卷，所以李賀到洛陽先去拜謁韓愈是理所當然的。

這是否定《唐摭言》之說，以為韓與皇甫兩位名人先去走訪年僅七歲的小李賀，不合情理；就社會現實而言，應是李賀先去拜謁韓愈這位文壇名人才是。故畢氏又云：

> 在拜謁韓愈後，他深得韓愈器重，其後又與韓孟詩派的人物皇甫湜和張徹來往，關係日益密。其後，韓愈和皇甫湜連袂去李賀家探訪。[5]

總之，應是李賀先去拜謁韓愈，其後，韓愈和皇甫湜才連袂前去李賀家（仁和里），並命試作《高軒過》。這個分析看來似比較合理圓滿。

著有《李賀詩歌篇年箋注》的吳企明，亦不認同《唐摭言》所記，云：「然揆之事理，《唐摭言》的記載，顯誤。詩中有『秋蓬』、『死草』、『垂翅』等語，明顯表達詩人遭讒落第後之頹傷心緒，絕不會出自七歲小孩

5 畢寶魁《韓孟詩派研究》（瀋陽：遼寧大學，1999），頁 182-83。

口。」[6]這是根據《高軒過》末節內容提出反駁，以為不可能「出自七歲小孩口」。不過，以上二位皆肯定詩題下所敘二公到訪事為真，並認為詩作於憲宗元和四年。吳氏《李賀年譜新編》定為李賀二十歲之事，而於《高軒過》的「箋注」後用「編年」體作扼要說明：

> 元和四年九、十月間，李賀從昌谷到洛陽，仍然居住在仁和里。韓愈和皇甫湜得知李賀來洛的消息後，聯騎到仁和里拜訪他，自有慰藉落第的意思。李賀感激之餘，寫下本詩，贈給韓、皇甫，答謝他們的美意，「聯鑣」盛事，便成為我國文學史上人所共知的佳話。[7]

這裏提到二公過訪是「自有慰藉落第的意思」，正是理解本詩的關鍵，本文後面將有補充說明。

案：《高軒過》可分三段，前段六句與後段四句皆不難解，困難的是中段四句：

> 二十八宿羅心胸，元精耿耿貫當中。殿前作賦聲摩空，筆補造化天無功。

這四句每句皆很特別，並且很難解，單單第一句就令人有茫無頭緒、無從下手之感。筆者看過幾本近人的專門研究，似對賀詩已全盤掌握，也都論及《高軒過》，但皆在外圍打轉，不見對此四句作正面解釋。相較起來，古人倒有一些解釋，亦提出值得參考的資料，但以筆者的觀點看來，距離詩意仍然很遠，故特寫此文，希望提供較詳細解釋。茲將李賀《高軒過》分成「過訪」、「殿前作賦聲摩空」、「垂翅附鴻冥」三段，試加說明如下：

(一)過訪

6　吳企明《李長吉歌詩編年箋注》（北京：中華，2002），《李賀年譜新編》元和三年、四年，下冊頁 834-37，另參頁 815-16。案：此說已見朱自清《李賀年譜》，見楊其群《李賀年譜補注》，收入《李賀研究論集》（太原：北岳文藝，1989），頁183。

7　吳企明《李長吉歌詩編年箋注》（北京：中華，2002），上冊，頁 91。

> 華裾織翠青如蔥，金環壓轡搖玲瓏。馬蹄隱耳聲隆隆，入門下馬氣如虹。云是東京才子，文章鉅公。

此段共六句，前四句指出韓愈、皇甫湜二公為朝廷命官，枉過來訪，其衣服、車馬皆很華麗，氣勢不凡；接著兩句點出二公為洛陽文場頂著名之「才子、鉅公」——亦即文壇領袖。六句合起來，表示二公身分不凡。值得注意的是，將朝廷命官與文章鉅公結合，已暗示此詩並不單純在稱頌二公文章之超卓，而是將文章之不凡與政治問題掛鈎；而現代學者的失誤，正在忽略此詩的政治意義，只從文章創作角度，做「純文學」的解釋。試想，若此詩只談文章創作，何以一開頭就寫朝官車騎華服之盛？

(二)殿前作賦聲摩空

> 二十八宿羅心胸，元精耿耿貫當中。殿前作賦聲摩空，筆補造化天無功。

末句「筆補造化天無功」可說是此詩最引人注目之亮點，常被單獨提出討論。其實，此段前三句亦值得注意，尤其是第三句「殿前作賦聲摩空」恐更為關鍵。由於未抓到關鍵，只能逐句作解，導致彼此無法聯絡，形成欠缺焦點、分散而不知所云的現象。如解「二十八宿羅心胸」，云：「即東方『蒼龍』七宿，北方『玄武』七宿，西方『白虎』七宿，南方『朱雀』七宿的合稱。」[8]這只是提出人盡皆知的小常識，對理解此句可說毫無幫助；問題是：二十八宿既指天上的眾多星宿，何以能「羅心胸」，而「羅心胸」又代表何意？顯然，此句必有所指，遺憾的是，不僅沒有人提出合理解釋，甚且無人注意這個問題。但此句究應作何解釋，卻必須結合下句才有可能作出結論。

下接「元精耿耿貫當中」。吳企明注文提供一些有益的資料，可惜仍未抓到重點，致功虧一簣。注云：

---

8 吳企明《李長吉歌詩編年箋注》（北京：中華，2002），上冊，頁88。

> 元精：天之精氣。《後漢書·郎顗傳》：「漢中李固，元精所至（案：「至」字誤，應作「生」），王之佐臣。」章懷太子注：「元謂天，精謂天之精氣。」曾益《注》：「元精耿耿，神旺；貫當中，氣正大。」[9]

注文所引《後漢書·郎顗傳》實出王琦《彙解》[10]，而《彙解》重點在解釋「元精」兩字——指天之精氣，完全不提「貫當中」，於是就不知整句所指為何，讀者仍盲然如在雲霧之中。茲作進一步補充說明。據二家之注，元精為天之精氣，貫當中，指氣正大不偏差。案：「貫當中」與上句之「羅心胸」對應，「中」亦應指心中而非指中正不偏。此句應指天之精氣非常旺盛，且就貫注在心中，則此氣正如《孟子》所謂「浩然之氣」。《孟子·公孫丑上》記孟子曰：「我知言，我善養吾浩然之氣。」又說：「難言也，其為氣也，至大至剛，以直養而無害，則塞於天地之間。」[11]朱熹《集註》云：「浩然，盛大流行之貌。」[12]綜合起來，「浩然之氣」指流行於天地之間至大至剛、極為盛大之氣。但孟子所謂「浩然之氣」是與「知言」結合起來，指心中所養之氣，故能「知言」——分辨別人所言用意，讓人有落實之感。而上引注文僅在「精氣」字眼上解釋，完全忽略元精所相關之事，雖不無參考價值，畢竟未能落實，與「二十八宿羅心胸」注之缺點相同。其實，注文所引《後漢書·郎顗傳》已指出「元精」所比喻對象，惜未被注意。案《傳》文云「元精所生，王之佐臣」，已明白指出「元精」乃指「王之佐臣」——能輔佐國君之大臣！由此看「二十八宿羅心胸，元精耿耿貫當中」兩句，即使不能說是「迎刃而解」，至少可說「露出一線曙光」：「二十八宿」正可解為王之佐臣的人才。又如曾益注所云，「元精」指浩然盛大之正氣，若與「王之佐臣」結合起來，則「元精耿耿」豈非所謂「忠心耿耿」

9　吳企明《李長吉歌詩編年箋注》（北京：中華，2002），上冊，頁 88。

10　見《三家評注李長吉歌詩》（上海：上海古籍，1998），卷四，頁 154。

11　楊伯峻《孟子譯注》（臺北：河洛，1977），頁 62。

12　前引書，頁 70。

——指一股強烈的忠心報國之氣？

為說明「二十八宿」與「王之佐臣」的關係，茲先引一些與星宿有關的資料。

首先是「郎官上應列宿」說。《後漢書・明帝紀》載：

> 帝遵奉建武制度，無敢違者。後宮之家，不得封侯與政。館陶公主（光武女）為子求郎，不許，而賜錢千萬。謂羣臣曰：「郎官上應列宿（李賢等注：《史記》曰：「太微宮二十五星，郎位也。」[13]），出宰百里，有非其人，則民受其殃，是以難之。」故吏稱其官，民安其業，遠近肅服，戶口滋殖焉。[14]

由於這個典故，郎官又稱星郎。[15]蓋古人認為朝廷命官與天上星宿對應，而由明帝提到郎官將「出宰百里」，可知郎署是朝廷培養治國人才的官署。這亦可以《史記》為證。《史記・天官書》《索隱》云：「案天文有五官，官者，星官也。星座有尊卑，若人之官曹列位，故曰天官。」即以天上星辰比人間之官曹列位。揚雄《甘泉賦》寫漢成帝時，「以求繼嗣」，要「郊祠甘泉泰畤，汾陰后土」，於是先選好「吉日」「良辰」，然後「星陳而天行」，注云：「星陳，謂群臣隨駕，陳列如星之布列。天行，天子啟行。」[16]可見皇帝群臣可比星之布列。

其次是「星精」之說，《史記》太史公曰：

> 自初生民以來，世主曷嘗不歷日月星辰，及至五家三代，紹而明之。內冠帶，外夷狄，分中國為十有二州，仰則觀象於天，俯則法類於

---

13 案：《史記・天官書》云：「其內五星，五帝坐。後聚一十五星蔚然，曰郎位。」《正義》：「郎位十五星，在太微中帝坐東北。周之元士，漢之光祿、中散、諫議。此三署郎中，是今之尚書郎。」據此，應作太微帝坐十五星較正確。

14 中華版《漢書》冊一，頁 124。

15 參 1985 年，臺北三民書局《大辭典》，中冊，頁 4819〔郎官〕條。

16 費振剛、仇仲謙、劉南平校注《全漢賦校注》（廣州：廣東教育，2005），上冊，頁 234。

> 地。天則有日月，地則有陰陽。天有五星，地有五行，天則有列宿，地則有州域。三光者，陰陽之精，氣本在地。[17]

後半將天與地對應：日月對陰陽；五星對五行；列宿對地域。最後概括云「三光者，陰陽之精，氣本在地」，表示天上之日月五星與列宿皆為陰陽之精所形成，而陰陽之精氣則來自地上之物。張衡《靈憲》亦云：

> 星也者，體生于地，精成于天，列居錯跱，各有逌屬。紫宮為皇極之居，太微為五帝之廷。明堂之房，大角有席，天市有坐……在野象物，在朝象官，在人象事，于是備矣。

天學專家江曉原云：「張衡認為地上萬物皆有『精』，『精』成于天就是星。……因此，萬物皆備于天。」[18]據此，人與萬物之精，皆有可能成為天上之星。如杜甫《可歎》云：「死為星辰終不滅，致君堯舜焉肯朽。」喻指二人將如武丁名相傅說，死後化為天上列星（故傅說亦為星名，參《詳注》）。由此可知《後漢書・郎顗傳》云「元精所生，王之佐臣」是有道理的，蓋星宿為元精所生，而王之佐臣又上應列宿，故說「元精所生，王之佐臣」。

不只人可為星精，其餘非凡之物亦可對應星宿，稱為星精（所生），如李賀《馬詩》其四：「此馬非凡馬，房星本是星。」緯書《瑞應圖》即云：「馬為房星之精。」[19]蓋天上之房星本對應人間之良馬。又錢仲聯《李賀年譜會箋》云：「東井，星名，為蜀地代稱，郭璞《江，賦》：『若乃岷精垂曜於東井。』又《岷山詩》：『岷山之精，上絡東井。』」[20]此又以岷山之精對應二十八宿之東井。《乙巳占》卷三「分野」序云：

> 謹按：在天二十八宿，分為十二次，在地十二辰，配屬十二國。至于

17　瀧川龜太郎《史記會注考證》（臺北：洪氏，1983），頁491。

18　江曉原《中國天學史》（上海：上海人民，2005），頁229-30。

19　吳企明《李長吉歌詩繫年箋注》下冊，頁586。

20　徐傳武《李賀論稿》引，頁132。

九州分野，各有攸係，上下相應，故可得而識焉。……唯有二十八宿，山經載其山、宿所在，各於其國分。星宿有變，則應乎其山。所處國分有異，其山亦上感星象。又其宿星辰，常居其山，而上伺察焉。上下遞相感應，以成譴告之理。或人疑之，以為不爾，乃因以張華劍事而論之。張華昔見斗牛之間有異氣，知是神劍之精，遂按地分求之，果得寶劍。夫劍一利器耳，尚能應見于大，況乎人物精靈、山川迂鬱、性情至理，大于劍乎？[21]

這是認為，上下相感應是為「分野」說的根據。而人物精靈、山川迂鬱，以至器物之精，皆可反映於天。並以「張華昔見斗牛之間有異氣，知是神劍之精」，說明地上神劍之精會化成天上斗牛間之星氣。

為說明問題，茲再引羅聯添的說法加以補充。羅先生為考察李白《蜀道難》的寫作年代，又注意到殷璠《河嶽英靈集序》所云：「王維、王昌齡、儲光羲等二十四人皆河嶽英靈也，此集即以河嶽英靈為號。」並認為序文「明白顯示河嶽英靈，為指天下英才，不論其為生人死者。」[22]此以河嶽英靈為指天下英才，甚有參考價值。查敦煌變文《破魔變》云：「伏願長懸舜日，永保堯年；延鳳邑於千秋，保龍圖於萬歲。伏惟我府主僕射（河西歸義軍節度使曹議軍），神資直氣，岳降英靈；懷濟物之深仁，蘊調元之盛業。」[23]此亦以岳降英靈指王佐之才。據上引《乙巳占》，河獄本與天上星宿對應，則若河獄英靈指天下英才，亦可說二十八宿指天下英才。案：古代早已用高山大川定九州疆域，[24]又有「分野說」，將天下各州對應天上二十八宿。《周禮・春官・保章氏》云：「以星土辨九州之地，所封域皆有分

21　〔唐〕李淳風《乙巳占》（臺北：新文豐，1987），頁43-4。

22　同上注，頁43。

23　張涌泉、黃征校注《敦煌變文校注》（北京：中華，1997），卷四，《破魔變》，頁531。

24　如《尚書・禹貢》曰：「禹敷土，隨山刊木，奠高山大川。」《書序》云：「禹別九州，隨山濬川，任土作貢。」參李民、王健撰《尚書譯注》（上海：上海古籍，2000），頁54。

星，以觀妖祥。」鄭玄《注》曰：「星所主之地。」[25]蓋古代將天下九州（後改十二州）之封地對應天上二十八宿，稱為「分野」，各封地所對應的星宿稱「分星」，分星所對應的土地則稱為「星土」。如《漢書・地理志下》云：「秦地，於天官東井、輿鬼之分野也。」（冊六，頁 1641）表示秦地分配到「東井」與「輿鬼」兩宿；「齊地，虛、危之分野也」，「魯地，奎、婁之分野也」，皆以此類推。東漢王延壽《魯靈光殿賦》，序云「然其規矩制度，上應星宿」，賦文又云：「乃立靈光之祕殿，配紫微而為輔。承明堂於少陽，昭列顯於奎之分野。」末句指靈光殿建於魯地，而魯對應天上的奎、婁兩宿[26]。這反映出，古人在寫宮殿賦時，會根據其所在的地域，對應天上的星宿。值得注意的是，《尚書・禹貢》既辨天下九州風土，並指出其地所貢產物，承此，《漢書・地理志》的重點之一，乃在從分野的角度敘述各地域的特殊產物，其中即包括人才在內。尤應注意的是，受封諸國常須將本國的特產貢獻給中央朝廷，而至少從漢朝開始，就實行一制度：在較大地區、二千石的長官——刺史，有責任推舉本地出色人才給中央，這亦成為考績的一部分[27]；換言之，除了貢獻物產，人才亦為封國應貢獻的一項。這已經成為一種傳統，後來的科舉考試有所謂「鄉試」，即依朝廷所劃分地理行政區域，選拔人才貢獻給中央，以此有所謂「鄉貢進士」，連帶科舉考試的考場亦稱「貢院」。隋唐之後，科舉成為定制，天下人才大都經由科舉進入朝廷，相傳唐太宗於放榜日見進士綴行而出，喜謂侍臣曰：「天下英雄，入吾彀中矣。」（《唐摭言》卷十五）又有詩云：「太宗皇帝真長策，賺得英雄盡白頭。」（《唐摭言》卷一），反映出朝廷吸引天下英才。

25　徐正英、常佩雨譯注《周禮》（北京：中華，2014），上冊，頁 558。

26　費振剛、仇仲謙、劉南平著《全漢賦校注》（廣州：廣東教育，2005），下冊，頁 850-54。

27　自漢初高帝時起，就特別強調郡守要選舉人才，有賢才而不舉，要受到免職處分。《漢書・武帝紀》元朔元年（前 128 年）：「有司奏議曰：『……令二千石舉孝廉，所以化元元，移風易俗也。不舉孝，不奉詔，當以不敬論。不察廉，不勝任也。當免。』奏可。」（陳蔚松著《漢代考選制度》，武漢：崇文書局，2003 年二刷，頁 291）

而談到唐代的用人，有一點是不能忽略的：幾乎任何人才的考試與進用，若有權貴或名人舉薦，較有出線機會。則「二十八宿羅心胸」此句，意指二公對天下英才非常熟悉，盡羅胸中，並想貢獻、推薦給朝廷。另值得參考的是《隋書・文學傳》云：「爰自東帝歸秦，逮乎青蓋入洛，四隩咸暨，九州攸同，江、漢英靈，燕、趙奇俊，並該天網之中，俱為大國之寶。」（《隋書》冊六，頁 1730）亦可印證上述筆者的推論，尤其「天網」兩字，與「羅心胸」極為接近、傳神。

接著談「元精耿耿貫當中」。案：韓愈《利劍》云：「利劍光耿耿，佩之使我無邪心。」可見耿耿指光明之貌，而如上所說，天上之星宿本為精氣所生，則「元精耿耿」當指星精所產生之光明之星光。「貫當中」又與「羅心胸」相對，故「二十八宿羅心胸」與「元精耿耿貫當中」，二句實為互文，合指天下英才盡羅胸中，並產生強大光明之氣。前引《後漢書・郎顗傳》云：「漢中李固，元精所生，王之佐臣。」章懷太子注：「元謂天，精謂天之精氣。」吳企明《箋注》遂云：「元精，天之精氣。」[28]兩種注皆未看出「元精」指星精，所謂「漢中李固，元精所生，王之佐臣」乃指李固為星精所生（上應星宿），為非凡人才，故可為王之輔佐之臣。由此看「元精耿耿貫當中」，就很清楚：就字面言，指二十八宿之星精貫注心中，而實際喻指天下英才盡羅胸中，欲推薦、貢獻朝廷，心中非常光明，且氣勢非常強大。前云《孟子》「浩然之氣」指「知言」之氣，而此處則指「知人」之氣。

下云「殿前作賦聲摩空」。

近人王士祥《唐代試賦研究》[29]總結漢代獻賦至唐代試賦的發展，提出幾個重點，一是唐代有一種強烈的「崇漢」情結（頁 53）。由於漢代既有許多著名賦家，亦有獻賦風氣，因此，唐代亦有獻賦風氣：「檢閱兩《唐書》及唐代筆記文獻，以獻賦被擢拔者屢屢可見。」（頁 54）其次是，賦

[28] 吳企明《李長吉歌詩繫年箋注》下冊，頁 88。

[29] 王士祥《唐代試賦研究》（上海：上海古籍，2012）。

被置入進士科考試中，且受到唐詩「近體化」影響，唐代試賦也形成講究韻律諧美的律賦（頁 56）。很值得注意的是，大詩人杜甫參加兩次進士科考試皆落榜，干謁投刺又屢屢失敗，最後因天寶末年向玄宗皇帝獻《三大禮賦》才得到京兆府兵曹參軍一職。（頁 56）

由此看《高軒過》之「殿前作賦」，亦即「殿前獻賦」。那麼，「聲摩空」是指什麼？或云「聲摩空，謂聲價之高也」[30]，這是由「洛陽才子，文章鉅公」所引起的聯想，但如此解釋，與「殿前獻賦」有何關係？筆者認為，由杜甫獻賦的資料正可找到答案？眾所皆知，杜甫曾向玄宗獻三大禮賦，而杜詩中就有一首與其獻賦有關。請看《奉留贈集賢院崔（國輔）于（休烈）二學士》首四句：「昭代將垂白，途窮乃叫閽。氣衝星象表，詞感帝王尊。」黃鶴注云「公獻三賦，明皇奇之，召試」[31]，可見這四句是談杜甫獻三大禮賦事。又杜甫有《莫相疑行》云：

> 男兒生無所成頭皓白，牙齒欲落真可惜。憶獻三賦蓬萊宮，自怪一日聲輝赫。集賢學士如堵牆，觀我落筆中書堂。往時文彩動人主，今日饑寒趨路旁。晚將末節契年少，當面輸心背面笑。寄謝悠悠世上兒，莫爭好惡莫相疑。（王定保《唐摭言》卷十二）

「集賢學士如堵牆，觀我落筆中書堂」，這是寫當年獻賦情形。據《舊唐書・職官志二》，中書省設中書令二員，其職掌有一項：「文章獻納」，有可能與獻賦有關，故詩云「落筆中書堂」。又中書省有集賢殿書院，其集賢學士之職，有一項：「賢才之隱滯，則承旨而徵求焉」。可見詩中所寫，乃其於集賢殿書院受試情形。詩中又云「往時文彩動人主」，表示三賦曾得到玄宗賞識，故《詳注》引（王）洙曰：「公嘗有詩云『往年文彩動人主』，即所謂『詞感帝王尊』。」據此，「詞感」顯指三賦之「文采」所引起的感動，而「氣衝」指三賦之「文氣」所引起的感動，上下句合指賦之氣勢與文

30　王琦《彙解》，吳企明《李長吉歌詩編年箋注》（北京：中華，2002），上冊，頁 88。

31　仇兆鰲《杜詩詳注》（臺北：文史哲，1976），卷二，頁 163。

采甚能感動人主。接著看「星象表」，這三字對應「帝王尊」，亦應指「帝王」（玄宗），兩句合指文氣非常盛大，加上文彩甚佳，皇帝亦受感動。以「星象」指帝王，基本上是比喻帝王身分、地位之高，同時也反映傳統上對帝王的特殊認識，即將帝王視為天上的尊神，此亦同於將「王之佐臣」視為天上星宿，皆屬於天人合一的思維。

由此看賀詩之「殿前作賦聲摩空」，就比較容易理解。「殿前作賦」顯指在帝王之前作賦，而「聲摩空」表面上似指作賦之聲極為高亢，可以上達天空。但若依前引兩句杜詩看來，其實只是指其在皇帝面前作賦，甚能感動人主而已；蓋帝王身分如星象，非常之高，故以「聲摩空」稱許其賦之氣勢與文采非常了得，竟能感動人主。如此解釋，亦可由杜甫《進封西岳賦表》之「序」得到印證。序云：「臣本杜陵諸生，年過四十，經術淺陋，進無補於明時，退嘗困於衣食，蓋長安一匹夫耳。豈意頭白之後，竟以短篇隻字，遂曾聞徹宸極，一動人主。」（《詳注》頁 1223）首先，文中云「經術淺陋，進無補於明時」，「補」字顯指補益朝政。其次，所謂「豈意頭白之後，竟以短篇隻字，遂曾聞徹宸極，一動人主」，亦合前引詩句：「昭代將垂白，途窮乃叫閽。氣衝星象表，詞感帝王尊。」可見《序》文正是重提過去獻三禮賦事，後面兩句：「遂曾聞徹宸極，一動人主。」表示曾獻禮賦於皇帝上朝的宮殿之前，且其獻賦之聲響徹整個宮殿，加上「一動人主」，不正是指「氣衝星象表，詞感帝王尊」！由此可見，所謂「殿前作賦聲摩空」，亦指在殿前作賦，其氣勢、文采能感動人主。總之，「星象表」、「聲摩空」，皆針對帝王身分之高，此亦可以杜甫《進三大禮賦表》（《詳注》，頁 1195）序為證，序云：

> 臣生長陛下淳樸之俗，行四十載矣，與麋鹿同群而處，浪跡於陛下豐草長林，實自弱冠之年矣。豈九州牧伯，不歲貢豪俊於外，陛下明詔，不仄席思賢於中哉！……竊慕堯翁擊壤之謳，適遇國家郊廟之禮，不覺手足蹈舞……抑亦古詩之流，希乎述者之意。然詞理野質，終不足以拂天聽之崇高，配史籍以永久，……臣謹稽首，投延恩匭，

獻納上表……（《詳注》，頁 1194-5）

所謂「拂天聽之崇高」，正可用以說明「氣衝星象表，詞感帝王尊」與「殿前作賦聲摩空」，皆指所作之賦能進達帝王「天聽」，並使其感動；而「豈九州牧伯，不歲貢豪俊於外，陛下明詔，不仄席思賢於中哉」，亦可印證筆者所說，「二十八宿羅心胸」云云，指貢獻天下英才於朝廷。後來賈島《代邊將》云「三尺握中鐵，氣衝星斗牛。報國不拘貴，憤將平虜仇」，用氣衝星斗比喻報國之熱忱。唯《序》文末云：「臣謹稽首，投延恩匭，獻納上表。」所謂「延恩匭」詳注云：《舊書》：「則天臨朝，欲收人望，垂拱初，令鎔銅為匭，四面置門，各依方色，共為一室，東面名曰延恩匭，上賦頌及許求官爵者，封表投之。」又《資治通鑑》則天皇后垂拱二年三月：「太后命鑄銅為匭，置之朝堂，以受天下表疏銘。其東曰延恩，獻賦頌、求仕進者投之。」（1997 年上海古籍版，下冊，頁 1869）可見銅匭設於則天朝，「四面置門，各依方色」，即有東西南北四門，而各門顏色不同，如東方為綠色，西方為白色，南方為紅色，北方為黑色；是為一些被埋沒的人才或被蒙蔽的事情提供上報的機會，延恩匭屬東方綠色，是專為賦頌人才而設。

綜合上引杜甫《進三大禮賦表》序，及《奉留贈集賢院崔（國輔）于（休烈）二學士》、《莫相疑行》等三種看來，應是杜甫先投三大禮賦於「延恩匭」，後召試於中書省之集賢殿書院。而據《舊唐書・職官志二》，中書省即置有「知匭使」，故能收到杜甫所獻禮賦，並召試於中書省之集賢殿書院。

《高軒過》一開始就寫二公之朝服鮮明，又云「洛陽才子，文章鉅公」，可確定二公於殿前作賦既不是為了求仕，也不是要表現文才。案：前引杜甫《進三大禮賦表》序云「豈九州牧伯，不歲貢豪俊於外，陛下明詔，不仄席思賢於中哉！」意指朝廷求才若渴，各地長官亦必須向中央貢獻人才。據此，筆者以為《高軒過》之「作賦」，係針對二公汲汲要推薦天下英才言。又杜甫《進封西岳賦表》之序云：「臣本杜陵諸生，年過四十，經術淺陋，進無補於明時。」亦可作為下句「筆補造化天無功」的參考，二句合起來指二公藉獻賦推薦人才，以補朝廷用人之缺。

「殿前作賦聲摩空」指在殿堂慷慨激昂陳詞用人的重要性，韓愈《歸彭城》云：「我欲進短策，無由至彤墀。刳肝以為紙，瀝血以書辭。上言陳堯舜，下言引龍夔，言詞多感激，文字少葳蕤。」[32]此詩提供很好的參照，使人想像「殿前作賦聲摩空」的生動、熱烈場面。

此段末句「筆補造化天無功」，近人常將「造化」看成大自然，以為此句是指詩人創作能補大自然之不足。但若如此解釋，將難以與上句「殿前作賦聲摩空」銜接。故筆者以為「造化」應從政治意義的角度解釋，即指「皇帝」之施政。茲先提出韓愈《赴江陵途中寄贈王二十一補闕（涯）、李十一拾遺（建）、李二十六員外（程）翰林三學士》，以為參照。此詩背景有三：先是（德宗）貞元十九年，（愈）自博士拜監察御史。因關中旱饑，公上疏《論天旱人饑狀》，「專政者惡之」，貶連州陽山令[33]。其次，貞元二十一年正月，順宗即位，王伾、王叔文用事，大赦天下，公量移江陵掾。其三，八月，宮廷發生政變，順宗內禪，憲宗即位，貶王伾開州司馬，王叔文渝州司馬（案：明年皆死）。詩蓋作於九月，由衡州至潭州途中[34]。其中敘憲宗即位後朝政之變化，並明白表示，希望當年同僚的三學士能向新皇帝推薦，使重返朝廷，詩云：

> 昨者使者至，嗣皇傳冕旒，赫然下明詔，首罪誅共吺。復聞顛夭輩，峨冠進鴻疇。班行再肅穆，璜珮鳴琅璆。佇繼貞觀烈，邊封脫兜鍪。三賢推侍從，卓犖傾枚鄒。高議參造化，清文煥皇猷。協心輔齊聖，致理如毛輶，《小雅》詠鳴鹿，食苹貴呦呦。遺風邈不嗣，豈憶嘗同裯。[35]

32 《集釋》上冊，頁 120。

33 錢仲聯《韓昌黎詩繫年集釋》上冊，頁 292。

34 參錢仲聯《韓昌黎詩繫年集釋》上冊，注 1、7、57、75，頁 290-302。

35 錢仲聯《韓昌黎詩繫年集釋》上冊，頁 289。

詩中將「援引」之事與「參造化」結合起來，其「造化」指何而言，值得注意。首四句敘使者傳來重大消息：新皇帝（憲宗）嗣位，先貶斥二王；詩中將二王之貶比《書・舜典》「流共工于幽州，放驩兜于崇山」。接著六句敘當時杜黃裳、鄭餘慶為相，如《書・君奭》所敘太顛、閎夭為周文王之佐[36]，使朝廷恢復正常秩序。從「三賢推侍從」至最後，實為詩的重點。末四句云「《小雅》詠鳴鹿，食苹貴呦呦」，乃用以表示三學士既得為天子侍從，將會援引同僚，如鹿食野草會呦呦呼叫同伴也[37]。

但筆者更注意的是此段所謂：「高議參造化，清文煥皇猷。協心輔齊聖，致理如毛輶。」首先應注意，第一句之「造化」與第三句之「齊聖」為互文，皆指天子，四句合指眾大臣應提出高明的建議、清晰的章奏輔助聖王的施政[38]。韓愈詩的用意所在，即寄望於三學士既得為侍從，將會在其「高議」、「清文」中推薦自己以補朝廷用人之闕，此亦即李賀《高軒過》中所謂「筆補造化」之意（詳下）。又案：先寫「《小雅》詠鳴鹿，食苹貴呦呦」，後寫「協心輔齊聖」，似本魏武帝《短歌行》：「呦呦鹿鳴，食野之苹。我有嘉賓，鼓瑟吹笙。山不厭高，水不厭深。周公吐哺，天下歸心。」[39]蓋藉末兩句影射「順宗內禪，憲宗即位」事。

又韓愈《題炭谷湫祠堂》以湫龍喻權臣，云「萬生都陽明，幽暗鬼所寰。嗟龍獨何智，出入人鬼間。不知誰為助？若執造化關。」末句之「造化關」即指皇帝之權柄，句意指皇帝之權柄為權臣（湫龍）所執。又孟郊《貧女詞寄從叔先輩簡》云：「蠶女非不勤，今年獨無春。二月冰雪深，死盡萬

36　《集釋》上冊，頁302。

37　案：〔俞樾曰〕《小雅》毛傳曰：「鹿得苹，呦呦然鳴而相呼，懇誠發乎中。」《淮南子・泰族篇》曰：「《鹿鳴》興於獸，君子大之，取其見食而相呼也。」公時有望於王涯、李建、李程三君之引援，故為三君陳此義也。（《集釋》上冊，頁304）

38　案：敦煌變文《長興四年中興殿應聖節講經文》云：「聖主修行善不窮，須知凡小沓難同。下為宇宙華夷主，上契陰陽造化功。」（張涌泉、黃征校注《敦煌變文校注》，北京：中華，1997，頁621）即將皇帝（聖主）之施政比為「造化」。

39　《樂府詩集》三十卷，相和歌辭五（臺北：里仁，1984），頁447。

木身。時令自逆行，造化豈不仁。」[40]二月應屬春季，然卻「冰雪深」，致「萬木皆死」，故詩人控訴「造化不仁」，注云：「造化：萬物的創造化育者，即指天。」據此，造化除指創造萬物外，更指生養萬物、決定萬物的生死，故被用來指皇帝的權柄與其施政的良否。由此看來，「殿前作賦」句下接「筆補造化天無功」，蓋因「造化」即指國君之施政，二句意指對國君施政提出規諫，而其內容應與推薦人材有關，始能與末段銜接（詳下）。

綜上所論，中間一段四句實以「殿前作賦聲摩空」為中心，蓋有此句才能將四句結為一體。不僅如此，此句亦與前後段呼應，實居樞紐地位，若無此句，恐此詩將流於一盤散沙。此句表面是稱頌二公獻賦氣勢盛大，實際是指其文章能感動人主，對朝廷用人能發揮影響力，有利於所推薦的人才。第四句──「筆補造化天無功」即指二公所推薦人才能為朝廷所用，補兼「補充」與「補助」兩意，「造化」指天子之施政；「補造化」即向皇帝推薦人才，以輔助皇帝施政，亦即補朝廷人才之缺，進而改善朝政。「天無功」可能有多重含意（參見後文），而基本上指此乃「筆」（二公文章）之力，非上天之功，天指天子、皇帝。案：《列子・天瑞》曰：「天地無全功，聖人無全能，萬物無全用。」注云：「全猶備也。」[41]亦即天地各有其功能，並非全備[42]，同樣，聖人（天子）亦無全能，故有待於「補」。又韓愈《謁衡嶽廟遂宿嶽寺題門樓》云：「侯王將相望久絕，神縱欲福難為功。」[43]則賀詩之「天無功」似與「難為功」相近，意指若無二公文章之力，天子亦難補人才以改善朝政。不過，另有一個可能，即來自《尚書・皋陶謨》之「天工人其代之」（詳下）。總之，中間一段不僅稱頌二公文章氣勢之盛與感人，

---

40 郝世峰《孟郊詩集箋注》（石家莊：河北教育，2002），卷一，頁 20。案詩以貧女自喻，「萬木無春」、「造化不仁」，喻自己未能登第，相對的，從叔孟簡已登第，故比為「仙人」。

41 楊伯峻《列子集釋》（臺北：華正，1987），頁 9。

42 曾益《注》云：「補造化，補造化之不及，能補造化，故曰天無功。」（見吳企明《李長吉歌詩編年箋注》，頁 88）似只就字面解釋，雖未差錯，但並未找到出處，尤其未解釋所補何事（詳下）。

43 《集釋》上冊，頁 277。

亦稱頌二公喜汲引後進。

過去對「筆補」句的解釋所以失誤，固然是因為忽略後四句所致（詳下），亦因其忽略「補」與「造化」常與政治有關——即有政治意義：「造化」可以指皇帝之施政，已如上述；「補」字常指補朝政之闕（故有拾遺、補闕之官）[44]，如岑參《寄杜拾遺》云：「聖朝無闕事，自覺諫書希。」言外之意，指若聖朝有闕失之事，則應用「諫書」匡補之。案：杜甫有《奉答岑參補闕見贈》（《杜詩鏡銓》卷四），可見岑參時居「補闕」之官。由此看「筆補」句，其上句既云「殿前作賦聲摩空」，則此句亦當指補朝政。很值得注意的是，孟郊即稱補朝政為「補元化」，其《吊元魯山十首》其三云：「君子不自蹇，魯山蹇有因。苟含天地秀，皆是天地身。天地蹇既甚，魯山道莫伸。天地氣不足，魯山食更貧。始知補元化，竟須得賢人。」[45]後面四句即筆者解釋「筆補造化天無功」所本。詩中的「天地」、「元化」皆影射皇帝之施政[46]，「天地氣不足，魯山食更貧」，指用人不公平，不能任用元魯山這種賢人，導致賢人無祿仕養家，成為窮人，且更使朝政不善。「始知補元化，竟須得賢人」，指為改善朝政，即必須任用賢人，以「補」朝政之闕。孟郊又有《自嘆》詩云：「太行聳巍峨，是天產不平。黃河奔濁浪，是天生不清。」[47]所謂「天產不平」、「天生不清」亦即「天地氣不足」，指政治不清明，造成「不平」。綜合兩首詩的觀點，所謂「始知補元化」云云，指國家應有賢人治理，使政治清明，才能補足天地之氣，去除不平。由此亦可知，「補造化」亦即「補天」，皆可用來指任用賢人以輔助皇帝之施政。這種賢人政治的理想是有背景的，畢寶魁云：

---

[44] 案：韓愈有《赴江陵途中寄贈王二十補闕李十一拾遺李二十員外翰林三學士》（錢仲聯《韓昌黎詩繫年集釋》，上海：上海古籍，1998 年二刷，上冊，頁 288-89），可見「補闕」「拾遺」皆為官名。

[45] 郝世峰《孟郊詩集箋注》（石家莊：河北教育，2002），卷十，頁 479。

[46] 郝世峰《孟郊詩集箋注》（石家莊：河北教育，2002），卷三，頁 479。郝《注》：「元化：造化。也用以比喻帝王的德化。」

[47] 郝世峰《孟郊詩集箋注》（石家莊：河北教育，2002），卷三，頁 98。

> 德宗和憲宗兩朝對藩鎮都采取比較強硬的政策，大力提拔一批有才幹的知識分子到朝廷中來，為士人積極入世匡補時闕以求進取提供了機會。到元和後期，在平定淮南吳元濟之亂後，……出現所謂中興局面。這給企盼中興的知識分子們彷彿是注射了一針興奮劑；使他們要輔佐君主再現盛唐氣象的雄心和志向更加堅定。韓愈發起的古文運動和韓孟詩派的出現都與這種特定的背景有關。[48]

文中即用了「匡補時闕」、「輔佐君主」的常用語。由此看韓愈《左遷至藍關示姪孫湘》，更能了解「筆補造化」的意思。詩前半云：「一封朝奏九重天，夕貶潮州路八千。欲為聖明除弊事，肯將衰朽惜殘年。」所謂「九重天」、「聖明」，當指皇帝，「欲為聖明除弊事」顯指欲補朝政之缺，與「一封朝奏」結合起來，即所謂「筆補造化」。

不過，將「補」字用於指補朝政之失，說得最明白、最詳細的，無過於白居易對其《新樂府》的說明。茲抄錄幾段以證：

1.白居易《與元九書》：

> 洎周衰秦興，採詩官廢，上不以詩補察時政，下不以歌洩導人情，乃至於諂成之風動，救失之道缺。于時，六義始刓矣。[49]
> 僕當此日，擢在翰林，身是諫官，手請諫紙，啟奏之外，有可以救濟人病，裨補時闕，而難於指陳者，輒詠歌之。

2.《策林六十八》：

> 且古之為文者，上以紐王教，繫國風，下以存炯戒，通諷諭。故懲勸善惡之柄，執於文士褒貶之際焉；補察得失之端，操於詩人美刺之間焉。今褒貶之文無覈實，則懲勸之道缺矣；美刺之詩不稽政，則補察之義廢矣。雖彫章鏤句，將焉用之？

---

[48] 畢寶魁《韓孟詩派研究》（瀋陽：遼寧大學，1999），頁 13。

[49] 周祖譔編選《隋唐五代文論選》（北京：人民，1990），頁 235。後面幾篇引文，皆據此書，不再作注。

3.《策林六十九》：

臣聞：聖王酌人之言，補己之過，所以立理本，導化源也。將在乎選觀風之使，建採詩之官，俾乎歌詠之聲，諷刺之興，日採於下，歲獻於上者也。所謂「言之者無罪，聞之者足以自誡」。

4.《讀張籍古樂府》：

張君何為者？業文三十春。尤工樂府詩，舉代少其倫。為詩意如何？六義互鋪陳。風雅比興外，未嘗著空文。……上可裨教化，舒之濟萬民；下可理情性，卷之善一身。

或言「以詩補察時政」；或言「裨補時闕」；或言「補察得失之端」；或言「補己之過」，或言「裨教化」，所說的「補」，皆指補朝政之失；而「以詩補察時政」正是「筆補造化天無功」之意。近人劉曾遂云：

杜牧生當唐王朝日落崦嵫的後期，當時政治黑暗，戰亂頻仍，內憂外患，日益加劇。他素懷經邦濟世的抱負，「平生五色線，願補舜衣裳」（《郡齋獨酌》）很想在政治上有一番作為。……可知他的創作大多是為了諷諫時弊，有著強烈的現實意義。[50]

杜牧詩云「平生五色線，願補舜衣裳」（《郡齋獨酌》），明顯表示要用詩補察時政，亦可說是「筆補造化天無功」，與白居易的《新樂府》思想相同。

可知補有補助朝政之意。不過，以詩補察時政，範圍太過廣泛，《高軒過》所謂「筆補造化」主要指推薦人才，這與天寶亂後所興起的「賢人政治」觀有關。元稹《連昌宮辭》是最好的代表：

連昌宮中滿宮中竹，歲久無人森似束。……宮邊老人為余泣，少年進食因曾入。上皇正在望仙樓，太真同憑欄杆立。樓上樓前盡珠翠，炫

50 劉曾遂《略論杜牧詠史七言絕句》（《唐代文學研究》，1996），頁474。

> 轉熒煌照天地。……明年十月東都破，御砮猶聞祿山過。……我聞此語心骨悲，太平誰致亂者誰？翁言：「……姚崇宋璟作相公，勸諫上皇言語切。燮理陰陽禾黍豐，調和中外無兵戎。……開元之末姚、宋死，朝廷漸漸由妃子。祿山宮人養作兒，虢國門前鬧如市。弄權宰相不記名，依稀記得楊與李。廟謨顛倒四海搖，五十年來作瘡痏。今皇神聖丞相明，詔書才下吳蜀平。官軍又取河南賊，此賊一除天下寧。……」老翁此意深望幸，努力廟謨休論兵。

案：元詩借「宮邊老人」之口，言開元天寶之治是因重用賢相姚崇、宋璟，而在二相死後，因寵愛楊貴妃並及安祿山，造成安史之亂。袁枚注云：末二十六句，借與「老翁」問答之言，反覆以明治亂之故也[51]。後來李商隱有《行次西郊作一百韻》[52]，亦藉村民之口，敘述唐帝國由盛轉衰，以及期盼賢人治國的中興思想，與元稹《連昌宮辭》寫法相近。詩分三段，一開始云：

> 蛇年建丑月，我自梁還秦。南下大散關，北濟渭之濱。草木半舒坼，不類冰霜晨。又若夏苦熱，燋卷無芳津。高田長槲櫪，下田長荊榛。農具棄道傍，飢牛死空墩。依依過村落，十室無一存。存者皆面啼，無衣可迎賓。始若畏人問，及門還具陳。

以上為第一段，述西郊所見農村荒涼殘破景象[53]。接著第二段，借村民之口敘述從唐初至（文宗）開成治亂興衰，此為詩的中心，亦是最長段。至末段則表示自己的悲憤感慨，並揭示治亂之根源：

> 我聽此言罷，冤憤如相焚。昔聞舉一會，羣盜為之奔。又聞理與亂，繫人不繫天。我願為此事，君前剖心肝。叩頭出鮮血，滂沱污紫宸。

---

[51] 袁枚《詩學全書》，王英志主編《袁枚全集》七，王英中校點：《詳注圈點詩學全書》，頁 22。

[52] 劉學鍇、余恕誠著《李商隱詩歌集解》（臺北：洪葉，1991），上冊，頁 232-35。

[53] 劉學鍇、余恕誠著《李商隱詩歌集解》（臺北：洪葉，1991），上冊，頁 237。

> 九重黯已隔，涕泗空沾脣。使典作尚書，廝養為將軍。慎勿道此言，此言未忍聞！。[54]

〔按〕「我聽此言罷」之「此言」，指村民所述。作者因朝政腐敗，危機深重，雖有「君前剖心肝」之願望而不能實現，故不忍再聞此言，徒增憤鬱。

觀《集解》所收各家評語，大抵相同，基本上有兩個重點：(1)可稱詩史，當與杜甫《北征》並傳。(2)敘開元以來致亂之由，在姦邪之得進（即用人不當）。第2點尤為重要，劉學鍇、余恕誠《李商隱詩歌集解》篇後按語有詳細說明：

> 本篇係義山追溯唐王朝百餘年治亂興衰歷史，集中表述其政治見解之重要作品。篇中「又聞理與亂，繫人不繫天」一語，為全詩綱領，亦為全詩結穴，詩中所有議論、敘述均圍繞此中心觀點展開。……此詩係借述論史事表現政見之政治詩，非單純敘述唐王朝衰亂歷史之敘事詩。（頁256）
>
> 通觀全篇，作者固以為，朝廷與地方官吏之賢否，係國家治亂之根本，中樞是否得人，尤為治國之關鍵，而中樞是否得人，又取決於君主之明闇。……合而言之，正所謂理亂「繫人不繫天」也。
>
> 此義山刻意學杜之作。[55]

另外，郁賢浩、朱易安著《李商隱》，用評傳式說明云：

> 一開頭，詩人就用極簡煉的筆法勾勒出一幅慘不忍睹的流民圖：（略）接著，詩人借一個農民的自述，追溯唐王朝的興盛和衰敗，……最後，詩人再也按捺不住心頭的滿腔怒火：（略）這一段是全詩的結尾，也是詩中唯一的議論，詩人闡明了自己對政局的看法，

---

54 劉學鍇、余恕誠著《李商隱詩歌集解》（臺北：洪葉，1991），上冊，頁254。

55 劉學鍇、余恕誠著《李商隱詩歌集解》（臺北：洪葉，1991），上冊，頁256-58。

是他一貫的政治主張：必須任用賢才治國。[56]

上引兩書對此詩的解讀相近，皆指出詩的兩個重點：一是唐王朝由盛至衰的現象，一是盛衰的關鍵在能否「用賢才治國」；兩書皆指出「又聞理與亂，繫人不繫天」兩句的重要性。若以此詩作參照，對理解李賀《高軒過》中間一段，不無小補。首先，《行次西郊作》寫唐王朝由盛轉衰的歷史，中唐詩人如韓愈、孟郊等同樣有深刻感受，而理（治）[57]亂的關鍵繫於用賢才與否，如前所述，正是韓、孟詩派的重要主張[58]。孟郊有組詩《寒溪九首》，有如寓言詩，但文字艱澀，不易理解，「其五」之寓意與義山詩意頗為接近，箋注者郝世峰云：

> 詩的大意是說，人民遭受戰禍，在位的朝臣無力拯救，戰後瘡痍滿目。孟郊希望國家中興，帝王鏟除叛逆與讒佞，虛心納諫。詩人「獨立」而「千慮」，以賢者自居，意欲進諫，結果卻諫章徒有，而「古義終難陳」，終于無從上達。[59]

由此看《行次西郊作》末段，正如為《高軒過》中間一段作注。「昔聞舉一會，羣盜為之奔」，指春秋時代，晉國舉用大臣士會執政，群盜聞之、逃離一空為例，表示賢才對治國的重要性。「我願為此事，君前剖心肝」，表示詩人為國政憂心忡忡，亦可為「元精耿耿貫當中」之注。「叩頭出鮮血，滂沱污紫宸」表示要向皇帝剖析朝政危機與用人的重要性，更可為「殿前作賦聲摩空」作注。最值得注意的是「又聞理與亂，繫人不繫天」，簡直是「筆補造化天無功」的翻版，指國家之治亂，繫於是否任用賢相，而不在

---

56 郁賢浩、朱易安《李商隱》（上海：上海古籍，1985），頁 28-34。

57 唐高宗名治，韓愈在《送李愿歸盤谷序》中，就把應是「治亂不知」的句子，改寫成「理亂不知」，以對唐高宗因嫌名而避諱。（楊其群《李賀研論集》，太原：北岳文藝，1989，頁 106）。據此，義山所謂「又聞理與亂」之「理」，應作「治」看。

58 案：理（治）亂繫人不繫天的觀念，實唐初已有的觀念，但安史亂後更為加強，參謝思煒《白居易集綜論》（北京：中國社會科學，1997），頁 234-35。

59 郝世峰《孟郊詩集箋注》（石家莊：河北教育，2002），頁 237。

於皇帝本人。令人感到驚訝的是，這種觀念似已將皇帝視為「虛君」，而實際的執政者為首相，現代一些君主立憲國家——如英國與日本即是如此。

由此看《高軒過》之「筆補造化」，應指臣下用筆（文章）推薦人材，以補助皇帝之施政；「天無功」則指若無賢人輔佐，僅靠皇帝亦難以圖功。韓孟詩派另一重要詩人盧仝《感古四首》之一很可說明此意，詩云：

> 天生聖明君，必資忠賢臣。舜禹竭股肱。共佐堯為君。四載成地理，七政齊天文。……秦漢事讒巧，魏晉忘機鈞。……可憐萬乘君，聰明受沈惑。忠良伏草莽，無因施羽翼，日月異又蝕，天地晦如墨。[60]

此詩引史事為鑑，強調任用良臣的重要性，最後幾句即指唐憲忠之聰明受宦官蒙蔽，導致朝政惡化。

以上的觀念，若追根究柢，其實亦與唐代《毛詩》學有關。茲引近人謝建忠《〈毛詩〉及其經學闡釋對唐詩的影響研究》相關論點，以供參考。首先，前面已經提到，對「補時政之闕」的觀念，說得最多也最清楚的是白居易，而白居易的觀念，正是深受漢人以《詩經》作為「諫書」及「采詩」說的影響，這些又與《毛詩》之諷諫觀有緊密的關係。謝文云：

> 如果說說漢代經學背景下《詩》的闡釋被儒生「生吞活剝」地諫書化，那麼中唐經學背景下白居易的「以詩補察時政」便是有意識地把當下創作的詩作為諫書的一種補充形式。[61]

> 白居易的主要詩學觀點「以詩補察時政」與「采詩」觀點緊密連繫著。……近承《毛詩》經學闡釋的觀念，遠韶漢代的「采詩」觀念。（上引書，頁 145）

唐人所看的《毛詩》，主要是孔穎達所撰《毛詩正義》，屬唐代《五經正

60　盧仝《感古四首》，見臺北文史哲版《全唐詩》六冊，卷三百八十八，頁 4384。

61　謝建忠《〈毛詩〉及其經學闡釋對唐詩的影響研究》（成都：巴蜀書社，2007），頁 138。

義》之一。而據謝氏云，孔穎達非常重視任賢使能。謝氏云：

> 孔穎達以理想政治為出發點所構建的任賢使論具有一定的系統性。……他曾在《尚書注疏》中三次引用《詩序云》：「任賢使能、周室中興」（見《尚書注疏》卷七、卷九、卷十二）的話來表述自己的認識。所謂「任賢使能，周室中興」出自《大雅・烝民序》，孔穎達的《毛詩正義》闡述說，周宣王能夠任賢使能，職事修理，從而使既衰的周室，中道蔚然復興。（上引書，頁 119-20）

案：引文中指出，周宣王能任賢使能，導致既衰的周室中興，這對渴望唐代中興的中晚唐詩人必有極大的激勵作用。另外，孔穎達對親小人深惡痛絕，並認為這證明「王不任賢」，他說：

> 王不任賢，政教暴虐，此傷而戒之。……言王政之虐，逆于人心之甚也。由此王不任賢，故又陳而戒之……上責王不任賢。
>
> 《毛詩正義》中充滿了孔穎達對統治者不任用賢能現象的大量譏刺勸誡活語。（上引書，頁 12-21）

所謂「得賢則治，失賢則亂」，正是韓孟詩派的重要政治觀點，亦是理解「筆補造化天無功」的關鍵。由此才知道，所謂「天無功」亦可能來自《尚書・皋陶謨》之「天工人其代之」。

如曾運乾所說，天不能下來治理人間之事，故使人代之，亦即由人間的君臣治理百姓[62]。而就人間的統治而言，亦可說「天」指一國之君，「人」指賢才，「天工人其代之」指國君將國事交由賢人去治理，因賢人能力強，使朝政無缺失，不必國君操心。功，可作「事」解，據此，「天無功」乃指天無事。由此看「筆補造化天無功」，可指二公用文筆推薦賢才改善朝政，於是國君毋須為治理國事操心[63]。不過，若從反面看，即國君未能任用賢才

62　李民、王健撰《尚書譯注》（上海：上海古籍，2000），頁 37-42。

63　〔日〕川合康三解「筆補造化天無功」云：「詩中稱贊韓愈、皇甫湜的詩『補』了造化的不足部分，因此本應創造世界一切的造物主變得無事幹了。」（川合康三著《終

執政，則朝政將日趨惡劣，即使國君有心圖治，亦無能為力。此可以玄宗時代為例，當玄宗任用賢相姚崇、宋璟執政時，朝政穩定，玄宗不必為國事操心，形成開元天寶之盛世；而當姚、宋去世，玄宗任用楊國忠，寵愛楊貴妃，並及於安祿山，終導致天寶之亂。

以上從推薦人才以改善朝政的角度解釋中段文字，筆者一再聲明，是考慮到與末段的銜接，不妨說，末段就是「筆補造化天無功」的注解，故現在就談末段內容。

(三)垂翅附鴻冥

> 龐眉書客感秋蓬，誰知死草生華風。我今垂翅附冥鴻，他日不羞蛇作龍。

最後四句轉到自己身上。前二句「龐眉書客感秋蓬，誰知死草生華風」，「龐眉書客」為長吉自謂[64]，二句自比如蓬蒿至秋將敗而死，不料今得榮華（暖和）之風吹拂助其生機，亦即古人所謂吹枯噓生之意[65]，榮華之風指二公之援助。最後二句「我今垂翅附冥鴻，他日不羞蛇作龍」，今人吳企明注引王琦《彙解》云：

> 喻言今雖失意，苟得攀附二公，長其聲價，自能變化飛騰於異日[66]。

案：失意的事有很多種情形，此以「失意」解釋「垂翅」，似過於籠統。其實，王琦有更具體解釋，賀詩《昌谷讀書示巴童》云：「蟲響燈光

南山的變容》，劉維治、張劍、蔣寅譯，上海：上海古籍，2007，頁 28）案：川合先生的解釋雖與筆者不同，但用「造物者無事可幹」解「天無功」，則與筆者相同。

64 賀詩《巴童答》：「巨鼻宜山褐，龐眉入苦吟。」龐眉，雙眉濃密，中間相通。李商隱作《李賀小傳》，亦云：「長吉細瘦，通眉，長指爪，能苦吟疾書。」詩云「龐眉書客」乃長吉自謂。

65 參王琦《彙解》，見吳企明《李長吉歌詩編年箋注》（北京：中華，2012），頁 89。

66 參見吳企明《李長吉歌詩編年箋注》（北京：中華，2012），頁 87-9。

薄，宵寒藥氣濃。君憐垂翅客，辛苦尚相從。」詩中提到「垂翅客」，王琦《彙解》云：「《後漢書・馮翼傳》：始雖垂翅回谿，終能奮翼黽池。蓋以鬬鳥為喻，敗則垂翅而遁，勝則奮翼而鳴。此詩是下第後所作。」[67]此解中包含三個重點，皆值得注意。首先引《後漢書・馮翼傳》之語，指出「垂翅」的出處。其次說明垂翅是以鬬鳥為喻，表示鬬敗而逃。最後點出垂翅所比喻的具體事實——亦即詩的重點：此詩是下第後所作。這點最值得重視，這是將科舉考試之競爭比為鳥之相鬥，以垂翅客比喻下第不中者洩氣「失意」之狀，由此才知道所謂「失意」是因何而來。其《開愁歌》云：「我當二十不得意，一心愁謝如枯蘭。」以枯蘭比「不得意」之愁心，應指落第之事，與以「秋蓬、死草」比下第沮喪失意相同。

吳企明《李賀年譜新編》記憲宗元和三年、四年之事，對了解《高軒過》的寫作背景甚有幫助，茲抄錄有關內容如下：

唐憲宗元和三年（808）　十九歲

秋，賀自昌谷赴洛陽，貸宗人宅於仁和里，準備應河南府試。

本年，韓愈、皇甫湜均洛陽任職，與李賀有交游。

賀就試河南府試，作《河南府試十二月樂詞並閏月》。

賀府試獲雋後，妒忌者毀之曰：「父名晉肅，子不得舉進士。」韓愈為作《諱辨》，支持他赴京應禮部試。[68]

唐憲宗元和四年（809）　二十歲

春，舉進士不第，離長安東歸，作《出城》詩。歸昌谷……。

九月、十月間，李賀辭妻遠行，……從昌谷到洛陽，仍客仁和里，……韓愈、皇甫湜得知後，連騎往訪，賀作《高軒過》詩答謝之。[69]

---

67 見王琦等評注《三家評注李長吉歌詩》（上海：上海古籍，1998），頁104。

68 吳企明《李長吉歌詩編年箋注》（北京：中華，2002），《李賀年譜新編》元和三年，頁831。

69 吳企明《李長吉歌詩編年箋注》（北京：中華，2002），《李賀年譜新編》元和四年，頁836。

據上引《年譜》，李賀曾於元和三年通過河南府的考試，時賀已認識韓愈，愈乃鼓勵賀進一步參加禮部進士科考試。不料有妒忌者毀之曰：「父名晉肅，子不得舉進士。」故韓愈為作《諱辨》。隔年——元和四年，春，賀參加禮部進士試不第，只好離開長安東歸昌谷。是時李賀已經結婚，可能為了家庭因素，仍必須往仕途奮鬥，故於九月、十月間，辭妻遠行，又從昌谷到洛陽。當時韓愈、皇甫湜均任職於洛陽，得知後，連騎往訪，故賀作《高軒過》詩答謝之。由此可知，《高軒過》乃作於應禮部試下第之後，詩的末段即是敘其禮部應舉失敗的沮喪心情，故自比如鬪鳥之垂翅。《年譜新篇》對「垂翅」之比喻有一段評論云：

> 《昌谷讀書示巴童》、《高軒過》，兩詩均有「垂翅」詞語。《後漢書・馮翼傳》：「始則垂翅回溪，終能奮翼澠池。」庾信《詠別扇》：「定似回溪路，將軍垂翅歸。」古人均用飛鳥翅翼下垂，比喻人之失勢受黜。李賀落第回鄉是他人生道路第一次大挫折。他應禮部試，場屋失利，故用此詞語。[70]

這段話主要內容已見前引王琦《彙解》，只是多出庾信《詠別扇》：「定似回溪路，將軍垂翅歸。」又加說明云：「古人均用飛鳥翅翼下垂，比喻人之失勢受黜。李賀落第回鄉是他人生道路第一次大挫折。他應禮部試，場屋失利，故用此詞語。」因此可確定「垂翅」確指下第所受的打擊。

應注意的是，末段既將自己比為將枯死的秋蓬與鬥敗垂翅之鳥，又將二公比為溫暖之華風與高飛之鴻鳥，即對二公之願相助表示感謝，詩云「我今垂翅附冥鴻，他日不羞蛇作龍」，如吳注云：「喻言今雖失意，苟得攀附二公，長其聲價，自能變化飛騰於異日。」這種對比性寫法是有前例的，茲舉數則如下：

駱賓王《上瑕丘韋明府啟》：「賓王啟：側聞觸籠戢翮，負垂天而局

70　吳企明《李長吉歌詩編年箋注》（北京：中華，2002），《李賀年譜新編》元和三年、四年，下冊頁833。

影；伏櫪羈蹄，望絕塵而踠足。」薛天緯評云：「一上來就是喪氣的樣子。」[71]案：詩用兩個對比，請求對方援引：(1)目前如「觸籠戢翮」——被困籠中垂翅之鳥，希望有朝一日能如大鵬飛騰雲端；(2)目前如伏櫪被羈之馬，希望未來能受到賞識重用，如良馬放足千里而行。兩種比喻皆期盼未來能為朝廷所用。

更值得注意的是對比性寫法經常看到，如李白《答王十二寒夜獨酌有懷》：「驊騮蜷局不得食，蹇驢得意鳴春風。」比喻有才之人饑不得食，而平庸下劣之人卻在高位春風得意。

杜甫《奉贈韋左丞丈二十二韻》云：「騎驢三十載，旅食京華春。朝扣富身門，暮隨肥馬塵；殘杯與冷炙，到處潛悲辛。主上頃見徵，欻然欲求伸。青冥卻垂翅，蹭蹬無縱鱗。」《詳注》：「此慨歷年不遇，申明誤身之故。蕭條至悲辛，言貢舉不第，見徵至縱鱗言應詔退下。」（頁 133）此詩值得注意，所謂「青冥卻垂翅」，指「貢舉」考試不第，與賀詩所云「垂翅」，幾完全相同。

孟郊《落第》亦採取同樣寫法：「曉月難為光，愁人難為腸。誰言春物榮？豈見葉上霜。雕鶚失勢病，鷦鷯假翼翔。棄置復棄置，情如刀刃傷。」[72]後四句寫出落第如雕鶚失勢（如「垂翅」鬥敗之雞），與平凡的鷦鷯因得藉勢翱翔天際，形成一上一下對比，有強烈不平之意。

韓愈《縣齋有懷》云：「捐軀辰在丁，鎩翮時方臘。」以「鎩翮」指自已被貶事[73]。又《贈鄭兵曹》云：「我材與世不相當，戢鱗委翅無復望。」以「戢鱗委翅」指與世不合，遭遇挫折。據錢仲聯《韓昌黎詩繫年集釋》所引注文，此種用法最早可溯至屈原《九章》：「魚戢鱗以自別兮，蛟龍隱其

71　薛天緯《干謁與唐代詩人心態》（《唐代文學研究》五輯，1994），頁 6。

72　郝世峰《孟郊詩集箋注》（石家莊：河北教育，2002），頁 125。

73　案：韓愈以監察御史上《天旱人饑疏》，被貶陽山，上句指上疏之日（丁日），下句指被貶之月（貞元十九年十二月）。見錢仲聯《韓昌黎詩繫年集釋》（上海：上海古籍，1984），上冊，頁 234-35，注 39、40。其《雨中寄孟刑部幾道聯句》又云「今君騁方馳，伊我羽已鎩」，上句亦指陽山被貶之事（《集釋》頁 466 及頁 469 注 23）。

文章。」《文選》《與嵇茂齊書》又云：「時不我與，垂翼遠逝。鋒鉅靡加，六翮摧屈。」[74]與賀詩以「垂翅」喻己落第失意類似。

案：賈誼《弔屈原賦》云：「嗚呼哀哉！逢時不祥，鸞鳳伏竄兮，鴟梟翺翔。闒茸尊顯兮，讒諛得志。（下略）」[75]即用許多對比性寫法表現朝廷用人之不公平。

以上這些對比性寫法，說到底，就是「遇」與「不遇」的問題，亦即能否遇到有力之士援助的問題。由此看賀詩《高軒過》末段所用比喻與希求援引之意，與前引例子顯有類似之處。今人徐傳武云：「時當元和五年（810年）秋天。這年十月，李賀又入長安，意在求仕。途經洛陽，……韓愈和皇甫湜親自到其住處過訪，當是對他未能應試（案：應指禮部試落第）表示安慰，同時也可能對他求仕表示願助一臂之力，李賀因有『絕處逢生』之感，覺得有了施展才能的機會，故賦《高軒過》一詩。」[76]這段話，除了「未能應（禮部）試」可能有誤外，其餘皆值得參考。據詩題下注文可知，乃因二公過訪，賀乃應命賦詩言志；末四句即所謂「卒章顯其志」，藉由一些比喻，感謝二公援引，並表示自已對未來仍充滿希望，所以要入京求仕。

(四)伯樂與千里馬

寫到這裏，應再回顧首段。首段寫二公既為朝廷命官，又為「東京才子，文章鉅公」，是有用意的，朱自清《李賀年譜》云：

> （韓）愈（皇甫）湜甚負時譽，「東京才子文章公」殆非諛詞而已。其過賀足為增名不少，賀之感激可知；故有秋蓬生風，附鴻，作龍之語，信其能推引也。[77]

---

[74] 錢仲聯《韓昌黎詩繫年集釋》（上海：上海古籍，1998年二刷），上冊，頁386。

[75] 費振剛、仇仲謙、劉南平《全漢賦校注》（廣州：廣東教育，2005），上冊，頁4。

[76] 徐傳武《李賀論稿》（臺北：廣陽譯學，1997），頁 19。唯徐文將此年定在元和五年，並以為李賀放棄禮部考試，可能有誤，實際上，李賀應有參加禮部考試。

[77] 見《李賀年譜補注》（朱自清原著，楊其群補注），收入楊其群《李賀研究論集》（太原：北岳文藝，1989），頁192。案：楊氏亦同意朱之看法。

可見首段所敘二公為「東京才子，文章鉅公」（一作「東京才子文章公」），並不只是稱讚二公文章超卓而已，更重要的是「信其能推引也」，即對韓愈喜歡推舉人才的肯定；末段所表示希望得到二公援引，正是呼應首段所敘。據此可說，「東京才子，文章鉅公」兩句是整首詩的基礎，朱氏所謂「信其能推引也」亦為理解中間一段的鑰匙。既然末段與首段呼應，則中間一段當亦不出此脈絡，所謂「二十八宿羅心胸」云云，即是「信其能推引也」之意（詳見前面筆者之解讀）。

關於韓愈喜汲引後進，資料甚多，茲先引新、舊《唐書》以及〔明〕胡震亨《唐音癸籤》，共三種較可靠者，以為理解此詩中段的背景。

1.《舊唐書・韓愈傳》

> 愈性弘通，與人交，榮悴不易。少時與洛陽人孟郊、東郡人張籍友善。二人名位未振，愈不避寒暑，稱薦於公卿間，而籍終成科第，榮於祿仕。後雖通貴，每退公之之隙，則相與談讌，論文賦詩，如平昔焉。而觀諸權門豪士，如僕隸焉，瞪然不顧。而頗能誘厲後進，館之者十六七，雖晨炊不給，怡然不介意。[78]

2.《新唐書・韓愈傳》

> 愈性明銳，不詭隨，終始不少變。成就後進士，往往知名。經愈指授，皆稱「韓門弟子」。[79]

兩《唐書》皆慎重指出韓愈喜歡提拔後進，可見這是韓愈生平一個特點，但由行文來看，《舊唐書》所敘較為詳細。僅由所占篇幅，就可看出兩《書》頗大差距：《舊唐書》占四行，而《新唐書》僅占一行又四字；顯然，舊《書》較為詳細具體，而新《書》則過於簡單。後者所謂「成就後進士，往往知名」，僅就汲引之後果言，而未及於其汲引對象與具體過程。相

---

78 臺北鼎文書局版，《舊唐書・韓愈列傳》，冊五，頁 4203。

79 臺北鼎文書局版，《新唐書・韓愈傳》，冊七，頁 5265。

對的，舊《書》則先言被薦者乃名位未振之寒士（孟郊、張籍），繼言其推薦過程——「不避寒暑，稱薦於公卿間」，最後記其有好的結果：「終成科第，榮於祿仕」。整個汲引過程非常完整，充分表現韓愈對寒士之關心，其「古道熱腸」宛然如畫。

3.〔明〕胡震亨《唐音癸籤》

其實，更值得注意的是〔明〕胡震亨《唐音癸籤》所云：

> 詩道須前後輩相推引。李、杜兩大家，不曾成就得一個後輩來，殊可惜。惟昌黎公有文章官位聲名，任得此事。公又實以作人迪後擔子一身肩承，史稱其獎借後輩，稱薦公卿間，寒暑不避。而會其時，所曲成其業與其身名如孟郊、李賀、賈島其人者，又皆間出吟手，能偕公翻門新異，換奪一世心眼傳後。以故繼諸人而起者，復燈燈相繼續不衰，追頌公亦因不衰。終唐三百年，求文章家一大龍門，非公其誰歸？[80]

此文一開始指出李、杜兩大家一個重大遺憾，「不曾成就得一個後輩來」，並舉韓愈做對照。最值得注意的是，將韓愈之「有文章官位聲名」與其「獎借後輩，稱薦公卿間」結合起來，與前引《舊唐書‧韓愈傳》大體相同，這對理解《高軒過》頗有幫助。賀詩第一段正是寫韓愈之「有文章官位聲名」，差別只在於賀詩用華麗動人的文詞表現，而《唐音癸籤》則是用樸素的論體加以概括。由此看《高軒過》第二段，表面看來極為難解，但若以《唐音癸籤》做參照，則可提供一條線索，即此段應離不開「獎借後輩，稱薦公卿間」這個方向；筆者前面的解讀，正是朝著這個方向進行，而最重要的是，如此解讀才能與末段銜接起來。

那麼，韓愈為何如此重視、喜歡推薦人才？近人楊其群云：

> 韓愈自稱「四舉于禮部乃一得，三選于吏部卒無成。」（《上宰相書》）

---

[80] 〔明〕胡震亨：《唐音癸籤》卷二十五《談叢》（臺北：木鐸，1982），頁268。

> 韓愈對于埋沒人才而發出浩嘆，「世有伯樂，然後有千里馬；千里馬常有，而伯樂不常有。」（《雜說四首》）
> 當有了推薦人才的威望時，韓愈準備當個辨識人才的伯樂，竭力培養推薦，以免人才埋沒。韓愈卻因此遭人誹謗，「舉城士大夫莫不皆然，而愈不幸獨有接後輩名。名之所存，謗之所歸也。」[81]

也就是韓愈基於自己「四舉于禮部乃一得，三選于吏部卒無成」（《上宰相書》）的痛苦經驗，深知能否遇到知音，對人才能否出頭，是極關鍵的事；他甚至指出「世有伯樂，然後有千里馬；千里馬常有，而伯樂不常有」（《雜說四首》），換言之，任何時代皆有人才，但能認識人才並且願意推舉人才的「伯樂」並不常有，這正是人才常被埋沒的原因；基於這種認知，韓愈才以伯樂自許，一有機會就推薦人才。楊氏所謂：「當有了推薦人才的威望時，韓愈準備當個辨識人才的伯樂，竭力培養推薦，以免人才埋沒。」此即胡震亨所謂，當韓愈「有文章官位聲名」之後，會「獎借後輩，稱薦公卿間」。這就是韓愈極力推薦李賀、為之寫《諱辯》以助其考進士的動力，楊氏云：

> 韓愈確認為人才的，推薦給主試官，多被錄取為進士，……（舉例略）韓愈推薦後進之士，真是不遺餘力。韓愈稱舉李賀並竭力推薦，韓愈為李賀作《諱辯》，冒「且得罪」風險，勸李賀舉「進士」，亦是證明。[82]

韓愈喜歡推薦人才，有一首《送區弘南歸詩》應特別提出來。區弘是一個感情豐富的讀書人，當韓愈第一次被貶到南方——廣西陽山時，隔年區弘來跟韓愈學習，師生之間頗以切磋學問為樂；因南方少人才，區弘雖學問尚未盡善，愈亦看重不棄。後來韓愈自陽山徙江陵，又召拜國子博士至京師，區弘皆跟在身邊。其實區弘家有老母與妻子，有一天接到母親書信與妻子寄

---

81 楊其群《李賀研究論集》（太原：北岳文藝，1989），頁 113-14。
82 楊其群《李賀研究論集》（太原：北岳文藝，1989），頁 114。

來的衣服，區弘忍不住痛哭，詩云：「母附書至妻寄衣，開書拆衣淚痕晞。」韓愈知道區弘想回家，於是寫詩送行，末兩句云：「業成志樹來頎頎，我當為子言天扉。」[83]鼓勵區弘，若學業有成，再來見我，自己定會上陳天子，務必讓區弘進入朝廷。師生之情，愛才之心，溢於言表，而「我當為子言天扉」正可為「殿前作賦聲摩空」的最佳注腳。

由前引許多資料看來，若韓愈得參與朝廷政治，最在意的應是薦引賢才，如其推薦孟郊之《薦士》詩云：「聖皇索遺逸，髦士日登造。廟堂有賢相，愛遇均覆燾。」（頁 527）這是恭維「廟堂」中之聖皇賢相皆會以登用賢才為急。案：《舊唐書・憲宗本紀上》記憲宗剛即位時，「始御紫宸對百僚」，韓愈《元和聖德詩》亦云：「臣蒙被恩澤，日與羣臣立紫宸殿下，……誠宜率先作歌詩以稱道盛德。」（王元啟：此元和二年正月公為國子博士時作）這裏提到「立紫宸殿下」獻詩歌頌憲宗武功。案：杜甫《奉贈鮮于京兆二十韻》云：「獻納紆皇眷，中間謁紫宸。」乃言當年獻賦召見紫宸殿事（見《詳注》頁 169-70），後為拾遺官時，又作《紫宸殿退朝口號》（《詳注》，頁 322）。前引李商隱《行次西郊》亦云：「叩頭出鮮血，滂沱污紫宸。」據此，李賀《高軒過》所云「殿前作賦」，應指二公在「紫宸殿」對皇帝獻賦以推薦賢才。

總之，以上提供許多資料，重點不離「推薦」兩字。古代用人常要有人推薦，尤其是唐代，此風氣更盛，可以毫不誇張地說，只有抓住這個要害才能解開《高軒過》中間一段之「謎」。

(五)李賀《高軒過》與古代災異思想

此詩前後兩段皆不難閱讀，唯獨中間一段寫得光怪陸離，難以捉摸，甚似謎語，而由筆者所引證的資料看來，謎底即是「推薦」兩字。唯談到「推薦」，筆者頗懷疑此段寫法與「災異思想」有關，蓋任用賢臣以助聖化、補朝政為災異思想之重點（詳下），故擬以《李賀〈高軒過〉與古代災異思想》為題加以說明。

---

[83] 錢仲聯《韓昌黎詩繫年集釋》（上海：上海古籍，1998 年二刷），上冊，頁 576。

1.京房《易傳》與災異學

在解釋「二十八宿羅心胸，元精耿耿貫當中」時，筆者注意到注文引《後漢書・郎顗傳》云：「漢中李固，元精所生，王之佐臣也。」並指出「王之佐臣」對理解賀詩的重要性。但當時筆者只看注文所引幾句，並未想到災異說。後來筆者將《郎顗傳》從頭至尾反覆閱讀兩遍[84]，才注意到《高軒過》中間幾句與災異思想的關係，尤其注中所引《後漢書・郎顗傳》文，即為郎顗推薦李固之語，更使筆者懷疑賀詩可能受到《郎顗傳》啟發。茲摘引《郎顗傳》的一些內容，並略加說明，以為參考。《傳》文一開始先介紹郎顗父親郎宗的學術背景：

> 郎顗字雅光，北海安丘人也。父宗，字仲綏，學《京氏易》，善風角、星筭、六日七分，能望氣占候吉凶，常賣卜自奉。安帝徵之，對策為諸儒表，後拜吳令。時卒有暴風，宗占知京師當有大火，記識時日，遣人參候，果如其言。諸公聞而表上，以博士徵之。宗恥以占驗見知，聞徵書到，夜縣印綬於縣廷而遁去，遂終身不仕[85]。

《傳》文所說的《京氏易》，是災異學大師京房所著《易傳》，此書是西漢談災異的重要著作，「風角、星筭、六日七分」等皆是觀察吉凶災異的方法[86]。這段傳文主要是說明其父郎宗善用京房《易傳》占測災異，傳文提到其父準確預測到京師發生火災的時日，似為了證明這套方法的有效性。接著敘述郎顗「少傳父業」，文云：

> 顗少傳父業，兼明經典，隱居海畔，延致學徒常數百人。晝研精義，

---

84 其實以前曾讀過《後漢書》全部，並摘錄《郎顗傳》中有關災異資料。

85 《後漢書・郎顗傳》（中華版，冊四），頁 1053。

86 注云：「京氏，京房也，作《易傳》。風角謂候四方四隅之風，以占吉凶也。星筭謂善天文筭數也。《易稽覽圖》曰：『甲子卦氣起中孚，六日八十分日之七。』鄭玄注云：『六以候也。八十分為一日之七者，一卦六日七分也。』」可見「六日七分」為用易卦占吉凶之法。（《後漢書・郎顗傳》，中華版，冊四，頁 1053）

> 夜占象度，勤心銳思，朝夕無倦。州郡辟召，舉有道、方正，不就。[87]

可見郎顗不僅繼承父親所善之京氏災異學，且兼明儒家經典（因漢之今文經學頗重災異）。而因其隱居海畔，有利於夜觀星象，他又「晝研精義，夜占象度，勤心銳思」，則其對災異學的理解不限於文字方面，也注意到實際的觀察，應該說，相較於其父親，已「青出於藍」。《傳》文又云：

> 順帝時，災異屢見，陽嘉二年正月，公車徵，顗乃詣闕拜章曰：
> 臣聞天垂妖象，地見災符，所以譴告人主，責躬修德，使正機平衡，流化興政也。《易內傳》曰：「凡災異所生，各以其政。變之則除，消之亦除。」[88]伏惟陛下躬日昃之聽，溫三省之勤，思過念咎，務消祇悔。

由「災異屢見」「公車徵」，可見郎顗是以災異專家被看重。而後面所接傳文，幾乎都是記載郎顗論災異的各種觀點，但他所論並不是空談理論，而是用在分析、說明實際所發生的問題；所以，要了解漢代的災異說——尤其是京房災異說，本傳可說是很好的教材[89]。傳文云：「臣聞天垂妖象，地見災符，所以譴告人主，責躬修德，使正機平衡，流化興政也。《易內傳》曰：『凡災異所生，各以其政。變之則除，消之亦除。』」這一段可說是開宗明義，指出災異學的基本觀點：天地所現各種災變，是為了「譴告人主」——即責備國君，要求他修正執政的品德，使國政導入正軌，不致出差錯。「凡災異所生，各以其政。變之則除，消之亦除。」這幾句非常簡單，卻是災異說最基本、核心的觀點，幾乎可說，各種災異說的應用，皆離不開這幾句。

---

87 《後漢書・郎顗傳》，中華版，冊四，頁 1053。

88 注 1：《易稽覽圖》曰：「凡異所生，災所起，各以其政，變之則除，其不可變者，則施之亦除。」鄭玄注曰：「改其政者，謂失火令則行水令，失土令則行木令，失金令則行火令，則災除去也。不可變謂殺賢者也。施之者，死者不可復生，封祿其子孫，使得血食，則災除也。」（《後漢書・郎顗傳》，中華版，冊四，頁 1054）

89 今人盧央撰《京氏易傳解讀》（北京：九州，2010 年二刷），即有專節論《郎顗與〈京氏易〉》（上冊，頁 151）。

它指出天地災異的產生不是無故的，皆由政治不善所引起的；但若能針對錯誤的行為，改變執政品德，則可扭轉，不致發生更嚴重的災害（如亡國滅家）。這正是災異學的主要目的，一方面分析災變產生的原因，一方面提供消除的辦法；災異學之受到重視，原因在此。故災異學是一套實用之學，它是與經學（如《易》學）結合以評論時政，亦即當時人所謂「通經致用」。

2.採納良臣與「筆補造化」

後面郎顗所論皆是針對當時所遇問題，提出分析、說明，但並不只是一次上章，另外還有兩次，一次是皇帝命其「對尚書」說明，顗「謹修序前章，暢其旨趣，條便宜七事，具對如狀」，亦即對前章又做詳細說明，從災異觀點，分析七事。其中第六事，藉「白虹貫日」的星變，建議罷黜當時的司徒，司徒為三公一，這是人事上的大變動[90]；第七事提議應「改元更始」等等，更是大事，故引起「臺」的質疑，臺仍指尚書[91]。針對「臺詰顗曰」，郎顗提出說明，並且上書薦黃瓊、李固，又加「便宜四事」。統而言之，本傳共有三大段，篇幅頗多，有許多與本文無關，不再多引，這裏只取與本文有關者幾段，稍加說明。

在前述第二次上書「條便宜七事」中，其第二事主要是批評當時的三公無能輔佐國君解決朝政問題：「今三公皆令色足恭，外厲內荏，以虛事上，無佐國之實。」最後建議：「宜採納良臣，以助聖化。」[92]案：這兩句非常重要，所謂「以助聖化」即輔佐國君以改善政治，亦即「補造化」之意。而要助聖化，即應「採納良臣」，這與筆者前引孟郊《吊元魯山》詩所云「始知補元化，竟須得賢人」，文字幾乎一樣。

郎顗在回答「臺」之質疑後，上書推薦黃瓊、李固。《傳》文云：

90 據注文，時劉崎為司徒，至陽嘉三年策免（頁 1065），似乎與郎顗的奏文有關。

91 《漢書・仲長統傳》：「雖置三公，事歸臺閣。」注：「臺閣，尚書省也。」（《集釋》下冊，頁 1042）又《唐六典》：「後漢尚書稱臺，魏、晉以來為省。龍朔二年，改為『中臺』。」（《集釋》下冊，頁 1033）可見「臺」指尚書。

92 《後漢書・郎顗傳》（中華版，冊四），頁 1059-60。

顗又上書薦黃瓊、李固，並陳消災之術曰：

臣聞刳舟剡楫，將欲濟江海也；聘賢選佐，將以安天下也。昔唐堯在上，群龍為用，文武創德，周召作輔，是以能建天地之功，增日月之耀者也。詩云「赫赫王命，仲山甫將之。邦國若否，仲山甫明之。」宣王是賴，以致雍熙。

陛下踐祚以來，勤心庶政，而三九之位，未見其人，是以災害屢臻，四國未寧。臣考之國典，驗之聞見，莫不以得賢為功，失士為敗。……夫求賢者，上以承天，下以為人。不用之，則逆天統，違人望。逆天統則災眚降，違人望則化不行。……豈可不剛健篤實，矜矜慄慄，以守天功盛德大業乎？

臣伏見光祿大夫江夏黃瓊，……因以喪病，致命遂志。……天下莫不嘉朝廷有此良人，而復怪其不時還任。陛下宜加隆崇之恩，極養賢之禮，徵反京師，以慰天下。又處士漢中李固，年四十，通游夏之藝，履顏閔之仁，絜白之節，情同皦日，忠貞之操，好是正直，卓冠古人，當世莫及。元精所生，王之佐臣，天之生固，必為聖漢，宜蒙特徵，以示四方。……（《後漢書・郎顗傳》，中華版，冊四，頁1070）

《傳》文一開始云「顗又上書薦黃瓊、李固，並陳消災之術」，指採納良臣可以消除災異，蓋基於「宜採納良臣，以助聖化」的觀點，以為若有良臣輔助，必可改善朝政，不致發生災異；言下之意為，所以出現天變災異，是因朝無良臣所致。這是強調用人之良否與災異有關，下面分三段說明。首段開始云「聘賢選佐，將以安天下也」，指國君若要安定天下，必須禮聘賢臣輔佐，並引經典中唐堯、周文武與周宣王之例為證。二段以順帝時的情形做對比，因三公九卿眾多大臣未有適當人選，即使陛下「勤於庶政」，仍然災異頻繁，四方未寧，於是指出問題所在：「得賢」與否。接著推舉黃瓊與李固，關於黃瓊部分，請見上引文，姑從略。現只談李固部分，文中稱「處士漢中李固」，可見尚未任官，而除盛讚其有諸多德行外，又致最高的評價：

「卓冠古人，當世莫及。元精所生，王之佐臣，天之生固，必為聖漢，宜蒙特徵，以示四方。」這一大段話，在前引《高軒過》注文中，僅留「元精所生，王之佐臣」兩句，又僅解釋「元精」之義為「天之精氣」以作參考，而忽略「王之佐臣」，其實這才是重點，可以說只存糟粕而去其精華。另一值得注意的是，李固是「處士」，此與李賀尚未任官，可謂遙相呼應。

如上所述，「宜採納良臣，以助聖化」是災異說的重要觀點，因其可消災異，是「消災之術」，而這也是郎顗推舉李固的原因。由《傳》文可以明顯看出，據星變談災異，是郎顗常用的方法，在其所陳「便宜七事」之「四事」中，提到「熒惑者，至陽之精也，天之使也」，又於「五事」中云：「凡金氣為變，發秋節」「金精之變，責歸上司」，皆意指天上星宿即為「元精」所生[93]；故其所云「元精所生，王之佐臣」，是指王之佐臣有如天上星宿，堪為國君之良臣。因此，筆者懷疑，賀詩《高軒過》中間一段，言「二十八宿羅心胸，元精耿耿貫當中」，有可能是根據《後漢書・郎顗傳》而來，惜注文雖引《傳》文，卻只注意「元精」之出處，可謂失之交臂。

3.禳災之道與「天無功」

另外，筆者也懷疑，「筆補造化天無功」此句亦來自《郎顗傳》。上引《傳》文即多次提到「天功」，如第一段開始先指出重點：「聘賢選佐，將以安天下也」，即以聘任賢佐為治國的關鍵。而後面舉經典中聖君因能用賢佐輔助，「是以能建天地之功，增日月之耀者也」，簡言之，任用賢佐有助於「建天功」。相對的，第二段以陛下（順宗）執政作對比，因其無賢佐，雖「勤心庶政」，而「災害屢臻，四國未寧」，即無法「建天功」，且多災

93　案：《新序》卷四《雜事》27「宋景公時」章：「宋景公時，熒惑守心。」《校釋》引《呂氏春秋・制樂》高注云：「熒惑，五星之一，火之精也。」（〔漢〕劉向編著，石光瑛校釋，陳新整理，北京：中華，2001，上冊，頁 626）又《論衡・變虛篇》云：「且子韋之言曰：『熒惑，天使也。』」（《校釋》云：「《淮南天文訓》：『熒惑常以十月入太微，受制而出行列宿，司無道之國。』」）見黃暉撰《論衡校釋》（北京：中華，2009 年五刷），冊三，頁 207。盧仝《月蝕詩》云：「皇天要識物，日月乃化生。」亦指日月乃天之元精所生，為「天之使也」。

害。於是總結歷史經驗為：「得賢為功，失士為敗」，亦即得賢可以「建天功」。故後面建議陛下：「豈可不剛健篤實，矜矜慄慄，以守天功盛德大業乎？」指出選任賢佐才能守住開國創業國君所建立之偉大功業，因其為天命所付託，故云「天功」。前面已說過「聘賢選佐，將以安天下」，則所謂「建天功」亦應指「安天下」，亦即使天下安定太平，與「天下大亂」相對；若天下太平，當然天無降災（即使降災，亦有辦法消除），故云聘用賢佐是一種「消災之術」。總之，聘用賢佐正是「建天功」所必須的政策，而賢臣輔佐國君「建天功」，不就是「補造化」——輔佐國君使天下安定太平、無災害？接著，請看《傳》文三段中最後一段：

> 謹復條便宜四事，附奏於左：
> 一事：孔子作《春秋》，書「正月」者，敬歲之始也。王者則天之象，因時之序，宜開發德號，爵賞命士，流寬大之澤，垂仁厚之德，順助元氣，含養庶類。（下略）[94]

這一節針對正月立春王者之施政，以為「王者則天之象，因時之序」，即王者應效法天象，在歲始立春時，應廣施仁德，對下有恩。但實際上，卻只聞罪罰考掠之聲，造成殺氣旺盛，與立春愛物之天意大相逕庭，以致入歲以來，常有蒙昧不清之氣籠罩，造成日月無光。這種異變正是上天對人君施政的譴告——即所謂「天戒」。總之，是勸戒國君應效法天象，在立春時節多施恩德。

> 四事：《易傳》曰：「陽無德則旱，陰僭陽亦旱。」陽無德者，人君恩澤不施於人也。陰僭陽者，祿去公室，臣下專權也。自冬涉春，訖無嘉澤，數有西風，反逆時節。朝廷勞心，廣為禱祈，薦祭山川，暴龍移市。臣聞皇天感物，不為偽動，災變應人，要在責己。若令雨可請降，水可攘止，則歲無隔並，太平可待。然而災害不息者，患不在此也（不在祈禱）。立春以來，未見朝廷賞錄有功，表顯有德，存問

94　《後漢書・郎顗傳》（中華版，冊四），頁 1071。

孤寡，賑恤貧弱，而但見洛陽都官奔車東西，收繫纖介，牢獄充盈。（中略）願陛下早宣德澤，以應天功。若臣言不用，朝政不改者，立夏之後乃有澍雨，於今際未可望也。若政變於朝而天不雨，則臣為誣上，愚不知量，分當鼎鑊。[95]

這一節（四事）與上一節（一事）內容相近，皆強調在歲始立春時，人君應多施恩澤。但與上一節稍有不同，「自冬涉春，訖無嘉澤」，即久未下雨，在立春時發生旱象。為解除災情，「朝廷勞心，廣為禱祈，薦祭山川，暴龍移市」[96]，即用各種祈禱、祭祀方法，希望解除旱象。然而似乎無效，郎顗加以評論云：「臣聞皇天感物，不為偽動，災變應人，要在責己。若令雨可請降，水可攘止，則歲無隔並，太平可待。然而災害不息者，患不在此也（注：不在祈禱）」。這段話牽涉到京氏易學的禳災觀點，對理解「筆補造化天無功」，可能有所幫助。其大意是，皇天降災，是對應人君施政之良否，因此，禳災之道要在人君誠心改過，停止惡政，改行善政，這才是禳災的根本之道。若不此之求，而只在祈禱、祭祀上下工夫，皆是虛偽的表現，對人民沒有真正的幫助，是不會有效果的。案：這段話的觀點，其實已見於《左傳．昭二十六年》，晏子對齊侯要攘彗星之問。[97]看樣子，京房易學是頗有科學精神的，尤其《傳》文最後一句：「祝史之為，無能補也」，指出祭祀的方法是無助於去除災害，與郎顗所說極為一致。而從上引《郎顗傳》文看來，要去除災害，就要用賢臣，這正是李賀詩所謂「筆補造化天無功」的觀點。

郎顗在批評祭祀禳災的方法之後，最後提出嚴肅建議，重點有兩句：

---

95 《後漢書．郎顗傳》（中華版，冊四），頁 1074。

96 「暴龍移市」指「暴龍」與「移市」兩種解除旱象的方法，據注文，「暴龍」為董仲舒《春秋繁露》所提，即配合四季之旱象，製造不同顏色的木龍，使之暴晒，以為可以使龍降雨。「徙市」見《禮記．檀弓篇》，云：「歲旱，魯穆公問於縣子，縣子曰：『為之徙市，不亦可乎？』」（《後漢書．郎顗傳》，中華版，冊四，頁 1075，注二）

97 案：這段話的觀點，其實已見於《左傳．昭二十六年》，晏子對齊侯要攘彗星之問。

「願陛下早宣德澤，以應天功。」這兩句是呼應「一事」所說：「王者則天之象，因時之序」，即王者應效法天象，在歲始立春時，應廣施仁德，對下有恩。這是強調災變的產生是因人君施政錯誤所導致——所謂「災變應人」，那麼，為了攘除旱災，根本辦法就是「陛下早宣德澤，以應天功」，亦即放棄以前所使用的嚴刑峻法，改用施恩方式，這樣才能「以應天功」、消除災害。功者，事也，以應天功，在此應有兩個含義：一方面指順應立春天象，發揮仁愛萬物之心，與重用刑罰相對；一方面則指前面所說「建天功」，即安定天下，不致天下大亂、災害屢臻。

案：此節所說，實即古代「為政順乎四時」的思想。[98]

總之，此段的中心思想在「災變應人」，與上引李商隱《行次西郊》末段所云「又聞理與亂，繫人不繫天」，相當一致。所謂「繫人」，指是否用良臣助國君執政，此即郎顗「上便宜七事」中第二事所云：「宜採納良臣，以助聖化。」由此看「筆補造化天無功」，乃指韓愈、皇甫湜二公能作賦並推薦良才，這才是補救、改善朝政的根本辦法。功者事也，「天無功」有兩義：一指若能善用賢臣治理朝政，則天下安定，皇帝無事——不必操心國事；一指若無賢臣治理，即使皇帝有心圖治，亦無能建立功績事業。

以上論李賀《高軒過》中間一段寫得光怪陸離，以為是受到《漢書．郎顗傳》影響，且疑與西漢重要災異學家京房之《易傳》有關。不料，後來重讀（五代）王定保《唐摭言》，竟得到證實。如《四庫全書提要》云：「是書述有唐一代貢舉之制特詳……。」其卷六記王泠然上燕國公（張說）條，先言張說受到皇帝重用，身居相位，應匡輔其闕：「當此之時，亦宜應天之休，報主之寵，彌縫其闕，匡救其災；……」（頁 65）[99]這幾句與李賀《高軒過》之「補造化」極為接近。接著指出當時一些災荒異象——「冬初不雪，春盡不雨，麥苗纔日而青死，桑葉未秋而黃落」等，於是舉京房《易傳》，以為是人君不用賢者所引起。後面將箭頭指向張說，「主上開張翰

98　詳見江曉原、鈕衛星著《中國天學史》（上海：人民，2005），頁 233。

99　〔五代〕王定保撰《唐摭言》（臺北：世界書局，缺出版年月），頁 65。

林，引納才子，公以傲物而富貴驕人，為相以來，竟不能進一賢，拔一善」，簡言之，即不能舉用賢才，故有天災。文中甚至云：「今歲大旱，黎民阻饑，公何不固辭金銀，請賑倉廩？懷寶方錦，於相公安乎？百姓餓欲死，公何不舉賢自代，讓位請歸？……主上以相公為賢，使輔佐社稷，若棄德不讓，是廢明君之舉，豈曰能賢！」（頁 66）指未盡輔佐之責。王泠然後面又引京房《易傳》之災異說，推薦心目中的兩位良臣：「相公必欲選良宰，莫若舉前倉部員外郎吳太玄為洛陽令；必欲舉御史中丞，莫若舉襄州刺史靳□。清輦轂之路，非太玄不可；生臺閣之風，非靳不可。」（頁 67）此亦與郎顗推薦黃瓊與李固相似[100]。

(六)《高軒過》的修辭藝術

以上是從詩的「命意」的角度，對《高軒過》分三段作了疏解，希望由全文脈絡中去了解「筆補造化天無功」的用意。最後想從「修辭」的角度，對詩的寫作特點再作補充，仍依「過訪」、「殿前作賦聲摩空」、「垂翅附鴻冥」三段加以說明如下：

1.過訪：人生追求的理想

> 華裾織翠青如蔥，金環壓轡搖玲瓏。馬蹄隱耳聲隆隆，入門下馬氣如虹。云是東京才子，文章鉅公。

此段先由衣服、車馬之華麗，表現朝廷命官之氣勢不凡。接著用「東京才子，文章鉅公」點出二公任職洛陽，且為文場領袖，正如胡震亨所云「有文章官位聲名」，是社會頂端階層、為人所豔羨。從修辭的角度看，此段正與末段形成強烈對比，末段乃李賀對自己目前處境的寫照，一付潦倒落魄樣子，與二公之「氣如虹」相比，其距離之遙遠真如天上人間之差別；二公之成就，不就是李賀所嚮往、追求的人生目標！

2.殿前作賦聲摩空：神仙世界

---

100 據《舊唐書・張說傳》，張說為相頗能提拔人才，王泠然的批評似乎過苛。

> 二十八宿羅心胸，元精耿耿貫當中。殿前作賦聲摩空，筆補造化天無功。

前已指出，《殿前作賦聲摩空》句是此段、甚至整首詩的關鍵。「殿前」顯指朝廷，但前面卻說「二十八宿羅心胸，元精耿耿貫當中」，顯見其將朝廷比擬為「天界」（詳見下文）。吳企明曾引葉葱奇之說，以為此段寫法是「倣韓體」，其言云：

> 李賀很早受韓愈獎掖誘。……韓愈還支持李賀赴應吏部識，為之作《諱辨》一文。李賀對韓愈也是推崇備至，稱他為「文章鉅公」、「二十八宿羅心胸，元精耿耿貫當中」、「殿前作賦聲摩空。」（《高軒過》）……當韓愈、皇甫湜「枉駕」過訪，慰藉李賀時，詩人賦《高軒過》表示感謝，其句法、音調、氣勢和韓愈詩極相彷彿，「因為是贈韓，即倣韓體」。（此說見葉葱奇《李賀詩集》）十分得體。[101]

吳氏認為此詩是倣韓愈文體之作，而所謂「倣韓體」是指「其句法、音調、氣勢和韓愈詩極相彷彿」[102]，對此，筆者願意舉韓愈《調張籍》稍作補充。《調張籍》寫自己受李杜詩的啟發，在創作上有突破性變化：「我願生兩翅，捕逐出八荒。精神忽交通，百怪入我腸。刺手拔鯨牙，舉瓢酌天漿。騰身跨汗漫，不著織女襄。」[103]指其創作時，因「精神」與李杜「交

---

[101] 吳企明《李長吉歌詩編年箋注》（北京：中華，2002），《李賀年譜新編》元和三年、四年，頁 800-01。案：錢鍾書已云：「長吉詩境，杜韓集中時復有之……昌谷出韓門，宜引此等詩為證；世人僅知舉《高軒過》，目論甚矣。況《高軒過》本事頗有疑竇哉。」（《談藝錄》增訂版，頁 58）可見此說不始於葉氏。

[102] 案：陳善《捫蝨新話》卷二「江文通擬古詩」條云：「或者曰，前世有擬古詩，未聞有擬古文者。予謂退之為樊宗師作墓誌，便似宗師，與孟東野聯句，便似東野。而歐公集中擬轉作者多矣，……」（《韓愈資料彙編》，臺北：學海，1984，頁 261-62）則吳氏所謂「因為是贈韓，即倣韓體」，實已見於退之文中矣。

[103] 錢仲聯《韓昌黎詩繫年集釋》（上海：上海古籍，1984）下，頁 989。

通」，故毫無拘束，恍如躍身天際群星之間，任意遨遊。筆者認為「二十八宿羅心胸，元精耿耿貫當中」，將天下英才比擬擬天界「二十八宿」，將忠心耿耿比為天之精氣，即「倣韓體」的寫法。後面之「殿前作賦聲摩空」，前已引杜詩「氣衝星象表，詞感帝王尊」與「往年文彩動人主」加以說明，以為是稱頌二公作賦氣勢很盛，能感動人主。這裏要補充的是，韓愈《調張籍》云天帝令六丁神下凡取李、杜二公詩篇，以備觀覽，後來李商隱《李賀小傳》亦云天帝召李賀為天上「白玉樓」作記，此皆肯定才子之詩甚至為天上所重，由此看賀詩「殿前作賦聲摩空」，稱頌二公之文為天廷所重，其實亦有此意，同樣可視為「倣韓體」。

案：古人常以「天」代表皇帝或朝廷，將人間之皇居與朝廷視同天上之宮闕，故或稱「天闕」[104]、「雲闕」，於是朝廷命官可比神仙，如孟郊《貧女詞寄從叔先輩簡》，以貧女自喻，以碧霞仙人喻孟簡，蓋視及第為登仙[105]。韓愈《奉酬盧給事雲夫……》末三句云：「天門九扇相當開，上界真人足官府。豈如散仙鞭笞鸞鳳終日相追陪。」[106]首二句指盧雲夫任職宮中給事之官，如在天上，「上界真人」指如同天上神仙[107]。同樣，沈亞之《題海溜樹呈八叔大人》亦云：「曾在蓬壺伴眾仙，文章枝葉五雲間。」[108]《高軒過》首段寫二公過訪，先稱讚身為朝廷命官，有衣冠車騎之盛，繼謂「東京才子，文章鉅公」，則不僅已入朝廷為官，且為文壇領袖，已隱約暗示二公如天上神仙。下接四句即由「天界」角度敘述，「二十八宿羅心胸，元精耿耿貫當中」，明指二公如天界之神仙，不僅遨遊眾星宿之間，抑且飽餐天界之精氣。「殿前作賦聲摩空，筆補造化天無功」，上句指二公可

---

[104] 韓愈《贈刑部馬侍郎》：「暫從相公平小寇，便歸天闕致時康。」（《集釋》，下冊，頁 1033）

[105] 郝世峰《孟郊詩集箋注》（石家莊：河北教育，2002），卷一，頁 21。蓋因自己落第，故以貧女自喻，而從叔孟簡及第，故視為登仙。

[106] 錢仲聯《韓昌黎詩繫年集釋》（上海：上海古籍，1998 年二刷），下冊，頁 994。

[107] 參錢仲聯《韓昌黎詩繫年集釋》（上海：上海古籍，1998 年二刷），下冊，頁 997，注 17。

[108] 李劍國《唐五代志怪傳奇敘錄》（天津：南開大學，1993），上冊，頁 381。

以在天廷作賦表現其不凡文才，「聲摩空」猶如稱讚歌者之聲音高亢為「響遏行雲」，在此喻指二公之筆力巨大，彷彿能感動天界諸神（實際指向皇帝推薦人才，以補朝廷用人之缺）。

3.垂翅附鴻冥：

> 龐眉書客感秋蓬，誰知死草生華風。我今垂翅附冥鴻，他日不羞蛇作龍。

經反覆閱讀，發現末段尚有兩個重點未被注意，值得一提。一是將自己與二公作對比，形成「天／人」的對比關係，亦即「天上（仙界）」與人間（地上）」的對比結構。另一值得注意的是，一方面將自己比為垂死之秋蓬或垂翅之鳥，另一方面則將二公比為使之復生之「華風」（暖和之春風）與能帶使上天之飛鴻（大鵬），其實是視二公如救人的神仙。由此看所謂「筆補造化」，即頌揚二公文章具有神力，有如仙丹，能使寒士死而復生，可補造化之遺漏。所謂「天無功」，指此乃二公文章推薦之力，只有遇到知音——如二公之愛才，寒士才有脫離困境之機會，與天功無關。

在一般人的觀念中，神仙本擅於治病，末段的寫法即視二公為下凡救人的神仙，二公之文章即救人之仙丹。眾所皆知，李賀瘦弱多病，長年服藥，其《昌谷讀書示巴童》云：「蟲響燈光薄，宵寒藥氣濃。君憐垂翅客，辛苦尚相從。」即將身體多病與科場失意結合起來。則此段靈感或許來自病人對醫師之感謝狀，如：「醫術精湛，功侔造化」、「仁心仁術，妙手回春」等。

第四節　諷諭與補天：試論杜甫與韓愈災異詩

前言

前面在解釋李賀詩《高軒過》時，曾經從災異學的角度看所謂「筆補造化天無功」，以為指推薦賢人輔助聖王「建天功」，此即郎顗推薦黃瓊、李固的理由，蓋如此才能去災異。並認為《高軒過》所謂「二十八宿羅心胸，元精耿耿貫當中」，可能受到《後漢書・郎顗傳》所云「元精，王之佐臣」說的影響，亦即將天上的星宿比為輔佐天子的英才。眾所皆知，災異學是建立在天人感應的傳統思想之上，古人喜歡「談天」或「問天」，即因許多「天」的異常現象，往往與人有關。這種思想表現在用語上，常會出現天與人混用的現象，此亦所謂「天人合一」思想的反映，最常見的，莫過於用「天」指天子——亦即人間的帝王。於是，將匡補天子過失說成是「補造化」；其實，「造物」與「造化」本指天地創造、養育萬物之德，但在天人合一的思維中，亦可用來指天子治理百姓之德化（又稱「聖化」）。這也就是說，「補造化」即補朝政，而朝政所以要「補」，當是因其有疏漏、蔽端。由此看李賀《高軒過》所謂「補造化」，亦可視為「補天」，亦即將朝政之疏漏比為天之過失，有待於修補。不過，除李賀詩《高軒過》外，杜甫與韓愈亦有不少詩藉星變與災情諷諭朝政之失，且杜詩明白提出「補天」的觀念。故另闢章節，專論「補天」與諷諭的關係，亦可為筆者從災異觀點論《高軒過》，提供佐證。

甲、杜甫「補天說」

一、致君堯舜

談到災異與補天的關係，應由杜甫詩說起——蓋杜甫詩已提到「補天漏」。茲先說杜甫「致君堯舜」的思想。

杜甫《奉贈韋左丞丈二十二韻》[1]詩云：

> 紈袴不餓死，儒冠多誤身。丈人試靜聽，賤子請具陳。甫昔少年日，早充觀國賓。讀書破萬卷，下筆如有神。賦料揚雄敵，詩看子建親；李邕求識面，王翰願卜鄰。自謂頗挺出，立登要路津；致君堯舜上，再使風俗淳。（下略）[2]

《詳注》：《孟子》：「伊尹使是君為堯舜之君。」（《杜詩詳注》，頁133）「致君堯舜」是杜甫一生的理想，其《自京赴奉先縣詠懷五百字》亦云：「竊比稷與契，居然成濩落」、「非無江海志，蕭灑送日月。生逢舜堯君，不忍便永訣」（《詳注》，卷四，頁 235）。《詳注》云：「此志在濟民，欲為稷契，則當下救黎元，而上輔堯舜，此通節大旨。」指一生的目標是為了救濟人民，故自比如稷契，希望能逢堯舜之君，加以輔佐，「再使風俗淳」。

在安史亂後，這種自比賢臣，寄望輔佐聖君以恢復中興大業，可說是中晚唐許多有志之士的強烈志願。韓愈《歸彭城》云：「我欲進短策，無由至彤墀。刳肝以為紙，瀝血以書辭。上言陳堯舜，下言引龍夔，言詞多感激，文字少葳蕤。」[3]所謂「上言陳堯舜，下言引龍夔」似即化用杜詩之「致君堯舜上」。杜甫《紫宸殿退朝口號》云：「宮中每出歸東省，會送夔龍集鳳池。」（《詳注》，頁 322）注：「夔龍，舜二臣名，龍在納言，實中書之始。晉人以中書比天上鳳凰，故唐人遂用鳳池稱中書省。」（頁 322）據此，韓詩之意，乃自比如舜之二臣夔龍，希望輔佐國君完成堯舜之治。蕭占鵬稱此為韓孟詩派的「中興幻夢」（詳見另文《「不平之鳴」與「不遇之感」》），但追究起來，杜甫身經安史之亂，早有此「中興幻夢」，後來杜牧亦云：「平生五色線，願補舜衣裳」（《郡齋獨酌》）。

1　案：《舊唐書・韋嗣立傳》：「（韋）嗣立三子，孚、恆、濟，皆知名。」題中的「韋左丞」，指韋濟。

2　臺北文史哲版，仇兆鰲《杜詩詳注》，頁 133。

3　《集釋》上冊，頁 120。

二、災異與諷諫——「補天漏」

古人常將天上星象的變化與人事結合起來，做為對皇帝的諷諫利器。如杜甫《傷春五首》之三云：

> 日月還相鬬，星辰屢合圍。不成誅執法，焉得變危機。大角纏兵氣，鈎陳出帝畿。煙塵昏御道，耆舊把天衣。行在諸軍闕，來朝大將稀。賢多隱屠釣，王肯載同歸。[4]

詳注：三章：以天變儆君心。上八（句），言誅佞；後四（句），言用賢。君能去佞親賢，則將士皆思効力，而天心亦從此悔禍矣。代宗不能斬（宦官）程元振以謝天下，有一李泌，久廢而不復用，公故愷切言之。

杜臆：上用日月星辰，下用大角鈎陳，俱借天文以寫災變。插入執法，使人知為熒惑星，又知其為程元振，可謂微而顯矣。

案：《舊唐書・宦官列傳・程元振》，敘代宗之立，程元振有功，故受重用。《傳》云：「代宗即位，以功拜飛龍副使、右監門將軍、上柱國，知內侍省事。尋代（李）輔國判元帥行軍司馬，專制禁兵，……是時元振之權，甚於（李）輔國。」[5]可見其權甚大，在朝中幾乎無人可比。當時有些藩鎮，就因得罪元振而坐誅，造成「天下方鎮皆解體」。於是發生嚴重後果，《傳》云：

> 九月，吐蕃、党項入犯京畿，下詔徵兵，諸道卒無至者。十月，蕃軍至便橋，代宗蒼黃出幸陝州，賊陷京師，府庫蕩盡。及至行在，太常博士柳伉上疏切諫誅元振以謝天下，代宗顧人情歸咎，乃罷元振官，放歸田里，家在三原。

詩中所寫「大角纏兵氣，鈎陳出帝畿」，就是指蕃軍陷京師、代宗出走之亂，而其罪魁禍首，即為程元振。

---

4 仇兆鰲《杜詩詳注》（臺北：文史哲，1976），卷十三，總頁660。

5 臺北鼎文版《舊唐書》冊六，頁4762。

據注文，執法、大角、鈎陳，皆指天上星座，對應朝廷要員：執法指倖臣程元振，大角、鈎陳指帝言[6]。此詩三章，是用天變現象警告君心（參上引《杜臆》），這是借星變以諷諫的顯例。「不成誅執法，焉得變危機」，指若不誅權臣（宦官）程元振，將難以挽救國家危機；「賢多隱屠釣，王肯載同歸」，指應任用辭官在家的李泌，以補救朝政。這種用良臣補救朝政的聲音，正是所謂「補天」之術（詳下）。

最值得注意的是杜甫《九日寄岑參》：

> 出門復入門，雨脚但如舊。所向泥活活，思君令人瘦。沉吟坐西軒，飲食錯昏晝。寸步曲江頭，難為一相就。吁嗟乎蒼生，稼穡不可救。安得誅雲師，疇能補天漏。大明韜日月，曠野號禽獸。君子強逶迤，小人困馳驟。

《詳注》：次寫淫雨之害。呼蒼天，憂天漏，極悲天憫人之詞。趙曰：晝夜常雨，故日月韜晦；飛走路窮，故禽獸哀號。

葉嘉瑩評云：

> 對天寶十三載的那場雨災他還說：「安得誅雲師，疇能補天漏。」（杜甫《九日寄岑參》）——怎樣才能殺死那個興雲作雨的雲師？誰能把天上漏雨的那個洞堵上？表面上在說雨，實際上，「雲師」是指那欺上壓下的宰相楊國忠，「天漏」是指朝廷施政的弊端，「補天漏」則是希望能挽回這危險的局面。表面是寫霖雨，而事實上是有所托諷。[7]

---

[6] 案：杜甫《有事於南郊賦》，詳注：《天文注》大帝上九星曰華蓋，所以覆庇大帝之座也。紫宮中六星曰鈎陳，鈎陳口中一星曰天皇帝。〔服虔曰〕紫宮外營鈎陳星也。王者亦法之。《甘泉賦》伏鈎陳使當兵（臺北文史哲版，《杜詩詳注》，頁1213），可見鈎陳指皇帝。

[7] 葉嘉瑩《好詩共欣賞：陶淵明、杜甫、李商隱三家詩講錄》（北京：三聯書店，2016），頁95。

案：此詩最值得注意的，是「安得誅雲師，疇能補天漏」兩句。天漏是由「大雨」所引起的想像，指天有破裂、漏洞，才會引起大雨[8]。由此怪罪到「雲師」，蓋以為「雲師」能興雲致雨，是掌管雨水之官，因雲師不謹慎，故引起大雨；由此以為應先「誅雲師」，否則災情不息。但是更重要的，是要更換「雲師」，才能修補天之漏洞，防止災情。據《通鑑》所說，乃天寶十三年秋八月，「關中」發生大雨，跟著關中大饑，上憂雨傷稼，國忠取禾之善者獻之，曰：「雨雖多，不傷稼也。」……高力士侍側，上曰：「淫雨不已，卿可盡言。」對曰：「自陛下以權假宰相，賞罰無章，陰陽失度，臣何敢言？」（《詳注》，頁 205）可見詩中「雲師」指楊國忠，正如葉先生所云：「表面上在說雨，實際上，『雲師』是指那欺上壓下的宰相楊國忠，『天漏』是指朝廷施政的弊端，『補天漏』則是希望能挽回這危險的局面。表面是寫霖雨，而事實上是有所托諷。」值得注意的是，高力士所言，則從「災異」的角度論此事，認為權臣用事，朝政發生很多弊端，於是造成「陰陽失度」，才會發生大雨人饑的災異現象。葉先生云：「表面是寫霖雨，而事實上是有所托諷。」即指藉用災異以諷刺朝政。而「補天漏」乃指朝廷施政有弊端，應改任賢臣，以輔佐國君，完成「中興」大業；此詩實已開韓孟詩派所說「筆補造化天無功」的先聲。

三、災異與險怪詩

大的災害來臨時，常會出現一些比較特殊的景象，如杜甫《臨邑舍弟書至，苦雨，黃河泛溢隄防之患，簿領所憂，因寄此詩用寬其意》：

> 二儀積風雨，百谷漏波濤。聞道洪河坼，遙連滄海高。……燕南吹畎畝，濟上沒蓬蒿。螺蚌滿近郭，蛟螭乘九皋。徐關深水府，碣石小秋

8 據網路新聞報導（2018/7/8）：一則云：臺灣臺南市今天下午突然雷聲大作，頓時降下暴雨，……「就好像天空破了大洞一樣」，被湊巧拍攝下來（影片：楊樹華提供）。一則云：臺南市下午發生氣象學上的「雨瀑」現象，被一位行經 86 快速道路的網友完美紀錄下來（聯合報記者楊瑞瑩即時報導）。可見下雨會產生「天漏」的視覺誤差。

毫。白屋留孤樹，青天失萬艘。（《詳注》，頁 105）

注：上言傍河州郡，皆被泛溢。鶴注：《唐五行志》：開元二十九年秋，河南河北，二十四郡水，齊其一也。當是其年作（杜詩詳注，卷一，頁104）。

案：參見《漢書》，凡《五行志》所收，皆是異常的災害，甚至有一些怪異現象。詩寫州郡被「泛溢」的景象是：原本可以看到的突然不見，而平常難以看到的，卻又出現在眼前；與韓孟詩派險怪詩風相近。

又如杜甫《秋雨嘆三首之一》云：「雨中百草秋爛死，階下決明顏色鮮……」盧注：《唐書》天寶十三載秋，霖雨害稼，六旬不止。帝憂之，楊國忠取禾之善者以獻，曰雨雖多，不害稼。公有感而作是詩。（《杜詩詳注》卷三，頁 209）葉嘉瑩云：

杜甫這句「雨中百草秋爛死」未免有些血淋淋的了。在中國詩人中敢于寫醜陋的、血淋淋的殘酷現實，杜甫有代表性。[9]

案：國忠惡言災異，而四方匿不以聞，故曰「農夫田父無消息」。帝以國事付宰相，而國忠每事務為蒙蔽，故曰「秋來未嘗見白日」。語雖微婉，而寓意深切，非泛作也（《杜詩詳注》卷三，頁 210）。據此，杜詩亦以「秋雨」為災異，藉以諷諫。

更值得注意的，是前後《苦寒行》。

《前苦寒行二首》：

一：漢時長安雪一丈，牛馬毛寒縮如蝟。楚江巫峽冰入懷，虎豹哀號又堪記。秦城老翁荊揚客，慣習炎蒸歲絺綌。玄冥祝融氣或交，手持白扇未敢釋。（《詳注》，頁 1060）

注：上夔州遇雪而作也。長安雪寒，古以為災，巫峽冰寒，今更可異。又歎

9　葉嘉瑩《好詩共欣賞：陶淵明、杜甫、李商隱三家詩講錄》（北京：三聯書店，2016），頁 78。

南方經歲常煖，而今則地氣忽變矣。……玄冥祝融，謂冬夏相似。

> 二：去年白帝雪在山，今年白帝雪在地。凍埋蛟龍南浦縮，寒刮肌膚北風利。楚人四時皆麻衣，楚天萬里無晶輝。三尺之烏足恐斷，羲和送之將安歸。（《詳注》，頁 1060）

注：雪在山，寒氣尚微，雪到地，寒甚矣。末見日色陰霾，而設為慨歎之詞。冬日無光，豈日烏畏寒，而羲和使之匿影耶。

案：兩詩皆寫夔州寒甚，使習慣南方溫暖氣候之人難以忍受。「其一」寫荊揚人仍持白扇，蓋誤以為白扇可驅除寒氣，形成一個異常風景。「其二」如詳注所云，將冬日無光，歸咎於日御羲和使日中之烏隱匿所致。

杜甫又有《後苦寒行二首》，皆值得一看。

> 一：南紀巫廬瘴不絕，太古以來無尺雪。蠻夷長老畏苦寒，崑崙天關凍應折。玄猿口噤不能嘯，白鵠翅垂眼流血。安得春泥補地裂。（《詳注》，頁 1061）

案：此首先寫習慣於溫暖的蠻夷長老畏懼突然而來的苦寒，遂想像崑崙山之天柱恐因凍而折。又由習慣於溫暖的玄猿、白鵠之畏寒，而「憑空想像」，若春季一到，可用溫暖的「春泥」補凍裂的土地。此種寫法，很容易讓人想到韓孟詩派。

> 二：晚來江門失大木，猛風中夜吹白屋。天兵斬斷青海戎，殺氣南行動坤軸。不爾苦寒何太酷，巴東之峽生凌凘。彼蒼迴幹人得知。（《詳注》，頁 1062）

注：次章，寫風寒之苦（案：「白屋」為庶人之屋，因其以白茅覆屋，見《論衡・語增篇》）。末言峽水生氷，乃慮其變。兵臨青海，殺氣南行，此想其現在。巴峽生淩，蒼天難測，此患其將來。中間不爾句，極抑揚頓挫之情。是年五月，楊子琳襲成都，崔寬攻破子琳，果有兵戈之事也。知變不虛生矣。

案：此寫天氣之變預示未來巴東兵變，亦屬災異學範圍。

四、狂者精神

杜甫《進鵰賦表》（頁 1230）：

> 臣幸賴先臣緒業，自七歲所綴詩筆，向四十載矣，約千有餘篇。今賈馬之徒，得排金馬上玉堂者眾矣。惟臣衣不蓋體，嘗寄食於人，奔走不暇，祇恐轉死溝壑，安敢望仕進乎。伏惟明主哀憐之。倘使執先祖之故事，拔塗之久辱，則臣之述作，雖不能鼓吹六經，先鳴數子，至於沈鬱頓挫，隨時敏捷，揚雄枚皋之徒，庶可企及也。（《詳注》，頁 1230）

文中有兩個重點：一是誇耀自己的才學，一是乞求皇帝垂青任用。而前者更值得注意。前引杜甫《奉贈韋左丞丈二十二韻》云：

> 甫昔少年日，早充觀國賓。讀書破萬卷，下筆如有神。賦料揚雄敵，詩看子建親；李邕求識面，王翰願卜鄰。自謂頗挺出，立登要路津；致君堯舜上，再使風俗淳。

兩詩的自負明顯相同。同樣，韓愈也頗自負，其《潮州刺史謝上表》云：

> 臣以狂妄戇愚，不識禮度，上表陳佛骨事，言涉不敬，正名定罪，萬死猶輕。……苟非陛下哀而念之，誰肯為臣言者？臣受性愚陋，人事多所不通。惟酷好學問文章，未嘗一日暫廢，實為時輩所見推許。臣於當時之文，文亦未有過人者。至於論述陛下功德，與《詩》《書》相表裏，作為歌詩，薦之郊廟，紀泰山之封，鏤白玉之牒，鋪張對天之閎休，揚厲無前之偉蹟；編之乎《詩》《書》之策而無愧，措之乎天地之間而無虧，雖使古人復生，臣亦未肯多讓。[10]

---

[10] 屈守元、常思春主編《韓愈全集校注》（成都：四川大學，1996），四冊，頁 2307-08。

案：文中有三個重點：一是盼皇帝哀而憐之，二是自詡才高學博，為「時輩推許」，三是擅長寫郊廟祭祀、歌功頌德之詩，無愧古人。前兩點大抵與杜賦相同，唯第三點為杜賦所無，而文中著墨甚多，應是針對憲宗即位以來，討平多處藩鎮，堪稱武功彪炳言。不過，從自負的角度看，二、三兩點實可歸為一項，也就是說，自命文才不凡的「狂者本色」，是兩人文章真正共同點。李白自稱「我本楚狂人，鳳歌笑孔丘」（廬山謠寄盧侍御虛舟），而杜甫亦云「紈絝不餓死，儒冠多誤身」（《奉贈韋左丞丈二十二韻》）、「儒術於我何有哉？孔邱盜跖俱塵埃。」（《醉時歌》），表現出某種程度的「狂者精神」。韓愈《調張籍》最後云：「精神忽交通，百怪入我腸。」稱自己受到李杜精神所感通，引起「百怪入我腸」。筆者曾指出，此即解釋「姦窮怪變」之詩風，並表示有受到李杜影響。現在應作進一步補充：所謂「精神忽交通」，實指李杜「自命不凡」之「狂者精神」；換言之，狂者精神是本質，姦窮怪變是現象，後者是由前者生發出來的。

乙、韓愈之災異詩

凡論古代災異思想者皆會引《十月之交》為證，因其提到西周末年（可能是周幽王六年－西元 776 年）十月所發生的日蝕現象，並且與政治衰敗情況結合起來，此詩可能是已知的、最早的災異詩。茲先抄錄近人程俊英、蔣見元《詩經注析》[11]中的題解與相關章節注析如下。

一、《小雅．十月之交》題解：

> 這是西周一位沒落貴族諷刺朝政的詩。《毛序》：「《十月之交》，大夫刺幽王也。」他諷刺幽王和褒姒，用小人，致有天災人禍。……詩反映了西周末年的政治情況與自然災異，可作中國古代史、天文學史的資料來讀。……《國語．周語》說：「西周三川皆震。」《漢

[11] 程俊英、蔣見元《詩經注析》（北京：中華，2005 年四刷），下冊《小雅．十月之交》注釋。

書．翼奉傳》：「《十月之交》篇，知日蝕地震之效。」[12]

二、各章注析：

一章：「十月之交（日月交會），朔月辛卯（十月一日），日有食之，亦孔之醜（醜，凶惡）。彼月而微，此日而微。今此下民，亦孔之哀。」

注析：《鄭箋》：「君臣失道，災害將起，故下民亦甚可哀。」這裏說日月食不祥之兆，是人民的悲哀。

二章：「日月告凶（《鄭箋》：『告天下以凶亡之徵也。』），不用其行（這句意為，日月沒有循著正常的軌道運行）。四國無政（無政，沒有善政），不用其良（良，賢良的官吏。《鄭箋》：『四方之國無政者，由天子不用善人也。』）。彼月而食，則維其常（常，平常。古人以為月食是平常之事）。此日而食，于何不臧！」

注析：這章說日月食是由於國無善政不用賢人。日食尤為不祥。

三章：「爗爗震電，不寧不令（令，善。《鄭箋》：『雷電過常，天下不安，政教不善之徵。』）。百川沸騰，山冢崒崩。高岸為谷，深谷為陵（形容地震的強烈。《國語．周語》：『幽王二年西周三川皆震。』二年疑為六年之誤。）。哀今之人，胡憯莫懲（懲，止。言怎麼不停止惡政）。」

注析：這章言地震的產生起於惡政。

八章（末章）：「悠悠我里（同悝，憂思），亦孔之痗。四方有羨，我獨居憂。民莫不逸，我獨不敢休。天命不徹（徹，道。……天命不道，謂天之令不循道而行，遂有日食震雷之變。）我不敢傚我友自逸。」

筆者在解「補造化天無功」時，曾引孟郊《吊元魯山》詩為證，後來卻發現，孟詩「天地氣不足，魯山食更貧。始知補元化，竟須得賢人」，竟與《詩經．小雅．十月之交》的災異思想一致。特別值得注意的是第二章與第八章（末章）。二章注析云：「這章說日月食是由於國無善政、不用賢人。

---

[12] 程俊英、蔣見元《詩經注析》（北京：中華，2005年四刷），下冊，頁573。下引各章注析見頁573-581。

日食尤為不祥。」與孟郊《吊元魯山》之重視用賢人以改善政治，極為類似。第八章注「天命不徹」云：「謂天之令不循道而行，遂有日食震雷之變。」與《吊元魯山》詩末四句所謂「天地氣不足，魯山食更貧。始知補元化，竟須得賢人」，亦可相通，皆認為天變乃反映政治善惡，而任用賢人是改善政治的重要方法，此正是古代災異說的基本觀念。

韓愈有好幾首詩與災異有關，惜未受到研究者特別注意——未以「災異詩」為題加以研究。茲分災異與星變兩類，並略加說明。

災異類

(1)《齪齪》詩分兩段：

> 齪齪當世士，所憂在飢寒。但見賤者悲，不聞貴者歎？大賢事業異，遠抱非俗觀。報國心皎潔，念時涕汍瀾。妖姬坐左右，柔指發哀彈。酒肴雖日陳，感激寧為歡？
>
> 秋陰欺白日，泥潦決東郡，老弱隨驚湍。天意固有屬，誰能詰其端？願辱太守薦，得充諫諍官，排雲叫閶闔，披腹呈琅玕。致君豈無術，自進誠獨難。[13]

所謂「當世士」指憂國之士，他們所關心的是百姓的飢寒。「但見賤者悲，不聞貴者歎」，可說是一篇之骨，這正是韓、孟詩派極為重視的「不平之鳴」。自「大賢」以下幾句，「蓋公自謂」（《集釋》注 4），寫自己懷著皎潔報國之心，每念及「但見賤者悲，不聞貴者歎」，則不免涕如雨下。以下分敘「貴者」與「賤者」兩者在遇到大水時的情況，先敘貴者生活：

> 妖姬坐左右，柔指發哀彈，酒肴雖日陳，感激寧為歡。

這是不必為生活憂慮，所過酒色徵逐的生活。參照後面寫「賤者」受災的悲慘情況，則此段不僅指出「貴者」平常的生活，更指其即使在大水災情嚴重時，亦不改其常態；由「感激寧為歡」句看來，似乎尚不滿意自己所過的享

13 錢仲聯《韓昌黎詩繫年集釋》（上海：上海古籍，1998 年二刷），上冊，頁 100。

受生活。

第二段開始亦用四句敘受災之百姓，以為對照：

> 秋陰欺白日，泥潦不少乾。河隄決東郡，老弱隨驚湍。

寫連續幾天大雨之後，造成河堤崩潰，大水湧進，人民及屋舍被淹沒慘況，令人看了驚心。在目睹災情之後，詩人發出感慨：

> 天意固有屬，誰能詰其端？願辱太守薦，得充諫諍官，排雲叫閶闔，披腹呈琅玕。致君豈無術，自進誠獨難。（頁 100-01）

「天意固有屬，誰能詰其端」，表面似乎將這次災情歸咎於「天意」，但是若從古代的災異思想看來，上天的災變正是對人君施政不善的警告，故不應歸咎「天意」，而應想方設法改善朝政，亦即應向朝廷提出諫諍。那麼，誰應提出諫諍？豈不是前面所提到的「貴者」？但如前面所說：「但見賤者悲，不聞貴者歎。」這些貴者每天過著「妖姬坐左右，柔指發哀彈，酒肴雖日陳」的生活，仍然不滿意——「感激寧為歡」，又怎會為窮賤者提出諫諍？於是有接下幾句：「願辱太守薦，得充諫諍官，排雲叫閶闔，披腹呈琅玕。致君豈無術，自進誠獨難。」這正是呼應開頭所說：「齪齪當世士，所憂在飢寒。……報國心皎潔，念時涕汍瀾。」既然自命為有心報國、關心人民飢寒的「當世士」，此時就應挺身而出：「願辱太守薦，得充諫諍官」云云，意指若使自己「得充諫諍官」，定會在殿前對天子面陳如何改善朝政之策，這與李賀《高軒過》所云「元精耿耿貫當中，殿前作賦聲摩空」，極為類似；這兩句表示自己有心進諫，希望張建封能舉薦他到朝廷去。據閻琦考察，德宗貞元十五年，韓愈至徐州接受徐濠節度使張建封幕職——武寧節度推官。當年七月，鄭、滑大水。詩中所寫貴者生活：「妖姬坐左右，柔指發哀彈。酒肴雖日陳，感激寧為歡。」即是指張建封言，蓋鄭、滑在徐州轄內。[14]

---

[14] 見閻琦、周敏著《韓昌黎文學傳論》（西安：三秦，2003），頁 62。

此詩正是所謂「不平則鳴」，首段寫自己關心黎民飢寒受苦，甚為感人，故王元啟曰：「讀此詩首章八句，襟期宏遠，氣厚辭嚴，見公憫惻當世之誠，發於中所不能自已（《集釋》，頁 103）。」對後段自願充諫諍官，程學恂評曰：「『願辱太守薦，得充諫諍官』，是公之素願。後公為御史，即上《天旱人饑疏》，其志事已定於此。可知古人立言，皆發於中誠，非僅學為口頭伎倆也（頁 103）。」指出韓愈後為御史，因上《天旱人饑疏》，第一次被貶至廣西陽山縣。在唐代，被貶至嶺南者皆是重罪犯[15]。

「願辱太守薦，得充諫諍官」，又見貞元十六年的《歸彭城》：

> 天下兵又動，太平竟何時？……前年關中旱，閭井多死飢。去歲東郡水，生民為流尸。上天不虛應，禍福各有隨。我欲進短策，無由至彤墀。刳肝以為紙，瀝血以書辭。上言陳堯舜，下言引龍夔。言詞多感激，文字少葳蕤。一讀已自怪，再尋良自疑。食芹雖云美，獻御固已痴。緘封在骨髓，耿耿空自奇。（下略）[16]

彭城即徐州。詩中書寫的家國之難，除貞元十四年的關中大旱、閭井多死，和貞元十六年的鄭滑大水、生民流屍，還有彰義軍節度使吳少誠的叛亂。……「十二月，諸道兵潰於小溵河」——舉國興兵討吳，一戰即潰。亂兵、大水、天旱加在一起，更使得民不聊生[17]。「上天不虛應，禍福各有隨」，其潛台詞是說天災由人禍而起[18]，故這首亦是「災異詩」。詩中寫欲進言規諫情形云：「我欲進短策，無由至彤墀。刳肝以為紙，瀝血以書辭。上言陳堯舜，下言引龍夔。言詞多感激，文字少葳蕤。」非常生動激烈，等

---

15 參陳俊強《唐代「重罪」的探討——以恩赦為中心》，成大中文系主編《第四屆唐代文化學術研討會論文集》，1999，頁 903-05。

16 錢仲聯《韓昌黎詩繫年集釋》（上海：上海古籍，1998 年二刷），上冊，頁 119。

17 蕭占鵬《韓孟詩派研究》（臺北：文津，1994），頁 171。

18 畢寶魁《韓孟詩派研究》（瀋陽：遼寧大學，1999），頁 91。案：沈欽韓注云：考其時德宗信任韋渠牟、李實等，群小用事。宰相崔損、鄭餘慶、齊抗等，充位而已。（《集釋》，頁 120）

於補充前首詩所云：「願辱太守薦，得充諫諍官，排雲叫閶闔，披腹呈琅玕。」兩詩明顯是結合「災異」與「諫諍」的例子。

近人蕭占鵬云：「韓愈前期詩歌……注重向前人學習，志在頒傳『古道』。他總是自覺不自覺地把詩歌作為諫諍的工具，使其具有『感時報國』的社會功能。」[19]上引兩詩可證蕭文說法。

(2)《苦寒》

寫貞元十九年三月發生大雪，氣候異常景象。

首段：

> 四時各平分，一氣不可兼。隆冬奪春序，顓頊固不廉。太昊弛維綱，畏避但守謙。遂令黃泉下，萌牙夭勾尖。草木不復抽，百味失苦甜。凶飇攪宇宙，鋩刀甚割砭。日月雖云尊，不能活烏蟾。羲和送日出，恇怯頻窺覘。炎帝持祝融，呵噓不相炎。[20]

胡渭曰：「《唐書五行注》：『貞元十九年三月，大雪。』豈即所謂苦寒耶？」（《集釋》，頁 155）據此，詩題「苦寒」，乃指貞元十九年三月，發生的大雪。本來，大雪是冬天才有的景象，三月是春天，不應有大雪，故此乃氣候異常，收入《五行志》，表示是一種災異現象。詩即由此發端。但要真正了解此詩，最好先看前人評語：

韓醇曰：公此詩蓋有所諷。猶《訟風伯》之吹雲而雨不得作也。謂隆寒奪春序而肆其寒，猶權臣之用事；太昊之畏避，則猶當國者畏權臣，取充位而已。

樊汝霖曰：《韋渠牟傳》：自陸贄免，德宗不復委權于下，宰相取充位，行文書而已。所倚信者，裴延齡、李齊運、王紹、李實、韋執誼與渠牟等，其權侔人主。此詩所以諷也。時賈耽、齊抗之徒當國，公為四門博士，貞元十九年春作。（《集釋》，頁 155）

19　蕭占鵬《韓孟詩派研究》（臺北：文津，1994），頁 177。

20　錢仲聯《韓昌黎詩繫年集釋》（上海：上海古籍，1998 年二刷），上冊，頁 154。

上引韓醇評語，可謂提要鈎玄，將詩中的諷諭點出來，值得參考。下面試解此詩。

> 「隆冬奪春序，顓頊固不廉。太昊弛維綱，畏避但守謙。」（頁154）

要了解這幾句，先要知道四季的神名。《禮記・月令》云：「冬之月，其帝顓頊。……春之月，其帝太昊。……孟夏之月，其帝炎帝，其神祝融。」（《集釋》，頁 155-56）

案：不廉謂貪。時已三月，應屬春帝太昊所管，卻大雪，似乎是冬天之神（顓頊）太貪，奪去春神（太昊）所管之職。問題是，太昊並未據理力爭，反而是畏避退讓。此即韓醇所說：「太昊之畏避，則猶當國者畏權臣，取充位而已。」至於實際的「權臣」，與避讓的「當國者」指誰，上引〔樊汝霖曰〕，已有詳細說明。

> 「遂令黃泉下，萌牙夭勾尖。草木不復抽，百味失苦甜。」

案：此即所謂寒溫失序。時已春季，但無溫暖和風，草木不能萌芽生長，百味亦失去其正常味道。（參《集釋》注一）

> 「凶飈攪宇宙，銼刀甚割砭。」

案：極寫大雪帶來寒意，有如利刃，令萬物感到痛苦，故云「苦寒」。杜詩《前苦寒行》云：「寒割肌膚北風利。」

> 「日月雖云尊，不能活烏蟾。羲和送日出，恇怯頻窺覘。炎帝持祝融，呵噓不相炎。」

案：呼應前文「太昊」云云，寫無日光，天地失去溫暖。以上先從大自然世界冷暖失序說起，顓頊代表權臣，專攬朝政；太昊、炎帝代表朝中大臣，卻畏權臣，表示謙讓。可見是藉災異諷刺時政的災異詩。

這是一個多麼可怕的陰陽失序的世界，冬天之神（顓頊）用大雪之「凶飇」肆虐，連天神「太昊」「羲和」「炎帝」「祝融」等都怯懼，不僅萌牙夭折，就連日烏月蟾也不能活命。在這樣的氛圍裏人和動物的遭遇竟是如下面兩段的描寫：

二段：

> 而我當此時，恩光何由沾？肌膚生鱗甲，衣被如竹鎌。氣寒鼻莫齅，血凍指不拈。濁醪沸入喉，口角如銜箝。將持匕箸食，觸指如排籤。侵鑪不覺暖，熾炭屢已添。探湯無所益，何況纊與縑。

案：從人的身體感受，極寫「冷」之苦。

三段：

> 「虎豹僵穴中，蛟螭死幽潛。熒惑喪躔次，六龍冰脫髯。芒碭大包內，生類恐盡殲。」

案：寫動物界中最兇猛者皆畏寒之狀，甚至天象失序，生類盡亡。

> 「啾啾窗間雀，不知己微纖，舉頭仰天鳴，所願晷刻淹，不如彈射死，卻得親炰燖。」

案：寫小動物更難忍受「苦寒」之凶威，甚至以被「炙死」為幸。這種寫法被稱為「過情語」，蓋已寫到極致，無可復加，變成反面寫法。這種「過情語」帶有「以文為戲」之意，不能認真看。

如韓愈《寄盧仝》云：

> 昨晚長鬚來下狀，隔牆惡少惡難似，每騎屋山下窺闞，渾舍驚怕走折趾。憑依婚媾欺官吏，不信令行能禁止。先生受屈未曾語，忽來此告良有以。嗟我身為赤縣令，操權不用欲何俟？立召賊曹呼五百，盡取鼠輩尸諸市。（《集釋》，頁 788）

案：寫韓愈時為河南尹，盧仝遣奴來告，云隔牆惡少偷窺家人，婦女驚惶。於是下令「盡取鼠輩尸諸市」，未免視人命如草芥。程學恂曰：「語雜詼諧，極寫好賢之誠耳。若認真看，則惡少竊屋，罪不至死，枉法徇友，豈是公道。」（《集釋》，頁 788）韓詩有時「語雜詼諧」，「以文為戲」，頗成為一大特色。

「鸞皇苟不存，爾固不在占。其餘蠢動儔，俱死誰恩嫌。」

案：與「鸞皇」對比，用揶揄的口氣，嘲笑小動物之死不被注意，實寫小民「生不如死」之苦。

「伊我稱最靈，不能女覆苫。悲哀激憤歎，五藏難安恬。中宵倚牆立，淫淚何漸漸。」

案：謂見萬物受苦，難忍悲痛、掉淚。以上的描寫，其實皆是指朝政腐敗，引發災情，導致生靈塗炭受苦。

四段：

天乎哀無辜，惠我下顧瞻。褰旒去耳纊，調和進梅鹽，賢能日登御，黜彼傲與憸。生風吹死氣，豁達如褰簾。懸乳零落墮，晨光入前簷。雪霜頓銷釋，土脈膏且黏。豈徒蘭蕙榮，施及艾與蒹。日萼行鑠鑠，風條坐襜襜。天乎苟其能，吾死意亦厭。

案：天指天子、國君，至此將主題托出，盼望天子能去掉蒙蔽天子的權臣，任用賢相，改善朝政。自「生風吹死氣」，以下寫春風吹拂，雪霜銷釋，萬物復甦之狀。此顯用「災異」思想，以為天之季節失序，乃朝廷（天子）被蒙蔽所致，故盼能去倖臣，用賢良，以恢復善政，使天地正位，帶來和暖春風，造福萬物。此種「任用賢臣」思想，屬於中晚唐詩人的「中興幻夢」，前已多次提及。

值得注意的有三點：1.寫大寒之苦，有受到杜甫《前苦寒行》影響；2.將時序「天象」變化與四季「天帝、天神」等結合，亦承杜詩而來；3.云「隆冬奪春序，顓頊固不廉。太昊弛維綱，畏避但守謙」，乃從鬥爭角度看氣象失常，且藉以諷刺朝政，則為杜詩所無。總之，此詩更具險怪風格，朱彝尊已指出：「怪怪奇奇，與《陸渾山火》同，此是昌黎獨造。」（《集釋》，頁 161）有人認為：「此詩的價值在于以賦體寫出了苦寒的世界中人與動物的生理極限和心理感受，搜象造語險怪，誇飾離奇，藝術上達到一個極端的境地。」[21]

案：此詩確實是一首災異詩，用賦體鋪敘誇張方式寫出災異世界令人懼怕的感覺，達到登峰造極的藝術境界；也只有韓詩這種險怪體才能淋漓盡致寫出災異世界令人害怕恐懼之感，且氣勢磅礴，可以印證韓孟詩派的詩法，如：韓愈《薦士》云：「冥觀洞古今，象外逐幽好。」《送無本師歸范陽》云：「姦窮怪變得，往往造平淡。」及孟郊《贈鄭夫子魴》云：「天地入胸臆，吁嗟生風雷。文章得其微，物象由我裁。」

(3)韓愈《陸渾山火一首和皇甫湜用其韻》[22]（簡稱《陸渾山火》，《集釋》定為元和三年作）

此詩可說是韓愈險怪詩之代表作，研究者無有不論及者。其實此詩與前引《苦寒》，頗為類似，幾乎可說是姐妹作：如兩首皆以自然災害諷諭朝政，且皆觸及時序顛倒、四季之帝鬥爭之事，甚至文字篇幅大小亦相去不遠。《苦寒》乃以三月下大雪引發「隆冬奪春序，顓頊固不廉。太昊弛維綱，畏避但守謙」——即冬神侵春神之職等以下一系列想像。《陸渾山火》，則以陸渾縣之山谷於「玄冬澤乾」之時發生大火，引發夏季火神祝融侵及冬神顓頊、玄冥之職等一系列想像。就其想像之險怪言，其實出於同樣的創作機制，故朱彝尊評《苦寒》云：「怪怪奇奇，與《陸渾山火》同。」（《集釋》，頁 155）

就實質災情言，《苦寒》所寫大寒之災實大於《陸渾山火》之災。後者之災主要是限於山谷以內，只寫野獸被焚之慘；前者則受災土地範圍甚廣，受傷害者包括人類與野獸。或許因此，前者將重點放在寫災情，而後者則將重點放在火神與冬神之爭。《苦寒》詩之隱喻朝政，如韓醇曰：「公此詩蓋

21 吳振華《韓愈詩歌藝術研究》（蕪湖：安徽師範大學，2012），頁 146-47。

22 錢仲聯《韓昌黎詩繫年集釋》（上海：上海古籍，1998 年二刷），上冊，頁 684-85。

有所諷。……謂隆寒奪春序而肆其寒，猶權臣之用事；太昊之畏避，則猶當國者畏權臣，取充位而已。」《陸渾山火》之朝政隱喻，沈欽韓注有詳細說明：

> 《冊府元龜》：「元和三年，詔舉賢良方正，有皇甫湜對策，其言激切。牛僧孺、李宗閔亦苦諫時政。為貴幸泣訴于帝。帝不得已，出考官楊於陵、韋貫之於外。」案：牛僧孺補伊闕尉，湜補陸渾尉。制科登用，較元年之元稹、獨孤郁等，大相懸絕。皇甫之作，蓋其寓意也。火以喻權倖勢力方灼，炎官熱屬則指附和人。牛、李等以直言被黜，猶黑螭之遭焚。終以申雪幽枉，屬望九重。其詞詭怪，其旨深厚。（《集釋》，頁 686-87）

「火以喻權倖勢力方灼，炎官熱屬則指附和人」，是這段話的核心重點，亦是此詩與《苦寒》不同之處：《陸渾山火》不僅寫權臣用事，更寫其有許多附和的「熱屬」，使其為害更大。這是由野火燒山所引起的想像：即剛開始，本只一處引火，火勢猶小，不難撲滅；但到後來，風助火勢，到處蔓延，是災情慘重的主要原因。正如朝政，若只權臣一人，其害猶有限，一旦加入許多附和之人，形成一大勢力，則更有危及朝廷之虞。（有關《陸渾山火》之分析，參見《韓愈詩歌與唐代佛畫》）

與杜甫《前後苦寒》詩相較，可見「賦體」之鋪張實是韓詩一大特點，亦可說是對杜詩之突破。尤值得注意者，漢賦已有寫災情者，如賈誼有《旱雲賦》，後來曹植有《大暑賦》，與韓詩頗為類似，茲抄錄如下，以作參考：

> 炎帝掌節，祝融司方；羲和按轡，南雀舞衡，映扶桑之高熾，燎九日之重光。大暑赫其遂蒸，玄服革而尚黃。蛇折鱗於靈窟，龍解角於皓蒼。遂乃溫風赫曦，草木垂幹。山坼海沸，沙融礫爛。飛魚躍渚，潛黿浮岸。鳥張翼而近栖，獸交遊而雲散。於時黎庶徙倚，棋布葉分。機女絕綜，農夫釋耘。背暑者不羣而齊跡，向陰者不會而成羣。於是

> 大人遷居宅幽，緩神育靈。雲屋重構，閑房肅清。寒泉涌流，玄木奮榮。積素冰於幽館，氣飛結而為霜。奏白雪於琴瑟，朔風感而增涼。壯皇居之瑰瑋兮，步八閎而為宇。節四運之常氣兮，踰太素之儀矩。[23]

此賦一開始亦寫夏季之火神炎帝、祝融出巡，輿駕莊嚴，日光高張，彷如九日重現。接著寫「大暑」之災，只看動物方面，即有：「蛇折鱗」、「龍解角」、「飛魚躍渚，潛黿浮岸」、「鳥張翼而近栖，獸交遊而雲散」等等；可見「賦體」鋪張之一斑，與韓詩寫法，顯有相承關係。韓詩喜用「賦體」，研究者多能言之，唯似僅將重點放在鋪寫物象上，其實漢人談賦，尚有一個重點：重視政治諷諫。尤其是重要賦家揚雄，極重「諷諫」，如其《法言，吾子》，即批評辭賦是「童子彫蟲篆刻」，「壯夫不為」，說辭賦實際不能起到諷諫作用，反而「不免於勸」。[24]其所寫諸賦，如《甘泉賦》、《羽獵賦》、《長楊賦》、《河東賦》等序，最後皆云「以風」或「以勸」（參前引書，頁 470-71）。

其實，司馬相如的賦亦頗重視諷諫，張連科《司馬相如集編年箋注》前言即云：「司馬相如的大部分作品都有勸諫之意，表現了他經世致用的思想。」[25]杜篤《論都賦》云：「竊見司馬相如、楊子雲作辭賦以諷主上，臣誠慕之，伏作書一篇，名曰《論都》……」[26]楊慎亦云：「戰國諷喻之妙，惟司馬相如得之，司馬《上林》之旨，惟揚子《校獵》得之。」何義門云：「《羽獵》《長楊》二賦，其大旨全在序中所以諷諫者也。古人作賦，大多以諷諫為主，後人或專事鋪排，無關勸戒，失之矣。」[27]近人論漢賦，亦多

---

[23] 趙幼文《曹植集校注》（北京：人民文學，1998），頁 148-49。

[24] 張少康、盧永璘編選《先秦兩漢文論選》（北京：人民文學，1996），頁 458，揚雄《法言》題解。

[25] 張連科《司馬相如集編年箋注》（瀋陽：遼海，2003），頁 8。

[26] 費振剛、仇仲謙、劉南平校注《全漢賦校注》（廣州：廣東教育，2005），下冊，頁 385。

[27] 費振剛、仇仲謙、劉南平校注《全漢賦校注》（廣州：廣東教育，2005），頁 271-72。

注意到諷諫之重要性[28]，茲不贅。試看前人如何評《陸渾山火》：

《唐宋詩醇》云：「只是詠野燒耳，寫得如此天動地岐，憑空結撰，心花怒生。」（頁699）

沈曾植：作一幀西藏曼荼羅畫觀。（頁699）

程學恂：《青龍寺詩》是小奇觀，《陸渾山火》詩是大奇觀。

這些評語只看到此詩鋪寫物象之「奇」，而忽略其「諷諫」之意旨，並未把握「賦體」之全面。其實僅就「奇」之一面言，揚雄《甘泉賦》之奇就遠遠超過韓詩，茲摘錄一些片段，以作參考：

> 惟漢十世，將郊上玄，定泰畤，雍神休，尊明號，同符三王，錄功五帝，卹胤錫羨，拓迹開統。於是乃命群僚，歷吉日，協震辰，星陳而天行。詔招搖與泰陰兮，伏鉤陳使當兵，……八神奔而警蹕兮……蚩尤之倫帶干將而秉玉戚兮……
>
> 於是大夏雲譎波詭……金人仡仡其承鐘虡兮……乘景炎之炘炘，配帝居之懸圃兮，象泰壹之威神。……列宿乃施於上榮兮，日月纔經於柍桭。雷鬱律而巖突兮，電倏忽於墻藩。鬼魅不能自還兮，半長途而下顛，……
>
> 左欃槍右玄冥兮，前熛闕後應門；陰西海與幽都兮，涌醴汩以生川。蛟龍連蜷於東厓兮，白虎敦圉虖昆侖。……
>
> 於是事變物化，目駭耳回。……感動天地，逆釐三神者。……相西王母欣然而上壽兮，屏玉女而卻虙妃。玉女無所眺其清盧兮，虙妃曾不得施其蛾眉。方擥道德之精剛兮，侔神明與之為資。
>
> 於是欽柴宗祈，燎熏皇天，招繇泰壹。……炎感黃龍兮，熛訛碩麟。選巫咸兮叫帝閽，開天庭兮延群神。[29]

---

[28] 如云：「從表面上看，在漢賦的諷諫問題上，司馬遷、班固的意見與揚雄（晚年）、王充頗不相同。但在實質上，他們對諷諫的重視並無區別。」（何新文、蘇瑞隆、彭安湘著《中國賦論史》，北京：人民，2012，頁16-7）

[29] 費振剛、仇仲謙、劉南平校注《全漢賦校注》（廣州：廣東教育，2005），頁230-32。

其中用了許多星象與神話用語，著名的元代賦論家祝堯評語中即云：「雖曰因宮室畋獵等以起興，然務矜誇而非詠歌，興之義變甚矣；雖曰取天地百神等物以為比，然涉奇怪而非博雅，比之義變甚矣。」（前引書，頁 245）簡言之，過於「矜誇」與「奇怪」，此亦可移用指韓詩的特色。

(4)韓愈《題炭谷湫祠堂》[30]

炭谷在長安之南，屬終南山。湫，龍所居處。

首段：言龍之神聖：「萬生都陽明，幽暗鬼所寰。嗟龍獨何智，出入人鬼間。不知誰為助？若執造化關。」

案：寫龍之智出入人鬼陰陽之間，一開始即敘龍之神秘性。「不知誰為助，若執造化關」，表示龍似執掌、代理造化之巨大權力，甚至能決定萬物之生存與否；而所以如此，應是有眾多相助者。這段先談龍之神聖，後談有「相助者」，皆是留下伏線，為下文張本。

二段：敘其居處：「厭處平地水，巢居插天山。」這兩句指湫龍原處平地，後移居插天之高山，其過程頗為神秘。樊汝霖云：湫本在南山平地，一日風雷，移居於上。或云：公《龍移》詩：「天昏地黑蛟龍移」云云，即此也。（《集釋》，頁 179，注七）案：杜甫《奉同郭給事湯東靈湫作》云：「觀水百丈湫，幽靈斯可怪。中夜窟宅改，移因風雨秋。」《劇談錄》：「一夕風雨暴作，有龍移湫，自遠而至。」（《杜詩詳注》，頁 243）

案：插天山喻指朝廷高位，兩句喻指由平常之職轉進掌朝廷大權，決定朝中官吏升降，此即所謂「嗟龍獨何智，出入人鬼（陰陽）間。不知誰為助，若執造化關」，應與「巨靈高其捧，保此一掬慳」參看。總之，「造化、巨靈」皆指皇帝之權，因用人不明，為所盜竊。

三段：言有黨羽擁護：「森沈固含蓄，本以儲陰姦。魚鱉蒙擁護，羣嬉傲天頑。……群怪儼伺候，恩威在其顏。」指陰險小人成群結黨，助其為惡。「至令乘水旱，鼓舞寡與鰥」，指利用水旱災，趁機弄權。據胡渭云：

30　錢仲聯《韓昌黎詩繫年集釋》（上海：上海古籍，1998 年二刷），上冊，頁 177-78。

「蓋貞元十九年京師旱，祈雨湫祠，公往觀焉。……篇中饒有諷刺。時德宗幸臣李齊運、李實、韋執誼等與王叔文交通，亂政滋甚，故公因所見以興起。湫龍澄源喻幸臣，魚鼈禽鳥及群怪喻黨人也。」王元啟則曰：「貞元末，王、韋之勢已成。此詩公為御史時詆斥王、韋之作。……篇中魚鼈羣嬉，飛禽翾托，及尨區雛碎等語，皆指八司馬等言之，蓋貞元十九年作。」（《集釋》，頁 178）

「群怪儼伺候，恩威在其顏」，與首段「不知誰為助？若執造化關」，互相呼應，指陰險小人成群結黨，助其為惡，且利用災旱，趁機弄權（參《集釋》，頁 180，注 17）。此篇與《陸渾山火》之諷諫意旨相同，「湫龍澄源喻幸臣，魚鼈禽鳥及群怪喻黨人」，與《陸渾山火》之「火以喻權倖勢力方灼，炎官熱屬則指附和人」，完全對應，皆是寫倖臣弄權，有眾多小人相助；且皆鋪寫神怪物象，可歸於「賦體」寫法之例。

星變與怪變詩

(1)韓愈《汴州亂二首》，其一：

> 汴州城門朝不開，天狗墮地聲如雷。健兒爭誇殺留後，連屋累棟燒成灰。諸侯咫尺不能救，孤士何者自興衰。[31]（《集釋》卷一，頁 72-3）

據新、舊《唐書》，韓愈登進士第後，先往汴州依刺史董晉。而韓愈《董公行狀》云，「汴州自大曆來多兵事，（歷來刺史皆厚遇之），故士卒驕不能禦」。晉以貞元十五年二月三日薨于位。「公之將薨也，命其子三日斂，既斂而行。於行之四日，汴州亂。」即在喪車出城之後第四日，汴軍作亂，當時為「留後」（暫代）的行軍司馬陸長源，與幾位同僚，皆被殺。韓愈則因隨喪車出城，故免於難，此詩即寫心中的感憤。

詩開頭即呈現一個異常、恐怖的氣氛，「汴州城門朝不開，天狗墮地聲如雷」，《集釋》注 1 引《史記天官書》、《漢書天文志》，可知天狗是屬

---

[31] 錢仲聯《韓昌黎詩繫年集釋》（上海：上海古籍，1998 年二刷），上冊，頁 72。

於較大的流星，會發出如雷大聲，當其墮地時「類狗」，故云「天狗」。天狗的出現是一種凶兆，預告「破軍殺將」，是「兵將怒之徵也」，故下接汴州兵亂：「健兒爭誇殺留後，連屋累棟燒成灰」，既殺留後，又燒許多房屋，顯示兵亂甚嚴重。最後表示感慨：「諸侯咫尺不能救，孤士何者自興衰。」蓋「譏四鄰坐視」，無援助者。《集釋》於「前言」中，列舉韓愈一生遭遇多次兵亂，其一即「汴州兵變」。

案：此詩以流星變象預示兵變，塑造恐怖氣氛，相當成功。值得注意的是兩首詩的結語：其一末云「諸侯咫尺不能救」，其二末云「廟堂不肯用干戈」。正如陳景雲所云：首章意乃《公羊子》所云：「下無方伯」，次篇則「上無天子」也（《集釋》，頁 75）[32]。蓋指責德宗姑息養亂，不肯嚴于討伐也（蔣抱玄注，《集釋》，頁 74，注 9），其實亦表示韓愈對藩鎮作亂之強硬態度。

(2)《晝月》：

> 玉盌不磨著泥土，青天孔出白石補。兔入臼藏蛙縮肚，桂樹枯株女閉戶，陰為陽羞固自古。嗟汝下民或敢侮，戲嘲盜視汝目瞽。[33]

案：要了解此詩寓意，必須參考《東方半明》，詩云：「東方半明大星沒，獨有太白配殘月。（下略）」韓醇曰：「此詩與『煌煌東方星』興寄頗同，蓋指順宗即位，不能親政，而憲宗在東宮之時也。時賈耽、鄭珣瑜二相，皆天下重望，王叔文用事，相繼引去。此詩所以喻『東方未明大星沒也』。……及憲宗立而叔文、執誼竄，猶東方明而殘月太白滅，……」。陳沆：「月謂叔文，太白為執誼。」（《集釋》，頁 254-55，注 1、2）

由此看《晝月》詩題，應指天色將明之前，昏暗之殘月仍掛天空，但已可見到青天，故云《晝月》。「晝」字值得注意，一方面表示仍有殘月在天，一方面指白晝將至，殘月即將消失。王元啟曰：「此詩似為順宗時

32　《公羊子》指《春秋公羊傳》，「上無天子，下無方伯」，語見「莊公四年」三月傳文。（臺北新文豐版，十三經注疏本，頁 77）

33　錢仲聯《韓昌黎詩繫年集釋》（上海：上海古籍，1998 年二刷），上冊，頁 240。

（王）伾、（王）叔文弄權而作。」（《集釋》，頁 240）據此，「晝月」乃指二王。詩中提到女媧補天故事，即指不久將撥亂反正也。韓醇云：「及憲宗立而叔文、執誼竄，猶東方明而殘月太白滅。」蓋至天色已明，青天朗現，殘月不見，此即「女媧補天」成功之時也。

詩寫得怪誕離奇，茲引洪靜雲的解讀如下：

> 韓愈把有關月亮的傳說和比喻、補天的故事，醜化以後湊在一起，像一個著了泥土的沒磨過的玉碗，又像是青天捅了窟窿補上去的一塊白石，月亮裏的兔子不在外面了，搗藥的臼被藏起來了，蟾蜍也縮起肚子，月中桂樹的枝葉枯萎了，嫦娥也關閉門戶。這些怪誕離奇的意象，既寫出晝月上面陰影不如夜月清楚的視覺感受，又突出月亮在白晝變得暗淡呆滯的印象，的確異乎尋常。[34]

案：據洪氏解讀，可知《晝月》是寫天色將明的時候，雖有殘月在天，但較模糊，彷彿有陰影遮蔽，不如夜月清楚。此時傳說中的白兔、蝦蟆、桂樹與仙女等，皆已隱藏起來，似知大禍將臨。惜洪文並未解釋最後兩句：「嗟汝下民或敢侮，戲嘲盜視汝目瞽。」鄙意以為這是對下民提出警告，意指若對殘月加以侮辱或嘲戲，將受到「目瞽」（瞎眼）的懲罰。所謂「目瞽」，似指一般人並未注意到殘月即將消失，天色將明；意指人們未能預知朝政即將恢復正常的訊息。

此詩對「晝月」的描寫，很似「月蝕」現象，故前人評此詩，皆認為與盧仝《月蝕詩》有關。如：

蔣之翹曰：鄙俚幾不成句，其偽撰者尚剽竊《月蝕詩》意為之。

何焯曰：觀此則知玉川《月蝕詩》體貌……。（頁 241）

(3)韓愈《射訓狐》：

> 有鳥夜飛名訓狐，矜凶挾狡誇自呼。乘時陰黑止我屋，聲勢慷慨非常麤。安然大喚誰畏忌。造作百怪非無須，聚鬼徵妖自朋扇，擺掉栱桷

---

[34] 洪靜雲《韓孟詩派險怪奇崛詩風研究》（北京：中央編譯，2015），頁 125-26。

頳塈塗。……縱之豈即遽有害，斗柄行拄西南隅。誰謂停姦計尤劇，意欲唐突羲和烏。（下略）[35]。

方世舉注：《新唐書五行志》：「絳州翼城縣有鵂鶹鳥，羣飛集縣署，眾鳥噪而逐之，鵂鶹一名訓狐。」按：狐比伾、文。「聚鬼徵妖」，言其朋黨相扇，炰烋中國也。「縱之豈即遽有害」，言其本無能為。「斗柄行拄西南隅」，即《東方半明》之意也。「意欲唐突羲和烏」，則誅之不可復緩，故欲往射之（《集釋》，頁 251）。

案：訓狐是一種怪鳥，百怪、徵妖，言小人朋黨相扇，群聚朝廷。注引《新唐書五行志》，可見視其為災異現象。「意欲唐突羲和烏」，指伾、文諸人侵陵君上，故欲往射之。「梟驚墮梁蛇走竇」，言黨羽盡被殲滅（《集釋》，頁 253，注 16）。

(4)《東方半明》

東方半明大星沒，獨有太白配殘月。嗟爾殘月勿相疑，同光共影須臾期。殘月暉暉，太白睒睒。雞三號，更五點。[36]

案：這是以星象喻朝廷人事，可與《晝月》參看，蓋指順宗朝王叔文等執政即將瓦解之兆。「東方半明大星沒」，表面指東方將明未明之時，其時大星已隱沒，實際上，「東方半明」指憲宗在東宮之時，「大星沒」指順宗晏駕。

「獨有太白配殘月」，指朝廷群小勢力已衰，其勢已孤立，月謂王叔文，太白為韋執誼。

「嗟爾殘月勿相疑，同光共影須臾期」，指朝廷群小用事，互相猜忌。

「殘月暉暉，太白睒睒」，指王叔文之勢已失，唯韋執誼之勢尚存。

「雞三號，更五點」，《史記天官書》：「雞三號卒明。」指不久天將大明，太白與殘月亦將消失，群小將被盡殲（參前詩《射訓狐》）。

---

[35] 錢仲聯《韓昌黎詩繫年集釋》（上海：上海古籍，1998 年二刷），上冊，頁 250-51。

[36] 錢仲聯《韓昌黎詩繫年集釋》（上海：上海古籍，1998 年二刷），上冊，頁 254。

案：《詩經・齊風》有《東方未明》，又有《雞鳴》，其二章云：「東方明矣，朝既昌矣；匪東方則明，月出之光。」注云：「見月之光，以為東方明。」似為韓愈詩所本。

又案：以上所論災異詩，有幾首與順宗朝王叔文集團之執政有關，如前人解讀，乃視王叔文等為弄權之倖臣，並有許多附和之人。唯後來之史家已多有懷疑者，清代著名史家王鳴盛，尤力闢其非，斥韓愈為「不知人」。鄙意以為全謝山之評論較為持平，其《結埼亭集・韓柳交情論》云：

> 退之官御史時，於子厚為寮友。然當是時，子厚實據要津，參大政，其視退之之孤立不同。夷考伾、文當日，原有澄清天下之思。故能收神策軍之權，卻藩方之請。事事皆為唐室罷政起見，其心未可盡非，而不知任重之非其才也。順宗不久其位，新舊猜嫌之際，伾、文遂不克自支，一蹶而滿朝皆加以奸邪目之，遂使八司馬蒙謗。是固出於後世成敗論人之口，而范文正公所極以為冤者。獨是時，方有一退之而不能用，偶爾建言，遽有陽山之貶，斯則當路諸公所不能辭其咎。[37]

據此，韓愈「陽山之貶」，可能是其痛斥二王集團之主要原因。唯本文只是就詩論詩——即只論詩意，並不問其是非。

由上引許多韓愈災異詩看來，韓愈對災異現象是頗為關注的，這有一個佐證，宋人王十朋比較韓、柳異同云：

> 問：韓愈、柳宗元俱以文鳴於唐世，目曰韓、柳。二人更相推遜，雖議者亦莫得而雌雄之。然其好惡議論之際，頗多不同者。韓排釋氏甚嚴，……柳謂釋氏之說與《易》《論語》合……韓著《獲麟解》以麟為聖人之祥，《賀白龜表》以龜為獲蔡之驗；柳則作《正符》，詆談符瑞者為淫巫瞽史。……韓以作史有人禍天刑之可畏；柳則移書以辯

---

[37] 屈守元、常思春《韓愈全集校注》（成都：四川大學，1996），冊五，頁 3006，《順宗實錄》卷五，注 73。案：後世於王韋諸人毀譽不一，詳見注 73 所摘錄者，頗有助益。

之。韓以人禍、元氣為天所罰；柳則著論以非之。[38]

據此，韓愈與柳宗元之不同有三點，而後兩點皆指出韓愈更具「災異」（包括祥瑞）思想。那麼，何以韓愈如此重視「災異現象」？鄙意以為，可能與古文家李華有某種關係。

近人陳登武論韓愈與李華的關係，有三段，頗值得參考，茲抄錄於下：

(1)韓愈叔父韓雲卿、長兄韓會曾受到李華的愛獎；韓會又與梁肅及蕭穎士之子蕭存為友，愈又與李華從子李觀為摯友，也為蕭存所知。
(2)李華的外祖父是范陽盧氏，號五姓之一，他的外祖母「讀論語、詩書禮傳、古史箴頌、近世詞賦合於雅者，盡諷之。」（《李夫人傳》，《全唐文》卷 321，總 1459 頁）
(3)李華《與外孫崔氏二孩書》：「……又婦將嫁三月，教於公宮，祖廟既毀，教於宗室，嫁則廟見，不見廟者，不得為婦。今此禮凌夷，人從苟且，婦人尊於丈夫，群陰制於太陽，世教淪替，一至於此，可為墮淚。……吾小時南市帽行，見貂帽多帷帽少，當時舊人，已嘆風俗；中年至西京，帽行乃無帷帽，貂帽亦無，男子衫袖蒙鼻，婦人領巾覆頭，向有帷帽幕離，必為瓦石所及。此乃婦人為丈夫之象，丈夫為婦人之飾，顛之倒之，莫甚於此。」（《全唐文》卷 315，總 1432 頁）[39]

第一段論韓愈之叔父韓雲卿、兄韓會曾受到李華愛獎，愈本人又與李華從子李觀為摯友。第二段論李華的外祖父是范陽盧氏（著名的禮法世家），而外祖母亦受過很好的古文經史等教育，且會諷頌。由所列書目看來，皆是有益於「禮教」的著作。第三段最值得注意，其中兩個重點，一是批評當代

38 王十朋《梅溪王先生文集》前集卷一，見吳文治編《韓愈資料彙編》（臺北：學海，1984），頁 338。

39 陳登武《唐代古文運動的史學思想——以先驅古文家為中心》，見成功大學中文系主編《第四屆唐代文化學術研討會論文》，臺南，1999，頁 771-75。

婦女出嫁不遵守古代禮節，提到「婦人尊於丈夫，群陰制於太陽」，亦即陰陽顛倒，人倫失序，正是一種災異現象。又一是批評當時婦女出外的帽飾，云「此乃婦人為丈夫之象，丈夫為婦人之飾，顛之倒之，莫甚於此」，皆從陰陽顛倒的角度評論，且感到非常痛心。文中顯示李華極重視禮教，且將禮教與災異思想結合起來，由於韓愈亦娶范陽盧氏，則韓愈頗多災異詩，似不為無因[40]。

不過，談「諷諭詩」，不能忽略與韓愈幾乎同時之白居易。在白居易詩集中，特別立「諷諭」一類，且置於最前，似乎是白居易的創舉。謝思煒撰《白居易詩集校注》，其前言云：

> 白居易的影響是多方面的。其中最引人注目的，首先是他取材現實生活的敘述型詩歌創作以及與之相配合的淺近通俗的詩風。唐詩中平易近人的作風，被他推到極致，……白居易影響的另一重要方面，是他所提出的諷諭詩創作理論以及以《新樂府》、《秦中吟》為代表的創作實踐。自諷諭詩開始，政論詩才真正成為文人詩寫作的重要內容。[41]

據此，諷諭詩的創作與實踐，是白居易的重要貢獻之一。因此韓白諷諭詩之比較，也成為一個話論，這裏僅列畢寶魁的看法：

> 中國詩歌，現實主義的傳統非常久遠，從先秦的《詩經》，到漢樂府民歌，建安詩歌，一直到盛唐的杜甫，以及韓孟詩派前不久的元結和顧況等詩人，都在詩歌作品中反映民生疾苦。但這種反映主要是客觀的，並不是抒情主體之苦。而韓孟詩派提出的「苦吟」恰恰強調詩人抒寫自己的主體之苦。
>
> 比韓孟詩派稍晚而崛起並與韓孟詩派並峙的元白詩派強調詩歌的教化功能，提倡「惟歌生民病，願得天子知」，將詩歌作為諷諫君主、干預社會生活的工具，與韓孟詩派強調抒寫自身遭際之痛苦不平的主張

---

[40] 當然，這不是唯一原因，卻可能是一個重要的助因。

[41] 謝思煒撰《白居易詩集校注》（北京：中華，2006），冊一，前言，頁3。

> 有明顯的區別。……但元白詩派由于側重諷諫而導致枯燥的說教，而韓孟詩派則由于側重主觀抒情而使詩歌創作導向詩人主觀情感的自由宣洩抒發，對傳統「溫柔敦厚」、「發乎情，止乎禮義」的詩教有所突破，這是韓孟詩派的獨特貢獻。[42]

認為「韓孟詩派強調抒寫自身遭際之痛苦不平」，且「由于側重主觀抒情而使詩歌創作導向詩人主觀情感的自由宣洩抒發，對傳統『溫柔敦厚』、『發乎情，止乎禮義』的詩教有所突破，這是韓孟詩派的獨特貢獻。」是比較中肯的。

---

[42] 畢寶魁《韓孟詩派研究》（瀋陽：遼寧大學，1999），頁 286。

第五節　月蝕與補天：盧仝兩首險怪詩疏解

盧仝亦屬韓孟詩派一員，其《月蝕詩》與《與馬異結交詩》非常著名，兩首皆寫得怪異驚人，故皆受到韓愈賞識，可稱雙璧。前者以「月蝕」為題，顯與「災異」有關；後者既云「伏羲畫八卦，鑿破天心胸」，又言女媧「補天」，亦屬「災異」之類。原本擬置於韓愈災異詩後接續討論，因兩詩篇幅甚長，且晦澀難讀，故另立一篇，先加「疏解」，再下評論。

一、盧仝《月蝕詩》疏解

盧仝有兩首《月蝕詩》，一為五言體，一為歌行體，通常所說的是歌行體。不過，五言體在前，且較簡單，有助於了解盧丘寫《月蝕詩》的思想，故先引如下：

> 東海出明月，清明照毫髮。朱弦初罷彈，金兔正奇絕。三五與二八，此時光滿時。頗奈蝦蟆兒，吞我芳桂枝。我愛明鏡潔，爾乃痕翳之。爾且無六翮，焉得升天涯？方寸有白刃，無由揚清輝。如何萬里光，遭爾小物欺。卻吐天漢中，良久索魄微。日月尚如此，人情良可知。（《全唐詩》冊六，頁4383）

詩中有兩個重點：一寫發出萬里光之滿月，卻為小蝦蟆所吞噬；一提疑問：何以無六翮翅膀之蝦蟆能飛上天？最後兩句云「日月尚如此，人情良可知」，才是重點，這表示詩中所寫蝦蟆食月，是一種隱喻，指有一種小人卻能傷害大人物（人君）。前人已指出：先有五言古體，後擴充之為歌行體[1]。

歌行體《月蝕詩》，凡一千六百餘字（《集釋》下冊，頁 749，注一，方世舉注），不僅篇幅極大，且文字多有艱澀難讀之處。幸韓愈另有一篇

---

[1] 參：鄭慧霞《盧仝綜論》（北京：光明日報，2010），頁98。

《月蝕詩效玉川子作》，前人已注意到，韓詩許多是採盧詩原文，只是刪去原文冗語[2]，故篇幅僅剩一半（大致），又補上一些文字，使文意較通順可讀。而韓愈之《月蝕詩》即收入錢仲聯《韓昌黎詩繫年集釋》中，因收集許多前人注解，不僅文字較可讀，且此詩之政治性隱喻亦被破解，這是《集釋》很大貢獻。不過，亦因韓詩刪除太多，後人未加注釋，致今日讀盧詩，已有許多難解之處。茲不惴淺陋，稍作疏解，只期略通大意，有助本文研究。

市面上未見有盧仝詩集，讀過《月蝕詩》本文者可能不多，茲取《全唐詩》中所錄歌行體本文[3]，並加分段（每段後有數字表示），後逐段加以疏解。詩云：

> 新天子即位五年，歲次庚寅，斗柄插子，律調黃鐘。森森萬木夜殭立，寒氣贔屓頑無風。爛銀盤從海底出，出來照我草屋東。天色紺滑凝不流，冰光交貫寒曈曨。初疑白蓮花，浮出龍王宮。八月十五夜，比並不可雙。(1)
> 此時怪事發，有物吞食來〔輪中〕（一本無「輪中」）。輪如壯士斧斫壞，桂似雪山風拉摧。百鍊鏡，照見膽，平地埋寒灰。火龍珠，飛出腦，卻入蚌蛤胎。摧環破壁眼看盡，當天一搭如煤炲。磨蹤滅跡須臾間，便似萬古不可開。不料至神物，有此大狼狽。星如撒沙出，爭頭事光大。奴婢炷暗燈，揜菼如玳瑁。今夜吐燄長如虹，孔隙千道射

2　見錢仲聯《韓昌黎詩繫年集釋》（上海：上海古籍，1998 年二刷），下冊，頁 760-61〔集說〕。

3　鄭曉霞云：現存唯一的盧仝詩集注本，為清代康熙年間孫之騄的《玉川子詩集注》五卷。共收詩 109 首，比《全唐詩》多出 2 首，分別為《月詩》和《櫛銘》（鄭曉霞《盧仝綜論》，北京：光明日報，2010，《引言》頁 10）。據鄭云，有意為盧仝詩集作校注，不知是否已完成，亦不知是否出版。筆者所見盧詩，為臺北文史哲版《全唐詩》第六冊，卷 387-89。

《月蝕詩》為第一首，見冊六，頁 4364-67。唯此詩亦收入《集釋》，為韓愈《月蝕詩效玉川子作》之附錄。

戶外。(2)

玉川子，涕泗下，中庭獨自行。念此日月者，太陰太陽精。皇天要識物，日月乃化生。走天汲汲勞四體，與天作眼行光明。此眼不自保，天公行道何由行。吾見陰陽家有說，望日蝕月月光滅，朔日掩日日光缺。眼不相攻。此說吾不容。孔子師老子云：五色令人目盲。吾恐天似人，好色即喪明。幸且非春時，萬物不嬌榮。青山破瓦色，綠水冰崢嶸。花枯無女豔，鳥死沈歌聲。頑冬何所好，偏使一目盲。(3)

傳（一作又）聞古老說，蝕月蝦蟇精。徑圓千里入汝腹，汝此癡騃阿誰生。可從海窟來，便解緣青冥。恐是眶睫間，揜（一作掊）塞所化成。黃帝有二目，帝舜重瞳明。二帝懸四目，四海生光輝。吾不遇二帝，滉漭不可知。何故瞳子上，坐受（一作使）蟲豸欺？長嗟白兔擣靈藥，恰似有意防姦非。藥成滿臼不中度，委任白兔夫何為？(4)

憶昔堯為天，十日燒九州。金爍水銀流，玉煼（音炒）丹砂焦。六合烘為窯，堯心增百憂。帝（一作天）見堯心憂，勃然發怒決洪流，立擬沃殺九日妖。天高日走沃不及，但見萬國赤子戢戢生魚頭。此時九御導九日，爭持節幡麾幢旒。駕車六九五十四頭蛟螭虯，掣電九火輈。汝若蝕開齱齵（一作齟齬）輪，銜轡執索相爬鉤，推蕩轟訇（一作渴）入汝喉。紅鱗焰鳥燒口快，翎□倒側聲醆鄒。撐腸拄肚礧傀如山丘，自可飽死更不偷。不獨填飢坑，亦解堯心憂。(5)

恨汝時當食，藏（埋）頭擫腦不肯食；不當食，張脣哆觜食不休。食天之眼養逆命，安得上帝請汝劉。嗚呼！人養虎，被虎齧；天媚蟇，被蟇瞎。乃知恩非類，一一自作孽。吾見患眼人，必索良工訣。想天不異人，愛眼固應一。安得常娥氏，來習扁鵲術？手操舂喉戈，去此睛上物。其初（一作初既）猶朦朧，既久如抹漆。但恐功業成，便此不吐出。(6)

玉川子又涕泗下，心禱再拜額榻（一作蹋）砂土中。地上蟣虱臣仝告愬帝（一無帝字）天皇，臣心有鐵一寸，可刳妖蟇癡腸。上（一作皇）天不為臣立梯磴，臣血肉身，無由飛上天，揚天光。封詞付與小

心風，颼（一作越）排閶闔入紫宮。密邇玉几前擘（一作劈）圻，奏上臣仝頑愚胸。敢死橫干天，代天謀其長。(7)
東方蒼龍，角插戟，尾捭風。當心開明堂，統領三百六十鱗蟲，坐理東方宮。月蝕不救援，安用東方龍？南方火鳥赤潑血，項長尾短飛跋躄（一作剌），頭戴弁冠高逵枅。月蝕鳥宮十三度，鳥為居停主人不覺察。貪向何人家，行赤口毒舌。毒蟲頭上喫卻月，不啄殺。虛貶鬼眼明（一作赤）抉血（音），鳥罪不可雪。西方攫虎立踦踦，斧為牙，鑿為齒，偷犧牲，食封豕。大蓄一臠，固當軟美。見似不見，是何道理？爪牙根天不念天，天若准擬錯准擬。北方寒龜被蛇縛，藏頭入殼如入獄，蛇筋束緊束破殼。寒龜夏鼈一種味，且當以其肉充臛。死殼沒信處，唯堪支牀腳。不堪（一作中）鑽灼與天卜。(8)
歲星主福德，官爵奉董秦。忍使黔婁生，覆尸無衣巾。天失眼不弔，歲星何其仁。熒惑矍鑠翁，執法大不中。月明無罪過，不糾蝕月蟲。年年十月朝太微，支盧謫罰何災凶？土星與土性相背，反養福德生禍害。到人頭上死破敗，今夜月蝕安可會？太白真將軍，怒激鋒鋩生。恆州陣斬酈定進，項骨脆甚春蔓菁。天唯兩眼失一眼，將軍何處行天兵？辰星任廷尉，天律自主持。人命在盆底，固應樂見天盲時。(9)
天若不肯信，試喚皋陶鬼一問。一如今日（或作〔如今宜〕），三台文昌宮，作上天紀綱，環天二十八宿。磊磊尚書郎，整頓排班行，劍握他人將，一四太陽側，一四天市傍。操斧代大匠，兩手不怕傷。弧矢引滿反射人，天狼呀啄明煌煌。癡牛與騃女，不肯勤農業。徒勞含淫思，旦夕遙相望。蚩尤簸旗弄旬朔，始捶天鼓鳴璫琅。枉矢能蛇行，眊（一作眉）目森森張。天狗下舐地，血流何滂滂。譎險萬萬黨，架搆何可當？眯（一作昧）目釁（一作壐）成就，害我光明王。(10)
請留北斗一星相北極，指麾（一作揮）萬國懸中央。此外盡掃（一作拂）除，堆積（一作砂磧）如山岡，贖我父母光。當時常星沒，殞（一作星）雨如迸（一作拆）漿。似天會事發，叱喝誅奸強（一作狂）。何故中道廢，自遺今日殃。善善又惡惡，郭公所以亡。願天神

聖心，無信他人忠。(11)

玉川子詞訖。風色緊格格。近月黑暗邊，有似動劍戟。須臾癡蟆精，兩吻自決坼。初露半箇璧，漸吐滿輪魄。眾星盡原赦，一蟇獨誅磔。腹肚忽脫落，依舊挂穹碧。光彩未蘇來，慘澹一片白。奈何萬里光，受此吞吐厄。再得見天眼，感荷天地力。(12)

或問玉川子，孔子修《春秋》，二百四十年，月蝕盡不收。今子咄咄詞，頗合孔意不？玉川子笑答：或請聽逗留（一作遛）。孔子父母魯，諱魯不諱周。書外書大惡，故月蝕不見收。予（一作余）命唐天，口食唐土，唐禮過三，唐樂過五。小猶不說，大不可數。災沴無有小大瘉，安得（一無得字）引衰周，研覈其（一無其字）可否？日分晝，月分夜，辨寒暑。一主刑，一主德，政乃舉。孰為（一作謂）人面上，一目偏可去？願天完兩目，照下萬方土。萬古更不瞽，萬萬古（或無此兩句），更不瞽，照萬古。[4](13)

究竟如何分段，其實並無絕對規則可循，只是為了方便解讀而已。此詩暫分十三小段，首段先交代時間——憲宗元和五年十一月十四（一作五）日[5]，表示是冬夜，且是月圓之日。接著寫寒氣逼人，當是深夜（三更）。此時月出在天空，有如銀盤，就在盧仝住屋東面（暗示月出東方）。不久，夜色更深，亦更寒冷，此時天空有如結冰冷凍的海面，使月亮看來更為皎潔[6]

---

4 以上抄錄盧仝《月蝕詩》，皆據《全唐詩》本。另對照錢仲聯《韓昌黎詩繫年集釋》所附盧仝《月蝕詩》（下冊，頁 762-65），文字若有不同，皆以（一作某）表示。

5 韓愈《月蝕詩》開頭兩句：「元和庚寅斗插子，月十四日三更中。」孫汝聽曰：元和五年十一月十四日也。唯《考異》引另本，「四」作「五」。案：盧仝五言體《月蝕詩》云「三五與二八，此時光滿時」，指十五日或十六日月滿時。歌行體《月蝕詩》首段結束云「八月十五夜，比並不可雙」，後面又云：「吾見陰陽家有說。望日蝕月月光滅，朔月掩日日光缺。」指日蝕發生在朔日，月蝕發生在望日，這亦是古代天學的「定說」（參見江曉原、鈕衛星著《中國天學史》，頁 121）。據此，似作「十五日」解較佳。

6 唐人詩常將晴朗夜空之月稱為「海月」，參見另文《錦瑟變》對「滄海月明珠有淚」之解讀。

——如清淨無瑕的白蓮花，於是開始懷疑，以為出自龍宮。有人認為詩提到「白蓮花」與「龍宮」，應與佛教密宗有關[7]。案：鄭慧霞為證明盧仝詩受到民間俗文學——說唱藝術的影響，舉盧仝《觀放魚歌》為例，云：

> 詩中寫到常州刺史孟簡把眾魚放生後，詩人誇贊其功德時說：「勝業莊中二桑門，時時對坐談真如。因說十千天子事，福力當與刺史具。天雨曼陀羅花深沒膝，四十千真珠瓔珞堆高樓。此事怪特不可會，但慕刺史仁有餘。」……這分明就是唐代俗講的情形，即和尚們宣講教義以勸諭世人的一種講唱藝術。……所謂「十千天子」之典來源于佛經《金光明經疏》。[8]

文中指出與放魚有關的佛教經典為《金光明經疏》，故若盧仝《月蝕詩》用到佛教典故或教義，並不令人感到奇怪。詩先提「爛銀盤從海底出」，後面再提「浮出龍王宮」，顯然是將夜晚的天空視為廣大的海洋，而這種寫法應與唐詩中常說的「海月」有關。如大家熟知的、張九齡《望月懷遠》詩：「海上生明月，天涯共此時；情人怨遙夜，竟夕起相思。」李商隱《嫦娥》：「嫦娥應悔偷靈藥，碧海青天夜夜心。」皆視夜晚的天空如「碧海」[9]。《月蝕詩》應是在這種習慣中所引起的想像：當夜空晴朗無雲，很像蔚藍的海洋，更襯托月亮的皎潔，且又是望日月圓之時，故比為「白蓮花」，其神思的過程應是：海月→白蓮花→龍王宮。但如說是受到密宗影響，則不能無疑，蓋詩中已明白指出：「念此日月者，太陰太陽精。皇天要識物，日月乃化生。走天汲汲勞四體，與天作眼行光明。」即比日月為天之雙眼，可用以識物，以便監督下民與萬物。此乃承自中國古代傳說，如《白虎通》卷六「災變」云：「若然，日月交食是天度之常，而《春秋》書為災異者，以

7　參鄭慧霞《盧仝綜論》（北京：光明日報，2010），頁 92。密宗說乃陳允吉所提出：《「牛鬼蛇神」與中唐韓孟盧李詩的荒誕意象》。

8　鄭慧霞《盧仝綜論》（北京：光明日報，2010），頁 123。

9　此例甚多，詳見另文《錦瑟變：李商隱〈錦瑟詩〉句解》之「滄海月明珠有淚」解讀。

日者太陽之精，至尊之物，不宜有所侵犯，聖人因事設教，假神靈以為鑒戒耳。」[10]不僅如此，詩中以蝦蟇吞月作為「月蝕」原因，又提到許多中國古代經典（如《尚書》、《春秋》）與天文星象，最後還提到孔子作《春秋》，皆與密宗無關。尤其詩中的「月蝕」實有某種政治隱喻（詳下），更是密宗思想無法解釋的。總之，即使有受到佛教影響，亦只占詩中極小部分，不必過份誇大。盧仝五言詩體之《月蝕詩》云：「我愛明鏡潔，爾乃痕翳之。」故鄙意以為，詩中以蓮花喻月，當是因月蝕只是暫時現象，在短暫消失之後，仍將恢復光明，此與蓮花之出污泥而不染相似；這只是佛學常識的應用，似不必牽扯密宗之理論[11]。

現代人皆知月蝕的成因：「當太陽、月亮、地球運行成一條線時，由於地球居中，投其影於月球上，遂發生月蝕的現象。」[12]其實古代天文志對此已有詳細說明，如《隋書・天文志》云：

> 月者，陰之精也。其形圓，其質清，日光照之，則見其明。日光所不照，則謂之魄。故月望之日，日月相望，人居其間，盡覩其明，故形圓也。二絃之日，日照其側，人觀其傍，故半明半魄也。晦朔之日，日照其表，人在其裏，故不見也。……月為太陰之精，以之配日，女主之象也。以之比德，刑罰之義。列之朝廷，諸侯大臣之類。故君明則月行依度，臣執權則月行失道。……月變色，將有殃。月晝明，姦邪並作，君臣爭明，女主失行，陰國兵強，中國饑，天下謀僭。數月

10 〔清〕陳立撰，吳則虞點校《白虎通疏證》（北京：中華，1997），頁 272。簡言之，即以日月蝕做為人君的鑒戒。

11 案：密宗崇拜盧舍那佛，又稱大日如來，其原型為能發出無比光明的太陽。魏道儒云：「盧舍那的梵文詞原含有『光明普照』的意思，也是太陽的別名。……以佛為太陽，可能受到了祆教的影響，具有受波斯文化影響的痕迹。同時，《華嚴經》還把佛光比作月光，……兩種比喻穿插互見，有著以光明驅除黑暗的意義。」（魏道儒《中國華嚴宗通史》，南京：江蘇古籍，1998，頁 29）可見兼取日月只是取其「光明」之意。

12 引自《大辭典》（臺北：三民書局，1985），中冊，頁 2123。

重見，國以亂亡。（《隋書・天文志中》，冊二，頁556）

可見古代天學家對月蝕成因已有清楚認識，但因深受星占學觀念影響，仍不免與災異思想結合一起。且古代統治者畏懼人民藉天象造反，禁止人民接觸天文知識[13]，致使民間仍流傳一些奇怪傳說，因此，看到高懸天空的明月竟然被陰影遮蔽，不免感到驚駭，並引發奇怪的聯想。詩的第二段即寫明月被蝕情形：就在此時，怪事發生，皎潔的月亮竟被某個怪物吞食；有如百鍊鏡、火龍珠的明月，很快被吞食完畢，無影無踪。於是多如沙子的星星，競相出現，但皆不如月之明亮。天地彷彿變暗。於是奴婢托出燈來，平常昏暗的油燈，今夜竟然吐出長虹般光燄，穿過孔隙，照射屋外。

寫月被食之後，「星如撒沙出，爭頭事光大」，指在月未被食前，因月光太過明亮，眾多星子難與爭輝，等到月蝕之後，無數星光競相冒出，彷如流星雨一般。不免讓人想到《春秋經》記魯莊公七年：「夏四月辛卯，夜，恆星不見。夜中，星隕如雨。」這是寫晚上下流星雨，太過強烈，導致「恆星不見」。據《左傳》云：「夏，恆星不見，夜明也。」楊伯峻注云：此因流星雨而夜明，夜明則不見星宿，故曰「恆星不見」。那麼是什麼恆星不見？據《穀梁傳》云，是指「南方七宿」不見。[14]不過，詩只寫眾星之光輝

---

[13] 茲抄錄江曉原、鈕衛星著《中國天學史》兩段話：

但「絕地天通」最主要的意義是斷絕了平民與上天交通的權利，這種權利從此以後就由天子壟斷起來，只能由王家的專職巫覡去施行。而溝通天地、交通人神最直接、最重要的手段，在中國古代正是天學。因此重、黎「絕地天通」神話的象徵意義就是統治者對天學的壟斷——這種壟斷直接關係到王權的建立及其合法性。（江曉原、鈕衛星著《中國天學史》，上海：上海人民，2005。緒論，頁7）

古代中國……在兩千多年的漫長時期中，始終有一個純粹的軍國星占系統在中國代代流傳，年年運作著。這個軍國星占學系統在古代中國有著至尊至貴的地位，它始終由皇家以其專制的權力壟斷，以其巨大的財力支持著，而且絕不許民間對此有任何輕微的染指——「私學天文」是各個朝代反復重申的犯禁大罪。（江曉原著《中國星占學——類型分析》，上海：上海書店，2009，頁6）

[14] 參見楊伯峻《春秋左傳注》（臺北：源流，1982，頁 170-72）這次流星雨非常著名，是指公元前687年3月16日所發生之流星雨，是最古之天琴座流星雨紀事。

如沙出，並非真指流星，意指眾多星子爭著要搶救被蝕之月，然仍徒勞無功，其實喻指當時各道兵會同討伐叛逆藩鎮王承忠，但因由宦官領軍，故如一盤散沙，無功而返（詳參第四段與十一段）。

第三段除指日月為天之雙眼外，又據陰陽家說，日蝕發生在朔日，月蝕發生在望日，故云「眼不相攻」，亦即不會彼此傷害。盧仝表示反對，他引《老子》所說「五色令人目盲」，指天有日月為雙眼，比萬物更能「視物」，因此更易為「色」所誘——導致「目盲」。並特別指出，幸好此時是冬季，並非「春季」，應無「五色」令天目盲，何以會發生月蝕現象，致使天只剩一目？言下之意，若時至春季，則天眼可能因貪色而目盲，弦外之音耐人尋味。蓋「月蝕」指天喪眼失明，喻皇帝不識君子、小人，重用巧言令色的小人，此即《老子》所謂「五色令人目盲」，「吾恐天似人，好色則喪明」。故云：「玉川子，涕泗下……此眼不自保，天公行道何由行。」表示對國事的憂心。

第四段是針對蝦蟇蝕月的古老傳說，提出質疑。前幾句言蝦蟇的來歷與其能蝕月的原因，非常重要：「可從海窟來，便解緣青冥。恐是眶睫間，揜（一作揞）塞所化成」，前兩句指蝦蟇來自海窟，暗示其為濱海之人，「可」應作「豈」解，言其為濱海之人，豈能緣青冥而上，以致食月？後兩句解釋原因，言其為皇帝身邊之人。前人皆認為此詩必有所影射，據《集釋》所引各家說法，多數認為指宦官專權；因當時宦官「往往出於嶺南」，嶺南濱海，故云：「可從海窟來，便解緣青冥。」詩寫蝦蟇蝕月，實指宦官專權，遮蔽皇帝耳目。而當時攬權之宦官為吐突承璀，據《舊唐書・憲宗本紀上》與《舊唐書・宦官傳・吐突承璀》，元和四年冬十月，以成德軍節度使王承宗叛逆，乃派時為左軍中尉之吐突承璀領禁軍出發，並與河中、河南、浙西、宣歙等道兵赴鎮州，但出師經年無功。「乃遣密人造王承宗，令上疏待罪，許以罷兵為解。……及承宗表至，朝廷議罷兵，承璀班師，仍為禁軍中尉。」（《吐突承璀傳》）《憲宗本紀》亦云：「五年秋七月己亥朔。庚子，王承宗遣叛官崔遂上表自首，請輸常賦，朝廷除授官吏。丁未，詔昭洗王承宗，復其官爵，待之如初。」此即《月蝕詩》寫作背景。故何焯云：「是年吐突承璀討成德軍，無功而還，憲宗不加誅竄，此詩蓋嫉宦官之蔽明耳。」（《集釋》，下冊，頁748引《義門讀書記》）。簡言之，用月蝕喻指皇帝知人不明，為近侍——「宦官」所朦蔽。

後半段先言日月二目對皇帝施政之重要性，接著叱責搗藥的白兔：「長嗟白兔搗靈藥，恰似有意防姦非。藥成滿臼不中度，委任白兔夫何為？」指白兔搗藥是為防月亮不明，這是將白兔比為朝中「防姦非」之臣，似指朝廷諫官——如御史大夫及拾遺、補闕等，詩意指當時諫官未盡其責。案：當憲宗下詔吐突領軍時，諫官反對者甚多，如《吐突承璀傳》言：「諫官、御史上疏相屬，皆言自古無中貴人為兵馬統帥者。補闕獨孤郁、段平仲尤激切。」由於這是朝廷之事，盧仝一直在民間，可能並不知道。

第五段可說是此詩最為特殊，也是最為險怪的一段。它先將堯時兩種天災：十日並出與洪水滔天結合起來，最後再與蝦蟇食月之災結合，亦即結合三種災情。茲先談堯時十日並出的傳說。案：《淮南子・本經訓》云：「逮至堯之時，十日並出，焦禾稼，殺草木，而民無所食，……堯乃使羿上射十日……」或云「命羿射十日，中九，烏皆死，墮羽翼。」「堯乃令羿射十日，中其九，日中烏盡死。」[15]這是用「焦禾稼，殺草木」形容十日並出之炎熱，相當合理。《月蝕詩》則用煉丹的火窯，喻十日並出之高溫，明顯是後世人的想像。但此段之特點，更在「帝見堯心憂」以下之鋪敘，極盡險怪之能事。如云天帝大怒，欲以「洪流」淹殺九日妖，這是根據偽古文《尚書・堯典》：「咨！四岳，湯湯洪水方割，蕩蕩懷山襄陵，浩浩滔天。」[16]將經典中的堯時洪水滔天與傳說中的十日並出結合起來，產生險怪的想像。依詩中的說法，堯時之洪水其實是因當時十日並出，人民無法生存下去，堯為之心憂，以此感動上天，導出洪流逐九日一段希奇古怪的情節。這種寫法亦有經學上的意義。依照古代災異學的說法，上天降災皆因人間帝王施政不善所導致，亦即要以天變譴告為政者。而依據儒家經典的記載，堯是古代仁

15　張雙棣《淮南子校釋》（北京：北京大學，1997），上冊，頁841。

16　李民、王健撰《尚書譯注》（上海：上海古籍，2000），頁7。

君之典範，既然如此，又何以會產生洪水滔天如此大的災禍？請注意，盧仝亦是《春秋》學者（著有《春秋摘微》），而《春秋》善言災異[17]，此詩正是藉月蝕之異提出對朝廷施政之諷諫。由此看他在詩中所寫，因十日並出造成大旱災，導致天帝降下洪水，欲藉「滔天」之洪水以逐九日，就好理解：蓋為支持堯的仁君形象。不料，卻因天太高加上日走得快，洪流並未淹沒過多的九日，反而害了百姓，「但見萬國赤子戢戢生魚頭」，用魚頭形容人民在洪水中將要沒頂的情形，為險怪詩加上一筆。接著寫「九御導九日」幾句，有如送神場面，非常壯觀：蓋要送走九日，只留一日，使大地恢復正常。看到這裏，讀者想必感到納悶：這些怪事與月蝕有何關係？其實，最後幾句才是此段的真正用意所在。詩指責蝦蟇，既然有本領「緣蒼冥」以食月，則當此九日並出之時，正應抓住「洪流滔天」的機會，緣青冥而上，將九日好好吞食飽餐一頓。這個結尾真是出人意料之外，竟然將蝦蟇食月與食日結合起來，完全擺脫傳說的限度，可謂險怪之至，亦可印證韓愈《送無本師歸范陽》所云「姦窮怪變得，往往造平淡」，即由平常之月蝕想像出堯時之大水災，又結合十日並出之旱災，更進一步叱責蝦蟇未緣蒼冥以食日，將一些本來分散的、毫無關係的傳說結合起來，其興象之險怪，令人嘆為觀止。

以上兩段，近人畢寶魁作綜合解讀，值得參考：

> 這就是都承認此詩有寓意，有寄托，是在用蛤蟆精象徵叱責危害朝廷，危害皇權的邪惡勢力。但具體叱責的對象是什麼卻產生兩種不同的意見。一種認為是指藩鎮勢力，具體指王承宗的叛亂；一種認為是指宦官，指宦官還有兩說，一是指陳弘志逆黨，……一是指吐突承璀，憲宗曾用其為總監軍，負責指揮調動全國兵。……我認為，從全詩意蘊來分析，蛤蟆精所比還是指整個宦官勢力為是。理由有三：1.

17 《漢書・翼奉傳》：「《易》有陰陽，《詩》有五際，《春秋》有災異，皆列終始，推得失，考天心，以言王道之安危。」（《漢書》卷七十五《翼奉傳》，冊十，頁3172）

> 詩中說蛤蟆精「可從海窟來，便解緣青冥。恐是眶睫間，掩塞所化成。」宦官多出自嶺南福建一帶，故云從海窟來。「緣青冥」指進入宮廷。2.「眶睫間」則是微小之物，且在眼睛極近處，這正是宦官的特徵。3.在當時，在皇帝身邊，能欺瞞皇帝、遮蔽皇帝、對皇帝威協最大者莫如宦官，吐突承璀便是炙手可熱之人，天下對其恨之入骨。然而，詩中確實也涉及到對藩鎮勢力的叱責。這就是十日燒天，堯心憂如焚，天帝決開洪水以淹炎日，結果沒有淹沒日頭，卻把百姓都泡在水裏，把百姓坑苦了。這當是比喻朝廷討伐叛亂的藩鎮，結果藩鎮沒有被討平，反而使百姓陷入無窮無盡的災難之中。這不正是對藩鎮割據勢力的控訴嗎？但如果往深層次探究的話，這種局面的造成，也還是由于宦官監軍的緣故。[18]

據此，洪流掩日之失敗，乃喻指吐突承璀督師討藩鎮無功，藩鎮百姓仍未脫離苦難；「九御導九日」、送神一節，則指叛逆藩鎮——以成德軍節度使王承忠為首，仍保有爵位，未受懲罰。

第六段與第五段，其實亦可合為一段。開頭幾句接續前段，叱責蝦蟇：有時膽小，該食九日時不敢食；但有時又很大膽，本不該食月，卻又大口吞食得絲毫不剩。這等於是用天眼養逆命，該請上帝處死才對。接著運用警語（也是俗語），以養虎遺患比養蟇瞎眼[19]，喻指寵近侍（宦官）之禍。於是提出忠告：吾見患眼人，必索良工訣。指患眼疾之人，應找良工除病。其中寫扁鵲操戈（即手術刀）除去睛上蒙蔽之物，使恢復光明，實即今人所稱「白內障手術」（唐人即有「內障」稱呼）[20]。

18　畢寶魁《韓孟詩派研究》（瀋陽：遼寧大學，1999），頁242-43。

19　據鄭慧霞云，此亦「當時俗語」，《盧仝綜論》（北京：光明日報，2010），頁125。

20　退之云：「腦脂遮眼臥壯士，大弨掛壁誰能彎。」謂張籍也。杜牧之《乞湖啟》云：「弟顗久病眼。」醫者《右公集》云：「是狀也，腦積毒熱脂融流下，蓋塞瞳子名為內障。」則籍之所苦乃內障也。（葛立方《韻語陽秋》卷十六，《韓愈資料彙編》，臺北：學海，1984，頁290）

詩寫到這裏，主要是針對蝦蟇食月——即月蝕現象的說明，但六段提出良工治眼病，則暗示一個問題：如何除去蝦蟇（指宦官掌握軍權）？七段即接下這個問題。首句「玉川子又涕泗下」，呼應第三段，是詩人再次現身。前面寫詩人看到月被蝦蟇所食，如天失去一眼，將難以行道，意指國家命運將陷入坎坷危險之境，故詩人「涕泗下」；就現實而言，則指宦官掌握軍權，既影響朝政，且無法解決藩鎮割據問題。現在詩人「又涕泗下」，與上次不同，上次只是觀看蝦蟇食月，此次則是決定採取行動，將向皇帝提出除掉蝦蟇的建議：臣心有鐵一寸，可刳妖蟇癡腸。可是盧仝只是一介平民，又如何向「天皇」提出建議？於是只能寫一副「封詞」上奏。所謂「封詞」可能指投書「延恩軌」事。《新唐書・百官志》云：

> 武后垂拱二年，有魚保宗者，上書請置匭以受四方之書。乃鑄銅匭四，塗以方色，列于朝堂。青匭曰延恩，在東……丹匭曰招諫，在南……白匭曰申冤，在西……黑匭曰通元，在北……其後同為一匭。[21]

這是為無功名者所設計出來的上書方法，亦是廣徵民間輿論的好方法，故韓愈《贈唐衢》即建議唐衢：「當今天子急賢良，匭函朝出開明光。胡不上書自薦達，坐令四海如虞唐。」那麼，盧仝到底提出什麼建議？其答案就在盧仝《感古四首》之一（詳下）。

後面三段，將叱責對象，由蝦蟇轉向天上各種星宿，責其未善盡保護日月之責，且未用力消滅蝦蟇。第八段針對「東方蒼龍」、「南方火鳥」、「西方白虎」、「北方玄武」各七宿，合為二十八宿。此二十八宿為固定之恆星，環繞天區，形成保護之勢。詩的特點有二：一是對四神獸的形象描寫：

> 東方蒼龍：角插戟，尾捭風。當心開明堂，統領三百六十鱗蟲。
> 南方火鳥：赤潑血，項長尾短飛跋躠（一作剌），頭戴弁冠高達枅。

---

[21] 錢仲聯《集釋》（上海：上海古籍，1998年二刷）上冊，頁681，韓愈《贈唐衢》注3，〔方世舉注〕引。

西方攫虎：立踦踦，斧為牙，鑿為齒，偷犧牲，食封豕。

北方玄武：寒龜被蛇縛，藏頭入殼如入獄，蛇筋束緊束破殼。

可見皆很威武嚇人。一是斥責其怠忽責守：

東方蒼龍：坐理東方宮。月蝕不救援，安用東方龍？

南方火鳥：月蝕烏宮十三度，烏為居停主人不覺察。貪向何人家，行赤口毒舌。毒蟲頭上喫卻月，不啄殺。虛貶鬼眼明抉血，烏罪不可雪。

西方攫虎：大蓁一臠，固當軟美。見似不見，是何道理？爪牙根天不念天，天若准擬錯准擬。

北方玄武：藏頭入殼如入獄，蛇筋束緊束破殼。寒龜夏鼈一種味，且當以其肉充臛。死殼沒信處，唯堪支牀腳。不堪鑽灼與天卜。

其中叱責西方攫虎云：「爪牙根天不念天，天若准擬錯准擬。」乍然一看好似打謎語，甚難理解。後查蔣禮鴻《敦煌變文字義通釋》有「准擬」條，釋云：「有兩類意義，一類是打算、希望、料想；一類是準備、安排，而兩類意義之間原來就有一定的聯系。」並舉白居易《不準擬》詩兩首，第一首說「不準擬身年六十，上山仍未要人扶。」第二首說：「不準擬身年六十，遊山猶自有心猜。」[22]據此看來，盧詩上句指西方攫虎之爪牙是由天所生，但卻不顧念天之恩情、去保護天；下句指上天若打算、指望虎來回報，那就錯了。四者中似以南方火鳥與北方玄武的形象更為突出，受到的叱責與嘲弄亦最甚。尤其寫北方玄武之龜蛇，居然「藏頭束殼」（可能因為怕冷），毫無

22　蔣禮鴻《敦煌變文字義通釋》（臺北：木鐸），頁 125-27。案：敦煌寫卷《降魔變文》云「太子國中第二貴，出入百司須准擬」、「佛家道場，卿須備擬」。（周紹良、張涌泉、黃征《敦煌變文講經文因緣輯校》，南京：江蘇古籍，1998，頁 777、786），可見「准擬」即「準備」之意，引申之，有小心、謹慎對付之意。又參張涌泉、黃征校注《敦煌變文校注》（北京：中華，1997），頁 545，《破魔變》注 120，及頁 749，《妙法蓮華經講經文》（四），注 31。

咬食蝦蟇的企圖，故笑其只堪「支牀腳」[23]，甚至不能用來鑽灼占卜。以上重抄詩句，是要說明一件事，若詩直言「二十八宿」，恐流於簡單的抽象認知，難以給人留下深刻印象，故用「賦體」鋪敘手法，各種形象絡繹不絕，令人目不暇給。詩中取其神獸名稱，賦與具體生動形象，用高等動物形象，與低等動物——蝦蟇形象相對，以為能容易致蝦蟇於死地，且可飽食一餐。不料各方神獸卻「見似不見」，空有爪牙而不使用，是採取「先揚後抑」手法，增加貶責力道。

第九段叱責對象轉到五大行星：歲星（木星）、熒惑（火星）、填星（土星）、太白（金星）、辰星（水星）。〔唐〕李淳風《乙巳占》卷四《星官占》論五星曰：

> 夫五星者，昊天上帝之五使，稟神受命，各司下土，雖幽潛深遠，罔不知悉，故或有福德祐助，或有禍罰威刑，或順軌而守常，或錯亂以顯異。芒角變動，光色盛衰，居留干犯，旬巳掩滅。所以告示著，蓋非一途矣。[24]

五星是行星，各有特殊任務，故云「上帝之使」。它們對下土（人間）的事物看得一清二楚，故依其任務，或給予「福德祐助」；或令其「順軌守常」——即回復正常軌道；或「錯亂以顯異」——指顯現各種異象，如芒角變動，光色盛衰等，令其知錯改過。茲先據《乙巳占》，列舉五星占詞如下，以供參考：

(1)歲星……東方木德，……其性仁，……人君之象也，故象主德焉。（頁 71）……所在之宿國分大吉。歲星所在之分不可攻之，攻之則反受其殃矣。歲星所在處，有仁德者，天之所祐也，不可攻，攻之必受其殃。（《乙巳占》，頁 73-4）

---

[23] 用龜支牀，典出《史記・龜策列傳》，葛洪《抱朴子內篇・對俗》云：「《史記龜策傳》云：江淮間居人為兒時，以龜枝床，至後老死，家人移床，而龜故生。」（王明《抱朴子內篇校釋》，北京：中華，1996 年四刷，頁 48）

[24] 〔唐〕李淳風《乙巳占》（臺北：新文豐，1987），頁 71。

(2)熒惑……火能照明糾察，燔燒穢積。象禮官，察獄以罰萬物，……故主禮察焉。（《乙巳占》，頁 71-2）

(3)太白……金……故主兵，……故太白主兵焉。（《乙巳占》，頁 72）

太白……金……故太白主兵，為大將，為威勢，為斷割，為殺害。故用兵必占太白。體大而色白，光明而潤澤，所在之分，強國昌；體小而昧，軍敗亡國。（《乙巳占》，頁 101）

(4)辰星……其卦坎，為刑獄險阻，故辰星主刑獄。所在之宿，欲其小而明則吉，而刑息獄靜，百姓安；若大而光明，則刑亂獄興，人民險害，有阻守之象。……辰星，水性平而且智，故主刑獄焉。（《乙巳占》，109-11）

(5)填星所處，君聖臣忠，民信物順，則填星光明盛大，祥風至，……人君若不思慮政道，教令不信，以權詐威物，則填星降之不祥，……（《乙巳占》，頁 93）

《月蝕詩》即由五星的不同任務，予以叱責。如叱歲星云：「歲星主福德，官爵奉董秦。忍使黔婁生，覆尸無衣巾。天失眼不弔，歲星何其仁。」由於歲星是「東方木德，其性仁，人君之象也」，故所至給予「福德祐助」。但如此一來，有時會濫用仁德，用在不該用的人身上。如董秦者，「史思明將，歸正封王，賜名李忠臣，後復附朱泚為逆」[25]，此即濫用「官爵」之例。但有時又忽視一些賢人，如「黔婁」是齊國賢人，雖然不仕，卻屢次幫齊國解除外患，後以貧窮，死後衾不蔽體[26]。尤其當天失眼而不弔問，真不配為「仁德」之使。其餘如熒惑為火星，而「火能照明糾察」，故負責執法，但月明無罪，被蝦蟇吞食，熒惑卻不加以糾察處罰。「年年十月

25　《集釋》下冊，頁 749。

26　元稹《三遣悲懷》之一：「謝公最小偏憐女，自嫁黔婁百事乖。」黔婁事參見楊軍《元稹集編年箋注》（西安：三秦，2002），頁 173 注。案：黔婁是寒士的代表，孟郊《新卜青蘿幽居獻陸大夫》云：「黔婁住何處，仁邑無餒寒。」指邑有仁政，寒士可免飢寒。參尤信雄《孟郊研究》（臺北：文津，1984），頁 59。

朝太微，支盧謫罰何災凶」，兩句較難解，案：《淮南子・天文訓》：「熒惑常以十月入太微，受制而出行列宿，司無道之國，為亂為賊，為疾為喪，為饑為兵，出入無常，辯變其色，時見時匿。」據注云：此言熒惑常以十月入太微之庭，受天帝之命，出巡列宿，察無道之國而主其象，此皆所以譴告人君[27]。「支盧謫罰何災凶」，此句似指未盡謫罰災凶之責[28]。土星依土性，應給予「福德祐助」——與歲星相同，但卻生出蝦蟇，造成吞食明月的大禍。太白為金星，主兵，為將軍，有強大威勢，故負責征討叛逆，但在朝廷派兵討王承宗時，不僅師勞無功，且神策軍將酈定進被害[29]。詩中為其解脫云：「天唯兩眼失一眼，將軍何處行天兵？」即僅有一眼，故難以行兵也。其實是諷刺由宦官領軍，導致無功而返。最後是辰星（水星），「水性平而且智，故主刑獄焉」，詩中稱其「任廷尉，天律自主持」，即負責司法，與熒惑相近。詩中卻叱其「人命在盆底，固應樂見天盲時」，這兩句似很難解，近人畢寶魁注意到盧仝《感古四首》其一與《月蝕詩》的關係，云：

> （盧仝）《感古四首》中的其一則是針對當時宦官弄權的朝廷大事所發的感慨。詩道：「可憐萬乘君，聰明受沉惑。忠良伏草莽，無因施羽翼。日月異又蝕，天地晦如墨。既亢而後求，異哉龍之德。」對皇帝受沉惑的現象表示極大的憤慨。「日月異又蝕，天地晦如墨」兩句尤其值得格外注意，因其與盧仝的兩首《月蝕詩》所表現的思想情緒相一致。……對理解那首古奧晦澀的長篇《月蝕詩》有重要幫助。這兩句詩的大意是說：「皇帝已被群小所包圍遮蔽，故朝廷政治一片漆黑，就像日月蝕了一樣，天地間晦暗如墨。」[30]

---

27 張雙棣《淮南子校釋》（北京：北京大學，1997），上冊，頁 263、280。

28 蔣禮鴻《敦煌變文字義通釋》（臺北：木鐸），頁 124，「支分」條，有分派、給與、處理等義，則此句似指未依分派職責對災凶給予謫罰。

29 《集釋》下冊，頁 748。

30 畢寶魁《韓孟詩派研究》（瀋陽：遼寧大學，1999），頁 235。

文中指《感古四首》之一與《月蝕詩》皆針對宦官弄權而作，確是一條重要線索；又指「日月異又蝕，天地晦如墨」，對理解《月蝕詩》有重要幫助，亦甚有參考價值。唯並非針對「人命在盆底，固應樂見天盲時」兩句解釋，稍嫌美中不足。鄭慧霞則指出：「在盆底」亦為當時俗語，為暗不見天日之意，並舉兩例：《王昭君變文》云「日月無明照覆盆」；《燕子賦》云「日月雖耀赫，無明照覆盆」[31]。不過，對「覆盆」的比喻仍欠說明。案：「日月無明」當指日月無光，「照覆盆」為日月無光的後果，即天地如被覆盆所蓋，一片漆黑。《王昭君變文》尚有一處提到覆盆：「臨行望覆盆。」鄭文未引，據黃征、張涌泉校注《敦煌變文校注》云：「覆盆，指天穹。古人以為地方天圓，故以『覆盆』喻天。」[32]。若再參考《感古四首》之一云「日月異又蝕，天地晦如墨」，則《月蝕詩》之意似指當月蝕時，天地一片漆黑，而天形圓，有如「覆盆」，故云「人命在盆底」。言外之意，指人民有冤曲不平，卻無處投訴。至於「固應樂見天盲時」，應是斥責「任廷尉」的辰星，以月蝕天盲為藉口，不關心民瘼，未善盡廷尉之責。

方世舉注云：「是詩確為承宗作。借端於月蝕者，天官家言，日為德，月為刑，月被蝕，是刑不修也。」案：此可印證詩中叱責辰星怠忽廷尉之責。方氏又云：「至東西南北龍虎鳥龜諸天星，無不仿《大東》之詩刺及者，指征討諸鎮也。當時命恆州四面藩鎮各進兵招討，軍久無功。白居易上言，以為『劉濟引全軍攻圍樂壽，久不能下。師道、李安元不可保，察其情狀，似相計會，各收一縣，遂不進軍。』此明證也。」[33]案：《詩，小雅．大東》，提到許多星象，茲舉近人《注析》如下：

「維天有漢，監亦有光」：指天河雖有光，但不能照見人影。[34]

---

[31] 鄭慧霞《盧仝綜論》（北京：光明日報，2010），頁 125。案：《王昭君變文》尚有一處提到覆盆：「度嶺看玄（懸）瓮，臨行看覆盆。」（黃征、張涌泉校注《敦煌變文校注》，北京：中華，1997，頁 158）

[32] 黃征、張涌泉校注《敦煌變文校注》（北京：中華，1997），頁 169。

[33] 《集釋》下冊，頁 749。

[34] 程俊英、蔣見元《詩經注析》（北京：中華，2005 年四刷），下冊，頁 634-36。

> 「跂彼織女，終日七襄。雖則七襄，不成報章」：言織女晝夜紡織，卻織不成美麗布匹。
>
> 「睆彼牽牛，不以服箱」：指牽牛星並不駕牛車工作。
>
> 「東有啟明，西有長庚」：啟明與長庚同指金星，而金星只在朝日將昇或夕陽初下時能見。（其餘時間，似皆無所事事。）
>
> 「有捄天畢，載施之行」：指天上八星組成畢星，形狀像捕兔的長柄網，雖擺放在道路上，卻從未捕獲任何野兔。
>
> 「維南有箕，不可以簸揚。維北有斗，不可以挹酒漿」：言箕與斗兩者皆有其位無其事也。

以上指責眾星之有名無實，有如朝廷在位者，高高在上，卻不能幫助人民解除痛苦，可與《月蝕詩》相印證。唯據方注，乃指當時聯合諸鎮征討，卻無功而返。

以上兩段分別叱責二十八宿與五星，包括較大的恆星與行星，是較受重視的星象，故先舉例。第十段仍然接續前兩段，但所指星象較為雜亂，只好稱為「雜占」。一開始先請天帝詢問「皋陶」，蓋前面叱責眾星怠忽職守，恐天帝不信。案：《尚書・舜典》記堯任用舜執政，二十八年後駕崩。舜即位後，首先召集四岳，詢問各個重要官職應由誰擔任。最後任用二十二人，其中皋陶的任務是：

> 皋陶，蠻夷猾夏，寇賊奸宄。汝作士，五刑有服，五服三就；五流有宅，五宅三居，惟明克允。

近人譯文云：

> 帝舜說：皋陶，四邊蠻夷侵擾我們中國，搶劫殺人，造成內亂外患。你擔任刑獄之官，施用五刑，罪行大的，便到原野上行刑，罪行輕的，分別帶到市、朝內行刑。這樣公開執行，使人們有所儆戒。五種流放之刑各有處所，分別流放到三處遠近不同的地方。只要明察案

情，處理公允，百姓都會信賴。[35]

可見皋陶擔任刑獄之官。故接著又舉其它星官之責：「三台文昌宮，作上天紀綱，環天二十八宿。磊磊尚書郎，整頓排班行。」首先點名「三台文昌宮」，這是上帝所在紫微垣中兩個重要星官。《史記・天官書》先提文昌，云：

> 北斗七星……斗為帝車，運于中央，臨制四鄉，分陰陽，建四時，均五行，移節度，定諸紀，皆繫於斗。斗魁戴匡六星，曰文昌宮。一曰上將，二曰次將，三曰貴相，四曰司命，五曰司中，六曰司祿。在斗魁中，貴人之牢。[36]

可見文昌是帝車（斗魁）上面六星，掌管文武百官，甚至可以懲罰高級官員，故云「在斗魁中，貴人之牢」。《漢書・天文志》云：「孝成建始元年九月戊子，有流星出文昌，色白，光燭地，長可四丈，大一圍，動搖如龍蛇形。……占曰：『文昌為上將貴相。』是時帝舅王鳳為大將軍，其後宣帝舅子王商為丞相，皆貴重任政。鳳妬商，譖而罷之。商自殺，親屬皆廢黜。」[37]可證文昌所任命者常為「貴重任政」之職，而亦兼其賞罰，故云「貴人之牢」。

《史記・天官書》又云：

> 魁下六星，兩兩相比者，名曰三能。三能色齊，君臣和，不齊，為乖戾；輔星明近，輔臣親彊，斥小疏弱。

索隱：魁下六星，兩兩相比曰三台。

孟康曰；泰階，三台也。台星凡六星。

應劭引《黃帝泰階六符經》曰：泰階者，天子之三階，上階上星為男

---

35 李民、王健撰《尚書譯注》（上海：上海古籍，2000），頁 23。

36 瀧川龜太郎《史記會注考證》（臺北：洪氏，1983），頁 473。

37 中華點校本，《漢書・天文志》，冊五，志二，頁 1309。

主，下星為女主；中階上星為諸侯三公，下星為卿大夫；下階上星為士，下星為庶人。三階平，則陰陽和，風雨時，不平，則稼穡不成，冬雷夏霜，天行暴令，好興甲兵，修宮榭，廣苑囿，則上階為之也。

〔考證〕言輔星明而近斗，則輔臣親彊；輔星小而遠，則輔臣疏弱也。[38]

可見三台是帝車（斗魁）下之六星，又稱三能、泰階。共三階六星，即每階有兩星，彷彿三個台階，故云三台。因其靠近北斗帝星，故稱泰階，或稱帝之三階。古人每將天上星辰對應人間官職，三台究竟對應人間何等官職，有不同說法，唯《黃帝泰階六符經》以為下階兩星比士與庶人，顯然不合「帝之三階」的說法。另有兩種說法，一則以為：「臺，三臺星名，供奉北辰，以喻尚書、門下、中書三省之供奉天子治國，遂以統稱其職位。」[39]另一則據《隋志》，以為「在政治上，三台分別是太尉、司徒、司空的象徵」[40]。總之，三台靠近北辰，乃皇帝身邊重要輔臣，是無疑的；下句「作上天紀綱」，指其位高權重，統領眾官、須維持綱紀。又言「環天二十八宿」，前面分別叱責龍、虎、鳥、龜蛇等四方神獸，這裏則統言之曰「環天二十八宿」，是做為整體看，但似遺漏下句（下面應還有一句？），由前面對四神獸之叱責看來，應指其有保護天庭之責。

下面另舉「磊磊尚書郎」，據《隋書．天文志上》云：「紫宮垣十五，……門內東南維五星曰尚書，主納言，夙夜諮謀，此之象也。」（冊二，頁 531）或因尚書有五星，故稱「磊磊尚書郎。稱其「主納言，夙夜諮謀」，乃據《尚書．舜典》：「龍！朕堲讒說殄行，震驚朕師，命汝作納言，夙夜出納朕命，惟允。」注引《詩經．大雅．蒸民》《孔傳》云：「納言，喉舌之官，聽下言納于上，受上言宣于下，必以信。」[41]可見尚書扮演溝通國君與臣民的角色，必須講求誠信。唯下云「整頓排班行」，卻指文昌

---

38 瀧川龜太郎《史記會注考證》（臺北：洪氏，1983），頁 473。

39 王夢鷗《唐人小說校釋》（臺北：正中書局，1985），上冊，頁 33。

40 趙貞《唐宋天文星占與帝王政治》（北京：北京師範大學，2016），頁 366，附錄一：中國古代的星官命名及其象徵意義。

41 李民、王健撰《尚書譯注》（上海：上海古籍，2000），頁 19、22、24。

宮，《楚辭·遠遊》云：「後文昌使掌行兮，選署眾神以並轂。」王逸注云：「掌行，謂領從行者。」「選署，召使群靈皆侍從也。」[42]此句指文昌領導文武百官擔任侍從。

「劍握他人將，一四太陽側，一四天市傍。操斧代大匠，兩手不怕傷」，這幾句難解在「一四太陽側，一四天市傍」。茲先引《隋書·天文中》兩段文字：

> 東方。角二星，為天闕，其間天門也，其內天庭也。故黃道經其中，七曜之所行也。左角為天田，為理，主刑，其南為太陽道。右角為將，主兵，其北為太陰道。蓋天三門，猶房之四表。其星明大，王道太平，賢者在朝。動搖移徙，王者行。（《隋書·天文中》，冊二，頁 543）

> 房四星為明堂，天子布政之宮也，亦四輔也。下第一星，上將也；次，次將也；次，次相也；上星，上相也。南二星君位，北二星夫人位。又為四表，中間為天衢之大道，為天闕，黃道之所經也。南間曰陽環，其南曰太陽。北間曰陰間，其北曰太陰。七曜由乎天衢，則天下平和。由陽道則主旱喪，由陰道則主水兵。……（冊二，頁 544）

兩段皆提到「天闕」，蓋指兩星或四星之間，象徵天門，其間有大道，即黃道，為日月五星（七曜）所經之處。大道之南為太陽道，其北為太陰道。值得注意的是「南指理、主刑，北指將、主兵。」理指理官，即刑獄之官，相對，北指將，負責用兵。由此看「劍握他人將……操斧代大匠，兩手不怕傷」，似指天帝善於用人負責刑獄與用兵，該用刑即用刑，該用兵即用兵。相對，若不能知人善任，則將有傷手、傷身之患，如孟郊《偶作》云：「利劍不可近，美人不可親。利劍近傷手，美人近傷身。道險不在廣，十步

---

[42] 〔宋〕洪興祖撰，白化文等點校《楚辭補注》（北京：中華，2002 年四刷），頁 171。

能摧輪。情憂不在多，一夕能傷神。」[43]意指對犯罪或叛逆者不應姑息。下面列舉各星皆與刑罰與用兵有關：

(1)弧矢、天狼

《史記・天官書》云：

> 西宮咸池（王元啟曰：咸池者，西宮諸宿之總）：昴畢間為天街（日月五星出入要道），其陰，陰國。其陽，陽國。參為白虎……其南有四星，曰天廁。天廁下一星，曰天矢。矢黃則吉；青、白、黑，凶。……其東有大星曰狼，狼角變色，多盜賊。下有四星曰弧，直狼。[44]

《隋書・天文中》云：

> 東井西南四星曰水府，主水之官也。……狼一星，在東井東南。狼為野將，主侵掠。色有常，不欲變動也。角而變色動搖，盜賊萌，胡兵起，人相食。躁則人主不靜，不居其宮，馳騁天下。北七星曰天狗，主守財。弧九星在狼東南，天弓也，主備盜賊，常向於狼。弧矢動移，不如常者，多盜賊，胡兵大起。狼弧張，害及胡，天下乖亂。又曰，天弓張，天下盡兵，主與臣相謀。（《隋書，天文志中》，冊二，頁 552-53）

> 參旗九星在參西，一曰天旗，一曰天弓，主司弓弩之張，候變禦難。……天矢一星在廁南，色黃則吉，他色則凶。（《隋書，天文志中》，冊二，頁 552）

看來，弧矢與天狼皆屬「凶星」，與盜賊之多有關，但詩云「弧矢引滿反射人，天狼呀啄明煌煌」，似責其未用弓箭射蝦蟇，而用以射人、嚇人。

(2)織女、牽牛

---

[43] 郝世峰《孟郊詩集箋注》（石家莊：河北教育，2002），卷二，頁 69-70。

[44] 瀧川龜太郎《史記會注考證》（臺北：洪氏，1983），頁 477。

《史記・天官書》：

北宮曰玄武……營室為清廟。……漢中四星曰天駟，旁一星曰王良。王良策馬，車騎滿野。其北建星，建星者，旗也。牽牛為犧牲，其北河鼓，河鼓大星……婺女，其北織女，織女，天女孫也。[45]

接著叱責織女與牽牛，每天只是對望相思，無心紡織與耕田工作。似只是藉以表示，所稱各星，皆是有名無實，如前引《詩經・小雅・大東》所責。下引蚩尤旗、枉矢、天狗等皆屬可怕妖星。

(3)蚩尤旗、枉矢、天狗

《史記・天官書》云：

天狗：狀如大奔星，有聲，其下止地類狗。（集解：孟康曰：星有尾，旁有短慧，下有如狗形者，亦太白之精。）所墮及望之如火光，炎炎衝天，其下圜數頃田處，上兌者則有黃色，千里破軍殺將。（《史記會注考證》，頁 488）

蚩尤之旗：類彗而後曲，象旗，見則王者征伐四方。（《史記會注考證》，頁 488）

枉矢：項羽救鉅鹿，枉矢西流，山東遂合從，諸侯西坑秦人，誅屠咸陽。（仝上書，頁 493）

天狗：吳、楚七國叛逆，彗星數丈，天狗過梁野。及兵起，遂伏尸流血其下。（仝上書，頁 493）

蚩尤旗：元光元狩，蚩尤旗再見，長則半天，其後，京師師四出，誅夷狄者數十年，而伐胡尤甚。（仝上書，頁 493）

《隋書・天文中》先說明「妖星」的來源與作用：

---

[45] 瀧川龜太郎《史記會注考證》（臺北：洪氏，1983），頁 478-79。

妖星：妖星者，五行之散氣，五星之變名，見其方，以為殃災。……又曰：凡妖星所出，形狀不同，為殃如一。其出不過一年，若三年，必有破國屠城。其君死，天下大亂，兵士亂行，戰死於野，積尸從橫。餘殃不盡，為水旱兵饑疾疫之殃。（《隋書・天文中》，冊二，頁 563）

可見妖星是帶來殃災之星，極為凶惡。後面介紹各妖星，對「蚩尤旗、枉矢、天狗」三星的介紹云：

蚩尤旗：熒惑之精，流為析旦、蚩尤旗、昭明、……或曰，蚩尤旗，五星盈縮之所生也。狀類彗而後曲，象旗。……主誅逆國。又曰，帝將怒，則蚩尤旗。……或曰，本類星，而後委曲，其像旗旛，可長二三丈。見者王者旗鼓，大行征伐，四方兵大起。不然，國有大喪。（仝上書，頁 565）

天狗：太白之精，散為天杵、……天狗，……。六曰天狗。……或曰，天狗星有毛，旁有短彗，下有如狗形者，主徵兵，主討賊。……見則大兵起，天下饑，人相食。又曰，天狗所下之處，必有大戰，破軍殺將，伏尸流血，天狗食之。（仝上書，冊二，頁 568）

天狗，狀如大奔星，色黃有聲，其止地類狗，所墜，望之如火光，炎炎衝天，其上銳，其下圓，如數頃田處。……主候兵討賊，見則四方相射，千里破軍殺將。（仝上書，冊二，頁 575）

枉矢：辰星之精，散為枉矢……。一曰枉矢。……弓弩之像也。類大流星，色蒼黑，蛇行，望之如有毛目，長數匹，著天。主反萌，主射愚。……枉矢者，射是也。枉矢見，謀反之兵合，射所誅，亦為以亂伐亂。……亦曰，枉矢類流星，望之有尾目，長可一匹布，皎皎著天。見則大兵起，大將出，弓弩用，期三年。曰，枉矢所觸，天下之所伐，射滅之象也。（仝上書，頁 568-69）

上述三種妖星，皆很凶惡，天狗嗜血，尤為恐怖。而詩責其：「譎險萬萬黨，架搆何可當？眯目釁成就，害我光明王。」蓋指其詭譎險惡，善於欺騙，若成群結黨，無物可以抵擋，而面對蝦蟇食月，卻視若無睹[46]，詩人對此極表不滿。案：妖星似指朝廷征討叛逆王承忠時，所指揮附近各鎮，並未認真出兵進討，故無功而返。上引韓愈詩《汴州亂》云：

> 汴州城門朝不開，天狗墮地聲如雷。健兒爭誇殺留後，連屋累棟燒成灰。諸侯咫尺不能救，孤士何者自興衰。（《集釋》卷一，頁 72）

首兩句指汴州之亂時，有天狗墮地之巨聲，故有州中士兵燒殺官員廳舍之慘，而鄰近諸侯未出來相救，甚失其責，頗能解釋《月蝕詩》之用意。

第十一段是針對前三段所下建議：只保留代表帝座之北極一星，其餘眾星皆有名無實，未盡其責，應全數掃除成堆（指被懲處失去官職），用以贖回天眼。接著回顧月剛被食之光景，有許多星子迸發如雨漿，似將結集，共同誅殺奸強之蝦蟇。不料卻中道而廢，以致明月整個被吞食，使得大地一片漆黑。值得注意的是，前面第二段寫月被食之後，「星如撒沙出，爭頭事光大」，與此段云「當時常星沒，殞（一作星）雨如迸漿」，應是前後呼應，指同一件事：表面是寫月蝕之後，眾星爭著要搶救被蝕之月，然仍徒勞無功；實則指當時各道兵會同討伐叛逆藩鎮王承忠，但因由宦官領軍，如一盤散沙，無功而返（參第四段）。末云：「善善又惡惡，郭公所以亡。願天神聖心，無信他人忠。」鄭慧霞云：

> （3.明刑法，分善惡）
>
> 盧仝在《月蝕詩》中，曾經援引郭公之例來勸誡憲宗：「善善又惡

46 《燕子賦》（二）云：「雀兒漫落荒，亦是窮奇鳥，構架足詞章。」張涌泉、黃征《敦煌變文注》（北京：中華，1997）注引項楚云：「『構架』是欺騙、捏造的意思。」云「亦可倒作『架構』，如盧仝《月蝕詩》：『譎險萬萬黨，架搆何可當。眯目釁成就，害我光明王。』」（頁 420）又《燕子賦》（一）云：「眯目上下，請王對推。」注云：「『眯目』，物入眼中，引申為使眼不明，猶言『蒙蔽』」。（頁 392）

> 惡，郭公所以亡」，善之能用，惡之能去，是政治清明的一種表現。反之，君臣苟且，君待臣以私則會導致賢者不得用而小人在位的政治頹勢。其《感古四首》（其一）中謂賢者在位對政治的影響：……這種善惡分明的用人思想，也體現在《月蝕詩》中深隱的罪憲宗待吐突承璀以私恩而廢國法之事上……如此寵信宦官而廢朝廷法度，與因「善善又惡惡」而自取滅亡的「郭公」何其相似乃爾！盧仝對此憤恨之極，便創作了著名的歌行體《月蝕詩》。[47]

文中解「善善又惡惡，郭公所以亡」，以為與憲宗寵信宦官吐突承璀一事有關，是很正確的判斷。所謂「善善又惡惡」似出於《史記・太史公自序》。《自序》云：「余聞董生曰……夫《春秋》上明三王之道，下辨人事之紀，別嫌疑，明是非，定猶豫。善善惡惡，賢賢賤不肖，存亡國，繼絕世，補敝起廢，王道之大者。」[48]案：董仲舒《春秋繁露・王道第六》云：「刺惡譏微，不遺小大，善無細而不舉，惡無細而不去，進善誅惡，絕諸本而已矣。」[49]王充《論衡》十四卷《譴告篇》亦云：「人道善善惡惡，施善以賞，加惡以罪，天道宜然。」[50]可見「善善惡惡」應即「進善誅惡」，亦即分辨善行與惡行非常清楚，毫不含糊之意。由此看鄭解云：「『善善又惡惡，郭公所以亡』，善之能用，惡之能去，是政治清明的一種表現。」頗為吻合。唯另一方面又云：如此寵信宦官而廢朝廷法度，與因「善善又惡惡」而自取滅亡的「郭公」何其相似乃爾！前後似有矛盾。尤其對「自取滅亡的

---

47 鄭慧霞《盧仝綜論》（北京：光明日報，2010），頁 170-71。

48 〔日〕瀧川龜太郎著《史記會注考證》（臺北：洪氏，1983），頁 1370。

49 蘇輿撰《春秋繁露義證》（北京：中華，1996），頁 109。案：〔清〕閑齋老人《儒林外史序》亦云：「稗官為史之支流，善談稗官者，可進於史。故其為書，亦必善善惡惡，俾讀者有所觀感戒懼，而風俗人心，庶以維持不壞也。」亦承太史公之說，「善善惡惡」指勸善懲惡之意。而《紅樓夢》第七回寫「誰知焦大醉了，又罵呢。」蒙府本評：「惡惡而不能去，善善而不能用，所以流毒無窮，可勝嘆哉！」（朱一玄編《紅樓夢資料滙編》，頁 190）與鄭慧霞解釋完全相同。

50 黃暉《論衡校釋》（北京：中華，2009），冊二，頁 644。

郭公」，並未指其出處，仍有進一步探討餘地。

案《樂府詩集》八七有《邯鄲郭公歌》，解題引《樂府廣題》曰：「北齊後主高緯，雅好傀儡，謂之郭公。時人戲為《郭公歌》云云。」指高緯好傀儡（木偶戲），故被戲稱「郭公」。可見「郭公」與傀儡有某種關係。《顏氏家訓．書證》云：

> 或問：「俗名傀儡子為郭禿，有故實乎？」答曰「《風俗通》云：『諸郭皆諱禿。』當是前代人有姓郭而病禿者，滑稽戲調，故後人為其象，呼為郭禿，猶文康象庾亮耳。」[51]

據此，乃因郭禿善搬演傀儡，故稱傀儡子為郭禿，而北齊後主高緯好傀儡戲，亦被戲稱郭公。那麼，「善善又惡惡，郭公所以亡」，是何意思？經查《北齊書．後主高緯紀》，並未找到可以印證的高緯事蹟。故只能由「傀儡」字面解釋：所謂傀儡，是指木偶本身無意志，只任人擺布，詩以此指皇帝如郭公受到宦官蒙蔽，常以其所說的善為善，所說的惡為惡，毫無自己的智慧判斷（案：指失去天眼），因而遭受失敗。故最後強調云：「願天神聖心，無信他人忠。」即諫告皇帝毋對宦官過度信任。由此此看來，原文似應作：「〔未能〕善善又惡惡，郭公所以亡」。

十二段寫當玉川子諫諍後，似感動上帝，於是黑暗中似有劍戟舞動斬殺蝦蟇，月光漸漸出現，眾星也被赦免復職，又發出光輝，最後，整個明月仍高掛碧海天空。蓋指皇帝接受諫諍，不再信任宦官，於是朝廷恢復正常運作，最重要的是皇帝恢復天眼，又可監視下界。

> 或問玉川子，孔子修《春秋》，二百四十年，月蝕盡不收。今子咄咄詞，頗合孔意不？玉川子笑答：或請聽逗留（一作遛）。

末段（十三段）藉「或問」提出《春秋》的一個問題，《春秋》二百四十二年之間，記日蝕三十六次（據《史記．天官書》云），月蝕則全未收，

---

[51] 王利器《顏氏訓集解》（增補本）（北京：中華，1996 年二刷），頁 504-05。

由此看來，《月蝕詩》大寫特寫，恐非孔子之意。案：據楊伯峻云，古代史官紀事本來簡略，以日蝕為例，在《春秋》自隱公至哀公二百四十二年間，日蝕在魯都可見到的在六十次以上，《春秋》紀載僅一半。[52]則盧仝以為《春秋》漏載月蝕，是有可能的。緊接著為玉川子笑答，先云「或請聽逗留」，「逗留」一詞可能出「敦煌變文」，意指：原委，緣由。[53]然後解釋云，孔子父母是魯國人，故孔子作《春秋》，只諱魯人不諱周人，這也就是說，仍有大惡未收入《春秋》之書，故月蝕不見收。案：《史記・天官書》云：

> 水、火、金、木、填星，此五星者天之五佐，為經。緯見伏有時，所過行，贏縮有度，日變修德，月變省刑，星變結和。合凡天變過度，乃占。國君強大，有德者昌，弱小者飾詐者亡。太上修德，其次修救，其次修禳，正下無之。夫常星之變希見，而三光之占亟用。……此五者，天之感動，為天數者必通三五，終始古今，深觀時變，察其精粗，則天官備矣。[54]

據此，月蝕應包括在「三五」天變之內。於是話風一轉，將時空拉到當時的唐朝：「予命唐天，口食唐土，唐禮過三，唐樂過五。小猶不說，大不可數。災沴無有小大瘉，安得引衰周，研覈其可否？日分晝，月分夜，辨寒暑。一主刑，一主德，政乃舉。」最後言日月分主刑德，正合《史記・天官書》三五天變之說。則盧仝是舉唐代禮樂典籍為例，以為記載三五各種天變、災沴無數，何必引衰周之史書《春秋》為證？意指我所說的是唐時的月蝕，不必以《春秋》有無記載來批評。更進一步說，上天有日月分晝夜運行，不分寒暑，從不停息，古云「一主刑，一主德，政乃舉」，指日蝕預兆

52　楊伯峻著《春秋左傳注》（臺北：源流，1982），上冊，前言頁21。

53　參張涌泉、黃征校注《敦煌變文集校注》（北京：中華，1997），卷一《伍子胥變文》，頁48，注372。

54　〔日〕瀧川龜太郎《史記會注考證》（臺北：洪氏，1983），頁494。案：三五之說不一，這裏只取筆者較同意者。

國君之德有虧，故應修德；相反，月蝕預兆國君之刑有失，故應修刑；若國君能德刑兼善，政治才能順利推動舉行。故前引方世舉注云：「是詩確為承宗作。借端於月蝕者，天官家言，日為德，月為刑，月被蝕，是刑不修也。」即月蝕是警告朝廷該用刑時未用刑，使藩鎮坐大，更不受拘束。古來將日月比如天（君）之雙眼，雙眼具明，才能清楚監視下界，治好國家。但願皇天永遠保全兩目（指國君之聰明智慧，能分辨君子、小人），不為外物（小人）所蒙蔽，直到萬萬年（案：即萬壽無疆之意）。

在作了疏解之後，不得不說這確實是一宏篇巨作，相較於韓愈險怪詩代表作《陸渾山火》，無論就整體規模或險怪風格言，皆可說是有過之而不及，難怪韓愈會有彷效之作。袁行霈、羅宗強《中國文學史》云：

> 盧仝，……在他現存的 103 首詩中，……受韓、孟影響，盧仝作詩多用怪句、醜陋意象，如「山魈吹火蟲入碗，鴆鳥咒詛鮫吐涎」（《寄蕭二十三慶中》）、「揚州蝦蜆忽得便，腥臊臭穢逐我行」（《客請蝦蜆》）等等。……其《月蝕詩》最具代表性。此詩據蝦蟆食月的神話寫月蝕全過程，融滙各種天文傳說，前後貫穿，横出銳入，人、鬼、神、獸、妖競相出場，混淆不分，極怪異荒誕之能事，至被人評為「辭語奇險」（陳崖肖《庚溪詩話》卷一）、「以怪名家」。（劉克莊《後村詩話》）續集卷二」）[55]

這是從韓孟詩派「險怪」詩風的角度評《月蝕詩》的特色，相當客觀扼要。這裏想補充幾點，茲分述如下。

(1)李白詩影響

李白有兩首詩言及蟾蜍蝕月，一是《古朗月行》：

> 小時不識月，呼作白玉盤。又疑瑤臺鏡，飛在青雲端。仙人垂兩足，桂樹何團團。白兔擣藥成，問言與誰餐？蟾蜍蝕圓影，大明夜已殘。羿昔落九烏，天人清且安。陰精此淪惑，去去不足觀。憂來其如何？

55　鄭曉霞《盧仝綜論》（北京：光明日報，2010），《引言》頁 7 引。

悽愴摧心肝。[56]

其中，「白玉盤」已見盧詩，「瑤臺鏡」，盧詩作「百鍊鏡」，白免擣藥亦見盧詩，最值得注意的是提到「羿昔落九烏，天人清且安」，亦見盧詩。近人安旗論云：

按：通觀李集，明月用作比興，均為白心之所繫，情之所鍾。……此詩蓋以月喻朝政。前八句比喻開元前期。彼時開元之治方興未艾，在白心目中正如朗月在兒童心目中然。後八句比喻天寶後期。蟾蜍，指楊國忠、安祿山、楊玉環之流，此輩昏蔽其君，紊亂朝政，猶如蟾蜍之蝕月。「大明」句，以月之已殘喻朝政之日衰。「羿昔」句，思有如后羿之人為國除害，以安社稷。「陰精」句，暗用鮑照《代白頭吟》「周王日淪惑」句，言玄宗已如周幽。「去去」句，言國中既莫足與為美政，則己唯有高舉遠引。然終以繫心君國，情不能已，故憂傷欲絕。誠如陳沆所云：「危急之際，憂憤之詞也。」[57]

指出「此詩蓋以月喻朝政」：蟾蜍，指楊國忠、安祿山、楊玉環之流，此輩昏蔽其君（唐玄宗），紊亂朝政，猶如蟾蜍之蝕月。以此對照盧仝《月蝕詩》，只是移指憲宗朝宦官之亂政。

又李白《古風》其二「蟾蜍薄太清」云：

蟾蜍薄太清，蝕此瑤臺月。圓光虧中天，金魄遂淪沒。螮蝀入紫微，大明夷朝暉。浮雲隔兩曜，萬象昏陰霏。蕭蕭長門宮，昔是今已非。桂蠹花不實，天霜下嚴威。沉歎終永夕，感我涕沾衣。[58]

安旗云：此與上篇為同時之作，詩旨亦同。二詩皆以蟾蜍蝕月喻天寶季時局

56 安旗《李白全集編年注釋》（成都：巴蜀書社，1990），中冊，頁 1096。

57 安旗《李白全集編年注釋》（成都：巴蜀書社，1990），中冊，頁 1098〔集說〕按語。

58 安旗《李白全集編年注釋》（成都：巴蜀書社，1990），中冊，頁 1098-99。

而抒其憂國之情。……「天霜」句，乃用《易‧坤》「履霜堅冰至」，暗示禍亂將及矣。此評語亦可用指盧仝《月蝕詩》。

(2)賦體影響

韓詩喜用「賦體」鋪敘，盧仝《月蝕詩》更大肆鋪張，中間叱責四神獸、五行星與各妖星，特別明顯。但漢賦之鋪敘常歸結於「諷諫」，盧詩亦然。本詩藉蝦蟇食月諷刺憲宗受宦官蒙蔽、甚至用宦官領軍的不當，全文以此為核心，有一巨大且完整結構。以上兩方面，皆可看出受到韓詩影響，但卻青出於藍，為韓詩所不及。筆者認為，可能與揚雄賦影響有關。筆者曾說：「其實僅就『奇』之一面言，揚雄《甘泉賦》之奇就遠遠超過韓詩。」主要是指《甘泉賦》用了許多天象與神話用語，超過韓詩，而盧仝《月蝕詩》除了寫蝦蟇食月外，又用了很多星辰意象，似亦受到揚雄《甘泉賦》的啟發。

(3)以詩當諫書

從前面所引杜甫、韓愈之災異詩可以看出一個特點，就是將災異與諫諍結合起來，也就是藉災異以諫諍。如前引韓愈《齪齪》詩云：

> 秋陰欺白日，泥潦決東郡，老弱隨驚湍。天意固有屬，誰能詰其端？願辱太守薦，得充諫諍官，排雲叫閶闔，披腹呈琅玕。致君豈無術，自進誠獨難。

寫看到百姓因水災受苦慘狀，乃決定要向皇帝上諫書。而盧仝《月蝕詩》寫月蝕之後，亦決心上諫書，其第七段云：

> 玉川子又涕泗下，心禱再拜額榻（一作蹋）砂土中。地上蟣虱臣仝告愬帝（一無帝字）天皇，臣心有鐵一寸，可刳妖蟇癡腸。上（一作皇）天不為臣立梯磴，臣血肉身，無由飛上天，揚天光。封詞付與小心風，颼（一作越）排閶闔入紫宮。密邇玉几前擘（一作劈）坼，奏上臣仝頑愚胸。敢死横干天，代天謀其長。(7)

明顯受到韓詩影響。不僅如此，盧仝《月蝕詩》亦可印證所謂「筆補造化天無功」之說，此有兩小節可用來說明。一是「吾見患眼人，必索良工訣」云云（第六段），「良工」喻良臣，「扁鵲術」喻改良朝政之方法。詩寫扁鵲操戈（動手術）之後，眼睛可以重見光明，不亦可說「良工補造化天無功」？蓋指皇帝必須任用良臣才能治好國家。這裏必須參考盧仝《感古四首》之一：

> 天生聖明君，必資忠賢臣。舜禹竭股肱。共佐堯為君。四載成地理，七政齊天文。……秦漢事讒巧，魏晉忘機鈞。……可憐萬乘君，聰明受沈惑。忠良伏草莽，無因施羽翼，日月異又蝕，天地晦如墨。[59]

此詩引史事為鑑，強調任用良臣的重要性，最後幾句指唐憲忠之聰明受宦官蒙蔽，導致朝政惡化，並云「忠良伏草莽，無因施羽翼，日月異又蝕，天地晦如墨」，前引畢寶魁云：「這兩句詩的大意是說：『皇帝已被群小所包圍遮蔽，故朝廷政治一片漆黑，就像日月蝕了一樣，天地間晦暗如墨。』」這是針對「日月異又蝕，天地晦如墨」兩句的正確解釋，可惜忽略前兩句：「聰明受沈惑，忠良伏早莽」。其實《感古》開頭兩句已開宗明義，指出任用賢臣的重要性。《感古四首》之一對理解《月蝕詩》甚有幫助，首先，由「可憐萬乘君，聰明受沈惑」下接「日月異又蝕，天地晦如墨」，可知日月指皇帝之「聰明」，因其可以分辨君子小人，又稱「天眼」；而當日月發生薄蝕現象，即象徵國君為小人蒙蔽，失去「聰明」。其次，可證明《月蝕詩》確實是藉月蝕災變提出諫諍，以為皇帝識人不明，故無功而返（案：此即所謂「天無功」），並以此為鑑，建請改用良臣施政。

又一是前引《月蝕詩》第七段，希望能當面向皇帝進諫。「天皇」指皇帝，詩中多處用「天」指代。「告訴天皇」指希望當面呈獻章奏，並說明消除月蝕之術。自「飛上天」以下，寫得慷慨激昂，而後段又指責二十八宿等星官，正所謂「二十八宿羅心胸，元精耿耿貫當中；殿前作賦聲摩空，筆補造化天無功」（說詳《李賀〈高軒過〉與「筆補造化天無功」》）。故盧仝

---

59 盧仝《感古四首》，見臺北文史哲版《全唐詩》六冊，卷三百八十八，頁 4384。

《月蝕詩》不僅是藉災異以諫諍之佳例，亦可說是「筆補造化天無功」的極佳注腳。

綜上所述，自天寶亂後，唐代詩人頗有藉災異詩諫諍的傳統，將中興的希望寄託在任用賢臣執政，以挽救國家危機，此即所謂「補天」之術。這是繼承《詩經・小雅・十月之交》之寫災異，及漢代以《詩經》為「諫書」的傳統。故白居易「諷諭詩」亦有《蝦蟆》詩：「常恐飛上天，跳躍隨姮娥。往往蝕明月，遣君無奈何。」[60]盧仝《月蝕詩》之微意，正如南宋胡如塤《月蝕詩序》云：「其感傷變異，則《十月之交》，同一宏觀；其擊星宿，則《維天有漢》同一微意。……吁！有唐宦寺之禍，基于玄宗之賞力士，識者憂之。蓋久涓涓不息，將成江河。憲宗始初之清明，玉川蓋有望焉。」[61]

二、盧仝《與馬異結交詩》疏解

盧仝《月蝕詩》寫災異，用月蝕喻朝政之凶兆。《與馬異結交詩》則寫「伏羲畫八卦，鑿破天心胸」，又云女媧「補天」，亦屬災異現象，故兩詩可稱盧仝災異詩雙璧。唯《結交詩》又寫馬異為元氣所生，稱馬異為祥瑞，蓋喻得人才之吉兆，並慶幸自己得與馬異結交。雖主題不同，卻皆寫得險怪無比，故亦為之疏解如下：

盧仝《與馬異結交詩》：

> 天地日月如等閑，盧仝四十無往還。唯有一片心脾骨，巉岩崒硉兀郁律。刀劍為峰崿，平地放著高如昆侖山。天不容，地不受，日月不敢偷照耀。(1)
>
> 伏羲畫八卦，鑿破天心胸。女媧本是伏羲婦，恐天怒，擣煉五色石，引日月之針，五星之縷把天補。(2)
>
> 補了三日不肯歸婿家，走向日中放老鴉。月裏栽桂養蝦蟆，天公發怒罰龍蛇。此龍此蛇得死病，神農合藥救死命。天怪神農黨龍蛇，罰神

60　謝思煒撰《白居易詩集校注》（北京：中華，2006），冊一，頁126。

61　鄭曉霞《盧仝綜論》（北京：光明日報，2010），《引言》引，頁9-10。

> 農為牛頭，令載元氣車。不知藥中有毒藥，藥殺元氣天不覺。爾來天地不神聖，日月之光無正定。(3)
>
> 天知元氣元不死，忽聞空中喚馬異。馬異若不是祥瑞，空中敢道不容易。昨日仝自仝，異不異，是謂大仝而小異。今日仝自仝，異不異，是謂仝不往兮異不至，直當中兮動天地。(4)
>
> 白玉璞裏斫出相思心，黃金礦裏鑄出相思淚。忽聞空中崩崖倒谷聲，絕勝明珠千萬斛，買得西施南威一雙婢。此婢嬌饒惱殺人，凝脂為膚翡翠裙，唯解畫眉朱點唇。自從獲得君，敲金摐玉凌浮雲。卻返顧，一雙婢子何足云。(5)
>
> 平生結交若少人，憶君眼前如見君。青雲欲開白日沒，天眼不見此奇骨。此骨縱橫奇又奇，千歲萬歲枯松枝。半折半殘壓山谷，盤根蹙節成蛟螭。忽雷霹靂卒風暴雨撼不動，欲動不動千變萬化總是鱗皴皮。此奇怪物不可欺。盧仝見馬異文章，酌得馬異胸中事。風姿骨本恰如此，是不是，寄一字。[62](6)

開頭兩句：「天地日月如等閑，盧仝四十無往還。」鄭慧霞解云：「這兩句是在對馬異表白，四十年來我盧仝沒有能夠與您結交，真是白白浪費了時光啊！」[63]這裏補充一點，由題目可知，「往還」指結交之意，「未往還」指未與人結交，使四十之歲月「等閒」而過。據此可知盧仝交遊不多，故鄭慧霞《盧仝綜論》設「盧仝的交游」一節，云：

> 盧仝《自詠》詩其三曰：「物外無知己，人間一辟王。」《與馬異結交詩》稱曰：「天地日月如等閑，盧仝四十無往還。」可以看出盧仝為人個性挺生、不多交人。（《綜論》，頁43）

鄭文在介紹盧仝交遊之人後，又云：「從以上可以看出，盧仝的交往除去韓孟詩派諸人與方外之士，所剩無多。這一方面緣于盧仝孤僻的性格，更主要

---

62 盧仝詩見臺北文史哲版《全唐詩》六冊，卷三百八十七－八九，頁4364-91。

63 鄭慧霞《盧仝綜論》（北京：光明日報，2010），頁88、106。

的還在于其自許甚高，落落寡合，韓愈《寄盧仝》提到這一點（下略）。」對於自己孤僻的個性，盧仝甚有自覺，詩中「唯有一片心脾骨」以下，將自己的心骨比如險峻不平的巉岩與尖銳如刀劍的山峰，又云自己高傲如難以攀援之昆侖山，皆表示難以與人親近。「天不容，地不受，日月不敢偷照耀」，極力寫出自己是被天地日月所遺棄、無人可以結交的「孤獨者」形象。本來，天地對萬物是無不覆載的，日月對萬物也是一律照耀的，亦即是最具包容力的，若是連天地日月皆避之唯恐不及，那就表示無人可以結交了。詩題是「結交」，但卻由「無往還」下筆，寫未與馬異結交，有如被日月所遺棄般的苦悶，藉此表示渴望與馬異結交之意。詩中用形象化的描寫反映心情的苦悶，一開始就展現「險怪」的本色；如果這段是自畫像，那麼皆是剛性粗硬的線條，絲毫沒有纖細柔和的曲線，且皆是冷色調，毫無溫暖。

次段云：「伏羲畫八卦，鑿破天心胸。女媧本是伏羲婦，恐天怒，搗煉五色石，引日月之針，五星之縷把天補。」將人引入洪荒遠古的神祕世界中。讀者一定感到迷惑，不知為何會冒出這一段，這正是其險怪之處；必須看到很後面，才知其用意，這就是所謂「伏線千里」——皎然《詩式》稱之為「拋針擲線」（詳下）。「伏羲畫八卦」是基本經學常識，但云「鑿破天心胸」，則讓人瞠目結舌，摸不著頭腦，其險怪似超過李賀《高軒過》之「二十八宿羅心胸」。女媧煉五色石補天，亦是人人所熟悉的，但云「引日月之針，五星之縷把天補」，亦出乎意料之外，令人難以想像。此皆可以印證韓愈所說「姦窮怪變得，往往造平淡」——即由一些看似平常的事物中引發姦窮怪變的想像，以下將嘗試解釋這兩個問題。

先說「伏羲畫八卦，鑿破天心胸」。何以伏羲畫八卦會「鑿破天心胸」？這裏先要引《淮南子・泰族訓》一段話：

> 夫物未嘗有張而不弛、成而不毀者也。唯聖人能盛而不衰，盈而不虧。神農之初作琴也，以歸神；及其淫也，反其天心。夔之初作樂也，皆合六律而調五音，以通八風；及其衰也，以沉湎淫康，不顧政治，至於滅亡。蒼頡之初作書也，以辯治百官，領理萬事，愚者得以

> 不忘，智者得以志遠；至其衰也，為姦刻偽書，以解有罪，以殺不辜。湯之初作囿也，以奉宗廟鮮犞之具，簡士卒，習射御，以戒不虞；及其衰也，馳騁獵射，以奪民時，罷民之力。堯之舉禹、契、后稷、皋陶，政教平，姦宄息，獄訟止而衣食足，賢者勸善而不肖者懷其德；及至其末，朋黨比周，各推其與，廢公趍私，外內相推舉，姦人在朝而賢者隱處。故《易》之失也卦，《書》之失也敷，《樂》之失也淫，《詩》之失也辟，《禮》之失也責，《春秋》之失也刺。[64]

文章開頭先提出一個全稱命題，云「夫物未嘗有張而不弛、成而不毀者也」，即事物開始雖有成功，而後來無不失敗者。並舉出神農作琴，夔作樂，蒼頡作書，湯作囿，堯舉禹、契、后稷、皋陶等賢臣共治天下等事為例：毫無例外，開始皆獲得巨大成就，但到後來皆走向衰敗之路。最後又舉六經為例，指出雖各有所成，亦各有所失；其中即有「《易》之失也卦」一項，表示《易》之失敗即在於伏羲畫八卦。連繫前面所云「神農之初作琴也，以歸神；及其淫也，反其天心」，似即盧仝所謂「伏羲畫八卦，鑿破天心胸」所本。天心即天之用意，簡言之即「天意」；「反其天心」指違背天意。古聖人發明各種器物或制度，最初皆是為民謀福利，是合乎天心——天意的；但到了後來，卻被不肖者利用，成為滿足私欲的工具，這是違背天心的。《淮南子．泰族訓》所謂「《易》之失也卦」，亦應指伏羲畫八卦造《易》，原本是為了造福人類，但後來卻被利用成為欺騙人的工具，違背了天心，致「《易》之失也卦」。

又《禮記．經解》一開始先提六經之教的益處，最先舉出——也是最常被引用的是詩教：「其為人也，溫柔敦厚，詩教也。」後面接續舉出其餘五經之教，於易教則云：「絜靜精微，易教也。」今人譯為：「如果是清靜而細心的，就很像得力於易的教化。」[65]後面又各用一個字指出六經之缺失，《易》的部分是：「易之失，賊。」鄭玄注云：「易精微，愛惡相攻，遠近

---

64 張雙棣《淮南子校釋》（北京：北京大學，1997），下冊，頁 2059-60。

65 王夢鷗《禮記今註今譯》（臺北：臺灣商務，1984），下冊，頁 793。

相取，則不能容人，近於傷害。」孔穎達《正義》疏云：「易精微者，易理微密，相責褊切，不能含容……則不能容人，近於傷害者……是失於賊害也。」（十三經本，頁 845）簡言之，《易》之缺點是易引起互相傷害。最後舉出善學六經者將取其優點而避免其缺點，就學《易》者言，是「絜靜精微而不賊，則深於易者也。」即學習易理的精細而避免互相賊害。

〔唐〕張說亦云：「誦《詩》聞國政，講《易》見天心。」[66]認為講論《易》道可以使人體會「天心」——即天意。由此看來，盧詩所謂「伏羲畫八卦，鑿破天心胸」，似指伏羲畫八卦造《易》，固然使人認識到天意，卻也造成不良後果。案：〔唐〕趙璘《因話錄》卷五云：

> 或問東津先生曰：「昔人立法，將以利人邪？」曰：「利之。」曰：「何以後世反為害也？」曰：「因其利而奸生，則反害也。燧人鑽木，致民火食，以熟百物，安知後世有咸陽焚燒宮室，三月不絕之毒？伏羲畫八卦，造書契，安知後世有假鬻文字，以市道欺誑時俗之弊？后稷播百穀，安知後世有榷酤閉糴茶鹽求利之害？軒轅制車服戎器，安知後世有華澤靡麗相尚，及窮兵黷武之弊？……孔子刪詩書，定禮樂，垂五常之教，安知後世有掠儒之名，而盜聲華，叨尊顯？凡此觸類澆訛，流蕩紀綱，大壞其本，豈聖人之過耶？……伊周初以公忠，放主操政，以全國家安社稷。而莽、卓、操、懿以降，行滔天之心，援此為法，尤可悲也。桀、紂、幽、厲，身遭放弒，常與萬世之君，必為龜鏡。則伊周一時公忠，反誤後世亂臣賊子。桀、紂、幽、厲，一時淫虐，而有益萬世明君矣。善為政者，有才必用，用必當才。任之而不私之，非才則不任。故使人無棄無濫，天下無一人嘆不遇，而懷過望之事者。」[67]

這段話似為前引《淮南子・泰族訓》之注解，重點在指出古聖人很多創造原

---

[66] 張說《恩制賜食于麗正殿書院宴賦得林字》：「誦《詩》聞國政，講《易》見天心。」（《全唐詩》卷八七，張說，北京：中華，1985，頁 945）

[67] 臺北：世界書局，《新校〈趙璘〉〈因話錄〉》卷五，頁 38。

是出於「利人」動機，但後人卻用來為非作歹，實非聖人始料所及。其中亦提到：「伏羲畫八卦，造書契，安知後世有假鬻文字，以市道欺誑時俗之弊？」這是將伏羲「畫八卦」視同「造書契」，使得原本出於方便人記錄事情、互相溝通的「利人」動機，卻被後人用來當作「欺誑時俗」的工具。由此看盧仝詩所謂「伏羲畫八卦，鑿破天心胸」，亦應有出於「利人」反成為「害人」工具之意。不過，「畫八卦」究竟如何利人，又如何害人，其具體內涵仍值得作進一步探討。表面看來，這兩句詩似乎是將伏羲畫八卦比為共工之觸折天柱（故後面提到女媧煉石補天），但畫八卦何以會造成「天柱折，地維絕」？筆者認為可能要從伏羲是古帝王之角度去理解，因此可以先談《莊子・應帝王》所敘「鑿渾沌」的故事：「南海之帝儵與北海之帝忽，為報中央之帝渾沌之德，一日鑿一竅，七日而渾沌死。」渾沌代表遠古順乎自然、無為而治之帝，儵、忽則代表後來運用自然、「有為」而治之帝。鑿渾沌意指開發人的各種心智以操控自然，但過度開發心智，反而破壞自然，容易造成嚴重的悲劇[68]，這是老、莊重視自然、無為的政治觀點[69]。

回頭看伏羲創造八卦，最常被徵引的是《周易・繫辭下》一段話：

> 古者庖犧氏之王天下也，仰則觀象於天，俯則觀法於地，觀鳥獸之文，與地之宜，近取諸身，遠取諸物，於是始作八卦，以通神明之德，以類萬物之情。

八卦的作者，《繫辭下傳》以為是伏羲，前人多信而不疑[70]。由引文第一句可知，伏羲之創八卦，是用來治天下的。八卦是自然界八種基本物質的具體象徵，其對應關係是：天（乾）、地（坤）、雷（震）、風（巽）、水

---

68 參姚漢榮、孫子力、林建福撰《莊子直解》（上海：復旦大學，2000），頁 196。案：潘雨廷亦云：「《易》之失也，所以罪伏羲始作八卦，鑿破混沌而不見太乙，非其失乎。」（潘雨廷《道教史發微》，上海：上海社會科學院，2003，頁 40）

69 案：《老子》十八章云「智慧出，有大偽」，十九章云「絕聖棄智，民利百倍」，以為過度開發人的聰明智巧，會帶來很壞的後果。

70 參見黃壽祺、張善文撰《周易譯注》（上海：上海古籍，1994 年五刷），頁 10。

（坎）、火（離）、山（艮）、澤（兌）[71]。引文末兩句——「以通神明之德，以類萬物之情」，似即印證盧仝所謂「伏羲畫八卦，鑿破天心胸」，蓋伏羲畫八卦等於洩露了天地之奧秘，人因而可以掌握大自然的一些重要規律，進而創造出有利於生活的各種工具[72]。但天機（天地自然的運行規律）洩露之後，人智更為開啟，反而會利用各種工具互相鬥爭——如《淮南子・天文訓》所云：「昔者共工與顓頊爭為帝，怒而觸不周之山，天柱折，地維絕。」造成天下大亂，天下反而難治。因此，就結果論，所謂「鑿破天心胸」不僅有洩露天機之意，恐亦有「反其天心」——違背天意之意。由此看來，女媧之補天或有隱藏天之奧秘、重返遠古「無為而治」之意[73]。不過，這只是就古代「女媧補天」之寓意言，就《結交詩》言，可能意指為文當返回「古體」較為自然的文風（詳下）。

以上是儒家經典的說法，但緯書另有說法。《易緯乾鑿度》亦引《易繫下》這一段話，並加以解釋云：

> 故易者，所以經天地，理人倫，而明王道。象法乾坤，順陰陽，以正君臣父子夫婦之義。（[74]頁 6）

71　仝上注，頁 3。

72　《繫辭下》接著即敘述古聖——包義、神農、黃帝、堯、舜等如何據八卦卦象創造出各種生活所需的工具，如：網罟、耒耜、舟楫、服牛乘馬、重門擊柝、臼杵、弧矢、宮室、棺槨、書契等。見黃壽祺、張善文撰《周易譯注》（上海：上海古籍，1994年五刷），頁 572。

73　《淮南子・覽冥訓》云：「伏羲、女媧，不設法度，而以至德遺于後世，何則？至虛無純一，而不喋喋苛事也。」（張雙棣《淮南子校釋》，北京：北京大學，上冊，頁710）此即謂伏羲、女媧皆古之聖王，以無為而治天下。近人宋超亦云：「在漢代文獻中，首次將女媧與伏羲並列者，出于西漢時期《淮南子・覽冥訓》云……顯然，《淮南子》推崇伏羲、女媧之『至德』，是建立在頌揚所謂『無為而治』的基礎之上。」（宋超《戰國秦漢時期女媧「聖王」形象的演變》，周天游、王子今主編《女媧文化研究》，西安：三秦，2005，頁 122）

74　下引易緯皆據〔日〕安居香山、中村璋八輯《緯書集作》（石家莊：河北人民，1994）上（共三冊）。

另《易緯通卦驗》云：

> 蒼精作易，無書以畫序。驗曰：矩衡神五鈐興象，出亡徵應。（頁191）

注云：「矩，法也。鈐，猶要也。虙戲時質道樸，作易以為政令而不作書，但以畫見其事之形象而已矣。」重點在後面三句，言虙戲（伏犧）時代比較質樸，尚無文字以為政令，而是用八卦形象來治民。

兩者解釋一致，皆以為伏羲畫八卦是用來治民。又《易緯乾坤鑿度》云：「鑿者，開也，聖人開作。度者，度路，又道。」「聖人鑿開天路，顯彰化源。」（頁 75）則盧仝所謂「伏羲畫八卦，鑿開天心胸」，乃指伏羲畫八卦是「鑿開天路，顯彰化源」，亦指用八卦治民。

次說「女媧本是伏羲婦，恐天怒，擣煉五色石，引日月之針，五星之縷把天補」。

《結交詩》中有很多奇怪的內容，其中最引人注意的是女媧煉石補天之事。這裏有幾個問題，茲先談女媧如何鍊五色石補天，這是學者最感興趣的問題。趙翼《陔餘叢考，煉石補天》條引陸深云：

> 陸深以為古時生民甚樸，茹毛飲血，未能盡火之用。女媧氏煉五色石以通昏變，輔烹飪之宜，所以補天之所不及。後世焚膏繼晷，爝火代明，皆此意也。

這是從煉石想到用火，以為女媧用火煉石，又教人烹飪，以補天所不及。趙翼又引黃芷御之說，以煉石為「冶金」，因「金有青黃赤白黑五色，皆生於石中」[75]。蕭兵進一步認為女媧神話所涉及的，不僅是洪水，而最可能是火山爆發引起山崩、地震、海嘯、林火，這才符合「四極廢，九州裂；天不兼覆，地不周載；火濫炎而不滅，水浩洋而不息」（案見《淮南子・覽冥

75 蕭兵《女媧考》引，見周天游、王子今主編《女媧文化研究》（西安：三秦，2005），頁 156。

訓》）的「世界末日」式的大恐怖情景。所謂「五色石」是指熔岩凝結之後彩色繽紛之「五彩石」。[76]

正如陸深所說，此可能與女媧善用火烹飪有關，惜陸深卻遺漏了「五色石」這一重點，故黃芷御又提出「冶金」之說。蕭兵則提出火山爆發熔岩說，表面看來，似很合理，但卻忽略了與婦女（女媧）的關聯性。

由於現代人習見電視播放火山爆發的景象，對蕭兵之說會覺得有其可能性，很能接受。問題是，中國古代的災異紀錄卻無「火山爆發」這項[77]。且由近日（2017 年 12 月）印尼大火山爆發情形看來，火山爆發之後，其周遭相當大的範圍，皆由黑色火山灰所覆蓋，根本看不到所謂「五色石」。因此有必要重新檢查女媧補天的較早文獻，即蕭兵所引《淮南子・覽冥訓》云：

> 往古之時，四極廢，九州裂，天不兼覆，地不周載，火爁炎而不滅，水浩洋而不息，猛獸食顓民，鷙鳥攫老弱。於是女媧煉五色石以補蒼天，斷鼇足以立四極，殺黑龍以濟冀州，積蘆灰以止淫水。蒼天補，四極正，淫水涸，冀州平，……。[78]

開頭幾句是講這場大災難的原因，「四極廢」指支撐東西南北「四極」的天柱折斷，「九州裂」指九州之地裂開，簡言之，兩句合指「天崩地裂」。

---

[76] 仝上注，頁 158-59，又見頁 243。

[77] 近人赫治清主編《中國古代災害史研究》（北京：中國社會科學，2007），其《中國古代自然災害與對策研究》一文，先引 20 世紀 30 年代學者鄧拓的統計云：

從秦漢至明清，各種災害和歉飢達到 5079 次。其中，水災、旱災最多，水災 1013 次，旱災 1022 次，地震 686 次，雹災 541 次，風災 512 次，蝗災 460 次，疫災 254 次，霜雪災 194 次，飢災 397 次。

後面又引陳高佣的統計：秦漢至清發生的災害為 9697 次，其中，水災 3459 次，旱災 3504 次。二者統計相差如此懸殊的原因，一是數據使用的局限；二是統計方法不同。（赫治清主編《中國古代災害史研究》，北京：中國社會科學，2007，頁 2）當然，古代也有火災，但屬人為疏忽所造成，並非自然災害。由此看來，蕭兵之說仍屬可以參考之列，尚未可作為「定論」。

[78] 張雙棣《淮南子校釋》（北京：北京大學，1997），上冊，頁 678。

「天不兼覆，地不周載」指天無法完全覆蓋，地無法完全承載[79]，即無法保護天地間萬物。案：《淮南子・地形訓》先云「地形之所載，六合之間，四極之內」，後面又云「八紘之外，乃有八極。……東方曰『東極之山』……南方曰『南極之山』……西方曰『西極之山』……北方曰『北極之山』，……」，可見「四極」指「東西南北」四極之山——此四極之山即古人所謂支撐天地的「天柱」。故「四極廢」指東西南北四極之天柱斷折；後面云「斷鼇足以立四極」，即以巨大的「鼇足」當天柱用。後面接著云「火爁炎而不滅，水浩洋而不息，猛獸食顓民，鷙鳥攫老弱」，是補敘天柱斷折所帶來的災禍。由此看來，這一場大災難其禍首應是鉅大的地震，而非指火山爆發，所謂「火爁炎而不滅，水浩洋而不息」，應指地震所引起的野火與大水。

從「於是女媧鍊五色石以補蒼天，斷鼇足以立四極」以下，則敘述「救災」所進行的各項「工程」。最後才敘大功告成的種種情形：「蒼天補，四極正，淫水涸，冀州平，狡蟲死，顓民生。」這幾句正是針對前面所敘災情，表示救治工程成功完善；奇怪的是，唯獨欠缺消滅火災——「火爁炎而不滅」的成果，這是否亦意味這場大災難的主角並非是「火山爆發」！

另外值得注意的是共工撞折天柱的傳說，《淮南子・天文訓》云：「昔者共工與顓頊爭為帝，怒而觸不周之山，天柱折，地維絕，天傾西北，故日月星辰移焉；地不滿東南，故水潦塵埃歸焉。」[80]這段話所敘共工與顓頊爭為帝的故事，目的是要說明中國地形的一個特性：即水往東南流注入海。共工「怒而觸不周之山，天柱折，地維絕」以下，是說明導致天地畸形「異變」的原因。雖言及「天柱折，地維絕」，卻未提及任何災情，故未與女媧補天之事結合起來。可是後人卻由「天柱折，地維絕」引發想像，將《覽冥

79　案：《淮南子・原道訓》云：「故以天為蓋，則無不覆也；以地為輿，則無不載也。」（張雙棣《淮南子校釋》，頁 18），則「天不兼覆，地不周載」指天與地皆有所缺，無法對「天地之間」的萬物全部覆載、保護。

80　張雙棣《淮南子校釋》（北京：北京大學，1997），上冊，頁 245。《淮南子・原道訓》亦云：「昔共工之力，觸不周之山，使地東南傾。」（頁 59）

訓》所記女媧補天之事，與《天文訓》中所言共工與顓頊爭帝之事結合起來，將《覽冥訓》所云「四極廢，九州裂」，視為《天文訓》之「共工怒而觸不周之山，天柱折，地維絕」，於是插入女媧補天之事。如《論衡・談天篇》（卷十一）云：

> 儒書言：「共工與顓頊爭為天子，不勝，怒而觸不周之山，使天柱折，地維絕。（黃暉案：天柱初只謂以山柱天。本論義同。）女媧銷煉五色石以補蒼天，斷鼇足以立四極。天不足西北，故日月移焉；地不足東南，故百川注焉。」[81]

文中將《淮南子・覽冥訓》之「女媧煉五色石以補蒼天，斷鼇足以立四極」，插入《天文訓》「天柱折，地維絕」之下，就是認為女媧補天乃是補「天柱折」所造成的天之缺口，亦即肯定女媧補天是因地震所造成的「天（山）崩地裂」[82]；且文中並未敘及火、水等災情，明顯與「火山爆發」無關。但插入「女媧補天」後，卻未改變天柱折所造成的天地畸形異變現象，仍然是：「天不足西北，故日月移焉；地不足東南，故百川注焉。」這與《覽冥訓》敘「補天」大功告成的情形——「蒼天補，四極正，淫水涸，冀州平，狡蟲死，顓民生」相比，顯有漏洞。蓋《覽冥訓》於前面先敘述「四極廢，九州裂」所造成的災情：「火爁炎而不滅，水浩洋而不息，猛獸食顓民，鷙鳥攫老弱。」前後呼應，相當一致。

後來，《列子・湯問》與《博物志》（卷一），亦將女媧補天與共工觸折天柱結合，但卻先敘女媧補天之事，後敘共工觸折天柱之事，使兩事有所區隔——有如《淮南子》將兩事分置《覽冥訓》與《天文訓》[83]。而兩者皆

81　黃暉撰《論衡校釋》（北京：中華，2009 年五刷），冊二，頁 470。

82　黃暉撰《論衡校釋》，於「天柱折，地維絕」下引據一些資料，後下案語云：「天柱初只謂山柱天。」可見天柱折實指「山崩」（冊二，頁 469）。故本文若云「天崩地裂」會補進「山」字，成為「天（山）崩地裂」。

83　《列子・湯問》：「然則天地亦物也，物有不足，故昔者女媧氏練五色石以補其闕；以立四極。其後共工氏與顓頊爭為帝，怒而觸不周之山，折天柱，絕地維，故天傾西

只敘共工觸折天柱所造成之天地畸形異變現象，未敘及火、水、禽獸與人之災情。

儘管敘述方式有些不同，但將女媧補天與共工觸折天柱事結合，且皆不再敘及火、水等之災情，等於認定地震——天柱折是災變的主因，而與「火山爆發」無關。

以上蕭兵與黃芷御說法雖殊，卻有一致之處，即將重點放在「煉五色石上」。其實真正的重點應是：天地發生極大災變，造成天體有漏缺，故須要補天；而要補天，則須用五色石。其中是有清楚的邏輯關係的。黃芷御之說完全未觸及「天漏」的問題，所以不值一談，蕭兵之說似較能解釋「五色石」的來源，可是「火山爆發」之說，亦難以說明「天漏」問題。後來杜甫即針對「天漏」問題，提出另一「補天」說法，以為天漏是因大雨不停所造成，故祈求上帝下令誅死雲師，並將天之缺漏補上（見杜甫《九日寄岑參》詩）。據葉嘉瑩云：「表面上在說雨，實際上，『雲師』是指那欺上壓下的宰相楊國忠，『天漏』是指朝廷施政的弊端，『補天漏』則是希望能挽回這危險的局面。表面是寫霖雨，而事實上是有所托諷。」[84]後來盧仝《月蝕詩》之因月蝕而譴責眾星官，恐即來自杜詩之因天雨而欲「誅雲師」。

盧仝《與馬異結交詩》所謂伏羲「鑿天」說，是繼「補天」之後另一極為險怪的說法。不料，後來李商隱又提出另一「鑿天說」。李商隱《無愁果有愁曲北齊歌》云：

> 東有青龍西白虎，中含福星包世度。玉壺渭水笑清潭，鑿天不到牽牛

北，地不滿東南，故百川水潦歸焉。」（臺北：華正，1987，楊伯峻：《列子集釋》，頁150-51）

《博物志》卷一：「天地初不足，故女媧氏練五色石以補其闕，斷鼇足以立四極。其後共工氏與顓頊爭帝，而怒觸不周之山，折天柱，絕地維。故天後傾西北，日月星辰就焉；地不滿東南，故百川水注焉。」（〔晉〕張華著，范寧校證《博物志校證》，臺北：明文，1981，頁9）

84 葉嘉瑩《好詩共欣賞：陶淵明、杜甫、李商隱三家詩講錄》（北京：三聯書店，2016），頁95。

處。

朱鶴齡注云：「渭水本清，玉壺納之。開鑿天荒，無所不至，特不及河漢耳。」[85]據此，「鑿天」乃指開鑿天之荒蕪，使之更適合仙人遨遊；與盧仝詩「伏羲畫八卦，鑿破天心胸」，顯然有別。張采田《玉谿生年譜會箋》云：「玉谿古詩除《韓碑》、《偶作轉韻》外，宗長吉體者為多，而寓意深隱，較昌谷尤過之，真得比興之妙者也。」（仝上，頁 20）指出義山「鑿天」之說乃出自李賀詩之啟發，且另有寓意[86]。

如前引《淮南子》等古籍所記女媧補天傳說，折斷天柱的本是共工，盧詩的怪異之處，即是將共工怒觸不周之山，使天柱斷折，改為伏羲畫八卦鑿破天心，兩者形成極端對比：共工代表激烈之感情，伏羲代表溫和之理性。從神話的角度來看，共工之使天柱斷折，乃是出于神力，是可接受的——至少可以想像，而伏羲畫八卦乃是一種智慧的創造，居然可以鑿破天心，則已超過神話的想像範圍，令人感到匪夷所思。而盧詩所以提出新說，所根據的，是「女媧本是伏羲婦」——可見伏羲與女媧是夫婦關係。如前所說，女媧補天與共工怒觸天柱本是兩件不相關的事，後來將兩事合並為一，其實是有漏洞的：為何共工所犯錯誤要由女媧承擔？唯一的理由是女媧善於補天。但女媧善於補天，又是根據什麼理由？古籍並未提出合理解釋。而針對這兩個問題，盧詩皆提出合理解釋。首先，「女媧本是伏羲婦」，是解釋第一個問題，因女媧為伏羲婦（妻子），既然丈夫犯了鑿破天心的大錯，則由妻子去補天，乃「天經地義」。不過這裏又有一個問題，即女媧與伏羲為夫婦關係又有何根據？茲先列舉幾條伏羲與女媧並列的資料：

屈原《天問》：「登立為帝，孰道尚之？（注：言伏羲始畫八卦，修行

---

85 劉學鍇、余恕誠著《李商隱詩歌集解》（臺北：洪葉，1992），上冊，頁 16。

86 《集解》按：此借題寓諷，慨時主荒湎無愁，終召禍亂之作。……義山所歷諸帝中，堪稱「無愁天子」者惟敬宗一人。……注家以為託諷敬宗，甚切合。此篇所諷對象，亦自屬敬宗無疑。……鑿天幾遍，惟未到牽牛之處（河漢耳）。……鑿天所指，殆即發神策軍於禁中穿池之類，新池至清，故有「玉壺渭水笑清潭」之句。（《李商隱詩歌集解》上冊，頁 20-21）。

道德，萬民登以為帝，誰開導而尊尚之也？）女媧有體，孰制匠之。」（王逸注：傳言女媧人頭蛇身，一日七十化，其體如此，誰所制匠而圖乎？洪興祖補曰：《山海經》云：「女媧之腸，化為神，處栗廣之野。」注云：「女媧，古神女帝，人面蛇身，一日中七十變，其腸化為此神。」[87]

《淮南子・覽冥訓》：「伏羲、女媧，不設法度，而以至德遺于後世，何則？至虛無純一，而不喋喋苛事也。」[88]

東漢王延壽記西漢魯靈光殿上的壁畫：「伏羲鱗身，女媧蛇軀。」

《列子・黃帝篇》：「庖犧氏、女媧氏、神農氏、夏后氏，蛇身人面，牛首虎鼻。此有非人之狀，而有大聖之德。夏桀、殷紂，魯桓、楚穆，狀貌七竅，皆同於人，而有禽獸之心。而眾人守一以求至智，未可幾也。」

《論衡・順鼓篇》：

> 攻社之義，於事不得。雨不霽，祭女媧，於禮何見？（《路史後紀》二注曰：「董仲舒法，攻社不霽，則祀女媧。」）伏羲、女媧，俱聖者也。舍伏羲而祭女媧，《春秋》不言。[89]

> （世）俗圖畫女媧之象，為婦人之形，（注：……然則以女媧為婦人，自漢訖南北朝皆有其說。……《運斗樞》：「伏羲、神農、女媧為三皇。」……《說文》女部：「媧，古之神聖女，化萬物者也。」《帝王世紀》曰：「女媧虵身人首。一曰女希，是為女皇。」《風俗通》：「女媧，伏希（羲）之妹。」仲舒之意，殆謂女媧古婦人帝王者也。（前引書，頁 691）

以上引文有幾點值得注意：(1)伏羲、女媧常常並列；(2)女媧虵身人首；(3)女媧為婦人之形；(4)女媧為伏羲之妹；(5)女媧為古婦人之為帝王者。唯並無伏羲、女媧為夫婦之說。近人周曉陸《女媧神話的考古學認識》

---

[87] 〔宋〕洪興祖《楚辭補注》（北京：中華，2002 年四刷），頁 104。

[88] 張雙棣《淮南子校釋》（北京：北京大學，1997），上冊，頁 710。

[89] 黃暉《論衡校釋》（北京：中華，2009 年五刷），冊二，頁 688。

一文，列舉先秦至唐許多有關女媧的文獻資料，言及伏羲、女媧為夫婦者，僅只《全唐詩》所收盧仝此詩：

> 《全唐詩・盧仝詩》：「女媧本是伏羲婦。」注曰：「一本作『女媧伏羲妹。』。」[90]

據此，認女媧與伏羲為夫婦者，似是始於盧仝。不過，近人有關女媧的研究，頗有言及女媧與伏羲為夫婦者，似乎言之鑿鑿，惜皆是根據各種畫像資料的推論[91]，讓人覺得有猜測成分而難以確定。而盧仝詩中言伏羲畫八卦、女媧煉五色石補天，以及「日中放老鴉」、「月裏栽桂養蝦蟆」等事，皆有可靠文獻根據；且其所謂「女媧本是伏羲婦」，語氣肯定，尤其用「本是」兩字，亦似有所本——非自己的想像、臆測。由於韓孟詩派有講究「無一字無來處」的習慣，故筆者寧願由「有所本」的方向考慮。筆者閱讀此詩頗覺充滿民間文學的趣味性，因此推測可能有受到民間文學或民俗的影響[92]。

據說民間有一種「補天節」（約在正月十九日左右），「烙糯粉為大圓塊，加針線其上，謂之補天穿」，據楊利慧解釋，烙糯粉為圓塊，系以示「補天」，加針線其上，則是加重其「補縫」之意[93]。顯然，此種民俗與盧詩所云女媧以日月五星之針線補天，其想像頗為接近。由此看來，似不能排除盧仝詩所云女媧與伏羲為夫婦，乃根據民間文學的可能性。

接著可以談女媧善於補天的問題。詩中對此亦提出合理解釋，即女媧能以日月五星為針線補天。這個說法與伏羲畫八卦鑿破天心一樣，皆令人有匪夷所思之感，兩者合起來成為險怪的絕配。對此，蕭兵稱讚為「宏偉的神話

---

90 周曉陸《女媧神話的考古學認識》，收入周天游、王子今主編《女媧文化研究》（西安：三秦，2005），頁 143。

91 周天游、王子今主編《女媧文化研究》頗多這方面的論文，可以參看。

92 鄭慧霞《盧仝綜論》（北京：光明日報，2010）即指出盧仝詩的俗趣云：「盧仝詩的俗趣，在表達方式上很明顯受到當時民間俗文學——說唱文學的影響……」（頁 123）

93 楊利慧：《古代女媧信仰及女媧在中國民族信仰中的地位》，周天游、王子今主編《女媧文化研究》（西安：三秦，2005），頁 71-3。

想像」，並提出看法：

> 屢被引證的盧仝《與馬異結交詩》裏說：「女媧本是伏羲婦。恐天怒，搗煉五色石，引日月之針、五星之縷把天補。……」這裏比較難解的是「日、月之針，五星之縷」，較可能指的是日、月、星的光「線」。……針、線不是日、月、星本身，作為光線，卻可能把破裂的天穹補綴起來。這是很宏偉的神話想像。[94]

這是認為「針線」不是指日月五星本身，而是指其「光線」。這話雖然不錯，但漏了一個重點：星體的運行。試想，若星體是固定不動——如恆星，豈會想到「針縷」補天之事！顯然，所以舉日月五星，不僅因其有星光，且因其皆為「行星」——一直在天空運行，才會想到「針縷」的比喻。

由于詩先云「女媧本是伏羲婦」，則「搗煉五色石，引日月之針，五星之縷把天補」這幾句，應從古代農業社會男女分工——男耕女織的角度看。詩中所寫女媧補天是由男耕女織的分工所產生的聯想——即女性善於縫補衣物，故近人常從女性社會的角度談女媧補天的傳說[95]。盧仝詩中對女媧補天的想像應是先由天之被破想到婦女之縫補衣服（這種想像可能與詩人之「窮」有關），再進一步想到古代婦女紡織與縫補衣服之勞動過程，並加以類比：(1)「搗煉五色石」，五色石補天的想像應是來自天空之五色雲彩——如晚霞[96]，又進一步，將婦女搗衣的工作與古籍所云女媧「搗煉五色

---

94 蕭兵《伏羲女媧蛇身交尾圖像的新解讀》，周天游、王子今主編《女媧文化研究》（西安：三秦，2005），頁231。

95 劉曄原《女媧文化的傳播學思考》云：「考古學上一般認為女媧神話與新石器時代母系氏族社會時期相對應。」（詳見周天游、王子今主編《女媧文化研究》，頁270-72）

96 劉勰《文心雕龍・原道篇》：「雲霞雕色，有踰畫工之妙。」近人李啟良《女媧山與李媧氏》云：「煉石補天是女媧氏的另一大功績。……人類知識初開，認為天幕就是一塊碩大無比的石板。如果見到一塊隕石從空中掉到地上，仔細觀察之後，便想到這是天上脫落的一塊碎石渣，好了，這就完全證明天上覆蓋的是一塊大石板。到了冬天，從西北邊吹來的寒流，……想出的答案是，天上大石板的西邊垮塌了，失去了遮

石」的傳說結合起來，即將鍾鍊五色石比喻如婦女在石上搗衣之費力；這亦表示補天之石並非普通的凡石，它是經過細心挑選並用心鍾鍊的「美石」。(2)「引日月之針，五星之縷把天補」則將補天的工作類比婦女用針線縫補衣服的過程。日月五星是人類所見天上最明亮之光體，且其運行極有規律，似乎背後有一雙巧手在操縱，故類比如婦女之巧手善於穿針引線的縫補工作。

為何會將五色石補天與婦女搗衣、縫補的工作結合起來？若與後面詩云「天怪神農黨龍蛇，罰神農為牛頭，令載元氣車」相對來看，容易讓人想到天上銀河兩岸之牛郎與織女雙星。〔明〕謝國禎《湧幢小品》卷二十二《恆岳圖贊》最後「石脂贊」云：「石文如綉，石膩如脂。補天可煉，織錦堪支。丹青地湧，彩繪焉施。九還誰餌，以俟煉師。」[97]認為恆山之石「如綉」「如脂」，既可補天，亦可為天上織女之支織石。由此看女媧以日月五星為針線補天的想像，似亦可說是如織女將日月五星當針線縫補天之缺口。董乃斌談七夕與女兒節云：

> 從現存文獻看，七月七日，特別是這天夜晚，成為一個女兒節。祖詠《七夕》：「閨女求天女，更闌意未闌。玉庭開粉席，羅袖捧金盤。向月穿針易，臨風整線難。不知誰得巧，明旦試相看。」中國古人觀念中，女子之擅長女紅與男子之富于文才，幾乎同等重要。民間少女七夕乞巧的潛在心理動機，跟他們提高自身素質以求得將來婚姻美滿，家庭幸福的願望，無疑是分不開的。[98]

由祖詠《七夕》詩可知，少女們在七夕對月穿針，是要向天女（織女）

擋，所以冷風從那兒不斷吹到地上。同時，人們又對每天日落時刻西方天邊五彩繽紛的晚霞產生聯想。啊，這下又明白了，那耀眼的色彩原是偉大的女媧氏煉成五色石補上去的啊！」（周天游、王子今主編《女媧文化研究》，頁 288-89）

97 〔明〕謝國禎《湧幢小品》（北京：文化藝術，1998），下冊，頁 523-24。

98 董乃斌《女兒節的情思——唐人七夕詩文論略》，《唐代文學研究》五輯（桂林：廣西師範大學，1994），頁 29-31。

學縫紝之技巧。董氏云：「中國古人觀念中，女子之擅長女紅與男子之富于文才，幾乎同等重要。」即將織女之縫紝比男子之文才，很具啟發性。由此看盧詩敘女媧「搗煉五色石，引日月之針，五星之縷把天補」，不能不想到織女，亦即女媧補天可視同織女之縫紝，甚至可說女媧實是織女的化身，女媧補天即織女補天；不僅如此，女媧之補天正是比喻馬異之文才超凡。這裏有必要提出一則未受學者注意的資料，在盧仝之前，詩僧皎然《詩式・明作用》已云：「作者措意，雖有聲律，不妨作用，如壺公瓢中自有天地日月，時時拋鍼擲綫，似斷而復續，此為詩中之仙。拘忌之徒，非可企及矣。」[99]這裏提到「天地日月，拋鍼擲綫」，與盧仝詩所云「引日月之針、五星之縷把天補」，幾乎完全相同。皎然用這個極為特殊的形象，是用來說明詩意的「似斷實連」作用。所謂「天地日月，時時拋鍼擲綫」，指日月運行於天地之間極有規律，彷如有軌道在控制，但人們卻看不到軌道，這與婦女的縫紉一樣，雖用鍼綫織出美麗圖案，卻未露出鍼綫痕迹。要知道皎然用到這個比喻的創造性，有必要先回顧有關壺公的資料。葛洪《神仙傳》卷九《壺公》云：「壺公者，不知其姓名。……常懸一空壺於坐上，日入之後，公輒轉足，跳入壺中，人莫知所在。唯（費）長房於樓上見之，知其非常人也。」（案：接著寫長房隨壺公跳入壺中，「既入之後，不復見壺，但見樓觀五色重門閣道，見公左右侍者數十人。」）文中雖提到壺中一些景觀，卻未言及「天地日月」與「拋鍼擲綫」之事。幸今人胡守為《神仙傳校釋》提供較詳細補充云：

> 《雲笈七籤》卷二八《二十四治》記雲臺山治引《雲臺山治中錄》曰：「施存，魯人，夫子弟子。學大丹之道三百年，十鍊不成，唯得變化之術。後遇張申，為雲臺治官。常懸一壺，如五升器大，變化為天地，中有日月，如世間，夜宿其內，自號壺天，人謂曰壺公，因之得道在治中。」《真誥》卷一四《稽神樞第四》稱：「施存者，齊人也，自號婉盆子，得遁變化景之道，今在中嶽或少室。往有壺公，正

[99] 張伯偉《全唐五代詩格校考》（西安：陝西人民教育，1996），頁200。

此人也。」[100]

據此，壺公即施存，「常懸一壺，如五升器大，變化為天地，中有日月，如世間，夜宿其內，自號壺天，人謂曰壺公」。關於壺公本有幾種說法[101]，而根據上引胡注，壺公似有縮小神通，能將天地極度縮小，使之收納入壺中[102]。不過，雖已提到壺中自有「天地、日月」，仍無「抛鍼擲綫，似斷而復續」這最具關鍵性的比喻。看來這個比喻有可能是皎然為了說明詩意「似斷而實連」的作用，所補充上去的。即將小小的一首詩比如壺公之「壺」，此壺雖小，其中卻有日月星辰，而其運行背後似受針線控制，因此形成如錦緞般美麗之文采；最令人感到驚奇的是，連絡文采之間的線腳並未露出，藉此說明詩意「似斷而復續」的特殊「作用」[103]。

---

100 〔晉〕葛洪撰，胡守為校釋《神仙傳校釋》（北京：中華，2010），頁 307-10。案：李商隱〈贈白道者〉：「壺中若是有天地，又向壺中傷別離。」〔程注〕《雲笈七籤》：「施存，魯人，學大丹之道。遇張申為雲臺治官，常懸一壺，如五升器大，化為天地，中有日月，夜宿其中，自號壺天，謂曰壺公，因之得道。」（陳伯海《唐詩學史稿》，頁 1926）

101 張志哲主編《道教文化辭典》（南京：江蘇古籍，1994，頁 352）「壺公」條下列舉四說。晚唐詩人曹唐《小遊仙詩》云：「騎龍重過玉溪頭，紅葉還春碧水流。省得壺中見天地，壺中天地不曾秋。」壺中天地象徵仙界，四季皆春，故無秋。（參李豐楙《曹唐〈小遊仙詩〉的神仙世界初探》，中國唐代學會主編《第二屆國際唐代學術會議論文集》，臺北：文津，1993，頁 249）

102 祁彪佳《寓山注》——「宛轉環」云：「昔季女有宛轉環。丹崖白水，宛然在焉。握之而寢，則夢遊其間。……心有所思，隨念輒見。……請以余園之北廊彷彿焉。……茲才一舉步，趾已及遠閣之巔，是壺公之縮地。」（衛泳等著《明人小品》，臺南：文國書局，1984，頁 65）此謂壺公有縮地之術，能縮小地的距離，故一舉步就達距離很遠的地方。

103 參見黃景進《意境論的形成——唐代意境論研究》（臺北：臺灣學生，2004），頁 179 云：可見皎然所謂作用，牽涉到主題意義與句法結構二者之間的離合關係，亦即要求句法結構富於變化，但不影響主題意義的連貫。上引皎然論「明作用」，云「作者措意，雖有聲律，不妨作用」，正謂詩體以意為主，雖講究聲律，並未妨礙意旨的連貫。所謂「如壺公瓢中自有天地日月。時時抛鍼擲綫，似斷而復續」，即以壺公之針比詩之意旨，以抛鍼擲綫比喻作用，說明作用是使意旨似斷實連的技巧：即由表層詩中另一險怪情節，是繼女媧補天之後，寫天公發怒罰龍蛇，而神農合藥救龍蛇死命，於是天公「罰神農為牛頭，令載元氣車」。不料藥中有毒，又殺了元氣，這就造成大恐慌。這幾句有兩點值得注意，一是神農合藥救龍蛇死命，這是與神農嚐百草救人的「神醫」形象有關（後世甚至有所謂《神農本草》之醫經）。另一是神農之藥有毒，且殺了元氣，這也是有根據的。古人很早就認識到，有些藥是有毒性的，如《周禮·天官冢宰下·醫師》：掌醫之政令，聚毒藥以共醫事。鄭玄注云：毒藥，藥之辛苦者，藥之物恆多毒。《孟子》曰：「藥不瞑眩，厥疾無瘳。」[104]

依照傳統宇宙論觀點，元氣是產生天地萬物之氣，亦是產生光明的元素，元氣若死，將使「天地不神聖，日月之光無正定」，亦即天地萬物、日月之光可能因此毀滅。

接下三段，將重點轉到馬異身上。茲先談第四段與第六段。第四段承接上一段：「不知元氣原不死，忽聞空中喚馬異。馬異若不是祥瑞，空中敢道不容易。」指出幸虧元氣是殺不死的，並且下生馬異這種「奇才」。「元氣」是無形之氣，如何可由牛車所載？這又是一個險怪、異常的想像。神農所以被罰為牛頭載車，可能因其發明耒耜有利耕種，又發明牛車載運收成之穀物；就常人的認知而言，牛車所載應是由田間收割之稻穀或蔬菜水菓等物，這些皆是人類維持生命之必須品，而在此則代表不同凡響的才氣，蓋才氣正是詩人創作之生命來源。這段險怪情節可能要追溯到「伏羲畫八卦，鑿破天心胸」的怪事[105]，詩中稱馬異為天之「元氣」所化，並稱之為「祥瑞」，由文脈看來，此元氣很可能即伏羲「鑿天」所洩露出來；且馬異秉承

看來，句法結構的曲折變化似乎導致意旨中斷，實則意旨只是隱入深層，若結合深層與表層合觀，意脈其實一直是相續不斷的——此正如女工之縫紉技巧，針腳雖時隱時現，而一線相承不斷。

104 十三經注疏本《周禮注疏》（上海：上海古籍，2010），上冊，頁149。

105 鄭慧霞云：「盧仝為說明馬異是天上元氣所化，竟從伏羲寫起：因伏羲畫破天之故，其妻女媧為防天怒，便煉石補天。」見鄭慧霞《盧仝綜論》（北京：光明日報，2010），頁102。

此「元氣」，故有「奇骨」異相，與凡夫俗子「似同而非同」。據此看來，「元氣」實指文人特有之「才氣」，詩中極力稱讚馬異之「奇」與「怪」——「天眼不見此奇骨」「此骨縱橫奇又奇」「此奇怪物不可欺」（參第六段），可見怪奇為「元氣」——亦即「才氣」之表現，越是怪奇，越顯其才氣之高。案：對「奇骨」、「怪物」的稱讚，並認為是一種「祥瑞」，似有所本。敦煌變文《太子成道經》是寫釋迦牟尼佛自出生以至成道的經過。前面先寫淨飯王與夫人到天祀神邊許願求子，當晚夫人作了一個得子之怪夢：

> 夢見從天降下日輪，日輪之內，乃見一孩兒，十相具足，甚是端嚴。兼乘六牙白象。

接著用「吟」（唱）云：

> 始從兜率降人間，託蔭王宮為生相。九龍齊溫香和水，爭浴蓮花葉上身。

這是補充說明太子是由兜率天宮下凡，故有許多「殊相」。接著又寫大王召請著名的「相師」——阿斯陀仙人來給太子看「相」。王先告仙人：「朕生一子，以（與）世間〔人〕有殊，不委是凡是聖？伏願〔與〕朕相之。」仙人聽後，抱得太子，悲泣流淚。接著又用「吟」（唱）表達仙人的悲泣的原因：「阿斯陀仙啟大王，太子瑞應極禎祥。不是尋常等閑事，必作無上大法王。」[106]這是稱讚太子並非凡人，而是要成就極為難得的、普度無數眾生的「無上大法王」，可惜自己已無緣份看到其成就，此所以「悲泣流淚」也。這一節有兩點值得注意，一是大王所說，太子具有與世間人不同的「殊相」，一是仙人所說，這種殊相是一種極為難得的瑞應禎祥。由此看盧仝對馬異的稱讚，也就不覺得奇怪了。

第四段又云：「昨日仝自仝，異不異，是謂大仝而小異。今日仝自仝，異不異，是謂仝不往兮異不至，直當中兮動天地。」前四句指馬異為元氣所

---

[106] 張涌泉、黃征校注《敦煌變文校注》（北京：中華，1997），卷四，頁445-47。

化，是一種祥瑞，這是「不容易」之事，即非同凡人。故後面在兩人姓名中「仝」與「異」上作文章，「大仝小異」云云，有如繞口令，句法之怪，在當時就引起了轟動，韓愈在《寄盧仝》詩中稱：「往年弄筆嘲同異，怪詞驚眾謗未已。」[107]這幾句基本上是將「昨日」與「今日」比較，大概指昨日之前，彼此「無往還」，各自保存自我，偏重在「異」；然至今日，則有了變化，就外在言，仍未往還——是謂仝不往兮異不至，但心中卻已產生驚天動地的變化，偏重在「仝」。茲引鄭慧霞的說法，以為參考：

> 再如《與馬異結交詩》，開始用濃墨重彩引用神話、傳說引馬異乃天上元氣所化，……是為了突出強調詩人對馬異的渴慕之情。……故在詩篇又添一問：「盧仝見馬異文章，酌得馬異胸中事。風姿骨本恰如此，是不是，寄一字？」如此一問，一來表明盧仝對馬異的推崇景仰，二來顯示盧仝極力想盡早得到馬異同意交往的信息。這正好與開頭兩句相對應：「天地日月如等閑，盧仝四十無往還。」這兩句是在對馬異表白，四十年來我盧仝沒有能夠與您結交，真是白白浪費了時光啊！[108]

雖未針對「仝」「異」怪句提出解釋，但云「對馬異的渴慕之情」、「對馬異的推崇景仰」、「極力想盡早得到馬異同意交往的信息」等，皆表示盧仝「心中」已經產生要打破昨日以前、四十年來「無往還」的生活，而這種變化應與看到馬異詩有關。這應是「今日仝自仝，異不異，是謂仝不往兮異不至，直當中兮動天地」的意思。下接一段（第五段），又是一個出人意料之外的轉折：

> 白玉璞裏斫出相思心，黃金礦裏鑄出相思淚。忽聞空中崩崖倒谷聲，絕勝明珠千萬斛，買得西施南威一雙婢。此婢嬌饒惱殺人，凝脂為膚翡翠裙，唯解畫眉朱點唇。自從獲得君，敲金摐玉凌浮雲。卻返顧，

---

[107] 參鄭慧霞《盧仝綜論》（北京：光明日報，2010），頁 128。

[108] 鄭慧霞.《盧仝綜論》（北京：光明日報，2010），頁 88、106。

一雙婢子何足云。

前五句極有特色，主要是說，為了買到如古代美人南威西施之美的「雙婢」，不惜用掉「明珠千萬斛」——幾乎傾家蕩產。於是由明珠想像採礦、雕琢的情形：前兩句說「白玉璞裏斫出相思心，黃金礦裏鑄出相思淚」，極為怪異，白玉璞怎能斫出相思心？黃金礦怎能取出相思淚？其實只是將主語與賓語顛倒而已，正確講法是：由相思心斫出白玉璞，由相思淚鑄出黃金礦；亦即因相思心而斫出白玉璞，由相思淚而鑄出黃金礦；更實際地說，是因相思心與相思淚而去購買許多白玉與黃金。下兩句指為了購買明珠千萬斛，導致「崩崖倒谷」，表示開採數量極大。這都是為了襯托美人之難得，不惜付出任何代價。接著補三句，寫雙婢只會在容貌、裝飾上下工夫。最後三句，寫見到馬異之詩後，才覺得雙婢不值一顧，由此更襯托馬異文才之怪奇，令其驚嘆不已。

最後一段，開頭兩句則指過去亦有與人結交[109]，只是不如馬異讓自己印象深刻：只要一想起就如在眼前。後兩句指馬異有奇骨，與他人不同，自己很想一見。接著用松枝喻奇骨，寫得極有特色。鄭慧霞云：「盧仝用『枯松枝』來喻馬異，突出了馬異的頑勁怪奇。」[110]案：將枯松之「盤根蹙節」變成蛟螭，使雷電無法撼動，是比其能堅守為人節操，不隨波逐流；又以鱗皴皮比其才氣縱橫，千變萬怪，層出不窮。最後幾句，是總結全文，表示盧仝應能理解馬異文章之用心與特異之處，是馬異的同道，盼能儘快收到回信。

洪靜雲對此詩作了總結式的評論：

---

109 張相《詩詞曲語辭匯釋》云：「若，猶怎也，那也。」（北京：中華，1977，上冊，頁 79）據此，「若少人」有「怎少人」之意，亦即仍有與人結交。此與詩開頭所說「天地日月如等閒，盧仝四十無往還」似有抵觸。鄭慧霞云：「『天地日月如等閑，盧仝四十無往還』，這兩句是在對馬異表白。」（《盧仝綜論》，頁 106）這是對的，「無往還」應是針對馬異言，言未與馬異往還。

110 鄭慧霞《盧仝綜論》（北京：光明日報，2010），頁 108-09。

> 盧仝首先以一個「天不容，地不受」的孤獨者形象出現……接著又鋪引「日月之針，五星之縷把天補。」排了眾多詭怪的意象：有煉石補天的「女媧」，有「日中」的「老鴉」，有「月裏」的「蝦蟆」，有「得死病」的「龍蛇」，有「會合藥救死命」的「神農」，有「載元氣車」的「牛頭」等等。超常多變的意象使仝詩蒙上了一層怪異荒誕的色彩。韓愈《寄盧仝》就稱此詩：「往年弄筆嘲同異，怪辭驚眾謗不已。」盧仝好似信筆而寫漫無邊際，其實是為了突出馬異的不同凡俗，即馬異乃天界元氣所化。正因為馬異是祥瑞之氣下界，故盧仝在詩中一再稱其為「奇」……[111]

近人常稱韓孟詩派為「險怪詩派」，而盧仝此詩稱馬異詩才為元氣下凡，為祥瑞，極力稱讚其「奇骨」，不啻是險怪詩派的宣言。但解完此詩，總覺得意有未盡，尤其是有三處，似仍有更深層意涵有待挖掘：首先是女媧補天的詩學意義，其次是馬異為元氣所化的意義，最後是「絕勝明珠千萬斛，買得西施南威一雙婢」云云，除反襯馬異之奇外，是否另有用意？三者應以馬異為元氣所化為核心，但欲理解其詩學意義，似以第三點所稱：在看過馬異詩後，覺得雙婢不值一顧，更值得重視。洪靜雲論此云：

> 韓孟等人怪誕離奇的意象創造，凝聚著詩人銳意求新和搜奇抉怪的心血，是詩人創造性想像的藝術結晶。這些意象構成或是現實中某形象的扭曲變形，或是想像中某些形象的離奇拼湊與反常組合，它們或許不如鮮花美女那般悅目賞心，或許不如春風楊柳那樣和諧優美，但另有一番「險語破鬼膽，高詞媲皇墳」（韓愈《醉贈張秘書》）和「劌目鉥心」「掐擢胃腎」的審美效果。這種效果的真正優點，正如一切虛構的優點那樣，在于重新創造，儘管它是險譎和怪誕的，背離了自然可能性，但是並不背離內在的可能性。正是這內在的可能性構成這些創造的真正魅力。（仝上書，頁 129-30）

---

[111] 洪靜雲《韓孟詩派險怪奇崛詩風研究》（北京：中央編譯，2015），頁 113-14。

這是從意象創新的角度加以評論，認為險怪詩有其特殊的魅力。但盧詩的觀點，似有另外的寓意。這裏先引李賀《呂將軍歌》作參考，詩云（附王琦《彙解》）：

呂將軍，騎赤兔，獨攜大膽出秦門，金粟堆邊哭陵樹。

北方逆氣汙青天，劍龍夜叫將軍閒。將軍拂袖拂劍鍔，玉闕朱城有門閣。

（王琦《彙解》：德宗憲宗時，北方藩鎮互相盟結屢拒王命，所謂逆氣汙青天也。此正志士効命立功之日。乃棄在閑地，匣中劍龍，夜中空自鳴吼，有時振袖起舞，思一試其雄心，無奈君門九重，斷隔不聞。）

榼榼銀龜搖白馬，傅粉女郎火旗下，恆山鐵騎請金槍，遙聞箙中花箭香。

（王琦《彙解》：笑其時所用將帥，腰佩銀印，身騎白馬，非不形似，而孱怯無能，乃一傅粉女子在旗纛之下，何足以威服敵人？是以恆山鐵騎，請與比較金槍，藏匿不出，但遙聞其箙中花箭香而已。……元和四年，成德軍節度使王承宗據郡叛，帝遣宦官吐突承璀率諸道兵討之，王師屢挫，……）

西郊寒蓬葉如刺，皇天新栽養神驥。廄中高桁排蹇蹄，飽食青芻飲白水。

（王琦《彙解》：神驥乃德力兼備之馬，人不能識，放棄郊野，僅以蓬葉充飢。而廄中排列之馬，俱係蹇蹄不善馳走者，反得安飽，豈不可歎。）

圓蒼低迷蓋張地，九州人事皆如此。赤山秀鋋禦時英，綠眼將軍會天意。

（王琦《彙解》：圓蒼，天也，低迷蓋張地，言其不明也。赤山秀鋋乃禦世之英器，天意未必竟棄置于無用之地，將軍當會天意，徐以俟

> 之可也。綠眼將軍正指呂也，蓋其綠眼故云。）[112]

吳企明《李長吉詩編年箋注》云：

> 元和四年，成德軍節度使王承宗叛亂，昏憒的唐憲宗竟然派出他寵信的宦官吐突承璀擔任恆州北道招討使，率領軍隊去征討叛軍，卻把那些英勇善戰的將領，放在閑散的位置上。詩人對此極為憤慨，乃揮筆寫下《呂將軍歌》。《錢譜》（錢仲聯《年譜》）：「元和四年，賀有《呂將軍歌》。此詩為美呂元膺而刺吐突承璀而作。」極是。[113]

吳氏《李賀年譜新編》又補云：

> 詩以呂將軍與吐突承璀作對比描寫，則美呂刺吐之詩旨非常顯明。「傅粉女郎」，指吐突承璀，這是李賀慣用之手法，如《感諷六首》（其三）：「婦人攜漢卒，箭箙囊巾幗。」譏諷宦豎統兵，鞭辟入裏。[114]

案：以婦人喻宦豎，頗為適當，除因其為宦者外，亦因宦豎善於諂媚討好人主以得寵愛，有似婦人。詩以忠心耿耿且勇敢的呂將軍（元膺）與有如婦人之宦者對比，這種寫法，與盧仝《結交詩》將美人與馬異對比，頗為類似。尤其值得注意的是，李賀詩之「傅粉女郎」並非真指女郎，而是如王琦《彙解》云，指「其時所用將帥」，語中帶有嘲笑之意，且與盧仝《月蝕詩》諷刺憲宗任命宦官吐突承璀為總監軍，以致師老無功一事正相符合。筆者認為韓愈《醉贈張秘書》，極可參考。詩中云：「長安眾富兒，盤饌羅羶葷。不解文字飲，惟能醉紅裙。雖得一餉樂，有如聚飛蚊。」這是將長安富兒與韓愈詩友對比，以為前者「惟能醉紅裙」，與後者「解文字飲」不同，並鄙視

---

[112] 王琦等評注《三家評注〈李長吉歌詩〉》（上海：上海古籍，1998），卷四，頁162-63。

[113] 吳企明《李長吉詩編年箋注》（北京：中華，2012），上冊，頁124-25。

[114] 吳企明《李長吉歌詩編年箋注》（北京：中華，2002），下冊，頁839。

前者為「雖得一餉樂，有如聚飛蚊」，即趣味低俗。這種對比與盧詩所云：「買得西施南威一雙婢。此婢嬌饒惱殺人，凝脂為膚翡翠裙，唯解畫眉朱點唇。自從獲得君，敲金摐玉淩浮雲。卻返顧，一雙婢子何足云。」極為類似。故筆者懷疑，盧詩「西施南威」之喻，應有另一層寓意。據筆者的分析，韓愈《醉贈張秘書》詩中所評詩友（如孟郊、張籍），皆以「古體詩」為主，故「文字飲」是指由「古體詩」所領略的樂趣。另外，孟郊詩風近元結《篋中集》，此為論者所常言及，而元結《篋中集序》與《劉侍御月夜讌會序》，兩者皆批評當時作者喜歡「歌兒舞女」為伴，是一種淫靡之俗，違背「風雅」之古道。故筆者下結論云：

> 由此看韓愈批評「長安眾富兒」之「不解文字飲，惟能醉紅裙」，似不能僅就字面看，有可能是以其趣味低俗，比擬近體詩之拘限聲病，喜尚形似；其稱讚「文字飲」之詩為「險語破鬼膽，高詞媲皇墳。至寶不雕琢，神功謝鋤耘」，亦即稱讚詩友們既能繼承「風雅比興」之古詩傳統，但又有膽大驚人的「險語」。（詳見前文《不平之鳴與不遇之感》）

閻琦曾指出，在韓愈參加科舉考試期間和之前，大曆詩風正盛行在整個上流社會。而大曆詩風的特點是：華麗工整、小巧精致、音律諳熟，工于用典、婉轉流利、典雅清麗、精致閑雅等。閻氏又云：「韓愈早期詩作的難能可貴之處正在于擺脫了流行風尚的影響，掙開了大曆格調的束縛，展現出一種求新求變的態度。」[115]

由此看盧仝《結交詩》所謂「西施南威一雙婢」，其實是用美人比齊梁以來的近體詩風，這種詩因為聲韻美、文字美、且講究抒情寫景之美，非常受到歡迎，故比為美人；相對的，那種追求風雅的「古體詩」，很難與近體詩比「美」，就被冷落了。這也就是說，盧仝稱讚馬異，以為是「元氣」所化，強調其有「奇骨」，正是因其重返古風，所謂「自從獲得君，敲金摐玉

---

115 閻琦、周敏著《韓昌黎文學傳論》（西安：三秦，2003），頁 234-37。

凌浮雲。卻返顧，一雙婢子何足云」，應指馬異詩具有濃厚「古風」，讀後再回頭看那很受歡迎、如「西施南威」之美的近體詩，就覺得不值一顧了。

案：盧仝有《訪含曦上人》詩，故含曦上人有《酬盧仝》詩曰：「長壽寺石壁，盧公一首詩，渴讀即不渴，饑讀即不饑。鯨飲海水盡，露出珊瑚枝。海神知貴不知價，留向人間光照夜。」[116]就此詩看來，含曦對盧仝詩風很熟悉且推崇備至，而其所作詩亦與韓孟詩風相近，置于盧仝詩集中幾不能分辨。後來盧仝又在《寄贈含曦上人》中讚賞含曦上人詩風：「近來愛作詩，新奇頗煩委。忽忽造古格，削盡俗綺靡。」似表示含曦上人對「新奇」已有些厭倦，而喜歡「古格」，蓋因其可以「削盡俗綺靡」。則「新奇」似指當時流行之「近體」詩風，以為其低俗綺靡，故寧願回到「古格」風雅之詩。此詩似可印證盧仝《與馬異結交詩》所說：「自從獲得君，敲金摐玉凌浮雲。卻返顧，一雙婢子何足云。」鄭慧霞論盧仝詩云：「盧仝與孟郊皆崇古道。二人皆喜讀書。」[117]則含曦上人之「好古格」，似受盧仝影響；由此亦可見韓孟詩派喜歡「古格」，不喜「綺靡」的特點。

盧詩言馬異為「元氣」所化，正指其詩繼承唐初以來復古詩風，參與「補天（自然）」之偉大工程。寫到這裏，可以將「補天說」歸納為二種：一種是政治性補天，即指朝廷施政出現弊端，有待修補，「補天」指改善朝政，上引杜甫與韓愈詩是其例，盧仝《月蝕詩》亦屬之。另一種是文學性補天，指詩風變壞，有待修補，「補天」指恢復古代較近自然的大雅詩風，盧仝《與馬異結交詩》所敘女媧「補天」是其例。蓋「補天」之五色石乃取自大自然，與齊、梁以來講求人工美之近體詩風相對；而由《結交詩》重視馬異之「奇」之「怪」，甚至與「西施、南威」等古代美人相比，以為後者不值一顧，實已開文學上「以醜為美」之先聲。

---

116 鄭曉霞《盧仝綜論》（北京：光明日報，2010），頁 39。
117 鄭曉霞《盧仝綜論》（北京：光明日報，2010），頁 45-6。

第六節　韓愈詩歌與唐代佛畫

陳允吉先生《論唐代寺廟壁畫對韓愈詩歌的影響》一文[1]（下簡稱「陳文」），影響很大，文中提出韓愈詩風深受唐代寺廟壁畫影響，尤其有些詩（如《陸渾山火》）還受到佛畫「地獄變相」與密宗「曼荼羅畫」影響，已為不少學者接受，有成為定論的現象。筆者在研究韓、孟詩派時，深感這是不能迴避的問題，願提出個人淺見，以就教於方家。

陳文開始先扼要說明唐代佛畫之盛：

> 根據朱景玄《唐朝名畫錄》、段成式《酉陽雜俎》續集《寺塔記》以及張彥遠《歷代名畫記》的載述，唐代畫壁之風趨於極盛，自兩京至於外州的佛剎道觀，幾乎都有通壁大幅的圖畫供人瞻觀。……其中僅吳道子一人，就在兩京寺觀「圖畫墻壁三百餘間。」……通過它多采的畫面吸引著廣大的觀眾，也使得文人士子服膺心折而嘆為觀止。（陳文，頁143）

接著話風一轉，指出韓愈是唐代壁畫愛好者，並引韓愈詩集中有關壁畫作品為證：

> 而韓愈，這位號稱攘佛教不遺餘力的人物，恰恰又是這些壁畫的愛好者，他的一生中同佛畫藝術發生過最為密切的關係。……一部《韓昌黎詩集》中，就有不少記錄他觀賞寺廟壁畫的作品在。例如《山石》云：「僧言古壁佛畫好，以火來照所見稀。」《謁衡岳廟》云：「粉墻丹柱動光彩，鬼物圖畫填青紅。」《陪杜侍御遊湘西兩寺》云：「深林高玲瓏，青山上琬琰。路窮台殿辟，佛事煥且儼。」《納涼聯句》云：「大壁曠凝淨，古畫奇駁犖。」《遊青龍寺贈崔大補闕》

1　收入陳允吉《唐詩中的佛教思想》（臺北：商鼎文化，1993），大陸版書名：《唐音佛教辨思錄》。

> 云：「光華閃壁見神鬼，赫赫炎官張火傘。然雲燒樹大實駢，金烏下啄赬虬卵。魂翻眼倒忘處所，赤氣衝融無間斷。」這些壁畫有關的詩句，均出於韓愈一人手，不論其數量之多或描摹壁畫的精妙動人，都是在唐代的詩家中罕有其匹的。（陳文，頁 144）

案：所引五首詩確實已盡韓詩有關壁畫之作，據此可以討論韓詩對佛教寺院壁畫的態度。因只有五首，不妨逐一討論。但有時不能只看陳文所引幾句，而必須參考前後文，始知其所說是否正確。

(1)《山石》云：「僧言古壁佛畫好，以火來照所見稀。」[2]

此詩開始云「山石犖确行徑微」，乃指山石險峻不平，行徑狹窄之路（《注》2），下言「黃昏到寺蝙蝠飛」，可見佛寺並非處於通都大邑、香火鼎盛之處，而係人煙稀少的山區。接著如陳文所引兩句，由詩言「古壁佛畫」「所見稀」，看來，壁畫已經脫落斑駁，很難看清所畫內容，此皆說明此乃「古寺」。蓋以前的古寺主要是僧人修行之所，往往選擇人煙稀少之山區，由詩中所描寫之壁畫剝落情況，似可斷言，此「古寺」非韓愈當時所建之寺，甚至有可能是唐前所造，則其中的壁畫是否與陳文所說的唐代佛畫相同，不無疑問。事實上，正如陳文所云，唐代佛教壁畫興盛，那麼，若要看佛畫，儘可找通都大邑著名佛寺，何必到此偏僻之處？更值得注意的是，詩中並未介紹壁畫內容，僅言「古壁佛畫好」，推敲其意，似指因其為古畫，與當時流行的唐畫不同，此所以好看。若然，則陳氏前文所說，唐代壁畫之盛對韓愈之影響，恐不適用此山中古寺。

(2)《謁衡岳廟》云：「粉墻丹柱動光彩，鬼物圖畫填青紅。」（《集釋》，頁 277）

在陳文所引五例中，只有此詩從正面描寫壁畫內容，因此特別值得重視。可惜的是，「衡岳廟」並非佛寺。衡山為五嶽之南嶽，故稱衡嶽，詩一開始就單刀直入，寫南嶽之雄壯氣勢：「五嶽祭秩皆三公，四方環鎮嵩當

---

[2] 錢仲聯《韓昌黎詩繫年集釋》（上海：上海古籍，1998 年二刷），上冊，頁 145，下簡稱《集釋》。

中。火維地荒足妖怪，天假神柄專其雄。」首句指出，五嶽的祭祀是比照三公，特別隆重，次句提中嶽嵩山，以為五嶽代表，並引出衡嶽，表示在中嶽之南。後兩句先說南方土地炎熱且較荒蕪，易生妖怪，接著說天（皇帝）封嶽神專掌南方，其權柄甚大，威力足以震懾妖邪。據注云，《禮記》：「天子祭天下名山大川。五嶽視三公秩次也。」可見古有尊崇五嶽之習。又據《通典》《禮典・吉禮》，開元十三年，封南嶽神為司天王，此應即韓詩所本。

又案：葛洪《抱朴子・內篇・登涉》云：「山無大小，皆有神靈，山大則神大，山小則神小。入山而無術，必有患害。」[3]五嶽為大山，其神權柄更大，故後面提到「入山之術」，有云：「上士入山，持《三皇內文》及《五嶽真形圖》，所在召山神，召州社及山卿宅尉問之，則木石之怪，山川之精，不敢來試人。」（上引書，頁 300）又《抱朴子・遐覽篇》云：「余聞鄭君言，道書之重者，莫過於《三皇內文》《五岳真形圖》也。……道士欲求長生，持此書入山，辟虎狼山精，不問地擇日，五毒百邪，皆不敢近人。可以涉江海，卻蛟龍，止風波。」（上引書，頁 336）兩處皆提到《三皇內文》與《五嶽真形圖》，指出為「道書之重者」，且為「入山」應持之物，可見在道教經典中的重要性。筆者曾注意到，白居易《長恨歌》中的臨邛道士奉命招楊貴妃魂，能夠上窮碧落下黃泉，即是依靠《三皇內文》中的法術[4]，可見其厲害。《五嶽真形圖》既與《三皇內文》並稱，其法術之厲害亦可想而知。所謂《五嶽真形圖》，原先可能只是描繪山岳形狀之「地形圖」，而方士為了採藥，常入深山，為免迷路，凡入山必須持有此類地圖。後來將圖與五嶽神像之「真形」結合，再加上一些類似皇家法律、召令地方神職、使驅逐精怪、邪魔之術語，遂成為一種「入山符」[5]，並稱之為《五嶽真形圖》。據《抱朴子》所云，凡入山者，若身上帶有《五嶽真形圖》，

---

[3] 王明《抱朴子內篇校釋》（北京：中華，1996 年四刷），頁 299。

[4] 參見本書拙文《房中曲與妻子之死》中，分析李商隱《房中曲》之互文部分。

[5] 參張志哲主編《道教文化辭典》（南京：江蘇古籍，1994），頁 719。但並非全抄，而有筆者的補充說明。

則「木石之怪、山川之精」，皆不敢來試人，可見在道教信仰中成為極有威力的符圖，韓詩所謂「火維地荒足妖怪，天假神柄專其雄」，有可能來自道教對《五嶽真形圖》的信仰[6]。

顯然，由開頭四句看來，韓愈所謁乃指南嶽衡山神廟，並非指佛寺（若是指佛寺，則前面一大段敘述皆可省略）。中間四句云：「森然魄動下馬拜，松柏一逕趨靈宮。粉墻丹柱動光彩，鬼物圖畫填青紅。」既寫謁廟——靈宮，順便寫廟的建築與壁畫，這是詩的焦點，也是必須的：主要表現其為崇高大廟，「粉墻、丹柱、青紅」，用濃墨重彩襯托嶽神地位，具有威懾意味。另有眾多鬼物侍候，這與前面所云「火維地荒足妖怪，天假神柄專其雄」呼應，表示南方荒遠之地，較多妖怪——所謂魑魅魍魎，有賴衡嶽神鎮守南方，其權柄甚大，麾下必有眾多鬼物助其執法，對這些妖怪產生鎮懾之威力。「粉墻丹柱動光彩，鬼物圖畫填青紅」，這種強烈色彩，似較適合於道教宮廟之形容，而不類佛教建築。

可注意的是，詩中並未正面寫嶽神之「真形」，但在前後的敘述中，皆已表現「神意」的存在與尊嚴：如前面提到，因自己潛心默禱，使原本秋雨綿綿，陰氣晦昧、一無所見的山區，卻突然「眾峰出」，即顯現「神意」之通靈；又如中間寫畫壁之「鬼物」，是暗示嶽神之尊嚴；後面則藉廟祝老人對韓之恭敬，表示其默識「神意」。總之，透過這些側面敘述，反而讓人覺得「神意」是無所不在；只要踏入嶽區，就能感受到「神意」的作用。換言之，若正面寫嶽神之「真形」，反成為「畫蛇添足」——變得多餘。

賈晉華曾從韓、孟險怪詩體的發展角度肯定此詩的意義：

> 貞元末的陽山之貶，對韓愈的詩歌發展是一個十分重要的階段。在詩人悲愁心情的觀點下，南方的山水物候被描繪得極其險惡森怪，此類描寫的大量出現，促成了韓愈險怪詩風的形成，……繼孟郊之後，完成了另一種更為成功的新復古詩風。
>
> 作于自陽山赴江陵途中的《謁衡岳廟遂宿岳寺題門樓》，是這一新體

6　案：注文引書中，即有《五嶽真形圖》，見《集釋》上，頁 279 注 4。

> 式成功完成的標志。形成一種與六朝以來……古近體皆不相同的新體式。完成了「唐詩一大變」，突現了復古詩人所夢寐追求的唐代新古詩，程學恂稱「七古中此為第一」。誠非過譽。[7]

認為此詩是新體式成功完成的標志，筆者甚為同意。此詩題材新穎，將嶽神廟的神意寫得活靈活現，尤其穿插廟祝老人之鞠躬與教導擲珓祈福一節，寫得生動跌宕，富於諧趣；但這幾句亦只適合用在道教宮廟，若用在佛教寺院，恐會令人有不諧調之感。

對於此詩所題夜宿「嶽寺」，似少有人注意到。首先應注意的是詩題：《謁衡嶽廟遂宿嶽寺題門樓》，清楚指出，所「謁」是嶽廟，所「宿」為嶽寺。那麼，嶽寺是指什麼處所？案：《集釋》所收詩，下一首為《岣嶁山》，然後接《別盈上人》（頁 287），筆者以為盈上人所居「衡山中院」，即《謁衡嶽廟》詩所言「嶽寺」（詳下）。不過，應先說明何以《岣嶁山》在前。詩云：

> 岣嶁山尖神禹碑，字青石赤形摹奇。科斗拳身薤倒披，鸞飄鳳泊拏虎螭。事嚴跡秘鬼莫窺，道人獨上偶見之，我來咨嗟涕漣洏。千搜萬索何處有？森森綠樹猿猱悲。（《集釋》上冊，頁 284》）

案：岣嶁山乃衡山南嶽別峯之名，上有《神禹碑》，劉禹錫《寄呂衡州溫》云：「嘗聞祝融峯，上有神禹銘。古石琅玕姿，祕文螭虎形。」可見碑上銘文與神禹治水有關，字體亦奇怪，是用古代類似動物之象形體，具有神秘靈怪性質。然劉禹錫徒聞其名（《神禹銘》），未至其地，韓愈則至其地，但未見其碑銘——由詩云「千搜萬索何處有」可知（注 1）。又注引葉昌熾曰：「夫南嶽道家所稱陽明朱虛洞天也，此碑雲雷詰屈，有似繆篆，亦如符籙，前人《五嶽真形》一說，庶幾近之。」（《集釋》上，頁 285，注一）此又從南嶽屬道教洞天，及字體如道教符籙，懷疑是《五嶽真形圖》的遺

7　賈晉華《論韓孟集團》，中國唐代文學學會、西北大學中文系、廣西師範大學出版社主編：《唐代文學研究》第五輯，頁 408-09。

物。筆者認為，此說值得參考，《五嶽真形圖》的碑銘若出現在衡嶽廟附近，並非不可能，《集釋》置此詩於《謁衡嶽廟》後，是有道理的。於是，可以看《別盈上人》詩：

> 山僧愛山出無期，俗士牽俗來何時？祝融峯下一回首，即是此生長別離。（《集釋》上冊，頁 287）

案：詩中提到「祝融峯」，乃衡山七十二峯之最高峯，已見《謁衡嶽廟》。而信佛的柳宗元，其《衡山中院大律師塔銘》云：「誡盈，蓋衡山中院大律師希操之弟子也。」（《集釋》上冊，頁 287，注 1 引）可見「盈上人」法號為誡盈，在其師希操圓寂之後，接掌衡山中院。據此，筆者認為，韓愈謁衡嶽廟後，當晚即住在盈上人主持之「衡山中院」，詩題才會說「遂宿佛寺」，詩中又云「夜投佛寺上高閣」。若夜宿非「衡山中院」，就必須是衡山中別的佛寺，並且隔天之後又至「衡山中院」見盈上人，未免牽強、難以理解。由此可見，韓愈是在夜宿「衡山中院」後，隔天告別盈上人，並作《別盈上人》詩。

當代研究韓、孟詩派的人甚多，筆者卻未看到有人提到《別盈上人》此詩並加以討論，可能是因此詩不類韓愈詩的險怪風格，反而有點像是白居易的平易詩風。其實此詩是值得討論的，詩開頭一句「山僧愛山出無期」，指盈上人長年居住在山中修行，幾乎沒有離開，這表示盈上人是真正的佛徒。韓愈為許多僧人寫序或送行詩，常有許多特殊的事蹟，而盈上人不出山，似無事蹟可寫，其實這正是其特殊之處；雖只一句，但已讓人感受一位專心清修的僧人形象，與其他喜與俗人交游的僧人不同。下句云「俗士牽俗來何時」，指韓愈自己，因為受俗務牽絆，何時能夠再來，自己也無法預料。這兩句將山僧與俗士相對，寫俗士（如韓愈）自己登門來見，更襯托盈上人之清高。最後兩句「祝融峯下一回首，即是此生長別離」，頗有依依不捨之意，蓋知盈上人專心修行，不喜俗人打擾，恐後會無期，故云「此生長別離」；但亦可能因自己剛離開貶地——陽山，仍為待罪之身，前途未卜，故有此言。

此詩僅四句，文字簡短，不用典，不用古字、難字、怪字、艱深字，明白如話，頗為平易近人，但自有一股清淡的情韻，故朱彝尊評云：「古質可喜。」（《集釋》上，頁 287，〔集說〕引）在《韓集》中相當少見，乍讀之下，會以為是白居易所作。尤其若與韓愈所寫許多送僧詩比較，更可看出此詩特點：其它的送僧詩，所寫僧人的行徑幾乎與俗人沒有兩樣，所以韓愈也以俗人對待，甚至高自位置，以俯視角度評說；此詩正相反，韓愈以俗人自稱，顯有自貶自謙的味道。其中似隱含一個意思，即對真正清修的出家人，韓愈是很敬重的，這從後來被貶潮州，遇到大顛和尚，韓愈亦表現敬意，正可印證。程學恂評曰：「竟不似闢佛人語，此公之廣大也。」（《集釋》上，頁 287）眾所皆知，韓愈闢佛，但詩集中卻有許多送僧詩，引起研究者的討論，可是卻似無人提及《別盈上人》此篇，不能不說是遺憾。

(3)《陪杜侍御遊湘西兩寺》云：「深林高玲瓏，青山上琬琰。路窮台殿辟，佛事煥且儼。」（《集釋》上冊，頁 308）

案：在引文之前，尚有詩開頭四句云：「長沙千里平，勝地猶在險。況當江闊處，斗起勢匪漸。」指出長沙地是千里平坦，但湘西嶽麓寺（參注 2）獨在高處，且是在危險陡峭的山上。接著才是引文：「深林高玲瓏，青山上琬琰。路窮台殿辟，佛事煥且儼。」前兩句「深林」「青山」，指寺在山上，第三句指佛寺建築在山路盡頭，第四句云「佛事煥且儼」，進一步寫台殿有彩色裝飾，顯得莊嚴。後面其實還有兩句補寫寺之環境：「剖竹走泉源，開廊架崖岸」。可想見因在山上，故剖竹管引水，且在山崖邊架設走廊，以便行走。由此看來，整段是從外觀寫佛寺之地理環境與建築，所謂「佛事煥且儼」，是從外表形容「台殿」的建築與裝飾，與壁畫無關，且詩中亦無對畫的描寫。

(4)《納涼聯句》云：「大壁曠凝淨，古畫奇駁犖。」（《集釋》上冊，頁 419-20）

案：「大壁」指華屋中大壁（注 31，頁 424），並非佛寺，「古畫」尤非指唐代佛畫；這只能證明韓愈對「古畫」亦有興趣，不限於佛畫。

(5)《遊青龍寺贈崔大補闕》云：「光華閃壁見神鬼，赫赫炎官張火傘。然

雲燒樹大實駢，金烏下啄赬虬卵。魂翻眼倒忘處所，赤氣衝融無間斷。」（《集釋》上，頁 563）

此詩陳文非常重視，以為是韓愈重視佛畫，且受密宗「曼荼羅畫」影響的根據。陳氏所引是摘錄，以其中云「光華閃壁見神鬼」，遂以為整個六句皆是描寫壁畫。是否如此，仍須先看開頭四句：

秋灰初吹季月管，日出卯南暉景短。友生招我佛寺行，正值萬株紅葉滿。

首兩句言時至季秋，白日較短，意指正是柿子成熟葉紅之時（正如楓樹在秋季翻紅）。三句言友人招我至青龍寺一觀，四句言寺有柿萬株，皆已成熟翻紅；紅葉指柿葉，因柿葉翻紅，整個寺院恍如陷一片火海中，非常壯觀，此所以友人招之同行也。由此看陳文所引六句，其實是由柿子成熟、葉子翻紅，所引發的想像，且因在青龍寺所見，遂順水推舟，將這些想像與寺中壁畫連繫起來，彷彿是壁畫之景。茲仍依引文略述大意如下：

「光華閃壁見鬼神，赫赫炎官張火傘」，呼應前第二句之「日出」，因有日出，故寺壁上有閃光，可見到神鬼。而此神鬼竟然是炎官，他正張開大的火傘：「然雲燒樹大實駢，金烏下啄赬虬卵」，指火雲燒著柿樹，樹上有許多大柿子，這使得日中的金烏也下來啄食虬龍之卵——喻柿實。「魂翻眼倒忘處所，赤氣沖融無間斷」，寫觀者被眼前有如大火一直燃燒的景物，瞟得頭昏眼花，以致忘了身處青龍寺中。其實，下面尚有兩句應補上：「有如流傳上古時，九輪照燭乾坤旱」，用「堯時十日並出，草木焦枯，羿射九烏」的典故（出《淮南子》，見注 12），指出當年被后羿射落的「九輪」（九日）彷彿又冒出來，使人彷如身處遠古十日並出的極度旱象中——導致柿葉翻紅。顯然，詩寫到炎帝、金烏、九輪等想像，皆以「日出照壁」為背景。

寫到這裏，必須指出，陳文所引一段，只是詩人想像中的壁畫，並非實指寺中壁畫，此由詩中所寫幾點可知：(1)明顯是由柿葉翻紅所引發的想像，也就是說，若非有柿葉翻紅的事實，是不會有陳氏所引六句之描寫。

(2)如注文所云，「炎官張火傘」詠柿葉之紅，「然雲燒樹大實駢，金烏下啄赬虬卵」，詠柿實之赤，總之，皆狀柿葉與柿實之紅，故取喻如此。(3)引文中的「炎官」指南方司掌炎熱之地方神、「金烏、九輪」指太陽，皆是為強化紅葉所引起的火紅意象。(4)如果是寺中壁畫，應是某個畫師應寺方要求而畫，而所畫的最多僅是柿葉翻紅之美景，不可能畫出炎官、金烏、九輪等神物；且在別的季節，柿葉未紅時，仍然有此壁畫，不可能因柿葉紅時才有此壁畫。而由詩的前後敘述看來，畫中之種種形象，只能是韓愈由柿葉之紅所引起的想像，不可能是某位畫師所畫，亦即並非寺中原有此畫；退一萬步，若是寺中原有此畫，則早應轟動，不需韓愈再來讚嘆。(5)「炎官、金烏、九輪」等，皆出於中國古代神話或傳說，與佛教無關；畫的內容亦無深刻意義，不符寺院壁畫的要求。

其實，前人已指出，此非壁畫，《集釋》注 12，引馬永卿曰：

> 僕舊讀此詩，以為此言乃喻畫壁之狀。後見《長安志》云「青龍寺有柿萬株」，此蓋言柿熟之狀。火傘、赬虬卵、赤氣沖融、九龍照燭，皆其似也。長安諸寺多柿，故鄭虔知慈恩寺有柿葉數屋，取之學書。[8]

據此可知，陳文所引，「光華閃壁見鬼神」其實是虛寫，自「赫赫炎官張火傘」以下，蓋言柿熟之狀，並非指青龍寺「畫壁之狀」。這裏要再補充一些資料，韓愈詩中的想像，主要是將柿葉之紅與火紅連繫起來，這是有例可尋的。如王楙《野客叢書》卷十九《杜詩合古意》曾舉以下例證：「沈約詩：『山櫻花欲燃。』杜詩：『山青花欲燃。』」[9]。可見前人已有「花欲燃」用法，而韓愈《桃源圖》詩亦云：「種桃處處惟開花，川原近遠蒸紅霞。」（《集釋》下，頁 911）將桃花比為紅霞。《納涼聯句》更云：「目林恐焚燒。」蓋謂（季夏炎熱）目望林木，恐其為日所焚燒也（《集釋》上冊，頁 421）。據此，韓愈詩中所謂「赫赫炎官張火傘」、「然雲燒樹大實駢」等

8　錢仲聯《韓昌黎詩繫年集釋》（上海：上海古籍，1998 年二刷），上冊，頁 565。

9　王雲路《漢魏六朝詩歌語言論稿》（西安：陝西人民教育，1997），頁 192。

等所云，只是將前人單純的比喻——「花欲燃」的想像進一步擴大，與神話中的炎官、金烏、九輪等結合起來，具有怪奇、神秘色彩，層次更為豐富，氣象更為恢宏；不僅如此，又視為出自青龍寺畫壁中的鬼神，即將畫壁視為鬼神表演神通的舞臺，使之具有戲劇的畫面感。

在檢查陳文所引五例之後，可以看出下面的事實：雖有參例與佛寺有關，卻只有兩例寫到壁畫。其中一例寫古寺，詩言「古畫稀」，即看不清畫的內容。又一例是寫想像中的壁畫，實際上並非寺中的壁畫，而即使想像中的壁畫，亦與佛教無關。由此重讀陳文對韓愈壁畫詩的評語：

> 這些壁畫有關的詩句，均出於韓愈一人手，不論其數量之多或描摹壁畫的精妙動人，都是在唐代的詩家中罕有其匹的。（陳文，頁 144）

與上述檢查結果相對照，陳文的佳評不無誇大的嫌疑。陳文題目為：《論唐代寺廟壁畫對韓愈詩歌的影響》，論文一開始的引言先強調唐代寺廟壁畫之興盛，然後引韓愈壁畫詩為證。但是如前面的檢查結果所言，寫佛寺之三例中，幾乎沒有一例是正面寫佛寺壁畫的內容，也就是說，從這三例，讀者根本不知道有什麼佛畫，尤其沒有陳文所重視的「地獄變相」與密宗「曼荼羅畫」。寫到這裏，有必要看沈曾植的觀點，沈氏云：

> 從柿葉生出波瀾，烘染滿目，竟是《陸渾山火》縮本。吾嘗論詩人興象，與畫家景物感觸相通，密宗神秘於中唐，吳、盧畫皆依為藍本。讀昌黎、昌谷詩，皆當以此意會之。顏、謝設色古雅，如顧、陸設色，如與可、伯時，同一例也。（《集釋》上，頁 568-69）

開始兩句，「柿葉生出波瀾，烘染滿目」已指出，詩中所寫「炎官、金烏、九輪」等所造成的火災，皆是由柿葉紅時所引起的想像，並且很多是加油加醋添上去的，意即並非實寫畫壁內容。所謂「意是《陸渾山火》縮本」，是說，如同《陸渾山火》是由山中野火引起關於火神的想像，《遊青龍寺》亦是由柿葉翻紅引起對炎官等的想像，但《遊青龍寺》寫的較簡單，不如《陸渾山火》除寫火神祝融引起山火災情外，又寫火神轄區僚屬（熱屬）趕來助陣，使山火更為猛烈，災情更為擴大，然後一起酣飲慶祝，其場面極為壯觀，故說《遊青龍寺》是《陸渾山火》之「縮本」。不過，兩者所寫場景雖有大小之差異，但基本上皆以現實為觸媒引起極為壯觀的想像，沈氏稱之為「興象」，並認為詩人與畫家的創作，是相通的，即皆以觸發的興象為基礎，而非單純根據現實景物。沈氏這段話引起極大影響，尤其是中間幾句斷言：「密宗神秘於中唐，吳、盧畫皆依為藍本。讀昌黎、昌谷詩，皆當以此意會之。」他認為中唐詩人如韓愈、李賀等，因受到秘宗的影響，詩中常有一些神秘的想像。案：李賀《河南府試十二月樂詞・六月》云：「炎炎紅鏡東方開，暈如車輪上徘徊，啾啾赤帝騎龍來。」乃描寫六月盛夏之景，連用三個比喻來形容烈日，今人徐傳武云：

> 「紅鏡」比喻初升的太陽，「車輪」比喻運行的太陽，「赤帝」比喻烈焰炙人的太陽。三個比喻有動有靜，有色有形，一個比一個新奇，特別是「啾啾赤帝騎龍來」一句，借用神話傳說，且以聽覺輔視覺，更生動傳神，正如清人姚文燮所說的「啾啾」二字，極炎氣初盛之狀（《昌谷集註》卷一），讓人拍案叫絕。[10]

案：賀詩用三個比喻形容運行的太陽，與韓愈用三個神話說明柿葉翻紅，皆可印證沈氏「興象」之說，但如說是受到秘宗影響，似缺乏證據。

受到沈氏秘宗說的啟發，陳文云：

> 我們按照唐代壁畫題材和形象特徵上的差別，從「奇蹤異狀」、「地獄變相」、「曼荼羅畫」三個方面來作些具體的探討。（陳文，頁144）

這裏提到三個特徵做為判別是否受到佛教壁畫影響的依據，其中「曼荼羅畫」是屬於密宗的特徵，什麼是曼荼羅畫？陳氏云：「所謂『曼荼羅』畫，

---

[10] 徐傳武《李賀論稿》（臺北：廣陽譯學，1997），頁183-84。

即密宗用來描繪其壇場，以及供奉諸尊一一形貌的畫像。」[11]曼荼羅乃梵文，又譯作曼陀羅，後來，夏廣興作了更詳細說明，這裏僅抉取中間一小段：

> 所謂曼陀羅畫，是密宗修行時所供養的佛像畫，即密宗根據一定的經軌，供奉佛、菩薩諸尊神形貌的畫像，用來描繪其壇場，以畫一佛或一菩薩為中心，周圍層層環繞著菩薩、天神等。……這種形象名為「曼陀羅」，是梵語，意譯為輪集，古譯作「壇」或「輪壇」。……這種曼陀羅畫有的畫在布上，有的直接圖形寺壁，成為唐代佛教繪畫重要的組成部分。[12]

簡言之，是描繪許多佛菩薩的畫卷或圖畫，其特點是：「以畫一佛或一菩薩為中心，周圍層層環繞著菩薩、天神等。」但這種畫圖是應用在什麼場合？據李英武注《大日經》云：

> 漫（曼）荼羅：舊譯為「壇」或「道場」。
> 早期的曼荼羅是古代印度密教行者修法時防止魔眾侵入，在修法場上築起圓形或方形的土台，國王即位或剃度僧人，均在台上舉行儀式，迎請諸佛、菩薩親臨作證，並在台上繪出他們的形象。《密宗要旨》說：「壇者積土于上，平治其面，而以牛糞塗其表，使之鞏固。于此壇上以管宗教之神聖行事，尤其為阿闍梨（軌範師、高僧）為弟子受戒時，或國王即位時，于此上行之，當為此神聖行事時，例須迎請十方三世諸聖而證明者。于是繪畫十方三世諸神之聖像，或以其所持之

---

11 陳允吉《論唐代寺廟對韓愈詩歌的影響》，收入《唐詩中的佛教思想》（臺北：商鼎文化，1993），頁 155。案：曼荼羅（mandala）原指供奉神靈的壇場，故描繪所供奉諸尊（即諸佛菩薩）才是密宗曼荼羅畫的重點（參見呂建福《中國密教史》修訂版（北京：中國社會科學，2011 年二刷），頁 42、126、277、296。

12 夏廣興《密教傳持與唐代社會》（上海：上海人民，2008），頁 350。

物，表示尊嚴。又或以諸佛諸尊之種子，而表崇之。」[13]

據此，曼茶羅原指壇場或道場，是用在舉行一些神聖的事，如國王即位，或高僧為弟子受戒時，須迎請十方三世諸佛為證，于是繪畫諸佛菩薩、各類尊神及其所執法器（如金剛杵、刀輪、羂索之類），表示尊嚴。因此，曼茶羅亦指神壇所供奉諸神佛的畫卷。

在韓詩中被提出來作證的，主要是《遊青龍寺》與《陸渾山火》。陳文進一步提出，長安青龍寺是中唐密教最重要的據點，並認為韓愈《遊青龍寺》詩裏所提到佛寺裏的壁畫，「極有可能就是『曼茶羅畫』或表現密宗其它神變故事的圖畫。」[14]案：陳文既然說「極有可能」，為何沒有舉出詩中那些內容與密宗神變故事有關？前已指出，韓詩中的壁畫並非青龍寺的壁畫，而是由柿葉翻紅所聯想出來的。值得注意的是，如陳文所云，寺中應有密宗佛畫，但韓愈來此，卻並非要觀看密宗佛畫，而是為了觀看萬株「紅葉滿」；不僅詩中並未介紹寺中佛畫，反而由「紅葉滿」想像出一幅壁畫，其中有炎官、金烏、九輪等神怪形象，皆是出於中國古代神話，與佛教無關，並非如陳文所說：「極有可能就是『曼茶羅畫』或表現密宗其它神變故事的圖畫。」事實上，當時長安很多寺廟皆種有柿樹（見前引馬永卿文），只是因為青龍寺的柿樹有萬株之多，最為壯觀，故韓愈與友人相偕來此並由柿葉翻紅寫了一首詩，詩的內容與其是否為密宗寺廟完全無關（換言之，若非密宗寺廟，亦可能寫出來）。總之，我們認為，身在密宗重要寺廟，卻不介紹密宗佛畫（如「曼茶羅畫」、毗沙門天王畫像、各種觀音變相[15]），反而自創一幅與佛教無關的壁畫，要說是受到密宗影響，恐難令人信服。

再看《陸渾山火》，這首詩被認為是韓愈險怪詩風的代表作之一，陳文從「地獄變相」與「曼茶羅畫」的角度解釋此詩，影響特大，幾乎已成為定

13　李英武注《密宗三經》（成都：巴蜀書社，2001），《大日經》注 1，頁 49。

14　《唐詩中的佛教思想》（臺北：商鼎文化，1993），頁 107。

15　如千手千眼觀音、如意輪觀音、十一面觀音、不空羂索觀音等，參見呂建福《中國秘教史》（修訂版）（北京：中國社會科學，2011 年二刷），頁 468。

論。詩先寫山中火勢強烈，很多動物竄逃死亡情形，陳氏以為即受到佛教壁畫「地獄變相」影響。接著一長段，寫火神祝融告休，召僚屬飲宴、以五嶽為豆登、以四海為酒罇之盛大場面（參《集釋》頁 693，注文），陳文以為即仿密宗神壇「曼荼羅」寫法。詩中寫飲宴由火神祝融主持，並有炎官熱屬等參與，皆依尊卑位次，與曼荼羅畫中諸尊的排列井然有序一樣[16]。而詩中寫到炎官熱屬等的服裝，陳氏也以為與有些菩薩、金剛一樣。還有，宴會場地佈置的花卉等，亦與「曼荼羅畫」的壇場相似。總之，有很多方面能對應，故陳文云：「實質上就是寫了眾多的神靈按其等級與宴聚集的場面，……是有密宗的『曼荼羅畫』作為原型供其依傍的。」（頁 158）。

要判斷陳文的解釋能否成立，仍須對此詩的寫法有一些基本了解。首先，詩所以寫到火神祝融，顯然是由山中野火焚燒所引起的想像，而所以提到炎官熱屬，是因野火燃燒，剛開始可能火勢較小，野獸尚可逃命，後因風勢助長、火勢加快加大，使許多野獸逃竄無路，死亡無數。稱之為「熱屬」，是因其為火神僚屬，他們的加入，使火勢加大，曼延更廣，造成災情更為巨大，可以說這些熱屬實是火神的幫兇。若依陳文所提如「地獄變相」的說法，此時的陸渾山谷正如一座如火窟的巨大刑場，而火神及其熱屬卻以觀看野獸逃竄死亡為樂，甚至將無數野獸之血肉當成飽腹之酒食——將被火燒死的無數野獸當成豐盛的烤肉。詩中寫火神與熱屬等之飲宴，近人蕭占鵬的白話翻譯頗值得一看：

---

16 陳氏云：「『曼荼羅』的意譯即為『壇場』。在胎藏界的『曼荼羅』裏，以大日如來為中心，供奉菩薩尊神四百十六位；而金剛界的『曼荼羅』，亦以大日如來為本尊，供奉菩薩尊神一千四百六十一位。」（頁 155）呂建福《中國密教史》（北京：中國社會科，2011 年二刷）附有《胎藏曼荼羅》（頁 277 圖 2）與《金剛藏曼荼羅》（頁 296 圖 4）兩圖，確如陳氏所言，聚集許多佛菩薩，且其排列甚為井然有序。印度密教專家薛克翹亦云：「在密教的曼荼羅中，諸神都被妥善安置到各自的位置上。」「他們的名位都是依據方位安置的。……總之，曼荼羅就是這樣一個萬神殿，諸佛、菩薩、金剛、護法、天龍八部及其眷屬等咸集，各擅其位。」（《神魔小說與印度密教》，北京：中國大百科全書，2016，頁 38、282）

> 熊熊燃燒的大火組成了火神歡宴的花園，畢剝的火聲如千鐘萬鼓播響，奏起了宴樂。飛升的火勢成了火神繁盛紛雜的旗旛儀仗。炎官們赤身裸體，以五岳為登、為盤，以水壑為杯盞，大飲大啖，雄奇、光怪、怒張。（案：程學恂正是看到了這首詩的奇險怪異之美，因而稱「《陸渾山火》是大奇觀。」）[17]

看到這裏，不免要對陳文類比曼荼羅之說提出一些質疑：詩中的火神與熱屬可以比擬曼荼羅之佛菩薩與金剛？野火所造成的慘重災情，是諸佛菩薩所樂見的？諸佛菩薩可以無節制地大量飲酒啖肉？

陳文說：「這首詩，一方面受到『曼荼羅畫』的影響，另一方面又受到『地獄變相』的影響，它之做為最能體現韓愈風格的一首代表作，非常典型顯示出詩人的興象與佛教壁畫的景物之間感觸相通的關係。」（頁 158-59）亦即《陸渾山火》是結合「曼荼羅畫」與「地獄變相」兩種佛畫的寫法。現在就先看陳文如何證明詩受到「地獄變相」的影響。他先引《阿含經》卷一九《世紀經・地獄品》中提到：「有大鐵城，其城四面有大火起。……罪人在中，東西馳走，燒炙其身，皮肉焦爛。」然後引《陸渾山火》第一大段描寫大火所引發的災情為證，以為詩中提到山火「截然高周燒四垣，神焦鬼爛無逃門」，與地獄鐵城四面燒火相似，而山中野獸被火燒焦之酷，亦與地獄中之「罪人在中，東西馳走，燒炙其身，皮肉焦爛」如出一轍（頁 152-53）。

乍然一看，兩者的對應非常明顯，可是稍一思考，仍可發現一根本差別，即佛經所寫的乃「罪人」受到酷刑，而詩寫的是無數野獸逃竄無路。但在陳文中，兩者「如出一轍」，亦即將無數被野火燒死的野獸，視同罪人；陳文甚至以極度讚賞的語氣說：「詩人在這裏極力誇示山中野火之煊赫，寫出天地一大奇觀。」筆者不敢苟同，以為這只是顯示火神及其熱屬之無情與冷酷。眾所皆知，佛教之「地獄」說，本是為警惕世人不可為惡，以為人若在世為惡，死後將入地獄遭受酷刑，如《大目乾連冥間救母變文》云：「造

---

[17] 蕭占鵬著《韓孟詩派研究》（臺北：文津，1994），頁 184。

罪之人落地獄，作善之者必生天。」[18]這種說法是與佛教極力推廣之因果報應說配合，而一般人在觀賞《地獄變》佛畫時，只會心生警惕，並不會同情這些受刑的罪人，蓋以為罪有應得。若如陳文所說，則這些動物之受災，似乎是因其為惡而遭到地獄式酷刑，這是令人難以接受的。在佛教「六道輪迴」中，「地獄」一道是與天、人、阿修羅、畜生、餓鬼等分開，亦即是專為「犯人」而設，正如陳文所引《世紀經・地獄品》云：「罪人在中，東西馳走，燒炙其身，皮肉焦爛。」顯然是針對罪人，並未包括動物野獸。更大的問題是，這些死傷明明是天災所造成，數量非常之多，如何可視為地獄的罪人？且寫動物受災，又如何警惕世人？另外，《陸渾山火》寫火燒之慘，是先云「截然高周燒四垣，神焦鬼爛無逃門，三光弛隳不復暾」，然後敘及所有各類動物，可見在「四垣」中被燒的還包括「神鬼」及「三光（日月星）」，這更非佛教「地獄」所有。由此看來，將《陸渾山火》所寫山火焚燒之景視為佛教「地獄變相」，是一種誤會。不過，這種寫法，或許真與佛經有些關係，如唐地婆訶羅譯《方廣大莊嚴經》卷五，音樂發悟品：「譬如山火，四面俱至，野獸在中，周慞（驚懼）苦惱。」這幾句與《陸渾山火》極為類似，但卻是以野獸在山火中焚燒恐懼之狀，比喻人在曠野之苦惱，如元魏瞿曇般若流支譯《正法念處經》卷十六：「惆慞行曠野，常受諸苦惱，孤獨無救護，具受諸辛苦。」[19]由此看來，這只是寫野獸在山火焚燒中極度驚懼之狀，與地獄變無關。

尤有進者，陳文之更大問題，是將「曼荼羅畫」與「地獄變相」合起來解釋《陸渾山火》。按照陳文解讀，前面寫野火燒山之酷，有如「地獄變相」，後面寫火神與其熱屬飲宴，則如「曼荼羅畫」。首先，將火神與其熱屬比為曼荼羅畫中之諸佛與菩薩，顯得牽強。其次，如此一來，會產生極其荒謬的結論，即這些佛菩薩成為殘殺無數生靈的凶手，且還自以為傲，甚至舉行慶功宴，這是多麼荒謬！若依陳文的解讀，則真正該下地獄的豈非這些

---

[18] 黃征、張涌泉校注《敦煌變文校注》（北京：中華，1997），頁1027。

[19] 引文見項楚《項楚敦煌語言文學論集》（上海：上海古籍，2011），《變文字義零拾》釋「周諸」條，見頁95。

佛菩薩？但最令人懷疑的，仍是來自文本的內容。如寫火神與其熱屬盛大飲宴慶祝時，先云「祝融告休」，乃指火神為夏季之神，至冬季正是其「休假」之時。另外，又寫冬季水神因其侵犯自己職責所在季節，雖然非常的憤怒，可是因火神太盛，只能迴避。於是只能向上帝申訴，而上帝亦無能為力，無法懲罰火神。這都牽涉到水火矛盾，與中國古代四季與四方神的職任分配問題，是無法用密宗那一套解釋的。總之，陳文的最大問題，在於切割文本，只抓住部分解釋，而不顧全體。由此回顧陳文所說：「這首詩，一方面受到『曼荼羅畫』的影響，另一方面又受到『地獄變相』的影響，它之做為最能體現韓愈風格的一首代表作，非常典型顯示出詩人的興象與佛教壁畫的景物之間感觸相通的關係。」總覺得過於誇大佛畫的影響力，而低估與中國傳統文學（尤其是古代神話）的關係。

如上所述，陳文最大的盲點有二，一是忽略山火是一種自然災害——天災，且是在山谷之中，受災者是動物，並非人，故不宜比擬為「地獄變相」；一是寫火神及其熱屬飲宴慶祝，更不宜比擬「曼荼羅畫」。

我們相信，韓愈之寫《陸渾山火》，也是具有諷諫之意。案：詩題原作《陸渾山火一首和皇甫湜用其韻》，可見此詩原是和皇甫湜詩，而皇甫原詩應是其為陸渾尉時發生山火所作，故韓詩一開頭云：「皇甫補官古賁渾（即陸渾），時當玄冬澤乾源。」那麼，要了解此詩，不能不知道皇甫湜作詩之背景與動機。沈欽韓注云：

> 《冊府元龜》：「元和三年，詔舉賢良方正，有皇甫湜對策，其言激切。牛僧孺、李宗閔亦苦諫時政。為貴幸泣訴于帝。帝不得已，出考官楊於陵、韋貫之於外。」案：牛僧孺補伊闕尉，湜補陸渾尉。制科登用，較元年之元稹、獨孤郁等，大相懸絕。蓋其寓意也。火以喻權倖勢方薰灼，炎官熱屬則指附和之人。牛、李等以直言被黜，猶黑螭之遭焚。終以申雪幽枉，屬望九重。其詞詭怪，其旨深淳矣。（《集釋》上冊，頁 686）

據此，是因皇甫湜等人在對策時，過於激切，得罪權倖，故敘官時，被分發為較低職位，不如往年。詩中之火神祝融，即喻權倖，「火以喻權倖勢方薰灼，炎官熱屬則指附和之人」，詩中寫火神及其熱屬在製造災情之後，飲宴慶祝，並且場面極為盛大，只是用以表現「權倖勢方薰灼」，這些都是負面形象，與密宗「曼荼羅」所喻莊嚴道場，是難以比擬的。

沈欽韓的「火神權倖」說，較沈曾植密宗說與陳文「曼荼羅畫」說，顯然更值得參考，所謂「火以喻權倖勢方薰灼，炎官熱屬則指附和之人」，已經解開此詩最為核心的問題。茲提出兩大重點，略為說明如下：

一、由現實世界進入「興象」——神話世界

(一)現實世界

詩一開頭云：「皇甫補官古賁渾（即陸渾），時當玄冬澤乾源。」指出山火發生的地點與季節。地點是皇甫湜任職之「陸渾縣」，正如沈欽韓的解釋，這與皇甫湜得罪權倖有關，而權倖即詩的核心——火神祝融；詩寫山火發生在陸渾，即暗示自己得罪權倖的結果，亦即是火神之受害者。次句寫山火發生的季節是玄冬水澤乾枯時候，這句尤為重要，後面一系列的敘述皆與此有關。不過，應先知道古代五行之神與四季的關係：

時為春，位在東方，其帝太皞，其神勾芒

時為夏，位在南方，其帝炎帝，其神祝融

時為秋，其位西方，其帝少皞，其神蓐收

時為冬，其位在北方，其帝顓頊，其神玄冥

土為中宮，宮者中也。其帝黃帝，其神后土。[20]

這個關係表可說是根據五行思想所建構的四季神話世界，與詩有關的是夏季之神祝融與冬季之神顓頊。詩所以提到祝融是因山火引起的聯想，而提到「頊冥」（「頊冥收威避玄根」），指顓頊與玄冥，皆掌冬季之水神，因山火發生在玄冬，故引起水神不滿，但無力抵抗。揚雄《羽獵賦》亦寫羽獵在

---

20 〔清〕陳立撰，吳則虞點校《白虎通疏證》（北京：中華，1997 年二刷），上冊，頁 175-81。

玄冬季月，故云「以終始顓頊、玄冥之統」，即指田臘時間自始至終在臘月間[21]，屬顓頊與玄冥管轄範圍。依照上列關係表，火神祝融負責夏季，水神顓頊負責冬季，若各司其責，本互不相干，不致發生衝突；換言之，若山火發生在炎熱的夏季，是屬於正常現象，而今卻發生在寒冷水枯的冬季，即火神越界侵犯水神的責任範圍，這是不正常的現象，也就是所謂的「災異」。何焯云：「先伏水衰。」意指冬季屬水神季節，應是山澤較有水量之時，而今卻「澤乾源」，已指出水神雖在冬季正位，卻無力護衛自己，故云「水衰」。方成珪《箋正》云：「首二語為提綱。」（頁 688）指後面所敘、由現實世界進入興象神話世界，皆由此二語衍伸出來，有似小說中「楔子」。

接著寫谷中狂風助長火勢，其光上照山巔，旁及整個山谷四周，彷彿皆籠罩在大火之中：「截然高周燒四垣，神焦鬼爛無逃門，三光弛隳不復暾」，寫火勢極為猛烈，即使神鬼亦無處遁逃，又因火光上沖雲霄，致無法看清各種自然光體，日月星三者有似失墜無光。這幾句很值得注意，這表示災情極為嚴重，已經破壞大自然最為穩定、有規律的物體，構成災異學中的「天變」現象。

(二) 興象——神話世界

以上十三句寫山風助長火勢，是針對現實世界的客觀敘述，接著推出火神與「熱屬」等之飲宴場面（共約二十句），亦即沈曾植所說「興象」，是由現實世界進入入五行所建構之神話世界。根據前述五行之神與季節關係，火神祝融職司夏季，但現在是冬季，正是祝融「告休」的假期，卻在陸渾山谷發起火災，顯見其越界侵犯水神權位；不僅如此，又召來同是「告休」的熱屬助長火勢，造成災情慘重，更見其目無水神的跋扈。詩中用二十句寫其飲宴場面：眾多花卉、樂器，是慶祝火災成功、成果輝煌（其實是指火光非常旺盛）；官服、軍服、車馬、大旗等，敘火神侍從車蓋之盛；更突出的是以山谷周遭所見五嶽四海為盛酒肉之器，以見其飲啖無限量之多，這一段正是沈欽韓所謂：「火以喻權倖勢方薰灼，炎官熱屬則指附和之人」。

21　《全漢賦校注》上冊，頁 260。

二、水火矛盾與朝政的隱喻

由於火神與其熱屬飲宴熱烈，終於引起水神之抗議。本來，依照五行相剋學說，水是剋火的，但因在玄冬「澤乾源」時引起山火，此時不僅無法用水滅火，且被大火燒得水神一臉焦黑，故水神只好上帝告哀，而上帝勸其暫時忍耐，等明年春季後，或有復仇之機會。究竟如何報復，詩中並無交代，鄙意以為，可能是在夏季（火神當職季節）引起大水。

案此詩應與韓愈另一首災異詩《苦寒》對看。詩寫貞元十九年三月（春季），發生的大雪。正是冬神顓頊侵犯春神太昊之職，而太昊並未據理力爭，反而是畏避退讓。韓醇評曰：「公此詩蓋有所諷。……謂隆寒奪春序而肆其寒，猶權臣之用事；太昊之畏避，則猶當國者畏權臣，取充位而已。」蓋詩以顓頊代表權臣，專攬朝政；太昊、炎帝代表朝中大臣，卻畏權臣，表示謙讓。與《陸渾山火》剛好相反（參另文《諷諭與補天：試論韓愈災異詩》）。

又案：以火神喻倖臣，蓋指其權大有如火之熾熱，附和者曰熱屬，指助長其勢。首段寫火災之慘，隱喻「權倖」打擊異己手段之狠毒；中段寫飲宴之場面，隱喻「權倖」與其附和者得意忘形之姿態，這些比喻實不宜以佛畫「地獄變相」與「曼荼羅畫」附會。水神喻在正位之大臣，當被火神侵犯時，畏縮不敢相爭，可見倖臣之受寵，與附和者之眾多。

鄙意以為，這是一首藉災變諷諭朝政的詩，應置於「災變諷諭詩」類。這類詩最遠可追溯至《詩經・小雅・十月之交》。如果僅就詩的主題內容言，《十月之交》與《陸渾山火》頗為相近，皆是由天災引起對朝政的批評。但《十月之交》的批評是很直接、明白的，從修辭的角度看，可說是「明喻」。而《陸渾山火》中則是用「興象」表現，詩只寫火神的跋扈與水神的畏縮，以及上帝的軟弱，至於其喻意，並未明白表示。沈欽韓所謂「火以喻權倖勢方薰灼，炎官熱屬則指附和之人」，並非直接引用詩的本文為證，而是考察皇甫湜的史料，所推論出來的，只能說是一種「隱喻」或「暗喻」。兩者之異同，可以簡單表示：

《十月之交》：天變→直接批評朝政（明喻）

《陸渾山火》：天變→興象神話批評（暗喻）

同樣寫法又見韓愈《題炭谷湫祠堂》（《集釋》，頁 177），詩寫終南山之炭谷有湫水，原本在平地，一夕風雨暴作，湫已至山頂，據說是湫龍所移。前人認為「篇中饒有諷刺」，時德宗幸臣李齊運、李實、韋執誼等與王叔文交通，亂政滋甚，故公因所見以興起。湫龍喻幸臣，魚鼈禽鳥及群怪喻黨人也。（《集釋》，頁 178，注 1）

而論《陸渾山火》，亦有人以為出自《周易》之《離卦》，如劉石齡云：

> 公詩根柢，全在經傳。如《易・說卦》：「離為火」，「其于人也，為大腹」。故于炎官熱屬，頳胸垤腹擬諸其形容，非臆說也。又「彤幢」、「紫纛」、「日轂」、「霞車」、「虹靷」、「豹」、「韃」、「電光」、「頳目」等字，亦從「為日，為電」、「為甲胄，戈兵」句化出，造語極奇，必有依據，以理考索，無不可解者。世儒於此篇每以怪異目之，且以不可解置之。吁！此亦未深求其故耳，豈真不可解哉？（《集釋》上，頁 699〔集說〕引）

案：《易・離卦》本象日、象火，且下卦上卦皆離，象徵「附麗」[22]，正合於詩中之火象與「附麗」之象徵義。蓋火神喻權倖，乃附麗於皇帝，而熱屬喻附合者，乃附麗於權倖（火神），合起來，正合《離卦》之象。又《說卦》云：「離為火，為日，為電，為中女，為甲冑，為戈兵，其於人也，為大腹。」劉石齡亦指出，詩中寫炎官熱屬之「頳胸垤腹」，即出於《說卦》之「大腹」，所以「擬諸其形容，非臆說也」。其餘寫侍從等服裝車馬之盛，亦從「為日，為電」、「為甲冑，戈兵」句化出，故劉氏以為詩中所寫，造語雖奇，其實大都本之經傳（如《周易》）。樊汝霖亦云：

> 從公學文者多矣，惟李習之得公之正，持正（皇甫湜）得公之奇。持

22　黃壽祺、張善文撰《周易譯注》（上海：上海古籍，1994 年五刷），頁 249。

> 正嘗語人曰：《書》之文不奇，《易》可謂奇矣，豈礙理傷聖乎？如「龍戰于野，其血玄黃」、「見豕負塗，載鬼一車」、「突如其來」、「焚如死如棄如」，何等語也？公此詩「黑螭」、「五龍」、「九鯤」等語，其與《易》「龍戰于野」何異？大抵持正文尚奇怪，公之此詩，亦以效其體也。（《集釋》冊上，頁 698）

這是舉皇甫湜所引《周易》中「龍戰」「載鬼」等語，為「尚奇」說辯護，以為韓愈《陸渾山火》之奇語亦近《周易》，可證兩人皆有尚奇傾向，而皆受到《周易》影響。

又如詩中寫飲宴時，「斵池波風肉陵屯，谽呀鉅壑頗黎盆，豆登五山瀛四罇」，乃寫祝融與其熱屬大飲大啖，如祝充注云：「言斵如池，肉如陵，以巨壑為頗黎盆，五岳為豆，四瀛為罇。」而據顧嗣立云，此乃從《左傳》「有酒如澠，有肉如陵」脫化而來（《集釋》上冊，頁 693）。其實，王粲《從軍詩五首》其一亦云：「陳賞越丘山，酒肉逾川坻。」寫犒賞的酒多過小河，肉高過小山[23]。

補充這幾點，更增加筆者對沈曾植與陳文執著於秘宗影響說的懷疑。唯韓愈另有《元和聖德詩》，似可與「地獄變相」附會。詩序寫憲宗嗣位不久，就「外斬楊惠琳、劉闢以收夏、蜀，東定青、徐積年之叛」，可說武功輝煌。但寫平蜀後，將叛變者劉闢一家斬首，刑及眷屬與稚子，頗引爭議。有人認為「蓋欲使藩鎮聞之，不敢叛耳」，「得成《春秋》而亂臣賊子懼之義」（《集釋》上，頁 639，注 75），簡言之，是為使當時許多思叛的藩鎮有所畏懼。有人則認為「此一段乃紀實之詞，無庸諱之」，蓋《劉闢傳》云：「子超郎等九人，與部將崔綱，以次誅。與盧文若皆夷族。」[24]筆者認

---

23 吳云主編《建安七子集》（天津：天津古籍，2005 年修訂版），頁 277。

24 《集釋》上，頁 638 注 73。案：《舊唐書・憲宗本紀下》二和十二年十一月：「（上）御興安門受淮西之俘。以吳元濟徇兩市，斬於獨柳樹；妻沈氏，沒入掖庭；弟二人、子三人，配流，尋誅之；判官劉協等七人處斬。」似子三人乃先流後誅，與《傳》不同。

為兩說並不矛盾，總之，殘忍描寫應是針對德宗以來藩鎮相繼叛變的現象而寫[25]。那麼，這一段描寫，是否受到佛教壁畫《地獄變》的影響？陳文即認為行刑的殘酷場面——尤其寫孩子被腰斬，「細按這些描寫，其於塑造形象實得法於『地獄變相』。……韓愈《元和聖德詩》序中這一段行刑的描寫，正是他借鑒了佛教壁畫恐嚇群眾的舊模式，轉而在詩歌領域中展現出『警動百姓』的新場面。」（陳文，頁 153-54）案：陳文以為詩序中行刑場面的描寫，是為「警動百姓」，這是根據佛教的「地獄觀」，但以此解釋《元和聖德詩》，則並非十分到位。張栻曰：「蓋欲使藩鎮聞之，畏罪懼禍，不敢叛耳。」方世舉贊成張說，云：「張更得《春秋》而亂臣賊子懼之義。」（《集釋》上，頁 639）參照唐人小說《虬髯客》末云：「乃知真人之興也，非英雄所冀，況非英雄者乎！人臣之謬思亂者，乃螳臂之拒走輪耳。」[26]則韓愈之寫「劉闢被擒，舉家就戮，情景最慘」（趙翼《甌北詩話》卷三），應是為警告「人臣之謬思亂者」，如此較合「元和聖德」之意。若依陳文「地獄說」，則詩中行刑場面的描寫，是為「警動百姓」，顯然不合《元和聖德詩》序的用意。

《元和聖德詩》序寫受刑之場面，乍然一看，很容易讓人聯想佛教的「地獄變相」，故筆者原先亦同意陳文說法。但是，等待用心思考，就發現有兩個問題：首先，「地獄變相」寫受刑者，皆針對在生有為惡者，不會兼及眷屬，更不會及於稚子，因稚子並無為惡之能力，不可能死後受酷刑；若以為韓愈寫稚子被刑是模仿「地獄變相」，豈不是對佛教的污蔑？如敦煌寫卷《悉達太子修道因緣》即云：

> 父王作罪父王當，太子他家不受殃。
> 自作業時須自受，他家無因入阿鼻。
> 黑繩繫項牽將去，地獄還交渡奈河。

25　韓醇曰：先是德宗建中間，李希烈、朱泚等反。至是楊惠琳、劉闢繼踵而起焉。《集釋》上，頁 632，注 18。

26　王夢鷗《唐人小說校釋》（臺北：正中，1985），上集，頁 323。

惡業是門徒自造者，別人不肯入黃泉。[27]

詩寫作惡者自作自受，即使親人亦不可能代為受刑。這種作惡者自作自受的思想，是佛教講因果報應很重要的一環，在有關地獄的變文中常常出現。

其次，佛教「地獄」之說本是模仿人間監獄制度，要使在世為惡之人，於死後受酷刑，以警惕世人。而韓愈所寫行刑場面，明明是陽世之懲罰，其意即在警惕一些「人臣之謬思亂者」，這有史實為證，並非如陳文所說在「警惕世人」。且若視為佛教之「地獄變相」，則所有陽世之刑皆可視為「地獄變相」，將有倒果為因、顛倒陰陽之嫌：猶如原是假孫悟空模仿真孫悟空，卻反過來指真悟空模仿假悟空，令人感到啼笑皆非。基於以上兩點，筆者認為，若讀者要以「地獄變相」視《元和聖德詩》之行刑場面，未嘗不可，但若以為韓愈寫作時懷有此意，則筆者期期以為不可。

談到對藩鎮之殘酷懲罰，尚見於韓愈與孟郊二人之《征蜀聯句》。《元和聖德詩》作於元和二年正月，在此之前，元和元年十月，韓愈、孟郊二人有《征蜀聯句》，兩詩相距僅二個月。《征蜀聯句》寫征西蜀劉闢叛逆之事，即《元和聖德詩序》所敘憲宗初年征討兩藩鎮之一。其中有些句子寫劉闢叛軍敗亡被虜慘況：「逆頸盡徽索，仇頭恣髬髵。怒須猶鬡獰，斷臂仍夥鼓」，乃寫劉闢被俘死尸所呈現的慘狀；「強睛死不閉，獷眼困逾闓」則寫頑強抵抗的兵士「死不瞑目」。[28]可見《元和聖德詩》序之殘酷描寫並非突然[29]。

總之，韓孟詩派有不少殘酷描寫，很容易讓人想到「地獄」，若說其殘酷如地獄，是可以的。但若是要附會佛教「地獄變」，則不可以，蓋佛教之「地獄變」，是為宣揚因果報應之說，對地獄受刑之人，實有一些限制，若

---

[27] 周紹良、張涌泉、黃征《敦煌變文講經文因緣輯校》（南京：江蘇古籍，1998），下冊，頁751。

[28] 齋藤茂《文字覷天巧——中晚唐詩新論》（北京：中華，2014），頁42-3。

[29] 齋藤茂云：「正因為有了《征蜀聯句》這一創作經歷，才有了在《元和聖德詩》中更進一步的內容遠達呢。」（仝上書，頁45）

一律附會，反而模糊了佛教的真正用意。不過，這種描寫，似不能排除有受到俗文學——變文的影響。茲引幾則「變文」資料，以供參考。

(1)《吳子胥變文》：

> 「法有常刑，先斬一身，然誅九族。」[30]
>
> 「儻逢天道開通日，誓願活捉楚平王。剜心並臠割，九族總須亡。」（同前書，頁5）
>
> 「子胥捉得魏陵，臠割剜取心肝，萬斬一身，並誅九族。……取得平王骸骨，並魏陵、昭帝，並悉總取心肝，行至江邊，以祭父兄靈曰……祭了，自把劍，結恨之深，重斬平王白骨，其骨隨劍血流，狀似屠羊，取火燒之，當風颺作微塵。即捉劍斬昭王，作其百段，擲著江中：魚鱉食之，還同我父！」（同前書，頁12-3）

文中寫子胥為報父兄之仇，取楚平王骸骨，並魏陵、昭帝（平王之子）二人，總取心肝，又取火燒之等，皆極殘忍，蓋表現其仇恨之深。

(2)《李陵變文》：

先寫單于帶兵萬人追趕，途中李陵軍營上突現三條黑氣，這是不祥之兆，李陵命人搜索，發現軍隊中有兩個年輕女子，遂於馬前分左右斬之：

> 下營未了，頓食中間，陵欲攢軍，方令擊鼓。一時打其鼓不鳴。李陵自嘆：「天喪我等！」嘆之未了，三車上，有三條黑氣，向上衝天。李陵處分左右搜括，得〔兩〕個女子，年登二八，亦在馬前處分左右斬之，各為兩段。[31]

後面寫漢武帝得知李陵投降後大怒，下令誅其老母妻子：

> 武帝聞之大怒，遂掩（閹）司馬遷，並陵老母妻子於馬市頭付法。血

---

[30] 張涌泉、黃征校注《敦煌變文校注》（北京：中華，1997），卷一，頁3。

[31] 張涌泉、黃征校注《敦煌變文校注》（北京：中華，1997），卷一，頁128。

> 流滿市，枉法陵母，日月無光，樹枝摧折。誅陵老母處若為陳說：……老母妻子一時誅，曠古以來無此事。皆是先業薄因緣，新婦不須生怨（悔）。新婦被法啟尊婆，「枉法嚴刑知奈何！君王受佞無披訴，生死一朝一任他。嗚呼上天無可戀，妾共老母同災變。君在單于應不知，與君地下同相見。」（同前書，頁132-33）

文中對於李陵老母妻子受刑之描寫，亦充滿血腥味。以上三則史傳變文，雖有殘酷描寫，但不能附會為「地獄變」。

(3)《悉達太子成道因緣》：

本篇內容與《太子成道經》一卷相同，寫悉達太子半夜離宮至雪山求道。最後一段加敘太子離宮之後已久，妻子耶輸卻生下一子（羅喉羅）。父王聞之大怒，下令處以火刑，文云：

> 大王自言苦楚：「莫越火坑是苦！」遂處分武士，令出王城七里，東西南北高下各堀七步。逡巡，武士便出王城。須臾奏對：「火坑堀了。」其大王差壯士，令擁耶輸、羅喉母子，出於宮門，推入火坑。[32]

用火刑施加太子妻、子身上，其殘忍場面，令人不忍卒睹（幸世尊於靈山施法使火坑變作清涼池）。就殘忍程度言，此例最為接近韓愈詩序，但並不能附會為「地獄變」。

(4)《須大拏太子好施因緣》：

文中寫須達太子好施捨，甚至將國之重寶大白象施給外來之婆羅門，引起國中諸臣恐慌，乃共詣王所，向國王報告，「王聞是語，益大不樂。從床而墮，悶不識人。以水灑，良久乃蘇。二萬夫人，無不驚慌。」接著寫諸臣共議如何對太子施加苦刑：

> 王以（與）諸臣共議之，言：「如今太子須加苦刑。」有一臣言：「以腳入象廄中者當截其腳，手牽象者當截其手，眼視象者當挑其

---

[32] 張涌泉、黃征校注《敦煌變文校注》（北京：中華，1997），卷四，頁473-74。

眼。」或言當斷其頭，或言身折百段。諸臣共議，各言如是。

提到截腳、截手、挑眼等，甚至提到「斷頭、折身」，使國王大為驚恐，自言好不容易得此一子，不忍見其死在眼前，「乃可先斷我命，然後方始殺我兒。」（後面情節有轉折，太子未受苦刑，只被放逐山中十二年）[33]

蔣禮鴻《敦煌變文字義通釋》（臺北：木鐸）多次提到韓愈使用一些通俗字[34]，故筆者懷疑有受到變文影響，以上這些例子，可見通俗文學更為大膽。不僅如此，從西域傳來之幻術表演，亦多殘酷節目，與地獄變相類似，傅起鳳、傅騰龍著，《中國雜技史》云：

> 西域傳來的節目，以幻術為最多，計有：
> 吞刀、吐火、植爪、種樹、屠人、截馬。
> 此外尚有：
> 自支解、易牛馬頭。
> 自縛自解。
> 西域幻術，多是形象殘酷的節目。……大都來自印度。漢安帝時，「天竺獻技，能自斷手足，刳腹胃，均為血淋淋的玩藝，後世亦屢有出現。」[35]

這是談西域幻術，大都來自印度，且多是形象殘酷的節目。《中國雜技史》又云：

> 天竺人來中國獻技者，分僧侶和流浪藝人兩種。僧侶們為了傳教，使人畏服，多有幻術手法和雜技武術技巧。如天竺僧達摩……印度流浪

33 張涌泉、黃征校注《敦煌變文校注》（北京：中華，1997），卷四，頁501。

34 如用「青泥」指臭穢的泥，頁71-2；用「掉」指發抖，頁111；用「助哀」表同情，頁190；用「著」字表示戀著，頁203。又提到《語言研究》第四期，有杜仲陵《略論韓愈的書面語與當時口語的關係》，見蔣禮鴻《敦煌變文字義通釋》增訂本，頁249。

35 傅起鳳、傅騰龍著《中國雜技史》（上海：上海人民，2014），頁61-62。

> 藝人……演出斷舌、剪綢等幻術……在唐代，幻術藝人流入者更多。《新唐書·禮樂志》云：
>
> 天竺伎能自斷手足，刺腸胃。
>
> 早期，帶宗教色彩的藝術品，往往以地獄變相恫嚇眾生，印度幻術受婆羅門教影響，以酷刑術為多，如北魏時期敦煌壁畫中留有的許多地獄、惡鬼形象相似。（同上書，頁153）

據此，所謂「地獄變相」佛畫，與印度幻術及婆羅門教之酷刑術有很深的關係。

如果韓愈詩序只寫叛亂者劉闢所受酷刑，或許可用「地獄變相」解釋，以為是要用慘忍畫面警惕那些「人臣之謬思亂」者；不過，韓愈詩序中又加上眷屬與寫稚子受刑，則不宜與「地獄變相」類比。

除「地獄變相」、「曼荼羅畫」外，陳文又指出韓愈詩之「奇蹤異狀」頗多，亦受到唐代佛畫影響，陳文云：「唐代佛寺所畫的奇蹤，大要不離神鬼龍獸，魍魎魑魅……」（頁 145）「由於韓愈經常接觸這一類圖畫，在趣味感情上與此忻合無間。」（頁 145-46）對於這一項，筆者較難評論，茲先舉近人吳振華的說法：

> 韓愈詩歌創作的藝術淵源可以上溯到屈原、莊周及六經，……而藝術傳承上，韓愈則主要繼承了屈原、莊子的浪漫主義創作方法，形成詭怪恢譎的藝術風格。當然，真正對韓愈詩歌產生影響的卻是李白和杜甫，這方面的論述已經很多。……[36]

這裏提到四個人：屈原、莊周、李白、杜甫，以為對韓愈詩歌「形成詭怪恢譎的藝術風格」有所影響，應是難以否認的。在此基礎上，筆者願補充三點：

首先，中國古代即有鬼神信仰，古籍中有許多神話傳說，並不乏「神鬼龍獸，魍魎魑魅」。如前面已討論的幾篇韓詩看來，韓愈喜歡運用中國古代

---

36 吳振華《韓愈詩歌藝術研究》（蕪湖：安徽師範，2012），頁 205。

神話中的人物與角色，是無疑的。

其次，韓、孟詩派對《楚辭》甚感興趣。韓愈《祭柳子厚文》，吳闓生《古文苑》卷三評云：「韓公為之，鎚幽鑿險，神駭鬼眩，蓋導源于《招魂》、《九歌》、《大招》，而以自發其光怪駭愕、磊砢不平之氣。」[37]除《招魂》、《九歌》之外，《天問》亦值得注意。《天問》的內容，甚多奇詭之事，正合乎陳文所謂「奇跡異狀」，尤值得注意的是王逸《天問序》云：

> 《天問》者，屈原之所作也。何不言問天？天尊不可問，故曰天問也。屈原放逐，憂心愁悴。彷徨山澤，經歷陵陸。嗟號昊旻，仰天歎息。見楚有先王之廟及公卿祠堂，圖畫天地山川神靈，琦（一作瑰）瑋僑佹（一作譎詭）及古賢聖怪物行事。周流罷倦，休息其下，仰見圖畫，因書其壁，何而問之，以渫憤懣，舒瀉愁思。楚人哀惜屈原，因共論述，故其文義不次序云爾。[38]

這段話幾乎可說人人「耳熟能詳」，其中最引人注意的是「祠堂」壁畫部分，所謂「圖畫天地山川神靈，琦瑋僪佹及古賢聖怪物行事」，正是所謂「奇蹤異狀」，亦即《天問》之重要內容。前面筆者在討論韓愈壁畫詩時，即已注意韓愈對「古畫」之重視，故筆者頗懷疑韓愈對壁畫之重視，恐非如陳文所說——乃受唐代佛教壁畫之影響，而可能是受到王逸《天問序》之啟發。

最後，還有一點應注意的，是漢賦的影響。韓愈深受漢賦影響，論者甚多，筆者認為，若論「奇蹤異狀」，尚應注意的，是王延壽《魯靈光殿賦》（並序），先看「序」云：

> 魯靈光殿者，蓋景帝程姬之子恭王餘之所立也。……遭漢中微，盜賊奔突，自西京未央、建章之殿，皆見隳壞，而靈光巋然獨存。意者豈

37　高海夫主編《唐宋八大家文鈔校注集評》、《昌黎文鈔》（西安：三秦，2004 年二刷），頁 890。

38　白化文等點校，宋洪興祖撰《楚辭補注》（北京：中華，2002 年四刷），頁 85。

> 非神明依憑支持，以保漢室者也。然其規矩制度，上應星宿，亦所以永安也。……詩人之興，感物而作。[39]

寫靈光殿能「巋然獨存」，是因有「神明依憑支持」，又言其「規矩制度，上應星宿」，一開始就讓人進入一個神話世界，彷佛靈光殿是在天上，且決定漢室之興亡。

最值得注意的是下面一段：

> 圖畫天地，品類群生。雜物奇怪，山神海靈。寫載其狀，託之丹青。千變萬化，事各繆形。隨色象類，曲得其情。上紀開闢，遂古之初。五龍比翼，人皇九頭。伏羲鱗身，女媧蛇軀，鴻荒樸略，厥狀睢盱。煥炳可觀，黃帝、唐、虞。軒冕以庸，衣裳有殊。下及三后，婬妃亂主。忠臣孝子，烈士貞女。賢愚成敗，靡不載敘。惡以誡世，善以示後。（《全漢賦校注》下，頁 851-52）

案：此段內容有似《天問》的縮小袖珍本，與王逸《天問序》所謂「圖畫天地山川神靈，琦瑋僪佹及古賢聖怪物行事」，字面頗多相似。據此可知古代各種壁畫，亦有許多「奇蹤異狀」內容，非必看佛畫不可。

以上即是筆者對韓愈壁畫詩的看法，接著將舉三個例子，以見陳文的影響之大，並略指出其問題。

例一

> 還有一點也要提及，這就是唐代佛教藝術之一寺廟壁畫對韓孟詩派的詩歌有很深刻的影響。
>
> （佛教壁畫在唐代盛行）李賀詩、韓愈《陸渾山火》、盧仝《月蝕詩》，陳允吉以為是一幅「曼荼羅畫」；另一方面又受到「地獄變相」的影響。這不是牽強附會，是有根有據的，韓愈很喜歡欣賞壁

---

[39] 費振剛、仇仲謙、劉南平校注《全漢賦校注》（廣州：廣東教育，2005），下冊，頁850。

畫……《山石》：「僧言古壁佛畫好，以火來照所見稀。」《謁衡岳廟……》：「粉牆丹柱動光彩，鬼物圖畫填青紅。」[40]

例二

如這樣描寫佛寺和佛畫：「粉牆丹柱動光彩，鬼物圖畫填青紅。……夜投佛寺上高閣，星月掩映雲朣朧。猿鳴鐘動不知曙，杲杲寒日生於東。」（韓愈《謁衡嶽廟遂宿嶽寺題門樓》）抓住佛寺建築白色和朱紅相映生輝的典型色調，佛畫青色和紅色的對比性，一方面展示天國的壯麗輝煌，另一方面則展現地獄的猙獰恐怖，用對比色差大的白色、青色和紅色造成強烈的視覺衝突，引起人們情緒上的恐懼不安，從而表現出寺廟建築及圖畫所追求的警醒俗眾的目的。這樣重著色的詩句，韓愈中隨處可見，如寫柿葉：「光華閃壁見鬼神，赫赫炎官張火傘。」寫柿子：「然雲燒樹大實駢，金烏下啄赬虬卵。」……寫赤藤杖：「共傳滇神出水獻，赤龍拔鬚血淋漓。又云羲和操火鞭，暝到西極睡所遺。……歸來捧贈同舍子，浮光照手欲把疑。空堂晝眠倚牖戶，飛電著壁搜蛟螭。」[41]

例三

欣賞山寺禪院的壁畫，是唐代詩人的重要精神文化活動。唐代佛教鼎盛，兩京及各州郡所建寺院更多，出現了「有寺山皆遍」的情況。據朱景玄《唐朝名畫錄》、張彥遠《歷代名畫記》段成式《酉陽雜俎寺塔記》，宋黃休復《益州名畫錄》……，

所以唐代寺院除殿堂巍峨，庭宇寬廣，蒼松翠竹，紅梅黃菊，清幽雅靜，以及寺中多有儒、佛典籍，寺僧多能詩文，使詩人有暢遊之興外，眾多的壁畫也深深吸引著文化素養很高，對繪畫藝術興趣很濃的詩人前去觀賞。

40　畢寶魁《韓孟詩派研究》（瀋陽：遼寧大學，1999），頁41-2。

41　吳振華《韓愈詩歌藝術研究》（蕪湖：安徽師範大學，2012），頁42-3。

> 韓愈《山石》。永貞元年九月遊衡山謁衡岳廟：「粉牆丹柱動光彩，鬼物圖畫填青紅。」居長安時游青龍寺，……更重要的是觀寺中壁畫，所以在「正值萬株紅葉滿」的秋光中及友人同游同觀。果然詩人被這神秘而又奇妙的宗教畫所吸引，佇立觀賞，感到驚心動魄，以主動的詩句進行描繪：「光華閃壁見神鬼，赫赫炎官張火傘。然雲燒樹大實駢，金烏下啄赬虬卵，魂翻眼倒忘處所，赤氣沖融無間斷。有如流傳上古時，九輪照燭乾坤旱。二三道士席其間，靈液屢進頗黎盌。忽驚顏色變韶稚，卻信靈仙非怪誕。……」（《游青龍寺獻崔補闕》）其他像《陪杜侍御游湘西兩寺》，以及《夏日山寺納涼》，都不忘觀賞寺中壁畫，這在唐代詩人中是很突出的。[42]

案：第一例明白指出同意陳文論點，認定韓愈《陸渾山火》：「陳允吉以為是一幅『曼荼羅畫』；另一方面又受到『地獄變相』的影響。這不是牽強附會，是有根有據的。」至少是根據陳文的說法。第二例則在陳文的基礎上，更進一步發揮自己的想像：「（韓愈）抓住佛寺建築白色和朱紅相映生輝的典型色調，佛畫青色和紅色的對比性，一方面展示天國的壯麗輝煌，另一方面則展現地獄的猙獰恐怖」云云。這裏有兩個問題，一是將「衡嶽廟」當做佛寺，將其壁畫當做「佛畫」；一是以為嶽廟的壁畫是寫天國與地獄，這不僅是詩中所沒有，亦是陳文所沒有的，就文脈看來，應是結合「佛畫」與「鬼物」所想像出來的，這未免過於大膽。

第三例所引韓愈幾首詩，皆出自陳文，其中將《遊青龍寺》所想像之壁畫視為寺中實際之壁畫，前已指出其錯誤。又文中所舉韓愈詩《夏日山寺納涼》，筆者反覆翻閱目錄，皆找不到，後來才想及《納涼聯句》，卻不知為何加入「山寺」兩字，使人誤以為在「觀賞寺中壁畫」。其實此詩與山寺無關，詩中所提「大壁曠凝淨，古畫奇駿犖」，乃指華屋中大壁之畫，非佛畫。

---

42 王啟興《唐代詩人和繪畫》（《唐代文學研究》七輯，1998），頁 11。

第三章　《錦瑟》詩與《房中曲》[1]

本章是研究李商隱《錦瑟》詩，但分成兩節，第一節是對《錦瑟》詩逐句作解；第二節是對李商隱另一首《房中曲》作疏解。所以加上《房中曲》，是因為《房中曲》對了解《錦瑟》詩很有幫助，可以做為《錦瑟》詩的背景看。

1　這篇論文是修訂稿，原題《重提悼亡說——李商隱〈錦瑟〉詩句解》，曾發表在《中國詩學》（張伯偉、蔣寅主編，2012，人民文學出版社）第十六輯。雖然自認為尚有參考價值，但因論文寫作的準備時間不長，所看資料有限，恐有不少漏洞，故在登出之前，我已進行「修訂」工作。刊登之後，陸陸續續看到一些資料，即隨時補充、修訂，迄 2019 年 12 月底才完成定稿，距發表時已達七年之久（如果從擬題時間算起，前後已超過十年，詳見「後記」）。最大的不同，是將舊稿分為兩篇論文。舊稿是分甲、乙兩部分：
甲、悼亡背景：妻子之死（約占全文篇幅四分之一）；
乙、《錦瑟》詩解讀。
修訂後之新稿，將甲、乙兩部分拆開，各成一篇論文，且將乙部分置於前面，題目亦改為《錦瑟變：李商隱〈錦瑟〉詩句解》；原甲部分則置於後面，題目改為《房中曲與妻子之死》，並增加許多新內容，舊稿部分僅占四分之一而已。

第一節　錦瑟變：李商隱《錦瑟》詩句解

前言

李商隱《錦瑟》詩之難解，可說眾所皆知，奇怪的是，它又甚受喜愛。國學大師徐復觀曾指出《錦瑟》是「難懂而又加上魅力」的作品[1]。《紅樓夢》著名學者周汝昌對《錦瑟》詩亦曾開講過，他在《只是當時已惘然——說李商隱〈錦瑟〉》的講稿中說：「這首《錦瑟》，是李商隱的代表作，愛詩的人無不樂道喜吟，堪稱最享盛名；然而它又是最不易講解的一篇難詩，自宋元以來，揣測紛紛，莫衷一是……」[2]因為周先生也是著名的紅學與小說專家，所以他能夠用相當通俗、淺顯的文字道出一般人對李商隱《錦瑟》詩的看法。

唐詩專家尚永亮在指出《錦瑟》的難解之後，跟著說：「這首詩主要是用典故和象徵的手法來表現作者內在的情思，……所以讀者歧解紛出，莫衷一是，……然而，此詩雖意旨微茫，難得確解，但絕不影響它是一首好詩。就語言表現而言，它是沒有多少閱讀障礙的，它讓你讀起來感覺整首詩很流暢，很有韻味。……閱讀不困難，但理解有難度……」[3]所謂「閱讀不困難，但理解有難度」很簡要說出一般人閱讀《錦瑟》的感受。

綜合上引幾家說法，《錦瑟》詩的魅力固然有許多因素，但難以索解而又不難閱讀，這種同時具有「難」與「不難」的矛盾性，顯然是因素之一：這使得人人皆可發揮自己的想像力、創造力，加入這個「解釋循環」的詩的共同體（國度，或市場？），從而形成一個「共樂樂」的「樂園」景象。

話說回來，難解不是無解，相反的，倒是解說很多，故前人論此每說

1　《環繞李義山錦瑟詩的諸問題》，收入《中國文學論集》（臺北：臺灣學生，1985），頁 179。

2　周汝昌《千秋一寸心：周汝昌講唐詩宋詞》（北京：中華，2007 年三刷），頁 187。

3　尚永亮《唐詩藝術講演錄》（桂林：廣西師範大學，2008），頁 183。

「解者紛紛」。屈復曾提出「解者紛紛」中的幾個代表性的說法：「此詩解者紛紛，有言悼亡者，有言憂國者，有言自比文才者，有言思侍兒錦瑟者，不可悉數。凡詩無自序，後之讀者，就詩論詩而已，……若必強牽其人其事以解之，作者固未嘗語人，解者其誰曾起九原而問之哉！」[4]尚永亮也曾簡單歸納幾種說法：「《錦瑟》這首詩是李商隱詩中最著名的一篇，它的含義實在太隱微了，有人說是寫愛情，有人說是寫悼亡，有人說是寫政治寄托，有人說是寫文章作法，如此等等，不一而足。就這麼八句 56 個字，你還真不明白他的真實意旨所在。」[5]而李商隱詩的權威著作，劉學鍇、余恕誠著《李商隱詩歌集解》，則以快刀斬亂痲方式，刪除其它各說，僅留「悼亡」與「自傷」（自傷身世）兩說[6]。

這裏想要略談一下近來似頗流行的「無題詩」說。「無題」說與過去的解法最大的區別，是完全不談作者的用意。茲引章培恆、駱玉明主編《中國文學史（新著）》增訂本（下簡稱「新著」）的論說為例。「新著」先談李商隱的《無題》詩，接著再談《錦瑟》：

> （《無題》詩）這種情緒化有時在李商隱詩中達到了撲朔迷離的程度，所謂「辭難事隱」（辛文房《唐才子傳》卷七）。但那不但不影響讀者的欣賞，反而使其具有一種「朦朧的美」。最突出的是《錦瑟》。

很明顯，「新著」視《錦瑟》為「無題詩」，並從「讀者的欣賞」角度看《錦瑟》詩，而所看到的是「朦朧的美」。故在下面的評論中，一再出現與「朦朧」相關的用語，如：

---

4 劉學鍇、余恕誠《李商隱詩歌集解》（臺北：洪葉，1992），中冊，頁 1427-8。

5 《唐詩藝術講演錄》，頁 183。

6 《集解》於《錦瑟》詩後按云：「解者紛紛，而大要不出『悼亡』與『自傷』兩說。」並明白提出反對悼亡說，而認同自傷說（《李商隱詩歌集解》中冊，頁 1434）。

而整首詩的意境顯然給人以飄忽幽邃之感。

往昔的事和人如像「曉夢」似地迷離短暫。

其結論是：李商隱詩的這種朦朧美的形成，一方面固然是作者將感情的具體內涵隱藏起來，但更重要的由于典故的創造性運用與結構布置的特殊性。……使全詩蒙上一層朦朧幽晦的色彩。[7]可見「新著」亦承認詩有作者的「感情內涵」，甚至提到「往昔的事和人如像『曉夢』」，但因詩的表現「朦朧幽晦」，故其論述皆只針對其表現手法，而避開作者的意旨；因從讀者欣賞的角度看，故只看到「朦朧美」。

「感傷身世說」與「無題詩說」，其實皆很空泛，但反而有較多的支持者，最主要的是將問題簡單化，讀者容易接受。「身世說」之產生與李商隱一生仕途坎壈有關，但由詩中提到「思華年」與「此情」，就可判斷其錯誤，蓋「思華年」與「此情」皆不可能指「身世之感」。「無題說」的明顯漏洞是：何以不用「無題」為題目？既然以《錦瑟》為題，不就已否認其為「無題詩」？「無題說」只抓住與「無題詩」的共同特點——「朦朧」，就下結論。但如何用「朦朧」解釋每一句？如此一思考就會發現，每一句有每一句的內容，不可能皆在講「朦朧」；所謂「朦朧」，所謂「無題詩說」，說白了，就是「看不懂」。正如《新著》所云：「這種朦朧美」是因「作者將感情的具體內涵隱藏起來……。」其實，「將感情的具體內涵隱藏起來」，本是詩中常見現象，這並不妨礙專家努力尋找「無題詩」的情意內涵，且有的詩已被解開，如紀昀云：「無題諸作，有確有寄託者，《來是空言去絕縱》之類是也；有戲為豔語者，《近知名莫愁》之類是也；有實有本事者，如《昨夜星辰昨夜風》之類是也；有失去本題而後人題曰無題者，如《萬里風波一葉舟》是也；有失去本題而誤附于無題者，如《幽人不倦賞》一首是也。宜分別觀之，不必概為深解。其有摘詩中字面為題者，亦無題之

7 章培恆、駱玉明主編《中國文學史（新著）》（上海：復旦大學，2007），「增訂本」中卷，頁136-37。

類，亦有此數種，皆當分析。」已被解開者，如「八歲偷照鏡」，乃「以少女懷春之幽怨苦悶，喻才士渴求仕進遇合之心情」[8]。又如《無題詩》「昨夜星辰昨夜風」一首，提到「蘭臺」，這是秘書省的另一個名字，可證是重入秘書省之作，其職為秘書省正字。[9]因此，如何去挖掘每一句的「感情的具體內涵」，才是研究《錦瑟》詩的重要任務。

本書主題為「異變」，指異常的變化；在古代，大自然的異變常與「災異」聯想在一起。「錦瑟變」這名稱，靈感正是來自漢代重視「異變」的災異思想。《錦瑟》詩頭一句牽涉到「五十絃瑟」的神話，根據這個神話，只要一彈五十絃瑟，就會使彈奏者與聽者陷入不由自已的悲情中而無法停止，這簡直是一個可怕的樂器！最後太帝將五十絃破為兩半，各成二十五絃，所以後來人間的瑟大都是二十五絃。值得注意的是，太帝破五十絃瑟為二十五絃，表面理由是因其引起聽者持續不斷的悲情[10]，實際上恐有更深層的原因。在古代災異論中，對能引起悲哀的樂器是非常忌諱的，如《韓非子・十過》記晉國著名的樂師「曠」奏清角之悲樂，結果引起極大的災禍：「一奏之，有玄雲從西北方起；再奏之，大風至，大雨隨之，裂帷幕，破俎豆，隳廊瓦。坐者散走。（晉）平公恐懼，伏於廊室之間。晉國大旱，赤地千里。平公之身遂癃病。」[11]由此可以合理推測，像「五十絃瑟」這種樂器，很可能引發一場巨大的自然界的災難，所以天帝才會趕快將它劈成兩半，不讓素女繼續彈下去。應劭《風俗通義》卷六「聲音」對「瑟」之說明引兩則典故，一是帝破素女之瑟為二十五絃事，見《黃帝書》；另一是師曠奏清角引

---

8 劉學鍇、余恕誠著《李商隱詩歌集解》（臺北：洪葉，1992），上冊，頁 25-6。

9 董乃斌《李商隱傳》（上海：上海古籍，2012），頁 123-24。

10 據《列子・湯問篇》記載，韓國善歌者韓娥曾經過一個地方，「逆旅人辱之」，一氣之下，「韓娥因曼聲哀哭，一里老幼悲愁，垂涕相對，三日不食」，後來將韓娥請回來，改為曼歌歡樂曲子，才解決問題。

11 〔戰國〕韓非著，陳奇猷校注《韓非子新校注》（上海：上海古籍，2000），上冊，頁 206。《漢書・藝文志》小說家類有《師曠》六篇，其性質「大約以辨吉凶、察妖祥為主」（李劍國《唐前志怪小說史》修訂本，天津：天津教育，2006 年二刷，頁 118），其論音樂與天變結合起來，正與漢代的災異思想相合。

起大的天災，以為出《春秋》，則師曠所奏樂器亦為瑟，且是會引人悲而不止的五十絃瑟[12]。而根據清人的解讀，義山妻子平日喜彈瑟，死後此瑟常引起義山悲思之情，故首句云「錦瑟無端五十絃」，乃將此瑟比為「五十絃瑟」，藉以「言悲思之情有不可得而止者」[13]。據此，筆者以為此句亦表示：妻子之死對詩人而言，是一場巨大的災變——有如「天變」[14]。

不僅如此，義山悼亡詩《房中曲》，後半云：「歸來已不見，錦瑟長於人。今日澗底松，明日山頭蘗。愁到天地翻，相看不相識。」所云「歸來已不見，錦瑟長於人」，明白表示其妻較早去世，但留下錦瑟與義山為伴。最後兩句「愁到天地翻，相看不相識」，用「天翻地覆」比自己之死，亦有「天變」之意（詳見下節《〈房中曲〉與妻子之死》）。且《錦瑟》中間兩聯四句用到的典故有：莊周夢蝴蝶、望帝魂化杜鵑、鮫人泣珠、良玉生煙等，亦皆具有異變性質，可以說，《錦瑟》詩是由一連串的異變意象所構成的。

又值得注意的是，《錦瑟》詩與韓孟詩派的災異詩相同，皆具有「詩謎」性質。如韓愈險怪詩代表作《陸渾山火》與盧仝《月蝕詩》，亦可視為「詩謎」，故引起注家許多揣測（李商隱有《韓碑》詩，論者皆云受到韓詩影響）。李商隱又有《李賀小傳》，論者更認為深受賀詩影響，而李賀喜用「代字」，故有如「詩謎」（見錢鍾書《談藝錄》）。《錦瑟》號稱「千古詩謎」，與韓孟詩派頗有相通之處，但李商隱又寫過白居易碑文，可能也受到白詩影響。筆者認為，《錦瑟》詩中間兩聯四句，皆用典故，極為神秘難解，可能是受到韓孟詩派的影響；而首尾兩聯四句，平易文字中蘊涵深刻感

---

12 參見王利器《風俗通義校注》（臺北：明文，1982），頁 285-86。

13 清著名評點家何焯云，詳見下文。

14 李商隱《與陶進士書》，言及其參加吏部「博學宏辭科」考試，並大談此科考試之難：「夫所謂博學宏辭者，豈容易哉！天地之災變盡解矣，人事之興之廢興盡究矣，皇王之道盡識矣，聖賢之文盡知矣，……恐猶未也。」（劉學鍇、余恕誠著《李商隱文編年校注》（北京：中華，2002），冊一，頁 435）。可見對天地災變的了解是首要條件，則其用「五十絃」論妻子之死，不無可能有視為「天變」之意。

情，乃受到元白詩派影響，尤其是尾聯「此情可待成追憶，只是當時已惘然」，神似白居易《長恨歌》結尾：「天長地久有時盡，此恨綿綿無絕期。」皆指妻子雖死，而對妻子的思念永無盡期。

《錦瑟》詩句解

在進行解讀之前，茲先錄《錦瑟》詩如下：

> 錦瑟無端五十絃，一絃一柱思華年。莊生曉夢迷蝴蝶，望帝春心託杜鵑。
>
> 滄海月明珠有淚，藍田日暖玉生煙。此情可待成追憶，只是當時已惘然。[15]

《錦瑟》詩號稱難解，而所以難解，其實有兩方面：一是整首詩的意旨（大主題），一是各句的意旨（小主題）。這點，許多評論《錦瑟》詩之研究者似乎都忽略了，即只談前者而未注意後者。其實，後者——即對各句的解讀，更難於前者，故能解前者，未必能解後者，這正是《錦瑟》被稱為「千古詩謎」的主要原因。如筆者所贊同的「悼亡說」，清人已經提出有力的證據，但其對各句的解讀，則多未令人滿意，導致後人懷疑，並誤入歧途[16]。筆者所致力的，即在於對各句提出較合理的解讀，故副標題為「李商隱《錦瑟》詩句解」——意指每句都解，也就是「全解」之意。但在實際操作時不可能一句一句分別解釋，因為《錦瑟》是一首七言律詩，眾所皆知，律詩的寫作通常是以兩句一聯為單位，在一聯中上下句有比較緊密的連繫（本詩的首聯與末聯最可看出這種緊密性），因此在分析時必須由上下句的相關

---

15 劉學鍇、余恕誠著《李商隱詩歌集解》（臺北：洪葉，1992），中冊，頁 1420。下文凡引用此書，皆簡稱《集解》。

16 筆者贊成「悼亡說」，欲知本文的論據，不妨先看本文最後「全篇大意（提要）」，當能了解何以筆者贊成「悼亡說」，而不取其它說法。另外，也建議先看本文對第五句「滄海月明珠有淚」的解讀，不僅可以了解何以取「悼亡說」，且可更充分了解筆者的研究態度與方法。

性中去理解其詩意。下面將分「首聯、次聯、中聯、末聯」[17]四聯進行解讀。

首聯：「錦瑟無端五十絃，一絃一柱思華年。」

《錦瑟》詩一開頭提到錦瑟五十絃，又說到「一絃一柱思華年」，有人因此聯想到「五十歲」，並進一步推論此詩是寫身世之感。不過五十歲之說其實是大有問題的，徐復觀曾經批評馮浩《注》的解釋云：

> 馮氏釋第二句為「有弦必有柱；今者撫其弦柱，而歎年華之倐過，思舊而神傷也」。……惟他犯了一般注釋家所犯的共同錯誤，即是把詩中的「華年」，倒轉來作「年華」去理解。「華年」猶今日之所謂「青年」（下略）[18]

這是根據詩本文為「思華年」而批評馮《注》將華年擅改為「年華」的錯誤。徐先生的批評並不只是針對馮《注》，而是包括「一般注釋家所犯的共同錯誤」，認為一般注釋家是將思華年作為思年華解，才會想到五十歲。徐先生的批評是一針見血的，詩中明明說是「思華年」，華年指人生中如花盛開的年歲，即通常所說的青春年華。後人根據此詩常說「錦瑟華年」或「錦瑟年華」，皆指青春年華[19]，可見據此論定身世之感，是難以成立的（參見下文對「一絃一柱思華年」的解釋）。

---

17 案傳統上分律詩為：首聯、頷聯、頸聯、尾聯共四聯，這些名稱是用動物身體為比喻，但頷、頸過於接近，若單獨出現時不易判斷，故亦有改頸聯為腹聯、腰聯等名稱，相當不一致。為免比喻造成的困擾，筆者採用何焯的分法（見《集解》中冊，頁1425）。

18 徐復觀《環繞李義山（商隱）錦瑟詩的諸問題》，《中國文學論集》（臺北：臺灣學生，1985）六版，頁239。

19 如賀鑄《橫塘路》云「錦瑟華年誰與度」，吳文英《絳都春・為郭清華內子壽》云：「香深霧暖，正人在，錦瑟華年深院。」兩者皆將錦瑟與華年直接結合起來，用指人的青春年華（參陳昌寧《夢窗詞語言藝術研究》，頁143）。而且，錦瑟常與「佳人」結合，如杜甫《曲江值雨》云：「何時詔此金錢會，暫醉佳人錦瑟傍。」

針對首聯，筆者的第一個問題是：錦瑟指什麼瑟？劉學鍇、余恕誠著《李商隱詩歌集解》（下簡稱《集解》）云：「首聯謂見此五十絃之錦瑟，聞其絃絃所發之悲聲，不禁悵然而憶己之華年往事。」[20]這段話一開始就說「見此五十絃之錦瑟」云云，似乎是完全依照詩的本文，尤其對照下句「一絃一柱思華年」，更讓人覺得詩人是見到五十絃瑟才思起華年，相信這也是很多人閱讀時共同的反應。問題是五十絃瑟可以「見到」，可以聞其絃絃所發之悲聲？這裏有必要提一下五十絃瑟的來歷。《史記．封禪書》云：

> 其春，既滅南越，嬖臣李延年，以好音見。上善之，下公卿議，曰：「民間祠尚有鼓舞樂，今郊祀而無樂，豈稱乎？」公卿曰：「古者祠天地皆有樂，而神祇可得而禮。」或曰：「太帝使素女鼓五十弦瑟，悲，帝禁不止，故破其瑟為二十五弦。」於是塞南越，禱祠太一、后土，始用樂舞。益召歌兒，作二十五弦及空篌琴瑟自此起。[21]

這是漢武帝滅南越後，君臣在討論郊祀天地應否用樂時，有人引一則神話談到五十絃瑟變為二十五絃瑟的故事，大意是天上素女彈的是五十絃瑟，因為過於悲哀且難以禁止，故太一天帝破之為二十五絃。這是有關瑟的神話，可能是因為瑟這種樂器絃數較多，其表現力較強、較為感人而編造出來的[22]。

20　劉學鍇，余恕誠著《李商隱詩歌集解》中冊，頁 1436。

21　瀧川龜太郎著《史記會注考證》（臺北：洪氏，1983），頁 513。另見《漢書．郊祀志上》（北京：中華書局版點校本《漢書》，冊四，頁 1232），文字幾乎完全相同，唯《考證》云：琴字衍。應劭《風俗通義》卷六《聲音．瑟》條，則引《黃帝書》云：「泰帝使素女鼓瑟而悲，帝禁不止，故破其瑟為二十五絃。」王利器校注引《世本》云：「庖羲氏作瑟五十絃，黃帝使素女鼓之，哀不自勝，乃破為二十五絃，具二均聲。」（見王利器《風俗通義校注》，臺北：明文，1982，頁 286）李劍國《唐前志怪小說史》（修訂本，天津：天津教育，2006 年二刷，頁 118-19）對《黃帝書》另有考證。

22　曹丕《連珠》：「蓋聞琴瑟高張則哀彈發，節士抗節則榮名至。是以申胥流音于南極，蘇武揚聲于朔裔。……」（傅亞庶《三曹詩文全集譯注》，頁 481，長春：吉林文史，1997）曹植《元會》詩云：「笙磬既設，箏瑟俱張，悲歌厲響，咀嚼清商。」注：箏，丁晏引張溥本作「琴」，疑是。（前引書，頁 690-91）可見瑟這種樂器在文中最後提到，經由討論之後，在禱祠天地之神時可用樂舞，但歌兒所彈只是二十五絃瑟，可見人間的瑟實際只有二十五絃；而據考古報告，古瑟最多也是二十五絃[23]。除了《錦瑟》詩外，義山還有別的詩提到五十絃（詳下），可能因此使義山詩的著名注家馮浩以為五十絃是「言瑟之泛例」，也就是說五十絃只是瑟的通稱，沒有特殊意義。徐復觀對此也有批駁：

> 馮氏以為第一句之「五十弦」，是「言瑟之泛例」，即是無特別意義。按瑟雖有十九弦、二十三弦、二十四弦、二十五弦、二十七弦諸說，但除《史記封禪書》：「泰帝使素女鼓五十瑟，悲，帝禁不止，故破為二十五弦」的神話外，人間決沒有五十弦的瑟。……而唐時流行之瑟，皆為二十五弦，所以劉禹錫的《調瑟詩》說「朱弦二十五，缺一不成曲」。錢起的《歸雁詩》中「二十五弦彈夜月」，也指的是瑟。由此可知馮氏以此詩中「五十弦」為「言瑟之泛例」，是錯誤

彈奏悲歌時特別動聽。案：陸機《文賦》有云：「綴《下里》於《白雪》，吾亦濟夫所偉。」（劉運好《陸士衡文集校注》，南京：鳳凰，2007，頁 35）善注云：《淮南子》曰：「師曠奏《白雪》，而神禽下降。《白雪》，五十弦瑟樂曲名。《下里》俗之謠歌。銑注：『猶《下里》綴《白雪》之曲，知其美惡，雖殊亦足濟其所美也。《下里》，鄙辭也，《白雪》，高曲也，偉，美也。』」（仝上，頁 38）。案：此據《淮南子》云，以《白雪》為五十弦瑟樂曲名，與《下里》相對，前者高曲，後者鄙辭。但筆者查閱《淮南子》，並未找到所引幾句，所謂《白雪》為五十弦瑟樂曲名，應只是推測之語。

23 參見蕭亢達《漢代樂舞百戲藝術研究》（修訂版）（北京：文物，2010），頁 82。又程俊英、蔣見元合著《詩經注析》（北京：中華，2005 年四刷）亦云：「琴瑟，古樂器名。古琴多七絃，古瑟二十五絃。」（上冊，頁 5）《莊子・徐無鬼》中有一位魯遽，用瑟的共鳴現象說明是非的標準，就提到「二十五絃」，可見古瑟通常是二十五絃。《楚辭・九歌・東皇太一》：「陳竽瑟兮浩倡。」朱熹注：「瑟，琴類，二十五絃。」（朱熹《楚辭集注》，臺北：文津，1987，頁 30）《楚辭・九歌・東君》：「絙瑟兮交鼓，簫鐘兮瑤簴。」金開誠等著《屈原集校注》云：「瑟，古彈撥樂器，通常有二十五弦。」（金開誠、董洪利、高路明等著《屈原集校注》上冊，頁 260）張正明《楚史》（武漢：湖北教育，1995）云：「瑟是楚墓出土最多的一種樂器，弦數有 18、19、21、23、24、25 共 6 型，以 25 弦的最為常見。」（頁 335）

的。[24]

筆者同意徐先生的批駁，詩句的意思正是強調這是五十絃瑟，是特殊的瑟，不是一般的瑟。案熊朋來《琴譜》卷六云：「或謂唐時猶言瑟五十弦。以史傳及他詩徵之，唐亦未必有五十弦之瑟。……」[25]由此看來，五十絃瑟只見於神話，人間並沒有五十絃的瑟，唐代也沒有五十絃的瑟（如徐先生所說，唐時流行之瑟，皆為二十五弦），既然如此，則《集解》說「見此五十絃之錦瑟」云云，就有必要作進一步的分析。如前所說，下句「一絃一柱思華年」會讓人覺得詩人是見到五十絃瑟才思起華年，其實詩人所能見到的應是現實生活中的錦瑟，那麼就應該只有二十五絃而已，不是五十絃。由此我們看到此聯的第二個問題：詩人實際看到的是二十五絃的錦瑟，可是卻說成看到五十絃的錦瑟，其原因為何？

為了讓問題更加清楚，可以舉另一相對的說法作為參照。徐復觀為確定義山用錦瑟一詞，到底有何意義，曾找出《錦瑟》詩以外的十個例子，其中大都用到「瑟」字或與瑟有關，在考察這十個例子之後，徐先生作了結論說：

> 把上面十個例子加以統計，除（一）（十）兩例外，可以得出兩個結論：第一個結論是義山常以瑟或錦瑟作其婚姻、家室的象徵；合理的推測，錦瑟為其妻陪嫁之物（此點已經有人說過），大概是可信的。第二個結論是，凡義山把瑟說成五十弦，都是作為「悲」的象徵；因《封禪書》中五十弦的神話，本是作為「悲」的象徵的。[26]

依照徐先生的考察，瑟主要是「作其婚姻、家室的象徵；合理的推測，錦瑟為其妻陪嫁之物」。明顯看出，錦瑟是現實生活中的物品（其妻陪嫁之

---

[24] 徐復觀《環繞李義山（商隱）錦瑟詩的諸問題》，《中國文學論集》（臺北：臺灣學生，1985）六版，頁238-9。

[25] 劉學鍇、余恕誠、黃世中編《李商隱資料彙編》（北京：中華，2001），上冊，頁117。

[26] 徐復觀《環繞李義山（商隱）錦瑟詩的諸問題》，《中國文學論集》（臺北：臺灣學生，1985）六版，頁247-48。

物），依照前引徐先生對馮浩的批駁，它應該只有二十五絃；雖然徐先生也注意到「五十絃」，可是只重視其象徵意義——「悲」的象徵，並不意指現實中有五十絃的錦瑟。由此我們看到兩種解法：一種是根據詩本文，認為詩人看到的是五十絃的錦瑟；一種是從現實的角度，認為詩人看到的只是二十五絃的錦瑟。但是兩者也有共同點，都認為五十絃具有「悲」的象徵意義。兩種角度其實都有道理，但是也都有忽略，《集解》只注意到詩本文，而忽略了現實中並無五十絃的瑟；徐先生注意到詩人所看到的是一把現實的瑟，是其妻的陪嫁物，而忽略了詩本文說的是五十絃的瑟。筆者認為這個問題並不難解決，基本上這是牽涉到主、客觀的轉換問題。從客觀上說，現實中並無五十絃的瑟，就唐朝而言主要是二十五絃瑟，故詩人所看到的只是二十五絃瑟，這是無庸置疑的；但就詩人的主觀而言，這不是普通的瑟，它是充滿悲意的，在詩人眼中，這把瑟就是天上素女所彈的五十絃的瑟。簡言之，在主觀上，詩人將這把二十五絃的瑟看成是五十絃瑟，所以詩中才會說「錦瑟無端五十絃，一絃一柱思華年」。

在徐先生所舉十例中，就有幾例可以看出這種主客觀轉化的運用，茲依徐先生編號列舉有關詩句如下：

(一)《送從翁從東川宏農尚書幕》七之二：「心憑紫雲閣，夢斷赤城標。素女悲清瑟，秦娥弄碧簫。」案這是用素女鼓五十絃瑟神話比喻女冠（女道士）借音樂以抒發心情苦悶。[27]

(二)《回中牡丹為雨所敗二首》其二：「玉盤迸淚傷心數，錦瑟驚弦破夢頻。」案這是用錦瑟聲比喻急雨聲，寫牡丹為雨所傷害。[28]

---

27 陳貽焮曰：兩句寫女冠借音樂以抒發相思苦悶。〔按〕素女、秦娥喻女冠無疑。悲清瑟，弄碧簫，似兼寓離合。（劉學鍇、余恕誠著《李商隱詩歌集解》，上冊，頁158、161）

28 劉學鍇，余恕誠著《李商隱詩歌集解》按：「此以急奏錦瑟時促柱繁絃，令人心驚喻急雨打花。……三四寫牡丹為雨所敗，……『傷心』『破夢』均就牡丹言。而牡丹之傷心破夢亦即作者之情懷遭遇。」（劉學鍇、余恕誠著《李商隱詩歌集解》，上冊，頁273）

(四)《七月二十八日夜與王、鄭二秀才聽雨後夢作》：「逡巡又過瀟湘雨，雨打湘靈五十弦。」案這是寫夢中聽到夜雨打湘水，聲音悲怨，想到是湘水女神彈奏五十絃瑟。[29]

(七)《和鄭愚贈汝陽王孫家箏妓二十韻》：「因令五十絲，中道分宮徵。」案這是寫一位原本富家的婦人，不幸流落為妓的故事。中間敘述到「因令五十絲，中道分宮徵」，是以太一帝破五十絃為二十五絃，比喻夫婦分離[30]。

上面的例子提到五十絃都不是實指，而是比喻，其中用五十絃比喻雨聲，可以說是單純比喻，但如「素女悲清瑟，秦娥弄碧簫」，這是用神話中的素女鼓瑟、秦娥弄簫比喻女冠的樂器，已可看出用主觀改變客觀的痕迹。尤其是《和鄭愚贈汝陽王孫家箏妓二十韻》，詩題明指「箏妓」，可見此妓所彈為箏，但在比喻時卻用五十絃瑟的典故，就顯然是用主觀更改客觀事實的運用[31]。那麼，如果義山所見實為二十五絃瑟，卻視為（或比為）神話中素女所鼓五十絃瑟，也不是不可能的；如果再考慮到，依神話的說法，二十五絃瑟原本是破五十絃瑟所造成，則這種可能性更高。由此再來看「錦瑟無端五十絃」這句，意思就比較清楚。它是在強調這把錦瑟並非一般的二十五絃瑟，而是非常特殊的五十絃瑟。由於現實中並無五十絃瑟，所以這句的真正意思其實是說：這把錦瑟本來是二十五絃，現在卻「無端」變成神話中的五十絃瑟。而五十絃瑟的神話告訴我們，五十絃瑟的特點，就在於它會引起無法休止的悲情，由此可以推知，很可能是詩人遇到一件令他極度悲傷的事，而這件事又與錦瑟有關，才會將二十五絃瑟視為五十絃瑟。

---

29 馮註：「假夢境之變幻，喻身世之遭逢也。」《集解》按：「逡巡」二句，寫聽夜雨打湘絃。以上四句，均寫夢中聞樂，恍惚迷離，可聞而不可見。（劉學鍇、余恕誠著《李商隱詩歌集解》，中冊，頁 1063）

30 參劉學鍇、余恕誠著《李商隱詩歌集解》，下冊，頁 1785-92。

31 案：鮑溶《風箏》：「何響與天通，瑤箏挂望中。彩弦非觸指，錦瑟忽聞風。」（臺北文史哲版，《全唐詩》冊八，卷四百八十六，頁 5530-31）題為《風箏》，卻提到「錦瑟」，似箏與瑟可以相通，待查。

那麼，有什麼事會讓義山感到非常悲傷而又與錦瑟有關？我們認為，徐先生提供的十例中，有三首指妻子之瑟，是很值得注意的線索。茲列舉其詩句，並附《集解》中的箋注、按語於下（為了說明問題，我更改徐先生原來的次序，重加編號）：

(一)《寓目》：「新知他日好，錦瑟傍朱櫳。」

馮《注》：新知謂新婚。他日，昔日也。客中思家之作，解作悼亡者誤。《集解》按：此篇馮解甚精。……「錦瑟傍朱櫳」者，必王氏喜彈瑟，故有此語。[32]

(二)《送千牛李將軍赴闕五十韻》（七之七）：「弦危中婦瑟，甲冷想夫箏。」

馮《注》：此句直取想夫之義，自謂離其家室也。《集解》按：其時義山已移家關中，王氏居京，義山在洛。故想像王氏懷念自己之情景。「絃危」謂絃聲淒急；「甲冷」，正形容其寂寥無伴。[33]

(三)《房中曲》：「歸來已不見，錦瑟長於人。」[34]

《集解》「考辨九：王氏逝世時間」云：此詩為悼亡之作，諸家無間言。[35]

上引三首與義山妻子有關，第一首《寓目》乃客中思家之作（見馮《注》），「錦瑟傍朱櫳」者，指錦瑟放置在靠近朱色窗戶之處（實即妻子妝臺之旁[36]），正如《集解》按語云：「必王氏喜彈瑟，故有此語。」第二首中的「弦危中婦瑟，甲冷想夫箏」，因當時義山與妻子分居洛陽與長安兩地，義山想像妻子因想念丈夫而彈瑟的情形，這是很值得注意的。詩中既說

---

32 劉學鍇、余恕誠著《李商隱詩歌集解》，上冊，頁 628。

33 劉學鍇、余恕誠著《李商隱詩歌集解》，上冊，頁 358-9。

34 劉學鍇、余恕誠著《李商隱詩歌集解》，中冊，頁 1034。

35 劉學鍇、余恕誠著《李商隱詩歌集解》，下冊，頁 2100。

36 參劉學鍇、余恕誠、黃世中編《李商隱資料彙編》下冊，頁 488，陸鳴皋評〈蝶三首〉次首，及《集解》下冊，頁 1441，〈無題二首〉其一（長眉畫了繡簾開）之按語。

「中婦瑟」[37]，又說「想夫箏」，是將妻子彈瑟比為彈箏，只取其「想夫」之義（見「馮注」），並非說一人彈奏兩種樂器[38]。第三首《房中曲》是悼亡之作，已成定論，「歸來已不見，錦瑟長於人」，指王氏卒後，留下一把「錦瑟」，《集解》引「錢（良擇）曰」：「錦瑟為其人平日所彈，而物在人亡矣。」又引「馮（浩）注」：「意王氏女妙擅絲聲，故屢以致慨。」[39]無疑的，這就是「傍朱櫳」的那把錦瑟，是王氏平日所彈，也是想夫時賴以解悶的主要幫手。

整理上引詩句，可知義山家中有一把錦瑟，那是亡妻王氏的遺物，王氏生前喜歡彈瑟，當與義山分隔兩地時，就以彈瑟解其想夫的心情。三首中兩次提到「錦瑟」，很值得注意，徐復觀曾提到：「合理的推測，錦瑟為其妻陪嫁之物（此點已經有人說過），大概是可信的。」[40]案：《房中曲》云「歸來已不見，錦瑟長於人」，即指由徐州歸來時錦瑟還在，而人已亡（詳見下篇《房中曲與妻子之死》），有如錦瑟的命比主人還長，由此推論出「錦瑟指亡妻遺物」，是很合理的。《錦瑟》詩開頭就提錦瑟，後面沒有提到與演奏有關的環境因素（例如在某種時間、某種宴會場合，有人演奏錦

37　案李賀《惱公》詩云：「月明中婦覺，應笑畫堂空。」王琦注云：「迴憶在家之中婦獨眠而覺，應笑畫堂空寂矣。」（見上海古籍版《三家評注李長吉歌詩》，頁 94）此似以中婦指稱家中之婦，即妻子。趙璘《因話錄》（臺北：世界，1959）卷三載：（柳）元公（公綽）為西川從事，嘗納一姬，同院知之，或徵出其妓者，言之數四。元公曰：「士有一妻一妾，以主中饋，備灑掃。公綽買妾，非妓也。」（頁 22）可見「中婦」意指主中饋之婦。

38　曹植《仙人篇》：「湘娥拊琴瑟，秦女吹笙竽。」（趙幼文《曹植集校注》，頁 592）琴瑟與笙竽皆是樂器的統稱，因其相類似，故連類及之，並非指湘娥與秦女都同時彈奏兩種樂器。同樣，箏的形狀如瑟（有十二絃，見《曹植集校注》頁 34），此或其連類所及。

39　劉學鍇、余恕誠著《李商隱詩歌集解》中冊，頁 1036。

40　徐復觀《環繞李義山錦瑟詩的諸問題》，《中國文學論集》六版，頁 247。案：藍柯《也談李商隱的〈錦瑟詩〉》亦云：「由此可知，『錦瑟』之類的高雅奢侈品不會是他家中原有的祖上之物，而很有可能是亡妻王氏的陪嫁妝奩。」（《河池師專學報（社會科學版）》，1999 年 3 月）。

瑟），亦看不出是在比喻其它事物（如雨聲），那麼，這錦瑟只能是家中之物——即亡妻留下之「錦瑟」；只提錦瑟而不言彈瑟之人，已暗示這是一首「悼亡」詩。由此看來，舊悼亡說所提「睹物思人」的觀點仍有其參考價值[41]。茲以錢良擇之說為代表，錢氏云：「此悼亡詩也。《房中曲》云：『歸來已不見，錦瑟長於人。』即以義山詩注義山詩，豈非明證？錦瑟當是亡者平日所御，故睹物思人，因而託物起興也。集中悼亡詩甚多，所悼者即王茂元之女。舊解紛紛，甚無意義。」[42]由此看前引《和鄭愚贈汝陽王孫家箏妓二十韻》：「因令五十絲，中道分宮徵。」據《集解》云：「中間敘述到『因令五十絲，中道分宮徵』，是以太一帝破五十絃為二十五絃，比喻夫婦分離。」既然能以「五十絃」喻夫婦分離，則更可能以五十絃喻妻子之死。因人間的瑟，並沒有五十絃的瑟，所謂「五十絃」只是為了說明這把錦瑟引起自己很大的悲痛，若結合其妻亡後留下錦瑟這一事實來看，在詩的開始就將現實中的錦瑟想像為神話中代表極度悲哀的「五十絃」，實際上就已指明這是一首悼亡詩；若不從悼亡的立場解讀，這錦瑟與「五十絃」的結合，是很難解釋的。

前引徐復觀與《集解》的說法，都以為五十絃具有「悲」意，其實只把握典故的第一層意義：悲；而忽略了其第二層意義：禁不止。請看《舊唐書．音樂二》對瑟的解釋：「瑟，昔者大帝使素女鼓五十絃瑟，悲不能自止，破之為二十五絃。大帝，太昊也。」[43]案：〔晉〕王嘉《拾遺記》卷三周穆王條提到「故曰靜瑟」，《御覽》五七六此句下有「黃帝使素女鼓庖羲氏之瑟，滿席悲不能已，後破為七尺二寸，二十五絃」等句，據今人齊治平

41 劉學鍇、余恕誠、黃世中編《李商隱資料彙編》上冊，頁 126 收有不少悼亡說法。

42 劉學鍇、余恕誠著《李商隱詩歌集解》，中冊，頁 1425。

43 臺北鼎文版《舊唐書》，冊二，頁 1075。案：五十絃之神話亦見《史記．孝武本紀》、《史記．封禪書》與《漢書．郊祀志》，文字幾乎相同。而《漢書．郊祀志》云「帝禁不止」，顏師古注云：「不止，謂不能自止也。」與《舊唐書．音樂志》記載相同。

注，《御覽》這幾句「疑係注語竄入者」[44]，亦即並非原文。但《御覽》所說「滿席悲不能已」，卻有助於了解「悲不能自止」之意，即凡聽到五十絃瑟者，皆無法遏止悲哀之情[45]；可見「悲不能自止」才是鼓「五十絃」的特徵。尤其值得注意的是，前引《七月二十八日夜與王、鄭二秀才聽雨後夢作》云：「逡巡又過瀟湘雨，雨打湘靈五十弦。」據程夢星注，即指義山妻子之死，用「雨打湘靈五十絃」喻已悼亡之悲（《集解》，頁 1066）。清代著名的評點家何焯（義門）解「五十絃」之用意云：「此悼亡詩也。首特借素女鼓五十絃之瑟而悲，泰帝禁不可止發端，言悲思之情有不可得而止者。」[46]這解釋就完全把握原典「悲不能自止」的意涵，認為義山是用五十絃「言悲思之情有不可得而止者」，並確定此詩為悼亡詩。這解釋是合理的，五十絃瑟的特徵就是會引起人的悲傷，而且無法停止下來，因為義山妻平日喜彈瑟，在妻亡之後，義山每回看到錦瑟就悲從中來，不能自已（因想到妻子在時彈瑟的倩影且又早逝，詳下句解讀），才會用五十絃來比喻，表示思念亡妻之悲情是無法停止的。詩中用「無端」兩字，正是針對妻亡之後，錦瑟在主觀感情上所產生的變化。案：韓愈《齪齪》：「天意固有屬，誰能發其端。」[47]又《感春四首》四：「今者無端讀書史，智慧只足勞精神。」《落花》云：「無謡又被春風誤，吹落西家不得歸。」[48]「端」皆指緣故，且有埋怨之意。又楊巨源《大堤詞》：「無端嫁與五陵少，離別煙波

44　見臺北木鐸版《拾遺記》（民 71 年，1982 年）頁 66-7。

45　音樂能令人「悲不能自止」，又見《列子・湯問》所記韓娥之神技。一次韓娥歌完人走之後，「餘音繞梁欐，三日不絕」，讓人誤以為她尚未離開；又一次過逆旅，遭人侮辱，韓娥因曼聲哀哭，「一里老幼悲愁，垂涕相對，三日不食。」（參見楊伯峻撰《列子集釋》，臺北：華正，1987，頁 177-78）

46　劉學鍇、余恕誠著《李商隱詩歌集解》，中冊，頁 1425。案：張采田《玉谿生年譜會箋》《李義山詩辨正》中解《錦瑟》亦云：「此悼亡詩定論。首二句與結相應，五十絃取其悲不可止，所謂追憶也。」

47　錢仲聯《韓昌黎詩繫年集釋》（上海：上海古籍，1998 年二刷），上冊，頁 100。

48　錢仲聯《韓昌黎詩繫年集釋》（上海：上海古籍，1998 年二刷），上冊，頁 373，及下冊，頁 969。

傷玉顏。」[49]無端指無緣無故，含埋怨之意。皎然《塞下曲二首》（其一）云：「寒塞無因見落梅，胡人吹入笛聲來。」上句之「無因」亦可說「無端」。劉淇《助字辨略》卷一亦云：「李義山詩：『錦瑟無端五十絃。』又（《潭州》）云：『今古無端入望中。』無端，猶云無故，不知其然之辭。」[50]故我同意《集解》所說，無端指「無緣無故」、「沒來由」，表示心中惶惑，隱含埋怨之意[51]。又案高駢《聞河中王鐸加都統》詩云：「鍊汞燒鉛四十年，至今猶在藥鑪邊。不知子晉緣何事，只學吹簫便得仙。」其中「不知緣何事」正可作「無端」的注腳，表示難以理解。就詩句表面看來，無端是針對現實的、一般的瑟而言：一般的瑟皆是二十五絃，而現在所看到的瑟卻是五十絃瑟，故用「無端」兩字表示難以理解。實際上，這把瑟是其妻平日所彈，原本亦是二十五絃瑟，但在其妻亡後，義山每看到錦瑟就悲而不止，才會將此瑟看成是五十絃瑟。故「無端」是針對妻子之死表示強烈的憾恨、不滿。由義山自徐州返家時，已不及見妻子生前一面（參見下篇《〈房中曲〉與妻子之死》），且王氏死時仍很年輕的事實看來（詳下），「無端」兩字一方面表示事情來得突然——出乎自己意料之外，一方面更表示不幸[52]，有對上天不滿之意：怨其太早剝奪妻子生命。「無端」加上「五十絃」正用以表示，妻子之死對自己打擊之大難以形容，在詩人眼中，這是一場意外的大災難，有如「天變」[53]。

---

[49] 上引韓詩與楊巨源詩，分見高棅《唐詩品彙》（上海：上海古籍，1988）頁 231、369。

[50] 劉學鍇、余恕誠、黃世中編《李商隱資料彙編》下冊，頁 448。案：《楚辭・九辯》「蹇充倔而無端兮」，王逸注：「媒理斷絕，無因緣也。」（洪興祖《楚辭補注》，北京：中華，2002 年四刷，頁 192）與劉淇的解釋相同。

[51] 劉學鍇、余恕誠著《李商隱詩歌集解》中冊，頁 1421。

[52] 案：梁朱超《詠獨棲鳥》：「可念無端失林鳥，此夜逆風何處歸。」王雲路云：「『可憐』有可愛與可憐二義，『可念』也有這兩種含義。這裏『可念』是可憐義。」（《漢魏六朝詩歌語言論稿》，西安：陝西人民教育，1997，頁 128）據此看《錦瑟》之「無端五十絃」，「無端」除指無故外，亦有「可憐（憫）」、不幸之意。

[53] 詳見「前言」。

綜合上面的分析，詩題「錦瑟」，應是以錦瑟代表亡妻；意指詩人看到（或想到）錦瑟所引起的、對妻子的無盡思念（故曰「思華年」、「成追憶」，詳下）。

詩一開始曰「錦瑟無端五十絃」，即是將妻子平日所彈錦瑟視同「五十絃」瑟，以此表示對妻子的無限哀思。這句的意思是說，錦瑟原本是二十五絃，但現在卻「無端」（無緣無故地、突然地）變成五十絃，致引人「悲思之情不止」。這意指，因妻子之死，使得義山每看到（或想到）錦瑟，總會因思念妻子而引發悲情，於是妻子平日所彈之二十五絃錦瑟，彷彿已變成五十絃瑟。

下句「一絃一柱思華年」，正是為了說明引起無限哀思的原因，是對上句的補充。但有人將絃柱與年歲聯結起來，朝向五十歲的方向思考，甚至以為這是表示對一生身世的感傷。其實，這種看法是不能成立的：首先，如前所說，五十絃瑟的特點是因其會引起持續不已的悲情，本與年歲無關。其次，下句明白提到「思華年」，華年是指青春年華，不可能是指五十歲；更何況，華年只是人生中某一階段，不能因此推斷是對整體人生的思考[54]。或以為「思華年」指義山自己，則意味著華年已逝，思華年指思念華年往事[55]。那麼就有一些問題，為什麼是由錦瑟而思華年往事？錦瑟與義山的華年往事有何關係？更重要的，為何會由錦瑟引起極大的悲感？顯然，這些問題是持自傷身世說者所難以回答的，故皆迴避不談。筆者認為，既然五十絃是表示不可遏止的悲情，而這悲情又是由錦瑟所引起，若考慮到其妻平日喜彈瑟這一事實，則這悲情只能是指思念亡妻的悲情。但是必須先說明一個問題：何以詩中說「思華年」？這裏不妨先依《集解》「李商隱年表」，列出義山與王氏結婚至王氏亡故的時間：

文宗開成二年（837），二十六歲，商隱登進士第。

---

[54] 案：若如許多人的看法，以為每一根絃柱代表一個年歲（共五十絃表示五十歲），則應該會說「一絃一柱一年華」（如《無題四首》之二云：「春心莫共花爭發，一寸相思一寸灰」）。

[55] 見《集解》《錦瑟》詩解最後「按」語。

開成三年（838），二十七歲，春應博學宏詞科，落選。後赴涇原節度使王茂元幕。茂元愛其才，以女嫁之。

宣宗大中五年（851），四十歲，盧弘正卒，商隱罷徐幕。春夏間妻王氏卒，卒前夫婦未及見面[56]。七月，柳仲郢任東川節度使，辟為節度書記。十月得見，改判上軍。[57]

從上表可見義山與王氏的婚姻是從二十七歲至四十歲（如依馮浩的算法，應少一歲）[58]，共約十四年。案建安七子之一王粲卒時四十一歲，曹植給王粲寫的誄文序說「早世即冥，誰謂不傷，華繁中零。」[59]可見人到四十歲時還可說是華年，那麼，也可說義山這段婚姻從開始到王氏亡故，正是兩人的「華年」時期，而其妻當小義山幾歲，其卒時更是在華年之時（可能未超過三十一歲[60]）。如前面所說，錦瑟是王氏的陪嫁物，在婚後，這把瑟一直陪著王氏，直到其去世。因此可說，錦瑟與其妻子的華年已成為一體，由錦瑟很容易想到華年早逝的妻子；而悼亡詩《房中曲》提到其妻的「秋波」、「柔膚」（詳見下篇《〈房中曲〉與妻子之死》，尤可證其妻死時正是「華年」。又《房中曲》云「歸來已不見，錦瑟長於人」，可證錦瑟是放

[56] 事情本末參見本文對「望帝春心托杜鵑」的解讀。

[57] 劉學鍇、余恕誠著《李商隱詩歌集解》下冊，頁 2068-2080。

[58] 關於李商隱生年，有兩種重要說法，馮浩《玉溪生年譜》主憲宗元和八年（813），張采田《玉溪生年譜會箋》主元和七年（812），前者比後者小一歲。傅璇琮主編《唐才子傳校箋》李商隱傳撰寫者梁超然，在考證之後云：「義山生於元和八年（813）毋庸置疑。茲定義山生於元和八年（813），卒於大中十二年（858），享年四十六歲。」（《唐才子傳校箋》，北京：中華，1990，卷七，頁 277）他是贊成馮浩的說法。

[59] 見趙幼文《曹植集校注》（北京：人民文學，1998），《王仲宣誄（有序）》（頁 163），注「早世」引（丁晏）《詮評》：「《魏志・王粲傳》：卒年四十一，故云早世。」注又云：「繁，盛也。華繁喻謂盛年。」（頁 165-66）

[60] 楊柳云：「李商隱和王氏小女結婚為開成三年（公元 838 年），這時王氏年齡不會超出十七、八歲。從詩人寫的詩篇中可以想見其妻子年青貌美，這也完全符合實際情況的。李商隱結婚時比妻子足足大了十歲。……同時他早年喪過偶，感到失去妻子的哀痛特深。」（楊柳著《李商隱評傳》，南京：江蘇人民，1981，頁 98）

在寢房之中，看到錦瑟很容易想到妻子；加上妻子亡時正當華年，則「一絃一柱思華年」之華年，自應指其妻子，不可能指義山自己[61]。故「一絃一柱思華年」應是表示：任一絃柱都會讓自己想到妻子在時彈瑟的華年倩影[62]，並想其早逝而引起悲思，以此說明上句「五十絃」之悲。此又可以南朝三首悼亡詩提到「瑟絃」加以證明，如：

庾信《仰和何僕射還宅懷故》：

> 紫閣旦朝罷，中台文奏稀。無復千金笑，徒勞五日歸。步檐朝未掃，蘭房晝掩扉。苔生理曲處，網積回文機。故瑟餘絃斷，歌梁秋燕飛。朝雲雖可望，夜帳定難依。願憑甘露入，方假麓燈輝。寧知洛城晚，還淚獨沾衣。

薛德音《悼亡詩》：

> 鳳樓簫曲斷，桂帳瑟絃空。畫梁才照日，銀燭已隨風。苔生履迹處，花沒鏡塵中。唯餘長簟月，永夜向朦朧。

江總《和張源傷往詩》：

> 小婦當壚夜，夫婿凱歸年。正歌千里曲，翻入九重泉。機中未斷素，瑟上本留絃。空帳臨窗掩，孤燈向壁然。還悲寒隴曙，松短未生烟。[63]

上舉例子中，瑟是亡人留下之物（故云「故瑟」），「瑟絃斷」、「瑟絃空」、「瑟留絃」等皆用以表示瑟在人亡，所留空絃益增對亡人之想念與

---

[61] 初次閱讀《錦瑟》的人，大概都會以為「華年」指彈瑟的佳人，所以最早對《錦瑟》提出解讀的，以為李商隱與某位顯貴的姬妾有染，後來元好問《論詩絕句》亦云「佳人錦瑟怨華年」（參見注 54）。但在此實指亡妻，詳見下文。

[62] 最早提出的令狐楚家青衣說，即認定「思華年」指彈瑟之人。相信多數讀者初讀《錦瑟》時會認為「思華年」指彈瑟之佳人，並與末聯「此情可待成追憶」結合起來，以為此詩乃愛情詩。

[63] 上引三首分別見胡大雷《〈玉台新詠〉編纂研究》（北京：人民，2013），頁 367、372、374。惜胡氏並未注意三詩與義山《錦瑟》詩的關係。

悲感。所以提到瑟絃，是因彈瑟必會觸及瑟絃，故在妻亡之後，看到瑟上所留之絃易想起其在時彈瑟的情形，致引起悲思。庾信詩云「苔生理曲處，網積回文機」，江總詩云「機中未斷素，瑟上本留絃」，皆由織機與瑟絃想到妻子紡織時的勤勞，並由瑟上所留絲絃想到妻子彈瑟時的倩影。前引錢良擇云：「此悼亡詩也。《房中曲》云：『歸來已不見，錦瑟長於人。』即以義山詩注義山詩，豈非明證？錦瑟當是亡者平日所御，故睹物思人，因而託物起興也。」這些例子證明錢氏的看法是正確的，《錦瑟》詩正是發揮《房中曲》「錦瑟長於人」的悲感：即妻亡瑟在，睹瑟思妻之悲感。將上引詩例與《錦瑟》前兩句對照，使得原本如在迷霧中的詩句，變得清晰顯豁，容易解讀。與上引詩例一樣，《錦瑟》首聯這兩句亦是表示瑟在人亡，所留絃柱引起詩人想念妻子的悲情。上句「錦瑟無端五十絃」，正是借用天帝破五十絃的神話，既用「絃斷」暗喻「妻亡」[64]；又取鼓五十絃瑟令人「悲而不止」，表示悼亡之悲非一般的小悲，它是持續不已、難以遏止的悲思，如同白居易《長恨歌》所謂「天長地久有時盡，此恨綿綿無絕期」（其中隱含「怨天」之意）。下句「一絃一柱思華年」，則取「瑟上仍留絃」之意，指任一絃柱都會使自己想到妻子；特別的地方，是用「華年」代指妻子[65]，暗指妻子華年早逝（因華年之後省略了「之死」或「早逝」兩字，故引起後人許多誤讀），為五十絃瑟的悲思找到根源，表示五十絃瑟的悲思正是來自妻子之死。簡言之，這句是說明「妻子早逝」的事實，「華年」指人，並非指

64　元稹悼亡詩《夜間（或作閑）》云：「孤琴在幽匣，時迸斷弦聲。」《注釋》云：「斷弦：古以琴瑟調和喻夫婦和諧，故謂喪妻為斷弦。徐彥伯《閨怨》詩：『燰手縫輕素，嚬蛾續斷弦。』」見楊軍《元稹集編年箋注》（西安：三秦，2002），頁166。朱彝尊亦云：「瑟本二十五弦，弦斷為五十弦矣，故曰『無端』，取斷弦之意也。」（黃世中《明季清初李商隱詩箋注知見錄》，《唐代文學研究》七輯，桂林：廣西師範大學，1998，頁761）

65　案：《楚辭・招魂》云「華容備些」，五臣注云「華容，謂美人也」，義山此處用「華年」代指妻子，固因妻子「華年早逝」之事實，亦恐有修辭上之考慮。試想，若此句寫為「一絃一柱思亡妻」，雖合乎事實，恐將破壞整首詩的情調，且與華美之「錦瑟」不相稱。

事，並非如持「自傷身世說」者所以為，華年指華年往事。

上引三首詩證明筆者「舊稿」的解讀是正確的：因妻子平日喜彈瑟，故「一絃一柱思華年」是指由錦瑟的絃柱想到妻子在時彈奏錦瑟的倩影。另外，《房中曲》敘寢房中之寶枕、玉簟、翠被、錦瑟等，皆貴重之物，用以暗示妻子來自顯貴之家（詳見下篇《〈房中曲〉與妻子之死》）；而既云「錦瑟」，可見瑟上應有華美之裝飾或圖畫[66]，故由錦瑟想到妻子之華年，並想到其早逝，以致悲思不已，難以遏止，才會說「錦瑟無端五十絃，一絃一柱思華年」。王雲路《六朝詩歌語詞研究》釋「思」字云：「……以上諸例皆以『思』、與『悲』、『哀』或『泣』同義相應，故『思』是悲傷義。」[67]《錦瑟》此句之「思」正是一種悲思，承上句「五十絃」而來，在這裏指由錦瑟的絃柱想到妻子之「華年早逝」，引起持續不已的悲思。華年既指妻子，亦可指「佳人」，故元好問《論詩絕句》云「佳人錦瑟怨華年」[68]，以佳人為彈錦瑟之人，且正值青春華年（後人每以「錦瑟華年」喻指佳人之青春年華），亦可印證上面的說明。明末清初人冒襄《影梅庵憶語》乃悼念其愛姬董小苑之作，其「附錄」收盟友梅磊《為辟疆盟兄悼姬人董少君四首》，其一《紀遇》末云：「今日彩雲乘鶴去，繡幃錦瑟盡沾塵。」[69]即以「錦瑟」代指亡姬遺物。而清初著名詩人王漁洋悼亡詩《哭張宜人》更

---

66 戰國時代即有楚彩繪錦瑟、河南信陽彩繪錦瑟上有舞人形象（《古代藝術三百題》，上海：上海古籍，1989，頁543）。

67 王雲路《六朝詩歌語詞研究》（哈爾濱：黑龍江教育，1999），頁 293。蔣寅先生見告，此處之「思」字當讀去聲，否則犯了「三平」之忌。案《楚辭・（東方朔）七諫・怨世》：「吾獨乖剌而無當兮，心悼怵而耄思。」〔洪興祖補〕曰：「思，去聲。」蔣先生之意可從。

68 案：杜甫《曲江對雨》云：「何時詔此金錢會，暫醉佳人錦瑟旁。」或為元詩所本。初讀《錦瑟》的人大概都會認為「華年」指彈瑟之佳人，並認為《錦瑟》是一首愛情詩。故最早提出解釋的《劉貢父（攽）詩話》以為錦瑟乃當時貴人愛姬之名（《集解》中冊，頁 1422-23「箋評」），即以為寫義山與貴人愛姬之曖昧感情，甚至坐實，以為即義山恩師令狐楚家青衣，以顯義山之輕薄無行。

69 冒襄《影梅庵憶語》（臺北：廣文，1982）附錄，頁39。

說：「錦瑟年華西逝波，尋思往事奈君何？」[70]此不僅以錦瑟年華指其妻（佳人）之年輕，更指其早逝，與義山詩意尤為接近。

綜上所述，題目「錦瑟」，實以「錦瑟」代指亡妻，這是閱讀此詩的關鍵。錢鍾書《談藝錄》云：

> 長吉又好用代詞，不肯直說物名。如劍曰「玉龍」，酒曰「琥珀」，天曰「圓蒼」，秋花曰「冷紅」，春草曰「寒綠」。人知韓孟《城南聯句》之有「紅皺」、「黃團」，而不知長吉《春歸昌谷》及《石城曉日》之有「細綠」「團紅」也。《劍子歌》、《猛虎行》皆警鍊佳篇，而似博士書券，通篇不見「驢」字。王船山《夕堂永日緒論》譏楊文公《漢武》詩是一篇《漢武謎》，長吉此二詩，亦劍謎、虎謎。[71]

文中指出李賀詩喜用代字，故有些詩似「詩謎」。眾所皆知，義山詩深受賀詩影響，《錦瑟》詩的寫法正是以亡妻遺物「錦瑟」代指亡妻（由《房中曲》「歸來已不見，錦瑟長於人」可知）。而中間兩聯四句，亦運用不同的「變形」典故，代指自己對亡妻的思念，導致《錦瑟》詩被稱為「千古詩謎」。其實，宋人已指出《錦瑟》詩為詠物詩——即詠《錦瑟》，並因「錦瑟」為樂器，故云中間兩聯四句為不同的樂調：適、怨、清、和[72]。可是卻失之交臂，蓋未注意錦瑟為義山亡妻遺物，不知錦瑟乃代指亡妻。

次聯：「莊生曉夢迷蝴蝶，望帝春心託杜鵑。」

此聯下句「望帝春心託杜鵑」，明顯寓有非常悲怨之意，相對的，上句

---

70 劉學鍇、余恕誠、黃世中編《李商隱資料彙編》上冊，頁 126。案冒襄《影梅庵憶語》（臺北：廣文，1982）收冒襄悼亡詩云：「錦瑟蛾眉隨分老，芙蓉園上萬花紅。」（附錄，頁 26）及友人梅磊〈為辟疆盟兄悼姬人董少君四首〉其一紀遇：「……今日彩雲乘鶴去，繡幃錦瑟盡沾塵。」（附錄，頁 39）皆稱引錦瑟，蓋以《錦瑟》詩為悼亡詩也。

71 錢鍾書《談藝錄》（增訂版）（臺北：書林，1999 年二刷），頁 57。

72 參見劉學鍇、余恕誠著《李商隱詩歌集解》（臺北：洪葉，1992），中冊，頁 1422-23，《錦瑟》詩後「箋評」所引各家評語。

「莊生曉夢迷蝴蝶」，卻表現一種快樂幸福的氣氛。此句出於《莊子・齊物論》，原典云：

> 昔者莊周夢為胡蝶，栩栩然胡蝶也，自喻適志與！不知周也。俄然覺，則蘧蘧然周也。不知周之夢為胡蝶與，胡蝶之夢為周與？周與胡蝶，則必有分矣。此之謂物化。

郭象《注》云：「自快得意，悅豫而行。」成玄英《疏》云：「栩栩，忻暢貌也。……方為胡蝶，曉了分明，快意適情，悅豫之甚，只言是蝶，不識莊周。……昔夢為蝶，甚有暢情；今作莊周，亦言適志。」[73]

當莊周夢為胡蝶時，「栩栩然胡蝶也，自喻適志與！不知周也」，這幾句話的關鍵是「適志」兩字，由郭象《注》與成玄英《疏》可以看出，栩栩然是形容胡蝶快樂的樣子，適志是「得意」、「快意適情」，也就是滿足情意：正因為滿足情意，所以會快樂如胡蝶。根據這樣的解釋可將「莊周夢蝶」分成「夢前」、「夢中」、「夢後」三階段看。首先是莊周有某種願望，但在現實生活中無法實現，內心非常苦悶，這是「夢前」，已為夢的產生種下根苗。其次是在一次「夢中」竟然實現了願望，使得莊周極為驚喜，又因驚喜過度，突然化身成蝴蝶，徜徉於春天的花園之中，非常適意，完全忘掉自己原是莊周。可是美夢總有醒的時候，當夢醒時，卻無法分辨自己是莊周還是蝴蝶。後人在運用這個典故有時只取其中一部分，如錢起《題崔逸人山亭》：「羨君花下醉，蝴蝶夢人飛。」[74]這是稱讚崔逸人山亭之美，主人可以在花下醉飲入睡，並在夢中實現其生平願望，以蝴蝶夢喻其得意、快樂。當然，也有人取夢醒後一段，強調人生的虛無感。就《錦瑟》詩來看，應是以「迷蝴蝶」表示願望達成的適意心情。義山一生的經歷，主要是做幕府的僚屬，他有兩次尋求幕府工作，皆提到蝴蝶夢，如《上華州周侍郎狀》云：「蝶過漆園，願入莊周之夢。」[75]當時工部侍郎周墀出為華州刺史，義

73　郭慶藩《莊子集釋》（臺北：華正，1997），頁 112-13。

74　見 1998 年上海古籍出版社《唐詩品彙》，頁 405。

75　劉學鍇、余恕誠著《李商隱文編年校注》冊一，頁 410。

山此狀，將莊周夢蝶與莊子為漆園吏兩者結合起來，強烈表示，希望能加入周的幕府，以實現自己的抱負理想。同樣，《為白從事上陳許李尚書啟》亦云：「漆園之蝶，濫入莊周之夢。」[76]另一次則是別人主動找上門，《偶作轉韻七十二句贈四同舍》云：「戰功高後數文章，憐我秋齋夢蝴蝶。」這是感謝當時義成節度使盧弘正邀請入其徐州幕府，「夢蝴蝶」表示仍懷抱理想。

《錦瑟》詩中，義山亦用「莊周夢蝶」的典故，應是以「迷胡蝶」喻指夢中實現美好願望之快樂，「曉夢」則指夢醒時此快樂的消失。那麼，究意是實現什麼願望，讓義山感到快樂如胡蝶，並且後來又如夢般消失？眾所皆知，義山一生坎壈，能令義山感到如「莊周夢蝶」般「適志」的，在其一生中，大概只有中進士與娶王氏為妻這兩件事，而這兩件事其實是綁在一起，亦即中進士助其娶到王氏（詳下）；就《錦瑟》詩上下文看來，婚於王氏更為重要，因在婚後十四年，正當「華年」之時，其妻又突然亡逝，正合「如夢」之感。參照首聯的解釋，詩中引用這則典故，應是指詩人由錦瑟想到與妻子初婚時的情景，蓋「錦瑟」正是新婚時妻子所帶來的陪嫁品，故此句用新婚時的幸福感做為「思華年」的開始，並以莊周夢蝶比喻自己娶到佳偶的快樂滿足[77]。但要了解義山如此比喻，尚須從義山婚前對結婚王氏之期盼說起，而這方面有兩首詩足以證明，一是《寄惱韓同年二首（時韓住蕭洞）》，茲錄其二：

> 龍山晴雪鳳樓霞，洞裏迷人有幾家？我為傷春心自醉，不勞君勸石榴花。[78]

---

76 劉學鍇、余恕誠《李商隱文編年校注》冊三，頁 990。

77 案：拙稿發表後始讀到前輩學者吳慧著《李商隱研究論集》（北京：社會科學文獻，2013，對《錦瑟》詩的解釋見頁 139），亦確認《錦瑟》為悼亡詩，其言云：「夫人生前，好彈錦瑟妙擅絲聲，錦瑟蒙塵，其長如人，物是人非，哀莫能禁！作《錦瑟》詩，追思年時憂樂之相依、甘苦之與共：……此詩；悼亡之旨豁然，思深、情摯、調哀、詞婉、句煉、色艷，在悼亡詩中自足獨步千古。」對詩句之解釋多採前人之說，唯解「莊生曉夢迷蝴蝶」云：「此詩亦借蝴蝶迷戀花枝，喻新婚之如醉如迷，然好景不長，恍如曉夢乍醒。」與拙著最為接近。

78 劉學鍇、余恕誠著《李商隱詩歌集解》，上冊，頁 187。

另一是《韓同年新居餞韓西迎家室戲贈》：

> 籍籍征西萬戶侯，新緣貴婿起朱樓。一名我漫居先甲，千騎君翻在上頭。
>
> 雲路招邀迴彩鳳，天河迢遞笑牽牛。南朝禁臠無人近，瘦盡瓊枝詠《四愁》。[79]

兩首皆是寫給同一對象：韓同年。韓同年指的是韓瞻（字畏之），因為與義山同為文宗開成二年進士及第，故稱同年。韓瞻即是後來著《香奩集》的韓偓的父親，他是一幸運兒，在進士及第放榜不久，就為當時涇原節度使王茂元選為女婿，可能是先至涇原為節度使幕官，就在涇原與茂元女結婚。第一首題中自注云「時韓住蕭洞」，蕭洞用蕭史娶秦穆公女弄玉事，此以「蕭洞」喻指岳家，表示韓暫時先住岳父幕府中[80]；洞有神仙洞府之意，故此亦喻韓如入神仙洞府，非常幸福快樂。這個比喻是有道理的，因為秦穆公於《春秋》時屬於諸侯，而王茂元在唐時為節度使，是方面大員，正可比古代之諸侯。第二首指王茂元為女婿在京城構築新居，韓先回京，待新居竣工，再回涇原迎妻子返京住入新居。義山這兩首詩均表示豔羨之意，張采田《會箋》評前一首云：「此蕭洞當指涇原。義山與韓同時議婚，而韓先娶，故豔妬之情，見於言表。時尚未構新居也。」[81]應注意的是，第一首所謂「洞裏迷人有幾家」，是參考《幽明錄》所敘劉晨、阮肇共入天台遇仙女之事，將韓瞻與自己比為劉、阮，除對韓之入居岳家（「蕭洞」），表羨慕之意外，亦盼望自己娶到王茂元另一女兒，有如兩人共入天台[82]。蓋王茂元育有七女五

---

79 劉學鍇、余恕誠著《李商隱詩歌集解》，上冊，頁 198。

80 劉學鍇、余恕誠著《李商隱詩歌集解》，上冊，頁 188。

81 張采田《玉谿生年譜會箋》（上海：上海古籍，2010），第 2 版。

82 劉學鍇、余恕誠著《李商隱詩歌集解》，上冊，頁 189。案：因義山與韓瞻兩人同年登科（有如同登仙境），又可能同娶當時節度使王茂元兩個女兒，故自比如劉、阮共入天台。

男[83]，韓先娶其六女，尚有最小的七女未嫁[84]，《幽明錄》所敘劉晨、阮肇共入天台，其中即寫到遇二仙女「姿質妙絕」，並有「賀汝婿來」之語[85]。詩中用「洞裏迷人有幾家」，將王茂元幾個女兒比為迷人的仙女，並詢問是否尚有未成家者，「言外之意，有與韓同入蕭洞之企盼」[86]。因韓瞻已經娶其中一位，只有一位未嫁，故接著說「我為傷春心自醉，不勞君勸石榴花」，表示想娶到另一位，內心非常焦急，因恐又被別人捷足先登（參見下句對「傷春心」的解讀）。而義山的想法也的確美夢成真，幾乎與韓瞻娶王氏的模式一樣，一年之後（開成三年），義山赴涇原幕，茂元亦以女妻之。上引第二首詩云「籍籍征西萬戶侯，新緣貴婿起朱樓」，明白表示對韓瞻婚於王氏的羨慕，蓋能娶到節度使之女是一件很榮耀的事。由義山婚前對韓瞻之羨慕，亦可想見其婚後的「適意」心情。又前引第一首，題中自注云「時韓住蕭洞」，既取蕭史娶秦穆公女弄玉事，又兼取神仙洞府之意，故詩句「洞裏迷人有幾家」，一方面是想像韓瞻結婚王氏之幸福快樂情形，另一方面則希望自己亦有幸娶到王家之女。而義山婚後亦以此比喻自己的婚姻生活，如其悼亡詩《相思》所云：「相思樹上合歡枝，紫鳳青鸞並羽儀。腸斷秦臺吹管客，日西春盡到來遲。」亦以「秦臺吹管客」自比為秦穆公女婿蕭史，如《集解・考辨九》所云「明點己為王茂元愛壻身分」，可見是以節度使王茂元女婿為榮；而以「紫鳳青鸞並羽儀」比喻夫婦生活之幸福，如蕭史弄玉一般，可成為模範[87]。案韓偓《偶見背面是夕兼夢》云：「莫道人生難

---

83 《為外姑隴西郡君祭張氏女文》：「吾配汝先世，二十餘年，七女五男，撫之如一。……」（劉學鍇，余恕誠《李商隱文編年校注》冊二，頁561）

84 韓瞻與李商隱分別娶王茂元最小兩個女兒，韓先娶六女，義山後娶七女——即最小女兒。詳見楊柳《李商隱評傳》（南京：江蘇人民，1981），頁98。

85 參李劍國輯釋《唐前志怪小說輯釋》（臺北：文史哲，1995），頁462。

86 劉學鍇著《李商隱傳論》（合肥：黃山書社，2013），頁120。

87 義山《牡丹》詩云：「鸞鳳戲三島，神仙居十洲。」鸞鳳一向象徵祥瑞，亦屬仙禽。故「紫鳳青鸞並羽儀」句，除將自己夫婦比為蕭史弄玉外，亦可能有神仙眷屬，堪為婚姻模範之意。《易・漸・上九》：「鴻漸於陸，其羽可用為儀。」孔《疏》：「其羽可用為物之儀表，可貴可法也。」皇甫湜《喻業》云：「賈常侍之文，如高冠華

際會，秦樓鸞鳳有神仙。」秦樓鸞鳳即指蕭史弄玉之故事，神仙喻夫婦生活之幸福[88]。

據楊柳考察，義山在赴涇原王茂元幕前早已認識王氏女，並且進行了熱烈的追求[89]，而他之所以能娶到王女，又與他中進士有關。文宗開成二年（公元 837 年），義山二十六歲，終於中進士。「這是詩人生平一件大事，中進士對詩人具有雙重的巨大意義，一方面為他的政治前程開闢了新的途徑，另一方面又為他的婚姻問題的解決提供了極有利的條件。」「中進士是使他能夠婚于王氏的重要原因之一，……他和韓畏之（瞻）的受到王茂元垂青，先後成為乘龍快婿，顯然都和中進士一事有直接的聯繫。」[90]開成三年，李商隱二十七歲，正式赴涇原節度使王茂元幕，受到王茂元的器重，表掌書記，得侍御史，並且把小女兒嫁給他。如前所說，義山將娶得王氏比為「神仙」之樂，故其晚年所作《留贈畏之（韓瞻）》又云：「空記大羅天上事，眾仙同日詠霓裳。」即指義山與畏之青年同登進士第，同婚於王氏，是為詩人一生最得意時期[91]，其樂有如神仙。由此看「莊生曉夢迷蝴蝶」，當是以莊周夢中「栩栩然，自喻適志」的胡蝶，自比娶到理想對象之喜悅，並用「迷」字表示陶醉於幸福、快樂之中。

簪，曳裾鳴玉，立于廊廟，非法不合，可以望為羽儀。」（《唐詩彙評》上冊，頁 1280）可見羽儀有表率、模範之意。又《新唐書・權德輿傳》云：「其醞藉風流，自然可慕。貞元、元和間，為搢紳羽儀云。」（見臺北鼎文版《新唐書》冊六，頁 5080）羽儀即指風度優美，足為表率、模範。據《新唐書・李揆傳》載：「帝歎曰：『卿門第、人物、文學皆當世第一，信朝廷羽儀乎！』故時稱三絕。」（《周勛初《唐語林校證》，卷四，頁 357》可證「羽儀」確有表率、模範之意。

88 參陳繼龍《韓偓詩注》（上海：學林，2000），頁 403。注云：「鸞鳳，鸞鳥和鳳凰，比喻夫婦。此句用蕭史與秦弄玉的典故，表現自己希望與那位偶遇女子締結良緣的心願。」

89 楊柳著《李商隱評傳》（南京：江蘇人民，1981），頁 100。劉學鍇亦云：「種種迹象表明，在此之前，商隱似已注意于王茂元這位最小的女兒，而在詩中屢屢有所表露。」（《李商隱傳論》，合肥：黃山書社，2013，頁 119）

90 楊柳《李商隱評傳》（南京：江蘇人民，1981），頁 104。

91 楊柳《李商隱評傳》（南京：江蘇人民，1981），頁 272。

當然，義山之所以用「莊周夢蝶」的典故，不單是要表示其新婚的快樂，也因其妻已逝，故有如夢之感。而要了解詩中所謂「曉夢」，仍須參考義山之悼亡詩《房中曲》：

> 薔薇泣幽素，翠帶花錢小。嬌郎癡若雲，抱日西簾曉。枕是龍宮石，割得秋波色。玉簟失柔膚，但見蒙羅碧。憶得前年春，未語含悲辛。歸來已不見，錦瑟長於人。今日澗底松，明日山頭蘗。愁到天地翻，相看不相識。

此詩寫妻亡之後，由寢房中所見人與物引起悼念亡妻之悲情，故云《房中曲》。案：陸機《歎逝賦》云：「尋平生於響像，覽前物而懷之。」與此處寫法類似[92]。《房中曲》後面云「歸來已不見，錦瑟長於人」，所謂「不見」是與妻子在時所見寢室美好之景相對，表示：隨著妻子之死，原先房中幸福美好之景亦跟著消失不見；由過去所見轉變到歸來時的不見，正如一場幻夢，故說「莊生曉夢迷蝴蝶」。

「如夢」是兩種真實同時存在記憶中的一種特殊感覺：一方面，過去的幸福美好仍歷歷在目，一方面，使自己感到幸福的對象已逝；兩種記憶皆是真實的，但卻是由「有」至「無」，與夢境相似，故云「如夢」[93]。義山用「莊生夢蝶」的典故，正是基於兩種真實：一方面表示有過幸福快樂的婚姻生活，一方面則表示這快樂幸福已成過去，難以追尋。所以說「曉夢」，是因在清晨破曉時，自然會醒來，所有夢境也跟著消失；在此，則可能因妻亡不久，以「曉夢」表示此夢剛過去不久，記憶猶新，有不勝懷念之意[94]。

---

92 劉運好注此二句云：「言尋親故平生之音容笑貌，惟見遺物猶存，人已逝去，而生思念之情。」見劉運好《陸士衡文集校注》（南京：鳳凰（原江蘇古籍），2007），頁192。

93 案：「如夢」即有如夢幻，故如夢有虛幻——即「由有以之無」之意。但如夢有很多情形，如「人生如夢」是針對整體人生言，其所指涉對象很廣。但也有只針對人生中某一特殊經歷而言，如愛情、婚姻、功名、事業等。就《錦瑟》詩而言，應是指理想的婚姻如夢。

94 陳平原論〔明〕張岱散文云：「不管是《陶庵夢憶》，還是《西湖夢尋》，都是在茲再補充一首詩，以為「莊生曉夢迷蝴蝶」的注腳。義山《七月二十日夜與王、鄭二秀才聽雨後夢作》上半云：

> 初夢龍宮寶焰燃，瑞霞明麗滿晴天。旋成醉倚蓬萊樹，有箇仙人拍我肩。
>
> 少頃遠聞吹細管，聞聲不見隔飛煙。逡巡又過瀟湘雨，雨打湘靈五十絃。（《集解》中冊，頁 1063）

這是寫一次夜晚聽雨後的夢境，《集解》按語云：

> 諸家箋解，大抵不出兩途：一曰借夢境寓身世，一曰借夢寓艷情。此篇所夢見者……故寫艷遇之說顯非。自寓身世之說似較可信。……持此說者，惟程氏較為合理。（《集解》，頁 1068）

據此，再看程氏（夢星）的解說：

> 此蓋追憶王茂元（案：即義山岳父）以歸於悼亡也。起二語謂己之文章如龍宮寶藏之雲蒸霞起。次二語謂時以拔萃科成名，受知於王茂元，不啻身遊蓬島而遇仙人。次二語謂茂元初卒，如仙人之鸞車鳳管，邈然遠去，竟隔煙霧。次二語謂己之伉儷亦亡，如湘江帝子之鼓瑟，為風雨摧折而絃斷矣。（下略）（《集解》，頁 1066）

案：程氏之解說對理解《錦瑟》詩甚有參考價值，唯尚可稍作補充。首二句謂指登第，可取。次二句以為「受知於王茂元，不啻身遊蓬島而遇仙人」，則語意模糊，蓋受知可指被招入王茂元涇原節度使幕府，但如僅如此，則後面提到義山妻子之死，就顯得突兀，欠缺線索；故以為「受知」尚應包括允許與其小女結婚，這才是大事。如前所說，義山將娶得王氏比為「神仙」之樂，其晚年所作《留贈畏之（韓瞻）》又云：「空記大羅天上事，眾仙同日

『尋夢』，尋找早已失落的『過去的好時光』。」（陳平原《從文人之文到學者之文》，北京：三聯書店，2004，頁 97）可作義山此句的注腳。

詠霓裳。」即指義山與畏之同登進士第，同婚於王氏，是為詩人一生最得意時期，其樂有如神仙。可證「旋成醉倚蓬萊樹，有箇仙人拍我肩」，乃指其受知王茂元並娶其女言。由此看下面兩句：「少頃遠聞吹細管，聞聲不見隔飛煙。」程氏解云：「次二語謂茂元初卒，如仙人之鸞車鳳管，邈然遠去，竟隔煙霧。」顯然不甚恰當，以如此富於詩意之形容，用以指老人（王茂元）之死，總令人有錯亂之感，若改為「妻子初卒」，應較為妥貼。尤其應注意的是，據劉向《列仙傳》蕭史條云：

> 蕭史者，秦穆公時人也。善吹簫，能致孔雀、白鶴于庭。穆公有女，字弄玉，好之，公遂以女妻焉。日教弄玉作鳳鳴。居數年，吹似鳳聲，鳳凰來止其屋。公為作鳳台，夫婦止其上不下。數年，一旦，皆隨鳳凰飛去。故秦人為作鳳女祠于雍宮中，時有簫聲而已。[95]

據此可知：一，何以其悼亡詩《相思》云：「相思樹上合歡枝，紫鳳青鸞並羽儀。」蓋傳文云：「公為作鳳台，夫婦止其上不下。」二，程注解「少頃遠聞吹細管，聞聲不見隔飛煙」，云：「初卒，如仙人之鸞車鳳管，邈然遠去，竟隔煙霧。」意境甚美，正合《列仙傳》文：「一旦，皆隨鳳凰飛去。故秦人為作鳳女祠于雍宮中，時有簫聲而已。」末兩句「逡巡又過瀟湘雨，雨打湘靈五十絃」，如程注，即以「湘靈五十絃」喻指義山悼亡之悲，正可證明《錦瑟》首句之「五十絃」確指妻子之死。

近人楊柳云：

> 「初夢龍宮寶焰燃，瑞霞明麗滿晴天」兩句指登進士第及婚于王氏，「龍宮」兼寓登龍門和獲龍女兩事，是時為詩人一生最幸福美好階段，對前途充滿綺麗理想，所謂「瑞霞明麗滿晴天」是也。（《李商隱評傳》，頁 302）

---

95 李劍雄譯注《列仙傳全譯》、《續仙傳全譯》（貴陽：貴州人民，1999），卷上，頁 63。

案：如上面對程氏說的補充，所謂「登進士第及婚于王氏」，應指詩前四句，而不限於前兩句。陳引馳亦指出，義山《聽雨後夢作》，與義山另一首悼亡詩《七月二十九日崇讓宅宴作》，差不多同時[96]。故這首記夢詩既可印證「錦瑟無端五十絃」，乃指喪妻之悲；亦可印證「莊生曉夢迷蝴蝶」指新婚之樂。

接著看下聯：「望帝春心託杜鵑」。望帝是傳說中古蜀國的國君，其事主要見於古本《蜀王本紀》，今所見較早者為揚雄輯本，但「殘闕已甚，又多異本」，目前較可靠者為晉常璩著《華陽國志》之纂輯文字[97]。茲依嚴可均輯揚雄《蜀王本紀》[98]，及常璩《華陽國志・蜀志》，略述望帝主要事跡如下：

大概在周朝春秋之世，其時「周失綱紀，蜀先稱王」，最早的蜀王曰蠶叢，後王曰柏灌，次王曰魚鳧，此即所謂三代蜀王[99]。又後有王曰杜宇，杜宇稱帝，號曰望帝。望帝的主要貢獻是「教民務農」：當時他用了一個荊地來的人鼈靈為相，不久遇到一次大水災，由於鼈靈來自雲夢大澤地區，熟知作隄扞水與鑿溝洩水之法，剛好派上用場，幫忙平了這次大水災，使農業生產更臻于鞏固[100]。於是望帝遂委以政事，法堯舜禪授之義，禪位於鼈靈，號曰開明。之後帝入西山森林隱居，時適二月，子鵑鳥鳴，故蜀人悲子鵑而思望帝[101]。

後人在用望帝的典故時，主要是取其與杜鵑鳥的關係，依照任乃強的解

---

96 見陳引馳《隋唐佛學與中國文學》（南昌：百花洲文藝，2002），頁 119。

97 〔晉〕常璩著，任乃強校注《華陽國志校補圖註》（上海：上海古籍，1987 年第一版，2007 年第 3 刷），頁 118。

98 嚴可均輯《全上古三代秦漢三國六朝文》（北京：中華，1958 年一版，1995 年第 6 刷），《全漢文》卷五十三，頁 414。

99 參見段渝《政治結構與文化模式——巴蜀古代文明研究》（上海：學林，1999），頁 19。

100 〔晉〕常璩著，任乃強校注《華陽國志校補圖註》（上海：上海古籍，2007 年三刷），頁 122。

101 〔晉〕常璩著，任乃強校注《華陽國志校補圖註》，頁 118。

釋，兩者之聯結，實與蜀王教民務農有關。杜宇原是一種鳥名，在春暖時發情而鳴，這也是農耕之時，故蜀人視之為催耕之鳥（筆者案：相傳杜宇叫聲「不如歸去」，可能是為催促在外行人趕快回去耕作，以免耽誤農時）。因為此王教民務農，故蜀人稱之為杜宇，在其死後，又謂王魂化為此鳥。後巴人思念望帝，常於農時祀之[102]。

依照較早傳說，望帝與杜鵑兩者的聯結，只是與時令有關，即望帝隱入西山時，適逢二月子鵑鳥鳴，其聯結並沒有什麼神秘性。但因蜀人聽到杜鵑鳴就想到望帝，並且對望帝之死有很深的同情，於是在故事流傳過程中，加入一些神秘性的想像，認定望帝死後魂化為杜鵑鳥；導致將傳說改造成神話，如《成都記》云：「望帝死，其魂化為鳥，名曰杜鵑，亦曰子規。」[103]後世詩文在談到杜鵑時，除強調其為望帝魂所化之外，又強調其叫聲之苦，如南朝宋鮑照《擬行路難》詩之六云：「中有一鳥名杜鵑，言是古時蜀帝魂。其聲哀苦鳴不息，羽毛憔悴似人髡。」唐代大詩人杜甫，亦有《杜鵑行》云：

> 君不見昔日蜀天子，化為杜鵑似老烏。……四月五月偏號呼，其聲哀痛口流血。……萬事反覆何所無，豈憶當殿羣臣趨。[104]

總之，詩中寫杜鵑，其常出現的內容為：古蜀王望帝之魂所化，常在暮春啼叫，其聲哀苦不止，直至口吻流血。《錦瑟》中「望帝春心托杜鵑」一句，無疑是採取此流傳於蜀地的古老傳說，傳說與詩的對應如下：

傳說：蜀帝魂→　化杜鵑→春哀鳴

詩　：望帝春心→託杜鵑→（春哀鳴）

由對應表可知，望帝春心託杜鵑，是根據蜀帝魂化為杜鵑的傳說，「託杜鵑」指寄託在杜鵑的春天哀鳴中。由望帝傳說可知，杜鵑常在暮春啼叫，而

---

102 參〔晉〕常璩著，任乃強校注，《華陽國志校補圖註》，頁 120、122。

103 仇兆鰲《杜詩詳註》（臺北：文史哲，1976），頁 485-86。

104 〔鶴曰〕觀其詩意，乃感明皇失位而作。〔朱注〕鮑照《行路難》：……（略）此詩意所本也。（仇兆鰲《杜詩詳註》，頁 530）

義山之妻即死於暮春，故此句有可能指其妻之死所引起的傷痛。據《集解・考辨九》可知，義山於唐宣宗大中三年底應武寧節度使盧弘正（一作「止」）的聘請，到徐州擔任幕職，但至大中五年，盧卒於鎮，義山亦由徐州回京（時義山家在京城）。很不幸的是，妻王氏亦卒於這年，並且是在義山返家之前去世，故其悼亡詩《房中曲》云：「歸來已不見，錦瑟長於人。」義山對妻子之死的悲痛可參另一首悼亡詩《相思》：「相思樹上合歡枝，紫鳳青鸞並羽儀。腸斷秦臺吹管客，日西春盡到來遲。」前兩句以合歡枝上的仙禽——紫鳳青鸞比伉儷情深。第三句自比為「秦臺吹管客」，即秦穆公女婿蕭史，由此看第二句之紫鳳青鸞，應是比蕭史與弄玉，言下之意指自己能娶到妻子（如弄玉）是極幸福的事[105]；而下接兩句，卻如晴天霹靂般的不幸臨頭，「腸斷秦臺吹管客」之腸斷，當指妻子之死而言。「日西春盡」除指妻亡之時序，兼指其卒正當「華年」，更指「幸福的婚姻」已到盡頭。「到來遲」明指自己由徐州返家之前，妻子已死[106]，因妻子死時，自己並不在家中，更增悲痛，此所以「腸斷」也。由此看「望帝」此句，應是針對其妻之死，因義山心中無比的悲痛——有如「腸斷」，故自比為如望帝之魂斷。「託杜鵑」既表示義山對亡妻之哀思不已（呼應首句之「五十絃」），更以杜鵑啼血比自己思妻之淚[107]。陳子昂《南中別蔣五岑向青州》（共八句）前四句云：「老親依北海，賤子棄南荒。有淚皆成血，無聲

---

105 義山《玉山》詩末聯云：「聞道神仙有才子，赤簫吹罷好相攜。」鍾來因云：「末聯寫欲學蕭史、弄玉，赤簫吹罷，雙雙飛空成仙。」（《李商隱〈賦高唐〉詩解》，中國唐代學會主編《第二屆國際唐代學術會議論文集》，臺北：文津，1992，頁 548）可證「紫鳳青鸞」應是比蕭史與弄玉。

106 參《集解》下冊，頁 2101。

107 案：李賀《老夫採玉歌》云：「夜雨岡頭食蓁子，杜鵑口血老夫淚。」王琦《李長吉歌詩彙解》：「杜鵑口血老夫淚者，乃倒裝句法，謂老夫之淚如杜鵑口中之血耳。」（吳企明《李長吉歌詩編年箋注》上冊，北京：中華，2012，頁 384）即以杜鵑啼血比人之淚。又民初哀情小說家吳雙熱《孽冤鏡》第十一章《違面》，有《送春》詩句云：「杜鵑啼血鶯啼淚，釀作長亭酒一瓢。」將杜鵑啼血與黃鶯之啼淚並列。（《〈中國近代小說大系〉：玉梨魂、孽冤鏡、霣玉怨、雪鴻淚史》天津：百花洲文藝，1993，頁 294）

不斷腸。」詩雖非寫悼亡，但後二句用以表示悼亡之悲亦甚貼切——亦適用此處以杜鵑啼血喻暮春喪妻的悲痛。顯然，詩人是藉由望帝化為杜鵑鳥哀鳴的故事，來表示心中的強烈悲情。

不過，這句並非只是藉用望帝魂化杜鵑的傳說，其實「春心」兩字是出於《楚辭・招魂》，並且，「春心」兩字才是此句的核心，茲分三點說明如下：

1.《集解》已指出「春心」語本《楚辭・招魂》「目極千里兮傷春心」[108]，可見詩句中之「春心」，實為「傷春之心」的省略。而《招魂》此句下接「魂兮歸來哀江南」，可見傷春心兼指招魂與悼亡之意，可用指悼亡悲傷之心。

2.《相思》詩後二句，「腸斷秦臺吹管客，日西春盡到來時」，明確指出妻子死在「春盡」之時，「腸斷」表示自己無比悲痛，即已將傷春心與悼亡合而為一，則春心指義山暮春喪妻之痛，更為可能。

3.義山《寄惱韓同年二首》其一云：「簾外辛夷定已開，開時莫放豔陽迴。年華若到經風雨，便是胡僧話劫灰。」首句之辛夷指辛夷花，是二月開的花，故又稱迎春花；這句是恭喜同年韓瞻娶到理想妻子，將其新婚妻子比為迎春花，意指其年輕貌美。而其二則云：「龍山晴雪鳳樓霞，洞裏迷人有幾家？我為傷春心自醉，不勞君勸石榴花。」如前所說，「洞裏迷人有幾家」是將王茂元女兒比為迷人仙女，這首詩強烈表示希望如韓瞻一樣，娶到王茂元最小女兒。「我為傷春心自醉」，正如馮浩所注：「次章傷春，歎己之未得佳偶。」〔集解〕按語亦云：「實則『寄惱韓同年』，即寄傷春求偶之苦悶於韓瞻，望其為己促成就婚王氏之事也。」[109]可見傷春之「春」指代佳偶，傷春指自己未得佳偶之苦悶。「我為傷春心自醉，不勞君勸石榴花」，上句「傷春」之春指的正是「其一」詩中的「辛夷」花，亦即迎春花；下句提到「石榴花」，則表示自己只想要娶到迎春花，而不想要春天過

108 劉學鍇、余恕誠《李商隱詩歌集解》，中冊，頁 1437。

109 劉學鍇、余恕誠《李商隱詩歌集解》，上冊，頁 187-90。

了才開的石榴花[110]。這表示自己只想娶王茂元另一年輕貌美的小女，而無意於其他的小姐[111]，正如《集解》按語所說，希望韓瞻為其作伐，「促成就婚王氏之事」。詩裏明確表示，義山「傷春」的對象，正是神仙洞府中的仙女，亦即後來美夢成真的妻子——王茂元另一女兒。這正是上句「莊生曉夢迷蝴蝶」的背景，當義山娶到這位迷人佳偶時，其心中的喜悅滿足可想而知，故自比為徜徉於春天花園中的蝴蝶，栩栩然而樂。那麼，當義山失去佳偶（妻子），並且是在「春盡」之時，豈非更可能以「傷春心」稱其悲痛！[112]

又案：屈原《離騷》云：「恐鵜鴂之先鳴兮，使夫百草為之不芳。」鵜鴂即杜鵑鳥，其鳴在暮春，即春天將過，故云「百早為之不芳」。如上所說，義山妻卒於暮春，且卒時正是如春花之「華年」，故用此典故，表示「妻亡」之悲。

結合《楚辭・招魂》、義山《相思》詩，及義山詩中的「傷春」用法，筆者認為，「望帝春心託杜鵑」表面指望帝因傷春之心而魂斷——最後化為杜鵑不斷悲鳴，實際是指義山因妻子死於暮春，悲傷不已。但是義山所以將《楚辭・招魂》的「傷春心」與望帝傳說結合，當不止是用以表示其妻死於暮春之悲痛而已，其中應尚有「招魂」的寓意在內。案義山《哭劉蕡》云：「只有安仁能作誄，何曾宋玉解招魂？」即將潘岳之悼亡與宋玉招魂合用：謂己惟能作詩文以致哀悼，而不能招其魂魄使之復生[113]。查唐人小說《嵩岳嫁女》敘嵩岳女神嫁女，田璆與鄧韶兩生被召為賓客，參與神仙大讌，事

---

[110] 李商隱《回中牡丹為雨所敗二首》其二：「浪笑榴花不及春，先期零落更愁人。」可見榴花來不及在春天開花。

[111] 案：石榴花是春過才開，可能喻指年齡稍大之女性，為義山所不取。

[112] 案：韓愈有《感春五首》，「其一」首句為「辛夷高花最先開」，「其五」首二句為「辛夷花房忽全開，將衰正盛須頻來」，正如汪琬云：「以辛夷起，以辛夷結。」（上海古籍 1998 年二刷版，錢仲聯《韓昌黎詩繫年集釋》下冊，頁 727-32）韓詩顯以先開的辛夷花代表春天，義山詩則以代表春天的辛夷花象徵其妻，故當其妻在華年即死於「春盡」之時，會以「望帝春心託杜鵑」表示其悲傷之心。

[113] 劉學鍇、余恕誠《李商隱詩歌集解》，中冊，頁 956。

後返家時，「已歲餘，室人招魂，葬于北邙之原，墳草宿矣。」[114]可見唐人仍有招魂習慣。由《房中曲》與《相思》兩首悼亡詩可知，義山由徐州回到家裏時，竟得知妻子已死，心理產生極大的震撼與悲痛——故說「腸斷」。不無可能，基於對妻子的深情與「到來遲」的自責，當時義山腦中會出現「招魂」的念頭——希望藉由這古老的方法找回妻子，而由於妻子死於春盡之時，很自然地想到《楚辭・招魂》的末兩句：「目極千里兮傷春心，魂兮歸來哀江南。」為表示這種悲感，於是又由傷春心聯想到杜鵑，並進一步想到望帝魂化為杜鵑的傳說，形成「望帝春心託杜鵑」此句。簡言之，其神思過程是：（傷）春心→杜鵑→望帝。故此句除指妻亡之傷痛，亦可能兼指招魂之急切，亦即「託杜鵑」有兩種含意：除以杜鵑泣血比喻喪妻悲痛之淚外，亦藉杜鵑之悲鳴以招亡妻之魂。

故春心兩字才是這句的核心，不僅指暮春喪妻之痛，且寓有招魂之意，簡言之，這句是結合了「傷春、悼亡、招魂」三重用意。不妨舉一個例子做參考，被稱為如詩中李商隱的南宋詞人吳文英，其《鶯啼序》（殘寒正欺病酒）即結合了「傷春、悼亡、招魂」，如詞之下片云：「別後訪，六橋無信，事往花委，瘞玉埋香，幾番風雨。……漫相思，彈入哀箏柱。傷心千里江南，怨曲重招，斷魂在否。」[115]下片先以「瘞玉埋香」（指春去花落可以葬花）喻美人之死，最後寫自作此傷春詞（《鶯啼序》）欲重招亡人之斷魂[116]。詞學名家夏承燾曾指出，夢窗有些詞即以傷春為悼亡[117]，《鶯啼序》正是最佳例證。而夏先生又云：「予以為古今注義山《錦瑟》詩者不

---

[114] 出《太平廣記》卷五十（注出《纂異記》），引文見王夢鷗《唐人小說校釋・浮梁張令》附錄（臺北：正中，1983），上冊，頁 255。

[115] 吳蓓《夢窗詞彙校箋釋集評》（杭州：浙江古籍，2007），頁 474。

[116] 孫虹云：「此詞寫於蘇幕短暫回杭時，屬杭州亡妓詞系列。此詞詳細地記載了夢窗年少游杭京時嘗艷遇一妓，之後，夢窗又有十餘年離杭入蘇幕，……夢窗游蘇後暫回杭京時屢訪六橋無信，……故頗疑其已逝。」（見孫虹、譚學純校箋《夢窗詞集校箋》，北京：中華，2014，第三冊，頁 1001）

[117] 吳蓓《夢窗詞彙校箋釋集評》，頁 311。

一，而究以悼亡之解為近正。」[118]這裏指出「悼亡」為義山《錦瑟》詩之正解，似有點突兀，推敲夏先生的意思，應是看出夢窗詞與《錦瑟》詩有某種關聯性，那就是以傷春為悼亡。

整理上面的分析，此句似乎可以解讀為：因妻王氏亡於暮春，義山內心極為悲痛，對亡妻哀思不已，於是想像自己如望帝，因傷春之心而魂斷，最後化為杜鵑鳥，於暮春不斷哀鳴，除抒發自己的悲痛之外，更希望能喚回妻子的精魂。此句融合望帝傳說與《楚辭・招魂》，渾然一體，毫不牽強，除表示義山用典已到爐火純青之境外，亦留下其受到李賀影響之痕迹[119]。

由於望帝故事是蜀地傳說，而據《本傳》，義山妻亡之後，曾應東川節度使柳仲郢之聘至蜀[120]，故馮浩《玉谿生詩集箋注》注此句云「謂身在蜀中，託物寓哀」（里仁版，頁 494），即以《錦瑟》詩為義山在蜀中之作，這看法是值得重視的。張采田《玉谿生年譜會箋》《李義山詩辨正》中解《錦瑟》亦云：「『望帝』句切蜀，時在梓幕也。」孟森《李義山〈錦瑟詩〉考證》亦主張此詩為入蜀後悼亡之作，徐復觀亦云：「按《張譜》（張采田《玉谿生年譜會箋》），義山於四十五歲離蜀。杜鵑的故事，唐人詩中雖多泛用，但把杜鵑和望帝連在一起用，則多限於蜀地。從此詩的第四句看，其感發於川東幕府的可能性為大。……義山的《錦瑟詩》，我以為是作於蜀中無疑。」[121]案：白居易《〈霓裳羽衣〉歌》云：「盆城但聽山魈語，巴峽唯聞杜鳴哭。」亦將杜鵑啼視為蜀地特有之景，徐先生之說可從。

如前所說，義山悼亡詩《相思》云其妻卒於春盡之時，而望帝魂化杜鵑亦是二月接近暮春時節，據此筆者推測，《錦瑟》當是義山入蜀隔年其妻祭

---

118 見《吳夢窗詞箋釋序》，吳蓓《夢窗詞彙校箋釋集評》，頁 837。

119 案：義山除寫有《李賀小傳》外，尚有《效長吉》詩一首，其詩受李賀影響是很有可能的。

120 《朱注》本傳：「柳仲郢鎮東川，辟為節度判官，檢校工部郎中。」（《集解》中，頁 1116）

121 徐復觀〈環繞李義山（商隱）錦瑟詩的諸問題〉，收入《中國文學論集》（臺北：臺灣學生，1985），頁 240-244。

日（可能是三月）所寫：此日正是自己最悲傷——腸斷的日子，故自比為望帝之魂斷，以杜鵑啼血比自己思妻之淚，以「託杜鵑」喻對亡妻之哀思不已。〔清〕納蘭性德《金縷曲・亡婦忌日有感》云：「我自終宵成轉側，忍聽湘絃重理。」此為亡妻忌日之悼亡詞，詞中以「湘絃」（即《楚辭・遠遊》之「湘靈鼓瑟」之「瑟」）表示悼亡悲思，與義山《錦瑟》以「五十絃」表示悼亡悲思相同。另值得注意的是，義山文集中留有不少祭文，茲據劉學鍇、余恕誠《李商隱文編年校注》目錄，列舉其所寫祭文，並略加分類如下：

一、祭親人（12 篇）

奠相國令狐公文

祭韓氏老姑文

祭徐姊夫文

祭徐氏姊文

祭處士房叔父文

祭裴氏姊文

祭小姪女寄寄文

為王從事妻万俟氏祭先舅司徒文

為王秀才妻蘇氏祭先舅司徒文

祭外舅贈司徒文

重祭外舅司徒公文

為外姑隴西郡君祭張氏女文

二、代作（9 篇）

代李玄為崔京兆祭蕭侍郎文

為濮陽公祭太常崔丞文

為司徒濮陽公祭忠武都押衙張士隱文

祭張書記文

為李兵曹祭兄濠州刺史文

為李郎中祭竇端州文

為馮從事妻李氏祭從父文

為裴懿無私祭薛郎中袞文

韓城門丈請為子姪祭外姑公主文

三、祭神（略）

據劉昫《舊唐詩》卷一九〇下《李商隱傳》，商隱「尤善為誄奠之辭」，而上列祭文共 21 篇，可見他確實是擅寫祭文的高手，尤其祭親人有 12 篇，其中《奠相國令狐公文》乃祭其師令狐楚，或可不算，亦有 11 篇之多。內家方面包括姑丈、叔父、姊夫、姊、小姪女，共六篇；外家（妻之家屬）有五篇，其中四篇即祭其妻父王茂元者，另一篇乃祭其妻之姊（嫁張氏）。可見內外家親屬皆有多篇祭文，唯缺妻子的祭文[122]。而據筆者對《錦瑟》的解讀，此詩八句皆與妻子之死有關，中間二聯四句正寫其由新婚至妻死後，對妻子的完整回憶及感傷，似乎是想以此詩代為一篇祭文。上面筆者曾提出，「託杜鵑」寓有招魂之意，亦頗合乎祭日之意義。（又案：義山有《李夫人》三首，亦作於蜀中，馮浩解為悼亡詩，已成定論。《李夫人》第一首即提到招魂事，若將漢武帝熱切令方士招李夫人之魂，與「春心」出於《楚辭・招魂》，兩者合起來看，則「招魂」寓意，似非無可能。）

《相思》詩可說是本聯上下句的最佳注腳，無論是內容或寫法，均非常一致。《相思》詩先寫夫婦情深，再寫王氏之死所造成的「腸斷」悲情。同樣，《錦瑟》中次聯「莊生曉夢迷胡蝶，望帝春心託杜鵑」，也是用前後對照寫法：胡蝶喻婚後生活的歡樂，杜鵑喻暮春喪妻的悲哀，正是先喜後悲；而上聯的「莊生」實即下聯的「望帝」，皆代指義山自己。案：《法藏碎金》記，李白有詩云：「野禽啼杜宇，山蝶舞莊周。」南唐潘佑《感懷》詩亦云：「幽禽喚杜宇，宿蝶夢莊周。」皆將杜宇與夢蝶之典結合成對句[123]，卻忽略了義山《錦瑟》詩亦有此種對法。

---

122 案：《禮記・曲禮上》：「父不祭子，夫不祭妻。」（王夢鷗《禮記今註今譯》，臺北：臺灣商務，1984，頁 32），是否依古禮，故義山未寫妻子之祭文？待查。

123 見陳伯海主編《唐詩彙評》（杭州：浙江教育，1995，全三冊），下冊，頁 2998。

中聯：「滄海月明珠有淚，藍田日暖玉生煙。」

上句「滄海月明珠有淚」既提到滄海，又提到「珠有淚」，顯見是取鮫人泣淚成珠的典故。《博物志》卷二云：「南海外有鮫人，水居如魚，不廢織績，其眼泣則能出珠。」[124]又卷一云：「江南大貝，海出明珠，……。」[125]兩則故事皆與南海有關。由《後漢書・循吏傳・孟嘗傳》所載合浦珠還的故事，及《後漢書・馬援傳》馬援由交趾軍還被誣車載明珠之事，可知當時南方交趾海域產珠，採珠成為當地人賴以謀生的一項重要產業。珠的形狀很容易與淚相類比，由於南海產珠，於是產生鮫人泣淚成珠的故事。鮫人的原型應是來自南海採珠人，可能因其「水居如魚」——如蛟龍之敏捷，故當地人稱之為「鮫人」（鮫與蛟通）。另外，入海採珠是冒著生命危險，故說「泣淚成珠」[126]。鮫人泣淚成珠神話是為了說明南海產珠：由於南海有許多鮫人，此鮫人泣淚即可成珠（實指入海採珠），故南海盛產明珠。此故事被載入《博物志》，正因其與較偏遠的海域有關。

當然，也有人不認為「珠有淚」是指鮫人泣淚成珠故事[127]，因此，還

---

124 〔晉〕張華著，范寧校證《博物志校證》（臺北：明文，1981），頁 24。

125 〔晉〕張華著，范寧校證《博物志校證》（臺北：明文，1981），頁 13。

126 入海採珠之苦，唐詩人如張籍、劉禹錫、李賀等皆有詩譴責（見張步雲《唐代詩歌》，合肥：安徽教育，1997 年二刷，頁 473）。〔清〕袁枚《烹珠嘆》云：「又聞鮫人采珠苦，拋擲千夫性命取。」（王英志校點《袁枚全集》壹，頁 694）即將廣州采珠漁人稱為「鮫人」，且認為采珠有拋擲性命之苦。而（元）陶宗儀《南村輟耕錄》（臺北：木鐸，1982）卷十《烏蜑戶》更描寫廣海采珠人之危險云：「廣海采珠之人，懸絙于腰，沉入海中，良久得珠。撼其絙，舶上人挈出之。葬于鼉鼉蛟龍之腹者，比比有焉。」（頁 129）承此，胡應麟《少室山房筆叢》（上海：上海書店，2009）卷四《經籍會通四》亦云：「珠出南海，常生深淵，採者腰絙而入水，形色非人往往不出，則下飽蛟魚。」（頁 50）可見采珠是危險性甚高的工作，由所謂「葬于鼉鼉蛟龍之腹者，比比有焉」看來，若藉紋身如鮫魚的方式以避免為蛟龍所吞食，似非絕無可能。

127 《集解》於此句注中雖引《朱注》，以為指「鮫人所泣之珠」（中冊，頁 2422），但於最後「按語」，則舉「滄海遺珠」之典解之，云：「此句正含滄海遺珠之意。滄海之珠，本為稀世珍寶，而為人求覓，今則獨在明月映照之下，成盈盈之『珠淚』，

須作更進一步說明。首先，應知「滄海」所指的對象。由於鮫人泣珠的故事本以南海為背景，一般人看到詩中的「滄海」，很自然地，以為指地面的海洋（如南海）。不過，義山詩中的「滄海」，有時並非指地面的海洋，如大家熟知的《嫦娥》詩云「碧海青天夜夜心」，碧海顯指夜晚的青天。又如《病中聞河東公樂營置酒口占寄上》云：「只將滄海月，長壓赤城霞。」[128]「赤城霞」典出東晉孫綽《遊天台山賦》：「赤城霞起而建標，瀑布飛流以界道。」赤城指赤城山，因色赤似雲霞，故云「赤城霞」[129]。「滄海月」既能「長壓赤城霞」，則當非地面海洋，而應指天空之月，亦即「碧海月」。又《月照冰池》詩開頭即云：「皎月方離海，堅冰正滿池。」[130]「離海」即「附海」[131]，「海」亦指夜晚天空，句意指皎月附著、懸掛於夜晚天空。另外：唐詩中常以「海月」指天上之月[132]，如張九齡《望月懷遠》詩：「海上生明月，天涯共此時；情人怨遙夜，竟夕起相思。」顯然，海上應指如碧海之天空，才有可能讓情人「天涯共此時」觀賞明月。儲光羲

言外見其獨遺於滄海，不為世所珍。……此句託寓才不為世用之意較為明顯，無庸煩徵。」（中冊，頁 1437）

128 劉學鍇、余恕誠著《李商隱詩歌集解》，中冊，頁 1242。

129 見《文選》（臺北：藝文，1974）卷十一，頁 168，李善注。

130 《集解》上冊，頁 493。

131 董仲舒《春秋繁露・天地陰陽第八十一》云：「然則人之居天地之間，其猶魚之離水，一也。」注云：「離，附也。」《論衡・變虛篇》說災變之家曰：「人在天地之間，猶魚在水中。」（蘇輿《春秋繁露義證》，中華，1996 年二刷，頁 467）

132 案：如李白《夢游天姥吟留別》云：「腳著謝公屐，身登青雲梯；半壁見海月，空中聞天雞。」韋述《廣陵送別宋員外佐越鄭舍人還京》云：「樹入江雲盡，城銜海月遙。」儲光羲《寒夜江口泊舟》云：「吳山遲海月，楚火照江流。」海月應指天空之月，與下句江流相對。李白《宿白鷺洲寄楊江寧》云：「波光搖海月，星影入城樓。」《春日歸山寄孟浩然》云：「塔形標海月，樓勢出江煙。」兩用「海月」，均應指天空之月。又高適《塞上聽吹笛》云：「雪盡胡天牧馬還，月明羌笛戍樓間。借問梅花何處落？風吹一夜滿關山。」陳伯海主編《唐詩彙評》上，收此詩，其按語云：「此詩首聯一作『胡人吹笛戍樓間，樓上蕭條海月閑。』」並引朱寶瑩編《詩式》（1921 年上海中華書局，排印本）云：「二句樓上自蕭條，海月自閑，故聽得吹笛之聲。」所引「海月」只能指天空之月，而非地面海洋之月。

《題陸山人樓》亦云：「獨見海中月，照君池上樓。」[133]此與上引義山詩句「只將滄海月，長壓赤城霞」，極為類似，「海中月」必指天空之月，才能「照君池上樓」。賈島《臥疾走筆酬韓愈書簡》云：「願為出海月，不作歸山雲。」亦以「海月」指夜晚青天之月。以「滄海」或碧海指夜晚之青空者，如杜甫《奉贈太常張卿垍二十韻》：「吹噓人所羨，騰躍事仍睽。碧海真難涉，青雲不可梯。」碧海與青雲皆指天上，喻朝廷。尚有孟郊《貧女詞寄從叔先輩簡（指孟簡）》：「仰企碧霞仙，高控滄海雲。」碧霞仙喻指孟簡[134]，仙人在天上，則「滄海雲」當指青天之雲。稍早於義山之另一晚唐詩人許渾，其七律《鶴林寺中秋夜玩月》前四句云：「待月東林月正圓，廣庭無樹草無烟。中秋雲盡出滄海，半夜露寒當碧天。」[135]即以滄海指碧天。另一晚唐詩僧齊己，其《庚午歲十五夜對月》云：「海澄空碧正團圓，吟想玄宗此夜寒。玉兔有情應記得，西邊不見舊長安。」[136]詩中之「澄海」亦指碧天。

又案：蘇軾《六月二十日夜渡海》：「雲散月明誰點綴？天容海色本澄清。」上句寫雲散之後月色更加明亮，下句指天空原本澄清，有如滄海之色。言下之意指朝政恢復清明，自己才能獲赦北歸，這是由「夜渡海」引發的聯想。由此看《錦瑟》詩「滄海月明珠有淚」句，「滄海」與「月明」銜接，已經指明滄海是明月所寄托的青天，亦即「碧海青天夜夜心」[137]之碧海；也表示夜晚的天空晴朗無雲，故看起來像滄海，且月光分外明亮。而下接「珠有淚」顯指有人掉淚，何以說「珠有淚」？這是因為在月光下掉淚，很容易想像淚水有如明珠，如梁陸厥《李夫人及貴人歌一首》云：「洞房明

---

133 《全唐詩》（臺北：文史哲，1978），卷一百三十六，冊二，頁 1377。

134 此詩以貧女自喻，以仙人喻孟簡。蓋唐人以「得仕者如升仙」，故以「碧霞仙」喻孟簡（時簡已登第，參郝世峰《孟郊詩集箋注》，石家莊：河北教育，2002，頁 20-1）。仙人在天上，既稱其「高控滄海雲」，則滄海亦當指青天。

135 見羅時進著《丁卯集箋證》（南昌：江西人民，1998），頁 186。

136 王秀林《齊己詩集校注》（北京：中國社會科學，2011），頁 597。

137 《嫦娥》詩全文：「雲母屏風燭影深，長河漸落曉星沉。嫦娥應悔偷靈藥，碧海青天夜夜心。」（劉學鍇、余恕誠著《李商隱詩歌集解》，下冊，頁 1694）

月夜，對此淚如珠。」[138]白居易《夜聞歌者》亦云：「夜淚似真珠，雙雙墮明月。」[139]故整句大意應指詩人對著夜空的明月掉淚，因在月光下掉淚，故淚水如珠。

那麼，詩人為何對著明月掉淚？首先，上引梁陸厥《李夫人及貴人歌一首》即是一首悼亡詩（代漢武帝悼念李夫人），詩中將「明月夜」與「淚如珠」結合起來表示思念亡姬而掉淚，由此，我們必須考慮到這句與「悼亡」的關係。其次，在月光下「淚化成珠」，很容易聯想到「鮫人泣淚成珠」的故事。由此可見，句中將天空之月稱為「滄海月」，且下接「珠有淚」，顯然是要將對月泣淚與南海鮫人泣淚成珠的典故結合起來，故此句不僅指詩人對著夜空明月掉淚，且自比為鮫人泣淚成珠，而這個比喻可能與悼亡有關，如清初大詩人王漁洋《悼亡詩》云：「方諸萬點鮫人淚，灑向窮泉竟不聞。」[140]亦是用鮫人淚表示因思念亡妻而時常哭泣。

不過，如此解釋，尚未能說明鮫人淚與思妻之間的關係，難道只因為兩方皆有淚，即可結合在一起？事實上，前人解讀這句，也注意到鮫人泣珠的典故[141]，卻無法解開此句，原因在於《博物志》所載鮫人故事非常簡單，只有四句：「南海外有鮫人，水居如魚，不廢織績，其眼泣則能出珠。」這段文字，顯然並不完整，因為並不知鮫人何以泣淚，以及泣淚成珠有何用處，尤其不知為何提到「不廢織績」；顯然後面應尚有情節遺失了，導致義山此句難以完滿解釋。其實在《文選注》與一些類書中仍保存所遺失的文字，范寧《博物志校證》卷二，校注 34 云：

> 《事文類聚・續集》卷二十五並引《博物志》文，與此異。云：「鮫人水底居也，俗傳從水中出，曾寄寓人家，積日賣綃，綃者竹孚俞

---

[138] 見〔陳〕徐陵編，〔清〕吳兆宜注，程琰刪補，〔今人〕穆克宏點校《玉臺新詠箋注》（臺北：明文，1988），頁 416。

[139] 謝思煒《白居易詩集校注》（北京：中華，2006），冊二，頁 820。

[140] 劉學鍇、余恕誠、黃世中編《李商隱資料彙編》，上冊，頁 128 引。

[141] 見劉學鍇、余恕誠著《李商隱詩歌集解》，中冊，頁 1422 注五引「朱（鶴齡）注」。

也。鮫人臨去，從主人索器，泣而出珠滿盤，以與主人。」[142]

范寧所補《事文類聚・續集》的一段文字，正是鮫人傳說中所遺失的部分，兩者合起來剛好是完整故事。《博物志》保留前面部分，寫鮫人「泣淚成珠」、「不廢織機」，正是為後面「泣珠報恩」做鋪墊；這兩句表示鮫人家除了採珠之外，尚有副業，即紡織著名的「鮫綃」（一種輕薄的絹紗）[143]。所補《事文類聚・續集》文字，即寫鮫人到市場賣綃，因為要賣幾天，必須「寄寓人家」，臨走時，「從主人索器，泣而出珠滿盤，以與主人」，即用泣珠滿盤報答主人。由范寧補文提到鮫人可以「寄寓人家，積日賣綃」，以及離開時，「泣而出珠滿盤，以與主人」的報恩行為，明顯看出，鮫人有現實生活中採珠人的影子，文中說「鮫人從水中出」，其實是指鮫人從海中採得明珠。所謂「賣綃」，是因為鮫人家中「不廢織績」，才會將所織之綃（輕薄織物，因鮫人家所織，古稱鮫綃）拿到市場去販售。臨去時，為答謝主人，乃「泣而出珠滿盤，以與主人」，這是接續前面所云「其眼泣則能出珠」而來。顯然，這段補文與上舉《博物志》的鮫人片段，正相連接；兩段文本其實是一個完整故事，但不知是何原因，被分成兩半，有如身首異處。值得注意的是，「泣而出珠滿盤」的神話色彩很重，實際情況應是鮫人（採珠人）將滿盤海珠送給主人（不妨想像，當鮫人在送滿盤海珠時，為表示感激，有可能掉淚，因淚與海珠形狀相近，又因鮫人為採珠人，因而引發「泣珠報恩」的故事）[144]。

---

[142] 范寧《博物志校證》（臺北：明文，1981），頁 31。案：此段引文又見《文選》卷五左思〈吳都賦〉「窮陸飲木，極沈水居。泉室潛織而卷綃，淵客慷慨而泣珠」注。

[143] 李賀《秦王飲酒》「海綃紅文香淺清」，王琦《彙解》：《述異記》：「南海出鮫綃紗，泉先潛織，一名龍紗，其價百餘金，以為服，入水不濡。」（王琦等評注《三家注李長吉歌詩》，上海：上海古籍，1998，頁 57）

[144] 可能鮫人由海中所採之珠較為細小，看起來像眼淚，故稱之為「淚珠」或「泣珠」，並形成鮫人泣淚成珠的神話，從而延伸出「泣珠報恩」的故事；其實「泣而出珠滿盤」應是「出泣珠滿盤」的誤讀。郭憲《別國洞冥記》云：「味勒國在日南，其人乘象入海底取寶，宿於鮫人宮，得淚珠，則鮫人所泣之珠也，亦曰泣珠。」（劉學鍇、余恕誠著《李商隱詩歌集解》，中冊，頁 1422，注 5 朱注引）文中「鮫人宮」實指

由《事文類聚・續集》所保留鮫人故事情節，才知道鮫人「泣淚成珠」這件神奇傳說原是為了表示「報恩」；而後面「泣珠報恩」的情節遺失了，以致義山「滄海月明珠有淚」句成為難解之謎。其實，唐人詩頗有提到泣珠報恩之事，如王維《送李判官赴江東》云：「……遙知辨璧吏，恩到泣珠人。」[145]而李頎更有《鮫人歌》云：「……有時寄宿來城市，海島青冥無極已。泣珠報恩君莫辭，今年相見明年期。……」[146]較為具體地敘述「泣珠報恩」的前後過程，可見唐人所見鮫人泣珠的故事仍很完整，且重點在於泣珠報恩。義山《送從翁從東川弘農尚書幕》云「蠻僮騎象舞，江市賣鮫綃」，亦指此事[147]。所以義山《重祭外舅文》才會說：「植玉求歸，已輕於舊日；泣珠報惠，寧盡於茲辰。」[148]即以「泣珠報惠」表示對岳父讓女兒下嫁的感激[149]。尤其是祭文提到：「荊釵布裙，高義每符於梁、孟。」這是用梁鴻、孟光的典故，感激妻王氏雖出自富家，但能與自己同過貧窮日子而無怨（如孟光）；由此可知，對岳父的「泣珠報惠」，實因對妻子的感激而來[150]。故詩中之「珠有淚」是將自己的對月思妻掉淚比如鮫人泣淚成

海底產珠處，「得淚珠，亦曰泣珠」，無意中透露了真相。此段異文，其實是指鮫人於海中採得「淚珠」（亦稱「泣珠」），所謂「則鮫人所泣之珠也」，是敘述者由「泣珠」的名稱所引起的錯誤聯想。

145 《唐詩品彙》（上海：上海古籍，1998），頁 540。

146 《唐詩品彙》（上海：上海古籍，1998），頁 319。

147 見馮浩《玉谿生詩集箋注》（臺北：里仁，1981），頁 73、77。

148 劉學鍇、余恕誠著《李商隱文編年校注》冊二，頁 958。

149 按：此謂己雖得婚於王氏，然已輕於昔日植玉求娶之羊公。蓋謂己之家貧。又按：此謂茂元之恩知，己將終身報答，豈止於今日而已（劉學鍇、余恕誠《李商隱文編年校注》第二冊），頁 967。

150 對岳父的祭文中提到「泣珠報惠」，可能與岳父曾為南方海域長官有關。《舊唐書》有其岳父（王茂元）的《傳》云：「茂元幼有勇略，從父（李栖曜）征伐知名。元和中為右神策將軍。大和中檢校工部尚書、廣州刺史、嶺南節度使。在安南招懷蠻落，頗立政能。南中多異貨，茂元積聚家財鉅萬計。李訓之敗，中官利其財，掎摭其事，言茂元因王涯、鄭注見用。茂元懼，罄家財以賂兩軍，以是授忠武軍節度、陳許觀察使。會昌中，為河陽節度使。是時河北諸軍討劉稹，茂元亦以本軍屯天井，賊未平而卒。」（《舊唐書》列傳第一百二《王栖曜傳附，冊五，頁 4070）案：中國南海盛

珠，用以表示對亡妻的感恩之意。

寫到這裏，不能不補充一條資料，以證明義山是用「月明」指代妻子。案：義山詩集《李夫人三首》其一，用「月沒」喻其妻之死[151]。夜晚的天空如果是一片漆黑，是很可怕的，幸好有繁星點綴，讓人看到一些光明，對人生懷抱一些希望。而天空最大的光明正是明月，明月之光非其它星光可以取代，若聯繫義山一生的貧寒坎壈，則其以月沒象徵妻子之死，且妻亡後不再娶，其心中的悲傷與感恩可想而知。由此看「滄海月明珠有淚」就很明白，蓋「月」正是亡妻的象徵，「珠有淚」指見月思妻之亡及其在世恩情而掉淚，亦即以淚報恩，故自比為鮫人之「泣珠報惠」。如前所說，義山一生坎壈，但對於能娶到王氏這佳偶卻是非常滿意，也因此，妻子之早逝更增其傷痛[152]，此句正寫其想念妻子，常深夜未眠，對月掉淚。

由此可以進一步推論，此句可能受到元稹悼亡詩《遣悲懷》的啟發。

產海珠並有「鮫人泣淚成珠」的傳說，義山岳父（王茂元）既曾為廣州刺史、嶺南節度使，正是地方長官，故義山於祭文中提到「泣珠報惠」，以表示感恩之意。

151 義山有《李夫人三首》，其背景是義山妻亡之後，入蜀赴東川節度使柳仲郢之聘，柳見其孤單，生活無人照顧，故賜以樂籍女張懿仙，而義山以妻亡不久、心無他念婉拒。詩其一云：「一帶不結心，兩股方安髻。慚愧白茅人，月沒教星替。」末句即以月喻亡妻，以星喻樂伎，整句喻柳仲郢想以樂伎代替亡妻（已上對《李夫人》第一首之解釋，大致參考劉學鍇、余恕誠著《李商隱詩歌集解》中冊，頁 1239 按語）。案：藍林《也談李商隱的〈錦瑟〉詩》（《河池師專學報》，19 卷 3 期，1999 年 3 月）亦引《李夫人三首》，云：「把王氏比作月亮，把歌女比作星星，月亮落後，星星怎能頂替得了呢？可見其對愛妻王氏的感情至深。《錦瑟》詩可視為對其愛妻的深切悼念，又是對其潦倒窮困，羈縻一生的總結性寫照。」文中已注意到義山把王氏比作月亮，且亦視《錦瑟》詩為悼亡詩，惜並未注意「滄海月明珠有淚」中的月明亦指亡妻。又案：《李夫人》末句「月沒教星替」應出自樂府《讀曲歌》（共八十九首），《歌》云：「思歡不得來，抱被空中語。月沒星不亮，持底明儂緒。」（見臺北里仁版，郭茂倩《樂府詩集》一冊，頁 674）

152 董乃斌《李商隱的心靈世界》（增訂本，上海古籍，2012）云：「義山婚后與王氏感情甚好，……更因為王氏過早病逝，遺下一對孤兒，使詩人倍感悲痛。所以他的悼亡詩如《房中曲》、《王十二兄與畏之員外相訪見招小飲時予以悼亡日近不去因寄》等在情緒上的低沉又非常一般的寄內詩可比。」（頁 160）

《遣悲懷》第一首開頭云「謝公最小偏憐女，自嫁黔婁百事乖」，二首末尾云「誠知此事人人有，貧賤夫妻百事哀」，完全合乎義山的婚姻狀況，在義山眼中，元稹悼亡詩彷如是其夫妻婚後生活的寫照。據韓愈所寫元稹妻韋叢《墓誌銘》云：「夫人於（韋）僕射（夏卿）為季女，愛之。」[153]可見元稹妻父（韋夏卿）曾為高官，故將其比為謝安，且對最小女兒特別鍾愛。而義山悼亡詩《王十二兄與畏之員外相訪見招小飲，時余以悼亡日近，不去因寄》一開頭云：「謝傅門庭舊末行，今朝歌管屬檀郎。」（見《集解》中冊，頁 1088）亦將妻子父親比為謝傅。蓋義山妻王氏為涇原節度使王茂元小女，家境富裕，而自嫁義山之後，即跟著義山過貧窮日子（由義山將妻子比為「孟光」可知），義山所受元詩的感動，必然比一般人更為深刻[154]。最值得注意的是，《遣悲懷》之三末兩句云「唯將終夜長開眼，報答平生未展眉」[155]，亦似寫出義山在妻亡後常終夜難以成眠的情形，並引起義山「以淚報恩」之思。「滄海月明珠有淚」正是寫自己思妻而難以成眠，以致望月掉淚的情形；也因在月光下掉淚如珠，故自比如鮫人之「泣珠報恩」。案：前面已據義山悼亡詩《李夫人》第一首，指出以月喻亡妻，則此句之「滄海月明」正象徵妻子恩情之廣大無涯。[156]

---

153 屈守元、常思春主編《韓愈全集校注》（成都：四川大學，1996），冊三，頁 1770：《監察御史元君妻京兆韋氏夫人墓誌銘》。

154 孫佩婷《淺析元稹悼亡詩與李商隱悼亡詩相同點》（《青春歲月》，2015 年 13 期）云：「元稹與李商隱在悼亡詩中都表達了對妻子的離世的悲痛與對亡妻的愧疚之情：他們都在盛年失去了心愛的妻子，這于他們而言是深切而厚重的哀痛；而兩人的妻子都出自名門，出嫁之前生活優渥，下嫁給他們以後卻過上了困窘貧苦的生活。而詩人們還未來得及讓跟著自己受苦多年的妻子過上富貴榮華的生活，她們就離世了，生命的無常大大增添了元、李二人對各自妻子的愧咎、遺憾之情。」這一長段分析元、李二人共同對亡妻的愧疚之情，相當深入，值得參考。

155 楊軍箋注，《元稹集編年箋注》（西安：三秦，2002）頁 174。

156 案：前面舉義山《重祭外舅文》指出，以「泣珠報惠」表示對岳父讓女兒下嫁的感激，實因妻子如「孟光」，雖出自富家，但能與自己同過貧窮日子而無怨。而元稹《遣悲懷》所敘對妻子的感激，完全適用於義山妻子身上，故可證明兩件事：一是，「滄海月明珠有淚」意指對亡妻的感激；一是，此句乃受到元稹《遣悲懷》的啟發。

「泣珠」原是由「淚」所化，故泣珠報恩實即「泣淚報恩」；亦因妻子已逝，自己只能以「淚」報答其恩情。案：張衡《四愁詩》之三曰：「我所思兮在漢陽，欲往從之隴阪長。側身西望涕沾裳。美人贈我貂襜褕，何以報之明月珠。路遠莫致倚踟躕，何為懷憂心煩紆。」此以明珠欲報美人之情。〔魏〕繁欽《定情詩》云：「何以致區區[157]，耳中雙明珠。」此以明珠喻愛戀之情。又張籍《節婦吟寄東平李司空師古》云：「君知妾有夫，贈妾雙明珠。感君纏綿意，繫在紅羅襦。……還君明珠雙淚垂，何不相逢未嫁時。」此詩頗引起一些人不滿，以為婦人既已結婚，不宜接受愛戀者明珠、且繫在「紅羅襦」，更不宜說「何不相逢未嫁時」[158]。筆者頗懷疑此詩乃由鮫人泣珠報恩而來，詩中的明珠只是比喻「淚垂」，因其代表真實情感，極為可貴，故喻為明珠；「還君」此句亦指以淚報恩，實即以淚還其情之意，並非指現實的明珠。由此看義山此句，表面指以淚報妻之恩，實則指報妻在世之情——因情之可貴故以淚比明珠。簡括言之，義山此句乃以元稹悼亡詩——《遣悲懷》（之三）末兩句之意，結合鮫人「泣珠報恩」之典，形成一情景交融之瑰麗奇句，且全無襲用之痕迹，極為高妙。

《錦瑟》詩八句中，最能確認為表現「悼亡」主題者，除首聯兩句外，就是「滄海」此句。蓋此句寫詩人望月思妻掉淚，並自比如鮫人泣淚成珠以報惠，且受到元稹悼亡詩《遣悲懷》「唯將終夜長開眼，報答平生未展眉」的啟發，據上面的說明，應是可以確定的。

依據《博物志》之鮫人傳說，原本是指鮫人泣淚成珠，現在詩中說「珠有淚」，則是更推進一步，意指珠中留有淚痕，似又融合了湘妃淚灑斑竹的傳說。《博物志》卷八記湘妃竹的故事云：「堯之二女，舜之二妃，曰湘夫人。舜崩，二妃啼，以涕揮竹，竹盡斑。」[159]任昉《述異記》則稍作補充

---

[157] 《古詩十九首》之十五云：「一心抱區區，懼君不識察。」李善注引《廣雅》曰：「區區，愛也。」（臺北：藝文印書館版，1974，《文選》，頁 420）

[158] 如朱子與劉辰翁皆以為不宜，〔清〕沈德潛《重訂唐詩別裁集》卷八，即不錄此詩。見徐禮節、余恕誠《張籍集繫年校注》（北京：中華，2011）詩後「集評」。

[159] 〔晉〕張華著，范寧校證《博物志校證》（臺北：明文，1981），頁 93。

云：「湘水岸有相思宮、望帝臺。舜歿，葬蒼梧，二女追之不及，慟哭，淚下沾竹，文悉斑斑然。」[160]可見湘妃淚灑斑竹亦是表示悼亡的悲恨，故杜甫《湘夫人祠》云：「蒼梧恨不盡，染淚在叢筠。」黃生注曰：「蒼梧何恨？不得從舜也。」[161]湘妃竹的故事常被用為詩料，劉長卿《斑竹》云：「蒼梧千載後，斑竹對湘沅。欲識湘妃怨，枝枝滿淚痕。」[162]高駢《湘妃廟》詩亦云：「帝舜南巡去不還，二妃幽怨水雲間。當時珠淚垂多少，直到如今竹尚斑。」[163]這是說湘水邊的斑竹保留了二妃的淚痕，也就同時保留了其悼亡的悲恨。義山也多次引用此典故，如《淚》云：「湘江竹上痕無限，峴首碑前洒幾多。」[164]《潭州》詩云：「湘淚淺深滋竹色，楚歌重疊怨蘭叢。」[165]案（唐）范攄《雲溪友議》卷中「雲中命」一則，記晚唐詩人李羣玉《題二妃廟》詩三首，其中有二首皆提到杜鵑之哭：一首云：「東風近暮吹芳芷，落日深山哭杜鵑。猶似含嚬望巡狩，九疑如黛隔湘川。」另一首云：「黃陵廟前春已空[166]，子規滴血啼松風。不知精爽落何處，疑是行雲秋色中。」顯然是從「悼亡」角度將二妃之淚與杜鵑之哭聯想在一起。而義山《哀箏》詩云「湘波無限淚，蜀魄有餘冤」[167]，將二妃之淚與杜鵑之哭組合起來，亦是因二者皆有悼亡的悲情。《錦瑟》詩在「望帝春心託杜鵑」後，接著說「滄海月明珠有淚」，詩句的組合與《哀箏》有相似之處[168]，亦可證「託杜鵑」與「珠有淚」均表悼亡之悲。

有關湘妃的故事，較有名者，除「淚洒斑竹」外，尚有「鼓瑟」一事，

---

160 劉學鍇、余恕誠著《李商隱詩歌集解》，中冊，頁 751 引。

161 《杜詩詳注》（臺北：文史哲，1976），卷二十，頁 1120。

162 《唐詩品彙》（上海：上海古籍，1998），頁 404。

163 《全唐詩》（臺北：文史哲），第九冊，卷 598，頁 5919。

164 劉學鍇、余恕誠著《李商隱詩歌集解》，下冊，頁 1637。

165 劉學鍇、余恕誠著《李商隱詩歌集解》，中冊，頁 750。

166 案：黃陵廟即二妃廟。參楊柳《李商隱評傳》（南京：江蘇人民，1981），頁 154。

167 劉學鍇、余恕誠著《李商隱詩歌集解》，中冊，頁 1417。

168 劉學鍇以為《哀箏》與《錦瑟》為姊妹篇，見《李商隱詩歌集解》，中冊，頁 1419。

出《楚辭・遠遊》：「使湘靈鼓瑟兮，令海若舞馮夷。」[169]有些詩將兩者並提，使得湘妃鼓瑟亦具有悼亡的意味，如杜甫《奉先劉少府新畫山水障歌》云：「不見湘妃鼓瑟時，至今斑竹臨江活。」[170]詩中將湘妃鼓瑟與淚洒斑竹結合起來，表示對舜死之悲恨，故杜甫《追酬故高蜀州人日見寄》又云：「鼓瑟至今悲帝子，曳裾何處覓王門。……長笛隣家亂愁思，昭州詞翰與招魂。」[171]兩詩皆將鼓瑟與悼亡結合起來，甚至提到「招魂」，蓋視江妃鼓瑟為悲苦樂調，故孟郊《商州客舍》云：「淚流瀟湘弦，調苦屈宋彈。」[172]亦指湘妃鼓瑟之聲悲苦能令人流淚不止。而韓愈《梁國惠康公主挽歌二首》之二云：「秦地吹簫女，湘波鼓瑟妃。」上句指秦穆公女弄玉嫁善吹簫的蕭史後升天故事，下句指湘妃鼓瑟，據詩題可知皆有悼亡之意。

以上詩例，將湘妃鼓瑟與淚洒斑竹結合起來，鼓瑟被定為悲苦之調，且寓悼亡之意。故義山更進一步將湘靈鼓瑟比為素女鼓五十絃瑟，並且與鮫人泣珠賣綃之事對襯。義山《七月二十八日夜與王鄭二秀才聽雨後夢作》云：「逡巡又過瀟湘雨，雨打湘靈五十絃。瞥見馮夷殊悵望，鮫綃休賣海為田。」[173]前兩句乃將湘靈鼓瑟比為素女鼓五十絃瑟，以喻己喪妻悼亡之悲（參見前引程夢星的解說），後兩句用鮫人泣珠賣綃之事，如筆者前面所解，指自己如鮫人泣淚報妻之恩情，因兩事皆喻悼亡之悲，故銜接起來。案義山寫過《李賀小傳》，本詩運用許多典故，皆具有異變神化色彩，明顯受到李賀影響，而賀詩《李憑箜篌引》第三句云「江娥啼竹素女怨」，即結合江妃淚與素女鼓瑟神話，以喻令人悲傷的音樂。由此看來，義山以「錦瑟」為題，將錦瑟比為五十絃瑟，又自比為鮫人泣淚成珠，實有其脈絡可尋，並

---

169 湘靈或指湘妃，或指湘水之神，古有二種解法，見金開誠、董洪利、高路明等著《屈原集校注》（北京：中華，1996），下冊，頁 728-29。唯上引杜甫詩與義山詩似皆以為指湘妃。

170 仇兆鰲《杜詩詳注》（臺北：文史哲，1976），卷四，總頁 241。

171 《杜詩詳注》，頁 1164。

172 郝世峰：《孟郊詩集箋注》（石家莊：河北教育，2002），頁 134。

173 《玉溪生詩集箋注》，頁 190。

非偶發的奇想。首聯提到「五十絃」，即針對妻子之死，將妻子留下之瑟比為素女所鼓之五十絃瑟，而「滄海月明珠有淚」此句，乃自比為鮫人，實際是將湘妃之「淚洒斑竹」換成鮫人「泣淚成珠」，將前者之悼念亡夫，轉換為自己之悼念亡妻，但是「珠有淚」則仍留有湘妃淚洒斑竹的影子。

「珠有淚」除指悼亡的悲恨外，似尚有其它寓意：可能兼指悼亡詩而言。案杜甫《客從》詩云：「客從南溟來，遺我泉客珠。珠中有隱字，欲辯不成書。緘之篋笥久，以俟公家須。開視化為血，哀今徵歛無。」[174]詩中之「泉客」指鮫人，因其水居，故稱泉客；「泉客珠」即指海中鮫人泣淚之珠[175]。此詩為當時民困徵斂而作（見《杜詩詳注》），詩中以泉客珠比人民之血淚——即珠由人民血淚所化，而又謂「珠中有隱字」，表示珠中隱藏有字（實指「民隱莫知」，見《杜臆》），實值得注意。古人常用珠玉比好詩文，如梁簡文帝（蕭綱）《答新渝侯和詩書》云：「垂示三首，風雲吐于行間，珠玉生于字裏，跨躡曹左，會超潘陸。」[176]杜甫《奉和賈至舍人早朝大明宮》云：「朝罷香煙攜滿袖，詩成珠玉在揮毫。」[177]韓愈《奉和盧給事雲夫四兄荷花行見寄並呈……》云：「遺我明珠九十六，寒光映骨睡驪目。」[178]又《奉和兵部張侍郎……》云：「賴寄新珠玉，長吟慰我思。」[179]據傳唐宣宗有《弔白居易》詩，開頭即云：「綴玉聯珠六十年，誰教冥

---

174 仇兆鰲《杜詩詳注》（臺北：文史哲，1976），總頁 1162。

175 《文選》卷五〈吳都賦〉云：「窮陸飲木，極沈水居。泉室潛織而卷綃，淵客慷慨而泣珠。」李善注：「水居，鮫人水底居也。俗傳鮫人從水中出，曾寄寓人家，積日賣綃，綃者竹孚俞也。鮫人臨去，從主人索器，泣而出珠滿盤，以與主人。……王餘、泉客，皆見《博物志》。」（臺北：藝文印書館，1973 年版《文選》卷五，頁 89）又《六臣注》劉（良）曰：「泉室則水居者。俗傳鮫人從水中出……。」（臺北：華正書局 2005 年版《增補六臣註文選》，頁 105）

176 見曹明綱撰《六朝文絜譯注》（上海：上海古籍，1999），頁 141。

177 仇兆鰲《杜詩詳注》（臺北：文史哲，1976），卷五，總頁 317。

178 錢仲聯《韓昌黎詩繫年集釋》（上海：上海古籍，1998 年二刷），下冊，頁 994。

179 錢仲聯《韓昌黎詩繫年集釋》（上海：上海古籍，1998 年二刷），下冊，頁 1220。蔣抱玄注云：《荀子》：「贈人以言，重于珠玉。」方世舉注云：「陸雲《答兄平書》：『投桃報李，以報珠玉。』」（《集釋》注 8，頁 1221）

路作詩仙。」[180]晚唐詩僧齊己《讀李賀歌集》，稱讚李賀詩云：「玄珠與虹玉，璨璨李賀抱。」[181]皆用珠玉比喻好詩[182]，變文《韓朋賦》亦稱贊韓朋妻子之書信云：「其文斑斑，文辭碎金，如玉如珠。」[183]更有以鮫人泣珠比喻詩句者，如宋蘇軾詩云「倒傾蛟室瀉瓊瑰」，惠洪詩亦云「欲傾蛟室瓊詞句，試借溫江卓筆峰」，均以鮫人所泣之珠比喻美好詩句[184]。故義山詩之「珠有淚」，除以鮫人泣淚成珠比喻其悼亡的悲恨外，亦可能兼指其悼亡詩而言。蓋王氏卒後，義山寫了許多悼亡詩，以表示對亡妻難以忘情。同年底應東川節度使柳仲郢聘入蜀，柳欲賜樂籍中美伎張懿仙為其侍妾，義山以入蜀後耽佛理婉拒[185]，此皆表示其深於王氏之情，故張采田曰：「……且玉谿伉儷情深，失偶後即不再娶，觀上河東公辭張懿仙可見。」[186]《集解》於《青陵臺》詩按語亦云：「義山伉儷情深，王氏亡後哀感不已，悼亡之痛，屢形諸篇章。觀其卻柳仲郢贈張懿仙事，可證其悼亡後於衽席間已無意他求。」[187]即指義山將悼亡之悲痛化為詩篇，據此，悼亡詩實即詩人之淚所化，正可與鮫人泣淚成珠之典故結合起來，表示對妻子懷念之情。前面提到，義山用鮫人泣淚之典，含報恩之意，可能受到元稹悼亡詩《遣悲懷》的影響，現在應該再補充一句：義山視元禛悼亡詩《遣悲懷》與己之悼亡詩

---

180 《弔白居易》詩全文云：「綴玉聯珠六十年，誰教冥路作詩仙。浮雲不繫名居易，造化無為字樂天。童子解吟《長恨》曲，胡兒能唱《琵琶》篇。文章已滿行人耳，一度思卿一愴然。」見《全唐詩》（臺北：文史哲，1978）冊一，卷四，頁49。

181 王琦《李長吉歌詩彙解》首卷引，見中華書局版《三家評注李長吉歌詩》，頁15。

182 案：以珠玉比詩文，例子頗多，如宋葛立方《韻語陽秋》卷三云：「詩人贊美同志詩篇之善，多比珠璣、碧玉、錦繡、花草之類。」（北京：中華，1992年二刷，〔清〕何文煥輯《歷代詩話》下，頁502）

183 張涌泉、黃征《敦煌變文校注》（北京：中華，1997），卷一，頁212。

184 見〔日〕學僧釋廓門貫徹《注石門文字禪》（張伯偉、郭醒、童嶺、卞東波點校，北京：中華，2012，上冊頁655，惠洪《張氏快軒》注三）。

185 見義山《上河東公啟》，劉學鍇、余恕誠著《李商隱文編年校注》（北京：中華，2002），冊四，頁1901-02。

186 見張采田《會箋》附《李義山詩辨正》，頁421。

187 劉學鍇、余恕誠著《李商隱詩歌集解》，中冊，頁1043。

《錦瑟》，皆如鮫人泣淚之珠。

義山《無題》詩云：「相見時難別亦難，東風無力百花殘。春蠶到死絲方盡，蠟炬成灰淚始乾。曉鏡但愁雲鬢改，夜吟應覺月光寒。蓬山此去無多路，青鳥殷勤為探看。」[188]其中「春蠶」兩句表現一種至死無悔、永不相離的情感，而「夜吟應覺月光寒」正描寫在月光下吟詠，要將這種情感保留在詩中的情景，可說是「珠有淚」的最佳寫照。悼亡詩乃將詩人悼亡之淚（悲情）保留在詩中，用「珠有淚」表示可說非常恰當，此與上句「望帝春心託杜鵑」，將悼亡悲情寄託在杜鵑鳴，正相類似。

根據前面的解讀，「滄海」可能是喻指妻子之恩情如海之深廣，月明喻指妻子品格之高潔（如孟光），整句表示對亡妻的思念，以致難以成眠；於是對月悲吟，寫下感激、思念之情的詩篇，有如鮫人對月泣淚成珠，珠中仍帶淚痕。鮫人之泣淚成珠與詩人之悲吟成詩，其對應如下：

鮫人→泣淚→成珠

詩人→悲吟→成詩

明朝人指出，《錦瑟》為詩謎[189]，筆者認為，整首《錦瑟》詩最像謎語的，莫過於「藍田日暖玉生煙」一句，王應麟《困學紀聞》曾引唐司空表聖（圖）之語：「戴容州叔倫謂詩家之景，如藍田日暖，良玉生烟，可望而不可置於眉睫之前也。」以為「義山句本此」[190]，不少人同意王氏的意見，以為詩意難以指實。顯然，這是《錦瑟》詩中最為難解的一句。

僅從字面看，「藍田日暖玉生煙」，指長安附近產美玉的藍田山，因暖日照曬而冒出煙氣。當然，這句不只是在寫景，其中應包含某種人事意義在內。所以，不妨先考慮「藍田生玉」這典故的用法。茲就筆者所見，舉幾則例子：

《三國志・吳書・諸葛恪傳》：「諸葛恪字元遜，瑾長子也。……」

---

[188] 見劉學鍇、余恕誠著《李商隱詩歌集解》，下冊，頁 1461。

[189] 葉矯然《龍性堂詩話》引袁宏道語，見《集解》中冊，頁 1429。

[190] 馮浩注曾引此，但加以否定，見《集解》中冊，頁 1429。

裴注引《江表傳》曰：「恪少有才名，發藻岐嶷，辯論應機，莫與為對。（孫）權見而奇之，謂其父瑾曰：『藍田生玉，真不虛也。』」[191]

《南史・謝弘微傳》附子謝莊傳：（謝）莊字希逸，七歲能屬文，及長，韶令美容儀，宋文帝見而異之，謂尚書僕射殷景仁、領軍將軍劉湛曰：「藍田生玉，豈虛也哉。」[192]

《北史・陸卬傳》卬字雲駒，少機悟，美風神。好學不倦，博覽羣書，《五經》多通大義。善屬文，甚為河間邢卲所賞。……自梁、魏通和，歲有交聘，卬每兼官讌接。在席賦詩，卬必先成，雖未能盡工，以敏速見美。……卬母，魏上庸公主，初封藍田，高明婦人也，甚有志操。卬昆季六人，並主所出，故邢卲常謂人云：「藍田生玉，固不虛矣。」[193]

藍田以出產良玉著名，古人常以「藍田生玉」比喻良好的家庭環境培育出傑出人才，以玉喻人之美，即非凡出眾之人才（與凡人相對比，凡人如平凡的石頭）。義山亦曾用此義，其《為濮陽公祭太常崔丞文》云：「藍田之產，宜有良玉；徂徠之林，宜無凡木。」[194]由此可見，詩句中的「玉生煙」亦應與人有關。案朱彝尊解《錦瑟》詩云：「此悼亡詩也。意亡者善彈此，故覩物思人，因而託物起興也。……珠有淚，哭之也；玉生煙，葬之也。猶言埋香瘞玉也。」[195]朱氏亦認同此詩為「悼亡詩」，所謂「珠有淚，哭之也」，與筆者上文解「滄海月明珠有淚」可相印證。至於「玉生煙，葬之也」，乃是將藍田解為葬地，將「玉生煙」解為亡妻之下葬；朱氏接著補充說：「猶言埋香瘞玉也。」表示這個解讀是根據「埋香瘞玉」的用

---

[191] 中華書局點校本《三國志》冊五，頁 1429。
[192] 中華書局點校本《南史》冊二，頁 553。
[193] 中華書局點校本《北史》冊四，頁 1018。
[194] 劉學鍇、余恕誠著《李商隱文編年校注》冊一，頁 390。
[195] 劉學鍇、余恕誠著《李商隱詩歌集解》，中冊，頁 1424 引。

法而來[196]。案《爾雅・釋天》云：「祭天曰燔柴，祭地曰瘞薶，祭山曰庪縣。」李巡曰：「祭地以玉埋地中曰瘞薶。」郭璞注云：「既祭埋藏之。」[197]則「埋玉」本古代祭地之禮，玉指玉器。唯宋朱勝非《紺珠集》卷十二有「葬玉埋香」條云：「《玉溪編事》：王蜀時秦州節度使王承檢築（防蕃）城獲瓦棺，中有石刻曰：隋開皇二年渭州刺史張崇妻王氏。銘文有『深深葬玉，鬱鬱埋香』之語也。」據此，則似乎早在隋時，即有以「葬玉埋香」用於女性貴人之埋葬，故吳文英《高陽臺・落梅》云：「古石埋香，金沙鎖骨連環。」[198]《鶯啼序》（殘寒正欺病酒）又云：「別後訪、六朝無信，事往花委，瘞玉埋香，幾番風雨。」詞中以「瘞玉埋香」暗示美人之死[199]。「瘞玉」就是「埋玉」，埋玉指人之死後埋葬，是有典故的，下面試對「埋玉」的用法略作說明。

《集解》校注 71 引徐注：《晉書・庾亮傳》云：「亮卒，何充歎曰：『埋玉樹於土中，使人情何能已！』」庾亮是晉朝重要政治人物，地位高貴，故何充稱其死為「埋玉樹於土中」。義山《為滎陽公祭呂商州文》云：「嗚呼！厚夜依臺，窮泉訪路，已已金骨，嗟嗟玉樹。」[200]即直接以「玉樹」代指「埋玉」。案宋計有功《唐詩紀事》卷四十七「李逢吉」條，記逢吉與令狐楚唱和詩，曰《斷金集》。後逢吉卒，楚有《題斷金集》詩云：「一覽《斷金集》，載悲埋玉人。牙絃千古絕，珠淚萬行新。」[201]顯然，「埋玉」已成為一種典故，指稱貴人之死及其埋葬，故義山《為滎陽公祭長安楊郎中文》亦云：「生金認石，埋玉恨土。」[202]但用「埋玉」稱人之死

---

196 案：張采田《玉谿生年譜會箋》《李義山詩辨正》中解《錦瑟》亦云：「此悼亡詩定論。首二句與結相應，五十絃取其悲不可止，所謂追憶也。……『望帝』句切蜀，時在梓幕也。『滄海』句言對景流涕。『藍田』句言埋香日久。」

197 臺北新文豐「十三經注疏本」，頁 199-20。

198 吳蓓箋校《夢窗詞彙校箋釋集評》（杭州：浙江古籍，2007），頁 631-34。

199 吳蓓箋校《夢窗詞彙校箋釋集評》，頁 474、477。

200 劉學鍇、余恕誠著《李商隱文編年校注》，冊四，頁 1573。

201 王仲鏞著《唐詩紀事校箋》（成都：巴蜀書社，1989），下冊，頁 1290。

202 劉學鍇、余恕誠著《李商隱文編年校注》，冊四，頁 1592。

及其埋葬，可能與古代墓葬喜歡用玉陪葬有關。目前所能看到的古代玉器，有許多是古人墓葬的隨葬品，張明華《古代玉器》中介紹漢代玉器云：「漢代玉器大致分為禮玉、裝飾品、葬玉三大類。……葬玉是為死人隨葬的玉器，包括大型的玉衣及玉九竅塞、玉琀、玉握和玉幎目等。」[203]文中所稱死人隨葬的「葬玉」，應是出自身分高貴的人的墳墓，則由葬玉發展為指稱高貴者之埋葬為「埋玉」，可說是順理成章[204]。「埋玉」亦可用於女性之死，如前引宋朱勝非《紺珠集》卷十二「葬玉埋香」條所云，及吳文英之詞（《鶯啼序》）。又如清洪昇《長生殿》第二十五齣，取名《埋玉》，即寫楊貴紀縊死於馬嵬驛的經過，套曲中《縷縷金》云：「堂堂天子貴，不及莫愁家。難道恩和義，霎時拋下！」[205]此即用義山《馬嵬》詩其二：「如何四紀為天子，不及盧家有莫愁？」

藍田出產美玉、良玉，常用以比喻培育非凡人才之家，但在此則用以指埋葬死者的良好葬地，這道理並不難理解。蓋藍田之美玉原是埋藏在地下，正可用以類比貴人之葬地；而當藍田喻指葬地，自屬風水良好的「寶地」，是要經過謹慎挑選的。古人很重視葬地的選擇，常要經過占卜的手續，義山《代李玄為崔京兆祭蕭侍郎文》云：「今則年良月吉，筮協龜從，顧埋玉之難追，歎焚芝之何及！」[206]文中之「埋玉」，實際指蕭侍郎（澣）之死後埋葬。在「顧埋玉之難追」前，云「今則年良月吉，筮協龜從」，即指用占卜決定葬宅與吉日[207]。古人重視喪葬，常要根據龜筮選擇葬地與葬日，如

---

203 張明華《古代玉器》（北京：文物，2006），頁 57。

204 古代隨葬品有大量玉器，與古人的玉崇拜有關：一方面因唯天子獨得以玉為印，玉變得比較尊貴；另一方面，則神化玉的功能，以為能使死者不朽。參張玉蓮著《古小說中的墓葬敘事研究》（北京：人民，2013），頁 110。

205 〔清〕洪昇《長生殿》（臺北：西南，1983 年三版），頁 112。

206 劉學鍇、余恕誠著《李商隱文編年校注》第一冊，頁 126。

207 案《書・大禹謨》云：「禹曰：枚卜功臣惟吉之從。帝曰：……鬼神其依，龜筮協從，卜不習吉。」（新文豐版，十三經注疏本，《尚書注疏》頁 56-57）文中「從」字本指依從，因占卜代表鬼神之意，故占卜若得吉兆，即應依從：所謂「龜筮協從」，是指龜卜與筮卦兩種占法同樣得到吉兆，可依從。（孔疏〔正義〕曰：龜筮協

《禮記・雜記》云「大夫卜宅與葬日」，《儀禮・士喪禮》其最後一段，更詳細說明卜宅與葬日的過程，即請筮卦占宅（葬居）之吉凶，若占辭為「從」（「占之曰從」），即代表吉利；另請龜卜占下葬時日，同樣，若「占曰：某日從」，亦表示某日吉利[208]。故《祭蕭侍郎文》所謂「今則年良月吉，筮協龜從」，應是指請筮卦占得良宅（葬地），請龜卜占得吉日。唯文中云「年良月吉」似有誤，不如韓愈《送窮文》所云「日吉時良，利行四方」，指某日某時較妥；唯仍漏掉卜宅過程，故疑應作「宅良日吉」，始合筮占習慣。義山有多篇祭文提到請龜兆卜日或卜穴（引文略），參照《祭蕭侍郎文》在「今則年良月吉，筮協龜從」之後提到「埋玉」，剛好與「藍田日暖玉生煙」頗能對應，由此推論詩意亦較為清楚：藍田指良好葬地，日暖指吉日，均表示適合下葬；玉生煙則指下葬情形。案以藍田為葬地，可能與唐人盛行看風水有關[209]。《續定命錄》云：「故殿中侍御史李稜夙好藍田山水，……」[210]可見藍田亦指風景優美之山水。義山詩中之「藍田」，除用指良好葬地外，實亦指其山水優美，義山《為外姑隴西郡君祭張氏文》，於「始議權厝，遂得嘉占」之後，云「風水無虞，巒岡信美」[211]，即表示，經過占卜，終於得到一風水優美的葬地。「日暖」指吉日，亦是經由占卜決定，晴朗、良好的天氣正適合下葬。所以，藍田日暖合起來指地、時皆宜，正適合下葬。由此可知朱彝尊所謂「玉生煙，葬之也」，是站在詩人的角度，將妻子棺木下葬視為「埋玉」[212]。

從，是謀及卜筮……卜筮通鬼神之意，故言鬼神其依，龜筮協從，謂卜得吉是依從也。）

208 〔漢〕鄭玄注，〔唐〕賈公彥疏，王輝整理《儀禮注疏》（上海：上海古籍，2008），頁 1034-37。

209 參張玉蓮《古小說中的墓葬敘事研究》（北京：人民，2013），頁 46。

210 見周勛初主編《唐人軼事彙編》（上海：上海古籍，2006），上冊，卷十八，頁 970。

211 劉學鍇、余恕誠著《李商隱文編年校注》，冊三，頁 1113。

212 案：藍田確為葬地，義山妻即葬於藍田，詳見本句最後之解讀。

不過，「埋玉」之典只能解釋妻之下葬，卻無法解釋「玉生煙」之意[213]，要了解「玉生煙」，尚須注意幾點，首先，是與古代「望氣」之術的關係。案《史記・天官書》曾詳述古代望氣之術云：

> 大水處，敗軍場，破國之虛，下有積錢。金寶之上，皆有氣，不可不察。海旁蜃氣象樓臺；廣野氣成宮闕然。雲氣各象其山川人民所聚積。故候息秏者，入國邑，視封疆田疇之正治、城郭室屋門戶之潤澤、次至車服畜產精華，實息者吉、虛耗者凶。若煙非煙，若雲非雲，郁郁紛紛，蕭索輪囷，是謂卿雲。卿雲見，喜氣也。[214]

這段話的基本觀念，是認為地面（包括地下）的一切事物，所積之氣不同，不同的氣有不同的「象」，「雲氣各象其山川人民所聚積」，故望氣者可由「氣象」推測其下的事物之「吉凶」。《天官書》談到「金寶之上，皆有氣，不可不察」，那麼，藍田山既產良玉，自亦可能冒出玉氣[215]。另外，《天官書》文中提到「卿雲」，其「象」是「若煙非煙，若雲非雲，郁郁紛紛，蕭索輪囷」，在望氣者眼中，這是「喜氣」，喜氣代表「吉利」，故一般皆指稱卿雲為祥瑞之氣。藍田所產既是良玉，則其所生之煙氣，亦當屬祥瑞之氣。值得注意的是，此代表祥瑞之卿雲，其「煙氣」有時是在「日暖」的條件下才能望見的。《舊唐書・禮儀志三》記載唐玄宗開元十三年至

---

213 〔清〕汪師韓《詩學纂聞》有「李義山錦瑟詩」條云：「李義山《錦瑟》一篇，說者以為悼亡之作，……然於『藍田日暖』句，覺雜出不倫，即指藍田為葬地，何以有生烟之喻耶？」（見丁福保編《清詩話》，臺北：明倫，1971，頁 463）其實葬地生煙的記載不少，詳下。

214 〔日〕瀧川龜太郎著《史記會注考證》（臺北：洪氏，1983），頁 490。

215 案：《史記・封禪書》即載善望氣者新垣平，使人持玉杯，上書闕下獻之。平言上曰：「闕下有寶玉氣來者，已視之。」果有獻玉杯者，刻曰「人主延壽」。後又言東北、汾陰有「金寶氣」。此雖有人告其詐，但亦可知所謂望氣亦包括「寶玉氣」。汪師韓《詩學纂聞》即云：「『生烟』者，『玉』之精氣，『玉』雖不為人採，而『日』中之精氣，自在藍田。」（劉學鍇、余恕誠、黃世中編《李商隱資料彙編》下冊，頁 574）

泰山行封禪大典的事。在行事前日，本有大風從東北來，造成「裂幕折柱，眾恐」，當晚亦有勁風及強烈寒氣，但玄宗並未因此退縮，而是宿齋山上，並在夜半向天自請罪罰。果然，隔日平明，「山上清迴，下望山下，休氣四塞，登歌奏樂，有祥風自南而至，絲竹之聲，飄若天外。及行事，日揚火光，慶雲紛郁，遍滿天際。羣臣並集于社首山帷宮之次，以候鑾駕，遙望紫煙憧憧上達，內外歡譟。」[216]這段記載的焦點，是將「日揚火光」與「慶雲紛郁」連結起來，並且用「紫煙憧憧上達」形容卿雲之氣象。而所以能扭轉惡劣天氣，則與玄宗的「誠心宿齋」有密切關係，故隨駕的中書令張說跪言：「聖心誠懇，宿齋山上。昨夜則息風收雨，今朝則天清日暖，復有祥風助樂，卿雲引燎，靈迹盛事，千古未聞。……」[217]亦將「天清日暖」與「祥風卿雲」連結起來，顯然，《舊唐書・禮儀志三》的這段記載，與《史記・天官書》重視「氣象」之望氣術有關，故後來盧渥《壽星見》詩記祥瑞亦云「甘露盈條降，非煙向日生」[218]，非煙即《史記・天官書》記卿雲之「若煙非煙，若雲非雲」，且與「向日生」結合。又《舊唐書・禮儀五》記梁武帝大同十五年，祭其父陵墓（建陵），「有紫雲蔭覆陵上，食頃方滅」[219]，文中的「紫雲」即「紫煙」，即祥瑞之氣。同《志》又記，玄宗開元十七年十一月丙申，親謁橋陵，質明，「柏樹甘露降，曙後祥煙遍空」，「祥煙」明指祥瑞之煙氣，同於「紫煙」，而在「曙後」（天亮、破曉之後）出現，亦應是比較晴朗天氣。上引《舊唐書・禮儀志五》的資料，皆與陵墓祭祀有關，而皆提到某種祥瑞，此祥瑞或稱「紫雲（煙）」，或直稱「祥煙」，並且與天色晴朗有關。這讓我們想起李白《望廬山瀑布》（二首其二）云：「日照香爐生紫煙，遙看瀑布挂前川。」上句是寫廬山香爐峰頂在日照時冒出煙氣，所謂「紫煙」既指仙氣，亦指祥瑞之氣；而此氣乃「日

[216] 《舊唐書》（臺北：鼎文，1981年三版），冊二，頁899-900。

[217] 《舊唐書》（臺北：鼎文，1981年三版），冊二，頁898-899。

[218] 袁枚《詩學全書》引，見王英志主編《袁枚全集》（南京：江蘇古籍，1997年二刷），捌冊，頁101。

[219] 《舊唐書》（臺北：鼎文，1981年三版），冊二，頁972。

照」所出，與義山《錦瑟》詩之「藍田日暖玉生煙」頗為接近；依李白詩句法，「藍田」句可改為「日照藍田玉生煙」，煙應指一種祥瑞之氣。謝朓《游東田》云：「遠樹曖阡阡，生烟紛漠漠。」梁元帝《蕩子秋思賦》：「登樓一望，唯見遠樹含煙，平原如此，不知道路幾千。」[220]皆指遠樹有烟氣甚多。初唐蘇頲著名的應制詩：《奉和春日幸望安春宮應制》，開頭兩句云：「東望望春春可憐，更逢晴日柳含煙。」可見樹木在晴日容易生出煙氣，故古人亦常合稱「煙樹」[221]。而葬地因多松柏，更易有煙氣，如前引江總《和張源傷往詩》末兩句云：「還悲寒隴曙，松短未生烟。」反言之，若葬地之松柏長高，會因日晒生出煙氣，故關盼盼《燕子樓詩其二》亦云：「北邙松柏鎖愁煙，燕子樓中思悄然。」[222]藍田既指風水甚佳之葬地，自然松柏甚多，容易因日晒而生煙氣[223]。藍田與日暖本皆有吉利之意，其所引出之煙氣，自屬祥瑞之氣，故「玉生煙」可能意指：當亡妻棺木下葬時，整個墓地彷彿籠罩在一片祥和的煙氣中，這似乎意味著妻子之亡魂將上升天界[224]。

---

220 況周頤《蕙風詞話》卷一引。

221 如：韓愈《早春呈水部張十八員外二首》一：「最是一年春好處，絕勝煙柳滿皇都。」又柳宗元《別舍弟宗一》尾聯云：「欲知別後相思夢，長在荊門郢樹煙。」（王國安箋釋《柳宗元詩箋釋》，上海：上海古籍，1998，頁 336）又王灼《碧雞漫志》：「唐昭宗……登城西齊雲樓眺望，製《菩薩蠻曲》曰：『登樓遙望秦宮殿，茫茫只見雙飛雁。渭水一條流，千山與萬丘。野煙生碧樹，陌上行人去。安得有英雄，迎歸大內中。』」相傳為李白所作《菩薩蠻》云：「平林漠漠煙如織，寒山一帶傷心碧。」

222 見《全唐詩》（臺北：文史哲，1978），十一冊，卷 802，頁 9023。

223 案唐末人裴說《冬日作》有「樹老生煙薄」句，紀昀評云：「樹密則煙重，樹老則煙疏，疏則煙薄，此亦易解。」（陳伯海主編《唐詩彙評》下，頁 2980）可見葬地若多松柏則易生煙氣。

224 據白居易《長恨歌》，楊貴妃雖代玄宗受過而死於「馬嵬之變」，但其亡魂卻上升海外仙山，義山或亦有此意。《錦瑟》詩與《長恨歌》有互文關係，參見下篇《房中曲與妻子之死》。

另外，義山《重祭外舅文》云「荊釵布裙，高義每符梁、孟」[225]，將王氏比為具有「高義」品格的孟光，是對其妻德行之極高讚美。又《古詩》曰：「燕趙多佳人，美者顏如玉。」已將佳人之美比為玉，而王氏貌美，故比為藍田之玉[226]。據此，玉生煙之玉，固指王氏之高貴品德，實亦兼指其華年容貌之美；依照傳統的觀點，此即兼有婦德與婦容，實一完美之女性，正如白居易《續古五首其五》云：「窈窕雙鬟女，容德俱如玉。」[227]

正因視妻子品德、容貌如玉，所以稱其葬地為「藍田」；亦因藍田為風景優美之葬地，可能出現吉祥之煙氣。案：陸機《漢高祖功臣頌》有一則頌紀信為解榮陽之圍，自請偽裝漢王（劉邦）犧牲，云：「身與煙消，名與風興。」[228]李周翰注云：「雖身隨煙滅，而忠烈名與風興也。」即將身死與煙滅相比。故「玉生煙」有可能指妻子之死，且結合了《搜神記》中的紫玉故事。

談到「玉生煙」，似不能不注意《搜神記》中的紫玉故事[229]。《搜神記》卷十六「紫玉」條，記吳王夫差小女紫玉，與青年韓重相戀，但因夫差不許，玉結氣而死。後韓重至玉墓弔祭，見到紫玉之魂，臨別時玉送重明珠持去見吳王，不想吳王大怒，以為重盜其女墓。後來紫玉自見吳王，王正粧梳，忽見玉，驚愕悲喜，夫人聞之，出來想抱紫玉，可是「玉如煙然」而消失。[230]顯然，故事最後的「玉如煙然」與《錦瑟》的「玉生煙」，文字幾乎完全相同。此則故事義山不可能不知道，馮浩《箋注》即引此典故，因此，如何從「玉如煙然」看「玉生煙」，是值得考慮的。首先，義山岳父為唐節度使，可比春秋時之諸侯，故義山將自己能娶得王氏比為蕭史娶得秦穆

---

225 劉學鍇、余恕誠著《李商隱文編年校注》（北京：中華，2002），冊二，頁 958。

226 如章燮云：「藍田美玉，喻姿容也。」並引《宋書．謝莊傳》：「莊韶令美容儀，宋文帝見而歎曰：『藍田生玉，豈虛也哉！』」（章燮《唐詩三百首注疏》卷五，見劉學鍇、余恕誠、黃世中編《李商隱資料彙編》，下冊，頁 981）

227 《唐詩品彙》（上海：上海古籍，1988），卷二十一，頁 239。

228 劉運好《陸士衡文集校注》（南京：鳳凰，2007），下冊，頁 866。

229 《集解》引程（夢星）注，云用《搜神記》中吳王女紫玉故事。

230 〔晉〕干寶撰《搜神記》（臺北：洪氏，1982），頁 200-01。

公女弄玉[231]，而紫玉為吳王夫差之女，正可相比。其次，紫玉故事中的「玉如煙然」，指的是紫玉死後的魂氣[232]，並非生人的身體，故其母夫差夫人無法擁抱，蓋「如煙」已意味紫玉之死。再其次，故事中先寫紫玉因情而死，接著寫韓重探墓，以及夫差夫婦見到女兒紫玉之驚喜，其實都是在表現「情」之一字。紫玉與韓重在墓中相見，更強烈意味著情感並未因其死而消失，反而更能自由相見[233]。故事的最後寫紫玉如煙之消失，極富韻味，其中似隱含一種靈魂美學：真正的情是屬於靈魂的，有情人雖已死亡，但仍留下如煙之情，令人難以忘懷。此種死後之情正是義山在《錦瑟》詩最後兩句所要表達的。

紫玉故事的「玉如煙然」，一方面暗示人之死亡，一方面暗示生者的懷念。而對這兩層意思說得最清楚的，可能是劉永濟對吳文英詞《珍珠簾》首句「蜜沈燼暖餘煙嫋」的解釋。劉先生《微睇室說詞》的解釋云：「『蜜沈燼暖』者，香燼微溫也。『餘煙嫋』者，殘香未散也。……香燼猶暖，以言舊事已銷沈而餘情猶在也。餘煙尚嫋，以言舊人之影尚存心中也。」[234]這段話其實是對「往事如煙」的極佳說明，對理解義山詩句「玉生煙」甚有幫助：義山之意，乃指其妻雖已亡故，但夫妻之情猶在，妻之倩影仍時存心中。

由於紫玉故事中的「玉如煙然」，是就紫玉死後的魂氣而言，而義山此

---

231 參見前引悼亡詩《相思》：「相思樹上合歡枝，紫鳳青鸞並羽儀。腸斷秦臺吹管客，日西春盡到來遲。」第三句「秦臺吹管客」自比因吹簫而娶到秦穆公女弄玉的蕭史。

232 《幽明錄》「龐阿」條，記石氏女往見心所悅、同郡美男龐阿，為阿妻所見，使婢縛之，送還石家。不料，於中路「化為煙氣而滅」。後又云：「夫精情所感，靈神為之冥著，滅者蓋其魂神也。」（見《太平廣記》卷三五八頭條）即指煙氣為靈魂、魂神。

233 寫完此文後又見到張玉蓮著《古小說中的墓葬敘述研究》（北京：人民，2013），其第五章《冢墓幽情》引言云：「冢墓卻常因『情』的出現而呈現出自由、開放、溫馨的態勢：在那些書寫冢墓幽情的作品中，冢墓不再是一個冰冷的物象，而成為一個可親可近的情感空間。人鬼、人狐以及狐鬼可在其間隨心所欲地傳情達意。」（頁147）與鄙意可相印證。

234 見吳蓓《夢窗詞彙校箋釋集評》（杭州：浙江古籍，2007），頁453。

句亦指妻子之埋葬，因此，尚應由魂氣的角度切入，去理解義山在亡妻下葬時的感情狀態。首先，必須知道一點古人之魂魄觀。如《禮記・郊特牲》云：「魂氣歸于天，形魄歸于地。故祭，求諸陰陽之義也。」[235]又《禮記・祭義》云：

> 宰我曰：吾聞鬼神之名，而不知其所謂。子曰：氣也者，神之盛也；魄也者，鬼之盛也；合鬼與神，教之至也。眾生必死，死必歸土；此之謂鬼。骨肉斃於下，陰為野土：其氣發揚于上，為昭明，焄愴，此百物之精也，神之著也。因物之精，制為之極，明命鬼神，以為黔首則。百眾以畏，萬民以服。

王夢鷗《禮記今註今譯》，譯中間數句云：「骨肉在地下腐爛，化作野土；但它的氣卻發揚於上，成為活動的光景、氣味，和使人感動的東西，那就是生物的精靈而為可以看見的神。」[236]可見人死埋葬之後，只是形體不見，而其魂氣仍在，並且發揚於上，成為一種會使人感動的精神。《楚辭・九歌・國殤》云：「身既死兮神以靈，魂魄毅兮為鬼雄。」朱熹注云：「死則魂游散而歸于天。」（見《楚辭集注》）《論衡・論死篇》亦云：「鬼神，荒忽不見之名也。人死精神升天，骸骨歸土，故謂之鬼神。鬼者，歸也，荒忽無形者也。」[237]這種靈魂信仰，在古代是普遍被接受的，則當王氏棺木下葬之時，義山想像王氏精魂會隨著煙氣出現，是很有可能的。案前引《舊唐書・禮儀五》記皇帝謁陵之祥瑞現象，每與皇帝之「悲慟」有關，《志》文常提到皇帝因孝心而哭泣，如「望陵流哭」、「悲號哽咽」、「望陵涕泣」等，指出祥瑞煙氣是「孝感所致」。而孝感不僅可致瑞氣，亦可引致先帝及陪葬功臣來受饗，如記唐玄宗謁昭陵的事云：「皇帝謁昭陵，陪葬功臣盡來受饗，風吹飀飀，若神祇之所集。陪位文武百僚皆聞先聖嘆息、功

[235] 王夢鷗註譯《禮記今註今譯》（臺北：臺灣商務，1984），上冊，頁 437。
[236] 王夢鷗註譯《禮記今註今譯》（臺北：臺灣商務，1984），下冊，頁 757。
[237] 黃暉撰《論衡校釋》（北京：中華，1990），冊三，頁 871。

臣蹈舞之聲，皆以為至孝所感。」[238]此則資料證明祥瑞之氣亦可引來親人精魂。又義山《李賀小傳》記李賀臨終前事甚奇，蓋謂賀為天帝使者（緋衣人）所召，為天帝白玉樓作記文，「少之，長吉氣絕。嘗所居窗中，勃勃有煙氣，聞行車嘒管之聲。」[239]此與上引玄宗謁昭陵，聞「先聖嘆息、功臣蹈舞之聲」相類似：在神秘的「煙氣」中長吉的精魂為使者帶離上天。據此，「玉生煙」若指墓葬時之祥瑞之氣，亦當由義山之悲慟、誠懇所導致，那麼，是否有可能，義山在煙氣中看到亡妻之精魂？

又，義山《為外姑隴西郡君祭張氏女文》，乃代王茂元妻隴西郡君祭茂元前妻所生之女張氏（嫁張審禮），其最後一段提到：「嗚呼！曩昔容華，生平淑婉，漠然不見，永矣何歸？將籍掛諸天，遙歸真路？將福興淨域，須赴上生？……」[240]這是婉惜張氏在世時的美麗容華將「漠然不見」，而想像其精魂可能上升天界。據此，當亡妻下葬時，義山於墓地煙氣中若看到亡妻精魂，似不無可能。

更值得參考的，是孟郊《遠愁曲》，詩云：

> 飄飖何所從？遺冢行未逢。東西不見人，哭向青青松。此地有時盡，此哀無處容。聲翻太白雲，淚洗藍田峯。水涉七八曲，山登千萬重。願回玄夜月，出視白日踪。[241]

前四句提到「遺冢」「青松」，皆指墳墓；第八句提到「藍田峯」，即陝西藍田縣之藍田山，應指墓地所在。末兩句——「願回玄夜月，出視白日踪」，箋注者郝世峰於詩後校考，應為「願邀玄夜靈，出視白日踪」，並解云：「蓋因思念情深，欲起逝者之魂靈于地下也。」據此，藍田可指葬地，且若「思念情深」，在墓地容易引發「欲起逝者之魂靈于地下」——即想見亡者精魂的期盼。

---

238 《舊唐書》（臺北：鼎文，1981 年三版），冊二，頁 973。

239 劉學鍇、余恕誠著《李商隱文編年校注》，冊五，頁 2266。

240 劉學鍇、余恕誠著《李商隱文編年校注》，冊三，頁 1113。

241 見郝世峰：《孟郊詩集箋注》（石家莊：河北教育，2002），頁 19-20。

藍田指義山亡妻葬地，黃世中提供更具體詳細的資料，其《李商隱〈謁山〉、〈玉山〉詩解》云：

> 《謁山》詩云……「山」當是實指，即長安東南之藍田山，也稱「玉山」，為李商隱妻子王氏之葬處。……「謁」有拜神（鬼）獻供之意。由此看來，《謁山》這個詩題說的應是詩人到藍田山謁奠亡妻王氏的靈墓。
>
> 杜甫《九日藍田山崔氏莊》云：「藍水遠從千澗落，玉山高並兩峯寒。」杜詩「玉山」也即藍田山，……《長安志》云：「藍田山在長安縣東南三十里，其山產玉，亦名玉山。相傳伏義氏母親華胥氏陵墓即在此山，所以唐代藍田山多為長安士宦女眷卜葬之地。」李商隱亡妻當也葬于玉山之上。詩即是李商隱謁奠玉山妻子靈墓後，以《玉山》為題的悼亡之作。……（《玉山》詩略）「玉山高」、「玉水清」比喻王氏葬處之高潔，同時寓含其生前人品，是為頌贊妻子之辭。「珠」喻妻，《錦瑟》「滄海月明珠有淚」可證。[242]

此文幾乎可說是解開「藍田」之謎的一把鑰匙，極有參考價值。文中引《長安志》，指出長安附近有藍田山，因其山產玉，又名「玉山」。尤其重要的是「唐代藍田山多為長安士宦女眷卜葬之地」這句，黃氏據此云「李商隱亡妻當也葬于玉山之上」、「詩即是李商隱謁奠玉山妻子靈墓後，以《玉山》為題的悼亡之作。」合上引孟郊詩與黃氏此文，應可確定《錦瑟》詩之「藍田」確指義山亡妻葬地。黃氏又云，《玉山》詩之「玉山高」、「玉水清」比喻王氏葬處之高潔，同時寓含其生前人品，「是為頌贊妻子之辭」，亦可印證筆者所論，《錦瑟》詩句中之「玉」乃比喻其妻子人品與容貌之美[243]。唯黃氏以為「珠」喻妻，並引《錦瑟》「滄海月明珠有淚」為證，則「珠有淚」指妻子掉淚，顯然是錯誤的——應說「玉」喻妻才對，且未指出

---

[242] 見《唐代文學研究》四輯（桂林：廣西師範大學，1993），頁 239-44。

[243] 筆者原有此論，見頁 617。

《錦瑟》詩之「藍田」即是妻子之葬地，殊不可解[244]。

綜合上面的各層分析，「玉生煙」有相當複雜的含義：據《搜神記》紫玉故事，煙字其實喻指亡魂，而「玉」又喻指妻子，則「玉生煙」當指妻子之華年早逝。又據《舊唐書·禮儀五》與義山《李賀小傳》，煙常與葬地結合，可做為精魂的依托上昇天界；且由上引孟郊詩與黃世中論文已知藍田為葬地，由此可以確定，藍田指葬地之風水優美，日暖指天氣晴朗，整句寫其妻棺木下葬情形。可是，詩若只寫棺木下葬，未免太單調，也不合情理。合理的推想，至少會寫到義山對妻子的深情懷念，因此，就可進一步考慮到，當棺木下葬時，必有祭祀儀式，而在祭祀時，配合葬地的煙氣，義山必會祝禱妻子靈魂上天。

茲引敦煌寫卷中之一份《追悼文》，以供參考：

> 北京 8719（水 8）《追悼文》
>
> 維大唐天福四年歲次丁亥
>
> 三從四德無虧，冀保長居閨閤，永鎮高堂。何期忽〔深〕縈纏，療無損減，半年服藥，經歲求師，神無驗力之〔功〕，藥乏迴生之敦。何圖長波迅速，促限催時，金烏落影於崑山，碧玉沉埋於土底。粧臺寂

---

[244] 此處所引孟郊詩與黃先生論文，皆是筆者在修訂末期才看到——嚴格講是在定稿後補入，故讀者閱讀到這個地方，會覺得前面所論藍田指葬地幾段，似顯多餘，這是筆者必須致歉的。劉學鍇、余恕誠編《李商隱資料彙編》（北京：中華，2001），亦邀請黃先生提供《補編》部分，可見黃先生亦甚關心有關李商隱的研究，搜集資料頗多。劉學鍇於介紹歷來關於李商隱《錦瑟詩》之研究時提及黃先先力主悼亡說，曾撰長篇考論，對宋以來的各種詮解詳加爬梳整理，采取「以詩箋詩」之法，繼承、揚棄、發展了清代以來的悼亡說，另出新解，認為詩中的「蝶」喻妻王氏，「珠」「玉」亦似指妻與侍妾，「玉山」為妻之葬地（《李商隱詩歌研究》，合肥：安徽大學，1998，頁 144）。黃先生之「長篇考論」，筆者尚未見到，但筆者閱讀過黃先生另一大作，《明季清初李商隱詩箋注知見錄》（《唐代文學研究》七輯，廣西師範大學，1998）一文，可見黃先生所下工夫之深，印象特別深刻的是其中論及朱彝尊、何焯等清代著名學者亦從「悼亡」角度解《錦瑟》。又由一些出版目錄知黃先生已有李商隱詩集詳細箋注面世，惜仍未過目，未能一窺「新解」，甚感遺憾。

寞，寶鏡塵土。是日也錦屏經永，是日也傷隣理（埋）痛（悲）。……鴛鴦失伴痛諸隣，孫兒雉子攀號泣，親姻無不淚霑巾，錦帳冷屏□□，紅顏再覩是何時。淨土□絕無行跡，冥冥黃泉長隔，地〔戶〕重開。……

由文中云「鴛鴦失伴痛諸隣，孫兒雉子攀號泣」云云看來，此文當是丈夫對妻子亡故的「追悼」，且是在下葬舉行儀式時朗讀，故〔日〕學者荒見泰史據此判斷，《目連變文》與葬禮儀式有關：「由此可見，《目連變文》與葬禮儀式有很高的相關性。」[245]筆者則特別注意文中幾句：「何圖長波迅速，促限催時，金烏落影於崑山，碧玉沉埋於土底。粧臺寂寞，寶鏡塵土。」日落西山喻妻子之死、玉埋土底喻下葬，粧臺、寶鏡乃亡人遺物。最後幾句云：「紅顏再覩是何時。淨土□絕無行跡，冥冥黃泉長隔，地〔戶〕重開」，則寫重覩紅顏無期，祈禱其上升淨土。全文寫對亡妻的深情，可作「藍田日暖玉生煙」句之參考。

又前引義山《七月二十日夜與王、鄭二秀才聽雨後夢作》，此詩中間四句寫夢境云：「少頃遠聞吹細管，聞聲不見隔飛煙。逡巡又過瀟湘雨，雨打湘靈五十絃。」其實是寫妻子之死，吹管聲正指鳳鳴之聲，據此可以想像：當棺木下葬時，義山在煙氣中彷彿看到妻子乘坐鸞車上昇天界，並聽到鳳管遠去之聲（參「莊生曉夢迷蝴蝶」句解最後之「補充」）。

最後，試解讀此句如下：

在風水優美的藍田葬地中，因暖日照晒，周圍籠罩在祥和煙氣中。此時亡妻棺木緩緩下葬，義山也在煙氣中看到了妻子的容儀；而最令義山感到悲悽不已的，應是看到妻子靠著妝臺旁的朱色窗戶，彈奏著「錦瑟」。

---

245 荒見泰史《敦煌講唱文學寫本研究》（北京：中華，2010），頁63-4。

末聯：「此情可待成追憶，只是當時已惘然。」

徐復觀已曾說過，此聯兩句的解釋，似易而實難[246]。這是真知灼見，本聯可能是全詩最難解的。筆者在修訂時，發現舊稿對此聯的解讀似未能充分把握詩意，甚至可能犯有錯誤，覺得有重新解讀的必要。

首先，前面曾引劉永濟對吳文英詞《珍珠簾》首句「蜜沈燼暖餘煙嫋」的解釋，認為對理解義山詩句「玉生煙」甚有幫助：義山之意，乃指其妻雖已亡故，但夫妻之情猶在，妻之倩影仍時存心中。末聯所謂「此情可待成追憶」，正是接此而來[247]，表示對亡妻思念不已。

其次，義山妻亡之後，常以潘岳自比，如《過招國李家南園二首》一：「潘岳無妻客為愁，新人來坐舊妝樓。」[248]又《屬疾》詩云：「許靖猶羈宦，安仁復悼亡。茲辰聊屬疾，何日免殊方。（下略）」詩蓋寫於妻亡後，赴東川節度使柳仲郢聘，既有羈宦之感，益增悼亡之痛，故自比如潘岳。張采田云：「王氏忌辰，託病休沐，故曰『悼亡』。」（《會箋》。見《集解》中冊，頁 1242 引）即藉口妻子忌辰而請假。義山在蜀寫了不少悼亡詩[249]，筆者前解「望帝春心託杜鵑」句，已指出，《錦瑟》詩可能寫於蜀中，且是其妻周年忌日之時，據《屬疾》詩，義山乃自比如潘岳之悼亡，今即以潘岳《悼亡詩》作參照[250]，試解末聯如下。

---

246 徐復觀《環繞李義山錦瑟詩的諸問題》，收入《中國文學論集》（臺北：臺灣學生，1985），頁 249。

247 其實，何止末聯，整首《錦瑟》詩，甚至義山所有悼亡詩皆是在表現：雖然妻亡，但夫妻之情猶在，妻之倩影仍時存心中。

248 參見楊柳《李商隱評傳》（南京：江蘇人民，1981），頁 274。又參《集解》中冊，頁 1354 按語。

249 邵德涵《試解〈錦瑟〉之謎》（臺北《中央日報副刊》12 版，民國 70 年 11 月 19 日）云：「義山中年喪偶，子幼家貧，……大中六年……柳仲郢出鎮東蜀，辟義山為節度推官……遠赴梓潼，內心頗多感慨，陸續寫了不少悼亡詩。」

250 這裏擬據潘岳《悼亡詩》再補充一點。如上所說，潘岳《悼亡詩》是在為其妻服喪一年不久寫的。而筆者前面解「望帝」句時曾據馮浩、孟森、徐復觀等說法，認為此詩當作於蜀中，並推測，「《錦瑟》當是義山入蜀隔年其妻祭日（可能是三月）所茲先解上句：此情可待成追憶。

此句關鍵在「可待」作何解釋，茲先抄錄兩位語辭專家的解釋如下：

1.劉淇《助字辨略》卷一云：「李義山詩：『可要昭陵石馬來？』又云：『此情可待成追憶？』又云：『可在青鸚鵡？』……此可字，何辭也。可要，猶云何用；可在，猶云何必。」[251]

2.張相《詩詞曲語辭滙釋》卷一亦云：「『可能』，推論之辭，其義須隨文義而定。李商隱《華清宮》詩：『當日不來高處舞，可能天下有胡塵！』此猶云何至。韓偓《偶題》詩：『蕭艾轉肥蘭蕙瘦，可能天亦妒馨香！』此猶云何至或難道。」[252]

據以上兩家考證，「可」字可作「何」解，茲再補充幾個例子。白居易《酬嚴給事》詩云：「不緣啼鳥春饒舌，青瑣仙郎可得知。」義山詩例，如《海上》云：「直遣麻姑與搔背，可能留命待桑田。」《賦得雞》云：「可要五更驚曉夢，不辭風雪為陽烏。」《春日寄懷》云：「縱使有花兼有月，可堪無酒又無人。」可字皆作「何」解。又如義山《辛未七夕》：「恐是仙家好別離，故教迢遞作佳期，由來碧落銀河畔，可要金風玉露時。（下略）」宇文所安對四句有詳細解釋，這裏只談他對「可要」的解釋：「有時候這被看為是一個問句，他們為什麼一定要等待？」簡言之，「可要」即「為何要」。[253]其它如吳融《水調》詩末云：「可道新聲是亡國，且看惆

寫」，此與潘岳《悼亡詩》作於為妻服喪一年之後，亦似相合。

251 劉學鍇、余恕誠、黃世中編《李商隱資料彙編》下冊，頁 449。

252 1977 年中華書局，頁 63。案可字假借為何，早在《詩經》時期，就有此種用法，如《詩經．魏風．葛屨》及《詩．小雅．大東》皆提到「糾糾葛屨，可以履霜」，可字為何字的假借字，可以履霜即何以履霜（見程俊英、蔣見元《詩經注析》，北京：中華，2005 年四刷，上冊頁 290 及下冊頁 632）。又郭店楚墓竹簡中有《老子》簡，其中有簡文云：「絕學亡（無）憂，唯與可，相去幾可（何）？美與亞（惡），相去可（何）若？」何亦寫作「可」。（見裘錫圭《中國出土古文獻十講》，上海：復旦大學，2004，頁 200）

253 宇文所安《晚唐》（北京：三聯書店，2011），頁 499。

悵後庭花。」[254]上句之「可道」即「何至說」、「為何說」。又《秋胡變文》：秋胡母曰：「秋胡，汝當遊學，元期三周（年），可為去今九載？」末句之「可為」即「何為」[255]。

另外，「可」字亦可作「豈」字解，如王維《送張五諲歸宣城》末聯云：「憶想蘭陵鎮，可宜猿更啼。」末句之「可宜」即「豈宜」之意[256]。白居易《夏旱》：「感此因問天，可能長不雨？」[257]義山《荊山》詩末云：「楊僕移關三百里，可能全是為荊山。」可字亦應作「豈」解。又如李山甫《過烏江題項羽廟》云：「為虜為王盡偶然，有何慚見渡江船？平分天下猶嫌少，可要行人贈紙錢？」[258]末句之「可要」應做「豈要」解，但亦可做「何要」解，與第二句「有何慚見渡江船」對應。《降魔變文》云：「君可不聞輔國之相，厥號護彌？」注云：可，原校作「何」。項楚云：「『可不』即豈不之義。」[259]

事實上，「可、何、豈」三字可相通，如韓愈《題于賓客（頔）莊》云：「馬蹄無入朱門跡，縱使春歸可得知。」「可」字做「如何」或「豈」解，皆可通。同樣，賈島《詠懷》云：「縱把書看未省勤，一生生計只長貧。可能在世無成事，不覺離家作老人。」「可能」做「何能」或「豈能」解皆可通。又黃山谷《玉樓春》（新年何許春光漏）詞云：「得開眉處且開眉，人世可能金石壽。」案《古詩十九首》云：「人生非金石，豈能長壽

---

254 《唐詩品彙》（上海：上海古籍，1988），頁 819。

255 張涌泉、黃征《敦煌變文校注》（北京：中華，1997），頁 234。文中即寫為「可（何）為」。

256 《增訂唐詩摘鈔》評云：「可宜者，豈可宜也。言因猿啼，益動相思之慘。」（見陳伯海主編《唐詩彙評》上冊，頁 308）案：「豈可宜」即「豈宜」，意思一樣（參見蔣禮鴻《敦煌變文字義通釋》「可」、「豈可」條，頁 329）。

257 「可能」作「豈能」解，詳見謝思煒撰《白居易詩集校注》（北京：中華，2006），冊一，頁 116 注。

258 見孫濤《全唐詩話續編》，收入《清詩話》（臺北：明倫，1971），頁 647。

259 見張涌泉、黃征校注《敦煌變文校注》（北京：中華，1997），頁 570，《降魔變文》注 44。

考。」可見「可能」、「豈能」、「何能」三者，意思一樣[260]。茲再舉賈島詩作說明，《寄長武朱尚書》：

> 不日即登壇，旗槍一萬桿。角吹邊月沒，鼓絕爆雷殘。中國今如此，西荒可取難。白衣思請謁，徒步在長安。

朱尚書，朱叔夜，《舊唐書・文宗紀》下：大和七年十一月己卯，以左神策長武城使朱叔夜為涇州刺史，充涇原節度使。節度使為軍區長官，故詩前四句寫軍威之盛。接著兩句：「中國今如此，西荒可取難」，或解為「此謂難取西境荒陬也」，亦即難取西荒之地[261]。似與前四句矛盾，如上所說，「可」字應作「豈」或「何」看，故「可取難」應解為「豈取難」或「何取難」，言下之意為「不難」。

由此看「此情可待成追憶」，應作問句看，即：「此情何（豈）待成追憶？」這是在追問「此情」與「追憶」兩者的關係，表面上是提出疑問，表示懷疑，實則已肯定在「追憶」中會感受「此情」這件事；提出疑問只是為了進一步說明：何以此情只能在追憶中去感受（這是詩文「設問」的常態）[262]。事實上，此詩的重點即在寫「此情」與「追憶」兩者的緊密關係，如首聯即藉錦瑟的追憶表現對妻子的思念之情：亦即睹物思人、物在人亡之情；中間兩聯亦皆是藉「追憶」表現「此情」。故「此情可（何）待成追憶」是總結前面各聯的重點，表面是提出問題，實則是肯定「此情」只能在追憶中去感受：蓋由前面各聯之解可知，此情本指夫妻之情，而既然妻子已

---

260 蔣禮鴻《敦煌變文字義通釋》（臺北：本鐸，無出版年月）舉很多例子證明「可」、「豈可」均作「豈」解（見頁 328-30）。《集解》亦云：「可待，豈待，何待。」（下冊，頁 1422）案：山谷〈玉樓春〉詞見馬興榮、祝振玉《山谷詞校注》（上海：上海古籍，2011，頁 119）。又況周頤《蕙風詞話・韓子耕除夕詞》載韓子耕（韓𠐁）《高陽台》除夕云「老來可慣通宵飲」，「可」字亦應作「豈」或「何」字解。

261 李建崑《賈島詩集校注》（臺北：里仁，2002），卷八，頁 333。

262 楊柳認為，「此情可待成追憶」句中的「可」字，可解釋成「何」，構成疑問或反詰語氣，……更有力。（《李商隱評傳》，南京：江蘇人民，1981），頁 384。

亡逝，當然此情只能由追憶中去感受、體會。換言之，「此情」這句已暗示其妻之死。

不過，詩中用問句提出，其實包含兩層意思：一是在妻亡後，常睹物思人、追憶妻子在時情形；一是強調：由於不斷追憶、思念妻子，更深刻感受到夫妻之情所帶來的溫暖。要了解夫妻之情與追憶的關係，義山《悼傷後赴東蜀辟至散關遇雪》是最好例證，詩云：「劍外從軍遠，無家與寄衣。散關三尺雪，迴夢舊鴛機。」[263]此詩寫義山妻亡後赴東川節度使柳仲郢辟，至散關遇雪時的兩種心情：一方面想念妻子已亡、故無人寄寒衣；另一方面則想若妻子在時會寄寒衣，故夢見妻子在織機前操作情形[264]。紀昀評云：「盛唐餘響。『回夢舊鴛機』，猶作有家想也。」而《唐人絕句精華》評云：「無家之人于遠方雪夜中，忽作有家之夢，情已可傷，況當悼亡之後，何以為懷？『鴛機』二字中含有無限溫暖在。」後則評語是比較深刻的：說明在妻亡之後，容易受到困頓環境的影響，引起對妻子的思念、追憶，而在思念、追憶中會感受到夫妻之情的溫暖，正是「此情可待成追憶」的最佳注腳。另外，義山《夜雨寄北》云：「君問歸期未有期，巴山夜雨漲秋池。何當共剪西窗燭，卻話巴山夜雨時。」此詩容易誤導，以為其妻仍在，故可「共剪西窗燭」。但宇文所安歸納學者研究，發現兩點：一是其妻已去世；一是義山任職四川所作。據此，筆者認為，乃其妻死後，義山接受東川節度使柳仲郢之聘入蜀。詩寫在東川時想念妻子，所謂「何當共剪西窗燭」云云，乃想像之辭，以為若妻子在時，可以夫妻共「剪西窗燭」，談論義山在蜀中任職情形。詩的核心在寫妻子雖亡，已仍念念不忘，此與潘岳「悼亡」相似。

下句：只是當時已惘然。

---

[263] 見前面對「望帝春心託杜鵑」句之解讀（頁 19）。

[264] 郁賢皓、朱易安著《李商隱》（上海：上海古籍，1985）解此詩云：「這年冬天，李商隱啟程赴梓州，……行至入蜀的散關時，下起了大雪。李商隱住在驛站裏，他朦朧地看見妻子正坐織機旁替他趕制寒衣，醒來才知是夢。」並評云：「寥寥二十字，蘊含著喪妻的孤獨淒涼，遠途跋涉的艱辛以及羈旅漂零的痛苦。」（頁 80）

所謂「成追憶」，是呼應首聯之「思華年」，指追憶妻子在時情形。「此情」實指妻子在時之情，故引起下句：只是當時已惘然。「當時」即指當妻子尚在之時，「惘然」是恍惚不清之貌[265]，「當時已惘然」指昔日妻子尚在的「當時」，自己並未能十分了解此夫妻之情在生命中的意義，言下對妻子之死感到無限憾恨。這句表面是回答上句，其實是對上句的補充，可以簡單表示如下：

（上句）追憶妻在之情，重點：「妻在之情」

（下句）憾恨妻之亡，重點：「妻亡之恨」

「惘然」並非完全不見，只是看得不十分清楚。前面已說過，義山夫婦伉儷情深，當妻子仍在時，不可能對夫妻之情無所體會，所謂「只是當時已惘然」，語氣中有很深的憾恨：何以當妻子在時，自己對此情模糊不清，要待妻亡之後才能充分體會？要知上下句中隱含的無比憾恨，恐須於首聯的「思華年」中求索。如前面的解讀，「思華年」指妻子之華年早逝，此應是其憾恨之根源：蓋當妻子在時，自己尚來不及體會此夫妻之情的意義，雖在妻亡之後，自己不停追憶，終能深入體會此情，惜妻子已亡，由此看昔日對此情的惘然不清，更對妻子之華年早逝，深以為恨。簡言之，上句是寫妻子在時之情，下句是寫妻亡之憾恨；一寫生前，一寫死後。

可以說，「此情」是此詩的靈魂，詩中各句皆貫注了「此情」；尤其中間兩聯四句，從表面看來，似各個獨立，然將它們串連起來的，正是「此情」。不過要了解「此情」，似有必要參照潘岳之《悼亡詩》（三首），因其提供了「睹物思人」、不停追憶亡妻的具體範例，且特別指出夫妻之間的關係，有如「雙棲鳥、比目魚」，對了解義山詩句有極大幫助，茲以簡式表示：

睹物思人→此情可待成追憶

雙棲鳥、比目魚→只是當時已惘然

---

[265] 據《漢語大詞典》，「惘」字，基本上有兩意，一是「恍惚貌」，一是「失意貌」；「惘然」一詞，同樣有此兩解，《大詞典》解此句，作「迷糊不清貌」。

茲取潘岳《悼亡詩》其一與其二加以說明，其一云：

> 荏苒冬春謝，寒暑忽流易。之子歸窮泉，重壤永幽隔。……望廬思其人，入室想所歷。帷屏無彷彿，翰墨有餘迹。流芳未及歇，遺挂猶在壁。悵怳如或存，周遑忡驚惕。

根據古代禮制，妻死，丈夫服喪一年，開頭兩句即表明守喪已滿一年，與妻子已永隔泉壤，難以再見[266]。接著四句（略），言準備回朝任職。「望廬」以下，寫妻亡之後，遠遠看到自己的屋子，就想起亡妻的倩影；進入室內，會更加思念昔日的景況[267]，簡言之，即睹物思人。很明顯，家室與妻子已形成一體[268]，家室內的任何事物皆會引起詩人的思念：想到從前妻子在時的情形。

在這些追憶中顯然有一根溫暖的情感之線連接詩人與亡妻，使詩人覺得妻子彷彿仍在家中；這正是所謂「此情可待成追憶」。但是在這睹物思人當中，詩人卻時常警覺到：人已不見。故潘詩後面接著云：「悵怳如或存，周遑忡驚惕。」譯者云：「恍惚中我覺得她彷彿還活著，清醒過來只感到不勝驚惶憂傷。」吳淇解云：「總以描寫室中人新亡，單剩孤孤一身在室內，其心中忐忑光景如畫。」（《六朝選詩定論》）[269]這種孤單一身、驚惶憂傷的忐忑心情，其實是一種淒涼無助之感。

後面跟著寫宛如雙棲鳥、比目魚只剩其一的心情：「如彼翰林鳥，雙棲一朝只；如彼游川魚，比目中路析。」案《山海經・海外西經》有「一臂國」，經云：「一臂一目一鼻孔。」郭璞注云：「此即半體之人，各有一

---

266 參張啟成、徐達等譯注《文選全譯》（貴陽：貴州人民，1994），冊二，頁1420。

267 參張啟成、徐達等譯注《文選全譯》（貴陽：貴州人民，1994），冊二，頁1420-28。

268《禮記・曲禮上》：「三十曰壯，有室。」鄭玄注：「有室，有妻也。妻稱室。」故詩中言「入室想所歷」，指入室就想到妻子在時的種種情形。古人又常以「家」稱妻子，參蔣禮鴻《敦煌變文字義通釋》（增訂本，臺北木鐸出版社，無出版年月），頁25-26，「家」條。

269 仝注204，頁1421。

目、一鼻孔、一臂一腳。」很明顯，「半體人」做事是很不方便的，故必須與另一半體人合作才能成事。《韓詩外傳》卷五即云：「東海有魚名曰鰈，比目而行，不相得不能達；南方有鳥名曰鶼，比翼而飛，不相得不能舉。」[270]所謂「比目而行」「比翼而飛」，皆表示必須雙方同行始能到達目的地。此正是潘岳提到「雙棲鳥、比目魚」的用意，蓋「雙棲鳥、比目魚」實生命共同體的象徵[271]，一旦永久性的失去伴侶，將產生嚴重的不適應感。

《悼亡詩》其二敘時序入秋、天氣轉涼之時，層層鋪敘，讓人深感妻子不在的失落之感，詩云：

> 皎皎窗中月，照我室南端。清商應秋至，溽暑隨節闌。凜凜涼風生，始覺夏衾單。豈曰無重纊，誰與同歲寒。歲寒無與同，朗月何朧朧。展轉眄枕席，長簟竟牀空。牀空委清塵，室虛來悲風。獨無李氏靈，彷彿睹爾容。撫衿長嘆息，不覺涕沾胸。沾胸安能已，悲懷從中起。寢興目存形，遺音猶在耳。

將時序的變化與室內情形結合起來，寫妻子不在、孤單淒涼之景，實即具體敘述前面所喻雙棲鳥、比目魚只剩其一的情景。中間云：「獨無李氏靈，彷彿睹爾容。」李氏靈指漢武帝所幸李夫人死，方士李少君用方術使武帝彷彿見到李夫人容貌。潘岳這兩句乃感嘆亡妻不能像李夫人那樣顯靈，使自己見其容貌。而最後又歸結為「寢興目存形，遺音猶在耳」，即時時想念妻子在時情形。案：義山另一首悼亡詩《王十二兄與畏之員外相訪見招小飲，時余以悼亡日近，不去因寄》，有兩句常被引用：「更無人處簾垂地，欲拂塵時簟竟牀。」馮浩注，即取此首中四句：「展轉眄枕席，長簟竟牀空。牀空委清塵，室虛來悲風。」（《集解》中冊，頁 1089）這正是筆者解此聯開頭所說：「義山之意，乃指其妻雖已亡故，但夫妻之情猶在，妻之倩影仍時存

---

270 參袁珂撰《山海經校注》（臺北：洪氏，1981），頁 212。

271 《儀禮．士昏禮第二》（16 節）「《記》。士昏禮。凡行事必用昏昕，……腊必用鮮，魚用鮒，必殽全。」「魚用鮒」即取夫婦相依附之義（見楊天宇《儀禮譯注》，頁 42）。

心中。」亦即「此情可待成追憶」之感：時常追憶妻子在時情景，並感受夫妻之情的溫暖。

潘岳《悼亡詩》中最核心、也是最重要的，就是「夫妻生命共同體」的觀念。潘詩以「雙棲鳥、比目魚」比喻夫妻配偶的關係，即以夫妻為生命共同體，故當失去配偶，就如生命共同體遭遇破壞，會產生極大的不適應，甚至有生命危機感。而在妻亡之後，因不停地追憶，彷彿妻子仍在，並感受到夫妻之情的溫暖，正是緩解此生命危機感的一種重要方法：使自己不至於崩潰。義山所謂「只是當時惘然」，指的就是當妻子在時，正如「雙棲鳥、比目魚」並存，反而對此「夫妻生命共同體」的體會，還不夠真切；只有在妻亡之後，因一直在追憶妻子在時情形，才深刻感受到妻子在時的溫暖與不在的淒涼，這種極端對比使其進而更體會到夫妻生命共同體的本質意義，故說「此情可待成追憶」。參照潘岳《悼亡詩》，才知道義山所謂「此情」固指夫妻之情，卻非一般泛稱的、形式上的夫妻關係，而是屬於精神上的、具有生命共同體意味的夫妻之情，它已超越生死界限[272]，故白居易《長恨歌》結尾提長生殿七夕誓言，即云：「在天願作比翼鳥，在地願為連理枝。天長地久有時盡，此恨綿綿無絕期。」與潘岳《悼亡詩》所云「雙棲鳥、比目魚」一樣，皆用生命共同體之生物比喻夫妻之情之無窮無盡，簡言之，即「生死不渝，永無盡期」[273]。但白詩「天長」「地久」兩句詞彩雖佳，卻不太像生前誓詞，而比較像死後之悼亡詞[274]，故陳鴻《長恨傳》即將白詩

---

272 參見上句「藍田日暖玉生煙」，筆者引「紫玉」故事所提「靈魂美學」之解讀。

273 案：《古詩十九首》之十八云：「客從遠方來，遺我一端綺。相去萬餘里，故人心尚爾。文采雙鴛鴦，裁為合歡被。著以長相思，緣以結不解。以膠投漆中，誰能別離此？」即用「雙鴛鴦」比喻夫妻（或友人）如生命共同體，因而即使相去萬餘里，亦會「長相思」不已。

274 尤其「此恨綿綿無絕期」實指楊妃代玄宗受過而死，玄宗為此憾恨不已，如白詩《李夫人》云：「又不見泰陵一掬淚，馬嵬坡下念楊妃。縱令妍姿艷質化為土，此恨長在無銷期。」顯以楊妃之死為「長恨」原因。又謝思煒云：「《長恨歌》最後所引用的『在天願作比翼鳥，在地願為連理枝』，實際說明了這一情節模式的來源，即是《孔雀東南飛》和韓朋夫婦等民間傳說。詩中所描寫的七月七日長生殿設誓情節，《元白

四句簡單改為「願生生世世為夫婦」一句，雖乏詞彩，卻較像生前誓詞，亦更能表現夫妻之情的本質。故所謂「此情可待成追憶」，指在妻亡之後，因一再地追憶妻子在時情形，終於體會到夫妻是生命共同體的本質，由此回想昔日妻子在時，自己卻「惘然」不清——未能完全認識此生命共同體的本質，故說「只是當時已惘然」；言下之意，對妻子之華年早逝，有不勝歔欷、憾恨之感。

以上的說解，讀者或有懷疑，以為「過度解讀」。茲再引劉學鍇《樊南文的詩情詩境》中一段話為證，劉先生云：

> （義山）《上河東公（柳仲郢）啟》：「某悼傷以來，光陰未幾。梧桐半死，才有述哀；靈光獨存，且兼多病。」分用枚乘《七發》「龍門之桐，高百尺而無枝，其根半死半生」與王延壽《魯靈光殿賦序》「西京未央建章之殿，皆見隳壞，而靈光巍然獨存」。以「梧桐半死」喻喪偶，不僅形象地顯示與妻子同根共體的親密關係，而且將自己遭到這場變故後形毀骨立、生意凋喪的情狀，描摹得鮮明如畫，其內心的創痛亦不言而喻。以「靈光獨存」喻己身獨存，其孑然孤立、形影相弔之狀固如在目前，且于言外透露出一種人世滄桑之慨。[275]

這段話解釋義山《啟》文中「梧桐半死」與「靈光獨存」的詩情詩境，非常精彩，與潘岳《悼亡詩》所云「雙棲鳥、比目魚」、白居易《長恨歌》之「比翼鳥，連理枝」確可相印證：皆以生命共同體比喻夫妻的關係。所謂「形象地顯示與妻子同根共體的親密關係」，不就是《錦瑟》所云「此情可待成追憶」之「此情」？「且于言外透露出一種人世滄桑之慨」，不就是《錦瑟》所云「只是當時已惘然」之「惘然」？

因此，《錦瑟》詩以「此情可待成追憶，只是當時已惘然」作結，實具有探索夫妻情感本質的深刻意義，不可小覷。茲簡單圖示如下：

詩箋證稿》已證明于史絕不可能，也正是這類民間愛情故事的基本情節要素。」（《白居易集綜論》，北京：中國社會科學，1997，頁 402）

275 《唐代文學研究》第七輯（桂林：廣西師範大學，1998），頁 694。

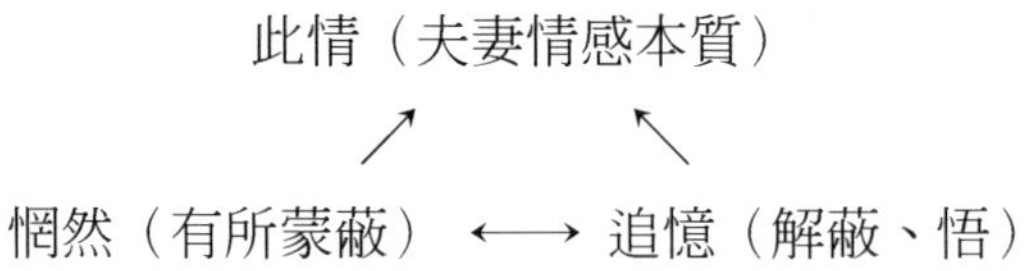

此情（夫妻情感本質）

↗　↖

惘然（有所蒙蔽）⟷ 追憶（解蔽、悟）

綜上所述，末聯是總結妻亡之後的感受，基本上同於潘岳《悼亡詩》前二首之架構。上句「此情可待成追憶」，可字應作「何」解，此乃問句：此夫妻之情何以要等待追憶方能感受？言下之意似還有一個可能：不須等待追憶亦可感受此情。下句「只是當時已惘然」是回答：只因當妻子在時，尚未能充分體會此夫妻之情，相反的，是在妻亡之後，因一再地追憶，深刻體會到妻子在時的溫暖與不在之凄涼[276]，才清楚地認知此夫妻之情的意義：夫妻是生命共同體，有如「雙棲鳥、比目魚」。由此看來，末聯是由三個相關的環節所形成：此情、追憶、惘然；三者中，「追憶」更居於樞紐地位，因追憶已包含「此情」，且因追憶才知道過去之「惘然」。

統合前面的分析，末聯兩句實包含幾個層次：

1.因妻子已亡，故此夫妻之情只能在「追憶」中體會。

2.並未因妻子已亡而淡忘其情，相反的，是一再追憶，如前所說：「義山之意，乃指其妻雖已亡故，但夫妻之情猶在，妻之倩影仍時存心中。」

3.在不斷追憶中更深入體會此夫妻之情是一種生命共同體，如雙棲鳥、比目魚。

4.反思妻子在時，自己並未能深體此情，對妻子之華年早逝，感到無比憾恨。

根據上述解說，對妻子之情是在妻死之後，因不斷追憶而充分認識，由此看來，「此情可待成追憶，只是當時已惘然」，不僅是對自己「悼亡」心

---

[276] 案：徐復觀解「藍田日暖玉生煙」云：「（上略）以喻自己一生的溫暖，惟在己妻所給與的愛情，有如藍田的日暖；而妻則已死矣。這一副愛情，在今日也只能在想像中領受。」（《環繞李義山錦瑟詩的諸問題》，收入《中國文學論集》，臺北：臺灣學生，1985，頁 249）徐先生的解說深刻，我大膽移至此處做為補充，相信對本文有很大幫助。

情的說明，亦是對「悼亡詩」的性質與意義所作的深刻概括。悼亡詩可以說是提供一個缺口，使丈夫對妻子的感情毫無保留、甚至是用一種暴發式的宣洩方式表達出來（參下篇《〈房中曲〉與妻子之死》）。正因為如此，容易使人在初讀《錦瑟》詩時，會誤認為是一首愛情詩[277]。而這牽涉到古代社會男女關係的問題。一是在結婚之前，幾乎沒有正常的男女戀愛階段，男女的感情常是在結婚之後才慢慢培養出來，且又受到很多因素的影響很難正常發展，明顯例子如《古詩為焦仲卿妻作》（俗稱《孔雀東南飛》）。另外，又受到古代男主外、女主內的因素的影響，只有在妻子死後才對夫妻之情有深刻認識。著名的悼亡例子，如漢武帝與李夫人、唐玄宗與楊貴妃，其故事重點皆不在寫皇帝之豐功偉業，而在寫其妃子死後的深情；且其感情之熱烈，由用盡手段要招妃子之魂達到高潮，較之西式的戀愛，似更具有戲劇性。

末聯這兩句，一問一答，正是傳統習用的「設問體」，藉由設問點出此詩主題：對亡妻的無盡思念與對夫妻之情的體悟。在解首聯結語中，筆者已引錢鍾書《談藝錄》為證，指出：

> 眾所皆知，義山詩深受賀詩影響，《錦瑟》詩的寫法正是以亡妻遺物「錦瑟」代指亡妻（由《房中曲》「歸來已不見，錦瑟長於人」可知），而中間兩聯四句，亦運用不同的「變形」典故，代指自己對亡妻的思念，導致《錦瑟》詩被稱為「千古詩謎」。

在解完整首詩八句之後，驀然回首，不禁想起前引錢良擇之說：「此悼亡詩也。《房中曲》云：『歸來已不見，錦瑟長於人。』即以義山詩注義山詩，

---

277 董乃斌云：「寄內和悼亡詩，不妨看成愛情詩的一種。義山婚後與王氏感情甚好，偏偏義山長期作幕，他們離多會少，因此他的寄內詩，情調都是非常低沉的。更因為王氏過早病逝，遺下一對孤兒，使詩人倍感悲痛，所以他的悼亡詩如《房中曲》、《王十二兄與畏之員外相訪見招小飲，時多以悼亡日近不去因寄》等，在情緒低沉上又非一般的寄內詩可比。」（董乃斌《李商隱的心靈世界》增訂本，上海：上海古籍，2012，頁 160）

豈非明證？錦瑟當是亡者平日所御，故睹物思人，因而託物起興也。集中悼亡詩甚多，所悼者即王茂元之女。舊解紛紛，甚無意義。」重讀這段話，頗覺於我心有戚戚焉。《集解》於義山《青陵臺》詩加按語云：「義山伉儷情深，王氏亡後哀感不已，悼亡之痛，屢形諸篇章。」這幾句若移作《錦瑟》詩的案語，可說最適合不過。

全篇大意（提要）

本文寫得相當繁複，篇幅亦大，讀者必有不勝負荷之感。茲從全詩整體之大主題與各聯詩句之小主題兩方面再作簡單概括，以便掌握。

甲　全詩整體之大主題

筆者同意清人的觀點，此詩為悼亡詩。本文提出三項資料，可供參考。

(1)義山《房中曲》既提到妻子之「秋波」、「柔膚」，又云「歸來已不見，錦瑟長於人」，可見義山妻子死後留有「錦瑟」，且死時尚是「華年」。這是清人提出「悼亡詩」的主要根據，亦是本篇立論的基礎。除此之外，本文又增加兩項資料：

(2)南朝三首悼亡詩提到「瑟絃」，皆指見到亡妻留下的瑟絃引起無限悲傷，正可解釋「一絃一柱思華年」的詩意；與(1)項資料合起來，可證清人「睹物思人」之說。

(3)孟郊《遠愁曲》與近人黃世中論文《李商隱〈謁山〉、〈玉山〉詩解》：前者證明「藍田峰」為墓地，後者證明義山亡妻即葬於長安附近之「藍田山」上，等於為難解如謎的「藍田日暖玉生煙」句提供可靠的謎底。

以上三項資料為「悼亡說」奠定了客觀而穩固的基礎，很難撼動，接著可以談各聯的解讀。

乙　各聯詩句之小主題

仍先列出《錦瑟》整首詩句，以便逐聯逐句說明。

錦瑟無端五十絃，一絃一柱思華年。莊生曉夢迷蝴蝶，望帝春心託杜鵑。

滄海月明珠有淚，藍田日暖玉生煙。此情可待成追憶，只是當時已惘然。

一、首聯「錦瑟無端五十絃，一絃一柱思華年」

根據上列第(2)項資料可知，下句「一絃一柱思華年」乃指錦瑟的任一絃柱都會使自己想到妻子華年之死[278]，從而引起不可遏止的悲情；這使得妻子留下的25絃瑟彷彿變成50絃瑟（參見第1項資料），故云「錦瑟無端五十絃」。

二、次聯「莊生曉夢迷蝴蝶，望帝春心託杜鵑」

此聯承上聯「思華年」而來，上句用「迷蝴蝶」表示新婚時的幸福快樂，「曉夢」則表示，因妻子之死，此幸福快樂已完全消失破滅，恍如幻夢一般。

下句用到蜀地傳說，以望帝死後魂化杜鵑啼血悲鳴，表示妻亡後自己時常悲傷哭泣。「春心」即「傷春之心」，出自《楚辭・招魂》：「湛湛江水兮上有楓，目極千里兮傷春心。魂兮歸來哀江南。」蓋義山妻子死於「春盡」之時（見義山《相思》詩），故以「望帝（傷）春（之）心」表示對妻子之死的傷心、悲痛，因杜鵑啼血悲鳴亦在春天，故相類比。

三、中聯「滄海月明珠有淚，藍田日暖玉生煙」

上句指詩人對著夜空的明月掉淚，在月光下淚水如珠。蓋妻子死後，詩人常至深夜仍難以成眠，對著明月想到妻子在世的恩情，不覺掉淚，故自比如鮫人泣珠報恩。案：元稹悼亡詩《遣悲懷》三，末兩句云「唯將終夜常開眼，報答平生未展眉」，義山此句可能受其啟發，「滄海」喻指妻子恩情廣大無涯，「月明」（月之光輝）喻指妻子高尚品格；此句暗示妻子已死，故只能用淚水報答其在世時之恩情。

下句之「藍田」指長安附近之藍田山，為「唐代長安士宦女眷卜葬之

---

[278] 案：「華年」一方面代指妻子，一方面指妻子華年之死。

地」，李商隱亡妻即葬此山之上。此句寫義山選擇風水優美的「藍田山」當亡妻墓地，並且當天非常晴朗，正是下葬的好日子；「玉生煙」指亡妻棺木下葬時墓地籠罩在祥和煙氣中，似可見到妻子魂氣隨著煙氣上昇天界。

四、末聯「此情可待成追憶，只是當時已惘然」

末聯是總結妻亡之後的感受。上句「此情可待成追憶」，可字應作「何」解，此乃問句：此夫妻之情何以要等待追憶方能感受？下句「只是當時已惘然」是回答：只因當妻子在時，尚未能充分體會此夫妻之情，相反的，是在妻亡之後，因一再地追憶，深刻體會到妻子在時的溫暖與不在之淒涼，才清楚地認知此夫妻之情的意義。言下之意，對妻子之華年早逝，感到無比憾恨。

以上各句的概括，筆者固然從「悼亡」角度加以解讀，但同時也為「悼亡說」提供很多幫助（見前面對各句的詳細解讀，尤其是對「滄海月明珠有淚」句的解讀），因為若不能提出合理且有根據的解讀，則「悼亡說」仍然留下許多破綻，易使讀者另尋其它途徑，又回到「獨恨無人作鄭箋」、「一篇《錦瑟》解人難」的「解者紛紛」的局面[279]。

[279] 元遺山《論詩絕句》：「望帝春心託杜鵑，佳人錦瑟怨華年。詩家總愛《西崑》好，獨恨無人作鄭箋。」王漁洋《戲仿元遺山論詩絕句》：「獺祭曾驚博奧殫，一篇《錦瑟》解人難。」（參李毓芙、牟通、李茂肅整理《漁洋精華錄集釋》，上海：上海古籍，1999，上冊，頁 335）

第二節　《房中曲》與妻子之死

引言

本文主要是討論義山悼亡詩《房中曲》，此詩牽涉到義山妻子之死及義山對妻子的感情，可做為《錦瑟》詩的背景看。舊稿將它與《錦瑟》的解讀合在一起，且將重點放在詩中「歸來已不見，錦瑟長於人」兩句的考辨，卻漏掉一些重要內容，如：古代《房中樂》的性質，義山《房中曲》的疏解，及其與《錦瑟》的關係等，是很大缺點。後來在修訂時，即將《房中曲》與《錦瑟》詩的解讀分開，單獨成一篇論文[1]，於是有了較大空間，可作詳細補充。文中分四個重點進行討論：(1)古代房中樂；(2)義山《房中曲》疏解，兼論蘇軾悼亡詞《江城子》；(3)《房中曲》與《錦瑟》詩，兼論悼亡詩之互文性；(4)「歸來已不見，錦瑟長於人」考辨。前三點皆舊稿所無，純為新增，第四點雖取自舊稿，但增加許多資料，對舊稿的重要觀點也有所修正。

壹、古代房中樂

《房中曲》原為古樂之名（通常稱為《房中樂》），義山取為詩名，是基於什麼理由？由於筆者並未看到對古代房中樂的詳細討論，茲先摘錄《漢語大詞典》中有關「房中」與「房中樂」的一些資料，並作進一步的補充說明。

一、「房中」條

1.室內。《禮記・明堂位》：「君卷冕立於阼，夫人副禕立于房中。」[2]

---

[1] 參前文《錦瑟變》附註 1。

[2] 《禮記・明堂位》此段是寫「季夏之月，以禘禮祀周公於大廟」，據十三經《禮記注疏》孔穎達「正義」，「房中」指大廟中「東南之室」。案：「君卷冕立於阼，夫人副禕立于房中」，又見於《禮記・祭統》，唯「房中」改作「東房」，見王夢鷗《禮

2.特指內室、閨房。龔自珍《與江居士箋》：「愬寡女之哭於房中琴好之家則誶矣。」

3.婦人。《禮記・曾子問》：「眾主人、卿大夫、士、房中皆哭，不踊。」鄭玄注：「房中，婦人。」[3]

4.道家之房中術及其圖書類目名稱。（下略）

5.周代樂歌名。參見《房中樂》條。

由上面 1、2、3 三條資料可知，「房中」與婦人有關：或指其所在的內室、閨房，或代指婦人。而 1、2 條資料更反映古代的禮制中，「房中」似乎承擔某種特殊的功能——使「房中」成為主婦專屬空間，故有夫人「立于房中」的記載。查古籍中以《儀禮・燕禮》最先出現「有房中之樂」的說法（詳下論「房中樂」條），則要了解「房中」的使用場合，似有必要先從《儀禮》下手，茲舉《儀禮》一書中較常見到「房中」用法之三種禮如下：（為減輕讀者的閱讀負擔，須舉例時僅保留一例）

(一)冠禮中的「房中」

1.陳放行禮用衣服、器物

如《儀禮・士冠禮第一》第 5 節云：「夙興，……陳服于房中西墉下。……」〔唐〕賈公彥《疏》云：「自此至『東面』論陳設衣服、器物之等，以待冠者。」楊天宇注云：「服，指將冠者加冠後將要穿的服裝。」[4]可見行冠禮時所用服裝、器物是先放在「房中」。

2.將冠者與贊者等候之處

第 6 節云：「將冠者采衣，紒，在房中，南面。」（仝上，頁 6）這表示「將冠者」要先面朝南立於房中，等候加冠。

3.將冠者出入房中

記今注今譯》（臺北：臺灣商務，1984），下冊，頁 783。

3 王夢鷗《禮記今注今譯》（臺北：臺灣商務，1984）云：「房中，指房中的婦女。」（上冊，頁 308）

4 楊天宇《儀禮譯注》（上海：上海古籍，2012 年七刷），頁 5。案：以下引《儀禮》之文與譯注，若云「第 X 節」皆據此書，故皆只附頁碼云：仝上，頁 xx。

第八節寫正式加冠的程序：先寫主人的「贊者」在東序前布席，接著「將冠者出房南面」，於是賓開始整理「將冠者」的頭髮與儀容，最後為將冠者加上「緇布冠」，完成第一次加冠的儀式。接著冠者起身，賓揖請冠者回房。當冠者回到房中，就換上「玄端服」，然後出房，等待第二次加冠。後面兩次加冠（皮弁與爵弁），皆有適（回）房、出房的記載。（仝上，頁8-10）

4.堂與房中的不同功能

值得注意的是堂與房中的不同功能。由經文提到加冠時之筵席是在東序、少北、西面，以及主人與賓升階與降階諸動作，可知行禮的正式場所是「堂」，故賈公彥《疏》即引《匠人》「天子之堂九尺」，及賈逵、馬融之推論——以為諸侯堂宜七尺，大夫堂宜五尺，士宜三尺之說。

(二)昏禮中的房中

1.放置行禮所用食物——醴，亦可在房中為新婦行醴禮

《儀禮・士昏禮第二》第 3 節記主人用醴敬賓之禮云：「主人徹几，改筵，東上。側尊甒醴于房中。……贊者酌醴，加角柶面叶，出于房。」（仝上，頁 27）記房中是置放行禮所用酒醴之處。

2.女立于房中，待男方迎娶，或迴避舅洗爵行禮

《儀禮・士昏禮》第 8 節記婿帶隨從乘車來迎娶，待嫁女要先立于房中：「純衣纁袡，立于房中南面……主人（婿）玄端迎于門外，西面再拜。」（仝上，頁 30）

(三)喪禮（包括各種祭禮）中的房中

1.陳放衣服處

與冠禮相同，在與喪禮有關的各種活動中，「房中」亦常是陳放衣物之處。如《儀禮・士喪禮》第 6 節云：「親者襚，不將命以即陳……徹衣者執衣如襚以適房。」（仝上，頁 346-47）襚指贈送死者的衣服，此節指將襚者與眾人所贈衣服陳放於「房中」。（案：包括死人之衣服與一般喪服，皆陳放於「房中」）。

2.陳放祭品祭物處

《儀禮・少牢饋食禮》第 4 節云：「卒概，饌豆、籩與篚于房中，放于西方。」（仝上，頁 453）……皆指將祭品先陳放於房中。

3.祭禮與主婦：出入房中

《儀禮・少牢饋食禮》第 7 節記主人與祝先入室等待祭祀，接著云：「主婦被錫，衣移袂，薦自東房，韭菹、醓醢，坐奠于筵前。……主婦興，入于房。……主婦自東房執一金敦黍，有蓋設于羊俎之南。……主婦興，入于房。……」（仝上，頁 458）主要寫主婦出房入室參與祭禮，祭完之後又由室入房的經過。

4.主婦洗爵處：房中

《少牢饋食禮》第 14 節云：「有司贊者取爵于篚以升，授主婦贊者于房戶。婦贊者受以授主婦。主婦洗于房中，出，酌，入戶，西面拜，獻尸。尸拜受。」（仝上，頁 466）此節寫主婦先洗爵于房中，再入戶（室）獻尸。

由上面所引《儀禮》中冠禮、昏禮、喪禮中提到「房中」的資料看來，房中有兩大作用：一是置放行禮所用衣服、食物、祭品等，有時男姓亦可使用；一是婦女較常使用的空間。這種區別亦可說是一般（或「普通」）用法與專門用法的區別。就一般用法言，房僅指房間，可以讓家人或辦事人員活動，並置放各種物品，未限定使用者性別——亦即男女皆可使用；而就專門用法言，則房特指婦女使用房間。就古籍的記載看來，似更注意房中與婦女的關係，茲再補充兩點：

1.房中代指婦人

在一些祭禮中，主婦常在「房中」，故可以「房中」代指主婦或婦女。如《禮記・曾子問》：「眾主人、卿大夫、士、房中皆哭，不踊。」鄭玄注：「房中，婦人。」王夢鷗《禮記今注今譯》云：「房中，指房中的婦女。」（見附注 7）[5]

5　案：《禮記・喪大記》云：「小斂，婦人髽，帶麻於房中。」「君將大斂……夫人命

2.男女不同席

尤其特別的是，《儀禮・特牲饋食禮》（11 節）記主人與主婦互相獻酒之禮：先是有執事在室門內為主人布席，主婦洗爵後送給主人，主人答拜後，主婦出，「反于房」；之後，主人亦洗爵送給主婦，且「（布）席于房中」（仝上，頁 434-36）。明白表示有兩個席：主婦之席設於「房中」，與男主人之席設於「室」不同。（12 節）又記族人獻酒之禮：主人洗爵後于堂上先獻「長兄弟」、「眾兄弟」等，後「獻內兄弟于房中」。據楊注云：「內兄弟：謂內賓及宗婦也。內賓，謂姑姊妹。宗婦，族人之婦。」[6]此尤可看出：婦女之席設於房中，與男姓之席有所區隔，反映古代「男女有別」的觀念（另參注 12）。

男女之席有別，尚有一證。《詩・小雅・常棣》云：「妻子好合，如鼓琴瑟。」鄭《箋》云：「合者，如琴瑟之聲相應和也。王與族人燕則宗婦內宗之屬，亦從后於房中。」孔穎達《正義》有詳細疏解：

> 此解天子自燕宗族兄弟所以得致妻子好合之意。以其王與族人燕，則宗婦內宗之屬，亦從后於房中而燕，故有妻子也。宗婦者，謂同宗卿大夫之妻也。內宗者，同宗之內女嫁於卿大夫者。……宗子以與族人燕飲於堂，內賓宗婦之庶羞、主婦以與燕飲於房中也。《曲禮》曰：「男女不雜坐。」謂男子在堂上，女子在房，故族人堂室，婦在房也。……故云王與族人燕則宗婦內宗之屬，亦從后於房中（下略）。[7]

依照鄭《箋》，此詩是用琴瑟之聲相應和比喻夫妻之和諧，並加以具體補充

婦尸西東面，外宗（案指同宗婦女）房中南面。」「（大夫到他的家臣家裏弔喪）大夫君（家臣）不迎于門外，入即位于堂下。主人北面，眾主人南面；婦人即位于房中。」（上引文皆見王夢鷗《禮記今注今譯》下冊）又《儀禮・士虞禮第十四》云：「祝迎尸，……婦人入于房（婦人到東房回避）。主人及祝拜妥尸。尸拜，遂坐。」

6　仝上，頁 437。案：《儀禮・有司第十七》第 19 節亦云：「主人洗，獻內賓于房中。」（楊注：內賓，姑姊妹及宗婦。仝上，頁 490）

7　臺北新文豐出版社，十三經注疏本《詩經注疏》，頁 322。

云：「王與族人燕則宗婦內宗之屬，亦從后於房中。」要知這裏所提「房中」，尚須看孔氏《正義》。孔氏對鄭《箋》「宗婦」、「內宗」皆有說明，而重點則在指出：當國君（王）與宗族兄弟燕飲時，是在堂上，由王招待；而參加宴會的同宗卿大夫之妻（宗婦，亦即眷屬），則在「房中」燕飲，由王后招待。所以分成兩處，是基於「男女不雜坐」的習俗（見《曲禮》），故族人男子在堂室燕飲，婦人則在房中燕飲[8]。由此可見，房中主要是婦人家居生活之處，亦即夫婦共處的寢房，男客是不可進入的；當宴請賓客時，男主人只能於堂室招待男客，女主人則於「房中」招待女眷。如此分工正如琴瑟之聲相應和，表現夫婦的和諧，可見「房中」在夫婦關係中的重要性。不僅如此，它甚且有助於宗族的和諧，進而有助於國君的治國，此正是古代《房中樂》的精神所在，亦即其受重視的原因。

戰國時之作品《瑣語》，記姜后諫周宣王事，云：

> 周宣王夜臥而晏起，后夫人不出于房。姜后既出，乃脫簪珥，待罪于永巷，使其傅母通言于宣王曰：「妾之淫心見矣，至使君王失禮而晏起，以見君王之樂色而忘德也。亂之興從婢子起，敢請罪。」王曰（下略）[9]

文中之故事是否歷史事實，姑且不論，但「房」顯指王與后夫人共處之寢

8 案《儀禮・特牲饋食禮第十五》（第 26 節）云：「尊兩壺于房中西墉下，南上。內賓立于其北，東面，南上。宗婦北堂，東面，北上。主婦及內賓、宗婦亦旅，西面。」這一節是記族人旅酬之禮。楊天宇《儀禮譯注》云：「宗婦：謂族人之婦。宗婦與內賓統稱內兄弟。……主婦、宗婦與內賓之旅酬，其儀一如眾兄弟與眾賓之旅酬，只是男子在堂下（案：似應作「堂上」），婦人在房中。」（頁 447）正可與鄭《注》孔《疏》相印證。

9 《藝文類聚》卷一五引。《瑣語》因出於晉時汲冢，又稱《汲冢瑣語》，李劍國認為：「《瑣語》即便不在戰國初，也絕不會出于戰國中期以後，乃戰國初期至中期之間的作品，約當公元前四五世紀。」詳見李劍國《唐前志怪小說史》（修訂本，天津：天津教育，2006 年二刷），頁 81-87。案：姜后「脫簪之諫」事又見《列女傳》，參程俊英、蔣見元《詩經注析》（北京：中華，2005 年四刷），下冊，頁 523，《小雅・庭燎》解題。

房，應有歷史事實根據[10]。《詩經・召南・小星》序云：「小星，惠及下也，夫人無妒忌之行，惠及賤妾，進御於君，知其命有貴賤，能盡其心矣。」正義解「肅肅宵征，夙夜在公，寔命不同」云：「書傳曰：『古者后夫人將侍君，前息燭，後舉燭，至於房中，釋朝服，襲燕服，然後入御於人君。雞鳴，大師奏雞鳴於階下，然後夫人鳴佩玉於房中，告去。』由此言之，夫人往來，舒而有儀，諸妾則肅肅然夜而疾行，是其異也。」[11]。此與《瑣語》所言相近，但更為詳細，總之，「房中」為后夫人進御國君之所[12]。另外，宋玉《招魂》云「姱容修態，絙洞房些」，言君之房室有眾多美女[13]。〔西晉〕陸機著名之《吊魏武帝文》，其《序》批評魏武以蓋世雄傑，臨終卻「婉孌房闥之內，綢繆家人之務」——纏綿親愛房闥之人，並細碎地交代如何照顧其「婕妤妓人」，如此「繫情累於外物，留曲念於閨房」，應為「賢俊之所廢而不行」也[14]。文中「房闥」、「閨房」顯指「婕妤妓人」等婦女居住生活之處。如前面的考察，房中有兩大作用：一是置放行禮所用衣服、食物、祭品等，有時男性亦可使用；一是婦女較常使用的空間。但在古籍中，似較注意房中與婦女的關係。「閨門」的用法，亦有這種情形。王雲路論「閨門」的含義變化，先云：「閨門本為內室之門，又轉指內室的居住者——子女、兄弟，也可進一步概括指家族後代。」後云：「應當指出的是，『閨』也特指婦女的居室，曹植《雜詩》：『妾身守空閨，良人行從軍』即其義。」[15]案：《古詩十九首》之十九云：「明月何皎皎，照

10　董仲舒《春秋繁露・循天之道第七十七》云「天地之陰陽當男女，人之男女當陰陽。陰陽亦可以當男女，男女亦可以謂陰陽。」又從陽氣盛衰角度論男女行房間隔將隨年齡而增長，故云：「是故新牡（指新郎）十日而一遊於房，中年者倍新牡，始衰者倍中年，中衰者倍始衰，大衰者以月當新牡之日。」（蘇輿《春秋繁露義論》，北京：中華，1998 年二刷，頁 451）所謂「房」即指夫婦共處之寢房。

11　臺北新文豐，十三經注疏本，頁 64。

12　據鄭玄《儀禮・燕禮》注，房中即后夫人侍御國君之寢房，詳下。

13　參洪興祖《楚辭補注》（北京：中華，2002），頁 205。

14　參劉運好《陸士衡文集校注》（南京：鳳凰，2007），下冊，頁 905。

15　王雲路《漢魏六朝詩歌語言論稿》（西安：陝西人民教育，1997），頁 120。

我羅床幃。（中略）引領還入房，淚下沾裳衣。」[16]詩中之房顯指夫妻生活之寢房，與曹詩相同。

二、《漢語大詞典》「房中樂」條：

> 周代創始的一種樂歌。由后妃諷誦，故稱。又漢高祖時，亦有《房中祠樂》，為唐山夫人所，係楚聲。《儀禮・燕禮》：若與四方之賓燕……有「房中之樂」。鄭玄注：「弦歌《周南》、《召南》之詩，而不用鍾磬之節也。謂之房中者，后、夫人之所諷誦，以事其君子。」《漢書・禮樂志》：「又有《房中祠樂》，高祖唐山夫人所作也。周有《房中樂》，至秦曰《壽人》。凡樂，樂其所生，禮不忘本，高祖樂楚聲，故《房中樂》，楚聲也。孝惠二年，使樂府令夏侯寬備其簫管，更名曰《安世樂》。」《宋書・樂志一》：「往昔議者，以《房中》歌后妃之德，所以風天下，正夫婦，宜改《安世》之名曰《正始之樂》。」《周禮・春官・磬師》：「教縵樂燕樂之鍾磬。」清孫詒讓《正義》：「燕樂用二南，即鄉樂，亦即房中之樂。蓋鄉人用之謂之鄉樂，后、夫人用之謂之房中之樂；王之燕居用之謂之燕樂，名異而實同。」

這條資料相當複雜，包含很多內容，且主要是引文，未加以分別條理，很不便閱讀。茲利用原來文字加以整理，依時代先後分別幾點如下：

1.周代創始的一種樂歌，由后妃諷誦，故稱。《儀禮・燕禮》：「若與四方之賓燕……有『房中之樂』。」鄭玄注：「弦歌《周南》、《召南》之詩，而不用鍾磬之節也。謂之房中者，后、夫人之所諷誦，以事其君子。」

2.又漢高祖時，亦有《房中祠樂》，為唐山夫人所作，係楚聲。《漢書・禮樂志》：「又有《房中祠樂》，高祖唐山夫人所作也。周有《房中樂》，至秦曰《壽人》。凡樂，樂其所生，禮不忘本，高祖樂楚聲，故《房中樂》，楚聲也。孝惠二年，使樂府令夏侯寬備其簫管，更名曰《安世

---

16 《文選》（臺北：藝文印書館，1974），頁 420。

樂》。」

3.《宋書・樂志一》：「往昔議者，以《房中》歌后妃之德，所以風天下，正夫婦，宜改《安世》之名曰《正始之樂》。」

4.《周禮・春官・磬師》：「教縵樂燕樂之鍾磬。」清孫詒讓《正義》：「燕樂用二南，即鄉樂，亦即房中之樂。蓋鄉人用之謂之鄉樂，后、夫人用之謂之房中之樂；王之燕居用之謂之燕樂，名異而實同。」

以上四條，以第 1 條最重要，蓋《儀禮・燕禮》最末節提到《記》[17]云：「若與四方之賓燕，……有房中之樂。」已證明周代有「房中之樂」（即「房中曲」）。而鄭玄注則讓人進一步了解「房中之樂」是什麼內容，其性質為何。據鄭注，則此「房中之樂」乃指《周南》《召南》之詩，稱之為「房中」，是因其為「后、夫人之所諷誦，以事其君子」。據（唐）賈公彥《疏》云，「此《二南》本后、夫人侍御于君子」所諷誦之樂，只用管絃樂，不用鍾磬。由此可知，「房中」是指后、夫人侍御國君之寢房；稱之為「房中之樂」，係因其為后、夫人於寢房中侍御國君所諷誦之音樂[18]。不過光看此處鄭注仍難了解：何以「房中之樂」乃指《周南》《召南》之詩？又何以與后夫人有關？其實，《燕禮》提到「房中之樂」，是在《燕禮》篇文結束之處，而要了解此處鄭注，則必須參考《燕禮》前面對樂工唱、奏表演之敘述。在此之前，《燕禮》另有敘及樂工唱、奏表演之詩篇，共分四次進行，其最後（第四次）敘及表演「鄉樂」，鄭玄注有詳細說明，據鄭注可知，這次表演的《周南》、《召南》共六首詩篇，才是「房中之樂」，而前

17　《儀禮・士冠禮第一》末節亦引《記》云：「冠義……」（唐）賈公彥《疏》云：「凡言『記』者，皆是記經不備，兼記經外遠古之言。」（上海：上海古籍，2008，十三經注疏本《儀禮注疏》上冊，頁 78）今人楊天宇撰《〈儀禮〉譯注》（上海：上海古籍，2004，頁 22）云：「《記》：這是後人所作，用以解釋經義，或補充經所不備的文字。」

18　楊天宇《儀禮譯注》云：「有房中之樂：是指只用管弦而不用鍾磬伴奏以演唱《詩》的《周南》、《召南》中的詩篇，因為這種以管弦伴唱二《南》的形式，本是后夫人在房中侍御其君時諷誦所用，因此後來即稱這種演唱形式為房中之樂。」（楊天宇撰《〈儀禮〉譯注》，上海：上海古籍，2004，頁 166）

三次表演的《小雅》詩篇皆非「房中之樂」。茲列出四次樂工之表演及鄭玄注如下：

1.工歌《鹿鳴》、《四牡》、《皇皇者華》。鄭玄注云：「三者皆《小雅》篇也。」

2.笙入，立於縣中。奏《南陔》、《白華》、《華黍》。鄭注云：「以笙播此三篇之詩。……『奏《南陔》、《白華》、《華黍》』，皆《小雅》篇也，今亡，其義未聞。」

3.乃間：歌《魚麗》，笙《由庚》；歌《南有嘉魚》，笙《崇丘》；歌《南山有臺》，笙《由儀》。鄭注云：「間，代也，謂一歌則一吹。六者皆《小雅》篇也。」

4.遂歌鄉樂。《周南》：《關雎》、《葛覃》、《卷耳》；《召南》：《鵲巢》、《采蘩》、《采蘋》。鄭注云：

> 《周南》、《召南》，《國風》篇也。王后、國君夫人房中之樂歌也。《關雎》言「后妃之德」，《葛覃》言「后妃之職」，《卷耳》言「后妃之志」，《鵲巢》言國君「夫人之德」，《采蘩》言國君「夫人不失職」也，《采蘋》言卿大夫之妻「能修其法度也」。……《大雅》云「刑于寡妻，至于兄弟，以御于家邦」，謂此也。……於時文王三分天下有其二，德化於南土，是以其詩有仁賢之風者，屬之《召南》焉；有聖人之風者，屬之《周南》焉。夫婦之道者，生民之本，王政之端。此六篇者，其教之原也，故國君與其臣下及四方之賓燕，用之合樂也。[19]

以上 4 段，清楚表示燕樂「唱」與「奏」的進行方式，即先分開表演(1、2)：工歌《小雅》三篇在前，笙亦奏《小雅》三篇在後。其次是唱與奏間隔表演(3)：工歌一首笙奏一首，如此共三次間隔，等於唱與奏各表演

---

19 〔漢〕鄭玄注，〔唐〕賈公彥疏，上海古籍 2010 年版十三經注疏本，《儀禮注疏》，卷十五，頁 431。

《小雅》三篇，共六篇。最後是唱與奏「合樂」表演「鄉樂」(4)：即《周南》三篇與《召南》三篇，共六篇。以上「工唱、笙奏」的表演方式與詩篇篇名，甚至鄭玄注文，均見於《鄉飲酒禮》與《燕禮》兩篇，唯一不同是最後一段表演(4)，《鄉飲酒禮》言「乃合樂」，而《燕禮》言「遂歌鄉樂」。案鄭注「遂歌鄉樂」曰：「鄉樂，《周南》、《召南》六篇。言遂者，不間也。」可見鄉樂是就聲詩的內容言，實指「周南」「召南」兩地的音樂。而鄭注《鄉飲酒禮》「乃合樂」云：「合樂，謂歌樂與眾聲俱作。」賈公彥《疏》云：「謂堂上有歌、瑟，堂下有笙、磬，合奏此詩，故云『眾聲俱作』。」可見「合樂」指堂上與堂下眾樂齊鳴，是就唱與奏的表演方式言。鄭玄注說明六篇「鄉樂」內容云：「王后、國君夫人房中之樂歌也。《關雎》言『后妃之德』（下有五首詩篇名及其內容，略）。」不僅指出「房中之樂」乃是后、夫人在房中所歌誦之歌，且指出其具體內容——《周南》、《召南》各三篇。由此再看最後注「房中之樂」所云：「弦歌《周南》、《召南》之詩……謂之『房中』者，后、夫人之所諷誦，以事其君子。」更為清楚，謂之「房中」者，是因后、夫人所諷誦之處，即在其侍御國君之寢房中，故云「房中之樂」。

這裏應該注意的是，「房中」是指后夫人侍御國君之處，並非指樂工表演場地。據上引賈公彥《鄉飲酒禮疏》，樂工表演之場所是在堂上與堂下，即以堂為中心，可見並非在「房中」。實際上，經文只在最後的《記》中，於「遂合鄉樂」後，言「若與四方之賓燕……有房中之樂」。顯然，「房中之樂」僅指「鄉樂」的演出，而前面經文已敘及「鄉樂」，指二《南》詩篇六首，並不包括《小雅》詩篇演出部分，故鄭注才會根據前面經文，注云「弦歌《周南》、《召南》之詩」；並且注意到「房中」非指演出場地，故又云「謂之『房中』者，后、夫人之所諷誦，以事其君子。」表明「房中」是指后夫人侍御國君之寢房，並非指樂工表演場地。另外，由鄭注提到「此六篇者」，則所謂「房中之樂」，似僅指《周南》、《召南》各三篇，合共六篇；至於其餘《周南》、《召南》之詩，是否可稱「房中之歌」，似尚有討論之餘地。

另外，鄭注云：「《大雅》云『刑于寡妻，至于兄弟，以御于家邦』，謂此也。（中略）用之合樂也。」案：鄭玄所引《大雅・思齊》中的三句話，原是歌頌文王善於修身、齊家、治國的詩[20]。鄭注這一大段話意在說明一個問題：前面工歌與笙奏皆是《小雅》詩篇——亦即雅樂，何以最後會加上「鄉樂」（《風》詩）——即俗樂？依鄭玄的解釋，《周南》、《召南》所行之地區「南土」曾被文王之德化，故有「仁賢之風」（《召南》）、「聖人之風」（《周南》）。而此種「房中之樂」雖只言夫婦之事，卻是一切「生民」生活的根本，亦是王政的開始。顯然，這裏所說的「王政」，是指合乎王道——即聖賢之教的善政，不是一般的政治，故此六篇，可為「教化」的基礎。《注》文引《大雅・思齊》「刑于寡妻，至于兄弟，以御于家邦」，顯然是說，這些詩篇所表現的是「齊家」的典範，在此基礎上才能治國平天下；此所以雖是「鄉樂」（《風》詩），卻可用於「國君與其臣下及四方之賓燕」中，與「雅樂」一起表演。

由鄭注可知所謂「房中」，應指國君夫婦家居「寢房」之處，六首「房中之樂」亦皆與夫婦家居生活有關。此六篇《房中樂》或言「后妃之德」，或言「后妃之職」，或言「后妃之志」，皆是合乎儒家理想中的「夫婦」之道，歷來皆被當做是表現模範夫婦的詩篇。而事實上，鄭《注》對二《南》六首詩的說明，皆根據《毛詩序》，如《毛詩・關雎序》即以為是「言后妃之德」；而後人言《房中樂》每引《關雎序》為代表——以為是言「后妃之德」。

王運熙《樂府詩述論》（下簡稱《述論》）論及「房中樂」，提出一些重要看法，頗值得作進一步討論，如《述論》云：

> 房中是演唱燕樂的地方，這至漢代猶尚如此。《漢書・禮樂志》記哀帝時罷樂府時的情況說：「丞相孔光，大司空何武奏……安世樂鼓員二十人，十九人可罷。沛吹鼓員十二人，族歌鼓員二十七人，……凡鼓八，員百二十八人，朝賀置酒，陳前殿房中，不應經法。」在這裏

20　見程俊英、蔣見元《詩經注析》（北京：中華，2005 年四刷），下冊，頁 772-74。

> 演唱的燕樂，就名為房中樂。唐山夫人的《安世歌》亦演唱于房中，故一名《安世房中歌》。
>
> 不論周代的房中樂（《周南》《召南》）或漢代的黃門鼓吹，都有一些共通的特點。第一，它們的歌詞往往采自民間，內容新鮮活潑，適合宴樂之用。第二，它們使用的樂器主要為輕鬆管弦樂器，不用莊重嚴肅的鐘磬（金石），管絃樂器的輕鬆音調正與歌辭的內容互相諧調。[21]

此段重點落在「前殿房中」，以為房中是演唱燕樂的地方，「在這裏演唱的燕樂，就名為房中樂」。由此引申出：「唐山夫人的《安世歌》亦演唱于房中，故一名《安世房中歌》。」這裏有幾個問題：一是漢代的宮殿很多，「前殿」究竟是座落於那一「宮」[22]，其用途為何？一是唐山夫人的《安世歌》，內容是寫什麼，何以會演唱於「前殿房中」？這兩個問題其實有相當的關聯性，而《述論》並未作進一步考查。另外，《述論》提到樂器，強調房中樂使用的樂器為輕鬆的管絃樂器，此與其采自民間有關。但是《漢書・禮樂志》此節是在討論裁減樂府中演奏「鄭衛之音」的人員，且以裁減「鼓員」為主，而「前殿房中」的鼓員「百二十八人」，分屬八種鼓樂，其中「《安世樂》鼓員二十人，十九可罷」。由此可見，前殿房中所演奏的音樂與鼓這種樂器有密切關係，這是值得注意的問題，但《述論》卻完全忽略不提。最後還有一個問題——也可能是最重要的問題，何以「前殿房中」的八種鼓樂中，只有唐山夫人所作稱為「房中歌」，而其它鼓樂皆無「房中」之名？

因《漢書・禮樂志》並未提是那一「宮」的「前殿」，故可暫時不談。茲先談唐山夫人《安世歌》的內容性質問題——因這方面資料頗多，較易說明。首先，值得注意的是，郭茂倩《樂府詩集》中僅見《漢安世房中歌》一

21　王運熙《樂府詩述論》（上海：上海古籍，1996），頁214。

22　《漢書・王莽傳》記王莽篡位時下詔，即云「還坐未央宮前殿，下書曰：……」（中華版《漢書》冊十二，頁4095）。

篇稱為「房中歌」（共十七章），並無其它的「房中歌」，並且將此「歌」歸屬「郊廟歌辭」中，而就其內容言，確與宗廟祭祀有關。

上引《漢語大詞典》房中樂條第二點提及唐山夫人《房中祠樂》，引《漢書・禮樂志》：「又有《房中祠樂》，高祖唐山夫人所作也。（中略）。孝惠二年，使樂府令夏侯寬備其簫管，更名曰《安世樂》。」由此可知，唐山夫人所作亦稱《房中祠樂》，何以稱之為「祠樂」？原來《漢書・禮樂志》在此段話之前，是先敘漢高祖時宗廟樂中迎神、降神之樂，文云：「高祖時，叔孫通因秦樂人制宗廟樂，大祝迎神于廟門，奏《嘉至》，猶古降神之樂也。（下略）」[23]接著才提及高祖唐山夫人所作《房中祠樂》。

《安世樂》為宗廟樂歌，尚見於《三國志》（裴松之注）、《宋書》。《三國志・魏書二・文帝紀》裴注引《魏書》曰：

> 有司奏改漢氏宗廟安世樂曰正世樂，嘉至樂曰迎靈樂，武德樂曰武頌樂，昭容樂曰昭業樂，雲翹舞曰鳳翔舞，育命舞曰靈應舞，武德舞曰武頌舞，文始舞曰大韶舞，五行舞曰大正舞。[24]

《宋書・樂志一》幾乎是照搬同樣內容，云：

> （魏）文帝黃初二年，改漢《巴渝舞》曰《昭武舞》，改宗廟《安世樂》曰《正世樂》，《嘉至樂》曰《迎靈樂》，《武德樂》曰《武頌樂》，《昭容樂》曰《昭業樂》，《雲翹舞》曰《鳳翔舞》，《育命舞》曰《靈應舞》，《武德舞》曰《武頌舞》，《文始舞》曰《大韶舞》，《五行舞》曰《大武舞》。其眾哥詩，多即前代之舊，唯魏國初建，使王粲改作登哥及《安世》、《巴渝》詩而已。[25]

上引二書皆稱「宗廟《安世樂》」，可見《安世》確為宗廟樂。《安世房中歌》之歌詞亦見《漢書・禮樂志》。《禮樂志》敘武帝時「立樂府」事

---

[23] 中華書局二十五史點校本，《漢書》冊四，頁 1043。

[24] 中華書局二十五史點校本，《三國志・魏書二・文帝紀》，冊一，頁 83。

[25] 中華書局二十五史點校本，《宋書・樂志一》，冊二，頁 534。

後，接著言「以正月上辛用事甘泉圜丘，使童男女七十人俱歌，昏祠至明」。據師古注，這是郊天的祭典。《志》文且記當時夜間神異現象：「夜常有神光如流星止集于祠壇，天子自行宮而拜，百官侍祠者數百人皆肅然動心焉。」[26]之後即記《安世房中歌十七章》，其第一章開頭即云：「大孝備矣，休德昭清。」[27]第三章中間云：「教身齊戒，施教申申。乃立祖廟，敬明尊親。」[28]很明顯，是祭宗廟祖先之樂歌。近人介紹漢代的「祭祀音樂」云：

> 漢代的祭祀樂章傳統上稱為「郊廟歌辭」。「郊」即郊祀，是指在郊外（一般是在國都郊外）設各種祭壇祭祀天地山川的各種神祇，是古代除泰山封禪之外最高級別的祭祀活動。「廟」即宗廟，是指在宗廟祭祀祖先，與郊祀相配。[29]

因古代郊、廟祭歌常合稱，故《樂府詩集》將之抄錄於「郊廟歌辭」中。

不過，因《安世房中歌》本為宗廟樂歌，與祠神有關，有人認為不應加上「房中」的名稱，免與周房中樂混淆。如《宋書・樂志一》引魏侍中繆襲「奏文」云：「《安世哥》本漢時哥名。今詩哥非往時之文，則宜變改。案《周禮》注云：『《安世樂》，猶周《房中之樂》也。』是以往昔議者，以《房中》歌后妃之德，所以風天下，正夫婦，宜改《安世》之名曰《正始之樂》。」奏文中先引「議者」的說法，認為《安世哥》如同周《房中之樂》，是「哥后妃之德」，故應正名為「正始之樂」。但《樂志》接著敘繆襲建議去掉《安世哥》中「房中」之名，以合乎其祭神的內容。奏文云：

> 自魏國初建，故侍中王粲所作登哥《安世詩》，專以思詠神靈及說神

26 中華書局二十五史點校本，《漢書》冊四，頁 1045。

27 中華書局二十五史點校本，《漢書》冊四，頁 1046。

28 中華書局二十五史點校本，《漢書》冊四，頁 1047。

29 馮建志、吳金寶、馮振琦著《漢代音樂文化研究》（開封：河南大學，2009 年二刷），頁 59。

靈鑒享之意。襲後又依哥省讀漢《安世哥詠》，亦說『高張四縣，神來燕享，嘉薦令儀，永受厥福』。無有二南后妃風化天下之言。今思惟往者謂《房中》為后妃之歌者，恐失其意。方祭祀娛神，登堂哥先祖功德，下堂哥詠燕享，無事哥后妃之化也。自宜依其事以名其樂哥，改《安世哥》曰《享神》，未詳其義。王粲所造《安世詩》，今亡。[30]

這段話是根據《安世哥》的內容在於祭祀娛神、歌先祖功德，從「依其事以名其樂哥」的角度，建議去掉「房中」之名，「改《安世哥》曰《享神》」。其中提到兩點改名理由，頗值得注意：一是魏已故侍中王粲有登哥《安世詩》，內容是寫「思詠神靈及說神靈鑒享之意」；一是讀漢《安世哥詠》，亦說「高張四縣，神來燕享，嘉薦令儀，永受厥福」。兩者皆與祭祀娛神有關，前者是祭者登堂迎神受享，並哥詠祖先功德；後者是神靈受享後，祭者下堂恭敬送神，並祈神助福，皆與「哥后妃之德」無關。後來〔宋〕郭茂倩《樂府詩集》卷八《漢安世房中哥十七首》序，抄錄《通典》、《漢書・禮樂志》、《宋書・樂志》等關於《房中樂》之言（已見前引文），並將《漢安世房中哥》置於《郊廟歌辭》八[31]，即肯定此詩與祀神有關。

從上面所引資料看來，唐山夫人之《安世房中哥》為宗廟樂歌，是確定無疑的。接著，必須查考《漢書・禮樂志》所稱「前殿房中」，究竟是指什麼地方，有何用途？

案：《史記・孝武本紀》多次提到甘泉宮，茲引其二：

又作甘泉宮，中為臺室，畫天地泰一諸神。而置祭具，以致天神。[32]

公孫卿曰：僊人可見，……今陛下可為觀如緱氏城，置脯棗，神人宜

30　中華書局二十五史點校本，《宋書・樂志一》冊二，頁 536-37。

31　《樂府詩集》（臺北：里仁，1984），上冊，頁 109。

32　瀧川龜太郎《史記會注考證》卷十二（臺北：洪氏，1983），頁 214。

可致。且僊人好樓居。於是上令長安則作蜚廉桂觀，甘泉則作延壽觀。使卿持節設具，而候神人。乃作通天臺。置祠具其下，將招來神僊之屬。於是甘泉更置前殿，始廣諸宮室。夏有芝生殿房中。（《集解》徐廣曰：元封二年也。《索隱》芝生殿房中。案生芝九莖，於是作《芝房歌》。《考證》王先謙曰：據禮樂志，則齋房也。）[33]

據引文可知，甘泉宮本是候神人之處，「中為臺室，畫天地泰一諸神。而置祭具，以致天神」，可說是漢代宮廷中最為神秘的地方；而其前殿房中，即是祭神時齋戒之處。《漢武故事》：「（上）遣霍去病討胡，殺休屠王。獲天祭金人，上以為大神，列于甘泉宮。人率長丈餘，不祭祝，但燒香禮拜，……上令依其方俗禮之。」[34]文中「金人之神」即指佛像，而「列于甘泉宮」，即因甘泉宮本是候神人之處。又揚雄有《甘泉賦》，即寫漢成帝帶隊，浩浩蕩蕩至甘泉宮「泰畤」，舉行郊祠，「以求繼嗣」；文中即提到「前殿崔巍兮」、「似紫宮之崢嶸」云云，可見前殿是祭神之處。前引《漢書・禮樂志》敘夜晚郊祭天神云「以正月上辛用事甘泉圜丘」，接著即敘《安世房中歌十七章》，可見《漢書・禮樂志》所謂「前殿房中」，應指甘泉宮之「前殿」。《禮樂志》所載前殿房中之鼓樂，所以包括「安世樂鼓員二十人」，即因唐山夫人《安世歌》本為祭祀宗廟之「祠樂」。而「前殿房中」所以有眾多鼓樂、鼓員，應與祠神活動頻繁有關——它們亦應是表演祠神之樂，在祠神時要用鼓聲搭配女巫跳舞[35]。

33　仝上瀧川龜太郎《史記會注考證》，頁221。案：後面又云「甘泉房生芝九莖」。

34　見《漢魏六朝筆記小說大觀》（上海：上海古籍，1999），頁169。

35　《毛詩・陳風・宛丘》是描寫女巫搭配鼓聲跳舞之詩，故詩云：「坎其擊鼓，宛丘之下。無冬無夏，值其鷺羽。」（參程俊英、蔣見元《詩經注析》，北京：中華，1991，上冊，頁362-64）又《史記・封禪書》記長安祠祭有梁巫祭「房中」之神，參見下文。《世說・德行》記「劉尹（惔）在郡，臨終綿惙，聞閣下祠神鼓舞。正色曰：『莫得淫祀。』」淫祀似指女巫祠神時，有鼓聲配其舞蹈。《魏書》卷七上《高祖紀》記孝文帝延興二年詔不許女巫妖覡淫進鼓舞之事，可見女巫祠神常有「鼓舞」。

這裏還應補充一點，即唐山夫人之《房中樂》與楚地巫風關係。漢王逸《楚辭章句》釋《九歌》云：

> 《九歌》者，屈原之所作也。昔楚國南郢之邑，沅、湘之間，其俗信鬼而好祠。其祠，必作歌樂鼓舞以樂諸神。屈原放逐，竄伏其域，懷憂苦毒，愁思沸鬱。出見俗人祭祀之禮，歌舞之樂，其詞鄙陋，因為作《九歌》之曲，上陳事神之敬，下見己之冤結，託之以風諫。[36]

這段話常被引用，一般是將重點放在屈原改寫楚地祠神歌詞成為《九歌》，但若從唐山夫人《房中樂》與楚風的關係來看，則上引文中所云「其俗信鬼而好祠。其祠，必作歌樂鼓舞以樂諸神」，恐更值得注意。案：《呂氏春秋・侈樂篇》云：「宋之衰也，作為千鍾。齊之衰也，作為大呂。楚之衰也，作為巫音。」可見楚國音樂的特點在於巫音的流行。而桓譚《新論・言體篇》云：「昔楚靈王驕逸輕下，簡賢務鬼，信巫祝之道。齋戒潔鮮，以祀上帝，禮群神。躬執羽紱，起舞壇前。」據此，則楚靈王不僅將巫樂引進宮中，且自己彷巫之隨鼓樂舞蹈[37]。陳奇猷《呂氏春秋校釋》，於《侈樂》「楚之衰也，作為巫音」下注云：

> 又案：千鍾應上「以眾為觀」，大呂應上「以鉅為美」，則此巫音必是應上「俶詭殊瑰」。由此可推知巫音是奇異之樂器組成之樂隊而且演奏奇異之樂調。楚地與中原文化本不相同，而巫風特盛，故荀卿至楚，嫉楚俗營於巫祝、信禨祥（詳《史記荀卿傳》），此巫音蓋即源於巫祝禱祠而具有濃厚民族風格之音樂也。《楚辭九歌序》云（下略）……姑不論《九歌》是否屈原所作，而據此序，《九歌》之曲調

36　〔宋〕洪興祖《楚辭補注》（北京：中華，2002年四刷），頁55。

37　張正明云：「靈王所做的，是把村野的巫音引進宮廷去了，這是宮廷樂舞的一次改革。靈王酷愛此道，且精通此道。」見張著《楚史》（武漢：湖北教育，1995），頁205。

> 蓋即巫音也。[38]

此段話有兩個重點：一是楚尚巫音，這是一種奇異的樂調，與中原音樂不同；二是《楚辭九歌》之曲調即巫音。又《九歌・東皇太一》云：「揚枹兮拊鼓，疏緩節兮安歌，陳竽瑟兮浩倡。」《九歌・東君》云：「緪瑟兮交鼓，簫鐘兮瑤簴。」《招魂》云：「陳鐘按鼓。」可見鼓在楚樂中的重要性[39]，而其作用應是應和（巫）跳舞的節奏。由此看來，漢初宮廷之祠祭實即沿用楚之巫樂。

今人李大明《漢楚辭學史》（增訂本）論漢初夜祭太一神於甘泉宮云：

> 武帝郊祭太一，效先楚舊制，而其用樂，更與先楚夜祭樂歌《九歌》有密切關係。《史記・樂書》記武帝郊祭太一之事云：
>
> 漢家常以正月上辛祠太一甘泉。以昏時夜祠，到明而終。常有流星經于祠壇上。使僮男僮女七十人俱歌。春歌《春陽》，夏歌《朱明》，秋歌《西皞》，冬歌《玄冥》。
>
> 《漢書・禮樂志》記此事則云：
>
> 武帝定郊祀之禮，祠太一于甘泉，……乃立樂府，采詩夜誦，有趙、代、秦、楚之謳，以李延年為協律都尉，……作十九章之歌。以正月上辛用事甘泉圜丘。使童男女七十人俱歌。昏祠至明，夜常有神光如流星止集于祠壇。
>
> 此言綜述武帝定郊祀之禮，甚詳。……從祭祀時間看，是夜祭，這是因楚舊事。武帝夜祭太一，「乃立樂府」，開始是采用民間流傳的舊時祭歌，即「趙、代、秦、楚之謳」。這些祭歌夜祭時吟誦，故曰「夜誦」。[40]

---

38 見陳奇猷《呂氏春秋校釋》（上海：上海古籍，2002），上冊，頁 272。

39 上引楚樂參見張正明《楚史》（武漢：湖北教育，1995），頁 334-35。

40 李大明《漢楚辭學史》（增訂本）（北京：華齡出版社，中國社會科學，2005），頁 103-04。

以上引文有幾個重點：

(1)「武帝郊祭太一，效先楚舊制，而其用樂，更與先楚夜祭樂歌《九歌》有密切關係。」

(2)「武帝定郊祀之禮，祠太一于甘泉」。

(3)「乃立樂府，采詩夜誦，有趙、代、秦、楚之謳，以李延年為協律都尉，作十九章之歌。以正月上辛用事甘泉圜丘。使童男女七十人俱歌。昏祠至明，夜常有神光如流星止集于祠壇。」

王運熙亦云：

> 相和歌中有楚調曲，是楚聲。《樂府詩集》卷二六說：「楚調者，漢房中樂也。高帝樂楚聲，故房中樂皆楚聲也。」《舊唐書・音樂志》：「惟彈琴家猶傳漢楚舊聲及清調、瑟調、蔡邕雜弄。」……由于漢代統治者的故鄉在楚地的沛，……故西漢帝王均喜歡楚歌。（王運熙《樂府詩述論》，頁 191）

由此看來，漢朝之重視祠神及用歌樂鼓舞，乃沿襲先楚舊習。因高祖重視祠神，故唐山夫人作《房中樂》以祭祖先。《史記・留侯世家》記上欲廢太子，另立戚夫人子趙王如意，呂后乃請留侯設計，由四皓出面為太子言，文末云：「四人為壽已畢，起去。上目送之。召戚夫人指示四人者，曰：……戚夫人泣。上曰：為我楚舞，吾為若楚歌。歌曰：『鴻鵠高飛，一舉千里。羽翮已就，橫絕四海。』……戚夫人嘘唏流涕。」可見高祖一家皆楚人，喜楚歌。另外，自戰國以來，楚地仍流傳《楚辭》並用楚聲吟誦，此或許啟發高祖欲用楚聲歌唐山夫人《房中樂》；至武帝時，甘泉宮之前殿房中為祠神及祭祖之處，故多鼓樂——包含唐山夫人《房中樂》。

案：《史記・孝武本紀》為褚少孫所補，內容幾全抄自《史記・封禪書》有關漢武帝部分，故兩者常有重複之處；上面所引甘泉宮置前殿祭神事，亦見於《封禪書》。《史記・封禪書》有一大段敘述漢高祖對祠祭的重視。早在高祖為沛公時，就「祠蚩尤，釁鼓旗」，後來東擊項羽而還入關時，問故秦時上帝祠何帝，並悉召秦祝官，下詔曰：「吾甚重祠而敬祭，今上帝之祭及山川諸神當祠者，各以其時，禮祠之如故。」即要祠祭天地山川之神。至天下已定，更廣置祠祝官女巫，如梁巫、晉巫、秦巫、荊巫、九天巫、河巫、南山巫等[41]，祠祭對象更為廣泛。由此可見，正因高祖對祠祭之重視，才有唐山夫人作《房中祠樂》這件事；且祠神應有女巫伴隨鼓聲歌舞，而女巫來自各地，故祠神之前殿房中會有許多鼓樂。值得注意的是，《封禪書》中言及長安置祠之事云：「長安置祝官女巫，其梁巫祠天地、天社、天水、房中、堂上之屬。」此處言長安中有梁巫（女性），其祠祭對象包括「房中、堂上」之神，司馬貞《索隱》云：「案《禮樂志》，有《安世房中歌》，皆謂祭時室中堂上歌先祖功德也。」[42]此乃據《安世房中歌》，說明「房中、堂上」為祭先祖功德之處，由此看來，唐山夫人之作原名《房中祠樂》，似即因其演奏於祭先祖功德之「房中」，亦可證明《漢書・禮樂志》所云「前殿房中」，即甘泉宮祠神之「前殿」。

案：司馬貞《索隱》似誤解《封禪書》的話。《封禪書》所云「天地、天社、天水、房中、堂上之屬」，乃指梁巫祠祭對象眾多，其中「天地」是常見的官方祭祀對象，有些則比較特殊，天社為星名[43]，天水為郡縣名，據《水經注・渭水》云：「城中有湖水，有白龍出是湖，風雨隨之，故漢武帝元鼎三年改為『天水郡』。」[44]則一者是祭星，一者是祭龍神。由此可推知，「房中、堂上」應指掌管房屋建築諸處之神，這與人的生活密切相關，祠祭這些神靈，可能是針對一般人求居住平安的心理。《索隱》卻挑出「房中、堂上」，以為是祭祖先之處，云：「皆謂祭時室中堂上歌先祖功德也。」並牽扯《漢書・禮樂志》之《安世房中歌》，以為因其祭於「房中」，故取名《房中歌》。案：若如此說，將產生一個問題：為何只有《房中歌》而沒有《堂上歌》？由此看來，《索隱》之說是非常可疑的。

---

[41] 瀧川龜太郎《史記會注考證》（臺北：洪氏，1983）卷二十八，總頁：504-05。

[42] 仝上瀧川龜太郎《史記會注考證》，頁 505。《考證》引中井積德曰：「房中堂上堂下，皆指其神，《索隱》舛。」

[43] 參《大辭典》（臺北：三民），上冊，頁 1005。

[44] 同前注，頁 1001。

以上說明，若以為《安世房中歌》之取名「房中」，乃因其為宗廟祭歌，且是在專門祠神的「房中」演出，則將產生一個問題：與周《房中樂》無關。這裏先應注意的是，《安世歌》加上「房中」之名，早在高祖時代。前引《漢書‧禮樂志》是先敘漢高祖時宗廟樂中迎神、降神之樂，接著才提及高祖唐山夫人所作《房中祠樂》：

> 又有《房中祠樂》，高祖唐山夫人所作也。周有《房中樂》，至秦曰《壽人》。凡樂，樂其所生，禮不忘本，高祖樂楚聲，故《房中樂》，楚聲也。孝惠二年，使樂府令夏侯寬備其簫管，更名曰《安世樂》。

文中有兩個重點，一是，唐山夫人所作稱為《房中祠樂》，如前已詳論過，這是祭祀宗廟祖先之樂歌，而高祖為楚人[45]，為示「不忘本」，故要用楚聲歌唐山夫人之《房中祠樂》。二是，所以取名「房中」，是因周有《房中樂》。如前引繆襲奏文，引《周禮》注云：「《安世樂》，猶周『房中之樂』也。是以往昔議者，以《房中》歌后妃之德，所以風天下，正夫婦，宜改《安世》之名曰《正始之樂》。」亦足證明，漢人認為《安世樂》之加上「房中」之名，是取其與周「房中之樂」的關係，而此正是繆襲反對「房中」之名的原因，若「房中」指祠神之處，繆襲何必反對？總之，無論是贊成《安世樂》加「房中」之名，或反對加「房中」之名，都強調「房中」與周「房中之樂」的關係；並無人提出「房中」與祠神之「房中」的關係。如前所述，周《房中樂》本指《周南》與《召南》之六詩，而《周南》為王者之詩，《召南》為諸侯之詩，《安世歌》既為高祖唐山夫人所作，加上「房中」兩字，正凸顯其為王者后妃之詩，其它鼓樂則無此必要。案：郭茂倩《樂府詩集》卷十五《燕射歌辭》三，有《隋皇后房內歌》，除先引《儀

---

45 《述論》云：由于漢代統治者的故鄉在楚地的沛，「凡樂，樂其所生」（《漢書‧禮樂志》），故西漢帝王均喜歡楚歌。（頁 181）但《述論》並未注意到楚聲與周代《房中樂》的關係，亦未注意到高祖重視祠祭與唐山夫人作《安世房中歌》的關係，如此就無法解釋何以《樂府詩集》將《安世房中歌》列於「郊廟歌辭」。

禮・燕禮》鄭玄注對「房中樂」的解釋外，又引《隋書・樂志》曰：「牛弘修皇后房內之樂，因取之為房內曲。……煬帝大業初，柳顧言議，以為房內樂者，主為王后弦歌諷誦以事君子，故以房室為名。」[46]此即採《儀禮・燕禮》鄭玄注，認為「房內」與皇后有關，並以「房室為名」；可見「房內」本指皇后侍奉國君之「房中」，《房內歌》亦即《房中歌》。

不僅如此，婦女與宗廟祭祀本有關係，甚至可說，宗廟祭祀正是婦女之職事，《儀禮・昏禮》（25 節）即云「婦入三月，然後祭行」，可見助夫行祭祀，本是主婦之責。如上述，周《房中樂》主要指《二南》六詩，而據《毛詩》之序，其中《采蘩》與《采蘋》二詩皆與祭祀有關，茲抄錄二《序》與《毛傳》、孔穎達《毛詩正義》等如下：

1.《毛詩・召南・采蘩》

《序》云：采蘩，夫人不失職也。夫人可以奉祭祀，則不失職矣。

《毛傳》奉祭祀者，采蘩之事也；不失職者，夙夜在公也。

詩云：于以采蘩，于沼于沚。

《毛傳》：公侯夫人執蘩菜以助祭，神饗德與信，不求備焉。

《正義》：言執蘩菜以助祭者，以采之本為祭用。……故《關雎》傳云「備庶物以事宗廟」是也。[47]

2.《毛詩・召南・采蘋》

《序》：大夫妻能循法度也。能循法度則可以承先祖、祭祀也。

《毛傳》：女子十年不出姆教，……學女事，以共衣服，觀於祭祀，納酒漿、籩豆、葅醢禮，相助奠。

詩：于以奠之，宗室牖下。

《毛傳》：奠，置也。宗室，大宗之廟也。大夫士祭於宗廟，奠於牖

[46] 郭茂倩《樂府詩集》（臺北：里仁，1984），上冊，頁 218。

[47] 臺北新文豐出版社，十三經注疏本《詩經注疏》，頁 47。程俊英、蔣見元《詩經注析》（北京：中華，1991，上冊，頁 31）云：「采蘩：古代注家認為『事』指祭事，恐非詩意。」案：《注析》所云乃今人解釋，若漢人觀點，恐仍以《毛詩》為準。

下。（頁 52）

程俊英、蔣見元《詩經注析》：「采蘋：這是一首敘述女子祭祖的詩。《毛傳》：『古之將嫁女者，必先禮之于宗室，牲用魚，芼之以蘋藻。』這可能是當時的風俗習尚。……奠，置放祭物。宗室，宗廟。」[48]

案：除《采蘩》、《采蘋》二詩與祭祀有關外，《毛傳》注《關雎》詩，亦從祭祀角度加以解釋。如詩云：「參差荇菜，左右采之。窈窕淑女，琴瑟友之。」《傳》云：「后妃關雎之德，乃能共荇菜，備庶物，以事宗廟也。」《孔疏》云：「此經序無言祭事，知事宗廟者，以言左右流之，助后妃求荇菜，若非祭事，后不親采，采蘩言夫人奉祭，明此亦祭也。……四章琴瑟右之，卒章鍾鼓樂之，皆謂祭時。」[49]

又案：前引《儀禮・燕禮》鄭玄注《周南》、《召南》六詩為房中之樂云：

> 《周南》、《召南》，《國風》篇也。王后、國君夫人房中之樂歌也。《關雎》言后妃之德，《葛覃》言后妃之職，《卷耳》言后妃之志，《鵲巢》言國君夫人之德，《采蘩》言國君夫人不失職也，《采蘋》言卿大夫之妻能修其法度也。

其中對六詩之解釋實皆來自《毛詩》之序，若將上面抄錄之《采蘩》、《采蘋》二《序》與鄭注比對，明顯看出鄭注之解即取自《毛詩》小序，可見亦認同二詩為祭宗廟之歌。由此看唐山夫人之《安世歌》，雖是祭宗廟之樂，但若只稱「祠樂」，並不知其為夫人所作，此或其加上「房中」名稱之緣故——因如此才能凸顯其為夫人所作，並無不妥之處。《樂府詩集》將《漢安世房中歌》置於「郊廟歌辭」中，似亦默認祠樂可包括「房中樂」，故未接受繆襲改名的建議。

綜合上面所述，周代即有房中樂，所指即《詩經》二《南》六詩，漢經

---

[48] 中華書局，1991 版，上冊，頁 36-7。

[49] 臺北：新文豐，十三經注疏本，《詩經注疏》，頁 21。

學家鄭玄以為乃后、夫人於「房中」諷誦之樂章，故曰「房中之樂」；並據《毛詩》小序，以為或言后妃之德，或言后妃之職，或言后妃之志，皆與婦女生活有關。但後人每以《關雎》詩為代表，言「房中之樂」必曰「歌后妃之德」。唐賈公彥《周禮疏》解「房中之樂」，則直接說：「謂之《房中》者，謂婦人。」房中原本指婦女寢房，後亦代指婦人。

曹植《美女篇》末二句云：「盛年處房室，中夜起長歎。」[50]案：據注文，「房室」為美女獨居之房，或即「房中」。

《文選》第四十卷收任昉《奏彈劉整（文）一首》，述劉寅亡後，其妻范控訴劉整（寅弟）云：「忽至戶前，隔箔攘拳大罵；突進房中，屏風上取車帷准（案：准，折合、當質）米去。」後文又云：「整及母並奴婢等六人，來至范屋中，高聲大罵。」[51]可見房中即屋中。但由「戶前」至「房中」，又云「屋中」，似「房中」特指女性屋中，故以「突進」、「高聲大罵」為無禮行為。

義山之前，其實尚有一首《房中曲》，只是未受人注意。晉王嘉《拾遺記》[52]卷九記石崇愛婢翔風故事，茲摘錄與「房中」有關三小段，並略加案語說明：

> 一、石季倫愛婢名翔風，魏末於胡中得之。年始十歲，使房內養之，至十五，無有比其容貌，特以姿態見美。妙別玉聲，巧觀金色。

案：文中言石崇使人將翔風養於「房內」，房內應指女性侍人生活起居之處，亦即「房中」（參見三段）。

> 二、石氏侍人，美艷者數千人，翔風最以文辭擅愛。

案：此段見石氏侍人之多，令人咋舌。《晉書．石崇傳（附石苞傳）》亦

50　趙幼文《曹植集校注》（北京：人民文學，1998）頁 385。注云：「謂盛年已至，而猶獨居房室，故中夜不寐，起而長歎息也。」（頁 386）

51　張啟成、徐達等譯注《文選全譯》（貴陽：貴州人民，1994），第四冊，頁 2851。

52　〔晉〕王嘉《拾遺記》（臺北：木鐸，1982），頁 214-15。

載：「（崇）財產豐積，室宇宏麗。後房百數，皆曳紈繡，珥金翠。絲竹盡當時之選，庖膳窮水陸之珍。」這些侍人亦當居於「房內」（即「房中」），「後房百數」形容房中侍人之多。

> 三、及翔風年三十，妙年者爭嫉之，或者云「胡女不可為羣」，競相排毀。石崇受譖潤之言，即退翔風為房老，使主羣少，乃懷怨而作五言詩曰：「春華誰不美，卒傷秋落時，突烟還自低[53]，鄙退豈所期！桂芳徒自蠹，失愛在娥眉。坐見芳時歇，憔悴空自嗤！」石氏房中並歌此為樂曲，至晉末乃止。

案：此一大段敘石崇受年輕內侍們進讒，將翔風貶為「房老」。據《表異錄》云：「婢妾年久而衰退者謂之房長，亦曰房老。」[54]可見房老亦稱「房長」，即各「房」之長；「使主群少」，即使翔風負責管理各房內妙年內侍們。這種工作本是由年久而衰退者擔任，而翔風年僅三十，即為房老，等於提前遣退，實有貶抑味道（詩中稱「鄙退」）。故懷怨而作一首五言詩，就內容言，實即怨詩。詩以比興起，將自己年輕時比為「春華」之美，而將被貶為「房老」比為如花之「秋落」。繼寫心情之低落。後兩句為重點：「桂芳徒自蠹，失愛在娥眉」，如注文所云：「意謂自己因貌美而被嫉，如桂樹之因芳而受蠹。《離騷》：『眾女嫉余蛾眉兮，謠諑謂余以善淫』。」[55]詩中詞采華美、哀怨感人，確可印證前段所云「翔風最以文辭擅愛」。文末云

---

53 據注文 15，《廣記》二七二作「哽咽追自泣」，較有意思。

54 見〔晉〕王嘉《拾遺記》（臺北：木鐸，1982），頁 216 注。案：《儀禮・士昏禮第二》（15 節）云「老醴婦于房中」，楊天宇《儀禮譯注》云：「老：家臣之長。」（頁 41）《儀禮・喪服第十一》云：《傳》曰：「公卿大夫室老、士，貴臣，其餘皆眾臣也。」鄭玄注云：「室老，家相也。」賈公彥《疏》云：「室老、士」二者是貴臣（上海古籍 1998 年二刷版，《儀禮注疏》中冊，頁 894）。楊天宇《儀禮譯注》云：「室老，家臣之長。」（上海：上海古籍，2012 年七刷，頁 302）據此，「房老」應由古代「老」或「室老」演變而來：「室老」指家臣之長，「房老」指各房內侍之長。

55 仝上〔晉〕王嘉《拾遺記》，頁 217。

「石氏房中並歌此為樂曲」，蓋翔風既為房長，其所作怨詩容易在各房中（即「房內」）傳唱起來，則此歌亦可稱《房中曲》。卷後之蕭綺《錄》曰：「一朝愛退，皎日之誓忽焉。清奏薄言，怨刺之辭乃作。石崇叨擅時資，財業傾世，遂乃歌擬房中，樂稱『恆舞』，季庭管室，豈獨古之貶！」即以翔風之怨歌為僭擬王室「后妃房中之樂」[56]。

沈約《八詠詩》之一《登臺望秋月》：「凝華入黼帳，清輝懸洞房，先過飛燕戶，卻照班姬牀。」[57]洞房亦指后妃（班姬）之房。

杜甫有《洞房》詩，共八章，乃追憶長安往事（《杜臆》），首章上四句云：「洞房環珮冷，玉殿起秋風。秦地應新月，龍池滿舊宮。」《詳注》云：「上四，長安秋夜之景，所感在妃子（楊貴妃）[58]。」可見「洞房」指貴妃寢房。

時代與義山相接的李賀，有《房中思》云：

> 新桂如蛾眉，秋風吹小綠。行輪出門去，玉鸞聲斷續。月軒下風露，曉庭自幽濕。誰能事貞素，臥聽莎雞泣。[59]

近人吳企明云：「首兩句，自敘閨情；次兩句，辭妻遠行；結尾兩句，用反詰筆法，自敘尋求出路、奮發圖強之心意。本詩當是長吉落第回鄉後不久，重又踏上求仕之路、離別妻子時的抒懷之作，作於元和四年秋。」[60]

據此，「房中」指夫妻共處之寢房無疑。

又敦煌變文《秋胡變文》首段寫秋胡欲出門遠學求仕，先向母親說明，

---

56 仝上《拾遺記》，頁 218。注云：「房中，樂歌名。《詩考》：『自《關雎》至《芣苡》，后妃之樂。』恆舞，《書・伊訓》：『敢有恆舞於宮，酣歌於室，時謂巫風。』此二句謂石崇驕侈，皆踰禮制，僭擬王室。」

57 逯欽立輯校《先秦漢魏晉南北朝詩》（臺北：木鐸，1983），中冊，梁詩卷六，頁 1663。

58 臺北文史哲版，《杜詩詳注》卷十五，總頁 886-87。

59 《李長吉歌詩王琦彙解》卷三，見〔清〕王琦等評注《三家評注李長吉歌詩》（上海：上海古籍，1998），頁 124。

60 吳企明《李長吉歌詩編年箋注》（北京：中華，2012），上冊，頁 79-81。

後「行至妻房中」，與妻道別。末段敘九年之後，秋胡高官榮歸見母親與妻子，文云其妻「便乃入房中……粧束容儀」）」[61]。可見「房中」為婦女房間。

貳、義山《房中曲》疏解，兼論蘇軾悼亡詞《江城子》

義山詩題《房中曲》，馮浩注云：「《漢書禮樂志》：『高祖有《房中詞》，武帝時有《房中歌》，皆本周《房中樂》。』此則以言悼亡也，集中悼亡詩始此。」[62]表示題名來自周代《房中樂》。如上所說，周「房中之樂」本與婦女生活有關，「房中」亦指婦女寢房，義山此詩寫家中寢房之情景，重點亦在其妻子，基本上合乎古「房中之樂」[63]。但如上述，傳統上談到《房中樂》，大都以為「言后妃之德」，義山詩題難道亦可以與「后妃」攀上關係？茲先說明義山與李唐皇室的關係，張采田《會箋》云：

> 李商隱，字義山，懷州河內人。
>
> 案唐之李氏，與皇室同族者，皆以隴西著郡望。《史記》：李將軍廣，隴西成紀人也。《晉書》：涼武昭王暠，廣之十六世孫也。《舊書紀》：高祖神堯皇帝，涼武昭王七代孫也。義山《詩》曰：「我系本王孫。」又曰：「我家在山西。」山西即隴西也，而崔珏《哭商隱》詩亦曰：「成紀星郎字義山。」是玉谿乃唐宗室，惟同源分流，遷徙異地，故屬籍失編。（張采田《玉谿生年譜會箋，外一種》，頁2）

---

61 張涌泉、黃征校注《敦煌變文校注》（北京：中華，1997），頁 232、235。

62 馮浩《玉谿生詩集箋注》（臺北：里仁，1981），頁 451。

63 〔清〕袁枚《〈清娛閣合刻詩〉序》云：「合刻者，京江張舸齋居士與其室鮑芷香夫人所作也。一則江夏黃童，天資超絕；一則宋家若憲，質性靈明。未納幣而戚里稱才，已結褵而房中有曲。」（王英志校點，《袁枚全集．小倉房外集》卷八，南京：江蘇古籍，1997 年二刷，頁 137）末句「房中有曲」之「房中」，顯指夫婦生活之寢房，此應是傳統習用之「房中」。

簡言之，義山與李唐皇室同屬隴西（山西）李氏後代，是漢以來李姓最旺的一支，故義山《詩》曰：「我系本王孫。」即自認為唐皇室屬籍[64]。近人梁超然補《唐才子傳》，亦據張氏《會箋》云：

> 義山《哭遂州蕭侍郎二十四韻》詩又云「我系本王孫」，……「君家在河北，我家在山西。」此所謂山西即隴西，故詩人崔珏〈哭李商隱〉詩曰：「成紀星郎李義山。」係隴西李姓，應屬皇族。……則義山出自姑臧房。……故義山亦係涼武昭王暠之後，與李唐皇族同出一祖，屬姑臧房之裔。故張采田謂：「是玉谿乃唐宗室，惟同源分流，遷徙異地，屬籍失編。」[65]

義山除自認為「王孫」外，其岳父王茂元為唐節度使，可比周之諸侯——故義山自比為娶到秦穆公女弄玉之蕭史。在義山心目中，其妻身分非比尋常——當可比周《房中樂》之夫人[66]；詩中提及錦瑟、龍宮石枕、玉簟、翠被等，皆屬貴重之物，應為王氏家所帶來之嫁粧，亦顯示其身世不凡。另外，尚值得注意的是《毛詩》在唐代科舉教育中具有很重要地位，對唐代統治階層亦有很大影響。近人謝建忠引《唐大詔令集》云：

> 《唐大詔令集》裏保存了部分妃嬪、公主的詔、誥、制、冊文告，從這些文告中《毛詩》及其經學闡釋用語的密集程度來看，可以發現皇族女性亦如其他皇族成員一樣受到過《毛詩》及其經學闡釋的良好教育和很深影響。……《關雎》及其經學闡釋出現頻率最高，表明了《毛詩序》所強調的「《關雎》后妃之德也」是要求和規範後宮的重要政治道德倫理和儒家文化人格修養，……《交河公主文》「能修

64 案：李賀家境貧寒，卻常在詩中提及自己與唐王室的關係，稱自己是「隴西長吉」、「唐諸王孫李長吉」（參洪靜雲《韓孟詩派險怪奇崛詩風研究》，北京：中央編譯，2015，頁 35）。義山有《李賀小傳》，可能對賀之身世有認同感。」

65 傅璇琮主編《唐才子傳校箋》（北京：中華，1990），卷七，李商隱，梁超然撰，頁 265-66。

66 案：前引鄭玄注六首《房中樂》，或言后妃，或言后夫人。

> 《關雎》之德，克奉蘋蘩之禮，自祗率輔佐，肅恭言容，載茂彤箴。」「蘋蘩」用《召南・采蘩》、《召南・采蘋》；……唐代有關皇室女性的文告多用《毛詩》的《周南》、《召南》，而《周南》、《召南》的經學闡釋恰好多述「妃」、「夫人」、「大夫妻」一類女姓的儒家道德倫理。[67]

文中提及：有關唐皇族女性的文告常提及《關雎》，可見《毛詩》所強調的「《關雎》后妃之德也」很受重視；又文告中所引《毛詩》皆前論周「房中之樂」詩篇。由此看義山以《房中曲》為題紀念亡妻，除因其寫「寢房中」之景外，亦應有取《毛詩序》與《儀禮・燕禮》中鄭玄關於《房中樂》之注。更重要的，其妻王氏在義山眼中實可說美德如玉（參前篇對《錦瑟》詩中「藍田日暖玉生煙」句解），尤合《房中樂》「言后妃之德」的精神。又，《毛詩・關雎》由君子眼中寫淑女之美云「窈窕淑女，君子好逑」，義山《房中曲》則以寢房為背景，寫其妻「秋波、柔膚」之美，似更為具體。

另外，詩中提到「錦瑟」，亦可能與古《房中曲》之瑟調有關。案《舊唐書・音樂二》云：「平調、清調，瑟調，皆周《房中曲》之遺聲也。漢世謂之三調。」[68]可見古《房中曲》三調中有一調為「瑟調」，而義山詩中焦點實為「歸來已不見，錦瑟長於人」兩句，寫妻死之後留下錦瑟，正可對上《房中曲》之瑟調[69]。

馮浩注云「集中悼亡詩始此（《房中曲》）」，表示義山尚有多首悼亡詩。此詩可能作於妻亡不久——守喪期間，故詩中表達對妻子的感情非常強

---

67 謝建忠《〈毛詩〉及其經學闡釋對唐詩的影響研究》（成都：巴蜀書社，2007），頁62-3、65。

68 臺北鼎文書局版《舊唐書》冊二，頁1063。

69 程夢星注亦引《舊唐書・音樂志》（見《集解》頁1035，注1）。案：王運熙《樂府詩述論》云，「平調、清調，瑟調」簡稱清商三調，其特點是「聲音清越，哀怨動人」（參見王運熙《樂府詩述論》，上海：上海古籍，1995，頁181、186）義山《房中曲》是悼亡詩，全詩籠罩在悲傷情感之中，與《房中曲》之哀怨瑟調亦頗相符，此或亦為其取題之原因之一。

烈。

論《錦瑟》詩，凡持悼亡說者，每引此詩為證，茲先舉《房中曲》全詩，並加疏解如下：

> 薔薇泣幽素，翠帶花錢小。嬌郎癡若雲，抱日西簾曉。枕是龍宮石，割得秋波色。玉簟失柔膚，但見蒙羅碧。憶得前年春，未語含悲辛。歸來已不見，錦瑟長於人。今日澗底松，明日山頭蘗。愁到天地翻，相看不相識。（《集解》中冊，頁 1035）

此詩基本上是以四句為一小段，全詩共十六句，即四小段。茲分段說明如下：

(一) 薔薇泣幽素，翠帶花錢小。嬌郎癡若雲，抱日西簾曉。

首句寫薔薇花上仍帶晨露，加上一「泣」字，已使整首詩蒙上悲哀顏色，正如《集解》所云：「以興起悼亡之意」[70]。次句寫薔薇枝條細長，上有花錢甚小，此即比喻下句之「嬌郎」，指幼子仍小。兩句合喻妻子如薔薇，幼子如花錢；而薔薇泣素，既喻妻子之香潔[71]，亦喻其不幸早逝。用花錢喻幼子，乃想起妻子在時，幼子在母親懷抱，似小花錢在薔薇枝條，更令人神傷。「嬌郎癡若雲，抱日西簾曉」，指東昇之旭日已高到可以照進西邊寢房之門簾——即已破曉，但此時嬌兒卻仍抱枕而眠，有如不畏日炙之行雲；因不同於大人感到日晒即起的習慣，故曰「癡若雲」。此乃寫幼兒貪睡、可愛情狀，亦可能如《集解》所云：「『癡』字以幼子不知失母之哀，反襯己悼亡之痛。」

(二) 枕是龍宮石，割得秋波色；玉簟失柔膚，但見蒙羅碧。

接著四句追憶其妻在時情景。前兩句提到「龍宮石枕」與「秋波」，應是寫其妻頭靠著寶石精製之枕與醒後張眼情形：因晨光射入，寶石發出眩目

70　下解各句皆參閱《集解》，並多有引用。

71　屈復解義山《李夫人》，有云：「心如秋水之清明，如幽素之香潔。」（《集解》中冊，頁 1238）

光彩，此時妻子也已醒來，當其睜開眼睛，眼波流動如清澈明亮之秋水，在寶石光彩襯托下，更顯燦爛奪目，恍如銳利的劍鋒可以割人[72]；此寫其妻明眸之美：如秋波、如寶石。後兩句寫玉簟上的柔膚已經失去不見，但見翠被蒙蓋其上而已，此寫其妻柔膚如玉，但不幸早逝。這四句，是藉房中之寶枕、玉簟、翠被等貴重之物，襯托其妻之明眸、柔膚之美，令人想見義山在房中睹物思人、陷入深沈的回憶悲思之中，如馮浩注所云：「覩枕而如見明眸，見被而難尋玉體。王氏色美，而必尤豔于目，以後屢言之。」但應注意其句法，後兩句言其妻之柔膚已失（不見），乃承上啟下，一方面暗示前兩句所言「秋波」亦已失去不見，另一方面則呼應下一段所謂「歸來已不見」。亦即：四句所寫之秋波、柔膚，實義山在看到嬌兒睡相之外，又目睹寢房之寶枕、玉簟、翠被等物，回想其妻在時情景，正如錢良擇所云：「因曉臥所見，追憶其存日。」（《集解》中冊，頁 1036）最令義山感到悲悽的是，雖寢房中貴重之物仍在，而最重要的佳人已逝。

(三)憶得前年春，未語含悲辛。歸來已不見，錦瑟長於人。

此一小段，重點在後兩句：歸來已不見，錦瑟長於人。指義山由遠方徐州歸來時，方知妻子已逝不見，唯其平日所彈之錦瑟仍在。茲引兩家注語：

錢良擇曰：錦瑟為其人平日所彈，而物在人亡矣。（《集解》中冊，頁 1036）

馮浩注：歸來謂自徐歸也。《回中牡丹詩》已云錦瑟，意王氏女妙擅絲

72 《集解》云：「二句謂此龍宮寶石所作之枕，光可鑒人，彷彿割得其秋波之色。覩物思人，益增悽愴。」（中冊，頁 1036）案：韓愈《感春三首》之三云：「豔姬蹋筵舞，清眸刺劍戟。」孫汝聽注云：「言眸子清朗，如劍戟之刺，甚稱其俊快也。」（上海古籍 1998 年二刷，錢仲聯《韓昌黎詩繫年集釋》下冊，頁 980-81）又：白居易《箏》：「雙眸剪秋水，十指剝春葱。」李賀《唐兒歌》：「骨重神寒天廟器，一雙瞳人剪秋水。」箋注：「秋水：喻眼珠明淨清澈如秋水。」（吳企明箋注《李長吉歌詩編年箋注》（北京：中華，2012，下冊，頁 691、693）可見義山詩所謂「割得秋波色」蓋有所據。案：秋水指其眸子明淨清澈，無疑義，唯用「割」字，似指其眨眼之間，眼光有似利剪、劍鋒，似可傷人。

聲，故屢以致慨。[73]

前兩句應是寫義山離家赴徐時，妻子含悲無語、似有天人永隔之預感（詳見第四節「考辨」）。這一段可說是此詩點睛之筆，確證此詩為悼亡而作，亦如馮浩題下注所云，這是義山所寫第一首悼亡詩，後來還有多首。

此段言及錦瑟，與上一段所言龍宮石枕、玉簟、翠被等物，皆屬貴重之物，當非家境清寒的義山所能購置，而應為王氏家所帶來之嫁粧。末句云「錦瑟長於人」，其實「長於人」亦應包括前段之龍宮石枕、玉簟、翠被等物；這些貴重物品皆是妻子死後所遺留，詩中寫這些貴物，表示很容易「睹物思人」——想起妻子在時情形，並引起「物在人亡」——物之年壽長於人之悲感[74]。

(四) 今日澗底松，明日山頭蘗。愁到天地翻，相看不相識。

此段接前段末句「歸來已不見」之後，應是寫妻亡之後的生涯與心境。「今日澗底松，明日山頭蘗」，即今日如澗底松，明日如山頭蘗。馮浩注「澗底松」云：「左思（《詠史》）詩：鬱鬱澗底松。比己之不得志。」又注「山頭蘗」云：「古《子夜歌》：高山種芙蓉，復經黃蘗塢。比己將銜悲行役。」[75]案：左思《詠史》下半云「世冑躡高位，英俊沈下僚。地勢使之然，由來非一朝」，義山引此詩蓋取「英俊沈下僚」，故馮浩注云「比己之不得志」。據此，這兩句是描寫自己一向從事的幕僚生涯：澗底松比自己雖有才情，但屈居人下，只用以幫長官寫章奏公文與應酬書信[76]；山頭蘗比自己經常出外行役，或至偏鄉僻邑，受風霜之苦，自不免容貌憔悴難看，心情

---

73 馮浩《玉谿生詩集箋注》（臺北：里仁，1981），頁 452。

74 錢鍾書《談藝錄補訂》云：「義山『長於人』之『長』即少陵之『長年』，東坡之『壽』。」（見《集解》中冊，頁 1037 引）。

75 同上馮浩《玉谿生詩集箋注》，頁 452。

76 案：義山文集以這兩類文最多，皆其為幕僚時所作。義山《樊南甲集》自取名「樊南四六」，楊柳云：「這些『四六』文大半是入幕時奉府主之命撰寫的表、奏、啟、碑、牒、書。」（楊柳《李商隱評傳》，南京：江蘇人民，1981，頁 203）

悲苦[77]。今人解云：「接著寫物在人亡；最後以『澗底松』、『山頭蘗』形容自己的困境，表示失去愛妻獨自一個在世間掙扎的痛苦是難以忍受的。」[78]

總之，前兩句寫幕僚生涯對身心兩方面的傷害，隱寓自己恐將不久人世，可早日與妻子相見於地下。由此引起後兩句：「愁到天地翻，相看不相識。」馮浩注云：「古樂府：天地合，乃敢與君絕。句意本此。」[79]案：此出漢樂府《上邪》：「上邪，我欲與君相知，長命無絕衰。山無陵，江水為竭，冬雷震震夏雨雪，天地合，乃敢與君絕。」[80]詩強烈表示願與君同生共死之意。據此，兩句或受到樂府民歌影響，故表現感情非常絕決激烈，與傳統文人的溫和拘束不同。案：《莊子‧德充符》云：「死生亦大矣，而不得與之變，雖天地覆墜，亦將不與之遺。審乎無假而不與物遷，命物之化，而守其宗也。」這是仲尼稱讚因受刑而只剩一足的兀者王駘，以為死生雖為人生大變，王駘不會與之改變心境；即使天覆地墜，亦不因之喪失自我[81]。義山用此表示自己對妻子之情，不會因生死而改變。並作假設之辭云，自己將一直等待，直至天覆地墜（用語誇張，與「滄海變桑田」之意相近）[82]，或

77 朱鶴齡注：「檗，黃木也。味苦。古樂府：『黃檗向春生，苦心隨日長。』又曰：『高山種芙蓉，復經黃檗塢。』」（見《集解》中冊，頁 1036）可見黃檗比心中之苦，在此比銜悲行役，與身為幕職有關。

78 郁賢皓、朱易安著《李商隱》（上海：上海古籍，1985），頁 79。

79 馮浩《玉谿生詩集箋注》（臺北：里仁，1981），頁 452。

80 〔宋〕郭茂倩《樂府詩集》（臺北：里仁，1984）上冊，頁 231。

81 參郭慶藩《莊子集釋》（臺北華正書局版）與姚漢榮、孫子力、林建福等撰《莊子直解》（上海：復旦大學，2000）。《集解》引「馮注」，只引《莊子‧德充符》兩句：「雖天地覆墜，亦將不與之遺。」（頁 1037）並未結合詩意加以疏解，且筆者查馮浩《玉谿生詩集箋注》，亦未見有此注文。又案：《孟郊詩集》卷九載《列仙文四首》，其三《金母飛空歌》云：「哀此去留會，劫盡天地傾。」與義山《房中曲》詩句頗為接近。唯據郝世峰《孟郊詩集箋注》（石家莊：河北教育，2002）云，《列仙文四首》又見于道教重要典籍《雲笈七籤》，皆道教神仙詩，「並非孟郊作」（頁 453）。

82 案：《莊子》所謂「天覆地墜」是一種極度誇張的用法，其實只是表示經過很長時間。後來李賀《致酒行》亦云：「吾聞馬周昔作新豐客，天荒地老無人識。」吳企明只簡單注云：「天荒地老，形容時間久長。」（《李長吉歌詩編年校箋》，北京：中

許會有相見之時。錢良擇解云：「天地俱翻，或有相見之日，又恐相見之時已不相識，設必無之慮，哀悼之情，於此為極。」（《集解》中冊，頁1037）甚得詩意。案：袁枚《祭妹文》云：「除吾死外，當無見期。」指死後才有相見之期，似較合理。據此，義山之意，或亦指死後才有相見之期（「天地翻」正指死後）；因心情悲苦，加上長時思念，我必已蒼老憔悴，而妳則仍如逝世時華年之美，當已認不出我來[83]。

總之，義山用此極端設喻，實乃「喻寫詩人對亡妻的無盡的思念」[84]。

《集解》按云：「蘇軾《江城子》：『縱使相逢應不識』，似受末句啟發。」（頁 1037）不少人有相同看法。筆者亦同意此說，首先，兩者皆為悼亡而作；其次，東坡詞之「相逢應不識」，與義山詩之「相看不相識」，字面相似度極高；再其次，東坡詞下接「塵滿面，鬢如霜」，是說明何以「縱使相逢應不識」之原因，而義山詩則先云「今日澗底松，明日山頭檗」，用比喻方式說明自已幕僚生涯之不如意，反映在外表上，自亦如東坡詞所云「塵滿面，鬢如霜」。不無可能，東坡詞之「塵滿面，鬢如霜」，即由義山詩意之體會而來。故可反過來，由義山詩之「今日澗底松，明日山頭

華，2012，上冊，頁 111）李賀《金銅仙人辭漢歌》又云：「衰蘭送客咸陽道，天若有情天亦老。」正如曾益注云「借天以甚言相送者之動情也。」王琦《解》云：「長吉以天若有情亦老反襯出之，則有情之物見仙下淚，其情更何如耶？」（前引書頁164）義山寫過《李賀小傳》，這種誇張寫法或許有受到賀詩影響。

83 筆者此處乃參考蘇軾悼亡詞《江城子》所云：「縱使相逢應不識，塵滿面，鬢如霜。」唯〔清〕屈復云：「四段言他生不能相識也。」（《集解》中冊，頁1037），似頗合理，故有人同意此說，如袁琳云：「如李商隱，他與妻子感情很好，但中年喪妻對他的打擊很大，他的傷痛在《房中曲》中表露無遺，……即使有來生，也『相看不相識』，留在詩人中的是永遠無法彌補的傷痕，使人為之動容。」（《悼亡之典範——論唐人悼亡詩》）依此說，則同於元稹《遣悲懷》其三所云「同穴杳冥何所望，他生緣會更難期」，乃預料來生難以相識，同一機杼。不過，若指來生，則「相看不相識」似無多大意義。案：袁枚《祭妹文》云：「除吾死外，當無見期。」指死後才有相見之期，似較合理。

84 韓鵬飛《只有安仁能作誄，何曾宋玉解招魂——李商隱悼亡詩淺探》，陝西師大，《樂山師範學院學報》，2007 年 10 期。

蘗」，去理解東坡詞之「塵滿面，鬢如霜」。蓋東坡妻王氏卒於十年前（宋英宗治平二年），詞作於神宗熙寧八年[85]，此八年期間正是王安石一派執政、大力推行新法時期，而東坡與安石不合亦眾所皆知，則「塵滿面，鬢如霜」或許是針對這幾年朝廷政局變化動蕩，自己遭受不少挫折而言。此詞為悼亡，言下之意乃：從前妻子王氏在時，自己若有煩惱，皆有妻子體貼撫平，容貌一直保持開朗和氣；爾後，自己「一肚子不合時宜」的牢騷，卻無人可以傾吐發洩，煩悶憂鬱，累積多年，造成外表「塵滿面，鬢如霜」。詞中這幾句其實是屈折地表示對妻子的思念。

不僅如此，東坡此詞尚有受義山詩影響者，未受到注意。《江城子》下片云：「夜來幽夢忽還鄉。小軒窗，正梳粧。相顧無言，唯有淚千行。」前三句寫妻子在寢房對窗梳粧倩影，而義山詩二段云「枕是龍宮石，割得秋波色；玉簟失柔膚，但見蒙羅碧」，同樣寫妻在寢房之美麗留影。又東坡詞後兩句寫好不容易夢中相聚，卻很快又將別去，無法言語，只能頻頻掉淚。亦同義山詩第三段之「憶得前年春，未語含悲辛」，寫難得回京相聚，卻又將踏上征途，往遠方烽火之地——徐州就幕（詳下「考辨」）。但東坡高明之處就在於「師其意不師其辭」，讓人覺得是在寫自己的事情，幾乎看不出模仿痕迹：有如水中著鹽，達到宋人所樂道的「奪胎換骨」的最高境界。不過，比較一詩一詞，風格幾乎對立：義山詩第二段云「枕是龍宮石，割得秋波色；玉簟失柔膚，但見蒙羅碧」，對寢物與女性身體的華麗描寫，似受到六朝豔體詩影響；第四段云「今日澗底松，明日山頭蘗。愁到天地翻，相看不相識」，亦受到六朝樂府民歌影響：擅用比興、熱情奔放、意志堅決，表現極端、強勁。相對，東坡詞則似保留傳統士人溫柔含蓄風格。當然，兩種風格的不同，或許與創作時機有關：義山是作於妻亡不久，且是守喪期間，感情正處於追思妻子高峰期，容易噴薄而出，毫無保留；而東坡詞作於妻亡十年忌日，其感情溫度已進入細水長流階段。

補記：「今日澗底松，明日山頭蘗。愁到天地翻，相看不相識。」這種

85　參王水照選注《蘇軾選集》，臺北：群玉堂（《國文天地》關係企業），1991。

運用比興寫法，與六朝樂府民歌，極為類似。如《子夜歌》云：「自從別郎來，何日不咨嗟；黃蘗鬱成林，當奈苦心多。」《子夜春歌》云：「自從別歡後，歎音不絕響；黃蘗向春生，苦心隨日長。」又如義山《無題》云：「春蠶到死絲方盡，蠟炬成灰淚始乾。」上句已有多家注指出蠶絲與樂府民歌的關係——以絲喻「思」[86]，惟下句恐亦與民歌有關，如《讀曲歌》云：「歔欷闇中啼，斜日照帳裏；無油何所苦，但使天明爾。」「非歡獨慊慊，儂意亦驅驅。雙燈俱時盡，奈許兩無由。」蓋以「油」諧「由」，以「無油」表示無奈之意。（郭預衡主編《中國古代文學史》云：「南朝樂府民歌的內容，絕大部分屬男女戀情。」[87]義山《房中曲》乃寫夫妻之情，與樂府民歌頗可相通，故參用之，但絕不是模彷，正如東坡雖參用義山之意，亦非模彷。）

參、《房中曲》與《錦瑟》詩，兼論悼亡詩之互文性

互文性已成為解讀作品的一個重要概念，互文性指作品與作品之間的關係，可以說大部分作品皆有或多或少的「互文」存在，這些「互文」可稱為「隱藏的文本」；《錦瑟》詩之所以難解，即在其許多隱藏的文本未被充分發現，以致成為「千古詩謎」[88]。因此，在《房中曲》的疏解之後，尚須對其中所包含的「互文」加以說明。

茲先談此詩對理解《錦瑟》詩的幫助。在上篇《錦瑟變》中，筆者雖已多次引用並說明，但分散在不同地方，讀者較難有深刻印象，現將其集中起來，主要有三點：

1.由「歸來已不見，錦瑟長於人」，可見錦瑟是放在寢房之中，其妻可

---

[86] 見劉學鍇、余恕誠著《李商隱詩歌集解》（臺北：洪葉，1992），下冊，頁 1461，注 3。

[87] 郭預衡主編《中國古代文學史》（上海：上海古籍，1998），二冊（共四冊），頁 115。

[88] 如「滄海月明珠有淚」此句即為一顯著例子，詳見前篇《錦瑟變：李商隱〈錦瑟〉詩句解》。

隨時彈奏。而在其妻既亡之後，義山很容易由錦瑟想到妻子在時情景而引起悲情，故《錦瑟》詩開頭即云「錦瑟無端五十絃」，表示錦瑟容易引起持續不絕的思妻悲情，清人亦據此推斷《錦瑟》是「睹物思人」的悼亡詩。

2.詩中寫其妻的秋波、柔膚，正可印證《錦瑟》詩次句「一絃一柱思華年」乃指妻子華年早逝，且更確定其為悼亡詩。

3.詩中寫寢房中嬌兒與妻子在一起，正是一副和樂幸福景象，而在詩人由徐州歸來時，這景象已永久不見了。這種「見與不見」、「由有至無」，前後的對照，正是《錦瑟》詩第三句「莊生曉夢迷蝴蝶」中所指的「如夢」的感覺。

除此之外，尚可再作補充，但牽涉到一些著名典故與詩作：如漢武帝與李夫人故事、潘岳《悼亡詩》、元稹悼亡詩《遣悲懷》、白居易《長恨歌》等。這些典故與詩作，皆與悼亡有關，大多已在上篇《錦瑟變》中提到，唯這些作品與《房中曲》、《錦瑟》詩等，彼此之間有複雜關係（即所謂「互文性」），尚須作進一步疏解。

先說漢武帝與李夫人故事。此故事有三個重點：(1)李夫人因貌美，受武帝寵愛，惜少而早卒；(2)李夫人死後，武帝對李夫人之思念不已，令人畫像於甘泉宮；(3)武帝令方士少翁招李夫人之魂，並有詩云：「似耶，非耶，立而望之，偏何其姍姍而來遲？」。據此三點，武帝實可謂最早的悼亡典範。尤其以帝王之尊，留下許多歷史大業，再加上宮中美人無數，竟然如此痴情，更是難能可貴，故一再為後世豔稱。而第三點寫招魂事，幾可視為悼亡詩之靈魂：蓋凡悼亡免不了有睹物思人之情，而睹物思人不免有「不見其人」之遺憾（即潘岳《悼亡詩》所謂「獨無李氏靈，彷彿覩爾容」），為突破此遺憾，始有招魂之動機。故招魂之舉實悼亡最終極之表現，亦最富戲劇性之演出；可以毫不誇張地說，後世之悼亡詩皆是《楚辭・招魂》之變形、後裔。

前面提到，〔晉〕王嘉《拾遺記》尚保留一首《房中曲》，而卷五記武帝與李夫人故事，則留下一首美麗悼亡詩，值得一提。《記》文如下：

> 漢武帝思懷往者李夫人，不可復得。時始穿昆靈（明）之池，泛翔禽之舟。帝自造歌曲，使女伶歌之。時日已西傾，涼風激水，女伶歌聲甚遒。因賦《落葉哀蟬》之曲曰：「羅袂兮無聲，玉墀兮塵生，虛房冷而寂寞，落葉依於重扃。望彼美之女兮安得，感余心之未寧。」帝聞唱動心，悶悶不自支持。[89]

文中記漢武帝自作《落葉哀蟬曲》悼念李夫人，大意寫夫人亡後，自己孤單寂寞，益加思念。文字優美，景物淒涼，情感哀怨，且置於有如廣大湖水之昆明池上，使泛舟之女伶歌之，「時日已西傾，涼風激水，女伶歌聲甚遒」，這種詩情畫意的環境，更增其感人的力量，難怪「帝聞唱動心，悶悶不自支持」；詩與女伶歌聲結合，且云「虛房冷而寂寞」，幾可視為「房中曲」。不僅如此，《曲》文虛構武帝所作，故以《楚辭》體寫成，又加池上環境的渲染烘托，讓人宛如身處瀟湘水域，聽女伶歌此悼亡之曲，如再現《楚辭．九歌》中湘君與湘夫人之生死戀[90]。今人注云：「再如漢武帝的《落葉哀蟬曲》，抒寫了帝王的悼亡之情。」[91]已指出此為悼亡詩。此段情

---

[89] 〔晉〕王嘉撰，〔梁〕蕭綺錄，齊治平校注《拾遺記》（臺北：木鐸，1982），頁115-16。案：此書當翻印自大陸中華書局 1981 年版本，參見李劍國《唐前志怪小說史》（修訂本，天津：天津教育，2005），頁 343。

[90] 案：相傳舜南巡狩，二妃（娥皇、女英）奔赴哭之，殞於湘江，遂為湘水之神，「屈原《九歌》所稱湘君、湘夫人是也。」（見臺北洪氏出版社，1981 年版，袁珂撰《山海經校注》第五，中山經，中次十二經，頁 176）則湘君與湘夫人乃舜二妃，亦即帝堯之二女。但郭璞注《山海經》對此說已表示懷疑，顧炎武同意郭璞意見云：「《楚辭》湘君、湘夫人，亦謂湘水之神，有后有夫人也。初不言舜之二妃。」（《日知錄．湘君》）王夫之亦云：「安得堯女舜妻，為湘水之神乎？蓋湘君者，湘水之神，而夫人其配也。」（《楚辭通釋》卷二）（周勛初《九歌新考》，頁 88-9引）由「君」與「夫人」的關係看來，較像是「配偶神」，故筆者同意王夫之的意見：「蓋湘君者，湘水之神，而夫人其配也。」又案：近人董楚平譯注《楚辭》（上海：上海古籍，2006）亦云：「至于《九歌》的湘君、湘夫人，則要從作品實際出發進行考察，不必拘泥于某一種傳說。從《九歌》所描寫的實際內容看來，湘君、湘夫人是一對配偶神，所寫的『湘夫人』，只有一個人。」（頁 52）

[91] 同上王嘉《拾遺記》，文見校注者齊治平「前言」頁 17。案：〔明〕張溥《漢魏六

節，堪稱中國古代最美的悼亡小說[92]。

潘岳《悼亡詩》（共三首）是正式以「悼亡」為名，寫得深情感人，其「睹物思人」的感傷模式，已成為經典[93]。《悼亡詩》其二有云「獨無李氏靈，髣髴覩爾容」，系針對武帝與李夫人故事中招魂一事，深羡武帝能見到李氏之魂，而感嘆「亡妻不能像李夫人那樣有靈，使自己再見容貌」[94]。可見武帝與李夫人故事，深受悼亡者所關注，而「招魂」情節，似特能感動、吸引人。故筆者解《錦瑟》「藍田日暖玉生煙」句，即認為義山有可能於煙氣中望見亡妻王氏精魂。

由於潘詩中心在表現「喪偶」的空虛之感，採取「睹物思人」的表現方式，睹物是實寫，而思人是虛寫，似乎是以悼亡者（詩人）為主，故讓人覺

朝百三家集題辭・潘黃門集》云：「予讀安仁馬汧督誄，……及悼亡詩賦，哀求逝文，則又傷其閨房辛苦，有古落葉哀蟬之嘆。史云『善為哀誄』，誠然哉！」殷孟倫注云：「漢武帝有《落葉哀蟬曲》，思懷李夫人也，見《王子年拾遺記》」。（《漢魏六朝百三家集題辭注》，北京：人民文學，1981，頁 124-25）可見明人已知《落葉哀蟬曲》為悼亡詩。又〔清〕洪昇《長生殿》第四十九齣首曲「醉落魄」云：「相思透骨沉痾久，越添消瘦。蘅蕪燒盡魂來否？望斷仙音，一片晚雲秋。」「黯黯愁難識，綿綿病轉成。哀蟬將落葉，一種為傷情。」（洪昇《長生殿》，臺北：西南，1983，頁 214）此則用《拾遺記》李夫人故事，借指唐玄宗思念楊貴妃。

92 李劍國《唐前志怪小說史》（天津：天津教育，2006 年二刷）云：「《（漢武）內傳》的語言華麗鋪張，大量運用排偶筆法，具有漢賦的語言特點。……東晉王嘉的志怪小說集《拾遺記》也具有華麗鋪張的語言特點，可能也受到《內傳》的影響。」（頁 203）又稱讚《拾遺記》云：「本書是六朝志怪上乘之作，作者雖為道士，意在弘揚神仙，但頗重藻思文心，文字縟麗，鋪采錯金，藝術風格類似《洞冥記》、《十洲記》等而辭藻更為豐美，確如譚獻所說是『艷異之祖』，所以『歷代詞人，取材不竭』。」（頁 349）

93 如陳小芒、黃衛興云：但真正將景存人亡、感物傷懷的表現機制模式化的應該是潘岳的《悼亡三首》……其後江淹……沈約……薛德音……等等都表現了景存人亡、感物傷懷這一傷逝主題。」（《論中國古代悼亡詩的傷逝主題及價值取向》，《贛南師範學院學報》，2002，5 期）

94 張啟成、徐達等譯注《文選全譯》（貴陽：貴州人民，1994），冊二，頁 1424 譯文。

得：妻子的形象卻沒在詩中出現[95]。相對的，元稹悼亡詩《三遣悲懷》則非以「喪偶」的空虛感為中心，而是如陳寅恪所謂：「凡微之關於韋氏悼亡之詩，皆只述其安貧治家之事，而不旁涉其他。專就貧賤夫妻實寫，而無溢美之詞，所以情文並佳，遂成千古之名著。」[96]簡言之，以昔日生活之貧苦為主。不過，這裏應該補充一點，此詩之感人，並非單就其寫貧苦生活而已，實際上，與其妻韋氏來自顯貴家庭有關，故詩一開始云「謝公最小偏憐女，自嫁黔婁百事乖」，即以顯貴與寒士對比，為此詩定調：由於妻子原本嬌生慣養，婚後卻能安貧治家，此其所以可貴、感人。既然將詩的中心放在貴人之女下嫁貧士，在敘述上自然形成以妻為主、夫為賓的敘述表現，此即蔣寅所說：「唐代悼亡詩寫作範式，將表現的中心開始由悼亡主體向客體轉移……元稹的《三遣悲懷》實際上正是新範式的經典文本，與潘岳詩相比，它明顯突出了贊美亡妻的主題。」[97]

元稹詩中有一些感人句子，如將昔日貧窮的辛酸概括為：「誠知此恨人人有，貧賤夫妻百事乖」；又云「今日俸錢過十萬，與君營奠復營齋」，則以今昔貧富大落差，對妻子之亡感到無限歉疚，其感人程度遠勝潘詩。不過，有一重點似未被注意到，在前兩首之感人敘述中，隱藏一個秘密，即：大寫的「恩情」兩字。直到三首結尾云「惟將終夜長開眼，報答平生未展眉」，才以一種「誓言」語氣點破——表示「報恩」之意，不僅將讀者的感動再次挑起、推向另一高潮，且更留下餘音裊裊，令人有迴腸蕩氣之感。筆

95 參見蔣寅《悼亡詩寫作範式的演進》，《安徽大學學報（哲學社會科學版）》，2011年第3期。案：胡大雷論「『悼亡』詩作的寫作模式」亦指出悼亡詩作常只寫詩人一邊：「悲痛人死不再復生，這就是目前沒有人再關切自己，所謂『孤獨』；因此一定只寫一邊而不能兩邊都寫到，因為目前情況是對方已逝而為鬼魂，不可能響應。」「我們可以看到，詩中全力摹寫的是詩人自己，沒有去體會對方——亡妻的處境與感覺。因此，悼亡之作一般都重在表現對偶逝世自己成為獨自一人；即全力敘寫目前自己的感受——『孤獨』，就是再也不能兩人一起了。」（胡大雷《〈玉臺新詠〉編纂研究》，北京：人民，2013，頁376-77）

96 《陳寅恪先生論文集》（臺北：三人行，1974），頁96。

97 參見蔣寅前引文：《悼亡詩寫作範式的演進》。

者解《錦瑟》即指出，義山受元稹《遣悲懷》的感動超過一般人，蓋義山妻子亦來自顯貴家庭（其父為富有的節度使王茂元），且亦為最小女兒。又義山同元稹一樣，可說如黔婁之寒士，其妻子亦同樣於婚後安貧無怨（義山稱其妻如「孟光」之高義）。因此筆者認為，在義山心目中，元稹《遣悲懷》有如寫義山自己的婚姻生活；並指出，「滄海月明珠有淚」此句即受到元稹詩「惟將終夜長開眼，報答平生未展眉」的啟發，表示妻恩難忘，故終夜難以成眠，常對月思妻掉淚，並自比如鮫人「泣珠（淚）報恩」。

白居易所以寫《長恨歌》，是因他當時任職京兆府盩厔縣尉，隔著「渭水的北岸可以看到有楊貴妃墓的馬嵬。昭應以南的驪山有玄宗與楊妃一同游覽過的有溫泉的華清宮。」有一天他和住在盩厔的陳鴻、王質夫一起游仙游寺，眺望馬嵬，談起玄宗與楊貴妃的愛情故事[98]。據陳鴻《長恨傳》之傳後說明，因白居易「深於詩，多於情」，故陳鴻與王質夫促其用詩歌詠唐玄宗與楊貴妃之事，而後來，白居易即娶了楊虞卿的堂妹。白詩成後取名《長恨歌》，由名稱亦可看出，詩的重點是在言「悼亡」之情。而在《長恨歌》寫成之後，白、王二人又促當時正在研究《春秋左傳》的陳鴻為《歌》作傳──即《長恨（歌）傳》，故《歌》與《傳》可參照看。如《長恨歌》本敘唐明皇與楊妃之事，但詩一開始卻托言漢武帝事，云「漢皇重色思傾國」，而《傳》則直言是唐玄宗事。又《歌》寫楊妃剛入宮受寵一節，有三句重點：「一朝選在君王側」、「春寒賜浴華清池」，「始是新承恩澤時」。對此，傳文則又先補充一句：「如漢武帝李夫人」。如此不僅呼應《歌》開頭之「漢皇重色思傾國」，並等於說明《歌》後半所敘臨邛道士「上窮碧落下黃泉」，尋找楊妃事，是源自《漢書・外戚傳》所敘方士少翁招李夫人魂事。若從「如漢武帝李夫人」角度看白居易《長恨歌》，確有抓住中心、「如網在綱」之感。事實上，白居易《新樂府》有《李夫人》一首，前面皆據《漢書・外戚傳》的內容，鋪寫武帝對李夫人之恩情與思念，可概括為三個重點：(1)寵愛，(2)畫像，(3)招魂。但後面卻加了一節：「傷心不獨漢武

98　參見〔日〕花房英樹著《白居易》（北京：社會科學文獻，1991），頁9。

帝，自古及今皆若斯」，表示歷史上的帝王，如漢武帝之傷心多情者不少。但只舉兩個例子，一是周穆王對盛姬之死的傷痛，一是明皇對楊妃之情：「又不見泰陵一掬淚，馬嵬坡下念楊妃。縱令妍姿艷質化為土，此恨長在無銷期。」正如陳寅恪所云：「此篇以《李夫人》為題，即取《長恨歌》及傳改縮寫成者也。」[99]

案：周穆王對盛姬之死的傷痛，見《穆天子傳》卷六。盛姬亦年小而死，穆王特別傷心，並辦了極其盛大的喪禮，「天子乃命盛姬之喪視皇后之葬法」，其排場極其盛大，除發三城之眾以示榮侈外，命「七萃之士」舉棺就車，「大匠御棺，日月之旗，七星之文，鳥以建鼓，獸以建鐘」，這是寫舉棺就車的盛大排場，當是皇家才有的。接著敘參加喪禮時的主人與陪祭者：「喪主（穆王）即位，周室父兄子孫倍之。諸侯屬子，王吏倍之。外官王屬，七萃之士倍之。姬姓子弟倍之，執職之人倍之，百官眾人倍之。」以上皆是身分高貴者，另有王宮親近之人甚多，不一一列舉。在經過一段時日之後，穆王仍然會睹物思人：「甲申，天子北升于大北之隥，而降休于兩柏之下。天子永念傷心，乃思淑人盛姬，于是流涕。」以致七萃之士葽豫上諫于天子曰：「自古有生有死，豈獨淑人？天子不樂，出于永思。永思有益，莫忘其新。（言思之有益者，莫忘更求新人）」天子哀之，乃又流涕。[100]

《傳》文敘述穆王對盛姬之死的傷痛，與漢武帝對李夫人之死的傷痛，確很相似。但盛姬與李夫人皆為病死，而楊妃之死特別悽慘，此所以白詩稱為「長恨」也。

---

99 以上所引《長恨歌》、《長恨傳》與《李夫人》之原文與注解皆據謝思煒《白居易詩集校注》（北京：中華，2006）案：就《李夫人》文中云「又不見泰陵一掬淚，馬嵬坡下念楊妃。縱令妍姿艷質化為土，此恨長在無銷期」看來，陳寅恪所云「此篇以《李夫人》為題，即取《長恨歌》及傳改縮寫成者也」，並無大錯。唯卞孝萱認為陳氏此說「未免忽略了白居易對李楊故事『感傷』到『諷諭』的變化，抹煞了陳鴻對白的啟迪，也與《李夫人》融合《歌》、《傳》的論點自相矛盾。」（卞孝萱《唐傳奇新探》，南京：江蘇教育，2001，頁 285）

100 《歷代筆記小說大觀》——《漢魏六朝筆記小說大觀》（上海：上海古籍，1996），頁 24-8。

若從「如漢武帝李夫人」角度看白居易《長恨歌》，則自「六軍不發無奈何，宛轉娥眉馬前死」以下，皆可作「悼亡詩」看，主要寫兩個重點：一是帝思念不已，一是道士招魂。其寫帝思念不已，可以說鋪張盡致，而基本上不出潘岳詩「睹物思人」的模式：如「蜀江水碧蜀山青，聖主朝朝暮暮情。行宮見月傷心色，夜雨聞鈴腸斷聲」、「歸來池苑皆依舊，太液芙蓉未央柳。芙蓉如面柳如眉，對此如何不淚垂」等。至於寫道士招魂一節，雖亦甚鋪張，但若與陳鴻《傳》相比，則互有詳略。如《歌》寫侍女報告只用兩句：「金闕西廂叩玉扃，轉教小玉報雙成。」而《傳》文則用一長串文字：

> 西廂下有洞戶東嚮，闔其門，署曰玉妃太真院。方士抽簪叩扉，有雙鬟童女出應門。方士造次未及言，而雙鬟復入。俄有碧衣侍女又至，詰其所從來。方士因稱唐天子使者，且致其命。碧衣云：「玉妃方寢，請少待之。」于時，雲海沈沈，洞天日曉，瓊戶重闔，悄然無聲。方士屏息斂足，拱手門下，久之，而碧衣延入，且曰：「玉妃出。」

比較之下，《傳》文用將近二十句說明《歌》之一句：「轉教小玉報雙成」。但後面寫楊妃出見，則《傳》文只寫其高貴穿著：「冠金蓮，披紫綃，珮紅玉，曳鳳舄。」共只十二字。而《歌》則先寫其聞報之心驚，再寫其起牀後之一系列動作與容貌姿態：「雲鬢半偏新睡覺，花冠不整下堂來」，寫其倉卒；「風吹仙袂飄飄舉，猶似霓裳羽衣舞」，寫其行走姿態之美；「玉容寂寞淚闌干，梨花一枝春帶雨」，寫其玉容帶淚之美；「含情凝睇謝君王，一別音容兩眇茫」，寫其情。可見《傳》文重點在敘事，而《歌》的重點在寫人，又不僅重其外表之姿態、面容，更寫其心理與感情。

凡閱讀《長恨歌》者，皆可看出是由兩大段串接起來：前大段重點寫楊妃之受寵，而以安祿山之變，明皇倉皇中「出咸陽，道次馬嵬亭」（參陳《傳》），六軍不發、楊妃受死結束。基本上以史實為主，可視為「史傳小說」。後大段，如上所述，主要寫兩個重點：一是帝思念不已，一是道士招魂；但後者更重要，可作「仙傳小說」看。[101]貫串兩段者，則為李、楊愛情。所謂「長恨」，是針對李、楊愛情而言，如白詩《李夫人》云：「又不見泰陵一掬淚，馬嵬坡下念楊妃。縱令妍姿艷質化為土，此恨長在無銷期。」雖以楊妃之死為「長恨」原因，但歸根究柢，此恨實因「愛情」所產生，寫「長恨」正所以表其「思念不已」之情。唐人長篇詩歌，大概沒有比《長恨歌》流傳更廣者[102]，即因其突破詩歌藩籬，與小說結合起來[103]，容納一些帶傳奇性、吸引人的、有趣的事件。而若選取詩中最吸引人、最大的亮點，相信多數人會選「道士招魂」一節[104]。陳寅恪曾論此詩之吸引人，以為與結合「物語小說」與「靈界」故事有關，並云靈界故事取自漢武帝李夫人故事。其言云：

> 唐人竟以太真遺事為一通常練習詩文之題目，此觀於唐文詩人集即可瞭然。但文人賦詠，本非史家紀述，故有意無意間逐漸附會修飾，歷時既久，益復曼衍滋繁，遂成極富興趣之物語小說，如樂史所編著之太真外傳是也。若依唐代文人作品之時代，一考此種故事之長成，在

101 謝思煒亦云：「由《長恨歌》故事的展開來看，『入宮專寵』、『馬嵬驚變』兩段情節都有歷史記載可據。因此，詩的前半部分還保持著史的嚴謹性。……但自蜀中相思以下，詩的抒情筆調愈來愈濃，通過這種抒情氣氛的渲染而將尋仙情節有機地組織起來，最後補入私誓情節，才完成了生離死別故事，也完成了向民間愛情主題的回歸。」（《白居易集綜論》，北京：中國社會科學，1997，頁 403）

102 陳寅恪云：自來文人作品，其最能為他人所欣賞，最能於世間流播者，未必即是其本身所最得意，最自負自誇者。若夫樂天之長恨歌，則據其自述之語，實係自許以為壓卷之傑構，而亦為當時之人所極欣賞且流播最廣之作品。（臺北三人行出版社，《陳寅恪先生論文集》下冊，頁 1）

103 董乃斌已指出：「白居易的《長恨歌》、《琵琶行》，直到司空圖的《馮燕傳》，韋莊的《秦婦吟》，就都是以詩而兼具傳奇小說特點的作品。」（董乃斌《唐代詩歌散文的小說化傾向——小說文體孕育過程論之一》，《唐代文學研究》四輯，桂林：廣西師範大學，1993，頁 254）

104 陳寅恪云：「寅恪於論長恨歌時，已言樂天之詩句與陳鴻之傳文所以特為佳勝者，實在其後半節暢述人天生死形魂離合之關係，而此種物語之增加，則由漢武帝李夫人故事轉化而來。」（《陳寅恪先生論文集》下冊，頁 233-34）

> 白歌陳傳之前，此故事大抵尚局限於人世，而不及於靈界，其暢述人天生死形魂離合之關係，似以長恨歌及傳為創始，此故事既不限於現實之人世，遂更延長而優美，然則增加太真死後天上一段故事之作者即是白陳諸人，洵為富於天才之文士矣。雖然，此節物語之增加，亦極自然容易，即從漢武帝李夫人故事附益之耳，陳傳所云「如漢武帝李夫人」者，是其明證也。[105]

不過，陳氏以為，「增加太真死後天上一段故事之作者即是白陳諸人」，可能失考。據謝思煒云，此段故事尚見於《太平廣記》卷二十《楊通幽》（出《仙傳拾遺》），與陳傳、白詩互有異同，蓋同一傳說之流變[106]。有關道士招魂這一節，有幾個問題應該先釐清。其一，陳傳云「道士自言有李少君之術」，而白詩僅言道士「能以精誠致魂魄」，未言少君之術。據《史記・封禪書》云，李少君是漢武帝時著名方士，以「卻老方」見武帝，即教人長生不死之術，並無為武帝招李夫人魂之事；為武帝招夫人魂者，應為齊人少翁。其二，據《史記・封禪書》云，齊人少翁以「鬼神方」見上，即擅長招鬼神之方術，但所招者並非李夫人，而是王夫人。《封禪書》云：

> 齊人少翁以鬼神方見上，上有所幸王夫人，夫人卒，少翁以方蓋夜致王夫人及竈鬼之貌云。天子自帷中望見焉。於是乃拜少翁為文成將軍，賞賜甚多。……（後被誅）。

其三，少翁招李夫人魂，見《漢書・外戚傳》：

> 李夫人少而早卒，上憐閔焉，圖畫其形於甘泉宮。上思念李夫人不已，方士齊人少翁言能致其神。乃夜張燈燭，設帳帷，陳酒肉，而令

105　《陳寅恪先生論文集》，下冊，頁 12。

106　仝上謝思煒《白居易詩集校注》冊二，頁 940。案：《太平廣記》為重要且常見類書，陳先生為治唐史專家，不可能未見。且〔清〕洪昇《常生殿》於四十六齣《覓魂》後，即寫臨邛道士楊通幽召魂之事，亦應為陳先生所知。故依陳先生的說法，道士招魂之說，不過是：「即從漢武帝李夫人故事附益之耳」，是很容易的事。

上居他帳，遙望見好女如李夫人之貌，還幄坐而步。又不得就視，上愈益相思悲感，為作詩曰：「是邪，非耶？立而望之，偏何姍姍其來遲！」

同樣由少翁招魂，但將王夫人改為李夫人，增加不少細節，形成較完整故事，富於情致，更像一篇小說。尤其寫武帝對李夫人之痴情，使招魂一事顯得搖曳生姿，極有可看性。有了良好基礎，後人繼續發揮，就比較容易。誠如陳寅恪云：「雖然，此節物語之增加，亦極自然容易，即從漢武帝李夫人故事附益之耳。」不過，在《漢書・外戚傳》中，寫少翁招魂之「方」云：「乃夜張燈燭，設帳帷，陳酒肉，而令上居他帳，遙望見好女如李夫人之貌，還幄坐而步。」顯然，與現實世界並非十分相遠，仍未達到如陳氏所謂「靈界」之神奇境界。漢武帝與李夫人之愛情故事，為後人所豔稱，後代人君亦有模仿者，《南史・后妃傳・宋孝武皇帝宣貴妃傳》記殷貴妃死後，帝痛愛不已，精神罔罔，頗廢政事。每寢，先於靈牀酌奠酒飲之，既而慟哭不能自反。時有巫者能見鬼，說帝言貴妃可致。帝大喜，令召之。有少頃，果於帷中見形如平生。帝欲與之言，默然不對。將執手，奄然便歇，帝尤哽恨，於是擬《李夫人賦》以寄意焉。謝莊作哀策文奏之，帝臥覽讀，起坐流涕曰：「不謂當今復有此才。」都下傳寫，紙墨為之貴。[107]據此，「見鬼」術仍於巫者中傳承不絕，而宋孝武帝對殷貴妃之感情亦可以媲美漢武帝對李夫人。

相較於《漢書・外戚傳》中少翁招魂情節，陳傳、白詩，及《太平廣記》之《楊通幽》所載，皆更為複雜許多，增加道士上天下地搜尋不遂，後至海外仙山才見到楊妃，可謂一波三折，且由人間尋至仙境，更富戲劇性、傳奇性，其引人興趣已達到極致。而據《史記・封禪書》所載，自戰國以來，方士至海外神山求仙與不老藥，幾可謂絡繹不絕，且多以此說干謁君主。故將少翁招李夫人魂，與海外求仙結合起來，很可能為方士所為。應注

[107] 中華點校本，《南史》卷十一，冊二，頁 323-24。

意的是，前引《拾遺記》作者王嘉，即為方士[108]。《拾遺記》卷五，對漢武帝與李夫人故事，已有許多增飾。一開始以「漢武帝思懷往者李夫人，不可復得」為引子，引起後面三個重要的情節。一為上面已引過，武帝作《落葉哀蟬曲》之情節，二為武帝聽女伶歌《曲》後，心情煩悶，親侍者乃進扶風洪梁酒，帝飲之後，臥夢李夫人授帝蘅蕪之香[109]，不料，帝驚起之後，香氣猶著衣枕，且歷月不歇。第三個情節，即將《漢書・外戚傳》所敘少翁招李夫人過程，作重大改變：將少翁改為少君，並由少君率千人駕樓船百艘，至「黑河之北，暗海之都」，尋找「潛英之石」。據少君云，用此神石刻成人像，神悟不異真人，使此石像往，則夫人至矣。終於，花了十年之久，將石帶回，並依甘泉宮之李夫人畫像雕刻石像。果然，刻成之後，置於輕紗幙裏，宛若生時。帝大悅。但亦只得遠望，難以近觀，蓋此石有毒，不可逼近看也。這一段增飾有兩個特點，一是到遙遠的域外尋找神石；一是所刻石像宛若生時，即如真人。但仍保留「帷帳」中遠望不可近觀的部分，構思可謂巧妙。值得注意的是將少翁改為少君，與後來的陳傳相同[110]。據《史記・封禪書》云，李少君以「卻老方」見武帝，即教人長生不死之術，並無為武帝招李夫人魂之事；為武帝招夫人魂者，應為擅長「鬼神方」（即招鬼神之方術）之齊人少翁。猜測其「掉換」原因，可能是少君亦曾向武帝兜售方術，在當時甚轟動，最後雖病死，亦被認為是「尸解仙去」。而少翁雖因招魂成功被封為文成將軍，大受寵愛，最後卻不得善終而被誅死；為諱少翁之被誅死，故用移花接木法，改稱少君。

由《拾遺記》可見，為武帝招李夫人魂一事，受到方士們重視，蓋視為

108 見《晉書・藝術傳》。

109 案：此與「夢草」傳說有關。段成式《酉陽雜俎》卷十九記「夢草」云：「夢草，漢武時異國所獻，似蒲，晝縮入地，夜若抽萌。懷其草，自知夢之好惡。帝思李夫人，懷之輒夢。」今人許逸民《校箋》中，即全引《拾遺記》卷五漢武帝與李夫人故事全文。（許逸民《〈酉陽雜俎〉校箋》冊三，北京：中華，2015，頁 1429-30）

110 漢武帝時方士招李夫人魂一事，有不同傳說，或云少君，或云少翁，詳見李劍國《唐前志怪小說輯釋》（臺北：文史哲，1995）所收王嘉《拾遺記》李夫人一文附錄資料（頁 363-69）。

方士一大成就，故津津樂道。而為表現方術之神奇，會加以增飾，形成不同的變態。最後，將招魂與海外神山傳說結合，以表現明皇與楊妃愛情，終於完成最美麗動人的愛情物語[111]。不過，此一組合亦非空穴來風，蓋亦因「楊貴妃曾為女道士，號太真，故《長恨歌》後半有仙境傳說。」[112]——亦即與道士有關。而白詩云「臨邛道士鴻都客」，或以為「鴻都」是借用「鴻都門」故事，周紹良則以為「鴻」與「洪」通，故「鴻都」實即「洪都」。唐王勃《滕王閣序》云「南昌故郡，洪都新府」，所謂「洪都」，即指江西而言，而江西龍虎山為歷來道教聖地，故「鴻都客」當即「洪都客」，是指龍虎山的道徒而言。周氏並肯定此道士即《太平廣記》（卷二十）之楊通幽[113]。

案：葛洪《抱朴子內篇・金丹》云：「余問諸道士以神丹金液之事及《三皇內文》召天神地祇之法，了無一人知之者。」又《地真篇》云：「昔黃帝東到青丘……見紫府先生，受《三皇內文》以劾召百神。」而《遐覽》云：「或問『仙藥之大者，莫先於金丹，既聞命矣，敢問符書之屬，不審最神乎？』」抱朴子曰：「余聞鄭君言，道書之重者，莫過於《三皇內文》、《五岳真形圖》也。古者仙官至人，尊秘此道，非有仙名者，不可授也。」[114]可見道士「劾召百神」之術乃根據道教經典《三皇內文》，且此經列於眾經之首，其重要性可知。而《太平廣記》卷二十引《仙傳拾遺》：「楊通幽，本名什伍，廣漢什邡人。幼遇道士，教以檄召之術，受《三皇內文》，

111 案：白居易極力寫玄宗與楊妃的愛情，亦受到唐代流行的愛情「傳奇」的影響。參見注 90。

112 《王沂孫詞集》，吳則虞導讀，頁 25、35 注。案：周勛初主編《唐人軼事彙編》卷二「楊貴妃」1，引《楊太真外傳》上，云：「使高力士取楊氏女於壽邸，度為女道士，號太真，住內太真宮。」（《唐人軼事彙編》卷二，頁 104）又「唐玄宗」113，引《詩話總龜》記云：「嘗於夢中見妃子於蓬萊山太真院，作詩遺之，使焚於馬嵬山下，云（下略）」（《唐人軼事彙編》卷二，頁 80）

113 見周紹良《唐傳奇箋證》（北京：人民，2000），頁 322。

114 中華書局 1988 年版，王明著《抱朴子內篇校釋》增訂本，頁 70、323、333、336。

役命鬼神，無不立應。」[115]可見楊通幽所學即道教所尊崇《三皇內文》役命鬼神之術。據傳文內容看來，此術神奇之處在於：能至九地之下、鬼神之中，遍加搜訪；又至九天之上、星辰日月之間，虛空杳冥際，亦遍尋查訪。若仍無踪迹，又遍訪人寰之中、山川岳瀆祠廟之內，十洲三島江海之間。最後，於東海之上、蓬萊之頂，群仙所居之南宮見到貴妃。陳鴻《傳》文所敘，道士上天入地訪求內容，與《廣記》所敘，大致相同，唯一不同是「自言有李少君」之術。此不僅將《三皇內文》劾召鬼神之術上溯至漢之方士，且指名為李少君所傳，與《漢書・外戚傳・李夫人傳》所敘方士少翁招魂不同。由此可見，為李夫人招魂一事確實是極吸引人的題材，而其吸引人實因結合兩條熱線：一是帝王與妃子的愛情，一是招魂的奇術。兩者即使分開來看亦很吸引人，何況結合起來，其效果當不止加倍！而值得一提的是，這兩條熱線在傳說中皆發生變化：一方面是史傳主角的轉換，即原本是漢武帝與李夫人的愛情悲劇，轉換為唐玄宗與楊貴妃的愛情悲劇。由於兩組皆是人間極顯貴階級，其愛情故事與悲劇性結局更易引人注意；而後一組——李楊故事中貴妃之死乃因安史之亂造成玄宗親軍不滿，致楊妃被縊死於馬嵬驛，較李夫人之因病而死，更為複雜，亦更具有震撼人的悲劇性。另一方面是招魂術的演變。招魂本易吸引人的好奇心，而在流傳過程中亦產生極大變化——即由方士傳說轉變為道教之神術：最早的少翁招魂，乃利用帷幕，不僅操作簡單，且不離人間世色彩。進展到王嘉《拾遺記》，改由方士少君帶著船隊至極北遠方——「黑河之北，暗海之都」，花了十年終於尋找到異石——「潛英之石」回來刻成石像；這是利用六朝時期對遠方異物的好奇心理，雖已極大地擴充時間（十年）與空間（極北）視野，仍為人物「畫像」與「帷幕」所拘，並未脫離人間世。發展至最後，由道士上天入地、海外仙島，無遠弗屆地遍搜訪求，已由人間世擴充至仙界，極度顯現道士招魂的超凡神力。顯然，這是道教徒利用漢代方士為帝王招魂的簡單故事，轉移為結合李楊愛情之歷史悲劇，並依其《三皇內文》的招魂術進行加工，極度渲染道士

115 中華書局版《太平廣記》冊一，卷二十，頁 138。

役使鬼神的神術，獲得廣告上的「轟動效應」，在增強俗人對道教的信心方面，有很大幫助。而雖然已知有白詩、陳傳與《太平廣記・楊通幽》等三個版本，仍以白居易《長恨歌》流傳最廣，此則不得不歸功於王質夫所云，「樂天深於詩，多於情」之潤色（見陳鴻《長恨傳》後語）[116]。

又《舊唐書》卷五一《后妃上・楊貴妃傳》敘上皇自蜀還後，令畫貴妃像于別殿事：

> 上皇自蜀還，（過馬嵬），令中使祭奠，……上皇密令改葬于他所。初瘞時，以紫褥裹之，肌膚已壞，而香囊仍在，內官以獻，上皇視之淒惋，乃令圖其形于別殿，朝夕視之。

末句「乃令圖其形于別殿，朝夕視之」，似效法漢武帝於李夫人死後，令圖畫其形于祠神之甘泉宮[117]。

謝思煒在論《長恨歌》的人物形象時，提出一個問題，他說：

> 李、楊故事並沒有順利向失德荒政、女色禍國的政治解釋模式發展，而是轉向贊嘆女性美、歌頌忠貞愛情這一主題。這後一主題基本上是屬于民間傳說的，因此，在這種主題轉變中民間敘事模式和其中所反映的社會大眾心理，起了關鍵作用。當然，這一主題變化還包含著楊貴妃形象這一重要問題。[118]

案：謝氏認為《長恨歌》所以突破傳統「女禍」觀點，是受了民間故事的影響，似忽略了兩個更主要來源。首先是《漢書・外戚傳》中漢武帝與李

---

116 周紹良評此段《傳》文云：「是的，的確因為《長恨歌》，使唐玄宗與楊貴妃這段傳奇故事流傳下來。並且很大的影響後來的文學方面，這不是靠這一段傳奇故事有什麼更感動人，實在由于白居易詩的藝術成就賦給他們以新的生命活力，這樣就把一個鴆于酒色的封建帝王加以人情化。」（周紹良《唐傳奇箋證》，北京：人民，2000，頁312）

117 見《漢書・外戚傳・孝武李夫人傳》（中華書局版，《漢書》冊12，頁3951-52）。

118 謝思煒《白居易集綜論》（北京：中國社會科學，1997），頁404。

夫人的故事。事實上，在《李夫人》故事中，漢武帝完全是一個痴情丈夫的形象，可以說，在《李夫人》故事中，已完全拋棄「政治」這一因素，而只留下「愛情」這一主題。其次，《歌》中寫道士招魂這一情節，正是由《李夫人》故事中方士招魂轉變發展而來，據《仙傳拾遺・楊通幽》故事可知，這是道士為宣揚道經《三皇內文》的神術，藉李、楊愛情故事所渲染出來的情節。由此看陳寅恪論此詩之吸引人，以為與結合「物語小說」與「靈界」故事有關，並云靈界故事取自漢武帝李夫人故事，似非無據。不過，還有兩點必須提出，一是李夫人乃年少因病而死，楊妃則為叛軍逼死，後者之死更具有悲劇性，更為感人，蓋楊妃是代玄宗受過，既可說是為救夫而死，亦可說是為君王犧牲，這在傳統道德觀點言，幾乎是女性所能達到的最高典範，正如謝文所云「贊嘆女性美、歌頌忠貞愛情這一主題」。後來洪昇《長生殿》就此大大發揮，寫楊妃死後，其魂魄仍不畏艱難險阻，非找到玄宗不可，將其「忠貞」表現的淋漓盡致，極為感人。故史家陳鴻《長恨歌傳》末云「意者，不但感其事，亦欲懲尤物、窒亂階，垂於將來也」，就讓人覺得過於教條、不切實際而難以接受。另一是楊妃在入宮受寵之前曾經以「太真」之名入道，亦即已在「道籍」註冊，屬於道教中人，此所以死後得回仙界，且道教中人會施行極其繁瑣的《三皇內文》的神術，窮追不捨地至海外見面，並取得長生殿誓言然後回報。

義山比白居易晚生 40（或 41）年，但因白居易長壽（75 歲卒），兩人生存時代，約有 33 年重疊[119]。又義山曾撰寫白居易之墓碑[120]，故義山對白居易生平與作品應有全面認識，而對當時廣為流行的《長恨歌》，亦相當熟

---

[119] 白居易生卒年為西元 772-846，李商隱生卒年為西元 812-858。參謝思煒《白居易詩集校注》冊六，附《白居易年譜簡編》，及劉學鍇、余恕誠《李商隱詩歌集解》下冊，附錄《李商隱年表》。唯義山生年或作 813 年。據謝思煒云：「其實，李商隱只比白居易晚去世十二年。」（《白居易集綜論》，北京：中國社會科學，1997，頁 429）

[120] 即《刑部尚書致仕贈尚書右僕射太原白公墓碑銘》，見劉學鍇《李商隱文編年校注》（北京：中華，2002）第四冊，頁 1807。

悉，自不待言[121]。據此，若義山之悼亡詩中，有受到白居易《李夫人》與《長恨歌》影響，亦不算意外。筆者曾有讀書筆記，其中一則記《長恨歌》與李商隱《房中曲》云：

> （《房中曲》）「愁到天地翻，相看不相識」，意指即使天地翻覆毀壞，亦盼能見到妻子亡魂，唯愁不相識而已。此與《長恨歌》托方士招魂，非見到楊妃之魂不可相近。「愁到天地翻」與「天長地久有時盡」明顯語意相近[122]；而楊妃以長生殿密語為證，正為恐「相見不相識」也。

又一則記《長恨歌》與李商隱《錦瑟》，後改寫為：

> 《長恨歌》云：「天長地久有時盡，此恨綿綿無絕期。」意指天地壽命雖長久，仍有盡期，而此恨則無盡期。實則此恨乃由此情而來[123]，此恨綿綿無絕期，正指此情生死不渝，永無盡期。而《錦瑟》首句提到「五十絃」，比喻對亡妻之悲思不已，尾聯又云「此情可待成追憶，只是當時已惘然」，亦指妻亡之後仍對妻子思念不已，亦有「此恨綿綿無絕期」之意。蓋《錦瑟》與《長恨歌》皆寫悼亡之情，詩意實可相通：《長恨》之恨實因楊妃之死乃為玄宗受過，玄宗因而憾恨不已；《錦瑟》則以妻子華年早逝，自己未能於其生前體會此情，深以為恨。但兩者皆體會到此情是「生死不渝，永無盡期」。
> 案：《長恨歌》之「長恨」，實指楊妃之死而言，蓋人死不能復生故

---

[121] 陳寅恪云：「又李義山馬嵬七律首二句『海外徒聞更九州，他生未卜此生休』，實為絕唱，然必係受長恨歌『忽聞海上有仙山』一節之暗示無疑。否則義山雖才思過人，恐亦不能構想及此。」（《陳寅恪先生論文集》下冊，頁 31）

[122] 案：楊柳亦云，義山《房中曲》反映詩人對妻子一往情深，大有「此恨綿綿無絕期」的感慨（《李商隱評傳》，南京：江蘇人民，1981，頁 106）惜未注意白詩亦適用於義山《錦瑟》詩。

[123] 案：閱讀中曾見有人引用此句，即將「此恨」改為「此情」，云「此情綿綿無絕期」。

> 云「長恨」。故白居易詩《李夫人》云：「又不見泰陵一掬淚，馬嵬坡下念楊妃。縱令妍姿艷質化為土，此恨長在無銷期。」而義山《錦瑟》詩末聯「此情可待成追憶，只是當時已惘然」，同樣亦針對妻子之死而言（參筆者前文：《錦瑟變：李商隱〈錦瑟〉詩句解》）

由此我們看到，《長恨歌》、《房中曲》、《錦瑟》三者之間形成一種複雜的互文關係，如下圖：

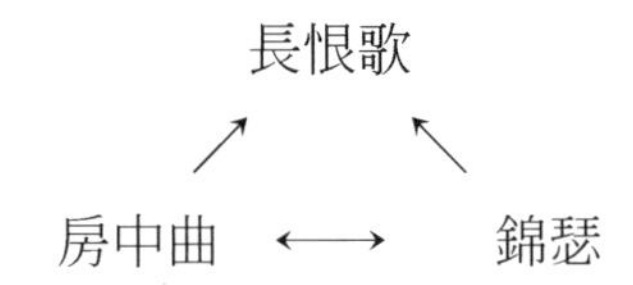

不僅如此，義山《李夫人》與《長恨歌》、《房中曲》、《錦瑟》四者之間亦形成互文關係。馮浩於《李夫人三首》題下注云：「事見《漢宮》絕句。潘岳《悼亡詩》：『獨無李氏靈，髣髴覩爾容。』題取此意。」[124]蓋潘岳《悼亡詩》中對武帝見到李夫人之魂深表羨慕，馮浩認為義山亦有此意，故彷潘岳《悼亡詩》三首，亦作《李夫人》三首。茲引義山《李夫人》（共三首）其一與其三，並略說明如下：

《李夫人》其一：

> 一帶不結心，兩股方安髻。慚愧白茅人，月沒教星替。

其三：

> 蠻絲繫條脫，妍眼和香屑。壽宮不惜鑄南人，柔腸早被秋眸割。清澄有餘幽素香，鰥魚渴鳳真珠房。不知瘦骨類冰井。更許夜廉通曉霜。土花漠碧雲茫茫，黃河欲盡天蒼蒼。（《集解》中冊，頁 1234）

詩題《李夫人》，實際是寫妻子之死。

「其一」是針對西川節度使柳仲郢欲贈樂籍女張懿仙，義山用「月沒教

---

[124] 馮浩《玉谿生詩集箋注》（臺北：里仁，1981），頁 496。

星替」表示婉拒。首二句言男女結合需有兩心相愛為基礎，末二句之白茅人即指柳仲郢。馮浩引《尚書緯》曰：「天子大社以五色土為壇，將封諸侯，各取方土苴以白茅以為社。」唐時藩鎮猶古封建，故又暗以白茅人比柳仲郢（《集解》中冊，頁 1236）。慚愧猶多謝，「慚愧白茅人」言多謝柳之好意；「月沒教星替」，指月已沒難以小星代替，蓋以月沒喻妻子之死，小星喻樂籍女張懿仙。由此看《錦瑟》詩「滄海月明珠有淚」，就容易了解：「月」是亡妻的象徵，詩句寫見月思妻之亡而掉淚（詳見前篇《錦瑟》詩解）。

其三前四句云：「蠻絲繫條脫，妍眼和香屑。壽宮不惜鑄南人，柔腸早被秋眸割。」關鍵在「壽宮不惜鑄南人」這句。據《史記・封禪書》云：「又作甘泉宮，中為臺室，畫天地太一諸鬼神，而置祭具，以致天神。……上幸甘泉，病良已。大赦，置壽宮神君。」[125]可見甘泉宮為祭神之處，壽宮指祭神之宮，即甘泉宮。《集解》以為：「首二句寫王氏神像之形。『壽宮』句點明此係神像，四句則謂其秋眸宛若平生，令我斷腸也。」案：《漢書・外戚傳・李夫人傳》云：「李夫人少而早卒，上憐憫焉，圖畫其形於甘泉宮。」可見甘泉宮有李夫人畫像，此四句即寫其神像之形，尤著重寫其（眼）秋波之美[126]，正可與《房中曲》所謂「枕是龍宮石，割得秋波色」相印證，可見詩雖題《李夫人》，實寫亡妻也。不過，據《史記，封禪書》與《漢書・李夫人傳》，無論是天地鬼神或李夫人之像，皆為「圖畫」，而「壽宮不惜鑄南人」這句，明顯指出是「鑄像」，並非畫像，故《集解》之解仍待補充。筆者猜測，此壽宮之鑄像，可能即前引《拾遺記》所云神石之像。《記》云：「得此石，即命工人依先圖刻作夫人形。」亦即先有圖畫李夫人像，再依圖畫鑄石像，「刻成，置於輕紗幙裏，宛若生時」。李夫人圖

---

125 瀧川龜太郎《史記會注考證》卷二十八，總頁：509。案：事又見《漢武故事》，見上海古籍《漢魏六朝筆記小說大觀》，頁 170。

126 馮浩注曰：三章上四句又申明波光不可復得，而深致其哀，故一曰「妍眼」，一曰「秋眸」。蓋婦人之美，莫先於目。義山妻以此擅秀，於斯更信。（見馮浩《王谿生詩集箋注》，頁 497）

像在甘泉宮，亦即「壽宮」，依圖畫所刻之石像亦應在甘泉宮，甚合詩中所云「壽宮鑄像」之意[127]。不僅如此，壽宮鑄像與夫人眼波的關係，亦與「枕是龍宮石，割得秋波色」相對應；龍宮石亦是寶石，與至「黑河之北，暗海之都」所取「潛英之石」所鑄之壽宮神像正相對應。

三段中間四句：「清澄有餘幽素香，鰥魚渴鳳真珠房。不知瘦骨類冰井，更許夜簾通曉霜。」首句指其妻雖亡，幽素之房仍餘留清香，下三句寫自己悼亡之情形：如鰥魚渴鳳枯守空房，全身瘦骨無肉、稜角分明，如結冰無水之井[128]；終夜難以成眠，直至曉霜透簾而入[129]。案：元稹《遣悲懷》末云「唯將終夜長開眼，報答平生未展眉」，即自比如鰥魚夜不合眼，但其後繼娶裴淑，似違其誓言[130]。相較而言，義山於妻王氏卒後，不僅能卻柳仲郢贈伎，且終其生未再娶，更為言行一致。末兩句有兩種解法，一是採寫實角度，如《集解》按云：「『土花漠碧』、『黃河欲盡』，當非眼前景，頗疑是遙想王氏墳墓之情。」一是採心理與情感的角度，如姚培謙云：「結語言天長地久，未若此恨之無窮耳。」[131]馮浩注云：「結乃碧落黃泉，不可復接之意。」兩種角度並不衝突，可以互補，而後一種角度則與《長恨歌》結尾所云「天長地久有時盡，此恨綿綿無絕期」相合[132]。

---

127 仝上馮浩注引姚培謙曰，亦引《拾遺記》，以為「此詩似用其事」。馮表贊同云：「按：姚說是矣。」唯姚、洪皆未就圖畫與鑄像不同，加以說明。

128 案：孟郊《戲贈無本》云：「瘦僧臥冰凌，嘲詠含金痍。」《秋懷十五首》之五云：「病骨可剸物，酸呻亦成文。」即將瘦骨比成可以割物的利刃。義山似合兩詩，將瘦骨比成冰井，亦取冰塊稜角鋒利可以割物之意。

129 參馮注與《集解》。案：因全身瘦骨無肉如結冰之井，稍一翻身即有刺痛之感，故終夜難以成眠。孟郊《寒溪九首》其三云：「曉飲一杯酒，踏雪過寒溪。波瀾凍為刀，剸割鳧與鷖。」即將冰雪喻為刀，可以殺死鳥獸生物，非常殘酷。義山將秋波喻如刀鋒，將瘦骨喻為冰井，似受到韓孟詩派影響。

130 陳寅恪云：「所謂常開眼者，自比鰥魚，即自誓終鰥之義。其後繼配裴淑，已違一時情感之語，……但微之本人與韋氏情感之關係，決不似其自言之永久篤摯，則可以推知。」（《陳寅恪先生論文集》《元白詩箋證稿》第四章：豔詩及悼亡詩。頁 83）

131 《集解》中冊，頁 1237-38。

132 《集解》按語已云，上句「更許夜簾通曉霜」，即《長恨歌》「鴛鴦瓦冷霜華重」之意。

綜合《李夫人三首》之詩意，確如馮注題解云：「事見《漢宮》絕句。潘岳《悼亡詩》：『獨無李氏靈，髣髴覩爾容。』題取此意。」即寫對亡妻的追憶哀思不已，而以不能見亡妻之靈為恨。與《錦瑟》末二句「此情可待成追憶，只是當時已惘然」，亦可互證。而白居易《長恨歌》結尾提長生殿七夕誓言，濃縮為「在天願作比翼鳥，在地願為連理枝」，與潘岳《悼亡詩》所云「雙棲鳥、比目魚」一樣，皆用生命共同體之生物比喻夫妻之情之無窮無盡，由此可以看出，生命共同體的體認正是所有悼亡詩的核心意識，並由此引發「招魂」的積極追求。

義山《李夫人》與《長恨歌》、《房中曲》、《錦瑟》四者之間的互文關係，可以簡圖表示：

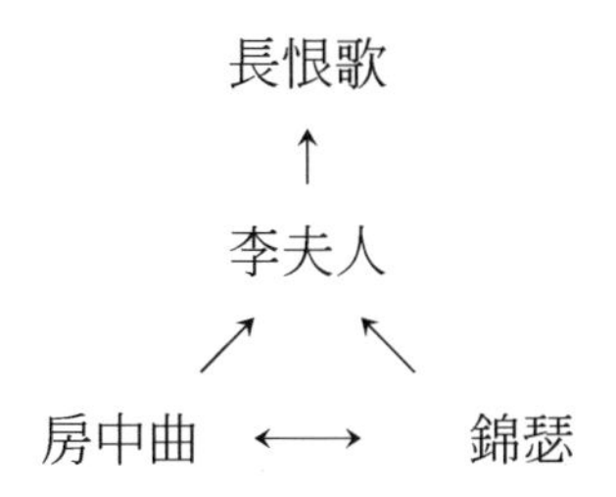

肆、「憶得前年春，未語含悲辛」考辨

上面所述三個重點，皆「舊稿」所無，完全是新加入，是對《房中曲》作較全面性的討論。但在第二點「義山《房中曲》疏解」中，留下一個問題，即第三段中「憶得前年春，未語念悲辛」兩句，究竟是指什麼時候、什麼事？這個問題，在舊稿中曾有所考辨，並置於《錦瑟》詩解讀之前，作為「背景」看待。現在將「考辨」移置《房中曲》的專論中，更為合理，且增加更多資料，不僅使原來的考辨更加充實，且對舊稿的觀點亦有所修正。

首先要注意的是下接兩句：「歸來已不見，錦瑟長於人」，明顯是指義山由遠方歸來，但已見不到妻子，唯見錦瑟而已，也就是說妻子卒於義山歸來之前。案劉學鍇、余恕誠著《李商隱詩歌集解》[133]（下簡稱《集

[133] 多年以前，我曾經將劉、余二位先生合著的《李商隱詩歌集解》（臺北：洪葉，

解》），是研讀李商隱詩必要的參考書，對我有很大幫助。《集解》最後「附錄」有幾篇《考辨》，是分辨義山生平的幾個問題，其《考辨九》是論義山妻子「王氏逝世時間」，文中根據義山《房中曲》、《相思》兩首悼亡詩證明王氏逝世時間是暮春。依照《考辨》的說法，《房中曲》中的「歸來」，指的是「由徐幕歸來」（《集解》下冊，頁 2100），那麼就先談一下有關「徐幕」的事。據張采田《玉谿生年譜會箋》（下簡稱《會箋》）[134]，唐宣宗大中三年（西元 849 年）五月，徐州軍亂，朝廷以義成節度使盧弘正（或作「止」）為武寧節度使，十月，盧弘正鎮徐州，奏擬用義山為判官，朝廷批准為侍御史（《會箋》，頁 156-157）。這即是義山入「徐幕」的由來，也就是義山接受武寧節度使盧弘正的聘請，到徐州擔任幕職。接下來，大中四年（西元 850 年），義山在徐幕。但大中五年（西元 851 年），幕主盧弘正卒於鎮，義山因徐州府罷回到京城（《會箋》，頁 170-71）。很不幸的是，妻王氏也卒於這年。依《集解》《考辨》所說，王氏是卒於大中五年春夏間，當時義山雖由徐幕趕回，但已未及見王氏生前一面。

《房中曲》云「歸來已不見，錦瑟長於人」，只能證明義山由徐幕歸來已不復見王氏，至於王氏卒於是年暮春，尚必須參考另一首悼亡詩《相思》：

> 相思樹上合歡枝，紫鳳青鸞並羽儀。腸斷秦臺吹管客，日西春盡到來遲（《集解》中冊，頁 1039）。

關於此詩，《考辨》有相當清楚的說明：

> 「相思樹」暗用韓憑夫婦生死不渝愛情故事，「合歡」亦顯指夫婦情

1992）從頭到尾通讀一遍，這是一部三大冊、總頁數超過二千頁的「鉅著」。二位另有《李商隱文編年校注》（北京：中華，2002）、《李商隱資料彙編》（北京：中華，2001），及劉先生的《李商隱詩歌研究》（合肥：安徽大學，1998），都是我重要的參考資料，謹此致謝。

[134] 張采田《玉谿生年譜會箋》（上海：上海古籍，2010 年第 2 版）。

愛。首二句蓋謂己與王氏如雙棲於相思樹上合歡枝頭之紫鳳青鸞，伉儷情深，羽儀相映。三句「秦臺吹管客」，用蕭史弄玉故事，明點己之為茂元愛壻身分（《無題》七絕亦以「秦樓客」自指）。三四由憶昔之歡愛而傷今之永隔，言日暮春盡歸來之時，王氏已歿，昔日秦臺之客不為「到來遲」而腸斷乎？[135]

簡言之，前兩句是寫夫妻兩人伉儷情深，後兩句點明歸來時王氏已歿。《考辨》指出，末句詩尾的「到來遲」，即《房中曲》中「歸來已不見」之謂，可見兩首均針對「義山由徐幕歸來已不復見王氏」的事實。而最值得注意的是，《相思》詩中明白指出「到來遲」的時間是「日西春盡」，也就是暮春時節某一天的黃昏，這正是《房中曲》中「歸來已不見」的時間。

問題是，《房中曲》於「歸來已不見，錦瑟長於人」之前，云「憶得前年春，未語含悲辛」，此「前年春」究指何年？「含悲辛」究屬何事？《考辨》接受張采田的看法，認為「前年」是大中三年春：「『前年』當指大中三年，是年春義山在京，家人團聚。」[136]另外，對於「未語含悲辛」的解讀，《考辨》同樣接受張氏的說法，也認為與義山妻子王氏當時生病有關，並進一步推出：「預感將不久於人世也。」（《集解》中冊，頁 1016）這是將「前年」解讀為前兩年，因王氏卒於大中五年，倒推前兩年，為大中三年，似很合乎常識性的看法，「預感說」亦博得不少學者的贊同，如袁琳云：

如李商隱，他與妻子感情很好，但中年喪妻對他打擊很大，他的傷感

135 《集解》下冊，頁 2101。案：如《集解》所云：「三句『秦臺吹管客』，用蕭史弄玉故事，明點己之為茂元愛壻身分。」則第二句之「紫鳳青鸞」似比蕭史、弄玉（參上篇《錦瑟變》對「望帝春心託杜鵑」句的解讀），而非暗用「韓憑夫婦生死不渝愛情故事」。

136 《李商隱詩歌集解》，下冊，頁 2100。張氏云：「〈房中曲〉：『憶得前年春，未語含悲辛。歸來已不見，錦瑟長於人！』『前年春』指大中三年，義山時留假參軍，正在京。」（張采田《玉谿生年譜會箋》，頁 172）

在《房中曲》中表露無遺，妻子「未語含悲辛」，似乎在當時就料到了今日的結局，想到前時情景，不幸應驗，感到銘心刻骨的悲痛。[137]

孫佩婷亦云：

……而後簡筆回憶妻子在世時的不尋常的一個舉動「未語含悲辛」，神色悲涼淒苦的妻子，那時怕是早已意識到了自己將不久于人世，但自己當時卻疏忽大意沒有重視，現在想來，該是多大的懊惱與悔恨。……妻子早逝的前兆早已有之，但自己當時卻沒有重視，等到如今想起來，也已無力改變什麼。[138]

可是如此解讀，有幾個問題，首先，上下句如何銜接？生病顯然是在京城家中，當時義山亦在京，為何下句接著說「歸來已不見」？此歸來指何處歸來？依照《考辨》所說，此處的「歸來」是指由「徐幕歸來」，可是「歸來」之前並未提及赴徐幕之事，則此處之歸來就顯得太過突兀，讓人有沒頭沒腦的感覺；而且依《考辨》的說法，「未語含悲辛」是發生在大中三年春季，此時根本不知道未來會有義山赴徐幕這件事（徐幕之聘是在同年十月之後，赴徐則在十一月底），所以依照《考辨》的解讀，上下句是無法銜接的。劉先生後寫《李商隱傳論》，又云：

王氏體弱多病，早在會昌四年和秋天，商隱《重祭外舅司徒公文》中就已經說：「昔公愛女，今愚病妻。」這次家人團聚，夫人在平居言談之間，也往往流露悲辛之意，使商隱對此有一種不祥的預感。大中五年暮春，王氏淹然亡故，這時已埋下先兆了。[139]

這段話前面引義山之文證王氏多病，是紀實，但自「這次家人團聚」之後的文字，據當頁腳注 2，可知是依據《房中曲》云：「憶得前年春，未語含悲

137 袁琳《悼亡之典範——論唐人悼亡詩》，《管理視窗》、《商業文化》。
138 孫佩婷《淺析元稹與李商隱悼亡詩相同點》，《青春歲月》，2015 年，13 期。
139 劉學鍇著《李商隱傳論》（合肥：黃山書社，2013），增訂本上冊，頁 278。

辛，歸來已不見，錦瑟長于人。」很明顯，並非有什麼新的證據，仍是用舊說的推論。而舊說的推論，只是因為下文提到「歸來已不見，錦瑟長於人」，表示王氏亡於義山自徐州歸來之前，就認定「未語含悲辛」是因生病而有不祥的預感。如此解讀的用意，是想將義山妻子生病與其死亡連接起來，表面看來，上兩句指其妻生病，下兩句指其妻已亡，銜接得似頗緊湊、合理。而實際上，依《考辨》的說法，「前年春」指兩年前的春天，亦即從王氏有「不祥預感」至其死亡足足有兩年之久，這已值得懷疑，況且，若「未語含悲辛」是因生病且有預感所致，為何要提到「前年春」這個時間點？難道是預感自己活不過當年春天？這與其妻兩年後之死，亦有矛盾。且義山之文提到「病妻」，是在會昌四年（844）秋，距「前年春」大中三年（849），將近五年，而其間自大中元年至二年，義山曾入桂管觀察使鄭亞幕[140]，似乎反映其妻病情並未惡化。若「前年春」其妻因生病而有不祥預感，則應是病情惡化，且相當嚴重，那麼，就有明顯的疑點：何以在半年之後——當年年底義山會遠赴徐州應聘？由義山去徐州這件事，豈非已證明妻子當時即使有病也不算嚴重，所謂「不祥預感」可能是子虛烏有？就算退一萬步看，若當時妻子生病，則在義山（11 月底）出門要去徐州時，豈非更可能出現「未語含悲辛」這種場面！簡言之，無論生病與否，「未語含悲辛」更可能與義山赴徐州有關。因此筆者認為，既然下句「歸來已不見」指徐幕歸來妻子已卒，則上句「未語含悲辛」若指義山將離家赴徐州時妻子悲傷的情景，是最合理的。《考辨》亦曾提到「與妻子分別時情景」的說法，可是卻斷然否定，《考辨》云：「或解為昔日與妻子分別時情景，非（是年春義山未赴徐辟，似亦無外出行役之跡）。」（《集解》下冊，頁 2100）這是將「前年春」視為兩年前春天，當時未知有赴徐之事否定「離別」說。案《考辨》所反對之「或解」（即認為此句是寫「與妻子分別時情景」），筆者查到的有三家：

姚培謙《李義山詩集箋注》云：「此悼亡詩也。起四句，以薔薇反興。

---

140 參見《集解》下冊，附錄四：李商隱年譜，頁 2076-77。

下四句，言物在人亡。『憶得』二句，言出門作別時；歸來不見，卻將錦瑟作襯。末乃致其地老天荒之恨也。」[141]

錢良擇《唐音審體》云：「此悼亡詩也。……『憶得』句：此言將別之時。『歸來』二句：錦瑟為其人所彈，而物在人亡矣。」[142]

徐德泓與陸鳴皋合著《李義山詩疏》卷下解《房中曲》，徐曰：「此悼亡詞。……記得別時，傷心難語，今歸不見人，而僅見所遺之物，無人而物翻覺其長矣。」[143]

以上三說皆用「（夫婦）將別之時」解釋「憶得」二句，應非巧合，而是因見過不少「離別詩」有類似寫法，才會意見如此一致。茲舉數首唐人離別詩如下：

岑參《送王大昌齡赴江寧》：「對酒寂不語，悵然悲送君。」[144]

王縉《古別離》：「下階欲離別，相對映蘭叢。含辭未及吐，淚落蘭叢中。高堂靜秋日，羅衣飄暮風。誰能待明月，迴首見牀空。」[145]

孟郊《古怨別》：「颯颯秋風生，愁人怨離別。含情兩相向，欲語氣先咽。心曲千萬端，悲束卻難說。別後唯所思，天涯共明月。」《古別曲》：「山川古今路，縱橫無斷絕。來往天地間，人皆有離別。行衣未束帶，中腸已先結。不用看鏡中，自知生白髮。欲陳去留意，聲向言前咽。愁結填胸，茫茫若為說。（下略）。」[146]

以上四首寫離別時情景，或說「對酒寂不語，悵然悲送君」，或說「含辭未及吐，淚落蘭叢中」，或說「含情兩相向，欲語氣先咽。心曲千萬端，

---

141 陳伯海主編《唐詩彙評》（杭州：浙江教育，1996年二刷）下，頁2473。

142 劉學鍇、余恕誠、黃世中編《李商隱資料彙編》（北京：中華，2001），上冊，頁118。

143 劉學鍇、余恕誠、黃世中編《李商隱資料彙編》（北京：中華，2001），下冊，頁485。

144 高棅《唐詩品彙》（上海：上海古籍，1988），頁161。

145 郭茂倩《樂府詩集》（臺北：里仁，1984）下，七十一卷雜曲歌辭十一「古離別」，頁1019。

146 郝世峰《孟郊詩集箋注》（石家莊：河北教育，2002），頁51。

悲束卻難說」，「欲陳去留意，聲向言前咽」。皆是形容離別時內心悲傷、說不出話來的樣子，與義山詩之「未語含悲辛」顯然類似。且或題「古別離」，或題「古怨別」，可見這是一種有關離別的常見寫法。另外，宋詞常寫男女離別，而亦有近似「未語含悲辛」的寫法，如：

柳永《雨霖鈴》：「寒蟬淒切，對長亭晚，驟雨初歇。都門帳飲無緒，留戀處，蘭舟摧發。執手相看淚眼，竟無語凝噎。念去去，千里煙波，暮靄沈沈楚天闊。多情自古傷離別，……」[147]

歐陽修《玉樓春》：「尊前擬把歸期說，未語春容先慘咽。人生自是有情癡，此恨不關風與月。離歌且莫翻新闋。一曲能教腸寸結。直須看盡洛城花，始共春風容易別。」[148]

梅堯臣《別後寄永叔》：「前日辭親淚，又為別友出。愁極反無言，欲言詞已窒。……」[149]

黃山谷《定風波》：「小院難圖雲雨期，幽歡渾待賞花時。到得春來君卻去，相誤，不須言語淚雙垂。……」[150]

由以上詩詞例子看來，前引三家以夫婦離別時的情景解「未語含悲辛」，確有根據。而如果「未語含悲辛」是寫夫婦離別時的情景，則毫無疑問的，應是針對義山赴徐州這件事，如此，則下接「歸來已不見，錦瑟長於人」，就很連貫。但《考辨》對此說法提出嚴厲質問，以為「前年春」當指兩年前春天，其時尚未知有「赴徐應聘」之事，何來「與妻子分別時情景」的事情？為破解《考辨》之說，筆者於舊稿曾採釜底抽薪方法，舉出一些資料，證明「前年」有指一年前，有指三年前，甚至指多年前，亦即是不定詞，並非一定指兩年前。然後舉出一個可能，即一年前春天，其時義山剛抵達徐州，就在徐州過新年[151]。但如此解讀將造成上下句的時序形成顛倒，

---

[147] 唐圭璋《全宋詞》（臺北：世界，1976），冊一，頁 20。

[148] 唐圭璋《全宋詞》（臺北：世界，1976），冊一，頁 131。

[149] 《全宋詩》（北京：北京大學，1991），第五冊，頁 2957。

[150] 馬興榮、祝振玉《山谷詞校注》（上海：上海古籍，2011），頁 90。

[151] 義山《偶成轉韻七十二句贈四同舍》（《集解》中冊，頁 979）開頭即云「沛國東風

舊稿是用「倒敘」寫法帶過這個問題，但終覺不太自然，心有未安。後來修訂時乃重新思考上下文語意，發現下聯「歸來已不見，錦瑟長於人」似乎提供解決線索。原來此聯上下句並非指同一件事，而是分敘兩件事，且互相對立：上句之「已不見」並非指不見下句的「錦瑟」，而是指「不見」妻子；相反的，下句則指「所見」——即見到妻子常撫彈的「錦瑟」，與上句相對。故此聯可讀為：自徐州歸來，已「不見」愛妻（暗示妻子已亡），而「只見」妻子常撫彈的錦瑟仍在。就句法而言，實以「歸來」為冒頭，包含「不見」與「只見」——既相反又相關的兩件事。

由此回顧《集解》所提問題，即在於將上下句看成同指一件事：認為上句「憶得前年春」即是下句「未語含悲辛」的時間，故以為與歲末（十一月底）「離家」赴徐州事無關，而提出「生病預感不久人世」的解釋。但此說不僅不能解決問題，反而增加更多問題，徒增困擾（已見前述）。反之，若參照下聯——「歸來已不見，錦瑟長於人」，即將發現，上下句實非指同一件事，且具有對立性質。鄙意以為，「憶得」包括兩件事，上句之「前年春」與下句之「含悲辛」各指一件事。「前年春」並非指「含悲辛」之事，且正相反，有可能是指歡喜之事。誠如《集解》所說：「『前年』當指大中三年，是年春義山在京，家人團聚。」據此，「前年春」確指兩年前的春天，是時義山正在京與家人團聚。由於義山長年在外擔任幕職，能回家團聚實是難得的歡樂時光[152]，當時實未料及後來會有赴徐州之事，更未料及此次離家竟然成為永訣。總之，此聯上下句實寫兩件事，但卻具有強烈的對比性：上句寫春天在京團聚之歡樂[153]，下句寫離家赴徐時妻子含悲不語之情

吹大澤，蒲青柳碧春一色」，表示已抵達徐州，並且是新春過年時候。後面才用倒敘法，敘離家及途中經過情形。

152 案：劉學鍇《李商隱傳論》（合肥：黃山書社，2013）亦云：「所幸的是，桂海歸來，得與久別的妻子兒女團聚，重敘家室天倫之樂，總算在困厄境遇中稍得安慰，透出一點生活的亮色。」（頁 277）

153 案：據此解釋，「憶得前年春」下實省略「團聚」兩字，此與《錦瑟》「一絃一柱思華年」下省略「之死」相同。

景——赴徐正在冬天歲末，故途中遇到「大雪」[154]。如此，上下句毫無扞格，且更突顯「含悲辛」一事之悲劇意味。

不過對於下句「未語含悲辛」仍必須做一些補充。義山一生多次擔任幕職，離家外出本是常事，而此次赴徐，妻子卻「未語含悲辛」，讓人感到一股非比尋常的悲劇氣氛。筆者認為，這與徐州為當時著名的烽火戰地有關。案《通鑑》卷二四八，宣宗大中三年，「五月徐州軍亂，逐節度使李廓……以義成節度使盧弘止為武寧節度使。武寧士卒素驕，有銀刀都尤甚，屢逐主帥。……」[155]。義山《樊南乙集序》亦云：「（大中三年）十月，尚書范陽公以徐戎凶悍，節度闕判官，奏入幕。」[156]由「徐戎凶悍」之語，可見義山在往徐州之前，以為徐州是一軍人橫行的險地，其心中有所忐忑，是可以理解的。由此重讀「未語含悲辛」此句，可知其中所隱含的沉重悲情，恐非因妻子病重、預感不久人世所引起，而是因當時徐州軍亂，其妻耽心義山此去有所不測；當時夫妻皆未想到，這個預感卻應在妻子自己身上。因此必須肯定《集解》之「預感」說，確實具有很高的參考價值（只是並非由生病所引起）。

綜上所述，《房中曲》第三段大意為：憶起前年春（大中三年）難得回京相聚，家中充滿歡樂氣氛；不料年底又將踏上征途，往遠方烽火之地——徐州就幕。離家時，妻子滿含悲辛不語——蓋耽心義山此去有所不測也！更出人意料的是，約一年半後（大中五年暮春）當義山由徐州歸來時，卻已不見妻子，只見妻子所常撫彈的錦瑟仍在而已。「歸來已不見，錦瑟長於人」兩句除表示喪妻之痛外，更為自己「未能早歸為妻子延醫治病」[157]，自責不已。

---

154 見義山《偶成轉韻七十二句贈四同舍》（馮浩《玉谿生詩集箋注》，臺北：里仁，1981，頁 426），詩云：「路逢鄒枚不暇揖，臘月大雪過大梁。」

155 上海古籍版《資治通鑑》，下冊，頁 2319-20。

156 劉學鍇《李商隱文編年校注》（北京：中華，2002），冊五，頁 2176。

157 參見黃世中《李商隱〈謁山〉、〈玉山〉詩解》（《唐代文學研究》，桂林：廣西師範大學，1993，頁 243）。

尾聲：《紅樓夢》之
「補天神話」與「盛衰之感」

茲先引兩則故事，做為「楔子」。

(1)盛衰之感

孟棨《本事詩・事感第二》：

> 天寶末，玄宗嘗乘月登勤政樓，命梨園弟子歌數闋。有唱李嶠詩者云：「富貴榮華能幾時，山川滿目淚沾衣。不見祇今汾水上，惟有年年秋雁飛」。時上春秋已高，問是誰詩，或對曰李嶠，因淒然泣下，不終曲而起，曰：「李嶠真才子也。」又明年，幸蜀，登白衛嶺，覽眺久之，又歌是詞，復言「李嶠真才子」，不勝感歎。時高力士在側，亦揮涕久之。[1]

李嶠詩：「富貴榮華能幾時，山川滿目淚沾衣。」確實將盛衰之感表現的非常感人，玄宗晚年身經安史之亂，幾乎亡國，更能深刻體會。

(2)人生如夢，世事無常

《降魔變押座文》：

> 年來年去暗更移，沒一個將心解覺知。只昨日顋邊紅艷艷，如今頭上白絲絲。
>
> 尊高縱使千人諾，逼促都成一夢期。更見老人腰背曲，驅驅猶自為妻

---

1 丁福保輯《歷代詩話續編》（北京：中華），上冊，頁11。

> 兒。
>
> 〔觀世音菩薩〕
>
> 君不見生來死去，似蟻循環……總到無常之地。少妻恩厚，難與替死之間；愛子情深，終不代君受苦。……
>
> 一世似風燈虛沒沒，百年如夢苦忙忙。
>
> 心頭託手細參詳，世事從來不久長。
>
> 遮莫金銀盈庫藏，死時爭肯與君將？
>
> 紅顏漸漸雞皮皺，綠鬢看看鶴髮蒼。
>
> 更有向前相識者，從頭老病總無常。
>
> 春夏秋冬四序催，致令人世有輪迴。
>
> 千山白雪分明在，萬樹紅花闇欲開。
>
> 燕來燕去時候促，花榮花謝競推排。
>
> 聞健直須疾覺悟，當來必定免輪迴。……〔觀世音菩薩〕[2]

這段韻文極似《紅樓夢》首回「好了歌」：

> 可巧這日（甄士隱）拄了拐杖掙挫到街前散散心時，忽見那邊來了一個跛足道人，瘋癲落脫，麻屣鶉衣，口內念著幾句言詞，道是：
>
> 世人都曉神仙好，惟有功名忘不了！
>
> 古今將相在何方，荒塚一堆草沒了。
>
> 世人都曉神仙好，只有金銀忘不了！
>
> 終朝只恨聚無多，及到多時眼閉了。
>
> 君在日時說恩情，君死又隨人去了。
>
> 癡心父母古來多，孝順兒孫誰見了！[3]

兩者共同點，是從「必死」的角度看人生。

與《紅樓夢》有關的論著，可說汗牛充棟，筆者並非紅學專家，在這

---

2 張涌泉、黃征校注《敦煌變文校注》（北京：中華，1997），頁 531。

3 馮其庸重校評批《紅樓夢》（瀋陽：遼寧人民，2008 年四刷），上冊，頁 5-6。

裏，只能選擇與本書主題有關的問題，稍做討論。

茲先藉用劉大杰《中國文學發展史》中所引曹雪芹生平的一段話，先做鋪墊：

> 他的一生，經歷著曹家由榮華而至於衰敗的過程。這一位世家子弟，到了晚期，遭受到極其窮困的生活境遇。
> 「滿徑蓬蒿老不華，舉家食粥酒常賒。」（敦誠《贈曹近圃》）
> 「殘杯冷炙有德色，不如著書黃葉村。」（敦誠《懷曹雪芹》）
> 「賣書錢來付酒家，秦淮舊夢憶繁華。」（敦敏《贈曹雪芹》）
> 敦敏、敦誠兄弟是曹雪芹的好朋友，也是滿族人，在他倆的集子裏，還保存一些關於曹雪芹的史料。在上面這些詩句裏，可以看出曹雪芹晚期的生活的窮困。
> （下略）
> 對於曹雪芹的家世和生活有了簡明的認識，在《紅樓夢》這一偉大作品的分析和了解上，將有很大的幫助。[4]

文中所引敦敏、敦誠的詩句，讓我想起上引陶淵明《感士不遇賦》的「固窮」思想。在曹雪芹身上，我們又聽到很熟悉的「感士不遇」的聲音；又想到韓愈《雜說四》：「世有伯樂，然後有千里馬；千里馬常有，而伯樂不常有。」

其次，我想借重的參考書是：

胡邦煒著：《紅樓夢》中的懸案[5]，下簡稱《懸案》。

《懸案》此書已經將《紅樓夢》的一些重要問題作了扼要評論，使用起來非常方便，可以說是一條捷徑。為配合筆者新著的內容，我挑了幾個重點以為參考。

(1)紅樓夢的兩個世界

---

4 劉大杰《中國文學發展史》（香港：古文書店，1973），下卷，頁 337-38。

5 胡邦煒著《〈紅樓夢〉中的懸案》（成都：四川人民，1995）。

《懸案》作者先云：

> 《紅樓夢》雖然是一部現實主義的傑作，但是作者卻充分發揮浪漫的想像，寫出了許多優美動人的神話故事。這樣，就為我們提出了一個問題——（《懸案》，頁 166）

這段話的目的，是要說明，《紅樓夢》雖然是一部現實主義的著作，但也插入許多神話故事。於是提出問題：《紅樓夢》中有兩個世界嗎？

《懸案》先引用著名的史學家余英時所提出的一個重要觀點：「他認為曹雪芹在《紅樓夢》中創造了兩個鮮明而對比的世界，即理想（烏托邦）的世界與現實的世界。落實到書中，就是大觀園的世界和大觀園以外的世界。」但《懸案》作者並不同意余先生的說法，他認為大觀園仍屬現實世界，「並非一塊理想的淨土」。

接著《懸案》提出其看法：《紅樓夢》的確有兩個世界：神話世界與現實世界。現實世界就是榮、寧二府及大觀園內外極為廣闊的社會生活層面；另一個是神話世的世界，這就是如女媧煉石補天、石頭生存的大荒山無稽崖青埂峰；專「司人間之風情月債」的「太虛幻境」以及「西方靈河岸三生石畔」「赤露宮神瑛侍者」與「絳珠仙子」「還淚」的故事等等。這些神話世界中的故事，有的是早已有之，如女媧煉石補天，更多的則出于作者的創造。（《懸案》，頁 167-68）

筆者頗同意《懸案》所說《紅樓夢》有兩個世界：神話世界與現實世界。但筆者也要補充一點，將神話世界與現實世界結合起來，正是韓孟詩派的特點——尤其是韓愈與李賀詩，而「女媧煉石補天」的故事，亦已見於盧仝《與馬異結交書》（詳見拙文關於韓孟詩派研究系列）。

(2)《紅樓夢》與盛衰之感

《懸案》提問：《紅樓夢》的主題是什麼？《懸案》云：

那麼，《紅樓夢》的主題思想到底是什麼呢？這個問題可以說是該書問世兩百餘年來，一直聚訟紛紜，迄今還未得出一個比較合乎實際的令人信服的結論的懸案。關於《紅樓夢》的主題，人們的說法很多，愛情主題說、婦女問題說、色空觀念說、政治小說說——這些大概是其中比較有代表性的看法。（《懸案》，頁 227）

應當承認，上述每一種說法都有它的根據和道理。……（仝上，頁 227）

其實，清代一位紅學家王希廉早就表示過類似的看法：

> 開卷第一回是一段，而一段中又分三小段。自第一句起，至提醒閱者之言句止，為第一段，說親見盛衰因而作書之意。（仝上，頁 229）

案：劉繼保《〈紅樓夢〉評點研究》[6]亦指出，王希廉對《紅樓夢》結構的分析著力最多，分析也最為細致。（頁 148）而他對情節分析的著眼點是賈府由盛而衰的進程。（頁 151）

故《懸案》云：

> 我們認為，《紅樓夢》一書主要是通過一個封建貴族大家庭由興盛昌隆走向腐朽沒落的全過程的描寫，表現了一種沉重而深刻的對人生、對社會、對整個封建制度的哀痛感和絕望感，表現了一個悲劇的時代和一個時代的悲劇。（仝上，頁 230-31）

又案：極負盛名的紅學家周汝昌已說過：

> 在中國，從上古的哲人起，就最注意體察宇宙萬物、人生社會的盛衰遞變之理。在《易經》和《老子》裏，充分顯示了盛極必衰、禍福倚伏的大規律。萬物皆有盛衰，盛衰帶來榮辱和悲歡哀樂。曹家的歷史是如此，曹雪芹的一部百萬餘萬言的小說，也還是以盛衰二字為全部書的綱領和脈絡。了解曹家的盛衰的梗概是理解《紅樓夢》的必要的

6　劉繼保《〈紅樓夢〉評點研究》（北京：北京圖書館，2007）。

> 或先決的條件。[7]

這是將曹家的盛衰與《紅樓夢》的盛衰之感結合一起。

李廣柏《曹雪芹評傳》亦云：

> 人世間有興就有亡，有盛必有衰。沒有永不凋謝的花朵，也沒有永不衰敗的世家世族。當一個家庭、一個家族興旺起來的時候，它的主子，它的子弟，必然開始滋生怠惰、驕奢的習氣，久而久之，也就必然貪贓枉法、胡作非為起來。……因此，歷史上那麼多曾經不可一世的大家大族，沒有一個能夠世世代代永久維時他們的富貴榮華。[8]

此謂「由盛而衰」是必然的。不僅如此，據說，雪芹祖父曹寅有過「樹倒猢猻散」之語，亦見小說第十三回秦可卿托夢王熙鳳中，且脂批云：「『樹倒猢猻散』之語，今猶在耳，屈指三十五年矣，矣哉傷哉，寧不痛殺。」《評傳》云，雪芹寫到此處，是「帶著對自己家庭的感懷來寫賈府的興衰的。」尤可證「盛衰之感」確是《紅樓夢》的重要主題。

另外，游友基《中國社會小說通史》則強調《紅樓夢》是寫賈府與史、王、薛等共四大家族的興衰史。[9]

案：盛衰之感與不遇之感皆是中國古代的永恆主題，筆者在《緒論》中已引用一些資料略作說明，且作為本章主題。

(3)林黛玉是怎樣死去的？

現在通行的《紅樓夢》百二十回本，林黛玉與賈寶玉的愛情是以悲劇結局告終的——其主要情節是寶玉因失玉而生病，賈府決定讓其娶寶釵，但按鳳姐的主意實行了「掉包計」，即對寶玉假說是娶黛玉。後來此消息被丫頭傻大姐泄漏，黛玉病倒，並于寶玉與寶釵成婚之夜病逝。寶玉亦因不滿這樁強加的不如意婚姻而最後憤然出家。這個悲劇結局是人們萬分熟悉的。

7　周汝昌《曹雪芹新傳》（濟南：山東畫報，2007），頁20

8　李廣柏《曹雪芹評傳》（南京：南京大學，2007），頁58-59。

9　游友基《中國社會小說通史》（南京：江蘇教育，1999），頁127。

（《懸案》，頁 108）

案：這段《懸案》跨越續書中三回：九十五，九十六，九十七。因此，是屬於「續書」部分。

九十五回先寫皇妃元春病死，接著寫寶玉失「通靈寶玉」，因失靈性，只會傻笑。《懸案》所云傻大姐泄漏「掉包計」及黛玉病倒，見九十六回末。這裏應補充的是，當黛玉聽到傻大姐所說「掉包計」後大為震驚，即去見寶玉，寶玉只會傻笑，黛玉亦對寶玉傻笑，但回到瀟湘館門口時，忍不住心中悲憤，吐血暈倒。

九十七回寫黛玉吐血，賈母、鳳姐等來看，未見起色。最令人感到不解的是賈母講的一段話：

> 賈母心裏只是納悶，因說：「孩子們從小兒在一處兒頑，好些是有的。如今大了，懂的人事，該要分別些，纔是做女孩兒的本分，我纔心裏疼他。若是他心裏有別的想頭，成了什麼人了呢！我可是白疼了他了。」[10]

這段話很明顯，是以寶玉為重，至於黛玉吐血，不僅不放在賈母心上，甚至責怪黛玉，以為是在阻撓、破壞寶玉與寶釵的婚姻。這裏所表現的賈母形象，與前八十回的賈母，真是截然不同，判若兩人。

對這段「續書」，馮其庸重校《紅樓夢》附有評批。

(1)第九十六回，馮先生云：

> 鳳姐設奇謀……由此可見，鳳姐、賈母、王夫人皆愚蠢而無知之極，何以竟不以寶黛之死為念，即使不念黛玉，能不念寶玉乎？如此掉包，寶玉能無恙乎，此而不思，則其人之愚蠢可知矣。[11]

這裏評鳳姐、賈母等人行「掉包計」是愚蠢之極，所提理由即寶玉與黛玉已

10　馮其庸重校評批《紅樓夢》（瀋陽：遼寧人民，2008），下冊，1676。

11　馮其庸重校評批《紅樓夢》（瀋陽：遼寧人民，2008），下冊，1673。

為一體，不能只顧寶玉之死而不顧黛玉之死，可謂真知灼見。但馮先生並未想到這正是「續書」的漏洞，反而稱讚續得好：「黛玉見寶玉傻笑後吐血，虧作者能寫得出，是後部（續書）中之好文章。」

(2)第九十七回。

馮先生先於「凡例九」云：「八十回以後，因非雪芹原著，且前後多有不接至牴牾，故凡發現不接或牴牾處，略加評批。」這是承認續書有不接與牴牾處，但由前引評批看來，馮先生似乎並不認為有何牴牾。故在前引賈母對黛玉吐血所發不滿，馮先生云：

> 黛玉到瀟湘館門口，哇的一聲，吐出一口血來，是黛玉萬千恩怨在此一吐，是作者千鈞筆力在此一吐。賈母來看黛玉後說：「若是他……」賈母對黛玉的全部「慈愛」亦全在此兩句話，在線以外，則全是妄想，賈母的線是鐵線，賈母的心亦是鐵心。（前引書，頁1693）

這段評批，筆者有幾點看不懂：(1)「黛玉萬千恩怨」，是針對賈母？(2)「賈母對黛玉的全部『慈愛』」是指什麼，難道賈母對黛玉的慈愛是一種恩惠，甚至一種施捨？(3)「賈母的鐵心」也是一種「慈愛」？馮先生對續書似乎有所偏愛，故在後面又極力稱讚續文之佳（見前引書，頁 1693）。

與馮先生的觀點相反，游國恩著《新編中國文學史》則認定賈母為致黛玉於死的兇手。

《新編中國文學史》云：

> 真正致林黛玉於死地的正是專制勢力直接的迫害。隨著時間的增長，賈家的日益衰落，久已存在的衝突驟然尖銳起來了。林黛玉越來越愁苦，身體也更壞了，但他還抱著最後一絲幻想：希望有個能替她婚姻作主的家。隨著賈母以及王夫人等日益明顯的態度，進一步粉碎了她這種幻想。事實上，在給寶玉提寶姑娘的時候，那個對林黛玉曾經「萬般疼愛」的「老祖宗」賈母，就曾經露出了她冷酷的真面目。最

> 後，專制勢力的黑手終於殺害了這個光輝的，才智過人的、勇敢的女性！她一邊吐血，一邊焚稿，用死向這黑暗的社會作了最後一次反抗。[12]

這是將賈母視同專制勢力，認為賈母為了反對寶玉與黛玉的婚姻，最後「露出了她冷酷的真面目」，得出的結論是，賈母是害死黛玉的重要人物。僅就續書的內容來看，這個結論，我認為比馮先生的說法高明。

不過，上引兩家說法，似乎皆未思考一個更根本的問題：高鶚續書所敘賈母形象合乎曹雪芹的觀點？

請先看第三十二回。於黛玉聽到寶玉在湘雲、襲人面前說她（黛玉）從來不說這些（仕途經濟的）「混帳話」以後，作者這樣描寫：

> 黛至聽了這話，不覺又喜又驚，又悲又嘆。……悲者，父母早逝，雖有銘心刻骨之言，無人為我主張，況近日每覺神思恍惚，病已漸成，醫者更云：「氣弱血虧，恐致勞怯之症。」我雖為你的知己，但恐不能久待，你縱為我的知己，奈我薄命何！[13]

案：第二回寫黛玉五歲時「身體又極怯弱」，第二十六回寫佳蕙與小紅對話，佳蕙說：「林姑娘生的弱，時常他吃藥。」[14]此第三十二回又由黛玉口中自言：「病已漸成……恐不能久待，奈我薄命何」，已伏其將「病死」之徵兆。文中云「父母早逝，無人為我主張」，只是說明加重黛玉病情的原因，不能作為後來賈母由「疼愛」變為「冷酷」的原因。試想，作者在前八十回，寫到賈母對黛玉，皆是「萬般疼愛」，如何會在後來「露出了她冷酷的真面目」，以致害死黛玉？這簡直是「自毀長城」，使前面八十回的描寫付之東流！如果因賈母之「冷酷」，而致黛玉於死，是出自作者之原意，則至少應在前八十回會露出蛛絲馬跡，而非在八十回之後才完全暴露。且黛玉

---

12 游國恩？著《新編中國文學史》（高雄：復文），頁159-60。

13 游國恩？著《新編中國文學史》（高雄：復文），頁170。

14 臺北里仁版《紅樓夢校注》，冊一，頁406。

是賈母外孫女，也是賈母的骨肉，自黛玉入賈府即如寶玉一般疼愛，不可能會「冷酷」到不顧黛玉死活。茲再引黛玉進京見賈母一段：第三回先寫黛玉父林如海托賈雨村陪黛王進京云：「……且汝多病，年又極小，上無親母教養，下無姊妹兄弟扶持，今依傍外祖母及舅氏姊妹去，正好減我顧盼之憂，何反云不往？」黛玉聽了，方洒淚拜別。不久，黛玉至榮府，賈母一見即「一把摟入懷中」，大哭起來。後聽黛玉說及母親如何得病死亡，賈母又傷感云：「我這些兒女，所疼者獨有你母，今日一旦先捨我而去，連面也不能一見，今見了你，我怎不傷心！」（臺北里仁版，《紅樓夢校注》，頁 44-6）可見當賈母見了黛玉，實如見到女兒（賈敏）小時一樣可愛，不免傷心萬分，故戚序云：「寫盡天下疼女兒的神理。」[15]接著寫：眾人見黛玉年貌雖小，其舉止言談不俗。身體面龐雖怯弱不勝，卻有一段自然的風流態度，便知他有不足之症。因問：「常服何藥，如何不急為療病？」黛玉道：「我自來是如此，從會吃飲食時便吃藥，到今日未斷，請了多少名醫修方配藥，皆不見效。」（里仁版，頁 46）這一段話幾乎與三十二回黛玉所說一樣：顯示黛玉多病。事實上，黛玉將「還淚而死」，在頭回之「木石前盟」即已預告，且富察明義《題紅樓夢》（七言絕句二十首）中，既云「淚痕無盡笑何由」，又云「病容愈覺勝桃花」，更云：「傷心一首《葬花記》，似讖成真自不知。安得返魂香一縷，起卿沉痾續紅絲？」[16]總之，黛玉多病多淚，書中屢見，而「似讖」「沉痾」更表明其將因病而死。故第三十二回云：「奈我薄命何！」明白點出將會「因病而死」，並沒有要歸罪於任何人，這才是黛玉本色，也才是合理的結局。認為是因賈母之「冷酷」而死，這是對賈母的污衊。再從另一個角度看，黛玉與寶玉感情之深，人盡皆知，即使賈母不顧黛玉，難到會不顧寶玉的感受？（馮先生已注意這點）這種寫法，豈非露出續書者（高鶚）「作偽」的馬腳，顯現其對原作的理解十分有限？

近人舉出很多資料，證明賈府上上下下皆認同寶釵，以為是寶玉的理想

15 朱一玄編《紅樓夢資料匯編》（天津：南開大學，2003），頁 117。
16 朱一玄編《紅樓夢資料匯編》（天津：南開大學，2003），頁 26。

婚姻對象，此「預示了『木石前盟』最終將被扼殺的命運。」[17]案：「木石前盟」有兩層意義，一是寶黛會成為知己，二是黛玉將「還淚而死」。事實上，黛玉從一開始與寶玉認識以來，就時常掉淚，第二十七回云：「紫鵑雪雁素日知道林黛玉的情性：無事悶坐，不是愁眉，便是長嘆，且好端端的不知為了什麼，常常的便自淚道不乾的。先時還有人解勸，怕他思父母，想家鄉，受了委曲，只得用話寬慰解勸。誰知後來一年一月的竟常常的如此，把個樣兒看慣，也都不理論了。」[18]此即「木石前盟」所預示的「將還淚而死」；而第三十二回更預告黛玉將「因病而死」，並非因婚姻受阻而哭死。故所謂「預示了『木石前盟』最終將被扼殺的命運」，是上了高鶚續書的當，是不能成立的。

寫到這裏，必須再引周汝昌先生的說法。在其《紅樓小講》第二十九講中，對於「賈府上上下下皆認同寶釵，以為是寶玉的理想婚姻對象」，周老指出，這是寶玉母親王夫人的私心：

> 原來，王夫人與賈母各有自己的心事和盤算。自從薛家來後，因是皇商，家勢豪富，有一個寶釵，人品上等，王夫人就把自己這個外甥女看中是寶玉的佳配。……而老太太則與此不同，她想的是，自己最疼的女兒已去世，遺下弱女黛玉，孤苦伶仃，從小與寶玉一起長大，二人最相和美，豈不是天作之合。……你看，這只因榮府上下人人勢利，捧薛抑林，說黛玉無家無業，難以為配，老太太才特意作此「聲明」，以壓眾論。

這段話的重點是，對於寶玉的婚配對象，王夫人與賈母的想法相反：王夫人等是出於勢利眼，而賈母則出於感情因素。曹老又引二十九回前脂批，說道是：

> 二玉心事，此回大書，是難了割。卻用太君一言以定。是道悉通部書

---

17 何永康《〈紅樓夢〉研究》（北京：中華，2011），頁 133。

18 臺北里仁版《紅樓夢校注》，冊一，頁 419。

之大旨。

據此，周老云：「意思正是說明，一部《紅樓夢》的大事之一，即在于史太君是發言定了大局的。」故周老又云：「這可見乾隆早期，讀者盡知此義。不料到了乾隆四五十年以後，忽然又炮制出來一種混入偽續後四十回的假全本，卻硬是把賈母篡改成為一個破壞寶黛婚姻的頭號罪魁禍首。」[19]

以上所論僅是針對續書中敘及「黛玉之死」的一段公案。而所以重視這段公案，是因其牽涉到「知音」[20]——「遇不遇」的問題，此由前引三十二回黛玉的心理描寫可知。在中國文學史上，「感士不遇」是一永恆的主題，亦是筆者新著的一個重點。不過，傳統的「士不遇」是指在仕途上遭遇挫折，而《紅樓夢》中卻將「士不遇」移用指寶黛愛情，且寶黛愛情正因兩人反對「仕途經濟」之故，表面看來似乎相反。但如果深入去看，傳統的「懷才不遇」、「生不逢時」，是因士人堅持良好品格，不願隨波逐流、同流合污所導致——如董仲舒、司馬遷、陶淵明等人（見本書《緒論》），由此看來，與寶黛愛情正是殊途同歸。不僅如此，筆者論《紅樓夢》，一開始即引曹雪芹友人敦敏、敦誠等的詩句，指出曹雪芹亦有很深的「悲士不遇」之感。

最後，我想談的是《紅樓夢》之「補天神話」。

所謂「補天」，是補什麼天？

《紅樓夢》之吸引人，與開卷第一回所敘「女媧補天」神話很有關係，這裏要探討的就是此神話的寓意。茲先引原文：

> 原來女媧氏煉石補天之時，于大荒山無稽崖，煉成高徑十二丈、方經二十四丈，頑石三萬六千五百零一塊。媧皇氏只用了三萬六千五百

---

19 周汝昌《紅樓小講》（北京：中華，2007），頁 142-44。

20 用「知音」或「知己」的角度論寶黛愛情者不少，如李廣柏《曹雪芹評傳》（南京：南京大學，1998，頁 254）即持「知己」說。游友基《中國社會小說通史》（南京：江蘇教育，1999，頁 134）云：寶玉與黛玉「雙方都在尋覓知音」。王穎著《才子佳人小說史論》（北京：中國社會科學，2010，頁 301），亦有同樣說法。

> 塊，只單單的剩了一塊未用，便棄在此山青埂峰下。誰知此石自經煅煉之後，靈性已通，因見眾石俱得補天，獨自己無材不堪入選，遂自怨自嘆，日夜悲號慚愧。

案：文中提到一些數字：十二、二十四、三六五，都是中國常用數字，如十二月，二十四節氣，一年 365 天等。而女媧稱為「媧皇」也是有古籍根據的，如《論衡・順鼓篇》：

> 攻社之義，於事不得。雨不霽，祭女媧，於禮何見？（《路史後紀》二注曰：「董仲舒法，攻社不霽，則祀女媧。」）伏羲、女媧，俱聖者也。舍伏羲而祭女媧，《春秋》不言。[21]

> （世）俗圖畫女媧之象，為婦人之形，（注：……然則以女媧為婦人，自漢訖南北朝皆有其說。……《運斗樞》：「伏羲、神農、女媧為三皇。」……《說文》女部：「媧，古之神聖女，化萬物者也。」《帝王世紀》曰：「女媧虵身人首。一曰女希，是為女皇。」《風俗通》：「女媧，伏希（羲）之妹。」）仲舒之意，殆謂女媧古婦人帝王者也。（前引書，頁 691）

可見古人已視女媧為「古婦人帝王者」，簡稱為「女皇」。

後因一僧一道（茫茫大士、渺渺真人）經過此處，看到頑石「自怨自嘆，日夜悲號慚愧」，遂「大展幻術，將一塊大石登時變成一塊鮮明瑩潔的美玉」，並攜入紅塵經歷一番。在過了幾世幾劫，有個空空道人從此青埂峰下經過，忽見大塊石上字迹分明，原來就是「無材補天」的那塊頑石，因「幻形入世」，在紅塵中經歷許多悲歡離合、世態炎涼世態的故事。並有一偈云：

> 無材可去補蒼天，枉入紅塵若許年。
> 此系身前身後事，倩誰記去作奇傳。

---

[21] 黃暉《論衡校釋》（北京：中華，2009 年五刷），冊二，頁 688。

可見《紅樓夢》一書即是記載頑石入世的經歷。而這一段經歷，似乎是做為「無才補天」的「補償」；未能參與「補天」的鉅大工程，固是極大的遺憾，然這一段「幻形入世」的經歷也並不平凡，甚至更富於意義，更值得流傳，故云「此系身前身後事，倩誰記去作奇傳。」

在甲戌本第一回之前《凡例》有一長段話說明其寫作動機，也很值得注意。

> 此開卷第一回也。作者自云，因曾歷過一番夢幻之後，故將真事隱去，而借「通靈」之說，撰此《石頭記》一書也。故曰「甄士隱」云云。但書中所記何事何人，自又云：今風塵碌碌，一事無成，忽念及當日所有之女子，一一細考較之，覺其行止見識，皆出于我之上，何我堂堂須眉誠不若彼裙釵哉？實愧則有餘，悔又無益之大無可如何之日也。當此時，自欲將已往所賴天恩祖德，錦衣紈袴之時飫甘饜肥之日，背父兄教育之恩，負師友規談之德，以致今日一技無成，半生潦倒之罪，編述一集以告天下人。雖我之罪固不能免，然閨閣中本自歷歷有人，萬不可因我之不肖，自護己短，一並使其泯滅也。雖今日之茅椽蓬牖，瓦灶繩床，其風晨月夕，階柳庭花，亦未有妨我之襟懷筆墨者，雖我未學，下筆無文，又何妨用假語村言，敷演出一段故事來，以悅人之耳目哉？故曰「賈雨村」云云，乃是第一回題綱正義也。開卷即云「風塵懷閨秀」，則知作者本意為記述當日閨友閨情，並非怨世罵時之書矣。雖一時有涉于世態，然亦不得不敘者，但非其本旨耳。閱者切記之。詩曰：
>
> 浮生著甚苦奔忙，盛席華筵終散場。
>
> 悲喜千般同幻泡，古今一夢盡荒唐。
>
> 謾言紅袖啼痕重，更有情痴抱恨長。
>
> 字字看來皆是血，十年辛苦不尋常。[22]

---

[22] 案：《紅樓夢》之版本甚多，上面所引第一回文字，主要根據鄭慶山校《脂本彙校石頭記》（北京：作家出版社，2003），「凡例」，頁2。

由於開始有「作者自云」以引起下文，故一般人看到最後一首詩，很容易以為是作者——曹雪芹所作，而據紅學家蔡義江的考查，此詩實為批書者——脂硯齋所作。不過，即使是脂硯齋作，其筆調亦與曹雪芹相近，仍有參考價值；而筆者所重視的是其牽涉到黛玉「還淚」事。在《紅樓夢》中，頑石與絳珠草的故事，同樣引人。這段故事是藉由甄士隱的「夢」表現：

> 忽見那廂來了一僧一道，……那僧笑道：「此事說來好笑，竟是千古間的罕事。只因西方靈河岸邊上三生石畔有絳珠草一株，時有赤瑕宮神瑛侍者日以甘露灌溉，這絳珠草始得久延歲月，後來既受天地精華，復得雨露滋養，遂得脫卻草胎木質，得換人形，終日游于離恨天外，飢則食密青果為膳，渴則飲灌愁海水為湯，只因尚未酬報灌溉之德，故其五臟便鬱結著一段纏綿不盡之意。恰近日這神瑛侍者凡心偶熾，乘此昌明太平朝世，意欲下凡造歷幻緣，已在警幻仙子案前掛了號，警幻亦曾問及，灌溉之情未償，趁此倒可了結的。那絳珠仙子道：『他是甘露之惠，我並無此水可還，他既下世為人，我也去下世為人，但把我一生所有的眼淚還他，也償還得過他了。』因此一事，就勾出多少風流冤家來，陪他們去了結此案。」

夢境的最後，寫一僧一道竟過一大石牌坊，上書四個大字，乃是「太虛幻境」。兩邊又有一副對聯，道是：

> 假是真時真亦假，無為有處有還無。

絳珠仙子與神瑛侍者的故事，即所謂「木石前盟」，亦即《石頭記》中賈寶玉與林黛玉的愛情故事，且已預告其悲劇結局。由此再回頭看前引《凡例》「閱者切記之詩」，前四句：「浮生著甚苦奔忙，盛席華筵終散場。悲喜千般同幻泡，古今一夢盡荒唐。」似指頑石入紅塵的這一段經歷只不過是一場夢幻泡影，是虛幻不實的。後四句：「謾言紅袖啼痕重，更有情痴抱恨長。字字看來皆是血，十年辛苦不尋常。」似是針對寶黛之愛情，預告其為悲劇收場：「紅袖啼痕重」言黛玉還淚而逝，此乃「絳珠仙子」之實現其誓言；

而「更有情痴抱恨長」當指寶玉對黛玉之死極為痛心。最後「字字看來皆是血，十年辛苦不尋常」，指《石頭記》一書所敘，是經過十年之久辛苦完成，且字字皆是血淚，亦有還黛玉之「淚」之意。案：李商隱《錦瑟》詩云「滄海月明珠有淚」，即指「以淚報恩」（詳見拙文對《錦瑟》詩之解讀）。

最後要談《紅樓夢》一書所謂「補天」的寓意。筆者認為，「補天」有多重含意，大致如下：

(1)「補天」即「補情天」，如前所說，寶黛愛情是一齣悲劇，即有「遺恨」待補。前云絳珠草「終日游于離恨天外，飢則食蜜青果為膳，渴則飲灌愁海水為湯」，所謂「離恨天」「蜜青果」「灌愁海」，皆寓意「情天」之不圓滿，有待「補」。

(2)「補天」指頑石入紅塵的一段經歷。如前所云，頑石「因見眾石俱得補天，獨自己無材不堪入選，遂自怨自嘆，日夜悲號慚愧」，顯以不能「補天」為憾恨。後因一僧一道（茫茫大士、渺渺真人）經過此處，頑石「見二師仙形道體，定非凡品，必有補天濟世之材，利物濟人之德」，故請求携入紅塵經歷一番。可見這一段經歷亦屬「補天」之作。

筆者以為，這一段經歷是做為「無才補天」的「補償」，甚至更不平凡，更富於意義，因而更值得流傳，故云「此系身前身後事，倩誰記去作奇傳。」後面又云：

> 後因曹雪芹於悼紅軒中披閱十載，增刪五次，纂成目錄，分出章回，則題曰：《金陵十二釵》，並題一絕云：
> 滿紙荒唐言，一把辛酸淚！
> 都云作者痴，誰解其中味？[23]

正是呼應：「此系身前身後事，倩誰記去作奇傳。」猶如為「奇傳」作注解。

[23] 馮其庸等校注《彩畫本紅樓夢校注》（臺北：里仁，1984），上冊，頁5。

(3)「眾石俱得補天」的寓意。前引第三十二回，寫黛玉聽到寶玉在湘雲、襲人面前說她從來不說這些（仕途經濟的）「混帳話」，不免又驚又喜，確定寶玉為「知己」之人。由此可見寶黛二人與賈府眾人不同之處，在不走「仕途經濟」這條路；相反的，所謂「眾石俱得補天」，應指眾人皆走「仕途經濟」之路，簡言之，指求官之路。在傳統社會中，此即所謂「功名利祿」之路，亦即讀書人應走的正途，當時有一本著名的小說——《儒林外史》，對此表現得最為深刻。由此看「眾石俱得補天」，乃指能走仕途經濟之路，且最後皆能進入朝廷，為朝廷任用為官的一群人；「補天」寓指在朝為官，獲得「榮華富貴」。

據李廣柏《曹雪芹評傳》云，女媧補天未用的頑石，即來源于曹雪芹祖父曹寅的詩。《楝亭詩鈔》卷八《巫峽石歌》，寫道：「巫峽石，黝且𤢿。……媧皇采煉古所遺，廉角磨礱用不得。」將一塊「巫峽石」說是女媧采煉之後「用不得」而遺下的石頭。[24]

《評傳》進一步認為，賈雨村也是出生於「詩書仕宦之族」的「末世」，他為家庭復興承擔起責任，其立志「求取功名」，再整基業，正是「為家族補天」（前引書，頁 62）。

這裏應該補充的是，杜甫亦有「補天」的觀念，唯其「補天」思想乃基於「致君堯舜上，再使風俗淳」（《奉贈韋左丞丈二十二韻》。且杜甫詩已提到「補天漏」，《九日寄岑參》：「安得誅雲師，疇能補天漏。」《詳注》：次寫淫雨之害。呼蒼天，憂天漏，極悲天憫人之詞。葉嘉瑩評云：「『天漏』是指朝廷施政的弊端，『補天漏』則是希望能挽回這危險的局面。表面是寫霖雨，而事實上是有所托諷。」可見「補天」指皇帝（或朝廷）施政有所缺失，有待修補、改良。

顯然，《紅樓夢》所云「眾石俱得補天」，與杜甫之「補天」截然相反：杜甫之「補天」是為拯救唐室之危亡，是出於憂國憂民的精神，而「眾石俱得補天」則是為求取個人或家族的榮華富貴。如賈雨村後來會做出徇情

---

[24] 李廣柏《曹雪芹評傳》（南京：南京大學，2007），頁 47。

枉法，甚至恩將仇報，反過來害賈府被查抄[25]，並非偶然。故王穎著《才子佳人小說史論》云：「然而寶玉與頑石不同。……他不僅沒有『補天』之志，而且還對傳統文人所孜孜以求的科舉功名和仕途經濟表現出極大的反感與憎惡。」[26]

(4)「補天」指經營家庭經濟，免於崩潰。

在《紅樓夢》一書中，有兩位善於理家的人，且皆是女性：鳳姐與探春。王穎云：

> （在賈府中，男性成員皆不關心家族的興衰際遇）因此，擔負起治理家業重任的則是有清醒頭腦且具理家之才的王熙鳳、賈探春類的女流之輩。對于賈氏家族的現狀，賈府中沒有一個男人比王熙鳳和賈探春更清楚。鳳姐在掌家時已清楚地了解到「家裏出去的多，進來的少……若不趁早兒料理省儉之計，再幾年就都賠盡了」的現實。探春雖未像鳳姐那樣過多地參與家事的處理，但敏銳的頭腦和強烈的責任感也使其發現了家族的弊病和症結所在：……探春的判詞中有一句為「才自精明志自高」，……可她身為女兒，縱有「補天」之志也只能在有限的範圍內施展，……在第七十五回專寫她的理家除弊之舉，……[27]

由此可見，所謂「補天」亦可指努力持家，希望能挽救其免於衰敗崩潰。

有關女媧補天神話，筆者在「韓孟詩派研究系列」（本書第二章）中，第五節論盧仝《與馬異結交詩》，有詳細說明，亦可參考。

---

[25] 何永康《〈紅樓夢〉研究》（北京：中華，2011），頁 80。紅學大師周汝昌《紅樓小講》第十七講亦云：「到後來，賈府的勢敗家亡，雨村是個背義忘恩、『落井下石』的重要角色。……可痛惜的是，這些後話的真書原稿，已不復可見。」（北京：中華，2007，頁 72）

[26] 王穎著《才子佳人小說史論》（北京：中國社會科學，2010），頁 294。

[27] 王穎著《才子佳人小說史論》（北京：中國社會科學，2010），頁 289-90。案：探春理家除弊之舉，見五十五與五十六兩回。

接著，想談第五回所敘寶玉在「太虛幻境」的經歷。紅學專家對此回極為重視，對其中的寓意、判詞幾乎皆已有很適當的解讀，很值得注意的是，注解一再指出「續書與曹雪芹原意不符」。[28]

但筆者在閱讀此回時，卻發現尚有可以補充之處，茲略舉幾點，就教於專家學者。

1.太虛幻境之寓意

陸機《駕言出北闕行》：「求僊鮮克僊，太虛不可淩。」

劉運好《陸士衡文集校注》云：

> 太虛，上天，喻僊境。孫綽《遊天臺山賦》：「太虛遼廓而無閡。運自然之妙有。」善注：「太虛，謂天也。」凌，乘，登。……此二句言求僊罕能成僊，僊境不可登也。[29]

據「注釋」，太虛指天，喻僊境。由《賦》文「太虛遼廓而無閡」可知，太虛（天）的特點是廣大無邊。尤應注意的是，因其在天上，故云：「不可登也。」意指一般凡人是不可能登上去的，據第五回本文云，是在警幻仙姑引導下，寶玉才進入此境。

卿希泰、詹石窗等編：《中國道教思想史》，亦指出「太虛幻境」為神仙世界，而「大觀園」即「太虛幻境」在現實中的投影。或者說，作者在《紅樓夢》中描寫的人間樂園就是以道教神仙境界為依據來構造的。並引當代學者余英時在《紅樓夢的兩個世界》一文中的話為證，余英時寫道：

> 庚辰本脂批有這樣一條：大觀園繫玉兄與十二金釵之太虛幻境，豈可草率？……所以根據脂硯齋的看法，大觀園是太虛幻境的人間投影。這兩個世界本來是疊合的。[30]

---

28 參臺北里仁版《紅樓夢校注》第五回。

29 劉運好《陸士衡文集校注》，〔晉〕陸機著，劉運好校注整理（南京：鳳凰，2007），上冊，頁704。

30 卿希泰、詹石窗等編《中國道教思想史》（北京：人民，2009），第四卷，頁313。

2.「孽海情天」之寓意

第五回寫進入太虛幻境之後，第一道宮門上橫書四個大字：「孽海情天」。又有一副對聯云：

> 厚地高天，堪嘆古今情不盡；
> 痴男怨女，可憐風月債難償。

據此，情天指痴男怨女之情，孽海指此情極為深廣，難以償還，此已預示《紅樓夢》大觀園中許多男女不會有圓滿結局——亦即將以「悲劇」告終。

需要補充的是，天與海並非指天空與海洋兩處。最有名的例子是李商隱《嫦娥》：「嫦娥應悔偷靈藥，碧海青天夜夜心。」知碧海指夜晚的天空，並非指地面的海洋；在唐詩中此例甚多，詳見拙文解《錦瑟》詩「滄海月明珠有淚」。

由此看「孽海情天」，海天同指此一幻境，並非有海與天兩處；由寶玉夢中之經歷亦可知，非有兩處之境。文中寫警幻仙姑云：「吾居離恨天之上，灌愁海之中。」天海實是一境，正如「愁恨」原為一詞，今分屬「離恨天」、「灌愁海」，乃是上下文互見的修辭：是用以形容愁恨之多難以估計，既可謂之如天之高，亦可謂之如海之深。蓋太虛幻境所收皆為「薄命司」之女性（靈魂），命中注定要經歷男女風月之愁恨，因幻境中充滿男女之愁恨——如天之高，如海之深，故云「離恨天」、「灌愁海」；天海均形容愁恨之廣大無垠，並非恨屬天，愁屬海。實則皆指太虛幻境，非有兩處也。茲舉兩例為證：

(1)（初唐人）喬知之詩評：

生平：……後官至左司郎中。知之有美婢窈娘，善歌舞，為武承嗣所奪。知之怨惜，作《綠珠篇》以寄情。婢得詩，感憤自殺。承嗣怒，諷酷吏羅織誅之。

喬知之《綠珠篇》：「石家金谷重新聲，明珠斗斛買娉婷。此日可憐君自許，此時可喜得人情。君家閨閣不曾難，常將歌舞借人看。意氣雄豪非分理，驕矜勢力橫相干。辭君去君終不忍，徒勞掩袂傷鉛粉。百年離別在高樓，一代紅顏為君盡。」

《唐詩品》評：「然《綠珠》恨情如海，竟召鉛華之禍，詞雖合節，志實流蕩，風人令軌，曷有于此？（下略）」[31]案：「恨情如海」言怨恨之情如海之深，海乃形容詞，非指某地。

(2)白仁甫（樸）《明皇秋夜梧桐雨雜劇》第四折《呆骨朵》：「更打著離恨天最高。」[32]所謂「離恨天最高」，乃指「離恨」如天之廣大無垠。

3.「幻境」中各司之簿冊

「幻境」中最引人注意的，其實是各司之「簿冊」，如仙姑云：「此各司中皆貯的是普天之下所有的女子過去未來的簿冊。」回中重點在「金陵十二釵」之「正冊」、「副冊」、「又副冊」，蓋此三冊預示《紅樓夢》一書中重要女子的未來命運。

這裏要補充的是，這種命運之「簿冊」，是有根據的。茲亦舉幾例。

(1)敦煌變文：《唐太宗入冥記》（頁 319）

催子玉語問（太宗）皇帝曰：「此案上三卷文書，便是陛下命錄及造□□（功德），一一見在其中。今欲與陛下檢尋勾改，未敢擅□。」[33]

(2)袁枚《續子不語》[34]

袁枚《續子不語》卷三「露水姻緣之神」：「掌人間露水姻緣事。……仙取簿翻閱，笑曰：……」（頁 3）

袁枚《續子不語》卷九「陰陽山」：「山東新寧縣之南鄉，地名火石嶺。有唐姓者，茹素誦佛經，年五十餘，忽病卒。越四日，……遂更生。語家人曰：……道人亟招予入城。城中衙署甚多，皆寂然。頃至一署，額曰『業鏡司』。……」（頁 167）

---

31 陳伯海主編《唐詩彙評》（杭州：浙江教育，1996），上冊，頁 163。

32 〔明〕臧晉叔《元曲選》（臺北：正文），頁 361。

33 黃征、張涌泉校注《敦煌變文校注》（北京：中華，1997），頁 319-321。

34 袁枚《續子不語》（鍾明奇校點），王英志主編《袁枚全集》四（南京：江蘇古籍，1997）。

袁枚《續子不語》卷十「淫諂二罪冥責甚輕」：「老僕朱明，死一日而復蘇，告人曰：『我被陰間喚去，為前生替人作債負中證……及判官走過，手持托生簿，因而問之。判官曰：……』」（頁 170）

案：第一則記「露水姻緣之神」所掌「職司」，並「取簿翻閱」，極似「太虛幻境」警幻仙姑與各司簿冊。第二則記地獄中有「業鏡司」，業鏡當指鏡中顯現某人在世所造業行，憑此可以判斷此人該受何種之刑。第三則記地獄有「托生簿」，蓋指某人將托生何處之簿冊。

4.還魂

第五回結束處，寫寶玉誤入「迷津」，被海鬼拖下水，以致驚醒。袁枚《子不語》[35]亦有幾則類似之。

袁枚《子不語》卷五「波兒象」：「江蘇布政司書吏王文質晝寢，聞書室有布衣綷〔絲察〕聲。視之，一隸卒也；見便昏迷，身隨之行。……命隸卒引出，黃埃蔽天，王知為泉下，問獄卒曰……王悚然。行至大側，被隸卒推入水，驚醒。妻子環榻而泣，昏沉者已三日矣。」（頁 88）

袁枚《子不語》卷二十「鬼門關」：「行二三里，至大江邊，白浪滾滾。持燈者將渠推入江心，大呼救命而蘇。時舟已抵太倉城外，蓋死去已三日矣。」（頁 383）

袁枚《子不語》卷二十三「夢中事只靈一半」：「涇縣胡諱承璘，方為諸生時，夜夢至一公府，若王侯之居，值其叔父在焉。其叔驚曰：『此地府也，汝何以至？』……因以手推之，一跌而寤。」（頁 476）

最後，想提出一個大膽看法：

女媧補天故事與碑傳的關係。

《紅樓夢》第一回，是由「女媧補天」揭開小說的序幕。共有三個小節：

1.女媧煉石補天，只單單剩一塊未用，棄在山下。但經煅煉之後，靈性

---

35 袁枚《子不語》（周欣校點），王英志主編《袁枚全集》四（南京：江蘇古籍，1997）。

已通。遂自怨自嘆，日夜悲號慚愧。（頁 2）

2.一僧一道遠遠而來，經石頭懇求，將一塊大石變成一塊鮮明瑩潔美玉，又縮成扇墜大可佩可拿。於是攜至溫柔富貴鄉去經歷一番。

3.在過了幾世幾劫，有個空空道人從此青埂峰下經過，忽見大塊石上字迹分明，原來就是「無材補天」的那塊頑石，因「幻形入世」，在紅塵中經歷許多悲歡離合、世態炎涼世態的故事。並有一偈云：

> 無材可去補蒼天，枉入紅塵若許年。
> 此系身前身後事，倩誰記去作奇傳。（頁 3）

可見《紅樓夢》一書即是記載頑石入世（紅塵）的經歷。

很值得注意的是，此石頭的故事，是刻在石頭上，這點似未有紅學家注意到。眾所皆知，當一個人死後，家人會將其生平刻在墓前石碑上，通稱為「碑傳」。筆者認為，紅謎所津津樂道的女媧補天的故事，正是由「碑傳」所引發的構思，亦即是先想到碑石上的生平事迹，再想到女媧補天的神話。但小說是先寫女媧補天，再寫石頭故事刻在石上，如此一來，就製造一種神秘感，顯得撲朔迷離，更為吸引人，更具「趣味性」（文論家稱之為「興趣」）。

為了說明碑傳與女媧補天的關係，下面將引證一些資料，以作參考。

1.紀功刻石

翁同文《唐初傳刻古人字迹於石兩事及其影響考》：「中國從東周初（前 770-）起，就有將文字刻石，紀述功德，以傳久遠的事……」[36]

古代立碑包括：(1)武功：《始皇本紀》、《後漢書・竇憲傳》、馬援於南越立銅柱。(2)德政：去思碑（羊祐硯山碑）。(3)學術昌明：漢魏石經。(4)墓碑：死後立碑以紀功德。

蔡邕《銘論》：「鍾鼎，禮樂之器，昭德紀功，以示子孫。物不朽者，

---

[36] 《唐代文化研討會論文集》（臺北：文史哲，1991），頁 576。

莫不朽于金石，故碑在宗廟兩階之間。……」[37]

劉長卿《平蕃曲三首》之三：「絕漠大軍還，平沙獨戍閒。穴留一片石，萬古在燕山。」注：《後漢書・竇憲傳》：竇憲、耿秉擊匈奴，匈奴「降者前後二十萬餘人。憲、秉遂登燕然山，去塞三千餘里，刻石勒功，紀漢威德，令班固作銘。」[38]

因金石不易腐朽，故有刻石紀功習慣。

2.去思碑

《北史邢劭傳》：「後除驃騎，西兗州刺史，在州有善政，桴鼓不鳴。吏人姦伏，守令長短，無不知之。吏民為立生祠，並勒碑頌德。及代，吏人父老及嫗媪皆遠相攀追，號泣不絕。」[39]

《隋書・楊文思傳》（卷四十八，列傳十三）後為魏州刺史，甚有惠政，及去職，吏民思之，為立碑頌德。（《隋書》冊五，頁 1295）《令狐熙傳》：吏民追思，相與立碑頌德。（《隋書》冊五，頁 1386）

周勛初《唐人軼事彙編》[40]：

「立碑紀德」，狄仁傑活數百死囚事（上冊，卷八，頁 371）

（玄宗）車駕次華陰，上見嶽神數里迎謁。……上加敬禮，仍敕阿馬婆致意，而旋降詔先詣嶽，封為金天王，仍上自書製碑文以寵異之。其碑高五十餘尺，闊丈餘，厚四五尺，天下碑莫比也。……製作壯麗，巧無倫比焉。（同上，卷二唐玄宗，頁 69）

華州西嶽廟門裏有唐玄宗西嶽御書碑，其高數十丈，砌數段為一碑，其字八分，幾尺餘，……（同上，卷二唐玄宗，頁 90）

以上兩則，皆敘唐玄宗敕封西嶽華山神為金天王事，值得注意的是，「其碑高五十餘尺，闊丈餘」，極為壯麗，此亦讓人聯想到《紅樓夢》寫女

37　鄧安生《蔡邕集編年校注》下冊，頁 483。

38　儲仲君撰《劉長卿詩編年箋注》上冊（北京：中華），頁 26。

39　楊勇校箋《洛陽伽藍記校箋》，頁 130 引。

40　周勛初《唐人軼事彙編》（上海：上海古籍，2006）。

媧補天之巨石。

3.石不能言我代言

白居易《新樂府・青石——激忠烈也》：「青石出自藍田山，兼車運載來長安。工人磨琢欲何用？石不能言我代言。不願作人家墓前神道碣，墳土未乾名已滅；不願作官家道旁德政碑，不鐫實錄鐫虛辭。願為顏氏段氏碑，雕鏤太尉與太師。刻此兩片堅貞質，狀彼二人忠烈姿：義心如石屹不轉，死節如石確不移；如觀奮擊朱泚日，似見叱訶希烈時。各于其上題名謚，一置高山一沉水。陵谷雖遷碑獨存，骨化為塵名不死。長使不忠不烈臣，觀碑改節慕為人。慕為人，勸事君。」陳寅恪《元白詩箋證稿》：樂天《秦中吟》有《立碑》一首，可與此參證……盖皆譏刺時人之濫立石碣，與文士之虛為諛詞者也。但《立碑》全以譏刺此種弊俗為言，《青石》更取激發忠烈為主旨，則又是此二篇不同之點。[41]

案：白詩云「石不能言我代言」，亦如《紅樓夢》敘女媧補天之棄石懇求二仙携入紅塵之事。

4.由石碑想到女媧補天

更值得注意的是〔唐〕姚合《天竺寺殿前立石》云：「補天殘片女媧拋，撲落禪門壓地坳。」[42]可見由碑石想到女媧補天之殘片已有前例。

5.墓石之巨大

揚雄《蜀王本紀》：「天為蜀王生五丁力士，能徙蜀山。王無（注：當是死字或薨字的殘壞），五丁輒立大石，長三丈，重千鈞，號曰石牛，千人不能動，萬人不能移。」注：《華陽國志・蜀志》曰：「九世有開明帝。……帝稱王時，蜀有五丁力士，能移山，舉萬鈞。每王薨，輒立大石，長三丈，重千鈞，為墓志，今石笱是也。」[43]可見蜀帝死後墓石之巨大：長三丈，重千鈞。

---

[41] 陳伯海《唐詩彙評》（杭州：浙江教育，1996），中冊，頁 2065-66。

[42] 臺北文史哲版，《全唐詩》卷四百九十九，冊八，5677。

[43] 張震澤校注《揚雄集校注》（上海：上海古籍，2009），頁 247-8。

6.《紅樓夢》之「女媧補天」靈感，可能來自曹家先祖之紀功碑

如上所述，古代有刻石紀功的傳統，而曹家先祖對滿清建國有功，亦可稱「補天」——指建國之功勳。如第五回記寧榮二公之靈囑警幻云：「吾家自國朝定鼎以來，功名奕世，富貴傳流，雖歷百年，奈運終數盡，不可挽回者。……」（里仁版，頁 89）則小說所敘榮、寧兩府盛衰，當有碑石記載，此應即《石頭記》名稱之來源。但曹家後代最重要的繼承人寶玉卻無意仕途，未能繼承此補天之功，故由碑石想到女媧補天，且被拋棄於青埂峯下。據脂批云：「自謂落墮情根，故無補天之用。」[44]指出「青埂」寓意「情根」，蓋寶玉生性多情，無意仕途，未能繼承先祖補天之功，故被棄。

綜上所述，小說中記空空道人於石頭上看到石頭於紅塵所經歷的生平，實已提供石頭與墓碑關係的線索。前引周汝昌《紅樓小講》第四講「石頭下凡」，附有「清乾隆間程偉元刊本插圖」，背景繪雲彩繚繞之「青埂峰」，前景繪一棵大松樹下有一巨石直立，其形狀頗似石碑。

這種神話與現實顛倒的寫法，亦見於所謂「木石前盟」。依照小說的敘述順序，是先有神瑛侍者與絳珠仙子的故事——所謂「木石前盟」，然後才有黛玉與寶玉之戀，以致黛玉「還淚而死」。但就構思的實際，應是為了寫寶黛之生死戀，然後想像出一個「木石前盟」，為寶黛之戀製造一種神秘氣氛，更引人興趣。正如甲戌眉批云：「這正是作者用畫家烟雲模糊處，觀者萬不可被作者瞞蔽了去，方是巨眼。」[45]應注意的是，這種極端渲染、有聲有色的寫法，只應用在寶玉與黛玉身上，成為《紅樓夢》中最吸引人的情節。在寫絳珠仙子說出將以眼淚還神瑛侍者灌溉之恩後，接著云：「因此一事，就勾出多少風流冤家來，陪他們去了結此案。」甲戌批云：「餘不及一人者，蓋全部之主惟二玉二人也。」[46]可見二人居《紅樓夢》之主角地位。

---

[44] 陳慶浩編著《新編石頭記脂硯齋評語輯校》（增訂本）（臺北：聯經，1986），頁 5。

[45] 陳慶浩編著《新編石頭記脂硯齋評語輯校》（增訂本）（臺北：聯經，1986），頁 12。

[46] 朱一編《紅樓夢資料彙編》（天津：南開大學，2003），頁 89。

茲重引「閱者切記之詩」：

> 浮生著甚苦奔忙，盛席華筵終散場。
> 悲喜千般同幻泡，古今一夢盡荒唐。
> 謾言紅袖啼痕重，更有情痴抱恨長。
> 字字看來皆是血，十年辛苦不尋常。

此詩雖是統括《紅樓夢》由盛而衰的主題，但寶黛之戀無疑是重點之一。「謾言紅袖啼痕重，更有情痴抱恨長」，言黛玉還淚而逝，寶玉為之抱「長恨」。最後「字字看來皆是血，十年辛苦不尋常」，表示曹雪芹之寫《紅樓夢》，與寶黛之戀有極大關係，可以說，寶黛之戀即使不是其寫作的唯一動機，亦是最重要的動機。

又第五回記太虛幻境有極精美之茶名曰「千紅一窟」，酒名曰「萬豔同杯」。（頁 89-90）紅學家已指出，意為「千紅一哭」、「萬豔同悲」，蓋暗示大觀園中許多女性的悲劇未來。案：此種諧音修辭法，在六朝樂府詩中常見，且已將石碑題字喻指「悲啼」（參王運熙《樂府詩述論》，頁 81）

附
明人小品《談美人》

曾讀衛泳等著《明人小品》，其中有《談美人》一題，或承自《楚辭・九章・思美人》。觀其內容，頗可與《紅樓夢》中所描寫「大觀園」中女性相對照。茲抄錄幾項如下：

衛泳輯《談美人》先標目：一閨房，二首飾衣裳，三選侍，四雅供，五博古，六神態情趣，七及時行樂，八晤對，九鍾情，十借資，十一招隱，十二達觀[47]。

一、閨房

美人所居，如種花之檻，插枝之瓶。……儒生寒士，縱無金屋以貯，亦

---

[47] 衛泳等著《明人小品》（臺南：文國書局，1984），頁 1-8。

須為美人營一靚粧地。或高樓，或曲房，或別館村莊。清楚一室，屏去一切俗物。中置精雅器具，乃與閨房相宜書畫。室外須有曲欄紆徑，名花掩映。如無隙地，盆盎景玩，斷不可少。蓋美人是花真身，花是美人小影。解語索笑，情致兩饒。不惟供目，兼以助粧。（頁 1）

三、選侍

美人不可無婢，猶花不可無葉。……佳婢數人，務修清潔。時令烹茶、澆花、焚香、披圖、展卷、捧硯、磨墨等項。命名宜雅，如墨娥、綠翹、紫玉、雲容、紅香等俱佳。若一切花名，近屬濫套，可不用。（頁 2）

五、博古

女人識字，便有一種儒風。故閱傳奇觀圖畫，是閨中學識。……或相與參禪唱偈，說仙談俠。真可改觀圖意，滌除塵俗。如宮閨傳、烈女傳，諸家外傳，《西廂》、《還鄉記》、《雕蟲館彈詞》六種，以備談述歌詠。間有不能識字，暇中聊為陳設。共話古今奇勝，紅粉自有知音。（頁 3）

六、神態

美人有態有神有趣有情。唇檀烘日，媚體迎風，喜之態。星眼微瞋，柳眉重暈，怒之態。梨花帶雨，蟬露秋枝，泣之態。……長顰減翠，瘦臉銷紅，病之態。惜花愛月為芳情，停蘭踏徑為閑情。小窗凝坐為幽情。含嬌細語為柔情。無明無夜，乍笑乍啼為痴情。鏡裏容，月下影，隔廉形，空趣也。……逸趣也。……別趣也……奇趣也。神麗如花艷，神爽如秋月，神清如玉壺冰，神飄蕩輕揚如茶香如煙縷，乍散乍收。數者皆美人真境。然得神為上，得趣次之，得態得情又次之，至於得心難言也。姑蘇台半生貼肉，不及若耶溪頭之一面。紫台宮十年虛度，那堪塞外琵琶之一聲。故有終身不得而反得之一語，歷年不得而反得之邂逅。廝守追歡渾閑事，而一朝隔別，萬里繫心。千般愛護，萬種殷勤，了不動念，而一番怨別，相思千古。或苦戀不得，無心得之；或生前不得，死後得之。故曰九死易，寸心難。（頁 3-4）案：如作畫，又如寫詩，見明人之「心細」，所謂美人實集「物」與「人」諸美之大成。

跋：態之中吾最愛睡與懶，情之中吾最愛幽與柔，趣則其別者乎，神則其困頓者乎。心則卻以不得為大幸矣。客怪曰：「痴心婦人，負心漢子，其來也非一日也矣。」負心吾不忍為，痴心又不禁也。自此緣情深重，何時脫離，展轉愛戀，交互纏綿。流浪生死海中，何時出頭。……（頁 4）

九、鍾情

王子猷呼竹為君，米元章拜石為丈。古人愛物，尚有深情。倘得美人而情不摯，此淑真所以賦斷腸也。故喜悅則暢導之，忿怒則舒解之，愁怨則寬慰之，疾病則憐惜之。他如寒暑起居，慇勤調護，別離會晤，偵訊款談，種種尤當加意，蓋生平忘形骸，共甘苦，徹始終者，自女子之外，未可多得也。（頁 6）

十、借資

美人有文韻，有詩意，有禪機。匪獨捧硯拂箋，足以助致，即一顰一笑，皆可開暢玄想。彼臨去秋波那一轉，正今時舉業之宗門。皆參透者，文無頭巾氣，詩無學氣，禪亦無香火氣。（頁 7）案：此則寥寥數語，卻極有意味。

十一、招隱

……古未聞以色隱者，然宜隱孰有如色哉？一遇冶容，令人名利心俱淡，視世之奔蝸角蠅頭者（？案：疑有闕文），殆胸中無癖，卒悵靡托者也。真英雄豪傑，能把臂入林，借一個紅粉佳人作知己，將白日消磨，有一種解語言的花竹，清宵魂夢，饒幾多枕席上的烟霞。須知色有桃源，絕勝尋真絕慾，以視買山而隱者如何。（頁 7）

後記：本書之寫作（與「代序」參照）

本書所收論文包括三大單元，依序為：變文、韓孟詩派、李商隱《錦瑟》詩。但就實際寫作而言，實際上是由第三章——《錦瑟》詩的解讀開始。而我所以對《錦瑟》詩產生興趣，是因為臺灣出版了劉學鍇、余恕誠著《李商隱詩歌集解》（洪葉出版社，1992）。這是兩千多頁（共三冊）的鉅著，我從頭至尾通讀一遍，非常佩服，第一是收集資料眾多；第二是體例理想——包括「校注」、「集注」、「箋評」，可說一書在手，前人的注解評說皆能一覽無遺，非常方便；第三是有著者之論斷，且很中肯，並非只是抄寫資料而已，簡言之，既有「學」，又有「識」。李商隱詩有許多是很難解的——比《錦瑟》更難解，而我在通讀此書時，大都能得到合理解釋，因此，當我讀到《錦瑟》詩的「集解」時，原本以為，全世界只有此書能解開《錦瑟》之謎，但出乎意料之外，「集解」贊成的是「感傷身世說」，而我則同意「悼亡說」。由於《集解》書後附有「李商隱年表」與「李商隱生平若干問題考辨」（共十題），讓我對李商隱生平事蹟有了較清楚了解，而「考辨九」論李商隱妻子王氏「逝世時間」，認定其妻死於「日暮春盡歸來之時」（頁 2101），由此筆者認為《錦瑟》第四句「望帝春心托杜鵑」即寫此事。2010 年八月，筆者開始動筆寫李商隱《錦瑟》詩句解，並以「重題悼亡說」為主標題。隔年，蔣寅先生至臺灣東華大學任客座，因中文系辨一場學術會議（11 月？），蔣先生特邀我參加，我即以該文發表，會後蔣先生並助我將此文刊登在《中國詩學》（張伯偉、蔣寅主編，2012）[1]。但

[1] 張伯偉、蔣寅主編《中國詩學》（北京：人民文學，2012），第十六輯。

在刊登之後，我又不斷修訂，直至 2020 年八月，才算定稿[2]，前後修訂不下數十百次。為一首七言八句詩——共五十六字，花十年時間，寫了五萬字解釋[3]，堪稱是「前無古人，後無來者」[4]。賈島《送無可上人》自注：「二句三年得，一吟雙淚流。知音如不賞，歸臥故山秋。」頗能說明筆者的心境；「代序」第三段寫到「有時會遇到一些資料，恍如故人一般」，即指《錦瑟》詩而言。

雖然《錦瑟》詩的解讀可以說是對「舊稿」的修改與擴充，但其餘兩大主題——「變文」、「韓孟詩派」的研究，所有的論文皆未發表過，因此，本書確實是一本「新著」，也是筆者這十餘年來的研究成果。

當筆者仍在修改《錦瑟》詩的論文時，突然寫了一篇代序：漏網之魚的追逐。

依照學術性論著的「通例」，應是全書論文已經寫得差不多——將要完成的時候，才能寫序，而我當時寫出的只有一篇修訂稿，其它論文皆未動筆，在幾乎沒有什麼內容可寫的情況下，竟然先寫「序」，說起來有些荒唐。或許因無內容可寫，只好另闢蹊徑，完成之後，頗覺有些晚明小品的味道。但此序雖短，卻非同時所寫，先寫的是到「漏網之魚」為止，故以「漏網之魚」為題。後來因閱讀韓孟詩派資料，「深有所感」，又補寫一段（見「代序」），破壞原文的完整性，故最後云：自知不免「蛇足」之譏。

在寫完「代序」之後，可說已脫離「寫作焦慮」與「迷航」狀態。後來又接寫「變文研究」與「韓孟詩派研究」，而將《錦瑟》詩的解讀放在最後。須要說明的是，這三章主要討論兩種問題：

1.懸而未決之問題：如《錦瑟》詩、變文之變等。

2　其實，至 2020 年仍在修訂。

3　最後定稿時又刪去 2 仟多字，只剩 4 萬 9 仟多字，但如與下篇《〈錦瑟詩〉與房中曲》合計，則超過九萬字。

4　徐復觀先生有《環繞李義山（商隱）〈錦瑟〉詩的諸問題》（臺北：臺灣學生，1985），字數很多（約七、八萬字），但主要是談義山生平問題，總頁數雖有七十七頁，真正評論《錦瑟》詩，只有最後九頁而已——大概是一萬字左右。

2.已有定論，但仍可商議：如「姦窮怪變得，往往造平淡」、「韓愈詩歌與佛畫」及「《陸渾山火》與密宗壁畫（曼荼羅）」等。

簡言之，這部分是要解決困難的問題，常是在大問題中包含幾個小問題，而小問題又包含幾個更小問題；內容不免跳躍，更有許多交叉重疊之處，形成極複雜的網狀組織。回想起來，大部分題目帶有「謎」的性質，而筆者的寫作，近乎是「解謎」的過程，變化曲折，筆者在寫作過程中常有難以掌握之感。

在完成上述三章之後，才開始寫「緒論」，主要是提供更高瞻遠矚的背景。上述三章討論問題比較仔細，有如近距離觀看事物，很多細節亦看得清楚；相對的，「緒論」有如遠距觀物，可提供事物背景，較易看清事物的來龍去脈[5]。兩者的區別，可以說是微觀研究與宏觀研究的差異。

本書的主要單元有三大章，字數與篇幅很大，且彼此之間，並無明顯承接或隸屬關係——看來像是各自獨立，故代序云：

> 後續的論文，皆是我在「漫興式閱讀」中所激發出來的，故時間跨度非常大，且彼此之間或有連繫或無連繫，形成一種若即若離的關係。

正如前面所云，本書討論的是很困難的問題，筆者能力有限，其中必有不少缺失，最後，只想補一句：

> 讓缺憾還諸天地！

---

5 〔唐〕賈公彥《儀禮疏序》評《儀禮》注本甚少，除鄭玄注外，僅信都黃慶與齊李孟悊二家，而兩家注不同：「慶則舉大略小，經注疏漏，猶登山遠望，而近不知。悊則舉小略大，似入室近觀，而遠不察。二家之疏，互有修短。」此處評二家注之短長，用「登山遠望，而近不知」與「入室近觀，而遠不察」，即宏觀與微觀之異。

國家圖書館出版品預行編目資料

異變：中國古代異變思想與異變文學

黃景進著. – 初版. – 臺北市：臺灣學生，2021.12
面；公分
ISBN 978-957-15-1877-0 (平裝)

1. 中國文學 2. 文學評論

820.7 110018145

異變：中國古代異變思想與異變文學

著作者 黃景進
出版者 臺灣學生書局有限公司
發行人 楊雲龍
發行所 臺灣學生書局有限公司
地址 臺北市和平東路一段 75 巷 11 號
劃撥帳號 00024668
電話 (02)23928185
傳真 (02)23928105
E-mail student.book@msa.hinet.net
網址 www.studentbook.com.tw
登記證字號 行政院新聞局局版北市業字第玖捌壹號
定價 新臺幣九〇〇元
出版日期 二〇二一年十二月初版
ISBN 978-957-15-1877-0

82063